KB031457

저수하의 시간,
염상섭을 읽다

글쓴이
이혜령(李惠鈴, Lee Hye-Ryoung) 성균관대학교 동아시아학술원 교수
이종호(李鍾護, Yi Jong-Ho) 성균관대학교 박사과정 수료
황종연(黃鍾淵, Hwang Jong-Yon) 동국대학교 국어국문학과 교수
오혜진(吳慧珍, Oh Hye-Jin) 성균관대학교 박사과정 수료
한기형(韓基亨, Han Kee Hyung) 성균관대학교 동아시아학술원 교수
김영민(金榮敏, Kim Young-Min) 연세대학교 국어국문학과 교수
김경수(金慶洙, Kim Kyung Soo) 서강대학교 국어국문학과 교수
박현수(朴賢洙, Park Hyun-Soo) 성균관대학교 학부대학 겸임교수
이경돈(李庚燉, Lee Kyeong-Don) 한국방송통신대학교 연구교수, 성균관대학교 겸임교수
장문석(張紋碩, Jang Moon-Seok) 서울대학교 통일평화연구원 HK연구원
이보영(李甫永, Lee Bo-Young) 문학평론가, 전북대 명예교수
이경훈(李京塤, Lee Kyoung-Hoon) 연세대학교 국어국문학과 교수
손성준(孫成俊, Son Sung-Jun) 성균관대학교 동아시아학술원 BK21플러스 박사후연구원
김항(金杭, Kim Hang) 연세대학교 국학연구원 HK교수
서영채(徐榮彩, Seo Young-Chae) 서울대학교 비교문학협동과정, 아시아언어문명학부 교수
이용희(李容熙, Lee Yong-Hee) 성균관대학교 박사과정 수료
심진경(沈眞卿, Shim Jin-Kyung) 문학평론가, 서강대 강사
박헌호(朴憲虎, Park Heon-Ho) 고려대학교 민족문화연구원 HK교수
이철호(李喆昊, Lee Chul-Ho) 동국대학교 다르마칼리지 초빙교수
정종현(鄭鍾賢, Jeong Jong-Hyun) 성균관대학교 동아시아학술원 HK연구교수

저수하의 시간, 염상섭을 읽다

초판 인쇄 2014년 6월 20일 **초판 발행** 2014년 6월 30일
엮은이 한기형 · 이혜령 **펴낸이** 박성모 **펴낸곳** 소명출판
출판등록 제13-522호 **주소** 서울시 서초구 서초동 1621-18 란빌딩 1층
전화 02-585-7840 **팩스** 02-585-7848 **전자우편** somyong@korea.com **홈페이지** www.somyong.co.kr

값 44,000원

ISBN 978-89-5626-589-6 93810

이 도서의 국립중앙도서관 출판예정도서목록(CIP)은 서지정보유통지원시스템 홈페이지(http://seoji.nl.go.kr)와 국가자료공동목록시스템(http://www.nl.go.kr/kolisnet)에서 이용하실 수 있습니다.(CIP제어번호: CIP2014018439)

이 책은 2007년 정부(교육부)의 재원으로 한국연구재단의 지원을 받아 수행된 연구임
(NRF-2007-361-AL0014)

저수하의 시간, 염상섭을 읽다

Time under the Heaven Tree : Reading Yeom Sang-Seop

한기형 · 이혜령 엮음

일러두기

1. 본서에 실린 각 글은 기존에 발표된 논문을 수정・보완한 것이며, 원출전은 참고문헌에 ★표기로 따로 밝힘.
2. 염상섭 소설과 글의 인용은 되도록 현대어표기 사용을 원칙으로 함.
3. 1918~1945년 염상섭의 글의 경우, 되도록 인용을 『염상섭 문장 전집』 I・II(한기형・이혜령 편, 소명출판, 2013)에 근거하였으며, 각주에 다음과 같이 밝힘.
   예 염상섭, 「조선의 문예, 문예와 민중」(『동아일보』, 1928.4.10~17), 『문장 전집』 I, 697~698면.
4. 『염상섭전집』(권영민・김우창・유종호・이재선 책임편집, 민음사,1987)을 인용할 시에는 다음과 같이 각주에 밝힘.
   예 염상섭, 「만세전」,『염상섭전집』 2, 민음사, 1987, 21~22면.
5. 신문, 잡지, 단행본, 장편, 전집 등의 경우 『 』를, 중편, 단편, 논문, 기타 독립된 짧은 글의 경우 「 」를 사용함.
6. 외국 인명과 외국 지명은 되도록 외국어표기법을 준용하였으나, 필자에 따라 '도쿄'는 '동경' 등과 혼용하여 쓰기도 함.

제목에 관한 주석

"끓는 충동이 없음, 아마 이것이 인생에게 허락한 최대의 고통인가 보다."

25세의 염상섭이 남긴 말이다. 주관적인 해석을 가하면, 자기의 욕동을 제거하고 들끓는 내면을 억압하여 삶의 불길을 거세하였다는 뜻이다. 확실히 생기가 사라지는 것은 누구라도 참기 어려운 일이다. 그런데 타오르는 화염에 스스로 재를 끼얹는다는 것은 더욱 힘든 일이다. 말하자면 그는 아무것도 하고 싶지 않았던 것이다.

그것이 청년 횡보의 본심이었을 것이다. 하지만 이런 문장이 뒤를 잇는다. "나는 나를 위하여 눈물을 예비한 자가 하나도 남지 않은 것을 확실히 안 뒤에야 죽고 싶다." 그가 말한 죽음은 정결한 삶에 대한 고도의 자의식을 뜻한다. 사람과 사람 사이의 관계를 지키는 일이야말로 죽음의 목전까지 감당해야 한다는 각오의 토로이다. 여기서 상섭은 자신의 타고난 심성을 거스른다. 본성의 냉담을 버리고 공의公義로 가득 찬 다른 차원의 지향을 내놓은 것이다.

이것은 뼈를 깎는, 세상을 향한 '발심發心'의 결과라고밖에 말할 수 없다. 그의 소설은 본심과 발심 사이의 양보 없는 충돌과 경쟁 속에서 태어났다. 그의 문학은 타고난 내면의 차가움과 눈물을 거두는 마지막 한 사람까지 지켜보는 공심이 어우러져 빚어낸 결과이다. '불인하다면 예악이 무슨 소용인가[人而不仁 如禮何, 人而不仁 如樂何]'라고 반문했던 고인의 충심이 그의 소설을 구성하는 뼈대 곳곳에 스며있는 것이다.

그래서 우리는 앞서 소개한 글의 뒷부분에 있는, 다음의 문장을 함께 기억할 필요가 있다.

> 나는 나를 위하여 눈물을 예비한 자들을 위하여, 울어주고 싶으나, 그들의 눈물을 받고자는 아니한다. 만일 그들의 눈물이 나의 시체 위에 떨어진다 하면, 나의 언 살凍膚은 잿물에 들어간 손같이 공축恐縮에 졸아들거나 썩은 물에 잠긴 가랑잎같이 오탁汚濁에 썩을 것이다.

「저수하樗樹下에서」(1921)의 한 구절인데, 표현 속에 치기 어린 구석이 없지 않으나 여기에는 염상섭 문학 전체를 관통하는 어떤 태도가 녹아있다. 그의 정신과 문학 사이를 팽팽하게 연결했던 긴장의 실체가 이 글을 통해 진술된다. '그들의 눈물이 내 시체 위에 떨어지면 나의 언 살은 쪼그라지고 썩은 물에 잠긴 가랑잎같이 썩으리라'는 표현은 자신에게 던지는 가혹한 주언呪言이다. 이 말은 끝까지 세상과 불화했던 그의 성정과도 깊이 연결된다. 상섭의 남다른 '견딤'에는 이러한 정신적 자기학대의 어두운 면이 있었다.

책 제목의 골격은 오랫동안 함께 작업한 오혜진 씨의 발의로 정해졌다. 그가 왜 「저수하에서」라는 글에 끌렸는지 미처 물어보지 못했다. 하지만 문장을 읽은 후 그의 판단이 적실하다는 것을 깨달았다. '저수'는 장자莊子가 말했던 쓸모없는 나무를 뜻한다. 그러나 장자는 오히려 무용함으로 인해 그 나무 밑에서 안심하고 누워 잘 수 있다는 것을 일깨운다. '저수'는 문학의 성격과 역할에 대한 비유일 터, 횡보가 '저수'를 말한 것은 문학의 감추어진 쓰임을 새삼 강조하려는 생각의 표명이 아니었나 싶다. 우리는 지금 문학의 수명이 다했다고 의심받는 '시간' 속을 살고 있다. 하지만 상섭의 뜻깊은 비유로 인해 그 용처를 다시 생각하게 되었다.

2014년 6월

한기형

책머리에

염상섭을 다시 읽어야 한다는 발상이 생긴 것은 꽤 오래전의 일이지만, 구체적 논의는 2010년 엮은이들이 함께한 대학원 수업을 통해 이루어졌다. 이 과정에서 두 개의 과제가 생겨났다. 하나가 『염상섭 문장 전집』을 만드는 것이고, 다른 하나는 염상섭 문학의 상을 다시 세우는 것이었다. 그런데 이번에 두 일이 함께 매듭지어져 다행이라고 생각한다. 모두가 이 일에 참여한 선후배들의 진심 어린 노력 덕분이다.

이 책은 2013년 1월 17, 18일 이틀간 성균관대학교 동아시아학술원과 경향신문사가 공동주최한 학술회의, '사상의 형상, 병문屛門의 작가－새로운 염상섭 문학을 찾아서'를 통해 발표된 글들을 기초로 만들어졌다. 기획에 참여했던 몇몇 사람을 빼놓고 대부분의 주제는 발표자들의 의사에 자유롭게 맡겨졌다. 그러나 학술회의는 청중들을 포함하여 예사롭지 않은 기운에 이끌려 온 자들의 회합 같았다. 이 책은 그 회합의 보고서이다.

무엇이 염상섭 문학의 새로움인가? 그것은 오늘의 우리에게 어떤 의미가 있는가? 이 책을 통해 말하려고 하는 것은 이 두 가지 질문 속에 요약된다. 여기에는 세 가지 정도의 줄기가 있다. 첫 번째 사안은 염상섭 문학의 '정신사적 현재성'이다. 이 말은 횡보의 사유가 오늘의 사회에 개입할 충분한 여지가 있다는 뜻이다. 부조리한 현실과 내일을 알 수 없는 삶, 염상섭의 소설은 그 상황 속을 비집고 들어가 좁은 틈을 벌리고 우리 눈의 안계를 넓힌다. 그가 그린 인물과 그가 선택한 단어들은 확실히 아직 낡지 않았다.

「만세전」은 '말하고 싶은 것'과 '말할 수 없는 것' 사이에 어떠한 문제와 정황이 가로놓여 있는지를 추적한다. 우리는 당대를 '공동묘지'라 외치려던 이인화의 욕망이 성대를 울려 소리로 터져 나오지 못한 것에 특별히 주목해야 한다. 청년들의 삶을 빨아들이는 『삼대』의 세계는 더욱 심각하다. 고문 속에 죽어가는 장훈을 정점으로 상징화되는 폭력과 야만의 세기에서 이제는 완전히 벗어났는가? 염상섭 문학의 존재감은 근본적으로 개선되지 못한 '정치'와 '자유', 혹은 '권력'과 '생명'의 종속관계에 대한 무거운 비관을 통해 여전히 유지된다.

염상섭의 시각과 행적을 중심에 두고 근대문학의 흐름을 생각할 때, 예상치 못한 구도가 솟아난다. 이것이 두 번째 초점이다. '세련된 기교에 불과'한 일본문학과 '알코올을 들이켜고 수술실로 들어가는 외과의사'로 비유된 프로문학, 이러한 비판은 암암리에 일본적 근대문명과 사회주의문학 운동의 역할을 특화하는 문학사가들의 타성적 구도를 깨뜨린다. 임화의 『신문학사』 이래 자명한 것으로 받아들여진 근대문학사의 주류 인식론에 대한 재해석을 요구하는 것이다. 그가 프로문학 진영과는 다른 맥락의 진보적 사상세계를 그려 보인 점, 그럼에도 해방 후 자의로 '문학가동맹'에 가입한 것, '보도연맹원'이었고 그 때문에 위태로운 삶을 영위할 수밖에 없었음은 염상섭이 지키고자 했던 사회적 삶의 역설적 균형에 대한 실감을 부여한다.

해방 이후 오랫동안 한국문학의 권력자들로부터 백안시되었던 것은 그 작가적 불온성의 실체가 인정된 탓이다. '사회주의'와 '진보적인 것'에 대한 염상섭이 보여준 태도는 확실히 독자적인 것이고 그 자신의 내부에서조차 종종 분열하거나 대립했다. 하지만 우리는 그것을 역사의 착종과 자가당착이 염상섭의 신체에 새겨진 결과로 판단한다. 그가 시대의 진전을 신뢰한 것은 분명했지만 강제된 이데올로기를 받아들이지는 않았다. 끝까지 '근대적 개인'으로 남고자 했던 그의 행적은, 바로 그 때문에 한국역사의 흐름을 가늠할 의미 있는 척도로서의 성격을 가진다.

염상섭이 중요한 세 번째 이유는, 그가 지적인 모든 것들을 소멸시킨 20세기 한국의 불운과 정면으로 맞서 사상의 영역을 지켜왔다는 점과 연관되어 있다. 그의 문장과 소설은 식민지와 분단, 전쟁과 독재라는 광기의 시대를 버텨왔다. 공론장과 학술영역의 위축 속에서 그는 직설과 비유, 간계와 독설을 동원해 말의 격조와 의미의 심연을 만들었다. 40여 년간 발표된 염상섭의 글들은 우리에게 하나의 사상이 다양한 방식으로 축조되는 과정을 보여준다. 한국지성사의 자산으로 횡보의 생애를 새롭게 인식할 필요가 있는 것이다.

생각건대, 염상섭의 문학은 시간의 망각을 거절했다. 횡보는 그 자신이 겪었던 시간만이 아니라 역사의 부침 속에서 낙백하거나 추락했어야 했던 앞선 세대의 삶들, 예측할 수 없는 미래를 살아갈 젊은이들의 운명 모두를 자기 문학의 나이로 삼고자 했다. 그가 노인들의 삶에 관심을 기울인 것은 보수주의자였기 때문이 아니다. 화해하지 못한 채 동거해야 했던 토착성과 모더니티의 교착이 그들의 삶을 구속하고 있음을 보았기 때문이다. 그가 젊은이들에게서 한 번도 눈을 떼지 않았던 것은, 그들이 근대세계가 장악한 시간의 경쟁에 뛰어들 수밖에 없었던 자들이기 때문이다. 시간의 경쟁이란 결국 패배할 운명 속에서만 계속되는 악무한의 주술이라는 것을, 그것이 민족이나 국가가 아닌 개개인의 생을 통해서만 처절하게 증언된다는 것을 염상섭은 결코 잊지 않았다.

기꺼이 그 모든 시간의 수모를 견디어내려 했다는 점에서, 염상섭은 이상의 선배이자 이상보다 더한 극한의 모더니스트였다. 시간의 망각을 거절했기에 염상섭은 여러 세대・젠더・다중의 인격을 반사해내고 시간성을 중첩시키는 복화술의 양식을 발명했다. 시간의 수모를 견딜 수 없다면, 망각 속에서 도래할 미래는 필연적으로 폭력적일 수밖에 없으리라는 것, 그것이 염상섭이 묘사하고 우리가 살아온 시간의 공통성이라고 말하고 싶다.

1부는 염상섭 자신과 그를 연구하는 이들 모두에게 과제, 혹은 심문으로 제기된 주제에 대한 답변의 성격을 갖는다. 특히 이종호와 황종연의 글을 잇달아 읽는다면, 3・1운동 직후 재오사카한국노동자대표로 제국 / 식민지의 사법체계에 염상섭이 자신을 등록한 계기이자, 1927년 『사랑과 죄』라는 '노블형 조선어 소설'을 통해 문학적으로 구현한 식민지 아나키즘 또는 반식민사상의 풍요로운 형상을 확인할 수 있을 것이다. 진화론과 자연주의를 통해 탈신비화・세속화의 근대적 세계인식을 길렀던 염상섭에게 보다 결정적인 것은 아나키스트 슈티르너Max Stirner의 자아주의였다고 황종연은 주장한다. 이 자아관이 투영된『사랑과 죄』의 세계에서 우리는 사회주의 정신의 연대, 인텔리겐치아들 간의 국제적인 협력, 생득적 조건의 필연성을 거부하고 자기 내면의 명령에 의해서만 움직이는 청년들의 저항 등을 만나게 된다. 이종호는 조선의 프로문학, 프로문화 주창자들과는 다른 차원의 기획을 추진했던 염상섭의 독자성이 트로츠키Leon Trotsky와 필리냐크Boris Pilnyak를 적극 참조함으로써 성립되었다는 것을 확인했다. 그의 연구는 염상섭 문학에 내재한 사회주의적 자질의 실체를 구체적으로 드러냈다는 점에서 횡보사상의 분석지평을 새로운 차원으로 끌고 간다. 오혜진은 '심퍼사이저'의 형상을 거의 전격적으로 재구성했다. 그는 염상섭이 우정과 의리, 중용과 포용력, 예술과 전통에 대한 옹호와 같은 '동반자'의 심미적 자질을 원주민 간의 유대를 지속시키는 반식민 저항의 자원으로 적극 활용했음을 논증한다. 그것은 이념과 돈이라는 경직된 대립으로 분열을 획책하는 식민지권력의 책략, 심미적인 것을 부르주아적인 것으로 배제하여 저항의 자원을 빈약하게 만든 프로문학의 과오에 대한 비판적 재해석의 의도를 담고 있다.

2부는 염상섭 문장에 대한 정밀한 점검을 통해 그의 사상적・문학적 지향을 밝히려는 글들을 모았다. 김경수는 1차 유학시절(1913~1920)을 전후한 시기의 정치적・사회적 관심사와 독서경험, 인적 교류의 양상 등을 꼼꼼하게 점검했다. 초기 문장을 교우관계, 활동, 논전 등으로 맥락화한 김영민은 그 전반에 관철되는 문제의식의 초점을 분석한다. 김영민은 지식이나 논리를 앞세운 과시적 글쓰기에 대한 염오야말로 염상섭이 적극적 비평가가 되는 계기가 되었으며 이광수, 현상윤, 김동인 같은 주류 민족주의자, 혹은 당대의 대표적 문인들과 거리를 두게 만든 요인이라고 추정했다. 비평 / 이론 실천과 작품 실천을 교차하여 분석한 박현수는 염상섭이 식민지적 억압에 대한 냉철한 천착을 자기 문학의 과제로 삼았지만, 그 엄정함의 결과가 결국 피식민자의 비루함을 그려내는 것에 그쳐버린 것은 아닌지를 묻는다. 염상섭 문학세계에 대한 날카로운 비판이라고 판단된다. 이경돈은 산혼공통散混共通이라는 독특한 네 가지 개념틀로 염상섭 문학의 다성성과 복잡성을 해명했다. 다양한 매체와 글쓰기 형식을 넘나들며 그 모두를 자기표현의 수단으로 활용한 염상섭의 호연한 태도야말로 끈질긴 작가적 생명력의 원천이었음을 밝혀낸 것이다. 장문석은 염상섭이 현대의 사상을 어떻게 전통의 회로를 통해 표현했는지를 문제 삼는다. 맹자의 사유로 마르크스주의를 읽어낸 염상섭은 서구의 '앎'을 강요했던 근대 지식체계의 독선을 거부하고 지양했다. 전통의 언어로 서구의 근대성을 해석한 이러한 '전유'는 토착성과 모더니티를 비연속적 연속의 관계로 재주조한 것인데, 그것은 '이식'이 아니고서는 한국의 근대성이 성립될 수 없다고 확신한 숱한 근대주의자들의 생각을 성급한 단견으로 무너뜨린다.

3부에는 식민지와 제국의 혼돈으로 점철된 20세기 전반 동아시아의 맥락 속에서 염상섭 문학의 새로운 독해 가능성을 열어준 글들이 묶였다. 『난세의 문학』을 통해 염상섭 해석의 신국면을 이끈 이보영 선생의 「한국 최초의 정치적 암살소설」은 그동안 주목받지 못한 「추락」의 진면목을 밝혀냈다. 학계 대선배의 연구열과 문제의식에 대해 이 자리를 빌려 깊은 경의를 표한다. 이경훈은 조선 남성과 일본 여성 사이의 혼혈인 『모란꽃 필 때』의 '문자文子'를 중심으로 조선에 유포된 일본식 여성 이름의 문학적 계보학을 그려낸다. 이 계보는 그 자체로 식민지지배의 심화과정이기도 했는데, 일본인 여성을 어미로 하는 유례없던 혼혈 여성의 등장은 가부장제의 메타포를 이용한 강력한 반식민 재현전략이라고 해도 좋을 것이다. 서영채는 '둘째 아들의 서사'라는 개념을 통해 근대성과 모순적 관계를 맺는 문학의 실존을 가족서사로 은유했다. 그것은 자유(반항)의 주체가 되는 동시에 존재론적 불안을 감당해야 했던 인물들의 운명을 나쓰메 소세키夏目漱石, 루쉰魯迅, 염상섭이 창출한 동아시아 근대문학의 역사성과 겹쳐서 해명하려는 시도이다. 번역가 염상섭의 면모를 부각시킨 손성준의 글은 특히 후타바테이 시메이二葉亭四迷가 옮긴 러시아문학 중역자로서의 역할과 그 의미론적 편차를 중시한다. 염상섭이 「묘지」를 처음 발표한 때와 거의 동시에 가르쉰Vsevolod Garshin의 「사일간」을 첫 번역 작품으로 선택한 이유는 그 속에 전쟁의 죽음과 공포, 비참함이 그려졌기 때문이다. 이러한 의도는 「만세전」 속에 스며들어 3·1운동의 경험을 환기하고 동시에 암유한다. 김항은 식민지배의 본원적 축적으로 인해 '노동력화'되고 '난민화'되는 조선인의 존재 전이를 드러낸 텍스트로 「만세전」을 규정했다. 그것은, 이 소설이 인간에 대한 자본주의의 장악을 높은 수준에서 파악했다는 것을 뜻한다. 근대 세계체제에 접수된 '조선'의 현재를 가장 냉혹한 자기해부의 방식으로 묘파한 것이다. 그러나 '무덤'을 벗어날 틈이 쉽게 제시되지 못한다는 점에서 자기 땅에서 배제된 자들의 미래는 어둡다. '파르티잔'이라는 개념 속에 들어 있는 김항의 제안은 식민지 이후에도 계속되는, 반복되는 '식민지'의 단절과 종식에 대한 사유의 심화를 요청한다.

4부는 이채로운 인물과 사건을 통해 시대성을 초점화한 염상섭 문학에 대한 다각도의 해석을 담았다. 이용희는 '못된 여자'들이 염상섭 특유의 서사를 구축하는 기능을 가졌다고 설명한다. 그에 따르면 '협의俠義'와 '협잡挾雜'을 동시에 수행하며 서사의 편폭을 확장하는 '모던 걸'의 존재는, 일본에서 유입된 담론과 식민지 조선의 사정을 결합시켜 활용한 능란한 서사전략의 결과였다. 심진경은 이른바 '모델소설' 논란을 빚었던 작품에서 신여성 인물의 진화적 추이를 밝힌다. 독백의 희생제의 속에 사라지는 「제야」의 신여성을 거치고, 중첩된 스캔들을 말하는 『너희들은 무엇을 얻었느냐』의 신여성에 이르러, 여성은 단지 한 인물이 아니라 시대의 핵을 응집한 세태로 의미화된다는 판단이다. 박헌호는 식민지 자본주의의 재현이라는 시각으로 『삼대』의 자매편 『무화과』를 독해했다. 화폐 축장자에서 벗어나 상업자본으로 전환하려던 이원영의 실패와 좌절이 말해주는 식민지 자본의 '불임성'에 대한 지적은, 식민지의 본질과 그 총체성에 대한 전면적 해부의 의도를 보여준다. 해방과 전쟁을 겪은 염상섭의 소설세계가 이철호와 정종현의 글에서 다루어진 것을 다행스럽게 생각한다. 이철호는 인공 치하라는 극단적 현실에서 생활력과 활기, 포용력을 발휘하는 『취우』의 강순제가 실은 자본주의체제가 작동을 멈춘, 따라서 여성의 육체가 더 이상 자본주의 현실의 은유이길 멈춘 순간에 단생한 존재라는 진실을 찾아냈다. 그녀가 꾸린 공동체는 예외상태 속에서만 가능한 것이므로 정상성이 회복되면 다시 해체되어 그녀의 역능 또한 사라질 것이나, 이철호는 비상한 엄중함 속에서 삶을 유지시킨 그 '예외성'을 정상상태에 대한 반성적 성찰의 계기로 삼을 것을 요구한다. 정종현은 『젊은 세대』와 『대를 물려서』를 통해 해방과 전쟁의 서사에 산포된 혼종과 이동, 이념의 기억이 전쟁이 끝난 후 정주자 도시민의 일상과 여가로 대체되는 과정을 포착했다. 그것은 얼핏 체제의 안정화 과정을 보여주는 것 같지만, 이 연구는 그 흐름 속에 공존하며 움직이는 '미국 표상'이 예사롭지 않다는 점을 지적한다. 복잡한 상징작용을 일으키는 미국에 대한 염상섭의 집중이 한편에선 해방 직후의 기억과 분단의 현실을 환기시키고, 동시에 당대 주류 집단에 대한 비순응의 태도를 드러낸 것으로 해석한 것이다.

염상섭의 재인식을 위해 최근 다양한 방식으로 제기된 중요한 의제들을 모두 수렴하지는 못했다. 하지만 이 책이 염상섭의 위치를 근본적으로 재조정하기 위한 공동노력의 산물이라는 점은 기록해두고 싶다. 염상섭을 다시 생각하는 일이 한국의 사상과 문화를 두텁게 하고 문학의 역사성을 새롭게 신뢰하는 길이 되리라는 것을 믿어 의심치 않는다.

2014년 6월
이혜령, 한기형

차례

제3부

제4부

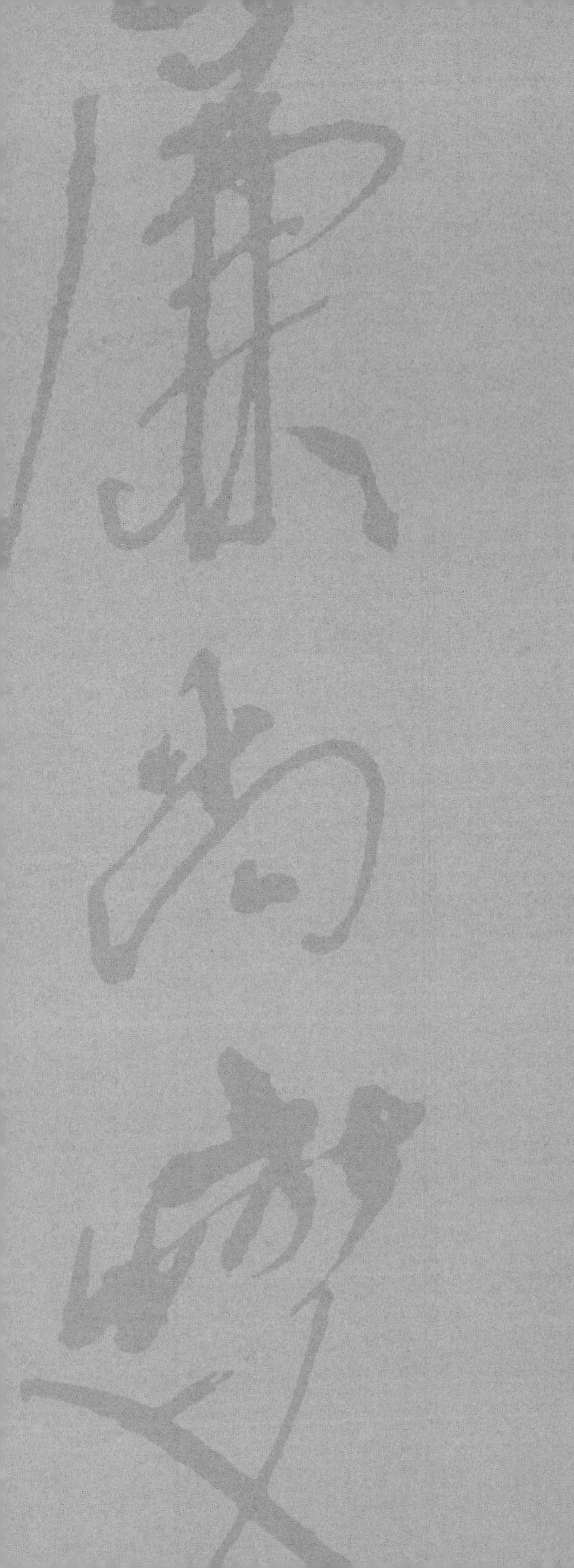

제1부

소시민, 레드콤플렉스의 양각

1960~1970년대 염상섭론과 한국 리얼리즘론의 사정

이혜령

1. 한국 근대문학사라는 지식체계와 사상지리ideological geography

1967년 『동아일보』는 『무정』(1917) 이후 한국 소설문학 50년을 기념하여 여러 날 지면을 할애한다. 그 첫날, 문학사적 의의가 있는 문제작과 작가를 묻는 앙케트를 작가・문학평론가・시인 50명에게 실시해 41명의 응답을 추려 게재하였다.[1] 문제작 11편, 순위에 오른 작가 10명을 발표하였는데, 각각 다음과 같았다. ①「날개」(단편, 이상李箱) 28표 ②「무녀도」(단편, 김동리) 25표 ③『무정無情』(장편, 이광수) 24표 ④「메밀꽃 필 무렵」(단편, 이효석) 21표 ⑤「감자」(단편, 김동인) 20표 ⑥『비 오는 날』(단편집・손창섭) 18표 ⑦『삼대』(장

1 「『무정無情』 이후 소설문학小說文學 50년」, 『동아일보』, 1967.7.29. 회답 도착순으로 열거된 응답자 명단은 다음과 같았다. 염무웅, 백낙청, 임중빈, 임종국, 최인훈, 최인욱, 천이두, 김상일, 이호철, 유종호, 구중서, 이문희, 김승옥, 백철, 전광용, 최일수, 박목월, 김주연, 김현, 이광훈, 김종출, 유주현, 신동엽, 이철범, 윤병로, 조연현, 장용학, 조동일, 선우휘, 김우종, 박연희, 서정주, 김치수, 한남철, 이홍우, 강신재, 홍성원, 신동한, 김성한, 남정현, 이청준.

편, 염상섭) 14표 ⑦ 『북간도』(장편, 안수길) 14표 ⑦ 『광장』(장편, 최인훈) 14표 ⑩ 『동백꽃』(단편집, 김유정) 12표 ⑩ 『서울, 1964년 겨울』(단편집, 김승옥) 12표. 순위에 오른 작가 10명은 ① 이광수 40표 ② 김동인 36표 ③ 김동리 33표 ④ 염상섭 29표 ⑤ 이상 29표 ⑥ 황순원 28표 ⑦ 이효석 26표 ⑧ 최인훈 16표 ⑨ 안수길 15표였다. 한국 근대문학의 효시로서의 『무정』 기원설은 이 기획을 추동할 만큼 견고한 것이 되었다는 것도 눈여겨볼 만한 일이나, 애초에 설문의 대상작품과 작가에 대한 제한이 있었다는 것에 주목하고자 한다. "1917년부터 당시까지 발표된 장편 · 단편 · 단편집을 대상으로 하되 피납자被拉者를 제외한 월북작가의 작품은 대상으로 삼지 않"[2]았던 것이다. 신문지상의 앙케트라는 방식을 응용하여 대중들에게 유포되는 한국 근대문학사의 지식체계의 기반이 되는 표상체계는 이처럼 북한으로 자발적으로 갔다고 판단되는 문인들을 지칭하는 '월북작가'와 그들의 '작품'을 배제하는 것을 핵심적인 장치로 삼았다.[3] 이러한 장치를 핵심으로 하는 표상체계를 나는 '사상지리思想地理, ideological geography'라는 개념으로 설명한 바 있는데, 이는 간단하게는 사상-인신-장소(영토)의 삼위일체를 요구하는 냉전의 지정학과 이데올로기가 결합된 표상체계를 일컫는다.

2차 세계대전의 종전과 함께 전개된 냉전질서의 특징은 한 개인의 지리적 이동이나 그러한 경험이 단순한 이주나 이국의 체험이 아니라 적대적 사상의 소지를 표명하는 행위로 간주되어, 그 개인이 치안과 안보의 위험한 요소로 간주되었다는 데 있다. 사상지리란, 지정학적 경계가 곧 양립할 수 없는 현재적인 적대적 경계이자, 과거와 미래의 경험과 지식에까지 관철되는 상징질서

2 위의 글.

3 한국전쟁의 전황이 어느 정도 진정된 후인 1951년 10월 남한 정부는 A, B, C급으로 나누어 월북 문인에 대한 조치를 공표한다. A급(6 · 25 전 월북자)과 B급(6 · 25 후 월북자)은 기간발금旣刊發禁과 문필 금지, C급(사변 중 납치, 행방불명 등 여러 가지 사유로 소식이 없는 12명 작가)은 내용을 검토하여 처리하도록 공보 · 경찰 등 말단 행정 기관에 통첩한다. 「공보당국, 월북작가 작품 판매 및 문필활동 금지 방침 하달」, 『자유신문』, 1951.10.5(『자료대한민국사』 23, 국사편찬위원회, 2006. 국사편찬위원회 한국사데이터베이스(http://db.history.go.kr)) 참조.

의 경계가 되는 상황이다. 삶과 공동체의 질서화에 있어 근본적인 인간의 존재-장소에 대한 상상력과 규율이 특정한 영토나 장소를 이념화하는 표상체계를 축으로 작동되었던 냉전질서를 한반도는 국토의 분단으로 실현했다[4]는 점에서 극적이었으며, 분단은 탈냉전 시대에도 사상지리의 드라마를 상연하는 장치로 기능하고 있다.[5] 위의 신문기사에서 확인되는 바는 월북 문인들과 그 작품들이 배제된 것만이 아니라 배제된 채로 포함되어 있다는 것이다. 선택에 제한을 둔 것 자체가 그들 존재를 환기하는 것이며, 제한하지 않는다면 그 존재와 기억, 역사, 사유는 '이곳'에서 언표화될지도 모른다는 우려의 표현인 것이다. 그렇지 않아도 김수영은 4·19가 난 지 채 1년이 되지 않았을 때 "알맹이는 다 이북에 가고 여기 남은 것은 다 찌꺼기뿐이야"[6]라는 항간의 말을 통해 이북에 갔다는 이유로 기억과 역사, 지식에서 배제된 채인 존재, 그리고 그것을 통한 사유와 상상이 떠돌고 있음을 이야기했다. 나아가 "6·25

4 이혜령, 「사상지리의 형성으로서의 냉전과 검열-해방기 염상섭의 이동과 문학을 중심으로」, 『상허학보』 34, 상허학회, 2012 참조.

5 예컨대, 2012년 통합진보당 사태를 계기로 점화되어 18대 대통령 선거 운동 기간에 그 쓰임이 폭발적 정치적 효과를 지녔음을 보여준 용어 중 하나는 '종북좌파'일 것이다. 전 국민의 입을 오르내린 종북좌파란 용어처럼 한국사회에 내재되어 작동되던 사상지리적 상징질서를 투명하게 보여주는 말은 없었다. 종북좌파는 386세대들의 학생운동 경험에 기반하고 있는 'NL'로 불리던 용어와 그 용어가 지칭하던 세력 및 집단을 잇는 현재의 특정 정치 세력의 본색을 밝히는 듯한, 부득이한 표현을 하자면 마치 아웃팅outing 효과를 낳는다는 점에서 위력적이었다. 아웃팅은 커밍아웃과 반대로 자신의 의지와는 상관없이 자신의 성적 경향이 드러나게 되는 것을 말한다. 특정한 정체성을 지닌 사람들의 사회적 배제로 실천되는 호모포비아와 레드퍼지의 유사한 메커니즘을 생각한다면, '종북좌파'라는 규정은 음험하다. 돌이켜 보면, 진보와 좌파라는 말이 그런 대로 범상하게 쓰이던 시대는 1980년대 종종 사건화된 지식인의 방북, 즉 월북이 더 이상 감행되지 않았던 시대였다. 그런데 종북이란 말은 진보나 좌파와 같은 용어의 범상한 쓰임에 결정적인 손상을 입혔다. 한국에서 특히 좌파는 아무런 수식어 없이 쓰일 수 없는 말이라는 듯이, '친북'이, 끝내는 '종북'이라는 수식어를 달아야 했다. 좌파의 본색은 '종북'이라는 듯이 말이다. 한편 포털사이트 네이버의 뉴스 검색을 통해 대강 살펴본 바로는, '종북좌파'란 용어는 처음부터 그대로 쓰이지는 않았다. 17대 대통령선거에서의 패배를 둘러싸고 진보정당 세력 내의 과거 NL그룹의 경향성을 두고 '종북주의'라 규정하였다. 이 용례에서 보듯이, 좌파 내의 특정한 경향을 종북주의자라 칭했던 것이다. 그러던 것이 좌파 전체의 특징을 규정하는 용어로 '종북좌파'가 등장한 것은 2008년 촛불시위를 계기로 한 것 같다. 촛불시위 관련 기사는 다음을 참조. http://www.hani.co.kr/arti/society/society_general/294413.html(최종검색일 : 2014.4.29) 참조.

6 김수영, 「시詩의 '뉴 프런티어'」, 『김수영 전집』 2, 민음사, 1981, 175면.

전 양심적인 문인들이 이북으로 넘어간 여건과, 그 후의 10년간의 여기에 남은 작가들의 해놓은 업적과, 4월 이후에 오늘날 놓여있는 상황을 다시 한 번 냉정하고 솔직하게 반성해볼 필요가 있다"[7] 고 주장한다. 이러한 진술은 4·19 이후 정치적·문화적 변화에 대한 희망에 기댄 것이기는 하나, '6·25 전', '6·25 때'와 같이 월북의 시점을 분별하는 시간성을 창출한 남한사회에서 어떤 두려움 없이 이야기한 것은 아니었다. 그는 이 글에서 자신이 술에 취한 채 파출소 순경을 보고 '내가 바로 공산주의자올시다' 하고 인사를 하였더라는 말을 이튿날 아내에게 전해 듣고 겁이 났었고, 겁이 난 자신에게 화가 났고 술 취한 채 '언론자유'를 실천한 자신이 미웠노라고 고백한다.[8]

이미 과거가 되어버린 '해금'의 역사로 풀어쓸 수 있는 배제된 것들의 역사를 말하려는 것은 이 글의 주된 관심이 아니다. 배제되어 왔던 것은 배제되지 않은 것의 역사와 기억, 지식의 구성요소이며 나아가 배제되는 않은 것은 배제된 것을 지시하는 환유적인 매개로 기능하기도 한다는 것을 이야기하려 한다. 즉 배제된 것들이 들어올 수 있는 작은 문. 그러나 문이 닫히면 문은 잇대어져 있던 벽의 연장일 뿐인 문. 그 문을 통해 개시된 언설의 장에는 희망이나 선망, 두려움과 자괴감, 체념이 미묘하게 불려져 나온다. 이는 사상지리의 표상체계에 내재된 진자운동 가운데 발생하는 진동이다. 나는 1960~1970년대 '염상섭론'[9] 은 이 진동을 잘 보여준다고 생각한다. 한국 근현대문학사의 지식체계가 구축되는 과정에서 리얼리즘, 사회주의, 식민지, 소시민 등이 렉시아lexia를 이루며 직조된 1960~1970년대 염상섭론은 사상지리의 표상체계의 가장자리에 부딪혔다 돌아오는 진자운동 속에서 형성된 것으로, 그것은 염상섭 문학과 그의 시대를 향한 것이기도 하지만 염상섭을 통해 말하고자 했던 당대를 향한 것이기도 했다.

---

7 위의 글, 같은 면.

8 위의 글, 175~176면.

9 이 글에서 '염상섭론'은 작가론만이 아니라 참조적·맥락적으로 쓰인 염상섭과 그의 문학에 관한 언급을 포괄하는 의미로 쓰인다.

2. 리얼리즘, 문학사로부터의 호출
－염상섭의 『삼대』와 사회주의

백철이 「표본실의 청개구리」를 자연주의 사조 도입기에 그 사조와 의식을 전위적으로 의식, 체득하여 나온 것으로 본 이래,[10] 자연주의는 식민지 시대에 걸쳐 1950년대까지 염상섭 문학의 성격을 규정하는 중요한 용어였다. 그러나 1950년대 그 용어는 염상섭 문학에는 사상이나 이념의 빈곤을 이야기하기 위한 술어로 기능하는 경향이 강했다. 조연현은 염상섭을 '자연주의적 인생관'과 '순객관주의적 표현방식'으로 특징지으면서 그것에 근거하여 그를 '순문학의 사도'로 치켜세우는 한편 '사상적인 빈곤'을 느끼게 되는 결과를 낳기도 한다고 말한다.[11] '우상의 파괴'의 대상으로 일찍이 염상섭을 꼽아 온 이어령은 염상섭에게는 리얼리즘의 산문정신의 기저인 '기술記述의 방법'을 알고 있으면서도 '기술의 철학'은 모르고 있는 듯싶으며,[12] 그가 '젊음'의 고역과 시대의식을 표현하는 사상가는 아니지 않느냐[13]고 힐난하였다. 이들만이 아니라, 1950년대 전후 문학 장을 주도한 『문예』, 『자유문학』, 『현대문학』 등 문예지들은 염상섭 문학의 충실한 현실 반영을 긍정적으로 평가하면서도 그 문학의 한계적인 성격을 동시에 지적하였다.[14]

이러한 염상섭 문학을 바라보는 다양한 시각 중 하나라기보다는 의식적 ·

10 백철, 『신문학사조사』(1947.8), 신구문화사, 1980(수정증보판), 254면 참조. 백철은 염상섭 서거 후 특집으로 마련된 『현대문학』 지면을 통해, 「표본실의 청개구리」를 3 · 1운동 전후의 절망에 빠진 지식인들의 시대상황을 잘 보여주며 단지 자연주의만이 아니라 상징주의와 낭만주의는 사조적 혼류를 보여주는 작품으로 재독해하고 있다. 백철, 「염상섭의 문학적 위치－「표본실의 청개구리」를 중심으로」, 『현대문학』, 1963.5.

11 조연현, 「염상섭론」, 『신태양』, 1955.4; 조연현, 「염상섭편」, 『새벽』, 1957.6.

12 이어령, 「우상의 파괴」, 『한국일보』, 1956.5.6; 이어령, 「1957년의 작가들」, 『사상계』 54, 1958.1.

13 이어령, 「문학과 젊음－"문학도 함께 늙는가"를 읽고」, 『경향신문』, 1958.6.21~1958.6.22.

14 김준현, 「전후 문학 장의 형성과 문예지」, 고려대 박사논문, 2009, 178~179면 참조.

무의식적으로 이루어진 염상섭 문학의 탈이념화, 탈정치화의 성격을 띠고 있었다. 1948년 단독정부 수립 전후 대한민국의 국가성을 현실화, 표상화하는 기획이던 사상통제[15]에 협력하면서 남한 문단의 기득권적 위치를 차지하게 된 이들은 남한 형성의 역사와 결부된 문인들의 경력과 기억을 관리했다.[16] 해방 이후 염상섭의 경력은 간단히는 이러하였다. 뒤늦게 신의주로부터 월남하여 『경향신문』 편집국장을 역임했으며, 조선문학가동맹에 참여하였고, 남북연석회의 지지 성명, 단독정부수립을 반대하는 문화언론인 성명을 하였다. 그 대가로 그는 국민보도연맹과 월남작가연맹 따위에 가입, 활동했어야 했다. 염상섭은 해방기의 자신의 활동에 대해서 거의 회고한 적이 없다. 염상섭 그 자신의 회고가 언제나 3·1운동 전후와 『폐허』 창간 어간에서 멈추었던 것에 비하자면, 김동리·조연현과 같은 이들은 해방기 염상섭의 정치적 경력을, 아니 염상섭과 같은 전향자들의 과거를 말할 수 있는 유일한 증언자들이었다고 해도 과언이 아니다.[17] 집단 전향의 사제司祭나 사열관査閱官이었

15 임종명은 대한민국은 출범 과정에서부터 좌익 세력을 비롯한 단정 세력으로부터 '반민족'이라는 비난을 떠안아야 했다고 지적한다. 그에 따르면 한 정체의 민족국가성은 시민사회에 대한 국가성, 대한민국이 시민사회와 분리된 자족적 실체이자 민족을 대표하는 주체로 표상되고 그것을 승인됨을 요구받는데, 이것을 위한 기획을 문화적 국가 기획이라 칭했다. Chong-Myong Im, "The Making of the Republic of Korea as a Modern Nation-State, August 1948~May 1950", Ph.d Disseration of Chicago University, 2004 참조. 여순반란 사건을 전후로 한 사상통제 — 좌익 세력의 축출, 국가보안법 반포, 보도연맹 조직 및 동원, 프로파간다 — 는 남한 단독 정부인 대한민국의 '국가성'을 획득하기 위해 연좌제적 감시와 '학살'이라는 폭력적 수단까지를 동원한 프로젝트였다.

16 남한 문단의 형성과 관련된 문예 조직의 형성과 기능에 관해서는 김철, 「한국보수우익 문예조직의 형성과 전개」, 『문학과 논리』 3, 태학사, 1993.

17 가장 왕성한 문단 회고 작업을 했던 예로는 조연현, 한국전쟁 때 서울수복 후 김동리, 조연현과 자신이 참여한 부역자 심사 활동을 회고한 서정주 사례를 들 수 있다. 이에 대한 자세한 서술은 이봉범, 「해방10년, 보수주의문학의 역사와 논리」, 『한국근대문학연구』 22, 2010; 김준현, 앞의 글 참조. 한편 조연현은 「염상섭편」에서 해방 이후 염상섭의 약전을 다음과 같이 요약한다. "8·15 해방 뒤에는 모일간지某日刊紙의 편집국장 직함을 가진 적도 있었으나 명의뿐이요 실무에 관계치 않았으며, 6·25 동란 중에는 한동안 군에 복무하여 해군 소령으로 정훈政訓 관계의 일을 맡아본 적도 있었으나 곧 퇴역했으며, 1955년에는 서라벌예술학교 2대학장으로 취임했었으나 이것 역시 실무에는 전혀 관계없는 명의뿐이었다." 조연현, 앞의 글, 1957.6, 45면. 이 명의뿐인 일들 중에서 유독 그 구체적인 지명紙名을 밝히지 않은 일에 대해 김동리는 염상섭

던 자들만이 그 시절에 대해 입을 열 수 있었다는 점에서 '해방기'[18] 그리고 한국전쟁 직후 이른바 적치하의 남한은 한국 역사 서술의 성역이었다. 다행히(?) 월북하지 않아 전향의 기회가 주어진 전향자들에게 좌익이나 그에 준하는 활동은 마치 자신의 의지는 아니었다는 듯하는 수동성이 강요된다. 수동성은 전향의 사제들이 그 개종자들을 향한 가장 우호적 해석이자 전향 이후 삶과, 그 삶 안에서 일어나는 사건들을 해석하는 가이드라인이기도 하다.

자연주의는 이러한 염상섭의 삶을 문학을 통해서만 설명하려는 수동성의 내러티브였던 셈이다.[19] 염상섭은 그것을 일단 감내했던 것 같다. "서정주 김동리들이 문단지도자가 된" "6·25사변 이후" "비문단적 처신"[20]을 하며 두문불출한 채로 작품을 써나가는 것으로만 염상섭은 생의 업을 삼았다. "나를 가리켜 자연주의 작가 혹은 사실주의 작가라 한다. 하등의 이의도 불만도 없다."[21] 그러나 염상섭은 자신에게 칭해진 자연주의 혹은 사실주의를 "신문학 운동의 본궤도를 걸어온 증좌"로 의미화하고, 「표본실의 청개구리」가 자연주의적인 것이라면 그것은 수입한 것도 의식적으로 표방한 것도 아닌 "실제의 체험"을 그린 것이고, "그 시대의 생활환경"에서 "자연 생성"한 것이라

사후 증언하였다. 『경향신문』 창간 당시 주간 정지용에게 편집국장으로 염상섭을 주선한 것이 자신이며, 신문의 좌익화로 인해 자신은 관계를 끊게 되었다는 회고와 함께, 좌우 통합을 주장하는 횡보와 달리 정지용은 "아주 좌경한 사람으로 간주하고 있었다"고 증언한다. 김동리, 「횡보선생의 일면」, 『현대문학』, 1963.5, 48~49면.

18 1945년 8월 15일 해방으로부터 1948년 단독 정부 수립 시기까지를 일컫는 '해방기'라는 용어는 거의 한국 근현대문학 연구자들만 쓴다고 해도 과언이 아니라서 용어를 변경해야 하느냐를 고민하고는 했지만, 매번 다시 '해방기'로 돌아오게 된다. 그 이유는 시간이 지날수록 미소 점령하 남북 분단 체제로 굳어져갔음에도 그러한 정세를 미결정의 상태, 혹은 유보의 상태로 의식적으로든 무의식적으로든 간주하고 '해방'에 관한 다기한 정치적·문화적 실천을 펼치거나 소망을 품었던 사람들의 시간의식을 표현하기 위함이다.

19 치밀한 묘사와 무이상無理想이라는 식으로 규정된 염상섭 문학의 자연주의에 대한 이해는 김치수, 정명환 등에 의해 비판·일신된다. 김치수, 「자연주의 재고」(1966), 김현·김치수·김주연·김병익, 『현대한국문학의 이론』, 민음사, 1972; 정명환, 「염상섭과 졸라—성에 대한 견해를 중심으로」, 『한불연구』 1집, 연세대 한불문화연구소, 1974.12.

20 고은, 「나의 산하, 나의 삶」, 『경향신문』(1990.10.6.~1996.3.3), 1995.7.9.

21 염상섭, 「나와 자연주의」, 『서울신문』, 1955.9.30.

주장한다. 또 "사실주의에서 한 걸음도 물러나지는 않았고 문예사조에 있서 자연주의에서 한 걸음 앞선 것은 오랜 일이었다"고 주장한다. '순객관묘사'라느니 '무해결', '무이상'이 특징이라 설명되는 자연주의에서 벗어났다는 점에서 자신이 '사실주의'을 일관되게 지향했노라고 자부한다.[22] 표현형식과 표현방법으로서의 '리얼리즘'만이라도 갖추어야 하지 않겠느냐고 젊은 세대의 문학인들에게 염상섭이 충고할 때,[23] 사실주의 또는 리얼리즘이란 아주 제한적인 의미에서라도 그의 문학적 자긍심의 근거였다. 그에게 있어서 리얼리즘이란 자신을 둘러싼 시대와 환경에 놓인 인간의 삶을 이해할 수 있도록 그려야 한다는 요구였다.

1963년 3월 염상섭 사후 그의 문학은 본격적으로 리얼리즘에 의해 재인식된다. 양문규는 그 배경을 4·19라는 거대한 역사적 사건이 이데올로기적 콤플렉스로부터 벗어나게 했을 뿐만 아니라 5·16 이후 군사정권에 의해 추진되는 '근대화'의 진행과정은 '우리의 근대'와 '민족현실' 에 관심을 돌려 현실에 대한 리얼리즘적 관심을 배태시켰기 때문이라고 주장한다.[24] 덧붙여 말하자면, 거기에는 1950년대까지 자연주의로 그의 문학을 규정할 때 중요하게 언급되지 않았던 『삼대』의 발견[25]이 놓여 있다. 『삼대』론이 중심이 되

---

22 "현실적·과학적이어야 할 주요 요건으로 보면 자연주의의 분신이라 하겠으나, 자연주의에서 그 단점이요, 병통인 과학만능의 기계주의를 비롯하여 극단의 객관태도, 무해결 또는 지금 와서는 아주 예사가 되고 웃음거리나 되는 현실폭로라든지 성욕묘사 같은 진부한 것은 떼어놓고서, 쓸 만한 것을 추려가지고 나선 것이 사실주의라는 것이다." 염상섭, 「나의 창작여담—사실주의에 대한 일언」, 『동아일보』, 1961.4.27. 자연주의를 3·1운동 이후 시대적 상황에서 "내재하고 내발적인" 경향으로 보는 염상섭의 주장은 「횡보문단회상기」(『사상계』, 1962.11.12)에서도 확인 가능하다.

23 염상섭, 「문학도 함께 늙는가?」, 『동아일보』(1958.6.11~12), 1958.6.12.

24 양문규, 「근대성·리얼리즘·민족문학적 연구로의 도정—염상섭 문학 연구사」, 문학과사상연구회, 『염상섭 문학의 재인식』, 깊은샘, 1998, 210~211면.

25 『삼대』의 출판사를 간략하게 개괄하자면, 『삼대』(『조선일보』, 1931.1.1~9.17)는 해방 후 개작되어 1947년 을유문화사에서 간행된다. 염상섭의 회고에 따르면, 이 판본은 오랫동안 절판된 것 같은데 그 이후 1958년 민중서관판 『한국문학전집』 제3권에 「만세전」, 「신혼기」, 「표본실의 청개구리」와 함께 수록·간행된다. 식민지 시대나 첫 단행본 간행시의 『삼대』에 대한 비평이나 독후감은 과문한 탓인지 찾아볼 수가 없었다. 다만 염상섭의 다음 회고는 뒤늦게 조명되

었으며, 이는 리얼리즘론에 촉발된 것일 뿐만 아니라 그 논의 자체를 활성화시켰으며 무엇보다 당대 문학의 조건과 그 결핍을 환기시켰다.

당시 동아일보사의 이 특집 시리즈를 담당한 기자였던 김병익이 앙케트를 분석하면서 쓴 촌평 중에서 『삼대』와 『광장』에 대한 언급은 눈에 띄는 것이었다. "사회주의 경향이 팽배하면서 더욱 심각해진 30년대의 고민은 염상섭의 『삼대』에 가장 잘 반영되었고 그의 주제는 30년 후 관념소설의 수법으로, 모든 점에서는 상반되지만 지식인의 회의를 그린 최인훈의 『광장』에서 재현되고 있다"고 진술하였다.[26] 다른 작품들에 대해서는 초현실주의(「날개」), 토착성(김동리, 「무녀도」; 이효석, 「메밀꽃 필 무렵」; 김유정, 「동백꽃」), 문학사적·문단적 위상(이광수, 『무정』; 김동인, 「감자」) 등 문단적, 문학사적 흐름에 의한 평가를 한 반면, 이 두 작품의 의의를 한국의 특정한 역사적 상황에서 부딪히게 된 사회주의와 지식인, 또는 역사적 상황을 대면한 지식인의 사유 매개체가 사회주의였다는 데 두고 있다. 염상섭론의 중심작품은 오랫동안 『삼대』였다는 것은 새삼 말할 필요도 없을 것이지만, 그것은 1960년대 평론가에 의해 형성된 것이었다.

백낙청은 현대소설 50년을 말하는 김동리, 백철, 선우휘, 전광용 등이 모인 1967년 7월 『신동아』의 좌담회에서 불협화음을 이루었다. 이광수를 두고 이야기가 계속되자, 염상섭에 대한 부정확한 평가가 우리 문학을 보는 태도 자체의 어떤 타성과 연관되어 있지 않느냐는 문제제기를 했으나, 참석자들인 김동리, 백철, 선우휘, 전광용으로부터 어떤 반응도 얻지 못한다. 그들은 아예 염상섭을 언급하지 않았다. 이어서 현실적인 모순 폭로가 이 세계의 건

고 독서의 대상이 된 『삼대』에 대한 그의 감회를 느낄 수 있다. 염상섭은 "1947년 간행 후 문인은 아닌 어떤 친구가 독후감으로 하는 말이 아직 살아 있는 작품이라 하였고, 전문적인 문우도 똑같이 평을 지상에 쓴 일이 있는 것을 기억하고 있는데, 또 15년을 지내서 오랜 절판에 헤어나게 본즉, 전후 30년이 지난 오늘날의 젊고 어린 학생들은, 나에게도 장편이 있었던가 하고 희한히 여기며 학교도서실에서는 다투어 읽는다는 말도 들었다"고 회고한 바 있다. 염상섭, 「고삽·난삽·치밀」, 『현대문학』 77, 1961.5.

26 김병익, 「『무정無情』 이후 소설문학 50년－작품 주변」, 『동아일보』, 1967.7.29.

너편에는 공산주의가 있다는 사실을 도외시한다면, "공산주의적인 사회적 리얼리즘"을 선으로 여겨 공산주의혁명까지 갈 수 있다는 선우휘의 발언에 백낙청은 "현실의 모순을 폭로한다고 해서 반드시 공산주의를 전제하고 폭로하는 것도 아니고 또 현실의 모순을 폭로한 결과가 필연적으로 공산주의가 된다는 법도 없습니다. 그렇다면 현실의 부정부패를 떠드는 사람은 누구나 다 반공법에 걸려들어야 하지 않겠습니까?"라고 분통을 터뜨린다.[27] 다음 인용문은 이 좌담회가 있은 지 얼마 안 되어 쓰인 예의 『동아일보』 기획 시리즈의 마지막 평론인 백낙청의 「한국소설과 리얼리즘 전망」이다.

> 리얼리즘 소설의 특징은 작품의 실감이 작가 한 사람만의 또는 특수 독자 몇몇 사람만의 실감이 아니라 같은 시대 같은 사회에 사는 모든 사람들의 실감이 되고자 한다는 점이다. 개인의 관심사는 곧 함께 사는 모든 사람들의 관심사로 공유되고 전체사회의 관심사가 각 개인의 문제로 실감될 것을 지향하는 것이다. 이러한 근본의도를 달성하는 데는 여러 가지 방법이 있을 수 있겠지만 당대 현실을 소재로 택한다거나 사실적 묘사를 기하는 것이 특히 중시되는 것은 당연한 일이다. (…중략…) 그러나 많은 사람들의 관심사를 많은 사람들에게 전달 가능한 방법으로 다루려는 리얼리즘의 노력은 우리사회에서 결정적인 난관에 부닥쳐 있다. 남북의 양단, 빈부의 극대화, 전통의 유실 등으로 누구나 함께 실감할 수 있는 체험의 영역이 나날이 줄어가고 있으며 바로 이 사실을 가장 절실한 공통의 관심사로 삼는 일은 비단 문학적만이 아닌 여러 가지 전달 수단의 제약을 받는 것이다. 『삼대』 만한 작품을 써낼 재능과 여유 만만한 자신을 가진 작가가 현재 있다고 할 때 그는 염상섭이 모르던 많은 제약 때문에 고심할 것이다.[28]

---

27 김동리 · 백낙청 · 백철 · 전광용 · 선우휘, 「근대소설 · 전통 · 참여문학」(『신동아』, 1968.7), 유종호 · 염무웅 편, 『한국문학, 무엇이 문제인가』, 전예원, 1977, 123 · 130~132면.
28 백낙청, 「한국소설과 리얼리즘 전망」, 『동아일보』, 1967.8.12.

문학을 인간의 커뮤니케이션의 일환으로 간주하고 그 상호작용communication의 과정이 공통적인 것을 생성해내는 일임을 전제한 레이몬드 윌리엄스의 리얼리즘론[29]은, 1967년 백낙청에게 이런 질문을 하도록 했던 것이다. 이 사회에서 절실한 공통의 관심사가 어떻게든 전달 가능하기나 한 것인가? 백낙청은 1930년대의 식민지 시대보다 자신의 시대가 의사소통 전반에 있어 더 큰 제약이 있지 않느냐고 말하고 있다. 신문학 60년, 현대소설 50년 등과 같은 문학사 기획은 평화로운 시대의 역사-기억 작업이지 않았다. 『동아일보』의 이 기획이 있기 불과 한 달 남짓 전인 1967년 7월 8일 '동백림 사건'에 대한 검찰의 발표가 있었으며 언론지상 1면을 요란스럽게 장식하고 있었다. 박정희 정권은 이후 유신체제에서 전면화될 모든 통치의 기술을 이미 모두 선보였던 시점이다. 매체의 폐간과 관련자의 구속,[30] 간첩단 사건[31] 등 일련의 이벤트를 동원한 사상통제는 대서특필되는 언론보도, 즉각적인 (사)형집행 등 권력의 과시적 현시를 위한 기술로 자리 잡았다. 이 기술은 그 초점 대상이 사건의 피고들과 같은 분단 이후 본격적으로 형성된 대학제도가 배출한 지식인이라는 점에서, 4·19 이후 지식인 공론장을 위축시켰다. 그것은 무엇보다 지식인이 사상을 갖는다는 것에 대한 끊임없는 사회적, 개인적, 국가적 심문이 일상화되는 사태를 의미했다.[32]

---

29 레이몬드 윌리엄스, 백낙청 역, 「리얼리즘과 현대소설」, 『창작과비평』 7, 1967 가을. Raymond Williams, "Realism and the Contemporary Novel", *The Long Revolution*, Chatto and Windus, 1961을 번역한 것임을 밝히고 있다.

30 5·16 직후 『민족일보』의 폐간과 간첩죄를 적용한 사장 조용수의 사형 집행에서부터, 『사상계』, 『청맥』 등 4·19 이후 지식인 공론장을 주도했던 매체들의 폐간과 남정현, 김지하 들과 관련된 필화 사건 등은 유신체제로의 길을 내고 있었다.

31 1961년 6월 10일 국가재건최고회의법 18조에 의거 "공산세력의 간접침략과 혁명가업수행의 장애를 제거하기 위해" 설치된 중앙정보부는 특히 제4대 중앙정보부장 김형욱이 1963년 7월부터 1969년 10월까지 재임하던 때, '인민혁명당사건'(1964.8), '동백림사건'(1967.7.8), '통일혁명당사건'(1968.8.24 발표), '유럽·일본거점간첩단사건'(1969.5.14) 등이 발생하였다. 전명혁, 「1960년대 '동백림사건'과 정치·사회적 담론의 변화」, 『역사연구』 22, 역사학연구소, 2012 참조.

32 냉전체제하 분단국가의 '서발턴'에는 입이 있어도 침묵하고 말해도 웅얼거림만이 가능한 비

이 사건들은 사상지리적 상징질서를 심화시키는데, 배제된 채 포함된 것을 더욱 내재화시킨다는 의미에서 그러하다. 지식인들로 하여금 지금-여기에 속해 있음을 공포와 불안이라는 지각 경험으로 환기시켰으며, 이는 동시에 지금-여기를 배제된 채 포함된 것들과의 관련 속에서 인식하려는 시도를 활성화시켰다. 이 시기 공론장의 위축에 대응하여 등장한 역사를 성찰의 매개로 삼는 역사-비평은 배제된 채 포함된 것을 환유적으로 서술하는 글쓰기이자 지식의 형식이었다. 1960년대 말 1970년대 초반 문학비평은 식민지 시대의 문학과의 비교문학적 비평을 시도함으로써 역사-비평을 실천하였으며[33] 여기에 서구문학을 참조적으로 언급하면서 제기된 리얼리즘론이 결합하면서 문학사적 지식체계가 구축되었다.

『삼대』를 중심으로 한 염상섭론은 이 한복판에 있었다. 예의 백낙청이 애써서 입을 연 자신의 주장이 어떤 반응도 없이 되돌아와 그의 침묵을 은연중 강요한 좌담회를 보자면, 자연주의자가 아닌 염상섭을 문학사적 지식체계의 중심으로 끌어들여 그것을 탈구축하는 것은 간단치는 않았으나 그것은 거의 전격적이었다. 단적으로 『삼대』는 사회주의를 품고 있었기 때문이다. 한반도 안팎과 연결되어 있는 지하 공산당의 책임비서인 사회주의자가 주인공의 친구로 등장하는 염상섭의 『삼대』, 그리고 그 작품의 산출을 가능하게 한 1930년대는 결국에는 식민지 체제의 폭력에 의해 해체되었지만 프로문학 운동과 사회주의 운동 들이 펼쳐질 수 있었던 시대로 인식되었다. 『삼대』론은 대개 '삼대'의 조부, 부, 손자의 3대의 삶과 지향을 다르게 만든 사회적 · 이념적 기반과 그에 기초한 갈등을 어떻게 그리고 있으며 손자의 세대이자 '식민지 세대'인 덕기의 지향을 어떻게 해석하고 평가하느냐에 있다. 조부 조의관

극적이고 비루한 지식인이 포함됨을 이 시기 동백림 사건의 임석진과 통혁당 사건 임질락의 전향을 통해 밝힌 글로는 권보드래 · 천정환, 「3장 : 엇갈린 운동, 1960년대의 지성과 사상전향」, 『1960년을 묻다』, 천년의상상, 2012 참조.

33 여기에 대해서는 다음의 글 참고. Lee Hye Ryoung , "Time of Capital, Time of a Nation : Changes in Korean Intellectual Media in 1960s~1970s", *Korea Journal* , Autumn 2011.

과 아버지 조상훈을 어떻게 볼 것인가에 대해서는 대동소이한 입장이었지만, 덕기의 지향에 내재되어 있는 지식인의 선택지에 사회주의가 놓여 있으며 그의 선택이 어떤 것인가에 대해서는 차이를 보였다.

1960년대 비로소 등장한 본격적인 『삼대』론이라 할 수 있는 「식민지적 변모와 그 한계－염상섭의 『삼대』」의 경우를 쓴 염무웅은, 『삼대』를 염상섭의 대표작으로, 신문학이 도달한 가장 높은 수준의 하나이자, "30년이 지난 오늘날에 있어서도 『삼대』의 성과를 넘어서는 사회소설은 찾기 힘들다" 고 말한다. "조·부·손의 세대교체와 더불어 덕기의 자유주의와 병화의 사회주의의 대비는 작품 『삼대』의 주된 골격"을 이루고 있다는 데서 당대 한국사회의 핵심적 문제권에 육박해 들어간 것이라고 평가한다. "현실과 이상, 봉건적인 것과 진보적인 것, 개인문제와 사회문제의 중간지대에서 희생을 다 같이 사양하는 동안에 자기를 정립하"면서 추구하려는 "덕기의 아이디얼리즘"은 "일제의 약탈적인 식민주의와 이에 결탁하여 자신의 유지를 꾀한 봉건세력의 압력으로 의곡, 변질되거나 타락할 위험과 연결되기 일쑤"이며 "결과적인 현실수긍의 타협주의"를 보여준다는 점에서 한계적이라고 지적한다.[34] 백낙청은 「시민문학론」(1969)에서 『삼대』는 '시민의식'의 역사적 발현을 보여준 3·1운동의 문학적 성과이자 실패를 동시에 보여준다고 주장한다. 『삼대』의 "차분함에는 어딘가 장인적 초연함이 엿보인다. 투르게네프가 『아버지와 아들』에서 바자로프와 아르카디의 사이에서 그 어느 쪽으로 기울지 못하고 있는 데 비해 염상섭은 분명히 조덕기의 입장에 치우쳐 있고 거기에 상당히 만족해 있는 것 같다. 약간의 고뇌와 회의를 품고 있지만 그 삶에 '님'이 있는지 없는지 철저히 따지고 들 생각은 없는 것이다"라고 말하며, 이를 한국 지식인층의 '소시민화 과정'의 증거로 평가한다.[35] '님'을 망각하고 만 것으로 설명되는 소시민화 과정은 염무웅이 말한 '현실수긍의 타협주의'와 거

34 염무웅, 「식민지적 변모와 그 한계－『삼대』의 경우」, 『한국문학』, 1966 가을.
35 백낙청, 「시민문학론」, 『창작과비평』 14, 1969 여름, 493면.

의 같은 진단이라고 보아도 무방할 터이다. 사회주의라고 언급하지는 않았지만 그것과 관련된 급진적인 사유와 실천을 더 이상 진전시키지 않고 있다는 데서 '시대의식'의 한계나 '시민의식'의 퇴화를 읽어낸 것이다.

여기서 '님'은 한용운의 그것이었다. 주지하듯 우연치 않게 이 두 비평가가 『창작과비평』에서 시도한 것이 한용운의 시민문학, 민족문학으로서의 전범화였다. 그 단초를 마련했다고 평가되는 「시민문학론」 독해[36]와 관련되어 제기되어야 할 의문은 백낙청이 서구의 '시민문학'의 참조틀로는 소설, 그리고 그것에 기반한 리얼리즘론을 삼았던 반면 한국적 시민문학(나아가 민족문학)의 전범은 시인들 — 주로 죽은 시인들 — 로 들었다는 점, 그리고 그것은 왜였을까 하는 점이다.

이러한 구도는 1970년 10주년을 맞이한 4·19혁명과 그 이후 문학적 성과를 논하는 자리에서, 구중서가 김수영과 신동엽을 그 성과적 예로 든 반면 최인훈의 『광장』에 대해서는 분단의 비극적 현실과 현실의식을 확장한 작업으로, 김승옥의 「서울, 1964년 서울」에 대해서는 절망과 시니시즘을 읽어내는 등 소설의 성과에 대해서는 비판적으로 보는 것으로 이어진다.[37] 한편, 좌담회에서 김윤식은 자유가 원칙적으로 확보되었다고 믿는 사회에서야 비로소 개인과 사회의 문제를 관계적으로 파악하는 리얼리즘이 가능하다며, 그런 의미에서 4·19를 리얼리즘의 기점이라고 말한다.[38] 김현은 구중서와 김윤식의 견해를 '시와 혁명' 대 '소설과 리얼리즘', 혁명 대 자유의 대립으로 파악하면서 자신의 논의를 개진하는데, 1960년대의 문학을 언급하기보다는

36 최근 김나현의 논문에서 주목되었듯이 백낙청은 「시민문학론」에서 한용운을 '3·1운동이 낳은 최대의 시민시인'으로 평가하며, 한용운의 '님'을 문학-사상-혁명의 삼일체적 이데아로 간주하였다. 『창작과비평』은 한용운의 글을 게재하는 한편, 그의 독립운동과 불교, 문학에 대한 비평을 의식적으로 싣는다. 그리고 한용운을 통한 『창작과비평』의 지향을 핵심적으로 보여준 것은 염무웅의 「만해 한용운론」(『창작과비평』 26, 1972 겨울)이었다. 김나현, 「1970년대 『창작과비평』의 한용운론에 담긴 비평전략」, 『대동문화연구』 79, 성균관대 대동문화연구원, 2012 참조.

37 구중서·김윤식·김현·임중빈, 「좌담 : 4·19혁명과 한국문학」(『사상계』 204, 1970.4, 유종호·염무웅 편, 앞의 책, 167~168면.

38 위의 글, 164~165면.

그 아날로지적 비교 대상으로 1930년대의 리얼리스트들을 거론한다.

해방전의 리얼리스트들 염상섭, 현진건 등의 소설에 대한 평가는 어떻게 해야 하는가. 또한 4·19 후의 리얼리스트들, 자유를 갖겠다는 노력을 하는 리얼리스트들 말이죠. 그들의 작품과는 어떻게 대비되는가 하는 문제가 크게 대두되는 것입니다. 제 생각으로는 최소한도의 자기 계층, 봉건 보수적 쁘띠 부르주아였다 하더라도 말이죠. 자기계층을 가졌다는 점에서 사회계층이 학생층에 의해 유도된 4·19 이후 리얼리스트들, 그 리얼리즘이란 자기계층의 부재라는 쓰디 쓴 확인을 의미하는 것이겠지만요. 그들보다는 30년대의 리얼리스트들이 훨씬 박력있는 작품을 내놓을 수 있었던 것으로 생각됩니다.[39]

구중서 씨가 말한 대목 중에서 잘 납득이 안가는 부분이 있는데 저로서는 가령 30년대에 나온 염상섭의 『삼대』라든가 채만식의 『탁류』와 같은 작품에 대한 투철한 분석력과 저항 정신을 가지고 있는 아주 좋은 리얼리즘 작품이라고 봅니다. 자연주의와 사실주의를 구별해서, 염상섭이나 채만식을 자연주의 작가라고 보고, 리얼리즘에 이르지 못한 작가라고 판단하는 것은 넌센스일 것입니다. 그러면서도 현실을 진실하고 성실하게 바라보는 것이 리얼리즘의 기본적인 요건이 된다고 말씀하셨는데, 30년대 같은 상황에서 그들처럼 현실을 성실하게 진실하게 보기도 힘들 겁니다. 예술가로서의 리얼리스트란 '자신의 意思에 反'하는 사람일 것입니다.[40]

김현은 리얼리즘이 가능한 조건으로서 김윤식이 말한 '자유'와 관련하여, "그 자유를 획득하려는 노력을 할 만한 사회계층이 형성될 수 있느냐 없느냐에 문제의 초점"이 있다고 말한다. 혁명을 지킬 수 있는 사회계층이란 자신

39 위의 글, 169면.
40 위의 글, 171면.

이 속하고 있는 계층과 사회 환경을 인식하는 존재이다. 4·19혁명은 주체가 학생층이었으며, 그들 스스로가 자신이 속한, 혹은 속해야 할 사회계층에 대한 인식의 불철저함으로 "기존사회에 그대로 적용, 쁘띠 부르주아가 되어버린 현실을 제대로 파악하여 그것을 지양 극복하겠다는 의지를 완전히 잃어버렸"다고 보고 있다. 이와 대비하여 1930년대 염상섭과 채만식은 오히려 자신의 사회계층적 귀속과 한계를 인식하고 있었다는 점에서 리얼리스트일 수 있었다. 김현에게 리얼리즘이란 외부의 충격이나 이론과 같은 외재적인 것이 아닌 토착적인 삶의 토대와 거기에 기반한 내재적 사유의 가능성을 의미했다. 구중서가 완전성의 관점에서 리얼리즘을 단계화하고 규범화하여 그들을 자연주의자라 규정한 것에 대해 강력하게 반발했던 이유 또한 자기계층 혹은 환경의 구속됨과 한계를 의식하고 그것을 표현한다는 것의 조건과 그 성찰적인 현실 환기효과에 대한 이해가 결여되어 있다고 판단했던 때문이다.

김현의 일련의 리얼리즘론은 이 좌담회에서 촉발되었던 논쟁에 대한 자신의 정리였으나 그것은 리얼리즘의 개념을 무화시킬 정도로 혼란스러운 것이었다.[41] 좌담회 뒤에 쓰인 「한국 소설의 가능성」, 「염상섭과 발자크」 등에서 김현은 아예 "리얼리즘을 자신의 논의로 끌어들이지 않기 위해 무척이나 애를 쓴다"고 할 정도였다.[42] 좌담회에서 염상섭과 채만식을 리얼리스트 이름으로 옹호했지만, 구중서가 리얼리즘의 단계론을 전제하고 있는 데서 은연중 드러나듯이 리얼리즘의 한쪽 끝을 사회주의(리얼리즘)가 잡아당기고 있다는 사실이 김현에게 궁극적으로 문제적이었다. 김현뿐만 아니라 리얼리즘을 자신의 문학적 세계관으로 제시한 이들에게 그것은 불편하고 문제적인 것이었다. 1970년대 초반 리얼리즘이 논쟁적인 국면을 야기한 것은 해방 이후 사

41 이 좌담회를 전후로 하여 리얼리즘 논쟁에 대한 섬세하고 포괄적인 분석은 전상기, 「1960·70년대 한국문학비평 연구―『문학과지성』·『창작과비평』의 분화를 중심으로」, 성균관대 박사논문, 2002, 30~50면 참조.

42 위의 글, 37면.

르트르의 번역 수용 과정에서 남겨진 얼룩들[43]과 비슷한 것이었는데, 사회주의(리얼리즘)와의 접촉지대를 어떻게 취급할 것인가 하는 것이었다. 좌담회 직후 게재된 「한국 리얼리즘 문학의 형성」에서 구중서는 서론을 할애하여 사회주의 리얼리즘에 대한 카프KAPF 문인들의 비판과, 소련 내에서의 작가들의 회의와 헝가리 사태(1956), 프라하혁명(1968) 이후 "현대 사회주의 세계의 일급 문예 이론가" 루카치의 회의 등을 서술하며 "오늘날 리얼리즘 문학을 논의하는 마당에서 사회주의 리얼리즘에 대하여 막연히 열패의식을 갖거나 또는 막연히 동경할 필요가 없게 된다. 그와 같은 두 태도는 똑같이 비지성적인 태도이기 때문이다"라고 말한다.[44]

「한국 소설의 가능성」[45]은 당대의 한국문학에 출현한 '새것 콤플렉스'인 "리얼리즘과 혁명이라는 괴이한 이원론을 선험적 진리로 받아들이려는 태도"에 대한 비판으로 기획되었다. 리얼리즘 용어의 변천을 프랑스 소설사적 계보를 추적하면서 쓰인 이 글에서 김현은 현대소설과 그 선구적 성취는 리얼리즘에 대한 저항에 의해 형성되어온 것으로 서술하고, 플로베르와 로브그리예에 이르기까지 소박한 모사론과 도덕적 공리공론(문학의 도구화)이 저항의 이유였다고 주장한다. 특히 "레닌-스탈린에 이르러 조직화된 사회주의 리얼리즘은 후진국의 문학인들을 좌파 윤리에만 이끌리게 하여 예술을 사멸시킨다"며 비판하고, 진정한 리얼리즘이란 한 시대의 핵을 파악하는 능력(상상력)이며 그것은 굳이 리얼리즘이라 부를 필요가 없을지도 모른다고 주장한다.[46]

김현은 당대 리얼리즘 논의를 사회주의 리얼리즘과의 연루를 의심하며 회

43 여기에 대해서는 박지영, 「번역된 냉전, 그리고 혁명」, 사상계연구팀, 『냉전과 혁명의 시대 그리고 『사상계』』, 소명출판, 2012 참조.

44 구중서, 「한국 리얼리즘 문학의 형성」, 『창작과비평』 17, 1970 여름, 343~345면.

45 김현, 「한국소설의 가능성」, 『문학과 지성』 1, 1970 가을.

46 염무웅은 「리얼리즘의 역사성과 현실성」(『문학사상』, 1973.10)을 통해 김현의 리얼리즘론을 비판한다. 개념을 확장하여 내용 없는 것으로 만들어버리는, 그리하여 개념 자체를 쓸 필요가 없는 것으로 만든 김현의 논의를 '어휘기피증'이라고 주장하고, '상상력' 개념의 몰사회적·역사적 이해 방식, 발자크를 두고 논한 리얼리즘의 승리에 대한 오독 — 마치 보수주의적일수록 리얼리스트일 수 있다는 식의 — 을 지적한다.

의적으로 보았음에도 불구하고, 『삼대』에 관해 언급하면서 특히 염무웅・백낙청・구중서에 의해 비판되었던 조덕기의 결론적인 행로를 열려진 것으로, 적어도 유보적인 것으로 보았다. 김현은 덕기 자신이 한계를 의식하는 성찰의 매개체가 사회주의임을 명시한다. 김현은 "『삼대』의 덕기는 사회주의의 수용과 극복이라는 염상섭적 주제를 잘 드러낸다", "나로서는 종학의 사회주의보다는 사회주의를 한국적 정황 속에 끌어들여 그 한계 내에서 이해하려 한 덕기에 더욱 주목하고 싶다. 다시 말하면 그의 뒷소문이 더욱 알고 싶다"[47]라든가 "**염상섭은 사회주의를 일종의 유행사조로 보려고 하지만, 결국 토착 부르조아지와의 상관관계를 진지하게 탐구하게 된다**"[48](강조-인용자)고 말한다. 김현은 염상섭이 카프KAPF와의 논전에서 시조부흥론을 옹호하여 그들을 논박할 만큼 보수적 세계관을 지녔음에도 불구하고, 『삼대』에서 토착 부르주아지의 상속자인 덕기에게 사회주의를 고민하도록 만든 것, 그리고 그러한 설정이 "자신의 사상에 반"하는 것이라 보았던 것이다. 김현은 엥겔스의 발자크에 대한 입장에서 유래한 리얼리즘의 승리론을 염상섭과 『삼대』에 적용시키고 있었다기보다는 자신의 시대의 결핍에 대해 이야기하고 있었다. '염상섭과 그의 시대'에 대한 선망의 정체는 사회주의에 있었다.

예의 좌담회(1970)에서 구중서는 최인훈의 관념적 리얼리즘이 지식인층만 대상으로 하는 것이자 가능한 한계 내에서의 정의를 추구하는 것이라고 비판하면서 다음과 같이 제언했다.

> 칼을 든 사람과 뜨거운 가진 사람이 정면으로 직설적인 방법으로 대결할 때 그 승부는 뻔한 겁니다. 그러니까 거기에서는 문화의 승리란 있을 수 없습니다. 심한 경우에는 문화의 존립조차 위태로운 것입니다. 그러니까 문학은 '어떤 한계내

47 김현, 「식민지 시대의 문학-염상섭과 채만식」(『문학과 지성』 5, 1971 가을), 『현대 한국 문학의 이론 / 사회와 윤리』, 『김현문학전집』 2, 문학과지성사, 1989, 140~141면.
48 김현, 「염상섭과 발자크-리얼리즘론 별견 2」(『향연』 3, 서울대 교양과정부, 1970), 위의 책, 207면.

에서의 정의'를 추구한다든가 또는 정면의 폭력적 도전과 같은 대결로써 가능한 것이 아닙니다. 문학예술 본래의 '예술적 형상성'을 거쳐서 뜨거운 '가슴의 문학'으로써 칼을 쥔 폭력자의 가슴에 문학적 설득력을 감응시키는 것입니다.[49]

여기서 '시와 혁명'의 정체란 직접적이고 저항적 언술과 실천의 간접화, 상징화인 것이며, 미래의 혁명을 위해 현실에 대한 서술성description을 유보하며 — 그 서술성은 불가피하게 현실의 한계를 재확인하고 실정화하는 효과를 낳고 그 결과 타협적인 순응의 포즈를 취하게 만들 수 있기 때문이다 — 어떤 완충지대를 만들거나 시간을 버는 것으로 드러난다.

그러나 김현은 구중서의 주장에 대해 "아무리 문학적인 정열이라든가 올바른 사고에 투철하다 하더라도 우리에게는 지켜야 할 한계가 있습니다. 이 땅에서 '김일성 만세' 를 부를 수는 없다는 한계 말입니다"[50]라고 응수한다. 몇 년 전에서야 '서랍 속'에서 나온 1960년 4·19 직후에 쓰인 김수영의 시, 4·19란 어떤 남한의 사상지리적 표상체계를 시험에 들게 해보고자 했던, 하지만 그 자신을 시험에 들게 만든 김수영의 시를 환기시킨다.[51] 김현의 언급은 문학적 정열과 투철한 사고 또한 한계를 말하지 않을 뿐 한계를 의식하고 있지 않느냐는 반문인 것이다. 김현의 말은 지금까지의 말들이 미망迷妄이라는 듯 미망을 깨는 히스테리적 반응이긴 하지만, 이 말은 그 자신에게 돌려줄 수밖에 없었던 지금-여기의 존재구속성에 대한 단말마적 자각이기도 한 것이다. 『삼대』의 덕기가 고민했던 사회주의는 지금-여기에서는 '김일성'과 북한의 존재로 실현되어버렸던 것이다.

비대칭적일 수밖에 없는 아날로지는 사상지리적 체계로 구조화된 지금-

---

49 구중서·김윤식·김현·임중빈, 앞의 글, 185면.

50 위의 글, 같은 곳.

51 김수영은 「김일성 만세」로 공개된 이 시를 『자유문학』지에 제목을 '잠꼬대'로 개제하는 선에서 타협하여 싣고자 했지만 잡지 측에서 '○○○○○'를 한글로 수정하자는 요구를 해 와서 결국에는 그러한 수정 제안을 거부하고 게재하지 않기로 한다. 김수영, 앞의 책, 339~340면.

여기에 기울게 만들었다. 이 기울기는 염상섭 시대의 사회주의에 대한 유보적이고 제한적인 단서로 나타났다. 예컨대, 김현은 덕기의 사회주의에 대한 고민이 단지 유행 사조에 휘둘린 것이 아니라 내재적인 것이라고 생각했는데, 그 근거는 강조된 인용문 뒤 괄호 안에서 설명된다. "염상섭의 주의와 대상이 사회주의의 본질적인 문제들과 독립 운동이 아니라 토착 부르조아지와 사회주의와의 상호 침투과정이라는 것은 그 당시가 식민지 사회였다는 것을 지적함으로써 족할 것이다. 식민지 정책의 주된 흐름은 반사회주의 · 반독립이었기 때문이다."[52] 여기서 중요하게 고려되어야 할 것은 사회주의가 식민지 시대에 도입되거나 발현될 수 있었던 근거를 반제국주의 · 반식민주의에서 찾았다는 것이다. 이러한 인식은 1960년 초 염상섭 자신의 시각이기도 하다. 염상섭은 『삼대』에서 '심퍼사이저', 좌익의 동조자 혹은 동정자를 등장시킨 것은 사회주의가 "3 · 1운동 후 한 귀퉁이에 나타난 시대상이자, 동시에 인텔리층의 일부가 가졌던 사상적 경향이었으며, 어떠한 그룹에 있어서는, 대중을 끌고 나가는 지도이념으로 생각하였던 것"이기 때문이며, 더욱 중요하게는 사회주의 운동이 독립운동의 우회로일 수 있다는 믿음이 있었기 때문이라고 말한다. "자기의 애국사상과 이에 따르는 모든 행동을 좌익에 동조하는 길로 돌리어, 독립운동을 잠행적으로 실천하는 길 — 요샛말로 하자면 지하공작이라 할까? 하여간 속에서 치밀어 내뿜는 열과 울분을, 이 '심퍼사이저 — 동조하는 창구멍으로 내뿜으려 하였던 것이요 , 또 이것이 실천의 수단방법이라고 믿었던 것이다."[53] 『삼대』에 대한 각별한 언급을 남겼던 역사학자 홍이섭은 식민지 시대 문학을 통해 식민지 사회주의 운동의 배경과 그 반영을 추론하면서, 민족주의 역사인식과 또 다른 역사인식인 "맑스주의 역사인식에서 일관된 인식체계를 욕구하는 그 사상적 전래를 내일에의 혁명의식에 직결하려 함에는 물론, 또 1920년대의 코민테른의 '반제' 또는 '반식

52 김현, 앞의 책, 207면.
53 염상섭, 「횡보문단회상기 2」, 『사상계』, 1962.12, 260~261면.

민지' 투쟁이론으로 식민지 현실의 공격적 비판이 역사인식의 주요한 과제이었다" 주장하고, 나아가 공산주의 운동을 독립운동의 일환으로 볼 것을 주장한다.[54] 이는 식민지 사회주의 운동에 대한 역사적 설명임에 틀림없지만, 피식민이었던 민족의 과거는 탈식민 냉전체제의 남한사회에서 역사를 빌려서 사회주의에 대해 말할 수 있는 언설의 장을 열어놓는 것과 동시에 그것을 차폐시키는 문의 기능을 했다는 것 또한 기억될 필요가 있다. 이러한 역사적 사실을 말하는 탈식민 냉전국가의 지식인의 또 다른 맥락은 '식민지'에 대해 이야기하는 한 사회주의 운동의 필연성과 정당성을 논하는 것에 대한 자기 검열적인 양해각서인 것이다.

54 홍이섭은 민족주의와 사회주의를 독립운동과 역사 인식의 두 갈래로 규정하고 문학정신 또한 역사 인식의 범주로 간주한다. 그에 따르면 염상섭의 『삼대』는 이 두 가지 역사적 인식을 보여주는, 어떤 역사적 기록보다 높이 평가될 가치를 지닌다고 주장한다. "염상섭의 『삼대』는 이 시대의 역사적 인식에서 찾을 수 있듯이 작가는 봉건적인 체제의 잔존, 정신적인 갈등, 세대적인 것과, 민족적 또는 계급적인 것이 식민지적 조건과 어떻게 항립·갈등하는지를 시정적인 일상의 쇄사에서 찾았다. 염상섭의 작품 조소는 이념적인 데 치중한 공식화된 제작정신에 비하여, 민족의 정신적 갈등을 도출한 데서 역사인식을 도울 어떠한 기본적이고 역사적인 기록보다도 높이 평가될 가치를 지니고 있다"고 말한다. 나아가 그는 두 가지 인식들을 다룬 저작인 백철의 『신문학사조사—현대편』(1949년판)을 높이 평가하였고, 식민지하의 정신이 민족적이거나 코뮤니즘의 근거를 두든 간에 정치적 권력·폭력 앞에서 어떠하였는가를 알아보는 데 고심한 저서로 임종국의 『친일문학론』, 임중빈의 『한국지성의 고향』 등의 의의를 설명하였다. 홍이섭, 「한국 식민지 시대(1906~1945) 정신사서설」, 『연세논총』 7, 1970(「한국정신사서설(1906~1945)—구조·방법·인식에의 절차」, 『한국정신사서설』, 연세대 출판부, 1975) 참조. 한편 그는 사회주의 운동이 독립운동이었다는 것을 '일본 경찰의 문헌'을 적극적으로 참조함으로써 증명하고자 한다. 예컨대, "일본 경찰의 문헌이 지시하는 데 따라 보면, 1917년 러시아 혁명 후 시베리아·만주·중국 방면의 한국인이 사상적 경향을 막론하고 사회주의적 조직체를 만들어 자기들의 활동을 전개하려던 궁극의 목표는 민족적 독립에 두고 있었으며 (…중략…) 일본 경찰관 가운데 한 사람은 1923년부터 사회 운동이 격증한다고 한 데서 보듯이, 1919년 전후의 그 기반의 성숙과정을 인식 한계 내에서 설정해야 할 것이다." 운운.

3. 염상섭론의 주변–식민지 프로문학, 사회주의 운동 비판

이 시기의 염상섭론, 그리고 그것의 주변은 프로문학 또는 식민지 사회주의 운동에 대한 비판을 수반하고 있었다. 그것은 염상섭이 1920년대 프로문학 진영과 논전을 펼쳤던 대표적 문인이자 이광수류도 아니었다는 데서 연유한 것이기도 하다. 염무웅은 『삼대』를 언급하며 "그것은 이광수류의 계몽적 관념소설이 거둔 부수입도 아니고, 민중 속에 제대로 뿌리박지 못한 당시 프로문학의 구호적인 공식론과도 거리가 멀다. 동시에 그것은 민족문학이나 계급문학이니 하는 다분히 공허한 이데올로기로부터 비교적 초연한 입장을 작품 속에서 지키고 있던 작가 염상섭"의 결벽성의 미덕과 식민지 사회 모순과 병폐를 고발하려는 사명감의 소산이라고 평가한다.[55] 『삼대』 전후 염상섭의 위상을 맥락화하는 데 있어 논의되는 프로문학 운동은 곧잘 사회주의 이론의 수용과 운동의 문제성을 단적으로 드러내는 예로 거론되었다. 사회주의가 유행사조로 들어왔으며 그러하기에 현실에 뿌리내릴 수 없었다거나 비판적인 검토 없이 수용되어 도식성과 공식성을 노정했다는 식의 논의에 여러 비평가들이 가담하고 공명하고 있었다.

프로문학이 사회주의 이론 수용의 허약한 기반을 보여준다는 주장은 김현에게 있어 프롤레타리아문학론 또한 "한국 현실을 외국의 선험적 이념에 의존하여 논리적으로 해결하려고 함으로써 오히려 좌절한" 것이라는 생각으로 나타난다. 프로문학과 논전을 벌인 "염상섭은 계급문학이 현재의 한국 현실의 필연적인 추세로서 생겨난 것인가"를 물었던 작가로 평가된다. 프롤레타리아문학론 또한 이른바 '새것 콤플렉스'의 하나였던 것이다. 프로문학 운동의 좌절은 식민지 상태의 한국인에게 "자신의 논리를 한국 현실에 맞게 변모

55 염무웅, 앞의 글, 1966 가을 참조.

시키지 못하고 기계론적 도식주의를 고집하여 파산한 과오와 한국 현실에 대한 사려 깊은 고찰과 거기에서 생겨나는 개혁 의지를 보편성이라는 미명 하에 말살해버린 과오의 이중의 과오를" 범하게 된 것이라고 보았다.[56]

한편, 염무웅은 『삼대』의 병화로 국내 사회주의 운동자들을 대표시키고 그를 박영희들과 같은 (전향)프로문학자들을 오버랩시키는 분석을 취했다는 것에 주목해 볼 필요가 있다.

> **그 이데올로기 자체에 대한 평가는 논외로 치고, 더욱 중요한 것은 병화와 같은 인물**이 당대 한국의 현실을 그 밑바닥에서부터 얼마나 깊이 있게 파악하고 있으며 그러한 현실파악을 이데올로기와 어떻게 관련짓느냐 하는 데 있다. (…중략…) 공장에서는 그래도 생활이 있으나 부르조아 가정에서는 인형이 될 수밖에 없다는 상투적 비교론은 식민지적 상황에 대한 진실한 파악이 결여된 **안이한 도식주의**의 일단을 드러내는 것이다. 그의 출신기반과 연결점이 되는 부친과의 관계를 끊고 전통적인 것으로부터 가능한대로 먼 거리를 유지하려 했던 그의 **소아병적 편협성**은 여기에 대하여 설명을 준다. **당대 한국 현실의 근본적인 측면과 지극히 밀접한 자리에서 문제제기를 시작했음에도 불구하고 30년대 전후의 경향파 작가들이 고식적인 설정과 미리 정해진 해답이라는 불모지로 들어서게 된 원인도 이런데 있다.** 마르크스 보이니 마르크스 걸이니 하는 유행어가 말해 주듯이 병화류의 이데올로기는 현대적 유행 사조의 하나로 받아 들이거나 그 이론적 모형을 적용해버리는 데 급급한 나머지 현실의 바탕에서 소외된 손쉬운 재단도구로 전락하고 만 것이다. 자유연애니 봉건타파니 자아해방이니 하는 새 사조의 하나로서 프로문학이 도입되고 투철한 현실인식과 확고히 결합하지 못함으로써 허공중에 뜬 공소한 이론으로 끝난 것은 그 뒤의 전개과정이 이를 증명한다. **현실적 탄압이 왔을 때 이들은 '잃어버린 예술'을 찾아 가거나 일련의 세태소설로 전신한 것이다.** 그리하여 단 한 사람의 희생

56 김현, 「한국 소설의 가능성－리얼리즘론 별견」, 앞의 책, 88~90면.

자도 내지 않고 일제말의 암흑기를 넘기게 된다. 병화가 같은 인물이 가는 길을 이 소설은 이렇게 제시한다. ① 경애의 아버지처럼 감옥살이를 하여 가족을 굶주리게 하다가 힘없이 사라지거나 ② 피혁이처럼 해외로 망명하지 않으면 ③ 장훈과 같이 비참한 최후를 마치든지 ④ 딸자식만은 자기의 길을 밟히지 않고 그대로 평범히 길러서 시집이나 잘 보내자고 생각하는 필순이 아버지처럼 전형적 소시민근성으로 떨어지는 것이 그것이다.[57](강조—인용자)

염무웅은 이데올로기 자체(사회주의)에 대한 논의는 삼가면서 사상을 지닌 인물로 화제를 이전시킨다. 여기에 나타나는 염무웅의 독해는 『삼대』에 등장하는 사회주의 운동과 직, 간접적으로 연관된 인물들을 누구보다 섬세하게 파악하고 있다. 3·1운동에 가담한 경애의 아버지-애초 러시아와 상하이에 근거를 두고 있는 사회주의자 피혁-국내 지하공산당 운동에 가담 중인 장훈-3·1운동 이후 사회주의와 관련된 운동에 가담한 필순의 아버지, 일본유학을 통해 기독교와 아버지와 절연하고 사회주의자가 된 병화 등이 그러하다. 그러나 이 섬세한 파악은 급진적 운동에 가담한 이들이 살아남은 자들의 삶에 불행과 가난을 전가하거나 장훈처럼 그들 자신의 삶을 파멸시키거나, 떠나야 하거나 결국에는 소시민화의 길을 걷게 된다는 분석을 위함이다. 특히 김병화를 마르크스주의를 유행으로 추수한 마르크스보이로 간주하고, 나아가 일제 말 전향 프로문학자들과 오버랩시켜 특정한 페르소나로 제시하고 있다. 즉 친일 지식인들의 페르소나 말이다. 염무웅은 박영희들의 말로가 사회주의 이론 수용의 도식성과 경직성을 삶으로 증언한 것이나 다름없다고 주장하는 것이다.

'문학 지식인'과 권력, 직능적으로 분화된 근대사회에서의 문학 지식인과 문학의 자율성이라는 각도에서였지만, 김치수 또한 프로문학의 실패와 친일

57 염무웅, 앞의 글, 50면.

문인의 등장을 연속적인 것으로 이야기한다는 점에서 염무웅의 논의와 호응을 이룬다. 김치수는 염상섭이 "문학 지식인이 권력과 직접 부딪혔을 때 문학작품의 실패를 알고 있었고, 자기가 맡은 분야에 충실하여 정신사의 맥락을 찾는 것이 한 사회의 지성으로서도, 문학인으로서도 제 역할을 할 수 있었다는 것을 알고 있었다. 그것은 염상섭의 「개성과 예술」에 나타나고 있었다. 일제 말에 친일하는 문인들은 대부분 이런 데 대한 인식이 없었던 것이다"라고 주장한다.[58]

정평 난 이효석론인 정명환의 「이효석 또는 위장된 순응주의」 또한 이 맥락에서 참고할 만하다. 그는 민족주의와 프로문학 진영의 대립에 대해 "오늘날 생각해보면 , 계급을 넘어선 민족 전체의 운명을 문제삼은 사람들에게 역사적 정당성이 있었다고 말할 수 있다"고 전제하며, 그러나 당시의 청년들은 합리주의 전통이 없는 나라에서 이론적 체계가 있다는 이유만으로 카프파의 주장에 큰 매력을 느꼈으며, "비판적 검토를 겪기 전에 하나의 마술적 신앙으로서", "절대적 진리로서 수용되었다" 본다. 이것의 문제성을 보여주는 것은 에피고넨들이라는 듯이 동반자 작가로 불린 이효석을 통해서 보여준다. 이효석은 시대의 유행인 좌익적인 것에의 순응주의를 보여주었으며, 그 시효가 다했을 때 "그는 자기를 둘러싸고 있는 사회에 순응하면서 도피와 분개와 비탄의 제스처를 해 온 것이다. 이러한 소시민적 한계내에서의 제스처-인사이더로 꾸며오면서 아웃사이더의 유희에 효석의 특색이 있다"고 비판한다. 그는 이효석론의 결론을 "그와 같은 시대에 현실적 상황을 자진해서 수용하고 응시하려던 염상섭이 있었고, 자아분열의 비극을 자아파산의 경지까지 몰고 간 이상이 있었다는 것을 생각할 때 효석의 유희는 더욱더 간지럽게

58 김치수, 「식민지 시대의 문학 2」, 김현 · 김치수 · 김주연 · 김병익, 앞의 책, 239면. 이 책은 잘 알려졌듯이 '문학과 지성' 에콜들의 논문들을 수록한 것이다. 김치수의 이 글은 같은 책에 실린 김현의 「식민지 시대의 문학 1 — 염상섭과 채만식」과 나란히 실렸다. 이 책에서 '염상섭'은 가장 자주 언급되는 작가였는데, 이 두 글 이외에도 김치수의 1966년 『중앙일보』 신춘문예 등단작인 「자연주의 재고」, 김병익의 「갈등의 사회학 — 염상섭론」 등이 수록되었다.

만 느껴지는 것이다"라고 맺고 있다.[59]

이들의 논의에서 프로문학 운동 — 특히 박영희와 김기진을 대표로 삼는 — 이 식민지 시대 마르크스주의 또는 사회주의 이론의 수용이나 사회주의 운동을 과잉대표하고 있다. 또한 염상섭의 『삼대』 이후, 즉 1930년대 중후반 전향과, 나아가 '암흑기'의 친일 문인으로 궤적을 1920~1930년대 프로문학 운동의 좌절의 의미를 최종적으로 말해주는 것으로도 읽히고 있다.[60] 『삼대』의 세대를 가로지르고 있는 축인 덕기와 병화의 대비에서 "네 차례에 걸친 조선공산당의 검거선풍에도 불구하고 사회주의 지식인들의 아편처럼 매혹적이었으며"[61] "사상적으로 진보주의자인 것 같지만 자기의 행복을 위해서는 능히 남을 배반할 수 있는 성격"[62]을 지닌 "급진적이면서 기회주의적인 개화주의자 병화"[63]는 "30년대의 많은 레프트와 마찬가지로 도식적이었고 젊은 시절의 혈기에 그칠 불안을 안고 있었"[64]으며, 결국에는 이탈하여 소시민적으로 안주하였다. 김병화의 페르소나는 이러한 논의 맥락에서 "소시민적 지식인의 변절"[65]의 역사를 미리 선취한 문학적 초상이 되었다.[66]

이것은 친일부역으로부터 자유로웠던 동시에 식민지 시대를 역사적 성찰

---

59 정명환, 「이효석 또는 위장된 순응주의」(『창작과비평』 12 · 13, 1968 겨울 · 1969 봄), 『한국작가와 지성』, 문학과지성사, 1978 참조.

60 이들의 카프 및 프로문학 비판은 일찍이 『신문학사조사』에서 프로문학을 신문학의 또 하나의 획시기적 전환으로 설명한 백철의 그것보다도 신랄한 것이었다. 여기에는 1960년대 기념비적 저작의 하나인 임종국의 『친일문학론』(1966)이 기여한 바 크다.

61 김병익, 「갈등의 사회학—염상섭론」, 김현 · 김치수 · 김주연 · 김병익, 앞의 책, 312면.

62 김치수, 「자연주의 재고」, 위의 책, 85면. 김치수는 이 글에서 『삼대』의 병화는 「만세전」에서도 똑같은 이름으로 등장하고 있으며, 전자는 후자의 안이하고 속물적 생활로 변할 기질을 충분히 가지고 있다고 지적한다. 같은 글, 84~85면.

63 김치수, 「한국소설의 과제」, 위의 책, 150면.

64 김병익, 「갈등의 사회학—염상섭의 『삼대』」, 위의 책, 316면.

65 김치수, 「식민지 시대의 문학 2」, 김현 · 김치수 · 김주연 · 김병익, 『현대 한국문학의 이론』, 민음사, 1972, 240면.

66 염상섭이 김병화를 부정적으로 그렸다는 비판도 제기되었다. 김종철은 『동아일보』 신춘문예 당선작 비평에서 김병화의 소설적 위치가 당대의 역사상으로 보면 중요함에도 불구하고 그가 희화적으로 그려진 데서 염상섭의 역사의식의 한계를 지적하였다. 김종철, 「역사관과 상상력—염상섭의 『삼대』론」, 『신동아』, 1972.4.

의 준거로 삼았던 이 세대의 비평가들이 지닌 역사의식일 것이다. 그러나 그런 가장 추한 친일 지식인이란 왕년의 사회주의 이론의 신봉자였다는 레퍼토리 안에 내재된 것은 단지 친일 콤플렉스를 극복하기 위한 탈식민 의식만은 아닐 것 같다. 그들은 이광수와 최남선과 같은 친일 문인보다 더 경멸할 만한 존재로 여겨졌던 것 같다. 마르크스주의자 또는 사회주의자들에게 높은 정치적, 윤리적 기준을 적용하여 부정적 전범을 창출해내는 것은 어떤 심리적 메커니즘에 의한 것일까? 생각건대, 거기에는 양가적인 감정이 병존하고 있었던 것 같다. 사회주의자이기를 포기한다는 것, 전향을 하여 소시민화의 길에 안주하는 것이 변절과 배반, 한계로 의미화된다면, 이 의미화에는 사회주의자이기를 포기하지 않은 존재의 초상이 잠복하고 있다는 가정 또한 가능하기 때문이다. 그런데 이 초상은 '희생'이라 표현되는 죽음에 이를 수도 있는 지하 생활자의 초상과 오버랩될 수밖에 없었다. 1960~1970년대 초반 염상섭론은 그의 『삼대』를 이념이냐(곧 죽음이냐), 생존이냐는 심문이 부과되는 상상적 법정이자 밀실 — 심문이 이루어지는 취조실이든, 자기만의 방이든 — 의 드라마로 읽었던 것이다. 이것이 이 시기 염상섭론의 서브텍스트였다.

4. 소시민, 레드콤플렉스의 양각

염상섭론에서 '소시민'은 자주 등장하는 용어였으며 백낙청의 「시민문학론」은 그 중요한 용례를 보여준다. 백낙청이 이 글에서 한국 현대사의 맥락 속에서 쓰인 소시민이란 용어의 뉘앙스를 말하고 있다는 점에 주의를 기울일 필요가 있다. 카프KAPF 시대, 6·25 당시나 북한의 공산치하에서 '소부르주아 반동' 운운했던 경험에서 소시민이라는 용어 사용에 혐오감을 느낄 수 있지만 그렇다고 '반공이 국시인 나라'라고 해서 소시민이 이상화될 수는 없을 것이라고 말을 한다. 백낙청은 식민지 사회주의 운동과 냉전체제하 분단 과정에서 좌익들에 의해 '소시민', '소부르주아'가 사용되어 왔다는 것을 환기하고 있다. 그는 마르크스주의계급론에 입각한 용어 설명은 하지 않고 있지만, 넓게는 자본주의 사회의 양대 계급인 부르주아계급에도 프롤레타리아 계급에도 속하지 않는 중간계층을 포괄적으로 일컫는 소시민은 사회주의 운동의 입장에서는 우경화 또는 반동화가 우려되는 존재들로 규정되었다. 한국에서는 1920년대 중후반 이미 인텔리겐치아 또는 지식계급은 이 계층의 일원으로 부르주아와 함께 몰락할 것인가 프롤레타리아트와 운명을 함께 하여 역사의 승리를 구가할 것인가를 결정해야 하는 기로에 놓여 있는 유동적인 존재라는 논의가 제기되었다.[67] 이러한 정의 자체에 생산관계 내에서의 위치보다는 의식 상태와 정치적 영향이 초점화될 소지를 갖고 있었다. 백낙청의 「시민문학론」이 '소시민 논쟁'[68]에 대한 비판적 응답으로 기획될 수 있었던 것은 이것 때문이다. "역사적 · 사회적 · 경제적 조건과 분리시켜 이야기할 수도 없는 것이지만 우리가 쓰는 소시민이란 말은 주로 일반적인 생활태도, 정치의식 내지 세계관에 초점을 둔 보다 유동적이고 광범위한 개념인 것이다. 우리 주변의 소시민 논의에서도 이 점은 마찬가지인 것 같다. '소시민적'이라는 말에 분개하는 이나 거기서 긍지의 터전을 찾으려는 이나 '소시민'을 원래 의미의 '쁘띠 부르주아지' 즉 소상인 계층으로 해석하고 있지 않다는 것은 분명하기 때문이다"[69] 라고 말한다. 쁘띠 부르주아지가 아닌 소시민이란 용어가 선택된 데에는, 사회혁명론에 의거함 없이 ― 그것은 반공이 국

67 이 시기 지식계급론에 대해서는 이혜령, 「지식인의 자기정의과 계급」, 『상허학보』 22, 상허학보, 2008 참조.

68 여기에 대해서는 전상기, 「문화적 주체의 구성과 소시민 의식 ― 소시민 논쟁의 비평사적 의미」, 『상허학보』 13, 2003; 김미란, 「'시민-소시민 논쟁'의 정치학 ― 주체 정립 방식을 중심으로 본 시민, 소시민의 함의」, 『현대문학의 연구』 29, 2006 참조.

69 백낙청, 「시민문학론」, 1969 여름, 463면.

시인 나라에서는 어려운 것이다 — 정치의식과 세계관과 같은 의식의 문제로 논제를 이월시킬 수 있었기 때문이다. 의식의 문제가 초점화되는 한 공산주의 국가든 자본주의 국가든 정치체의 부정의와 억압에 맞서는 지식인의 선도적인 역할을 강조할 수 있었고, 지식인이 담당층인 '문학'은 그러한 시민의식의 표백이자 선도적 기능을 역사적으로 해왔음을 강조할 수 있었다. 백낙청의 '시민(의식)'은 소시민을 경유하여 정립된 까닭에 그 형성과 성립의 물질적·경제적 기반을 굳이 문제 삼지 않아도 되는 개념이 될 수 있었다. 프랑스혁명, 3·1운동, 4·19혁명, 체코의 반소 민주자유화 운동이나 등 거대한 혁명과 반체제 운동이나 저항 운동에서 그 현현되거나 형체를 얻는 시민(의식)이란, 그 전위로서 바리케이드 앞에 선, 혹은 그것을 증언하는 글을 쓰고 있는 지식인의 초상[70]이란 물질적, 경제적 기반과는 전혀 무관한 것일 수 있었을까?

시민의식의 발현이 가능한 물질적, 경제적 기반에 대해서 백낙청은 언급하지 않았지만, 시민이었다가 더 이상 시민이 아니게 되는 '소시민화 과정'에 대한 설명 방식은, 자본주의 사회의 삶의 물질적 기반들과 관련되어 있는 것임을 말해준다. 여기서 백낙청의 「시민문학론」에서 '소시민화 과정'을 보여주는 예로 『삼대』가 이야기되고 있었다. 『삼대』의 "차분함에는 어딘가 시민 이전의 장인적 초연함이 엿보인다"든가, 투르게네프가 『아버지와 아들』에서 바자로프(혁명가이자 니힐리스트)냐 아르카디(귀족 출신의 자유주의자)냐를 선택하지 못하는 것에 비해 염상섭은 조덕기의 입장에 치우쳐 있다는 진술이 그것이다. 『삼대』에서 드러난 '소시민화의 과정'을 설명하는 용어인 '시민 이전의 장인적 초연함'이나 바자로프가 아닌 귀족 출신 아르카디에 유비되는 '조덕기의 입장'이란 자신의 삶을 유지하는 물질적, 경제적 근거가 무너지는 것을 원치 않으며 그것이 보전되는 한 세계를 자족적인 것으로 받아들이는 것

70 이것을 소시민 논쟁의 촉발자인 김주연과 백낙청이 공유하고 있다.

을 의미한다. 물론 백낙청은 최종적으로 식민지 시대의 '소시민화 과정'의 의미를 '님의 침묵' 상태에 대한 망각으로 설명함으로써 '소시민화 과정'에 개재되어 있는 삶의 물질적, 경제적 근거에 대한 논의를 더 구체화하지 않는다.[71]

다시 김현의 염상섭론으로 눈을 돌려야 할 시간이다. 김현이 "그가 덕기가 사회주의와 맞서서 그것을 어떻게 용해하고 극복하느냐 하는 어려운 문제만을 제기함으로써 『삼대』를 끝낸다. 그 문제 제기는 덕기의 의식 속에서 돈에 대한 관심이 고조됨으로써 행해지는데, 그 계기가 할아버지의 죽음이다. 할아버지의 죽음을 통해 덕기는 인간관계가 추상적 끈으로 연결되어 있는 것이 아니라, 돈이라는 탄탄하고 구체적인 끈으로 연결되어 있음을 자각하고 그것의 효용에 대하여 진지하게 생각한다"[72]라고 말할 때, 김현은 백낙청이 서술하지 않은 문제를 직접적으로 제기하고 있기 때문이다. 그것은 단지 계급론 기반과 이데올로기의 문제를 연결시키려는 것은 아니었다. '돈 있는 채'로의 덕기도 사회주의를 고민할 수 있고 그런 지식인 초상을 그릴 수 있어야 하지 않는가에 대한 것이었다. 그는 염상섭의 『삼대』를 논할 때 '소시민'이란 용어를 사용하지 않았으며 그 결과인지 아닌지 몰라도 덕기도 병화도 비난하지 않는다. 염상섭이 덕기로 하여금 돈이란 무엇이며 어디서 오는 것이냐라는 어려운 문제에 관한 고찰을 행할 수 있도록 하지 못한 것, 발자크의 권력에의 의지를 보여주는 보트랭 같은 악덕한을 창조하지 못했던 원인을 다음과 같이 서술한다.

71 여기서 「시민문학론」에서 리얼리즘론에 이른 백낙청의 비평적 과정에 대한 김수림의 논의에 조금 의지해보는 것도 좋을 것 같다. 백낙청은 물질적・경제적 기반을 지시하지 않음으로써 아직 역사적으로 실현되지 않거나 충족되지 않은 잠재성으로의 삶에 대한 상상적 공간이 내재된 의식인 (지식인의 실존적 의식인) '시민의식'을 제안할 수 있었다. 시민의식이 (대표 / 대의 representation의 근대의 정치적 상징체계에 기반하고 있는)민중의식・민족의식으로의 전이됨과 동시에 지시되지 않았던 물질적・경제적 기반을 텔로스적 규범화로 전도시키게 된다. 김수림, 「4・19혁명의 유산과 궁핍한 시대의 리얼리즘」, 『상허학보』 30, 상허학회, 2012, 157~165면 참조. 괄호 안의 내용은 나의 주석이다.

72 김현, 「염상섭과 발자크－리얼리즘론 별견 2」, 앞의 책, 208면; 김현, 「식민지 시대의 문학－염상섭과 채만식」, 같은 책, 141면.

언제든지 망명할 수 있는, 거의 같은 사고 형태와 풍속 언어를 소유한 여러 나라를 가지고 있는 구라파에 비하면(볼테르, 졸라 등의 정치적 망명을 생각하기 바란다), 같은 나라라는 미명하에서도 가령 염상섭의 「만세전」에서 묘사한 그대로 내지로 들어가는 연락선에서의 까다로운 수속, 특히 조선인에 대한 거의 모멸에 가까운 취급 …… 등으로 표상될 수 있는 닫힌 세계, 즉 식민지 체제하의 한국은 모험 자체를 철저하게 금제한다. 반도덕적인 모험은 아직까지 상존하고 있는 '제사祭祀 세대'의 반발 때문에 자체 내에서 금지되며(거기에 일탈하려 한 상훈의 완전한 파멸, 덕기는 거기에 대한 언급 자체를 회피한다), 반체제적·반일본적인 모험은 식민지 당국에 의해 무자비하게 금제된다. 이중으로 모험이 금지된 닫힌 사회의 사회학, 그것이 『삼대』의 염상섭이 묘파하고 있는 것이다. 그리고, 그의 예술가로서의 승리는 바로 그만이 이러한 메커니즘을 투철히 알고 있었다는 점에서 온다.[73]

망명이 불가능한 사회였기 때문에 조덕기의 '돈에 대한 고찰'도 반체제 세력의 부식도 불가능했다는 말을 하고 있다. 그렇다면 망명이란 무엇인가? 그것은 삶의 거주지를 외국으로 바꿈으로써 정치권력에 의해 반체제적이라 낙인찍힌 사상이나 신념을 지닌 채의 삶을 도모하는 것을 의미한다. 사상이나 신념을 지닌다는 것은 물론이려니와 덕기처럼 혁명가나 주의자가 되지 않고도 그것을 사유의 매개체로 삼는다는 것이 곧장 일상적 삶의 영위를 포기하게 되거나 그 물질적, 경제적 근거를 박탈당할지도 모른다는 불안과 공포를 만들어 이념이냐, 생존이냐로 선택을 극단화하는 사회가 망명이 불가능한 사회라고 한다면, 그 사회는 역사적 과거가 되어버린 식민지 조선에 국한된 것일까? 김현에게 '소시민'의 용례는 다음과 같았다는 것을 지적하는 데서 이 시기 염상섭론의 사정이 어떤 성격의 것이었는지를 함께 짐작해보기를 청한

73 김현, 「염상섭과 발자크－리얼리즘론 별견 2」, 위의 책, 208면.

다. “김수영의 시는 소시민의 자기각성과 항의를 주로 다루고 있다. 한반도의 정치적 상황을 주어진 것으로 인정한다는 점에서 그는 소시민이지만, 그것을 수락하지 않고, 그것의 의미를 탐구하고 그것을 가능한 한 표현해내려고 애를 썼다는 점에서 그는 혁명시인이다.”[74]

5. 나가며

이 글은 1960년대 본격화된 ‘염상섭론’이 『삼대』에 대한 리얼리즘 비평을 중심으로 형성되어온 지적, 정치적 사정을 살펴보고자 하였다. 분단 이후 남한의 문학사 인식을 주도해온 조연현, 백철 등에게서 자연주의 작가로 평가되어온 염상섭에 대한 이해 방식은 염상섭 문학을 탈정치화, 탈이념화하는 독법으로 정착되었으나, 1960년 4・19 이후 등장한 젊은 비평가들에 거대한 전환을 맞게 된다. 그것은 『삼대』에 대한 비평을 통해 이루어졌다. 염상섭 문학을 전체적으로 자연주의로 규정할 때 주요한 텍스트로 꼽히지 않았던 『삼대』는 리얼리즘이라는 비평적 술어의 등장과 함께 전면적으로 부각되었다. 무엇보다 4・19 이후 등장한 염무웅, 백낙청, 김현, 김병익 등 젊은 비평가들이 『삼대』에 주목한 이유 중 하나는 자신들의 시대에는 문학적 제재로 다룰 수 없었던 사회주의 운동을 그 작품이 그리고 있었기 때문이었다. 1967~1968년 한국 현대문학 및 소설 50년이라는 기념비적 토픽, 즉 문학사라는 공인된 지식체계를 빌려 『삼대』는 사회주의에 대해, 그리고 폭압적인 정치적 상황하의 문학과 사상표현의 조건에 대한 우회적 비판과 서술의 장을 열어주었다.

74 김현・김윤식, 「제5장 : 민족의 재편성과 국가의 발견 (5) 김수영 혹은 소시민의 자기확인과 항의」, 『한국문학사』, 민음사, 1973, 274면. 이 부분은 김현이 썼다.

『삼대』는 리얼리즘이란 비평적 용어로 접근되었는데, 조-부-손 3대를 통해 식민지 현실을 묘파한 작품이라는 데는 이론이 없었으며 무엇보다 3·1운동 이후 사회주의 운동의 현존을 그려냄으로써 식민지 현실에 대한 심오한 통찰에 이르렀다고 평가되었다. 이러한 경향은 식민지 시대 민족해방 운동의 일환으로서 사회주의 운동을 의미화하는 역사적 시각의 출현과도 조응한 것이었다. 그러나 대부분의 비평가들은 역사적 실제로서 사회주의 운동에 대해 긍정했으나, 당대의 사회주의 수용은 성급하고 불철저한 것으로 평가하는 양가적인 태도를 보였다. 『삼대』의 조덕기의 현실에 대한 미온적인 태도에 비판적이었을 뿐만 아니라 김병화를 그러한 사회주의자를 대표하는 페르소나로 간주하는 데서 잘 드러난다. 특히 주목할 것은 김병화를 전향과 친일의 전철을 밟은 친일 문인들과 오버랩시킴으로써 1930년 작품인 『삼대』를 일제 말과 해방, 분단을 가로질러 끊임없이 현실을 환기하는 텍스트로 소환하였다. 식민지 시대, 그리고 현재에 이르기까지 친일과 전향으로 물들어 정치적 도덕적 정당성을 상실한 지식인의 상황을 소시민이라는 용어로 규정하였다. 소시민은 이념이냐, 생존이냐는 양자택일을 강요하는 폭압적 심문하에 생존을 위해 레드콤플렉스를 내면화한 지식인의 페르소나를 지칭한 것이었다. 그러한 의미에서 김현의 염상섭론은 특히 주목할 만한데, 그는 사상을 지닌 채의 인간으로서의 삶이 불가능한 식민지 사회를 망명이 불가능한 사회로 명명하여, 식민지적 상황을 현재에 대한 알레고리로 읽었을 뿐만 아니라 양자택일적 심문 자체의 폭압성을 환기시키고자 하였다.

본론에서는 다루지 못했지만 김우창의 염상섭론은 특기할 만하다. 김우창은 이민족에 의한 정치적 폭압의 체제로 이해되었던 식민주의의 문제를 '근대성'으로 전환시킴으로써, 염상섭론은 새로운 국면을 맞게 된다. 김우창은 「일제하의 작가의 상황」에서 한국이 식민화되기 이전 근대적 개혁을 추진했던 역사적 경험이 식민주의를 받아들이는 경험적 요소로 작용했던 착잡한 상황을 이야기한다. 전통적인 문화와 사회제도에 대한 사회구조에 대한 개혁의 요구가 침략의 책략과 뒤섞여 분별할 수 없게 되며, 따라서 배신을 배신이라 치부할 수 없고 희망적인 변화라고도 간주되었던 외적인 변화들이 침략의 책략을 침략의 그것으로 보이지 않도록 만드는 현혹을 가중시키게 되었다고 말할 때, 그는 식민주의의 요체를 근대성으로 인식하고 있었던 셈이다. 김우창은 1960년대 말 리얼리즘론 비평을 수놓았던 『삼대』론이 아닌 「만세전」론을 통해 염상섭 문학에 대한 이해를 표현한 것 또한 그것을 반영한다. 그 대표적인 글인 「비범한 삶과 나날의 삶－삼일운동과 근대문학」[75]에서 그가 「만세전」에서 발견한 것은 개인과 사회의 삶의 복합적인 얼크러짐에 대한 의식이며 이론이나 동경만으로는 현실을 넘어설 수 없다는 절실한 현실감각이자, 결국에는 이상주의적 허세를 배제하는 의식을 뜻한 것이다. 그것은 정치적 선택이나 실천을 초과하는, 아니 이미 소여적인 삶의 근원적 조건으로서의 세계, 달리 말하자면 바깥 없는 근대에 대한 인식의 맹아였다. 나아가, 주지하듯이 김윤식은 어떠한 머뭇거림 없이 그것을 자본주의=가치중립성의 세계라 명명하였으며 염상섭이 다룬 문학세계를 특징짓는 용어로 등록시켰다. 별다른 논고를 요하겠지만, 근대성이란 언설장의 대두를 한국에서는 현실 사회주의권의 몰락과 함께 목격했듯이, 사회주의를 다룬 『삼대』의 발견을 통해 거대한 전환을 맞은 염상섭 문학에 대한 이해가 근대성과 자본주의로 그 키워드를 전환시켜 간 데에는 남한 자본주의 체제의 심화라는 사정이 놓여 있을 것이다.

한편 이 시기 한국의 리얼리즘론의 형성과정은 오랜 기간 세계 냉전체제를 무대로 진행된 언어횡단적 실천translingual practice의 한 사례로 연구되어야 함을 과제로 남겨두고자 한다. 사회주의 리얼리즘, 아놀드 하우저와 루카치, 레이몬드 윌리엄스, 누보로망 등의 서구문학 예술이론의 언설들을 참조하고

75 김우창, 「비범한 삶과 나날의 삶－삼일운동과 근대문학」, 『뿌리 깊은 나무』 창간호, 1976. 이 글이 「한국 현대소설의 형성」(『궁핍한 시대의 시인』, 1977)의 내용 후반부를 이룬다. 전반부는 「한국 현대소설의 형성－3·1운동 전까지」(『세계의 문학』 창간호, 1976 가을)가 수록되어 있다.

또한 남한 내에서의 논쟁, 수시로 언론에 보도된 소비에트 문화예술인의 실태와 월북문인들의 참상, 망명 작가의 수기 등 남한으로 밀려드는 냉전화된 지식을 의식하며 형성된 한국의 리얼리즘론이란 언설 장은 서구세계와 비서구세계의 문화교차만이 아니라 냉전체제하의 양 진영의 문화교차가 포개지는 양상을 보여주리라 기대되는 바이다. 1970년대 초반 이 교차의 결과로 낙착된 어휘가 '민족(문학)'이라는 데 있다는 것은 잘 알려진 사실이지만, 그것이 친일문학론과 리얼리즘을 경유하여 합법화되는 과정의 파노라마는 아직 충분히 탐사되지 않았다. 이 글은 1960~1970년대 염상섭론을 통해 미진하게밖에 이러한 문제의 소재를 시사했을 뿐, 보다 진전된 논의는 다음을 기약해야 할 것 같다.

염상섭의 자리, 프로문학 밖, 대항제국주의 안

두 개의 사회주의 혹은 '문학과 혁명'의 사선斜線

이종호

1. 기억의 직조－도래하는 봉기의 시간

맨 마지막으로부터 시작해보자. 모든 것의 결산이면서 또한 기원이었던 그곳에서 말이다. 「횡보문단회상기」는 염상섭이 남긴 마지막 문장이면서 미완의 서사이다.[1] 주지하듯이 염상섭은 이 회상기를 중단한 지 얼마 지나지 않은 1963년 3월 14일, 67세를 일기로 삶을 마감하는데, 이후 정리된 유품들 가운데는 쓰다가 중단한 3회 연재분 원고가 발견되기도 한다.[2]

임박한 죽음의 시간과 삶의 시간이 조용하면서도 격렬하게 부딪히는 그 지점에서 삶을 치환하듯이 「횡보문단회상기」는 생성되고 있는데, 바로 그때 하나의 반복구ritornello가 도래한다.[3] '3·1운동의 시간'이다. 이것은 단순한

1 염상섭, 「횡보문단회상기橫步文壇回想記」, 『사상계思想界』, 1962.11~12(2회 연재, 미완). 이하 본문에서 이 글을 인용 시에는 (연재횟수 : 면수) 형식으로 병기한다.
2 「"미발표未發表 유고遺稿 없다" 고故 염상섭 씨 장남의 말」, 『동아일보』, 1963.3.15, 5면.

우연이나 클리셰는 아니다. 주지하듯이 그는 단적으로 말하자면, 「만세전萬歲前」의 작가다. 「횡보문단회상기」가 쓰인 때보다 조금 앞선 시기(1962.6.5)에도 "매우 신기 좋"게 "오사카에서 '3 · 19 독립선언서'와 격문을 써 독립시위를 할 당시를 말"하는 염상섭의 형상[4]은, 그의 글쓰기와 삶의 궤적을 고려한다면 단지 회고담에 으레 등장하기 마련인 '왕년의 이야기'라고 가볍게 보아 넘길 수만은 없을 것 같다. 「표본실의 청개구리」의 절대자유를 추구하는 광인狂人 '김창억'의 형상이나 「만세전」의 '이인화'가 여러 시공간들에서 조우하는 인물들과의 접속과 분리는 '3 · 1운동의 시간'이 없었더라면 생성 자체가 불가능했을 것이다. 그리고 이러한 형상들은 『사랑과 죄』, 『삼대』, 『무화과』 등의 여러 인물들과 사건들의 짜임으로 변주 · 전환 · 진화하면서 회귀 / 도래한다. 요컨대 '3 · 1운동의 시간'은 진화하고 있으며, 따라서 이 반복구는 연대기적인 과거를 향해 되돌아간다기보다는, 현실적 차원에서는 미완이지만 잠재적인 차원에서는 오래된 미래인 탈식민(혁명)의 시간을 향해 도래한다고 해도 좋을 것이다.

이 시간들은 소설에 한정되지 않고, 산문들 도처에서 잠복하면서 예기치 않게 불쑥불쑥 튀어나오면서 여러 효과들을 산출한다. 그런데 그것은 검열로 대표되는 일제의 사상통제로 인한 탓인지 명료하고 구체적인 서술어를 동반하지 못한 채, 함축적인 명사적 표현[5]으로 일관된다. 그리하여 마치 하

---

3 들뢰즈 · 가타리의 '리토르넬로'를 염두에 두고 사용하였다. 이에 대해서는 질 들뢰즈 · 펠릭스 가타리, 김재인 역, 『천개의 고원』, 새물결, 2001, 11장 참조.

4 김종균, 「내가 만난 작가 염상섭—"어디 내가 논문감이 되나"」, 염상섭문학제운영위원회, 『염상섭 경성을 횡보하다』, 경향신문사, 2012, 12면 참조.

5 필자는 염상섭의 소설과 산문이 지니는 특이성의 하나로 함축적인 명사적 표현을 들고 싶다. 이 명사들은 표면적으로 그 품사 특유의 매끈하고 한정적인 규정을 갖지만, 그 안쪽에는 많은 접힘의 과정을 통해 형성된 굴곡과 주름을 가지고 있다. 이 주름은 텍스트 그 자체에도 연원을 두고 있지만, 한편으로는 텍스트 밖의 현실세계와 접속 · 대결하는 가운데 형성된 것이기도 하다. 그러한 사례 가운데 일부이지만, 소설과 산문 등에서 인과적이지 않은 방식으로 불쑥불쑥 등장하는 아리시마 다케오有島武郎, 오스기 사카에大杉栄, 오스카 와일드, 레닌, 트로츠키 등의 고유명사를 들 수도 있겠다. 그것들은 한편으로는 단어의 사전적 지시성을 유지하면서도 다른 한편으로는 당대의 역사적 상황에서 그 고유명사가 지니는 역할과 위상을 환기하는데,

나의 암구호처럼 등장했다가 이내 그 모습을 감추는 형태를 띠는 경우가 대부분인데, 그로 인해 글 전체 문맥에서는 이질적이며 낯선 기호처럼 등장하곤 한다. 그런데 역설적으로 이 낯섦이 강한 효과를 추동한다. 그 효과들은 대략 세 계열로 범주화가 가능할 것 같다. 먼저 이 반복구는 (탈식민적)주체성 형성에 기여한다. 방탕하고 우울한 성벽을 바로잡는 교정 및 갱신, 나아가 존재론적 변형의 계기로서 기미년 수감생활이 제시되기도 하며,[6] 비평가로서의 자기 정체성을 변호하는 글 도중에 "만세가 일어나던 해(1919) 봄"과 "3월 사건"이 특별한 맥락 없이 튀어 나오면서 그러한 정체성의 윤리적 태도를 보완하며,[7] 절친한 망우亡友의 문학 활동을 "기미 이후 (…중략…) 조선청년의" 망탈리테 차원에서 의미화하면서 자신 또한 그 부분집합임을 환기한다.[8] 반복구를 통과하면서 통일적이며 일관된 주체성이 생성되는 셈이다. 다른 한편으로 반복구는 그러한 주체성을 에워싼 식민지적 환경과 배치에 대한 의문을 제기하며 그로부터 벗어날 탈영토화의 계기를 만들어 낸다. 예컨대 조선 문학 및 문단의 침체와 불안에 빠지게 된 근본적인 첫 번째 원인으로 식민지적 조건 — '삶의 활력'(生의 力)으로서의 "정치적 욕망"이 좌절·굴절됨으로써 불가피하게 "정치에서 문학으로 전향"하여 문학행위로만 그것을 표현할 수밖에 없는 조건 — 을 토로할 때에서도 "기미 전후"라는 구절은 슬그머니 등장한다. 그리고 제국주의 일본의 근대성에 내재적인 조선의 식민성

그리하여 그 사전적 지시성보다는 더 풍부하고 다층적인 내용과 사건을 함축한다. 말하자면 이 고유명들은 그것이 관계되어 있는 사건들, 저작들, 인적 네트워크, 사상 등을 함께 소환한다(그리고 그 명사들을 통해 염상섭의 독서 체험 및 사상 편력을 가늠해 볼 수도 있는데, 그러한 맥락과 사정射程은 다시 텍스트로 회귀한다). 가령 「만세전」 판본들 가운데 『시대일보』(1924.4.26) 판본에서 '오스기 사카에'를 작가가 스스로 삭제하는 것은, (단순한 활자의 범위를 넘어서) 관동대지진과 조선인 및 사회주의자의 학살과 관련되어 있을 것이라는 견해(이혜령, 「정사正史와 정사情史 사이 — 3·1운동, 후일담의 시작」, 『민족문학사연구』 40, 민족문학사연구소, 2009, 265~266면 참조) 또한 이러한 특이한 언어 사용을 방증하는 한 사례라 해도 좋을 듯싶다.

6 염상섭, 「소위 '모델' 문제 4」(『조선일보』, 1932.2.25), 『문장 전집』 Ⅱ, 345~348면.

7 염상섭, 「부득이하여」(『개벽』, 1921.10), 『문장 전집』 Ⅰ, 172~178면 참조.

8 염상섭, 「남궁벽 군이 갔을 길」(『삼천리』, 1929.9), 『문장 전집』 Ⅱ, 126~127면 참조.

을 묘파하고, 조선통치형태의 변화 및 식민지 부르주아지 활동과 자본의 허위성을 폭로할 때도 '기미운동'은 소환된다.[9] 또한 식민지 근대화의 알리바이로 조선총독부가 개최한 "조선의 그림자 없는 (…중략…) 조선박람회"의 공허함을 고발하면서 조선총독부의 통치형태와 경제공황에 대응하는 "하마구치濱口식 대긴축주의"를 비판할 때에도 '기미년'은 (굳이 불려나올 필요가 없음에도 불구하고) 기미己未와 기사己巳를 겹쳐놓는 언어유희를 통해 등장하여[10] 3·1운동 10주년을 환기시키고 그 비판의 거점을 재확인한다. 이처럼 반복구는 탈식민적 주체성의 형성과 식민지적 조건의 탈영토화의 계기를 마련하면서, 한 걸음 더 나아가 제국주의 현실에 대한 대항서사를 구축하는 데도 기여한다. 가령 사회주의 운동과 민족주의 운동의 탈식민적 / 대항제국주의적 제휴를 논하면서 민족주의 경제정책의 임기응변성을 비판하고 사회주의 경제정책을 한 대안으로 제시할 때에도 "기미년"은 그 기원으로서 삽입되며,[11] "경술합병庚戌合倂"과 "기미운동己未運動"을 병치 / 대치시키면서, 후자를 "정치생활", "사회생활", "문학상에 새로운 기축機軸, 새로운 발전", 그리고 "전 민족생활상 대변동"의 "중심"으로 놓는 글쓰기 수법을 통해 식민지적 현실에 대한 대항서사를 구축하려고 한다.[12] 요컨대 염상섭의 글쓰기에서 3·1운동의 시간은 마치 식민지 원주민들처럼 아무 데나 편재하는 가운데 회귀하며, 각각의 시기와 국면에 따라 다층적인 의미망을 주조하며 식민지라는 현실을 다시금 확인하면서도 '운동'(과 그에 잠재되어 있는 혁명)의 계기를 끊임없이 소환 / 도래케 한다.[13]

9 염상섭, 「6년 후의 동경에 와서」(『신민新民』, 1926.5), 『문장 전집』 Ⅰ, 488~491면 참조.

10 상섭생想涉生, 「박람회 보고 보지 못한 기記」(『조선일보』, 1929.9.15~9.19), 『문장 전집』 Ⅱ, 150~151면 참조.

11 염상섭, 「민족, 사회운동의 유심적 고찰—반동, 전통, 문학의 관계」(『조선일보』, 1927.1.4~1.16), 『문장 전집』 Ⅰ, 536~537면.

12 염상섭, 「문단 10년」(『별건곤』, 1930.1), 『문장 전집』 Ⅱ, 175~176면 참조. 이 글은 같은 제목으로 7년 뒤에 『학해』(1937.9)에도 실린다. 이 두 글은 몇몇 단어 및 표기의 차이를 제외하고는 동일한 내용으로 이루어져 있다. 동일한 글이 두 번에 걸쳐 활자화되었다는 것은 염상섭이 이 글을 매우 중요하게 생각했으며, 애착을 가지고 있었음을 반증하는 것이라 추정된다.

「횡보문단회상기」에서도 이러한 반복구는 다시 출현한다. 염상섭은 그의 주요작들을 연대기 순으로 정렬하면서, 그 삶의 역정을 더불어 풀어놓는다. 그런데 여기서도 흥미로운 것은, 한 개인의 총체적인 문학 활동의 서술이라는 역사적 지층의 가장 아랫자리에 3·1운동이라는 사건 및 그 의의를 배치한다는 점이다. 그의 문단회상이라면 으레 '폐허' 동인의 결성이나 아니면 그에 앞선 '삼광三光' 동인으로의 합류와 같은 개인사적인 활동으로 시작될 법한데, 그는 그와 같은 서술을 굳이 취하지는 않는다. 그 대신에 "기미己未 삼일운동을 계기로"(1 : 202) 삼아 그 운동의 역동성과 그로 인해 촉발된 제도화를 둘러싼 논의로부터 '문단회상'을 시작한다. 이런 배치 속에서 그의 전 생애에 걸친 문학은 3·1운동 '이후의 이야기' 혹은 그 '후일담'으로 자리 잡으며, 이는 한국 근현대문학 전체로 확장되어 당시 "우리의 현대문학의 연륜은 고작 40여 년밖에 안 되"(1 : 203)는 3·1운동의 아이들이 된다. 마치 누군가에게 있어, "이 땅의 모든 청년들과 마찬가지로 내 정치경력은 삼일운동으로 시작되었다"[14]고 한다면, 염상섭의 문학경력도 또한 3·1운동으로부터 새롭게 시작(혁신)되었다고 해도 좋을 것이다.

염상섭의 3·1운동에 대한 서술은 이중적 계기를 내포한다. 그는 3·1운동을 서로 상이한 두 계기의 분절 및 절합으로 구분한다. 하나는 "갱생·신생의 울연蔚然한 발흥기세가, 심저心底로부터 터져 나오고 치밀어 오르던 그 한 고비의 심각하고도 처절하였던 오뇌懊惱와 분노와 절규가 거칠고 숨 가쁜 대로 토로"(1 : 202)되어 분출하는 '봉기'의 계기이고, 다른 하나는 그 이후에 전개된 "일제日帝가 과거의 무단통치를 소위 문화정책으로 대치한"(1 : 205) '제도화'의 계기이다. 이 두 계기는 표면적으로는 선형적 시간 순의 자연스러운 흐름으로 서술되기도 하지만, 실제로 그 사이에는 하나의 계기가 봉합됨

13 아주 역설적으로 말하는 것이 허용된다면, 어쩌면 기미년-3·1운동의 시간을 말하기 위해서 이 다수의 에피소드들과 각양각생의 서술 형태들이 불가피하게 요구되었던 것은 아닐까? 라는 다소 비약이 심한 반문을 조심스럽게 던져보고 싶기도 하다.

14 김산·님 웨일즈, 조우화 역, 『아리랑』, 동녘, 1995(개정2판), 68면.

으로써 그 시간이 강제로 닫혀버리는 휴지休止가 놓여있다. 3・1운동을 봉기와 제도화의 계기로 구분하여 사유하는 이러한 방식은 그가 이 사건을 혁명의 프로세스(문법)를 통해 사유하고 있음을 알려준다.[15] 일반적으로 혁명의 프로세스는, 구체제(기존의 헌법 및 제도)를 급격하고도 근본적으로 중단・변화시키는 '봉기'가 발생하고, 그다음에 구체제를 대신하여 새로운 체제를 구축하는 '제도화'가 진행되는 것으로 이해되어왔다. 이러한 점에 비추어 보자면, 염상섭이 3・1운동을 구조화하는 방식은 이와 같은 혁명론의 관점이나 그 서사에 기대고 있다고 해도 좋을 것이다.[16] 실제로 염상섭은 3・1운동을 러시아혁명(1917)과 동일한 문법으로 파악하는 글을 쓰기도 한다. 즉 "적색赤色 십년十年", "무산독재無産獨裁 십년十年"이라는 구절을 통해 1917년 러시아혁명의 함의를 은유적으로 표현하며, 3・1운동을 "백색白色 십년十年"으로 규정하면서 두 사건을 동일한 층위로 배치한다.[17] 하지만 염상섭이 이 글에서 서술하고 있듯이, 제정 러시아와 달리 식민지 조선에서의 봉기는 결과적으로 실패로 끝이 났고, 그 이후 반 / 수동혁명을 통해 구축된 제도화 국면은 "백색白色이 무無인 것과 같이 다만 '무無'를 가"진 것에 불과했음을 토로한다.

15 '혁명革命, revolution'이라는 개념은 그 복잡다단함으로 인해 한마디로 정의내리기가 쉽지는 않지만, 일단 어원적으로 보자면 그것은 '위아래가 바뀌고 뒤집히는 급격하고 근본적인 변화'(봉기)의 의미와 '원래 상태로 되돌아온다는 회귀'(제도화)의 의미 모두를 가지고 있다. 혁명의 개념 및 어원적 맥락에 대해서는 다음을 참조. 上條勇, 「革命」, 石塚正英・柴田隆行 監修, 『哲學・思想翻譯語事典』, 論創社, 2003, 38면; 피터 칼버트, 김동택 역, 『혁명』, 이후, 2002, 20~45면; 박윤덕, 『시민혁명』, 책세상, 2010, 21~35면.

16 천정환은 혁명론의 관점에서 3・1운동을 사유하면서, 이 '혁명-운동'은 일제의 반혁명과 식민지부르주아의 '수동혁명'으로 흡수되었다고 서술한다. 천정환, 「소문所聞・방문訪問・신문新聞・격문檄文—3・1운동 시기의 미디어와 주체성」, 『한국문학연구』 36, 2009 참조. 필자는 이 관점에 대체로 동의를 하는데, 다만 일제 및 조선총독부는 3・1운동을 '반대'하는 반혁명을 수행함과 동시에 봉기의 활력을 재포섭하기 위한 제도와 통치의 변형(무단에서 문화로의 통치형태 변형)을 통해 '거꾸로' 실행하는 수동 혁명을 일정하게 수행했다고 보아도 좋을 것이다.

17 하지만 염상섭은 두 사건의 발생적 성격(봉기)의 동일함에 대해서 주목하는 한편, 그 이후의 전개 과정(제도화의 국면)은 전혀 상이한 것에 대하여 강도 높은 비판을 가하고 있다. 모스크바에서는 백설白雪 속에서 꽃이 피었지만, 조선은 백설뿐이며 그리하여 백색이라는 것이다. 이어서 3・1운동 이후 10년 동안의 식민지 통치 방침 및 식민지부르주아의 무능한 활동을 비판적으로 서술한다. 염상섭, 「'백색白色' 십년—'철옹성'의 세제언歲除言」, 『중외일보』, 1928.1.1 참조.

이러한 현실적 조건 속에서 끊임없이 봉기의 시간을 여러 텍스트들을 통해 도래케 하는 것은, 불완전연소된 혁명의 프로세스를 재가동하기 위한 전략의 소산으로 봐야하지 않을까. 「횡보문단회상기」에는 이러한 전략의 구체적인 전술이라고 할 만한 사건들과 논점들이 서술된다. 먼저 염상섭은 '재오사카한국노동자대표在大阪韓國勞働者代表'라는 명의를 통해 단행한 '3·19 오사카독립선언'의 행적을 가능한 한 소상하게 회고하면서 이 사건을 거치면서 "무산자해방 운동", "노동운동에 공명하"여 "그것을 실천하려" 했고 "그러한 이념을 가지게 되었"음을 술회하고 있으며, 실제로 "복음인쇄소의 직공으로 자칭하여 노동자로 나"(1 : 204~205)서게 된 자신의 존재론적 변형에 일정한 의미를 부여한다. 한편으로 "계급문학부존론階級文學不存論", "계급문학무용론階級文學無用論"(2 : 263)으로 요약되는 프로문학과의 논쟁이 있다. 그는 이 논쟁을 통해 '무산자해방 운동'과 '무산계급문학'의 관련성에 의문을 제기한다. 그리고 이 논쟁에는 "소위 '심퍼사이저'라고 하는",(2 : 260) 즉 좌익에의 동조자 혹은 동정자의 문제가 병렬적으로 혹은 동반적인 형태로 개재된다.

2. 식민지 지식인이 노동자가 된다는 것

'노동자'라는 기표와 3·1운동

앞에서도 언급했듯이, 염상섭은 자신이 주재한 '오사카독립선언'에 대하여 마지막 순간까지 자부심을 놓지 않을 정도로 이 사건에 큰 의미를 부여한다. 그는 1919년 3월 19일 오후 7시 무렵 오사카 덴노지天王寺공원에서 독립선언을 실행하고자 했으나 8시경에 집회 장소에 모인 다른 참가자 22명과 더

불어 경찰에 체포당한다.[18] 이 사건과 관련하여 당시 염상섭이 작성한 문건은 모두 4건이다. 즉 「독립선언서」, 덴노지공원에 모여 독립선언을 실행할 것을 호소하는 「격檄」문, 체포된 이후 감옥에서 작성했을 것으로 추정되는 「조야의 제공에게 호소함朝野の諸公に訴ふ」, 그리고 실체가 확인되지는 않는 『오사카아사히신문大阪朝日新聞』에 투고한 「조선이 독립하지 않으면 안 될 이유서」이다.

이 가운데 「독립선언서」와 「격」은 망국 민족의 비애와 굴욕을 통탄하며 민족의 독립을 선언하는 다소 평이하고 일반적인 내용으로 기술되어 있다.[19] 그렇지만 일정한 사상적 편린을 엿볼 수 있는 두 대목들이 존재한다. 하나는 "가장 웅변雄辯으로, 또 가장 통절히 오인吾人에게 가르쳐준 것은 실로 '민족자결주의'란 오직 한마디"라는 대목이다. 그리고 다른 하나는 이 문건들의 대상과 주체에 관한 대목인데, 각각 "재오사카한국노동자在大阪韓國勞働者"와 "재오사카한국노동자일동대표 염상섭"으로 기재되어 있다.

염상섭은 「횡보문단회상기」에서 "단독으로 거사할 준비에 동분서주하였었다"(1 : 204)고 술회하고 있지만, 이 사건을 실행하기 전에 두 명의 유력한 인물을 만나 상의하여 사상적인·자금적인 협력을 얻었음을 상기할 필요가 있다. 한 명은 아나키즘적 경향을 지니고 있었던 황석우黃錫禹[20]이고, 다른 한 명은 1919년 2월 24일 도쿄 히비야日比谷공원에서 「조선청년독립단민족대회소집촉진부취지서」를 인쇄하여 배포하려다가 체포되었다가 석방된 변희용卞熙瑢[21]이었다. 당시 염상섭은 쓰루가 항敦賀港의 헌정회憲政會 계열의 신문사

18 「朝鮮人概況 3」(大正九年六月三十日), 朴慶植 編, 『在日朝鮮人關係資料集成』 第1卷, 三一書房, 1975, 106면 참조.

19 『문장 전집』 I, 43~46면 참조.

20 이 시기 황석우의 아나키즘적 사상 편력에 대해서는 조두섭, 「1920년대 한국 상징주의시의 아나키즘과 연속성 연구」, 『우리말글』 26, 우리말글학회, 2003; 한기형, 「초기 염상섭의 아나키즘 수용과 탈식민적 태도-잡지 『삼광』에 실린 염상섭 자료에 대하여」, 『한민족어문학』 43, 한민족어문학회, 2003; 정우택, 「황석우의 매체 발간과 사상적 특징」, 『민족문학사연구』 32, 2006 등 참조.

21 慶北警察局 編, 『高等警察要史』, 1929(류시중·박병원·김희곤 역주, 『국역 고등경찰요사』,

에서 기자로 일을 하다가 노동쟁의를 겪고 신문사를 사직하고, 3월 3일 고종 인산일因山日에 오사카에서 열린 유학생 중심의 요배식遙拜式에 참석하러 가던 차에 석간신문을 보고[22] 조선의 3·1운동 소식을 알게 된다. 그리고 요배식 집회에서 오사카 노동자 동포들을 동원하여 일대 시위운동을 전개하기로, 나아가 자금을 동원하며 서울과 도쿄에 연락원을 파견하기로 결정하였지만, 미행 형사의 등장으로 유학생들이 난색을 표하는 바람에 논의는 중지된다.[23] 바로 이 자리에서 황석우를 만났던 것으로 보이는데, 요배식 집회 이후 그와 더불어 교토로 이전하여 2~3일간 함께 지내며 시국과 문단에 관하여 논의한다.[24] 이 같은 점으로 미루어 볼 때 염상섭은 신문사 기자로 근무하면서 비록 조선의 상황에 대해서는 둔감했지만, 정우政友·헌정憲政으로 대별되는 일본 정당정치(운동)의 흐름과 또 그와는 결을 달리하는 (사회주의 및 아나키즘 중심의)노동운동과 같은 이른바 다이쇼 데모크라시의 스펙트럼을 뚜렷이 인지하고 있었던 것 같다. 이런 정세 판단을 기반으로 하여 노동자 중심의 독립선언을 공모하게 된 것으로 보이며, 또한 아나키스트인 황석우와 조우하면서 이런 경향은 더욱 증폭되었던 것 같다. 이후, 염상섭은 도쿄로 상경하여 3월 14일 게이오의숙慶應義塾의 변희용을 만나는데[25] 유학생들이 움직이지 않는다면 "동포", "민중" 들을 중심으로 거사를 진행할 것, 선언서의 경우 검거를 피하기 위해 등사가 아닌 골필을 사용할 것 등의 조언을 받고 자금

선인, 2010, 429면) 참조.

22 『오사카아사히신문大阪朝日新聞』과 『오사카마이니치신문大阪每日新聞』에 3·1운동 기사가 게재되는 것은 3월 3일이다. 특히 『오사카마이니치신문』 석간 3월 3일 자 6면에 「조선각지의 소요朝鮮各地の騷擾－京城の一大示威運動」의 기사를 비롯하여 3·1운동 관련 6건의 기사가 게재되는데, 염상섭은 아마도 이 기사를 접한 것 같다. 윤소영 편역, 『일본신문日本新聞 한국독립운동기사집韓國獨立運動記事集 1－3·1운동편 1 : 오사카아사히신문』, 독립기념관 한국독립운동사연구소, 2009a, 80~81면; 윤소영 편역, 『일본신문 한국독립운동기사집 2－3·1운동편 2 : 오사카마이니치신문』, 독립기념관 한국독립운동사연구소, 2009b, 113~115면 참조.

23 염상섭, 「삼일운동 당시의 회고」, 『신태양新太陽』, 1954.3 참조.

24 염상섭, 「부득이하야」(『개벽』, 1921.10), 『문장 전집』 Ⅰ, 174~175면 참조.

25 「朝鮮人概況 3」(大正九年六月三十日), 朴慶植 編, 앞의 책, 106면 참조.

지원(35원)을 받는다.[26] 말하자면 염상섭은 독립선언의 구체적인 주체 및 대상의 설정,[27] 선전방식, 자금 등에 관하여 변희용으로부터 지원(지시)을 받은 셈인데, 그렇다면 오사카독립선언은 표면적으로는 단독거사였지만 실제로는 점차 사회주의에 기울고 있었던 변희용을 비롯하여 아나키스트 황석우 간의 공동기획으로 봄이 타당할 것 같다. 한편 이 독립선언서는 변희용에게 있어서도 매우 중요한 사상적 전환점이 되었다고 논의된다. 즉 그의 사상적 중심축이 '민족자결주의'에서 '노동운동'이라는 선택지를 통해 '사회주의'로 옮겨가고 있음을 이 선언서가 반증하고 있다는 것이다.[28]

변희용과 마찬가지로 염상섭에게 있어서도 이 '노동운동'이라는 선택지는 그의 사상적 경향에 있어 매우 중요한 자질이 되었음에 틀림없다. 실제로 검거를 피하기 위해 변장을 하고 매일 여관을 옮겨가면서 오사카 "공장지대"의 "합숙소"와 "밀집부락"을 3~4일에 걸쳐 방문하고 '격문'과 '빨간 헝겊'을 나누어 주어 집회의 참가를 독려했다는 회고, 그리고 이 선언이 제지되거나 자신이 체포되더라도 "다만 몇백 명만 모였으면 (…중략…) 신문에 보도만 되면 그만큼 효과는 나려니 하는 예상"을 했다는 회고[29]는 노동운동(혹은 아나코 생

---

26 염상섭, 「삼일운동 당시의 회고」, 『신태양』, 1954.3 참조.

27 이는 사실상 노동운동을 배면에 놓은 것인데, 이를 통해 오사카 독립선언의 사상적 거점을 추정할 수 있겠다.

28 변희용을 단독 주제로 한 연구는 매우 드문 편이다. 오노 야스테루小野容照는 변희용이 관여한 독립선언서를 비교 검토하면서 오사카 독립선언의 중심인물로 변희용, 염상섭 양자를 거론하며, '재오사카한국노동자일동在大阪韓國勞働者一同' 명의로 배포하고 '노동자'들을 그 대상으로 삼은 점은 이전(2월)의 독립선언서와 비교할 때 매우 큰 차이라고 강조한다. 요컨대 이러한 변화, 즉 변희용이 노동운동이라는 선택지를 택하는 것은 그가 이후에 사회주의자로 변모하게 되는 단초를 의미한다는 것이다. 小野容照, 「在日朝鮮人留學生卞熙瑢の軌跡－在日朝鮮人社會主義運動史研究のための一視座」, 『二十世紀研究』 10, 2009, 50~51면 참조.
변희용의 경우 그의 회고에서 '조선유학생학우회'가 조직될 무렵부터 "크로포트킨 著 『一革命家의 回想記』"의 독서체험과 더불어 "직접행동파"의 기질을 지니고 있었다고 술회하는데, "삼일운동 직후"에는 "민족운동을 성공의 방향으로 발전시키기 위하여는 사회주의운동을 수단으로 향하는 것이 최선의 길이란 결론을 얻어" "사회문제 · 노동문제 · 사회주의"에 관심을 쏟고 있었다고 한다. 변희용卞熙瑢, 「행동行動을 쏟았던 젊음의 정열情熱」, 『일파一波 변희용선생유고卞熙瑢先生遺稿』, 1977, 296~299면 참조.

29 염상섭, 「삼일운동 당시의 회고」, 『신태양』, 1954.3 참조.

디칼리즘)으로의 경사가 단순한 관념의 산물이 아니라 나름 최선의 조직화, 선전선동, 미디어의 효과까지 고려한, 구체적인 실천과 행동 속에서 이루어졌음을 환기시킨다.[30] 그의 예상대로 이 사건은 오사카의 대표적인 신문사들로부터 여러 차례에 걸쳐 주목을 받기에 이른다. 검거, 취조, 관련자 물색, 공판, 무죄석방 등에 이르기까지, 사건의 처음과 끝이 모두 일본의 미디어를 통해 중계된다.[31]

염상섭은 이에 그치지 않고 감옥에서도 『오사카아사히신문』에 「조선이 독립하지 않으면 안 될 이유서」를 일본어로 작성하여 투고하는 등 당시 영향력 있는 미디어를 최대한 활용하기 위해 노력한다.[32] 그리고 또 한편의 글을 수감상태에서 일본어로 작성하는데, 「조야의 제공에게 호소함朝野の諸公に訴う」이라는 글이다.[33] 이는 도쿄제국대학 학생이 중심이 되어 결성한 학생단체

30 그런 의미에서 독립선언서와 격문에서 나타난 문면은 어쩌면 / 확실히 이 사건이 지닌 잠재력의 일부만을 표현하고 있는 것이다. 이 노동운동의 경향성을 문면과 더불어 구체적인 실행 속에서 읽어줄 필요가 있다. 미행과 체포를 항상 의식했던 당시 염상섭에게 있어서 이미 쓰인 '문자'는 언제든지 철회・변경・부인・변명이 가능한 구체적인 행동보다 조심스러울 수밖에 없었을 것이다.

31 『오사카아사히신문大阪朝日新聞』에서 6차례, 『오사카마이니치신문大阪每日新聞』 6차례로 각각 보도되었다. 구체적인 내용에 대해서는 앞에서 언급한 윤소영 편역, 『일본신문 한국독립운동 기사집』 1・2를 참조. 기사 추출도 이 책을 참고했다.
「市內朝鮮人の檢擧」, 『大阪朝日新聞』, 1919.3.21(夕刊), 2면; 「朝鮮勞働者 取調續行」, 『大阪朝日新聞』, 1919.3.4(夕刊), 2면; 「朝鮮學生 三名起訴」, 『大阪朝日新聞』, 1919.3.22, 7면; 「天王寺で騷いだ朝鮮人公判 傍聽禁止」, 『大阪朝日新聞』, 1919.4.12(夕刊), 2면; 「大阪で騷擾の朝鮮人等は國憲紊亂で處刑」, 『大阪朝日新聞』, 1919.4.19, 7면; 「朝鮮學生無罪」, 『大阪朝日新聞』, 1919.6.10, 7면. 「嗟や大阪にも鮮民の騷擾」, 『大阪每日新聞』, 1919.3.21(夕刊), 6면; 「檢擧せる市內鮮人等は秘密裡に徹宵の取調」, 『大阪每日新聞』, 1919.3.21, 11면; 「取締上捨て置けぬ」, 『大阪每日新聞』, 1919.3.21, 11면; 「妄動に參加せる二鮮人學生」, 『大阪每日新聞』, 1919.3.22(夕刊), 6면; 「天王寺公園に集つて不穩の檄文を配布した鮮人學生等の判決」, 『大阪每日新聞』, 1919.4.19, 11면; 「出版法違反の三朝鮮人 全部無罪」, 『大阪每日新聞』, 1919.6.7(夕刊), 6면.

32 이 글은 내용이 내용인 만큼 신문에 게재될 수 없었던 것으로 보인다(『일본신문 한국독립운동 기사집』 1・2에서도 발견할 수 없었다). 따라서 그 실체를 확인할 수는 없지만, 이에 대해서 진학문秦學文이 당시 오사카아사히신문사 편집국장으로부터 그 내용을 확인하고 감탄했음을 증언하고 있다. 「본보本報 창간創刊 당시當時를 말하는 좌담회座談會(나와 『동아일보東亞日報』)」, 『동아일보』, 1960.4.1, 진학문의 발언 참조.

33 학계에서 이 자료에 대한 소개는 두 차례에 걸쳐 이루어졌다. 김경수, 「1차 유학 시기 염상섭

인 '신인회新人會' 기관지 『데모크라시デモクラシイ』 2호(1919.4)에 게재되었다. 염상섭은 이 글에서 일본의 "쌀폭동과 유학생의 행동은 그 표면은 달라도 그 생존의 보장을 얻으려는 진지한 내면적 요구에 있어서는 다른 점이 없다"고 주장하면서, 독립운동의 민중운동으로서의 성격을 강조한다. 최근의 선행 연구는 염상섭의 이 글에만 주목하고 있는데, 이와 더불어 흥미로운 것은 이에 화답하는 형식의 글인 「조선청년 제군에게 드린다朝鮮青年諸君に呈す」가 같은 호의 권두언卷頭言으로 실리고 있다[34]는 점이다. 이 글은 "일국一國이 자국自國의 이익을 위하여 타국의 의사에 반하여 그것을 지배하는 것은 절대로 불가하다"며 일본 제국주의를 비판하고, "우리는 충심衷心으로 벗들의 동포가 자유로운 천지天地로 해방되어 참된 인류로서 올바른 생활을 획득하고 서로 더불어 형제로서 생활하는 날이 조속히 도래하기를 열망한다"면서 조선청년들과의 연대의 의지를 표명하고 있다. 이 두 글 등으로 인해 2호가 발매금지를 당하면서 비록 예상했던 바의 효과를 거두지는 못했던 것 같지만,[35] 염상섭은 옥중에서 '신인회'와 교류・연대하면서 노동운동을 둘러싼 자신의 사상적 기반을 심화시켜나갈 수 있는 계기를 마련하게 된다. 염상섭은 당시 김우영金雨英이나 김준연金俊淵처럼 '신인회'의 정식 회원[36]은 아니었지만, 그 기

문학 연구」, 『어문연구』 38-2, 2010 여름; 장두영, 「염상섭의 「조야의 제공에게 호소함朝野の諸公に訴う」이 지닌 자료적 의미」, 『문학사상』, 2010.8. 김경수와 장두영 모두 이 자료를 번역하여 게재하고 해석과 해제를 덧붙이고 있다. 다만 필자는 '신인회新人會' 기관지 『데모크라시デモクラシイ』 2호에 게재된 맥락에 대해서는 좀 더 해명되어야 할 부분이 있다고 생각한다. 일례로 이 자료가 게재된 2호는 정상적으로 발행되지 못했으며 이 자료로 인해 발매 금지를 당했는데, 이러한 사실과 그 함의에 대해서는 앞서 언급한 기존 연구들에서는 제기되지 않고 있다. 그리고 이 시기 염상섭에 대한 요시노 사쿠조吉野作造의 영향도 상대화하여 다룰 필요가 있다고 생각한다. 이에 대해서는 별도의 지면을 기약하고자 한다.

34 이 글의 말미에는 글쓴이를 '동인同人'으로 밝혀놓고 있는데, 실제로 이 글을 집필한 자는 아카마쓰 가쓰마로赤松克麿로 알려져 있다. 增島宏, 「解題」, 『日本社會運動史料 機關紙誌編 ― 新人會機關誌 デモクラシイ 先驅 同胞 ナロオド』, 法政大學出版局 編, 法政大學出版局, 1977, 582면 참조.

35 『デモクラシイ』 2호는 발매금지를 당했는데, 이 두 글을 포함하여 佐々弘雄, 「先驅者を憶ふ」; 片島新(佐野), 「無子産階級解放の道」 등 모두 4편이 삭제된 채 2호와 거의 같은 내용으로 3호(1919.5)가 발행되었다. 위의 글, 같은 면 참조.

36 마쓰오 다카요시松尾尊兊, 오석철 역, 『다이쇼 데모크라시』, 소명출판, 2011, 306~307면 참조.

관지에 글을 게재한 유일한 조선인이었다는 점에서[37] '신인회'와의 관련성을 가볍게만 볼 수는 없을 듯하다.

'신인회'는 '보통선거 운동'으로 대변되는 요시노 사쿠조吉野作造와 그를 따르는 사상단체 '여명회黎明會' 등의 영향 아래에서 결성되었지만, 이내 곧 보통선거보다는 자본주의의 권력과 착취로부터 노동자계급을 해방하기 위한 노동운동으로 급격하게 경사되면서 요시노와는 일정한 거리를 유지하게 된다.[38] 나아가 '신인회'가 마르크스레닌주의의 영향 속에서 러시아혁명과 노농노국勞農露國을 이상으로 삼으면서 요시노와의 사상적 균열은 더욱 심화되었다.[39] 바로 이러한 양자 간의 사상적 분기는 염상섭에게도 강한 영향을 주었다. 1919년 3월 19일 검거 후, 6월 10일 무죄로 석방된 염상섭은 7월 12일에 도쿄로 올라온다.[40] 「횡보문단회상기」에도 언급되어 있듯이, 도쿄에서 염상섭은 요시노와 '신인회' 그룹 양자와 모두 접촉했던 것으로 보인다. 요시노와는 7월 18일, 23일 두 차례에 걸쳐 만난 것으로 되지 있지만,[41] 그 이후에 접촉한 기록은 찾아볼 수 없다. 오히려 염상섭은 "갱부노동조합장" 등의 노동운동활동가를 만나 "조선인 갱부의 노동조합을 신속히 조직"할 것을 권고[42]받기도 하는 등 "무산자 운동에 자극도 되고 일부 지도층과 접촉으로 받은 영향으로" "노동운동", "즉 (…중략…) 제사계급해방 운동에 공명"[43]하여 "복음인쇄소의 직공으로 자칭하여 노동자로 나서"(1 : 204~205)게 된다.

---

37 「執筆者略傳」, 『日本社會運動史料 機關紙誌編－新人會機關誌』, 591~598면 참조.

38 內川正夫, 「『デモクラシイ』の思想」, 『帝大新人會研究』, 慶應義塾大學法學研究會, 1997, 36면.

39 玉井清, 「新人會と吉野作造」, 위의 책, 295~296면 참조.

40 「朝鮮人槪況 3」(大正九年六月三十日), 朴慶植 編, 앞의 책, 107면 참조.

41 吉野作造, 『吉野作造選集 14－日記 二(大正4~14)』, 岩波書店, 1996, 210면.

42 상섭, 「니가타 현新瀉縣 사건에 감鑑하여 이출노동자에 대한 응급책」(『동명』 2, 1922.9.3~9.10), 『문장 전집』 I, 261~262면 참조.

43 「횡보문단회상기」에는 '제삼계급해방 운동'으로 되어 있으나, 노동운동의 맥락은 '제사계급해방 운동'으로 봄이 적절할 듯하다. 이는 「횡보문단회상기」에서의 오류로 판단된다.

계급이행과 존재의 변형

1919년 3월에서 11월 사이 염상섭은, '민족자결주의'와 '노동운동'이 불편하게 동거하고 있었던 모호한 사상적 편린 속에서 계급해방을 위한 노동운동으로 그 사상적 진화를 이루어 나감과 동시에 그는 자신의 정체성을 '유학생'이라는 지식계급에서 '노동자'라는 제사계급으로 이행하는 변형을 단행한다. 이러한 결단을 단지 "일종의 자존심의 뒤틀림"이나 "자신의 위선적 행위를 조금이라도 정당화해 보려고 한 심리적 행동"[44]이라고 축소 해석해 버리기에는 석연치 않은 점이 있다. 이 시대를 함께 살고 있었고 염상섭에게 영향을 주었다고 알려져 있는 아리시마 다케오有島武郎의 경우, 노동자의 자생성을 적극적으로 긍정하는 아나키즘의 입장에서 제사계급의 부상을 목격하고 프롤레타리아트 승리의 역사적 필연성을 인정하면서도 — 그리하여 자신이 속한 계급의 몰락을 자인하면서도 — 끝내 자신은 "절대로 신흥계급의 사람이 될 수 없"음을 그리하여 '계급이행'이라는 생각 자체가 불가한 일임을 단언한다.[45] 이후 얼마 지나지 않아 단행된 그의 자살은, 이러한 사유와 존재의 괴리 속에서 스스로 자신의 계급의 몰락을 실행함으로써 그가 가진 사유를 현실화하고자 한 기획이었을 것이다.[46]

아리시마가 제국주의의 지식계급(지배계급)이라는 자신의 전제가 곧 자기 사상의 적이라는 인식 속에서 적과 싸우기 위해 죽음을 택했다면, 염상섭은 식민지의 지식계급으로서 마땅히 싸워야만 한다는 전제, 곧 "민족해방 운동"(1 : 204)이라는 전제 아래에서 부상하는 노동계급을 통해 "무산자해방 운동으로"(2 : 260) 나아가야 했고 그리하여 노동자로의 계급이행이 요청되었다

44 김윤식, 『염상섭 연구』, 서울대 출판부, 1987, 60면.
45 有島武郎, 「宣言一つ」, 『改造』, 1922.1. 여기서는 다음을 참조. 「선언 1」, 임규찬 편, 『일본프로문학과 한국문학』, 연구사, 1987, 39~44면.
46 아리시마 다케오의 '자살'을 '계급이행'의 문제와 결부시켜 해석하는 시각은, 長堀祐造, 『魯迅とトロツキー』, 平凡社, 2011, 86~87면에서 일정 부분 시사받았다.

고 할 수 있을 것이다. 요컨대 탈식민의 계기와 계급 운동이 항상 겹쳐질 수 밖에 없는 그 자리에서 염상섭은 서 있었다.

이러한 염상섭의 사상적 진화와 노동자로의 계급이행은 당시 그가 작성한 일련의 글들을 통해 뚜렷하게 드러난다. 요시노의 제안을 "일언지하에 물리치고 요코하마 항橫濱港에 있는 복음인쇄소福音印刷所의 직공으로 자칭하여 노동자로 나섰"(1 : 205)던 무렵에 작성한 글로는 「이중해방」이 있다.[47] 이 글에서 그는 '세계개조의 회의', 즉 1차 세계대전 이후의 파리강화회의 및 베르사유조약에 대해 비판하면서 오사카독립선언의 사상적 한 축이었던 민족자결주의와 결별한다. 그리고 나아가 8시간노동제, 여성과 아동의 야간노동을 금지한 '국제노동기구 총회'에 대해서도 "탐욕과 인색의 검은 소리가, 위선의 감언甘言을 토吐하는 것"에 불과하다면서 비판적 입장을 취한다. 그는 1차 세계대전 이후에 취해진 개혁적 흐름을 "사이비 개조"라고 결론내리면서 제국주의로부터의 식민지의 절대적 해방과 노동자들의 절대적 해방을 지향하였다. 염상섭은 "모든 권위로부터 민주 데모크라시democracy에 철저히 해방"하고자 했으며, 그와 같은 "해방의 욕구는 인류의 본능이오, 권위요, 또한 공통한 노력"이라고 보았다. 불과 8개월여 남짓한 시간 동안 그의 사상적・이론적 사유는 가파르게 진화하고 있었다. 독립선언서에서 선언적인 형태로 발의되었던 '재오사카한국노동자'라는 정체성은 '복음인쇄소의 직공'이라는 구체적・운동적인 형태로 발현된다. 그는 해방을 위한 구체적인 실천 양태로서 노동자로의 계급적 이행을 단행한 것이었다.

노동운동을 통한 해방의 지향은 『동아일보』 기자로 다시 조선에 돌아온 뒤에도 계속 이어진다. 이와 관련된 실천적 작업은 1920년 5월 1일 '조선노동공제회'가 주최한 '대강연회'의 연사로 참여하여 진행한 「노동조합의 문제와 이에 대한 세계의 현상」이라는 강연[48]을 통해 이루어지기도 한다. 좀 더

---

47 「이중해방」의 말미에는 1919년 11월 26일에 작성했다는 표기가 있다. 염상섭, 「이중해방二重解放」(『삼광三光』, 1920.4), 『문장 전집』 Ⅰ, 72~75면 참조.

중요한 이론적 작업은 그 강연이 있기 바로 직전에 발표된 「노동운동의 경향과 노동의 진의」(『동아일보』 전7회, 1920.4.20~26)라는 장문의 논문을 통해서 전개된다. 염상섭은 이 글을 통해 아나키즘(아나코 생디칼리슴)에 기반을 둔 노동운동가로서의 모습을 명료하게 보여준다. 염상섭은 자본주의의 본질과 임금노동의 모순에 대한 이해를 바탕으로, 노동운동의 목적을 단순한 노동상태의 개선에 두는 것이 아니라, 노동자 자주관리와 같은 형태에 두었다. 그리고 인간 노동의 의의를 고찰하면서 이것이 진정으로 발현되기 위해서는 "인민의, 인민으로 된, 인민을 위한 모든 시스템"이 요청된다고 주장한다. 그리고 그는 말미에 구체적인 조선의 현실, 즉 '조선과 노동문제'에 관해 분석하고 언급함으로써 노동운동이라는 문제와 그 지향을 식민지 조선의 현실적이고 구체적인 문제로 가져온다.[49]

식민지 자본주의의 발전이라는 구체적인 현실 속에서 노동운동을 사유하고 그 대안을 모색하는 실질적인 움직임은 「니가타 현新瀉縣 사건에 감鑑하여 이출노동자에 대한 응급책」[50]을 통해 보다 구체화된다. 당시 제국주의 일본을 운용하는 데 있어 필수불가결한 요소 중의 하나인 전기를 생산하는 데 중요한 산업적 기반이 되는 수력발전소를 건설하는 과정에서 조선의 많은 노동자들이 일본으로 이출移出되고 있었다. 그 과정에서 노예노동에 가까운 강제 노동이 발생하여 재일 조선인 노동자들이 학살당하는 사건이 발생하게 되는데, 이 사건이 이른바 당시 조선을 뜨겁게 달구었던 '니가타 현 사건'이다.[51] 염상섭은 이 사건에 주목하여 장문의 글을 작성한다. 여기서 그는 이

---

48 「노동공제회강연勞働共濟會講演」, 『동아일보』, 1920.5.3.

49 「노동운동의 경향과 노동의 진의」에 대한 상세한 분석은 이종호, 「일제시대 아나키즘 문학 형성 연구－『근대사조近代思潮』『삼광三光』『폐허廢墟』를 중심으로」, 성균관대 석사논문, 2005, 111~122면 참조.

50 상섭, 「니가타 현新瀉縣 사건에 감鑑하여 이출노동자에 대한 응급책」(『동명』, 1922.9.3~9.10), 『문장 전집』 Ⅰ, 248~263면.

51 '니가타 현 사건'과 관련해서는 다음의 연구들을 참조할 수 있다. 朴慶植, 『朝鮮人强制連行の記錄』, 未來社, 1965; 張明秀, 「中津川水力發電所における朝鮮人勞働者虐待・虐殺事件－『東亞日報』掲載の資料紹介」, 『新瀉近代史研究』 第三号, 1982; 佐藤泰治, 「新瀉縣中津川朝鮮人虐殺

사건을 '조선노동자의 이출移出 문제와 재일노동자의 조합조직의 양대 문제'로 나누어서 분석하면서 현실적이면서도 근본적인 대책을 마련하기 위한 방도를 모색한다. 토지에 기반을 둔 소작인·농노였던 조선인이 일본으로 이출되어 노동자가 되는 현실을 구체적으로 분석하면서 식민지와 제국주의 일본 사이에서 벌어지고 있었던 이주노동, 인구의 이동에 착목한다. 그리고 그 구체적인 해결책을 강구함에 있어, 당시 조선인 노동자의 기술적 구성의 수준과 일본노동자들과의 연대와 협력을 염두에 두면서 그에 적합한 노동자조직을 구상하며 그 현실적 실현가능성을 타진한다.[52]

이러한 일련의 흐름들을 살펴볼 때, 3·1운동을 전후로 하여 1920년대 초중반에 이르기까지 염상섭의 노동운동에 관한 관심과 그 실천은 단순히 그 당시에 유행하던 흐름을 좇았던 결과물이라고 볼 수는 없을 듯하다. 그는 한편으로 노동운동에 대한 사상적·이론적 심화를 진행해가면서 식민지라는 구체적인 현실 속에서 그 실천적 방향성을 마련하고자 했던 것이다.

事件(一九二三年)」, 『在日朝鮮人史硏究』 第十四號, 1985.10; 宮崎學, 『不逞者』, 幻冬舍, 1998, 172~173면; 「자료 : 일본 니이가다 현新潟縣에서 학살사건 조사 자료 중에서」, 『력사과학』 52, 사회과학원출판사, 1964.3; 안회균, 「일제하 한국 언론의 해외특파원 활동에 관한 연구-『동아일보』를 중심으로」, 연세대 석사논문, 1987; 최태원, 「「묘지」와 「만세전」의 거리-'묘지'와 '신석현新潟縣 사건'을 중심으로」, 『한국학보』 103, 2001; 裵姈美, 「一九二二年, 中津川朝鮮人勞働者虐殺事件」, 『在日朝鮮人史硏究』 40, 2010.

52 이와 관련한 보다 자세한 논의로는, 이종호, 「혈력血力 발전發電/發展의 제국, 이주노동의 식민지-니가타 현新潟縣 조선인 학살사건과 염상섭」, 『사이間SAI』 16, 2014 참조.

3. 염상섭과 트로츠키, 또 하나의 사회주의

사회주의와 프로문학의 거리 / 부등호

아나키즘을 사상적 기반으로 삼아 계급 운동으로 나아가면서 스스로 노동자로의 계급이행을 단행하며 노동운동에 투신하고 관련 글들을 작성했던 염상섭의 한 형상이 존재한다. 이러한 그의 사상사적 행보 및 급진성에 대한 평가는, 1925년 '계급문학시비론'으로부터 촉발된 일련의 프로문학과의 논쟁을 정리하는 가운데 약화되거나 사라지게 된다. 그리고 논쟁을 통해 부조된 염상섭에 대한 편향적 평가에 기반을 두어 그의 노동운동적 기획과 노동자로의 변형은 수축적인 형태로 규정받게 된다. 이 논쟁을 다루고 있는 연구사들은 그의 사상사적 좌표를 대체로 민족주의 입장에서 중간파나 절충주의로 나아간 것으로 판단한다.[53] 이 연구들은 대체로 프로문학을 비판했던 논자들 가운데 염상섭이 계급문학의 주장을 가장 잘 이해하면서 지속적인 문제제기를 했다는 데는 동의한다. 하지만 논쟁 이전의 그의 사상사적 행보와 이 문제를 연결시켜 연속적인 맥락에서 다루는 경우는 드문 편이다.

일견 단절적으로 보이는 이러한 흐름에 대하여 김윤식은 날카롭게 물음을 제기한다. 노동운동에 투신한 이력을 고려할 때 염상섭이 "계급문학 시비에서 계급문학 운동을 계급사상 운동의 일환으로 보고, 그것을 부정할 수 없음

53 김시태, 「횡보의 비평」, 『염상섭 연구』, 새문사, 1982; 장사선, 「염상섭 절충론의 무절충성」, 권영민 편, 『염상섭 문학 연구』, 『염상섭 전집』 별권, 민음사, 1987; 김영민, 「역사 · 사회 그리고 문학에 대한 공정한 관심」, 문학과사상연구회, 『염상섭 문학의 재인식』, 깊은샘, 1998; 손정수, 「해방 이전 염상섭 비평의 전개과정에 대한 고찰」, 문학사와비평연구회, 『염상섭 문학의 재조명』, 새미, 1998; 김경수, 「염상섭과 프로문학」, 『문학사와 비평』 9, 문학사와비평학회, 2002; 김재용, 「프로문학 논쟁」, 『논쟁으로 읽는 한국사』 2, 역사비평사, 2009; 조미숙, 「1920년대 중반 염상섭 작품에 나타난 프로의식의 성격」, 『한국문예비평연구』 37, 한국현대문예비평학회, 2012.

은 당연한 이치"인데 "왜 계급문학을 적극적으로 지지하고 나서지 않고 다만 부분적으로만 승인하고 말았는지"에 대해 물음을 제기한다.[54] 이 물음은 한편으로는 정당하고 자명해 보이는데, 하지만 이 자명함 속에 오히려 함정이 숨어 있는 것은 아닐까 하는 생각을 필자는 해보게 되었다. 이 물음은 계급문학과 계급운동 간의 연관성이 자명하다는 전제로부터 출발한다. 이는 비단 한 연구자만의 전제가 아니라 한국 근대문학사 서술에서 일반적으로 취하고 있는 전제이다. 즉 '사회주의'라는 전망을 현실화하기 위한 운동에서 '프로문학'은 그 운동의 당연한 일부라는 것이다. 하지만 정말로 사회주의 혹은 코뮤니즘이라는 문제설정과 프로문학은 긴밀한 연관을 맺고 있었던 것일까? 혹은 프로문학 같은 것을 통해서 코뮤니즘으로 나아갈 수 있었을까? 이런 질문들은 다음과 같은 형태로 변주될 수 있을 것이다. '사회주의'와 '프롤레타리아문화・문학'과의 연관성은 의심의 여지없이 자명한 것이었을까? 모든 사회주의자들은 '프롤레타리아문화・문학'이 코뮤니즘에 이르는 한 방법론이라고 동의했던 것일까? 혹은 '프롤레타리아문화・문학'에 대한 비판은, 바로 부르주아적인 것으로 치환되거나 '문화' 일반에 대한 부정으로 간주되어야 했던 것일까? 등등으로 말이다.

이 물음을 숙고하기 위해서, 프로문학 논의가 시작된 진원지인 당대 러시아의 경우를 잠시 참조해보자. 레닌은 사망하기 10개월 전인 1923년 3월, 혁명 이후의 5년을 회고하면서 프롤레타리아문화에 대해 언급한다. "'프롤레타리아'문화에 관해 너무나 많을 것을 너무나 경박하게 말하는 사람들에게 부득이하게 불신과 회의를 품"을 수밖에 없다고 서술하면서 현재 "우선은 진정한real 부르주아문화로 충분할 것"이라는 견해를 피력한다. 그리고 "문화의 문제를 너무 성급하거나 일소하듯이 다루는 것은 몹시 유해하다"고 하면서

---

54 김윤식, 『염상섭 연구』, 서울대 출판부, 1987, 291~293면. 김윤식은 이 물음의 해답을 내놓는다. 염상섭이 작가가 됨으로써 계급사상에 대한 생각이 엷어졌고, 그리하여 정치적 감각이 생활적 감각으로 하강함으로써 그리되었다는 것이다.

이 문제의 중요성을 다시 한 번 일깨운다.[55] 레닌은 지배권력을 타파하고 구체제를 파괴하는 것만으로 혁명이 완성된다고 보지 않았다. 주지하듯이 봉기와 반란 같은 기존 체제의 파괴를 넘어서, 길고 지속적인 이행기를 필요로 한다고 보았는데, 그 이행기의 핵심은 낡은 일상생활 속에 침윤되어 있는 인간본성을 변형시켜 대표자나 지도자 없이 스스로가 통치할 수 있는 능력을 갖춘 새로운 인간을 창조하는 데 있었다.[56] 그리고 이를 위해서는 프롤레타리아의 과학과 문화, "그것만으로는 충분치 않"으며 "그것만으로는 우리가 승리할 수 없다"고 보았기 때문에, "우리가 완전히 최종적으로 승리하려면 자본주의에서 소중한 것들을 모두 흡수해야 하고 자본주의의 과학과 문화를 모두 받아들여야 한다"고 주장한다.[57] '인간본성의 변형을 통한 새로운 인간의 창조를 위해서는 성마른 프롤레타리아문화론을 비판하고 부르주아문화를 비롯한 전 인류의 문화를 계승해야 한다'는 레닌의 견해는, 혁명 이후 기회가 있을 때마다 여러 차례에 걸쳐서 강조되었으며, 공식적인 입장으로 채택되기도 하였다.[58]

---

55 Lenin, "Better Fewer, But Better", *Lenin's Collected Works* Volume 33(2nd English Edition), Moscow : Progress Publishers, 1965, pp.487~502.

56 레닌의 『국가와 혁명*The State and Revolution*』은 이러한 '이행의 문제'를 사고한 대표적인 저작이다. 레닌은 이행기의 문제와 핵심을 명확하게 정식화했지만, 그 방법론으로 프롤레타리아독재라는 해결책을 제시함으로써 그 문제를 푸는 데 실패했다. 프롤레타리아 '독재'는 능동적인 인간형을 창조하기보다는 오히려 복종하는 인간형을 주조하기 마련이다. 혁명과 이행의 문제에 대해서는 Michael Hardt · Antonio Negri, *Commonwealth*, Cambridge · MA : Belknap Press of Harvard University Press, 2009, 6장 3절 참조.

57 Lenin, "Achievements and Difficulties of the Soviet Government"(Early Spring, 1919), *Lenin's Collected Works* Volume 29(4th English Edition), Moscow : Progress Publishers, 1972, p.74.

58 그 대표적인 사례로 다음과 같은 구절을 들 수 있을 것이다. "프롤레타리아문화를 논할 때 우리는 바로 이 점에 주목해야만 합니다. 오직 인류의 전 발전 과정을 통해서 형성된 문화에 대한 정확한 지식을 지니고 과거의 문화를 개혁할 때에만 비로소 프롤레타리아문화를 건설할 수 있습니다. 프롤레타리아문화는 하늘에서 뚝 떨어지는 것도 아니고 프롤레타리아문화의 전문가라고 자칭하는 사람들이 고안해내는 것도 아닙니다. 그것은 전적으로 넌센스입니다. 프롤레타리아문화는 자본가, 지주, 관료의 압제하에서 인류가 축적해온 지식의 보고를 합법칙적으로 발전시킨 것이지 않으면 안 됩니다." 레닌, 「청년동맹의 임무」(1920.10.2 러시아 공산청년동맹 제3회 전러시아대회에서의 연설), 『레닌의 청년 · 여성론』, 함성, 1989, 100면. 이어서

이와 같은 견해는 레닌만의 고립된 생각은 아니었다. 트로츠키 또한 대체로 레닌과 유사한 입장을 견지하고 있었다. 일반적인 선입견과 달리 트로츠키는 문학예술과 문화의 중요성에 대해 "프롤레타리아'만'의 문화를 만들어 나가려고 했던" "'프롤레트쿨트'"[59]만큼이나 — 그러나 그와는 다른 관점에서 — 잘 인식하고 있었다. 레닌이 짧은 문건의 형태로 자신의 입장을 표현한 것에 비해, 그는 긴 논문과 저작들을 통해 자신의 입장을 밝힌다. 그와 관련한 대표적인 저작이 『문학과 혁명』(1923)과 『일상생활의 문제들』(1924)이다.[60] 『문학과 혁명』은 프롤레타리아문학문화에 비판적 논의가 주를 이루고 있는데, 쟁점을 다음과 같이 몇 가지로 추려 볼 수 있다.[61] ① "자본주의에서 사회주의로의 짧은 이행기"(203)가 끝나면 프롤레타리아 계급 자체가 소멸할 것이기 때문에, 프롤레타리아가 아닌 인류의 발전을 위한 문화가 구축되어야 한다(그렇기 때문에 프롤레타리아문화론은 불필요하거나 불가하다는 것이다). ② 프롤레타리아의 문화적 성장과 "참된 인류문화를 창조하기" 위해 부르주아문화를 비롯한 과거문화 유산・전통에 대한 옹호한다. ③ "새로운 문화 그리하여 새로운 예술을 위한 장을 의식적으로 한 단계씩 준비해가기 위하여

얼마 지나지 않은 10월 8일에 「프롤레타리아문화에 관하여」라는 문건을 집필하는데, 여기서도 "마르크스주의는 부르주아시대의 가치 있는 업적들을 거부하지 않으며 나아가 2천 년이 넘는 인류의 사상과 문화의 가치 있는 모든 것들을 흡수하고 발전시켜나가려 해왔기 때문에 혁명적 프롤레타리아의 이데올로기로서 역사적 의의를 획득한다. (…중략…) 이러한 방향으로서의 작업만이 진정한 프롤레타리아문화 발전을 가능케 할 수 있다"고 주장하며, 이러한 원칙 하에서 프롤레타리아만의 고유한 문화를 구축하려고 했던 '프롤레타리아쿨트회의'의 활동을 거부한다. 레닌, 이길주 역, 「프롤레타리아문화에 관하여」, 『레닌의 문학예술론』, 논장, 1988, 207~208면(번역은 일부 수정). 레닌이 '프롤레타리아문화'라는 용어를 사용하고 있지만, 그것을 긍정하기 위해서 사용하는 것은 아니며 지시적인 의미로 사용하고 있다.

59 이득재, 「소련의 프롤레트쿨트와 문화운동」, 『문화과학』 53, 2008, 224면.

60 레닌이 지병으로 쓰러지면서 스탈린과의 권력 투쟁이 심화되고 자신의 정치적 입지가 좁아지는 와중에도 트로츠키는 오히려 문학과 예술에 대해 더욱 높은 관심을 기울였는데, 이러한 사실은 그가 이 문제를 얼마나 중요시하고 있었는지를 간접적으로 말해준다. 아이작 도이처, 한지영 역, 『비무장의 예언자 트로츠키 1921~1929』, 2007, 3장 참조.

61 레온 트로츠키, 김정겸 역, 『문학과 혁명』, 과학과사상, 1990. 이 책의 인용문의 경우, 본문 중에 괄호를 치고 인용 면수만 표기함.

당은 문화적 동반자작가들을 (…중략…) 노동자계급의 실제적 혹은 잠정적인 지지자"(228)로 확보해야 한다고 하면서 보리스 필리냐크Boris Pilnyak 등의 동반자문학을 옹호한다. ④ "예술은 스스로의 길을 스스로의 방법에 의해 만들어가야 하는 것"이므로, "예술의 영역은 당이 지도할 수 있는 영역이 아니"(228)라며 예술의 자율성・독자성을 옹호한다. ⑤ 마르크스의 전인적인 인간에 비견되는 "코뮤니즘적 인간의 문화적 건설"(264)을 추구한다.

이와 같은 트로츠키의 문학문화론은 '프롤레트쿨트'를 비롯하여 나아가 스탈린주의와 불화하고 그로부터 많은 비판을 받게 된다. 단적인 일례로 마오쩌둥毛澤東은 트로츠키를 두고 "정치는 마르크스주의적인 것, 예술은 부르주아 계급적인 것"이라고 비판하며 "혁명적 사상투쟁과 예술투쟁은 반드시 정치투쟁에 종속되지 않으면 안 된다"고 주장한다.[62] 만약 트로츠키에게 이런 비판이 가능하다면, 그 비판은 레닌에게도 고스란히 되돌려져야 할 것이다. 그런데 이러한 비난에 가까운 수사는, 식민지 조선에서 이루어진 프로문학논쟁에서 '프롤레타리아문학불가론'을 주장했던 염상섭을 두고 프로문학자들이 가했던 비판과 그대로 겹쳐지기도 한다.

'계급문학시비론'을 통해 프로문학논쟁이 시작된 1925년을 전후한 무렵은, 조선의 프로문학자와 염상섭에게는 논쟁의 시발점이 되는 중요한 시기였는데, 또한 러시아, 일본, 중국 등 동아시아적 차원으로 그 범위를 확장해 보면 이 논쟁을 입체적으로 해석할 만한 상황들이 전개된 시기이기도 하다. 식민지 조선에서는 '계급문학시비론' 이후 6개월 뒤 '카프KAPF'가 결정되고 외형적으로는 프로문학이 탄력을 받기 시작하는데, 이해 '제1차 공산당 사건'도 발발한다. 러시아에서는 레닌이 사망하고 난 뒤, 스탈린이 '일국사회주의론'을 제출하고 트로츠키를 축출하면서 본격적인 '스탈린주의'를 확립해 나

62 모택동, 김승일 역, 「연안 문예 좌담회에서의 강연」(1942.5), 『모택동 선집』 3권, 범우사, 2007, 98면.

가기 시작하는 때이다. 일본에서는 사회주의혁명 운동들을 탄압하기 위하여 치안유지법이 공포되는 가운데, 트로츠키의 문학・문화론의 저작들인 『문학과 혁명』(7월)[63]과 『일상생활의 문제들』(7월)[64]이 번역 출판되어, 일본어를 통한 동아시아적 유통이 가능해진다. 중국에서는 1925년 8월 26일, 루쉰의 일기장에는 일역본으로 추정되는 트로츠키의 『문학과 혁명』을 구입했다는 사실[65]이 기록된다. 이 일련의 흐름들을 이렇게도 정리해 볼 수 있겠다. 제국주의 일본의 사회주의 탄압이 법률적으로 정비되며 본격화되는 가운데, 그 사회주의의 사상적・정치적・조직적 모태가 된다고도 할 수 있는 러시아의 상황은 스탈린주의의 일국사회주의론으로 기울면서 그 공식적인 노선은 병들기 시작한다. 그리고 식민지 조선에서는 공산당을 비롯한 카프는 그 공식적인 노선으로부터 (항상 그런 것은 아니었겠지만)점차 자유롭지 못하게 되어갈 예정이었다. 하지만 번역과 출판을 통한 또 다른 선은 제국주의 일본과도, 그리고 공식적인 정통마르크스주의(스탈린주의)와도 대립하는 흐름을 만들고 있었다. 중국의 루쉰이 그 한 사례일 것이다. 루쉰은 트로츠키의 『문학과 혁명』의 동반자작가론, 문학의 자율성・독자성, 혁명과 문학 관계 등의 주요 쟁점들을 전유하면서, 자신의 문학관을 정초하고 중국의 '좌련左聯' 속에서 다른 프로문학 작가들과 논쟁을 전개해 나갔다. 동반자작가론을 통해 지식계급이라는 자신의 계급적 기반에 갇히지 않고 제사계급과 연대하여 혁명에 투신할 수 있는 내적인 회로를 구축했다. 그리고 외적으로는 '정통마르크스주의'(스탈린주의)를 부정하고 그 문예이론과 쟁투하면서도, 트로츠키의 문예이론을 그 근거로 마르크스주의를 포기하지 않는 가운데 스탈린주의의 질곡으로부터 벗어날 수 있는 회로를 구축했던 것이다.[66] 이쯤에서 염상섭으로

63 トロツキイ, 茂森唯土 譯, 『文學と革命』, 改造社, 1925.7.

64 レオ・トロツキー, 西村二郎 譯, 『ロシヤ革命家の生活論』, 事業之日本出版部, 1925.7.

65 1925년 8월 26일 자 일기에 보면, "東亞公司에 가서 『문학과 혁명』 1책을 1원元5각角에 구입했다"로 되어 있다. 魯迅, 飯倉照平・南雲智 譯, 『魯迅全集 − 18 日記 2』, 學習硏究社, 1985, 42면(일역본). 이는 한 달 전에 일본 '改造社'에서 발행된 일역본으로 추정된다.

다시 돌아와야 할 듯싶다. 중국의 루쉰이 그러한 사례였다고 한다면, 식민지 조선에서는 염상섭이 그러한 사례였다고 말할 수 있을 듯하다. 염상섭이 프로문학 논자들과 주고받는 논쟁의 글에서 우리는 '보리스 필리냐크'라는 러시아 동반자작가와 더불어 트로츠키의 이름과 그의 문예이론에 근거했음직한 구절들을 명확히 찾아볼 수 있다.

이행과 문학의 위치—혁명과 새로운 인간의 발명

염상섭은 「계급문학시비론—작가로서는 무의미한 말」(『개벽』, 1925.2)을 시작으로 당시 형성되고 있었던 프로문학에 대한 비판적 논지를 전개하는데, 그 이후 일련의 글들을 통해 그의 이론적 지평을 진화시켜나간다. 그는 이 글에서는 "계급문학이 출현되지 못하리라는 것도 아니요, 또 그 출현이 불합리하다는 것도 아니나, 다만 일종의 적극적 운동으로 이를 무리하게 형성시키려고 애를 쓸 필요가 없다"면서 자생적인 계급문학의 출현은 인정하면서도, "어떠한 주의라든지 일정한 경향에 구속"된 계급문학에 대해서는 비판적인 입장을 취한다.[67] 이러한 입장을 뒷받침하는 근거는 두 지점에서 마련된 것으로 보인다. 하나는 운동이 생성되는 자생성·자발성을 긍정하면서도, 그 운동을 규율하는 목적성에 대해서는 비판적이었던 아나키즘적 경향이었고, 다른 하나는 이와 연장선상에 있는 예술의 자율성과 독자성에 대한 옹호였다. 그리고 이 글에는 조선이 처해 있는 현실-문화적 후진성(특수성)에 대한 인식과 그것을 넘어서기 위한 고민이 투영되어 있다. 이러한 인식

66 루쉰과 트로츠키의 관련성에 대해서는 長堀祐造, 『魯迅とトロツキー』, 平凡社, 2011, 1·2·3장 참조. 루쉰과 트로츠키의 관계를 밝히는 논의는 매우 드문 편이다.

67 염상섭, 「계급문학시비론—작가로서는 무의미한 말」(『개벽』, 1925.2), 『문장 전집』 Ⅰ, 329~331면. 염상섭은 당대 프로문학에 대해서는 비판하면서도 최서해에 대해서는 높은 평가를 하고 있다.

과 고민은 "저급한 교양을 가진 대다수 민중"이라는 구절을 통해 표출이 되는데, 이를 단순히 엘리트주의의 소산으로만 보아 넘길 수는 없을 것 같다. 자발성에 대한 긍정은 대상이 품고 있는 잠재성을 인정함으로써 가능한 것이다. 다만 그는 그 잠재적인 차원과는 다른 현실적인 차원은 냉철하게 인식한다. 즉 당대의 현실적인 차원에서 존재하고 있었던 "취미가 저열하고 이해력이 유치한 일반 민중"을 두고 그에 "영합"하는 방식이나 목적성을 외부에서 주입하는 방식이 아니라, "문화적 진전"이라는 전체적인 문화의 수준을 상승시키는 측면에서 스스로 만개할 수 있는 조건이 마련되어야 한다고 보았던 것 같다. 그런 의미에서 '당시의 계급문학'은 그의 말처럼 작가와 독자 그리고 조선의 문화에 있어 모두 '무의미한 말'이 되고 만다.

다소 소박하다고도 볼 수 있는 염상섭의 이러한 견해는 1년 가까운 시간을 지나 제2차 도일渡日을 전후한 시기[68]에 비약적인 진전을 이룬다. 일본에 건너가기 직전인 1925년 12월 21일 「계급문학을 논하여 소위 신경향파에 여與함」이라는 글을 작성하고[69] 일본에 건너와 몇 개월 지나지 않은 시기에 「프롤레타리아문학에 대한 P씨의 언言」을 작성한다.[70] 이 두 글 사이에는 낯선 고유명이 등장하는데, 앞서 언급한 바 있는 '보리스 필리냐크'라는 동반자 작가와 '트로츠키'이다. 이 점을 염두에 두면서 먼저 도일 직전의 글을 살펴보자.

「계급문학을 논하여 소위 신경향파에 여與함」은 '악성인플루엔자 / 소위 신경향파의 기조 / 신경향파의 작품 / 프롤레타리아 전선의 적십자군이냐? / 프롤레타리아문학의 존부存否 / 프롤레타리아문학의 방향 / 프롤레타리아문

---

68 염상섭의 제2차 도일은 1926년 1월부터 1928년 2월까지 만 2년 1개월 동안 이루어졌다. 이에 대해서는 김경수, 「횡보의 재도일기再渡日期 작품」, 『한국문학이론과 비평』 10, 한국문학이론과비평학회, 2001 참조.

69 염상섭, 「계급문학을 논하여 소위 신경향파에 여與함」(『조선일보』, 1926.1.22~1926.2.2), 『문장 전집』 I, 441~473면. 이 글은 염상섭이 도일한 이후에 게재되었으나, 이 글의 말미에 "乙丑 12월 21일 夜"라고 글 쓴 날짜가 기재되어 있듯이 도일 직전에 작성되었다.

70 염상섭, 「프롤레타리아문학에 대한 P씨의 언言」(『조선문단』, 1926.5), 『문장 전집』 I, 474~479면.

학의 기조'의 7절로 구성된 장문의 야심찬 논문이다. 이 글의 가장 큰 특징은 '자본주의에서 사회주의로의 이행(과도)'이라는 전제를 승인하고 동의하면서 프롤레타리아문학에 대하여 논의하고 있다는 점이다. 다시 말해 사회주의로의 이행, 즉 혁명의 문제설정 속에서 문학(문화)의 관계를 묻는다. 그리고 염상섭은 무심결에 속내를 드러낸다. "나는 민중예술에 대하여 전연히 부인하는 것은 아니니다." "나도 박 군(박영희-인용자)만 한 계급의식은 가지고 있다"라고. 사회주의로의 이행이라는 전망을 머릿속에 지니고 계급의식을 소유한 자를 무어라 불러야 할까? 프로문학자들이 그랬던 것처럼 그냥 '부르주아작가'라는 비난의 레테르를 붙여버리기에는 뭔가 석연치 않다. 염상섭은 다음과 같이 말한다.

> 우리는 생각하여볼 두 가지의 문제가 있다. 즉, 우리의 계급의식은 자자손손 계승시켜야 할 인류의 영원한 무거운 짐인가? 또 인류가 가진 생활형식의 두 가지 중에서 인류가 영원히 지속하여야 할 생활형식은 무엇인가? 이 두 가지 문제에 상도想到할 제, 누구든지 얻는 답안은 프롤레타리아의 세계라는 것이다. 과연 부르주아의 몰락의 일日은 계급전선 철회의 일日이요, 동시에 계급의식 포기의 일日인 것은 내가 설명할 필요도 없을 것이다. 그리하여 남는 것은 **내용 다른 프롤레타리아 생활형식**이다.[71](강조-인용자)

염상섭의 이러한 진술 속에는, 부르주아와 프롤레타리아가 대립하고 있는 당대로부터 일정한 이행기를 거쳐 사회주의(코뮤니즘)로 나아갈 것이라는 전망이 전제되어 있다. 그리하여 그 이행이 완료되는 시점에서 부르주아는 사라지고 프롤레타리아만 남게 될 터인데, 그때 남는 것은 이전의 프롤레타리아와는 "내용 다른 프롤레타리아"라는 것이다. 그렇게 되면 계급 자체가 소

71 염상섭, 「계급문학을 논하여 소위 신경향파에 여與함」(『조선일보』, 1926.1.31), 『문장 전집』 I, 468면.

멸하기 때문에, '계급의식'이나 '계급전'이라는 개념 자체가 성립불가능하며, 프롤레타리아 역시 소멸하여 염상섭이 말하고 있듯이 일반적인 "인류"가 된다. 이러한 혁명과 이행의 프로세스 속에서 문학 및 문화는 어떠해야 하는지를 묻고 있는 것이다.

이와 같은 입장에서 그가 보기에, 당시 '박영희'로 대변되는 프로문학은 단순한 "부르주아문학의 전통과 전형에서 벗어난 데에" 급급하며 "관념적" "편협한 계급의식에 뇌거牢居"하여, 잠재적인 "새로운 인생관"은 고사하고 현실적인 "재현再現"조차도 제대로 수행하지 못하는 "사이비 문예"의 형상화에 머물고 있었던 것이다. 더구나 "신문잡지의 문예란에 공지空紙나 채우고 앉아서, 나는 프롤레타리아와 운명을 같이 하려고 프롤레타리아를 위한 문예를 창작한다고 큰소리를 치"는 것은 정작 "프롤레타리아와는 관계가 없"으며 "실제 운동"도 아니며 그러는 사이에 "혁명은 프로문예거나 부르주아문예거나 좇아올 테거든 오고, 말 테거든 말라 하며 달아나"고 있다고 주장한다. 루쉰의 말을 빌려 염상섭의 말을 받아보면, 프로문학자들의 "화근은 '문예를 계급투쟁의 무기로 삼은 것'에 있는 것이 아니라 '계급투쟁을 빌려서 문예의 무기로 삼는' 것"에 있었는지도, 그리하여 그들의 행위는 "결국 문학을 '계급투쟁'의 두호斗護 아래 두려는"[72] 것에 불과했던 것인지도 모른다. 덧붙이자면 당시의 프로문학자들은 그들의 말과는 달리 실제로는 문학을 혁명이나 사회주의의 문제로 확산시켰다기보다는 오히려 혁명이나 사회주의를 문학의 문제로 축소시켜버리는 경향을 노정했다고 해도 좋을 것이다. "프롤레타리아 전선의 적십자군이냐?"는 비아냥거림이 섞인 비판은 이런 맥락에서 이해할 수 있을 것이다.

염상섭은 프로문학자들과는 다른 "진정한 프롤레타리아문학"을 주장한다. 이는 자본주의에서 사회주의로의 이행의 프로세스와 평행적인 또 하나

72 루쉰, 다케우치 요시미 역주, 한무희 역, 「'경역硬譯'과 '문학의 계급성'」, 『루쉰문집』 6, 일월서각, 1986, 243면.

의 프로세스를 구축하는 것처럼 여겨진다. 염상섭은 프롤레타리아를 두 차원으로 제시한다. 하나는 자본주의(제국주의)의 권력과 착취 구조 속에 고통받는 수동적 형상, 즉 부르주아와 프롤레타리아의 대립이라는 조건에 놓여 있는 현실적인 차원의 프롤레타리아이다. 예컨대 앞서 언급한 '저급한 민중'이나 "반역과 전투력으로만 응결"되어 있는 존재와 같이 "물질적 조건이 (…중략…) 사람의 정신을 지배"할 때 존재하는 프롤레타리아이다. 다른 하나는 권력과 착취로부터 해방된 잠재적인 차원의 프롤레타리아이다. 즉 "부르주아도, 프롤레타리아도 없고, 착취도 피착취도 없이 모든 것을 초월"하여 "본연의 인간성을 회복"한 형상이다. 그가 방점을 두는 것은 후자의 형상에 기반을 둔 프롤레타리아문학이다. 그리하여 "완전히 해방된 프롤레타리아로 탄생된 프롤레타리아가 잃었던 인간성을 찾는 거룩한 운동 그 정신에서 나오는 문학", "구체화한 인류애와 모든 음영이 걷히고, 가장 자유롭게 흐르는 위대한 생명을 예찬하기 위하여 건전한 정신과 사상에서 성장하는 문학"이 바로 그것이다. 그에게 있어 이러한 이행의 문제는 일차적으로는 현실적인 차원의 "'재현再現'에서부터 출발하는 것"이지만, 이것에 한정되지는 않는다. 그는 다음과 같이 말한다.

> 4, 5년 전에 「지상선을 위하여」라는 소논문을 당시의 『신생활』 지誌에 발표한 일이 있었다. 그것은 슈미트의 개인주의를 인용하여 자기혁명, 자기해방을 역설하고, 관념의 파기, 관념의 부정을 고조하였었다. 이것은 계급의식을 고취함에는 자아의 작성에서부터 선전하여야 하겠다는 필요로 개인주의를 창도唱導하고 가족제도부터 공격하기 시작한 것이었다. 그러나 이 말은 지금까지도 프롤레타리아운동의 쿨트 방면으로는 그 기조가 되는 것이라고 믿는 바이다.[73]

73 염상섭, 「계급문학을 논하여 소위 신경향파에 여與함」(『조선일보』, 1926.2.1), 『문장 전집』 I, 470면.

"소생한 프롤레타리아의 유토피아적 생활을 인류에게 제공함으로써 인간성을 탈환"하기 위한 작업으로 나아가는, 즉 현실적 차원의 프롤레타리아에서 잠재적인 차원의 프롤레타리아(탈계급 사회의 인류)로 이행하는 방법론의 하나로서 "타성", "관념의 파기", "관념의 개조"를 제시하고 이것은 곧 프롤레타리아문학의 기조가 되어야 함을 강조한다. 염상섭이 이행의 문제를 제기하는 가운데 '슈미트', 즉 '막스 슈티르너'와 같은 아나키즘적 경향을 겹쳐놓는 점은 눈여겨볼 점이다. 당시 유통되던 '토대와 상부구조론'이라는 기계론적 유물론의 문법에서 관념의 문제는 상부구조의 문제와 관련된다고 할 수 있을 텐데, 아나키즘의 계기를 도입함으로써 '토대가 상부구조를 결정한다'는 기계론적인 유물론의 문법에서 벗어나서 상부구조의 자율성 및 그 변화 가능성을 타진한다. 이는 한편으로 문학·문화의 자율성과도 연관되어 있는 사고이다. 새로운 인간형을 창출함에 있어(혁명의 시간을 도래케 함에 있어), 문학과 문화가 수행할 수 있는 의의 및 고유한 영역을 확보함으로써 경제적 구조(생산관계)의 변화뿐만 아니라 문화적인 영역의 중요성 및 독자성을 일깨우고 있다(이는 약 1년 뒤 「민족, 사회운동의 유심적 고찰—반동, 전통, 문학의 관계」라는 글에서 '유심론'이라는 개념으로 발전하게 될 터였다).

염상섭은 "관념의 개조"를 통한 새로운 인간형의 창출을 위해서는 "전통을 부인하려고 애만 써서는 아니 될 것"임을 강조한다. "새로운 생활을 자율하고, 지지할 만하고, 새로운 사회를 가질 새 사람의 새 관념"으로 바꾸어 나가는 데 전통이 일정한 역할을 수행할 수 있음을 주장한다. 이는 마치 인간본성을 변형시키고 자본주의로부터 최종적으로 승리하기 위해서는 부르주아적인 것을 포함하여 전 인류의 유산을 받아들여야 한다는 레닌이나 트로츠키의 언설을 상기시킨다.

지금까지 살펴보았듯이, 「계급문학을 논하여 소위 신경향파에 여興함」이라는 이 글은 트로츠키의 『문학과 혁명』과 이론적으로 공명할 지점들을 많이 가지고 있다. 염상섭이 이 글을 쓸 당시에 『문학과 혁명』이나 그러한 논의를 정리한 트로츠키의 문학론을 접했는지 여부를 알려주는 자료는 찾을 수 없다. 다만 일역본이 번역되어 있었기 때문에 접근 가능성 자체가 차단되어 있었던 것은 아니다.[74] 그 구체적인 연관이 드러나는 것은 「프롤레타리아 문학에 대한 P씨의 언言」이라는 글인데, 이는 일본으로 건너간 뒤 쓴 산문들 가운데 시기적으로 가장 앞서는 것이다.

염상섭이 일본으로 건너가고 얼마 지나지 않아 러시아의 동반자문학자 보리스 필리냐크는 일본을 방문하게 된다.[75] 필리냐크는 잇단 강연과 문화체험으로 바쁜 와중에도 『도쿄아사히신문東京朝日新聞』에 프롤레타리아문학론을 발표하는데, 마침 염상섭은 이 기사를 읽게 된다. 염상섭은 이 글을 읽고 나서 "트로츠키의 의견을 인용하여 나의 지론과 부합되는 평범한 태도"를 취했다고 평가하는 해제 성격의 내용과 더불어 필리냐크의 글 전문을 중역하여 싣는다.

이 번역글의 말미에는 "노보리 쇼무昇曙夢 씨氏 신서新著의 서문"이라고 명기되어 있는 것으로 보아 책의 서문으로 싣기 전에 신문에 발표된 글임을 알 수 있다. 필자가 확인한 바에 따르면, 필리냐크의 이 글은 실제로 노보리 쇼무의 단행본 서문(「プロレタリヤ文學について－昇曙夢氏の新書に序す」)으로 게재되었고, 1926년 4월 도쿄에서 작성한 것으로 부기되어 있다.[76] 참고삼아 덧

74 어쩌면 읽었더라도 그를 문면에 내세우지 않았을 가능성도 조심스럽게 점쳐 볼 수 있겠다. 치안유지법이 공포되고 '1차 공산당 사건'이 터지는 등 일제의 사상통제가 강화되는 시대의 풍압을 고려할 때, 러시아혁명에서 레닌에 버금가는 트로츠키를 문면에 그대로 드러내기가 쉽지가 않았을 수도 있다. 앞에서도 언급했듯이, 관동대지진 때 학살당한 오스기 사카에를 고려하여, 「만세전」의 『시대일보』(1924.4.26) 판본에서 '오스기 사카에'의 이름을 스스로 삭제했을 것이라는 추론을 고려해 보면, 그가 사상통제의 풍압에 얼마나 민감하게 대응했는지 역으로 알 수 있다.

75 "필리냐크는 1926년 예술가와 작가 들과의 교류를 통해, 러시아・소련의 예술을 일본에 널리 알리고자한 日露藝術協會의 초대로 일본을 방문하여 약 2개월 동안 체류하였다." 溝渕園子, 「鏡のなかの日本とロシア－宮本百合子「モスクワ印象記」とピリニャーク『日本人象記』の比較を中心に」, 『日本研究教育年報』 14, 2010. 3, 111~112면. 필리냐크가 2월에 러시아를 출발한 것으로 보아 대략 2~4월 사이에 일본에 체류했던 것으로 추정된다. ボリス・ピリニャーク, 井田孝平・小島修一 譯, 『日本人象記—日本の太陽の根帶』, 原始社, 1927, 180면 참조.

76 昇曙夢 編, 『新ロシヤ・パンプレット－第7編 無産階級文學の理論と實相』, 新潮社, 1926.7.

붙이면, 노보리 쇼무의 책은 그 제목에서 알 수 있듯이 '프롤레타리아문학의 이론과 실상'을 모두 7챕터에 걸쳐 체계적으로 정리하고 있는데, 트로츠키의 『문학과 혁명』의 내용 및 그 논쟁점을 정리하고 있는 장들도 있다. 염상섭이 필리냐크의 서문을 전문 번역하여 게재할 정도로 높은 관심을 보인 것으로 보아 이후 7월에 출판된 이 책을 구해 읽었을 가능성도 고려할 수 있겠다.[77]

각설하고 이 번역글의 논점을 살펴보면, 크게 세 가지로 정리해 볼 수 있다. 하나는 문학의 자율성에 대한 옹호이다. "사회의 각 시대가 문학에 반영된다 (…중략…) 는 것은 틀림없는 사실"이지만 "창작의 바이올로지((생명)활동—인용자)는 사람의 정신의, 완전한 독립한 방면이기 때문"이므로 그 자율성이 확보되어야 한다는 것이다. 둘은 트로츠키의 의견임을 명시하는데, "인류는 장래에 계급적 속박에서 벗어"날 것이라는 사회주의로의 이행기론에 입각한, 그리하여 "프롤레타리아 계급도 소멸할 것인 고로" 프롤레타리아문학은 불가하고, "일반 인류적 노동문학"을 창조해야 한다는 의견이다. 셋은 자신이 속한 문학단체인 '세라피온 형제'를 "창작의 바이올로지를 유일, 최고最高한 천혜로 알며 작가의 주인이라고 생각"하는 문학자로 소개하며, 그와는 결을 달리하는 "창작의 바이올로지를 초월하려고 노심勞心하는 작가, 바이올로지 대신에 사상만을 중시하는 작가"인 프로문학자들과 대비시킨다. 즉 문학적 자율성을 중시하면서도 혁명에 동조하는 동반자작가에 대한 옹호인데, 염상섭이 '동반자'라는 번역어를 선택하고 있지 않음을 일단 눈여겨 둬보자 (노보리 쇼무의 일본어 번역본에는 "「ポプッチキ」(革命の道伴れの意)"라고 되어 있고, 염상섭은 이를 "포퓻치키—혁명의 반려"로 옮기고 있다. 이에 해당하는 러시아 원어는 'ПОП

77 이 책은 식민지 조선에서 일정한 독자를 확보했던 것으로 보인다. 양주동은 러시아 프롤레타리아문학을 개관하는 한 글에서 책 제목을 밝히지는 않았지만 "노보리 쇼무昇曙夢 씨의 저서를 참고한 것이 있다"고 밝히고 있다. 양주동이 작성한 내용을 미루어 볼 때, 노보리 쇼무의 이 책을 참고한 것으로 추정된다. 양주동, 「구주 현대 문예사상 개관」, 『동아일보』, 1929.1.16. 염상섭이 제2차 도일 기간에 양주동과 함께 지냈음을 고려해 보면, 양주동과 염상섭이 이 책을 같이 읽었을 가능성도 배제할 수 없겠다.

утчик, poputchik'로 일반적으로 문학사에서는 '동반자'로 번역되어 왔다(이 문제는 뒤에서 염상섭 고유한 용어로 자리 잡고 있는 '심퍼사이저'와 더불어 다시 논의할 것이다)).

이와 같은 필리냐크의 논점은 트로츠키가 『문학과 혁명』에서 언급한 주요 논점과 일치하며, 염상섭 자신도 언급하고 있듯이 자신의 논의(「계급문학을 논하여 소위 신경향파에 여與함」)와도 궤를 같이 한다.

유심과 유물의 평행구조

지금까지 살펴본 일련의 글들을 통해서 알 수 있듯이, 염상섭은 사회주의로의 이행이라는 문제를 생산관계의 변형이나 제도의 창출로 국한하지 않았다. 그는 궁극적으로 사회주의의 현실화는 새로운 인간형을 창출하는 데, 그리하여 인류가 지닌 잠재력을 만개하는 데 있음을 여러 차례에 걸쳐 상기시킨다. 간단히 말해 염상섭의 논의는, 당시 사회구성체를 해명하기 위해 유물론이 고착화되어 있었던 '토대와 상부구조'라는 '수직적 구조'를 '수평적 혹은 평행적 구조'로 재구성하는 것이다. 즉 '물질적 생산의 생산양식이 사회적・정치적・정신적인 생활과정 일반을 조건 짓는다'는 사유를 한편 받아들이면서도 탈구축한다. 인간의 삶 전체를 '물질적 영역'과 '정신적 영역'으로 나누어 볼 수 있다면, 어느 하나가 다른 하나를 일방적으로 결정하기보다는 서로 영향을 주고받는 동시에 각각의 영역은 자율성과 평행성을 확보한다는 것이다. 이렇게 되면 사회주의로의 이행의 문제에 있어서도 각각의 영역이 일정한 자율성을 갖고 이행기를 거칠 수밖에 없게 된다. 이러한 사유체계가 「민족, 사회운동의 유심적 고찰－반동, 전통, 문학의 관계」[78]라는 글 전체에 관통하는 하나의 전제이다.

78 염상섭, 「민족, 사회운동의 유심적 고찰－반동, 전통, 문학의 관계」(『조선일보』, 1927.1.4~1.16), 『문장 전집』 Ⅰ, 510~539면.

이 글은 기본적으로 '반동과 문학'라는 절에서 여러 차례 반복적으로 언급되듯이 '프롤레타리아 독재'로 대변되는 사회주의로의 이행기론을 전제로 삼고 있다. 이 절에서 염상섭은 자신의 논의를 "아라사 평가評價 트로츠키도 인정하는 바인 모양이"라고 말하면서는 글을 전개하는데, 실제로 트로츠키의 『문학과 혁명』의 「제6장 : 프롤레타리아문화와 프롤레타리아예술」의 논의를 상당 부분 전유하여 자신의 사유에 맞게 변형하여 재구축한다. 요컨대 앞의 다른 글에서도 확인할 수 있었듯이, ① **궁극적인 도달점은 사회주의이고 구체적인 방법론은 프롤레타리아독재로 말해지곤 하는 '이행기론'**이다.

하지만 염상섭이 이러한 마르크스주의의 논의를 그대로 받아들이지는 않는다. 그의 사상의 한 축은 기본적으로 아나코 생디칼리슴(노동운동) 같은 '아나키즘'적 자질과 결부되어 있었다는 것을 앞에서 언급했었다. 이는 그 경향적으로 볼 때, 앞서 인용한 '막스 슈티르너'의 자기 혁명, 자기해방과 같은 관념의 타파 등을 통해서 말해지듯이, 유물론적인 변화만큼이나 유심론[79]적 변화에 무게를 둔다.[80] 이 아나키즘적 자질, 즉 유심적 자질을 그대로 유지해 가면서, 염상섭은 ①을 수용하려고 했던 것이다(아나키즘이나 사회주의나 궁극적으로는 자본주의를 극복하고 넓은 의미의 '코뮤니즘'을 지향하기 때문에 이 자체가 문

---

79 이 글에서는 염상섭의 유심론적인 측면을 아나키즘과 관련하여 서술했다. 그런데 이러한 경향을 형성함에 있어, 베르그송의 영향을 빼놓을 수 없다는 점을 덧붙여 두고자 한다. 당대 동아시아에서의 아나키즘은 베르그송의 영향을 통해서 유심론적인 경향을 정교하게 다듬고 있었다. 가령 오스기 사카에의 『노동운동의 철학勞働運動の哲學』(東雲堂書店, 1916)은 베르그송의 '창조적 진화론'과 깊은 관련을 맺고 있으며, 그에 공명하고 있다. 초기 염상섭이 제기한 '자아의 각성'(개성론), '여성해방'(자유연애), '노동운동'(집합적 주체의 형성)을 관통하는 공통된 키워드는 '생명', '생의 약동élan vital'인데, 이는 베르그송의 주요한 개념이기도 하다. 염상섭이 지니고 있었던 유심론적인 측면과 베르그송의 영향에 관해서는 지면을 달리해서 논의하고자 한다.

80 이러한 경향은 당대 아나키즘이 공유하고 있는 자질이었다. 가령 오스기 사카에의 경우, 노동운동을 '자기 획득 운동', '인격운동'으로 규정(「勞働運動の精神」, 1919.10)하면서 정신적인 변화를 중요시했으며, 직접적으로 "나는 정신을 좋아한다"(「僕は精神が好きだ」, 1918.2)고 언급하기도 한다. 그리고 그가 언급한 '생의 확충'(「生の擴充」, 1913.7)이나 '반역의 정신'(「個人主義と政治運動」, 1915.3) 등도 이러한 맥락에서 이해할 수 있다. 오스기 사카에의 글은 大杉榮, 『大杉榮全集』 1·2卷, 大杉榮全集刊行會, 1926 참조.

제될 것은 없다).

당시 세간에 통용되고 있었던 마르크스주의적 ①은 '유물적 대상'의 이행(만)을 우선시하기 때문에 '유심적 대상'의 이행을 고려하지 않는다. 그렇지만 염상섭이 입장에서는, 유물적 대상과 유심적 대상은 각각 자율적이고 평행적인 영역이기 때문에, 별도로 '유심적 대상'의 이행도 함께 고려되어야 한다. 그렇게 되면 이 두 이행 모두를 포괄하는 새로운 개념어가 필요하게 되는데, 그것이 바로 '반동反動'이다('반동의 대상은 두 가지'인데, 그것은 '유심적 대상과 유물적 대상의 두 가지로 구분'된다). '반동'의 개념은 다음과 같이 정의된다.

> 생활감정에 분열이 생길 때의 직전까지의 생활은 벌써 분해작용을 시작한다. 따라서 직전까지의 생활을 지지하여오던 사상은 타락한 비행기 모양으로 자기의 관념 속에서 해체에 착수치 않으면 아니 될 것이요, 현전現前의 생활조직과 생활의식이 무용無用의 폐물화廢物化한 것을 깨달을 것이다. 이것이 '반동'이라는 것이다. 일종의 모반이다. 기존旣存한 사상, 인습因襲한 전통에 대한 모반이요, 현실에 대한 모반이다. 일언으로 폐蔽하면 반동은 현실타파다.[81]

그리고 염상섭은 "반동기에 있는 우리"라는 표현을 사용함으로써 당시 조선의 성격을 규정하며, "반동운동", "반동행위", "반동행위기", "반동계급독재기" 등의 조어를 함께 사용한다. '반동'이라는 개념의 맥락을 가만히 살펴보면, 이는 '혁명'으로 치환하면 오히려 의미가 뚜렷해질 것 같은데, "혁명 전의 아라사 문학", "혁명운동" 등의 문구들에서 알 수 있듯이 이와는 구별하여 사용한다. 그에게 있어서, 이러한 '혁명'과 '반동'의 구분은 어떠한 맥락에서 생겨난 것일까? 염상섭이 보기에 '혁명'은 마르크스주의적 맥락, 그러니까 유물적 이행의 맥락에 한정될 수도 있다고 판단했던 것 같다. 따라서 염상섭 자신

81 염상섭, 「민족, 사회운동의 유심적 고찰－반동, 전통, 문학의 관계」, 『문장 전집』 Ⅰ, 511면.

이 생각한 유물적 · 유심적 이행 모두를 포괄할 수 있는 말로서 '반동'이라는 개념을 새롭게 도입한 듯하다.

반동기(이행기)를 통해 도달해야 한다는 혹은 사회주의 운동을 통해 도달해야하는 사회의 구체적인 모습 혹은 목표를 염상섭은 다음과 같이 말한다.

> 프롤레타리아의 반동은 유심적으로 보면 자연에의 귀의에 이상이 있는 것이라 하겠다.[82]

그리하여 "금후 인류의 대목표는 자연에 — 자연의 이법에 돌아가는" 것이 된다. 달리 말해 그것은 "기계로부터의 해방 — 현대문명에서의 해방 — 그것은 자연에 돌아가는 길이다. 자연의 이법에의 복귀 — 그것은 자본주의의 생활법칙의 파괴요, 부르주아의 멸락이다."

이러한 목표를 이루는 방법론으로 제시되는 것이 "금일까지의 문화가 발전되어 오는 동안에 사람의 머리에 뿌리 깊게 심어준 노예도덕의 관념, 소유충동에서 오는 관념, 그 방면이 그릇된 현대문명을 시인, 지지함에 필요한 제諸 관념을 파기하고 개조케 하는" 것이다.

여기서 염상섭은 비로소 민족운동의 문제, 즉 '민족 관념'의 문제를 끄집어내는데, 그것이 제 관념들을 파기하고 개조하는 데 도움이 되느냐, 아니면 해가 되느냐는 것이다. 부르주아 이데올로기로 기능하는 민족 관념이 일부 있기는 하지만, 큰 틀로 보았을 때 "민족의 전통"을 "자연의 이법"에 순응하도록 만들어 "그것에 합치"할 수 있다는 것이다. 그리하여 민족의 전통은 "사회개조사업에 장해를 재래齎來할 리가 없"고, "계급의식의 마취제로 변태"하지 않을 것이라는 것이다. 요컨대 그는 사회주의로의 이행을 중심에 놓고, 민족전통(및 민족운동)이 과연 그 이행에 도움이 될 것인지 해가 될 것인지를 계속

82 염상섭, 「민족, 사회운동의 유심적 고찰–반동, 전통, 문학의 관계」(『조선일보』, 1927.1.11), 『문장 전집』 I, 533면.

해서 타진하고 있는 셈이다. 우리는 그가 이 글을 작성하고 나서 이 글에 대한 반박문을 홍기문과 한 차례씩 주고받은[83] 직후 쓴 글이 바로 시조의 부흥과 관련된 글[84]이었으며 다시 달을 바꾸어 시조와 민요를 옹호하는 글[85]을 쓴 사실을 알고 있다. 이는 최남선의 국민문학론으로서의 시조부흥론[86]과는 차원을 달리하는 문제였다.[87] 염상섭은 시조와 민요 등의 '민족전통'의 문제를 통해 단순히 반근대성의 자장 안에 갇히기를 원했던 것이 아니라 "자본주의적 일체에서 벗어나서 또다시 새로이 '대지大地의 자子'로서 당연히 획득할 생활양식"[88]을 구축하기를, 즉 대안근대성으로 나아가기를 지향했던 것이었다. 조금은 과한 해석일 수도 있겠지만, 프란츠 파농이 언급한 "유럽이 낳을 수 없는 완전한 인간을 창조하기"[89]와 같은 기획의 일환으로 이 문제를 제기하고 있다고 해도 좋지 않을까.

반동기의 유심적 측면에 대한 이 같은 고찰 뒤에 따라오는 것은 반동기의 유물적 측면(실제운동 · 정치생활 · 경제생활)이다. 염상섭은 민족운동 진영이 실행한 "민족 대 민족의 착취(제국주의－인용자)를 자민족의 자본주의적 발달로서 방어할 수밖에 없는 답안에 득달"하게 된 노선을 "확실히 변태요, 역류다"라면서 비판한다. 그는 민족운동은 자본주의노선과는 결별해야 한다고, 그럴 때에만 민족운동으로서의 의미가 있고 사회주의 운동과 제휴 가능하다고

83 홍기문, 「염상섭 군의 반동적 사상을 반박함－『조선일보』의 「민족, 사회 운동의 유심적 고찰」을 읽고」, 『조선지광』, 1927.2; 염상섭, 「나에 대한 반박에 답함」(『조선지광』, 1927.3), 『문장 전집』 Ⅰ, 560~570면.

84 염상섭, 「의문이 왜 있습니까」(『신민』, 1927.3), 『문장 전집』 Ⅰ, 571~574면.

85 염상섭, 「시조와 민요－문예만담에서」(『동아일보』, 1927.4.30), 『문장 전집』 Ⅰ, 605~611면.

86 최남선, 「조선국민문학으로서의 시조」, 『조선문단』, 1926.5; 최남선, 「시조태반으로서의 조선 민성과 민속」, 『조선문단』, 1926.6.

87 프란츠 파농의 말을 빌리자면, 최남선의 이러한 욕구는 "전통에 접근하려는 욕구 혹은 폐기된 전통을 되살리려는 욕구"에 불과했으며, 이는 "역사의 흐름을 거슬러 가는 것만이 아니라 자기 민족에 반대하는 것이기도 하다." 프란츠 파농, 남경태 역, 『대지의 저주받은 사람들』, 그린비, 2010, 227면.

88 염상섭, 「시조와 민요－문예만담에서」, 『문장 전집』 Ⅰ, 610면.

89 프란츠 파농, 앞의 책, 318면.

그 원칙을 밝히고 있는 것이다. '자본주의 없는 민족(운동)' 혹은 '사회주의적인 민족(운동)'을 말하고 있는 것이라고 해도 좋을 것이다. 그런데 염상섭은 "피압박민족, 피착취민족의 남에게 말 못할 이중, 삼중의 고통(과) (…중략…) 딜레마"[90] 앞에서 고민을 거듭한 것으로 보인다. 그리하여 "현실생활의 유지라는 긴박한 조건", 시쳇말로 먹고는 살아야 하지 않겠냐는 식으로, 그리고 "현시現時의 조선 부르주아가 발전된다 하자마자 미미함에 불과할 뿐 아니라 상당한 발달을 할지라도 부르주아의 공통한 필연적 운명(자본주의 붕괴・부르주아계급의 몰락・사회주의로의 이행 – 인용자)하에 놓이게" 될 터이니까 임시방편적인 부르주아적 행태들은 좀 봐주면(이해해주면) 안 되겠느냐는 식으로 사회주의 운동 진영에 양해를 부탁하다시피 하는 자세이다. 염상섭의 궁극적인 지향은 사회주의가 실현되더라도 '민족' 자체는 소멸되지 않는 그런 '사회주의'를 추구하고 있었음을 이 글을 통해 보여주고 있다. 그의 지향 속에서 두 운동은 항상 이론상으로는 동시에 고려될 수밖에 없지만, 실제 현실 속에서는 사회(주의)운동이 주主가 되고 민족운동이 뒤따르는 부副의 형태를 취할 수밖에 없었을 것 같다.

4. '심퍼사이저sympathizer'의 연원을 찾아서

식민지 조선이라는 당대의 현실적 조건하에서 유심론적 층위를 염두에 두

90 이러한 딜레마에 대한 내용은 다음과 같이 지면을 바꾸어 구체적으로 표현된다. "태서泰西의 석학이나 일본의 학자들은 어엿한 제 국가를 가지고 있고, 또 계급운동을 할지라도 현재의 조선인 같이 사회운동과 민족운동이 대립 혹은 병진하여야 할 신세들이 아니므로, 이러한 문제는 등한에 부附할 것이요, 또한 따라서 민족성을 고조하면서 동시에 계급의식을 활발케 하려는 의견이나 저술도 없을 것이다." 염상섭, 「나의 반박에 답함」(『조선지광』, 1927.3), 『문장 전집』 Ⅰ, 565면.

면서 사회주의 운동과 민족운동을 동시에 고려할 때, 염상섭이 설정하는 주요한 장치 및 매개물은 '심퍼사이저'라는 형상이다. 『삼대』, 『무화과』 등의 장편소설에 등장하는 심퍼사이저형 인물들은 널리 알려지고 논의되어 온 대로 염상섭의 작품세계를 관통하는 중요한 축이기도 하다. 그런 만큼 이 심퍼사이저들을 어떻게 해석하느냐에 따라 실제로 작품의 전체적인 짜임과 주제는 달라질 수밖에 없게 된다.

탈식민과 혁명으로 나아가기 위한 사회주의와 민족주의의 동거라는 난제를 풀 하나의 묘수로 제기되기도 하는 심퍼사이저. 바로 앞에서 살펴본 「민족, 사회운동의 유심적 고찰—반동, 전통, 문학의 관계」에는 이 심퍼사이저라는 형상이 어디에 그 연원을 두고 있는지를 알 수 있게 해주는 단서들이 제시된다. 염상섭은 이 글의 말미에 이르러 민족운동 진영에게 다음과 같은 조언을 던진다.

> 아무리 '조선민족적인 정치경제 상태'에 살 수 있게 될지라도 ㉮**기계에-자본주의적 생활법칙에 예속되어 살기를 원하고 자연의 이법에 돌아가기를 생각지 않는 동포**는 ㉯**새로운 세대**에 발맞추지 못한 ㉰**반려**伴侶**요.**[91] (강조 및 원문자 기호—인용자)

조선민족의 정치경제 구성은 자본주의가 아닌 사회주의가 되어야 함을 다시 한 번 강조한다. 그리고 그것을 깨닫지 못한 민족운동 진영은 '새로운 세대', 즉 사회주의 운동의 제대로 된 '반려'가 될 수 없다는 것이다. 말을 바꾸면 '민족운동은 사회주의 운동의 반려의 위치를 점한다'는 것이다. 여기서 '반려'라는 단어에 주목하자. 이 말을 역어譯語로서 풀어낼 수 있는 참조점이 우리에게 두 가지 주어진다. 하나는 앞에서 살펴본 「프롤레타리아문학에 대한 P씨의 언言」에 중역된 보리스 필리냐크의 프롤레타리아문학론이고 다른

91 염상섭, 「민족, 사회운동의 유심적 고찰」(『조선일보』, 1927.1.15), 『문장 전집』 Ⅰ, 537~538면.

하나는 지금까지 계속해서 살펴보고 있는 「횡보문단회상기」이다.

ⓐ попутчик, poputchik　　　　(트로츠키, 『문학과 혁명』)

「ポプッチキ」(革命の道伴れの意)　　(「プロレタリヤ文學について－昇曙夢氏の新書に序す」)

포픗치키－혁명革命의 **반려**伴侶　　(「프롤레타리아문학에 대한 P씨의 언言」)

ⓑ 이 조祖·부父·손孫의 삼대三代를 다시 명확하게 규정한다면, 조부는 '만세' 전前 사람이요, 부친은 '만세'후後의 허탈상태에서 자타락自墮落한 생활에 헤매던 무이상無理想·무해결인 자연주의문학의 본질과 같이, 현실폭로를 상징한 '부정적'인 인물이며 손자의 대에 와서 비로소 새 길을 찾아 들려고 허덕이다가 손에 잡힌 것이, **그 소위 '심퍼사이저'라고 하는, 즉 좌익에의 동조자 동정자라는 것**이었다.[92](강조－인용자)

염상섭은 '반려伴侶'라는 단어를 자신의 전체 산문에서 단 2번만 사용하는데, 바로 위의 두 경우(㉰, ⓐ)이다. 따라서 이 단어는 일반적인 보통명사라기보다는 맥락을 고려하여 특정한 단어와 의미를 염두에 두고 사용하는 것이라고 볼 수 있을 것이다. 그리하여 ⓐ'반려'와 ㉰'반려伴侶'는 동일한 '의미'를 지닌다고 볼 수 있는데, ⓐ반려伴侶는 러시아어의 "попутчик, poputchik"(파푸치키, 즉 '동반자')를 번역한 것이다. 주지하듯이 '동반자'라는 개념은 트로츠키가 『문학과 혁명』에서 개념화한 것이다. 그렇다면 ㉰'반려' 역시도 "попутчик, poputchik"를 번역한 것으로 보아야 할 것이다. 요컨대 '민족운동은 사회주의 운동의 동반자의 위치를 점한다'는 것이다.

그런데 ㉰'반려伴侶'는 맥락상 ⓑ의 '심퍼사이저'와 동일한 의미망을 갖는

92 염상섭, 「횡보문단회상기」, 『사상계』, 1962.12.

다. 그렇다면 염상섭의 '심퍼사이저sympathizer'라는 그의 고유한 개념은 트로츠키의 '동반자попутчик'에 그 연원을 두고 있다고 할 수 있을 것이다. 이를 더 분명히 확증하기 위해 아래의 항목들을 살펴보자.

> ⓒ シンパサイザー (共鳴者・同情者) a sympathizer; a fellow traveler
>
> —『新和英大辭典』, 硏究社, 2003.7(第5版 第1刷)

> ⓓ シンパ(심파)
>
> **영어 심퍼사이저sympathizer의 약어로 동정자同情者라는 뜻. 영어의 'fellow traveller', 독일어의 'Mitläufer'와도 유사한 말로, 이 경우 번역어는 '동반자同伴者' 혹은 '동조자同調者'가 사용된다.** 공산주의 운동의 맥락에 잘 사용되는데, 그 정치활동의 지지자이지만 당원은 아닌 사람을 가리킨다. 특히 공산당이 '유일한 전위정당'이라는 이해가 침투력을 갖는 시대 상황에 유의미한 말이다. 이러한 상황하에서는 공산당은 당원에서 아주 엄격한 '철의 규율'을 가지기를 바랐고, 또한 전업 당활동을 요구했으므로, 전체적인 운동은 소수의 당원을 중심으로 지지자가 동심원적으로 분포하여 존재하는 양상을 보인다. 그것은 입당자入黨者의 풀pool로서 비非당원 대중과의 융합대融合帶로서, 또는 재정상・활동상의 보조자로서 중요시된다.
>
> — 都築勉,「シンパ」,『世界大百科事典』, 平凡社(『ネットで百科@Home』 버전)
>
> (번역 및 강조—인용자)

ⓒ와 ⓓ는 각각 일본의 『新和英大辭典』과 『世界大百科事典』에서 이와 관련된 항목을 발췌한 것이다. 여기서 알 수 있듯이 영어의 'sympathizer'와 'fellow traveler'은 동의어로 사용된다. 그리고 트로츠키의 『문학과 혁명』 영어본에서는 "попутчик, poputchik"는 'fellow traveler'로 번역된다.[93] 즉

93 Leon Trotsky, *Literature and revolution*, The University of Michigan Press, 1960, chapter 2 참조.

공산주의(사회주의) 맥락에서 이 'sympathizer'라는 개념어는 일정한 역사적 맥락을 가지고 사용되었음을 알 수 있다. 그리고 그 연원은 트로츠키의 '동반자 작가' 개념에 있었다. 참고로 덧붙이자면, 식민지 조선에서 신문에서 '심파'라는 용어가 등장하기 시작하는 것은 1932년 무렵부터[94]인데, 이는 프로문학에서 '동반자작가논쟁'이 진행되던 시기와 겹친다.

염상섭의 '심퍼사이저'라는 용어가 트로츠키의 '동반자작가'를 그 연원에 두고 있다면, 이 용어는 기본적으로 사회주의자(공산주의자) 입장에서 발화되고 만들어진 용어임이 강조될 필요가 있다. 다시 말해, '동반자 없는 사회주의자'는 존재할 수 있지만, '사회주의자 없는 동반자'는 그 개념 자체가 성립할 수 없는 것이다. 심퍼사이저(동반자)가 신문지상에 오르내릴 때마다 그럼 '그 배후조종은 누구인가?'라는 물음이 항상 되물어진다. 식민지 조선에서 활동하는 사회주의자를 재현하는 것이 불가능하다는 조건과 식민자는 친일파를 통해서 재현될 수 있다는 조건[95]을 거꾸로 역이용할 수 있는 것은 심퍼사이저(동반자)를 재현함으로써 사회주의자의 존재를 환기하는 방식이 아니었을까? 말하자면 심퍼사이저(동반자)를 재현하고 형상화한다는 것은 그 이면에서 이미 사회주의자를 재현하고 형상화하고 있는 것이 되는 셈이다.[96] 즉 염상섭이 동반자 작가 보리스 필리냐크를 언급할 때는 이미 혁명가 트로츠키를 말하고 있는 셈이며, 『삼대』에서 '심퍼사이저 조덕기'를 형상화하고 있을 때조차 이미 '사회주의자 김병화'를 말하고 있는 셈이 될 것이다. 염상

94 「전남함평 모부호를 종로서 인치취조, 공작위원 사건의 심파 협의로 / 배후조종은 공작위원회?, 제1, 제2고보맹휴사건, 불일간 송국할 모양」, 『중앙일보』, 1932.3.22.
「인테리, 심파층層의 십여명十餘名을 검거檢擧 그중에는 명사의 자제도 만허 특고부特高部에서 엄중감시嚴重監視—극좌운동탄압東京」, 『동아일보』, 1932.8.13. 이후 이와 관련된 기사는 점차 증가한다.

95 이혜령, 「감옥 혹은 부재의 시간들—식민지 조선에서 사회주의자를 재현한다는 것, 그 가능성의 조건」, 『대동문화연구』 64, 성균관대 대동문화연구원, 2008; 이혜령, 「식민자는 말해질 수 있는가—염상섭 소설 속 식민자의 환유들」, 『대동문화연구』 78, 성균관대 대동문화연구원, 2012.

96 박헌호, 「소모로서의 식민지 (불임不姙)자본資本의 운명—염상섭의 『무화과』를 중심으로」, 『외국문학연구』 48, 한국외국어대 외국문학연구소, 2012 참조.

섭은 트로츠키를 말하기 위해서 먼저 필리냐크를 선택했다. 사상통제의 풍압을 고려할 때 필리냐크는 러시아에서 일본 도쿄에 올 수 있었지만 혁명가 트로츠키가 제국주의 일본의 수도를 활보할 수는 없는 것이다. 트로츠키(혁명가)를 말하기 위해 필리냐크(동반자)가 앞세워졌듯이, 사회주의자(김병화)를 형상화하기 위해 심퍼사이저(조덕기)가 앞세워졌다고 볼 수도 있을 것이다. 이를 손끝과 머리에 그리고 온몸에 체화하고 있었던 것이 '식민지' 조선의 염상섭이었다고 할 수 있지 않을까. 그렇기 때문에 심퍼사이저에 대한 그의 형상화와 진술은 사회주의라는 사상과 기획을 항상 수반하기 마련이라면, 이를 단지 중간파나 절충주의자 혹은 민족주의자의 의미로만 국한할 수 없을 것 같다.

과학과 반항

염상섭의 『사랑과 죄』 다시 읽기

황종연

1. 니힐리즘의 양의성

한국의 문학 독자 일반에게 염상섭은 근대 과학교육이 만들어낸, 종종 놀라움과 역겨움을 함께 유발하는 생물 관찰 수업의 한 장면에 대한 그의 묘사 때문에 주로 기억된다. 개구리 해부 장면이 그것이다. 「표본실의 청개구리」의 화자 '나'는 의기저하와 신경과민이 극에 달한 괴로운 나날 중에 8년 전 그의 "중학 이 년 시대에 박물실험실에서" 보았던 해부된 개구리에 대한 기억에 끊임없이 습격을 당한다. 작중에는 그의 이력에 관한 언급이 거의 나오지 않아서 그 중학교가 어떤 학교인지 불분명하지만 문제의 '박물' 수업은 근대 일본과 그 식민지에서 보통교육의 일부로 시행되고 있었던 이과교육으로 소급되는 관행임에 틀림없다. 서구 과학교육의 일본적 변형인 이과교육은 실물, 표본, 모형, 도화 등을 가지고 관찰 및 실험을 하면서 자연의 사물과 현상의 대요를 이해하게 하는 교과로 출발했다.[1] 주목할 것은 과학적 자연 이해라고 부를 만한 그 이과 학습이 「표본실의 청개구리」에서는 다분히 트라우마적이라는 점이다. 화자의 신경을 엄습하는 이미지—"오장을 빼앗긴 개구리(가) 진저리를 치며 사지에 못박힌 채 벌떡벌떡 고민하는 모양,"[2] 그것은 과학의 메스 아래 생명체가 비장秘藏의 진실을 폭로당한 동시에 참혹하게 제압된 순간에 집중되어 있다. 화자에게 극도의 공포와 전율을 야기하는 그 이미지가 유인하는 바에 따라 생각하면 과학의 결과는 인간에게 해방적이기보다 압제적이며, 은혜롭기보다 위협적이다. 이런 맥락에서 개구리 해부의 삽화에 이어지는 강제 검역의 삽화는 아주 짧지만 지나치기 어렵다. 화자는 친구와 함께 평양행 열차를 타려고 했으나 "검역증명서"가 없다는 이유에서 승차권을 사지 못하고 역내 "출장주사실"에 가서 처치를 받은 다음에야 비로소 탑승 허가를 얻는다. 조선총독부의 공중보건정책을 상기시키는 이 삽화는 식민지 통치 권력과 신체 통제 기술로서의 의학 사이의 유착을 상기시키기에 부족함이 없다.

그렇다면 「표본실의 청개구리」라는 표제는 과학과 권력의 연합 레짐하에 있는 인간에 대한 은유라고 보아도 그리 심한 비약은 아니다. 이 표제의 단편이 개구리의 몸과 인간의 몸 사이에 모종의 유추 관계를 설정하고 있음은 명백하다. "해부된 개구리가 사지에 핀을 박고 칠성판 위에 자빠진 형상"이라면 그 형상의 기억에 시달리는 화자는 "시체 같은 몸을 고민하고 난 병인처럼 사지를 축 늘어뜨려 놓고 가만히 누워" 있는 모양이다. 화자의 의식 속에서 개구리 해부와 인체 해부는 차이가 없다. 개구리의 몸과 인간의 몸 모두 서양 근대과학이 그 기계론적 철학 노선을 따라 개념화한, 기계처럼 작동하는 몸에 속한다. 돌이켜보면 이과라는 교과를 출현시킨 일본과학의 역사에서 인체해

1 板倉聖宣, 『增補 日本理科教育史』, 仮説社, 2009. 과학 교육과 구별되는 이과 교육이 일본에 정착된 중요한 계기는 1891년 문부성이 「소학교교칙대강小學校教則大綱」을 제정한 것이었다고 한다. 그 교칙 중 이과의 '요지'에 관한 간명한 해설이 이 책의 208면과 210면 사이에 있다.

2 염상섭, 「표본실의 청개구리」, 『염상섭 전집』 9, 민음사, 1987, 11~12면. 이 전집에서 인용하는 경우 읽기의 편의를 위해 현대 표기법으로 바꾸어 인용한다.

부학이 차지하는 위치는 특별하다. 일본 근대과학 형성의 중요한 기초를 놓은 에도 시대 난학蘭学의 최대 업적 중 하나는 바로 독일인 의학자이자 물리학자인 쿨무스J. A. Kulmus가 지은 『해부학도보圖譜, *Anatomische Tabellen*』의 네덜란드어 번역서를 일본어로 번역한 책 『해체신서解体新書』(1774)다. 서양의학에 관한 서양어 서적의 완전한 일본어 번역으로서는 최초의 것이라는 의의가 있고, 신경이나 동맥 같은 지금도 통용되고 있는 해부학의 한자용어를 처음 고안한 공적이 있는 그 책은 실험과 관찰을 중심으로 하는 서양과학의 권위를 에도사회에 확립했으며 난학자들의 서양학술연구와 교육이 융성하는 계기를 이루었다. 흥미로운 것은 그것이 서양의학을 일본사회에 보급하려는 의도만이 아니라 중국으로 수출하려는 의도까지 가지고 간행된 책이었으며, 그래서 탈아입구脫亞入歐라고 불리는 일본인의 서양추수적 근대주의의 단초로 간주될 수 있다는 것이다.[3] 「표본실의 청개구리」에서 "수염텁석부리선생"이 해부용 메스를 휘두르는 박물 교실은, 히스테리컬한 간호사가 접종주사를 놓는 평양역 방역소, 비운의 사내 김창억을 마침내 절망의 나락에 빠뜨린 철창 감옥, 사미센 소리 울리는 남포의 유곽 등과 함께, 식민지 점령과 통제라는 형태로 승리를 구가하고 있었던 일본의 근대성을 상징하는 것처럼 보인다.

김창억이라는 괴상한 존재는 일본적 근대성이 조선에서 승리한 결과의 한 예로 읽힐 만하다. 그는 개인을 무참하게 농락하고 파괴하는 운명의 힘에 대한 증언처럼 보이기 쉬운 그의 이력 가운데에서 일본 식민주의의 압제에 상해를 입은 조선 지식인의 고통과 울분을 표현한다. 그가 보통학교 교사에서 조롱받는 폐인으로 전락한 결정적 계기는 3·1운동에 관여한 혐의로 감옥살이를 해야 했던 일이다. 옥중에서 수개월을 보내는 사이 그는 죄인의 누명을 썼고 아내에게 배신을 당했으며 혈족에게마저 성가신 존재가 되었다. 출옥 이후 나타나기 시작한 그의 광기는 그가 사회로부터 추방을 당함으로써 잃

3 梶田昭, 『醫學の歷史』, 講談社學術文庫, 2009, 292~293면.

어버린 자존 의식—그의 삶의 존속에 불가결한 의식을 스스로 회복하려는 욕구의 열렬하고도 가련한 발로이다. 내장을 털리고 버둥거리는 개구리라는 이미지는 김창억의 신세와 관련하여 효과적인 비유로 작동하는 것처럼 생각된다.[4] 그러나 김창억을 근대성의 내습에 속절없이 상해를 입은 조선인 정도로 이해하는 것은 적절치 않다. 화자가 그를 처음 만난 순간 그의 얼굴에서 중학교 시절 박물선생을 떠올렸다는 구절은 무엇인가를 시사하지 않는가. 그가 교편을 잡고 있던 과거에 "신구약전서新舊約全書 대신에 동경東京 어떤 대학의 정경과政經科 강의록"을 열독했다든가, 주위로부터 존경과 조롱을 함께 받는 공상가인 현재 "세계평화론자"의 인상을 주고 있다든가 하는 진술로 미루어보면 그는 메이지 시대 일본의 정치 담론이 제공하는 어떤 주체 위치에 경도되었음이 명백하다.[5] 그의 언행에서는 서양적, 일본적 근대성의 이상을 토대로 그 자신과 세계를 생각하는 태도가 엿보인다. "양복장이"에게 아내를 빼앗긴 이후 사회적으로 존엄한 자아를 복구하고자 하는 그의 행위는 "삼층양옥" 건축이라는, 근대 일본을 만든 주요 심리였던 서양 추수 성향을 드러내고 있는 터이다.

문제는 그의 마음을 점령했다고 추측되는 근대의 약속, 즉 서양이 가진 부와 힘을 언젠가 조선 역시 가지리라는 약속이 공상에 지나지 않는다는 것이

4 개구리가 김창억의 상징이라는 해석은 이보영이 설득력 있게 제시한 바 있다. 『난세의 문학—염상섭론』, 예지각, 1991, 87면.

5 「기미조선독립선언문」 등에도 흔적을 남기고 있는 세계평화론은 일본이 메이지유신 이후 국민국가 건설에 성공하고 국제 정치 환경과 대결하면서 일본의 정치인과 지식인 들이 입론하기 시작했으며 러일전쟁을 전후해서 한 차례 성황을 이루었다. 염상섭이 일본 유학 중에 친숙했을지 모르는 반제국주의적·반전론적 평화론의 주요 전거 중에는 고토쿠 슈스이幸德秋水가 저술한 『이십세기의 괴물 제국주의』(1901)와 그가 1903년에 사카이 도시히코堺利彦와 함께 헤민샤平民社를 세우고 발간하기 시작한 주간지 『헤민신문』 논설이 있다. 『헤민신문』에는 아베 이소오阿部磯雄의 기독교적 인도주의에서 슈스이의 사회주의적 반전론에 이르는 여러 갈래의 평화론이 발표되었다. 러일전쟁 발발 이후 1904년 6월 톨스토이가 *The London Times*에 기고한 유명한 「러일전쟁비판」 역시 그로부터 한 달여 후에 번역되어 실렸다. 김창억이 펼치는 교설의 원천 중 하나로 거명된 '톨스토이즘'이란 이 기독교적 평화주의자로서의 톨스토이 사상을 가리키는 것으로 보인다.

다. 그가 행하는 설교가 "톨스토이즘에다가 윌슨이즘을 가미한" 것이라는 작중 논평을 보면 그의 사상은 3 · 1운동 주도 세력의 사상과 통했으며, 따라서 작중에서 "불의의 사건"으로 지칭되고 있는 3 · 1만세시위와 연관된 그의 어떤 행위는 어쩌면 그의 깊은 신념에서 발원한 투기였을지도 모른다. 그러나 그것은 인류 박애와 평화에 대한 그의 믿음과 합치되는 방식으로 세계를 변화시키기는커녕 반대로 그의 믿음이 참으로 공상적임을 알려주는 상황의 전도를 초래했다. 아내의 배신을 시작으로, 그의 존재의 암흑적 실상이 낱낱이 드러난 결과 그는 배 속이 까발려진 개구리처럼 비참하다. 작중의 이야기상 현재 그의 공상가적 본질은 너무나도 확연한 나머지 안쓰러울 지경이다. 그는 정경과의 합리성 대신에 종교적 영성에 마음을 내준 상태다. 김창억을 만나고 두 달 정도 지난 어느 날 화자는 김창억이 만사가 "신의神意"에 달려 있다는 믿음에 따라 자기가 애써 지어올린 삼층양옥에 불을 지르고 "금강산으로 들어"갔다는 소식을 화자의 평양 친구한테서 듣는다. 김창억에 대해 화자는 대체로 동정적이다. 김창억과 비슷하게 3 · 1운동의 실패에 따른 환멸의 고통을 당하고 있는 것으로 보이는 화자는 김창억에게서 광인과 철인, 오뇌와 행복, "현대의 (암흑)"의 육신과 "자유의 민"이 복합되어 있음을 발견한다. 화자가 이해한 김창억의 삶은 퇴폐적인 동시에 신비롭고, 부랑적인 동시에 초월적이다. 그것은 삼층양옥의 방화가 상징하는 바대로 역사적, 세속적 세계 속에서의 모든 추구가 무의미하다는 직관을 실천한 삶이다. 「표본실의 청개구리」의 결말에서 화자는 눈이 내린 겨울날 이웃의 어느 산마루에 올랐다가 장례를 위한 공용 공간을 갖춰놓은, 죽음 이후에 대한 관념에 붙잡힌 황폐한 동네를 발견한다. 말하자면 사신死神의 영지 같은 그 동네의 인상을 전달하는 중에 화자는 인생의 모든 국면을 "부감俯瞰"한 듯한 느낌이 들었다고 술회한다. 그 부감의 느낌은 김창억에게 비록 공상적이고 허약하나 그의 세속내 존재의 유일한 거점이었던 삼층양옥을 스스로 불태우도록 만든 타나토스의 발동, 즉 니힐리즘의 앙양昂揚과 별로 다르지 않을 것이다.

「표본실의 청개구리」의 '나'와 김창억에게 보이는 권태, 우울, 불안, 광기 등은 3·1운동의 좌절 이후 조선 지식인 사이에 한동안 만연되었으리라 짐작되는 심리적 위축의 한 표현으로 간주될 만하다. 염상섭은 『폐허』를 회고하는 중에 3·1운동 이후 청년들의 마음은 "일세를 들어 허무감, 염세, 부정 일색으로 물들었다 하여도 과언이 아니"며 부득이하게 "세기말적 퇴폐 경향에" 흘렀다고 썼다. 그가 보기에 당시의 "진정한 문학적 경향"이었던 "자연주의"의 사상적 원천 중에는 "휴머니즘"과 함께 "니힐리즘"이 있었다.[6] 김창억의 방화와 유랑, '나'의 친親타나토스적인 병든 영혼을 고려하면 이것은 납득하기에 족한 견해이다. 앞에서 「표본실의 청개구리」를 검토한 바에 따르면 니힐리즘은 근대성의 비극적 결과들에 대한 통절한 인식의 산물이다. 그러나 중요한 것은 근대성이라는 삶의 조건이 당혹스러울 정도로 양의兩儀적이고 모순적이며 그 삶의 조건하에서 배양된 니힐리즘 역시 그러하다는 사실이다. 니힐리즘은 일반적으로 삶의 의미에 대한, 그리고 삶의 의미를 공급해주는 정치와 문화의 형식들에 대한 부정으로 이해된다.[7] 하지만 그것은 또한 의미 있는 삶의 형식을 창조하기 위한 부정으로도 이해되어야 한다. 니힐리즘의 기원과 계통을 깊이 있게 탐구한 한 사상사가에 의하면 그것은 니체의 유명한 주장과 반대로 신의 죽음의 결과가 아니라 한 전능한 신의 탄생 또는 재탄생의 결과이다. 기독교적 신 관념의 변화 속에서 생겨난 인간과 자연에 대한 새로운 관념－이성보다 의지, 필연보다 자유를 우위에 두는 새로운 관념의 맥락 속에서 발생한 사상이 니힐리즘이다. 그것은 "자신의 무한 의지를 적용하여 세계를 새롭게 창조하는" 인간 또는 초인간이라는, 근대 사상의 중심 개념의 한 표현이었다.[8] 염상섭과 그의 동세대의 니힐리즘 역시 의지와

6 염상섭, 「나의 폐허시대」, 『염상섭 전집』 12, 민음사, 1987, 210면.

7 이러한 일반론적 니힐리즘 설명에 높은 수준의 정합성을 부여한 예 중 하나가 Donald A. Crosby, *The Specter of the Absurd : Sources and Criticisms of Modern Nihilism*, Albany : State University of New York Press, 1988이다. 저자는 정치론, 도덕론, 인식론, 우주론, 실존론이라는 범주 구분하에서 다섯 가지 니힐리즘을 변별하고 있다.

자유의 선양이라는 요소를 내포했다. 『폐허』가 퇴폐의 이미지에 현혹된 동시에 신생에의 투신을 표방했다는 사실은 강조될 필요가 있다.[9] 「표본실의 청개구리」 이후 염상섭 소설에서 계몽되고 자발적이며 창조적인 주체성의 관념은 뚜렷한 발전을 보았다. 그의 소설 중 최고의 작품은 신의 대신 과학을 신봉하고, 산골 대신 도시에 거주하고, 유랑 대신 반항을 추구하는 인간 군상을 그리는 가운데 출현했다. 그 탁월한 예가 1927년과 1928년 사이에 『동아일보』에 연재된 장편소설 『사랑과 죄』다.[10]

2. 마굴魔窟 속의 과학

염상섭이 1920년대 후반과 1930년대 전반에 발표한 그의 장편소설의 걸작들은 미스터리 소설의 요소를 적잖이 가지고 있다. 그것들은 비록 고전적

8 Michael Allen Gillespie, *Nihilism Before Nietzsche,* Chicago : The University of Chicago Press, 1995, p.xii・xxiii.

9 근래에 『폐허』에 관한 넓은 역사학적 시야에서의 조사와 검토를 바탕으로 그 문예지에 표출된 신생의 정치적 비전을 포착한 논문이 나오기 시작했다. 조영복과 이종호의 연구가 대표적이다. 조영복, 『1920년대 초기시의 이념과 미학』, 소명출판, 2004; 이종호, 「일제시대 아나키즘 문학 형성 연구-『근대사조』『삼광』『폐허』를 중심으로」, 성균관대 석사논문, 2005, 특히 123~149면 참조.

10 염상섭은 『사랑과 죄』 덕분에 친구로부터 칭찬을 들은 일을 이례적으로 기록에 남겼다. 이 소설의 신문 연재분을 읽은 김억이 그의 면전에서 작가로서 몰라보게 성장했다는 찬사를 바쳤다고 한다. 염상섭, 「횡보문단회상기」, 『염상섭 전집』 12, 230면. 김억은 이 소설 단행본이 박문서관에서 간행된 직후 『동아일보』 서평란(1931.8.10)에서 호평하기도 했다. 장편 작가로서 염상섭의 천부적 소질이 발휘된 '대작'이라고 김억이 상찬한 이 작품에 염상섭은 아마도 긍지를 가지고 있었을 것이다. 하지만 박문서관본 출간 이후는 물론, 1987년 민음사본 출간 이후에도 응분의 이해와 평가가 이루어졌다고 보기 어렵다. 이보영의 『난세의 문학』을 계기로 소설 비평의 높은 수준에서 논의되기 시작했다고 판단되나 그 작품 자체나 염상섭 장편소설의 이해를 위해서는 물론 한국 근대소설의 이해를 위해서도 다시 읽을 필요가 무척 많은 작품이다.

탐정소설, 고딕 로맨스, 범죄 스릴러, 비밀공작원 소설 등과 같은 미스터리 소설의 주요 하위 장르에 속하지는 않을지라도 감추어진 비밀에 대한 해명을 그 플롯 또는 서브플롯의 일부로 포함하고 있다. 그 주인공들은 종종 그들의 권력, 지위, 재산 등에 대해 모종의 위협을 내포한 괴이한 인물이나 사건에 관계하며 그들의 주변에는 경찰 수사나 언론 보도나 사적 정탐 같은 방식으로 미스터리의 해명을 담당하는 인물과 기구가 존재한다. 『사랑과 죄』는 표본적이다. "간교와 악덕과 문명의 이기를 악용하는 암흑한 마굴"인 경성을 배경으로 삼은 이 소설은 음모와 암약, 은폐된 역사와 수상한 아이덴티티가 판치는 상황을 제시한다.[11] 이 소설에 나오는 여러 미스터리 중에 지순영이라는 인물의 출생의 비밀을 둘러싼 것이 있다. 지순영은 "세브란스병원 간호부"에서 일하고 있는 미모의 여성으로 직업 화가인 자작子爵 이해춘의 애인이며 변호사이자 독립운동가인 김호연의 동지이다. 해주댁이라는 여자, 과거에는 이해춘의 아버지 이판서가 관계한 적이 있는 명기名妓였고 현재는 아편 중독에 걸린 하류계급의 상스러운 여자는 순영의 어머니로 자처한다. 순영의 출생의 비밀이란 해주댁이 그녀의 생모인가 아니면 서모인가, 그리고 그녀의 생부가 이판서인가 아니면 이판서의 세간 청지기였던 지원용인가 하는 것이다. 해춘과 순영의 결합에 당연히 중대한 영향을 미치는, 따라서 소설의 메인 플롯에 결정적으로 중요한 이 미스터리는 『사랑과 죄』에 제시된 조선사회의 "마굴"적 양상을 대표하는 듯하다. 거기에는 한일합병에 공헌한 조선인 고위관료, 물욕과 정욕의 노예인 젊은 기생, 양반을 속여 이득을 보는 의원과 하인 등, 한국의 식민지화 시기의 공적, 사적 추문이 중첩되어 있다.

순영이라는 인물을 둘러싼 미스터리는 소설에 그려진 조선사회의 상황을 생각하면 상당히 상징적이다. 순영의 사회적 아이덴티티가 내포한 미스터리는 개인과 개인의 관계가 조금도 투명하지 않은 상황 — 그 관계를 매개하는

11 염상섭, 『사랑과 죄』, 『염상섭 전집』 2, 민음사, 1987, 311면. 앞으로 이 책에서 인용할 경우에는 본문 중에 괄호를 치고 인용 면수만 표기함.

행위 속에 음모와 술책, 위장과 허위가 만연된 상황에서 개인들이 서로에게 느끼는 불안감을 나타낸다. 그 미스터리는 한마디로 말해서 정직성의 도덕이 사회에서 소멸했다는 신호이다. 실제로 순영의 미스터리의 근원에는 지원용의 아이를 이판서의 아이로 속이려고 했던 해주댁의 부정이 자리 잡고 있는 터이다. 그래서 미스터리의 해결은 동시에 부정의 고발이기도 하다. 주목할 것은 그 해결과 고발이 과학적 추리에 의존한다는 사실이다. 순영의 미스터리의 경우, 그녀가 해주댁과 지원용 사이에서 태어났으며 해주댁이 재물 욕심에 순영의 생부를 속였다는 것은 그녀가 해주댁의 태중에 있을 당시 "대한병원의 일본 의사"가 진찰하여 그 나이에 대한 정보를 제공함으로써 최종적으로 밝혀진다.(405)[12] 소설 내에는 이 통감부 관제官製병원에 대한 자세한 언급이 나오지 않으며, 그것이 나타내는 식민지 통치 권력과 의료 기술의 결합을 문제시한 흔적이 보이지 않는다. 「표본실의 청개구리」에서 해부 메스와 방역 주사의 공포로 언뜻 표출된 의료적인 신체 통제에 대한 반감은 전혀 비치지 않는다. 권위 있는 일본인 의사의 진찰로 순영의 미스터리가 해결된다는 결말을 보면 서양 과학의 산물로서의 의학의 권위에 승복하는 태도가 오히려 두드러지는 편이다. 그러한 태도에 따르면 의학은 인간의 육체에 대한 정확한 지식만이 아니라 인간 사회의 도덕적 교정을 위한 도구 또한 제공하는 것이다. 그러고 보면 소설의 서두에서 서울은 매독에 걸린 남자 거지의 썩어가는 성기로 환유되는 판국이니 그곳에 건립되어 서양의료를 제공하고 있는 세브란스병원은 예사로운 장소가 아니다. "홍수의 조선-퇴폐의 서울 (…중략…) 음험陰險과 살기殺氣와 음미淫靡의 기분"이 창궐한 작중의 암흑세계에 그것은 마치 도덕적 구제의 광원光源처럼 존재한다.(123) 바로 거기에서 미덕의 여성 순영이 간호사로 일하고 있고 독립운동가 김호연이 은신하

12 대한병원은 통감부에서 조선 보건의료 및 의학교육 체제를 장악할 목적으로 광제원을 비롯한 여러 의원과 의학교의 통합을 추진한 결과로 1908년에 개원된, 현재의 서울대학교병원의 전신인 대한의원을 가리키는 것으로 보인다. 대한의원 창설과 운영에 관해서는 신동원, 『한국근대보건의료사』, 한울아카데미, 1997, 338~363면 참조.

며 뭔가를 모의하고 있는 터이다.

서양의료기술이 한국인에게 서양을 학습할 필요를 절감하게 해준 응용과학의 하나임은 말할 필요도 없다. 이광수의 장편소설 『개척자』에서 양의洋醫 백씨白氏가 베풀고 있는 의술은 김성재가 하고 있는 화학 실험과 함께 신생하는 과학 조선의 이미지를 구성한다. 염상섭은 이광수처럼 과학자를 영웅화한 적은 없다. 그러나 염상섭이 탈신비적이고 무신론적인 과학적 지식의 영향 하에서 인간과 인간 생활을 생각하고 있었다는 것은 분명하다. 인간에 대한 정의를 두고 벌어진 종교와 과학의 싸움에서 염상섭은 확고하게 과학 편이었다. "태초에 도道가 있었으니 도는 곧 신神이라고 한 것은 진화론을 무시하고 출발한 종교적 견지다. 신이나 도나 실재하였을지 모르나 실재하였더라도 그것을 인식하지 못하였던 태초의 인류에게는 서식-생활만이 있었을 뿐이다. 유치한 형식이었겠지만 도를 의식하기 전에, 신을 인식하기 전에 생활이 있었든 것이다. 그리하여 그 생활형식으로는 도저히 행복스럽게 살 수 없는 궁경窮境에 봉착하였을 때, 다른 형식으로 생활을 개조하려고 기도한 결과에 신이나 도라는 상념이 생겼을 것이다." 그가 인간 생활을 이해한 방식이 기본적으로 생물학적이고 진화론적이라는 것, 자연과학의 파장 안에서 일어난 계몽적 사고 양식이라는 것은 의심할 여지가 없다. 그는 과학에 대한 논평 중에 이렇게 과학의 불변하는 권능에 대한 믿음을 피력한다. "자연과학은 근대의 여명이었다. 미래의 세계는 어떠한 문명으로 장식되든지 과학문명의 '일루미네이션' 앞에서 그 공사工事를 진행하고 또 성취할 것이다. 개조는 될지언정 과학이 멸망을 아니할 것이다."[13]

『사랑과 죄』에서 작중인물들이 때때로 정치와 사회와 사상의 문제를 둘러싸고 나누는 대화 — 이 소설을 식민지 시대 문학에서는 흔치 않은 사상소설novel of ideas, 노스럽 프라이식으로 말하면 노블novel 양식과 해부anatomy 양식

13 염상섭, 「'토구討究, 비판' 삼제三題―무산문예 · 양식문제 · 기타」(『동아일보』, 1929.5.4~5.15), 『문장 전집』 II, 56 · 60면.

이 복합된 산문 픽션으로 만들어준 그 지적인 대화 중에는 과학에 관한 것이 있다.[14] 친구들 사이에서 "니힐리스트" 소리를 듣는 유진은 해춘을 상대로 그 특유의 냉소적 어조로, 인간과 비인간을 막론하고 모든 종류의 생명을 극도로 탈신비화하는 주장을 편다. "생명이란 자네가 생각하듯이 그렇게 엄숙한 것도 아니요 절약할 수 있는 것일지 의문일세. 생식을 위하야 지루하게도 연쇄連鎖한 맹목적 운동의 총체가 생명일 따름일세." 영양 섭취, 번식 도모, 자기복제라는 활동 이외의 어떤 생명의 발현 형태도 유진은 인정하지 않는다. 유진이 극단적으로 행하고 있는 생명의 생물학적 환원은 생명이라는 이름으로 인간과 세계의 변화에 대한 급진적 희망을 발신한 당대의 사상, 특히 다이쇼일본발發 생명주의의 낭만적, 신비적 계통에 대한 거부를 뜻한다.[15] 이에 대해 해춘은 인간 생명의 활동 중에는 그러한 "동물적 생활의 일면"만이 아니라 "생명의 자랑이라든가 인류의 이상이라는" 일면 또한 있다고 반박한다. 그러면서 유진이 "진화론을 무시"한 채로 인간 생명을 보고 있다고 비판한다.(135~136) 해춘이 동경 유학 시절에 "급진적 자유사상"의 세례를 받았다고 서술되어 있음을 감안하면 진화론에 대한 해춘의 지지는 주목을 요한다.(54) 그것은 다이쇼 시대 자유주의 및 사회주의 사상의 기반 중에 다윈 이

---

14 『사랑과 죄』의 장르적 성격에 주목한 김윤식은 프라이의 산문 픽션 유형 중 노블 하나에 국한시켜 그것을 규정하려 했다. 그래서 이 소설이 "일상적, 풍속적인 삶 속에 녹아 있는" "물욕"과 "성욕"의 심리적 측면"이라는 "기둥"과 "니힐리즘, 볼셰비즘, 아나키즘" 같은 당대의 이데올로기라는 "기둥" 둘로 구성되어 있다고 보면서도 그 양자를 균형 있게 다루지 않았다. "이데올로기의 삼각동맹을 한갓 술집에서 떠드는 취담으로 돌리고 열심히 물욕과 성욕에다 초점을 맞춤으로써 작가는 소설을 쓰고 있었다"고 주장했다. 『염상섭연구』, 서울대 출판부, 1987, 374~375면. 김윤식 이후에도 물질적 욕망을 중심으로 하는 일상생활 또는 사회 풍속 묘사로 이 소설을 읽으면서 그 사상소설적 측면을 간과하거나 경시한 예가 적지 않다. 근래의 예 중 하나가 유문선, 「식민지 조선사회 욕망과 이념의 한 자리－염상섭의 『사랑과 죄』」(『민족문학사연구』 13, 1998)이다. 이 글이 그러한 오독을 교정하는 데에 이바지하기를 바란다.

15 다이쇼 시대 생명주의의 다양한 양상을 개관한 책으로 鈴木貞美, 『「生命」で讀む日本近代－大正生命主義の誕生と展開』(NHKブックス, 1996)가 유용하다. 생명주의의 개념들이 식민지 조선에서 어떤 역할을 했는가는 한국적 모더니티의 해명에 중요한 주제다. 이철호, 『영혼의 계보－20세기 한국문학사와 생명담론』, 창비, 2013 참조.

론의 재해석이 포함되어 있었음을 상기시킨다. 일본 근대사상사에서 진화론은 보통 일본 제국주의의 자기정당화 이데올로기로 이해되지만 그것이 이야기의 전부는 아니다.

다이쇼 시대의 정치사상가들은 인간과 세계에 대한 과학적 이론 위에 자신들의 사상을 수립하려는 경향이 강했다. 사회주의 계열의 사상가들이 특히 그러했다. 대표적인 예가 오스기 사카에大杉榮다. 그가 1912년 10월에 창간한 월간지 『긴다이시소近代思想』에 잇따라 발표한 논설을 보면 과학의 발전이 열어주는 급진적 사고의 가능성에 대해 매우 민감한 의식이 발견된다. 「근대과학의 경향」이라는 그의 논설은 과학적 발견을 이해하고 활용함으로써 얻어지는 "일종의 철학"에 대한 믿음을 담고 있다. 그는 그의 시대의 첨단 자연과학 및 사회과학이 "건설력과 파괴력의 자유로운 움직임"이 자연계와 인류계 모두의 근본임을 증명했다고 보고 있었다.[16] 오스기가 그처럼 철학적으로 유용하다고 여겼던 과학 이론 중에서 특히 그에게 계몽적이었던 것은 생물진화론이다. 그는 어린 시절에 오카 아사지로丘淺次郎의 『진화론강화』를 읽고 비로소 자연과학의 세계에 눈뜨게 되었으며 사회주의로의 진입에 유익한 교훈을 얻었다고 술회했다.[17] 진화론에 대한 관심이 비상해서 『종의 기원』을 번역할 정도였던 그는 생물의 진화에 대한 설명 속에서 자신과 세계를 변화시키고자 하는 인간 행위가 정당하다는 과학적 보증을 구했다. 그에게 진화는 개인의 자유를 환상으로 만드는 자연 법칙이 아니라 개인에게 행위를 명하고 확장을 명하는 "생의 필연의 논리"였다. 그래서 그는 개인의 진화를 인류 전체, 나아가 생명 전체의 진화 속에서 이해하도록 요구한 베르그송의 진화론에 공감을 느꼈으며 본능에서 발원하는 변화와 창조라는 관념을 지지했다.[18] 베르그송이 다이쇼 시대 사상계에 미친 영향은 염상섭

---

16 大杉榮, 「近代科學の傾向」, 『近代思想』, 1912.11, 6~7면. 『긴다이시소』 복각판을 빌려준 정종현 교수에게 감사한다.

17 大杉榮, 『大杉榮自叙伝』, 中公文庫, 2001, 260면.

18 大杉榮, 「生の擴充」, 『近代日本思想大系 20－大杉榮集』, 筑摩書房, 1974, 75면. 오스기의 베르

에게도 그 흔적을 남겼다. 앞에서 언급한 해춘과 유진의 논쟁에서 유진이 인간 본능의 활동을 "식색"에 한정하자 해춘은 "영혼의 비약적 활동"을 생각해야 한다며 맞선다. 이것은 염상섭이 "생의 비약élan"을 포함하는 생명 진화의 과정에 관한 베르그송의 명제에 공명하고 있었다는 증거다.

3. 자연과학과 자연주의

근대소설의 형식을 규정하는 특징 중 하나인 리얼리즘은 근대 과학과 밀접한 관계가 있다. 프레드릭 제임슨이 정식화한 바에 의하면 리얼리즘 서사는 주관적 기능과 객관적 기능을 아울러 수행한다. 즉 그 서사의 여건을 이루는 재래의 전통적인 또는 성스러운 서사 패러다임에 대해 그 기반을 약화시키고 그 신비를 박탈하는 기능을 하는 동시에 새로운 계량가능공간과 측정가능시간에서부터 새로운, 세속적인, 탈마법화된 사물 세계에 이르는 다양한 범주의 새로운 생활 세계를 제시하는 기능을 수행한다. 이렇게 기능의 측면에서 보면 리얼리즘 서사와 근대 과학은 마치 공조 관계에 있는 것처럼 보인다.[19] 리얼리즘 서사가 그 주관과 객관 양면에서 공통적으로 수행하고 있는 세속화secularization는 바로 과학이 신학으로부터 스스로를 분리시키고 신의神意 없는 자연의 법칙을 정립함으로써 달성한 기능과 상통하는 것이다. 뉴튼적, 다윈적 모델의 과학은 리얼리즘 쪽에서 보면 그 철학적, 수사적 강도를

그송 수용에 관해서는 星野太, 「崇高なる共同体－大杉榮の'生の哲學'とフランス生命主義」, 『表象文化論研究』 6, 2008.3 참조. 이 논문의 존재를 알려준 황호덕 교수에게 감사한다.

19 Fredric Jameson, *The Political Unconscious : Narrative as a Socially Symbolic Act*, Ithaca : Cornell University Press, 1981, p.152.

높여주는 지적 자원이었다. 리얼리즘 서사의 역사 속에는 인간과 세계를 이해하는 방식에서 당대 과학이 도달한 수준의 합리성, 객관성, 초연함을 추구한 예가 적지 않다. 자연주의는 그렇게 과학적이기를 도모한 리얼리즘의 대표적인 계열이다. 발자크의 소설에서 "영혼과 육체의 해부학자"를 발견한 졸라는 인간 분석의 과학적 방법을 철저화하는 방향으로 리얼리즘 소설의 진로를 생각했다. 『테레즈 라캥』 서문에서 그는 작중 "두 인물의 생체에 대해 외과의사가 시체에 대해 하는 바와 같은 해부 작업"을 했다고 선언했다.[20] 그의 자연주의는 물론 『루공 마카르』의 작품들, 인간의 행위와 심리를 유전과 환경이라는 요인과의 연관하에서 설명한다는 과학적 구상하에 장기간에 걸쳐 쓰인 그 일련의 대작들에서 완성을 보았다.

졸라는 일본 자연주의의 주요 원천 가운데 하나였지만 졸라류의 실험적 인간과학이 일본소설에 출현하지는 않았다. 그럼에도 일본에서도 자연과학과 자연주의는 불가분의 관계였다. 자연과학 또는 그것을 모형으로 하는 인간 과학은 인간의 자연을 도덕 관념에 구애되지 말고 자연 그대로 보도록 일본 작가들을 고무했다. 자연은 선하지도 악하지도 아름답지도 추하지도 않다는 생물진화론의 보급자 오카 아사지로의 생각은 졸라이즘의 선구자 고스기 덴가이小杉天外 역시 하고 있었다. 메이지 시대 일본인들이 숭상한 자연과학의 범례인 진화론은 자연주의문학을 도출하는 역할을 했다.[21] 하세가와 덴케長谷川天溪가 지은 일본 자연주의문학론의 유명한 문장 중 하나를 보면, 그는 문학자들이 처한 환상 소멸의 시대에 관해 논하는 가운데 인류가 그 자신에게 가지고 있었던 망상을 진화론이 그 근저에서부터 깨부수었음을 상기시키고 있다. 이어 과학 때문에 예술의 모든 분야에서 진실 없는 환상이 격파

20 정명환, 『졸라와 자연주의』, 민음사, 1982, 34~35면; F. W. J. Hemmings(ed.), *The Age of Realism*, Harmondsworth : Penguin, 1974, p.183.

21 메이지 시대 일본에서의 진화론의 전개에 관해서는 村上陽一郎, 『日本人と近代科學』, 新曜社, 1980, 98~172면 참조. 일본 자연주의문학에 진화론이 미친 영향에 관해서는 中村光夫, 『近代の文學と文學者』, 朝日新聞社, 1978, 211~228면 참조.

된 사태를 환영하고 진실 있는 환상을 산출하는 새로운 예술에 대한 기대를 피력하고 있다.[22] 자연과학과 자연주의의 관계는 일본 자연주의의 영향 아래 작가 생활을 시작한 염상섭 역시 명확하게 의식하고 있었다. 프롤레타리아문학이 사실주의의 진정한 형태라는 김기진의 주장에 맞서 자연주의문학을 옹호한 글에서 염상섭은 사실주의가 자연주의문학이나 프롤레타리아문학이나 그 밖의 어느 특정 문학 사조에 한하여 나타나는 형식 또는 기법이 아니라고 주장하는 한편, 자연주의의 발생 인자가 자연과학임을 힘주어 말했다. "자연과학이라는 정자와 실제철학이라는 난자의 수정으로부터 자연주의라는 정신현상과 사실주의적 표현이라는 형태가 두꺼비처럼 나타나서" 『마담 보바리』, 『여자의 일생』, 『나나』 등의 "자식이 되었다"는 것이 그의 생각이었다. 자연주의적 사실주의가 과학적이라는 그의 믿음은 "위대한 예술은 과학적이어야 한다"는 플로베르의 말을 그 프랑스작가가 "무산문학자가 아니라 자연주의자"임을 강조하며 인용하고 있는 데서도 확인된다.[23]

인간에 대한 졸라의 과학적 관점이 도덕적 양심과 양립하기 어려운 자연본능을 강조하는 경향이 있다는 것은 졸라에 관한 상식이다. 『루공 마카르』 중의 한 작품 제목인 '인간 짐승'은 그의 인간관의 골자를 표시하는 어휘라고 해도 무방하다. 『루공 마카르』는 졸라와 동시대의 한 비평가에 의해 "인간의 동물성에 관한 비관적 서사시"라고 명명된 적도 있다.[24] 인간 짐승에 대한 유별난 관심은 일본 졸라이즘의 주요 주제이기도 했다. 예컨대 나가이 가후永井荷風는 그의 소설 『지옥의 꽃』 발문에서 "인류의 일면이 동물적임을 면치 못한다"고 말하고 이것을 진화론의 논리와 결부시켜 이렇게 말하고 있다.

---

22 長谷川天溪, 「幻滅時代の藝術」, 吉田精一・和田謹吾 編, 『近代文學評論大系 3－明治期 3』, 角川書店, 1972, 44・48면.

23 염상섭, 「'토구討究, 비판' 삼제三題－무산문예・양식문제・기타」, 『문장 전집』 II, 59・61면. "자연과학이라는 정자와 실제철학이라는 난자"라는 문구에서 그 실제철학實際哲學은 실증철학positivist philosophy을 말하는 것으로 보인다.

24 정명환, 앞의 책, 178면.

"만일 완전한 이상의 인생을 만들려고 한다면 나는 먼저 이 측면에 대해 특별한 연구를 해야 한다고 믿는 바니 그것은 실로 정의의 빛을 얻으려는 법정에서 반드시 범죄의 증적과 그 전말을 즐겨 정사精査할 필요가 있음과 같기 때문이다. 그러니 나는 오직 선조의 유전과 경우에 따른 어두운 수많은 수성獸性, 완력, 폭력을 기탄없이 활사活寫하려 한다."[25] 인간의 동물성이라는 관념이 염상섭에게 전혀 생소하지 않았음은 물론이다. 축첩과 오입에 빠진 권세가에서부터 성적으로 방종한 신여성에 이르기까지, 간계와 협잡을 일삼는 모리배에서부터 무지하고 난폭한 하류계급 인민에 이르기까지 1920년대와 1930년대 염상섭 소설에는 인간 짐승의 형상이 수두룩하다. 『사랑과 죄』에서 인간의 동물적 생활과 그 이상의 생활이라는 문제를 두고 해춘과 유진이 벌이는 논전 중에는 '식색주의食色主義'라는, 인간의 동물적 자연을 싸늘하고 풍자적인 방식으로 지시하는 훌륭한 조어가 나오기도 한다. 흥미로운 것은, 졸라가 인간의 순수한 진실에 대한 탐구 중에 더럽고 냄새나고 관능적인 여성을 즐겨 그렸듯이[26] 염상섭이 환상 없는 자연 관찰의 시선을 성욕과 허영의 포로 같은 여성들에게 즐겨 던졌다는 사실이다.

『사랑과 죄』의 작중인물 가운데 가장 극적이고 격정적인 정마리아는 염상섭의 자연주의적이고 환멸적인 인간 이해의 한 극단을 예시한다. 흥분하면 튀어나오는 사투리로 짐작하건대 서북지방 어디에선가 태어났거나 아니면 자라났을 "미친한 집 자식"인 마리아는 서양 부인 선교사가 수양딸로 삼아 학비를 대준 덕분에 학교에 다녔지만 어떤 이유에선가 선교사의 눈 밖에 나서 "일본으로 상해로 미국으로 굴러다니"며 "피아노니 소프라노(높은 소리)니 하며 닥치는 대로 음악이랍시고" 공부했고, 중산中山이라는 경무국 사무관의 후원으로 미국을 다녀온 다음에는 성악가로서 명성을 얻어 조선 상류사

25 吉田精一, 『自然主義の研究』 上卷, 東京堂出版, 1955, 194면에서 재인용.

26 Dorothy Kelly, "Experimenting on Women : Zola's Theory and Practice of the Experimental Novel", Margaret Cohen and Christopher Prendergast(eds.), *Spectacles of Realism : Gender, Body, Genre,* Minneapolis : University of Minnesota Press, 1995, pp.231~246 참조.

회에 진입했다. 이러한 범상치 않은 이력 때문에 그녀를 둘러싸고 환기되는 모종의 의혹은 그녀가 관련된 사건들의 전개를 통해 타당한 것으로 입증된다. 그녀는 진심으로 음악에 투신하고 있지 않으며 사채업자 유택수의 (어쩌면 여기에 보태 중산의) 정부 노릇을 하고 있는가 하면 식민지 정부를 위해 스파이 활동을 하고 있다. 사회 특권 계급의 생활을 그녀는 몰염치하고 부도덕한 수단으로 추구하고 있는 것으로 드러난다. 서술자가, 그리고 해춘과 호연 등의 작중 남성 인물이, 그녀에 대해 말하는 방식은 상류의 외양을 갖추었으나 하류의 본질은 어쩌지 못하는 사이비 상류를 고발하고 조롱하는 방식과 동일하다. 마리아라는 이름은 그녀의 사이비성, 즉 그녀의 존재가 허위에 기초하여 있다는 사정을 더욱 돌출시킬 따름이다. 결국 그녀의 운명을 좌우하게 되는 해춘과의 관계에서 그녀는 도덕에 바탕한 어떤 의문이나 주저도 없이 욕망의 만족을 위해 광분하는 탕녀蕩女임이 확인된다. 해춘의 사랑을 얻을 가망이 없어지고 유진에게 모욕까지 당하고 나자 그녀가 그들과 순영을 일거에 살해할 궁리를 하기 시작하는 대목에 이르면 그녀의 인면수심人面獸心은 드디어 흉악한 완성을 본다.

인간 짐승이 인간 아이덴티티의 불확실성을 말하는 도덕의 용어라면 마리아는 인간 짐승의 전형이 되기에 부족함이 없다. 그녀의 정체는 실로 아리송하다. 그녀는 서북 지방 출신임에도 서울말은 물론 일본어에 능통해서 그녀가 하는 말만 들어서는 그녀의 본색을 알기가 어려울 지경이다. 게다가 그녀는 상류 부인과 '모던 걸', 순정의 여인과 영악한 계집, 숙녀와 염마艷魔, 예술가와 정탐가 등 여러 모습으로 자기를 연출한다. 서술자가 세세하게 언급하고 있는, 어느 대목에서는 "변장"이라고 지칭하고 있는 그녀의 다채로운 패션은 그녀가 아이덴티티들의 물질적 기호를 이용하는 데에 능란하다는 사실, 그녀의 개성이란 사회라는 극장에서 통하는 다수의 극중 성격dramatis personae의 교묘한 합체와 다르지 않다는 사실을 시사한다. 해춘은 그녀를 "희곡적 공상戱曲的 空想이 심한 여자"라고 생각하고 있지만 그 공상이 실은 그녀를 조형하고 있는 셈이다.(235) 그녀의 아이덴티티의 불확실성은 특히 그녀가 처한 조선의 상황을 고려하면 예사롭지 않다. 그 상황에 대해, 메이지 시대 아시아주의 계열 대륙낭인을 연상시키는 작중인물 심초매부深草埋夫가 내리고 있는 판단은 자못 준엄하다. "진짜 조선"이 무엇인가를 조선인보다 잘 안다고 자부하는 일본인의 입장에서 그는 조선이 "트기"가 되었다고, "조선인지 일본인지 서양인지 까닭을 모를 반신불수"가 되었다고 단언한다.(309) 그의 생각을 좇아 추리하면 마리아는 일종의 민족보건학을 위한 호재가 된다. 그녀의 배역수행配役遂行적이고 소비주의적인 몸은 병든 조선의 한 증상인 셈이다.

중요한 것은 그녀의 잡종적인 자아 조형을 소설은 용인하지 않는다는 사실이다. 시골의 어느 미천한 집의 아비 없는 자식에서 경성 음악계의 "명성明星"으로 등극한 그녀의 이야기는 계급의 관점에서 좀 더 사실적으로 다루어질 여지가 있었다. 그것은 역사적으로 보면 전통적인 신분 제도의 붕괴와 일본 자본주의의 조선 진출 이후 조선사회에 출현한 계급 상향 이동성이라는 보다 거대한 이야기의 일부이다. 염상섭은 그 나름의 방식으로 '다이쇼 데모크라시'를 경험한 문인답게 마리아 같은 부류의 인물에 특유한 정념을 어느 정도 이해하고 있었다. 그녀가 해춘에게 배척을 당한 이후 그녀의 마음속에 증오와 울분이 갈수록 높아가는 가운데 그녀가 내뱉는 원한 맺힌 발언에는 하류계급의 목소리가 적나라하게 담겨 있다.[27] 그녀의 아이덴티티의 불확실성이 허영과 위장을 좋아하는 젠더화된 여성 문화의 발로라면 그것은 또한 그때그때의 환경에 맞춰 변신하지 않으면 생존이 어려운 빈민의 생존 기술이기도 하다. 그러나 염상섭은 마리아에 대해 잔인하다. 마리아를 냉정하고 교활한 살인 행위로 몰아가고 이어 정의의 법정에 세움으로써 그녀로부터

27 "시골 어디메에서 납작 나막신짝 꿰어진 집신 한 켤레 못 얻어 신고 자라낸 내다. 아비 없이 남의 눈칫밥 먹고 자라난 가련한 인생이다. 너희들은 게다 대면 상팔자다. 그래도 이 세상놈들은 나를 말려 죽이고야 말겠다는 것은 무슨 죄가 많아서 그런 거냐! 나 죽는다. 나 죽는다 — 나 죽거들랑 불에 살라 뼈다귀는 박박 갈아 바람에 날려 버려라."(434)

모든 위장과 가식을 걷어내려 한다. 인간 아이덴티티의 포획에 대한 집념이라는 면에서 마리아 이야기는 탐정소설과 통한다. 고전적 탐정소설이, 벤야민의 말대로, 근대 도시의 성장과 함께 조장된 인간의 익명성을 극복하려는 감시의 기제를 표현한다면[28] 마리아 이야기는 문화의 혼종화 추세에 따라 증대된 아이덴티티의 불확실성을 해소하려는 통제의 기제를 나타낸다. 염상섭은 마리아에게 살인을 저지르게 함으로써 일본산의 양식화된 팜 파탈 이야기에 마리아의 이야기를 연접시킨다. 도쿠후모노毒婦物, 즉 독부 이야기가 그것이다.[29] 『사랑과 죄』가 마리아의 도덕적 생체를 해부했다면 그것은 폭로의 목적만이 아니라 징벌의 목적까지 지닌 실험이었다.

4. 자아라는 새로운 신神

염상섭 스스로 인정했다시피 메이지 시대와 다이쇼 시대 일본문학은 그의 문학의 주요 원천이었다. 그가 초기 소설과 평론에서 강세를 두어 사용한 "현실폭로의 비애" 같은 문구가 일본 자연주의 비평의 캐치 프레이즈였다는 사실만 보아도 그가 일본문학에 얼마나 많이 의존했는가는 짐작이 간다. 그가 즐겨 읽은 일본 작가는 자연주의문학의 영웅들의 범위를 넘어선다. 청년

28 발터 벤야민, 김영옥·황현산 역, 「보들레르의 작품에 나타난 제2제정기의 파리」, 『발터 벤야민 선집』 4, 길, 2010, 96~97면.

29 독부 이야기는 메이지 시대 신문연재물의 탄생과 함께 여성 범죄 실화가 유행하면서 성립되었다. 독부의 형상과 그 의미에 관해서는 Christine L. Marran, *Poison Woman : Figuring Female Transgression in Modern Japanese Culture,* Minneapolis : University of Minnesota Press, 2007 참조. 독부라는 단어는 대체로 욕망의 만족을 얻으려고 비윤리적 행동을 서슴지 않는 사악한 여자라는 뜻으로 일제시대 조선어에 정착되었다. 그 시대 신문과 잡지에는 독부 이야기 유형의 기사가 가끔 보인다.

시절의 문학 경험을 회고한 글에서 그는 "일본 작품으로서는 나쓰메 소세키夏目漱石의 것, 다카야마 조규高山樗牛의 것을 좋아하여, 이 두 사람의 작품은 거지반 다 읽었다"고 밝히고 있다. 이 메이지 시대 문학의 두 거인 중 20세기의 초년에 니체론으로 일대 반향을 일으킨 다카야마는 염상섭과 그의 동세대 문학청년에게 에고이즘의 선동가와 같았을 법한 인물이다.[30] 그의 니체론은 간단히 말해서 개인주의 주장이다. 「문명비평가로서의 문학자」라는 평론에서 그는 유럽문명의 추이를 보면 "사회, 국가, 학술" 등 모든 종류의 "인도人道의 이상"을 좇는 사상을 버리고 "가장 순수한 개인주의의 본색을 발휘"함이 대세라고 주장했다. 그러면서 일본문학 역시 "역사 없고, 도덕 없고, 진리 없고, 사회 없고, 국가 없고, 오직 개인 각자의 아我 있음을 인정"하자고 제창했다.[31] 이 유아론적 개인주의는 「미적 생활을 논함」이라는 그의 평론에서 그 급진적 반反도덕주의를 좀 더 분명하게 드러낸다. 그가 미적 생활이라고 부른 것은 본능, 즉 "인성 본연의 요구"를 만족시키는 생활이다. 그 생활의 가장 아름다운 형식의 하나는 연애다. 일본의 한 문학사가는 다카야마가 미라는 단어를 거의 정욕과 동일한 의미로 썼으며 연애를 형이상적인 것에서 형이하적인 것으로, 초자연적인 것에서 자연적인 것으로 이동시켰다고 보고 있

---

30 20대 초반에 퇴폐시인으로 출발한 박종화는 진고개 일대의 일본어서점을 드나들며 문학에 눈을 떴고 그 서점들 덕분에 오자키 고요尾崎紅葉, 나쓰메 소세키, 미키 로후三木露風 등과 함께 다카야마 조규를 읽었다고 회고했다. 박종화, 『역사는 흐르는데 청산은 말이 없네』, 삼경출판사, 1979, 375면. 이광수는 와세다대 유학 중에 다카야마를 읽고 상당한 감화를 받았다. 그가 자신의 정신 편력 중 한 단계로 내세운 '본능만족주의'는 다카야마의 사상을 가리킨다. 「여의 자각한 인생」, 『이광수 전집』 1, 삼중당, 1966, 552면; 波田野節子, 『李光洙・『無情』の研究－韓國啓蒙文學の光と影』, 白帝社, 2008, 31~32면. 염상섭과 일본 작가의 관계에 대해 비교적 많은 관심을 보인 강인숙은 염상섭에 대한 소세키와 다카야마의 영향을 예증하기 어렵다고 말했다. 이것은 다카야마를 반자연주의계 작가라고 지칭한 것과 마찬가지로 경솔한 발언이다. 강인숙, 『자연주의문학론 2－염상섭과 자연주의』, 고려원, 1991, 81~82면. 또한 아리시마 다케오有島武郞라는 원천을 유독 강조한 강인숙의 논의는, 그 원조인 김윤식의 『염상섭 연구』 중의 논의와 동일하게, 염상섭 소설의 일본적 원천에 주의하도록 일깨운 공로는 인정되지만 그 원천을 확인하는 방식으로서는 부정확하다는 비판을 면하기 어렵다.

31 高山樗牛, 「文明批評家としての文學者」, 『明治文學全集 40－高山樗牛 齋藤野の人 姉崎嘲風 登張竹風集』, 筑摩書房, 1970, 63면.

다.[32] 다카야마는 훗날의 자연주의 작가를 연상시키는 논조로 "인생의 지락至樂은 필경 성욕의 만족에 있다"는 발언도 서슴지 않았다. 그가 말한 미적 생활은 절대적 가치를 가지고 있어서 그것 이외의 생활, 즉 지식 생활이나 도덕 생활에 의존하지 않으며 그런 만큼 미적 생활의 주체는 사회에 통용되는 시비와 선악의 기준에 구애되지 않는 군주적 지위를 향유한다. 그의 표현을 빌리면 "왕국은 언제나 너의 가슴에" 있는 것이다.[33] 자연주의는 사실상 다카야마가 창도한 개인주의와 노선을 같이하는 문학 경향이었다. 자연주의가 발흥한 당대에 그것을 의미 있게 여긴 논자들은 메이지국가 성립 이후 출현하기 시작한 자아 확충의 욕구에 그것을 결부시켰다.[34]

염상섭 연구가라면 누구나 알고 있는 바대로 그가 문학 활동을 시작하면서 내세운 주의주장 중에는 개인주의 부류가 적지 않다. 그가 일본에서 돌아와 『동아일보』 기자 생활을 시작하면서 그 신문에 발표한 최초의 평론 「자기학대에서 자기해방으로」를 비롯하여 그를 1920년대 초반 조선문단의 급진적 인물로 만들어준 일련의 평론에는 개인의 자아각성과 자아실현이 인생 최고의 가치라는 믿음이 공통적으로 나타난다. 그가 자신의 문학 노선으로 천명한 자연주의를 그는 일본문학의 관례에 따라 개인주의와 결부시켜 이해했다. "자연주의의 사상은, 결국 자아각성에 의한 권위의 부정, 우상의 타파로 인하여 유기誘起된 환멸의 비애를 수소愁訴함에 그 대부분의 의의가 있다"고 그는 말했다.[35] 그의 고백적 요소가 포함된 평론을 보면 자아각성과 환멸의 경험의 연동을 핵심으로 하는 자연주의 담론은 그의 소설 창작만이 아니라 그의 자기인식에도 긴요했던 듯하다. 그가 「자기학대에서 자기해방으로」

---

32 中村光夫, 앞의 책, 219~222면.

33 高山樗牛, 「美的生活を論ず」, 『明治文學全集 40－高山樗牛 齋藤野の人 姊崎嘲風 登張竹風集』, 81・84면.

34 魚住折蘆, 「自己主張の思想としての自然主義」, 吉田精一・和田謹吾 編, 앞의 책; 石川啄木, 「時代閉塞の現狀」, 같은 책 참조.

35 염상섭, 「개성과 예술」(『개벽』, 1922.4), 『문장 전집』 I, 192면.

에서 이야기한 그의 자기성찰 경험의 중심에는 나이 스물두 살의 그에게 삶의 결정적 전기轉機가 되었다는 한 사건이 있다. 1919년 12월 하순 "W시 ○○관館"에서 지낸 "10일" 중에 그는 "사업, 명예, 성공, 연애 (…중략…) 인생의 일체를 부정하고" 나서 그에게 "남은 생명은 일종의 가책이요 악행"임을 깨달았다. 그리고 "인성의 모든 추악"에서 "사회현상의 근저적根底的 불합리"에 이르는 인간세계의 암흑한 실체에 생각이 쏠려 "가장 통절한 현실폭로의 비애"를 느낀 나머지 "절망의 묘혈"에 빠져들고 마침내 자살 욕구까지 느꼈다. 그러나 그 "지옥문을 바라본 자의 비참과 오뇌와 절망" 속에서 그는 "적라赤裸의 자기"로 돌아왔다. 그것은 말하자면 그가 그 자신에 대해 가지고 있었던, 사회적으로 형성된 관념, 소망, 환상 일체를 위장僞裝으로 간주했음을, 자신을 오로지 자신의 의지에 따라 만들고자 작심했음을 의미한다. 그는 그 환멸과 각성의 이중 경험이 진정으로 "자기를 사랑하는" 삶의 지혜를 가르쳐 주었다고 믿고 "노예적 모든 관습으로부터, 기성적 모든 관념으로부터 적라의 개인에"로 돌아가자고 제안했다.[36]

그러나 염상섭의 개인주의가 다카야마 조규 혹은 자연주의 계열 개인주의의 답습에 불과했던 것은 아니다. 이것은 예컨대 연애라는 테마가 그의 소설에서 어떻게 다루어졌는가를 보면 어렵지 않게 입증된다. 일본 자연주의소설에서 연애는 종종 "적나의 개인"을 사출하는 중요한 방식, 다시 말해 다카야마가 "미적 생활"이라고 명명한, 자율화하는 사생활의 한 영역 속에서 강렬한 애욕의 희비극을 통과하는 개인에게 진정성의 위용을 부여하는 방식이다.[37] 하지만, 염상섭 소설은 선에서 분리된 미, 공에서 분리된 사라는 구조 속에서 연애는 개인의 자아에 오히려 치명적으로 유해하다는 심판을 자주 한다. 연애테마 소설로서는 가장 본격적인 『사랑과 죄』는 특히 그러한 심판

36 염상섭, 「자기학대에서 자기해방으로」(『동아일보』, 1920.4.6~4.9), 『문장 전집』 Ⅰ, 76~83면.

37 나는 시마자키 도손으로 대표되는 계열의 자연주의소설을 염두에 두고 이렇게 말하고 있다. 이와 관련하여 가장 예증력 있는 도손의 작품은 아마도 그의 질녀와의 부도덕한 애정 관계의 전말을 고백한 사소설 『신생』일 것이다.

을 단호하게 한다. 이 소설에 제시된 연애 이야기는 두 개다. 하나는 해춘과 순영 사이의 이야기, 다른 하나는 해춘과 마리아 사이의 이야기다. 두 여성에 대한 해춘의 연정은 초자연적이라기보다 자연적이고, 형이상학적이라기보다 형이하학적이다. 해춘에게 두 여성은 무엇보다도 육체적 존재다. 해춘은 그의 화실에서 순영을 모델로 인물화 또는 나체화를 그리고 있으며 마리아에게서는 뿌리치기 힘든 관능적 유혹을 느낀다. 해춘에게 두 여성은 또한 상반되는 도덕적 삶을 대표한다. 순영이 반식민주의운동가들과의 유대를 통해 자신의 행복을 자신이 선택한 공동체의 행복과 일치시키려 한다면, 마리아는 자신의 행복을 위해서라면 어떤 종류의 휼계와 악행도 마다하지 않는다. 해춘에게 순영과의 연애가 그의 친일 귀족 가문의 업으로부터 그를 구제해주는 반면 마리아와의 연애는 그 업의 본질을 이루는 야합의 역사에 그의 인생을 결박되게 한다. 소설은 전자가 어떻게 '사랑'에 이르는가, 후자가 어떻게 '죄'를 낳는가를 보여주고 끝난다.[38] 『사랑과 죄』의 저자에게 연애는 본능의 문제일 뿐만 아니라 도덕의 문제이기도 했다.

『사랑과 죄』에서 연애가 도덕적 기준에 따라 분별되고 있는 데는 여러 가지 이유가 있을 것이다. 그 이유 중 하나는 저자가 식민지화한 조선의 엘리트 계급에 속했다는 사실, 조선민족의 정치적, 도덕적 필요에 부응하는 관념의 생산을 자임한 인텔리겐치아였다는 사실이다. 자족적 애욕 생활에 대한 찬미에 흥미를 가지기 어려운 정치적, 예술적 전위前衛의 입장은 염상섭이 개인

38 서영채는 염상섭의 사랑관의 넓은 맥락 속에서 『사랑과 죄』를 읽으면서 해춘과 순영의 사랑이 장애를 만나고 넘기를 반복한 끝에 실현을 보는 과정에 주목했다. 서영채, 『사랑의 문법』, 민음사, 2004, 193~205면. 그들의 연애에 "향유의 지연"이 두드러진다는 서영채의 논평은 염상섭이 『사랑과 죄』에서 연애를 서술하는 방식과 관련하여 부연될 필요가 있을지 모른다. 염상섭은 피터 브룩스가 욕망의 플롯 특유의 자질로 주목한 적이 있는 행로이탈, 그것을 작중의 연애 이야기에서 가히 유희적으로 실행했다는 느낌이다. Peter Brooks, *Reading for the Plot : Design and Intention in Narrative*, New Yok : Knopf, 1984, pp.37~61(박혜란 역, 『플롯 찾아 읽기』, 강, 2011, 71~105면 참조). 그러나 해춘과 순영의 관계에 시야를 한정하면 이 소설 속의 연애 이야기를 정확하게 포착하기 어렵다. 작중의 연애 이야기가 두 종류임을 알아보고 양자를 형식상 대등하게 다루어야 한다고 생각된다.

을 이해하는 방식에도 많은 영향을 미쳤다고 판단된다. 그의 개인주의는 개인의 합리적인 자기이익 추구에 대한 지지가 아니라 기성의 삶의 방식을 총체적으로 부정하는 사상이다. 그가 유럽식 계몽 서사를 따라 이해한 자아각성은 모든 재래의 권위에 대한 불신과 일체 관계이며, 그가 입센의 노라를 모범으로 삼아 제창한 "자기혁명"은 자아를 몰각하게 하는 모든 종류의 관습에 대한 저항과 동일하다.[39] 그의 개인주의는 모든 권위가 타파되고 모든 관습이 파괴된 자리에, 인간 세계의 신생이 시작되는 자리에 자아를 들여놓는다. 그는 근대의 "지리적 발견과 과학적 발명"의 결과 자아에 대한 신념이 확고해져서 "자아 없고는 신의 존재도 없고, 만유도 만유가 아니라고까지 주장"하기에 이른 과정을 역사의 진보로 받아들였다. 자아에 대한 그의 철학적 이해가 그 창조적, 절대적 주체성에 대한, 다분히 피히테Fichte적인 이념에 따르고 있었음은 분명하다. 그런 점에서 그가 「지상선至上善을 위하여」라는 일종의 개인주의 윤리 선언에서 자아의 지고한 권위에 대해 발언하는 가운데 '요한 카스파르 슈미트'라는 인물의 주장을 준거로 삼았음은 주목을 요한다. 그가 '자아주의의 제일인자'라고 소개한 그 인물은 보통 막스 슈티르너라는 필명으로 통하는 19세기 독일의 청년헤겔파 철학자다.[40] 염상섭이 길게 인용한 슈티르너의 문장은 모두 그의 저서 『유일자와 그의 소유*Der Einzige und sein Eigentum*』의 일역본의 저자 서문 「만물은 자아에게 있어서 무無다」에 들어 있다. "자아는 창조적 허무다. 그 무로부터 자아 자신은 창조자로서 만물을 창조한다"는 문장이 포함된 그 서문은 슈티르너 사상의 주요 부분을 이루는 니힐리즘적 개인주의의 요체를 담고 있다.[41]

---

39 염상섭, 「지상선을 위하여」(『신생활』, 1922.7), 『문장 전집』 I, 205면.

40 슈티르너가 염상섭의 개인주의 사상의 주요 원천 중 하나임은 최인숙의 「염상섭 문학의 개인주의」(인하대 박사논문, 2013)에 의해 처음 밝혀졌다.

41 マックス・スティルネル, 辻潤 譯, 「唯一者とその所有」, 『世界大思想全集』 29, 春秋社, 1928, 17~20면. 슈티르너의 니힐리즘은 자아라는 새로운 창조신創造神의 관념을 번성시킨 근대 니힐리즘의 전형적인 예 중 하나다. 『유일자와 그의 소유』는 다음과 같은 부정성의 선양으로 끝난다. "나는 내 힘의 소유자이니 내가 나 자신이 유일한 줄 알 때 나는 그러하다. 유일자 속에서

슈티르너적 자아관의 편린은 『사랑과 죄』 여기저기에도 보인다. 우선 눈길을 끄는 것은 해춘의 발언이다. 도쿄미술학교 양화과를 졸업한 봄으로부터 한 계절 정도 지난 현재 해춘은 과거에 한때 그의 미술 선생이었던 심초매부의 화실을 빌려 쓰며 가을에 도쿄에서 열리는 어느 미술전람회에 출품할 그림을 그리고 있다. 그는 화실을 방문한 마리아와 대화하는 중에 화가라는 직업에 대한 순교자적 열정을 드러내는 웅변을 했다가 진정 용기 있는 남자라면 미술 따위를 배우기보다 "사회"에 나서서 "큰일" 하기 위한 공부를 했어야 한다는 조롱 섞인 반박을 당한다. 그러자 한 개인에게 사명처럼 주어진 직책이라면 그것이 무엇이든 그것에 헌신해서 유능한 직인職人이 되는 것이 바로 큰일이라고 응답한다. 예술과 정치가 각기 고유한 의의를 가지는 독자적인 인간 활동 영역이라는 암시가 들어 있는 주장이다. 예술 고유의 의의에 대한 그의 생각은 그가 유진을 마주하고 벌인 자못 철학적인 논쟁 중에 알아볼 만하게 드러난다. 냉소적인 인간동물론의 연장선에서 예술이란 고등동물이 특유하게 누리는 유희에 불과하다고 주장한 유진에게 맞서서 그는 "사람은 신 — 하느님 — 에 향하여 가려는 요구가 있"으며 예술은 바로 그러한 요구에서 출현한 행위라고 주장한다. 그에 따르면 예술이 창조하려 하는 미는 대자연의 이법으로서의 진, 사랑의 봉사로서의 선과 합쳐져 일체가 되어, 종교적 어법으로 말하면, 사람이 자신 속에 있다고 믿는 신, 바로 그것을 구성한다. "종교가가 사람을 설도하고 철학자가 우주의 원리를 찾는 것과 같이 예술가는 미의 창조로 자기를 창조하여 나가면서 (…중략…) 신의 도神道에 들어"간다.(139) 요컨대 예술의 근본 충동은 창조적이며, 예술가는 미를 창조하

소유자 그 자신은 그의 창조적인 무로 돌아간다. 그 무로부터 그는 출생한 터이다. (…중략…) 내가 유일자인 나 자신에 관여한다면 나의 관여는 그 오래 가지 않는, 사멸하게 되어 있는 창조자, 그 자신을 소비하는 창조자를 향한다. 그리하여 나는 말할 수 있나니, 만물은 나에게 무다." 같은 글, 424~425면. 이 한국어 번역 문장은 영역본(Max Stirner, David Leopold(ed.), *The Ego and Its Own*, Cambridge : Cambridge University Press, 1995, p.324)을 저본으로 했다. 슈티르너의 니힐리즘에 관해서는 Donald A. Crosby, *op. cit.*, pp.15~18 등 여러 면 참조.

는 가운데 예술가 자신을 창조하여 궁극적으로는 자신 속의 신성을 실현하다. 해춘의 예술가론이 절대적, 창조적 주체성에 대한 믿음이라는 면에서 슈티르너적 자아 관념의 번안임은 의심할 여지가 없다고 생각된다.[42]

마찬가지로 흥미로운 것은 유진이 그 자신에게 관계하는 방식이다. 무역회사 사장 유택수와 그의 일본인 첩 사이에 태어난 유진은 식민지의 의식 있는 청년에게 그러한 신원이 야기함직한 괴로운 자기의식의 수렁에 깊이 빠져 있다. "야나기 스스무"라고 읽히게 하려는 의도로 지어진 한자 이름을 가진 그는 그 자신을 일본에 동화된 "현대의 조선의 상징"이라고 느끼며 그 자신에게 모멸을 가한다. 자학적 충동에 휘둘린 순간에는 그 자신을 일러 "물질적 맹동盲動의 일개체"에 불과하다는 극언을 주저치 않는다.(268~269) 인간의 모든 사업을 부질없다고 조롱하고 모든 이상을 위선이라고 배격하는 그에게서 해춘은 "일종의 허무적 경향"을 감지한다. 그러나 해춘이 추측하듯이 그가 "자멸적自滅的 초연주의超然主義"에 빠져 있는 것은 아니다.(142 · 147) 그는 오히려 강고한 자아 기질을 가지고 있다. 그는 해춘과 대화하는 중에 조선인과 일본인 혼혈이라는 자신의 신원을 가지고 말장난을 하며 자신은 "비국민도 아니요 비국민이 아닌 것도 아니"라고 이죽거린다. 이어 해춘한테서 "그럼 자네는 무어란 말인가"라는 질문을 받자 "나는 나我라는 존재일 따름이지!"라고 도발하듯 대답한다.(135) 스물다섯 살의 청년인 그가 해춘의 누이 혜정과의 혼인 관계를 청산하고 러시아로 가려고 하는 것은 그의 사회적 책임을 방기하고 자멸을 재촉하는 일이라기보다 모든 분식과 도취에서 벗어나

42 해춘의 예술옹호론은 염상섭이 1920년대에 한때 지지했던 야나기 무네요시柳宗悅의 '시라카바' 동인 시기의 미술비평을 연상시키기도 한다. 야나기는 인정할 만한 유일하게 진지한 예술은 "자기"를 위한 예술이며 존중할 가치가 있는 예술의 권위는 내용에 있어서 "개성의 권위"라는 에고이즘적 예술론을 표명했다. 후기인상주의 화가들을 열광적으로 찬양한 평론에서는 예술가가 자기를 표현하는 가운데 자기와 자연이 합일된 경지에 이르면 그는 자신의 "전인격의 존재"의 충실을 경험하게 되니, 달리 말하면 "신 가운데서 살리는 사람"이 되는 셈이라고 선언하기도 했다. 柳宗悅, 「革命の畫家」, 『柳宗悅全集』 1, 筑摩書房, 1981, 546면. 염상섭과 야나기의 관계는 주로 전기傳記 맥락에서 앞에서 언급한 김윤식과 이종호의 연구에서 다루어진 적이 있다.

"자기의 생명이 구하는 길"로 나아가는 일이다. 그것은 말하자면 자아의 진실한 요구에 따라 살아가겠다는 의지의 발로다. 그가 모종의 반反식민주의 테러에 연루된 혐의로 체포되었다가 며칠 만에 석방되어 해춘과 우정의 대화를 나누는 장면에는 자주적 개인이라는 그의 신념이 뚜렷하게 드러난다. "제각기의 생활을 제각기가 길러 나가는 것일세! 개인주의라고 생각할지 모르나 진정한 개인주의면야 인류애 생명미人類愛 生命美의 정당한 표현일 것이 아닌가?"라고 그는 호언한다.(267 · 335) 이것은 그가 이전에 비웃었던 해춘의 인간생명론을 닮은 발언이다. 유진의 개인주의 윤리는 해춘의 예술 신도神道와 마찬가지로 슈티르너적 자아주의egoism의 메아리처럼 들린다.

5. 초민족적 흑색 연대

『유일자와 그의 소유』는 역사를 보는 방식에 있어서 기본적으로 헤겔적이지만 그 책에서 근대는 정신Geist이 퇴폐의 극치에 달한 시대다. 근대 세계는, 슈티르너가 그 세계를 개시한 사건으로 간주한, 종교개혁의 그로테스크한 결과들이 만개하여 온갖 종류의 유령과 광기와 환상이 점령하고 있다. 슈티르너의 근대 분석은 인간을 노예화하는 데에 성공한 정신의 사악한 본질을 파헤치는 일종의 악령론惡靈論, demonology이다.[43] 정신의 근대적 현상들, 즉 근대의 인간 생활을 지배하는 모든 제도와 관습, 이상과 신념 속에서 그는 개인 고유의 무한한 창조적 힘이 존재한다는 것을 개인이 인지하지 못하게 만

43 David McLellan, *The Young Hegelians and Karl Marx*, New York : Praeger, 1969, p.121(Paul Thomas, *Karl Marx and the Anarchists*, London : Routledge and Kegan Paul, 1980, p.129에서 재인용).

드는 마음의 감옥을 본다. 그에 따르면 프로테스탄티즘은 개인 각자를 그 자신의 목사가 되게 하여 기독교적 정신의 개인 정복을 완성했으며, 정치 영역에서의 프로테스탄티즘인 자유주의는 개인적 특수성을 인간적 일반성 속으로 소멸시킴으로써 개인 경시를 제도화했다. 정치적 자유란 '나'의 자유를 뜻하는 것이 아니라 '나'를 통치하고 복속시킨 국가의 자유를 뜻하는 것이다. 국가는 '나'가 자유롭도록 허락하지 않는다. "모든 국가는 전제국가다. 전제군주가 한 명이든 아니면 여러 명이든 간에." 슈티르너를 아나키즘 사상의 비조 중 한 명으로 만들어준 그의 국가 비판의 문장들에서 국가는 압제를 행사하는 제도이면서 동시에 사람들에게 달라붙은 관념이다. 국가는 기독교와 마찬가지로 인간의 망상에서 유래한 것이다. 그렇기 때문에 개인들이 그들의 마음을 국가가 조종하게 놓아두지 않는다면, 그들 각자의 독자성 혹은 고유성Eigenheit을 주장한다면 국가 기제는 파괴된다. 이 개인들의 궐기를 슈티르너는 반항이라고 규정하고 혁명과 구별한다. 혁명이 기성 질서를 타도하려는 정치적 또는 사회적 행위라면 반항은 기성 질서로부터 개인들 자신을 탈출시키는 에고이즘적 행위다. 혁명이 새로운 편제들을 목표로 한다면 반항은 개인들이 더 이상 편제되지 않도록 개인들을 인도한다.[44]

슈티르너는 마르크스가 청년헤겔파와의 관계를 결산한 저작 『독일 이데올로기』에서 강경하게 대적한 인물 중 하나였지만 그의 동시대 정치운동과 사상운동에서 그의 존재는 그리 두드러지지 않았다. 그의 에고이스트는 어떤 면에서는 그것이 예고했다고 볼 수 있을 니체의 위버멘쉬Übermensch에 의해 무색해졌다. 그는 아나키즘이 국제적 운동의 양상을 띠며 시대의 교의로 성장한 19세기 후반에 소수의 주변적인 개인주의자 그룹에 한정된 범위 내에서 영향을 미치기 시작했다. 한 아나키즘 연구가의 표현대로 그는 인간 존재 각각의 독특함에 관한 랩소디의 외로운 작가로 아나키즘의 역사 속에 그

---

44 Max Stirner, *op. cit.*, p.82 · 97 · 175 · 279 · 278.

의 자리를 주장하고 있는지도 모른다.[45] 일본과 한국에서도 슈티르너 숭배자는 소수의 아웃사이더 중에서 나왔을 것이다. 하지만 그들은 적어도 슈티르너를 따라 사색하던 시기에는 그들의 사회에서 사상의 전위였다. 다카야마 조규의 예에서 보이듯이 니체와 공명하는 가운데 반도덕, 반사회의 개인주의를 발진시킨 일본에서 슈티르너의 사상은 그리 생소하지 않았다. 그것은 특히 개인주의적 아나키즘의 전개에 주요 동력이 되었다. 오스기 사카에는 그가 편집한 『긴다이시소』의 지면을 이용하여 슈티르너의 개인주의에 관심을 환기했다. 특히 전의戰意 없는 자유주의에 대한 슈티르너의 비판을 거론하며 "현대의 우리 일본사회에 힘의 종교를 말한 이 슈티르너 또는 저 니체 등의 강인한 개인주의적 철학이 다시 자주 말해질 필요가 있다"고 주장했다.[46] 오스기의 논설 여기저기에 나오는 자아주의 발언, 예컨대 "사람 위에 사람이 권위를 이지 않는, 자아가 자아를 주재하는 자유생활" 같은 발언을 보면[47] 오스기가 얼마나 크게 슈티르너에 의존하고 있었던가가 드러난다. 『유일자와 그의 소유』의 일어 번역은 체자레 롬브로조와 오스카 와일드의 번역자였고 오스기와는 페미니스트 이토 노에伊藤野枝를 사이에 두고 미묘한 관계였던, 아나키스트이자 다다이스트인 쓰지 준辻潤에 의해 이루어졌다. 1913년에 나온 스티븐 바잉턴Steven Byington의 영역본을 저본으로 번역에 착수한 쓰지는 1915년부터 그 책의 서문 등의 일부 번역을 간간이 잡지에 발표한 다음 1920년에 제1부 번역을 '인간편人間篇'이라는 부제를 달아 출간했고, 1921년에 『자아경自我經』이라는 제목으로 완역본을 상재했다.[48] 이 일역본

45 George Woodcock, *Anarchism : A History of Libertarian Ideas and Movements*, Harmondsworth : Penguin, 1975, p.97.

46 大杉榮, 「唯一者ーマクス・スティルナー論」, 『近代思想』 第1巻 第3号, 1912.12, 5면.

47 大杉榮, 「生の擴充」, 앞의 책, 1974, 75면.

48 쓰지의 『유일자와 그의 소유』 번역에 관해서는 辻潤, 「讀者のために」, マックス・スティルネル, 앞의 책, 그리고 玉川信明, 『評伝 辻潤』(三一書房, 1971, 98~105면)을 참조했다. 1945년까지 일본에서 이루어진 『유일자와 그의 소유』의 소개 및 번역에 관한 정보는 최인숙, 「염상섭 문학의 개인주의」에 정리되어 있다. 박종린의 「바쿠닌과 슈티르너의 아나키즘과 식민지 조선」(『동양정치사상사』 17, 2007)은 슈티르너의 아나키즘이 조선에 소개된 양상에 관심을 보였으나 사회

이 조선인 아나키스트들에게 슈티르너 이해의 토대가 되었음은 물론이다. 염상섭이 쓰지辻潤의 번역을, 그것이 신간의 미점을 잃지 않고 있을 시기에 읽었다는 것은 의문의 여지가 없다.

근래의 연구에 의해 밝혀진 바와 같이 염상섭은 사상청년들 사이에 두각을 나타내기 시작한 1920년을 전후해서 아나키즘에 경도되어 있었다. 그가 당시에 우의를 맺은 동세대의 일본 유학파 엘리트 중에는 아나키즘운동가로 판단되는 부류가 포함되어 있었으며, 그의 문학 경력의 초기를 장식한 『삼광』과 『폐허』 동인 활동의 이면에는 그 부류의 인물 중 하나인 황석우와의 동지 관계가 있었다. 황석우는 1919년에 오사카에서 염상섭과의 교유를 시작하기 훨씬 전에 아나키스트 서클을 포함한 재일본 조선인 사회운동가 그룹에 속해 있었으며 그러한 이력을 이어나가 1921년에는 박열을 비롯한 도쿄의 조선인 아나키스트 및 공산주의자들과 합세하여 흑도회黑濤會를 결성했다.[49] 염상섭은 조선의 언론계에 자리를 잡은 이후 황석우처럼 사회운동에 열성적이지 않았지만 아나키즘 사상을 포기하지는 않았다. 「개성과 예술」과 그 뒤를 이은 「지상선을 위하여」 같은 평론에 담긴 그의 개인주의 주장은 당시 사상의 어휘에 익숙한 독자들에게 자신이 아나키스트라는, 혹은 자신이 아나키스트와 다른 무슨 주의자라면 그런 만큼은 또한 아나키스트이기도 하다는 표명으로 들렸을 법했다. 예컨대 그의 슈티르너적 자아주의는 황석우가 회원이었던 그 흑도회의 강령, 공산주의적이라기보다 아나키즘적인 강

주의 계열 잡지 『신생활』(1922.9)에 정백의 평론 「유일자와 그 중심사상」이 발표되었다는 사실만 확인하고 그쳤다. 염상섭이 『유일자와 그의 소유』의 서문을 인용하며 자아주의를 역설한 「지상선을 위하여」는 같은 잡지 1922년 7월호에 실렸다. 그 7월호에는 염상섭이 신생활사의 객원기자로 일하게 되었다는 사고社告가 나온다. 이것은 염상섭이 『동아일보』에 취직한 이후에도 아나키즘 및 사회주의 그룹과 제휴하고 있었다는 추측을 뒷받침한다.

49 한기형, 「초기 염상섭의 아나키즘 수용과 탈식민적 태도－잡지 『삼광』에 실린 염상섭 자료에 대하여」, 『한민족어문학』 43, 2003. 아울러 앞에서 언급한 이종호의 논문, 최인숙의 논문 참조. 황석우의 이력에 관해서는 정우택, 『황석우연구』, 박이정, 2008, 11~77면, 흑도회에 관해서는 오장환, 『한국 아나키즘운동사 연구』, 국학자료원, 1998, 95면; 이호룡, 『한국의 아나키즘－사상편』, 지식산업사, 2001, 113면 참조.

령의 중심 요소였다.[50] 염상섭의 아나키즘 지지는 비록 청춘과 함께 단명하는 열광 같은 데가 있었다 하더라도 그가 『사랑과 죄』를 쓰던 무렵까지는 지속되었다고 판단된다. 다음 장면은 시사적이다.

해춘이는 '위스키'를 석 잔이나 언거푸 마셨다. 실과도 벗겨 오고 사이다도 가져왔으나 다른 사람들은 어서 일어나라는 듯이 꽁무니가 붙지 않았다. 그러자 문간에서 떠들썩하며 주정꾼이 또 한 패 들어오는 소리가 난다.

앞선 청년은 머리를 길게 기르고 코안경을 흰 나비가 날아 앉은 듯이 콧잔등에 얹은 예쁘장한 남자였다. 얼른 보기에도 일본 사람이다. 뒤미처서 거진 사십이나 바라보는 강강하고 딱 벌어진 까무잡잡한 사람이 들어선다. 이 사람은 호연이를 보고서

오! 하고 놀라는 소리를 치더니 웬일인가? 대발전일세그려 하며 웃어 보인다. 호연이는 고개를 끄덕하며 웃다가 맨뒤로 나타나는 사람을 보더니

자네까지 이렇게 늦도록 웬일인가? 하며 놀란다. 해춘이가 취안이 몽롱하여 돌아다보니 유진이가 우뚝 섰다. (…중략…)

해춘이는 차차 혀 꼬부라진 소리로 대꾸를 한다. 그러나 유진이와 호연이가 눈짓을 하는 바람에 말을 돌려서 코안경 쓴 사람과 호연이를 인사시킨 뒤에 그 사람도 해춘이와 통성명을 하였다.

호연이의 소개를 들으면 그 나이 지긋한 사람은 '오로라' — 새벽빛 — 이라는 공산주의 색채의 잡지를 경영하는 적토赤兎라는 사람이라 한다. 눈알이 붉은 토기는 보았어도 붉은 잘두루마기를 입은 토끼는 못 보았을 것이다. 그러나 누구나 적

50 흑도회 선언문의 서두는 이렇다. "우리들은 어디까지나 자아에 입각하여 산다. 일상의 일거일동도 모두 자아에서 그 출발점을 구하지 않으면 안 된다. 우리는 철저한 자아주의자自我主義者를 통하여 인간은 서로 으르렁댈 필요 없이 상호 친밀하게 도울 수 있다는 것을 발견했다. 우리들은 각자의 자유로운 자아의 자유를 무시하고 개성의 완전한 발전을 방해하는 불합리한 인위적인 통일에 끝까지 반대하며, 또 전력을 다하여 그것을 파괴하는 데 노력할 것이다." 야마다 쇼지, 정선태 역, 『가네코 후미코』, 산처럼, 2002, 150면에서 재인용.

토라고 동지간에 부를 뿐 아니라 또 자기도 해춘이더러

"나는 적토라는 사람이오" 하고 본 이름은 아니 가르쳐준다.

"김군! 이 야마노군山野君은 조선에 들어와 있는 '아나'계(무정부주의계통)의 거장일세"

적토군은 그 일인을 다시 소개한다. 예술가 비슷한 이 사람이 무정부주의자라는 것은 누구에게나 의외였다.

"그럼 동경의 흑색동맹에 ……?"

"응. 말하면 야마노군은 그 별동대別動隊인 셈이지."

야마노군 대신에 적토군이 대답을 가로맡았다.

이러한 대화가 모두 일본말로 교환되기 때문에 다른 일인 손님들은 유심히 귀를 기울이고 있는 모양이다.(208)

주로 일본인이 드나드는 남산골의 한 카페에서, 보다시피, 조선 및 일본 지식인과 활동가 들이 우연히 만났다. 에고이스트 해춘, 니힐리스트 유진, 사회주의자 김호연, 공산주의자 적토, 그리고 아나키스트 야마노. 그들이 인사를 나눈 이후 그들의 대화는 예상에 어긋나지 않게 논전으로 직행한다. 그러나 소설은 그들의 사상 대립을 부각시키는 대신에 "'반항'이라는 일념"에 바탕한 그들의 연대를 강조한다. 서술자는 그들이 카페에 합석한 시점에는 "공산주의와 무정부주의 사이에 확연한 분계선"이 있지 않았다는 논평까지 덧붙인다.(209)[51] 작중 정보에 따르면 그들의 조우는 1924년 8월 말의 일이

51 남산골 카페 장면을 이데올로기의 궁극적 무의미성을 나타내는 "술집에서 떠드는 취담"으로 경시한 김윤식과 다르게 조남현은 그 장면에 아나키즘에 대한 염상섭의 특별한 관심이 표현되어 있음을 알아보았다. 그리고 염상섭이 "아나키즘에 대한 객관적 이해를 통해서 그 알맞은 위상을 잡아주려" 했다고 평했다. 조남현, 「한국 현대문학의 아나키즘 체험」, 『한국 현대문학 사상 연구』, 서울대 출판부, 1994, 118면. 그러나 1920년대에 최소한 사상 면에서는 아나키스트였던 염상섭의 이력이나 『사랑과 죄』 집필 시기인 1927년대 후반과 1928년대 전반 무렵 조선 공산주의와 아나키즘의 적대 상황을 감안하면 다르게 말해야 한다고 생각된다. 이 소설에 보이는 아나키즘 이해는 객관적이라기보다 향수병적nostalgic이다.

다.[52] 아나키즘과 볼셰비즘의 대립이 조선인 사회에서 격화된 결정적 계기가 1927년에 결성된 신간회의 민족주의-사회주의 협동전선이었음을 감안하면 서술자의 논평은 틀리지 않는다. 더욱이 그 회동은 아나키스트와 공산주의자가 동지 관계였던 순간만이 아니라 조선인과 일본인이 반제국주의, 반자본주의 투쟁의 대의 아래 연합했던 '다이쇼 데모크라시'의 초민족적 전개의 순간을 상기시킨다.[53] 소설의 내용과 관련해서도 그것은 중요한 장면이다. 해춘과 유진과 호연 사이의 남성 유대 — 마리아에 대한 공통의 배제를 통해 더욱 분명하게 노출되는 남성 유대 — 가 그 배경에 '반항'의 광대한 커넥션을 가지고 있다는 생각을 그 장면은 부추기기 때문이다.

그런데 남산골 카페에 나타난, 야마노라는 일본인이 다름 아닌 아나키스트라는 점은 무심히 지나치기 어렵다. 일본 제국의 국가와 자본에 맞선 조선인과 일본인의 공동 투쟁에서 아나키스트들의 활약은 실은 다른 어떤 정치집단의 활약 못지않게 두드러졌다. 『사랑과 죄』에 서술된 이야기상의 현재

52 이 일이 있었던 다음 날 해춘이 받은 순영의 편지에는 "1924년 8월 30일"이라는 작성일자가 적혀 있다.(235) 한편 을축년 대홍수가 얼마 전에 일어난 같은 해의 일로 지시되고 있으니 역사 연표에 따르면 소설 속의 현재 연도는 1925년이 되기도 한다. "올해는, 1924년 — 을축년이다"(395)라는 서술자의 말은 물론 착오다. 그러나 작중인물 한희의 이력을 기준으로 하면 올해는 다시 1924년이다. 그녀는 서술자에 따르면 서울과 평양에서 만세운동을 계획하다가 "그해 가을"에 체포되어 만 3년 복역한 끝에 재작년에 석방되었고(70) 이후 어디론가 잠적했으며 해춘, 순영, 마리아가 모두 알고 있는 바에 따르면 "작년 여름에 (상해)로 달아"났다.(37)(서영채는 『사랑의 문법』 중의 관련 대목에서 이야기상 현재가 1923년일 수도 있고 1924년일 수도 있다고 말하고 있다. 이 연대 추정은 한희가 출옥 후 2개월 만에 잠적한 것을 상하이로 달아난 것과 같은 사건으로 여긴 결과가 아닌가 한다. 하지만 그것들은 별개의 사건이다. 마리아가 순영과 대화하는 중에 "작년에 (일어난) 한희씨 사건"(47)이라고 말한 것은 한희의 상하이로의 탈출을 가리키는 것으로 보인다. 그리고 그 사건으로 "신문에 떠들 때" "감옥에서 나온 지 며칠" 안 되었다고 순영이 언급한 사람은 한희가 아니라 순영 자신이다) 그러나 염상섭이 1924년이라는 역사 시간 프레임을 엄격하게 지키고 있는 것은 아니다. 곧 알게 되겠지만 1926년 1월에 일본 아나키스트 단체들이 전국 범위의 연합을 도모한 사건이 작중에서는 근접 과거의 일로 이야기되고 있다.

53 민본주의파, 볼셰비키파, 아나키스트파 등으로 이루어진 일조日朝인민연대를 다이쇼 시대의 정치적 자유를 위한 투쟁 중의 의미 있는 일화로 다룬 사론으로는 마쓰오 다카요시의 것이 고전적이다. 松尾尊兊, 『大正デモクラシー』, 岩波現代文庫, 2001, 특히 303~347면 참조.

와 가까운 시점에 일어난 아나키즘 역사상의 사건들을 참고하면, 1925년 9월 대구에서는 몇몇 조선인이 당시 복역 중이던 박열의 뜻에 따라 진우연맹真友連盟을 조직하고 일본 아나키즘 단체와의 협력하에 활동하기 시작했다. 박열의 아내 가네코 후미코가 옥사한 후인 1926년 4월에는 그 부부의 동지였던 일본인과 조선인들이 그녀의 추모 행사를 위해 박열의 고향인 경상도를 방문해서 진우연맹과 모종의 사업을 계획하다 경찰에 체포되는 사건, 세칭 '진우연맹사건'이 일어나기도 했다.[54] 1920년대 조선 아나키즘 운동의 일익을 담당한 경상도 사람들의 존재를 염상섭이 숙지하고 있었던 까닭이었겠지만 야마노가 등장하는 장면에서 염상섭은 "경상도 사투리"의 "액센트"가 담긴 일본어를 하는 "작달막한 사람"을 야마노의 일행 중에 집어넣었다. 주의를 요하는 것은 작중인물들의 대화중에 거명된 "동경의 흑색동맹"이다. 이것이 1926년에 결성된 흑색청년연맹黑色青年連盟을 가리키고 있음은 분명하다. 일본 각지에 산재한 아나키즘 계열 사상단체, 문화단체, 노동조합의 연락 기구로 탄생한 그 연합체는 1926년 1월 31일에 도쿄의 한 회관을 빌려 두 개의 흑기를 걸어놓고 제1회 대회를 겸한 연설회를 개최했다. 경찰이 출동하여 집회를 저지하자 격앙한 참가자들은 흑기를 휘날리며 긴자 거리로 나가 시위를 벌이고 쇼윈도를 부수는 난동을 일으켰다.[55] 염상섭은 1926년 1월에 그로부터 이 년여 동안 계속된 그의 두 번째 일본 체류를 시작했으니 그 '긴자사건' 또는 '곡키사건'으로 일본 정부와 언론을 떠들썩하게 만든 그 단체의 존재를 몰랐을 리가 없다.[56] 게다가 1926년 4월에 진우연맹사건의 범인으로 몰려 투

54 오장환, 앞의 책, 62~63면. 『동아일보』는 이 사건 수사에 관한 기사(1926.8.30), 공판에 관한 기사(1927.5.27)를 비롯한 여러 꼭지의 관련 기사를 실었다.

55 小松隆二, 『日本アナキズム運動史』, 青木新書, 1972, 198~200면.

56 염상섭은 1926년 1월부터 1928년 2월까지 일본에 체류했다. "무정부주의자단체인 흑색청년연맹의 사십여 명"이 긴자에서 벌인 가두시위로 인하여 도쿄 경시청이 좌경노동단체 간부 검거에 나섰다는 기사(「좌경단대검거」)가 『동아일보』 1926년 2월 3일 자에 실렸다. "동경전보"라고 출처가 제시된 이 단신의 작성자는 염상섭일지 모른다. 『사랑과 죄』는 1927년 8월 15일부터 1928년 5월 4일까지 총 257회 『동아일보』에 연재되었으니 그 원고의 많은 부분이 일본에서 쓰이지 않았을까 추정된다. 염상섭의 제2차 일본 체류 시기가 그의 창작 생활에서 가지는

옥된 삼인(구리하라 이치오, 구라모토 가즈오, 김정근)은 그 단체와 모종의 관계가 있다는 혐의를 받았던 터이다. 염상섭은 아마노라는 일본인과 경상도 말씨의 조선인을 일행으로 엮어 경성에 출현시킨 장면에서 지배와 종속 관계를 넘어선 두 인민의 흑색 연대를 독자들에게 말하고 싶었는지도 모른다.

생각해보면 근대 정치운동의 역사에서 아나키즘만큼 국제적인 성격이 뚜렷한 운동도 드물다. 철학적으로 세련된 아나키스트들은 일반적인 인간 연대 주장과 자유로운 개인 주장 사이에서 균형을 잡는 문제, 인종과 국가의 경계 없는 하나의 세계라는 관념과 지역의 자율성 및 개인의 자발성을 살리려는 의지를 화해시키는 문제에 대해 숙고했고, 아나키즘 운동의 지도자들은 그러한 문제를 해결하기 위한 실천을 그들의 단체 활동의 중심에 두었다. 사실 아나키즘 운동은 유럽과 북미 노동자 계급 최초의 국제 조직인 제일인터내셔널과 바쿠닌이 창립한 세계시민주의적 단체들 내에서 최초로 출현했다.[57] 「공산주의당 선언」 중의 자본주의 묘사를 빌려 말하면 자본이 그 초지역적, 초국가적 운동 속에서 창출한 지구 세계를 조건으로 받아들이며 자본에 대한 투쟁을 수행하기 시작한 정치운동의 한 전형이 아나키즘 운동이다. 『사랑과 죄』에 서술된 지하운동은 지구화한 교역과 교통의 세계의 한 변방에서 일어나는 국제적인 반제국주의-반자본주의 운동의 이미지를 다소 희미하게나마 가지고 있다. 작중의 조선은 그 강역을 넘어 일본으로 연결되고 다시 그 제국 국경을 넘어 미국, 러시아, 중국으로 연결되는 한 광대한 지리학적 상상계 속에 존재한다. 그 상상계의 한쪽에 대한제국 정부의 주일특명전권공사를 지낸 이판서, 젊은 시절에 일본과 미국을 주유한 '지사'였던 무역회사 사장 유택수, 조선에 은신한 일본 정치와 외교의 협객 같은 심초매부가

의의에 대해서는 김윤식이 가장 많은 주의를 기울였다. 김윤식, 앞의 책, 307~407면. 근래에는 시라카와 유타카와 김경수가 그 시기 및 그 전후의 작품을 구별해서 검토했다. 白川豊, 「一九二〇年代廉想涉小說と日本－再來日前後の四篇を中心に」, 『朝鮮近代の知日派作家, 苦闘の軌跡』, 勉誠出版, 2008; 김경수, 『염상섭과 현대소설의 형성』, 일조각, 2008, 93~116면.

57 George Woodcock, *op. cit.*, p.224.

있고, 다른 한쪽에 조선의 사회주의 그룹과 밀통하고 있는 '상해'의 항일투사 한희에서 현해탄을 넘나드는 흑색연맹의 별동대원 야마노에 이르는 정치운동가들이 있다. 이 초국적 이동의 네트워크 속에서는 민족이나 계급의 운명에 관여하는 정치적 행위라면 무엇이든 국제화한 정치운동의 수사와 책략에 많든 적든 영향을 받기 마련이다. 가령 해춘이 호연의 지하운동을 도와준 행위, 즉 일본유학생으로 위장한 조선인 테러리스트로부터 "조선인삼"을 구입한 행위는 어떤가. 그것은 추정컨대 아나키즘 계열의 조일朝日연대 프로그램에 닿아 있다. 조선인삼 판매는 박열과 가네코가 흑도회를 결성한 이후 생계해결을 겸하여 시작한 모금 사업의 하나였다.[58]

해춘은 물론 아나키즘 신봉자는 아니다. 그는 일본에 유학하는 동안 "급진적 자유사상"의 세례를 받았다고 평술되어 있지만 정치 노선으로 말하면 그리 급진적이지 않다. 그는 사회주의자 적토와 취중 논쟁을 벌이는 중에 호연을 지칭하여 "김군과 같이 민족주의와 사회주의의 중간을 타고 나가는 것이 오늘날의 조선청년으로는 옳은 길로 들어서는 줄 안다"고 말한다.(54 · 210)[59] 그러나 그 중간파적 신조를 그의 행위 중에서 확인하기는 어렵다. 정치적으로 의미 있는 그의 행위는 대체로 일본 국가의 권위에 대해 어떤 태도를 취하느냐 하는 문제와 관련되어 있다. 작중 서술은 한편으로는 그를 세습 귀족으로 만든 그의 가족사에 대한 언급을 통해, 다른 한편으로는 그와 그의 주위 사람들을 삼엄하게 통제하고 있는 치안권력과 사법권력에 대한 반복적 지시를 통해 그의 존재를 규정하고 있는 국가의 권위를 상기시킨다. 해춘의 예술

58 야마다 쇼지, 앞의 책, 163~164면.

59 『사랑과 죄』를 "항일저항세력의 중심의 형성에 대한 횡보의 관심이 산출한 작품"으로 간주한 이보영은 그 중심인물의 자리를 호연이 차지한다고 보고 그를 둘러싼 '심퍼사이저' 중에 해춘을 배치하고 있다. 이보영, 앞의 책, 259면. 이것은 이 소설을 '정치소설'로 읽으려는, 이보영이 그의 걸작 염상섭론을 내놓은 시점에서는, 매우 교훈적이었던 발상의 한 결과다. 그러나 '항일중심세력의 중심의 형성'과 결부시킬 만한 호연의 행위가 명확하게 서술되어 있지 않을 뿐더러 호연의 모종의 암약이 소설의 메인 플롯이 전혀 아니기 때문에 인물 이해 방식으로는 억지스럽다. 더욱이 해춘을 '심퍼사이저'라는 상투형으로 분류하는 수준 이상으로 분석을 진전시키지 않아 해춘의 자아 창조 고유의 논리가 식별되지 못했다.

가적 풍모 이면에 감춰져 있는 듯한 정치에 대한 정열은 바로 그 국가의 권위를 자신의 존재로부터 축출하는 결단으로 나타난다. 일본 관헌에 체포되어 반국가사범의 혐의를 받고 있는 그의 애인과 친구를 보호하려 노력하던 끝에 그는 그의 작위를 반납하고 순영과 함께 만주로 도주한다. 그의 국가와의 싸움은, 슈티르너에 따르면, 혁명보다 반항에 가까운 모양을 가지고 있다. 국가가 그의 혈통에 수여한 특권을 내버리고 그의 문벌의 도덕적 속박으로부터 스스로를 해방시키고 망명을 단행한 그의 행위는 반항에 특유한 행위, 기성 질서를 타도하는 대신에 기성 질서를 초극하는, "상승하라는, 스스로를 승격시키라는" 명령을 이행하는 행위와 다르지 않다.[60] 다만, 그의 아나키즘적인 자아 작법이 반식민지 민족주의와 양립하기 불가능하다고 생각할 이유는 없다. 역사상으로 보더라도 민족주의자들과 아나키스트들의 연합은 조선인 항일운동의 경우 전혀 이례적인 일이 아니었고 시야를 넓혀 세계 전역의 반식민지 투쟁을 살펴보면 더욱 그러했다. 베네딕트 앤더슨이 지구의 동서양단東西兩端에 걸친 반식민지주의의 리좀적 확산을 묘사하면서 입증했듯이 아나키즘의 국제적 네트워크는 민족주의의 발전에 중요한 여건이 되었다.[61] 그가 "초기 지구화" 시대라고 부른 19세기 후반과 그 이후의 일정 기간에 아나키즘과 민족주의의 복잡한 얽힘은 식민지로부터의 해방을 목표로 일어난 급진파 정치운동의 일반적인 광경이었다.

---

60 Max Stirner, *op. cit.*, p.280.

61 Benedict Anderson, *Under Three Flags : Anarchism and the Anti-colonial Imagination*, London : Verso, 2005. 필리핀의 대작가 호세 리잘José Rizal의 반식민주의 장편소설 『반항*El Filibusterismo*』에 세계소설global novel이라는 위치를 부여한 제2장(pp.53~122)이 특히 유익하다. 앤더슨은 같은 책의 후반부에서 일본을 배경으로 형성된 아시아 반제국주의운동 지도자들의 커넥션에 주목하여, 필리핀혁명정부의 주일駐日대표였던 마리아노 폰세Mariano Ponce와 반청反清 봉기에 실패한 이후 세계 여행 중이었던 쑨원孫文의 만남, 리잘을 모델로 필리핀 독립의 영웅에 관한 소설을 지어 스페인 제국주의에 대항하는 아시아인의 연대를 강조한 스에히로 뎃조末広鉄腸의 활동 등을 서술하고 있다. 앤더슨이 유사한 토픽을 가지고 일본에서 강연한 내용을 보면, 러시아의 일부 아나키스트에 의해 시작된 "글로벌 테러리즘"의 "파도가 한국에 도달하여 이토 히로부미의 암살이 수행되었다"는 발언이 나온다. 梅森直之 編, 『ベネディクト・アンダーソン グローバリゼーションを語る』, 光文社新書, 2007, 94면.

6. 노블형 조선어 소설의 완성

『사랑과 죄』의 인물들은 조선신궁이나 세브란스병원 같은 실물, 을축년 대홍수나 흑색청년연맹의 도쿄 시위 같은 사건과 함께 역사상의 실재 세계를 상기시키지만 또한 그 성격이나 역할의 측면에서 문학 속의 인간 전형과 연결된다. 이 상호텍스트적 지시성은 저자 자신이 분명하게 의식하고 있는 터여서 해춘이 세브란스병원 병실에서 호연, 순영을 상대로 하는 발언 중에는 그들을 "투르게네프의 『전날밤』"의 인사로프와 엘레나에 빗대는 재담이 나오기도 한다. 그러나 투르게네프에 대한 인유를 거론하기로 한다면 인사로프 못지않게 의미 있는 인물은 『아버지와 아들』의 주인공 바자로프다. 니힐리스트라고 불리는 물리학도 바자로프는 반귀족적, 반낭만적 성향, 유물론적인 자연관, 일체의 권위에 대한 부정의 태도를 합해서 구현하고 있다. 한편으로는 개구리와 인간이 본질적으로 동일하다는 생각으로 개구리 해부를 일과로 정해 인간 본성의 탐구에 매진하고, 다른 한편으로는 "건설"은 "우리의 일이 아닙니다. (…중략…) 우리는 먼저 부지를 깨끗이 치워야 합니다"는 그의 발언 — 아나키스트 바쿠닌의 노기와 열정 넘치는 선동을 연상시키는 발언 — 에 보이듯이[62] 보편적 부정과 파괴의 교의를 신봉한다. 바자로프는 19세기 중반 러시아 니힐리즘에 대한 투르게네프의 애매한 태도에도 불구하고 그 운동에서 배출된 새로운 영웅의 풍모를 가지고 있다. 그 핵심은 자율성을 찾아 인간의 수준 너머로 상승하는 "새로운 인간", 말하자면 자기 내부에서 프로메테우스적 힘을 발견한 인간이다.[63] 『사랑과 죄』의 청년들의

---

62 투르게네프, 이항재 역, 『아버지와 아들』, 문학동네, 2011, 81면. 영역본 문장("Fathers and Sons", Elizabeth Cheresh Allen(ed.), *The Essential Turgenev*, Evanston : Northwestern University Press, 1994, p.608)을 참조하여 국역본 문장을 수정했다. 바자로프 발언의 바쿠닌적 어조는 이사야 벌린이 지적했다. Isaiah Berlin, "Fathers and Sons", *Russian Thinkers*(second edition), London : Penguin, 1994, p.318.

모습에는 언뜻언뜻 바자로프의 그림자가 비친다. 유진은 모든 종교적, 낭만적 관념에 대한 조롱 속에서, 해춘은 자유를 구하여 작위와 문벌을 버리는 용기 속에서, 호연은 자신과 조국의 운명을 스스로 정하려는 불굴의 의지 속에서 얼마간 바자로프를 닮았다. 염상섭판 바자로프가 「표본실의 청개구리」의 '나'에서 내성과 공상의 암실에 갇혀 있었다면 『사랑과 죄』에 이르러 반항과 혁명이라는 출구를 찾았다고 해도 좋을지 모른다.[64]

『아버지와 아들』의 독자라면 누구나 알고 있듯이, 그 소설의 중심에는 19세기 중반 러시아 정치와 문화를 특징지은 세대갈등이 자리 잡고 있다. 바자로프가 그의 친구이자 제자인 아르카디 키르사노프를 따라 아르카디의 아버지 니콜라이의 시골집을 방문한 1859년 여름은 농노해방의 전야로 그 세대갈등이 고조된 시점이다. 아버지 세대와 아들 세대는 1840년대의 관념론, 자유주의, 낭만주의, 귀족의식과 1860년대의 유물론, 니힐리즘, 합리주의, 평민의식의 대립을 재현한다. 두 세대 사이의 간극은 심각하게 커서 아르카디의 삼촌 파벨 페트로비치와 바자로프는 대립을 거듭한 끝에 권총 결투를 벌인다. 『사랑과 죄』에서 세대갈등은 『아버지와 아들』에서처럼 사상 충돌이라는 모양을 띠고 날카롭게 전개되지 않는다. 그럼에도 부자 세대 사이에는 해소하기 어려운 대립이 존재한다. 아들 세대의 관점에서 아버지 세대는 권위가 없으며 만일 있다면 사이비 권위가 있을 뿐이다. 한때 대한제국 정부의

---

63 러시아 니힐리즘의 맥락에서 바자로프의 성격을 자세하게 분석한 예를 보려면 Michael Allen Gillespie, *op. cit.*, pp.135~156 참조.

64 「표본실의 청개구리」의 텁석부리 박물선생의 개구리 해부가 바자로프의 개구리 해부에서 영향을 받았다는 지적은 과거에 여러 차례 나왔으나 바자로프가 염상섭 소설에 대해 어떤 의미의 인간 원형인가는 질문된 적이 없다. 투르게네프가 염상섭에게 중요한 영감의 원천이었음을 밝힌 이보영 역시 염상섭 작중인물들의 바자로프와의 친연성에 주의를 기울이지 않고 있다. 이보영, 「투르게네프와 한국문학」, 『동양과 서양』, 신아출판사, 1998, 235~258면. 바자로프는 어쩌면 단지 염상섭이 아니라 염상섭을 포함한 문학청년 한 세대 전체에게 혁명의 교사였을지 모른다. 박영희는 기성 질서의 총체적 파괴가 무엇보다 선행되어야 한다는 바자로프의 모토를 조선인의 부활을 위한 복음처럼 여겼다. 박영희, 「조선을 지내 가는 베너스」, 이동희 · 노상래 편, 『박영희 전집』 3, 영남대 출판부, 1997, 72면.

대일 외교 수장이었던 이판서, 해외 경험이 남달리 많은 '지사'의 명성이 있었던 유택수는 청일전쟁 이후 조선사회의 지도층을 형성한 개화 세대를 상기시킨다. 문명주의, 아시아주의, 산업주의, 군주제는 아마도 그들이 과거에 언젠가 공유한 진보주의적 신념의 중심 내용이었을 것이다. 그러나 이판서가 일본인 정복자들에게 협력하여 강력한 족벌을 구축한, 그리고 유택수가 식민지 시장 경제를 배경으로 부르주아 기업가로 성공한 현재, 그들은 더 이상 조선사회의 진보 세력이 아니다. 해춘이 모종의 지하운동에 연루되었다는 신문 보도가 나자 그를 찾아와 호통을 치며 "황실과 왕가"에 대한 귀족의 예의를 설하는 그의 외삼촌 "벽동대감"의 존황근왕尊皇勤王주의, 마리아와 성교를 목적으로 거래하고 있는데다가 순영을 후실로 삼으려고 혈안인 유택수의 몰염치한 "식색주의"는 그들의 정치적 무능과 도덕적 파산을 입증한다.

조선의 전통 문화에 조예가 깊은 일본 노인 심초에 따르면 당대 조선의 최대 위기는 조선인이 문화적 아이덴티티를 잃어버렸다는 것이다. 현재의 조선은 "진짜 조선"이 아니라는 그의 질타는 조선인의 자기통치 능력에 대한 불신을 공고히 하고 통치자로서의 일본인의 헤게모니를 합리화하는 효과가 있다. 하지만 정치의 문맥에서 분리시켜 보면 그것은 조선인의 삶에서 역사적 연속성이 약화되었다는 관찰이 된다. 해춘과 유진의 가문을 보면 일반적으로 자기 혈통과 문화의 보전을 중시하는 상류계급의 가문임에도 부자 사이의 자연적 유대는 별로 의미가 없으며 아들의 관점에서는 특히 그러하다. 해춘은 과거에 사별한 것으로 짐작되는 아버지에게 어떤 추모의 정도 가지고 있지 않고 오히려 가족으로부터 스스로를 소외시키고 있는 상태이며 유진은 아버지를 경멸하고 있는 동시에 혼혈인 자신을 혐오하고 있다. 부계 혈통과 그에 기반한 역사적 문화가 그들에게 무의미하다는 것은 해춘이 귀족으로서의 책임에 무관심하고 유진이 혁명기 러시아의 꿈에 빠져 있다는 데서 곧바로 드러난다. 그들은 아버지의 권위에 승복하지 않을 뿐만 아니라 그들 자신을 권위 있게 해줄 정치적, 사회적 유대의 형성에 열심이다. 남산골 카페에서 해춘이 농담조로 말한 공산주의자, 아나키스트, 니힐리스트의 "삼각동맹"은 바로 그들 세대에 특유한 정치화한 우정의 한 형식을 지칭하는 말이다. 에드워드 사이드는 자연적 유대에 근거하여 세대를 횡단하는 인간관계를 불가능하거나 무의미하게 여기고 대신에 개인들이 가족과 친족 같은 생물학적 보증 없이 사회적으로 존재하는 제도, 연합, 공동체에서 새로운 인간관계의 가능성을 구하는 태도가 근대적 삶의 핵심을 통찰한 문학과 철학에 보편적임을 지적한 적이 있다.[65] 그가 파생filiation으로부터 제휴affiliation로의 전환이라고 부른 그 태도는 『사랑과 죄』에 나타난 청년계급 묘사의 경우에도 명백한 사실이다.

『사랑과 죄』가 『동아일보』에 연재된 1920년대는 대중 활자 매체가 연애를 주제로 설화, 담론, 이미지를 대대적으로 생산하기 시작한 최초의 연대이다. 염상섭이 이 소설을 통해 연애에 관한 통설에 비판적으로 개입하려 했음은 의심할 나위가 없다. 연재 예보에서 그는 사랑이란 "탐욕을 물리친 마음"에 근원을 두고 있는 "희생적 정신"의 발현이라고 주장하고 그러한 사랑이 조선인에게 어떻게 가능한가를 그리겠다는 포부를 밝혔다. 해춘과 순영의 연애는 개인의 이익 대신에 민족의 대의를 따르는 대목에서 그 사랑의 정의에 부합하는 것처럼 보인다. 그러나 염상섭의 비범한 작가적 능력 덕분에 『사랑과 죄』는 연애 이야기의 범위를 넘어 소설 장르 자체에 결정적으로 기여했다. 과감하게 말해서, 노블형 조선어 소설의 완성을 가져왔다. 노블을 다른 유형의 허구적 서사물과 구별되게 하는 요인의 하나는 노블의 주인공 — 그의 계급과 사회가 그에게 요구하는 동일한 종류의 사람이 되기를 거부하는, 그의 가족사와 사회사에서 전례 없는 신종 인간으로 스스로를 만들고자 하는 주인공의 존재다.[66] 한국소설에서 노블 특유의 주인공은 20세기 전

65 Edward W. Said, "Secular Criticism", *The World, the Text, and the Critic*, Cambridge, Mass. : Harvard University Press, 1983, pp.16~20.

66 "노블의 여자 주인공이나 남자 주인공이 다른 무엇보다 우선시키는 과제가 있다면 그것은 달라야 한다는 것이고 그래서 부권과 관례는 그들을 무겁게 짓누른다. 새롭다novel는 것은 진품이

반에 청년이라는 이름으로 처음 등장했다.[67] 해춘 역시 청년이다. 그러나 재래 권위의 진공 상태 속에 자유를 구가하는 듯한 고아인 『무정』의 이형식과 달리 해춘은 그의 자아를 탄멸呑滅할지 모르는 가문의 압력하에 있으며 생물학적으로 보증된 그의 권위를 폐기함으로써 그 자신을 개조하기 시작한다. 사실 그는 한국소설에서, 「만세전」의 이인화 이후, 사회의 파생적 유대와 싸움을 벌인 소수의 인물 중 하나다. 더욱이 그 싸움은 물질적 생존의 이기적 목적들을 넘어서는 어떤 사명의 수행을 자기 의무로 여기는 청년들의 제휴적 유대의 창출과 동시적이다. 폭압적인 정부와 무지몽매한 인민 사이에 끼어 반항 또는 혁명을 자임하는 해춘과 그의 친구들은 다분히 19세기 러시아 인텔리겐치아를 연상시킨다.[68] 『사랑과 죄』는 상류계급과 하류계급 전역을 포괄하는 조선사회를 배경으로 그 사회의 권위와 도덕에 대항하여 그들 자신을, 아울러 그들의 세계를 새롭게 창조하고자 하는 청년들의 투쟁을 이야기한다. 식민지 시대의 노블형 소설로서, 적어도 그 철학적 에센스에 있어서, 이것을 능가하는 작품은 염상섭 이외의 작가는 물론 염상섭 자신에게서도 나오지 않았다고 생각된다.

된다는 것, 대다수의 사람이 부득이하게 반복하는 것 — 즉, 아버지에서 아들로, 대대로 이어지는 인간 생활의 과정 — 을 반복하지 않는 인물이 된다는 것이다. 그러므로 노블적 인물은 반복에 대한 도전으로 생각된다. 번식하고 증식해야 하는, 끊임없이 반복해서 자신을 창조하고 재창조해야 하는 모든 사람에게 부과된 의무 가운데 생겨난 파열이라고 생각된다." Edward W. Said, "On Repetition", *Ibid.*, p.117. 이러한 이유에서 노블적 주인공의 행로가 그의 가족, 고향, 계급, 조국과의 인연을 끊는 방향으로 나아가는 것은 필연적이다. 그 행로는 이언 와트가 유럽 현대문학의 거인들의 삶과 예술에서 발견한 그 가장 심장한 유형에 따르자면 '소외와 망명'으로 압축된다. Ian Watt, *Conrad in the Nineteenth Century*, Berkeley : University of California Press, 1979, p.32. 그런데 소외와 망명이라면 공교롭게도 그 모두가 해춘의 경험이다. 그의 소외가 비극적이지 않고, 그의 망명이 자발적이지 않다는 차이가 있을 뿐이다.

67 황종연, 「노블, 청년, 제국」, 『탕아를 위한 비평』, 문학동네, 2012 참조.

68 이것은 물론 유럽 지식인intellectuals과 구별되는 러시아 인텔리겐치아intelligentsia를 염두에 두고 하는 말이다. Isaiah Berlin, "A Remarkable Decade", *op. cit.*, pp.130~154 참조.

'심퍼사이저sympathizer'라는 필터

저항의 자원과 그 양식들

오혜진

1. 염상섭을 읽는 두 가지 방식—이념과 돈

염상섭의 소설이 거의 이기적일 정도로 독자의 집중력을 요한다는 점은 익히 토로된 바 있다.[1] 특히 '이념'과 '돈'은 염상섭 소설의 복잡계를 구성하는 가장 문제적인 요인으로 꼽힌다. 1960년대부터 본격적으로 이어진 염상섭연구가 지속적으로 천착해온 주제가 바로 이것이었다. 그러나 이 두 가지에 집중한 연구들은 불가피하게도 오히려 이것의 해명불가능성을 말해야만 하는 아포리아에 봉착하게 되는데, 이는 염상섭 소설이 근원적으로 배태하고 있는 식민지서사의 특수성과 관련된 것으로 보인다. 이 난관을 간략하게 묘사하면서 이야기를 시작해보자.

1 염상섭이 연애사건이나 정탐적 요소를 삽입하고, 분량을 길게 늘여 독자에 영합하는 방식으로 작품을 상품화·통속화했다는 당대의 평가도 있지만, 그와 별개로 염상섭은 가장 '안 팔리는' 작가였다고 증언되기도 한다. 특히 조연현은 '비대중성'을 염상섭 소설의 한 특징으로 들기도 했다. 조연현, 「염상섭론」, 『새벽』, 1957.6.

우선 염상섭의 소설을 한국에서 보기 드문 정치소설로 판단하고, 여기에 재현된 민족주의와 사회주의 그리고 아나키즘과 같은 이념의 지형도를 그리려는 시도가 줄곧 있어왔다. 염상섭 소설의 인물들, 나아가 작가의 이데올로기적 귀속을 밝히려는 연구들이 이에 해당한다.[2] 당대에 발생한 정치・사회적 사건들을 직・간접적으로 작품에 자주 차용하는 염상섭의 창작스타일은 연구자들의 이러한 욕망을 유도하기에 충분했다. 그러나 이 작업을 위해서는 어떤 '경유'의 과정이 필요한데, 박람회장이 학생운동의 무대가 되고, 극장이 수용소로 돌변하는가 하면(『광분』),[3] 카페에서의 대화가 사복형사의 검열이 존재하는 정치토론이 되기도 하는(『사랑과 죄』) 세계가 바로 염상섭이 그려놓은 식민지의 현실이었기 때문이다.

이념은 공인된 무대에서 안정적으로 발화될 수 없었기에,[4] 염상섭 소설의 일상은 언제나 치밀하게 구사되는 "밀담", "중상", "모략", "음모", "거짓말", "뒷공론"[5] 등으로 분주하다. 독자는 대화, 수다, 토론, 소문, 편지 등 온갖 형태로 제시되는 정보들의 발신자와 수신자, 그리고 그 진위를 파악해야만 서사를 제대로 따라갈 수 있다. 세태와 풍속의 무대인 일상이 불현듯 식민지배

---

2 축적된 연구량이 방대하여 일일이 다 거론하지 못하나, 염상섭연구의 두 축을 이뤘다고 해도 과언이 아닌 김윤식(『염상섭 연구』, 서울대 출판부, 1989)과 이보영(『난세의 문학 – 염상섭론』, 예림기획, 2001)의 연구를 대표적으로 꼽을 만하다. 이보영이 사회주의자로서의 염상섭을 부각시키는 데 주력했다면, '가치중립성'을 염상섭의 가장 큰 특징으로 꼽았던 김윤식 또한 '이념'을 중심으로 그것과의 '거리'를 재단하여 염상섭의 작가적 정체성과 작품세계를 해명하려 했다는 점에서 같은 계열에 속한다고 볼 수 있을 것이다.

3 이혜령, 「식민지 군중과 개인 – 염상섭의 『광분』을 통해서 본 시론」, 『대동문화연구』 69, 성균관대 대동문화연구원, 2010.

4 몇 년 전부터 꾸준히 진행되고 있는 검열연구는 '검열'로 상징되는 사상의 규제가 문화예술의 생산・유통・수용의 전 과정에 끼친 영향과 그 효과를 설득력 있게 제시하고 있다. 검열연구회, 『식민지 검열 – 제도, 텍스트, 실천』, 소명출판, 2011 등을 참조. 특히 최근 한기형은 사회주의의 선전 기획과 식민지 검열 간의 교착관계를 규명하는 논문에서, 검열이 시장의 창출 및 문학양식의 문제에까지 관계한다는 점을 역설하며, 염상섭의 소설이 이를 드러내는 단적인 사례일 수 있음을 환기한 바 있다. 한기형, 「선전과 시장 – '문예대중화론'과 식민지 검열의 교착」, 『대동문화연구』 79, 성균관대 대동문화연구원, 2012, 140~142면.

5 염상섭의 『사랑과 죄』, 『삼대』, 『무화과』에 등장하는 장 제목들이다.

의 영토이자 기술이 되는 세계. 그리하여 이념이 산발적・단편적・징후적・우연적으로만 재현되는 세계야말로 염상섭의 소설이 그린 것이었다. "소설의 리얼리즘은 그것이 제시하는 삶의 종류에 의존하는 것이 아니라 그것이 제시하는 방식에 의존하고 있는 것"[6]이라고 할 때, 염상섭의 소설은 그 자체가 이념의 한 형식으로서 가히 '리얼리즘'에 접근한다.

한편, 염상섭 소설의 복잡성을 구성하는 또 하나의 요소는 단연 '돈'의 문제다. 염상섭 소설에 직접적으로 드러나는 돈의 금액과 지출내역을 파악하여 당대 모더니티의 물적 토대를 재구하고, 이를 바탕으로 성립된 부르주아의 양태를 구명해보고 싶은 것이 염상섭의 독자들을 지배하는 강력한 욕망임을 부인할 수 없다. 그런데 문제는 유감스럽게도 이 돈의 흐름을 꼼꼼히 점검・파악해도 그 돈이 지니는 실제 가치를 확정할 수 없다는 점에 있다. 『무화과』에서 보듯 기만 원의 돈을 내놓아도 신문사 하나가 제대로 돌아가지 않는 반면, 『사랑과 죄』에서와 같이 "X국의 독립"과 "무산자의 해방"이라는 거사에 100원을 냈다 하여 큰 동티가 나기도 한다. 그 와중에 정마리아 같은 신여성은 "2,000원짜리 피아노"라는 별명으로 불리기도 한다. 즉, 염상섭 소설에서 돈은 그 적나라한 구체성에도 불구하고 그에 상응하는 가치는 언제나 미결정상태에 놓인다. 돈은 언제나 너무 적거나 너무 많다. 염상섭 소설의 돈 쓰기는 '밑 빠진 독에 물 붓기'이거나 허영과 사치의 증좌다. 내 돈이되 시원하게 쓰지를 못한다. 돈을 '벌었던' 기억과 만나려면 전전대前前代로 거슬러 올라가야 한다. 이처럼 불균질하게 표상된 돈의 흐름을 통해 당대 부르주아의 규모라든지 자본주의의 전개양상과 같은 전체상을 파악하는 것은 불가능한 기획에 가깝다. 마르크스의 자본이론에 근거한 그간의 연구들이 염상섭 소설에 나타난 돈은 '소진'의 기호일 뿐, 근대자본에 미달[7]하는 것이라고 결

6 이언 와트, 강유나・고경하 역, 『소설의 발생』, 강, 2005, 16면.

7 김윤식, 앞의 책; 김성연, 「염상섭 『무화과』 연구—새 시대의 징후와 대안 인물의 등장」, 『한민족문화연구』 16, 한민족문화학회, 2005 등을 참조.

론내린 것은 바로 이러한 사태를 지시하는 것이었다.[8]

그런가 하면 염상섭 소설의 특징적인 인물로 잘 알려진 '심퍼사이저sympathizer' 형상은 이념과 돈으로부터의 장력이 가장 강력하게 발생하는 장소라는 점에서 주목된다. 심퍼사이저를 '(사회)주의자'의 대체형상 혹은 그의 미달태나 카운트파트너(민족주의자)로 읽는 논의, 또는 그가 지닌 '주의主義'의 공백 상태를 강조하며 오히려 그를 돈의 확장과 지출을 관장하는 경제적 주체로 규정하는 연구들이 모두 이 자장 안에 있다고 할 수 있다. 그리고 이처럼 심퍼사이저 인물형에 함께 잠복해 있는 '주의자'의 형상과 '부르주아'의 형상을 해석하는 관점에 따라 염상섭 소설 독해의 다양한 편차가 생성되어왔다.

그런데 '이념'과 '돈'이라는 두 축을 통해 심퍼사이저의 정체성을 결정하는 일은 생각보다 간단치 않다. 두 조건은 때로는 상호배타적으로, 때로는 상호보완적으로 작동하면서 기묘한 함수관계를 형성하기 때문이다. 예컨대 『사랑과 죄』에서 해춘의 활동력은 그를 구속하는 '귀족'이라는 신분적 한계를 돌파하고자 하는 욕구로부터 나온다.[9] 그리하여 '심퍼사이저'는 곧 '이념의 결핍을 돈으로 충족하(고자 하)는 존재방식'과 연루된다(물론 이는 대체로 불가능한 시도로 묘사된다). 이러한 이해는 이념과 돈이라는 두 자원의 간극을 해소하

8 '진정한' 자본주의를 묘사하는 데에 성공하지 않는 한, '돈'은 그저 모더니티의 기호로서만 소용될 뿐이다. 그런데 '진정한 자본주의'란 어떻게 재현가능한가. 식민지의 모더니즘은 바로 그 재현의 실패라는 조건과 태생적으로 결부되어 있는 지점에서 탄생한 것이 아닐까. 식민지 모더니즘소설의 대표작이라고 이야기되는 박태원의 「소설가 구보 씨의 일일」(1934)이나 이상의 「날개」(1936)에서 일상이 오직 파편화된 '기호'나 한시적인 '상태'로만 묘사되는 것은, 본래 '사물화' 자체가 모더니티의 속성이라서가 아니라, 그것들이 '재현불가능성'의 흔적으로서만 포착되기 때문이라고 생각한다. 그런 맥락에서 기호로서의 상품, 깨어진 화폐질서 등을 모더니티 고유의 속성으로 환원시키는 모더니즘 논의는 전면적으로 재고될 필요가 있다고 여겨진다.

9 "자작 해춘이란 말은 내가 귀족이란 말입니다. **귀족이란 놈하고 누가 정말 마음을 주고 같이 일하려고 한답디까? 내가 사회에 나서지 못하는 것도 그 까닭이지마는** 지금 청년이 다른 방면으로 가지 않고 문학이니 음악이니 미술이니 하는 데로 방향을 고치는 것도 제 길을 마음대로 걸어갈 수가 없으니까 — 말하자면 지루들 되어서 그러는 사람이 많지요." 염상섭, 『사랑과 죄』, 『염상섭 전집』 2, 민음사, 1987, 36면(강조—인용자). '예술가' 표상과 '심퍼사이저' 표상의 상통성相通性에 대해서는 3절에서 논한다.

면서 심퍼사이저 특유의 '중간성' 혹은 '모호성'을 해명할 수 있는 유효한 설명방식으로 받아들여진다.

그런 맥락에서 최근 이념과 돈의 불확정성을 모두 수렴한 형태, 혹은 그러한 아포리아의 인격화로서 심퍼사이저를 주목한 박헌호[10]의 연구는 재차 음미될 필요가 있다. 그는 염상섭 소설의 심퍼사이저를 자본가의 신원身元에 구속되는 식민지자본의 한 단면을 드러내는 형상으로 해석함으로써 이념과 돈의 문제를 분절적으로 사고하는 연구사로부터 진전된 논의를 제시했다. 특히 식민지에서의 '운동'이 '자본의 불임성'과 연동되는 것이라는 지적은 중요한데, 이는 '해방'과 '생산'의 동시적 실현을 추구하는 염상섭의 비전이 투영된 식민지의 서사전략을 보여주기 때문이다.

이 글은 이러한 박헌호의 문제의식을 계승하면서, 우선 심퍼사이저의 형상을 이념과 돈으로 대별되는 '주의자'와 '부르주아'의 형상으로 확정하고자 하는 논의의 구도에 이의를 제기하고자 한다. 이는 저항의 자원을 선별함으로써 피식민지의 주체화기획이 지니는 역동성을 위축시키는 효과를 초래한다고 생각하기 때문이다. 그동안 친일인사들의 협력을 다양한 차원에서 규명해보려 했던 집요하고 성실한 노력을 생각해본다면,[11] '이념'과 '돈'이라는 한정된 조건으로만 저항의 스펙트럼을 구성함으로써 식민지에서 가능했던 다양한 실천들에 대한 모색을 제한하고 있는 것은 의아한 일이다. 이 경직성은 무엇으로부터 비롯되는가. 저항의 자원을 결정하는 자는 누구인가. 이 글은 심퍼사이저 형상에 내재된 에토스의 다차원성이 탈각되는 과정에서 이루어진 역사적 전유를 비판적으로 숙고해보고자 한다. 그리고 나아가 염상섭

10 박헌호, 「소모로서의 식민지, (불임不姙) 자본資本의 운명 – 염상섭의 『무화과』를 중심으로」, 『외국문학연구』 48, 한국외대 외국문학연구소, 2012.

11 윤해동은 친일자를 호명하는 것은 결정 불가능한 기획일 뿐 아니라, 주체의 권력론과 맞닿아 있다는 점을 지적하며, 친일협력자 조사 과정에서 마주치는 협력의 다차원성에 내재된 곤혹을 고백한 바 있다. 윤해동, 「친일・협력자 조사의 윤리학」, 『근대역사학의 황혼』, 인간사랑, 2010.

소설의 심퍼사이저 형상은 '이념'과 '돈'으로 환원되지 않는 식민지의 영역을 가시화함으로써 저항의 전략을 기획하고, 그것의 양식화를 시도하려 했던 한 식민지 지식인의 치열한 고투의 산물이었음을 구명할 것이다.

2. '심퍼사이저'라는 필터 – 저항의 자원, 그 결정과 분할

『사상계』에 연재되다가 미완으로 중단된 「횡보문단회상기」(1962.11~12)는 염상섭이 남긴 마지막 글로 기록된다. 말년에 회고담이나 추억담을 즐기는 것이 "노물老物의 예증"이라 하여 스스로 "골동품"화할 것을 두려워했던[12] 그가 이 글을 쓸 수 있었던 것은 "붓을 들 날"이 얼마 남지 않았다는 기미를 지나칠 수 없었기 때문이리라. 그만큼 이 글에는 "죽음과 그 그림자"가 짙게 배어 있다. 그의 식민지기 작품에 대한 당대의 비평이 거의 없으므로 이 글은 저자가 직접 행한 '육성의 해명'이라는 위상을 지닌 채 연구자들에게 자주 인용된다. 그런데 자기의 삶을 반추한다는 것이 철저하게 개인적 · 주관적 앎에 의거하는 작업이라면, 작가로서 오래전에 발표한 작품들의 역사화를 시도하고 있는 이 글에는 그에 못지않게 이 글이 작성된 1962년의 음영 또한 두텁게 나타나 있다. 그러한 시간의 굴곡과 착종 덕분에 이 글은 '회고'라는 전형화된 서사양식을 따르고 있음에도 어딘지 불투명한, 그래서 조금은 '수상한' 텍스트가 됐다. 『삼대』의 심퍼사이저 창작 경위를 술회한 다음 대목을 보자.

12 염상섭, 「'원로' 사퇴의 변辯」, 『서울신문』, 1953.3.29. 그럼에도 해방 이후부터 1960년대에 이르기까지 염상섭은 동인지 시대의 대표자이자 한국문단의 '원로' 혹은 '산 증인'으로서 3 · 1운동과 신문학 초창기를 회고하는 자리 혹은 지면에 종종 등장했다. 이는 그가 "말년의 양식"(에드워드 사이드, 장호연 역, 『말년의 양식에 관하여』, 마티, 2012)에 민감하지 않아서라기보다는 당대가 염상섭을 호출 · 소비하는 방식과 관련된 문제일 것이다.

자기의 애국사상과 이에 따르는 모든 행동을 좌익에 동조하는 길로 돌리어, 독립운동을 잠행적으로 실천하는 길, 요샛말로 하자면 지하공작이라 할까? 하여간 속에서 치밀어 내어뿜는 열과 울분을 이 '심퍼사이즈(동조)' 하는 창구멍으로 내뿜으려 하였던 것이요, 또 이것이 실천의 수단방법이라고 믿었던 것이다.

그리하여 **이러한 심퍼사이즈를 작품에 취급한 문학은 우연히도 뒤미처 온 프로문학의 전주적**前奏的 **역할을 한 셈쯤 되었던 것이기는 하나, 그것은 그 시대상을 반영한 것일 따름이다. 그리고 여기에서 말하는 서해 최학송은 그 유형의 첫손꼽을 사람이다.**[13]

주지하다시피 최서해가 『동아일보』와 『조선문단』을 통해 문단에 데뷔한 것이 1924년, 불세출의 출세작 「탈출기」로 신경향파의 탄생을 알리며 그야말로 프로문학의 '전조前兆'가 되었던 것이 1925년의 일이다. 염상섭이 심퍼사이저를 등장시킨 『삼대』를 발표한 것이 1931년, 심퍼사이저라는 용어는 등장하지 않지만 그와 같은 인물형을 취급한 『사랑과 죄』의 발표년도인 1927년까지 소급하더라도 자신의 심퍼사이즈문학의 "전주적 역할"에 힘입어 프로문학이 "뒤미처" 왔다는 위의 서술에는 어느 정도 왜곡이 있다. 오히려 1920~1930년대에 걸쳐 끈질기게 전개된 염상섭과 프로문학파 간의 오랜 논쟁의 역사를 떠올린다면, 심퍼사이저 형상은 양자의 치열한 공박의 산물로 보는 것이 타당하다. 문학의 정의와 창작기법, 전통과 이데올로기, 그리고 문단과 독자의 문제에 이르기까지 폭넓게 진행된 이 논쟁이 '문학사적 선후관계의 전도'라는 방식으로 간단히 봉합되어야 했던 사정은 무엇일까. 이는 물론 자신의 오랜 카운트파트너였던 프로문학파의 무산자 운동을 "유행성" "인플루엔자에 감염된 환자같이 날뛰는" '일시적 상태'로 치부했어야 하는 1960년대의 정황과 관련되겠다.[14] 하지만 이러한 전도가 심퍼사이저를

13 염상섭, 「횡보문단회상기」, 『사상계』, 1962. 11~12. 이하 인용문의 표기와 띄어쓰기는 현대어 표기법을 따랐다. 중략이나 강조의 표시는 모두 인용자의 것이다.

매개항 삼아 일어나고 있다는 것은 바로 그 지점이야말로 다양한 주체들의 욕망이 투영되는 장소였다는 것을 말해주는 게 아닐까.

'해춘-덕기-원영'이 염상섭 3부작[15]의 주인공으로서 그토록 주목받고 풍부한 설명력을 가질 수 있었던 데에는 '심퍼사이저'라는 호명이 큰 역할을 했다고 단언할 수 있다. 그런데 심퍼사이저란 무엇인가. 이 용어는 '동정자'라는 단출한 사전적 정의를 지니는데, 당대의 용례를 통해 '(사상에 동정하여) 자금을 제공하는 사람'이라는 사회적 정의를 지녔던 것으로 추측할 수 있다. 즉, '이념'(사회주의)과 '돈'은 심퍼사이저의 정체를 설명하는 데에 필수적인 요

14 레드콤플렉스의 자장 안에 긴박되어 있던 1960년대 담론장의 성격과, 그에 따라 염상섭이 소환되는 맥락에 대해서는 이혜령, 「소시민, 레드콤플렉스의 양각陽刻 — 1960~70년대 염상섭론과 한국 리얼리즘론의 사정」, 『대동문화연구』 82, 성균관대 대동문화연구원, 2013.

15 그간 염상섭의 소설 3부작으로는 '『삼대』-『무화과』-『백구』'를 꼽는 김종균(『염상섭 연구』, 고려대 출판부, 1974) · 김윤식(앞의 책, 590~592면)의 견해와, '『사랑과 죄』-『삼대』-『무화과』'를 꼽는 이보영(앞의 책)의 견해가 대립되어왔다. 그러나 염상섭이 직접적으로 "자매편"(염상섭, 「작자의 말」(『매일신보』, 1931.11.10), 『문장 전집』 II)이라고 언급한 바 있는 『삼대』와 『무화과』의 관계만 인정될 뿐, 『백구』나 『사랑과 죄』를 3부작에 속하는 작품이라고 볼 직접적인 근거는 아직 발견되지 않았다. 이 글에서는 사회주의의 옹호를 통해 식민지 현실에 저항하는 것이 염상섭의 궁극적인 작가의식이었다는 이보영의 견해를 존중하되, 제국과 식민지의 역학관계를 드러내고자 했던 염상섭의 문제의식은 단지 사회주의자 인물의 설정으로만 가능했던 것이 아니라, '사회주의자와 그의 동조자' 간의 '관계', 즉 '두 친구'가 맺는 관계의 양상과 그 변화 과정에 대한 묘사를 통해서 가장 효과적으로 구현될 수 있었음을 강조하고자 한다. 그러므로 이 글은 『사랑과 죄』 · 『삼대』 · 『무화과』를 염상섭의 '두 친구' 3부작, 혹은 '심퍼사이저' 3부작으로 동류화同類化하여 고찰할 것이다.

저본으로 삼은 세 작품의 텍스트는 다음과 같으며, 신문연재본과 단행본을 동시에 참조했다. 인용할 경우, 괄호 안에 작품제목과 단행본 면수만을 표시한다.

① 염상섭, 『사랑과 죄』, 『동아일보』, 1927.8.15~1928.5.4(『염상섭 전집』 2, 민음사, 1987).

② 염상섭, 『삼대』, 『조선일보』, 1931.1.1~9.17. 『삼대』는 두 판본이 존재한다. 『조선일보』 연재본과 1947년 을유문화사 판 개작본이 그것이다. 이 글에서는 주로 연재본(②-1)을 저본으로 삼되, 필요한 경우 부분적으로 개작본(②-2)을 활용했다. 두 판본의 차이와 그 의미에 대해서는 심재선, 「『삼대』의 개작 양상 — 신문연재본과 단행본의 비교를 중심으로」, 한신대 석사논문, 2002 참조.

②-1(연재본) : 정호웅 편, 『삼대』, 문학과지성사, 2004.

②-2(개작본) : 백철 · 김동리 · 황순원 · 김성한 · 선우휘 편, 『삼대』, 동서문화사, 1984.

③ 염상섭, 「무화과」, 『매일신보』, 1931.11.13~1932.11.12(류보선 편, 『무화과』, 동아출판사, 1995).

소였던 것이다. 그러나 식민지기를 거쳐 해방, 그리고 냉전과 반공의 시간에 이르기까지 이념과 돈에 대한 인식틀은 수차례 새롭게 주조·변형되어야 했다. 바로 그 때문에 심퍼사이저는 그것을 말하는 주체와 논의의 맥락에 따라 한계와 결함을 지닌 인물로서 청산의 대상이 되거나, 또는 그가 지닌 속성 그 자체가 곧바로 당대의 평균적인 에토스로서 승인되기도 했다. 요컨대 심퍼사이저는 언제나 과소평가 혹은 과대평가되는 불안정한 기호였던 것이다. 중요한 것은 이 해석의 스펙트럼으로부터 발생하는 전유의 욕망을 읽는 것이다.

적어도 1920년대에 '심퍼사이저'라는 말은 쓰이지 않았던 것으로 보인다. 다만 동의어로 인식되는 '동정자'의 용례는 검색된다. 그런데 이때 '동정'이라는 말은 주로 수재민 구제기금이나 학교·회관 등의 설립기금을 제공한 자선가·독지가 들의 기부상을 보도할 때 동원되었다.[16] 그 외에 정치적 이념과 결부된 용례는 거의 발견되지 않는다.[17] 있다 하더라도 일본이나 중국·영국·미국 등 외국의 정치상황을 묘사할 때에만 제한적으로 쓰였으며, 그나마도 사회주의와 결합되기보다는 'A는 하층계급의 동정자, B는 중산계급의 동정자'라는 식으로 나타난다. 즉, 이때까지만 해도 이념적 주체로서의 조선인을 지시하는 용어로 '동정자 / 심퍼사이저'라는 말은 거의 쓰이지 않았던 것이다.

'심퍼사이저'라는 용어가 처음 신문지상에 나타나는 것은 1931~1932년 즈음인 것으로 판단된다. 이때 제2차 일본공산당사건에 연루된 일본작가 가타오카 뎃페이片岡鐵兵,[18] 그리고 심치영, 박제영, 김창수 등이 주도한 조선공산

16 이에 대해서는 손유경, 『고통과 동정』, 역사비평사, 2008; 오혜진, 「1920~1930년대 자기계발의 문화정치학과 스노비즘적 글쓰기」, 성균관대 석사논문, 2009, 3장 1절 참조.

17 필자가 당대의 여러 잡지들과 3대 신문을 대상으로 조사한 바에 따르면 '동정자'라는 용어가 정치적 이념과 결부된 사례는 1920년에 처음 등장하나 사회주의가 아닌 '독립'과 결부되었고, 그나마도 외국인을 지시하는 술어로만 한정적으로 쓰였다. 그러다가 1926년에 상하이 등지에서 일어난 파업 사건, 일본 정국의 정황 등을 보도하면서 '동정자'라는 용어가 미디어상에서 빈번하게 사용되기 시작했다.

당 재건활동에 자금을 댄 전남 함홍의 '모 부호' 사건을 보도하면서 그들에게 "심파-다이서(동정자)"라는 이름이 붙여졌다.[19] 함홍의 '모 부호'는 그 전에도 수차례 같은 종류의 활동에 자금을 댄 "혐적嫌迹"이 있는 것으로 밝혀졌다. 그 이후 정치사상과 관계된 사건 중에서도 '사회주의'와 관련된 인물, 특히 자금을 대는 방식으로 공산당 사건에 연루된 이들을 지칭할 때 특별히 '심퍼사이저 / 심파 / 동정자 / 동조자 / 원조자'의 용어들이 혼용됐다. 이 명칭들은 부호[20]뿐 아니라 학생이나 작가와 같은 인텔리, 기생이나 여급[21] 등 자금 획득에 참여한 인물을 지시하는 말로 성별·계층의 구분 없이 쓰였다. 이들 중에는 우연한 계기로 '교묘히' 사건에 연루된 이들도 있지만, 그 전부터 공산당에 가입했거나 그와 유사한 활동을 하는 등 이미 사회주의자로서의 정체성을 가지고 있는 사람들도 다수 포함되어 있었다. 요컨대 동정자의 사상적 귀속은 모호한 상태로 가시화되었으며, 계급적 귀속 역시 반드시 부르주아나 인텔리에만 국한되지 않았다. 분명한 것은 그들이 자금 획득 혹은 제공에 일조했다는 점이었다. 이러한 상황은 심퍼사이저가 돈의 소유와 지출로서(만) 존재증명을 하는 인물로 설명되기 쉬운 조건을 형성했다고 볼 수 있다.

예컨대 이보영은 '호연-병화-봉익' 라인을 염상섭 소설의 주인공으로 내세우면서, '해춘-덕기-원영'을 심퍼사이저로 전제한 채 수행된 '중도주의적' 혹은 '부르주아적 민족주의' 중심의 읽기에 대한 해체를 시도한 바 있다. 그

---

18 「동정자 측에서 자금을 조달」, 『동아일보』, 1931.4.2; 「공당 '심파나이저' 편강철병片岡鐵兵 2년 역役」, 『조선일보』, 1931.5.16. 일본의 미디어에서는 그 전부터 '심파', '심퍼사이저' 등의 용어를 쓴 것으로 추측된다.

19 「전남 함평 모 부호를 종로서 인치취조, 공작위원 사건의 심파 혐의로」, 『중앙일보』, 1932.3.23.

20 특히 '금광왕'으로 이름난 최창학의 장남 최응귀가 일본에 체류하면서 일본공산당에 수백 원의 자금을 댄 사건이 알려져 화제가 된 바 있다. 「금광왕 영식寧息이 공산당의 '심파', 최창학 씨 영식이 공당자금을 제공, 경시청원 입경 검거」, 『조선일보』, 1934.5.23; 「최창학 씨의 영식, 사상관계로 피검, 검거의 내용은 엄비에 부치나 심파의 혐의인 듯」, 『조선중앙일보』, 1935.10.4.

21 홍순옥洪順玉은 '기미꼬'라는 이름으로 여급 활동을 하며 획득한 자금과 동지를 종연방직파업 등을 주도했던 김희성金熙星 일파에 제공함으로써 '네온 가'의 '적색여왕'으로 불렸다. 「네온 가街의 적색여왕 홍순옥 일대 암약, '심파'로서 자금 제공하는 일방 직장 이용, 주의선전」, 『매일신보』, 1937.4.30.

는 '주의자'들의 아지트인 산해진 운용자금의 가짜출처가 되었을 뿐, 정말로 운동자금을 제공한 적이 없다는 점에서 덕기를 심퍼사이저로 볼 수 없다는 견해를 제시한다.[22] 이러한 주장은 나름의 설득력을 지니는데, 기실 1947년에 『삼대』를 개작하는 과정에서 염상섭이 가장 표나게 수정한 부분 중 하나가 바로 덕기의 자금 제공 여부에 대한 것이었기 때문이다.[23] 연재본에서 덕기는 그가 자금의 거짓출처라는 것이 들통 나면 신상에 해로울 것이니 정말 돈을 내는 것이 좋겠다는 병화의 제안에 동의해 넉 장에 걸쳐 1,000원에 해당하는 소절수를 떼어준다. 그러나 개작본에서는 "병화를 얼마간 도와주려는 생각은 없지 않았지마는 천 원이나 내놓을 수는 없었다"며 돈을 주는 장면

---

22 "종래의 『삼대』 연구자들에게는 덕기가 심퍼사이저로 간주되었지만, 여기에는 문제가 있다. 그는 병화에게 운동자금을 준 적이 없기 때문이다. 그러나 식료품점으로 위장된 아지트인 '산해진'을 산 대금인 상해에서 이우삼(피혁)이 가지고 온 운동 자금을 제공한 사람의 역할을 해달라는 병화의 요청을 쾌히 들어준 점에서는 심퍼사이저의 역할을 한 셈이다. 따라서 덕기라는 심퍼사이저를 해춘이나 원영 같은 심퍼사이저와 혼동해서는 안 된다." 이보영, 「염상섭 평전-생애와 문제 10」, 『문예연구』 70, 문예연구사, 2011, 259~260면.

23 ""자네 그 천 원은 헛생색만 내고 말 텐가?"
"천 원 주지 않았나? 경찰서 조서에까지 적혔으면야 게서 더한 증거나 어디 있나?"
병화도 껄껄 웃었다.
"그러지 말고 오늘 이행해보게."
(…중략…) **덕기도 얼마간 도와는 주려던 터이라 듣고 보니 그도 그럴듯해서 정미소에 전화를 걸어서 현금 5백 원을 갖다가 당장 주고 나머지는 두 은행의 소절수를 날짜를 달리하여 석 장을 별러서 써주었다. 천 원짜리 소절수를 떼어주면 또 저번처럼 말썽이 생길까보아 그런 것이다.**" 『삼대』 연재본, 603~604면.

""자네 그 천 원은 헛생색만 내고 말 텐가?"
오라는 필순이는 아니 오고 병화가 저녁 때 들르더니, 불쑥 이런 수작을 꺼낸다.
"천 원 주지 않았나? 경찰서 조서에까지 적혔으면야 게서 더한 증거나 어디 있나?"
병화도 껄껄 웃으며,
"그러지 말고 오늘 이행해보게."
하고 덮어놓고 조른다.
(…중략…) **"자네, 수단 용한 줄은 알았지마는, 사람을 짓고생을 시키고 이렇게두 덤터기를 씌워 상관없겠나?"**
병화를 얼마간 도와주려는 생각은 없지 않았지마는 천 원이나 내놓을 수는 없었다.
"사람두, 왜 이리 녹록한가? 그럼 천 일 일수 부음세."
결국 자기가 기동한 뒤에 정미소에 나가서 돌려주마고 하였다." 『삼대』 개작본, 484~485면.

이 직접 등장하지 않는 것으로 처리되어 있다.

그러나 이 같은 이보영의 지적은 섬세하기는 하지만, 심퍼사이저에 대한 논의를 심화시키는 데에는 별로 생산적인 역할을 하지 않는 것으로 보인다. 오히려 이보영은 '돈'만을 심퍼사이저가 지닌 유일한 자원으로 고정함으로써 심퍼사이저와 사회주의자가 상호교류할 수 있는 다양한 루트를 사전에 차단하고 있는 것으로 여겨지기 때문이다. 이는 사회주의진영의 헤게모니 확산에 기여하는 방식으로만 민족 부르주아지의 존재를 인정하려는 욕망이 투영된 것이라고 할 수 있다.

그런데 이처럼 심퍼사이저의 존재를 '돈'에 긴박시키는 논의는 이보영의 경우처럼 염상섭의 서사를 사회주의적 비전에 대한 옹호로 읽으려는 입장뿐 아니라, 민족 부르주아지의 입지를 확장하려는 시도에 있어서도 유용하다는 점에서 주목되어야 한다. 『사랑과 죄』에서 왜 작爵을 탔냐는 정마리아의 질문에 해춘은 "조상의 젯값"(『사랑과 죄』, 35면)으로 탔다고 대답하는데, 이처럼 민족 부르주아지가 소유한 재산은 '친일'과 '협력'의 혐의에 깊이 연루되어 있었다.[24] 이에 상응하는 에피소드는 당대의 사회주의자들, 혹은 민족운동가들이 운동자금이나 독립자금의 명목으로 민족자본가들의 집을 습격하여 돈을 강탈해가는 경우가 많았다는 이야기일 것이다. 이는 부르주아지들이 '부정한' 방법으로 축적한 '오염된' 돈은 '민족'을 위해 사용될 때에야 비로소 '정화'될 수 있다는 논리의 반영이다.[25] 민족 부르주아지가 소유한 돈은 곧 '민

---

24 카터 에커트, 주익종 역, 『제국의 후예 - 고창 김 씨 가와 한국 자본주의 식민지 기원 1876~1945』, 푸른역사, 2008.

25 윤해동은 '매판자본가로 규정되었던 박승직이 모플MOEFL로 활동하며 자금을 지원하는 방식으로 식민지 공산주의운동을 은밀히 지원해온 사실이 있으니 『친일인명사전』에서 제외되어야 한다'라는 주장이 원경스님에 의해 제기된 바 있다고 밝혔다. '협력' 개념 규정의 어려움을 토로하기 위해 제시된 이 사례는 자본과 운동의 짝패가 만들어내는 내러티브의 일종을 보여준다는 점에서 인상 깊다. 윤해동, 「'말'의 어려움 - 근대국가와 '협력'」, 앞의 책.
한편, 이러한 내러티브가 근대의 산물인 '개인'과 '민족', '(국가)공동체' 등을 상상하는 과정에서 고안된 것이라고 할 때, 이는 '사유재산'을 '개인'의 자연권과 등치시켰던 일반적인 '사회계약설'에 바탕을 둔 국가론적 상상으로부터 미묘한 이탈과 절합의 지점을 보여준다는 점에서

족 전체의 것'이었으며, 그러므로 '회수되어야 할 것'이었다. 그 '회수'는 도덕적 단죄이면서 동시에, 그러한 자본의 축적이 지속·유지될 수 있는 명분을 제공하는 면죄부이자 알리바이로 기능했던 것이다.

이처럼 민족 부르주아지의 재산이 쓰여야 할 곳, 그 소비의 대상을 관리·통제함으로써 그들의 '인격'은 단죄하되 '돈'(자금)만은 무혐의의 상태로 표백하는 논리가 성립된다. 그리고 이는 민족 부르주아지와 사회주의진영 모두의 이해利害를 충족시키는 공모의 토대가 되었다. 이때 심퍼사이저 형상은 '이념' 혹은 '돈'에 특권적 지위를 부여하는 방식으로 자원의 선별화를 수행함으로써 안정적인 민족서사의 성립을 가능케 하는 표상으로 활용되었던 것이다. 또한 이와 같은 민족 부르주아지에 대한 면죄와 생산성의 유지는 거대한 역사적 주체로서 '정통적' 지위를 점하고 있는 민족통일전선의 외연을 확정·확장하는 결과로 정향되어 있었다는 점도 지적해두고자 한다.[26]

3. 예술, 전통, 심퍼사이저 – 저항의 양식들

첫째, 부호 자제와 ××주의자가 그렇게 친할 제야 아무 의미 없는, 동문수학하였다는 관계뿐이 아닐 것, 둘째 경도부 경찰부에 의뢰하여 조사해본 결과 특별히 불온한 점은 인정치 않으나, 덕기의 하숙에 두고 나온 책장에 마르크스와 레닌

홍미롭다. 식민지 민족 부르주아지의 '재산'에 대한 인식을 통해 식민지가 상상한 '공동체'와 맞닿아 있는 국가론의 성격을 추출해보는 것은 의미 있는 작업이리라 여겨진다.

26 사회주의자와 민족 부르주아지를 모두 아우름으로써 상징적·정통적 지위를 점하게 된 '신간회'에 대해서는 전우용, 「일제하 민족자본가의 존재양태와 민족주의」, 『역사비평』 18, 역사비평사, 1992; 이균영, 『신간회 연구』, 역사비평사, 1993; 이준식, 「민족해방운동의 유산과 민주화운동」, 『역사와 현실』 77, 한국역사연구회, 2010.

에 관한 저서가 유난히 많다는 점, 셋째, 덕기가 돈 천 원을 주어서 장사를 시키는 점, 넷째, 작년 겨울에 한참 동안 두 청년이 짝을 지어 바커스에 드나들었는데, 그 여주인도 다소간 분홍빛이 끼었다는 점! 등등으로 보아서 덕기는 그 소위 심퍼사이저(동정자)인 것이다. (…중략…) 마침내 금천이는 단독적으로 단연히 일어섰다.(『삼대』 연재본, 616면)

"**우선 원영이를 두고 봅시다. 그 사람이 주의자요? 그러면 소위 심파(원조자)요? 나 보건대 그 아무것도 아니요, 주의로 말하면 민족주의자라 하겠지만, 부르주아로서 몰락해가는 인텔리가 아니요, 그가 김동국이와의 교분으로 돈 십 원, 돈 백 원 주었다는 사실 — 쉽게 말하면 궁한 친구가 구걸을 하니까 조금 도와주었다는 사실밖에 아니 되지만,** 결과에 있어서는 그렇게 단순치가 않을 뿐 아니라, 법률이 아무리 동정하여보아도 그대로 둘 수 없는 경우가 있단 말요. 그것은 또 고사하고 원영이의 주위 인물들의 가족들이라든지 친지까지라도 신변이 안전치 못하니 이 일을 어떡하느냐 말요."

(…중략…) **그러고 보면 문경이, 봉익이, 원애, 그리고 자기도 무사할 수는 없을 것이나, 이 노인의 말과 같이 이 사람들이 하나나 김동국이의 동지냐 하면 그렇지는 않다. 다만 동정자라 할까? 그리고 아무 한 일 없이 그들이 무슨 일을 했는지도 모르고 몇 해를 철창에 매달렸다면 억울한 일이다.**"(『무화과』, 812면)

염상섭 소설에서 '심퍼사이저'라는 말이 등장하는 시기는 1931년으로, 이는 이 용어가 미디어상에 쓰이기 시작한 시점과 일치한다. 『사랑과 죄』의 해춘은 심퍼사이저로 규정될 만한 성향을 보이지만[27] 직접 심퍼사이저로 호명

27 "나(해춘－인용자)는 위선 김 군(호연－인용자)과 같이 민족주의와 사회주의의 중간을 타고 나가는 것이 오늘날의 조선청년으로는 옳은 길로 들어서는 줄 안다는 말이요." 『사랑과 죄』, 210면.
"부장은 해춘이의 사상경향이나 그 외 여러 가지를 캐어묻고 싶은 눈치였으나 반위협적, 반훈계적으로 후일을 경계한다는 말을 뇌이며 가버렸다." 『사랑과 죄』, 214면.

되지는 않으며, 『삼대』의 덕기와 『무화과』의 원영에 대해서 각각 "심퍼사이저", "심파"라는 언급이 등장한다. 그런데 이 호명의 맥락을 살펴보면 몇 가지 흥미로운 지점이 발견된다.

우선, '심퍼사이저 / 심파'라는 술어는 결코 자기 자신을 지칭하는 데에는 사용되지 않는다는 점이다. 오히려 그 이름을 언급하는 것은 그들의 운동성을 거세하려는 일본경찰 금천과, 조선을 이해하는 척하지만 사실은 한일합병에 일조한 '두목' 격인 일본인 안달외사다. 심퍼사이저는 스스로를 어떤 편에도 속하지 않는 정치와 무관한 사람이라고 말하거나, 그렇지 않으면 이미 '주의자'인 사람이다. 즉, 심퍼사이저는 '지향'으로서의 정체성일 수 없었으며, 주체의 비주체화 혹은 익명화를 위해서 동원되거나 경유하는 정체성이었다. 심퍼사이저는 타자성의 기호이기도 했던 것이다.

한편, 『무화과』에서 보듯 심퍼사이저는 '주의자'에 미달하면서도 주변인들로 하여금 전락의 고통을 함께 짊어지게 하는 한미하고 피곤한 존재로 언급된다. 이는 물론 그가 거느린 식솔도 많고, 다양한 애정관계에 놓여 있는 '양반 / 부르주아'라는 점에 기인한다. 즉, 미디어상에서 '이념 불명의 자금제공자'로만 다소 느슨하게 형상화됐던 심퍼사이저의 형상에 염상섭은 '귀족 / 양반 / 부르주아', '연애', '예술가 / 인텔리'라는 표상을 덧씌워놓았다. 바꿔 말하면 심퍼사이저를 흔히 '부르주아계층'에 속한, '해사한' 외모에, '온화하고 정에 끌리는 성격'의 '인텔리'로 상상하게 되는 것은 염상섭의 작업에 따른 효과다. 염상섭 3부작의 심퍼사이저 형상은 '전형stereotype'이라기보다는 염상섭이 도일 기간 동안 일본매체의 영향 아래 창조해낸 독보적이면서도 다소 상상적인 캐릭터인 셈이다.

별도의 분석이 필요하겠지만, 이는 조선과 일본에서 사회주의조직이 처한 대중적 기반의 조건과 그 위상이 질적으로 달랐다는 점, 그리고 양자의 경제규모가 현격한 차이를 지닌다는 점에 기인한 것이리라고 생각된다. 일본공산당 역시 국가로부터 행해지는 강압의 밀도가 결코 작지 않았던 상황에서

"운동자금 때문에 매우 곤란"을 겪어야 했던 것은 조선의 상황과 크게 다를 바 없지만, 그들은 "심퍼사이저 = 원조자"로 "모모 극장, 의사, 문사, 학생, 대학강사 등"을 상정하여 "5천여 원의 금전을 운동비로 걷어"올 수 있었다.[28] 그러나 조선에서 공산당에 자금을 제공할 수 있는 인물로 상상된 것은 일반 대중이라기보다는 '(그래야만 할) 사연'이 있는 부르주아지였던 것이다. 염상섭의 심퍼사이저 형상에는 이러한 식민지적 조건이 섬세하게 반영되어 있으리라고 추측할 수 있다. 그런 면에서 『사랑과 죄』와 『삼대』가 특별한 모델 없이 자신의 상상력을 시험하기 위해 쓰인 것[29]이라는 저자의 진술은 어느 정도 사실에 가까운 것이었다.

그렇다면 흔히 부르주아적 소시민성으로 지적되어 '주의자'에 비해 열등한 존재로 낙인찍히는 근거가 되는 심퍼사이저의 이러한 설정은 왜 필요했을까. 염상섭의 3부작에서 심퍼사이저 인물의 이념과 돈보다 더 설득력 있게 묘사되는 것은 등장인물 간의 복잡미묘한 관계에서 수행되는 감정정치affective politics다.[30] 특히 해춘 / 덕기 / 원영은 다양한 애정관계의 중심에 있는데, 이들은 거의 모든 여성인물들의 호감을 산다. 이를 통해 부각되는 것은 이들 심퍼사이저의 퍼스낼리티personality인데, 사회주의자의 내면이 '자살'로서 가

28 「동정자 측에서 자금을 조달」, 『동아일보』, 1931.4.2.

29 염상섭, 「자미없는 이야기로만」(『별건곤』, 1929.1); 염상섭, 「「만세전」과 그 여성」(『삼천리』, 1930.5); 염상섭, 「일문일답」(『별건곤』, 1931.3), 『문장 전집』 II.

30 '감정'을 이성이나 논리와 무관한 일시적 · 비합리적 정념으로 바라보는 시각은 최근의 사회학적 연구를 통해 상당 부분 극복된 바 있다. 이 연구들에 따르면, '감정'은 나름의 논리와 체계를 지닌 것으로, "구조와 행위를 연계"시키는 실질적인 동학이자 '사회현상'을 이루는 핵심요인이다. 잭 바바렛, 박형신 역, 『감정과 사회학』, 이학사, 2009. 특히 염상섭의 소설에는 민족과 젠더, 세대와 계급 등에 따라 서로 다른 서사적 임무를 맡고 있는 다양한 인물들이 섬세하게 할당 · 배치되어 있으며, 이들이 현시하는 감정은 매우 위계적이고 복합적인 관계를 이룬다. 1절에서 언급했듯, 염상섭이 그 특유의 수많은 '이면서사' 혹은 서브(컨)텍스트를 동원하여 묘사하고자 했던 것이 바로 이것이었다. 이 글에서는 식민자가 끝내 통제할 수 없었던 '감정'이야말로 식민지의 사회운동을 촉발하는 근본적인 동인動因일 수 있음을 강조하는 동시에, 그것은 곧 심퍼사이저의 '심미적 자원'이 가장 역동적으로 활용될 수 있는 영역임을 지시하기 위해 '감정'이라는 사회학적 범주를 참조했다.

시화될 수 있었다면,[31] 심퍼사이저의 내면은 '연애'를 통해서 부각된다. 예컨대 관대한 성품, 고상한 취향, 소박한 배려와 같이 호연과 병화에게 "부르주아"적 취미라고 항상 타박의 대상[32]이 되었던 해춘과 덕기의 성향은 다양한 여성인물들과의 관계에서는 지지된다. 이러한 성향은 '순결한' 여성인 순영, 향락의 화신이자 스파이인 마리아, '의식화된' 하층노동자인 필순, 귀족의 딸인 문경, '발자한' 신여성인 여기자 종엽, '교양 있는' 기생인 운선과 채련에 이르기까지 다양한 신분과 계층의 여성에게 통용되는 미덕으로 간주된다.

> 올 때는 그립고 다정한 마음으로 왔으나, 와서 맞대하고 보니 이 집 밖에서 보던 덕기와 이 집 안에서 보는 덕기가 딴사람같이 멀어진 것을 깨달았다. 덕기가 반겨하고 다정히 구는 것은 조금도 변함이 없건마는 어쩨 그런지 사이에 무엇이 탁 가린 것 같고 전에 무관히 대하던 감정이 솟아나오지를 않아서 혼자 실망하는 것이었다.(『삼대』 연재본, 582면)

> 어서 필순이가 남의 사람이 되어버려주었으면 자기는 더 깊어지기 전에 멀리 떨어져버리겠다고 생각한 것만은 사실이다. 그걸 생각하면 아까 병화가 남의 마음을 꼭 집어내서 '감정을 청산하고 유혹에서 벗어나려는 수단'이라고 하던 말이 남의 폐부를 찌르는 듯이 아프고도 시원하다. 그러나 유혹에서 벗어나려는 그 노력도, 그 사람을 위한다는 것보다 자기를 위한 일이다. 이기적이다. 역시 위선자다.(『삼대』 연재본, 610면)

---

31 이혜령, 「감옥 혹은 부재의 시간들—식민지 조선에서 사회주의자를 재현한다는 것, 그 가능성의 조건」, 『대동문화연구』 64, 성균관대 대동문화연구원, 2008.

32 "귀족과 부호가 결혼하거나 부호끼리 돈으로 결탁하는 결혼일수록에 봉건적 유풍은 더 지키는 법이 아닌가? 서울 동상전東床廛의 사모관대나 활옷이나 장독교나 하는 전 세기의 고물이 지방으로 팔려가는 것은 무엇을 의미하나? 양반계급은 관념으로 봉건을 지키고 있게 되는 한편에 전일의 상민 상공계급은 그 형식으로 봉건을 지키자는 것일세. 그리함으로써 양반행세하게 되네마는 그들은 조만간 몰락하네." 『삼대』 연재본, 401면.

『삼대』에서 필순은 덕기에게서 심퍼사이저의 고질적 병폐로 질타되곤 했던 기만적인 동정의 윤리나 소심함과 안이함보다는 특유의 중용과 성숙, 다정과 배려 같은 덕목을 더 잘 본다.[33] 필순은 산해진에서 아무렇게나 앉아 설렁탕을 먹는 덕기와, 대궐 같은 큰집에 앉아 "뜨뜻한 것"으로 손님을 융숭히 접대하는 것이 몸에 밴 덕기를 견주어본다. 이 두 장면은 필순으로 하여금 덕기와 자신이 속한 계층의 간극을 체감하게 함으로써 둘이 서로 다른 세계에 속한 존재임을 자각하게 하는 계기가 되지만, 이 간극은 결코 '적대敵對'의 근거가 되지는 않는다. 필순은 덕기의 다정함이 "있는 집 자식들의 비열한 취미"가 아닌지 계속 경계하고, 덕기도 필순에 대한 자신의 호의가 "위선"이 아닌지를 끊임없이 자문하는 와중에 그들의 관계는 어느 한쪽으로 흡수되거나 해체되지 않고 끝까지 긴장감을 유지한다. 필순은 자신이 매료된 덕기의 심미적 자질들이 의미하는 것을 사유함으로써 '의식화된' 존재로부터 스스로 '의식화하는' 존재로 성장한다.[34] 요컨대, 염상섭 소설에서 심퍼사이저는 태

---

33 ""헝, 좌우익에 부친은 중간적 존재시군? 그래 당신은 어느 편이신가요?"
"나두 이 편 저 편 다 들지요."
하고 필순이는 생글 웃는다. (…중략…)
"하기야 일치점은 있거든요. 구차하니 서로 동정하는 것이죠. 피차에 배를 졸라매구 앉았으니 의견이 틀린다고 말다툼할 기운두 없어 서루 사패를 알아주는 건가 봐요. 그런 점은 가정적이나 사회적이나 일반일 거에요 ……."
덕기는 필순이의 예사롭게 하는 이 말에 확실히 일리가 있다고 생각하였다.
"사실이죠. 사회운동이나 민족운동이나 확실히 그 점에 가서는 일치점이 있지요." (…중략…)
"아마 선생님께서두 병화 씨에게 하시는 걸 가만히 보면, 집의 어머니 같으신 데가 있는가 봐요."
"잘 보셨습니다.!"
하고 서로 웃어버렸다. 덕기는 영리한 계집애라고 속으로 탄복하는 것이었다." 『삼대』 개작본, 475~476면.

34 테리 이글턴은 18세기 이후 칸트, 바움가르텐, 후설 등이 정초한 '미적인 것aesthetic'의 개념을 추적함으로써 '미적인 것'이 사물화된 계몽주의의 합리성, 절대주의와 추상주의의 딜레마에 대응하기 위한 이론적 담론으로서 출현하는 순간에 주목한다. 그는 "절대주의의 압제적 기구와는 대조적으로 부르주아사회 질서를 묶어주는 궁극적인 힘은 습관, 연민, 정서, 감정"이며, 그것은 "힘이 그런 질서에서는 심미화되어" 있는 것임을 강조한다. 이를 바탕으로 그는 "감각들의 연대, '자연스러운' 동정과 본능적 충성의 연대보다 더 강력하고 더할 나위 없는 연대가 어디 있겠는가? 그런 유기적 연계들은 절대주의의 비유기적, 억압적 구조들보다 더 믿을 수 있는 정치적 지배의 형식"이라고 평가한다. 그가 보기에 '미적인 것'은 "애초부터 양 날을 가진

생적인 계급과 이상화된 이념 사이를 위태롭게 줄타기하는 불안정하고 허약한 지식인이 아니다. 또는 양자 모두를 냉소하거나 비판하는 제3의 존재, 혹은 물리적인 의미의 '중간자'도 아니다. 그들이 보유한 심미적 자원의 성격은 등장인물 모두에게 집요하게 심문되며 지속적인 반성의 대상이 된다. 필순을 성장시킨 건 '모스크바'가 아니었다.

심퍼사이저의 미덕은 단순히 개인적인 매력에 그치는 것이 아니라, 서로 다른 계층·세대·젠더에 속한 다양한 인물들의 공모와 연대를 가능케 하는 동력이기도 하다. 예컨대 『사랑과 죄』의 운선, 『무화과』의 종엽이 그녀들의 모든 기지를 발휘하고 감정노동을 감내하면서까지 해춘과 원영의 일을 성공적으로 추진하는 것은 그들이 "무슨 특별한 정리가 있다거나 의리를 세워주어야 할 처지"(『사랑과 죄』, 318면)라서가 아니다. 그들은 이념이나 돈으로 맺어진 관계는 아니었다. 해춘은 처음에는 운선의 "의협심"을 자극해서 그녀를 일에 참여시켜야겠다고 생각하기도 하지만, 그의 이러한 계산과는 별도로 운선은 평소에 해춘이 보여준 언행으로부터 감화된다.[35] 그뿐만 아니라 『무화과』의 정애가 채련·종엽과 함께 "내 몸을 어차피에 없는 셈 치더라도 일

모순된 개념"이다. 한편으로 '미적인 것'은 새로운 형태의 자율을 예시하고, 관습·정서·공감을 바탕으로 사회적 관계들을 교정하는 "진정한 해방적인 힘"으로 나타나며, 다른 한편으로는 "사회적 권력을 거기에 예속된 이들의 육체 깊숙이 주입"함으로써 극히 효과적인 방식으로 '내면화된 억압'을 실현한다. 테리 이글턴, 방대원 역, 『미학사상』, 한신문화사, 1995, 1~21면. 이 글에서는 '미적인 것'이 "혁명적 저항의 인간학적 토대가 된 인간적 힘과 능력의 자기결정적인 능력"이 될 수 있음을 강조한 이글턴의 제안에 착목하여, '미적인 것'을 '부르주아적 이데올로기'와 등치시키는 기존의 논의에 이의를 제기하고자 한다. 특히 이 글에서는 '미적인 것'을 제국의 법적·물리적·합리적 지배에 대항하는 식민지의 '저항의 자원'이자 '양식'으로 정립하기 위해 특별히 '심미적인 것'이라는 용어로써 개념의 전유·확장을 시도하고자 한다. 즉, 이 글에서 말하는 '심미적인 것'이란, 계급과 조직, 투쟁의 정통성 등의 우위를 지나치게 강조하는 기존의 교조화된 저항이론에서 미처 주목하지 않았던 '감각과 취향, 관습과 공감'의 연대가 지니는 정치적 가능성을 적극적으로 사유하기 위해 사용된 것이다.

35 "이 계집(운선—인용자)은 해춘이를 처음 만날 때부터 그 순직하고 숫벅이 같은 귀공자의 태도에 호감을 가졌던 것이다. 더욱이 공부해보겠다는 이야기를 하였을 때에 기생이 학사學士가 되게 되었다는 이야기를 들려주어서 까닭 없이 마음에 좋기도 하였거니와 실상은 그 뒤에 해춘이를 또 한 번 만났으면 하는 생각이 간혹 있었었다." 『사랑과 죄』, 313면.

이나 끝을 보게 해주겠습니다"(『무화과』, 817면)라며 변복・삭발하고 동분서주하는 장면은 전체 서사에서 가장 강렬한 파토스를 발생시키는 대목이다. 해정과 호연, 문경과 봉익의 '통-계급적' 연애를 가능케 한 것도 호연과 봉익의 "자비自卑"에 굴하지 않았던 해정과 문경의 "귀족적(좋게 말하자면 교양 있고 고상한) 허영심"(『사랑과 죄』, 256면) 덕분이었다. 이렇게 형성된 해정・채련・운선・필순・문경・종엽의 '공모-연대'야말로 '동정sympathy'이라는 감정에 충실하다. 그녀들은 서로의 심미적 자원을 나누어 가짐으로서 탄생한 심퍼사이저의 분신들이다. 이 공모-연대의 커뮤니티야말로 염상섭이 심퍼사이저의 형상, 혹은 "두 친구"의 관계에 투영한 신간회적 염원[36]의 또 다른 버전이었다.

> 갑甲 계급에 종속한 자이나 을乙 계급에 편입된 자이나 일괄하여 놓고 보면(유산・무산의 양 계급의 취미, 성정, 전통, 사상, 사회관, 인생관이 각이各異함과 같이) 인텔리겐치아의 총체로 자기의 것을 따로 가지고 있다. 다만 저 자신이 부르주아이거나, 부르주아를 지지하느냐, 혹은 무산파에 가입하느냐는 관계로 분파될 뿐이요, 자기의 교양과 세련된 취미, 성정은 부르주아의 그것과도 전연히 맞지 않고, 프롤레타리아의 그것과 같이 저하시키고 합치시킬 수 없는 일부분이나 본질적 조건을 가지었다. 더욱이 인생을 보는 방법(인생관의 내용까지 말함이 아니요, 그 방법을 이름이다)에 있어서는 전기前記 양자兩者와 현수懸殊한 바가 있다.[37]

36 염상섭의 '신간회적 욕망' — 민족주의진영과 사회주의진영의 제휴 — 에 대해서는 다음 글 참조. "민족운동이나 사회운동이나 다 같이 세계의 피압박민족 및 全 동일계급과 국제적 연맹을 맺는 것도 필요한 일이요, 또한 현전의 자민족에 대한 압박민족 내의 무산자 및 그 정당과 악수하는 것도 사실 여하에 따라서는 불필요한 일이 아니겠지마는 그보다 먼저 **끽긴喫緊한 필요를 느끼는 것은 자민족 내의 양개兩個 운동의 신속한 제휴에 있다고 확신하는 바이다. 좀 더 긴절히 말하자면 민족적 일면을 버리지 않은 사회운동-사회성을 무시하지 않은 민족운동, 그것을 지금 조선은 요구하지 않는가!**" 염상섭, 「민족, 사회운동의 유심적 고찰-반동, 전통, 문학의 관계」(『조선일보』, 1927.1.4~1.16), 『문장 전집』 Ⅰ. 염상섭 소설과 신간회의 관계에 대해서는 이보영, 앞의 책, 2001 참조.

37 염상섭, 「조선과 문예, 문예와 민중」(『동아일보』, 1928.4.10~4.17), 『문장 전집』 Ⅰ.

동정과 연민, 친절과 배려, 우정과 의리, 유머과 은일[38] 등으로 언명되는 이 심미적 자원의 의미는 일차원적으로는 "일제의 지배를 받아야 될 처지라면 최대한으로 신의를 지키면서 조금씩 도와가면서 사는, 난세일수록 존중해야 될 소시민적인 인정의 세계"[39]에 속하는 것으로 볼 수도 있지만, 여기에만 그치는 것은 아니다. 그것은 합병 이전에 존속했던, 혹은 그때에만 가능했던 식민지의 훼손되지 않은 도덕적 양식을 의미하기도 한다.[40]

그리고 무엇보다도 이는 제국의 법과 질서로 통제되지 않는 식민지 원주민의 관계와 정서를 조율할 수 있는 드문 기술이었다. 바로 이 자원을 통해 그들은 식민지배의 통치가 접근하지 못하는 영역, 즉 '통치 외 통치governance outside of ruled area'를 실현한다. 이는 염상섭이 상상했던 부르주아와 프롤레타리아의 연대를 가능케 할 요소이기도 했다. 자본주의와 제국주의에 동시에 저항할 수 있는 자원의 모색. 염상섭이 착목했던 것은 부르주아전통을 배제하는 것이 아니라, 오히려 그와 적극적으로 조우하면서도 가능한 '저항의 양식style of resistance'을 계발하는 일이었다.

염상섭이 그의 평문에서 부르주아문학과 프로문학의 도식적 분할을 여러 차례 비판한 것도 이와 같은 맥락에서 해석할 수 있다. 그가 보기에 자본주의와 제국주의는 양자가 함께 직면한 공동의 전선戰線이었기에,[41] 중요한 것은 공유 가능한 저항의 자원과 그 양식을 발견하는 일이었다. "'중간파' 혹 '중정파'라고 할 사람들의 '불안'이라는 것은 문학의 소지를 만든다는 순문학적 입장을 버릴 수도 없고, 계급이라는 현실적 사실이나 의식을 부인할 수도 없는

38 이보영, 「염상섭 평전-생애와 문제 8」, 『문예연구』 68, 문예연구사, 2011, 254면.

39 이보영, 앞의 책, 391면.

40 박헌호, 앞의 글, 123면. 한편 이혜령은 친일의 역사를 서술한 임종국이 도덕적 담화의 사명을 띤 스캔들의 형식으로 드러내려 했던 것은 "공동체의 삶의 이치로서의 도덕"의 존재였으며, 식민자가 표방한 '문명화의 사명'은 결코 이를 대체할 수 없음을 주장한 것이라고 해석한 바 있다. 이혜령, 「인격과 스캔들-임종국의 역사서술과 민족주의」, 『민족문화연구』 56, 고려대 민족문화연구원, 2012.

41 "민족주의가 제국주의와 자본주의의 태반에서만 숨을 불어넣는 것이라고 주장하는 이론적 근거가 어대 있느냐?고 공박을 하였다." 『사랑과 죄』, 211면.

데서 나온 것이기 때문"[42]이라는 술회는 염상섭이 몰두한 고민의 내용을 잘 말해준다.

염상섭이 이데올로기 경쟁·검증이 아니라 작품론의 방식으로 프로문학파와의 논전을 진행한 것도 이 때문이었다.[43] 예컨대 그는 기생들의 파업풍경을 묘사한 이효석의 소설 「깨뜨려지는 홍등」(『대중공론』, 1930.4)을 "초기 프로작가의 병폐를 그대로 드러내는 것"이라고 평한다. 그 이유는 프로문학가들이 흔히 오해하듯 해당 소설이 '파업'을 소재로 취했기 때문이 아니라, 창기들의 "스트라이크"가 "기분적"이고 "도식적"으로 그려졌기 때문이다. 그가 보기에 "한 노기老妓가 자기 오라비에게 스트라이크라는 것을 배워서 주동이 되었다고 한 구절"은 "어린아이의 소꿉놀이 할 때의 속살거리는 장난의 소리"에 지나지 않는다. 오히려 "가장 영리한 일기一妓의 정부情夫에 주의자가 있어서 프롤레타리아의식을 주입하고 자유폐업을 선동하여 일대풍파가 일어나서 백병전白兵戰이 지속"되는 것이 더욱 효과적이다. "물론 그들에게 프롤레타리아의식"이나 "체계 있는 사회관", "인식의 구불구具不具가 있는 것이 아니나, 적어도 거기에는 울음이 있는 것이 아니라 목숨을 내놓은 싸움다운 싸움이 있을 것"[44]이라는 주장이다. 요컨대 그는 '의식'과 '사회관', '인식' 그 자체보다 그것을 재현하는 '방식'의 고안에 열중했던 것이다. 이러한 문제의식이 염상섭 3부작에 충실히 반영되어 있다는 것은 '정부'와의 연애를 통해 모종의 사건에 연루되자 상기 언급한 해정·채련·운선·필순·문경·종엽 등의 '영리'한 여자들이 벌인 "싸움다운 싸움"이 잘 말해주는 바다.

---

42 염상섭, 「문예 연두어年頭語」(『매일신보』, 1934.1.3~1.12), 『문장 전집』 II.

43 "소위 우익(혹은 중간파라 함이 득당得當할지 모르나)이라는 분자도 현실에 대한 관찰·인식에 과오가 없으면 어느 정도까지 프로문학에 대하여 이해와 동정을 가질지 모른다. 종래로 프로문학에 대한 논전論戰의 중심이 대개는 그 창작방법 문제에 그치고, 그 이상으로 본원을 건드리지 않은 점으로 보아도 짐작할 수 있다." 위의 글, 368면.

44 염상섭, 「4월의 창작단」(『조선일보』, 1930.4.13~4.20), 『문장 전집』 II.

> 편협한 계급의식에 뇌거牢居한 그들은 사람의 마음속을 아무 성심成心 없이 직관할 줄은 모르고 다만 탁상과 서가에서 관념된 계급의식적 이론에 방해가 되어서 프롤레타리아의 이지와 의지를 지배하는 것은 살벌적殺伐的 전투 이외에 아무것도 없다 하며, 그의 감정은 전투의욕을 강조할 필요로만 가지고 있어야 한다고 오상誤想한다. 그러므로 **아름다운 인간성이라거나 인간적 순정이라거나 하는 말은 부르주아사상에서 배태된 센티멘탈리즘이요, 계급의식을 마취하는 휴머니즘이거나 계급전階級戰에 있어서는 부르주아의 유일한 무기인 소위 온정주의가 이것이라 하여, 맛도 아니 보고 도리질을 하며 일보를 더 나가서는 부르주아적 정서주의라고 덮어놓고 두 손을 내두르는 것이다.** 그러나 이것이야말로 소위 지식계급, 사상계급의 손에서 양육되는 개념적 계급문학의 폐단이요, 고정된 계급관념에 도리어 사로잡혀서 계급해방의 수단방편과, 그 대의大義를 전도한 편협한 유견謬見이다.[45]

그러므로 심퍼사이저로 표상된 동정과 연민, 다정과 친절, 우정과 의리 같은 자질들이 "부르주아사상에서 내재된 센티멘탈리즘"이나 "온정주의"라고 손쉽게 규정되어서는 안 된다. 그러한 규정이야말로 사회주의자들로 하여금 심미적 자원을 저항의 기획에 있어 무용한 자원으로 간주하게 함으로써 "적나라한 이성이나 유용성만으로 지배하지 않겠다"는 제국의 영리한 기획에 부합하는 것이기 때문이다.

이글턴은 아일랜드에 "특수성과 보편성을 총체화하는 것으로서의 '심미적인 것'이 없다"는 점을 지적하며 이것은 정치적 좌파가 식민주의적 기획에 용해됨으로써 생겨난 현상임을 시사한 바 있다. "감정과 상상력, 지역에 대한 애정과 충성의 우선성, 잠재의식에서 자라난 문화적 전통" 등 좌파와 우파의 대립을 변증법적으로 매개할 수 있는 '심미적인 것'을 우파에게 모두 내주었기 때문이다. 그 결과로 "정치적 좌파는 이중으로 무능하게 된다"는 이글턴

45 염상섭, 「계급문학을 논하여 소위 신경향파에 여與함」(『조선일보』, 1926.1.22~2.2), 『문장 전집』 I.

의 말은 식민지 조선에서 시도된 저항의 기획을 사유하는 데에도 유효하다. 그는 "만약 정치적 좌파가 장소, 육체, 유산, 감각적 욕구에 대한 그 자신의 담론을 개진하려고 한다면 그는 적대자의 문화형식을 흉내 내는 처지에 빠지게 된다. 반대로 정치적 좌파가 그 담론을 개진하려고 하지 않는다면 그는 육체를 상실한 채 시적인 것이 지니는 친밀한 정서적 깊이로부터 분리되어 순전히 이성적인 정치를 하며 고립된 것처럼 보일 것"이라고 경고한다.[46]

염상섭이 겨냥한 것은 바로 이러한 식민주의적 획책에 대항하는 서사였다. 염상섭은 '심미적인 것'이 곧 '부르주아적인 것'이라는 관념에 대항하기 위한 장치를 소설 곳곳에 마련한다. 기실 해춘과 덕기, 그리고 원영이 수행하는 싸움의 대상은 그들이 "한길을 밟지 못하는"(『삼대』 연재본, 297면) 사회주의가 아니라, 그들 자신에게 깊이 각인되어 있는 '부르주아성' 그 자체다. 저항에 유효한 미적 자질들과 '부르주아적인 것'의 교집합을 표백・탈각시키는 작업이 무엇보다 중요했다. 『삼대』의 서사 내내 덕기가 자신이 필순을 "제2의 홍경애"로 만들지도 모른다는 우려에 강박적으로 시달리는 것은, 동정이나 연민과 같은 심미적 자원에 기반을 둔 연대가 손쉽게 '부르주아적인 것'으로 치부되지 않게 하기 위해서 덕기 자신으로 하여금 끊임없이 필터링하도록 작가가 용의주도하게 마련해둔 장치였다.

한편, 이 '심미적인 것'의 총체가 염상섭에게 '예술'이라는 표상으로 나타나는 것은 주목을 요한다. 『사랑과 죄』에서 해춘이 친일 귀족의 자제이자 사회주의의 동조자이면서 동시에 '예술가'로 등장하는 것은 우연이 아니다. 표면적으로 해춘의 예술은 부르주아라는 태생적 속성 및 정치에의 진입이 차단된 식민통치라는 시대적 한계에 연루된 표상이다. 그런데 정마리아가 그녀 자신을 위해 포기해달라고 해춘에게 요구한 것이 바로 "예술"이었으며, 그녀가 끝내 파괴하고자 한 것 역시 다름 아닌 해춘이 그린 '초상화'였음은

46 테리 이글턴, 「민족주의－아이러니와 참여」, 테리 이글턴・프레드릭 제임슨・에드워드 W. 사이드, 김준환 역, 『민족주의, 식민주의, 문학』, 인간사랑, 2011, 61~63면.

의미심장하다.[47] 특히 사족蛇足으로만 평가되었던 서사 말미의 '초상화 훼손 사건'은 다시 읽혀야 하는데, 이는 해춘에게 불가항력적으로 매료됨[48]으로써 '식민자의 환유'[49]라는 서사적 임무로부터 이탈할 수밖에 없었던 정마리아가 시도한 자기정당화의 행위이기 때문이다. 그리고 이 시도는 실패로 끝남으로써 '심미적인 것'이야말로 훼손되지 않는 자원임이 역설적으로 증명된다. 정마리아의 초상화 훼손사건은 바로 이러한 자기모순의 가시화이자 처절한 패배의 퍼포먼스였던 셈이다.

> 과거의 사람들이 이 형식을 가지고 어떠한 사상과 감정을 표시하였든지 그것을 우리가 물을 바는 아니다. 그러한 것 중에는 지금의 우리가 버릴 것이 있을지 모른다. 가령 봉건적 사상이나 감정에서 읊어 나온 것 같은 것은 우리가 그 의미와 의의를 변작變作하여 해석하여 쓸 수 있으면 지금이라도 구음口吟하여 무관할 것이요, 그렇지 못한 것은 불질러버려도 좋을 것이다. (…중략…) 하여간 **과거의 기성한 시조라도 내용 여하에 따라서 취사할 것이 없지 않은 것이나, 그렇다고 과거인의 유한계급이 읊은 것이니까 무용한 것이라 하여 덮어놓고 버리지 못할 것은 물론이요, 설혹 그 내용이 (과거의 작作의) 전부 현대인의 사상 감정과는 상반하는 것이라 하기로서니 그것이 곧 시조라는 예술형식을 부인할 이유가 되는 것이 아님**은 번설煩說하느니만큼 어리석은 일일 것이다.[50]

'심미적인 것'의 정치적 가능성을 타진하고 이를 '부르주아성'으로부터 표

47 "마리아의 편지 내용을 요약하여 말하면 결국에 순영이를 모델로 그리는 그림을 없애버려줄 것과 또는 자기를 진정으로 사랑한다는 표적으로 예술을 영영 버려달라는 것이었다." 『사랑과 죄』, 234면.

48 "마리아는 이상하게도 해춘이에게 끌리었다. 해춘이가 돈푼 있다거나 귀족이라고 하여서 그러한 것 아니라 그 싱싱한 체격과 씩씩하면서도 부드럽고 번듯한 외양을 보면 마음이 자연히 끌리지 않을 수 없었다." 『사랑과 죄』, 191면.

49 이혜령, 「식민자는 말해질 수 있는가 — 염상섭 소설 속 식민자의 환유들」, 『대동문화연구』 78, 성균관대 대동문화연구원, 2012.

50 염상섭, 「의문이 왜 있습니까」(『신민』, 1927.3), 『문장 전집』 Ⅰ, 573면.

백하여 온존시키려 했던 염상섭의 기획은 그가 시조時調를 옹호한 논리에도 잘 나타나 있다. 염상섭이 당대의 시조부흥 운동을 긍정했다는 점에서는 일군의 국민문학론자들과 입장을 같이 하는 것처럼 보이기도 하지만, 그 근거와 내용은 전혀 달랐다는 점이 고려되어야 한다. 그는 '조선적인 것'을 '얼'이나 '한'과 같은 추상적이고 비정치적인 것으로 규정함으로써 동질적인 시간으로의 통합을 전제하는 시조의 이데올로기적 활용을 주장한 것이 아니었다. 염상섭은 시조가 지닌 '내용'의 봉건성과 부르주아성은 축출하되, 그 '형식'을 박탈당하지 않으려 했던 것이었다. 이는 물신화된 형태의 '역사'를 옹호하는 것이 아니라, '전통'을 다양한 계기와 흔적을 포함하고 있는 지층들로 규정함으로써 그것에 내재된 정치적 차원을 복원시키고자 하는 기획의 일단이었다.[51]

파농은 식민지의 원주민 지식인이 민족 문화를 옹호할 때 처하는 딜레마를 설득력 있게 설명한 바 있다. "과거의 민족 문화에 대한 요구는 단지 민족을 다시 살려내고 미래의 민족 문화에 대한 희망을 정당화하는 역할만을 하는 게 아니다. 심리-정서적 안정이라는 관점에서 볼 때 그것은 원주민에게 중대한 변화를 일으킨다. (…중략…) 식민주의는 원주민의 머릿속에, 만약 이주민이 떠난다면 원주민은 즉각 야만과 타락의 짐승 같은 생활로 되돌아가리라는 생각을 심어주기 위해 의식적으로 노력했다"는 것이다. 그래서 민족 문화에 대한 원주민 지식인들의 고백은 때로는 종교나 신앙의 양태를 취하기도 하지만, 이는 "지식인이 민중과의 마지막 연계가 끊어지는 위험에 빠질지도 모른다는 그 나름의 깨달음에 의해 나타난 징후적 행위"라고 설명된다. 이러한 과정을 거친 후에야 식민지의 원주민 지식인은 "머물 곳도, 색채도, 국적도 뿌리도 없는 개인, 천사와 같은 비현실적인 사람"이 될 위험에서 벗어나 자신의 과거를 상대화할 수 있게 된다.[52]

51 김용규, 「구원의 정치학과 미적 가치 – 테리 이글턴의 정치비평」, 『비평과 이론』 3, 한국비평이론학회, 1998 참조.

요컨대 염상섭에게 예술과 전통, 그리고 심퍼사이저 형상은 상통한다.[53] 이는 염상섭 소설의 정치성을 유지시키는 심미적 자원이었으며 저항의 양식들이었다. '심미적인 것'이 곧 '부르주아적인 것'이라는 혐의가 제국의 식민주의적 기획에 연루된 것임에도 프로문학가들과 적대해야 했다는 점이 염상섭의 딜레마였다. 심퍼사이저의 존재는 그러한 난관을 풀기 위해 마련된 리트머스였던 셈이다.

4. 나가며 – 심퍼사이저의 재현 가능성과 그 조건들

심퍼사이저가 이념과 돈으로만 환원되는 존재가 아니라는 점은 역설적으로 더 이상 재건할 당이 없고, 돈을 건넬 '친구'가 없을 때 확연해진다. 박성극의 소설 「재출발」[54]은 그 제목에 걸맞게도 신간회 해소 이후의 풍경을 묘사하는데, 이제 사람들은 "서백리아"로 숨어들거나, "모스크바"로 유학을 떠나거나, 인텔리 중심의 운동에 회의를 느끼며 "공장"에 취직하는 등 뿔뿔이 흩어진다. 그런데 비교적 늦은 시기까지 전열戰列을 유지하던 사회주의잡지 『비판』[55]에서 매달의 적색파업사건을 기록하기 위해 마련한 코너인 「사회

52 프란츠 파농, 남경태 역, 『대지의 저주받은 사람들』, 그린비, 2010, 4장 참조.

53 서로 다른 범주로 구성된 이 의미연쇄에 대해서는 보다 심층적인 접근이 필요할 것이다. 다만, 이 글에서는 소설과 평문을 통해 거듭 역설되었던 염상섭의 세 가지 주제(심퍼사이저, 전통, 예술)가 단순히 당대 저널리즘이 제시한 이슈에 부응하는 방식으로 생산된 일시적 화두가 아니라, 식민지기 내내 '저항의 기획으로서의 식민지서사'를 고민했던 염상섭의 사유체계를 일관적으로 반영하는 매개들이었음을 일단 강조하고자 한다. 예컨대 카프 진영 및 국민문학론자들과 펼쳤던 시조부흥논쟁 및 예술(문학)의 정치성에 대한 논쟁에서 염상섭이 선택했던 각각의 입장과 논리는, 그것들을 관통하는 염상섭의 근본적인 문제의식이었던 '저항의 프로세스'와의 유기적 상관성 속에서 사유될 때 온전하게 해명될 수 있다고 생각한다.

54 박성극, 「재출발」, 『비판』, 1931.8.

일지」[56]에 따르면 1932년의 전선은 의외로 홍성하다. 함북성진농민조합사건, 삼척농민사건, 해주적색노조사건, 신의주학생사건, 홍원농조사건 등 '지역-주체-사건'의 형식으로 급조된 이 명명들은 각지에서 격발하는 크고 작은 운동과 투쟁의 실재계를 날것 그대로 보여준다. 이는 신간회가 전성기 때보다 '해소'의 수순을 밟을 때 그 담론이 더욱 번창했던 역설적인 상황과 유사하다. 이 기이한 역동성이 의미하는 것은 무엇일까.

「사회일지」의 보도에 따르면, "통계가 보이는바 사상범으로 복역, 출옥자의 6할은 재차 운동선에 투족投足", "첨예화하는 사상운동으로 현재 전 조선에 피검자 3천 명"이다. 이 통계가 웅변적으로 보여주는 것은 수면 아래에서 열화와 같이 들끓고 있는 '재범再犯'과 '재투족再投足'의 징후들이다. 주지하다시피 끝없이 이어져온 공산당 재건의 시도에 대해 총독부당국은 거의 노이로제에 가까운 증상을 보이며 그것의 '괴멸'에 집착해왔다. 그들이 무엇보다 장악하고 싶은 것은 공산당 재건의 '가능성' 그 자체였다. 그 때문에 '주의자'보다 그것의 잠재적 실현태로서의 심퍼사이저 표상이야말로 더욱 세심한 주목을 요했던 것이다. 심퍼사이저가 '중간성'과 '모호성'의 표상이 아니라, 강력한 '가연성可燃性'을 띤 채로 잠행하는 사회주의의 가장 불온한 표상이 된 것은 사회주의가 현저히 위축된 바로 그때였다.

1930년대 이후, '심파'의 존재는 사회주의자를 관리・통제하는 데에 있어 "재래와 경향을 달리" 할 필요를 느끼게 하는 위협적인 존재로 인식된다.[57] 특히 공식적인 공산당조직이 궤멸된 상태인 조선에서는 합법적인 단체가 공

---

55 식민권력의 탄압과 잡지시장에서의 경쟁에 맞선 『비판』의 생존전략에 대해서는 유석환, 「1930년대 잡지시장의 변동과 잡지 『비판』의 대응—경쟁하는 잡지들, 확산되는 문학」, 『사이』 6, 국제한국문학문화학회, 2009.

56 「사회일지」, 『비판』, 1932.12.

57 「고등경찰 금후 주력 외곽과 심파 삼제芟除 공산당으로써 이용할 만한 진흥회, 야학 등 감시」, 『조선일보』, 1934.9.13; 「최근 적색 지하운동의 신전술 점차 현로, 무명칭 단체를 다수 결성코 심파망 획득에 분주」, 『조선중앙일보』, 1934.9.17; 「적색 '심파' 잠재? 부산서 혈안수색, 공장 등지에 비밀조직 있다고, 검거선풍 권기호捲起乎」, 『조선중앙일보』, 1934.10.17.

식단체의 역할을 하고 있었으므로, 공산당이 이용함직한 모든 외곽단체, 진흥회와 연구회 및 야학 등을 철저하게 검속해야 한다는 지침의 보도가 연일 이어졌다. 각계각층에 침투되어 있는 '심파'의 존재야말로 '국체변혁 및 사유재산 부정' 기도의 지속과 확산에 기여하는 '저수지'였기 때문이다. 1934년에 일본의회에서 제출된 치안유지법의 재개정안은 무엇보다 '심파'의 강력처벌을 목적으로 한 것이었으며,[58] 이는 1935년부터 조선에 즉각 적용될 것이라고 보도된다.[59] 이 법의 실시로 가장 타격을 입을 대상이 일본이라기보다는 조선일 것임을 점치는 불안의 목소리가 과장이 아니었음은 주지의 사실이다.[60] "궁한 친구가 구걸을 하니까 조금 도와주었다는 사실밖에 아니 되지만, 결과에 있어서는 그렇게 단순치가 않을 뿐 아니라, 법률이 아무리 동정하여보아도 그대로 둘 수 없는 경우가 있단 말요"(『무화과』, 812면)라는 안달외사의 말은 곧 들려올 제국의 경고이기도 했던 것이다.

이때 사회주의자가 변절과 전향의 혐의에 연루된 채, 훼손된 형태로만 서사화됐다는 것은 익히 알려져 있다. 전향의 서사는 '주의자'들의 훼손과 변절이 그들 자신의 속성에 기인한 것이었기에 자명한 귀결이라고 이야기하는 방식으로 사회주의의 퇴락을 승인했다.[61] 그런데 이때 사회주의의 쇠퇴와 몰락의 징후가 가장 먼저 심퍼사이저를 매개해서 나타난다는 점은 문제적이다.

예컨대 『삼대』의 연재가 끝난 이후, 『무화과』와 거의 같은 시기에 연재된

---

58 「치안유지법 개정안 성안, 공산당 절멸코저 근본적 대개정, 심파 처벌, 예방구금 등 신설, 금기 의회에 제출」, 『조선일보』, 1934.1.16; 「정정된 치유법治維法 대강大綱 12일 법제국에 회부」, 『동아일보』, 1934.1.16.

59 「치안유지법 대개정 조선에도 실시 준비」, 『동아일보』, 1935.1.16; 「보호관찰제 창설코 외곽단체도 엄벌」, 『동아일보』, 1935.1.20.

60 조선에서의 치안유지법 적용과 민족해방운동의 관계에 대해서는 장신, 「1920년대 민족해방운동과 치안유지법」, 『학림』 19, 연세대 사학연구회, 1998; 미즈노 나오키, 이영록 역, 「조선에 있어서 치안유지법 체제의 식민지적 성격」, 『법사학연구』 26, 2002; 배개화, 「1930년대 말 치안유지법을 통해 본 조선문학－조선문예부흥사 사건과 조선문학자들」, 『한국현대문학연구』 28, 한국현대문학회, 2009 참조.

61 이혜령, 「감옥 혹은 부재의 시간들－식민지 조선에서 사회주의자를 재현한다는 것, 그 가능성의 조건」, 『대동문화연구』 64, 성균관대 대동문화연구원, 2008.

이무영의 소설 「반역자」[62]의 주인공 '상수'는 "부르주아의 외아들로, 기분에 뜬, 볼셰비키라기보다 ××사상의 한 공명자에 지나지 않아 단순한 친분관계인지는 몰라도" "웬만한 자금은 모두 나의 손을 거쳐서 융통되었다"라고 말하는 자다. 그는 "순수한 프롤레타리아 산産의 볼셰비키"였던 친구 '철마'의 애인을 빼앗아 사회주의와 친구 모두를 두 번 반역한다.

이때 심퍼사이저의 '인격적 파탄'을 그리는 일은 무엇보다 시급했다. 각각 심퍼사이저와 '주의자'인 '두 친구'가 관계 맺는 한 방식이었던 우정과 의리의 가치는 부정되고, 이는 곧 부르주아 특유의 '배반'과 '반역'의 징후로서 의미화된다. 이제 심퍼사이저의 중간성과 모호성은 '회색분자' 혹은 '기회주의'와 연동되는 한 표상이다. 「반역자」의 서사는 오히려 경찰에 쫓겨 다니는, '여전히' "순수한" '주의자'인 철마가 상수의 "반역"에도 불구하고 그에게 의리를 지킴으로써 도덕적 우위를 과시하는 것으로 끝을 맺는다. 사회주의의 몰락을 진영 내부와 연동했던 심퍼사이저의 타락으로부터 파생된 현상으로 그리는 것은 제국이 유도한 사회주의진영의 고립과 왜소화가 성공적으로 이루어졌음을 보여주는 것에 다름 아니었다. 그리고 그 이후의 상황은 익히 알려진 대로다. 덕기가 없는 곳에서 병화가 「치숙」(1938)에서처럼 멋모르는 어린애를 데리고 놀며 희화화의 대상이 되어야 했던 사정 말이다.

식민지의 저항이 결코 단일한 방식으로 코드화될 수 없다는 염상섭의 뼈아픈 자각은 부르주아 가치체계의 탈신비화를 통한 자원화의 기획으로 나타났다. 결국 당대 어떤 소설에서도 찾아볼 수 없었던 염상섭의 심퍼사이저 형상은 『삼대』의 장훈이 감옥에서 "피 묻은 입술"을 한 채로 떠올린 "조그만 시험관"(『삼대』 연재본, 658면) 같은 것이었는지도 모른다. 그 시험의 결과는 보지 못했지만, 반드시 자신의 눈으로 보자던 것도 아닌 채 그저 지켜내던 것. 그 "시험관"은 이제 우리 앞에 놓여 있다.

62 이무영, 「반역자」(전6회), 『비판』, 1931.12~1932.12.

노블과 식민지*

염상섭 소설의 통속과 반통속

한기형

1. 「만세전」의 노블적 한계

「만세전」은 염상섭 문학의 한 정점으로 이미 적지 않은 해석들이 존재하지만, 나는 이인화의 여로 속에 겹쳐져 있는 공간의 이질성을 피식민자가 겪을 수밖에 없는 '역域'의 굴레에 대한 환유적 서사로 읽고자 한다. 이인화의 심리는 시모노세키下關 항구에서 "낯 서투른 친구"에게 "국적이 어디냐"는 질문을 받는 순간 근본적으로 달라진다. 피식민자로서의 자의식을 환기시키는, 조선인이라면 누구나 대답하기 애매한 이 질문은 「만세전」의 세계를 두 개로 가르는 날카로운 분기점이다.

이전의 서사가 이인화의 주관과 욕망이란 그 자신의 자율성에 의해 구성되었다면, 질문에 대한 대답 이후 이인화는 외부세계의 자극에 민감하게 반

* 이 책에 수록되는 과정에서 『대동문화연구』 82집(2013)에 발표된 원래의 논문 내용이 적지 않게 수정되었음을 밝혀둔다.

응하는 존재로 그려진다. 항구에 도착하기 전까지 그는 지인들과 주로 교류했지만, 귀국선을 타면서 견디기 어려운 모욕을 경험하고 생면부지의 타인들과 접촉한다. 여기서 이인화의 태생적 시니시즘은 환멸의 정서로 형질이 변경되었다. 외부 세계와의 접촉면이 넓어질수록 심리적 상처의 강도는 강해지는데, 그것은 이인화가 겪는 내면 질서의 훼손과 비례한 현상이었다.

귀환한 이인화의 정신에 "정말 자유는 공허와 고독에 있지 않은가!" 혹은 "자기의 내면에 깊이 파고 들어앉은 '결박된 자기'를 해방하려는 욕구가 맹렬하면 맹렬할수록 그 발작의 정도가 한층 더하였다"[1] 등의 추상적 고뇌는 더 이상 생겨나지 않았다. 형이상의 번민은 이른바 '내지'에서만 가능한 정신현상 가운데 하나였다.[2] 지적 관념의 세계를 허여받는 것, 그것은 '내지'의 피식민자에게 부여된 하나의 특권이었다.

반면 식민지는 '속중俗衆'들의 저속하고 고단한 삶과 연계되어 있는 세계였다. 귀국선을 타면서부터 이인화는 번잡하고 추루한 세계와 부단히 접촉했다. "승객들은 우글우글하며 배에 걸어놓은 층층다리 앞에 일렬로 늘어섰다. 나도 틈을 비집고 그 속에 끼였다."(35) 이러한 묘사는 이인화의 의사와 상관없는 이루어지는 어떤 불가피한 뒤섞임을 보여준다. 그것은 대개 참기 어려운 인내를 수반했다. 삼등객실로 들어가기 위해 "썩은 생선을 저리는 듯한 형언할 수 없는 악취에 구역질이 날 듯한 것을 참는" 주인공의 고통은 식민지인이라면 누구도 피할 수 없는 최하면 삶들과의 숙명적 공존을 암시한다.

형사일 것이 확실한 '궐자'는 시모노세키 항구에서 이인화의 본적과 나이, 배를 타는 이유와 종착지가 어디인지 등을 끊임없이 묻는다. 출경의 장소에

1 염상섭, 「만세전」, 『염상섭 전집』 1, 민음사, 1987, 21~22면. (1924년 고려공사 발행판본) 이하 이 작품의 인용 시 괄호 안에 인용 면수만을 표기한다.

2 형이상의 사유는 사회주의 혁명에 대한 과격한 상상의 표현과도 동서했다. 일례로 임화의 시 「담曇-1927」에서 구현된 혁명적 모더니티는 그것이 도쿄에서 발표되었기 때문에 가능한 일이었다. '역'의 편차로 분열된 '제국 / 식민지 체제'의 성격에 대해서는 한기형의 「법역과 문역-제국 내부의 표현력 차이와 출판시장」(『민족문학사연구』 44, 2010)을 참고할 것.

서 이인화가 당하는 집요한 질문은 내지와 외지 사이에 엄존한 '법역'의 차이로 인한 것이다. 제국의 내부에서 식민지로 들어오는 모든 출판물들이 빠짐없이 검열되듯이, 식민지를 향해 이동하는 인간들도 그 불온성의 정도를 심사받아야 하는 것이다. 자신의 정신 안에 존재할지 모르는 제국에 대한 적대감의 여부를 따져보고, 그것이 가져올 현실적 위험을 스스로 계량해야 하는 것이 모든 귀향자들이 갖는 공통의 경험이었다.

그들은 제국 내부에서 누린 사상과 표현의 자유를 스스로 축소해야만 식민지의 현실에 적응할 수 있었다. 문자로 표현된 자유의 잉여가 조선으로 들어오면서 삭제되거나 차압되듯, 귀향자들은 비록 일시적일지라도 그 내부에 증식된 '내지'의 감각을 버려야만 했다. 이인화에 대한 형사의 도발은 피식민자에 대한 정신의 검열과정을 보여주는데, 그 싸늘한 눈초리는 내지인에서 식민지인으로의 전신轉身을 요구하는 제국의 명령을 담고 있다. 경성이 가까울수록 높아지는 정신의 압력은 이 때문이다. 「만세전」의 서사는 내면의 주권을 둘러싸고 벌어지는 한 개인과 식민권력의 충돌과정의 기록인 것이다.

그 점에서 식민지는 나가는 것보다 들어오는 것이 더욱 어려운 공간이었다. '잠입'하지 않을 수 없었던 혁명가들의 귀국을 다룬 『동방의 애인』(심훈, 1930)은[3] 특별한 사례일 것이나, 평범한 이들의 귀향도 「만세전」의 경우처럼 상당한 대가를 치러야만 했다. 이 작품들은 식민지의 안과 밖이 얼마나 다른 세계인지를 명료하게 보여준다. 두 소설을 겹쳐 읽을 때 상하이, 모스크바, 도쿄는 동질의 공간이다. 흥미롭게도 소설 속에서 이 도시들이 가지고 있던 정치적 적대성은 부각되지 않는다. 그곳은 안온하고 평화롭다. 반면 식민지는 특별한 장소였다. 불안한 긴장과 정신적 상처를 감수하지 않고서는 식민지의 문을 열 수 없었다. 공간적 분열로 인한 내면의 강박이야말로 피식민자의 정신을 만드는 기제 가운데 하나였다.

3 한기형, 「서사의 로칼리티, 소실된 동아시아」, 『대동문화연구』 63, 성균관대 대동문화연구원, 2008.

이질적 '역'이 만들어내는 충격의 강도는 자족의 세계에 갇혀 있던 이인화가 타인의 삶에 대한 관심을 표명하고, 심지어는 격렬한 동화의 감정을 느끼게 되는 대목에서 선명하게 드러난다. 그는 조선이 들어오면 금세 술이 느는 자신의 뜻하지 않은 변화를 심각하게 걱정한다.

> 그들이 찰나적 현실에서 벗어나는 것은 그들에게 무엇보다 가치있는 노력이요, 그리하자면 술잔 이외에 다른 방도와 수단이 없다. 그들은 사는 것이 아니라 산다는 사실에 끌리는 것이다. (…중략…) 그들은 자신의 생명이 신의 무절제한 낭비라고 생각한다. 조선사람에게서 술잔을 빼앗어? 그것은 그들에게 자살의 길을 교사하는 것이다.(94)

'술로 생명을 연장한다'는 반어는 도쿄에서의 이인화가 보여준 인간 이해 방식과는 근본적으로 다른 것이다. 보편적 근대인에서 식민지 조선인으로의 하방, 도쿄에서 경성으로의 공간 이동은 인간론의 초점을 이렇게 변화시켰다. 아래의 문장에서 진술되는, 근대인의 허위와 존재론적 한계에 대한 이지적 비판은 조선으로 돌아온 이후 다시 재현되지 못했다.

> 결국 사람은 소위 영리하고 교양이 있을수록 (정도의 차이는 있을지 모르나) 허위를 반복하면서 자기 이외의 일체에 대하여 동의와 타협 없이는 손 하나도 움직이지 못하는 이기적인 동물이다. 물적 자기라는 좌안左岸과 물적 타인이라는 우안右岸에 한발씩 걸쳐 놓고 빙글빙글 뛰며 도는 것이 소위 근대인의 생활이요, 그렇게 하는 어릿광대가 사람이라는 동물이다.(23)

현실과의 절실한 대면이 이인화의 세계인식을 전환시킨 것은 확실했다. 그는 연락선 목욕탕에서 조선인이 타이완의 '생번生蕃'에[4] 비교되는 말을 듣고 '적개심'과 '반항심'이 '피동적'으로 유발되고 있음을 깨닫는다. 여기서 우리는 '피동'이라는 표현에 유의해야 한다. 식민지 현실이 가한 충격을 강조하는 표현이기 때문이다.

이러한 자각은 '그들'로 지칭된 식민지의 밑바닥 인생들에 대한 공감으로까지 전이되었다. "주림만이 무엇보다도 확실한 그의 받을 품삯이다"(41)라는 각성은 부인의 위급을 통보받고도 "아직 죽지는 않은거로군 ……" 하던 그 심드렁한 표정과는 전혀 다른 심리를 보여준다. 시즈코靜子에게 보내는 편지에서 이인화는 죽은 부인이 "너의 길을 스스로 개척하여라!"는 '교훈'을 주었다고 고백하는데, 거기에는 가혹한 삶을 겪었던 부인에 대한 진심어린 이해의 감각이 들어있었다.[5]

사회와 현실에 대한 이해가 깊어지자, 「만세전」을 가득 채웠던 냉담한 감정들은 조금씩 희석되었다. 주인공은 귀로의 여정에서 자기의 부서짐과 또 다른 자기의 세워짐을 경험했다. 어떤 전환의 계기를 맞고 있었던 것이다. 따라서 이 작품의 지평을 환멸의 미학 안으로만 가두는 것은 이미 진행되고 있던 미묘한 변화의 의미를 과소평가하는 것이다. 소설이 끝날 즈음 이인화는 '원심적 생활'을 버리고 '구심적 생활'을 '시작'해야 한다는 말을 꺼냈다. 그 맥락 속에서 '구심적 생활'이라는 표현은 조선적 현실의 전체 국면에 대한 근원적 성찰의 요구로 읽힌다.

그러나 우리가 이미 알고 있는 것처럼, 이인화가 여로에서 조우했던 조선인의 삶과 조선이란 현실세계를 「만세전」은 끝까지 추적하지 않았다. 이 소설이 선택한 방법의 제한성이 서사의 확장과 심화를 가로막고 있던 탓이다.

---

4 생번 : 대륙 문화에 동화되지 않은 타이완의 고산족을 뜻하는 말. 문명화되지 못한 야만인의 비유.

5 유종호는 『이심』의 작품론 중에서 "「만세전」의 독자들은 조혼한 주인공의 아내의 죽음에서 대가족 제도 아래 가장 커다란 희생 분담을 떠맡은 한국 여성의 힘겨운 역할을 읽어냈을 것이다. 열다섯 살에 시집와서 보수 없는 노력봉사에 삶을 위탁한 그녀는 출산이라는 여성 특유의 생물적 기능을 끝내고 젊은 나이에 맥없이 죽어가는 것이다. 그것은 가정 내부의 착취적 인간관계를 드러내면서 해방의 당위성을 강력히 시사한다"고 언급했다. 「만세전」에 담겨있는 여성주의적 시각을 고평한 것이다. 「작품해설 : 소설과 사회사」, 『이심』, 민음사, 1987, 319면.

그것을 우리는 「만세전」이 직면했던 '노블로서의 한계'라는 관점에서 생각해볼 필요가 있다. 「만세전」은 그 자신의 양식적, 인식론적 한계를 넘어서려는 준비를 하고 있었지만 굳어진 서사의 체계가 완화될 수 있는 여지는 크지 않았다.

여로라는 단일 플롯과 한 개인의 일면적 시선으로 고정되고 닫힌 구조가 식민지 조선의 이면으로까지 서사의 외연을 밀고 나갈 수 없도록 한 점은 누구나 공감하는 특징이다. 「만세전」이 구사하고 있는 정공법의 묘사가 지닌 한계도 지적해야 하는데, 검열은 누구보다 염상섭 자신이 심각하게 의식하고 있었던 식민지적 난관의 하나였다.[6] 그렇지만 사안의 초점은 이 소설을 시종을 관통하고 있는 이른바 환멸의 미학과 소설양식과의 연관성이 낳은 문제였다.

「만세전」의 환멸이 식민지 '인텔리겐치아'의 좌절에서 비롯된 것이라는 판단은 임화로부터 시작된 것이다. 그는 염상섭의 '페시미즘'을 "멀리서는 신문화 수입 이래의 전 성과에 대한 부정이요, 가까이는 1918년 이래 시작되어 일 시민이나 인텔리겐치아의 제반 요구를 청허聽許해주는 듯한 정황의 귀결에 대한 비관"이라고 해석했다.[7] 임화는 3・1운동의 실패로 인해 『무정』의 세계를 구성했던 주체적 근대성에 대한 자산계급의 노력과 기대는 사멸했으

6 염상섭 자신은 식민지 검열과 근대문학의 긴장관계에 대해 이러한 견해를 남겨 놓았다. "더욱이 당국의 삭제도削除刀가 문단에 대하여 점점 예리하여진 것은 큰 타격인 동시에 특히 장래를 위하여 별반의 방책을 강구치 않으면 아니 되겠다. 문인, 일반 조고가操觚家, 출판업자 등의 연맹 같은 것이 출현되어 적극적으로 방어책을 취함도 장구한 계획으로 좋은 일이겠지마는, 위선 그 작품을 전부 삭제하는 것부터라도 완화시킬 운동을 하는 것이 시급하겠다. 금월 중에도 『신민』에서와 『조선문단』에서 양개 작이 전부 삭제된 모양이니, 실로 중대한 현상이요, 한가지로 문단인이 우려하는 바가 아니면 아니 될 것이다." 염상섭, 「문단시평文壇時評」(『신민』, 1927.2), 『문장 전집』 Ⅰ, 553면. 「만세전」 또한 검열로 인해 여러 차례 개작되었던 작품이다. 그 상황에 대해서는 이재선의 「일제의 검열과 「만세전」의 개작」(『문학사상』, 1979.11)을 참고할 것.

7 임화, 「소설문학 20년」(『동아일보』, 1940.4.12~4.20), 임규찬 책임편집, 『문학사』, 『임화문학예술전집』, 소명출판, 2009, 448면. 하지만 '환멸'의 의식과 3・1운동을 직접 대응시키는 것은 상황을 과장하는 것이라는 판단도 있다. 박헌호, 「한국 근대소설사에서 단편소설의 주류성 문제」, 『식민지 근대성과 소설의 양식』, 소명출판, 2004, 91면.

며 그것은 '이광수적인 것'의 종언을 의미한다고 본 것이다.

임화가 「만세전」을 "조선 자연주의소설의 최고의 절정이자 최종의 모뉴멘트"로 고평한 것은 조선적 근대를 이끌어온 구세력의 역할이 계속될 수 없다는 단정의 역설적 표현이었다. 이인화의 환멸을 임화는 안으로부터 미래로 향한 문을 닫아버린 조선 부르주아의 추락으로 해석했다. 유물론적 역사관의 입증을 위해 이인화의 정신 속에 태동한 '그들'의 삶에 대한 관심을 임화는 애써 외면했다. 그리고 "그(염상섭－인용자)는 요컨대 그들의 선도자들을 위시하여 자기 자신의 사업의 성과가 그 요구에 비하여 너무나 헛될 것을 두려워한 것이리라"[8]와 같은 우아한 수사학을 동원해 「만세전」을 지나간 시대의 만가로 묘사했다. 이 소설을 조선 부르주아의 무덤으로 봉인하고 싶었던 것이다.

하지만 염상섭은 통속의 세계로 나아가면서 「만세전」의 서사를 지탱했던 지식인적 자학의 인격과 결별했다. 견고한 그의 엘리트의식이 해체된 것은 아니었으나 욕망과 억압의 비대칭성이 만드는 내면적 고투의 서사는 중단되었다. 그것은 임화의 판단과는 달리 새로운 시간을 준비하고 있었던 염상섭의 도전이 얻어낸 성과였다. 염상섭이 지녔던 '엘리트적 체질'은 상속되거나 획득한 기득권의 행사라는 일반적인 의미와는 조금 다른 것이었다. 그것은 속물화된 기성의 권위에 저항하는 반골 기질과 순수한 가치의 정수로 회귀하려는 정신적 귀족주의가 결합한 형태를 띠고 있었다.

한낱 "쇼윈도아店頭裝飾의 문명"에 불과하다는 대담한 일본문명관, "다만 세련된 기교에 감복할 따름"이라는 냉정한 일본문학관 속에는 일본적 근대가 노정한 명과 실의 거대한 간극을 헤집고 들어가는[9] 엘리트적 자의식이 뚜렷했다. 일본의 한계는 "우주와 인생 사회에 대하여 좀 더 근간根幹에 부닥다리는 큰 눈이 없고 호흡이 세차지 못한" 탓인데, 그렇기 때문에 일본에서는 대

8 임화, 위의 글, 449면.

9 염상섭, 「배울 것은 기교－일본문단 잡관雜觀」(『동아일보』, 1927.6.7), 『문장 전집』 Ⅰ, 622~634면.

문학이 나올 수 없다고 염상섭은 확신했다.[10] 그의 일본문학관은 프로문학에 대한 신랄함과도 연결되었다. 염상섭은 프로작가를 물도 타지 않은 알콜을 들이키고 수술실로 들어가는 외과의사로, 조선의 문학은 "푸로병"으로 인해 "백 일도 못된 갓 난 아해가 태독胎毒에 걸려 헐떡이는" 형국으로 비유했다. 그것은 조선 문학장의 빈곤화가 가속될 것에 대한 우려의 표현이었다.[11]

나르시시즘적 자기과장과 대외 의존성에 대한 깊은 불신은 일본문학과 프로문학에 대한 염상섭 비평의식에 내재된 공통된 하나의 시각이었다. 그런데 그러한 불신의 이면에는 사유의 토착화, 혹은 토착민의 감각에 대한 신뢰라는 염상섭 특유의 역발상이 들어 있었다. 오랜 시간 집적되어 신체화된 삶의 양식들이 드러내는 재현방식에 대한 염상섭의 관심과 믿음은 깊었다. 박래한 모더니티를 문명의 권위로 받아들이는 세태를 염상섭은 비루한 것으로 여겼다. 자신의 촉수로 점검되거나 확인되지 않는 모든 권위와 가치에 대한 의심과 혐기, 그것이 염상섭 문학의 생존근거이자 자존감의 기초였다.

「만세전」은 염상섭의 오만한 엘리트주의가 근대소설의 정통양식 — 그가 깊이 사숙했던 이른바 북국北國의 노블들 —[12]을 빌려 피식민자와 식민지의 현실을 표현 가능한 극점까지 밀고나간 작품이었다. 예민한 지식인의 내면과 순정한 정신을 흔들고 혼돈에 빠트리는 현실, 그 과정에서 찾아온 각성을 수용하는 정직함과 그 눈에 포착되는 연옥적 세계상을 이 소설은 가감 없이 묘사했다. 그러나 「만세전」이 조선의 피식민자가 겪고 있는 상황의 '전부'를

10 "침통한 고뇌에 부대껴보지 못한 국민에게서는 깊은 문학이 나오기 어렵고, 대륙의 바람을 쏘이지 못한 백성에게는 영혼의 큰 울림을 바랄 수 없는 모양이다." 위의 글, 633면.

11 염상섭, 「문단시평」(『신민』, 1927.2), 『문장 전집』 Ⅰ, 546~559면.

12 이보영 교수는 자신의 저서에서 '난세성'이란 개념을 매개로 염상섭과 러시아 리얼리즘 문학의 깊은 연관성에 대해 여러 차례 강조했다. "난세적인 악과 불행과 여기에 대한 저항의 극한을 통하여 그 종말적 사회의 모순을 폭로하고 초극하려는 작가의 의지"라는 관점에서 도스토예프스키 『죄와 벌』의 세계와 염상섭 문학 주인공들의 행적을 비교한 것이 그 하나의 사례이다. 이보영, 『난세의 문학-염상섭론』, 예림기획, 2001, 33면. 「염상섭평전 8」(『문예연구』 68, 문예연구사, 2011)에서도 "'북풍'으로 암시된 19세기 러시아문학의 영향권 안에 있는 대표적 조선작가가 염상섭이었음은 그의 여러 작품에 의해 입증된다"고 주장한다.

담을 수는 없었다. 다른 차원으로 말하면, 조선적 현실을 중층적으로, 혹은 전면적으로 해부해 들어가지 못했던 것이다.

'역域'의 차별을 피식민자의 정신현상에 대한 분석으로까지 끌고 올라간 것은 그 자체로 놀라운 성취였다. 하지만 이러한 접근만으로 식민지의 근저까지 묘파될 수는 없었다. 그것은 이미 언급했던 것처럼, 「만세전」이 선택했던 환멸의 양식이란 서사방법의 한계와 연관된 문제였다. 환멸을 매개로 식민지를 이해했던 엘리트적 자아가 소설양식 구조화의 원리였기 때문에 「만세전」이 도달한 성과와 한계에 대한 냉철한 복기 또한 결국 염상섭 자신의 몫일 수밖에 없었다.

「만세전」 이후 염상섭의 문학은 급격히 변모되었다. 변화의 내용은 통속의 요소와 정통문학의 자질이 의도적으로 교직된 세계를 담고 있었다. 조화되기 어려운 이질성의 비균질적 결합은 식민지에서 노블의 생존과 독립이란 목표를 향하고 있었다. 그것은 가야트리 스피박Gayatri Spivak이 언급한 'parataxis'의 개념을 연상시킨다. 스피박은 "착취자에게 들이대는 날카로운 칼날을 하나도 잃어버리지 않는" 서사의 사례를 언급하면서 'partactic'이라는 용어를 사용했는데, 이는 갈등이나 모순이 해결되지 않은 채 병치되는 관계를 지시한다.[13] 'parataxis'라는 용어가 사전적으로 문장과 절, 구를 접속사 없이 늘어놓는 것을 뜻한다면, 염상섭 장편소설의 구성은 이질적 요소의 병렬적인 '혼성편제'의 구성을 보여준다는 점에서 상호 유비적이다.[14]

---

13 가야트리 스피박, 태혜숙 · 박미선 역, 『포스트 식민이성 비판』, 갈무리, 2005, 27면의 주 7.

14 '파라탁시스'의 개념에 대해서는 다음의 논문 구절이 시사적이다. 염상섭의 서사를 이해하는데 원용되어도 무방한 문장이라고 판단한다. "'줄어든 긴급사태Fewer Emergency'는 어느 하나의 플롯을 중심으로 이야기를 풀어가고 있지 않다. 각각의 요소들이 거의 동등한 무게를 지니고 있어서 어느 하나도 강조되지 않으며 또한 어느 하나도 가볍게 여길 수 없다. 폭력범의 총기 난사가 있고 곧 이어 우편배달부의 아들의 시각이 제시되고 그 후에 우편배달부가 일하러 나오지 못하는 이유가 다시 제시된다. 이때 총기난사와 우편배달부의 아들, 그리고 우편배달부의 이야기는 철저히 나열적 혹은 병렬적이다. 그 내용에서 인과적 내용을 유추해내기 어렵기 때문이다. 이것이 병렬parataxis로서, 레만이 밝히고 있는 포스트 드라마적 요소이며 또 한편으로 퍼포먼스적 요소이다." 이용은, 「포스트 드라마와 새로운 서사—Crimp의 Fewer Emergency를 중심으로」,

그것은 통속과 비극, 희극과 간계, 전통서사와 서구양식, 형이상의 사유와 관습적인 하층어, 리얼리티와 과장, 희곡적 특질과 소설적 묘사, 서로 다른 서사들의 착종과 복합, 주도서사와 주변서사의 불확정과 의미론적 역전, 에피소드와 중심 플롯의 모호한 관계 등이 외견상 무질서하게 동거하는 형태로 편성된다. 그러한 복합성은 노블의 본래적 성격이지만 염상섭의 장편은 그 일반적인 정황을 현저히 넘어섰다. 의도된 서사의 혼돈인 것이다.

염상섭 장편의 서사를 '파라탁시스parataxis'라는 용어로 설명했지만, 그것이 불가해한 혼돈과 잡거를 뜻하는 것은 아니다. 그의 소설은 난해하기보다 갈피를 잡기가 어려운 것이다. "엉성한 소설이 흔히 그렇듯이 복잡한 줄거리를 가지고 있으며 한마디로 정의하기 어려운 작품"이란[15] 『이심』에 대한 유종호의 평가는 염상섭 소설 독해의 그러한 곤혹스러움을 잘 드러낸다.

여기서 식민지 작가의 의식적인 책략이 드러난다. 1929년 10월, 문제작 『광분』의 연재를 시작하며 염상섭은 독자들이 자신의 숨겨진 의도를 간파하길 간곡하게 희망했다.

> 작자는 이제 큰 문제의 하나인 성욕문제를 중심으로 인생의 한 구절을 그려보려 합니다. (…중략…) 그러는 가운데서도 이 시대상을 말하는 소위 모던 걸이라는 현대적 여성의 생활에 많은 흥미를 가지고 쓰려 합니다. (…중략…) 그러나 독자는 여기에 홀려서는 아니 됩니다. 내 글이 아름답고 사연이 반가워서 홀린다는 뜻이 아니라 작중인물의 그 부도덕하고 불건전하고 불합리한 모양만이 여러분의 눈에 뜨이며, 그 천열賤劣한 쾌감을 만족시킴에 그치고 작자의 참 목적 앞에 여러분의 눈과 감각이 무디다 할진대 작자는 실망치 않을 수 없다는 말입니다.[16]

『인문언어』 12-2, 국제언어인문학회, 2010, 281면.

15 유종호, 「소설과 사회사」(작품해설), 『이심』, 민음사, 1987, 312면.

16 염상섭, 김경수 감수, 『광분』, 프레스21, 1996, 5면.

문자로 재현한 것 이상의 무엇을 전달하겠다는 작가의 욕망은, 식민지의 억압과 금지의 상황까지를 함께 넘어서 보겠다는 단호한 의지의 중의적 표명이었다.

2. '통속'의 조건, '민중'과 '데모크라시'

'통속화'의 계기는 「만세전」이 도달했던 지점이 자신의 한계였음을 인식한 것에서 비롯되었다. 염상섭은 1928년 4월부터 6월까지 두 편의 소설론을 연속해서 발표했다. 이 글들 속에는 오랜 시간 지속된 장편소설의 신문연재에 대한 그 나름의 문학관이 피력되어 있었다. 「만세전」 이후의 생겨난 소설 경향의 변모를 공개적으로 설명할 필요가 있었을 것이다.

이미 3년 전(1925), 김억은 염상섭 소설의 문제를 단호하게 지적했다. 그는 『너희들은 무엇을 얻었느냐』가 "독자의 맘을 사려고 '엿'과 같이 사건을 늘인" 작품이라고 비판했다. 염상섭은 김억에 의해 "작품에 충실치 못한" 작가이자 "작품을 상품시"하는 문학 하류배로 '맹성猛省'을 촉구당한 신세가 되었다.[17]

염상섭 문학에 대한 부정적 시각은 이후에도 이어졌다. 1934년 조용만은 염상섭이 저널리즘에 휩쓸려 "「암야」, 「해바라기」 당시의 모든 좋은 작가적 자질을 배반하고 완전히 한 개의 통속소설작가로 전환하여 버렸"다고 혹평했다. 조용만은 자신이 "경멸할 수 없는 이 고통한 향기"로 묘사한 초기 단편소설의 시대를 염상섭 문학의 본령으로 이해했다. 루쉰魯迅의 「아Q정전」을 예로 들며 "조선의 작가에서가 아니고는 맛볼 수 없는 특수한 풍격"의 부재

17 김억, 「염상섭론—'비통悲痛'의 상섭想涉」, 『생장』, 1925.2.

도 거론했는데, 말하자면 염상섭은 진실로 이해받지 못했던 것이다.[18]

단편소설을 본격문학의 고유한 형식으로 과장하는 한국적 현상에 대해서는 이미 박헌호의 탁견이 제시된 바 있지만,[19] 어떤 독자는 진심어린 어조로 단편소설을 발표해주길 호소했다. 그는 "신문소설은 돈에 팔려 쓰이고 있는 것을 우리는 압니다. 그러므로 신문소설을 가지고 선생의 작가作家 정체正體를 대하려는 무지는 범하지 않겠습니다. 그러니까 선생의 정말 작가적 태도를 접할 수 있는 단편을 기다리게 됨이외다"라고 말했다.[20] 염상섭의 신문장편소설은 초기 단편에 가려진 음화陰畵로, 작가적 삶의 고단함에 대한 위안과 생계의 형식으로 독자들에게 받아들여진 것이다.

동료 문인에 의해 본격문학의 길에서 벗어난 행태로 규정되었음에도 염상섭의 신문소설의 연재는 계속되었다. 『너희들은 무엇을 얻었느냐』(1923, 『동아일보』), 『진주는 주었으나』(1925, 『동아일보』), 『사랑과 죄』(1927, 『동아일보』), 『이심』(1928, 『매일신보』), 『광분』(1929, 『조선일보』), 『삼대』(1931, 『조선일보』)로 이어지는 장편문학의 계보는 이 시기가 염상섭 문학인생의 최전성기라는 느낌을 갖게 한다. 그 점에서 염상섭은 자신의 선택을 변호할 충분한 필요성이 있었다.

> 나는 소설을 쓰면서 매양 누구에게 읽히려고 쓰느냐는 질문을 자기에게 발하는 때가 많다. 자기 딴은 다소 고급이라 할 만한 표준으로 쓸 때에는 소위 문단끼

---

18 조용만, 「홍금을 열어 선배에게 일탄을 날림-염상섭 씨에게」, 『조선중앙일보』, 1934.6.26~6.27.

19 한국 근대문학에서 단편소설이 보다 예술적인 양식으로 평가된 이유와 과정에 대해서는 박헌호의 『식민지 근대성과 소설의 양식』(소명출판, 2004)의 1부를 구성하는 3편의 논문을 참고할 것. 이 글의 문제의식과 관련하여 박헌호는 "신문이나 대중잡지의 통속성을 공박하면서 이것이 조선에서 장편소설이 통속화되는 핵심적인 이유라고 지적"한 식민지 시대 작가들의 일반적 인식을 비판하면서 "근대소설은 말의 진정한 의미에서 통속적인 장르라고 할 수 있다. 근대화란, 말하자면 지상地上의 형식이며 세속화의 시대가 아닌가? 통속소설은 근대소설이 짊어져야 할 또 하나의 화두"(「한국 근대소설사에서 단편양식의 주류성 문제」, 같은 책, 70~71면)라고 주장했다. 이러한 견해는 염상섭의 통속론을 적극적으로 지지하는 의미를 지닌다.

20 하영만, 「염상섭씨에게-단편을 발표하라!」, 『조선중앙일보』, 1934.7.24.

리만 읽으려고 쓰는 것인가 하고 스스로 묻는다. 또 그보다 낮추어서 소위 신문소설, 통속소설을 쓸 때에는 그 독자의 계급적 성질과 교양의 최고점과 평균점이라는 것을 고려치 않을 수 없다. 그리하여 자기는 동호자同好者끼리를 위한 소설과, 중학교 3, 4학년 생도의 정도를 표준으로 한 통속소설을 쓴다는 답안에 도달하였다. 어찌하여 그러하냐? 여기에 대한 설명은 문예와 계급적 관계를 제시할 것이요, 아울러서 조선의 현상現狀은 얼마한 정도의 문예를 가질 수 있겠느냐는 것을 지적할 것이다.[21]

염상섭은 이 글에서 독자와의 소통가능성이 소설 창작의 관건적 요소임을 지적했다. 그러나 독자의 수준에 대한 고려가 구매력에 영합하려는 상업적 목적의 산물임은 부정했다. 그가 강조한 것은 소설문학의 독자가 신문소설의 수용자인 '청소년 학생'과 '유복한 부녀자들'로 한정될 수밖에 없다는 문학장의 냉정한 현실이었다.[22] 여기서 염상섭 자신이 스스로 인정한 '통속작가'의 개념이 조금씩 구체화되었다. 사회적 한계로 인한 독자층의 결핍이라는 위기를 넘어서기 위해 통속소설을 집필한다는 것이 염상섭의 주장이었는데, 이로써 '통속'은 가치중립적이며 유연한 현실 대응의 의미를 갖게 되었다.

염상섭은 "통속소설일지라도 소위 본격적 소설이 아닌 것은 아니다. 다만 예술미의 고하高下로 논지論之할 것"[23]이라고 '통속'의 의미를 정리했다. 그것은 '통속소설'의 내용 속에 '본격예술소설'의 자질이 함유되어있다는 뜻이었다. '통속소설'은 한 차원 낮은 '본격예술소설'이라는 논리를 펼친 것이다. '통속'과 '본격'의 간극이 양적인 것에 불과하다는 염상섭의 진술은, 적극적인 자기옹호의 발언이자 '노블'의 양식적 본질에 깊숙이 육박해 들어간 이론적 자의식의 표명이었다.

21 염상섭, 「조선의 문예, 문예와 민중」(『동아일보』, 1928.4.10~17), 『문장 전집』 Ⅰ, 697~698면.
22 식민지 시기 신문연재소설의 문화적 위치에 대한 당대의 논의에 대해서는 천정환의 『근대의 책읽기』(푸른역사, 2003)의 「신문연재소설의 문화적 위상」(323~334면)을 참고할 것.
23 염상섭, 「문예시감(7)—통속・대중・탐정」(『매일신보』, 1934.8.21), 『문장 전집』 Ⅱ, 397면.

자신의 문학을 '통속소설'로 정의하고 '청소년 학생'과 '유복한 부녀자'로 한정될지라도 읽고자하는 자를 위해 소설을 써야 한다는 염상섭의 발상은 문학상의 '반정통주의 선언'이었다.[24] 우리는 염상섭이 '통속'이라는 용어로 자기를 표상하는 데 주저하지 않았다는 점에 주목해야 한다. '통속'이란 말 속에 들어있는 지식문화 '하방'에 대한 시대적 요구, 상층 지식인에 집중된 배타적 지식소유의 족쇄를 깨트려야 한다는 강렬한 문명적 전환의 흐름을 염상섭은 공유하고 있었다. 「계급문학시비론－작가로서는 무의미한 말」(『개벽』 56, 1925.2)에서 "저급의 교양을 가진 다대수 민중을 표준하여 작품의 난사難辭를 피하라 함은 일리가 없지 않지만 그렇다고 작품을 통속화할 수는 없는 것"이라고 단언했던 것과는 커다란 사고의 전환이 있었던 것이다. 3년의 세월 속에 염상섭 사유에 어떤 변화가 있었던 것일까? 무엇이 염상섭의 완강한 문학관을 완화시켰던 것일까?

1920년대 초기의 진보잡지 『공제共濟』 1·2호는 김약수가 집필한 「통속유행어」를 게재했다. 여기서 설명된 용어는 물질주의, 사대주의, 쾌락주의, 암시, 상호부조론, 진화, 몬로주의, 과격파, 부인해방, 해방, 온정주의, 민족자결, 위생적 미인, 인도주의, 사회정책, 사회주의, 노동운동, 사회문제, 해양의 자유, 노동조합, 사회당, 공산주의, 과학파산, 과정, 가능성, 가로수, 혁신단, 기사문, 기하급수, 공중우편, 구체적, 예술 때문에의 예술, 인생 때문에의 예술, 예술, 경문학硬文學, 계몽운동, 공설시장, 공장법, 후천적, 사설, 자유시, 자유결혼, 소극적, 상식, 소설, 처녀연설, 처녀작, 백수노동자, 상아탑, 제삼자, 삼면기사, 정당, 주의인물, 노동공산주의, 아멘, 동경, 허무주의, 삐라, 청년단, 대등주의 등 모두 60개에 달했다.

24 '통속소설'에 대한 이러한 이해는 염상섭 고유의 것이라기보다 당대에 통용되던 일반적인 것이기도 했다. 김기진은 통속소설의 개념을 "민간의 조선문 신문이 간행된 이래로 가정 내의 독자를 유인하기 위하여 그들 문예의 사도들로 하여금 가정 독자의 흥미를 끌만한 소설을 쓰게 하여 삽화와 한가지로 신문에 기재한 것"이라고 정의한다. 김기진, 「대중소설론」, 『김팔봉문학전집』 1, 문학과지성사, 1988, 128면.

이 용어들은 당대인이면 누구나 알아야만 하는 필수적 지식이라는 뜻에서 '통속'의 범주에 편입된 것이다. 신문명과 신문화의 향유를 위해 필요한 최소한의 개념을 적극적으로 전파하기 위해 '통속'이란 개념이 동원된 것이다.[25] "용모는 추악하나 체격은 튼튼하다는 의미"를 담고 있는 '위생적 미인'과 같은 속화俗話는 극히 이례적인 일이었으며, 대부분 서구 사회운동과 신문화의 번역어를 소개했다. 「노동문제 통속강화」(『공제』 8), 「조선역사 통속강화」(『동명』 3), 「조선어 연구의 통속적 고찰」(『신민』 20), 「통속위생강좌」(『조선농민』 2-4), 「통속회의방법」(『조선농민』 5-4), 「문예통속강화」(『동아일보』, 1925.12.31) 들처럼 1920년대 매체에서 빈번히 등장하는 '통속'의 표현들도 민중의 주체성과 삶의 향상을 적극적으로 형용하기 위해 활용되었다. 염상섭도 그러한 맥락에서 '통속문학'의 의미를 이해했다.

앞에서 언급한 사례들은, 1920년대 '통속'개념 이해방식의 큰 흐름이 대중의 독립적인 자기발전 운동과 결합되어 있었음을 보여준다. '통속(화)'의 목표는 낙후된 상황에 처해있는 대중을 북돋아 그들 스스로 자신의 지식과 문화를 점진적으로 상향시키는 데 있었다. 그것은 위로부터의 각성을 추구하는 계몽주의의 일방적 방식과는 구별되는 태도였다. 지식의 대중연대와 그 네트워크를 통해 새로운 지식문화 생태계를 만들기 위한 적극적 노력의 일환으로 '통속'의 개념이 해석된 것이다.

'통속' 개념은 소설사 인식의 문제에까지 영향을 미쳤다. 염상섭은 당대를 '민중'과 '데모크라시'의 시대이자 '평민'과 '민중'의 예술인 '소설의 시대'로 규정했다.[26] 그는 당시 소설단을 '통속소설'(대중문예), '무산파 작가'들의 '투쟁

25 '통속'이란 용어의 기원은 매우 오래되었다. 시기별로 다양한 용례가 보인다. 그렇지만 어느 시대든지 지식과 문화의 다중적 해방이란 의미를 담고 있다. '통속'이 '저속'의 뜻으로, 부정적인 홍미 추구의 태도와 그 상황을 지칭하는 낱말로 이해되는 계기에 대해서는 아직 구체적으로 확인하지 못했다. 많은 공부가 필요한 과제이다. 어쩌면 이 용어의 등장과 함께 두 가지 개념이 공존했을지도 모른다. 지배층의 지식 문화를 특별하게 가치화했을 가능성이 있기 때문이다. 현대사회의 부정적 용례는 확실히 그러한 의미를 가지고 있지만 실제의 맥락을 확인하기 위해서는 관련 자료의 전체적 점검이 필요하다.

선전작품', '부르주아적'인 '고급의 제작'으로 삼분하고, "순예술미를 가진 소위 고급의 작품은 대중과 연緣이 먼 것으로 동호자同好者끼리의 감상에 공供" 하는 것이기 때문에 소설과 민중의 관계는 통속소설(대중문예)를 통해서만 가능하다고 주장했다.[27]

염상섭이 프로문학을 배제한 것은 납득하기 어려운 판단이었다. 하지만 '통속'과 '대중', '민중'과 '평민'이라는 용어를 '데모크라시'라는 시대정신과 결합시키고 이들이 '데모크라시'의 문학적 재현체계라고 규정한 것은 근대소설의 역사성에 대한 본질적인 성찰을 담고 있는 견해였다. '민중'과 '데모크라시'로 서구와 중국, 한국의 소설사를 통관한 염상섭의 견해는 매우 선구적인 이론적 문제의식을 드러냈다.

> 지나支那의 소설, 희곡이 당송唐宋의 운문시대의 뒤를 받아서 원대元代에 신기원을 지은 것이라든지 영문학에 있어서 사무엘 리처드슨의 『파멜라*Pamela*』가 소설의 최초 작품이라는 것이라든지, 조선에서 『춘향전』, 『홍길동전』 등이 출현한 사실과 그 작품의 내용으로 보아서든지 모두가 서민계급의 세력이 바야흐로 대두하려는 시운時運의 추이에 말미암음이라고 볼 수 있다. 원元의 소설을 발흥케 한 동기가 몽고인 기타 외국인으로 말미암아 신이상에 접촉케 되고 각지의 이문기담異聞奇譚을 상호尙好 채록케 된 결과에 있다 하거니와 이것은 즉, 시문詩文과 같이 초속적超俗的 전아典雅라든지 신운神韻이 표묘縹渺라는 귀족적, 고답적 경지에서 민중적으로 보편화하여 실인생實人生, 실생활의 내용과 형태를 직관·비판하려는 예술적 새 시험이라 할 것이다. 또 리처드슨의 『파멜라』로 말할지라도 그 발표가 구미의 데모크라시 사상의 바야흐로 왕성한 18세기 중엽의 사事라고 함은 주목할 만한 사실이다.

26 염상섭, 「소설과 민중-「조선과 문예, 문예와 민중」의 속론續論」(『동아일보』, 1928.5.27~6.3), 『문장 전집』 Ⅰ, 712~713면.

27 위의 글, 714면.

> 즉, 『파멜라』가 발표된 것이 1740년인데 불란서혁명이 49년 후의 1789년이요, 미국의 독립선언이 36년을 격隔한 1776년이며 맑스의 탄생이 18세기에 들어서서 1818년이라는 등 사실을 보아 18세기 말엽 이래로 구주歐洲의 민주주의적 경향이 농후하고 민중의식이 왕일한 시대적 기운이 소설 발생을 촉성促成함이라 함은 타당한 관찰이라 할 것이다. 그뿐 아니라 『파멜라』의 내용이 천비賤婢의 몸으로 귀공자의 농락과 유혹을 배제하고 굳이 정조를 가꾸어 필경 일 소녀의 정숙·고결한 인격의 감화로 귀공자를 번연飜然·회오悔悟케 하는 동시에 인습을 타파하고 마침내 예를 갖추어 정실로 맞게 되었다는 사실은 마치 조선의 춘향이의 수절로써 천기의 몸이 정경부인의 영화를 누리게 되었다는 사실과 이곡동음異曲同音이니, 이는 서민계급이 특권계급에 대하여 승리하였다거나 혹은 계급의식이나 인습도덕에 반항하고 인물본위와 도덕관념으로 평등사상을 고조한 것이라 볼 것이다. 그 외에 『홍길동전』이 서얼의 천시, 압박에 대한 반동사상을 표백하고 『심청전』이 미천한 소녀로도 덕행의 응보應報로써 능히 왕후의 존귀를 누릴 수 있음을 묘사한 것도 역시 데모크라시 정신의 일 발로요, 서민을 위한 만장萬丈의 기염氣焰이라 할 것이다.[28]

1928년 작성된 이 문장은 한국 전통소설의 노블적 성격을 거론한 가장 이른 시기의 평문이었다.[29] 염상섭은 원대元代의 중국소설, 리처드슨의 『파멜

28 위의 글, 714~715면.

29 『춘향전』을 비롯한 전통소설에 대한 염상섭의 시각은 김태준의 초기 『춘향전』 해석에 깊은 영향을 주었다. 1931년 『동아일보』에 연재된 『조선소설사』에서 김태준은 위 인용문과 거의 동일한 내용을 제시하고 그 출처가 염상섭의 「소설과 민중」임을 밝혔다. 김태준은 염상섭의 문장 뒤에 다음과 같이 자신의 의견을 붙였다. "이로써 『춘향전』의 시대를 율律하야보면 강희康熙 시대의 청국보담, 혹은 1740년의 구주보담 민중의식이 왕성하였던 것을 알 것이다. 『춘향전』 중에 농부들이 노래를 부르면서 이앙移秧하는 장면이라든지, 이어사李御使가 암행어사로 출도할 적에 많은 과부들이 동헌에 모여서 만고 열녀 춘향을 방면하여 달라고 크게 기함氣焰을 토吐하고 있는 장면 같은 것이 분명히 민중의식을 고취하고 있는 것은 다투지 못할 사실이다. 서민계급의 승리와 계급의식 혹은 인습도덕에 대한 반항과 인물 본위 도의관념으로서의 평등사상 고취 등—이것이 『춘향전』이 문학상 영원의 승미勝味이며 향토예술로서 최고한 가치와 의미이라고 한다." 『동아일보』, 1931.2.7.

라』와 『춘향전』, 『심청전』, 『홍길동전』의 소설적 성격을 같은 맥락 안에서 비교했다. 이들을 하나로 엮는 자질은 민중성인데, 염상섭은 인류사적인 차원에서 노블이 기원을 설명하기 위한 고리로 민중성이란 개념을 선택했다.

하지만 각각의 지역은 그 나름의 고유한 특징을 지니고 있었다. 중국소설의 융성에는 탈중화성과 민중생활의 연계가 가장 큰 영향을 미쳤다. 이민족의 이동과 혼거라는 새로운 사회현상이 민중문화의 자장 안에서 소설이라는 새로운 문학양식을 만드는 동력이 된 것이다.

서구소설과 한국소설의 관계는 '데모크라시'라는 차원에서 밀착되었다. 염상섭은 『파멜라』가 간행된 1740년 이후의 역사를 '데모크라시'의 시각에서 재구성했다. 그에 의하면 프랑스대혁명, 미국의 독립선언, 칼 마르크스의 탄생이 '데모크라시'의 진전을 가능하게 한 사건들이며 소설 / 노블의 발전을 촉진시킨 사회적 배경들이다. '데모크라시'의 개념 안에 마르크스의 사회주의를 포함시킨 것이 중요한데, 여기서 염상섭이 민주주의의 구도 안에서 사회주의의 역사성을 조망했다는 점이 명백해진다.

염상섭은 『홍길동전』에서 '서얼의 천시압박에 대한 반동사상'을, 『심청전』에서는 '덕행의 응보'로써 '미천한 소녀'가 '왕후의 존귀'를 누릴 수 있음을 읽어냈다. 전통문학에 대한 날카로운 역사적 심미안을 드러낸 것이다. 그런데 이 글의 초점은 무엇보다 『파멜라』와 『춘향전』의 위상을 비교하는 대목에 있었다. 염상섭은 이 두 작품의 예술적, 사회적 의의를 "서민계급이 특권계급에 대하여 승리하였다거나 혹은 계급의식이나 인습도덕에 반항하고 인물본위와 도덕관념으로 평등사상을 고조한 것"이라고 규정했다. 신분을 초월한 연애담의 대중적 폭발력에 주목한 것인데, 이언 와트Ian Watt는 그것을 "그처럼 돌이킬 수 없는 문학의 혁명이 그처럼 오래된 문학의 장치에 의해 초래되었다는 것은 기이한 일임에 틀림없다"고 분석했다.[30] '그처럼 오래된 문

30 이언 와트, 강유나 · 고경하 역, 「5장 : 사랑과 소설」, 『소설의 발생』, 강, 2009, 201면.

학의 장치'란 말할 것도 없이 '연애의 서사'였다.

이 글에서 염상섭은 서구소설과 동아시아 소설이 민주주의와 인간해방의 기록이란 공통정신으로 묶여져 있음을 강조하고 역사철학적인 관점에서 노블의 성격을 해명해야 한다는 주장을 펼쳤다. 그것은 노블이 인류사의 진전을 위한 노력과 고투의 결과임을 천명한 것이다. 문학사의 해석에 인간중심의 정치사상이란 보편적 기준이 개입하면서 동서의 구별뿐 아니라 전통과 현대의 간극마저 경계가 희미해졌다. 노블의 기원과 성격에 대한 논의가 보다 집중화된 방식으로 압축되어 진행될 수 있는 길이 열린 것이다.

이러한 논의로 인해 이광수의 『무정』을 한국적 노블의 단초로 보려는 구도는 크게 흔들렸다. 네이션 간의 충돌과 그로부터 야기된 전통에 대한 의심과 개인성에 대한 자각을 한국적 노블을 촉발한 계기로 판단하는 시각은 이미 오래전에 성립되었다.[31] 그러나 염상섭은 인간의 가치에 대한 사회적 인식 변화와 그 변화 과정에 개입하는 인간들의 실천을 더욱 중요한 척도로 이해했다. 그것은 서구적 근대제도의 수용과 그 인격적 구현 정도로 한국의 근대성을 측정하려했던 모든 시도들을 무색하게 만들었다.

염상섭은 '무엇이 노블인가'라는 질문에 대해 '데모크라시'의 정신과 '민중성'의 존재 유무만을 문제 삼았다. 그것이 서구적 기준에 합당한 '민중' 개념인가, 또는 서구적 경험을 반영한 '데모크라시'인가는 고려하지 않았다. 주체의 가치판단을 근대성의 기준으로 삼으려는 이러한 태도는, 식민지라는 상대적 빈곤의 세계에 살고 있는 지식인들이 선택할 수 있는 대안적 인식론의 의미를 갖는다.

임화는 『신문학사』에서 "이태리문학사의 르네상스 이후, 영국문학사의 엘리자베스조 이후, 불란서문학사의 문예부흥기 이후, 로서아문학사의 국민문학 수립기 이후, 서반아문학사의 세르반테스 이후가 모두 우리 신문학사에

31 대표적인 논의로 황종연의 「노블 · 청년 · 제국」(『탕아를 위한 비평』, 문학동네, 2012, 407~408면)을 참고할 것.

해당한다"고 썼다.[32] 하지만 이들과 비슷한 시기인 '이조의 언문문학'은 신문학의 범주에서 배제했다. 그 원인을 임화는 이렇게 설명했다.

> 이조의 언문문학에서 우리는 르네상스 시대의 사람들이 희랍과 라마에서 발견한 고대의 정신, 고전의 완미完美를 발견할 수 없는 것이 역시 당연하기 때문이다. 그것은 오직 봉건적 문학에 불과하였다.[33]

조선에서 르네상스가 수행한 인간중심화 과정이 부재했음을 문제 삼은 것이다. 임화는 신문학에 새겨진 '이조 언문문학'의 영향력을 '유소幼少한 시민'의 역량부족으로 인해 생겨난 어쩔 수 없는 불가피함으로 해석했다. 이렇게 전통문학은 문학적 근대의 도정에서 타자화되었다.

염상섭이 전통소설과 근대문학의 동시대성을 암시했다면 임화는 그것을 부정했다. 문제는 조선인이 경험할 수 없었던 르네상스라는 서구의 기준이 그 과정에 등장했다는 점이다. 임화가 전통소설을 한국적 근대의 파행성이란 한계상황의 틈 속에 연명했던 존재로 이해한 것은 토착문화의 긴 생명력과 재생산성을 너무 각박하게 평가한 결과였다. 근대적 보편주의에 대한 지나친 열망이 한국문학의 역사성에 대한 독자적 인식을 가로막은 것이다.

전통소설의 노블적 이해에 대한 염상섭의 견해는 프로문학 진영의 문예대중화론과 겹쳐서 읽을 때 그 시대적 맥락이 더욱 구체화된다. 1929년, 문예대중화론을 촉발시킨 김기진은 『춘향전』, 『심청전』, 『옥루몽』 등 전통소설의 막대한 판매량에 주목하고 그 양식의 현대화를 통해 프로문학의 저변을 확대해야 한다는 논리를 펼쳤다. 전통소설 독서 인구에 대한 사회주의 선전의 가능성을 지적한 것이다.

하지만 김기진이 전통소설의 작품성에 관심을 두었던 것은 아니었다. 그

32 임규찬 책임편집, 『문학사』, 『임화문학예술전집』 2, 소명출판, 2009, 16면.
33 위의 책, 137면.

는 조선의 농민과 노동자에게 전통소설이 "필요하지 않다"고 잘라 말했다. 뿐만 아니라 전통소설이 농민과 노동자에게 현실도피의 환상과 미신, 노예근성과 숙명론, 봉건적 취미 등을 갖게 한다고 비판했다.[34]

김기진은 대중의 관심을 활용하여 전통소설을 사회주의 선전의 매체로 활용할 수 있을지의 여부만을 고민했다.[35] 형식을 남겨놓고 내용을 개조하자는 내용과 형식의 분리론은 "『춘향전』은 음탕 교과서요, 『심청전』은 처량 교과서요, 『홍길동전』은 허황 교과서라"고 말했던 이해조 『자유종』(1910)의 한 구절을 떠올리게 한다. 김기진과 이해조는 자기시간의 절대화라는 계몽주의의 구도 속에 갇혀 있다는 공통점을 갖고 있었다. 그들은 전시대를 부정함으로써 당대를 부각시키는 시대구분의 가치론적 계서화의 구도를 뚜렷하게 드러냈다.

김기진이 전통소설을 혁명의 동력으로 삼고자 했다면, 염상섭은 그것의 노블적 자질을 당대의 문학 속에 새롭게 구현하려고 했다. 김기진은 '금준미주천인혈金樽美酒千人血'로 시작되는 『춘향전』의 칠언절구를 검열체제 우회를 위한 반제국주의 비유로 재활용할 것을 주장한 반면, 염상섭은 자신이 주목한 전통소설의 인간화과정이 어떻게 한국문학의 전 국면에 스며들 수 있는가를 고민했다.

염상섭은 그가 「소설과 민중」에서 말했던 인식내용을 자기 작품의 뼈대로 삼았다. 판소리계소설의 창작에 참여했던 무수한 민중작가들의 후인後人이 되기를 자청하고 전통서사 문법과 인물 형상을 과감하게 자신의 문학 속에 도입했다. 오직 당대만을 그렸던 염상섭 소설에서 빈번히 등장하는 설명하기 곤란한 '비현대성'은 이러한 연유로 생겨난 것이다.

「소설과 민중」 속에는 리처드슨의 『파멜라』와 빅토르 위고의 『애사哀史』 서문이 인용되고 있는데, 특히 위고의 것은 염상섭 자신의 문학적 의도와 지향을 대변하기 위해 동원한 권위의 복화술로 읽힌다.

---

34 김기진, 앞의 글, 130면.

35 전통성과 문예대중화론의 관계에 대한 문제는 한기형의 「시장과 선전 – 문예대중화론과 식민지 검열의 교착」, 『대동문화연구』 79, 성균관대 대동문화연구원, 2012를 참조할 것.

법률과 풍속에 의하여 어떠한 영겁의 사회적 처벌이 존재하고 그리하여 인위적 지옥을 문명의 중심에 세워 신성한 운명을 세간적 인과로써 분규케 하는 동안은 즉 하층계급을 인한 남자의 실패, 기아로 인한 여자의 타락, 암흑으로 인한 아동의 위축, 이러한 시대적 삼개 문제가 해결되지 못하는 동안은, 즉 어떤 방면에서 사회적 질식 가능한 동안은, 즉 환언하여 더한층 광범한 견지로 보면 지상에서 무지와 비참이 있는 동안은 본서와 같은 성질의 서적이 아마 무익하지는 않을 것이다.[36]

3. 확장되는 노블, 통속성과 토착성

염상섭의 장편은 '아雅'와 '속俗'이 서로를 견제하며 이끌고 협력하는 '아속절충'의 장이었다. "염상섭이 포착하는 사랑의 서사는 무엇보다도 열정의 배제에 기초해있다"는[37] 분석은 염상섭 장편의 미학적 핵심을 날카롭게 드러낸다. 그의 소설에 빈번하게 등장하는 남녀의 삼각관계에서, 타오르는 정념의 파국은 거의 존재하지 않는다. 애정관계에 대한 염상섭 소설의 충실도는 극히 낮다. 서영채가 말했듯이, "그들에게 실연은 곧바로 죽음과도 같은 절망으로 연결되지 않으며, 삼각관계 속에서 열정과 질투가 불타오른다 하더라도 목숨 건 사랑과 같은 격렬함으로 전화되지도 않는다."[38]

중문학자 천핑위안陳平原은 "신문학가에 전적으로 동의하지 않고 무협소설가의 '속俗'에도 기반을 두지 않으면서도 이 양면에 다 진출하면서 좌우로 근

36 염상섭, 「소설과 민중」(『동아일보』, 1928.5.27~6.3), 『염상섭 전집』 12, 민음사, 1987, 144면.
37 서영채, 『사랑의 문법』, 문학동네, 2004, 129면.
38 위의 책, 132면.

원까지 봉착했다"고[39] 진용金庸의 무협을 평가했다. 그런데 이 견해는 염상섭 장편을 이해하는 데 필요한 해석의 새로운 관점을 제공한다. '아속'의 균제라는 염상섭의 소설미학은 식민지 소설의 역사에서 단연 이채로운 그만의 경지를 드러냈다. 염상섭에게 있어 '아'와 '속'은 서로를 존재하게 만드는 수평적 협력관계를 뜻했다.

> 루쉰魯迅, 바진巴金, 마오둔茅盾 등은 중국문으로 외국소설을 썼다고 말하면 지나치게 각박한 평임을 면치 못하겠지만, 신문학가들이 사상적 계몽과 문학의 혁신에 뜻을 두어 출발한 이 신문학은 확실히 일반대중의 독서취미를 그다지 염두에 두지 않은 것이다.[40]

이 글에서 천 교수는, 새로운 사상의 전파를 위해 소설 독서사讀書史의 오랜 주체들을 소외시키고, 서구문화를 척도로 전통문화에 대한 신뢰와 흥미를 잃어버리게 만들었다고 중국의 근대작가들을 비판했다. 그것은 5·4 신문화운동의 전통비판론에 대한 역사적 재해석의 의미를 담고 있다. 이 글의 문제의식을 한국문학사에 적용할 때, 통속의 언어 속에 집적되어 있는 토착성을 근대문학의 장속에 끌어들인 염상섭의 시도는, 민간의 축적된 문학경험을 휘발시키는 것으로 근대문학의 토양을 닦는 모든 파괴적 현상에 대한 성찰과 반성의 태도로 부각된다.

예컨대 『사랑과 죄』는 애정의 통속을 극단적인 수준에까지 끌어올리는 작품이다. 이 소설에 등장하는 모든 인물은 복잡한 삼각관계의 어딘가에 중복되어 연결된다. 하지만 염상섭은 남녀관계의 밀도 그 자체에 몰입하지 않는다. 염상섭이 그리는 삼각관계는 무엇인가 또 다른 관계의 연장선이거나

39 천핑위안陳平原, 「'아속雅俗'을 초월하여－김용金庸의 성공과 무협소설의 나갈 길」, 『민족문학사연구』 16, 민족문학사연구소, 2000, 305면.

40 위의 글, 315면.

본능적 애정과는 다른 어떤 것에 의해 규정되어 있다. 주인공들이 사랑에 전념하는 것을 작가는 의도적으로 차단하는 것이었다.

김호연, 이해춘, 지순영은 사회주의 운동을 중심으로 연결된다. 지순영과 류택수, 이해춘의 관계는 평민과 귀족의 결합이란 『춘향전』의 주제를 패러디한다. 이해춘은 "내가 만일 다시 결혼을 한다면? (…중략…) 평민의 피 상놈의 피를 끌어들일 것"[41]이라며 귀족의 세속화를 결심한다. 정마리아와 류택수의 스캔들은 식민지 조선에서 아직 자립하지 못한 서양예술의 기생성과 어쩔 수 없는 초라함을 상징한다. 이렇듯 종횡으로 교차하는 각각의 남녀관계는 사회주의를 매개로 하는 조선의 변혁 운동, 전통적 신분질서의 와해와 재구성, 어설프게 이식된 근대문화의 미숙함 등을 재현하며 고유한 의미와 맥락을 구축한다. 이 과정에서 남녀의 관계밀도 자체는 논의의 초점에서 멀어지거나 부차화되고, 오히려 그 관계의 사회적 해석의 문제가 서사의 주된 동력으로 부상한다.

지순영은 류택수의 후처가 된다면 그것은 혁명조직의 자금을 만들려는 목표 때문이라고 자신을 설득한다.[42] 이것은 분명 『장한몽』의 한 구절을 의식하고 있는 발상이다. 지순영의 공상은 돈에 대한 『장한몽』의 공허하고 목표 없는 집착을 비합리적인 것으로 깨트린다. 심순애가 김중배를 선택한 이유는 자신의 미모에 대한 자기애적 혼란의 결과였다. 스스로 고백하듯이 심순애는 '허영의 악마'로[43] 인해 사랑하는 이수일과 헤어진 것이다.

하지만 염상섭은 『장한몽』의 서사를 자기 방식으로 비틀어 전유했다. 지순영은 자신이 유택수에게서 무엇을 얻어내야 할지를 이미 알고 있었다. 그

41 염상섭, 『사랑과 죄』, 『염상섭 전집』 2, 민음사, 1987, 74면.

42 지순영은 김호연의 의사를 스스로 상상해낸다. "결혼이란 결국 사랑을 얻겠느냐? 돈을 얻겠느냐? 는 두 가지 길밖에 없는 것이니 당신이 사랑을 얻으려는 꿈을 단연히 버릴 용기가 있거든 돈을 얻으슈. 그러나 그 돈은 물론 당신의 금강석반지 값이라든지 향수값 비단옷값 자동차 값으로 쓸 것은 못될 것이요. 내일, 아니 우리 사업을 위하여 사랑을 희생하고 돈을 얻어 바치라는 말이요." 하지만 이 생각은 그녀 자신의 것이다. 위의 책, 95면.

43 조일제, 『장한몽』, 『한국신소설전집』 9, 을유문화사, 1968, 26면.

녀는 심순애처럼 삶에 대한 자기 결정권을 잃어버린 인물이 아니었다. 유택수, 조상훈, 민병천 같은 염상섭 소설의 타락자들은 '속'의 세계를 지배하지만, 그들이 상대하는 여성들로 인해 심각한 위기에 봉착한다. 염상섭 소설의 여성들은 식민지 부르주아 남성의 지배질서를 교란하고 혼란에 빠트리며 그들의 추악함을 파헤친다. 그들은 서사의 흥미를 배가시키기 위해 소모되는 대상이 아니라 관습적인 통속의 문법을 해체하는 주체들이다. 통속의 형질을 바꾸고 재구성해 식민지 노블의 방법적 독자성을 구성하는 주역들인 것이다.

그들 가운데 단연 돋보이는 존재는 『삼대』의 홍경애이다. 그녀는 여협女俠의 풍모를 발산하며 『삼대』의 서사에 긴장과 흥미를 불어 넣는다. 홍경애는 조상훈의 여성편력과 이중성을 폭로하고 김병화의 소심함을 비웃으며 사교계 명사와 사회주의 운동가 모두를 압도한다. 초라한 스캔들의 주인공에서 협객풍의 인물로 성장하는 홍경애의 인생 유전은 전래하는 여성 영웅담의 일절을 방불케 한다.

> 얼굴빛에 추상같은 호령과 남을 압도하는 표독한 기운이 차 보인다.[44]

> 생각할수록 경애는 이상한 계집이다. 지금 말눈치로 보아서는 노는 계집과 다름없고, 자기에게 성욕적으로 덤비는 것 같이 밖에는 보이지 않았다. 그 뿐 아니라 어제 상훈이에게 끌고 간 것이라든지, 또 전일에 상훈이 앞에서 키스한 것이라든지, 혹은 자기와 상관한 남자들을 모두 대면시키려는 말눈치로 보면 일종의 변태성욕을 가진 색마나 요부 같다. (…중략…) 어떻게 생각하면 불량소녀의 괴수로서 무슨 불한당 수두목 같기도 하다. 옛 책이나 탐정소설에서 볼 수 있는 강도단의 여자두목이라면 알맞을 것 같다. 사실 청인의 상점이 쭉 들어섰고 아편쟁이와 매

44 염상섭, 『삼대』(한국소설문학대계 5), 동아출판사, 1995, 218면. 류보선이 정리한 이 판본은 신문연재본에 근거한 것이다.

음녀 꼬이는 음침하고 우중충한 이 창골 속을 휘돌아 들어갈수록 병화는 강도들의 소굴에 붙들려 들어가는 듯한 음험한 불안과 호기심을 느끼는 것이었다.[45]

추상, 호령, 표독, 노는 계집, 변태성욕, 색마, 요부, 불량소녀, 괴수魁首, 불한당, 수두목, 강도단, 여자두목, 아편쟁이, 매음녀, 강도들의 소굴, 음험한 불안 등이 김병화의 내면에 투영된 홍경애의 다양한 이미지들이다. 특히 "옛 책이나 탐정소설에서 볼 수 있는 강도단의 여자두목"이라는 표현은 홍경애에 대한 다양한 규정을 압축하며, 그녀에게 사회질서를 전복하는 거친 반역의 기운을 부여한다. 야수적인 세상에서 여성이 체득한 삶의 감각과 판단의 날카로움을 김병화는 극히 낯설고 불편하게 받아들인 것이다. 홍경애를 스파이로 의심하는 김병화는 "그래 이렇게 하나 낚아 들이면 얼마씩이나 먹소"라고 떠보지만 돌아온 답은 "먹긴 뭘 먹어요. 중국식으로 모가지 하나에 몇 만원씩 현상을 하고 잡는 줄 아슈?", "애초에 당신 같은 사람이 사회운동이니 무어니 하고 나돌아 다니는 것이 잘못이지" 등의 핀잔뿐이었다.[46]

김병화에 대한 묘사에 경박한 사회주의자들의 행태를 멸시했던 염상섭 자신의 시선이 스며 있기도 하지만, 홍경애에 비해 김병화는 본질적으로 풋내기에 불과했다. 김병화가 홍경애의 언어와 행동에 견디기 어려운 이질감을 느낀 것은 두 사람 사이에 놓여 있는 체험을 편차로 인한 것이다. 김병화가 그녀를 비정상의 존재로 낙인찍은 것은 감당하기 힘든 상대에 대한 두려움의 표현이었다.

유사하지만 다양한 표현이 동원된 것은 홍경애가 김병화의 사고로는 단번에 정의될 수 없는 존재라는 것을 암시했다. 김병화는 자신도 모르게 어떤 특별한 상황 위에 놓인 것이다. "생경해진 세계란 것은 우리가 익숙하고 편안하게 느끼던 것이 별안간 낯설고 섬뜩하게 다가오는 것"이란[47] 사실을 김

45 위의 책, 218~219면.
46 위의 책, 224~225면.

병화는 홍경애를 통해 체득한 것이다.

홍경애는 여성에 대한 고정관념의 '밖'으로 나간 인물이었다. 자신의 입장에서 수용하기 힘든 여성의 존재를 김병화는 외면하거나 부정했다.[48] 김병화의 그러한 태도는 식민지의 사회주의가 남성의 원리로 구성된 세계임을 보여준다.[49] 하지만 염상섭은 홍경애를 통해 당대의 일반적인 성적 관념을 뒤집고 여성에 대한 사회적 시선을 예상치 못한 방식으로 역전시킨다.

예외적인 존재인 홍경애의 형상은 좌익 테러리스트 장훈과 짝을 이루며 『삼대』의 세계가 미지의 심각한 불온성과 결합되어 있음을 드러냈다. 홍경애와 장훈은 『삼대』의 서사 가운데 최고의 긴장을 유발하는 인물인데, 그것은 비참한 삶에 개의치 않거나 죽음마저도 초연히 받아들이는 그 이인적異人的 태도 때문이었다. 그것은 동아시아 독서대중에게 익숙한 '유협遊俠'의 삶을 상상하게 만든다.[50]

47 볼프강 카이저Wolfgang Kayser, 이지혜 역, 『그로테스크』, 아모르문디, 2011, 303면.

48 김병화가 홍경애와 깊은 교감을 나누게 된 것은 많은 사건들을 겪으며 홍경애의 성격과 진심을 이해한 이후의 일이다.

49 사회주의 운동과정에서 생겨난 주의자 사이의 성적 차별과 그 문학적 재현의 문제는 장영은의 「아지트 키퍼와 하우스 키퍼—여성사회주의자들의 연애와 입지」, 『대동문화연구』 64, 성균관대 대동문화연구원, 2008의 의견을 참고할 것.

50 "무武로써 법法을 범하고 권위를 무시하지만, 언신행과言信行果의 행동규범에 입각하여 약자와 액곤한 자를 도와줌에 있어서는 자신의 생사를 돌보지 않고 또 자신의 공적과 재능을 자랑하는 것을 부끄럽게 여기는 염결퇴양廉潔退讓의 덕을 지닌 인간"이라는 '유협'에 대한 정의는 『사기』 「유협열전」에 등장한다. 박희병, 「조선후기 민간의 유협숭상과 유협전의 성립」, 『한국고전인물전연구』, 한길사, 1992, 276~277면. '유협'은 한자문화권 내에서 추앙된 가치 있는 인간상이었을 뿐 아니라 그 반권력의 태도와 염결성, 제도의 허식을 벗어나 참된 우의를 추구하는 정신으로 인해 동아시아 전통 대중문학의 핵심적인 서사자원이 되었다. 량셔우쭝梁守中, 안동준·김영수 역, 『강호를 건너 무협의 숲을 거닐다』, 김영사, 2004. '유협'을 숭상하는 경향은 조선 후기 사회에 들어오면서 특히 고조되었다. 박희병에 의하면, '유협'이란 인간 타입은 조선 후기에 성장한 중소 상공인층을 중심으로 한 시정인의 심의경향心意傾向이다. 민간질서에 대한 통제력을 상실하고 있던 공권적 지배력을 대신해서 조선 후기의 유협은 민간에 있어 시비의 분변, 정의의 수호자로서의 역할을 담당하고 있었다. '유협'은 국가질서의 파괴자와 민간질서의 지주라는 상반된 사회적 위상을 지니고 있었던 것이다. 박희병, 앞의 책, 299면. 시정을 누비며 서민들의 편에 서서 강자를 누르고 약자를 옹호하며 불의에 맞섰던 인물들의 이야기는 18세기 후반에서 19세기 중반에 이르기까지 여러 사람들의 붓끝을 통해 입전되었다. 서울 시정의 형편에 밝았던 염상섭이 그러한 전승을 차용했을 여지를 생각해 볼 필요가 있다.

이처럼 염상섭 소설의 독자들은 식민지인이 겪는 삶의 밑바닥을 탐색하고 통과하면서 서사적 '아雅'의 정당성에 도달하게 되었다. 염상섭은 그 꼭짓점에 대개 사회주의를 세워 두었는데, 그렇기 때문에 사회주의는 식민권력과도 대립하지만 통속적 세계의 지양자로도 부각되었다. '통속'의 세계를 다스리는 사회주의, 그 설명하기 어려운 낯섦은 사회주의에 부여된 불안한 이미지를 크게 경감시켰다. 이것이 염상섭의 소설에서 사회주의 운동과 사회주의자들의 삶이 그렇게나마 살아남은 이유 가운데 하나였다.

지금까지의 논의로 염상섭의 통속서사와 토착성의 재현방식이 납득할 만한 수준까지 설명되었다고 생각하지는 않는다. 그러나 염상섭의 '통속'이 1938년 임화가 비판한 통속소설과는 그 성격이 다르다는 점을 어느 정도는 입증했다고 판단한다.

> 이 오로지 상식적인 데 통속소설로서의 특징이 있는 것으로, 묘사란 묘사되는 현상이 그 현상 이상으로 이해하려는 정신의 발현이고, 상식이란 현상을 그대로 사실 자체로 믿어버리려는 엄청난 긍정의식이다. 그러므로 통속소설은 묘사대신 서술의 길을 취하는 것이며, 혹은 묘사가 서술 아래 종속된다. 또한 통속소설이 줄거리를 중시하고 도저히 만들어낼 수 없는 곳에서 용이하게 줄거리를 만들어내는 것은, 묘사를 통하여 그 줄거리와 사실의 논리와를 검증할 필요를 느끼지 않고 속중의 생각이나 이상을 그대로 얽어 놓아 조금도 책임을 느끼지 않기 때문이다.[51]

임화는 이 글에서 '상식'에의 순응과 과도한 '긍정의식', 서사적 '무책임'을 통속소설 양식의 특징으로 규정했다. 그러나 임화는 통속으로 명명된 세계 속에 그가 중시한 '묘사'의 뛰어난 성취가 있었다는 점을 깊이 살피지는 않았다. 그렇기 때문의 통속에 대한 염상섭의 남다른 의도는 발견되지 않았고 식

51 임화, 「통속문학론」, 신두원 책임편집, 『문학의 논리』, 『임화문학예술전집』 3, 소명출판, 2008, 323면.

민지 문학의 가능성을 고정된 틀 안에 가두는 결과를 낳았다.

염성섭이 전통서사라는 토착성을 불러낸 것은 번역 불가능한 세계, 태환되지 않는 것으로 자기를 보여주려는 욕망 때문이었다. 서구적 경험과 용어로 포섭되지 않는 존재들의 자립이야말로 피식민자들이 할 수 있는 가능한 지적 투쟁의 하나였다. 보편적 이해의 의도적 거절, 공동체의 일원들만이 감득할 수 있는 형상의 제시는 그러지 않고서는 식민지라는 폭력적 근대로부터 자기를 지킬 수 있는 방법이 없다는 깨달음의 결과였다.

기독교의 타락을 상징하는 조상훈은 『구운몽』의 화려한 남성 판타지를 꿈꾸나 그를 양소유의 자리에서 끌어내린 것은 뜻밖에도 그의 부친 조의관이었다. 조상훈의 처절한 몰락에는 토착질서와 외래사상의 대결을 전자의 우위로 끌고 가려는 염상섭의 판단이 반영되어 있었다. 염상섭은 조의관이 선택한 완고한 길을 은연중 지지하고 두둔했다. 말하자면 조의관은 염상섭의 페르소나였던 것이다.

4. 식민지의 미학과 통속비극

염상섭 장편미학의 귀결점은 통속과 비극의 결합이란 형태로 나타났다. 근대문학사에서 통속과 비극의 연관은 이인직의 『귀의성』에서 그 최초의 모습을 드러냈다. 이 소설은 속량을 위해 주인을 살해하는 노비, 첩의 살해를 교사하는 본처를 등장시키는데 그 범행의 참혹함은 사회적 갈등이 수위가 더 이상 감당할 수 없는 지경에 이르렀음을 암시한다.[52] 노주동맹으로 '가家'

52 한기형, 「신소설작가의 현실인식과 그 의미」, 『한국 근대소설사의 시각』, 소명출판, 1999, 84~85면. 이후 박혜경에 의해 『귀의성』의 서사가 보다 심층적으로 해석되었다. 박혜경, 「신소

의 해체를 지연시키려 하는 『귀의성』의 설정은 본처의 희생을 '가' 유지의 조건으로 설파한 『사씨남정기』의 세계를 배반한다.

통속적 비극을 다룰 때, 염상섭의 장편은 『귀의성』의 세계와 「장화홍련전」의 구조를 결합하고 변주했다. 『광분』의 숙정은 본부인이지만 동시에 후처였다. 작품 속에서 유숙정의 연적은 놀랍게도 전처소생의 큰딸 민경옥이었다. 유숙정은 연극과 사회주의를 배경으로 하는 모던 보이 주정방을 상대로 전처 소생인 민경옥과 애정을 다툰다. 실질적 승자는 민경옥인데 그 원인은 주정방과 유숙정의 관계가 돈을 매개로 맺어진 탓이다. 민경옥은 그녀의 새어머니와 치정관계를 즐기는 대담한 성격의 소유자였지만, 그 승리로 인해 결국 죽음을 맞이한다.

『광분』에 그려진 식민지 부르주아 가정의 몰락은 『귀의성』의 그것에 비해 훨씬 더 정신적인 영역의 산물이었다. 『귀의성』의 비극은 신분 해방의 욕구, '가'의 해체에 대한 두려움 같은, 극히 합리적인 이유로 인한 것이었다. 그러나 『광분』의 살인은 욕정의 좌절로 인한 것이었다. 여기서 식민지 부르주아의 사사적私事的 성격이 표현된다. 『광분』의 파국은 『귀의성』과 비교할 수 없을 만치 비역사적이고 개인적인데, 거기에는 역사와 공공의 영역에서 아무런 역할이 없었던 식민지의 부르주아에 대한 예술적 멸시의 시선이 담겨 있다. 염상섭은 민병천 가문의 몰락을 '사私'의 영역에서 일어난 엽기적 스캔들로 처리함으로써 그들에 대한 최소한의 연민마저 거두었다.

『광분』의 서사는 극히 통속적이나 독자들에게 결코 눈물과 위안을 주지 못했다.[53] 비극의 주인공 유숙정은 민병천과 결합함으로써 돈과 지위를 얻지만 대신 진정한 사랑의 로맨스를 포기했던 여성이다. 유보된 것을 되찾으려 할 때 그녀는 악마에게 운명을 판 존재가 되었다. 현실의 심순애가 봉착한

설에 나타난 통속성의 전개양상」, 『국어국문학』 144, 2006.

53 최원식은 『장한몽』의 통속적 신파가 식민지의 피로한 민중을 위안하기 위해 고안되었음을 밝힌 바 있다. 「『장한몽』과 위안으로서의 문학」, 『민족문학의 논리』, 창작과비평사, 1982.

함정인 것이다. 대중은 그 비극을 관조할 뿐 공명하지 않았다. 경옥과 숙정의 파멸에는 시대의 비극성이 개입되어 있지만, 그것이 장엄과 숭고라는 비극미를 연출할 수는 없었다. 『광분』과 『이심』 등에서 구현되는 염상섭의 통속비극은 식민성이 비극 본래의 미학으로 표현될 수 없다는 점(되어서는 안 된다는 것을)을 차가운 단정의 태도로 입증했다.

하지만 염상섭은 한 식민지인의 지극한 비극에 대해서만은 통속의 의장을 슬그머니 벗겨냈다. 현대의 협객 장훈의 최후를 그리는 대목에서였다. 이보영은 염상섭의 '난세적 상상력'이 '비극적 극한지대'의 것이고 "그뤼네발트의 이젠하임 제단화祭壇畵 십자가 위의 예수처럼 사지가 참담하게 뒤틀린 전율적인 세계"[54]라 묘사했는데, 온몸이 짓이겨지는 참혹한 고문 속에서 장훈이 보여준 죽음에 대한 담담한 수용은 그러한 전율을 독자에게 주었을 것이다. 염상섭 장편의 모든 시도는 어쩌면 이 하나의 장면을 살리기 위한 순교적 희생이었는지도 모른다.[55]

죽음을 스스로 선택한 장훈에게 사회주의는 슬라보예 지젝이 말한 '물物, The thing'의 의미를 갖는다.[56] 비극이 실현되는 계기가 됨으로써 사회주의는

---

54 이보영, 앞의 책, 34면.

55 장훈의 죽음에 대한 이혜령의 해석은 염상섭 소설이 지닌 사회적 긴장의 본질을 예리하게 해부하며 염상섭 문학의 미학적 구조가 본질적으로 비극미를 지향하고 있음을 알려준다. "『삼대』의 작가는 부랑자와 룸펜이라는 가시적인 외관을 꿰뚫어서야 보이게 되는 사회주의자의 내면에 대한 가장 강력한 가시화 방법을 장훈의 자살로 선택했던 것이다. 그러한 자살이란 자신의 목숨을 끊어 적대자들 앞에 시체로, 오로지 가시적이기만 한 존재로 자신을 전시하는 것을 의미한다." 이혜령, 「감옥 혹은 부재의 시간들—식민지 조선에서 사회주의자를 재현한다는 것, 그 가능성의 조건」, 『대동문화연구』 64, 성균관대 대동문화연구원, 2008, 92~93면.

56 테리 이글턴, 이현석 역, 『우리 시대의 비극론』, 경상대 출판부, 2006, 408면. "안티고네는 굴복하기를 거부하고 죽음을 절대적으로 소망하기 때문에 욕망의 숭고함의 상징이 된다. 안티고네는 자신의 위반행위에 아무런 죄책감을 느끼지 않는다. 지배 권력이나 일반인은 이런 그녀를 미쳤거나 사악한 존재로 볼 수밖에 없다. 순교자는 어떤 우연한 대상을 불가해한 법칙이나 무조건적인 윤리적 목적의 수준으로 격상시켜 이를 목숨보다 더 소중히 여기는 사람이다. 슬라보예 지젝의 말대로 "비극적 존엄성은 평범하고 연약한 개인이 도저히 믿을 수 없을 정도의 힘을 발휘하여 '물物, The thing'(Zizek, *Did Somebody Say Totalitarianism?*, p.81)에 대한 그의 지금까지의 헌신 때문에 최악의 대가를 치르는 것을 우리에게 보여준다. 비극적 재난 속에서 주인공은 물을 위하여 생명을 포기한다. 그리하여 그의 패배는 승리가 되고 그에게 숭고한 존엄성을 부여한다."

영각靈覺의 주체로 재탄생했다. 독자들은 장훈의 죽음을 통해 사회주의를 현세 이상의, 현세 밖의 어떤 것으로 인식하는 계기를 얻었다. 염상섭이 사회주의자의 비극적 죽음을 영적 각성의 문제로 파악한 것은, 의도한 것은 아닐지라도 사회주의 운동이 종종 드러낸 성급한 속물성에 대한 반감 때문이었을 것이다. 그것은 사회주의에 대한 부정이 아니라 결여된 '무엇'에 대한 안타까운 대속代贖의 심정을 표현한 것이었다. 염상섭은 독자 대중이 사회주의자의 삶을 공명하고 마침내 그 이데올로기까지 받아들이게 되는 장면을 그리고 싶었던 것이다. 범속한 사회주의라는 통속성을 염상섭은 결코 견딜 수 없었다고 생각한다.

제2부

염상섭 초기 산문 연구

김영민

1. 들어가며

염상섭의 초기 산문들에 대한 연구는 그 중요성에 비해 상대적으로 소홀히 다루어진 편이다. 최근 염상섭의 50주기를 기념하는 학술회의 등을 통해 그의 생애와 문학에 대한 새로운 조명이 이루어졌고, 적지 않은 학문적 성과가 있었다. 하지만 여기에서도 염상섭의 산문에 대한 새로운 접근은 별반 시도된 바 없다.[1]

1 최근에 개최된 염상섭 관련 학술회의로는 성균관대 동아시아학술원과 경향신문사가 공동주최한 '사상의 형상, 병문屛門의 작가 새로운 염상섭을 찾아서'(2013.1.17~1.18)와 한국작가회의 · 국제어문학회 · 경향신문사가 공동주최한 「냉소와 소문의 경성, 그리고 염상섭」(2013.6.21) 등이 있다. 여기에서 발표된 총 22편의 논문 가운데 염상섭의 산문에 대한 본격적 연구는 박현수의 「비루와 엄정 — 염상섭의 소설론 연구」 1편뿐이다. 박현수의 논문은 1920년대 중반 이후 염상섭의 소설론을 다루고 있다. 그런 가운데, 최근에 한기형과 이혜령이 엮어 학계에 제공한 『염상섭 문장 전집』(소명출판, 2013)의 출간은 염상섭 산문 연구에 매우 중요한 의미를 지닌다. 『염상섭 문장 전집』에는 그동안 학계에 잘 알려져 있지 않았던 염상섭의 다양한 '문장'들이 발굴 소개되어 있다.

근대 초기에 활동을 시작한 문학가 가운데 염상섭만큼 깊이 있는 현실인식을 바탕으로 시종일관 흔들림이 없는 문학관 내지 예술관을 펼쳐 보인 경우도 드물다. 이는 동시기의 문학가 이광수가 유미론과 효용론 사이를 배회하다 결국은 효용론으로 방향을 잡게 되는 과정과도 대비가 된다.[2] 염상섭의 초기 산문에 대한 정리는 한국 근대문학의 이론적·사상적 토대를 점검하는 일이기도 하다. 염상섭의 초기 문장에 대한 이해는 그의 초기 소설들을 이해하는 데도 필수적이다. 염상섭만큼 자신의 문학관을 작품 창작에 굴곡 없이 반영한 작가도 흔하지 않기 때문이다.[3]

염상섭이 쓴 문장들을 그 성격에 따라 시기별로 나누어 정리해보면 1918년부터 1924년까지를 첫 단계로 삼을 수 있다. 1925년 이후로 가면 염상섭은 「계급문학시비론—작가로서는 무의미한 말」(『개벽』, 1925.2) 등의 글을 발표하면서 프로문학 진영과 논쟁을 벌이게 된다. 프로문학 진영과의 논쟁 및 1926년의 2차 도일渡日 등의 경험은 그의 산문의 성격 변화에 영향을 미치는 중요한 요인으로 작용한다.[4]

염상섭의 초기 산문에 관한 주목할 만한 기존의 연구성과로는 우선 김경수

---

2 이광수의 문학관의 변모과정에 대한 논의는 김영민, 「1920년대 한국문학 비평 연구」, 『한국 근대 문학비평사 연구』, 세계, 1989, 181~193면 참조.

3 김종균은 염상섭의 문학세계에서 평론이 소설과 함께 중요한 부분을 차지하며, 특히 사회비판적인 태도가 나타나는 초기 평론이 중요하다는 사실을 지적했다. 더불어 "그의 평론評論을 평면적平面的으로 분류分類할 때, 우선 자기自己 인생人生과 사회社會에 철저하고자 고뇌苦惱한 모습과 시대의식時代意識이 그대로 나타남을 볼 수 있다. 더욱 그의 모든 글을 연대순年代順에 따라 읽어 보면 그때그때의 문제의식問題意識이 무엇이었는지를 잘 알 수 있는 것이 특징이다"(김종균, 『염상섭 연구』, 고려대 출판부, 1974, 385면)라는 견해를 피력한다. 이보영은 염상섭의 산문(특히 문학평론)의 연구 필요성을 다음 두 가지로 설명한 바 있다. "첫째로 그의 초기 평론은 망국문학자의 식민지적 위기의식과 정신적 고통의 산물로서 그의 중요한 소설을 준비해 주면서 그 시대의 비판적 증언이 될 수 있는 가치를 충분히 지니고 있고, 다음으로는 한국에서는 처음 있는 일인 그 평론의 자기 변호적 성격 때문이다." 이보영, 「역사적 위기와 비평적 대응(1)—염상섭의 문학평론」, 『염상섭 문학론』, 금문서적, 2003, 324면.

4 염상섭 소설의 경우도 1924년 무렵이 첫 번째 분기점이 된다는 견해가 있으므로 참고할 수 있다. 이와 관련한 논의는 유문선, 「3·1운동 전후의 현실과 문학적 대응」, 『새 민족문학사 강좌』 2, 창비, 2009, 89~109면 참조.

의 「1차 유학 시기 염상섭 문학 연구」를 꼽을 수 있다. 이 연구는 1918년 이후 그가 귀국하게 되는 1920년까지 발표한 초기 평문 등을 분석한 것이다. 여기서는 1차 유학 시기 염상섭의 정신적 추이를 고찰하고, 염상섭이 사회적·정치적 비평에서 출발하여 문학비평과 창작의 길로 들어섰다는 사실들에 대해 밝히고, 일본어자료 등을 새롭게 발굴해 소개했다.[5] 김경수의 또 다른 논문 「염상섭의 초기 소설과 개성론과 연애론-「암야」와 「제야」를 중심으로」에도 염상섭의 초기 산문에 관한 논의가 포함되어 있다. 여기에서는 염상섭의 개성론個性論이 '그의 소설세계의 정립에 있어서는 물론이거니와 그것이 한국소설사에서 차지하는 중요성이 크다'는 사실 대해서 논증한다.[6] 정호웅은 「염상섭 전기문학론前期文學論」에서 염상섭의 개성론을 '반봉건의 근대지향성과 반제국주의의 정치의식의 복합·혼합물'로 정리한다. 이는 염상섭의 개성론의 핵심을 가장 명쾌하게 파악해 보여준 지적이라 할 수 있다.[7] 서영채의 「염상섭의 초기 문학의 성격에 대한 한 고찰」도 이 분야의 주목할 만한 연구 성과 가운데 하나이다. 서영채는 염상섭의 산문 「개성과 예술」을 화두로 삼아 이를 한국문학의 근대성에 관한 논의로 연결 지으려고 시도한다.[8]

이 글에서는, 기존의 연구가 거둔 이러한 성과들을 바탕에 두고 논의를 진

5 김경수, 「1차 유학 시기 염상섭 문학 연구」, 『어문연구』 38-2, 한국어문교육연구회, 2010, 293~319면 참조.

6 김경수, 「염상섭의 초기 소설과 개성론과 연애론-「암야」와 「제야」를 중심으로」, 『어문학』 77, 한국어문학회, 2002, 223~243면 참조.

7 정호웅, 「염상섭 전기문학론前期文學論」, 『한국문화』 6, 서울대 한국문화연구소, 1985, 143~167면 참조.

8 서영채, 「염상섭의 초기 문학의 성격에 대한 한 고찰」, 『염상섭 문학의 재조명』, 새미, 1998, 37~50면 참조. 그 외에, 한기형의 「초기 염상섭의 아나키즘 수용과 탈식민적 태도-잡지 『삼광』에 실린 염상섭 자료에 대하여」(『한민족어문학』 43, 2003, 73~105면 참조)의 경우는 소설 「박래묘舶來猫」에 초점이 기울어 있기는 하나 이 역시 염상섭의 초기 문학론과 관련된 중요한 선행연구로 꼽을 수 있다. 여기서는 초기 염상섭 문학과 아나키즘의 관계를 주로 논의하고 있다. 이보영은 「역사적 위기와 비평적 대응 (1)-염상섭의 문학평론」에서 「개성과 예술」을 염상섭의 초기 평론으로서뿐만 아니라 한국 근대 문학평론사에서도 획기적인 의의를 지닌 글로 평가한 바 있다.

전시켜나갈 것이다. 다만, 기존의 연구들이 염상섭의 초기 산문 전반에 대한 이해보다는 대부분 「개성과 예술」(『개벽』, 1922.4) 등 두세 편의 대표적 산문들만을 중심으로 논지를 전개시켰다는 점은 문제로 인식하고 보완해나갈 예정이다. 김경수의 「1차 유학 시기 염상섭 문학 연구」의 경우는 다양한 자료들을 바탕으로 염상섭의 초기 산문에 관한 종합적인 정리를 시도했고, 충분한 학술적 성과를 거두었다는 점을 확인할 수 있었다. 하지만, 이 경우에도 여기서 설정한 분석의 범위가 1차 유학 시기, 즉 1920년까지로 제한되어 있다는 점으로 인해 후속연구의 필요성이 제기된다. 염상섭이 1차 유학 시절 관심을 갖고 고민하던 다양한 논제들이 체계를 갖추고 명확히 드러나게 되는 것은 그가 귀국을 한 이후부터이다. 그의 초기 사상과 문학관의 맹아가 보이기 시작하는 것은 1920년 이전 유학 시기의 산문들이지만, 그 실체가 온전히 드러나는 글들은 1920년 이후에 주로 쓰인 것이다. 이 점에서 보면, 염상섭의 초기 사상과 문학관을 이해하기 위해서는 유학 이전과 이후를 분리해 살피기보다는, 이들을 하나의 맥락으로 이어서 파악하는 것이 효과적이다. 이 글이 1918년부터 1924년 사이에 발표된 염상섭의 모든 산문 및 이와 연관된 2차 자료들을 분석 대상으로 삼은 것은 이러한 이유 때문이다. 이 글이 목표로 하는 것은 염상섭의 초기 산문을 관통하는 인생관과 문학관에 대한 종합적 이해이다. 이를 통해 염상섭의 사유구조의 정수를 살펴보는 일과 더불어, 초기 산문에 대한 과거의 산발적 이해방식이 지니던 한계를 극복할 수 있을 것으로 기대한다.

2. 염상섭의 등단과정에 대한 새 접근

염상섭은 1918년 4월 이전에 「산문화散文化의 사회」를 발표한 것으로 추정된다. 염상섭의 글 「현상윤玄相允 씨에게 여與하여 「현시現時 조선청년과 가인불가인可人不可人을 표준」을 갱론更論함」(『기독청년』, 1918.4)에는 "이는 나의 졸문 「산문화의 사회」를 보시고 혹 오해하여 '불가인'이라는 씨의 선고를 받을까 염려하여 지금부터 변명함은 아니나"[9]라는 구절이 있어, 그가 이 제목으로 이미 원고를 발표한 바 있음을 말해 준다. 1910년대 당시의 원고 수합과정과 이후 인쇄에 소요되는 일자 등을 감안하면 「산문화의 사회」가 염상섭의 첫 글일 가능성이 매우 높다. 그러나 이 자료는 아직 발굴되지 않았으므로 단정해 말하기는 어렵고 일단은 논외로 할 수밖에 없다.

지금까지 확인된 염상섭의 첫 글은 「부인의 각성이 남자보다 긴급한 소이所以」(『여자계』, 1918.3)이다. 「부인의 각성이 남자보다 긴급한 소이」는 글의 내용뿐만 아니라 발표매체가 『여자계』라는 점에서도 관심을 끈다. 『여자계』는 1910년대 중반부터 일본의 도쿄에서 발간된 잡지로, 조선유학생학우회朝鮮留學生學友會의 기관지였던 『학지광』과 함께 근대 초기의 유학생 잡지를 대표한다.[10] 『여자계』 창간호는 『학지광』 필진의 도움으로 평양숭의여학교 동창회 잡지부의 구성원들이 발간했다.[11] 제2호부터는 동경여자유학생친목

---

9 제월霽月, 「현상윤玄相允 씨에게 여與하여 「현시現時 조선청년과 가인불가인可人不可人을 표준」을 갱론更論함」(『기독청년』, 1918.4), 『문장 전집』 Ⅰ, 33면.

10 근대 초기의 유학생 잡지의 발행상황 전반에 대한 정리는 김영민, 「근대 유학생 잡지의 문체와 한글체 소설의 정착 과정－『여자계』를 중심으로」, 『현대문학의 연구』 41, 한국문학연구학회, 2010, 39~69면 참조.

11 『여자계』의 창간에는 특히 전영택의 도움이 컸던 것으로 알려져 있다. 『여자계』의 창간호는 두 개의 판본이 있었던 것으로 전해진다. 하나는 1915년 4월 초에 발간된 등사본이고, 다른 하나는 1917년 6월 말에 발간된 활판본이다. 그러나 실물은 어느 쪽도 발굴된 바 없다. 『여자계』의 서지에 대한 종합적 정리는 이혜진, 「『여자계』 연구－여성 필자의 근대적 글쓰기를 중심으로」, 연세대 석사논문, 2008, 11~23면 참조.

회東京女子留學生親睦會가 중심이 되어 발행했는데, 『여자계』 제2호의 기사 속에는 『학지광』을 "우리 오래비 잡지"[12]라고 칭하는 구절이 있어 두 잡지 사이의 관계를 짐작할 수 있게 한다. 『여자계』에 대한 『학지광』의 도움은 필자 섭외와 편집 및 재정적 지원에 이르기까지 광범위하게 이루어졌다. 1910년대 『학지광』의 필자와 초기 『여자계』의 필자가 겹치는 이유도 우선 여기에서 찾을 수 있다. 그런데, 염상섭의 경우는 1910년대 『학지광』과는 거의 교류가 없었다. 염상섭은 오랜 유학 생활에도 불구하고 1920년대 중반까지는 『학지광』에 전혀 원고를 게재한 바 없다. 염상섭이 『학지광』에 원고를 발표한 것은 그가 2차 도일을 한 해인 1926년이다. 염상섭은 『학지광』 제27호에 수필 「지는 꽃잎을 밟으며」를 게재한 바 있다. 참고로, 1926년은 『학지광』의 편집진이 전 시기와는 달리 사회주의 사상을 비교적 적극적으로 수용하기 시작한 때이기도 하다.[13] 염상섭이 1910년대 『학지광』과 교류하지 않았던 이유에 대해서는 『학지광』이 외형상 재일 유학생을 대표하는 잡지였지만, 실제로는 도쿄를 중심으로 한 잡지였다는 점[14]을 가장 큰 요인으로 꼽을 수 있을 것이다. 염상섭이 1910년대 중반 이후 주로 머물렀던 삶의 근거지는 교토를 포함한 관서關西지역이었다. 염상섭은 "나는 철이 날 만한 때부터 근자近者까지 5~6년간을 조선청년과 절연을 하고 촌리村里에서 혼자 무용無用한 번민으로 세월을 보내었을 뿐 아니라, 꿈을 꾸고 있었나이다"[15]라는 말로 도쿄와의 절연을 회고한 바 있다.

도쿄와 일정한 거리를 두고 지내던 염상섭에게 원고를 청탁하고 유학생 문단으로 불러낸 인물은 기존의 해석처럼 나혜석이었던 것으로 생각된다.[16]

12 「신간소개」, 『여자계』, 1918.3, 74면.

13 『학지광』의 서지와 성격에 대한 정리는 이한결, 「『학지광』 연구」, 연세대 석사논문, 2013, 10~19면 참조.

14 정종현 · 미즈노 나오키水野直樹, 「일본 제국대학의 조선유학생 연구 1」, 『대동문화연구』 80, 성균관대 대동문화연구원, 2012, 448면 참조.

15 제월霽月, 「상아탑 형께 –「정사丁巳의 작作」과 「이상적 결혼」을 보고」(『삼광』, 1919.12), 『문장 전집』 Ⅰ, 54면.

기존의 연구에서는 염상섭과 나혜석의 교류가 시작된 시기를 염상섭이 게이오대학으로 진학한 1918년 봄 무렵으로 추정하고 있다.[17] 그러나 두 사람 사이의 교류는 이보다 훨씬 더 빠른 시기에 이루어졌던 것으로 보인다. 우선 『여자계』 제2호의 원고 수합 일자로만 미루어 보아도 두 사람의 교류가 시작된 것은 염상섭의 게이오대학 진학보다 최소한 6개월 이상은 빠른 시기였다. 『여자계』 제2호의 편집후기에 따르면, 잡지의 편집이 마무리된 것은 그가 아직 교토에서 중학교에 다니고 있던 시기인 1917년 가을이었다.[18] 염상섭과 나혜석이 만나게 된 계기에 대해서도, 기존의 연구에서는 나혜석의 약혼자 김우영과의 관련성을 지목한 바 있다.[19] 물론 그러한 가능성이 전혀 없는 것은 아니나, 그 개연성이 높아 보이지는 않는다. 자료들에 근거한다면, 염상섭과 나혜석의 교류는 김우영이 아니라 나혜석의 오빠 나경석[20]을 매개로 시작되었을 가능성이 더 크다. 교류가 시작된 때는 나혜석이 도쿄에 도착해 사립여자미술학교에 입학한 시기인 1913년 무렵으로 보인다. 그렇게 생각할 수 있는 이유 가운데 하나는, 사립여자미술학교 학적부에 기재된 나혜석의 주소가 당시 도쿄의 마포중학麻布中學에 다니던 염상섭의 주소와 일치하기

16 이에 대해서는 "『여자계』 2호의 편집에 허영숙과 나혜석이 관여했다는 사실을 감안하면, 염상섭이 이 글을 쓰게 된 데에는 일정 부분 나혜석과의 교분이 작용했을 것이라는 추정이 가능하다"(김경수, 앞의 글, 2010, 297면)는 견해 참조. 김경수는 염상섭의 공식적 글쓰기가 여성문제에 대한 발언에서부터 비롯되었다는 점에 주목하고, 그 이유의 하나가 나혜석과의 교분임을 지적했다.

17 "염상섭이 동경 유학 시절에 나혜석과 교유했다는 것은 이미 알려진 사실이거니와, 그 시기는 대략 염상섭이 게이오대학으로 진학한 1918년 봄 무렵으로 추정된다." 위의 글, 297면.

18 「제2호 발행에 제際하야」, 『여자계』, 1918.3, 76면 참조.

19 김윤식은 이에 대해 다음과 같은 견해를 제시한다. "그런데 나혜석과 염상섭은 경도에서 만났는지도 모를 일이다. 경도에 김우영이 있었던 만큼 나혜석은 자주 경도에 들리곤 했다. (…중략…) 나혜석이 회고하고 있음을 보면 김우영을 따라 그녀가 경도에 자주 드나들었음을 알 수 있다. 그녀는 만 5년간이나 동경 생활을 했던 만큼 육군중위의 아우 염상섭이 경도에 있다는 것을 몰랐을 이치가 없다." 김윤식, 『염상섭 연구』, 서울대 출판부, 1987, 49면. 김윤식은 염상섭 연보에서 나혜석과의 교류 시기를 1917년으로 표기한 바 있는데, 아마도 이러한 추정을 근거로 연보를 작성한 것으로 보인다.

20 나경석의 연보에 대한 자세한 정리는 나경석, 『공민문집公民文集』, 정우사, 1980, 260~263면 참조.

때문이다.[21] 두 사람의 학적부에 기재된 주소는 모두 '神田區今川小路2丁目2番地'로 동일하다.[22] 다만, 나혜석과 염상섭의 주소지가 겹치는 기간은 그리 길지 않다. 이듬해 염상섭은 도쿄의 성학원聖學院으로 전학을 하면서 주소지를 옮기기 때문이다.[23] 나혜석의 유학이 나경석의 주선을 통해 이루어졌다는 점을 고려하면, 나경석이 자신의 여동생이 머물게 될 주소지에 이미 거주하고 있던 한국인 유학생 염상섭의 존재를 몰랐을 가능성이야말로 거의 없는 셈이다. 염상섭과 나경석과의 관계는, 나혜석과의 관계 못지않게 중요해 보인다. 염상섭과 나경석과의 관계는, 1920년대 중반 이후 염상섭의 사회주의 문학운동 진영에 대한 태도를 이해하는 데도 중요한 참고가 될 수 있다. 나경석은 장전고등학교藏前高等學校[24]를 다녔으므로 그의 생활근거지는 도쿄 지역이었다. 하지만, 나경석의 활동 무대는 도쿄에 한정되어 있지 않았다. 그는 1914년 7월 고등학교를 졸업한 후, 1915년 1월부터 9월까지 오사카 최초의 한인단체 '재판조선인친목회在阪朝鮮人親睦會'의 총간사를 맡아 활동한 바 있다. '재판조선인친목회'는 노동자 구호를 목적으로 하는 단체로 1914년에 결성되었다. 나경석은 1915년 이후부터 이 모임의 총간사를 맡았지만 실제로는 창립 시기부터 이 모임에 관여했다.[25] 일찍부터 오사카와 교토 등지를 비롯한 관서지방關西地方의 유학생들과 교류하며 노동자 구호 등 사회운동에

21 두 사람의 학적부 원본은 하타노 세츠코, 최주한 역, 『일본 유학생 작가 연구』, 소명출판, 2011, 589·616~617면 참조. 하타노 세츠코는 나혜석의 유학 시절 연표를 정리하면서 그의 주소가 염상섭의 학적부 주소와 동일하다는 사실을 각주로 제시했다.

22 참고로, 두 사람의 주소지가 같다는 사실이 의미하는 바에 대해 일본의 한국 근대문학 연구자 시라카와 유타카 교수는 이들이 2층 건물의 아래층과 위층에 거주했을 가능성이 있다는 의견을 필자에게 제시했다. 염상섭의 유학과 관련된 질문들에 의견을 보내준 시라카와 교수께 감사드린다.

23 염상섭이 새로 옮겨간 주소는 本鄕區元町一丁目一番地이다.

24 이는 동경공업대학東京工業大學의 전신이다. 나경석의 유학과 관련된 사항은 나경석, 앞의 책, 127~128면 참조.

25 '재판조선인친목회'의 발기인 겸 초대 총간사는 정태신鄭泰信이 맡았다. 그런데 도쿄에 유학 와 있던 정태신을 오사카로 보내며 그곳에 정착할 수 있도록 소개장을 써준 인물이 나경석이라는 회고가 있다. 이에 대해서는 나영균, 『일제시대, 우리 가족은』, 황소자리, 2004, 46~47면 참조.

관여했던 것이다. 도쿄에서 활동하던 유학생들이 오사카 등 관서지방으로 활동범위를 넓혀 사회운동을 하는 것은 당시로서는 보편적 현상 가운데 하나였다.[26] 1915년 9월 교토로 옮겨간 염상섭이 나경석과 직접 만나 함께 활동을 할 기회가 있었는지는 알 수 없다.[27] 하지만 오사카 지방의 노동자 구호 문제 등을 계기로 해서 두 사람 사이에 어떠한 형태로든 교류가 이어졌고, 그 교류는 두 사람이 각각 유학을 마치고 귀국한 이후까지도 지속되었던 것으로 보인다. 염상섭이 귀국 후 1920년 초부터 『동아일보』의 창간기자로 근무하던 시기, 나경석은 이 신문의 객원필진으로 「만주滿洲 가는 길에」(『동아일보』, 1920.6.23~7.3), 「노령견문기露領見聞記」(『동아일보』, 1920.7.9) 등의 글을 기고 연재한 바 있다. 염상섭과 나경석의 관계가 귀국 이후에도 비교적 긴밀히 지속되었다는 사실을 유추할 수 있게 하는 또 다른 근거 가운데 하나는 염상섭이 『동명』에 쓴 글 「니가타 현新潟縣 사건에 감鑑하여 이출노동자에 대한 응급책」(『동명』, 1922.9.3~9.10)이다. 이 글은 니가타 현에서 발생한 조선인 노동자 학살사건에 대해 정리한 것인바, 당시 이 사건을 조사하기 위해 니가타로 파견된 조선인 대표가 나경석이었다.[28]

---

26 나경석의 활동과 오사카 한인단체 관련 논의는 정혜경, 「대판大阪 한인단체의 성격(1914~1922)」, 『한일관계사연구』 4, 1995, 65~98면 참조.

27 염상섭과 나경석과의 관계에 대해서는 한기형도 다음과 같은 관심을 표명한 바 있다. "1910년대 후반 나혜석과의 만남을 각별하게 기억했던 염상섭이지만 그보다 이른 시기인 1915년 19세의 나이로 경도부립제이중학京都府立第二中學을 다니던 그가 아나키스트 나경석을 오사카에서 만났는지는 불확실하다. 따라서 염상섭과 아나키즘의 만남이 과연 나경석을 매개로 한 것인지에 대해서는 새로운 자료의 출현을 기대할 수밖에 없다." 한기형, 앞의 글, 20면. 나경석은 식민지하 노동운동에 대해 관심을 가졌지만 사회주의와는 일정한 거리를 유지했다. 그는 1923년 무렵 민족운동 내부에서 사회주의 계열이 분화해나갈 때 사회주의적 실천활동에 참여하지 않는다. 나경석은 당시 조선사회가 안고 있는 문제해결의 단위로 '민족'을 고려했고, 민족주의 계열의 대표적 운동으로 평가되는 물산장려회 운동에 참여한다. 그는 전위조직을 중심으로 노동 대중이 결합한 볼셰비키적 변혁방법을 인정하지 않았다. 하지만 그는 물산장려회에 참여하면서도 '사회주의를 이해 내지는 용인하는' 경향성을 지니고 있었다. 나경석은 자본주의의 모순을 극복하는 방안의 하나로 사회주의에 대한 긍정적 태도를 보임으로써 민족주의 계열 내부의 다양한 경향성을 보이는 인물로 정리된다. 이와 관련된 자세한 논의는 유시현, 「나경석의 '생산증식'론과 물산장려운동」, 『역사문제 연구』 2, 역사문제연구소, 1997, 293~322면 참조.

28 이 사건을 보도한 『동아일보』는 나경석이 단지 며칠 동안 파헤친 학살의 내용이 그동안 해당지

염상섭은 1919년 3월 19일 일본 경찰에 체포될 당시 지니고 있었던 「독립선언서獨立宣言書」에서 스스로를 '재在오사카大阪 한국 노동자 일동 대표'라고 지칭했다. 이는 그가 당시 오사카를 중심으로 성행했던 한인 대상 노동운동에 관심을 표명하고 있었음을 보여준다.[29] 오사카 한국 노동자 대표라는 자의식은 교토부립중학을 졸업하고 도쿄의 명문 게이오대학 문과에 진학한 염상섭을 식민지 현실에서 멀어지지 않게 부여잡는 역할을 했다.

역 경찰이 오랜 시간 조사한 것보다 많다는 점을 지적하고 있다. "나경석 씨가 불과 기일幾日에 탐사하야 득得한 그 학대의 사실을 해該 지방 경찰관리는 장구한 시일에도 능히 발견하지 못한 것이 아닌가." 「조선인 노동자 조사에 대하야 사회의 동정을 구함」, 『동아일보』, 1922.9.29. 그런가 하면 나경석은 1930년대 후반 만주에서 만주협화회의 위원으로 활동했다. 참고로, 1938년 1월 29일 자 『동아일보』의 '소식'란에는 「나경석 씨 만주협화회위원滿洲協和會委員 동광학교東光學校 문제로 입경入京 인사차 본사 내방來訪」이라는 기사가 실려 있다. 이 시기 염상섭은 『만선일보』의 편집국장이었다. 두 사람이 같은 시기 만주에 거주하며, 오족협화五族協和를 기치로 내세웠던 두 기구에 각각 관여했던 것이다. 염상섭은 진학문의 권유로 『만선일보』의 편집을 맡았던 것으로 알려져 있다.

29 독립선언의 준비와 체포과정에 대해서는 염상섭, 「횡보문단회상기橫步文壇回想記」, 『사상계』, 1962.11~12(『염상섭 전집』 12, 민음사, 1987, 226~227면) 참조. 이와 관련해서는 다음의 서술을 참조할 수 있다. "염상섭은 「횡보문단회상기」에서 '단독으로 거사할 준비에 동분서주하였었다'고 술회하고 있지만, 이 사건을 실행하기 전에 두 명의 유력한 인물을 만나 상의하여 사상적인 · 자금적인 협력을 얻었음을 상기할 필요가 있다. 한 명은 아나키즘적 경향을 지니고 있었던 황석우黃錫禹이고, 다른 한 명은 1919년 2월 24일 도쿄 히비야日比谷 공원에서 「조선청년독립단민족대회소집촉진부취지서」를 인쇄하여 배포하려다가 체포되었다가 석방된 변희용卞熙瑢이었다. (…중략…) 그렇다면 오사카 독립선언은 표면적으로는 단독거사였지만 실제로는 점차 사회주의에 기울고 있었던 변희용을 비롯하여 아나키스트 황석우 간의 공동기획으로 봄이 타당할 것 같다." 이종호, 「염상섭의 자리, 프로문학 밖, 대항제국주의 안—두 개의 사회주의 혹은 '문학과 혁명'의 사선斜線」, 『상허학보』 38, 상허학회, 2013, 32면.

3. 초기 산문의 범주와 특질

풍속 개량과 가치의 개조

염상섭의 첫 산문 「부인의 각성이 남자보다 긴급한 소이」는 『여자계』 편집진의 요청에 의해 작성된 글이다.[30] 「부인의 각성이 남자보다 긴급한 소이」에는 염상섭이 자신의 삶에서 지향하는 바가 무엇인가 하는 점이 명확히 드러나 있다. 그가 명시적으로 제안하는 삶의 목표는 '자유의 획득과 해방의 실현'이라는 구절로 요약된다. 주권에 대한 불평과 반항, 전제에 대한 민주, 계급에 대한 평등, 구속과 압박에 대한 해방 등 자유를 강구하는 근본적 정신의 일관됨이 곧 역사 속 인류의 정신활동의 요체가 된다는 것이 염상섭의 주장인 것이다.[31] 염상섭이 '부인의 각성'에 대해 관심을 가지게 된 이유 또한 이러한 신념과 관련된다. 그는 오늘날의 구舊가정은 자유와 평등을 몰각한 전제주의 아래 성립이 되었고, 가장家長과 처자의 관계가 마치 위인偉人이라는 악마와 무지몽매한 민중의 관계처럼 되어버렸다고 진단한다. 이에 부인이 각성하고 자식이 자각하여 우선 자유평등의 평주적平主的 가정을 건설한 후라야 민족적·세계적 해방을 얻을 수 있다는 것이다. 염상섭은 조선의 여성이 낡은 습관習慣을 벗어나야 할 것임을 역설한다. 이는 "선악을 불문하고 습관이 천성을 마비시키고 중독시키기" 때문이다. 염상섭은 부인의 각성이

30 『여자계』 제2호에 수록된 글은 모두 청탁에 의한 것이었다. 이에 대해서는 "본지本誌의 편집상 관계로 본사에서 부탁드린 이의게 한限하야 기고寄稿를 밧기로 합니다"(「투고投稿에 대하야」, 『여자계』, 1918.3, 77면)라는 내용 참조.

31 "인류의 간단間斷없는 노력은 필의畢意 인생의 무한한 향상과 생명의 진전 우又는 행복의 증식을 도圖함에 불과하다 하나 나의 관찰하는 바로 논論하면 우리—생물의 일부인 인류의 노력은 생물의 본능적 요구되는 자유의 획득, 즉 모든 것에 대한 해방을 수행·실현하려 함에 있고, 향상·발전은 그 결과라 하고자 하나이다." 제월霽月, 「부인의 각성이 남자보다 긴급한 소이所以」(『여자계』, 1913.8), 『문장 전집』 Ⅰ, 15면.

시급한 이유를 구체적으로 제시하며, 이른바 신여자의 출현을 기대한다. 그리하여 이 글은 "우리가 전인적으로 생활하려는 요구가 심각할수록 그만치 해방에 대한 노력을 해야 할 것이요, 그 해방은 각성을 전제로 한다"[32]는 구절로 마무리된다. 물론, 염상섭의 「부인의 각성이 남자보다 긴급한 소이」에는 이른바 남성 필자들이 바라본 새로운 여성상에 대한 상투적 관점의 표현이 전혀 없는 것은 아니다. '건실한 현모양처'에 대한 요구 및 '건실한 제2국민을 양성할 책임'에 대한 언급은 그러한 예가 될 수 있다.[33] 하지만 이러한 부분적 상투성에도 불구하고 염상섭의 이 글은 부인의 자각과 구도덕의 철폐 및 새로운 가치관의 도입이 곧 인류의 자유와 해방을 실현하는 길이 될 수 있다는 점을 지적했다는 점에서 의미가 크다. 풍속의 개량과 가치관의 변화가 단순히 삶의 소소한 행복을 추구하기 위한 수단이 아니라, 인류가 지향하는 궁극적 가치인 해방의 실현으로 이어진다는 주장도 주목할 만하다.

「부인의 각성이 남자보다 긴급한 소이」와 동일한 맥락에서 쓰인 글로는 「머리의 개조와 생활의 개조」(『여자시론』, 1920.1)를 들 수 있다. 『여자계』의 발행지가 일본 도쿄였고 주요 독자층이 지식인 여성이었던 것에 반해, 이 글이 실린 『여자시론』은 발행지가 경성이었고 주요 독자층 또한 평범한 조선의 부인들이었다. 『여자시론』은 원고를 순한글로 작성하는 것을 원칙으로 했다. 따라서 「머리의 개조와 생활의 개조」는 염상섭의 산문으로서는 드물게 순한글로 쓰였다. 염상섭이 여기서 우선 제안한 것은 조선 가정의 생활습관을 개량해 부인의 여가시간을 확보하는 일이다. 생활습관의 개량 없이 부인들에게 교육을 제안하고 각성을 촉구하며 가정 이외의 일에 눈을 뜨라고 말하는 것은 현실성이 없다는 것이다. 「머리의 개조와 생활의 개조」는 「부인의 각성이 남자보다 긴급한 소이」에 비해 관념어의 사용을 줄이고 현실성

32 위의 글, 27면.
33 이는 염상섭의 경우뿐만 아니라, 『여자계』에 수록된 남성 필자들의 글에서 비교적 자주 발견할 수 있는 항목들이다. 이는 여성 필자들이 자아실현에 초점을 맞추어 새로운 여성관을 기술하고 있는 것과 구별된다.

을 강화시킨 글이다.[34] 염상섭이 이 글에서 주장하는 것은 조선 부인에게 무조건 각성을 요구할 것이 아니라 먼저 그들에게 각성이 가능한 사회적 여건을 제공해야 한다는 것이다. 이와 더불어, 사회적 장애를 물리치기 위한 노력에 부인들이 동참해야 한다는 사실 또한 강조한다. 부인의 각성이라는 문제를 개인적 노력의 문제로 한정짓지 않고 사회적 여건 조성의 문제로 확장시킨 것이 이 글의 핵심적 성과라 할 수 있다.

「여자 단발문제와 그에 관련하여－여자계女子界에 여與함」(『신생활』, 1922. 8) 역시 풍속과 가치의 문제를 다룬 글이다. 염상섭은 이 글에서 자신이 왜 풍속 문제에 대해 관심을 표명하는가에 대한 견해를 밝힌다. 염상섭은 조선인들의 일상적 삶에 대해 시비를 가리는 일이, 조선총독부 정무총감의 경질과 같은 정치적 사건이나 마르크스의 『자본론』 혹은 『공산당선언』에 대해 시비를 논하는 일 못지않게 중요하다는 사실을 언급한다. 사물의 가치 여하는 대상을 바라보고 판단하는 입장에 따라 달라질 수 있기 때문이다. 의원議院의 정담政談을 방청하거나 강연회에 들어가 앉아 선하품을 하는 것보다는, 때로는 동리 하인들의 이야기에 귀를 기울이는 일이 여러 가지 의미로 흥미 있고 소득이 있는 일이다. 왜냐하면 "우리는 그러한 데에서만 본연 그대로의 인생을 엿볼 수가 있고, 생활의 진상을 알 수가 있기 때문"[35]이다. 염상섭은 인생에 대한

34 예를 들면, 다음과 같은 구절을 통해 이를 확인할 수 있다. "자기 집에는 아무쪼록 군사람을 쓰지 않고 될 수 있는 대로 자기의 마누라, 며느리, 딸자식들 혹은 누이들을 종년부리듯이 부려서, 조금도 신지식을 얻으며 수양할 여유를 주지 않습니다. 이것이 첫째 돈에 잇속이 있고, 또 여자가 깨어오면 이전같이 자기 수중에 넣고 마음대로 휘두를 수가 없게 될까 봐서 그리함이요, 셋째에는 습관이 되어서, 여자도 으레히 이러한 경우가 있으려니 하며, 또 남자도 그것밖에는 여자의 할 바 직책이 없다고 생각하기 때문이외다. 이것을 시체 문자로 말하면 '자본가계급'이란 돈푼 가진 자의 흉악한 수단이오, 또 구식 가정의 가장 포학한 '전제군주'의 특색이외다. / 하여간 여자의 거의 전수가, 모두 이 같은 처지에서 고행하고 있는 것은 사실이올시다. 하므로 순리로 말하면 여러분더러 깨이라고 하기 전에, 여러분이 깨일 만한 경우를 만들어드리고 나서, 재촉을 하여야 하겠습니다." 염상섭, 「머리의 개조와 생활의 개조－안방주인마님께」(『여자시론』, 1920. 1), 『문장 전집』 Ⅰ, 66면.

35 상섭想涉, 「여자 단발문제와 그에 관련하여－여자계에 여與함」(『신생활』, 1922. 8), 『문장 전집』 Ⅰ, 228면.

이해가 없이는 진정한 정치가가 될 수 없고, 사회에 대한 이해가 없이는 진정한 사회개량가가 될 수 없다고 주장한다. 염상섭으로서는 인생과 사회에 대해 언급하는 일, 풍속과 가치에 대해 관심을 갖는 일이 곧 정치에 대한 관심이고 사회개량에 대한 관심이 된다. 「여자 단발문제와 그에 관련하여－여자계에 여與함」에서 염상섭이 내리는 결론은 "모든 개조운동이나 인습타파운동이 개인의 외관을 변작變作하라고 명령치는 않았다"[36]는 점이다. 인습을 타파하고 가치를 개조하는 일의 핵심은 외관을 바꾸는 데 있지 않다. 인습의 타파와 새로운 가치에 대한 지향은 외관보다 내면이 중요하다. 부인문제와 남녀 동권同權의 문제, 사회개조와 인습타파, 사회주의와 공산주의 등 격변의 사상을 소화할 능력과 여유 없이 단지 그 명사名辭에만 심취하는 일이야말로 인심을 부허浮虛하는 일이라는 것이다. 그가 동일한 시기에 발표한 글 「지상선至上善을 위하여」(『신생활』, 1922.7)에서 자아의 발견과 확립 및 이상의 실현을 새로운 삶의 지표로 설정했던 것도 결국은 모두 이러한 생각과 관련이 깊다.

표현의 욕망과 논리의 초월

염상섭은 1910년대의 『학지광』 및 그 주요 필진에 대해 거리감마저 느끼고 있었던 것으로 보인다. 『학지광』에 대한 언급 태도[37] 및 현상윤과의 논쟁, 이광수에 대한 비판 등이 모두 그 근거가 될 수 있다. 『학지광』의 편집에 관여하던 인물은 현상윤, 최두선, 전영택, 이광수, 최승만, 서춘 등이었는데, 이들은 대부분 당시 지식인사회에서 유행하던 사회진화론의 영향을 받아 실력양성

36 위의 글, 241면.

37 염상섭은 월평에서 다른 잡지를 살필 때와는 달리, 『학지광』에 수록된 작품들에 대해서는 지극히 간략한 언급만을 하고 지나친다. 『학지광』에 대한 이러한 태도는 다소 의식적이었던 것으로 보인다.

론을 수용하는 입장에 서 있었다. 근대 초기 일본 유학생들에게는 사회진화론에 근거한 실력양성론이 피식민국가의 지식인이 느끼는 무력감을 극복할 수 있는 사상적 토대가 될 수 있었다. 『학지광』의 필자들과 편집진의 성향을 일반화시켜 단정 짓기는 어렵다. 이들이 실력양성론을 주장하면서도 한편으로는 2·8독립선언의 주도세력이기도 했다는 점으로 인해, '실력양성과 독립의 성취라는 문제는 당시의 최고 선각자들인 유학생들이 동시에 이루어야 하는 공동과제였다'는 지적이 나오기도 한다.[38] 이 시기 도쿄 유학생들 사이에 유행한 실력양성론의 핵심은 약육강식弱肉强食과 우승열패優勝劣敗를 20세기 사회의 철칙으로 이해하고 강력주의强力主義를 제창하는 것이었다. 이는 일제에 대한 저항보다는 '실력양성을 통한 경쟁'이라는 이른바 개량적 방법을 통해 독립을 도모하자는 것이었고, 자본주의적인 문명의 건설을 의미하는 것이기도 했다.[39] 그런데, 염상섭이 원래부터 『학지광』에 대해 무관심했던 것은 아니다. 이는 그가 1919년 봄 무렵에 『학지광』에 원고를 투고했지만 반려된 사실이 있다는 회고를 보면 알 수 있다.[40] 염상섭은 자의에 의한 것이건 혹은 타의에 의한 것이건 간에 1910년대 『학지광』의 주도 세력과는 일정한 거리를 두고 문필활동을 했다. 이는 결과적으로 그가 이 시기 부르주아 민족주의 우파 그룹과 어느 정도 거리를 두고 문필활동을 했다는 사실로도 해석될 수 있다.

염상섭이 『학지광』의 대표필자인 현상윤을 비롯해 이후 김동인 등과도 빈번히 논쟁에 휘말렸다는 사실은 그의 초기 산문의 특질을 이해하는 데 매우 중요하다. 수사修辭가 거세된 소박한 표현, 우회보다는 직설적 표현을 선호했던 그에게 논쟁은 피해갈 수 없는 결과물이었다. 염상섭이 「현상윤 씨에게 여與하여 「현시 조선청년과 가인불가인을 표준」을 갱론함」을 써서 현상

38 정혜경, 앞의 글, 88면 참조.

39 실력양성론은 당시 국내외 한국인들의 전체적인 사상계의 구도 속에서 본다면 부르주아 민족주의의 우파의 입장에 해당하는 것으로, 1920년대 초에 그 논리적 완결성을 보이게 되는 문화운동론의 초기 형태가 된다. 박찬승, 『한국 근대 정치사상사 연구』, 역사비평사, 1992, 120~137면 참조.

40 염상섭, 「부득이하여」(『개벽』, 1921.10), 『문장 전집』 Ⅰ, 174~175면 참조.

윤과 논전을 벌인 이유도 이와 직접 관련이 있다. 염상섭으로서는 현상윤이 제시한 '좋은 사람可人'과 '좋지 못한 사람不可人' 또는 '선악'의 표준을 세우는 논리를 결코 그냥 보고 지나칠 수가 없었다. 염상섭이 이 글을 시작하면서 한 말, 즉 "나의 경솔함을 자시自示함일 듯하여 실로 주저하는 바이나, 나의 열정은 묵묵히 간과하도록 냉담치 못하기에 드디어 펜을 든 것이다. 이것이 결코 태변가駄辯家의 논리를 위한 논리가 아니며, 발표를 위한 발표가 아니요, 나 역亦 우리 조선을 사랑하고 우리 청년을 위하여 다소의 참고가 될까 하는 비망非望을 가진 까닭임은 물론이다"[41]라는 진술은 췌언이나 허사가 아니다. 염상섭은 사람의 인격을 '사회적 인격'과 '개인적 인격'으로 나누고 현상윤 스스로가 정한 표준에 의거해 선인과 악인을 나누려는 시도에 동의하기 어려웠다. 이는 '합리적 의견이 아닐 뿐만 아니라 잘못하면 민중에게 해를 줄 수 있는 것'이라는 판단 때문이다. 염상섭은 모든 사인私人은 곧 공인公人이 아닌 자가 없으며, 따라서 개인의 도덕적 행위가 곧 사회적 도덕적 행위가 된다고 주장한다. 염상섭이 표준으로 삼는 '가인可人'은 특정한 논리적 기준을 충족시키는 사람이 아니라 "악착 모지게" "살려고 하는 사람"이다. 낙심하지 않고 "강하게 살려고" 부둥부둥 발버둥질칠 만한 "힘"있는 사람이 제일 좋은 사람인 것이다. 개인주의도 국가주의도 세계주의도 크게 중요한 것이 아니다. 왜냐하면 이들은 모두가 "어떠한 목적의 일점一點에 집중"될 것이기 때문이다.

염상섭의 이 글에 대해 현상윤은 「제월霽月 씨의 비평을 독讀함」(『기독청년』, 1918.5)을 통해 반론을 편다. 「제월 씨의 비평을 독讀함」의 첫 구절은 "제월 씨와 나와는, 씨가 임의 선언한 것과 갓치, 아직것 면식도 업고, 쏘한 서로 사이에 사상상의 이해理解도 업다"[42]는 점이다. 현상윤으로서는 일면식도 없는 교토 출신 유학생 염상섭의 갑작스러운 출현이 당황스러웠을 수도 있다.

41 염상섭, 「현상윤 씨에게 여與하여 '현시 조선청년과 가인불가인을 표준'을 개론함」, 『문장 전집』 I, 28면.

42 현상윤, 「제월 씨의 비평을 독讀함」, 『기독청년』, 1918.5, 11면.

현상윤의 대응은 염상섭의 '비평적 무지'와 '비평의 형식적 착오'에 대한 지적으로부터 시작된다. "제1, 씨는 비평의 형식적 착오를 가졋으니, 그 형식을 가지고는 씨가 내의 사상을 올케 이해할 수는 만무하얏을 일인가 함이다."[43] 비평의 본질과 형식에 대해 전혀 알지 못하는 염상섭이 자신의 글을 옳게 이해하기는 어려웠을 것이라는 이러한 지적에서는 염상섭을 한 발치 아래로 내려다보려는 현상윤의 대응태도가 읽힌다. 그러나 처음부터 염상섭의 관심은 본질이나 형식적 논리에 있는 것이 아니라, 현실에 있었다. 현상윤의 생각과는 달리, 상대적 기준이건 절대적 기준이건 현실에서는 선인과 악인을 가르는 기준은 존재하기 어렵다는 인식을 염상섭은 지니고 있었던 것이다. 염상섭은 현상윤의 반론에 대해 「비평, 애愛, 증오憎惡」(『기독청년』, 1918.9)로 답을 하면서, "지식이란 것이 무엇이냐는 고상한 근본문제는, 나의 무학無學으론 말할 수 없으나, 하여간 사람에게 지식욕이 있고, 또 얻은 바 지식을 확실히 이해・조사코자 함은 본능이다"[44]라고 발언한다. 그에게 중요한 것은 지식의 본질이 아니라, 지식을 습득해 사용하는 일이다. 그는 비평의 본질보다는 비평의 역할에 대해 더 많은 관심을 기울이고 있었다. 그가 "비평의 의의에 관하여는, 지금의 나론 전문적 논평을 할 만한 책임을 질 수가 없고, 또 차此 문제를 논함에는 그리 필요치 않기로 다만 보통 쓰는 의미의 '비평'이란 뜻으로 한정하고"[45] 논의를 펼치는 이유도 이 때문이다. 염상섭은 이 글에서 비평의 목적을 세 가지로 제시한다. 첫째는 '지식의 확실성'을 얻으려 함이요, 둘째는 '대상의 가치를 평정評定하려 함이고, 셋째는 '민중'을 '교양'하려는 것이다. 이러한 목적을 달성하기 위한 비평의 근본정신이 바로 '애愛'이다. 비평은 상대를 비난하는 경우에나 찬양하는 경우에나 '애'가 근본을 이룬다. 상대의 결점에 대한 지적 또한 그에게 향상의 계기를 만들어준다는 점에서 긍

43 위의 글, 같은 곳.
44 제월霽月, 「비평, 애, 증오」(『기독청년』, 1918.9), 『문장 전집』 Ⅰ, 37면.
45 위의 글, 36면.

정적일 수 있다. 인류를 사랑하고, 자기를 사랑하는 열애자熱愛者만 능히 비평의 권리를 가질 수 있음은 비평의 제1 요건이 바로 '애'이기 때문이다. 염상섭은 이 글의 부기附記에서, 현상윤에 대한 자신의 논박이 조금도 악의가 없었다고 자신한다. 염상섭으로서는 현상윤의 반박이 의외로 생각되었던 것이다. 염상섭은, 이는 자신의 표현방법이 졸렬했거나 혹은 상대의 오해로 인한 것이라고 생각한다. 그는 자신이 '애'의 정신을 바탕으로 글을 쓰고 있다는 사실에 대해 한 점 부끄러움을 느끼지 않는다. 그가 현상윤에게 '사의'를 표하고 '관용'을 바랄 뿐만 아니라, 겸하여 상대에게 '반성'을 권하는 것은 그 자신이 스스로 당당하기 때문이다.

형식논리에 얽매이기보다는 현실에 대한 성찰을 중요시했던 염상섭이 「독립선언서」를 쓴 것이나, 격문檄文을 써서 한국 노동자들의 궐기를 촉구하게 되는 것은 지극히 자연스러운 귀결이 아닐 수 없다. 「조야의 제공에게 호소함朝野の諸公に訴ふ」(『デモクラシイ』, 1919.4)을 써서 조선 청년의 심정을 호소한 것 또한 마찬가지이다.[46] 1차 세계대전 이후의 이른바 세계개조 논의를 보면서 "그러나 '해방'을 전제로 하지 않는 개조, '해방'을 의미치 않는 개조, 부분적・비세계적 개조는 쓸데없다. 또 다른 새로운 화근을 잉태한 개조인 까닭이다. 나는 '해방'을 상상치 않고는 개조를 생각할 수 없다"[47]는 주장을 하게 된 것도 현실에 대한 성찰이 없이는 불가능한 일이다. 「노동운동의 경향과 노동운동의 진의」(『동아일보』, 1920.4.20~4.26) 및 「니가타 현新潟縣 사건에 감鑑하여 이출노동자에 대한 응급책」 등에서 보여준 노동운동 및 노동자에 대한 관심 또한 같은 맥락에서 해석이 가능하다.

염상섭의 초기 산문이 다소 거칠어 보인다거나, 상대적으로 논리적 치밀

---

46 이 글의 전문全文과 그 의미에 대해서는 김경수의 연구에 자세히 소개되어 있다. 김경수는, 현상윤으로부터 '사회에 향하야 의견을 세우고 주의를 선전'하는 지도자의 자격이 없다고 하는 충격적인 지적을 받은 염상섭이 「독립선언서」와 「조야의 제공에게 호소함」을 통해 상처받은 자존심을 어느 정도 상쇄했을 가능성이 있다고 보았다. 김경수, 앞의 글, 2010, 307~310면 참조.

47 염상섭, 「이중해방二重解放」(『삼광』, 1920.4), 『문장 전집』 Ⅰ, 73면.

성이 결여된 것처럼 보인다는 기존의 평가 자체가 전혀 사실이 아니라고 말하기는 어렵다. 그러나 이를 염상섭 문장이 지닌 결함으로 이해할 필요는 없다. 염상섭의 글쓰기는 지식이나 논리의 과시가 아니라 현실 표현의 욕망에서 시작된 것이었기 때문이다. 그는 현실에 대한 자신의 생각을 그대로 전하는 것이 가장 효율적인 글쓰기라고 생각했다. 그에게 표현의 욕망이 귀결되는 지점은 언제나 현실이었고, 현실의 문제를 제시하는 데 가장 중요했던 것은 형식과 논리가 아니라 진심의 전달이었다.

사색과 사상의 득달得達

염상섭의 초기 산문 가운데는 그 성격이 문학평론에 속하는 글들이 적지 않다. 그런데 이 글들은 문학원론보다는 작품평에 집중되어 있다. 이 역시, 원론적 지식 표출보다 문단 현실에 대한 관심의 표명이라는 점에서 염상섭의 초기 문필활동의 특질을 보여주는 징표 가운데 하나가 된다.

염상섭의 작품비평은 「상아탑 형께-「정사丁巳의 작作」과 「이상적 결혼」을 보고」(『삼광』, 1919.12)에서부터 시작된다. 이 글에는 황석우의 시 「정사의 작」에 대한 염상섭의 호감이 잘 드러나 있다. 하지만, 이 글에서 더 큰 관심을 끄는 것은 서두에 담겨 있는 이광수에 대한 비판이다. 이광수에 대한 비판이 상대의 실명을 밝히지 않은 우회적인 것이기는 하나, 「상아탑 형께-「정사丁巳의 작作」과 「이상적 결혼」을 보고」에서 비판의 대상이 된 인물이 이광수라는 사실을 짐작하는 것은 그리 어렵지 않다.[48] 염상섭은 「월평月評-7월 문단」(『폐허』, 1921.1)을 쓰면서도 이광수가 『창조』에 발표한 「H군에게」를 '그리

48 제월霽月, 「상아탑 형께-「정사丁巳의 작作」과 「이상적 결혼」을 보고」, 『문장 전집』 Ⅰ, 55면 참조. 이 글은 원래 염상섭이 『학지광』에 투고했던 글이나 반려되었고, 황석우가 원고를 찾아와 『삼광』에 다시 투고해 거기에 게재된 것이다. 염상섭, 「부득이하여」(『개벽』, 1921.10), 『문장 전집』 Ⅰ, 174~175면 참조.

취할 점이 없는 글' 속에 포함시킨다.[49] 염상섭은 당시 문단에서 이른바 '대천재, 대문호'로 꼽히는 문사 이광수에 대한 실망감을 드러내며, 조선의 문학이 지향해야 할 바가 무엇인가에 대해 다음과 같이 언급한다. "우리는 첫째, 문학이란 것은 능필能筆 · 달필達筆이거나, 미문美文을 쓰는 것이 아니라는 것을 깨달아야 하겠소이다. (…중략…) 문장이란 것은 문장 자신으로 제일의第一義일지 모르나, 문학이란 것으로 보면 제이의第二義라고 생각합니다. 자연이란 것은 가르치지 않고, 사회의 진상을 뚫지 않고, '사람'을 가르치지 않고, 인생과 및 인생의 기미機微에 부딪히지 않는, 즉 어떠한 제재를 가지고 종횡으로 묘사를 마음대로 하더라도, 우리의 생활과 아무 교섭이 없으면, 아무리 능란한 미문을 써놓았더라도, 결국은 미장美裝한 '현대여자'요, 청보靑褓에 개똥 싼 것이요, 빈탕이 아닐지요."[50] 여기서 염상섭이 특별히 강조한 것은 '우리의 생활과 교섭이 없는 문학은 빈껍데기에 불과하다'는 사실이다. 염상섭은 미문과 능필만으로 걸작이 될 수 없다는 사실을 반복해 강조한다. 그보다는, 무엇 때문에, 무엇을 독자에게 나누어주려고 글을 쓰는가 하는 점이 중요하다는 것이다.

염상섭이 「백악白岳 씨의 「자연의 자각」을 보고서」(『현대』, 1920.2)를 써서 또 한 번의 논쟁을 시작하게 된 이유 또한 명확하다. 염상섭은 현상윤의 글을 읽었을 때와 마찬가지로, 백악 김환의 소설을 읽고는 "한마디 아니 쓸 수 없는" 표현의 욕망을 느낀다. 그가 붓을 든 이유는 "적어도 우리의 신흥하는 문단계文壇界를 위해서 너무나 느껴짐이 많기 때문"이다. 염상섭은 이 작품을 요코하마의 인쇄공장에서 노동자로 일하며 채자採字를 하는 과정에서 만나게 된다. 따라서 그는 잡지의 독자들보다 먼저, 그리고 보통 때에 작품을 읽는 것보다 더욱 세밀하게 작품을 읽을 수 있었다.[51] 「백악白岳 씨의 「자연의 자각」을 보고서」에 표현된 염상섭의 감정은 "슬픔과 통곡"이다.[52] 미문과 능필

49 염상섭, 「월평月評—7월 문단」, 『문장 전집』 Ⅰ, 162면 참조.
50 제월霽月, 「상아탑 형께—「정사丁巳의 작作」과 「이상적 결혼」을 보고」, 『문장 전집』 Ⅰ, 55면.
51 염상섭, 「부득이하여」, 『문장 전집』 Ⅰ, 176면 참조.
52 제월霽月, 「백악 씨의 「자연의 자각」을 보고서」, 『문장 전집』 Ⅰ, 68면 참조.

만으로는 작품이 될 수 없다는 견해를 표현했던 염상섭으로서는, 미문을 통해 자신을 광고하는 것으로 비추어진 「자연의 자각」을 그대로 두고 볼 수가 없었다. 「자연의 자각」이 타락의 심연으로 빠져드는 작품이라고 판단한 이상 그에 대한 조언 혹은 비난을 감행하지 않을 수 없었던 것이다. 이 글 또한 염상섭으로서는 그 스스로 제시한 비평의 제1 요건인 애愛를 바탕으로 한 표현의 결과일 수 있다. 이 글을 통해 김환의 '반성'도 돕고, 또 우리 문단의 일반적 경향의 악화惡化도 바로 잡겠다는 의도 또한 그가 현상윤과 논전을 벌이던 의도와 크게 다르지 않다.

염상섭의 이러한 언급에 대해 김동인이 「제월 씨의 평자적評者的 가치」(『창조』, 1920.6)로 반박을 하고 나섬으로써, 염상섭과 김동인 두 사람은 한국 근대비평사 최초의 본격적인 문학이론 논쟁을 시작하게 된다. 염상섭이 「여余의 평자적 가치를 논함에 답함」(『동아일보』, 1920.5.31~6.2)으로 답을 하고, 김동인이 「제월 씨에게 대답함」(『동아일보』, 1920.6.12), 「비평에 대하여」(『창조』, 1921.5) 등으로 다시 반론을 펴자 염상섭은 「김 군께 한 말」(『동아일보』, 1920.6.14), 「월평月評—7월 문단」(『폐허』, 1921.1), 「부득이하여」(『개벽』, 1921.10) 등의 글로 논지를 이어간다.[53] 김동인과의 논쟁은 염상섭에게 비평의 역할과 범주에 대해 자신의 생각을 정리해 발표하는 기회가 된다. 이 논쟁 과정에서 염상섭은 이른바 '판사론'을 주장하고, 그에 반해 김동인은 '변사론'을 주장한다. 판사론이란 작품 외적 요소들에 대한 고려를 통한 작품에 대한 가치 판단을 시도하는 '판단자'로서의 비평가론이다. 변사론이란 작품 자체에 대한 해설만을 담당하는 '해설자'로서의 비평가론이다.[54] 염상섭은 문예비평가를 활동사진 변사에 비유한 것은 마치 예술가를 은방銀房의 직공이라 하는 것과 다름없다고 비판한다. 더불어 이 논쟁을 『폐허』와 『창조』의 대립으로 보는 시각 또한 명백한 오

53 이 논쟁의 구체적 전개과정에 대해서는 여기서 길게 다루지 않는다. 논쟁과정에 대한 자세한 정리는 김영민, 『한국 근대문학 비평사』, 소명출판, 1999, 13~38면 참조.

54 위의 책, 36면 참조.

류라는 점을 지적한다.[55]

염상섭의 「월평-7월 문단」에는 그가 작가들에게 요구하는 점들이 비교적 상세히 드러나 있다. 이 글에서 염상섭은 작품에 대해 평가할 뿐만 아니라, 작가가 앞으로 유념해야 할 사항들에 대해서도 구체적으로 적고 있는 것이다. 그는 주요한의 시 「생生과 사死」에 대해 거론하면서 이 작품의 미덕을 '가장 평범한 말로써 인생의 대변자의 직능을 다한 것'에서 찾는다. 더불어 그에게 더 요구되는 것은 '사색'이다. 염상섭은 다음과 같은 말로 주요한에게 더 깊은 사색과 더 큰 사상에 이를 것을 요구한다. "다만 군이 더욱 사색하면, 더욱 더욱 깊고 큰 사상에 득달할 것을, 지금의 얕고 적은 사색으로 어떠한 단안斷案을 내림으로써 안가安價한 안정을 얻음에 만족치 말고, 더욱 깊은 회의에 들어감이 군을 위하여 취할 바이라 함이라."[56] 그는 김명순의 작품 「조로朝露의 화몽花夢」에 대해서도 "깊은 맛 없고, 아무 암시 없는 소품"이라는 비판에 이어 "이만한 붓이 있거든, 진정으로 사상思想의 화원을 깊고 크고 굳게 쌓을 것"을 주문한다. 염상섭이 이 글에서 결론적으로 작가들에게 요구하는 것은 "침묵과 정사靜思에 의한 깊은 사색"이다. 현하 우리의 청년 작가들에게 이를 실현하기 어려운 사정이 있을 것이나, 그 부득이한 사정을 물리쳐가며 한 걸음 한 걸음 앞으로 나아가야 한다는 것이다. 그러나 염상섭은 사상에 득달하는 것만을 작품의 미덕으로 삼지는 않았다. 그는 고한승의 단편소설 「친구의 묘하墓下」에 대해서는 "자연의 묘사가 심히 부족하다"는 점을 지적하면서 "원래 자연의 묘사는 극히 중대한 바이며, 중대하니만치 지난한 바"라고 강조한다. 그 밖에 "대화의 취사선택"이나 "인물 묘사에 대한 노력" 등도 중요하다. 소설이 너무 귀착점만 바라보고 돌진하는 폐弊를 삼가야 한다는 것이다.

그러나 문학에서 사색과 사상을 강조하는 일은 문학의 계몽성啓蒙性을 강조하는 일과는 거리가 있다. 이광수의 작품 「거룩한 죽음」에 대한 염상섭의

55 염상섭, 「월평-7월 문단」(『폐허』, 1921.1.20), 『문장 전집』 Ⅰ, 168~169면 참조.
56 위의 글, 162면.

작품평은 이를 명확하게 보여준다.[57] 이광수의 작품에 대한 염상섭의 비판은, 『창조』 동인들이 이광수를 향해 던지던 "얼굴을 찌푸리고 계신 도학선생道學先生"[58]이라는 지적과 크게 다르지 않다. 염상섭은 작품 창작에서 사색과 사상의 중요성에 대해 인식했지만, 그것을 이광수와 같은 방식으로 펼쳐 보이는 것에 대해서는 적지 않은 반감을 지니고 있었다.[59] 「문인회 조직에 관하여」(『동아일보』, 1923.1.1) 역시 염상섭의 문학관이 잘 드러나 있는 글이다. 염상섭은 여기서 '예술이나 문학을 유희와 오락으로 생각하는 것이 근본적 오류'임을 지적한다. 그는 예술가 혹은 문인이 '세책가貰冊家'가 아니라는 사실을 강조하면서 다음과 같이 주장한다. "내적 생활의 백병전에 종군하는 투사인 것을 우리는 깨달아야 하겠다. 그리하여 그네들의 하는 일은 연소되는 생명과 영혼의 화염에 비치는 것 없고 가린 것 없는 그 불빛에 비치는 것을 그리는 것이다. 그들은 누구보다도 전적으로 살려고 노력하는 자요, 결코 경조부박한 인생의 유희자가 아니라는 점만으로도 모멸받을 하등의 이유가 없다."[60] 이는 곧 인간의 내적 생활을 투철하게 탐구하고, 생명력 있게 활동하는 자가 예술가라는 주장이 된다.

---

57 "이광수 씨에게 대하여는 별로 아는 것이 적다. 『무정』이나 『개척자』로 문명文名을 얻었다는 말과, 『동아일보』에 『선도자』를 연재할 때에 "그건 강담이지 소설은 아니라"라고 자미없는 소리를 하는 것을 들었고, 또 씨의 유창한 문장을 보았을 뿐이다. 소위 예술적 천분이 얼마나 있는지 나는 모른다. 기회 있으면 상기한 장편을 보겠다는 생각은 지금도 가지고 있다. 그러나 이번에 본 「거룩한 죽음」은 나에게 호감을 주었다는 것보다는 실망에 가까운 느낌을 받게 한 것을 슬퍼한다. 일언一言으로 폐蔽하면 문예의 작품이라는 것보다는 종교서의 일절一節이라거나 전도문傳道文 같다. 읽으며 앉았으니까, 공일空日에 천도교당에 가서 앉아 있는 것 같았다." 염상섭, 「문단의 금년, 올해의 소설계」(『개벽』, 1923.12), 『문장 전집』 Ⅰ, 287면.

58 동인同人, 「남은 말」, 『창조』, 1919.2, 81면 참조.

59 이와 관련해서는 다음의 지적을 참고할 수 있다. "염상섭 또한 이광수와 마찬가지로 문학의 효용성을 강조하였는데, 그렇다면 그는 이광수 문학의 어떤 측면에 반발하였던 것인가? 그것은 창작방법인 것으로 판단된다. 이광수가 작품 전면에 작가가 직접 나서서 마치 독자에게 설교하듯 지식을 전달하는 그러한 창작방법을 가졌음에 반해, 염상섭은 현실과 인생의 구체적 모습을 독자 앞에 제시하려는 창작방법을 가졌던 것이다. 이른바 '현실폭로'라는 것이 그것이다." 정호웅, 앞의 글, 149~150면.

60 염상섭, 「문인회 조직에 관하여」(『동아일보』, 1923.1.1), 『문장 전집』 Ⅰ, 274면.

사랑과 증오, 그리고 자기해방의 길

염상섭의 초기 산문에는 자아에 대한 고민을 표현한 글들이 적지 않다. 이러한 글들에서는 자신에 대한 애愛와 증憎의 교차의 폭이 매우 크게 드러나고, 희망과 절망 사이의 기복 또한 매우 크다. 염상섭이 귀국 후 『동아일보』의 기자가 되어 기고한 첫 글 「자기학대에서 자기해방에 – 생활의 성찰」(『동아일보』, 1920.4.6~4.9)은 이러한 특질을 보여주는 대표적 산문 가운데 하나이다. 염상섭은 글의 서두에서 자기학대의 구체적 실상을 낱낱이 드러낸다. 자기학대의 극치는 자살에까지 생각이 미치는 일이다. 염상섭에게는 두 개의 자아가 공존한다. 하나는 자신을 학대하는 자아이고, 다른 하나는 그것을 타자화시켜 바라보는 또 다른 자아이다. 또 다른 자아는 자신을 학대하는 자아를 바라보며 쾌감을 느낀다. 가학성加虐性과 피학성被虐性을 동시에 드러내는 자아의 분열현상이 일어나는 것이다. 그러나 염상섭은 이것이 주관적으로 보면 "참을 수 없는 고통이고 비애悲哀이고 불안정"이며, 객관적으로 보면 용서할 수 없는 "자기위만自己僞瞞, 자기조롱, 자기몰각自己沒却, 자기포기"라는 점을 모르지 않는다. 이보다 더한 자기학대는 없다는 사실을 스스로 인식하고 있는 것이다. 결국 염상섭은 "그러나 나는 오늘날까지, 이것의 인생의 일면을 탐구하는 유일의 수단이요, 특수한 일 개성의 발전이고 또 관조라고, 변명하여 왔습니다. 이것은 추부醜婦의 지분脂粉 이외에 아무것도 아니었나이다"[61]라는 고백을 하게 된다. 이러한 고백의 바탕을 이루는 것은 어리석은 자일수록 자학自虐과 자애自愛를 혼동한다는 사실에 대한 깨달음이다. 이러한 깨달음은 자기를 사랑하고, 자기에게 충실하는 일, 자신의 의지를 존중하는 일이야말로 자기해방의 출발점이며 생활개조의 제1 조건 및 그 과정이 될 수 있다는 주장으로 이어지게 된다. 「자기학대에서 자기해방에 – 생활의 성찰」은 외형적 구조

61 염상섭, 「자기학대에서 자기해방에 – 생활의 성찰」(『동아일보』, 1920.4.6~4.9), 『문장 전집』 Ⅰ, 77면.

로만 보면 당시에 유행하던 계몽적 논설과 닮아 있다. 자기학대의 삶에서 빠져나와 자기해방의 삶을 살아야 한다는 당위성을 강조하는 논설들과 닮아 있는 것이다. 하지만, 자기고백을 통해 자기해방의 길을 추구하는 염상섭의 산문들은 계몽적 논설들과는 거리가 멀다. 그렇게 말할 수 있는 가장 큰 이유는, 염상섭이 자기학대와 자기해방을 선과 악의 논리로 해석하지 않기 때문이다. 염상섭은 그동안 살아온 8,132일 동안의 삶을 결산하면서 자기학대 개전改悛의 최후통첩을 보내고, 조론모개朝論暮改적 방황에서 벗어났음을 천명한다. 자기학대의 길에서 자기해방의 길로 스스로가 들어섰음을 알리는 것이다. 그러나 염상섭은 자신이 그동안 긍정과 부정의 양로兩路를 방황하다가, 오늘날의 입각지에 도달한 것이 단지 선악의 논리로만 평가할 수는 없는 일임을 강조한다. 지금까지 자신이 그렇게 흔들리며 살아온 데에는 그만한 이유가 있었기 때문이라는 사실을 간과할 수 없기 때문이다.

「저수하樗樹下에서」(『폐허』, 1921.1)는 「자기학대에서 자기해방에 — 생활의 성찰」과 내용과 구조가 서로 닮아 있는 글이다. 이 글에서는 자아에 대한 고민, 자살에 대한 유혹, 선과 악을 구별하려는 관념들 및 규정된 가치체계에 대한 저항, 그리고 다시 현실에 대한 희망의 끈을 놓지 않으려는 의지 등을 읽어낼 수 있다. 「저수하에서」는 『폐허』의 동인으로 활동하던 염상섭이 탈퇴의 충동을 벗어나 다시 잡지 발간에 함께 하게 된 심리적 방황의 과정이 담겨 있다. 글을 쓰는 일이 더러는 군중을 현혹하는 죄악과 같이 생각된다는 염상섭의 고백은 일종의 고해성사처럼 느껴진다.[62] 그 고백에 이르기까지 염상섭이 견뎌야 했을 시간들의 무게가 고스란히 전해져 오기도 한다. 염상섭

62 "근일 나의 기분을 가장 정직하게 토설하면 앵무의 입내는 물론이거니와 소위 사람의 특권이라는 허언도 하기 싫은 증症이 극도에 달하였다. 간혹 구설口舌로서 하는 것은 부득이 일일지 모르되 붓끝으로까지, 붓끝은 고사하고 활자로까지 무수한 노력과 시간과 금전을 낭비하여가며 빨간 거짓말을 박아서 점두店頭에 벌여놓고 득의만면하여 착각된 군중을 우又 일층 현혹케 함은 확실히 죄악인 것같이 생각된다." 상섭想涉, 「저수하에서」(『폐허』, 1921.1), 『문장 전집』 Ⅰ, 141면.

은 『폐허』 동인들이 겪었던 갈등과 그에 대한 세간의 소문과 평가, 그리고 조소에 대해서 "이에 이르러 가장 중요한 문제는 '그러면 선악의 판단을 여하히 할까'함이다"[63]라고 적는다. 사람들이 타인에 대해 칭송하거나 비난하는, 선과 악의 절대적 기준에 대한 의문을 다시 한 번 제기하고 있는 것이다. 아무런 글도 쓸 수 없는 심리적 상태에 이르게 된 고통, 허언조차 할 수 없는 상태에서 느끼는 고통은 죽음에 대한 상상으로 이어진다. 흥미로운 것은, 염상섭이 죽음을 논하는 과정에서 그 죽음을 자신의 예술관과 엮어 표현한 부분이 있다는 것이다. 죽음과 예술의 연관성에 대한 그의 서술은 정사情死의 미美를 거론하기도 하고, "원래 나의 생명은 확실히 우주의 일대 손실인 사치품이었다"[64]는 구절로 이어지면서 삶에 대한 어두운 시각을 드러낸다. 그러나 「저수하에서」의 마무리는 그리 비관적이지 않다. 그의 생각이 죽음에 대한 집착으로부터 삶에 대한 애착으로 전환되는 것이다. '사死의 애愛'를 이야기하던 중 교육개조와 사회개량을 주장하게 되는 것은 다소 의외라는 느낌을 준다. 그럼에도 불구하고, 염상섭이 원래 이 글에서 전하려던 메시지가 죽음에 관한 것이 아니라 삶에 관한 것이라는 점만은 분명해 보인다. 다만, 죽음의 길을 벗어나 삶의 길을 가야 한다는 목소리를 독자에게 전달하는 일이 염상섭에게는 쉽지가 않다. 그것은 확신이 없어서라기보다, 자신의 목소리가 군중을 현혹하는 계몽의 목소리로 들릴까 염려되기 때문이다. 염상섭의 문체가 만연체로 길어지는 이유 또한 이와 관련이 있어 보인다. 염상섭의 사유는 곧바로 단문으로 구현되지 않는다. 그의 생각은 일정 시간 자신 안에서 머무는 과정을 거친 후 밖으로 나오게 된다. 이 과정이 염상섭 특유의 만연체를 만들어내는 것이라 보아도 크게 틀리지 않을 것이다.

「『오뇌의 무도』를 위하여」(김억 편역, 『오뇌의 무도』, 조선도서주식회사, 1921)에 담겨 있는 생각도 「저수하에서」의 경우와 크게 다르지 않다. 여기서도 염

---

63 위의 글, 145면.
64 위의 글, 153면.

상섭은 "근대의 생生을 누리는 사람으로 번뇌・고환苦患의 춤을 추지 아니하는 이 그 누구냐. 쓴 눈물에 축인 붉은 입술을 복면 아래에 감추고, 아직도 오히려 무곡舞曲의 화해和諧 속에 자아를 위질委質하지 아니하면 아니 될 검은 운명의 손에 끌려가는 것이 근대인이 아니고 무엇이랴. 검고도 밝은 세계, 검고도 밝은 흉리胸裏는 이 근대인의 심정이 아닌가"[65]라고 탄식한다. 하지만 이 글에서도 염상섭은 어두움을 이기고 밝음의 세계로 나아가야 한다는 점을 역설한다. "그러나 이것은 결코 인생을 희롱하며 자기를 자기自欺함이 아닌 것을 깨달으라. 대개 이는 삶을 위함이며, 생生을 광열적狂熱的으로 사랑함임으로써니라"[66]는 말로 생에 대한 사랑을 강조하고 있는 것이다.

「개성과 예술」(『개벽』, 1922.4)은 수년간에 걸친 방황 혹은 고뇌의 과정을 거쳐 염상섭이 도달한 경지가 어디인가를 가장 명확히 보여주는 글이다. 이는 「자기학대에서 자기해방에－생활의 성찰」에서 간단히 언급한 "개성의 발전과 관조"의 문제에 대한 심층적 탐구이기도 하고, 「자기학대에서 자기해방에－생활의 성찰」 및 「저수하에서」를 통해 결별을 천명하고 부정했지만 아직은 벗어나지 못했던 사상적・감정적 방황을 종결짓는 글이기도 하다. 염상섭은 「개성과 예술」에서 자아의 각성에서 유래하는 개성의 발견과 그 의의, 그리고 예술 창작에서 개성이 차지하는 지위와 의의에 대해 차례로 접근한다. 「개성과 예술」은 자아의 각성이 예술 창조로 이어지는 과정을 단계적・논리적으로 접근한 글이라는 점에서도 다른 글들의 구성방식과는 구별되는 측면이 있다.

염상섭은 근대문명의 모든 정신적 수확물 중 가장 본질적이며 중대한 의의를 가진 것을 '자아의 각성' 및 그 '회복'이라 단언한다. 근대인의 특색과 가치가 여기에 있고, 오늘날의 모든 문화적 성과가 여기서 출발했다고 해도 과언이 아니라는 것이다. 자아의 발견은 곧 인간성의 발견이며, 이는 결국 개

65 염상섭, 「『오뇌의 무도』를 위하여」, 『문장 전집』 I, 170~171면.
66 위의 글, 171면.

성에 대한 발견이자 그에 대해 새로운 가치를 부여하는 일이다. 그렇다면 '개성'은 무엇인가? 이는 '개개인의 품부稟賦한 독이적獨異的 생명'을 말한다. 이러한 생각을 바탕으로 염상섭은 "개성의 표현은 생명의 유로이며, 개성이 없는 곳에 생명은 없다"[67]는 주장을 하게 된다. 그렇다면 또한 '생명'은 무엇인가? "나는 이것을, 무한히 발전할 수 있는 '정신생활'이라 하려 한다"[68]는 구절은 그 답이 된다. 위대한 개성의 표현만이 모든 이상과 가치의 본체인 진・선・미를 구현하는 일로 이어질 수 있으며, 영원한 생명을 지닌 예술을 가능하게 한다. 예술과 개성의 관계는 미美의 의미에 대한 정리를 통해 드러난다. "하므로 이를 요약하여 말하면, 예술미는, 작자의 개성, 다시 말하면, 작자의 독이적 생명을 통하여 투시한 창조적 직관의 세계요, 그것을 투영한 것이 예술적 표현이라 하겠다. 그러하므로 개성의 표현, 개성의 약동에 미적 가치가 있다 할 수 있고, 동시에 예술은 생명의 유로요, 생명의 활약이라고 할 수 있는 것이다."[69] 예술의 생명은 개성과 독창성에 있다. 예술은 모방을 배격하고 독창을 요구한다. 생명의 향상 발전의 경지가 넓고 끝이 없듯이, 예술의 세계도 넓고 끝이 없다. 예술의 세계가 무한하다는 것은 곧 개성의 발전과 발현에 제한이 없고 표현의 자유가 무한하다는 사실을 의미한다. 그리하여 염상섭은 예술 활동을 통해 "우리의 정신생활의 내용은, 더욱더욱 풍부하며 충실할 것이요, 영혼은 나날이 빛나질 것이다"[70]라는 말로 글을 맺는다. 각성된 자아가 예술을 만나 자유롭고 빛나는 영혼으로 거듭나는 과정이 여기에 담겨 있는 것이다.[71]

---

67 상섭想涉, 「개성과 예술」, 『문장 전집』 Ⅰ, 194면.
68 위의 글, 195면.
69 위의 글, 198면.
70 위의 글, 199면.
71 참고로, 하정일은 염상섭의 초기 3부작이 「개성과 예술」의 문학관을 근거로 하고 있다는 사실을 지적하면서 이 글의 논지가 1910년대 양건식과 현상윤이 관심을 표명했던 자연주의문학론과 이어진다는 점을 강조한 바 있다. 하정일, 「보편주의의 극복과 '복수複數의 근대'」, 『염상섭 문학의 재인식』, 깊은샘, 1998, 47~77면 참조.

「지상선至上善을 위하여」(『신생활』, 1922.7)는 염상섭의 초기 산문을 대표한다. 염상섭의 글 한 편을 뽑아 그의 초기 산문의 특질을 살핀다면, 이 글이 거기에 가장 적합한 대상이 될 것이다. 이 글에는 염상섭이 그동안 관심을 가졌던 다양한 문제들에 대한 입장이 종합적으로 정리 제시되어 있다. 그의 첫 산문 「부인의 각성이 남자보다 긴급한 소이」에 제시된 새로운 가치관의 문제에서부터, 「개성과 예술」에서 제안한 자아의 실현과 개성의 표현이라는 문제까지 모두 언급되어 있는 것이다. 염상섭은 입센의 작품 〈인형의 가家〉(〈인형의 집〉)의 사례를 통해 조선에서 여성의 삶의 문제에 대한 관심을 드러낸다. 그는 "오늘날 새로운 생활을 영위하려는 새 사람에게 대하여, 개체의 존재를 굳게 주장하고, 자아의 확립과 존엄을 고조高調함은, 신인新人의 생명인 동시에 신도덕의 기조基調요, 최상의 의의가 있는 것이다"[72]라는 말로 새로운 도덕과 새로운 가치의 필요성을 제안한다. 끊임없이 신장伸張하는 영혼, 탄력과 활기가 넘치는 영혼의 생명은 반역에 있다는 것이 염상섭의 생각이다. 〈인형의 가〉의 주인공 노라는 반역을 통해 지상선을 성취한 인물이라 할 수 있다. 노라는 타협하지 않은 인물의 본보기이다. 타협은 위선僞善이며 자기를 기만하는 일이다. 새로운 삶을 지향하는 조선에서 타협하기 어려운 것 가운데 하나가 조선의 가족제도이다. 따라서 염상섭은 "과거의 그릇된 관념의 소산인 금일의 가정에 대하여, 반역자가 될 수밖에는 없는 결론"에 도달하게 된다. 가족제도에 대한 반역은 "전제專制로부터 민주民主에, 계급적 차별로부터 평등에, 인습으로부터 해방에" 이르는 새로운 가치를 수긍하는 일이기도 하다. 가족제도의 문제에서부터 출발해 낡은 가치에 대한 반역과 새로운 가치의 수립을 제안하는 글 「지상선을 위하여」는 자아의 확립과 개성의 발견과 발전이라는 명제를 확인하는 것으로 마무리된다. 인류 근대문명사의 가장 큰 수확은 자아의 발견이다. 그렇게 말할 수 있는 이유는 근대가 이룩한

---

72 염상섭, 「지상선을 위하여」, 『문장 전집』 I, 202면.

모든 문화적 성과가 자아의 발견에 토대를 둔 것이기 때문이다. 자아의 확립과 실현의 실질적 내용은 '개성의 발전과 표현'이라는 말과 서로 통한다. 개성이 자유롭게 발전되고 배양되며 살이 찌는 거기에서 자아는 확립되고 확충되며, 개성이 자유롭게 표현되는 거기에서 자아는 완성되고 실현된다. 그리하여 염상섭은 타협하지 않는 삶을 살 것을 거듭 제안한다. 타협하지 않는 것, 이것이 지상선을 위한 그리고 자아실현을 위한 가장 중요한 잠언이 되는 것이다. 「지상선을 위하여」에서는 『매일신보』에 번역 연재되었던 입센의 희곡 〈인형의 가〉(1921.1.25~4.3)[73]가 도처에서 활용된다. 염상섭이 이 글을 쓰게 된 표면적 동기는 『매일신보』에 연재된 입센의 희곡 〈인형의 가〉를 읽었기 때문이라고 할 수 있다. 하지만 그 내면적 동기는 입센의 작품 때문이 아니라, 이 작품의 최종회에 덧붙여진 나혜석의 시 「인형의 가家」(1921.4.3)에 있다고 보는 것이 옳을 것이다. 나혜석이 『매일신보』에 〈인형의 가〉의 삽화揷畵를 그렸다는 사실 또한 무시할 수 없다.

염상섭의 초기 산문에서 자아에 대한 고민 혹은 삶에 대한 고뇌는 힘든 일이기는 하지만 결코 회피의 대상이 되지는 않는다. 그보다는 오히려 역설적으로, 기쁘게 받아들여야 하는 일이 되기도 하다. 인간만이 자아에 대해 고민하고, 삶에 대해 고뇌하기 때문이다. 염상섭은 자신의 첫 단편집 『견우화』(박문서관, 1924)의 머리글인 「자서自序」에서 '사람이 모순과 분열에서 고뇌하도록 만들어졌다는 것은 불행 중에도 다행한 일'이라는 견해를 피력한다. "모순당착矛盾撞着과 분열반발分裂反撥에서 끊임없이 고뇌하고 또 고뇌하며, 번민하고 또 번민한다. 뿌리가 빠지도록 고민하고 번뇌하는 거기에만 생명이 늘 새로워지고 생활의 모든 키가 교향적交響的으로 뛰노는 것"[74]이다. 모순 속

73 〈인형의 가家〉는 '각본脚本'이라는 양식 표기 아래 박계강朴桂岡과 양백화梁白華 합역合譯으로 『매일신보』에 연재되었다.

74 염상섭, 「자서」, 『문장 전집』 I, 276면. 『문장 전집』 I에는 단편집 『견우화』의 출간연도가 1923년으로 표기되어 있으나, 이 책의 실제 출간연도는 1924년이다. 『견우화』의 초판 판권지에는 이 책의 발행일이 대정大正 13년 즉 1924년 8월 25일로 명기되어 있다. 다만, 이 책의 서문

에서 고민하는 가운데 생명은 성장하기 마련이다. 염상섭의 실질적인 첫 단편소설 「암야闇夜」에 담겨 있는 생각 역시 이러한 것이었다. 고뇌의 필요에 대한 염상섭의 논의는 「고뇌의 갑자甲子를 맞자」(『동아일보』, 1924.1.1)로 이어진다. 여기서도 그는 "고뇌에서 발견된 행복이 아니면 그것은 진정한 행복이 아니라"[75]는 견해를 제시한다. 시대를 창조하고 자기를 창조하는 가운데 자아는 실현되고 완성된다. 자아의 실현과 확대는 곧 지상의 일절이라 할 수 있는 진眞과 선善과 미美의 획득으로 구체화되어 나타난다. 염상섭은 고뇌하는 과정을 거쳐 확장되고 완성된 자아가 얻을 수 있는 가치가 진선미眞善美라고 생각한다. 진선미가 인류 최고의 가치, 지상의 일절이 될 수 있는 이유는 그것이 바로 고뇌의 산물이기 때문이다. 조선 사람에게 사상思想이 없는 것은 바로 고뇌가 없기 때문이다. 고뇌가 없다는 것은 진정한 의미의 '생활'이 없는 것이나 다름이 없다. 그리하여 염상섭은 고뇌의 열탕에 우리의 영혼을 맑게 씻을 때만이 새로운 한 해가 '빛'과 '기쁨'과 '다행'으로 다가올 것임을 역설하게 된다.

4. 나가며

염상섭이 초기 산문 전반에 걸쳐 드러낸 가장 큰 관심사는 여성문제였고, 그가 초기 산문을 통해 제안했던 궁극적인 삶의 목표는 자유의 획득과 해방의 실현이었다. 자아의 각성과 개성의 발견 및 실현이라는 명제 또한 결국은 여성문제에 대한 관심에서 출발해 그 답을 찾아가는 과정에서 제안된 것들

에 해당하는 「자서」는 그보다 앞선 1923년 5월 30일에 쓴 것으로 기록되어 있다.

75 염상섭, 「고뇌의 갑자를 맞자」, 『문장 전집』 Ⅰ, 298면.

이었다. 염상섭이 다양한 산문들을 통해 조선 여성의 삶에 지속적으로 관심을 표명한 이유는 그가 설정한 자유와 해방이라는 삶의 목표와 관련이 깊다. 조선의 여성들이야말로 자유와 해방이 꼭 필요한 사람들이었기 때문이다. 열악한 노동환경과 노동자의 구차한 삶에 대한 관심 또한 이와 맥을 같이 한다. 염상섭은 조선에 산재한 여성문제 해결의 길이 단지 여성 자신의 각성에만 있는 것이 아니라, 각성이 가능한 사회적 여건의 조성에도 있다는 사실을 강조했다. 노동 문제에 대한 해결의 길 또한 마찬가지이다. 그런 점에서, 염상섭에게는 조선의 여성문제와 조선의 노동문제가 별개의 사안이 아니라 함께 묶일 수 있는 것이었다. 이 둘은 동일한 근원에서 출발하고 동일한 처방을 필요로 하는 사안들이었다. 여성 및 노동문제와 관련해서는 『여자계』를 통한 염상섭의 등단과정에 나혜석의 역할이 있었고, 나혜석을 일본에 유학시킨 나경석이 노동문제에 대해 지속적으로 관심을 표명하던 인물이었다는 점도 시사하는 바가 크다. 염상섭이 초기 산문에서 여성문제에 크게 집착했다는 사실은, 그가 만년의 소설들에서 여성 및 가족문제에 지대한 관심을 드러냈다는 사실과 연관 지어 생각할 때 적지 않은 의미를 지닌다.[76]

염상섭은 그의 첫 산문에서부터 여성문제에 착안해 구도덕의 철폐와 새로운 가치관의 도입을 강력히 주장한다. 이때 풍속의 개량과 가치관의 변화가 단순히 개개인의 행복 추구를 위한 수단에 머무르는 것이 아니라, 인류가 궁극적으로 지향하는 가치인 해방의 실현으로 이어진다는 점을 강조했다는 점은 주목할 만하다. 그는 이어서 인생에 대한 이해가 없이는 진정한 정치가가 될 수 없고, 사회에 대한 이해가 없이는 진정한 사회개량가가 될 수 없다고 주장한다.[77]

76 한수영은 염상섭이 만년의 10여 년에 발표한 작품들 가운데 여성문제에 대한 관심을 표명한 작품이 압도적으로 많다는 사실을 확인하고 '왜 횡보가 이런 문제에 그토록 집착했는가'라는 의문과 함께 '무엇보다 주목할 만한 것은, 여성문제에 대한 횡보의 시각이 여성을 중심에 놓고 고민하는 쪽으로 기운다는 것'임을 지적한 바 있다. 이와 관련된 상세한 논의는 한수영, 「소설과 일상성－후기 단편소설」, 『염상섭 문학의 재인식』, 깊은샘, 1998, 155~184면 참조.

염상섭의 초기 산문의 토대를 이루는 것은 현실에 대한 절실한 인식을 바탕으로 한 표현의 욕망이다. 그에게는 현실에 대한 인식과 거기서 오는 표현의 욕구가, 이론적 지식을 체계화시키는 형식논리보다 더 중요했다. 현학적 지식 혹은 논리의 과시가 아니라, 현실에 대한 표현 욕구가 그로 하여금 문장을 쓰도록 만들었던 것이다. 하지만, 수사修辭가 생략된 소박함과 우회보다는 직설적 표현을 선호했던 그에게 논쟁은 피해갈 수 없는 결과물로 다가왔다. 염상섭은 현실을 간과한 논리의 전개에 쉽게 동의할 수 없었고, 자신의 존재를 과시하는 글쓰기에 대해서는 크게 혐오했다. 현상윤과의 논쟁이 전자의 사례에 해당한다면, 김환 및 김동인과의 논쟁은 후자의 사례에 해당한다.

염상섭은 초기 문학평론을 통해서도 문학 원론에 대한 관심보다는 현실 문단에 대한 관심을 드러냈다. 염상섭이 문단의 현실을 분석하면서 주장한 것은 생활과 교섭이 없는 문학은 빈껍데기에 불과하다는 것이었다. 그가 이광수의 문학에 대해 지속적으로 비판적 태도를 보인 근본적 이유가 여기에 있다. 염상섭이 비평을 통해 작가들에게 요구한 것은 깊은 사색思索의 과정을 거쳐 큰 사상思想에 도달하는 것이었다. 그는 사색을 통해 사상을 얻는 것이 문학가에게 필요하다는 사실을 강조했고, 인간의 내적 생활을 투철하게 탐구하고 생명력 있게 표현하는 자가 진정한 예술가라 생각했다.

염상섭은 번민을 무용無用의 것이라 표현했지만, 염상섭으로 하여금 글을 쓰게 만든 가장 큰 동력은 끝없이 반복되던 번민이었다. 오사카 거주 한인은 이주 초기부터 노동을 목적으로 도일했고, 그들의 삶은 일본 내 최하층의 상황에 놓여 있었다.[78] 그들의 열악한 삶에 둘러싸여 학업을 지속한 지식인 유학생 염상섭에게 번민煩悶은 일상과도 같은 것이었다. 번민과 고뇌야말로 염상섭의 초기 산문에서 가장 빈번히 등장하는 핵심적 개념어라 할 수 있다. 염

77 염상섭의 초기 산문에 나타난 여성문제에 대한 태도는 「제야」, 『너희들은 무엇을 얻었느냐』 등 여성문제와 관련된 소설과 연관 지어 설명할 때 그 특질이 더 분명히 드러날 수 있다. 이에 대해서는 별개의 논문으로 이어서 다룰 예정이다.

78 정혜경, 앞의 글, 65면 참조.

상섭이 작가가 될 수 있었던 것은 그가 번민으로부터 도피하지 않았기 때문이다. 염상섭의 초기 산문에서 읽을 수 있는 자아에 대한 고민 혹은 삶에 대한 고뇌는 견디기 힘든 일이기는 하지만 결코 회피의 대상이 되지는 않는다. 그보다는 오히려 적극적으로 대면하고, 경우에 따라서는 역설적으로, 기쁘게 받아들여야 하는 일이 되기도 한다. 고뇌는 자살에 대한 유혹으로 이어지기도 하지만, 대개의 경우는 곧바로 새로운 삶의 동력으로 재생된다. 염상섭은 고뇌하는 과정을 거쳐 확장되고 완성된 자아가 얻을 수 있는 가치가 진선미眞善美라고 생각했다. 진선미가 인류 최고의 가치, 지상의 일절이 될 수 있는 이유는 그것이 바로 고뇌의 산물이기 때문이다. 그런 점에서, 염상섭이 추구하는 문학은 진선미를 함께 추구하는 예술양식이기도 하다. 동시대의 문학가들이었던 이광수와 김동인이 진선미, 특히 그 가운데서도 선善과 미美를 선택의 문제로 파악했던 것과 달리 염상섭은 이를 하나의 통합된 가치로 이해했다. 이는 선과 미의 갈등 속에서 이광수가 선善을 강조하고, 김동인이 미美를 선택하던 것과 구별된다.

염상섭의 초기 산문들 전체를 이어놓고 정독하다 보면 크게 두 가지 사실을 발견할 수 있게 된다. 하나는 그가 끊임없이 갈등하고 있다는 점이고, 다른 하나는 그가 그러한 갈등에도 불구하고 결국은 자기해방의 길을 향해 계속 나아가고 있다는 점이다. 염상섭은 결코 확신에 차 글을 쓴 작가가 아니다. 그는 자아에 대한 애증愛憎으로 고민하고, 자기학대와 자기해방의 길에서 방황하던 인물이다. 그는 자신의 최대 약점을 조론모개朝論暮改적 방황에 있다고 인식했고, 이를 벗어났을 때 비로소 자기해방의 길에 들어섰다고 생각했다. 이렇게 자기해방의 길로 들어섰을 때, 염상섭 산문의 한 단계가 마무리된다. 하지만, 문필가로서 염상섭의 가치는 그가 자아에 대한 애증을 극복하고 자기해방의 길에 들어섰다는 점에 있지 않다. 그의 문장이 지닌 최대의 가치는, 자기해방의 길에 대한 선택 과정이 꼭 자랑스러운 것만 아니듯, 자기학대의 과거 또한 결코 수치스러운 일이 아니라고 인식한다는 점에 있다. 염상섭에게는 그가 선택한 결과 못지않게, 거기에 도달하는 과정에 대한 성찰이 중요했다. 이러한 인식체계로 인해, 염상섭은 문학의 사회적 효용성을 적극적으로 받아들이면서도 단순히 결과만을 중시하는 계몽주의자가 되지 않을 수 있었던 것으로 판단된다.

1차 유학 시기 염상섭 문학 연구

김경수

1. 들어가며

한국 현대소설을 본 궤도에 올려놓은 횡보 염상섭의 자전적 생애는 이미 어느 정도 소상히 밝혀져 있다. 특히, 초기 일본 유학 시절의 염상섭의 행적에 대해서는 김윤식의 비평적 전기가 비교적 소상히 밝혀놓고 , 그것을 토대로 이 시기 염상섭의 행적을 정리하면 아래와 같다.

1912년(16세) 9월 초순 일본 유학.
1913년(17세) 아자부麻布중학 2학년 편입.
1914년(18세) 성학원聖學院 3학년에 편입.
1915년(19세) 9월 성학원을 수료하고 교토京都부립府立 제2중학교로 전학.
1918년(22세) 3월 교토부립 제2중학교 졸업. 4월 동경으로 올라와 게이오慶應의숙 입학.

	10월 학비가 없어 게이오의숙을 자퇴하고 쓰루가敦賀 항에서 지냄.
1919년(23세)	3월 15일 동경을 떠나 오사카로 가서 같은 달 18일 덴노지天王寺 거사 직전에 체포됨.
	6월 16일 석방 후 7월 12일 동경으로 감.
	11월 동경제대 교수 요시노 사쿠조吉野作造의 도움을 뿌리치고 요코하마 복음인쇄소 직공이 됨.
1920년(24세)	『동아일보』 창간 정경부 기자로 임명되어 귀국함.[1]

이상이 대략 8년에 걸친 염상섭의 유학 시절의 행적이다. 일본 유학 직전에 보성학교에서 수학했던 염상섭이 첫 작품 「암야」 초고를 작성한 시점이 1919년 10월임을 감안하면, 염상섭의 유학 시절은 한 젊은 청년이 작가로서 자신의 삶의 행로를 결정하기까지 나름대로 암중모색한 과정이라고 할 수 있을 것이다. 하지만, 이 시기에 횡보의 관심사가 어디에서 시작하여 어떤 범위로까지 확대되었는지, 그리고 그 과정에서 어떤 사회적 경험을 거쳐 작가의 길을 걷게 되었는지에 대해서는 아직까지 구체적으로 연구가 이루어진 적이 없다.[2] 작가론의 입장에서 어떤 작가가 본격적으로 문학의 길에 들어서기 이전에 어떤 경로를 거쳐왔는가를 살펴보는 일의 중요성은 두말할 나위가 없는데, 염상섭의 경우에도 이 점은 마찬가지다.

이 글은 이런 문제의식을 가지고, 1차 유학 시절 염상섭의 사상의 궤적을 그가 남긴 얼마 안 되는 초기의 평문과 글을 가지고 해석하려고 한다. 염상섭은 물론 한국 현대소설의 형성을 이해하는 데에도 일정한 의미를 가질 이런 작업이 현재까지 이루어지지 않았던 것은 그동안 충분한 자료가 발굴되지 않았기 때문이다. 그러나 최근 들어 간헐적으로 이 시기 횡보가 남긴 글이 발

1 김윤식, 『염상섭 연구』, 서울대 출판부, 1987, 900~901면 참조.

2 이런 문제의식과 연관된 논문으로 한기형의 「초기 염상섭의 아나키즘 수용과 탈식민적 태도」(『한민족어문학』 43, 2003)는 소중한 성과라 할 수 있다. 이 논문은 아래에서 상세하게 살펴볼 것이다.

견되어 종합적인 고찰을 필요로 할 만큼 되었고, 필자 개인도 그가 일본어로 쓴 평문을 구해볼 수 있어서 거칠게나마 초기 유학 시절 횡보의 사상의 궤적을 더듬는 것이 가능해졌다. 현재까지 밝혀진, 이 시기 염상섭이 쓴 글은 다음과 같다.[3]

「부인의 각성이 남자보다 긴급한 소이」	『여자계』	1918.3
「현상윤玄相允 씨에게 여與하여 '현시조선청년과 가인可人・불가인不可人의 표준'을 갱론함」	『기독청년』	1918.4
「비평, 애, 증오」	『기독청년』	1918.9
「조선독립선언서」	유인물	1919.3
「朝野の 諸公に 訴ふ」	『デモクラシイ』	1919.4
「삼광송」	『삼광』	1919.12
「상아탑형께」	『삼광』	1919.12
「이중해방」	『삼광』	1920.4
「박래묘」	『삼광』	1920.4

위의 글 대부분은, 일본어로 발표된 「朝野の 諸公に 訴ふ조야의 제공에게 호소함」이라는 글 한 편을 제외하면 현재 연구자들이 쉽게 구해볼 수 있고, 또 주제를 달리한 개별 논문에서 가끔씩 인용까지 되고 있다. 「조야의 제공에게 호소함」이라는 글은 일본어로 쓰인 글로서 2008년에 그 존재가 알려졌으나, 현재까지 연구자들에게 공개되지 않은 글이다.[4] 「부인의 각성이 남자보다

3 『폐허』 창간호에 실린 염상섭의 시 「법의」 또한 말미에 '1920.1.28. 横濱 인쇄공장에서'라고 명기되어 있어 일본에서 쓴 그의 작품임이 틀림없다. 하지만 이 글에서는 논의하지 않는다.

4 이 자료는 우리카와浦川 登久惠의 「モデル小說・廉想涉『해바라기』の分析」, 『朝鮮學報』(2008.4)를 통해 처음으로 소재가 확인되었다. 이후 와세다早稲田 대학교의 호테이 도시히로布袋敏博 교수가 필자에게 건네주었으며, 필자는 이를 졸저 『염상섭과 현대소설의 형성』(일조각, 2008)의

긴급한 소이」에서 「박래묘」에 이르기까지 이 시기 염상섭의 관심사는 여성 문제에서부터 비평원론 및 정치적 선전문 등에 이르기까지 다양하다. 뿐만 아니라 이 글들은 그가 남긴 다른 글들과 연관지어볼 때 염상섭의 독서편력의 범위까지 알려주고 있어 염상섭이 어떤 과정을 밟아 창작의 길로 들어섰는지를 살펴볼 수 있는 좋은 자료가 되고 있다. 이제 아래에서 순차적으로 각각의 글을 살펴봄으로써, 염상섭의 1차 유학 시절의 관심과 그 추이를 고찰하고자 한다.

2. 여성자각론의 개진

현재까지 발견된 문헌을 근거로 하면, 염상섭이 쓴 첫 번째 글은 『여자계』에 실린 「부인의 각성이 남자보다 긴급한 소이」(1918.3)라는 글이다. 『여자계』는 동경에 유학한 여자 유학생 친목회에서 펴낸 여성잡지로, 1917년 6월의 창간호는 평양 숭의여중학교와 관련된 사람들이 주도했으나 나중에는 동경 여자 유학생 친목회가 발행과 편집을 맡아 1920년 제5호까지 발행된 여성정론지다.[5] 염상섭의 글은 2호에 실렸는데, 이상경의 보고에 의하면 이 2호의 편집에는 나중에 이광수의 부인이 된 허영숙許英淑과 나혜석, 그리고 전영택과 이광수가 관여했다고 한다.[6]

「부인의 각성이 남자보다 긴급한 소이」에서 염상섭은, 인류의 역사란 "생

염상섭 작품 연보에 처음으로 기재하였다.

5 『여자계』의 간행과 운명 및 호별 특성에 대해서는 이상경, 『한국 근대여성문학사론』, 소명출판, 2002, 56~70면을 참조하라.

6 위의 책, 59면 참조.

물의 본능적 요구되는 자유의 획득 즉 모든 것에 대한 해방을 실현하려 함에 있"다고 말하면서, "금일의 구가정은 자유와 평등을 몰각한 전제주의하에 성립되어 가장과 처자의 관계가 마치 위인이라는 악마와 무지몽매한 민중의 관계와 같으니 이에 부인의 각성하고 자식이 자각하여 위선 자유평등의 평주적平主的 가정을 건설한 후라야, 민족적 세계적 해방을 얻을 수가 있다"[7]고 주장한다. 전통적인 조혼早婚으로 인한 여성의 비인간화를 비판하면서 염상섭은 부인의 각성이 시급한 이유를 대략 여덟 가지로 정리하고 있는데, 그것은 대략 다음과 같이 요약된다.

① 우수한 후손을 남기기 위해 현모양처가 있어야 한다.

② 물질만능의 사회라도 부인의 정신적 각성이 존재하면 그 사회의 정신적 결함은 생기지 않는다.

③ 시대변화에 따라 남자의 지식이 증진되면 자연스레 자신의 배우자에 대해서도 정신적 요구를 하게 된다.

④ 여성이 남성에게 버림받지 않기 위해서도, 또 이혼 후 자립적인 삶을 위해서도 각성이 필요하다.

⑤ 여성의 재혼을 죄악시하는 구도덕을 깨기 위해서라도 여성의 각성이 있어야 한다.

⑥ 남녀 간의 온전한 생활은 여성이 남성에게 경외를 받을 만큼의 인격과 지식이 있어야 가능하다.

⑦ 구덕舊德을 무조건 배척하고 방종을 일삼는 신여성에게는 건실한 제이국민의 양성을 기대할 수 없다.

⑧ 여성의 각성은 궁극적으로 남성에게 자극을 주게 되므로 여성의 각성이 시급하다.

7 염상섭, 「부인의 각성이 남자보다 긴급한 소이」(『여자계』, 1918.3), 『문장 전집』 Ⅰ, 16면.

이상과 같은 8개의 이유를 들어가면서 염상섭은 가장권家長權과 조혼으로 대표되는 구도덕을 신랄히 비판하면서 남녀 개개인의 자각을 역설하고 있는데, 이런 지적은 1922년 그가 국내에 돌아와 발표한 「지상선을 위하여」에서 피력하고 있는 논지와 아주 유사하다. 어떤 의미에서 「지상선을 위하여」는 염상섭이 유학 시절에 품었던 위와 같은 생각을 보다 정돈하고, 입센의 〈인형의 집〉을 통해 그 구체적 사례를 설명한 글이라고 해도 과언이 아닐 정도다.

염상섭의 이 글은 두 가지 점에서 우리의 관심을 끈다. 그 하나는 염상섭의 공식적인 글쓰기가 여성문제에 대한 발언에서부터 비롯되었다는 점이다. 그것은 염상섭이 이 글을 쓴 동기와도 직결되는 것일 텐데, 이에 대해서는 기왕에 알려진 그와 여류화가 나혜석의 교유를 떠올릴 필요가 있다. 염상섭이 동경 유학 시절에 나혜석과 교유했다는 것은 이미 알려진 사실이거니와, 그 시기는 대략 염상섭이 게이오대학으로 진학한 1918년 봄 무렵으로 추정된다. 게다가 위에서 언급한 것처럼 『여자계』 2호의 편집에 허영숙과 나혜석이 관여했다는 사실을 감안하면, 염상섭이 이 글을 쓰게 된 데에는 일정 부분 나혜석과의 교분이 작용했을 것이라는 추정이 가능하다. 나혜석이 유학 시절 발표한 최초의 글이 「이상적 부인」이라는 점도 이 점을 뒷받침한다. 「이상적 부인」에서 나혜석은, 전통적인 부덕婦德을 강조하는 것은 여성을 노예로 만들기 위한 것이므로 여성이 자기 개성을 발휘하여야 한다고 역설하고 있는데, 이 점은 이 시기 두 사람의 문제의식이 거의 같다는 것을 알려주기 때문이다.[8]

하지만 염상섭의 이 글이 단순히 나혜석과의 교분에 위에 집필되고 발표되었다고 말하기는 어렵다. 위의 글에서 염상섭이 '자아 각성의 시급함'과 '해방의 당위'가 남녀 공통에 적용되는 시대적 과제라고 말하고 있는 것으로 보면, 당시 '여성문제'란 남녀를 막론하고 이미 근대화를 성취한 일본을 경험한 유

8 나혜석, 「이상적 부인」, 이상경 편, 『나혜석 전집』, 태학사, 2000, 183~185면 참조.

학생들에게 조선의 근대성 성취와 관련된 가장 중요한 과제로 인식되었으리라는 추정이 보다 설득력 있다. 염상섭의 이 글이 발표된 『여자계』 2호에는 전영택의 「가족제도를 개혁하라」라는 글이 실려 있고, 이후 3호에도 최승만과 이광수, 그리고 오천석과 같은 남성 필자의 글이 실려 있다는 사실도 이런 정황을 뒷받침해준다.[9] 또한 염상섭이 유학 시절 간다초神田町에 있던 동포 교회에서 열린 모임이나 동경 유학생 청년회 주최의 강연회에 이광수 등과 함께 참여했다고 회고하고 있는 것[10]을 보면 그럴 가능성은 더 높아진다.

1910년대의 유학생들이 남녀를 불문하고 여성의 자각과 구도덕・구가정의 개혁에 관심을 가졌던 또 하나의 계기로 『청탑青鞜』의 영향을 들 수 있다. 『청탑』은 1911년 일본의 진보적인 여성들의 모임인 청탑사青鞜社가 펴낸 기관지이자 일본 최초의 여성문예지로서, 처음부터 여성해방의 기치를 내건 것은 아니지만 후기로 가면서 부인문제에서부터 사회문제로 시야를 넓혀 정력적으로 활동하려 했으며, 결국은 문부성이 제창한 양처현모주의 이념에 맞지 않는다는 이유로 발매금지처분까지 받아가면서 1916년에 폐간된 잡지다.[11] 뿐만 아니라 이 모임은 동인들이 야기한 여러 가지 스캔들로 인해 언론으로부터 지탄받기도 했다.[12] 나혜석이 자신의 글에서 이 『청탑』을 창간한 히라쓰카 라이초平塚雷鳥와 창간호에 「산이 움직이는 날이 왔다山の動く日來る」로 시작하는 선언적인 시를 쓴 요사노 아키코與謝野晶子를 거론하고 있는 점에서 나혜석의 사상이 『청탑』에 관여했던 일본의 신여성들로부터 영향을 받았다는 논의[13]가 이미 제출된 바 있는데, 염상섭 또한 이 글에서 여성에게도

9 이 점에서 보면 『여자계』가 남성 필자에게 문호를 개방한 것을 두고, 정론을 조리 있게 쓰지 못하는 여성들이 남성들에게 지면을 할애한 결과로 보고 있는 이상경의 해석은 너무 단순하다고 판단된다. 이상경, 앞의 책, 60면 참조.

10 염상섭, 「문인인상호기文人印象互記—이광수와 김동인」, 『개벽』, 1924.2, 97면.

11 村上信彦, 『日本の婦人問題』(岩波新書 62), 岩波書店, 1978, 26~32면 참조.

12 『청탑』의 활동과 이들이 야기한 사회적 스캔들에 대해서는 장징, 『근대중국과 연애의 발견』, 소나무, 2007, 155~157면을, 발매금지의 정황에 대해서는 關礼子, 「墮胎論争と 發禁—雜誌『青鞜』を中心として」, 『發禁근대문학지』, 學燈社, 2002, 66~70면을 참조하라.

13 문옥표, 「조선과 일본의 신여성」, 문옥표 외, 『신여성』, 청년사, 2003, 245~282면; 孫知延, 「民

"인의 처妻가 되며 모母가 되는 본분 이외에 사명"이 있음을 역설하면서 요사노 아키코의 사례를 들고 있기 때문이다.[14] 나혜석의 「이상적 부인」에 입센의 노라가 언급되고 있고, 염상섭의 「지상선을 위하여」에도 입센의 〈인형의 집〉이 인용되고 있는 것 또한 『청탑』이 자각한 신여성이라는 동류의식하에 적극적으로 입센을 소개한 것과 무관하지 않을 것이다.[15]

이로 미루어볼 때, 염상섭이 부인의 각성을 촉구한 이 글은, 당시 일본에서 사회적으로 문제가 되면서도 많은 공감을 얻었던 부인해방의 요구에 대해 당시 유학생들이 보인 보편적인 공감에서 비롯되었으며 논의의 수준도 그 이상을 넘지 않았다는 것은 분명해보인다. 하지만 이 글에서 염상섭은 부인해방이라는 원칙에는 동조하면서도 조선의 신여성에 대해서는 일정한 비판의 거리를 유지하고 있는데, 위에서 정리한 제⑦항에 관한 대목이 그렇다. 그 대목은 아래와 같이 시작한다.

> 차此 일절一節은 특히 조선 계신 일부의 신여자 제군께 드리려 하나이다. 대저 어떠한 사회든지 신구가 개체상촉改替相觸될 때 내외적 생활이 혼돈실조混沌失調하여 도덕의 기반이 동요하고 민중의 귀추歸趨를 이름은 면할 수 없는 바나, 금일의 조선의 소위 신교육을 받았다는 여자계와 같이 혼돈 암담하고 부패함은 전고前古에 없겠다 하나이다. 나는 직접 여자계에 간섭하여 내정을 탐색은 못하였으나 제군 중에 상당한 교육을 받았다는 사오 인의 여자를 교제함으로 그들의 사상과 행동을 자세히 알고 또 그이들에게 들은 바 일반 경성여자계의 소식을 종합하여 논단하면 제군은 재래의 인습도덕의 압박과 구속에 대한 반동으로 구부덕舊婦德을 혐오

族と女性, ゆらぐ'新しい女'」, 飯田祐子 編, 『『青鞜』という場―文學・ジェンダー・新しい女』, 日本 : 森話社, 2002, 163~189면 참조

14 염상섭, 「부인의 각성이 남자보다 긴급한 소이」 참조.

15 우리카와浦川는 염상섭의 이런 메시지가 『청탑』에 기고했던 당시의 일본 남성 작가들, 이를테면 아베 지로阿部次郎나 바바 고초馬場孤蝶의 발언을 슬로건식으로 되풀이한 것은 아닐까라고 보고 있다. 浦川 登久惠, 「モデル小説・廉想涉 『해바라기』の分析」, 『朝鮮學報』, 2008.4, 110면. 이 점에서 한국 현대소설의 형성에 미친 『청탑』의 영향은 보다 더 고찰되어야 할 것이다.

배척함에 급하고 신부덕을 생각지 않으며 소위 신교육은 도리어 그들의 만심慢心을 조장시켜 안고수비하여 혹 왈 결혼할 남자가 없느니 남자는 무능하니 하는 등 불근신 불단정한 방언放言을 하거나 도리공론徒理空論의 남녀동등 여권확장 자유연애 자유결혼 등 설說을 주창하는 일편에는 여자의 생명으로 아는 정조 — 신시대의 철저한 신여자는 남자에게 자기들과 같이 신도덕의 정조를 지키라고 요구하여야 할 것이요 또 남자 자신도 지켜야 할 — 에 대한 관념이 탈각脫却되고 양심이 마비되어 불품행한 사실이 빈출頻出하며 혹간 생각 있는 청년이 힐책하면 'love is blind'라는 구인적蚯蚓的 문자를 치켜들고 자기의 책임을 피하려 하는 것이 전반全般은 아니라 현금現今 소위 개명하였다는 일부 여자의 개황槪況임을 알 수가 있나이다.[16]

이런 말끝에 염상섭은 "너무 과격히 말씀을 하와 노하실지 모르나 노하시면 노하시니만치 아직 각성치 못함을 발표함이오며 또 이런 말씀을 함은 세평을 과신過信하는 천견淺見에서 나오는 오해라고 하실 분이 있을 듯하오나 '나'라는 산 증인이 있는 이상 사실은 하는 수 없소이다. 너무 욕들 마시오. 하나 실로 단단히 정신 차리지 않으시면 미구에 결혼할 만한 여자 없다는 소리가 남자 입에서 나올 것은 명약관화한 사실이외다. 각성! 각성!" 하고 덧붙이고 있다. 이런 지적은 위에서 정리한, 부인의 각성이 시급한 이유로 든 여러 가지 다른 이유들과 비교해볼 때 다소 어울리지 않는다는 느낌을 준다. 유학생의 신분으로 자신이 교제하고 있던 여성들로부터 전해들은 바를 종합하여 조선의 신여성들의 방종을 질타하고 있는 염상섭의 이런 논의는, 여성의 자각의 시급함을 역설한 다른 이유들에 비해 대단히 과격하며 몇몇 사례를 지나치게 일반화한 견해라고 할 수 있을 정도다. 염상섭의 이와 같은 논리가 『청탑』의 사상과 어떻게 차별화되고 있는지 역시 별도의 고찰을 요하는 문제이지만, 적어도 여기서 우리가 알 수 있는 것은 그가 진보적인 여성해방론

16 염상섭, 「부인의 각성이 남자보다 긴급한 소이」, 『문장 전집』 Ⅰ, 23~24면.

에 동조하면서도 한편으로는 다소 보수적인 여성관을 동시에 견지하고 있었다는 사실이며, 훗날 그의 소설에서 발견되는 신여성에 대한 양가감정이 초기 유학 시절부터 싹트고 있었다는 사실이다.

3. 현상윤과의 논쟁

염상섭이 유학 시절 쓴 두 번째 부류의 글은 논쟁과 비평의 글인데, 전자는 「현상윤 씨에게 여與하여 「현시조선청년과 가인불가인의 표준」을 갱론함」이라는 글이며 후자는 「비평, 애愛, 증오憎惡」(1918.9)라는 글이다. 그런데 이 두 편의 글은 염상섭의 문학적 관념이 생장하는 과정과 긴밀하게 연관되어 있다는 점에서 중요하다. 전자는 염상섭이 우연한 기회에 재일 기독청년회의 기관지인 『기독청년』의 존재를 알게 된 후, 3호(1918년 신년호)에 실린 현상윤의 글을 읽고 그에 대한 자신의 반론을 펼친 글이다. 현재 『기독청년』 3호를 확인할 수가 없어 현상윤이 무슨 말을 했는지는 이 글에 대한 현상윤의 반론을 토대로 재구할 수밖에 없는 형편인데, 여기서는 이 두 편의 글을 토대로 두 사람의 논의를 살펴보고 그 의미를 고찰하고자 한다.

염상섭은 「현상윤 씨에게 여與하여 「현시조선청년과 가인불가인의 표준」을 갱론함」이라는 글에서, 조선청년을 가인可人과 불가인不可人으로 구분하여 논지를 펼친 현상윤의 글에 자신이 찬동할 수 없을 뿐만 아니라 "의연히 모순"되었다는 것을 밝히고 그것을 비판한다. 염상섭이 첫 번째로 지적하고 있는 것은 현상윤이 도덕관념을 '공적 도덕'과 '사적 도덕'으로 나누고 인격마저 '공민적' 인격과 '사인적' 인격으로 나누었다는 것이다. 염상섭은 "사람의 인격을 사회적과 개인적 즉 공민적과 사인적으로 이분하여 씨(현상윤—인용자)

의 거擧한 표준에만 적합하면 개인적 생활의 불합리라든지 사인적 행위의 부도덕 등 모든 약점을 용서하고 '가인' 즉 좋은 사람이라 하며 차에 반한 자는 아무리 개인—사인적으론 우월한 미점이 있더래도 불가인 즉 좋지 못한 사람이라" 이르고 있는데, 자신이 보기에 그것은 "'지금 우리 조선 사람에게는 사인적 요구보다 공인적 요구가 더욱 필요하고 개인적 이해보다 사회적 이해가 더욱 긴급하다'는 전제가 있더라도 합리한 의견이라 할 수 없을 뿐만 아니라 잘못하면 도리어 민중에게 해를" 줄 수도 있다는 것이다. 이런 입장에서 그는 자신은 인격을 이분하여 생각할 수 없다고 하면서 다음과 같이 말한다.

제일第一에 나는 인격을 이분하여 생각할 수 없다. 씨가 "개인이 사회와의 관계를 떠나서 윤리나 도덕의 존재를 인식할 수 없다" 함 같이 나는 "개인이 사회를 떠나서는 인격의 존재를 인식할 수 없다" 한다. 즉 인격의 존재, 가치, 존숭 등의 관념은 주관으로 말하면 대외적 관계를 가장 완전히 보호하려 함에서 나옴이요 객관으로 논하면 윤리·도덕—사회생활에 수요須要한—을 수행하여 사회 자신의 안녕을 보전함에 필요한 수단적 조건이 아닌가 한다. 환언하면 이 세상에 다만 일一 개인만 생존하여 대외적 관계가 전연히 없던 시대가 있었다 하면 가사假使 '인격' 그 물건은 얻더라도 그것의 의식이 없었을 것이요, 따라서 그것의 필요, 가치, 존중 등의 관념이 없었을 것이라 함이다. 그러므로 나는 '사회적 인격 즉 개인적 인격'이요 '공인적 인격 즉 사인적 인격'이라 한다. 갱언更言하면 인격은 일一이요 또한 일一뿐이라 함이다. 이같이 말하면 혹은 궤변을 농弄하는 공론空論이라 할 것이지만 이상에도 말함과 같이 개인과 사회가 가장 근접한 금일에 지至해서는 그 인격에 부수되는 모든 조건—대외적 제諸책임, 권리 의무 등—의 대소다과大小多寡의 별別은 있을지라도 모든 개인이 사인인 동시 공인이 아닌 자가 없음은, 소소한 예를 들어 생각해보아도 알 것이며, 따라서 사인의 도덕적 행위가 곧 공인(사회적)의 도덕적 행위가 된다 한다(나의 '공인'이라 함은 다만 행정·사무를 장리掌理하는 소부분만 지적하고자 하는 것은 아님. 가장 광의廣義로 말함).[17]

이런 논리의 연장선상에서 염상섭은 또한 많은 청년들이 "애사회심愛社會心 애민족심의 표현의 방식을 유상謬想함으로 마치 일확천금의 비망을 품은 무리와 같이 자기의 사명과 천품의 재질을 탐구자각하여 자기의 적합한 순로를 진행하려 하지도 않고 아무 근저根底 정견定見 경륜 없이 다만 사업 사업하고 공허한 명예심에만 급업岌業함도 현 씨와 같은 '가인불가인'의 표준을 맹신하며 또 사회가 모두 이런 표준으로 규구를 삼는 까닭이 아닌가 한다"[18] 고 하면서, 다음과 같은 실례를 들어 다시 현상윤을 반박한다.

> 가령 음악으로 보더래도 일견一見하면 안일安逸을 탐하는 풍류의 유민遊民이나 혹 방탕아의 할 바요, 결코 유위有爲한 청년의 할 바가 아니라 할지나 대저 일 국민의 취미성을 향상시킴이 그리 필요 없다 할 수 있을까? 취미성의 비열은 곧 도덕적 타락을 유치誘致함이 아닌가? 더구나 내부적으로 충실한 실력을 양성하여야만 할 금일의 우리로서는 이같이 무의미한 듯하고 '불가인'같이 보이는 정신적 노력이 얼마나 필요한지 모르겠다. 오히려 나는 이같이 사회의 향응과 이해를 못 받고 따라서 면할 수 없는 생활난의 고통을 배제하면서 황무지를 개척하듯 노력하는 차류此類의 인사에게 대하여 만강滿腔 사의謝意를 표하고 또 이러한 형제를 진정한 애국자라고 하려 한다.[19]

염상섭은 이 외에 국가주의자와 세계주의자가 역시 분리될 수 없다는 것을 말하고, 결론적으로 자신이 생각하는 가인의 표준이란 "악착 모질게 살려고 하는 사람"이라고 부연하고 있다. 하지만 이 부분에 대해서는 여기서 따로 논의하지 않는다. 현상윤의 반박문에서 그런 사항들은 오히려 부차적인 것이기 때문이다.

---

17 염상섭, 「현상윤 씨에게 여與하여 「현시조선청년과 가인불가인의 표준」을 갱론함」(『기독청년』, 1918.4), 『문장 전집』 I , 30~31면.

18 위의 글, 32면.

19 위의 글, 33면.

이 글이 발표되자 현상윤은 바로 다음 호(1918.5) 『기독청년』에 「제월霽月씨의 비평을 독讀함」이라는 글을 발표하여 염상섭의 논지를 반박한다. 현상윤의 반박문의 내용은 물론 일차적으로는 염상섭이 잘못 읽은 부분에 대한 지적이다. 현상윤은 염상섭이 사회유기체설에 기초하고 있다는 점과 인격을 이분할 수 없다는 점 등에 대해서는 비교적 동의하면서도, 자신의 입장은 개인을 본위로 한 행위와 사회를 본위로 한 행위는 가치의 차별이 있을 수밖에 없으며, 자신이 말한 가인불가인의 기준은 상대적인 것이지 결코 절대적인 아니라고 지적한다. 그러나 이런 지적보다는 현상윤이 자신의 논지의 전제로 삼고 있는바 염상섭의 비평적 무지에 대한 지적이 보다 근본적이다. 글의 모두에서 현상윤은 일차적으로 염상섭이 '비평의 형식적 착오'를 범하고 있음을 지적하면서, 염상섭이 "계통적系統的으로 또는 시대적時代的으로 지도자적指導者的(또 이런 말을 하다가는 씨에게 귀족적이라고 오해될는지도 모르거니와)으로 사회社會에 향向하야 의견意見을 세우고 주의主義를 선전宣傳하기에는 아직껏 안전지대安全地帶에 들어서지 못한 것이 분명하다"[20]고 독설을 퍼붓는다. 이 과정에서 그는 자신이 아는바 비평의 본의를 다음과 같이 설명한다.

씨는 비평의 형식적 착오를 가졌으니, 그 형식을 가지고는 씨가 내의 사상을 옳게 이해할 수는 만무하였을 일인가 함이다. 왜 그러냐 하면 위선 비평이란 상대의 사상 또는 언론을 충실되게 이해하고 또는 그것을 선의로 해석하는 것이 원칙이거늘, 씨는 이것을 무시한 일이오, 그 다음 비평이란 상대자의 사상을 이미 언어나 혹은 문자로 발표된 자에 한하여 행하는 자요 결단코 아직껏 말이나 혹은 문자에 발표도 되지 않은 자까지에 대하여 행하는 자는 아니거늘 — 즉 다시 말하면 비평이란 그 대상이 '그러하다'의 사상이요 결코 '그럴 터이지'의 사상은 아님이 명료하거늘 — 씨는 이것을 살피지 않은 일이오, 또 그 다음에 비평이란 성질상

20 현상윤, 「제월씨의 비평을 독함」, 『기독청년』, 1918.5, 12면.

> Transcendental criticism(초월적 비평―일정한 글이나 언론을 떠나서 상대자의 사상을 비평하려는 논법)과 Immanent criticism(내재적 비평―상대자의 사상을 일정한 글이나 언론에 전속專屬하여 비평하려는 논법)의 이 논법이 구별되어 있거늘, 씨는 이것을 도한 혼동하였으니, 아무리 완전한 비평을 하려하나 ― 즉 상대자의 사상을 충분히 이해하고 그 위에 다시 시비를 논하는 소위 비평다운 비평을 하여보려하나, 도저히 그렇게는 되지 못하였을 것임으로다.[21]

위와 같은 입장에서 현상윤은, 자신이 공적 인격과 사적 인격을 구분한 것은 그 둘을 겸득兼得하기 어려울 경우에 자신이 취할 바에 대한 설명이며, 자신은 공인의 범주와 예술을 대립시킨 적도 없다고 말한다. 염상섭에게 반박의 단서를 제공한 현상윤의 글이 아직까지 발견되지 않아 조심스럽기는 하지만, 논리의 전개나 비판의 근거라는 측면에서 이 두 사람 간의 논쟁에서는 현상윤 쪽이 훨씬 이론적이고 논리적이다. 게다가 현상윤의 위와 같은 지적은, 비록 겸사謙辭로써 글을 마치고 있기는 하지만, 선배의 입장에서 비평과 논쟁의 기본에 대해 염상섭에게 한 수 가르친 것이라고도 평가할 수 있다.

이 글은 염상섭에게 적잖은 충격을 주었는데, 이 점은 이 글에 이어 발표한 염상섭의 답변글에서 확인할 수 있다. 「비평, 애, 증오」가 바로 그것이다. 현상윤으로부터 의외의 공격을 받은 염상섭은 현상윤의 글이 발표된 지 4개월 뒤에 『기독청년』지에 이 글을 발표하는데, 글의 말미에 자신의 글이 현상윤의 글에 대한 "암풍暗諷"이 절대 아니며, 자신은 자신의 견해를 "표백"했을 뿐이며, 자신은 "조금도 악의가 없었"다고 말한다. 그리고 오해가 빚어진 것은 자신의 "표현방법이 졸열함이거나, 혹은 씨의 유견謬見오해인 듯하다"고 적고 있다. 이런 진술 자체가 염상섭 스스로 이 논쟁에서 한 발 물러서겠다는 것임을 암시하거니와, 염상섭은 글에서 자신이 이해하는바 '비평의 목적'이

---

21 위의 글, 11~12면.

란 "고원高遠하게 말하면 인류의 행복을 증진하려 함이오, 비근하게 말하면 ① 지식의 확실성을 얻으려 함, ② 그 대상의 가치를 평정評定하려 함, ③ 민중을 교양하려 함"[22]이라고 전제하면서 자신이 생각하는 비평의 근본정신을 다음과 같이 설명한다.

> 그러나, 비평의 목적이 인류의 '행복증진 = 지식의 확실, 가치의 평정, 민중의 교선教善' 등에 있는 이상, 비평적 비난이 다만 비난을 위한 비난이 되고 말아서는, 그 목적을 달할 수 없음은 물론, 비평의 정신이 나변那邊에 존재하였는지를 모를 것이다. 하므로 결국에 비평은, 비난・찬양을 불문하고, '애愛'가 근본정신이 아니 되어서는 아니 된다 한다. 물론 비난이란 것은, 받는 그 당자에게는 불쾌하고 불명예할 것이나, 애愛에 나오는, 즉 평자의 소주관小主觀의 계루係累를 받지 않는 비난인 이상, 확실한 결점이 있을 것은 정定한 일이요, 그 결점의 지적은 곧, 비난자의 악감을 사는 데 그치지 않고, 향상의 동기를 만들어줄 것은 췌언贅言을 불요不要할 바이다. 또 찬양도 애愛에서 출발치 않으면, 다만 지분脂粉에 싸인 '어여쁜' '피륙皮肉'(조선말로 '빙정거린다' 할지? 영역英譯하면 'sarcasm'이다)에 지나지 못한다.
>
> 과연 '애愛'는 비평의 제1요건이다. 인류를 사랑하고, 자기를 사랑하는 인생의 열애자熱愛者만 능히 비평할 권리를 가질 수 있다.[23]

이 글의 말미에서 염상섭은 현상윤에 대한 반론은 별도의 지면을 알아보겠노라고 말하고 있지만, 현재까지 그런 글은 발견되지 않았다. 이 글 자체가 자신의 반론이 애정에 토대를 하고 있다는 다소 이해를 구하는 어조로 일관되고 있다는 점에서 현상윤과의 논쟁을 일정 부분 무마하려는 취지를 담고 있는 것을 보면, 염상섭은 이 글로써 현상윤과의 논쟁을 마무리하고 싶어 했던 것으로 보인다.

22 염상섭, 「비평, 애, 증오」(『기독청년』, 1918.9), 『문장 전집』 Ⅰ, 37면.
23 위의 글, 39면.

염상섭이 현상윤의 글에 시비를 건 것이 유학생계에서 나름대로 입지를 굳힌 그를 비판함으로써 자신도 그런 위상의 인물임을 인정받고 싶었던 욕망이 있었는지는 알 수 없다. 그러나 현상윤의 글에서 볼 수 있는 것처럼, 염상섭은 이 시기 아직까지 비평(그 대상이 무엇이든 간에)의 본질에 대해 정확히 알고 있지 못했으며, 현상윤의 지적을 받은 뒤에야 비로소 비평이 무엇인지에 대해 생각해보기 시작했으리라는 것이다. 이 글에서 염상섭이 보이고 있는 다소 수세적이고 유보적인 입장이 그 증거다. 그러나 아직까지 비평에 대한 관심이 문학영역으로 구체화되었다고 볼 수는 없는데, 이 점은 이후 그의 글이 오히려 문학이나 문명비평과는 정반대인 정치영역으로 바뀌었다는 사실이 분명하게 보여준다.[24]

4. 독립선언서와 정치적 선전의 글

현상윤의 글과 관련하여 발표한 두 편의 글이 일종의 메타비평 혹은 비평원론이라고 한다면, 그 이후에 염상섭이 발표한 글은 일종의 정치평론이라 할 만한 글이라는 점에서 이채롭다. 그가 1919년 오사카 천왕사 공원에서 낭독하기 위해 쓴 「조선독립선언서」와, 그가 감옥에 있을 때 일본의 진보잡지인 『데모크라시』지에 발표한 「조야의 제공에게 호소함」이라는 두 편의 글

24 『기독청년』을 중심으로 1910년대 후반 동경유학생들의 문화 인식에 대해 고찰한 바 있는 이철호는 「현상윤 씨에게 여與하여 「현시조선청년과 가인불가인의 표준」을 갱론함」이라는 글에서 염상섭이 행한 비판이 "당시 정치나 경제, 법률학에 비해 문예 방면의 전공을 소홀히 하는 유학사회의 세태를 비난함과 동시에 문학예술 등 미적 영역의 자율성을 정당화하려는 의도를 지닌다"고 해석한다. 이런 해석은 넓게 보아서는 타당하지만 그렇다고 염상섭의 인식이 그렇게 확고하다고는 볼 수 없을 듯하다. 이철호, 「1910년대 후반 동경유학생의 문화 인식과 실천」, 『한국문학연구』 35, 동국대 한국문학연구소, 344면 참조.

이 바로 그것이다. 이 두 편의 글은 모두 일본어로 발표되었는데, 일본인을 대상으로 하여 조선독립의 당위성을 선언하고 식민통치정책을 비판하고 있는 글인 만큼 일본어를 선택한 것은 당연한 일이라고 할 수 있다. 염상섭이 동경유학생들의 거사(2·8독립선언)에 자극받아 손수 「조선독립선언서」를 작성하고 오사카의 유학생 몇 사람과 함께 천왕사天王寺 공원에서 거사하려다가 체포되기까지의 과정은 김윤식이 이미 소상히 밝혀놓고 있으므로 여기에 대해서는 재론하지 않는다.[25] 여기서는 「조야의 제공에게 호소함」을 중심으로 이 시기 염상섭의 행적과 사상을 살펴보고자 한다. 먼저 해당 잡지 '선전宣傳'란에 실린 그 글의 전문을 소개하면 다음과 같다.

> 여余의 말이 반드시 조선청년 일반의 마음을 대변하는 것은 아니더라도 그 일단을 들여다보기에는 충분하도록 감히 직간접적으로 국정國政에 관여하고 있는 제공諸公에게 한번 생각하는 번거로움을 끼치는 것이 헛되지 않을 것이라고 믿으면서 조금 내 심정을 호소하고자 한다.
>
> 최근 여러 신문보도에 의하면 동경東京에 있는 우리 유학생 사이에 소위 불온한 행동이 있었고 그에 대한 처벌을 엄히 했다는 사실을 전하고 있다. 그런데도 제국의회帝國議會에서는 이런 일선日鮮 양 민족간의 중대문제를 불과 두세 가지 문답에 부치고 말았을 뿐, 그 언설言說의 공허함에 이르러서는 실로 불만을 느끼지 않을 수 없다. 그들이 스스로의 신변에 가해질 위해를 예상하면서도 여전히 그런 행동에 나설 수밖에 없는 심정의 연민을 고려한다면 고국에 있는 우리들도 침묵할 수만은 없다.
>
> 우리는 현실을 떠나서는 아무 것도 아니다. 우리는 눈앞에 닥친 생존문제에 의해서 움직이게 된다. 혀가 있어도 벙어리가 되지 않으면 안 되고, 붓이 있어도 언론이 없고, 다리가 있어도 움크려 앉을(거좌踞坐) 수 없는 금일의 우리에게, "그대

25 이 점에 대해서는 김윤식, 앞의 책, 50~58면을 참조하라.

들은 우리와 조상이 같으니 결코 학대하는 것이 아니다"라고 하는 그 말이 과연 어떤 가치가 있는 것인가. 혹시 그들의 행동의 원인을 '민족적인 차이에 토대를 둔 독립'이라고 하는 식의 미명美名에 이끌린 망동妄動이라고 생각하는가. 그것을 거꾸로 추리한다면, 작년 가을 일본의 쌀폭동과 같은 것은 어떻게 해석해야 하는가. 무릇 진심으로부터 우러나온 절실한 요구만큼 진실한 것은 없다. 쌀폭동과 유학생의 행동은 그 표면은 달라도 그 생존의 보장을 얻으려는 진지한 내면적 요구에 있어서는 다른 점이 없다. 여余는 시험삼아 묻는다. 조선에 언론의 자유가 있는가. 교육의 자유가 있는가. 인간으로서의 존립을 인정하고 그것을 보증해주었는가. 병합 이후 이미 십년이 흐른 오늘, 우리는 유감스럽게도 백주白晝에 거리에 열列을 지어 다니는 헌병憲兵의 모습과 우민愚民을 경악시키기에 족한 물자문명物資文明의 사소한 진보를 볼 뿐이다. 만약 조선인이 도저히 현대문명에 관여할 수 없는 열등인종이라고 한다면 오늘날과 같은 저급한 보통교육만으로 만족할 것이다. 그러나 우리들도 역시 인간으로서 그와 같은 것으로써 만족하지 못한다. 우리에게는 4천년의 유구한 문화가 있다. 우리의 정신이 향상을 위해 타오르는 것은 일본의 청년과 어떤 차이도 없다. 돌이켜 생각해 내지內地 유학생의 현장을 보면, 당국이 우리를 사갈시蛇蝎視하고 문제시하는 것은 이루 말로 다 할 수 없을 정도다. 정치・법률・문학에 뜻을 두는 것을 달가와하지 않는 것은 물론, 취미상으로도 러시아문학을 연구하는 것은 즉시 위험사상을 가진 것으로 보고 미행한다. 그리고 학업을 마치고 한번 고향 땅을 밟으면 헌병순사가 파리처럼 달라붙는 것은 말할 것도 없고 가끔 직업을 구하려 해도 그 학대는 이를 데가 없다. 그것은 어디까지나 내지內地 유학생을 방지防止하려는 천박한 수단이다. 무릇 사랑은 이해로부터 시작하는 것이다. 만약 조선인들로 하여금 충심으로 일본에 끌리게 하려면 유학생을 환영하고 우대하고 선도하여 일본의 충심을 이해시키고 감격의 눈물을 흘리게 하여 고향에 돌아가게 해야 한다. 그럼에도 불구하고 이것이 무엇인가. 그들을 대하기를 찬밥의 식객食客으로 취급하고 그들을 대함에는 광인취급을 하고, 강압당한 결과 인내심의 실마리가 느슨해졌다고 하여 극형에 처하는 것은 무슨 일인가? 오늘날 그들의 행동은 그 수단방법에 있어서 적절하지 않은 점이 있다 하더라도, 각성한 인격에 대한 억압과 경멸 등이 이미 어쩔 수 없는 울분이 되고 자포자기가 되어 발로한 것이라고 말해야 할 만큼 오히려 동정해야 할 것이다. 또한 제군諸君은 조선민족이 야마토민족大和民族의 일 분가分家・분파分派라고 말하지만 조선을 현 상태 그대로 두는 한 그 말은 겉모양만 그럴듯하고 내실은 없는 것일 뿐이다. 사실이 그 무엇보다도 이를 웅변해준다. 만약 그대들이 충심에서 조선의 획득을 당연시하고 영유領有를 기뻐한다면, 거듭 그대들이 말하는 것처럼 동포적 애정적 편견을 버리고 쓸데없는 걱정을 버릴 수 있는 실증實證을 보여야 한다. 그럼에도 불구하고 조선을 대함에 있어 반은 가면을 쓴 국제적 외교 태도로 일관하고 내밀內密한 진정함을 결한 것이 과연 일본 스스로에게 최선의 대책이 될 수 있는가. 흔히들 말한다. 로마는 하루아침에 이루어진 것이 아니라고. 만일 일본이 동양의 맹주盟主로서 유색인종에 대한 편견의 그릇됨을 부르짖고 그럼으로써 영원의 평화를 위해, 인류의 복지를 위해, 한 줌의 흙을 쌓아올리려 한다면 우선 우리 상호간의 뇌리에 교착된 계급적 편견, 민족적 차별, 남을 혐오하고 배척하는 감정을 깨끗하게 버린 뒤에, 함께 상호협력해서 그것의 준비를 서둘러야 한다. 그럼에도 불구하고 무턱대고 안으로는 마수를 숨기고 밖으로는 공허한 문자를 나열하여 일선동화日鮮同化를 역설하니, 의구疑懼는 의구를 낳고 질시는 질시를 더하게 되니 끝내는 논리가 없게 된다. 고시古詩에 이르기를 의기意氣를 느끼게 되면 누구라도 또한 공명功名을 논하지 않는다고 하니, 오늘 제공諸公들이 한번 의義가 있고 눈물이 있는 애정을 보인다면, 분명히 우리는 그것에 감격해 그것을 일반적으로 받아들일 것이다.[26]

위 글에서 염상섭은 사회적으로 문제가 된 재일본 유학생들의 행동을 "생존의 보장을 얻으려는 진지한 내면적 요구"의 결과라고 정의하면서, 유학생

26 「조야의 제공에게 호소함朝野の諸公に訴ふ」(『デモクラシイ』, 1919.4), 『문장 전집』 I, 47~50면.

을 "사갈시"하지 말고, 일본이 진실로 동양 평화의 기초를 닦으려면 민족적 편견을 버릴 것을 촉구하고 있다. 염상섭은 「조선독립선언서」에서 4,000년의 존엄한 역사를 가진 조선과 일본은 아무 관련도 없다고 서술한 그가 이 글에서는 무슨 이유 때문인지 일본의 동조동근론同祖同根論을 잠정적으로 승인하고 있는 듯한 인상을 주는데, 그것은 어쩌면 '선언문'과 '선전글'의 수사를 달리 하고자 했던 염상섭 개인의 전략 때문인지도 모른다.

염상섭이 『데모크라시』에 이 글을 실었던 배경 정황에 대해서, 우라카와는 학생시대의 김우영이 동경대학 법과교수이자 자유주의적 기독교도였던 요시노 사쿠조의 조선관에 강한 영향을 받은 유학생 중의 한 명이었음은 물론, 김우영이 교토대학으로 진학한 이후에도 요시노와 교류를 계속했다고 하면서, 요시노吉野作造가 중심이 되어 결성된 '여명회黎明會' 및 그로부터 파생된 '신인회新人會'와의 관련성을 제시하고 있다. 그 부분은 다음과 같다.

> 여명회는 6월 25일에도 조선문제를 테마로 청중 1700명을 모아 대강연회를 개최했으나, 이 여명회보다도 더욱 급진적인 입장을 취한 것이 신인회新人會다. 신인회는 동경대학 법학부의 웅변부 학생들이 중심이 되어 생겨난 조직으로, 졸업생들도 포함해 세계개조, 사회운동을 하려는 것을 목적으로 하여 1918년 11월에 발족했다. 김우영의 자전自傳에도, 신인회에 관한 기술이 있다. 동대東大의 녹회 웅변부綠會雄辯部가 중심이 되어 생겨난 조직이라는 것, 육고六高 웅변부시대의 친구들도 거기에서 활약하고 있었다는 것, 자신도 웅변부에서 자주 열변을 토했다는 것 등이다.
>
> 이런 기술들로부터, 김우영은 신인회의 멤버들과도 상당한 정도로 가까운 관계에 있었다고 추측되는데, 그 신인회의 기관지 『데모크라시』에 조선인이라고 명기된 글을 싣고 있는 것은, 김우영이 아니라 염상섭이다.[27]

27 浦川 登久惠, 앞의 글, 114면.

염상섭 자신도 회상기에서 요시노 교수가 학비를 대주겠다고 하는 회유를 거절했다고 밝히고 있는데, 이것은 우라카와가 인용하고 있는, 염상섭과 김우영의 이름이 등장하는 요시노의 일기로도 확인된다. 즉, 1919년 6월 1일에 석방된 염상섭은 7월 18일과 23일 두 차례에 걸쳐 요시노를 방문한 것으로 되어 있다.[28] 요시노의 일기에 같은 달 25일과 26일, 그리고 익월 2일에 김우영의 방문이 있었다는 기록을 보면, 염상섭이 요시노를 방문하게 된 데에는 나혜석을 매개로 한 김우영의 소개가 있었는지도 모를 일이다. 하지만 염상섭은 학비를 원조한다는 요시노의 호의를 뿌리치고 요코하마의 횡빈 복음인쇄소 직공으로 가게 된다. 김윤식은 이를 "노동자대표로 독립선언서를 쓴 그 자신의 위선적 행위를 조금이라도 정당화해 보려고 한 심리적 행동"[29]의 소산으로 해석하고 있는데, 이미 현상윤으로부터 "사회社會에 향向하야 의견意見을 세우고 주의主義를 선전宣傳하는 지도자의 자격이 없다고 하는 충격적인 지적을 받은 바 있는 염상섭으로서는 「독립선언서」와 「조야의 제공에게 호소함」이라는 글로서 자신의 상처받은 자존심을 어느 정도 상쇄했다는 판단이 들었던 것인지도 모를 일이다.

5. 문학비평과 창작

감옥에서 나와 다시 도쿄로 돌아온 염상섭이 도쿄를 떠나 요코하마 복음인쇄소에서 일했던 기간은 그가 1920년 1월 『동아일보』 기자로 발령받아 귀국하기 직전까지이다.[30] 그런데 이 시기에 그는 『삼광』이라는 잡지에 몇 편

28 위의 글, 116~117면 참조.
29 김윤식, 앞의 책, 60면.

의 글을 발표한다. 여기에는 1919년 12월호에 발표된 「상아탑형께」와 「삼광송」, 그리고 1920년에 발표된 「이중해방二重解放」과 「박래묘舶來猫」가 포함된다.[31] 『삼광』은 '조선유학생악우회朝鮮留學生樂友會'가 발행한 잡지로, "음악, 미술, 문학의 삼종 예술을 주체로 한 순예술 잡지"[32]를 표방한 잡지다. 창간호에 시작품과 음악에 관한 소개글 및 음악소설, 창작희곡과 번역소설 등이 실려 있는 것을 보아도 이 잡지가 순 예술잡지임은 쉽게 알 수 있다.

염상섭이 『삼광』에 쓴 첫 번째 글은 「삼광송」과 「상아탑형께」 두 편이다. 「삼광송」은 잡지 탄생을 축하하는 축사라 할 수 있는 것으로, 시종일관 잡지명 '삼광'의 본의本意를 묻는 영탄조로 이루어진 산문이다. 따라서 내용은 별것이 없고, 다만 글 가운데서, "음악 미술 문학의 삼대 예술을 연찬하야 광채 있는 신문화를 삼천리강토에 건설할 사명을 가지고 나온 것이 『삼광』이냐?" 고 묻고, "『삼광』 아! 『삼광』아! 너는 반도의 '왁너(바그너)' 너는 조선의 '미레(밀레)', 너는 배달의 나라의 '사옹(셰익스피어)' 너는 삼천리의 정화, 우리는 너로 하야금 부활하고 우리는 너로 하야금 소생한다"[33]라고 적고 있다는 점에서, 이 잡지에 대해 그가 거는 기대를 알 수 있다는 점이 특기할 만하다. 집필일자가 1919년 3월 6일로 되어 있다. 그가 이 글을 쓴 것은 일차적으로 황석우와의 교분으로 추측되는데, 글 내용을 참조하면 신흥하는 문단에 대한 일말의 기대 외에도 별도의 이유가 있음을 확인할 수 있다. 이 글의 모두에서 염상섭은 동경유학생들 사이에 천재칭호를 듣는 모 작가에 대한 자신의 무지를 고백하면서, '능필'과 '미문'만으로 작가를 판단하는 독자계급에 대한 불

30 김윤식은 염상섭이 이곳에서 직공으로 일한 기간을 1919년 11월부터 1920년 1월까지 2~3달로 추측하고 있다. 위의 책, 61면 참조.

31 「이중해방」은 1920년 4월에 발간된 『삼광』 제2권 제1호에 실려 있는데, 말미에 "1919년 2월 26일"이라는 날짜가 적혀 있고, 「상아탑형께」의 말미에는 "三月 六日 大板서"라는 탈고 날짜가 기록되어 있다. 이로 미루어 볼 때, 『삼광』에 게재된 일련의 작품은 염상섭이 1919년 3월 무렵에 집중적으로 쓴 것으로 추측된다.

32 「편집여언」, 『삼광』, 1919.2, 39면. 참고로 『삼광』의 발간과 관련된 제반 사항은 한기형의 앞의 글에 소상히 밝혀져 있다.

33 「삼광송」, 『삼광』, 1919.12, 3~4면.

만을 토로하고, "상당한 수련을 쌓은 후 정확한 표준으로, 모든 가치를 공정히 비판하여야 하겠다"[34]라고 말하고 있기 때문이다. 그리하여 황석우의 「정사丁巳의 작作」에 대한 다소 과하다 싶을 정도의 찬탄 섞인 해석을 제시한 후, 아래와 같이 덧붙인다.

> 내가 여기서 이같이 장황히 말씀함은, 현금現今 독자간에 좋지 못한 경향이 있음을 심통心痛하여, 그이들의 일종의 환영을 깨뜨려드리고자 하여, 더욱이 이같이 함이외다. 즉 이상에도 말씀함과 같이 우리의 대개는 작품을 대할 제, 작품 그 물건과, 작자의 성격, 사위四圍, Millieu를 가지고 품평하고 완미玩味하려 하지 않고, 무엇보다 먼저 그 작자의 학력 여하 또는 명성 여하를 염두에 두고 — 다시 말하면 선입견 혹은 성심成心(마음에 어떠한 불완전한 표준을 가지고)을 토대로 하여가지고 도導하므로, 공평함을 잃고 혹은 미옥美玉을 가지고도 노변에 와력瓦礫같이 오상誤想하여, '이까짓 것도 글인가? 시인가? 되지 못하게 어렵게만 써놓으면 누가 보나!'라고 매도하는 일반 경향을 고치게 하려 함이외다. 과연 이러한 관념이 우리나라 사람의 머리를 지배한다는 것은 큰 불상사요, 또 문운文運의 진전을 크게 저해함이라 생각합니다.[35]

이 글에서 염상섭이 비판하고 있는, 동경유학생 사회에서 대가 칭호를 받고 있는 '모씨某氏'는 이광수로 판단된다. 이광수의 문명文名에 대한 염상섭의 폄하가 얼마나 근거가 있는 것인가는 이 글의 문제의식과 동떨어진 것으로 전혀 다른 문제이다. 이 글에서 주목을 요하는 것은 그가 작품 이외의 사항들에 입각하여 선입견을 가지고 작가를 이해하는 풍조를 비판하면서, 작품에 대한 올바른 판단 근거로 "정확한 표준"과 "공정한 비판"을 강조하고 있다는 점이다. 염상섭은 단테의 『신곡』의 줄거리에 기대어 황석우 시의 주제 전개

34 위의 책, 39면.
35 위의 책, 42면.

를 설명하고 있는데, 이런 접근은 앞서 현상윤의 글에 대해 자의적으로 자신의 입장만을 내세워 공격했던 것과는 사뭇 다른 것이다. 하지만 단테의 『신곡』에 대한 독서체험을 바탕에 깔고 있으면서도 동시에 스스로가 시단의 문외한임을 인정하고, 더 나아가 글의 말미에서 자신의 비평이 "유루遺漏 없으리라고 단언은 못하겠"다고까지 말하는 염상섭의 태도는 전에 없이 무척 조심스러울 정도다.

염상섭이 「상아탑형께」에 뒤이어 발표한 글은 「이중해방」과 「박래묘」다. 이 가운데서 「이중해방」은 시평時評이며 「박래묘」는 허구적 산문으로 분류될 수 있는데, 먼저 「이중해방」부터 살펴보기로 한다. 이 글은 1919년 1차 세계대전 승전국들이 개최한 파리강화회의에 대한 그의 허탈감을 여실히 보여주는 글인데, 여기서 염상섭은 그 회의가 겉으로는 '개조'를 외쳤지만 실질적으로는 그것을 추동한 인류의 '해방'의 요구를 다시금 짓밟는 역사를 반복했음을 지적하면서 진정한 세계개조가 이루어지기 위한 조건을 역설하고 있다. 그는 다음과 같이 말한다.

> 미후충비嗅黴衝鼻하는 구도덕의 질곡으로부터 신시대의 신인을, 완명고루頑命固陋한 노부형老父兄으로부터 청년을, 남자로부터 부인을, 구관누습舊慣陋習의 연벽鍊壁으로 당撞□한 가정으로부터 개인을, 노동과잉과 생활난의 견뇌堅牢한 철쇄鐵鎖로부터 직공을, 자본주資本主의 채찍으로부터 노동자를, 전재의 기반羈絆으로부터 민중을, 모든 권위로부터 민주 데모크라시Democracy에 철저히 해방하여야 비로소 세계는 개조되고, 이상의 사회는 건설되며, 인류의 무한한 향상과 행복을 보장할 수 있다.[36]

발표시점은 다소 늦지만, 이 글은 윌슨의 민족자결주의 원칙 천명에 걸었

36 염상섭, 「이중해방」(『삼광』, 1920.4), 『문장 전집』 Ⅰ, 74면.

던 희망에 대한 좌절을 보이고 있다는 점에서 그가 이전에 썼던 「조야의 제공에게 호소함」이라는 글과 친연성을 보인다. 염상섭은 이 글의 결말부분에서 "내적 해방과 외적 해방, 영靈의 해방, 정치생활의 해방과 경제생활의 해방, 이 양자 이외에는 오인의 노력의 대상이 없다. 해방의 욕구는 인류의 본능이오, 권리요, 또한 공통한 노력이다"[37]라고 말하고 있는데, 「조야의 제공에게 호소함」이라는 글에서 보이는 어떤 현시욕 같은 것은 보이지 않고 오히려 스스로의 삶의 행로를 다잡는 결의에 찬 글로 읽힌다.

하지만 「박래묘」의 세계는 이와는 구별된다. 이 작품은 의인화된 고양이를 주인공으로 설정하여, 그로 하여금 자신의 유래를 말하게 하고, 더 나아가 고양이의 시선으로 근대를 살아가는 인간세상을 풍자하고 있는, 어떤 의미에서는 소설로 볼 수 있는 작품이다. 그러니까 이 작품은 유학 시절 염상섭이 최초로 쓴 허구물이라고도 할 수 있는데, 무엇보다도 그 창작의 발상법이 일본 근대문학의 거장인 나쓰메 소세키夏目漱石의 장편소설 『나는 고양이로소이다』(1905)의 그것을 이어받고 있다는 점에서 우리의 눈길을 끈다. 하지만 염상섭은 소세키의 작품에서 소재를 따왔음에도 불구하고, 원작의 내용을 비틀어 이야기의 맥락을 넓힌다. 즉, 소세키의 소설이 인격화된 고양이를 주인공으로 허구의 세계를 구축하고 있는 것과는 달리, 염상섭은 작품 속에서 일본 작가 소세키를 끌어들여 주인공인 고양이와의 관계를 뒤바꾼다. 즉, 그는 "우리 같은 고양이 족속은 머릿살 아픈 족보란 것이 없지마는, 제일 가까운 계통으로만 보아도 위선 일본의 일류작가 하목수석夏目漱石을 서기 겸 식객으로 생활비를 주어가며 유명한 『나는 고양이다』라는 걸작을 지은 무명 묘씨가 나의 조부다"[38]라고 말함으로써 작가인 소세키와 그의 작품의 주인공인 고양이의 관계를 역전시키고 있는 것이다. 뿐만 아니라 염상섭은 작품에서 1인칭으로 설정된 고양이가 자신을 소개하는 대목에서, '고마'라고 하는

37 위의 글, 같은 곳.
38 염상섭, 「박래묘」, 『삼광』, 1920.4, 19면.

자신의 본명이 '고려高麗'라고 표기되는 것을 근거로 자신이 조선의 혈통인지 애초부터 일본혈통'大和猫族'인지 불분명한 존재로 규정하고 있는데, 이 또한 애초부터 이름도 없고 태어난 곳도 불분명하다는 서술로 시작하는 『나는 고양이로소이다』와는 구별되는 지점이다. 그렇기 때문에 다음과 같은 진술이 가능하게 된다.

> 아까 말한 것 같이 날로 말하면 이주자移住者의 후손인 듯하나, 하여간 조부대부터는 순전한 서울태생徐鬱胎生(강호자江戶子)이다. 동경에서도 '하정下町'[39]이라면 어떠한 인종이 살고, 또 어떠한 기풍이 있는지를 대개는 짐작하겠지만, 그중에도 나는 신전구神田區의 어떠한 미장이집 뒷간 옆에서 탯줄을 끊었다[40]

염상섭은 이 글에서 박래품이라면 (고양이에 대해서까지도)사족을 못 쓰는 조선의 풍속을 신랄하게 비판하고 있는데, 이런 비판은 '서울내기'를 '도쿄 토박이'와 동일시하고 있는 위와 같은 진술에 의해 조선적 국지성을 벗어나 서구적 근대에 편승한 일본의 근대마저도 그 대상으로 할 만큼 확대된다. 염상섭의 이 글을 두고 한기형은, "박래품으로 의미화된 근대 일본의 사이비성과 윤리부재, 그리고 이들의 존재를 유지케 하는 주체로 설정된 '현대신사'와 '마마님'이란 조선인 지배층에 대한 다차원적 비판을 통해" 염상섭이 "일본과 조선의 상류층을 의식적으로 배제한 새로운 인식 주체"를 세울 수 있었다고 말한다. 한기형은 이런 염상섭의 태도를 "문학을 통한 포스트콜로니얼의 실천"이라고 해석하는데, 이 시기 염상섭의 글쓰기에 함축된 포스트콜로니얼적인 측면은 더 고찰되어야 하지만, 대체로 보아 한기형의 지적은 타당해 보인다.[41]

---

39 시타마치는 에도 시대에 매립된, 도쿄 저지대에 위치한, 상인이나 직인 중심의 거주지를 일컫는다. 시타마치의 역사・문화적 의미에 대해서는 E. 사이덴스티커의 『도쿄 이야기』(허호 역, 이산, 1997)를 참조하라.

40 위의 글, 21면.

41 한편 한기형은 염상섭이 이광수의 문학 활동을 부정하고 황석우를 내세운 이 글과 「이중해방」

그러나 「박래묘」의 텍스트를 근거로 할 때 우리가 분명하게 확인할 수 있는 것은, 이 시기에 염상섭이 소세키의 『나는 고양이로소이다』를 깊이 있게 이해했으며, 그 연장선상에서 패러디라고 하는 초보적인 허구적 글쓰기를 시도했다는 점이다. 이는 달리 말하면 염상섭이 허구적 글쓰기를 통해 현실을 달리 바라보는 소설 장르의 본질을 이해한 증거이기도 한데, 그 과정에서 염상섭은 고양이를 역사적인 존재로 재규정함으로써 식민지 백성으로서의 시점視點을 확보했다고 말하는 것도 가능할 것이다. 염상섭은 재도일기에 본격적으로 나쓰메 소세키를 공부하게 되는데, 사실상 이 「박래묘」만 보더라도 염상섭이 작가의 길로 들어서게 된 데에는 나쓰메 소세키의 문학작품을 접한 독서체험이 일정한 역할을 했다는 것은 분명해 보인다.

6. 나가며

1912년에서부터 1920년에 걸쳐 있는 염상섭의 1차 유학생활은, 훗날 한국 현대소설 형성에 지대한 공을 세운 그가 어떤 과정을 거쳐 작가로서 입신하게 되었는가를 유감없이 보여준다. 그는 다른 많은 재일 유학생들과 마찬

을 근거로, "문학은 감정의 분출에 그쳐서는 안 되며 그 감정을 극복하고 넘어서서 엄정한 이지의 구성물이 되어야 한다는 염상섭의 문학론이 제시된 것"이라고 하면서, 그런 논의가 황석우의 아나키즘적 발상과 닿고 있다는 점에서, 이 시점에 염상섭 스스로가 아나키즘적 입장을 가지고 있었다고 해석한다. 하지만 염상섭이 나경석과 황석우와 맺고 있는 관계로부터 아나키즘의 세례를 받았을 가능성은 배제할 수 없으나, 이 시기의 두 편의 글을 근거로 이 시기에 염상섭이 어떤 확고한 문학론, 그것도 아나키즘과 상관된 문학적 입장을 확립했다고 말하기는 어려워 보인다. 염상섭 본인의 술회를 감안한다면 넓게 보아 사회주의에 접했을 가능성만을 확인할 수 있을 듯하다. 한기형, 앞의 글, 14~18면; 이보영, 『난세의 문학—염상섭론』, 예림기획, 2001, 401~402면 참조.

가지로 여러 차원에서 자신의 입지와 삶의 방향을 모색하려 했는데, 재일 유학생과 노동자 대표로서, 그리고 인쇄소의 직공으로서 활동했던 그의 경력과 이 시기에 그가 남긴 다양한 종류의 글에서 선명하게 드러난다. 여성문제에 대한 진보적인 자각을 촉구하는 글에서부터 정치적 선전문과 정치평론, 그리고 문학비평으로 포괄할 수 있는 글과 상상적 허구물에 이르기까지 폭넓게 걸쳐 있는 염상섭의 글은, 유학 시절 그의 정신적 동요 및 사상의 변천 및 그것의 궁극적 도달점이 어디인가를 비교적 선명하게 보여주고 있다. 여러 정황으로 살펴볼 때 이 시기에 그가 쓴 글은 이 글에서 살펴본 글들 외에도 수편이 더 있을 것으로 판단되는데,[42] 현재 확인할 수 있는 글들만 가지고도 그가 귀국과 더불어 1920년대를 여는 문제작가로서 모습을 드러내기까지의 대체적인 수련과정을 엿보기에는 충분하다고 판단된다.

초기 동경유학생으로서 일정한 자부심을 가지고 있었던 염상섭은 그와 교재가 있었던 재일 유학생들 즉, 나혜석, 나경석, 황석우 등의 자극과 도움으로 문필가의 길로 나섰다고 볼 수 있다. 그리고 살펴본 것처럼 이 과정에는 이광수와 현상윤 등 그보다 약간 앞서 유학 가서 유학생 사회에 먼저 문명文名을 떨치고 있던 선배들에 대한 도전과 부정 또한 일정한 몫을 하고 있다. 또 이 시기에 염상섭이 쓴 글은 그가 일본의 사회현실 및 문화계의 현실에도 지속적으로 관심을 가지고 있었다는 사실을 보여주는데, 이는 그의 글에서 확인되는바, 일본의 쌀소동에 대한 언급이라든가 일본의 진보적 여성 지식인들의 모임인 '청탑'의 이념과 그들이 만들어낸 사회적 이슈에 대한 민감한 반응, 그리고 나쓰메 소세키의 작품에 대한 나름대로의 해석 등을 통해서 알 수 있다. 뿐만 아니라 이 시기 그의 글들은 이 시기에 그가 단테와 투르게네프와 입센 등 서양 근대 작가를 접하게 되었다는 사실도 부수적으로 알려주고 있다.

42 한기형이 보고하고 있는바, 『삼광』의 「편집여묵」에는 염상섭의 「도수자屠獸者」라는 작품이 들어왔으나 "時事에 偏한 嫌이 有ᄒᆞ야" 신지 않았다는 글이 적혀 있다. 염상섭 본인도 「현상윤 씨에게 여與하여 「현시조선청년과 가인불가인의 표준」을 갱론함」이라는 글 가운데서 자신이 「산문화散文化의 사회社會」라는 글을 썼다는 사실을 밝히고 있다. 『삼광』, 1920.4, 27면.

이 글은 한 작가의 탄생이라는 관점에서 염상섭의 문학적 인식의 변화와 그의 소설적 수련과정에 집중하느라고, 작가론의 차원에서 일정한 중요성을 지닐 그의 사상의 궤적, 이를테면 『청탑』의 영향이라든가 한기형이 제기하고 있는 아나키즘과의 관계, 그리고 이보영이 제기한바 사회주의 이념의 세례 등에 대해서는 깊이 있게 천착을 하지 못하였다. 향후 염상섭연구가 이 부분에 집중되어야 할 필요성은 재론할 이유도 없다. 나경석을 매개로 한, 동경제대 요시노 교수와의 관계 또한 이 점에서 예외일 수 없는데, 이런 측면들은 재일 유학생 사회에 대한 보다 폭넓은 이해 및 아사카와淺川와 야나기 무네요시柳宗悅 등, 그가 『동아일보』 기자로 발령받아 귀국하기 직전까지 이루어졌던 일본인들과의 교유에 대한 폭넓고도 새로운 연구와 더불어 새롭게 구명되어야 할 사항이라고 생각된다.

비루와 엄정

염상섭의 소설론에 대한 고찰

박현수

1. 문제의 소재

염상섭의 소설론에 대한 연구는 드물다. 그 주된 이유는 염상섭 자신에게 있는 것으로 보인다. "40여 년에 걸치는 작가활동을 통해 총 28편의 장편과 150여 편의 단편, 그리고 100여 편의 평론을 남긴, 그야말로 한국 근현대사의 증언자라 할 수 있는 존재"[1] 임에도, 본격적인 소설론을 발표한 적은 없기 때문이다. 많은 소설을 쓴 작가인 데다가 평론 활동 역시 병행했음을 고려할 때 소설에 대한 의견을 밝히는 데 소홀했다는 사실은 다소 의아하기까지 하다. 근래 염상섭 문학에 대한 적극적인 재조명이 이루어지고 있지만, 그것 역시 소설에 중심을 두고 있으며 평론을 다룬다고 하더라도 소설론을 주목하는 경우는 드물다.

1 손정수, 「해방 이전 염상섭 비평의 전개과정에 대한 고찰」, 문학사와비평연구회, 『염상섭 문학의 재조명』, 새미, 1998, 229면.

실제 염상섭은 「조선과 문예, 문예와 민중」, 「소설과 민중—「조선과 문예, 문예와 민중」의 속론續論」 등에서 소설에 대한 자신의 생각을 밝힌 바 있다. 또 그 전후로 자신의 견해를 뒷받침하거나 심화시키는 논의 역시 개진하는데, 「민족, 사회운동의 유심적 고찰—반동, 전통, 문학의 관계」, 「문예와 생활」, 「작금昨今의 무산문학無產文學」, 「'토구討究, 비판', 삼제三題—무산문예 · 양식문제 · 기타」, 「문학상의 집단의식과 개인의식」 등이 그것이다.[2] 이 글들에서 염상섭은 소설의 개념과 양식적 특징, 소설 양식의 역사적 성격, 소설의 구성요소 등에 대해 다루고 있으며, 인식의 근간을 이루는 논리 역시 제시하고 있다.

앞선 논의들이 발표된 것은 1927년에서 1929년에 걸쳐서인데, 이 시기는 염상섭이 두 번째로 일본에 체류하다가 돌아왔던 시기와 겹쳐진다.[3] 또 장편 『사랑과 죄』, 『이심』, 『광분』 등과 중편이나 단편인 「남충서南忠緖」, 「밥」, 「두 출발」, 「숙박기」 등의 소설을 발표한 시기이다. 평론 역시 앞서 언급한 것 외에도 「조선문단의 현재와 장래」, 「시조와 민요」, 「작품의 명암」 등을 썼으며, 「문단시평」, 「2월창작평」 등 창작평 역시 발표했다. 일본에 체류하면서 소설, 평론 등의 집필에 매진하는 한편 소설에 대한 이론적인 깊이를 마련하는 작업 역시 병행했음을 알 수 있다. 이 글은 1927년에서 1929년까지 발표된 소설론 및 그것과 관련된 평론에 대한 검토를 통해 염상섭의 소설에 대한 인식과 그 논리적 근간을 논구하려 한다. 논의는 앞서 제시한 글들을 주

---

2 열거한 염상섭 글의 서지는 아래와 같다.
「조선과 문예, 문예와 민중」, 『동아일보』, 1928.4.10~4.17; 「소설과 민중—「조선과 문예, 문예와 민중」의 속론續論」, 『동아일보』, 1928.5.27~6.3; 「민족, 사회운동의 유심적 고찰—반동, 전통, 문학의 관계」, 『조선일보』, 1927.1.4~1.16; 「문예와 생활」, 『조선문단』, 1927.2; 「작금昨今의 무산문학無產文學」, 『동아일보』, 1927.5.6~5.8; 「'토구討究, 비판', 삼제三題—무산문예 · 양식문제 · 기타」, 『동아일보』, 1929.5.4~5.15. 한편, 「소설작법강화小說作法講話」(『문예공론』, 1929.6), 「소설은 무엇인가—소설강좌」(『삼천리』, 1935.11) 등에서도 소설에 대해 다루지만, 이 글들은 소설 원론 차원의 소개에 그치고 있어 논의의 주된 대상에서 제외하겠다.

3 염상섭은 1926년 1월 동경역에서 마중을 나온 나도향을 만났다. 염상섭이 다시 조선에 돌아온 것은 1928년 2월이었다.

된 대상으로 진행될 것이다.

이 시기 평론을 다룬 기존의 연구 대부분은 「문예와 생활」을 주된 논의의 대상으로 하며, 염상섭이 내세운 '생활'에 주목을 한다. 영속적으로 현실을 새로운 방향으로 타개하는 과정에서 생활이 성립되며 생활과 현실의 관계 속에서 고민으로 일관하는 문예의 존재가 등장한다는 것이다. 1920년대 초기의 평론이 개성을 독이적 생명으로 규정하고 그 발현을 예술로 파악한 데 반해 이 시기에 이르러 생활 현실에 근거한 문학을 주장하는 데로 나아갔다고 한다.[4] 생활의 강조가 개성론의 핵심을 견지하는 가운데 이루어졌다는 논의도 제기되었지만,[5] 대부분은 개성론의 지양으로 파악하고 있다. 생활에 대한 관심을 평가하는 방식은 몇 가지로 나뉜다. 생활에 대한 관심이 프로문학을 인정하는 입장에서 도출되었지만 자신이 견지하고자 했던 민족의식과의 길항 속에서 절충론적인 성격을 지니게 되었다는 논의가 있다.[6] 민족문학과 프로문학이라는 두 가지 이념을 전제하고 절충적 결합을 시도했지만, 그것이 민족문학의 입장에서 새로운 문학 이념을 비판하기 위한 이념적인 것이었다는 주장도 제기되었다.[7] 이후의 자연주의적 혹은 세태소설적인 경향을 고려해 생활에 대한 관심이 프로문학에 대해 자신의 소시민적 문학론을 옹호하기 위한 것이었다는 논의 역시 개진되었다.[8]

4 권영민, 「염상섭의 민족문학론과 그 성격」, 권영민 편, 『염상섭 문학 연구』, 『염상섭 전집』 별권, 민음사, 1987, 21~44면; 김재용 · 이상경 외, 『한국근대민족문학사』, 한길사, 1993, 435~436면; 김영민, 「역사 · 사회 그리고 문학에 대한 공정한 관심」, 문학과사상연구회, 『염상섭 문학의 재인식』, 깊은샘, 1998, 185~204면; 손정수, 앞의 글, 229~252면 참조.

5 김지영은 생활이 현실과 바로 등치될 수 있는 개념이 아니며, 자아와 현실 사이에서 나타나는 끊임없는 투쟁의 과정이라고 한다. 염상섭의 생활론에서 중요한 것은 현실 그 자체가 아니라 현실을 타파하려는 의지, 곧 개성의 발현이라는 것이다. 여기에 대해서는 김지영, 「환멸의 비애를 넘어서기－1920년대 염상섭 문학에 나타난 '개성'과 생활의 의미」, 『한국현대문학연구』 21, 한국현대문학회, 2007, 87~107면 참조.

6 권영민, 앞의 글, 21~44면; 장사선, 「염상섭 절충론의 무절충성」, 권영민 편, 앞의 책, 241~255면; 김영민, 앞의 글, 185~204면 참조.

7 손정수, 앞의 글, 238~240면 참조.

8 김재용 · 이상경 외, 앞의 책, 435~436면 참조.

생활과 현실의 관계에 대한 천착이 문학양식에 대한 관심으로 나아갔다는 점에 주목해 논의를 염상섭의 소설론과 연결시킨 연구가 있다. 서민계급의 성장, 민중의식의 자각, 평등사상의 고조 등에 근거해 소설의 발생 동기를 설명한 것을 소설발생론의 본질에 접근한 진보적인 것으로 파악한다. 또 염상섭의 소설 이론이 인간의 삶의 방식에서 요구되는 예술적 형상화의 방법으로 개진되는 한편 작가와 독자의 관계 속에서 수용적인 측면을 고려하는 가운데 나타났음을 주장했다.[9] 한편 소설론의 검토를 내세우지는 않았지만 「문예와 생활」, 「조선과 문예, 문예와 민중」, 「소설과 민중－「조선과 문예, 문예와 민중」의 속론」 등의 평론과 소설과의 관계를 검토해 염상섭의 소설론이 지니는 의의와 한계를 다룬 연구 역시 제기되었다. 문학과 역사의 관계, 예술의 반체제적 성격, 정치와 소설의 관계, 시대와 문학양식 등의 문제에 날카로운 인식을 보여줬지만, 현실 타파의 원동력으로 이념이 제시되지 못 한 점, 민중에 대한 편견 등의 한계 역시 지니고 있다는 것이다.[10]

기존의 논의가 주목한 것처럼 「문예와 생활」은 생활과 현실의 관계에 초점을 맞추고 그것을 타개해 나가는 과정에 대해 논의를 펼친다. 그런데 염상섭이 「문예와 생활」에서 말하고자 했던 주된 논지는 거기에 이어지는 부분에서 나타난다. 이와 관련해 '생활'은 '개성'의 대타항이기보다는 당시 프로문학이 내세운 '현실'의 대타항으로 상정되었다는 점 역시 간과되어서는 안 될 것이다. 소설론에 대한 논의에서도 소설 이론이 예술적 형상화의 방법이나 독자의 수용적인 측면이 고려된 것이라는 평가는 소설론 일반에 해당하는 것으로 염상섭의 소설 이론이 지닌 특징을 제대로 드러낸다고 보기 힘들다. 소설의 발생 동기를 민중의식이나 평등사상의 자각 등으로 설명해 소설발생론의 본질에 접근했다는 논의 역시 그 의미를 정당하게 가늠했다고 보기는 힘들다. 이 글의 첫 번째 목적은 여기에 놓인다. 앞서 제시한 글들을 중심으

9 권영민, 앞의 글, 21~44면 참조.
10 이보영, 「염상섭 평전 8」, 『문예연구』 68, 2011, 246~264면 참조.

로 염상섭의 소설론이 지닌 특징을 온전히 구명하고자 한다. 소설의 개념, 양식적 특징 등에 대한 염상섭의 인식을 고찰하고, 인식의 근간에 위치한 논리적 구조를 해명하려는 것이다.

한편 이 글에서 논의의 대상으로 상정한 시기는 염상섭이 프로문학과의 논쟁, 민족의식의 재고, 소설 양식에의 관심 등을 통해 자신의 문학관을 심화, 발전시켜 나갔던 시기였다. 하지만 기존의 논의와는 달리 이 시기 염상섭의 문학관은 이전 시기와 단절적이기보다는 연속적인 것으로 보인다. 개성론으로 집약되는 문학관은 이 시기 문학 혹은 소설의 이해에서도 여전히 근간으로 자리하고 있다. 이것은 염상섭 소설론의 논리적 근간에 위치한 민족 개념에 대한 인식과도 연결되는 문제이다. 이렇게 볼 때 염상섭 소설론에 대한 정당한 접근은 이전 시기 문학관과의 연속과 단절 혹은 그 길항이라는 문제의식 속에서 이루어질 수 있을 것이다. 한편 근래 이루어진 염상섭 문학에 대한 재조명은 꼼꼼한 접근과 깊이 있는 분석을 기반으로 하고 있어, 염상섭 문학의 연구에 괄목할만한 성취를 이루었다고 할 수 있다. 하지만 염상섭의 문학에는 조명이나 평가가 이루어지더라도 여전히 거기에서 벗어나는 부분이 존재한다는 문제가 남아있다. 양식이라는 준거를 통해 리얼리즘이나 자연주의 등으로 평가하든지, 이념에 주목해 민족주의나 사회주의로 규정하든지, 염상섭의 문학에는 평가나 규정에 온전히 담기기를 거부하는 부분이 존재한다. 이 문제는 식민지적 차별이나 폭압의 날카로운 묘파라는 데서도 마찬가지다. 그 근원적인 이유는 하나의 준거로 통괄하기 힘든 염상섭 문학의 고유한 속성에 있을 것이다. 소설론과 그 논리적 근간을 검토하는 작업은 하나의 평가나 규정에 제어되지 않는 염상섭의 문학이 지닌 성격을 해명하는 실마리 역시 제공하게 될 것이다. 여기에 이 글의 두 번째 목적이 있다.

2. 민중의 시대와 소설이라는 양식

염상섭은 1928년 5월 27일부터 6월 3일에 걸쳐 『동아일보』에 「소설과 민중-「조선과 문예, 문예와 민중」의 속론」(이하 「소설과 민중」)을 연재한다. 이 글은 같은 해 4월 같은 지면에 발표되었던 「조선과 문예, 문예와 민중」에 이어진 글인데, 소설에 대한 본격적인 논의는 이 글에 와서 이루어진다. 염상섭이 소설의 양식적 특징에 대해 언급한 것 역시 「소설과 민중」이 처음이다. 「소설과 민중」은 당시 예술이 침체된 것은 세계적 추세인데 특히 조선에서는 정치적, 사회적 사정과 민족성 등에 의해 더욱 그렇다고 한다. 조선의 계몽 상태, 시운, 재력 등을 고려할 때, 미술, 음악, 연극 등이 발흥되기는 힘들어 그나마 싹틀 수 있는 예술은 문학임을 주장한다.

이어지는 부분에서 염상섭은 소설을 당대에 조응하는 문학양식으로 파악한다. "시를 귀족적이라 하면 소설은 평민적 — 민중에게로의 예술"인데, "이 시대는 민중의 시대 — 데모크라시 — 의 시대이니 만큼 시보다는 소설의 시대"라는 것이다. "운문이 산문에 — 시로부터 소설에 전환한 것은" "시문과 같이 초속적超俗的 전아典雅라든지 신운神韻이 표묘縹渺라는 귀족적 고답적 경지에서 민중적으로 보편화하여 실인생實人生 실생활의 내용과 형태를 직관 비판하려는 예술적 새 시험"이니 "문예의 민중화를 의미함이오, 데모크라시 정신의 소산"[11]이라고 했다. 기존의 논의는 이를 "인간의 삶의 역사적 단계를 전제하고 민중 시대의 산문양식으로 특히 소설을 주목하였다"[12]고 평가한다. 평가는 적절한 것임에도 시기를 고려할 때 「소설과 민중」의 도드라진 점은 뒤에 이어지는 서술이다.

11 염상섭, 「소설과 민중-「조선과 문예, 문예와 민중」의 속론續論」(『동아일보』, 1928.5.31), 『문장 전집』 I, 714~715면.

12 권영민, 앞의 글, 40면.

염상섭은 "금대는 산문 시대 소설 시대라 하지마는 소설이 발달함을 따라서" "희곡 전성시대를 거치어서 시극詩劇 시대에 재전하여 궁극에는 가장 상징적 시율의 시대로 다시 돌아"갈 것이라고 한다. "전 인류의 지력과 감수력이 원만 균등히 발달되는 날이 있다하면" "산문을 반드시 요치 않"으며 "운문은 더욱더욱 상징화하여 갈 것"[13]라는 것이다. 염상섭은 소설의 시대를 문학이 시에서 출발하여 시로 돌아가는 도정에서 파악하고 있다. 「조선과 문예, 문예와 민중」에서도 도연명의 「음주飮酒」 연작시 중의 한 구절인 '채국동리하유연견남산采菊東籬下悠然見南山'을 인용하며 "비단 동양적 시취뿐만 아니라 일반의 예술심, 예술경의 궁극은 여기에 있다고"[14] 했는데, 이 역시 앞선 논지와 연결이 된다. 염상섭은 소설을 당대에 조응하는 양식으로 규정하고 있지만 '문예의 민중화'나 '데모크라시 정신'을 '초속적 전아'와 '신운의 표묘'보다 우위를 지니는 것으로 보지는 않는다.

이 문제와 관련해 「문예와 생활」을 검토할 필요가 있다. 「문예와 생활」은 1927년 2월 『조선문단』에 발표된 글로, 이 시기 염상섭의 평론을 다룬 논의에서 주목되는 글이다. 기존의 논의처럼 「문예와 생활」에는 생활과 현실의 관계에 대한 천착이 나타난다. 먼저 생활은 큰 파탄이나 오랜 침체의 경우 새로운 현실을 요구하지만 곧 그것에 타협하게 되어 현실에 기반을 두지 않고는 존재하지 못 한다고 한다. 인간이 이상을 지니고 있기에 현실타파는 미진수가 아니라 부진수이기는 하지만 그 숙제가 난해하다는 데서 현실타파나 현실폭로의 비애가 나타난다는 것이다. 기존 논의의 초점이 놓인 부분은 여기인데 염상섭이 말하고자 하는 바는 오히려 이어지는 부분이다. "이 비극, 이 고뇌는" "현실타파가 어떤 한 정도로나 혹은 완전한 성공을 얻을 때에 우리는 비로소 모면할 수 있"지만, "보편적인 경우나 특수한 개인의 경우이나를 물론하고 그것은 숙명적이요, 불가항거不可抗拒의 것"[15]이라고 했다. 현실

13 염상섭, 「소설과 민중—「조선과 문예, 문예와 민중」의 속론續論」, 『문장 전집』 Ⅰ, 716면.
14 염상섭, 「조선과 문예, 문예와 민중」(『동아일보』, 1928.4.14), 『문장 전집』 Ⅰ, 695면.

타파가 성공을 얻을 때 현실폭로의 비애에서 벗어날 수 있지만 현실타파는 불가능한 것이라서 생활에 의해 다소 완화시킬 수 있을 뿐이라는 것이다.

게오르그 루카치는 헤겔을 중심으로 한 독일 고전주의 철학의 소설에 대한 인식을 다룬 바 있다. 독일 고전주의 철학은 소설을 부르주아 서사시라고 명명했는데, 이 명칭에는 서사시라는 미학적 규정과 함께 근대가 부르주아 사회라는 역사적 인식이 담겨 있다. 이들은 서사시를 인간과 사회적 힘들이 적대적이지 않았던, 곧 인간이 도덕적 전체로부터 분리되지 않고 전체와 실재적인 통일체로 자신을 인식했던 시대의 산물로 파악한다. 이에 반해 근대 부르주아사회는 인간의 자기 활동성과 사회와의 통일이 불가피하게 파기되어 시 문학의 존재에 불리한 조건이 강제된 시대라는 것이다. 독일 고전주의 철학은 산문적 시대를 시적 시대와 대립적인 것으로 상정하고, 근대로의 도정을 인간이 타락해가는 과정인 동시에 시문학이 산문으로 타락해 가는 과정으로 파악했다. 근대 부르주아사회, 곧 산문적 시대가 예술에 불리하다는 이해는 예술의 종말을 주장하거나 과거로의 회귀와 같은 관념론적 화해로 나아가기도 했다고 한다.[16] 그런데 염상섭의 현실과 소설의 양식적 특징에 대한 이해가 독일 고전주의 철학의 그것과 맞닿아 있다고 보기는 힘들다.

「소설과 민중」에서 소설을 당대에 걸맞은 양식으로 규정한 염상섭은 이어 소설의 개념을 다음과 같이 정의한다.

> 소설은 꾸민 이야기로되 다만 공상空想의 산물이 아니라 실인생에 즉한 생활기록이라는 말이요, 또 정세 긴밀한 묘사로되 보는 사람의 심금을 건드리는 바가 있어 미감美感을 후기嗅起하고 인생의 진상과 현실상을 해부 비판하여 인생행로의 귀추를 보이고 실제 생활에 향도적嚮導的 패익稗益을 주는 것이라 함이다.[17]

15 염상섭, 「문예와 생활」(『조선문단』, 1927.2), 『문장 전집』 I, 542면.
16 게오르그 루카치, 김혜원 역, 「소설의 이론」, 『루카치문학이론』, 세계, 1990, 120~127면 참조.
17 염상섭, 「소설과 민중-「조선과 문예, 문예와 민중」의 속론續論」(『동아일보』, 1928.6.2), 『문장 전집』 I, 717~718면.

소설은 묘사를 통해 인생과 현실의 진상을 다루어 그 귀추를 보이는 한편 미감을 불러일으켜 독자의 심금을 자극한다는 것이다. 이를 통해 소설은 꾸민 이야기지만 실제 인생과 관련된 생활의 기록이 되며 생활에 도움을 주는 역할을 하게 된다. 이어지는 부분에서도 소설은 "작자의 경험한 인생의 편편片片의 실상을 진실성과 필연성을 잃지 않는 범위에서 가상적으로"[18] 쓴 것이라고 하는데, 앞선 인용에서의 함의와 다르지 않다.

염상섭은 앞서 「문예와 생활」에서 문예를 현실이라는 무대에서 이루어지는 희비극을 묘사해 생활의 상태와 방향을 천명하는 것으로 규정한 바 있다. 또 문예를 현실을 어떻게 지배하는지, 지지하는지, 타파하는지, 개조하는지를 사상과 의지로 주장하고 문자로 묘사해 독자에게 전달하는 것이라고 한다.[19] 1935년 11월에 발표한 「소설은 무엇인가」에서도 소설을 "실제 사실을 그대로 산만히 기록하는 것이 아니라, 작자의 공상으로 결구結構된 가작假作의 인간 생활을 작자 자신의 이상과 신념과 희망에 맞도록 표현하는 것"이지만 "그러면서도 진실성과 필연성을 구유具有"[20]하고 있는 것이라고 한다. 소설 개념에 대한 염상섭의 인식은 일관된 것이었으며, 꾸민 이야기를 통해 삶의 진실을 전달한다는 것이 인식의 얼개였다. 일반적인 소설의 개념에서 크게 벗어나지 않지만, 묘사에 대한 언급과 사상, 의지, 이상, 신념 등의 강조가 자리하고 있음은 기억해둘 필요가 있다.

18 위의 글, 718면.
19 염상섭, 「문예와 생활」(『조선문단』, 1927.2), 『문장 전집』 Ⅰ, 540~545면 참조.
20 염상섭, 「소설은 무엇인가」(『삼천리』, 1935.11), 『문장 전집』 Ⅱ, 543면.

3. 묘사에서 주관의 문제

염상섭이 정의한 소설 개념에서 묘사의 문제는 일관되게 강조되고 있다. 특히 「문예와 생활」에서는 현실과의 관계를 사상, 의지로 주장하는 한편 문자로 묘사한다고 해, 묘사를 표현의 핵심적인 것으로 파악한다. 묘사에 대한 관심은 앞서 살펴본 글들에 한정되지 않는다. 1927년 5월 『동아일보』에 연재된 「작금의 무산문학」에서도 내용과 형식의 문제를 다루면서 묘사를 내용을 예술화하는 형식의 중심에 위치시키고 있다. 내용은 "제재, 사상, 감정, 감각, 기분 등과 및 이것을 한 줄기 실에 묶인 것, 즉 작자의 개성, 민족성(각 개성의 공통성) 향토성 및 가장 보편적인 인간성, 인류의식 등"인데, 이를 드러내는 표현은 "기교요, 묘사"[21]라는 것이다. 또 다른 글에서는 소설에서 묘사의 문제를 조선 사람이 조선말을 쓰고, 논리는 삼단논법을 기조로 하고, 시에는 운율이 있어야 하는 것과 같은 맥락에서 다루기도 한다.[22]

그런데 염상섭은 「'토구討究, 비판' 삼제三題—무산문예 · 양식문제 · 기타」에서 묘사에 대해 흥미로운 발언을 한다. 「'토구討究, 비판' 삼제三題—무산문예 · 양식문제 · 기타」는 1929년 5월 4일에서 15일까지 『동아일보』에 연재된 것으로, 같은 해 2월 25일에서 3월 5일까지 같은 지면에 게재된 김기진의 「변증적 사실주의—양식문제에 대한 초고礎稿」에 대한 비판을 담고 있는 글이다. 염상섭은 당시 "조선은 소부르주아의 중심 사회"이며 "부르주아의 생활을 객관적, 사실적으로 문학화한다면" "사실 있는 그대로 보고하는 수단밖에 또다시 없을 것"이라고 한다. 따라서 자신의 의무는 "그것(부르주아의 생활—인용자)을 객관적으로 충실히 묘사하여 제공하는" 일이라는 것이다. 그런데 앞선 언급과는 달리 염상섭에게 묘사는 있는 그대로 보고하는 것을 의미

21 염상섭, 「작금昨今의 무산문학無產文學」(『동아일보』, 1927.5.8), 『문장 전집』 I, 616면.
22 염상섭, 「의문이 왜 있습니까」(『신민』, 1927.3), 『문장 전집』 I, 571~574면 참조.

하지는 않았다. 아무리 객관적, 사실적으로 문학화한다고 해도 "객관을 주관에 여과하여 표현하는 것이 가장 득당한 태도"[23]라며 묘사에 주관의 문제를 도입한다. 앞서 「문예와 생활」에서도 "순객관적으로 자연을 시화詩化하거나 인생생활을 묘사함"에도 "사람의 감정, 의지, 사상을 부가하거나 혹은 그러한 주관을 거치지 않"을 수 없다며, "순객관이라는 말은 예술상에 용납할 수 없는 말"[24]임을 밝힌 바 있다.

「'토구討究, 비판' 삼제三題—무산문예 · 양식문제 · 기타」에 이어 발표된 「문학상의 집단의식과 개인의식」에서는 사실주의의 문제를 다루면서 주관과 객관의 문제를 본격적으로 논의한다.

> '진眞'은 작가의 눈 통하여 본 '진眞'이다. 작가의 '눈'이란 작가의 '주관'이다. 사실주의는 주관주의가 아니다. 그러나 순전한 객관주의도 아니다. '주主'와 '객客'을 분열적으로 보는 것이 아니라, '객'을 '주'에 걸러서 보는 것이 사실주의다. (…중략…) '객客'과 '주主'가 혼연히 일체가 되는 데에 묘미가 있는 것이요, 생명이 약여躍如하고 발자潑溂한 개성이 활동하는 것이다. 객관에 고착하여 주관을 몰각할 때, 그 속에 '자기自己'는 없다. 개성은 죽어버리고 따라서 생명이 없다.[25]

사실주의는 주관주의가 아니지만 객관주의도 아니라는 것이다. 객관에 고착되어 주관을 몰각하면 개성과 생명이 없어지므로 객관은 주관에 걸러서 표현해야 한다고 했다. 주관과 객관이 혼연히 일체가 될 때 생명이 살아나고 개성이 활동하게 된다는 것이다. 이어지는 논의에서도 생동하는 작품은 "대상(객체)의 내부에서 자기의 생명, 자기의 개성이 활약함으로써 대상을 생명화하고, 다시 자기의 심경을 객관화함으로써 대상과 자기를 끊으려야 끊을

23 염상섭, 「'토구討究, 비판' 삼제三題—무산문예 · 양식문제 · 기타」(『동아일보』, 1929.5.12), 『문장 전집』 II, 64~65면.
24 염상섭, 「문예와 생활」, 『문장 전집』 I, 543면.
25 염상섭, 「문학상의 집단의식과 개인의식」(『문예공론』, 1929.5), 『문장 전집』 II, 77~78면.

수 없는 밀접한 관계에 합체시킬 때"[26] 산출된다고 한다.

홍미로운 점은 주관과 객관의 통일이 지니는 의미를 생명이나 개성과 연결시켜 파악하고 있는 것이다. 생명과 개성에 대한 주목은 앞서 1927년 3월 『조선지광』에 발표된 논의에서도 나타나는데, 이 글에서 "생명의 근원, 생명의 약동, 생명의 주장은 개성이 있기 때문"이라며, "개성이란 과연 생명"임을 강조했다. 이어 개성은 "선천적인 부분이 후천적으로 얼마간은 변화"하지만 "그 변역變易은 사회적 생활환경에서 오는 극미한 부분"일 뿐 "존재를 '독이獨異'케 하는" "본질적 개성은 도저히 변이케 못 하는 것"[27]이라고 했다. 개성이나 생명의 독이성에 대한 언급은 낯설지 않는데, 1922년 4월 염상섭은 「개성과 예술」에서 개성을 독이적인 생명이나 인격으로 규정한 후 예술은 개성의 발현, 곧 불같은 생명이 연소하는 과정에서 창조적 직관을 통해 세계를 표현하는 것이라고 주장한 바 있다. 이 글이 다루는 시기 염상섭이 지닌 문학관이 1920년대 초기 그것과 단절적이기보다는 연속적이라고 한 것은 이와 관련된다. 관심의 주된 대상은 바뀌었을지라도 개성의 개념과 역할에 대한 인식은 그대로였다는 점이다. 주관을 개성이나 생명과 연결시켜 논의하는 것은 다음 장에서 검토할 민족의 개념에 대한 인식과도 연결된다는 점에서 주목을 필요로 한다.

염상섭은 소설에서 묘사가 인생의 진상과 현실상을 드러낼 뿐 아니라 그것을 해부 비판하여 인생의 추이를 제시하는 것임을 언급한 바 있다. 생활을 있는 그대로 그리는 것이 아니라 지배, 타파, 개조 등 현실과의 관계를 통해 그에 상태와 방향을 천명하고 지시한다는 것이다. 거기에서 작용하는 것이 이상, 신념, 사상, 곧 주관이었다. 그렇다면 염상섭이 파악한 주관의 역할은 생활의 상태를 넘어서서 그 방향을 천명하고 지시하며 인생을 해부 비판해 현실의 추이를 제시하는 것임을 유추할 수 있다.

---

26 위의 글, 78면.
27 염상섭, 「나에 대한 반박에 답함」(『조선지광』, 1927.3), 『문장 전집』 Ⅰ, 569면.

묘사에 대한 염상섭의 인식이 지니는 의미는 근대 초기부터 1920년대 중, 후반에 이르기까지 묘사 개념에 비추어 볼 때 잘 드러난다. 묘사에 대한 논의는 소설 혹은 문학이라는 근대적 개념이 도입되면서부터 이루어져왔다. 이광수는 「문학文學이란 하何오」에서 근대문학 개념을 도입하는 한편, 그것의 세부적인 항목의 하나로 소설을 소개한다. 소설은 "독자의 안전眼前에 작자의 상상 내에 재한 세계를 여실하게, 역력하게 전개하여 독자로 하여금 그 세계 내에 재하여 실현하는 듯한" 느낌을 주는 것으로 규정되었다. 이를 위해서는 "인생의 일 방면을 정正하게, 정精하게 묘사하여야"[28] 한다고 해 묘사의 문제를 제기한다. "최정最正하게 묘사한다 함은 진인 듯이 과연 그렇다 하고, 있을 일이라 하고 독자가 격절擊節하게"하는 것이고, "최정最精이라 함은 그 사실을 묘사하되, 대강대강 하지 말고 극히 목도하는 듯하게"[29] 하는 것이다. 눈으로 보는 것처럼 치밀하게 묘사하는 것이 '정精'이라면, 독자가 틀림없는 진이라고 여기게 만드는 것이 '정正'이라는 것이다.

현철은 「소설개요小說概要」, 「소설개요小說概要(속)」 등에서 소설을 구성하는 다섯 가지 성분으로 인간, 배경, 문장, 인생관 등과 함께 사건의 마련을 든다.[30] "인생에 참된 의미가 있고 가치가 있는 사건이면 모두 인생의 진상을 설명하는 사건"인데, "인생의 관계가 깊은 사실을 기록함에는 될 수 있는 대로 그 사실이 참스럽게 나타나도록" 해야 한다는 것이다. 인간, 배경 등의 항목을 다루는 과정에서 "인물을 약동躍動하게 하지 않을 수 없는 것이니 다시 말하면 인물의 회화적 묘사에 성공"[31]해야 하며, "배경을 묘사할 때 소설가의 심적 작용은 일종 화가가 임화적臨畵的 기분을 가진 것같이 주의"[32]할 것을

28 춘원생春園生, 「문학文學이란 하何오(五)」, 『매일신보』, 1916.11.17.

29 춘원생, 「문학이란 하오(二)」, 『매일신보』, 1916.11.11.

30 "사실을 여하히 열기列記했는지 배치는 어떻게 되었는지 이에 이르러는 반드시 조직 즉 마련이라는 문제가 생길 것"이라는 언급을 고려할 때, 소설의 마련은 플롯과 유사한 개념으로 파악된다. 이에 관해서는 효종曉鐘, 「소설개요小說概要」, 『개벽』 1, 1920.6, 133~134면 참조.

31 위의 글, 133~134 · 138면.

32 효종, 「소설개요(속)」, 『개벽』 2, 1920.7, 125면.

강조한다. '회화적 묘사', '임화적 기분' 등의 표현에서 드러나듯 '참스럽게 나타내는 것' 역시 눈으로 보는 것처럼 치밀하게 그린다는 이광수의 '정精' 개념과 연결되어 있다.

그런데 이광수나 현철의 묘사에 대한 논의는 '최정最正', '최정最精', '참스럽게' 등의 표현이 반복되는 데서 머물 뿐, 어떻게 진이라고 생각하게 만드는지, 또 눈으로 보는 것처럼 묘사하는지에 대한 접근으로 나아가지 않는다. 그 근간에는 눈에 보이는 사실을 그대로 옮기면 진 혹은 참이 되니 더 이상의 논의가 필요하지 않다는 사고가 작용하고 있다. "'허구'라는 특징은 이미 소설의 무상無上의 근거여서, 실제 있었던 사건을 그대로 다룬다는 의미에서의 '사실'은 더 이상 문제가 될 수 없었"[33]을지 모르지만, 꾸며낸 이야기를 통해 삶의 진실을 구현한다는 허구라는 개념은 여전히 이해하기 힘든 것이었고, 난해함은 사실에 대한 강박으로 이어졌다.[34] 묘사를 눈에 보이는 사실을 그대로 옮긴다는 개념으로 받아들인 것은 이광수, 현철뿐만 아니라 이 글이 다루고 있는 시기에 염상섭과 대립의 각을 세우고 논전을 펼쳤던 프로문학 역시 마찬가지였다.

프로문학은 신경향파 문학의 형성, '카프'의 결성, 방향전환론 등 활동을 전개해 나갔지만 주장에 걸맞은 작품의 산출에 어려움을 깨닫고 1930년을 기점으로 일련의 창작방법론을 개진하게 된다. 그런데 프롤레타리아 리얼리즘은 프롤레타리아의 세계관을 통해 사회 현상을 전체성 속에서 파악한다는 주장을 내세웠지만 실제 묘사에 대한 이해는 "프롤레타리아트의 결국의 ××라는 계급적 입장에서 형상을 빌려 묘출하는"[35] 데 머물렀고, 유물변증법적 창작방법 역시 "인식의 발전에 있어서 객관적 합법칙성을 더욱 심도로 천

---

33 권보드래, 『한국 근대소설의 기원』, 소명출판, 2000, 226면.

34 근대 초기 소설에서 묘사의 문제에 관해서는 박현수, 「현진건 소설에서 체험의 문제」, 『대동문화연구』 73, 성균관대 대동문화연구원, 2011, 315~345면 참조.

35 안막安漠, 「프로예술의 형식문제－프롤레타리아 리얼리즘의 길로」(『조선지광』, 1930.6), 임규찬·한기형 편, 『카프비평자료총서』 4, 태학사, 1989, 86면.

명하여 간다는 유일한 최고의 사상"[36]으로 변증법적 유물론을 표방했지만 창작에 적용될 때는 프롤레타리아 리얼리즘과 변별점을 찾기 힘들었다. 실제 이들 창작방법은 '대공장의 ××××제너럴××', '소작쟁의', '공장, 농촌 내 조합의 조직, 어용조합의 ××, 쇄신동맹의 조직' 등 문학이 다루어야 할 대상들을 목록화해 제시하기도 했다.[37] 이들 창작방법이 새로운 경향의묘사론을 지향했지만, 그 근간에서 작용하고 있는 사고는 목록화된 대상을 있는 그대로 옮기는 것이었으며, 이는 이전 시기의 그것과 크게 다르지 않았다. 사회주의 리얼리즘론은 앞선 방법론에 대한 재고의 계기로 작용했지만, 리얼리즘에서 주관의 의미와 역할에 대한 본격적인 논의가 이루어진 것은 임화의 의견이 개진되고 나서였다.

임화는 「사실주의의 재인식－새로운 문학적 탐구에 기寄하여」(이하 「사실주의의 재인식」)에서 당시 문학의 두 가지 경향을 '세태, 포복적인 리얼리즘'과 '내성, 주관주의'로 대별하고, 사회주의 리얼리즘에 대한 정당한 이해를 개진하고자 했다. 임화는 이전 「낭만적 정신의 현실적 구조」, 「위대한 낭만적 정신」 등을 통해 '절대객관적 몰아의 사실주의'를 비판하고 인간의 주관이 지니는 의의에 주목한 바 있다. 임화는 자신의 글 역시 "문학에 있어 주체성의 문제를 낭만주의적으로밖에 이해하지 못한 곳에 병인이 있었"다며 진정한 주관은 "객관적 현실과 우리들의 주체가 실천적으로 교섭하는 데서 일어나는 우리의 고매한 파토스를 의미하는 것"[38]이라고 했다. 임화가 낭만적 정신을 통해 리얼리즘에서 주관의 문제를 제기한 「낭만적 정신의 현실적 구조」, 「위대한 낭만적 정신」 등이 발표된 것은 1934년 4월, 1936년 1월이었으며,

---

36 신유인申唯仁, 「예술적 방법의 정당한 이해를 위爲하여」(『신계단』 1, 1932.10), 임규찬 · 한기형 편, 위의 책, 447면.

37 권환權煥, 「조선예술운동의 당면한 구체적 과정」(『중외일보』, 1930.9.4), 임규찬 · 한기형 편, 위의 책, 197~198면 참조.

38 임화, 「사실주의의 재인식」(『동아일보』, 1937.10.8~14), 임규찬 · 한기형 편, 『카프비평자료총서』 7, 태학사, 1989, 475 · 477면.

리얼리즘을 주관과 객관의 통일이라는 문제의식 속에서 다룬 「사실주의의 재인식」이 발표된 것은 1937년 10월이었다. 염상섭이 묘사에 주관의 문제를 도입한 「'토구討究, 비판' 삼제三題—무산문예・양식문제・기타」와 주관과 객관의 통일에 대한 논의를 개진한 「문학상의 집단의식과 개인의식」이 발표된 것은 1929년 5월이었다.

실물, 실경 등을 있는 그대로 구상적으로 그린다는 묘사는 원근법에 근간을 둔 것이다. 원근법에서 있는 그대로의 느낌은 대상과의 유사성이 아니라 시상을 재현하는 방식이나 체계의 유사성에 의해 만들어진다. 묘사 대상은 직접성의 외관으로 위장하고 나타나며 그 행위나 어조는 눈앞에서 현전하는 것 같은 사실감의 환상illusion of reality을 일으키지만, 그것은 재현방식이나 체계, 나아가 그것들이 정착된 관습에 의해 자연화naturalness된 것이다.[39] 특히 소설에서 묘사는 언어에 의해 이루어진다. 언어에 의한 묘사는 사물을 언어로, 곧 비언어적인 것을 언어적인 것으로 표현하는 행위이다. 이는 언어의 선택과 배열이라는 지극히 의식적인 과정을 통해 만들어지는 재현의 방식이자 체계이다. 묘사가 있는 그대로를 옮기는 것이 되기 위해서는 언어와 세계의 유비관계가 분열되어 언어가 사물에 대한 물질적 기술이 아니라 표상적 기호가 되는 과정, 또 그것과 함께 언어가 대상을 투명하게 현전할 수 있는 매개로 파악되는 과정이 전제되어야 한다.[40] 눈에 보이는 사실을 그대로 옮긴다는 사고 속에서는 재현이 언어, 체계, 규약 등의 관습에 따라 만들어진 의식적인 것이라는 발상이 자리할 수 있는 공간은 사라지게 된다.

염상섭이 주관에 천착한 것이 묘사가 표상적 기호의 선택, 배열 등에 의해 만들어진 관습에 의한 것임을 드러내기 위해서였다고 보기는 힘들다. 염상섭은 대상의 내부에서 주관이 활약해 대상을 생명화하고 주관이 대상을 통

39 윌리스 마틴, 김문현 역, 『소설이론의 역사』, 현대소설사, 1991, 88~99면 참조.
40 채운, 『재현이란 무엇인가』, 그린비, 2009, 25~41면 참조.

해 객관화되는 등 주관과 객관의 혼연한 일체를 주장한다. 하지만 '객'을 '주'에 걸러서 보는 것, 객관을 주관에 여과하여 표현하는 것 등의 언급에서 나타나듯 주관은 '순객관'이라는 데 거리를 두기 위해 제기된 성격이 강하다. 또 그 거리가 제기된 본연의 방향은 당대의 프로문학이었던 것으로 보인다. 그러나 주관의 역할에 주목하지 않을 경우 묘사가 투명한 언어를 통해 있는 그대로를 옮기는 것이라는 사고에서 벗어나기는 힘들다. 염상섭은 당대를 민중의 시대로 보고 소설을 거기에 조응하는 양식으로 파악하였음에도 문예의 민중화가 초속적 전아보다 우위를 지니는 것으로 보지는 않았다. 염상섭이 묘사의 개념을 '순객관'이나 '있는 그대로를 옮기는 것'으로 보는 데서 벗어날 수 있었던 것은 이러한 소설 양식에 대한 이해에 따른 것이었다. 주관에 대한 염상섭의 관심과 주목이 의미를 지니는 지점 역시 이 부분일 것이다.

4. 식민지, 민족, 그리고 주관

염상섭의 소설인 『삼대』의 「봉욕逢辱」이라는 장에는 이 글의 문제의식과 관련해 흥미로운 장면이 있다. 조상훈을 인도해 "빠커쓰"로 간 김병화는 그곳에서 일하는 홍경애와 함께 일본인 청년 두 명과 싸움을 벌이게 된다. 곧바로 들이닥친 일본인 순사들에 의해 싸움은 제지되고 난동과 관련된 다섯 명은 모두 파출소로 연행된다. 싸움은 김병화에게 입을 맞추는 홍경애를 보고 골이 난 일본인 청년의 거친 말이 발단이 되었다. 그런데 순사들은 "싸움한 경위를 대강 취조를 하고 나서도 일본 청년들은 주소 성명만 적고 돌려보냈"지만, 김병화는 "구류간 속인지 뒷간 속인지 저 구석으로 끌어다 넣어 버"리고 홍경애 역시 "주둥아리를 함부로 놀리"지 말라며 "숙직실인 다다미방에 데려다 두었다."[41] 파출소의 처벌에서도 차별은 두드러진 것이었고, 작가의 시선은 그것이 일본인과 조선인이라는 이유 때문임을 간과하지 않는다. 염상섭에게 묘사는 있는 그대로를 그리는 것뿐 아니라 주관을 통해 인생, 생활 등의 추이나 방향을 천명하고 지시하는 방법이었다. 식민지라는 조건이 조선민족의 삶을 근원적으로 지배하는 것이며 그것에 대한 대응이 생활의 상태나 추이를 추동하는 것이라고 할 때, 묘사에서 주관의 방향은 응당 당대의 식민지적 현실로 향할 것임을 짐작할 수 있다.

「만세전」에서 이인화가 시모노세키에서 부산으로 오는 연락선에서 듣게 되는 두 일본인의 대화나 부산에 도착해 시가를 둘러보며 이미 일본식으로 변해 버린 거리의 풍경을 보며 조선민족의 운명을 떠올리는 장면 등은 식민지적 현실에 대한 투영으로 거듭 강조되어 왔다. 근래 염상섭의 소설적 성취에 대한 일련의 논의를 개진해온 연구자는 「만세전」을 다루면서 흔히 간과하기 쉬웠던 목욕탕, 갓장수, 공동묘지 등의 정치적・사회적 맥락에 주목해 소설이 이원성과 폭력성에 기반을 둔 식민지 세계를 그리고 있음을 분명히 했다. 또 『광분』에 대한 분석을 통해 식민지에서 군중의 형성은 식민지인이 익명의 상황에서도 서로의 운명이 용의자나 잠재적 공범자로 근본적으로 연루되어 있음을 목도할 때 이루어지며, 그것을 강제하는 것이 식민지 체제의 근원적인 이중성에 기반을 둔 배제와 폭력임을 논증했다.[42]

「남충서南忠緖」, 「숙박기」, 「지선생池先生」, 『사랑과 죄』 등 이 글이 다루는 시기의 소설에서도 염상섭은 중심에서든 일화로든 식민지적 조건의 문제를 그냥 지나치지 않는다. 어쩌면 소설에서 나타나는 삶들이 조선민족이 처한 식민지 현실과 어떤 방식으로든 결부되어 있다는 것이 정확할지도 모르겠다. 염상섭은 엄정한 태도를 견지하며 폭압과 차별로 집약되는 식민지적 조건에

41 염상섭, 『삼대』, 『염상섭 전집』 4, 민음사, 1987, 123~124면.

42 이혜령, 「정사正史와 정사情史 사이－3・1운동 후일담의 시작」, 『민족문학사연구』 40, 민족문학사학회, 2009, 260~272면; 이혜령, 「식민지 군중과 개인－염상섭의 『광분』을 통해서 본 시론」, 『대동문화연구』 69, 성균관대 대동문화연구원, 2010, 485~527면 참조.

접근해 그것이 강제하는 물리적, 정신적 이지러짐을 그려내고 있다. 염상섭에게 묘사는 있는 그대로를 그리는 것뿐 아니라 주관을 통해 그 진상을 드러내는 매개이자 생활의 추이나 방향을 천명하고 지시하는 방법이었다. 식민지라는 조건이 조선민족의 삶을 지배하는 것이며 그것에 대한 대응이 생활의 추이나 방향을 추동하는 것이라고 할 때, 염상섭 소설에서 묘사의 시선은 응당 당대의 식민지적 현실로 향할 것임을 짐작할 수 있다. 그런데 식민지적 억압과 차별에 대한 천착의 근간에는 다음과 같은 생각이 자리하고 있다.

> 두 사람의 논란은 민족주의와 사회주의에 관한 것이다. 적토 군은 해춘이더러 자작이라는 도금을 벗겨버리고 제 바탕의 납덩이가 되어서 무산전선으로 나오되 민족주의라는 녹초가 된 비단 두루마기도 벗어젖히고 나와야 한다는 권고를 하였다. 여기에 대하여 해춘이는 "납덩이가 되는 것은 필요한 일이다. ― 도금 장식은 갈보의 뒤꼭지에는 필요할 것이다! 그러나 민족주의라는 것은 낡은 비단 두루마기가 아니라 입지 않을 수 없는 수목 두루마기 같은 것이라"고 주장하였다.[43]

『사랑과 죄』의 「니취泥醉」라는 장에서 이해춘과 김호연이 마리아와 기생들을 데리고 카페에 갔다가 공산주의자 적토와 아나키스트 야마노와 논쟁을 하는 장면이다. 자작이라는 허울과 비단 두루마기와 같은 민족주의에서 벗어나 무산전선에 나오라는 적토의 주장에 이해춘은 허울을 벗고 제 모습이 되는 것은 필요하지만 민족주의는 '낡은 비단 두루마기'가 아니라 '입지 않을 수 없는 수목 두루마기' 같은 것이라고 한다. 소설 「남충서南忠緖」에서도 작가의 민족문제에 대한 생각을 엿볼 수 있다. 소설의 결말 부분에서 미좌서美佐緖가 자신은 씨가 다르며 고향이 그립다고 하자 남충서는 "관념으로나 의식으로 민족이란 자각은 없는 경우라도 그 민족의 전통이란" "핏속에 요약되어서 흐

43 염상섭, 『사랑과 죄』, 『염상섭 전집』 2, 민음사, 1987, 221면.

르는 것"이며 "모든 진리가 뒤집혀도 그것만은 영원한 비밀"[44]이라고 한다.

기존의 논의 역시 염상섭의 민족문제에 대한 관심에 주목한 바 있다. 염상섭의 소설이 "민족문제에 집요하게 천착하면서 그를 통해 한국적 근대의 본질에 육박해 들어"갔으며, 그것은 "식민지성에 대한 성찰을 통해 조선적 근대의 특수성을 해명하려"[45]는 노력이었다고 한다. "제국주의의 침탈로 인하여 빚어진 우리의 민족문제에 대한 올바른 인식이 없이는 우리의 근대와 그것을 극복하려는 노력이 제대로 실현될 수 없음을 잘 알고 있었"기 때문에 "민족의식을 강조하였고 그의 창작의 전 과정에서 한 번도 여기서 떠난 경우가 없"[46]었다는 논의 역시 개진되었다.

민족문제에 대한 관심은 평론들에서도 발견된다. 염상섭은 시조가 "조선 사람의 생명의 울림을 조선말로 표백하기에 꼭 들어맞는 일개의 조직 형체"라는 점에서 그것의 부흥에 동의한다. 문학이 민족이 처한 시대나 환경에서 유리되거나 민족이 지닌 사상, 감정, 호소, 희망 등에서 벗어날 경우, 그것은 인생을 위한 것일 수도, 세계적인 것일 수도, 예술적일 수도 없다고 한다. 시조는 조선인의 호흡과 혼을 지니고 있어 서로 다른 사상, 관념, 감정, 감각을 조선적이라는 것으로 묶어줄 수 있다는 것이다.[47] 그런데 염상섭이 주관에 기반을 둔 묘사를 통해 식민지 조선의 민족문제에 주목했다고 하더라도 여전히 남는 문제가 있다. 이 글이 다루는 시기에서 염상섭의 민족에 대한 인식을 잘 드러내는 글은 「민족, 사회운동의 유심적 고찰—반동, 전통, 문학의 관계」(이하 「유심적 고찰」)이다.

「유심적 고찰」은 1927년 1월 4일에서 16일까지 『조선일보』에 연재된 글이다. 염상섭은 글의 마지막 장인 '민족운동과 사회운동의 실제'에서 세계의

---

44 염상섭, 「남충서」(『동광』, 1927.2), 『염상섭 전집』 9, 민음사, 1987, 289면.
45 하정일, 「보편주의의 극복과 '복수의 근대'」, 문학과사상연구회, 『염상섭 문학의 재인식』, 깊은샘, 1998, 47 · 63면.
46 김재용, 「염상섭과 민족의식—『삼대』와 『효풍』」, 위의 책, 93~94면.
47 염상섭, 「의문이 왜 있습니까」(『신민』, 1927.3), 『문장 전집』 Ⅰ, 571~574면 참조.

피압박민족이나 프롤레타리아 계급과 국제적인 연맹을 맺는 것도 필요하지만 그것보다 더욱 긴급한 것은 자민족 내의 양개 운동의 신속한 제휴라며 민족운동과 사회운동의 결합을 주장한다. 주장은 조선이 "피압박민족-피착취민족의 남에게 말 못 할 이중, 삼중의 고통이 있고 딜레마가 있"음에 따라 "민족 대 민족의 착취를 자민족의 자본주의적 발달로 방어할 수밖에 없는 답안에 득달하였다"[48]는 사고에 기반하고 있다. 하지만 글의 앞부분에서 나타난 민족과 계급에 대한 이해를 환기한다면 민족운동과 사회운동의 결합 가능성에 대한 의문이 제기된다.

염상섭은 먼저 생활감정에 분열이 일어날 때 이전까지의 생활을 타파하려는 움직임을 반동이라고 규정한다. 이어 반동의 대표적인 대상을 전통이라고 하고, 혈통과 지리를 예로 들어 전통의 평면적 일면을 논의한다. 혈통은 모자母子 관계에서 출발하며, 가족과 부족을 거쳐 민족을 조형하는 근간이 된다. 혈통은 본능적이라는 점에서 시간과 관념을 초월하며 생활과 도덕의 기반이 된다고 한다. 또 지리는 문화의 특성을 결정하는데, 문화 역시 개성을 매개로 민족성을 형성하는 데로 나아간다. 전통의 평면적 일면인 혈통과 지리는 선천적, 후천적이라는 차이를 지니더라도 둘 모두 변화를 허용하지 않은 숙명적인 존재라는 것이다. 염상섭은 반동 운동의 궁극적인 이상을 '자연의 대이법'에 복귀하는 것으로 파악하는데, 민족이 이상을 실현하는 유리한 방조자가 되는 이유를 혈통, 지리 등의 앞선 속성에서 찾는다.[49]

한편 염상섭은 전통의 입체적 일면을 계급으로 파악하고 논의를 개진해 나간다. 먼저 계급의 기원을 노동의 결과를 임의로 농단한 미개未開 시대의 신직神職에서 찾는다. 이후 반개半開 시대의 군벌, 지주 계급과 서민 계급의 대립을 거쳐, 현대에는 기계를 군주로 해 부르주아 계급과 프롤레타리아 계급

48 염상섭, 「민족, 사회운동의 유심적 고찰-반동, 전통, 문학의 관계」(『조선일보』, 1927.1.15), 『문장 전집』 I, 536~537면.
49 위의 글(『동아일보』, 1927.1.8~1927.1.9), 516~528면 참조.

이 대립하게 되었다고 본다. 계급의 분화와 대립의 원인 역시 '자연의 대이법'에서 벗어난 데 있다. 특히 프롤레타리아는 자기 계급에 대한 의식을 지니지 못하고 부르주아가 지식 독점과 물질적 압박을 통해 강제한 노예도덕과 그 사상관념만을 지니게 되었다. 따라서 "금후의 인류의 대목표는 자연에-자연의 이법에 돌아가는 데에 있"으며, 그것은 "금일까지의 문화가 발전되어 오는 동안에 사람의 머리에 뿌리 깊게 심어준 노예도덕의 관념, 소유충동에서 오는 관념"[50]을 파기하는 데서 가능하다.

염상섭은 민족적 전통은 자연성, 필연성을 지닌 것으로 변화하기 힘들며 계급적 전통은 개조해 자연의 이법으로 돌아가야 한다고 했다. 그런데 이와 같은 논리의 연장선상에서 앞서 확인한 민족운동과 사회운동의 결합의 가능성에 대한 의문은 피하기 힘들며, 이루어진다고 할지라도 한쪽을 향할 수밖에 없다. 염상섭은 이를 "자민족의 현실을 유지하는 유일로일 지경이면" "민족주의가 현재에 지지하는 경제정책이 어떠한 시기까지의 임기응변적 권도"[51]라는 데 따른 것이라고 주장한다. 하지만 앞선 논리 속에서는 계급이 자연의 이법으로 돌아가는 것도 쉬운 문제는 아니다. 프롤레타리아가 지닌 노예도덕, 소유충동 등의 관념을 파기해야 하는데, 그것은 지배계급이 "물질적으로 더욱이 우월권을 제制하게 되는 동시에 본능적 소유충동은 인류의 생활의 균등을 파괴하"[52]는 데서 만들어졌기 때문이다. 불균등한 물질적 조건을 차치한 채 노예도덕이나 소유충동에서 오는 관념에서 벗어나는 것은 어려운 일로 파악된다.

이 문제에 대해서는 「나에 대한 반박에 답함」에서 염상섭 자신도 인정을 한다. 「유심적 고찰」이 발표되자 홍기문은 1927년 2월 『조선지광』에 염상섭의 주장을 비판하는 글을 발표하는데 「나의 대한 반박에 답함」은 홍기문

50 위의 글(『동아일보』, 1927.1.11), 529~535면.
51 위의 글(『동아일보』, 1927.1.15), 537면.
52 위의 글(『동아일보』, 1927.1.11), 532면.

의 비판에 답한 글이었다.[53] 염상섭은 글의 서두에서 홍기문의 비판이 「유심적 고찰」이 지닌 문제점을 제대로 지적하지 못 했다며 스스로 자신의 글이 지닌 두 가지 문제점을 밝힌다. 하나는 관념 개조와 사회 개조의 관계에 대한 것이다. 자신의 논의는 관념 개조에 초점을 맞췄지만, 사회 개조에 대해서는 "생산관계 즉 사회 환경은 의식을 결정한다는 유물사관적 견지로 토구하는 것"이 필요하다는 것이다. 다른 하나는 민족운동과 사회운동의 실제에 대한 문제이다. "양개 운동의 실제에 언급하여 민족운동의 해결이 '사회운동적 경제정책'에 의뢰한다고만 막연히 지적하였"는데, "그것은 어떠한 과정과 수단으로인가"를 제시하지 못 했다는 것이다. 이 문제들에 대해서는 "필요한 시기에 자진해서라도 자기의 견해를" "더욱 명확히 논진하여야 할 것"[54]이라고 했다. 그런데 민족이 혈통, 지리 등으로 집약되는 숙명적인 것이라는 논리 속에서 사회운동적 경제정책을 통해 민족운동의 해결에 기여한다는 것은 실현되기 힘든 것이다. 더구나 그것은 사회운동에 대한 첫 번째 문제와도 연결되어 있는 것이었다.

염상섭은 「조선과 문예, 문예와 민중」, 「소설과 민중」 등에서 민중과 문학에 대한 견해를 밝힌다. "민중에게로 접근하라 민중의 소리에 귀를 기울여라고 하나" "민중이 그것을 요구치 않으면야 (문학이-인용자) 나올 기회를 막는 것"[55]이라고 한다. 또 "민중이 소설에서 구하고자 하는 것은" "자미있는 것—일시적 흥미를 만족시키는 것"이지 "윤리적, 교화적 요소가 아니"[56]라는 것이다. 이어 그 이유를 "간궁艱窮과 불명예와 굴욕밖에 추억할 것이 없기 때

53 염상섭이 1927년 1월 4일에서 16일까지 『조선일보』에 「민족, 사회운동의 유심적 고찰-반동, 전통, 문학의 관계」를 발표하자 홍기문은 1927년 2월 『조선지광』에 「염상섭 군의 반동적 사상을 반박함-『조선일보』의 「민족사회운동의 유심적 고찰」을 읽고」를 통해 염상섭의 글을 비판한다. 「나의 대한 반박에 답함」은 염상섭이 홍기문의 글에 답하는 성격을 지닌다.

54 염상섭, 「나의 대한 반박에 답함」(『조선지광』, 1927.3), 『문장 전집』 Ⅰ, 561면.

55 염상섭, 「조선과 문예, 문예와 민중」(『동아일보』, 1928.4.11), 『문장 전집』 Ⅰ, 690면.

56 염상섭, 「소설과 민중-「조선과 문예, 문예와 민중」의 속론續論」(『동아일보』, 1928.6.3), 『문장 전집』 Ⅰ, 720면.

문"에 "과거의 앞에서 눈을 감으며" "'미래'는 신명이 도우소서라고 단순히 생각"[57]할 뿐인 프롤레타리아 계급의 비루함에서 찾고 있다. 이러한 민중에 대한 견해를 고려할 때 염상섭의 소설의 양식적 특징과 현실에 대한 이해는 독일 고전주의 철학의 그것과는 일정한 차이를 지니고 있음을 알 수 있다.

「조선과 문예, 문예와 민중」에서는 조선에서 문학이나 예술이 발달하지 못한 이유에 대해서도 논의한다. "우리의 성정 속에는 근본적으로 예술적 요소가 결핍하였거나 결핍케 된 무수한 원인이 있"다며, "자기의 글을 5백 년 동안 가진 늙은 백성의 가진 문예"가 "그 밖에 못 된다는 사실은 그 죄가 먼저 민족성 속에 예술적 욕망이 결핍함에 돌리지 않을 수 없다"고 한다. 이러한 진단은 "우리의 전통, 우리의 유흥遺興, 우리의 풍토, 우리의 정치경제 사정, 우리의 민지民智" 등의 "환경과 기운이 과연 시대를 대표하고 위대라는 이름을 붙일 만한 작가와 작품을 낳을 수 있을까"라는 반문으로 이어진다.

염상섭의 민중에 대한 이해는 앞서 확인한 것처럼 민중이 지배계급의 정신적, 물질적 압박에 의해 만들어진 사상관념의 소유자라는 생각에 기인하는 것이었을 것이다. 또 예술적 욕망이 결핍된 민족성에 대한 언급 역시 일제가 강제한 견고한 식민지적 억압의 인식에 따른 것일 수도 있다. 그리고 근원적으로 그것들은 다른 가능성들을 상상할 수 없을 정도의 위력을 지닌 식민자에 대한 수긍 때문이었을지도 모른다.[58] 하지만 거기에는 계급적 관념을 노예도덕, 소유충동 등 파기해야 할 대상으로 규정하면서도 혈통, 지리 등에 의해 조형된 민족은 숙명적, 자연적이라서 변화가 불가능하다는 염상섭 자

57 염상섭, 「조선과 문예, 문예와 민중」(『동아일보』, 1928.4.17), 『문장 전집』 Ⅰ, 701면.

58 이혜령은 『광분』에서 민병천이 겪은 몰락의 인과가 제국 일본의 식민지 조선에서의 경제활동을 둘러싼 제도나 사회적 관계가 아니라 탐욕과 부도덕에 의한 파탄의 서사로 언표화되었다고 한다. 그것은 노동, 근면과 성실, 투기를 배제한 합리성과 효율성, 또 그런 규범을 실현시킨 인간 등 건강한 직업적 삶이 식민지에서 성립되기 불가능했으며, 사회적 관계 역시 마찬가지였다는 것이다. 또 총독의 소식을 듣는 부분이 눈에 띄지 않게 스치듯 에피소드로만 다루어졌던 것 역시 식민자의 지배의 위용을 환기시킨다고 했다. 여기에 대해서는 이혜령, 「식민자는 말해질 수 있는가—염상섭 소설 속 식민자의 환유들」, 『대동문화연구』 78, 성균관대 대동문화연구원, 2011, 317~353면 참조.

신의 논리가 지닌 문제 역시 작용하고 있다. 이와 관련해 묘사에서 주관의 의미에 대한 재고의 필요성 역시 제기된다. 염상섭은 주관의 의미를 생명의 약여나 개성의 활동과 연결시키는 한편 그 연장선상에 민족 혹은 민족 문화를 위치시킨다. 민족 문화도 개성과 마찬가지로 절대적이고 영원한 것이라서 극미한 변화는 있더라도 본질적인 변화가 불가능하다는 것이었다.[59] 개성의 연장선상에 곧바로 민족이 위치하고 둘 모두 변화가 불가능하다는 사고 속에서 계급적 관념은 자연의 이법으로 돌아가야 할 대상으로 규정되었다. 그것은 주관을 담당하는 존재를 규정하는 데도 해당되는 문제일 것이다.

5. 남은 문제들

염상섭 소설 「남충서南忠緖」의 결말 부분을 살펴보면서 작가의 민족문제에 대한 관심을 확인한 바 있다. 그런데 소설에서 남충서는 'PP단'이라는 조직에 가입한 것으로 나타나는데, 소설의 전개를 통해 볼 때 'PP단'은 사회운동 단체임을 유추할 수 있다. 주목해야 할 점은 「남충서南忠緖」에서 'PP단'이라는 조직이 중심서사와 연결되지 못 하고 에피소드로 그려진다는 것이다. 소설에서 미좌서가 본집으로 들어갔던 것이나 민적에 올려주기를 원하는 이유는 상속과 관련된 것이었다. 하지만 그 근간에는 혈통으로 집약되는 민족의

59 염상섭은 1926년 5월 「프롤레타리아문학에 대한 P씨의 언言」에서 민족 문화의 성격을 개성의 그것과 연결시켜 파악한 바 있다. "일 민족이나 일 인종이 가지는 문화라는 것은 일 개성이 절대적이요 불가변성임과 같이 독이하고 영원한 가치"라서, "그 민족이나 종족의 생활 형식이라든지 내용이, 그 문화에 미치는 영향이 전연히 없다고는 할 수 없으나, 그 본원에 있어서는 절대로 몰교섭한 이원적 분립"이라고 했다. 민족 문화도 개성과 마찬가지로 극미한 변화는 있더라도 본질적인 변화가 불가능하다는 것이다. 여기에 대해서는 「프롤레타리아문학에 대한 P씨의 언言」(『조선문단』, 1926.5), 『문장 전집』 Ⅰ, 474~479면 참조.

문제가 작용하고 있다. 민족이라는 것은 핏줄에 요약이 되어 흘러 그 무엇도 어쩔 수 없다는 남충서의 되뇜 가운데 사회운동 단체인 'PP단'이 위치할 수 있는 공간을 찾기는 힘들 것이다.

「남충서南忠緖」 외에도 염상섭의 소설에는 사회운동이나 이념에 대한 접근이 자주 나타난다. 『사랑과 죄』, 『삼대』 등에는 김호연, 김병화 등으로 대표되는 이념적 지향이나 운동의 움직임 등이 그려져 있으며, 『광분』에는 광화문, 종로, 본정, 남대문이라는 경성의 중심을 관통하는 학생들의 시위 행렬이 등장한다. 그런데 이념이나 운동을 다룬 장면은 대부분 소설의 중심 서사와 결합되지 못하고 에피소드로 제시되거나 후경화되어 나타난다. 이 문제는 「만세전」에서 이인화의 시선을 통해 민족적 차별 등 조선의 식민지적 현실이 묘파되지만 그것이 이인화의 의식의 변화를 추동했다는 데 선뜻 동의하기 힘든 것과도 연결된다. 그 이유는 이인화의 의식이 변화하는 것이 의미가 없을 정도로 견고한 식민지적 억압에 대한 수긍 때문이었을지도 모른다. 또 이념적 지향이나 운동 등이 스쳐지나가는 에피소드나 후경화되어 다루어질 수밖에 없는 것 역시 무엇 하나 틈입하기 힘든 식민자의 위력 때문이었을 수도 있다.[60]

염상섭의 소설에 대한 논의는 묘사에 많은 부분을 할애하는 데 반해 구성의 문제를 다룬 경우는 드물다. 소설은 "인생의 진실을 재현한 것"이지만 "실제 사실을 그대로 산만히 기록하는 것이 아니라, 작자의 공상으로 결구結構된 가작假作의 인간 생활을 작자 자신의 이상과 신념과 희망에 맞도록 표현"[61]한다는 정도이다. 거기에는 "인생 생활의 만반萬般 사물과 형태는" "사회적 인과관계로만 해결할 수 없는 여러 가지 사실과 원인이 있"으므로 "사회적 인과관계만을 고찰한다면 사물을 있는 그대로 보는 객관적, 사실적 태도를 침해하고 파괴하게"[62] 된다는 생각이 작용하고 있다. 이러한 언급은 소설에서 사

---

60 이혜령, 앞의 글, 2011, 317~353면 참조.
61 염상섭, 「소설은 무엇인가」(『삼천리』, 1935.11), 『문장 전집』 II, 543면.

회운동이나 이념에 대한 부분이 에피소드로 다루어지거나 후경화되어 나타나는 이유를 해명할 수 있는 실마리를 제공한다. 하지만 '사회적 인과관계로만 해결할 수 없는 여러 가지 사실과 원인'에는 앞서 확인했던 민족이나 계급 개념에 대한 이해 역시 자리하고 있음도 간과해서는 안 될 것이다.

앞서 소설에서 묘사가 언어의 선택과 배열 등의 과정을 통해 만들어지는 재현의 체계였음을 논의한 바 있다. 주관의 역할에 주목하지 않을 경우 묘사가 있는 그대로를 옮기는 것이라는 사고에서 벗어나기 힘들며, 염상섭의 주관에 대한 관심이 의미를 지니는 것 역시 그 부분이었다. 하지만 주관에 대한 천착이 묘사가 시상을 재현하는 방식이나 체계에 의한 것이며 나아가 그 방식이나 체계 자체가 이데올로기를 지니고 있음을 드러내기 위해서였는지는 재론의 여지가 있다. 일반적으로 염상섭 소설의 서술방식은 3인칭 객관서술로 파악되지만, 소설에 나타난 묘사를 살펴볼 경우 묘사에는 논평, 주석 등이 덧붙여져 있음을 발견할 수 있다. 그것은 화자의 직접적인 진술로 나타나는 경우도 있고 등장인물의 생각과 발화를 빌리는 경우도 있다. 후자의 경우 등장인물 서술방식을 띠게 되는데, 대부분 서술을 담당하는 초점화자는 작가를 투영하거나 작가와 가까이에 있는 인물이다. 원근법은 투시점과 소실점을 통해 구축되며, 투시점은 소실점을 정확하게 영유하거나 지배할 수 있는 특권적인 위치이다. 영유나 지배를 통해 시상을 재현하는 체계라는 점에서 그 위치가 뒤바뀌거나 엉클어지면 묘사는 불가능하게 된다.[63] 언어에 의한 묘사 역시 의식적인 언어 선택과 배열을 통해 만들어지는 체계라고 할 때 그 의식은 일정한 규칙에 지배된다.

푸코는 이와 관련해 "원시적인 외부의 공간 속에서 진眞을 말하는 것은 언제라도 가능"하지만 지금 "진眞 안에 있게 되는 것은 우리가 담론들의 각각에

---

62 염상섭, 「'토구討究, 비판' 삼제三題—무산문예 · 양식문제 · 기타」(『동아일보』, 1929.5.9), 『문장 전집』 Ⅱ, 62면.

63 미셸 푸코, 이광래 역, 『말과 사물』, 민음사, 1989, 25~40면; 이진경, 「근대적 시선의 체계와 주체화」, 『근대성의 경계를 찾아서』, 새길, 1997, 249~293면 참조.

있어 재활성화해야 하는 일종의 담론적 공안police의 규칙들에 복종할 때 뿐"[64]이라고 했다. 식민지라는 조건에서 재현을 이루는 담론적 규칙이 근원적으로 그 폭압성에서 벗어날 수 없다는 인식은 묘사에 대한 고민과 연결이 되었을 것이다. 타자의 입장에서 묘사하는 것, 곧 투시점의 반대편에 있는 인물들을 초점화자로 상정하는 일이 규칙의 지배에서 벗어나는 것이라면 투시점에 위치한 인물들의 생각과 발화에 회의나 반성을 드러내는 것은 그나마 가능한 방식이었을지도 모른다. 회의나 반성이 소설이라는 양식적 질서가 지닌 견고한 체계에 균열을 가하는 방법이자, 체계를 근원적으로 강제한 식민지적 폭력성에 거리를 둘 수 있는 방법이기 때문이다. 그것은 작가 자신이 거듭 강조한 주관, 특히 민족과 계급의 관계에 대한 재고와도 연결이 되는 문제이다. 절대적인 위용을 지닌 식민자를 말하는 것이 불가능해서 그것의 환유로 식민지인을 그렸다면, 그 양태는 비루하고 처참한 것일지라도 모멸적인 것은 아니어야 할 것이다. 염상섭의 소설에서 초점화자의 역할을 하는 등장인물에게서 자신의 생각이나 행위에 대한 회의나 반성을 쉽게 발견하기 힘든 것 역시 사실이다.

64 미셸 푸코, 이정우 역, 『담론의 질서』, 서강대 출판부, 1998, 26면.

횡보橫步의 문리文理

염상섭과 산散혼混공共통通의 상상

이경돈

나는 사회주의자일 뿐 아니라 민주주의자, 공화주의자, 혁명이 의미하는 모든 것의 지지자이고 무엇보다 나는 리얼리스트이다.

— 구스타프 쿠르베Gustave Courbet

1. 진보의 시대, 횡보하는 인간사

염상섭의 아호는 '횡보'로 알려져 있다. 1920년대 초반에는 '제월霽月'을 내세우기도 했고 자신의 본명에 한자를 바꾼 '상섭想涉'으로 필명을 쓰기도 했으나, 염상섭을 대표하는 이름은 그 자신에게나 문우들에게나 독자들에게 '횡보橫步'였다. 그의 아호에 대한 이야기는 우스갯소리와 함께 전해진다. 염상섭 자신의 회고는 『시대일보』 편집실에서의 일화이지만 두주불사였던 월탄

박종화, 빙허 현진건, 도향 나빈, 무애 양주동 등 문우들과의 술집 순례담 및 취중의 걸음걸이에 빗대 이름을 붙여준 것으로 더 유명하다. 그러나 통상 아호의 선택에는 우발적 계기와 함께, 나름의 이유와 해석도 동반된다. 근대의 작가들에게 소설가로서의 정체성이 그리 가볍지 않은 까닭이다. 그렇다면 염상섭이 '횡보'라는 아호를 고집한 이유도 다만 취중보행의 해학에만 묶어둘 수만은 없어 보인다.

"세계의 진보 과정은 필연으로 이에 도착하고 이에 입각할 일日이 불원不遠하였으리라."[1] 누구나 말해왔듯 근대는 진보의 시대이다. 이성에 대한 신뢰를 앞세워 주체의 직립과 계발 및 발전을 요구하는 진보가, 근대계몽기에서 1930년대에 이르기까지 각종 매체와 지식인들의 일관된 목소리였음을 의심할 나위는 없어 보인다. 서유럽과 일본의 성과는 그것을 증명하는 유력한 모델이었다. 개조론이든, 실력양성론이든, 문화주의든, 또는 제국주의든, 민족주의든, 사회주의든, 근대 이념의 근본적 지향은 앞으로 나아가는 것이었고 또 그렇게 할 수 있다고 믿었다. 『혈의 누』의 옥련으로 하여금 일본과 미국을 배우게 한 이인직의 이유도, 『무정』의 이형식과 김선형, 박영채를 숱한 우여곡절의 연애사 속에서도 결연히 일본을 향하게 한 이광수의 까닭도, 그것이 진보를 실현하기 위한 일 방도라 생각했기 때문이다. 만세 전의 염상섭도 그렇게 믿었던 것으로 보인다. 서울을 향해 밟아가는 식민지 조선의 풍경이 「만세전」의 이인화에게 마치 '묘지'처럼 혐오스러울 수 있었던 것은, 진보한 제국 일본에서의 압도적 경험에 부딪혔기 때문이고, 그가 다시 그곳으로 돌아가는 이유도 앞서 나아간 일본에 대한 매혹적 동경이 잡아끌었기 때문일 것이다. 진보는 계몽과 함께 근대의 본원적 로망에 속하는 것이 아닌가.

그러나 '진보進步'와 '횡보橫步'. 시대를 대표하는 로망의 언표와 염상섭의 걸음걸이를 빗댄 호칭 사이에는 문명과 시대를 대하는 태도의 차이가 뚜렷하다.

---

1 「사설 : 세계를 알라」, 『개벽』 창간호, 1920.6, 3면.

'횡보'라 불리는 것을 싫어했다고 슬며시 발을 빼면서도 염상섭은 '횡보'를 자신의 아호로 고집했다.[2] 애증이 묻어나는 태도이다. 그도 그럴 것이 염상섭의 아호를 '횡보'로 하자고 발론했던 『시대일보』의 좌익계열 '주모朱某' 기자를 비롯하여 염상섭의 문우들이나 가족들의 회고는 취중보행이나 고집스러움에 주목했지만,[3] 정작 염상섭은 게蟹 그림을 그린 부채의 화제인 '횡행천하橫行天下'로부터 아호의 유래를 설명하고 싶어 했다.[4] 앞으로 나아가지는 않을지 몰라도 천하를 주유한다는 의미를 부여하고자 했던 것으로 보인다. '횡행천하'와 '횡보'의 세계에는 근대의 진보적 사유에 함유된 객관적 진리의 개념이나 이성적 합리성에 대한 신뢰가 들어서기 어렵다. 오히려 광대한 삶들의 산포散布와 혼연混緣, 그 가운데에서의 공편共遍과 통섭通涉이 강한 자장을 형성한다. 상대성과 관계성의 가치가 객관성과 합리성의 자리를 대신하는 것이다.

세칭 횡보, 염상섭은 근대의 보편적 보행법과는 다른 보행법을 모색했던 것으로 보인다. 『삼대』와 『무화과』에 이르는 시기, 그러니까 염상섭을 지금의 염상섭으로 이해할 수 있게 한 작품들에 다다르며, 그는 「만세전」에서 전개했던 진보에의 열망을 대개 접었다. 혐오와 동경을 정서적 극점으로 해 줄곧 한 방향으로 걸을 수밖에 없는 진보의 보행법 대신, 혐오 속에 닮아가고 동경 속에 머뭇댈 수밖에 없는 걸음걸이를 취했다. 끊임없이 걷되 나아간 것인지는 알 수 없는 인간사를 횡보의 보행법으로 현시했던 것이다.

그렇다고 횡보가 진보를 부정하거나 혹은 답보나 정체를 옹호했다고 보기

2 염상섭, 「『횡보』의 변辯」, 『동아일보』, 1957.3.21.

3 안석주, 「지진계地震系에 사시는 횡보 염상섭씨」, 『조선일보』, 1933.2.9, 조간 4면; 박종화, 「우정과 술과 고집과—횡보추억橫步追憶」, 『조선일보』, 1963.3.15, 조간 5면; 염재용, 「가친家親과 '횡보橫步'와」, 『현대문학』 101, 1963.5; 양주동, 「금성시대金星時代」, 『대한일보』, 1969.4.7~1970.12.10.

4 염상섭, 「『횡보』의 변」, 『동아일보』, 1957.3.21. 염상섭의 아호를 '횡보'로 적시한 글은 양건식의 「염상섭론」(『생장』 2, 1925.2)으로 보인다. 스스로 '횡보'를 내세워 작품 활동을 한 것으로는 「잡지와 기고」(횡보, 『조선문단』, 1926.6)가 처음이다. 『시대일보』의 창간이 1924년 3월이니, 1924년 여름에 작호의 발론이 일고 1924년 말~1925년 초부터 실제 사용한 것이다.

는 어렵다. 다만 하나의 진보가 항상 어디서나 진보는 아니라는 발상, 오늘의 진보가 내일의 퇴보일 수도 있다는 감각, 누구의 진보가 곧 횡보이기도 하며 또 누구의 횡보가 진보일 수도 있다는 인식, 말하자면 인간사는 어떻게 진보하는가에 대한 질문에 가깝다. 위태롭게 비틀거리거나, 좌충우돌 지之 자字로 걷는, 혹은 거리낌 없이 제멋대로 돌아다니는 횡보로서 너무나 명백한 진보의 시대를 상대화했던 것이다. 식민지 조선에서 진보의 시대를 횡보로 걸었던 자가 염상섭이었다.

혹 염상섭의 보행법이 근대의 바깥에 있었는가를 묻는다면 그에 대한 답을 내리기는 어렵다. 횡보의 글이 근대 텍스트의 주도적 흐름과 상이한 태도를 보이는 것은 분명하되, 이미 횡보의 보행법이 진보라는 근대적 가치를 상대화해야만 취할 수 있었던 것이기도 하거니와, 그것조차 근대 안에 자리하고 있었으므로 하여, 근대에 대한 이해와 얽혀드는 까닭이다.

그렇게 횡보의 문리文理[5]가 펼쳐졌다.

2. 횡보의 문학적 사건들

「묘지」의 시간 이후 10여 년간, 즉 「만세전」에서 『삼대』에 이르는 시기는, 다양한 매체들이 명멸하며 각종의 목소리를 높이던 시절이었다. 수많은

5 염상섭을 해석함에 있어 '문리文理'라는 틀을 사용한 것은 '논리論理'나 '생리生理' 등이 그 정연성이나 근원성으로 인해 오히려 이해의 제약을 만들고 있다는 판단 때문이다. 근대 과학적 합리성의 문제, 근원으로서의 생체성의 문제로부터 거리를 두고, 텍스트로 현현하는 우연적이거나 표면적일 수 있는, 비의적이거나 비약적일 수도 있는 정신의 뭉텅이를 '문리'라는 견지에서 풀고자 한다. 일반적 의미에서 '문리'라는 틀이 텍스트를 다루는 문학에 있어 정연한 논리나 근원적 생리보다 더 넓은 시야를 제공할 수 있다고 본다.

텍스트들이 지면마다 새로운 생각과 미감을 새로운 형식과 방법으로 전했다. 또한 근대문학이 모양새를 갖추어가던 이 시기이기도 했다. 이러한 작가를 둘러싼 제반 환경은 이미 주어진 조건이면서 또 작가들의 이념과 의지가 문학의 큰 틀을 획정하거나 조정할 수 있는 여지도 상당히 열려 있었던 때임을 뜻한다. 당연하게도 작가들은 저마다의 준거로 매체를 취택하고, 어떤 종류의 텍스트를 쓸 것인지 고민할 수밖에 없는 지형에 있었다. 그리고 그 선택은 작가들의 인지여부와 관계없이 이미 중요한 문학적 사건이었다. '매체와 텍스트의 범람 시대'이자 '운동으로서의 문학 시대'였고 '주의자로서의 작가 시대'였던 것이니, 만세 후의 작가들은 신문화의 제일선에서 진보를 모색하고 있었던 셈이다.

이 시대적 지형에서 염상섭의 '횡보横步'를, 즉 비직립非直立, 비진보非進步 보행을 다만 상징과 비유의 해석에만 한정시킬 수는 없다. 그 자체로 시대의 흐름을 외로 돌리는 독이성獨異性을 띠기 때문이다. 또 변증에 의존하는 오래된 강박을 살짝 거두고 보면, 이런가 하면 저리하고 저런가 하면 이리하는 것이 그의 행적이자 작품이었기 때문이기도 하다. 그래서인지 횡보라 자칭한 염상섭 그만의 독이성도 단일한 개념적 규정으로는 종잡을 수가 없어 보인다. 직립한 주체와 진보하는 역사의 변증적 설명으로는 횡보를 횡보로 드러내기 어렵다는 것이 그 이유가 아닐까 한다. 횡보에는 근대의 제 개념과 범주를 어지럽게 만드는 힘이 있다.

시대적 상황과 매체의 선택을 표본 삼아 염상섭의 횡보를 살펴보더라도 그가 불러일으킨 혹은 맞닥뜨린 문학적 사건들이 그리 평범하지 않았음을 직각할 수 있다. 3·1운동을 진앙으로 하여 식민지 조선에서 사회운동이 치열해졌던 시기, 치안유지법의 발효와 일련의 조선공산당 사건으로 번져 좌우의 이념적 대립이 날카롭던 1920년대 초중반의 시기에조차, 염상섭의 원고는 특별한 경향성 없이 여러 매체에서 산견된다. 후일 「만세전」으로 이름을 바꾼 「묘지」는 좌익지로서 혹독한 검열 속에 폐간해야 했던 『신생활』에 실었고 바로 뒤를 이은 작품인 「E선생」은 민족주의를 전면에 내세웠던 주간지 『동명』에 게재했다. 게다가 『동아일보』에 장편 『너희들은 무엇을 얻었느냐』를 내고는 다른 한편에선 『개벽』 등을 중심으로 비평, 수필, 번역, 인상기 등 잡다한 글도 꺼리지 않고 발표하는 의외의 선택을 감행한다. 그 와중에 그는 '조선문인회'를 조직하고 동인지 『폐허이후』를 발행하기도 했다. 1923년 최남선을 따라 『동명』 및 그 후신인 『시대일보』에 들어가더니 「묘지」의 뒷부분을 『시대일보』에 게재했고, 이광수 주재를 내세운 『조선문단』이 발행되자 주 활동 무대를 그리로 바꾸었다. 실로 좌에서 우까지, 동인지에서 유력 신문까지, 장편소설에서 잡문에까지 이르는 광폭 행보라 할만하다.

내친 김에 조금 더 살피면, 1926년 사회주의자의 온상으로 지목되던 『조선일보』에 「소위 신경향파에 여與한다」를 싣고 카프를 대표하는 박영희와 논쟁을 벌였으며, 같은 시기 통속소설작가로 각인된 최독견 등과 함께 릴레이소설 『황원행』을 집필하기도 했다. 「유서」와 「미해결」을 조선총독부 촉탁 이각종이 발행하는 친일지 『신민』에 싣고 단편 「여객」은 개벽사의 취미 대중잡지인 『별건곤』에 냈다. 1929년 『조선일보』에 적을 둔 채 『이심』을 『매일신보』에 주고는 사회주의자들이 장악한 『조선지광』에도 연이어 비평을 게재했다. 「남편의 책임」을 통속잡지로 알려진 『신소설』에 싣고 나서 신문과 잡지를 가리지 않고 여러 잡문에 두루 손을 대다가 식민지 시대 최대의 문학적 산물로 간주되는 『삼대』와 『무화과』를 빚어냈다. 그리고 『삼대』와 『무화과』 사이, 염상섭은 다시 김동인과 '소위 모델 문제'를 두고 논박을 벌였다. 이렇게, 이미 잘 알려진 염상섭의 몇몇 행적을 살피며, 고정적인 이념이나 경향성에 굳이 잡아매려 하지만 않는다면, 말 그대로 무당파, 무경향파라 평가해도 오판은 아닌 듯싶다. 그만큼 그의 선택은 종잡기 어렵고 심지어 잡스럽기까지 하다.

그는 왜 조선인 발행의 최대 매체 『동아일보』의 기자로 활동하며 동인지 『폐허』를 창간해야 했을까. 그는 왜 공들여 장편소설을 이어가면서 통속대

중잡지로 평가하던 매체에 원고를 넘겼던가. 노동운동과 노동의 진의를 설파했던 그가 왜 선명한 민족주의를 내세운 『동명』과 『시대일보』의 주역을 맡아야 했으며, 계급문학을 비판하는 논쟁을 당시 좌익의 근거지였던 『조선일보』에서 벌여야 했는가. 『신민』, 『매일신보』의 친제국적 태도와 『신생활』 혹은 『조선지광』의 저항적 목소리 사이의 거리가 그에게는 아무것도 아니랄 수 있었던 것인가. 넓게 펼쳐진 사건들 속에서 횡보 염상섭이라는 텍스트는 이해하기 어렵다.

이 시기 작가들 중 상당수가 기자를 겸했다는 점이나, 원고료만으로는 생계를 잇기 어려웠던 점, 작가의 위상과 문사의 그것이 여전히 각축을 벌이고 있었다는 점, 그리고 대형 매체의 경우 주도적 이념은 있었을지언정 한 매체 안에도 여러 사상이 공존했던 점 등을 염두에 두면, 작가의 사상적 성격을 활동의 경향이나 매체 선택과 일치시키려는 시도는 한편으로 무망해 보일 수도 있다. '난세'라는 통찰은 그래서 탁견이다.[6] 그러나 다시, 1920년대를 살아내며 작품을 산출했던 많은 작가들이 이념적, 사상적 선택에 매우 적극적이었다는 점을 더 우선적으로 고려해야 한다. 그것이 산재한 목소리들의 분출과 동의어라 할 만한 동인지들의 힘이며 나아가 계급문학을 비롯한 제 조류를 산출했던 동력이기도 했다. 잡지마다 선언적 목소리를 내고 단명하고 말았던 정황이나 '신경향파', '동반자작가' 등의 특이한 언표들은, 그처럼 강했던 이념적 표현욕과 그 자장의 흡인력을 방증하는 것이 아닐까 한다. 그런 점에서 식민지 시대 작가의 대부분은 '주의자'[7]였고, 자신의 주의와 배치되

6 이보영, 『난세의 문학-염상섭론』, 예지각, 1991.

7 식민지 시대의 '주의자'는 대개 사회주의자나 무정부주의자를 일컬었다. 그러나 여기서는 역사적 의미보다는 일반적 의미에서, 사회주의자를 포함해 이념적 지향이 뚜렷했던 인물을 뭉뚱그려 지칭하고자 한다. 제국주의나 민족주의, 아나키즘, 페미니즘, 모더니즘 등등, 대상이 무엇이 되었든 체계적이고 일관된 이념을 추종한다면 이 범주에 넣을 수 있다. 염상섭은 이 의미에서 벗어나는 매우 희귀한 사례에 속하기 때문이다. 조연현이나 백철 등이 자연주의(혹은 리얼리즘)나 민족주의 등으로 염상섭을 규정하는 경우가 있었지만 이는 특정 상황에서 염상섭의 특정 면모를 드러낼 수는 있으되(「나와 『폐허』시대」 등의 회고에서 자연주의의 영향을 언급하고 있어 이러한 평가를 논외로 하기는 어렵다) 두루 관통할 수 있는 틀이 되지는 못한다고 판단된다.

는 매체에의 기고는 예외적이었다.

따라서 이 시기의 작가들을 평가하는 관행적 틀 즉 단일한 이념 및 그에 종속된 문학적 실천으로서 횡보를 들여다 볼 경우, 그의 잡다한 행적을 설명할 수 있는 길은 끊어진다. 독립선언서를 작성하고 육당과 함께 『동명』 및 『시대일보』를 이끌었던 민족주의자 염상섭인가 하면, '재오사카 조선인 노동자대표'임을 표방하고 노동의 의미를 설파했던 사회주의자 염상섭이기도 하고, 생명의 유로와 약동을 주창한 무정부주의자이기도 하다. 또 식민지 현실을 복안複眼으로 간파한 「만세전」과 『삼대』의 리얼리즘 작가이면서 또 통속소설 『이심』과 『모란꽃 필 때』의 작가이기도 하며, 동시에 온갖 논설과 잡문을 써낸 신문기자 또는 글쟁이이기도 하다. 그러므로 그에게 일어났던 또는 그가 맞이했던 사건들을 한 코에 꿸 수 있는 이데올로기의 벼리 따위는 없어 보인다. 그런 점에서 횡보를 횡보로서 평가하기 위해서는 횡보의 문학적 제 활동과 작중인물들이 벌이는 제 사건을 동시에 고루 넓게 펼쳐 볼 필요가 있는 것이다.

작가의 실제 활동을 작중의 사건과 동일 지평에서 파악하는 것은, 실제든 허구든 '횡보의 사건들'에 공히 통할 수 있는 단서들로부터 설명의 윤곽을 모색하기 위함이다. 작가에게 벌어진 실제 사건을 소설 속 사건들과 혼치混置시킴으로써, 패턴화된 변증적 해석에서 벗어날 수 있다고 본다. 비유컨대 횡보

이에 비해 김윤식이 이광수, 김동인에서부터 김기진, 박영희에 이르기까지 '센티멘탈리즘'의 '일방통행'으로 간주하고 염상섭은 그 바깥에 있었음을 지목(김윤식, 『염상섭 연구』, 서울대 출판부, 1987, 34면)한 것과 이보영이 '난세의식'으로 횡보의 작품에 접근(『난세의 문학－염상섭론』)하는 것, 그리고 이 글에서 '주의자'의 외부로서 횡보를 평가하려는 시도는 같은 맥락에 놓을 수 있다. 단일한 이념이나 체계를 중심으로 한 규격화된 평가로부터 벗어나야만 횡보를 횡보로서 살려낼 수 있다고 본다.

같은 의미에서 '가치중립성'(김윤식)과 '정치소설'(김종균, 『염상섭 연구』, 고려대 출판부, 1974)의 평가도 대척점에 놓을 필요가 없다고 판단된다. 그들의 표현을 차용하자면 염상섭은 '가치중립성'이라기보다 '가치공통성'에 가까우며 '정치소설'이라기보다 '소설정치'에 가깝다고 본다. 염상섭 스스로도 '주의자'의 바깥에 있음을 언급한 바 있다. 염상섭, 「계급문학 시비론－작가로서는 무의미한 말」, 『개벽』 56, 1925.2.

라는 실타래 뭉치를 하나의 실오라기로 풀어내기보다, 풀리지 않는 매듭들을 얽힘과 꼬임의 뭉텅이로 이해하는 것이 횡보에게는 더 적절한 접근이 아닐까 한다. 말하자면 횡보의 이야기들을 고루 넓게 펼쳐 그 꼬임과 얽힘을 보는 것은, 맥脈의 상像을 동시에 현현顯現시키는 방법, '비변증적非辨證的 변증辨證'의 방법으로 횡보를 만나려는 뜻을 담고 있다.[8]

어떤 작가가 어떤 매체에 작품을 게재하고, 어떤 종류의 글을 쓰고, 어떤 이야기를 구성하며, 어떤 파장을 불러일으켰는가 하는 것은, 작품과는 거리를 둔 작가의 실제적인 삶이기도 하지만 한편으로 그가 산출한 여러 작품들과 그가 읽은 또 다른 작품들을 포함하는 그 시대의 이야기이기도 하다. 이러한 시야가 불가능하지 않다면 결국 작가의 사건이 작품의 사건을 은유하고 작품의 사건이 다시 작가의 사건을 환유하는 관계가 성립된다. 그래서 혹 기존의 연구성과를 간과하는 폐가 있다고 하더라도 먼저 횡보의 행적과 작품들을 두루 펼쳐 살피는 것이 필요하다. 그리고 그 얽힘과 꼬임을 하나의 덩어리 상태로 보아야 한다. 물론 이 가변적이고 유동적이며 또 다성적인 덩어리는 다시 다른 작가들의 족적 및 작품 들과 엉켜들어 한 시대의 한 세계가 이뤄진다. 진보의 시대를 '횡보'로 건너고자 했던 염상섭이고, 그의 '횡보'가 곧 하나의 운동일 수 있었다면, 그의 행적과 작품 들을 이해하는 데에는 '횡보'적인 접근법이 요청된다 하겠다.

민족주의자라 부르건, 사회주의자로 부르건, 무정부주의자라 부르건, 자연주의자로 부르건, 통속주의자로 부르건, 각각의 '주의'에 대한 반론과 다른 평가가 항상 남겨질 수밖에 없는 것이 염상섭이라는 초상이다. 하여 이런가 하면 저리하고 저런가 하면 이리 하는 횡보의 보행 족적이 남겨진다. 그런 이

8 작가의 문학 활동을 소설적인 사건으로 간주함으로써 얻을 수 있는 또 다른 장점도 고려되었다. 매체의 선택이나 양식의 설정 또는 논쟁 등의 문학적 제반 활동들을 이념에 기반을 둔 일관되고 단일한 규정으로 간주할 필요가 현저히 줄어든다. 또 작가와 작품의 관계를 내재된 역량의 발현으로만 취급할 수 없다는 외부성의 문제와, 작가 / 작품에 대한 단독적 의미부여로는 얻기 어려운 연쇄성의 문제를 푸는 데도 도움을 얻을 수 있다.

유로 횡보 염상섭의 문리文理는 개념적 혹은 범주적 접근을 허락하지 않는다. 염상섭이 스스로를 횡보라 부른 이유이며, 그리하고도 넘어지지 않고 걸을 수 있었던 다족보행자多足步行者였던 까닭이다.

3. 다족보행자의 족적

매체, 양식 그리고 논쟁들

염상섭의 매체 선택이 흔들리다 못해 우왕좌왕하는 것으로 보이는 이유는 그의 통찰과 추구가 이념적 단일성 및 직진성에서 벗어나 있기 때문이다. 편偏도 향向도 분명치 않은 산포散布만이 그의 눈앞에 펼쳐진 세계였기 때문이다. 이를 '흩어짐'의 상상력이라 부를 수 있을 것이다. 그러나 직립한 주체의 직진 보행 시대는 넘어져 전향할지언정, 갈피를 잡기 어려운 횡보를 이해하기는 어려웠다. 그래서 염상섭은 민족주의자로 불리거나 한때 사회주의자이기도 했으며 자연주의 혹은 사실주의 그도 아닌 경우는 통속주의로 규정되었다. 그 역시 '주의자'로 불려야만 하는 사회적 조건을 벗어날 수 없었던 것이다.

염상섭의 횡보는 매체의 선택뿐 아니라 장르나 양식의 설정에서도 이어졌다. 16편이 넘는 장편소설과 160편에 가까운 단편소설[9]을 산출했던 그였고 이 점이 문학사에서 염상섭을 고평하는 일 이유지만, 그가 썼던 글들이 문예로서의 소설에만 국한되지는 않았다. 「만세전」 발표 후 『삼대』에 이르는 10

9 김경수, 『염상섭 장편소설 연구』, 일조각, 1999.

년간, 소설과 비평 등 문예적 범주에 드는 글을 빼더라도 50편에 육박하는 다양한 글을 확인할 수 있다. 게다가 기자로 활동하며 썼던 알려지지 않은 논설과 기사 들까지 고려하면 그 수는 크게 늘어날 것이다.[10] 같은 때, 장편소설 5편을 포함해 30편이 넘는 소설을 발표했고 40편에 가까운 비평도 내었으니, 적어도 편수에 있어서는 소위 잡문[11]으로 간주할 수 있는 글들을 소설이나 비평의 그것에 견줄 만하다.[12] 양식적 측면에서는 그 잡다함이 더욱 선명하다. 신문기자로서 썼던 제 논설은 물론이거니와 좌담, 설문, 서평, 인상기, 번역, 지상논쟁, 회고, 수필, 기행 등 말 그대로 잡다하다.

식민지 시대의 작가들은 대개 잡문에 손대는 것을 탐탁히 여기지 않았고 생계만 해결된다면 소설 집필에 매진하고 싶어 했지만, 다른 한편으로 잡문을 전혀 쓰지 않은 작가도 드물다. 특히 취미와 교양이 문화적 화두로 떠오르고 매체의 상업화가 진행되었던 1920년대 후반부터 1930년대 중반까지의 근 10년간, 작가들은 소설 이외의 잡다한 문장들을 각종의 신문과 잡지에 게재했다.

---

10 대표적 예로 『동명』의 창간사에 해당하는 「조선민시론」(『동명』 창간호, 1922.9.3)의 경우를 들 수 있다. 3·1운동 직후의 논설류 중 매우 돋보이는 필력을 자랑하는 이 연재 기사는 독특하게도 서간체를 취하고 있어 양식적 견지에서도 중요할 뿐 아니라, 시대인식 및 정세인식도 상당히 예리해 주목할 만한 가치가 충분하다. 그러나 필자가 기재되어 있지 않아 발행인인 최남선의 글인지, 염상섭의 글인지 혹은 진학문의 글인지를 확인하기는 어렵다. 수신인을 '형兄'으로 호칭하고 있어 염상섭이 최남선을 염두에 두고 썼을 가능성이나 문체 및 개념어 사용의 몇몇 특성에서 발견되는 바로도 필자를 염상섭으로 추정할 수는 있겠으나, 최남선이나 진학문 등을 완전히 배제할 수 없다.

11 잡문이라는 명칭 및 기준은 이를 폄하해 온 문학사의 문제를 염두에 둔 것이 아니라, 소설가로서의 정체성을 강화해 간 염상섭을 고려한 설정이다. 근대의 소설이 누려왔던 특별한 위상과 그러한 소설에 대한 염상섭의 각별한 애정을 반영한 결과이다. 장편소설과 단편소설 그리고 문학 관련 비평을 제외한 모든 글을 잡문으로 간주했다. 횡보 스스로도 가볍다고 여기지는 않았을 시사적 논설 등도 함께 포함시켰다.

12 여기서 구분한 각 양식은 그리 경계가 뚜렷하지 않다. 중편 정도 분량의 소설, 서평과 문예비평의 구분, 릴레이소설의 귀속 등도 모호하지만, '잡문'으로 칭한 양식들 특유의 유동성과 복합성으로 인해 명쾌한 경계를 설정하는 것은 불가능에 가깝다. 따라서 각 양식의 편수는 이해의 편의를 위해 제시한 것이지 세심한 양식의 분류를 시도한 것이 아님을 밝혀둔다. 이런 관점에서 『폐허』를 살피면 문예동인지임에도 불구하고 시와 소설이 많지 않은 사정도 이해할 수 있을 것이다.

경우에 따라서는 그 자신까지도 취미의 대상으로 내놓았다. 이러한 시대적 정황 속에서 염상섭의 글쓰기를 그리 유별나다고 할 이유는 없어 보인다.

하지만 염상섭만큼 다채로운 잡문을, 염상섭만큼 많이 쓴 작가는 드물다. 분량 면에서 이광수나 채만식 정도가 그에 비견될 수 있겠다. 그럼에도, 이광수가 지사적 논설에 치우치고 채만식은 글을 게재하기 어렵던 총동원 시기의 사적 경험담에 기울어져 있었다는 점에서, 염상섭의 다채로움 혹은 잡스러움을 따라잡지는 못한다. 염상섭의 글들을 양식적 편견 없이 들여다 볼 때, 정론과 잡문 혹은 예술과 통속의 위계는 사라지고 이리저리 서로 섞여들어 지탱하는 글들의 연관만이 오롯해진다.

양식 설정의 문제와 관련해 하나 더 주목되는 점이 있다. 염상섭은 시를 부인한 적이 없지만, 습작이라 할 수밖에 없는 「삼광송」과 「법의」 이후 시를 쓰지 않았다. 바꿔 말하면 「만세전」 이전의 염상섭은 시와 비평, 소설, 논설 및 잡문을 차별 없이 병행했고, 「만세전」 이후로는 시를 접었으며, 점차 『삼대』 3부작에 이르며 장편소설에의 애착을 키웠다고 볼 수 있다. 3부작의 3번째 작품을 『백구』로 보든, 『사랑과 죄』로 보든, 『불연속선』으로 보든,[13] 장편소설 3부작은 식민지 시대를 통틀어 미완의 『임거정』 이외에는 비교할 대상이 없는 대작이다. 이런 점들을 고려해 보면, 염상섭은 편향 없는 작문에서 시작해, 운문의 포기, 장편소설로의 귀착이라는 행보를 걸었다고 할만하다. 그리고 그 와중에 잡다한 산문의 발표를 멈추지 않았다. 그는 소설을 사랑했고 또 별다른 위계감 없이 잡문을 섞어 쓸 수 있었던 것이다. 이러한 행보는 염상섭의 정체를 '소설가'로 부르는 근거가 될 수 있겠지만, 또한 '기자'이자 '글쟁이'로 그를 이해하는 것도 필요함을 말해준다. 이도 저도 함부로 버리거나 내칠 수 없는 혼연混緣을 그가 감지하고 있었기 때문이다. 위계와 경계의 농도가 열은 '섞임'의 상상력이라 평할 수 있을 것이다.[14]

13 이에 대해서는 김종균의 『염상섭연구』(고려대 출판부, 1974)와 이보영의 『난세의 문학 – 염상섭론』(예지각, 1991), 김경수의 『염상섭 장편소설 연구』(일조각, 1999)를 비교해 참고할 것.

'흩어짐'과 '섞임'의 상상으로 해석할 수 있는 횡보의 문학적 사건은 또 다른 국면에서도 찾을 수 있다. 논쟁들이다. 1920년대 초반에는 김동인과 비평가의 역할과 자격을 두고 싸우고, 1920년대 후반에는 신경향파 / 프로문학의 가치와 지향을 두고 박영희와 다투었다. 그리고 다시 1930년대 초반 김동인과 더불어 실제 모델 여부를 둘러싼 소설 작법 논쟁에 돌입했다. 시기가 갖는 규정력을 십분 인정한다면, 첫 논쟁은 동인지 시대 혹은 전前 문단 시대의 작품과 비평 또 작가와 비평가의 위상과 역할 등에 대한 상식의 성립과정으로 볼 수 있다. 두 번째 논쟁은 조선 문단의 조성과 때를 같이 하여 강력한 세력으로 성장한 프로문학과 문단의 재편성을 도모하는 궤도에 있으며, 세 번째 논쟁은 득세한 상업주의의 확산 속에서 문학의 활로와 도약대를 찾지 못한 정황의 산물이라 할 수 있다. 물론 주장들의 상충점을 찾는 것도 필요하고 시대적 추이에 따른 인과적 이해도 중요하다. 그러나 염상섭을 논의의 주제로 한다면 그보다 논쟁이라는 사건 자체에 먼저 주목해야 하지 않을까 싶다.

흔히 의견을 분할하고 주장을 대립시켜 쟁투하는 관계로서 논쟁이라는 사건을 이해하는 것이 상례이지만, 다른 측면에서 논쟁은 대화와 협의의 한 방책이기도 하다. 염상섭이 벌였던 비평가논쟁,[15] 계급문학논쟁,[16] 작법논쟁[17]

---

14 매체 선택과 양식 설정에 있어서 비정향적 산포성과 무위계적 혼연성은 중첩적으로 나타난다. 매체 선택에 있어서도 무위계적 혼연성을 읽어낼 수 있고 양식 설정에 있어서도 비정향적 산포성을 볼 수 있다는 뜻이다. 다만 양식 설정에 비해 매체 선택에는 횡보의 생각이 간여할 여지가 상대적으로 적었기 때문에, 산포적 양상이 두드러져 보일 뿐이다. 반대로 양식 설정에 있어서는 장편소설이 가지는 양식적 특성으로 인해 다소간의 지향이 드러나는 가운데 산포성이 자리한다. 이에 따라 매체 선택에 산포성을, 양식 설정에 혼연성을 강조했다.

15 염상섭의 「백악씨의 「자연의 자각」을 보고서」(『현대』 2, 1920.2)로 촉발되어 김동인과 벌였던 다음과 같은 논쟁들을 지칭한다. 김동인, 「제월씨의 평자적 가치를 논함」, 『창조』 6, 1920.5; 염상섭, 「여의 평자적 가치를 논함에 답함」, 『동아일보』, 1920.5.31~6.2; 김동인, 「제월씨에게 답함」, 『동아일보』, 1920.6.20~21; 염상섭, 「비평에 대하여」, 『창조』 9, 1921.5.

16 염상섭의 「계급문학 시비론—작가로서는 무의미한 말」(『개벽』, 1925.2)로부터 박영희와의 논전이 벌어졌다. 박영희, 「신경향파의 문학과 그 문단적 지위」, 『개벽』, 1925.12; 염상섭, 「계급문학을 논하여 소위 신경향파에 여함」, 『조선일보』, 1926.1.22~2.1; 박영희, 「신흥 예술의 이론적 근거를 논하야 염상섭군의 무지를 박함」, 『조선일보』, 1926.2.3~19; 염상섭, 「프롤레타리아문학에 대한 P씨의 언」, 『조선문단』 16, 1926.5.

등은 후자에 더 가깝다. 사회적으로는 홍미를 끄는 다툼이고 싸움이었지만, 그 이면은 대화와 협의의 방법론이기도 했다는 것이다. 염상섭의 논쟁을 대화나 협의의 의미에서 봐야 이유는 세 가지이다. 세 차례에 걸친 논쟁이 모두 당대의 문학적 화두와 긴밀했다는 점, 발화점이 모두 염상섭이었다는 점, 그 수혜는 논쟁을 제안한 염상섭뿐 아니라 논쟁의 상대자 및 문단 전반의 것이었다는 점 등이다.

> 내가 처음에 백악 군의 소위 「자연의 자각」이라는 작作에 대한 평評을 발표한 후, 혹은 창조사 동인이 총공격을 하리라는 소문도 듣고 혹은 백악 군 자신이 반박문을 기초起草하여 모지某誌에 기고하였다는 소식消息도 알고 앉아서 기분간幾分間 호기심과 기대를 가지고 격사激射의 일탄一彈이 정면으로 날아오는 시간을 기다렸다.[18]

논쟁의 시작점에서 염상섭은 '호기심과 기대'를 가지고 『창조』의 반박을 기다리고 있었다. 논쟁은 의도된 것이며 결과에 대한 예측도 준비되어 있었다. 『창조』에 비해 여러모로 열세에 놓일 수밖에 없었던 『폐허』의 입지에서 싸움을 촉발시켰던 것이다. 『폐허』는 아직 창간도 하지 않았지만, 『창조』의 중요 일꾼이자 동시에 약한 고리이기도 했던 김환을 소환함으로써 김동인과의 대척점을 형성하는 데 성공했고, 일약 '육당과 춘원' 이후의 문학적 가능성을 '『창조』와 『폐허』'라는 구도로 환기시킬 수 있는 발판을 만들었다. 이 논쟁을 통해 『폐허』가 탄생했고, 주목받을 만한 작품을 산출하지도 못한 채 결국 2호로 종간되었음에도 『창조』에 비견되는 권위를 얻었다. 일종 『폐허』 창출 프로젝트였던 셈이다. 그렇다고 『창조』가 손해본 바도 없다. 『창조』

---

17 염상섭의 「출분한 아내에게 보내는 편지」(『신생』 14, 1929.11)로 시작해 김동인과 펼친 논쟁들이다. 소설가답게 이 논쟁은 작품을 통한 시비로 발단을 삼았다. 김동인, 「발가락이 닮았다」, 『동광』, 1932.1; 김동인, 「나의 변명 「발가락이 닮았다」에 대하여」, 『조선일보』, 1932.2.6~13; 염상섭, 「소위 '모델' 문제」, 『조선일보』, 1932.2.21~27.

18 염상섭, 「여의 평자적 가치를 논함에 답함」(『동아일보』, 1920.5.31), 『문장 전집』 Ⅰ, 123~124면.

역시 이 논쟁을 통해 인지도를 높였고 위상의 상승을 얻었다. 말하자면 최대 수혜자는 염상섭, 차순위 수혜자는 김동인이었던 것이다. 그리하여 육당과 춘원의 계몽주의를 상대화하며 예술문학의 자리를 마련할 수 있게 된다.

김동인과의 논쟁을 통해 『창조』와 『폐허』의 구도를 문학적 화두에 올려놓은 직후 염상섭은 조선문인회의 결성을 시도한 바 있다. 이 사건에서 염상섭은 육당과 춘원, 장덕수와 송진우까지 포괄하는 인물들을 한자리에 모은다. 『창조』와 『폐허』의 공간에 이질적 문인들을 포함시킨 것에 주목할 필요가 있다. 박종화가 비판한바, 나아가 조선문인회의 결성이 실패로 돌아간 것의 원인이 여기에 있었지만, 한편으로 이 사건은 염상섭이 벌였던 논쟁이 편협하지 않은 대화와 협의에 자리하고 있음을 확인하는 데 부족함이 없다.

> 경향이라든지, 주의라든지, 파派라는 것이 작자와 작품을 지배하는 주형鑄型이 아닌 이상, 다시 말하면 예술이 어떠한 주형에 박여내는 것이 아닌 이상에야 작가가 어떠한 주의라든지 일정한 경향에 구속될 수는 업다. (…중략…)
>
> 이를 요컨대 계급문학이 출현되지 못하리라는 것도 아니요 또 그 출현이 불합리하다는 것도 아니나, 다만 일종의 적극적 운동으로 이를 무리하게 형성시키려고 애를 쓸 필요가 없다는 말이다.[19]

박영희와의 논쟁도 같은 맥락에서 이해할 수 있다. 염상섭이 견지해온 친노동, 친민중의 가치[20]에 비춰봤을 때, 신경향파의 등장을 둘러싼 논쟁은 그리 대척적으로 볼 이유가 크지 않다. 쟁점도 적대적이지만은 않았다고 판단

19 염상섭, 「계급문학 시비론－작가로서는 무의미한 말」(『개벽』 56, 1925.2), 『문장 전집』 Ⅰ, 339·341면.

20 귀국 초기 염상섭이 발표한 논설들에는 비록 박영희나 임화로 대표되는 과학적 분석과 전망을 함유하지는 않았지만 노동의 가치와 민중의 가능성에 대한 진지한 성찰이 담겨 있었다. 「이중해방」, 「자기학대에서 자기해방에」, 「노동운동의 경향과 노동의 진의」, 「니가타 현 사건에 감하여 이출노동자에 대한 응급책」 등에는 '백화파'적 인문주의 속에서도 '노동'과 '민중'을 키워드로 하는 사회주의적 가치관이 직접적으로 표현된 바 있다.

된다.[21] 그러므로 염상섭과 박영희 간의 신경향파 논쟁에서 중요한 것은 신경향파에 대한 긍 / 부정이라기보다, 논쟁이라는 텍스트적 관계 그 자체에 더 큰 비중이 있다 하겠다. 이 논쟁으로서 막 형성되기 시작한 조선의 문단은 신흥의 프로문학과 관록의 비프로문학으로 대별되는 구도를 형성했으며, 적대감만을 드러냈던 타 비판자들에 비해 염상섭만이 프로문학을 비판할 수 있는 비평적 안목을 인정받았다.[22] 역시 시비는 염상섭에게서 시작되었고, 열매는 염상섭과 카프가 나누었다. 문단 전 동인지의 시대 즉 『창조』와 『폐허』의 시간을 폐멸에서 건져 올렸고, 급격한 상승세의 프로문학도 확고한 세력임을 과시하며 진지를 구축했다. 그리고 이로써 아직 형성 중이었던 문단의 기본 틀은 유지되었으며 역동적 활력이 문학의 안과 밖을 둘러싸게 되었다.

상업주의의 분위기가 범람하던 1930년대, 염상섭은 '통속'의 혐의에 휩싸인 장편들을 내놓으면서, 한편으로는 김동인과 펼쳤던 첫 논쟁의 전략을 다시 구사한다. 김동인과의 재논쟁이라는 회고형의 시도이긴 했지만, 가족에게 버림받은 예술가와 생식불능의 노신랑, 즉 선정성과 넌센스 넘치는 소재를 택해 달라진 시대의 감수성을 자극하고자 했다. 알려진 바대로 이 논쟁의 성과는 전과 사뭇 달랐다. 상업화된 매체 환경 및 대중의 반응은 낡은 프로그램의 귀환을 별로 달가워하지 않았던 탓으로 보인다. 이로서 『폐허』에서 시작해 『삼대』로 이어진 시간이 끝났으며, 얼마 후 염상섭은 붓을 꺾고 만주로 떠났다.

성공과 실패를 막론하고 그의 논쟁은 섬멸을 향한 적대가 아니었다. 논쟁

---

21 염상섭은 신경향파에 대한 의견을 개진하면서 더 포괄적인, 더 종합적인 이해를 요구하는 것임을 누차 강조한 바 있다. 이 때문에 그간 프로문학과의 관계를 두고 염상섭을 설명하기가 까다로웠던 것이라 생각된다. "동조자"(김윤식, 앞의 책)라는 어중간한 해명은 그러한 까다로움에 대한 방증이라 할만하다.

22 이 논쟁을 촉발시킨 『개벽』의 역할도 무시할 수 없다. 이때 『개벽』의 학예부장이 박영희였으니, 사실 이 기획의 발화점은 『개벽』의 편집진이라 할 수 있다. 신경향파 문학론의 필연성을 강화하기 위해 반론을 제기할 만한 작가들을 논의의 장에 끌어들여 우월성을 과시하는 전략이었던 것이다. 염상섭은 이 기획의 의도와 전망을 인지했고 이를 역전적으로 활용했던 셈이다. 『개벽』의 기획은 애초의 의도와 엇나갔지만 역설적으로 신경향파 주창자들의 견해가 더 명료해지는 기점이 되었고 존재감도 널리 확산되는 기회가 되었다고 평가할 수 있다.

의 대상은 상승하는 흐름이었고 논점은 날카로웠다. 염상섭의 논지는 구체적 상황에 대한 통찰로 구성되었고 설득과 이해의 증진을 도모했다. 염상섭의 논쟁이 다만 적대자에 국한된 의미로 해석되지 않는 것은, 그의 논쟁이 하나의 대화이기도 했으며, 또 그의 대화가 더 넓은 의미에서는 또 다른 '주의자'들과의 대화이자 시대와의 협의임을 뜻한다. 그 결과, 문단은 성숙하고 활력은 더 커졌다. 쟁투의 승리가 아닌, 공통의 화두를 논쟁이라는 이름의 대화에 부쳐 더 너른 공통의 인식을 지향했기에 가능했던 결과라 할 수 있다. '주의자'가 아닌 이가 드물었으니 대부분의 대화가 논쟁의 형식을 벗어날 수 없었지만, 그가 도모했던 것은 말하자면 '회통會通'과 '화쟁和諍'이었다 할 것이다.

매체의 선택과 양식의 설정 그리고 논쟁 등 염상섭에게 일어난 문학적 사건들의 추이를 살피건대, 염상섭은 순정한 이념, 고정적 가치, 유일한 방법 등에 동의하지 않았다. 물론 그렇다고 해서 이념이나 가치관이 없음을 뜻하는 것도 아니다. 자신의 의견을 상대화할 수 있는 태도, 산포散布한 타자 및 그들의 견해들 속에 자신의 일 의견을 혼연混緣시킬 수 있는 사유가 오히려 횡보를 감싸고 있는 이념이자, 가치였음을 말하는 것이다.[23] 이것이 염상섭이 견지했던 '흩어짐'과 '섞임' 즉 '산散'과 '혼混'의 상상이 빚은 힘이었다.[24] 나아가 염상섭은 적대자들과의 논쟁에서 화쟁의 가능성을 찾아내, 서로에게 이

23 이보영(앞의 책)이 지적한 염상섭의 '난세의식'과 유사한 맥락으로 읽어도 무방하다. '산散과 혼混의 상상'은 어지러운 '난세亂世'의 시대인식을 산출한 주 인식소로 이해할 수 있기 때문이다. 하지만 다른 한편으로는 염상섭에 부여된 "가치중립성"(김윤식, 앞의 책)의 개념은 재구할 필요가 있다. 그가 추구한 가치는 중립적이라기보다 가치의 산포함에 대한 긍정이고 혼연의 가능성을 지향하는 것이다. 그것이 횡보의 이데올로기라면 이데올로기였다. 같은 의미에서 김동인의 평가인 '간사함', 염상섭의 묘사인 '반지빠른 청년'의 의미도 다르게 해석해야 할 소지가 남는다.

24 여기서 '산散', '혼混', '공共', '통通' 등 근대적 개념 바깥의 언어를 사용한 이유는 염상섭의 사상이 근대의 제 개념으로는 적실하게 파악할 수 없다는 판단 때문이다. 하나의 한자어 기호가 명료하거나 단정적이지 않지만 오히려 폭넓은 맥락의 의미를 드러내는 데 적합하다고 보았다. 또 이들의 병치가 근대 개념어의 장벽을 우회할 뿐 아니라 인과의 필연성도 헐겁게 할 수 있어, 변화무쌍하고 다채로운 횡보의 사유를 조망하는 데 유용하다고 판단해 다소 생소할 수 있는 언어의 조합을 무릅썼다. '문리文理'의 지면이기 때문이다.

익이 되는 '함께함'의 길을 트고, 문단 및 시대와의 '통합'에 들어갈 수 있었다. '산散'과 '혼混'의 상상에서 시작해 '공共'과 '통通'의 상상으로 이어지는 지평이 열리는 것이다.

소설 『삼대』의 세世와 대代

다족보행자로 횡보하던 염상섭은 이미 『삼대』의 연재를 시작하면서부터 장편소설 3부작이라는 대사건을 준비했다. 흔히 『삼대』와 『무화과』 그리고 『백구』가 이 기획된 사건의 산물로 회자된다. 『백구』에 대한 왈가왈부와 관계없이, 식민지 조선의 작가들에게 이러한 대기획은 언감생심이거나 일대의 유업이었다는 점에서, 장편소설 3부작의 대기획을 통해 염상섭은 횡보의 세계를 그려내고자 했음은 분명해 보인다. 후대의 평가도 대개 『삼대』 3부작을 정점으로 판단하고 있다.

언뜻 볼 때, 서로 다른 인물유형으로 분류되는 조씨 가문의 세 남자들은 급격한 시세의 변화 속에서 다른 삶의 국면을 맞이하고 서로 다른 태도와 선택 속에 인간사를 겪는다. 따라서 조의관과 조상훈, 그리고 조덕기로 이어지는 조씨 3대의 각 세대의 교체는 나름 진보하고 있는 듯 보인다. 개화기에서 계몽기로 다시 문화통치의 시대로, 식민지 조선은 진보하는 듯하다. 근대소설에의 접근이 오래토록 그래왔듯 세 인물의 개별적 성격을 분류하는 데 초점을 두면 그러한 평가가 정당할 수 있다. 하지만 기실 시류와 세태의 변화를 겪어야 하는 인물들의 개성이란 염상섭이 언급한 것처럼 "이곡동음異曲同音"[25] 이기 마련이다.

---

25 염상섭, 「개성과 예술」(『개벽』 22, 1922.4), 『문장 전집』 Ⅰ, 194면. "자아의 각성이 일반적 인간성의 자각인 동시에 독이적 개성의 발견이라 함은, 결국 지류는 공통한 사명과 동일한 수요 가치 즉 공통한 생명이 있는 동시에 개적個的 특성이 있다 함과 이곡동음異曲同音이다."

『삼대』에는 주인공이랄 만한 인물을 뚜렷이 지목하기 어렵다. 물론 이에 가장 근접한 인물로 '조덕기' 정도를 내세울 수 있을 것이다. 그러나 소설의 제목이 '삼대'이듯 조의관이나 조상훈도 뺄 수 없고, 작품 속의 역할에 비춰 볼 때 수원집과 홍경애, 김병화도 제쳐놓을 수 없는 노릇이다. 그런 시야에서 『삼대』를 보면, 작품 속에서 느껴지는 조덕기 혹은 조씨 3대와 다른 인물들의 비중 차이는 돈의 소유권이 형성하는 구심력 때문에 발생하는 것이지, 각 인물과 인물들의 삶이 가지는 비중이 적게 간주되기 때문은 아니다. 요컨대 『삼대』의 인물들은 구심적 공간에 놓인 산포인물들인 셈이다. 수원집, 조창훈, 최참봉, 홍경애, 매당집, 조병화, 필순 등 각각의 인물들은 조씨 집안과도 일정한 관계를 형성하지만 나름의 삶의 영역에서 다른 관계망도 함께 유지한 채 작품에 참여한다. 염상섭의 시선은 각 인물들과 그 관계를 다룸에 있어 거의 차별이 없다. 『삼대』는 주인물과 부수적 인물, 혹은 단일 주인공과 배경으로서의 인물이라는 구성을 회피한 결과인 것이다.[26]

사건과 문제라는 시각에서 보면 사실 조의관이나 조상훈 그리고 조덕기가 오히려 주변적이라 할만하다. 언뜻 출현 빈도가 높은 조덕기와 조상훈, 조의관이 문제의 중심인 듯싶지만 사실 조씨 3대의 사건들은 이들에 의해 벌어지지 않는다. 대개의 문제와 충돌은 외부로부터 주어진다. 산소 치레와 족보 발행 같은 조의관의 사건은 수원집과 조창훈, 최참봉을 통해서, 축첩과 사회사업 사이에서 벌어지는 조상훈의 문제는 홍경애와 교회(학교), 매당집을 통해서, 사회주의 동조자이자 금고지기의 운명으로 살아야 할 조덕기는 김병화와 필순, 홍경애를 통해서 사건에 접속한다. 조의관이 수원집, 조창훈, 최참봉과 함께 묶이고 조상훈도 조덕기도 그러한 묶음의 하나가 되어야만 사건에 연루될 수 있다. 조씨 3대 간의 충돌조차 배후에는 각자가 형성하는 관계망이 다대한 영향을 미친다. 관계의 친소와 사건의 관련성에 따라 빈도와

26 인물군의 그룹 및 각 그룹 간의 관계가 『삼대』의 성공에 기여했다는 평가는 김윤식, 앞의 책, 574~582면에서 지적된 바 있다.

분량의 차이는 있지만, 인물마다의 개성과 관계망은 각자대로 인정되는 것이다. 그런 점에서 조씨 3대는 사건을 주도하는 '문제인물'이라기보다 산포한 인물들을 연결하는 '혼연인물'이다. 금고의 구심력이 작용하는 이 공간에서 『삼대』의 여러 인물들이 각축을 벌인다. 예컨대 '제1 충돌'이 일어나는 제삿날 조의관의 사랑방에서는 그러한 정황이 잘 드러난다.

> 제삿날이라 열시가 넘으니까 당내가 꾸역꾸역 모여들어서 사랑 건넌방 안은 뿌듯하고 담배 연기가 자욱하다. 상훈이는 제사 참례는 아니 하여도 으레 제삿날이면 사랑에 와서 앉았다가 음복까지 끝나야 가는 것이다.
>
> 영감님은 모든 분별을 하느라고 안방에 들어가 앉았고 사랑 큰방에는 윗항렬 노인들과 제삿밥 기다리는 노인측이 점령하고 떠든다. 덕기도 아까 여덟시가 넘어서 들어와서 제삿날 다닌다고 조부에게 한바탕 꾸중을 듣고 안에서 제물 울리는 시중을 들고 있다.
>
> (…중략…)
>
> "그래야 결국 아저씨께서는 돈 천 원, 하나밖에 안 내놓으신다니까 나중 뒷갈망은 우리가 발바투 돌아다니며 긁어모아야 할 셈이라네. 말 내놓고 안 할 수 있나! 아래저래 뼛골만 빠지고 잘못되면 시비는 우리만 만나고 ……."
>
> (…중략…)
>
> "…… 돈 쓰신다고만 하는 것도 아닙니다마는 어쨌든 공연한 일을 만들어 내는 사람들이 첫째 잘못이란 말씀입니다."
>
> "무에 어째 공연한 일이란 말이냐?"
>
> 부친의 어기는 좀 낮추어졌다.
>
> "대동보소만 하더라도 족보 한 길에 오십 원씩으로 매었다 하니 그 오십 원씩을 꼭꼭 수봉하면 무엇 하자고 삼사천 원이 가외로 들겠습니까?"
>
> "삼사천 원은 누가 삼사천 원 썼다던?"[27]

금고의 구심력은 항렬이나 족보와 관계없이 조의관 중심으로 일가를 모이게 하는 힘이다. 모인 이들은 제사보다 제삿밥에 더 관심이 많다. 그리고 그의 금고를 털고자 하는 책략과 각축이 조의관과 조상훈의 충돌을 형성한다. 겉으로는 금고의 권한을 행사할 수 있는 부자의 충돌로 보이지만, 실제로는 돈을 빼내고자 하는 조상훈과 최참봉을 비롯해 조의관 사랑에 모이는 축과 조상훈의 사랑에 천주학을 구실로 드나드는 축이 벌이는 인간군 대 인간군의 대립이다. 조의관과 조상훈 부자는 다만 이들을 대변하는 금고지기들이다. 수원댁과 상훈의 처 및 덕기의 처가 안방에서 벌이는 '제2 충돌'도 조의관의 낙상으로 인한 가족의 윤리 문제를 발단으로 하지만, 실제로는 이 금고를 둘러싼 사랑방의 첫 충돌이 여인의 공간으로 옮겨져 벌어지는 사건이다. 또 상훈과 덕기가 축첩의 책임을 두고 벌이는 '제3 충돌'도 결국 금고에 대한 재량권을 잃은 자와 금고지기의 후계자로 내정된 사회주의 동조자 간의 문제가 근저를 이룬다.

충돌의 국면만이 아니다. 충돌의 배면에 조의관, 조상훈, 조덕기는 각자의 인물망을 갖추고 있다. 조의관과 조상훈의 사랑방이나 조덕기의 바커스 및 산해진은 각각의 인물망을 연결하는 아지트이자 금고로 연결되는 거점이다. 즉 『삼대』 전편에 걸치는 사건들은 조씨 3대가 벌이는 것이라기보다, 금고를 갈망하는 외부인들이 금고지기인 조씨 3대를 끼고 벌이는 것이라 보는 것이 더 적절하다. 금고의 구심력을 가운데 두고 저마다의 일정한 이해의 관계망으로 서사가 전개되는 '산散과 혼混의 상상'이 두드러진다.

'산散과 혼混의 상상'에 기인한 망적網的 구성에 초점을 놓고 보면, 산포한 인물군들이 섞여들어 사건을 엮는 특징과 함께, 중심점에 있는 인물을 바꾸어 놓아도 엇비슷한 구도가 여전히 성립한다는 점에서도 『삼대』의 또 다른 독이성獨異性을 찾을 수 있다. 말하자면 조씨 3대가 아닌, 여성 삼세대로서의

27 염상섭, 『조선일보』, 1931.2.10~13, 4면.

수원집, 홍경애, 필순을 조씨 3대처럼 묶어도 이야기는 별반 달라지지 않는다는 것이다. 수원집을 중심에 놓으면 조의관과 조창훈, 최참봉이, 홍경애를 중심에 놓으면 조상훈과 교회(학교), 매당집이, 또 필순을 중심에 놓으면 조덕기와 김병화, 홍경애가 동일한 문제로 얽혀든다. 이 경우 금고의 구심력은 줄고 성이나 가족의 구심력이 증대될 수 있겠지만, 기본적인 구성에 있어서는 크게 달라질 필요가 없다. 즉 어떤 인물군에 조명의 초점을 맞춰도 서사는 건재할 수 있는 것이다. 심지어 「일대의 유업」에서 그러하듯이 수원집과 최참봉, 매당집을 중심에 놓아도 가능하다.[28] 한 인물 혹은 두 세 인물을 정점으로 한 피라미드형 인물 배치가 물러나, 여러 인물들의 관계가 일정한 망網을 통해 사건을 만들고, 결국 사건들의 연쇄 속에 서로 닮고 통하게 되는 구성에 이른다. 그런 점에서 투사의 시점에 따라 주인물이 이동하는 『삼대』는 '인물의 소설'이 아닌 '관계의 소설'이며, 각자의 삶을 사는 자들이 얽혀 가는 '산散과 혼混의 상상'이 빚은 세계이자, 서로가 닮아 있고 더욱 닮아가는 '공共과 통通의 상상'이 가닿은 이야기이다. 서로 다른 삶들이 얽혀들고, 대代를 달리하는 인물들이 세世를 공유하는 것이다.

> 장사는 비용 관계도 있고 시체는 집으로 안 들여간다고 하여 거기서 우물쭈물 내려가는 것을 그래도 그렇지 않다고 덕기가 우겨서 집으로 옮겨가게 하였다. 이 삼백 원 장비는 자기가 내놓을 작정이다. 그러면서도 덕기는 자기 부친이 경애부친의 장사를 지내주던 생각을 하며 자기네들도 그와 같은 운명에 지배되는가 하는 이상한 생각이 들지 않을 수 없었다.[29]

『삼대』의 마지막 장면[30]에서 조덕기는 비판과 조소를 마지않았던 아버지

28 염상섭의 「일대의 유업」(『문예』 3, 1949.10)에는 흔히 『삼대』의 부수적 인물로 간주되었던 이들이 오히려 전면에 등장해 서사를 이끈다.
29 염상섭, 「삼대」, 『조선일보』, 1931.9.17, 4면.
30 해방 이후 간행된 단행본에서의 개작이 이뤄지기 전 『조선일보』 연재본을 기준으로 했다.

조상훈이 되었다. 갈등을 통해 '대代'의 차이를 드러내면서도 결국 동일한 '운명에 지배' 아래에서 '세世'를 공유한다. 만약 『삼대』의 서사가 조덕기의 증조부부터 다루어졌다면 그래서 조의관이 조상훈의 위치에 섰다면, 조상훈이 경애의 부친을 장사지내는 장면에서 조덕기와 같은 생각을 했을지도 모를 일이다. 더구나 조의관의 죽음으로 조의관의 뜻을 따라 조의관 행세를 해야 하는 조덕기, 즉 조의관을 상징하는 '금고지기'로 자신의 남은 삶을 살아야 하는 조덕기에게, 조상훈까지 겹쳐지니 '삼대'는 각기 다른 '대代'가 면면히 이어지는 '세世'로 현현하게 된다. 그러니 3대는 각각 다른 세대로서 서로 다른 삶을 살지만, 한 시절을 함께 겪으며 일맥상통의 소리를 내는 것이다.[31] 염상섭에게는 그것이 식민지 조선의 보편적 인간사였던 것이다. 그리하여 '공共과 통通의 상상'이 가닿은 소설, 횡보작 『삼대』의 3대는 횡보한다.

더 나아가, 『삼대』가 3부작으로 기획[32]되었다는 점은 이 '산혼散混'과 '공통共通'의 상상이 특정 소설 안에서만 발현되는 것이 아님을 보여준다. 『삼대』가 『삼대』 안에 갇히지 않고 『무화과』로 다시 『백구』나 『불연속선』 등 장편소설로 이어질 수 있었던 것은 조덕기가 이원영(『무화과』)이 될 수 있고, 이원영이 다시 박영식(『백구』)이나 김진수(『불연속성』)가 될 수도 있다는 이해에 기반을 둔다. 조씨네 이야기가 이씨네가 이야기가 될 수 있고, 이씨네 이야기가 박씨네 혹은 김씨네 이야기도 될 수 있다면, 『삼대』는 3대에 걸치는 통시성과 더불어 3부작으로 이어지는 공시성도 동시에 얻게 된다. 3대三代는 곧 서로 다른 3족三族이기도 하며 이 구도의 끝에서는 식민지 조선의 삶들 모

31 '복안적 시점'과 '양면성' 그리고 '아이러니'를 통해 염상섭의 소설을 명료하고 일관되게 설명(김윤식, 앞의 책, 63~66면)한 사례가 있지만, 다분히 변증론적인 이중성의 개념으로는 횡보의 소설을 포괄하기 힘들다고 본다. 바흐친이 근대(장편)소설에 부여한 대화성의 문제와 병립하기 어려운 논리에 속하기 때문이다. 바흐친의 대화성 및 다성성의 논리와 염상섭의 소설에 적용시킨 몇몇 재론이 있었다. 임영천, 「염상섭 소설의 다성성 연구」, 『한민족문화연구』 6, 한민족문화학회, 2000; 김종구, 「염상섭 『삼대』의 다성성 연구」, 『한국언어문학』 59, 한국언어문학회, 2006 참조.

32 염상섭, 「작가의 말」, 『매일신보』, 1931.11.11.

두가 되는 것이다. 그리하여 공편共遍과 통섭通涉이 이뤄진다.

이렇게 '산혼散混'과 '공통共通'의 상상이 『삼대』를 만들었다면 염상섭의 장편소설과 결부된 통속의 문제도 이해를 구할 수 있을 것이다. 먼저 그의 장편에 가해진 통속소설의 평가를 논단에 올릴 수 있다. 흔히 『삼대』/『무화과』 연작 직전의 『이심』과 그 직후의 『백구』, 『모란꽃 필 때』, 『불연속성』 등의 장편연재소설들이 통속소설로 거론되었다.[33] 이 때문에 『삼대』 3부작은 곧잘 『삼대』, 『무화과』 2부작으로 간주되거나 『삼대』로서 이미 완결되었다는 주장도 제기되는 등 3부작 논란이 있어왔다.[34]

그러나 통속소설의 판단이나 3부작의 해당 작품을 논하기에 앞서 통속소설로부터 염상섭의 작품을 분리시켜야 한다는 강박을 먼저 질문해야 할 것이다.[35] 앞서 살핀 바처럼, 매체와 양식의 선택, 조선문인회 및 세 차례의 논쟁 그리고 장편소설 『삼대』에 이르기까지 염상섭은 '산혼散混'과 '공통共通'의 상상으로서 다채로운 인간사에 대한 이해를 갖추어가고 있었기 때문이다. 따라서 그가 통속소설을 긍정하고 적극적으로 의미를 부여했던 것은, 전향의 시도이거나 파탄에 이른 것이 아닌, 속俗에 통通할 수 있는 상상력의 꾸준한 확장에 속하는 것으로 평가해야 마땅하다. 이 견지에서 보면, 순수소설(본

33 논자에 따라 통속소설의 범주는 약간의 차이가 있고 거론하는 작품도 조금씩 다르다. 예컨대 김종균(앞의 책)은 『모란꽃 필 때』를 '애정갈등을 본질문제'로 삼았다는 평가로부터 통속소설로 규정했고, 최혜실(「염상섭 장편소설에 나타난 통속성 연구」, 『국어국문학』 108, 1992)은 '독자의 욕망의 평균치에 야합'한다고 보고 『사랑과 죄』, 『백구』 등을 포함해 신문연재소설 거개를 통속으로 거론했다. 이에 비해 김경수(앞의 책)는 통속의 개념에 대한 염상섭의 정연한 견해를 근거로 일반적 통속에서 분리시켜 '사회적 리얼리티'로서 염상섭의 통속소설을 해석한다.

34 3부작에 대한 견해는 김종균의 『삼대』, 『무화과』, 『백구』 3부작론, 김윤식의 『삼대』 이후 3부작 파탄론, 이보영의 『사랑과 죄』, 『삼대』, 『무화과』 3부작론, 김경수의 『삼대』, 『무화과』, 『불연속선』 3부작론 등이 제기되었다.

35 이 점에서 김경수(앞의 책)가 제안한 '사회적 리얼리티'로서의 통속론은 가치가 크다. 비록 통속소설에 대한 정연한 논리의 유무를 근거로 삼은 점과 『불연속선』을 연계해 다시 『삼대』 3부작론으로 회귀한 것은 아쉬운 해석이지만, 1930년대 통속소설에 대한 재논의의 가능성을 열어두었다는 점은 충분히 인정된다.

격소설)과 통속소설(대중소설)을 고 / 저급의 양식 가치로 차별하는 것 자체가 오히려 근대의 통속이라 할 것이다.[36]

산혼散混과 공통共通의 상상으로서 『삼대』를 논하며 그간 논의에서 배제되었던 한 작품을 더 거론해야 하지 않을까 한다. 『황원행』은 『삼대』의 위치를 더욱 분명하게 보여주는 작품이다. 염상섭을 논하며 이 소설이 거의 거론되지 않았던 이유와, 반대로 산혼散混과 공통共通의 상상과 결부하여 『삼대』 및 통속소설을 문제 삼을 때 이 작품이 중요한 이유는, 동일하다. 염상섭만의 작품이 아니기 때문이다. 『황원행』은 최독견, 김기진, 염상섭, 현진건, 이익상 등이 총 131회 분량을 대체로 25회 정도씩 분담해 집필한 '연작소설' 즉 릴레이소설이다.[37] 1929년 6월 8일부터 『동아일보』에 연재했으니, 『이심』에서 『삼대』에 이르는 사이에 놓여 있다. 그의 통속성이 드러났다는 맨 앞의 작품과 최고로 평가받는 작품의 사이에 끼어 있는 것이다.

통속소설 작가로 이미 상당한 명성을 얻었던 최독견은 말할 것도 없거니와, 비교적 이른 1920년 전후 작품 활동을 시작했고 동인지와 『개벽』 시대의 지형에서 입지를 다져 자연주의와 사실주의를 대표하는 작가로 평가받던 염상섭과 현진건, 거기에 카프의 맹원이자 작품과 이론에서 출중한 논의를 전개했던 김기진이 함께 했다. 그리고 역시 카프의 맹원이었고 『동아일보』와 『매일신보』에서 활동했던 이익상이 대중소설을 주창하며 릴레이소설 『황원

36 1920년대 후반, 통속소설과 대중소설에 대한 여러 논의가 있었다. 당대에는 찬반의 의견이 엇갈리는 가운데 후일 "소설은 차라리 통속성이 없이는 구성할 수 없는 것"이라는 이태준의 언급은 눈여겨 살필 가치가 있다. 이태준, 「통속성 기타」, 『문장』, 1940.7. 작품의 수준과 통속성(대중성)에 작가역량과 순수성(예술성)을 연이은 대체의 견해와는 달리, 근대소설의 구성 원리 속에 이미 내장된 속俗에 통通해야만 하는 시대적 존재성을 지목하고 있기 때문이다.

37 1920년대 후반, 릴레이소설은 『황원행』 외에도 여러 차례 시도되었다. 대부분은 3~6회에 걸친 소품이었으나, 그중 9회에 걸쳐 연재된 「여류음악가」(『동아일보』, 1929)가 상당한 가능성을 비치자, 「여류음악가」의 참여 작가 중에서 최서해, 방춘해, 이은상, 양백화, 주요한이 제외되고 대신 염상섭이 참가하여 130회의 장편으로 기획되었다. 곽근, 「일제강점기 장편 연작소설 『황원행』 연구」, 『국제어문』 29, 국제어문학회, 2003; 이효인, 「연작소설 『황원행』의 집필 배경과 서사 특징 연구」, 『한민족문화연구』 38, 한민족문화학회, 2012.10.

행』에 작가들을 엮어냈다. 이들의 이력과 경험은 사뭇 다르다. 당연히 작품 스타일도 제각각인 이들이 섞여 한 편의 소설을 숙의했으며, 그 결과 공동 집필의 산물로 다작가-일작품인 『황원행』이 산출되었다. 작가들의 독이성대로, 흩어진 채 섞여 모였고 함께 집필한 성과로 하나로 관통된 작품이 탄생했으니, 『황원행』은 산혼散混과 공통共通의 상상이 적실하게 구현되는 자리였던 것이다.

『황원행』은 그리 높은 평가를 내리기 어려운 작품이다. 이들의 공동작업이 원래의 기획과 기대보다 작가들의 개별 역량에 의지하는 바 컸고, 통通하기 위한 준비는 많지 않았기 때문일 것이다. 그만큼 릴레이소설이라는 양식은 축적된 것이 적었다. 그러나 작품의 성패를 떠나 『황원행』에서 주목해야 할 것은, 『황원행』에 이어 『삼대』 3부작이 기획되었다는 점이다. 염상섭은 다작가-일작품 즉 '산散혼混공共통通의 상상'이 가져온 성과와 한계를 동시에 간취했다. 그가 『황원행』의 성과와 한계를 뒤집음으로써, 작가의 단일성을 유지하되 작품 여럿을 잇는 방법 및 작품 내 인물들의 중심을 다성적으로 구성하는 방법을 구상할 수 있었던 것이다. 몇몇 논자들의 평가에 의하면 이 역시 완전한 성공을 거뒀다고 보기는 어려울지도 모른다. 『삼대』는 빼놓더라도, 『무화과』는 『삼대』의 긴장감을 넘어서지 못했으며, 결국 『모란꽃 필 때』의 통속으로 떨어졌다는 평가가 주를 이루기 때문이다.[38]

하지만 릴레이소설 『황원행』의 경험을 경과한 '산散, 혼混, 공共, 통通의 상상'은 통속소설의 길 가운데에서 『삼대』를 만들었다. 그리고 소설가 염상섭이 되었다. '산散혼混공共통通의 상상'이 발휘할 수 있었던 임계점에 도달한 것이다. 그것이 이념에 앞서 파란만장 사연 많은 인간사를 드러내준, 식민지 조선의 흩어진 삶들이 얽히고 섞여 함께함으로 통할 수 있었던 소설, 『삼대』였다.

38 앞서의 논자들 즉 김종균, 김윤식, 이보영, 최혜실, 김경수 등 연구자들 대개가 작품별 평가에는 차이를 보이면서도 『삼대』 및 『삼대』 이후의 경향성에 대한 평가는 엇비슷하다.

4. 산散혼混공共통通의 상상

3·1운동 이후 전개된 매체의 폭증, 텍스트의 번성은 작가들로 하여금 선택의 상황을 조성했다. 신문이냐 잡지냐, 동인지냐 대중지냐, 종합지냐 전문지냐, 친일지냐 민족지냐, 좌익지냐 우익지냐 등등. 이때 그의 매체 선택은 항용 비정향적非定向的 산포성散布性을 띠었다. 이 시기의 매체들는 그 자체로 특정한 이데올로기의 전파를 존재의 이유로 하고 있었다. 나아가 『삼대』까지의 10년간이 매체의 형식과 내용 어느 면에서나 확장 동력이 강력하게 작용하던 시기였음을 염두에 두면, 또 1925년을 경과하며 뚜렷해진 사회주의의 대두 속에 이데올로기적 경향성이 세계를 양분하는 가장 유력한 준거였던 시기임을 고려하면, 그가 어떤 경향적 규칙성 속에 있지 않았다는 사실은 매우 이례적인 경우에 속한다.[39] 따라서 민족주의든 사회주의든 벗어날 수 없는 진보의 시대성을 외로 두고, 어떤 편偏도 향向도 취하지 않는 염상섭의 비정향적 매체 선택이, '횡보'라는 비진보적 보행법과 만날 수 있는 길도 열리게 된다.

비정향적 산포성이 매체 선택에 있어 염상섭이 취한 횡보의 특성이었다면, 양식의 설정에 있어서는 무위계적 혼연성混緣性의 상상력이 도드라져 있다. 텍스트 종류의 선택, 좀 더 문학사적 견지에서 말하자면 양식 또는 장르의 설정에 있어, '순정純精한 것'과 '특수特殊한 것'을 부정하는 발자취를 남겨둔 것이다. 순정한 양식이나 특수한 장르에 집착하지 않았던 것이다. 등단

---

39 이와 연관된 시사적 글이 있다. 『삼대』의 발표 즈음에 『삼천리』는 기획 설문 「제씨諸氏의 성명聲明」(『삼천리』 6, 1930.5)을 게재했다. 이 설문의 첫 질문은 '선생은 민족 / 사회주의자입니까?'였다. 많은 명사들이 즉답을 회피하지만 그들의 회피는 이도저도 아니기 때문이라기보다, 자신의 이념적 정체를 공개적으로 드러내지 않겠다는 표현에 가깝다. 이미 3차례에 걸친 조선공산당사건의 영향이 적지 않았을 것이다. 『삼천리』가 기획한 질문의 의도도 명사들의 이념을 획정하겠다는 것에 있었다기보다 이념적으로 양분된 식민지 조선 사회의 구도를 드러내는 것과 함께 확답을 회피할 수밖에 없는 정치적 상황을 표현하려는 데 있었다고 본다.

초기에 소설과 비평을 병행하던 염상섭은 횡보를 시작한 이후 논설, 비평, 단편소설, 좌담, 설문, 서평, 인상기, 번역, 지상논쟁, 회고 및 명칭을 붙이기 어려운 잡문 등에 이르기까지 여러 양식의 산문을 두루 섭렵한다. 작가이자 동시에 기자이기도 했던 위치로 인해 당연할 수 있는 현상이기도 하다. 하지만 기자를 경험했던 작가들을 고려하더라도 그만큼 다채로운 필력을 드러낸 작가는 극히 드물다. 그리고 그 와중에 장편소설은 장르의 성격에 기인한 산포와 혼연으로 인해 더 큰 위상을 갖는다. 그의 속내까지를 정확히 짚어낼 수는 없겠지만, 운문으로부터 거리를 두는 산문적 설정, 어떠한 계열적 분석도 불허하는 다양한 산문 속의 혼영混泳이 「만세전」에서부터 『삼대』에 즈음한 횡보의 텍스트 설정이었다고 판단된다.

'산散'과 '혼混'[40] 즉 '흩어짐'과 '섞임'의 세계 인식은 어떤 자명한 목적성을 부인한다. 서로 다른 삶의 의미와 가치가 산포한 채 마모와 삼투를 만든다. 당연 이미 정해진 방향 따위도 사라지고 만다. 횡보는 『삼대』에 이르러 이 '산散혼混의 상상'을 지면에 펼쳐놓기로 작정했던 것으로 보인다. 그래서 그는 장편소설 3부작이라는 구상을 내놓을 수 있었던 것이다. 주인 없는 다수 인물들의 합종연횡이 종횡무진으로 서사를 이끄는 장편소설은 각 인물마다의 개성이 뚜렷할수록 이야기를 넓게 펼칠 수 있고, 갈등과 충돌, 공감과 화해도 다채롭게 이뤄진다. 흩어지고 섞여드는 관계들 속에 횡보하는 인간사가 드러날 수 있는 최적 공간인 셈이다. 더구나 3대에 걸친 혈연과 그들에 엮인 인물들의 이야기는 관계의 무한 팽창을 조절하면서도 전체상을 현시할

40 '산포散布', '혼연混緣', '공편共遍', '통섭通涉'의 개념, 또 '흩어짐', '섞임', '함께함', '통함' 등의 개념을 사용했음에도 다시 '산散혼混공共통通'이라 재제안한 것은, 하나의 한자가 오랫동안 하나의 의미를 포지한 하나의 단어였음에 주목하여 근대적 제 개념으로 파악하기 어려운 횡보의 문리를 근대 개념어의 형식 바깥에서 제시하기 위해 고안했다. 한편으로는 전근대 언어의 특성을 지니기도 하지만 다른 한편으로는 근대 개념어의 형식을 상대화하여 근대 개념의 맥락을 넘어서는 또 다른 문리적 이해가 가능함을 드러낼 수 있을 것으로 생각한다. 직접적인 참조점이라 하기는 어렵지만, 사이토 마레시齊藤希史의 『漢文脈と近代日本』(日本放送出版協會, 2007) 및 황호덕의 「한문맥漢文脈의 근대와 순수언어의 꿈－한국 근대 개념어 연구의 과제」(『한국근대문학연구』 16, 한국근대문학학회, 2007) 등의 생각과 공유점이 넓다.

수 있는 고리를 제공하니, 『삼대』의 이야기가 3부작으로 구상될 수 있었던 이유는 충분했다고 본다.

흥미로운 것은, '산散혼混의 상상'이 현묘하게도 '공共통通의 상상'으로 이어진다는 점이다. 사실 '산散'과 '혼混'이 '서로 다른 것'에 대한 감각에 기인한 것이라면, '공共'과 '통通'은 '서로 같은 것'에 대한 인지를 바탕으로 한다. 그런 점에서 이 두 가지 사유는 전혀 방향을 달리 한다고 하겠다. 그런데 염상섭에게 있어 이러한 어울리기 어려운 인식들은 결국 동일 지평에서 만나게 된다. 횡보의 시선으로 보면, '산散'이나 '혼混'은 '공共' 혹은 '통通'과 다르면서 같은 말로 여겨진다. '흩어짐'과 '통합'의 먼 거리를 '섞임'과 '함께함'이 엮어주는 연쇄적 의미로 읽을 수도 있겠으나, 그보다는 함께 해야만 섞일 수 있듯이 흩어져야만 통할 수 있는 중첩적 이해로 읽는 것이 옳을 것이다. 횡보는 이를 두고 '이곡동음異曲同音'이라 표현한 바 있다.

'공共'과 '통通'의 상상은 '산散'과 '혼混'의 상상과 마찬가지로 횡보의 문학적 제 사건 속에 번져있다. 그가 선택했던 매체들이 이데올로기적 지향의 다름과 상관없이 적어도 횡보하는 그의 글을 게재하는 문제에 있어 서로 통할 수 있다는 인식, 근대문학의 꽃으로 회자되는 소설은 물론이거니와 그의 작품으로는 승인되지 않을 수많은 잡문들 역시 위계 없이 자리를 함께 할 수 있다는 감각, 조씨(『삼대』) 혹은 이씨(『무화과』) 가문 3대가 서로 다른 세상을 각각의 방법으로 살면서도 결국은 서로 닮은 삶의 유전 속에 있었다는 이해를 횡보는 취한다. 개념을 들이대자면 비배제적 공편성共遍性이나 비통합적 통섭성通涉性 정도로 부를 수 있을 것이다.

'공共'과 '통通'은 '선選'과 '통統'을 상대화함으로써 주어지는 상상이다. 특화와 배제를 통해서 구축되는 '선選'의 상상이나 전일적 지배의 관철을 의미하는 '통統'의 상상은 '공共과 통通의 상상'과 외형적으로 유사하게 보일지 몰라도 의미와 방법에서는 오히려 상반된 위치에 놓인다. '공共'이 개별적 존재의 가치를 인정하는 기반 위에 상관관계를 끌어냄으로써 인간사를 구성하고, '통通'이 중첩적 관계의 실제를 바탕으로 삼아 맥락의 형상을 주조하기 때문이다.

반대로 '공共'과 '통通'의 상상이 외형적으로는 '산散과 혼混의 상상'과 달라 보이지만 이들은 서로에 의지하고 있다. 만약 '산散과 혼混의 상상'이 아니었다면 '공共'과 '통通'은 '선選'과 '통統'으로 귀결되고 말았을 것이며, '공共과 통通의 상상'이 없었더라면 '산散'과 '혼混'은 '정精'과 '특特'의 상상으로 되돌아갔을 것이다.[41] '산散'과 '혼混'이 비동일성의 현시라면, '공共'과 '통通'은 동일성의 현현이며, 이 상상들이 섞이고 엮이는 문리文理는 다시 '비동일성非同一性의 동일성同一性'에 이른다.

'산혼의 상상' 이어 '공통의 상상'은 한편으로 '그러 하다'의 실제적 술어와 호응하면서, 다른 한편으로는 '해야 한다'의 술어와도 접합된다. 지금-여기에 대한 상태적 인식인 동시에 그렇게 만들어야 하는 지향적 인식이기도 한 것이다. '산散'과 '공共'은 전자에 가깝고 '혼混'과 '통通'은 후자에 가깝다고 할 수도 있고 도리어 그 반대라고 볼 수도 있다. 정반대의 성질을 가진 것들도 그리 명료하게 나눌 수 있거나 대립적으로 이해해야 하는 것은 아닌 셈이다.

인간사는 흩어져 있고 함께하는 것이지만, 섞이고 통하려면 인간의 의지와 결합해야만 한다. 그런 동시에 역으로 세상은 여럿이 섞여 있고 서로 통해 있지만, 흩어져야만 하고 통할 수 있어야만 한다. '그러 하다'와 '해야 한다'라는 실제와 전망, 현재와 미래의 양립불가한 궤도가 같은 궤도인양 이해될 수 있는 것은, 횡보의 문리가 변증의 바깥을 서성이기 때문이다. '비동일성非同一性의 동일성同一性' 인식이 '비변증非辨證의 변증辨證' 방법과 만나는 길 어귀 즈음이라 할 것이다.

---

41 여기서 '정精'과 '특特' 또는 '선選'와 '통統'은 또 다른 문리의 언어들로도 환치될 수 있다. 예컨대 조금 거칠어도 무관하다면 '정精'과 '특特'은 '순純', '최最', '유唯', '수粹', '원元', '결潔' 등으로 바꿀 수도 있고, '선選'와 '통統'은 '계階', '계系', '단斷', '총總', '전全', '체締' 등과 맥락을 공유한다. 그런 점에서는 '산散', '혼混'이나 '공共', '통通'의 경우도 마찬가지이다. '잡雜', '매每', '다多', '첩疊', '군群', '연緣' 혹은 '섭涉', '편遍', '화和', '망網', '협協', '련連' 등의 언표로도 표현 가능하다고 본다. 다만 다른 언표들과의 호환은 상황에 따라 조금씩 다르게 읽히거나 오해를 부를 수 있다는 점을 고려해 염상섭의 횡보를 설명하기에 가장 적절한 기호들로 '산散', '혼混', '공共', '통通'을 내세웠다.

그리하여 염상섭의 횡보적 독이성은 '산散혼混공共통通의 상상'을 건너 인간사의 보편 지평에 다다른다. 횡행천하橫行天下하는 '상想'의 '섭涉'[42]이 구현되는 것이다.

5. 횡보의 문리文理

근대의 제반 사상적 흐름에 진보주의라는 통칭을 붙이는 것이 가능하다면 염상섭의 사상을 횡보주의라 부르는 것도 가능할 것이다. 하지만 그의 행보와 작품에서 읽히는 비이념성은 횡보주의라는 호칭과 잘 어울리지 않는다. 그는 단독적 '주의'를 부인하는 '주의'이므로 하여, '주의자'라 부를 수 없는 '주의자'가 되었기 때문이다. 횡보를 객관성과 합리성의 시야에서 일련의 개념과 체계로 구성하려는 시도는 그래서 자칫 헛되다. 그의 행보와 작품을 '비동일성의 동일성' 나아가 '비변증의 변증'을 통해 살펴야만 하는 이유도 거기에 있다.

진보를 향한 각종의 '주의'들이 난무하던 1920년대를 경과하는 가운데 염상섭은 시대를 건너는 자신의 보행법을 '횡보橫步'라 부르며 「만세전」의 묘지 같은 시간과 작별했다. 매체를 선택함에 있어, 양식을 설정함에 있어, 다른 주의자와 논쟁을 벌이는 데 있어, 횡보는 삶의 광대한 산포散布와 이리 얽히고 저리 섞이는 혼연混緣으로서 시대와 세계의 맥상脈像을 그리고 있었다. 그리고 무엇도 내칠 수 없는 공편共遍과 서로 닮아 질기게 이어져 있는 통섭通涉

42 염상섭은 '횡보'의 아호 외에 필명으로 '상섭想涉'을 애용했다. '상상을 건너가다' 혹은 '상상 속을 거닐다' 정도로 풀이할 수 있다. 그의 작품 활동에 대한 소망을 '횡보'의 상징으로도 들여다볼 수 있지만 '상섭'이라는 필명으로도 설명할 수 있을 것이다.

의 시대를 말하는 것이기도 했다. 현묘하게도 서로 다름을 뜻하는 '산혼散混의 상상'이 서로 호응함을 의미하는 '공통共通의 상상'으로 이어지는 길을 열어간 것이다. 그리고 그 정점에 소설 『삼대』가 있다.

횡보는 이념의 퇴조와 대중의 등장이 맞물리는 시점에 오히려 그의 최대 성과로 평가되는 『삼대』 3부작을 내놓았다. 그것이 가능했던 것은 염상섭이 『폐허』를 이끌던 소설가였고, 또 동시에 『동아일보』에서 『경향신문』에까지 기자였고, 무엇보다 문리를 깨친 글쟁이였기 때문이다. 매체를 가르고 배제하지 않았기 때문이다. 다채로운 양식들을 폄훼하지 않았기 때문이다. 대화와 협의로서 문제를 풀고자 했기 때문이다. 그 경험들은 개성과 보편의 이곡동음을 선사했고 횡보의 걸음걸이로 진보의 시대를 건널 수 있었다. '산散혼混공共통通의 상상'으로 독이적 개성을 드러내고 시대적 보편을 이끌었다. 흩어진 채 섞이고 함께함으로 통할 수 있다는 상상의 결과물이 『삼대』 3부작이었던 것이다. 다양할 수 있는 이념, 유동적인 가치, 여러 가지 방법을 인정하는 자만이 취할 수 있는 사건들 속에 스스로를 위치지음으로써, 염상섭은 '횡행천하'하는 게처럼 넘어지지도 멈추지도 않고 상상 속을 거닐 수 있었다.

횡보橫步. 그의 걸음걸이처럼 그의 글들도 직설直說이라기보다 횡설橫說에 가까울지도 모른다. 하지만 그러한 까닭에 『삼대』를 비롯한 염상섭의 장편소설은 식민지 조선에서 근대를 살아가는 삶들의 산散과 혼混, 그 한가운데에서 공共과 통通이 이뤄지는 인간사의 격랑을 고스란히 보여줄 수 있었다.

그것이 횡보의 문리文理였다.

전통 지식과 사회주의의 접변

염상섭의 「현대인과 문학」에 관한 몇 개의 주석

장문석

1. 계몽이란 무엇인가에 대한 식민지 조선의 두 가지 답변

칸트는 계몽enlightenment을 다른 사람의 지도 없이는 자신의 지성을 사용할 수 없는 미성년의 상태에서 벗어나는 것이라고 정의하였고, 그 미성년의 원인을 지성의 결핍이 아니라 결단과 용기의 결핍에서 찾았다. 그러나 그는 "개인이 거의 천성이 되다시피 한 미성년 상태에서 벗어나는 것은 매우 어려운 일"이라고 지적하는 것을 잊지 않았는데, 그것은 개인이 이미 미성년의 상태를 익숙해 하고 있기 때문이었다.[1] 계몽을 둘러싼 이러한 곤란은 근대적 국가와 계몽된 주체를 동시에 산출해야하는 이중의 기획project을 수행해야 했던 근대계몽기 조선에서도 예외는 아니었다. 사적인 개인들로부터 어떻게 자발성을 이끌어내어 계몽을 추동하는 원동력으로 삼을 것인가의 문제는 종

1 칸트, 이한구 편역, 「계몽이란 무엇인가에 대한 답변」, 『칸트의 역사철학』, 서광사, 2009, 13~14면.

교, 소설, 연극, 시가 등 다양한 소통의 양식을 요청하였고 공론장을 마련하기도 하였다.[2]

계몽에 대한 요청과 그 곤경은 '강점' 이후 1910년에도 지속적으로 탐구된 문학사적인 주제였는데, 미적인 것을 통해 육체적·감각적 인간을 해방하면서 다른 한편으로는 국가적·사회적 통일을 인준하는 "해소 불가능한 모순"을 내포했던 이광수의 「문학이란 하何오」(『매일신보』, 1916.11.10~23)는 그에 대한 한 답변이기도 하였다.[3] 그런데 이광수가 요청했던 '문학'은 조선에 전래하던 기존의 '문文'들의 질서를 '배제'하는 원리 위에 구축된 것이기도 하였는데,[4] 이 사정은 「문학이란 하오」를 소설화한 이광수의 「소년의 비애」(『청춘』, 1917.6)를 통해 잘 드러난다.[5] 이 작품에는 미美와 정情의 문학을 사랑 / 대표하는 문호와 지知와 선善의 문학을 사랑 / 대표하는 문해가 등장하고 그들의 반대편에 문학을 모르는 부모와 국문소설(신소설, 고소설)만 읽는 누이들이 배치된다. 소설의 배경이 되는 그들 집안은 넉넉한 김씨 가문으로, 대대로 학문을 숭상하여 부녀자도 사서四書, 『열녀전烈女傳』, 「내칙內則」 등을 읽어왔다. 부모의 명으로 사촌누이가 신랑으로 맞은 이가 바보 천치로 불릴 때, 그 근거로 제시되는 것은 "사흘 걸려도 『논어』 한 줄을 못 외"는 것이었다. 『논어』나 「내칙」 등 전통적인 문文의 질서를 주변에 배치한 뒤 '문호'에 초점화하는 것은 이광수 자신이 새롭게 부각한 '문학'을 둘러싸고 있던 글쓰기와 지식의 지형도를 드러낸 위한 전략이기도 했다.

글쓰기의 환경을 이분법적으로 이해하고 전제한 뒤 이광수는 근대 / 전근대, 그리고 남 / 여라는 시간적, 성적 위계를 부여하면서 (근대)문학의 자리를 창출하고자 하는데, 소설 안에서 문호의 시도는 결국 실패한다. 주목할 점은

2 김동식, 「한국의 근대적 문학 개념 형성과정 연구」, 서울대 박사논문, 1999, 38~54면.
3 황종연, 「문학이란 역어」, 『탕아를 위한 비평』, 문학동네, 2012, 479면.
4 이경돈, 「근대문학의 이념과 문학의 관습－「문학이란 하何오」와 『조선의 문학』을 중심으로」, 『민족문학사연구』 26, 민족문학사연구소, 2004, 256면.
5 윤대석, 『식민지 문학을 읽다』, 소명출판, 2012, 25~27면.

'문호'의 시도가 ① 타자에 대한 지시적이고 선언적인 '계몽'의 형식으로 수행되었다는 점이다. 문호는 사촌누이에게 문학을 읽고 새로운 삶으로 나아가라고 종용하기를 반복할 뿐, 선언 이외의 행동은 일절 취하지 않는다. 그의 계몽은 사촌누이가 놓인 사회적 맥락과 환경을 전혀 배려하지 않은 것이었다. 그리고 문호의 시도는 ② '계몽'이 실패하자 타자에 대한 '배제'로 전화한다. 문호는 자기 식으로 사촌누이 난수에게 시집을 가지 말 것을 '계몽'하고 종용하나, 그 계몽에 누이가 반응하지 않자 결국 "엑, 못생긴 것!"하고 화를 냈으며 그리고 난수의 신랑을 보고 역겨움과 배제의 정서를 느낄 따름이었다. 몇 가지 고찰이 더 필요하겠으나, 타자에 대한 '배제'는 문학文學을 제외한 다른 글쓰기를 '배제'하던 그의 문학론과 닮아있기도 하고, 나아가 1910년대 중반 이광수의 '계몽' 기획이 지닌 특징과 문제점을 성찰하도록 한다. 그는 "계몽의 역할을 과대포장하면서 심지어 현실 속의 생존 환경과 언어적 곤경을 무시"하는 계몽주의자들의 전형적인 오류에서 자유롭지 못하였다.[6]

「소년의 비애」에서처럼 '구세계'에 대한 '즉자적인' '계몽'이 실패하고 남성-지식인이 절망하는 상황은, 루쉰의 첫 소설집 『납함吶喊』의 「자서自序」에도 나타나는 것처럼 근대계몽기 동아시아에서는 빈번히 일어났던 일이다. 유학에서 돌아온 루쉰 역시 "그 무렵 많은 복고적復古的인 경향이 있었던" 것을 염두에 두면서, 새로이 창간할 잡지의 제명을 전략적으로 『신생新生』으로 명명한다. 그러나 잡지가 출간되지도 못하자 루쉰은 덧없음과 적막을 경험한다.[7]

---

6 첸리췬錢理群, 김영문 역, 『내 정신의 자서전』, 글항아리, 2012, 74~76면. 다만 같은 시기 연재되었던 이광수의 『무정』(1917.1.1~6.4)은 지시적이고 일방향적 계몽에 거리를 두며 학생-식민지-아이가 스스로의 결단과 용기를 발휘하여 '진리'를 밝히고 자기 운명을 타개해가는 방식으로 계몽의 양상과 의미를 재구성했음을 적어둘 필요가 있다. 『무정』은 그러한 계몽의 맥락에서 이질적인 여러 문학양식과 사상적 조류를 종합하고자 한 미적 구성물이었다. 방민호, 「「문학이란 하오」와 『무정』, 그 논리 구조와 한국문학의 근대이행」, 김명호 외, 『한국 근대 초기의 어문학자』, 태학사, 2013, 396~417면 참조. 이 점에서 1910년대 중반 이광수의 계몽 기획이 가진 중층성과 그 균열에 관해서는 보다 심층적인 독해가 여전히 요청된다.

7 루쉰魯迅, 다케우치 요시미竹內好 편, 김정화 역, 『루쉰문집魯迅文集』 1, 일월서각, 1985, 9면.

다만 문제는 '실패' 이후에 그 절망을 자신의 안에 가두고 그 절망과 대결하는 루쉰의 태도와, '실패' 이후에 일본으로 유학을 다녀온 뒤 타자들과의 거리감을 재확인하는 '문호'의 태도 사이의 간극일 것이다. 이 지점에서 우리는 실패를 품은 채 이전과 단속적인 관계 속에서 계몽의 또 다른 기획을 구성하는 방식도 상상할 수 있을 것이다.

흔히 이광수의 「김경金鏡」과 비교하지만, 염상섭의 「E선생」 역시 계몽에 대한 당대 지식인들의 반응에 대한 한 성찰을 담고 있다. 소설에서 초점화된 E 선생은 일본 유학을 통해 이식된 지식을 가지고 잡지 발간을 시도하지만, 결국 실패한다. 잡지의 실패 후 그가 도달한 곳은 학교라는 계몽의 장이었다. 염상섭은 미국인 선교사가 세운 X학교의 교사들의 다양성을 통해 당시 지식 체계가 가진 복잡성과 혼종성을 그대로 부각한다. 미국 출신 교인이지만 오륙년 나막신을 끌고 다니며 된장국을 맛보았고 순미국계통은 아닌 교감, 학교와 밀접한 교회의 권사로 미국인 교장의 번역을 돕다가 실력이 부족해서 학교로 옮긴 체조선생, E와 같이 일본 유학생 출신이나 E에게 밀린 지리 선생, '양국물'을 먹은 하이칼라 영어선생, '뱀장어'라는 조선식 존함을 가진 미국 애송이의 영어 선생, 거기에 한문 선생과 창가 선생, 그리고 도화 선생 등이 그들이다. '전근대-근대'라는 다소 단순한 이분법적 도식 위에 서 있던 「소년의 비애」와는 달리, 「E선생」은 미국, 일본, 조선 전통의 세 계열의 지식이 만나고 어긋나고 갈등하는 양상을 통해 당대 지식장의 복잡성을 환유한다. 미국-일본-조선 사이의 미묘한 위계의 차이도 드러내고 있거니와, 같은 일본 혹은 미국발 지식이라 하더라도 그 안에서 다시 분화하고 때로는 갈등할 여지를 남겨두고 있다.

염상섭은 내부와 외부가 뒤섞인 근대 지식에 기반한 1920년대 학교라는 장치dispositif의 연원뿐 아니라, 그 장치가 조선의 '무지랭이' 대중에게 가했던 '배제'와 '폭력' 또한 섬세하게 포착하고 있다. 미국인 교장은 "나의 사업은 원래 의연적義捐的이니 너희들도 집값의 삼분일씩三分一式은, 의연하는 의미로 감가減價를 하라"면서 주변의 궁핍한 동민洞民을 강하게 압박했고, 학생들도 여기에 편승하여 동민들을 핍박하였고 선생들은 그것을 묵인할 따름이었다. "학교에 대한 동민들의 반감은 나날이 심"해지는 상황에서, E 선생의 훈화는 바로 그러한 상황을 겨냥하고 있었다.

> "제육은 살인하지 말라 하시니라."
>
> 이같이 두 번이나 소리를 높여 낭독하고 나서, E 선생은 책을 접어놓더니,
>
> "세상 사람이 우둔한 자를 희롱하려 할 때에, 눈치가 빠르면 절에 가서 젓국을 얻어 먹는다고 하는 말이 있지 않소. 또한 여러분은 맹자孟子에서 곡속장觳觫章을 배웠을 것이오. 다음에 여러분은, 자고自古로 국가國家는 살인자를 사死로써 형벌함을 잘 알 것이요. 최종으로, 기독基督의 성도인 여러분은, 지금 내가 읽은 십계명을 어기지 않을만한 신앙이 있는 동시에 살인하지 말라는 예수의 가르친 바 살인이라는 것은, 결코 그 범위가 편협한 인간계에 한 한 것이 아니라 일반적으로 산 자를 죽이지 말라는 것은 불가佛家가 살생殺生을 경계함과 다를 것이 없을 것이요."[8]

E 선생은 서구 지식의 연원인 성서의 계명 '살인하지 말라'의 의미를 유가儒家 경전 『맹자孟子』와 불가佛家의 가르침과 연결하여 설명한다. 물론 각기 원 텍스트의 맥락은 다르다. 가령 곡속장에서 맹자는, 제물로 끌려가는 소가 두려 떠는 모습을 본 제선왕齊宣王이 소를 죽이지 못하게 한 것을 두고 측은지심惻隱之心이라고 명명한다.(「양혜왕장구하梁惠王章句下 칠七」) 그것은 인仁이라는 유가 덕목의 단서를 의미하는 것이지, 개인들 사이의 관계를 규정한 유일신의 계율과는 무관한 것이었다. 또한 E 선생은 십계명을 불가의 것과 마주 세우기 위해, 인간계에서 생물계로 그 대상의 범주와 경계를 이동해야 했다.

"다를 것이 없을 것"이라는 등치가 원래의 텍스트 맥락에서 절연된 것이

8 염상섭, 「E선생」(『동광』, 1922.9.17~12.10), 『염상섭 전집』 9, 민음사, 1987, 122면.

고, 따라서 무리한 이해와 미달의 해석으로 지적하는 것은 정당하지만 동시에 다소 손쉬운 해결일 수도 있다. 염상섭의 E 선생뿐 아니라, 1920년대 초반까지는 위와 같은 '다소 무모한' 연결과 대응은 조선 지식장 안에서 자주 출몰했기 때문이다.[9] 또한 '이식'의 형태로 유입된 서구적 지식의 맥락과 지형이 충분히 정돈되기 전에,[10] 지식을 전래된 양태 그대로 반복하는 것이 아니라 어떤 식으로든 '자기화'하려는 시도를 수행하는 것으로 위의 언급을 보다 적극적으로 독해할 수도 있기 때문이다. 물론 위의 언급이 당시로서는 상당히 편의적인 해석이기도 했다는 전제는 여전히 염두에 두어야 할 것이다.

이 글이 위의 단락을 주목하게 된 것은 10년이 지난 1931년 염상섭이 「현대인과 문학」에서 적어둔 "항산恒産 있고야 항심恒心 있는 것은 맹자나 마르크스나 똑같이 가르친 바이다"[11]라는 문장 때문이다. 그리고 이 문장은 계몽의 방법과 문학의 역할에 대한 1931년 염상섭의 시각과 밀접하게 관련되어 있다. E 선생이 성서의 계명과 『맹자』를 마주 세운 것이 단지 1920년대 초반 지식의 축적 정도가 미만未滿하여 맹자라는 술어를 통해서야 서구의 지식을 풀어낼 수밖에 없었기 때문이었다면, 이후 조선 학술장의 형성 및 진화와 발맞추어 염상섭은 서구의 앎을 서구의 술어로 풀어내는 방식으로 논지 전개 방식을 바꾸었을 것이다.[12] 그러나 굳이 염상섭이 1931년까지 맹자와 마르

9 우리는 여기서 자산 안확이 『조선문학사』(1922)에서 「용비어천가」를 서양 프로방스의 새로운 시형식과 견주고, 「장화홍련전」이나 『홍길동전』 같은 근세문학을 스위프트의 「통이야기」와 로빈슨 크루소의 「로빈슨 표류기」와 비교하는 '적극성'을 보여주었음을 떠올릴 수 있다. 허민, 「탈-중심적 문학사의 주체화와 그 가능성의 조건들」, 『상허학보』 34, 상허학회, 2012, 106면. 이것은 동아시아의 사정이기도 했던바, 가령 황종의黃宗義에게 중국의 루소라는 명명이 있었던 것도 적어둔다. 진관타오金觀濤 외, 양일모 외역, 『관념사란 무엇인가?』 1, 푸른역사, 2010 참조.

10 구장률의 보고에서처럼 서구적 앎의 지형은 이미 1910년 무렵 그 개략이 드러난다. 구장률, 『근대 초기 잡지와 분과학문의 형성』, 케포이북스, 2012, 36~39면. 그러나 잡지에 그 개략적인 수형도가 소개된 것과 각 앎들 사이의 '틈'을 메우는 데는 시차가 있을 수밖에 없다.

11 염상섭, 「현대인과 문학(4)－「소설小說의 본질本質」의 서언緖言으로 비문단인非文壇人을 위하야 씀이다」(『동아일보』, 1931.11.12), 『문장 전집』 II, 317면.

12 보다 많은 고찰이 필요하겠지만, 비판의 여지를 무릅쓰고 성급하게 말하자면, 실제로 학술장

크스를 등치하는 진술을 견지했다면, 그에게 있어 맹자적인 것으로 표현되는 '전통'에 대한 어떤 인식과 감각을 상정해볼 수 있지도 않을까.

그렇다고 이 글이 염상섭이 전통주의자였다는 식의 결론을 염두에 두고 있는 것은 아니다.[13] 염상섭이 E 선생을 통해 보여주었듯 그는 분명 (그 자신이 일본에서 배워온)'앎'을 통해 조선의 인민人民들을 '계몽'하고자 한다. 그 점에서 그는 근대를 지향하고 있었으며, 조선의 '구습'에는 비판적이었다. 그러나 전체적으로는 근대를 지향하는 과정 속에서도, 그 흐름 안 구체적인 대목에 다다라서는 서구적인 것과 전통적인 것 사이의 어긋난 충돌과 연결, 그리고 그 파열의 지점을 일부 산견할 수 있다. 여기서 염두에 두는 것은 다케우치 요시미竹內好가 루쉰魯迅의 '쩡짜掙扎'를 두고 수행한 실천이다. 곧 단지 서구라는 의미소 자체를 배제하거나 서구에의 열위를 우위로 상상적으로 / 대치하는 것(정신적 승리법)이 아니라, 서구 근대와 자기의 관련성을 생성하는 동시에 그것을 손쉬운 긍정과 승인의 형태로 봉합하지 않으며, "자기 내부의 타자를 부정하고 자기를 부정한 뒤 다시 만들어지는 타자와 모순대립을 품는 자기"를 구상하는 부단한 움직임의 한 양상을 염상섭을 통해서 가늠해보고자 한다.[14] 그 움직임은 때로 「E선생」의 『맹자』 곡속장처럼 다소 무모해보일 정도로 텍스트 문면에 드러나기도 하고, 때로 「박래묘」의 '족보'처럼 무수

의 진행 과정을 그러했다. 문학사라는 예를 들자면, 임화의 문학사에서는 자산의 것과 같은 '무모한' 진술이 거의 사라진다. 허민, 앞의 글. 천태산인天台山人 김태준의 『조선소설사』에서 보듯, 몇 가지 예외를 제외하고는 가능한 한 조선의 소설은 조선의 술어로, 1920년대 중후반 『조선지광』에서 보듯, 마르크스주의적 앎은 가능한 한 마르크스주의적 술어 안에서 해명하고자 하였다.

13 이보영 교수의 다음과 같은 언급이 이 글의 논지를 세우는데 큰 시사가 되었다. "염상섭 문학에 나타난 일제 식민지 시대라는 난세를 극복하기 위한 상상력으로서 근대적인 것과 전통지향적인 것이 그의 작품이라는 베의 올과 날을 이루고 있다. 전자가 진보주의적인 것으로서 민족주의나 사회주의적 세계관이라면 후자는 과거와의 연속성을 유지하기 위한 것이요, 바로 은일적 상상력이다. 그런데 이 양자는 상호 배타적인 것이 아니라 역동적인 협력이 가능했다. 따라서 그 양자는 결합될 수 있었고, 또 그래야만 했다. 이를 입증하는 대표적인 결합점이 대륙적인 것과 민중적인 것이다." 이보영, 『염상섭 문학론－문제점을 중심으로』, 금문서적, 2003, 95면.

14 쑨거孫歌, 윤여일 역, 『다케우치 요시미라는 물음』, 그린비, 2007, 135면.

한 가정하에서 서술상 잉여로서 언뜻 드러나기도 한다.

「박래묘」에 등장하는 대화묘족大和苗族 고마의 '계몽'은 '박래舶來'라는 레테르만 붙으면 함부로 돈을 쓰며 그것을 구입하고야 마는 "소위 현대신사現代紳士라는 괴물"들과 "봉건시대를 꿈꾸는 조선의 소위 팔자八字 걸음에 엉덩이짓하는 양반"들, 두 방향을 향하고 있었다. 그런데 양반들의 한심한 행태를 비판하던 고마조차도 "만일 그렇다하면, 내가 이번에 조선에 건너온 것은, 우연히 선조의 고향을 방문한 의미가 되는 고로 될 수 있으면 전묘展墓라도 하여볼까한다. (…중략…) 여하간 나도 옛적의 조선으로 말하면 간신보국奸臣輔國이니 죽관공鬻官公이니, 매위대부買位大夫니 하는 옥관자玉冠子 금관자金貫子짜리의 몇 대손 아무개라는 혁혁한 명문거족名門巨族은 아닐망정, 백수白首의 불상常놈이 아닌 것은 분명하다"라는 언급을 남기고 있다는 점을 음미할 필요가 있다.[15] '만일'이라는 가정으로 시작하여 '우연'을 전제하고서야 고마는 '선조의 고향'과 '선조의 묘소'에 대한 발화를 수행할 수 있었다. 그리고는 그 자신의 발화에 스스로 화들짝 놀라며 "단침甘唾을 삼켜가며 가문 자랑을 하는 것"은 양반들의 한심한 짓이라고 변명을 덧붙이기도 한다. '고마'가 그렇듯 염상섭도 일본을 경유해온 서구의 앎을 통해 조선을 계몽하고자 하였다. 그러나 그러한 계몽과 비판의 와중에 짐짓 삽입했다가 그 스스로 놀라서 취소한 '선조'에 대한 서술상의 '잉여'가 존재한다는 점과, 바로 그 잉여에는 본문의 서기체계écriture와는 이질적인 '한문'이 개입되어 있다는 점("간신보국奸臣輔國이니 죽관공鬻官公이니, 매위대부買位大夫니")은 염상섭과 그의 계몽을 논할 때, 그것을 둘러싼 글쓰기의 복잡한 지형도에 대한 고려 또한 필요함을 방증한다. 곧 「박래묘」는 언어횡단적 실천의 산물로,[16] 적어도 일본어-조선어-한문,

---

15 염상섭, 「박래묘」, 『삼광三光』 3, 1920.4.15(한기형, 「초기 염상섭의 아나키즘 수용과 탈식민적 태도－잡지 『삼광』에 실린 염상섭 자료에 대하여」, 『한민족어문학』 43, 한민족어문학회, 2003, 28~29면에서 재인용. 인용을 한 「박래묘」의 문구들은 28~32면 이곳저곳에서 조심스레 빌려왔다)

16 인용된 한문은 물론 비판과 패러디의 측면에서 사용된 것이다. 언어횡단적 실천의 개념에 대해서는 다음을 참조. 리디아 리우, 민정기 역, 『언어횡단적 실천』, 소명출판, 2004, 137면.

세 가지 언어가 직접 혹은 간접으로 개재되어 있었다. 염상섭의 글쓰기와 계몽 또한 서구어-일본어-조선어-한문이라는 이질적이고 충돌하는 언어들과 각기 언어들이 대표하는 여러 문화적 맥락 한 가운데 놓여 있었다.

물론 염상섭에 대한 그간의 연구들이 주목했던 것처럼 그에게 있어 가치중립적인 근대성의 문제는 그의 문학세계를 관통하는 중요한 축이다.[17] 근대성에 대한 염상섭의 입장을 염두에 두면서,[18] 그가 다양하고 이질적인 지식과 글쓰기의 맥락 안에서 어떠한 문학적 실천을 보여주었는가를 고찰하는 것이 이 글의 목표이다. 그리고 그 과정에서 '계몽'에 대한 염상섭 태도의 일단 또한 드러날 수 있으리라 생각된다. 그것은 1920년대에 E 선생의 설교를 통해 던져진 질문이 1930년대에 어떠한 방식으로 중간결실을 거두는가에 대한 탐구이기도 하다. 물론 이러한 질문이 한 편의 소고小考를 통해 충분히 고찰될 수 있는 것은 아니며, 이 글은 그것을 위한 초보적인 질문일 따름이다. 이 글에서는 특히 염상섭이 언급했던 맹자와 마르크스의 교섭, 곧 전통 지식과 사회주의 사이의 연관을 통해 답변을 위한 작은 하나의 실마리를 마련하고자 한다.

17 김윤식, 『염상섭 연구』, 서울대 출판부, 1987, 189~245면; 서영채, 『사랑의 문법』, 민음사, 2004, 175면.

18 근대성을 견지하면서도, 전통적인 지식과의 연관을 탐색하는 것은 충분히 가능하다. 천핑위안陳平原은 중국 청말민초 시기 유악劉鶚과 쑤만수蘇曼殊, 그리고 1920~1930년대 펑원빙馮文炳과 린위탕林語堂 등 불가 및 도가의 상상력의 흔적을 살피면서, 그 영향을 받은 것이 서구의 정치문화와 문학예술을 배척하는 복고를 의미하는 것이 아니었다고 지적한다. 천핑위안陳平原, 이보경 외역, 『중국소설사』, 이룸, 2004, 369면.

2. 1920년대 사회주의 수용과 '한문'이라는 낯선 글쓰기 맥락

마르크스주의 '원본'과 그 교의를 어느 정도의 충실성fidelity을 가지고 사회주의를 조선에 이식했는가, 혹은 일본 변혁운동사의 전개 및 분화와 어떤 긴장을 유지하면서 사회주의적인 실천을 수행했는가하는 질문은 꽤 오랫동안 1920년대 초반 사회주의 수용사를 구성하는 기본적인 문제틀이었다. 최근에 들어서는 번역의 과정에 개입되는 조선의 맥락이나 자유주의, 낭만주의, 사회진화론 등 또 다른 지식체계와 세계관이 사회주의와 만나고 어긋나는 양상에 대한 심문이 진행되고 있다.[19] 이 절에서 간략하게 소묘할 것은, 다양한 사상의 맥락과 충돌하면서 전개되었던 사회주의 수용사의 또 다른 숨은 풍경이다.

'조선사회운동의 척후적 개척기관'[20] 조선노동공제회가 기관지 『공제共濟』 창간호를 발간한 것은 염상섭의 「박래묘」로부터 4개월이 지난 1920년 8월이었다. 조선노동공제회의 창립 임원으로는 박중화, 오상근, 차근봉, 장덕수, 김명식 등이 있었다. 기독교 사회주의, 영국식 길드 사회주의, 아나키즘, 생디칼리슴 등 미분화하고 있었던[21] 초기 『공제』의 창립 취지문은 서구 발 사상의 이면에 개재되어 있는 또 다른 문맥을 증언하고 있다.

"큰 이치는 지극히 공정하니 올바른 길은 탄탄하니라"라고 하였느니라.

---

19 박종린, 「1920년대 전반 사회주의사상의 수용과 맑스주의 원전 번역」, 『한국 근현대사 연구』 51, 한국근현대사학회, 2009, 301~320면; 최병구, 「초기 프로문학에 나타난 '감성'과 '제도'의 문제」, 『현대문학의 연구』 47, 한국문학연구회, 2012, 159~188면; 송민호, 「1920년대 맑스주의 문예학에서 '과학적 태도' 형성의 배경」, 『한국현대문학연구』 29, 한국현대문학회, 2009, 73~105면.

20 배성룡裵成龍, 「조선사회운동소사 2」, 『조선일보』, 1929.1.2.

21 이경룡, 「1920년대 초반 노동운동의 분화과정」, 『중앙사론』 8, 중앙대 중앙사학연구소, 1995, 114면.

명예를 팔고 권세를 농단하여 다른 이의 힘 덕에 먹고 다른 이의 노력 덕에 입으며 높고 큰 누각에서 따뜻한 옷과 맛있는 음식으로 일생의 안락을 행하는 '역사의 유물遺物'은 현대의 패덕悖德이다.

이것을 소리 높여 알리고 바로잡아 깨끗이 하는 것은 상제의 정의이며, 성실하고 근면히 노동하여 자신의 힘으로 먹고 자신의 노력으로 입는 것이 인간 세상의 바른 직분이라. 이를 정중하게 대하고 존중하며 지지하는 것이 인간 도리의 본체로다. 그러므로 노동이 신성하고 노동자가 존귀하다 함이 어찌 신神의 거룩한 살아있는 음성이 아니리오. (…중략…) 명예도 노동자에게, 황금도 노동자에게, 안락도 노동자에게 주라고 상제上帝께서 고대하시니라. 그러나 (…중략…) 자녀를 교육하지 못하고, 직업도 유지하지 못하고 질병과 재난에서 구제하지 못하여, 다만 고용되고 비천하게 대우 받으며 다른 사람을 위하여 누에를 기르고 다른 사람을 위하여 돌을 다듬으니 스스로 가슴을 쥐어뜯고 세 번 생각하면서 다른 사람을 원망함보다 자기를 자책함을 마지않을 뿐이로다. 그러나 변하였도다. 스스로 돕는 것과 스스로를 존중하는 것을, 그리고 스스로 깨우치는 것과 스스로를 높이는 것을 알았도다. 자기 자신自我의 노력을 남에게 빼앗기지 아니하고 자기 자신自我이 먹을 것과 입을 것을 마련하고 자기 자신自我의 행복을 다른 사람에게 의존하지 아니하고 자기 자신에게 구하여 하늘의 뜻天意에 귀의하는 올바른 길이 열렸도다.[22]

22 「조선노동공제회朝鮮勞働共濟會에 대하야」, 『동아일보』, 1920.4.17. "大理至公하니 正路坦坦이라 하고 / 名을 賣하고 權을 弄하야 他의 力을 食하고 他의 勞에 衣하야 高樓巨閣에 綿衣玉食으로 一生의 安樂을 端行하는 歷史的 遺物은 現代의 悖德이라. / 此를 鳴鼓하고 廓淸함은 上帝의 正義며, 誠勤히 作業하야 自力을 食하고 自勞를 衣함은 人世의 正職이라. 此를 敬待하고 扶持함은 人道의 本體로다. 故로 勞動의 神聖하고 勞動者가 尊貴하다 함이 엇지 神의 거룩한 活聲이 아니리오 (…중략…) 名譽도 勞動者의게 黃金도 勞動者의게 安樂도 勞動者에게 與하랴고 上帝께서 고대하시나니라. 그러나 (…중략…) 子女를 敎育치 못하고, 職業도 堡障치 못하고 疾病과 災難을 救濟치못하야, 다만 使喚과 賤待로 他를 爲하야 養蠶하였고 他를 위하야 石工하였으니, 스스로 膺을 捫하고 三思하면 他를 怨함보다 自己를 自責함을 마지아니할 뿐이로다. 그러나 變하얏도다 自助와 自尊을 自覺과 自高를 知하얏도다 自我의 努力을 他의게 見奪치 아니하고 自我가 衣食하며 自我의 幸福을 他의게 依賴치 아니하고 自我에서 求하야 天意에 歸하는 正路가 開하얏도다."

한국노동운동사에서 상제上帝, 신神, 천의天意 등을 언급한 유일무이한 취지문이라는 평가를 받는 위의 글은,[23] 서구에서 연원한 사상을 수용하는 과정에 개입한 전통 지식의 존재를 드러낸다. 당대의 평자 유진희가 "과도기의 일기관"으로 『공제』와 조선노동공제회의 성격을 규정했듯,[24] 정파 간의 갈등과 이론적인 투쟁이 본격적으로 진행되기 이전, 초기 『공제』는 사회주의가 조선에 넘어왔을 때 전통 지식과 맺은 관련의 한 양상을 증언하고 있다.

취지문과 걸음을 같이하여, 『공제』 창간호에서는 「주린 사람의 분노憤怒」라는 프롤레타리아를 형상화한 서구 작가의 권두화卷頭畵와 함께 실린 「조선을 개척한 배달 한아버님의 깃븜」이라는 단군 그림의 배치가 우선 눈에 띈다. 그리고 정태신의 「구미노동운동사」라든가 석여石如의 「평등의 광명과 노동의 신성」 같은 글 사이에 실려 있는 이인탁李仁鐸의 「아반도我半島 유한계급有閑階級의 맹성猛醒을 촉促하노라」는 그 문체 자체가 상당히 이질적이다. 언뜻 보면 제목처럼 조선 반도 유한계급의 맹성猛醒을 촉구하는 것으로 읽히지만, 사실 이 글은 "일일생一日生을 도모圖謀하는 노동제도하에서 소 노릇 말 노릇" 하는 '제군諸君'의 각성과 "종종種種한 신문잡지新聞雜誌가 다 보도하"고 있는 "개조운동改造運動"에의 동참을 요청하고 있다. 흥미로운 점은 이 글이 사회주의나 아나키즘의 교의를 이론적 술어로 직접 진술하지 않는 것이다. 이것은 기고자 스스로도 "우리 반도 노동계급이 과연 과학적科學的 지식기능知識技能은 결핍"하다고 인정했던 것처럼, 당시 '노동계급' 혹은 『공제』의 독자였던 '지식인'까지도 서구 사회과학 개념과 술어 및 논지 전개에는 익숙하지 않았기 때문이다. 물론 서구적 논지 전개에 익숙하고 서구 개념어 사용도 빈번한 정태신 같은 논자가 있는 것을 볼 때 개인차를 감안해야 하겠지만, 이 글은 '유한계급'이나 '노동계급'을 제외하고는 사회주의와 관련된 개념어를 사용하지

---

23 김준엽 · 김창순, 『한국공산주의운동사』 2, 청계연구소, 1986, 62면.

24 유진희兪鎭熙, 「노동자의 지도와 교육—차편此編을 특히 노동공제회 제군에 정呈함」, 『동아일보』, 1920.5.1.

않은 채 논지를 전개하고 있다.

일본 혹 중국을 경유해 유입된 서구적 지식을 표현하는 술어가 부족할 때, 그 공백을 메운 것은 당대 사용하던 언어를 그 임계로 끌어올려 사용한 다양한 수사修辭들이었다. 가령 논자는 개개인의 것으로 간주하는 유한계급의 "향유한 바 그 부富는 자득자조自助自得한 바가 아니라" 사실 "일사회一社會가 여與한 것"이라는 점을 설명할 때, 세계 부호 '카네기'의 예화를 가져온다.[25] 그리고 유한계급 "제군諸君"이 결코 노동자 "그네들"에게 호혜적이지 않았다는 경험과 기억을 환기하는 수사적인 질문을 던지고서야,[26] 자본가와 노동자 사이의 갈등을 설명할 수 있었다. 서구 사회 과학의 학술 언어의 부재를 보충한 역할은 근대계몽기 이래 이식된 단편적인 서구 지식들(카네기의 격언, 그리스도교 기도문의 패러디)이 일부 수행하기도 했으나, 이 기고문 전체를 볼 때 두드러지는 것은 군자 및 오랑캐라는 익숙한 수사적 배치, '감님'이라는 초현실적 존재, "여余가 일찍 불전佛典을 고考"하며 읽었던 부처의 가르침, 그리고 글의 곳곳에서 마주하게 되는 한문 "문사文詞"들이었다. 게다가 이 글은 문장의 거의 모든 개념어를 한자로 표기했기 때문에 '시각적으로' 한자의 문면 점유율이 꽤 높으며, 곳곳에서 한문 구절을 단장斷章하고 취의取義하여 국한문혼용체로 작성되어있다.[27]

---

25 이인탁李仁鐸, 「아반도我半島 유한계급有閑階級의 맹성猛醒을 촉促하노라」, 『공제共濟』 창간호, 조선노동공제회, 1920, 65~66면. "오호라, 저 둘째 아들이 얻은 부는 누가 준 것인가(오호嗚呼라 피차자彼次子의 득得한바 부富는 수誰가 여與한 자者인가). 알진저. 뉴욕시라는 한 사회가 준 것이 아니냐(지知할 진저, 뉴육紐育 시市란 일사회一社會가 여與한 것이 아니냐)."

26 위의 글, 66~67면. "그들은 이미 그대들의 따뜻한 옷과 맛있는 음식을 공급하는 일로 거의 초췌해졌고(그네들은 이미 제군諸君의 면의옥식綿衣玉食을 공급供給하기에 거의 초췌憔悴하였으며), 그대들의 높고 큰 누각을 운영하기에 가장 충실하고 근면하였거늘(제군의 고루거각高樓巨閣을 경영하기에 가장 충근忠勤하얏거늘) 편안히 눕고 앉아서 그것을 입고 먹으며 지내는 그대들은(편안히 누어서 앉아서 차此를 의衣하며 식食하며 침거寢居하는 제군은) 저 얼고 주리고 고달프고 지쳐 쓰러진 노동자를 대할 때에(피동뇌피폐彼凍餒疲弊한 노동자를 대할 때에) 일찍이 한 번이라도 '주리겠구나, 춥겠구나, 애처롭구나'라고 하며(일찍 일념두一念頭에나 '주릴세라 추을세라 애처로워라'하여) 아주 조금의 동정의 눈물이라도 흘려본 적 있느냐(일반국一半菊 동정同情의 루淚를 쇄하灑下한 적이 있느냐)?"

물론 정태신과 이인탁의 차이처럼, 당대 혹은 『공제』의 앎이 균질적이라고 할 수는 없을 것이다. 정태신에 비해 그 이해도가 다소 낮은 것을 염두에 두더라도, 한문의 문화적 맥락에 기대어 새로운 앎을 소개하는 태도는 이인탁의 글 하나에서만 발견되는 것이 아니라, 초기 『공제』의 편집 체재 곳곳에서 산견된다는 점을 지적해둘 필요가 있다. 글을 수록하고 남은 여백에는 호머나 프랭클린의 '명언名言'을 수록하고 캐나다인 오웬스H. T. Owens가 편집자에게 보낸 영문편지를 전재하기도 하였지만,[28] 「스위스 잡감雜感」처럼 국한문혼용 표기가 두드러지는 글도 존재한다. 특히 수록된 한시漢詩가 눈길을 끈다. 그 해 5월 대홍수 때의 비경悲景을 보며 눈물과 함께 읊었다고 부기한 양산壤山의 한시는, 홍수 때의 참상을 묘사한 뒤 어릴 때 읽은 패관잡서稗官雜書에 등장한 천강선동天降仙童 같은 인인仁人이 나타나 한 사람 한 사람씩 구해 100명을 구하더라도, 여전히 1만 명의 위태로운 사람이 남았을 것이라 적었다. 그리고 그는 대안으로 한 사람 한 사람이 힘을 모아 공제共濟 : 함께 건너세라는 이념을 제시한다.[29] 하늘이 내려준 패관잡기의 영웅에 의한 구원이라는 전통적인 방식이 1920년 새롭게 구상된 '개인'의 연대에 대한 갈망으로 전화하는 장면을, 전통적인 글쓰기 양식인 한시로 포착하고 있는 것이다.[30]

---

27 김영민 교수의 분류에 따르면 국한문혼용체 제2 유형에 둘 수 있다. 한자가 아니라 한문의 특성을 지닌 문장의 개입이 있기 때문이다. 김영민 교수가 국한자혼용체 제1 유형의 예로 들었던, 1919년 『학지광』 문장보다 한 걸음 한문에 가깝다. 김영민, 『문학제도 및 민족어의 형성과 한국 근대문학, 1890~1945』, 소명출판, 2012, 227~228면 참조. 고 최덕교 선생 또한 『공제』의 '한자투성이의 문장'에 대해 주목한 바 있다. 최덕교, 『한국잡지백년』 2, 현암사, 2003, 343면.

28 오웬스H. T. Owens는 1882년 캐나다 토론토에서 태어나 1918년부터 조선에서 세브란스 연합 의과대학Severance Union Medical College과 연희전문학교Chosen Christian College에서 조수로 일했다. 1932년에 토론토로 돌아갔다. http://www.cooperativeindividualism.org/georgists_canada-m-z.html에서 약력을 확인할 수 있다. https://search.i815.or.kr/ImageViewer/ImageViewer.jsp?tid=ms&id=007630-02-0010(최종검색일 : 2013.4.16)에는 그가 작성한 보고서가 영인되어 있다.

29 양산壤山, 「한시漢詩 — 공제共濟」, 『공제共濟』 1, 1920.9, 113면.

30 한시 게재 2호에도 이어진다. 『공제』의 성격을 한문을 기반으로 한 사회주의 수용으로 이해할 수 있다는 것은 서울대 권철호 선생의 언급을 통해 알았다. 『공제』의 주요 편집진과 그들의 사상에 관해서는 최병구, 「사회주의 문화 담론과 프로문학 — 신경향파 문학 탄생의 주변(1920~1923)」, 『민족문학사연구』 49, 민족문학사학회, 2012, 223~230면.

사회주의는 기존 지식의 가치중립성과 보편성을 공격하며, 기존의 지식이 동원을 위한 헤게모니 전략임을 밝히고 해방을 위한 새로운 지식의 필요성을 요청했다.[31] 이는 근대계몽기 이래 조선에 들어온 서구 지식에 대한 재구성을 요청하는 것이기도 했는데, 그렇다면 『공제』 창간호의 한문 글쓰기와 그에 기반한 지식의 위상은 다소 '예외적'이라고 할 수 있다. 기고문들은 분명 국문체에 가까운 언어로 서구적 지식을 전파하기도 하지만, 다른 한편으로는 기존의 앎-언어였던 동아시아 공동문어인 한문에 기반하여 새로운 지식으로 개입한 사회주의를 자기 식으로 '번역'하는 작업을 수행하고 있기 때문이다. 다만 그 지식과 개념의 수용이 초보적인 단계인지라 공동문어에 기반한 지식과 새로운 지식 사이의 충돌은 제대로 이루어지지는 않았다. 그리고 새로운 지식은 기존의 '한문'이라는 서기체계가 가진 폐쇄성과 계급성을 지적하는 곳까지도 이르지 못했다.

일본에 있을 때 이미 역사를 피지배계급과 지배계급의 대립으로 파악하는 단초를 보여주었던 염상섭은[32] 1920년 5월 1일 창립 직후의 조선노동공제회 강연회에 참석하여 장덕수를 대신하여 연단에 올라 '노동조합의 문제와 이에 대한 세계의 현상'이라는 주제로 짧게 발언하기도 하였다. 조선노동공제회의 김명식, 정태신 등이 주축이 된 이날 강연에서는 '부조와 경쟁', '실사회에 대한 계급의 악한 폐단과 부귀의 틀림' 등의 문제가 논의되었고, 용산철도공장 노동자 김길인의 즉흥연설이 청중의 큰 호응을 받기도 하였다.[33] 김명식과 정태신과의 관계는 이후 1922년 11월 신생활사 필화사건에 대응해 언론인과 법조계 인사들이 언론옹호결의문을 발표할 때, 염상섭은 『동명東

31 박헌호, 「'계급' 개념의 근대 지식적 역학」, 『상허학보』 22, 상허학회, 2008, 13~39면.

32 이종호, 「일제시대 아나키즘 문학 형성 연구-『근대사조近代思潮』『삼광三光』『폐허廢墟』를 중심으로」, 성균관대 석사논문, 2006, 82~90면. 이종호는 특히 황석우와 염상섭의 접근, 그리고 오스기 사카에와의 관련에 주목하였다.

33 「노동공제회 강연」, 『동아일보』, 1920.5.3. 이 시기 염상섭의 노동관, 예술관 및 황석우와의 교류에 관해서는 박헌호, 「염상섭과 '조선문인회'」, 『한국문학연구』 43, 동국대 한국문학연구소, 2012, 235~259면.

明』을 대표하여 서명한 것으로 이어진다.[34]

앞서 살펴본 염상섭의 「E선생」에 등장하는 설교 단락은 1920년대 초반 『공제』의 서구 지식 수용의 다음 단계에 놓일 것이다. 1920년대 초반을 지나면서 서구 지식이 축적되면서 보다 많은 번역어와 개념어가 유입되었고, 다른 한편으로 국한문혼용의 글쓰기는 점차 자취를 감춘다. 염상섭의 「E선생」 또한 국한자혼용체로 작성되었다. 그리고 내용의 측면에서도 『공제』에서는 서양의 지식이라는 대상을 소개하고 설명하는 술어로 전통적인 지식을 이용했다면, 「E선생」의 설교는 『맹자』의 곡속장과 성서의 십계명을 마주 세우면서, 서구적 지식과 동양적 지식을 같은 무게로 놓고 두 대상을 직접 비교하고 그 유사성을 지적하면서, 해석을 위한 초보 단계에까지 나아간다.

1920년대 중후반 서춘徐椿의 시도는 여기서 다시 한 걸음 나아간 자리에 있다. 서춘에 대해 언급할 때는 안광천이 그의 작업을 "왜곡된 '유물론'"으로 비판했다는 점을 감안해야 하겠지만,[35] 1920년대 중후반 그는 『조선지광朝鮮之光』의 꾸준한 기고자 중의 한 명이었다.[36] 『조선지광』에 실은 한 기고문에서 서춘은 전통 지식을 바탕으로 사회주의를 이해하는 한 시도를 보여준다. 그는 "맑스 사상의 맹아萌芽는 동양에서는 이미 경서시대經書時代부터 있었다"고 전제하면서 『서경』과 『맹자』를 마르크스의 사상을 비교한다. "'무항

34 「언론言論의 옹호擁護를 결의決議—법조계와 언론계가 연합하야」, 『동아일보』, 1922.11.29.

35 조형열, 「서춘, 일제와 운명을 같이한 경제평론가」, 『내일을 여는 역사』 34, 서해문집, 2008, 152면. 서춘徐椿, 1894~1944은 "일제의 통제 정책에 적극 부응할 준비가 이미 된 '동요하는' 조선인 경제 자립론자"라든지, "상공층 중심의 경제학자", "물질문명을 숭배한 사회진화론자", "친일 행위가 밝혀져 서훈을 취소당한 '가짜 애국지사'"로 불린다. 강만길 등이 편집한 『한국사회주의운동인명사전』(창작과비평사, 1995)에도 그의 이름은 수록되어 있지 않다.

36 현재 확인한 서춘의 『조선지광』 기고문은 다음과 같다. 「사맹퇴치思盲退治」, 『조선지광』 64, 1927.2; 「경제적 신용의 필요」, 『조선지광』 65, 1927.3; 「맹자에 나타난 경제사상의 일단」, 『조선지광』 66, 1927.4; 「보통은행관계법령普通銀行關係法令에 대對한 소견所見의 일단一端」, 『조선지광』 80, 1928.9; 「최근 삼대회에 나타난 직업의식」, 『조선지광』 81, 1928.11; 「일본의 노동조합법안 사회국초안社會局草案의 연혁沿革」, 『조선지광』 90, 1930.3; 「불경기의 원인 급 그의 심핵화」, 『조선지광』 91, 1930.6 등. 기존의 서춘의 약력에 나타나지 않는, 『조선지광』과 연락된 또 다른 면모에 대한 고찰이 필요하다.

산無恒産이면 인무항심因無恒心'이라는 것은 '의식意識이 존재存在를 결정決定하는 것이 아니요 도리어 존재存在가 의식意識을 결정決定하는 것이라'는 맑스의 사상과 동일한 것이다"라는 말에서 보듯, 그가 우선 주목한 것은 마르크스의 사상과 '비슷한' 것이 동양에 있다는 점이었다. 맹자 역시 물질적 생활을 먼저 풍부히 해야 "생生의 완전실현完全實現"이 가능하다고 지적한 점에서는 마르크스와 유사했다. 서양의 지식을 동양의 지식과 같다고 놓는 '등치'의 방식으로 설명했다는 점에서 서춘의 시도는 「E선생」의 것과 유사하다.

그러나 서춘의 글은 등치를 확인하는 점에서 한 걸음 더 나가, 그 둘의 차이를 대별하기도 한다. "항산이 없이도 항심을 가지는 것은 오직 사士만 가능하다[無恒産而 有恒心者는 唯士爲能]"라는 구절을 통해 마르크스와 맹자 사이의 거리가 가늠된다. 항산이 없어도 항심을 가질 수 있는 어떤 자, 곧 "일종一種의 고급인류高級人類"를 상정하고, 그들과 '무항산無恒産이면 인무항심因無恒心'인 자, 즉 "생활상태生活狀態가 의식意識을 결정하는" 인류를 구별 지은 것이 맹자의 사상이었다. 맹자는 역으로 항산을 주면 항심을 회복할 수 있다고 보았기 때문에, 그에게 빈곤은 "만악萬惡의 근본根本"일 뿐이었다. 그러나 마르크스에게 "무항산無恒産"은 "혁명革命의 원인原因"이었다. 그러한 차이는 맹자가 "성선性善을 설說하며 인의예지仁義禮智 사단四端을 창唱하여 일종一種의 정신주의精神主義로 시종일관終始一貫 한 사람"으로 "유물론唯物論을 신信하는 자者"가 아니었기 때문이다.[37] 그리고 이러한 논증의 과정에서 서춘은 맹자 논설에 선행하는 문헌으로 『서경』과 『논어』, 그리고 주자주朱子註와 관중의 문구를 곳곳에서 인용한다.[38] 서춘이 이러한 글을 돌출적으로 작성한 것이 아닌데, 그는 『조

---

37 서춘, 「맹자에 나타난 경제사상의 일단」, 『조선지광』 66, 1927.4, 52~55면.

38 서춘은 『서경』에서 "민民은 이부위천以復爲天"이라는 구절을 기억하고 이것을 "생활상태生活狀態가 의식意識을 결정決定하는 것이라는 적극적積極的 의미意味를 포함包含한 동시에 의식이 생활상태를 결정하는 것이라는 소극적消極的 의미를 포함한 것이다"라고 주석한다. 그러나 『서경』에 위의 구절은 없으며, 서춘이 『한서漢書』 권43 「역육주유숙손전酈陸朱劉叔孫傳」에 나오는 "민民은 이식위천以食爲天"이라는 구절을 잘못 기억했을 가능성이 있다. 서춘이 보기에 동양의 고전은 성현군자를 제외한 인간에 적용된다는 점과 통치자계급을 위한 사회정책의 사상적 기반이

선지광』에 마르크스의 유물론을 관중의 언급과 비교하고, 근대적 직업의식을 『맹자』의 한 구절로 유비하는 글을 다시 한 번 발표하기도 하였다.[39]

기존의 '등치' 단계에서 한 걸음 더 나가 그 둘의 차이를 대별해내는 작업을 수행한 서춘 역시 기본적으로는 서구의 경제학에 근거하여 세계를 해석하는 입장에 있으며, 동양의 '구문명' 및 정신주의와는 거리를 두고 있었다. 그렇지만 그 역시 새로 '이식'된 사상을 기존의 '언어'로 해석하려는 시도를 보여준다. 그 시도는 때로 그 간극에 대한 나름 진지한 실측으로 나타나기도 했고, 때로는 손쉬운 봉합이 되었다.

기존의 운동사나 정통적인 사회주의 문헌의 번역사에서 주목한 것처럼, 식민지 조선에서는 다양한 정파들이 갈등하고 해소하고 화합하고 이론투쟁을 벌이며 사회주의 운동사를 전개했고, 그에 발맞추어 프로문학 운동을 비롯하여 사회주의문화 운동 또한 전개되었다. 그러한 사회주의 수용 및 전개사에 비교해 볼 때, 『공제』와 서춘 등이 보여준 전통 지식과 접변하는 사회주의의 양상은 그 비중이 작고 미미한 것임은 분명하다. 하지만 1928년 11월 서춘과 함께 『조선지광』에 글을 실은 유진오의 한 기고문은 바야흐로, 한국 사상사에서 사회주의에 대한 입장이 수용과 이해를 넘어, 해석과 재구성의 단초를 보여주고 있었던 점을 염두에 둔다면,[40] 전통 지식과 사회주의 사이

라는 점에서 마르크스와 차이가 있었다. 『맹자』를 다루는 것과 비교의 초점은 같다.

39 서춘, 「최근 삼대회三大會에 나타난 직업의식」, 『조선지광』 81, 1928.11, 20~27면. "의식이 넉넉해야 예절을 알며[衣食足而知禮節], 창고가 가득 차야 영욕을 안다[倉廩實而知榮辱]."(관중), "화살을 만드는 사람이 어찌 갑옷을 만드는 사람보다 어질지 아니하리요마는[矢人이 豈不仁於函人哉리오마는] 화살을 만드는 사람은 오로지 사람을 다치게 하지 못할까 두려워하고[矢人은 惟恐不傷人하고] 갑옷을 만드는 사람은 오직 다른 사람을 다치게 할까 두려워하며[函人은 惟恐傷人하며] 무당과 관을 만드는 사람도 또한 그러하니[巫匠도 亦然하니] 그렇기 때문에 직업이란 마땅히 가리지 않을 수 없느니라[是故로 (維業)不可不擇也니라]." 『맹자』 「공손추상 7장」. 보통 마지막 구는 "직업은 마땅히 신중하지 않을 수 없는 것이니라[術不可不愼也]"로 적혀있는데, 서춘의 글에는, "직업이란 마땅히 가리지 않을 수 없느니라[(維業)不可不擇也]"라고 인용하고 있다. 관중의 생각은 의 / 식의 문제를 예절 / 영욕으로 연관 지은 것이고 맹자는 직업 / 기술을 인仁의 문제와 연관 지은 것이기 때문에, 각각 마르크스 및 근대적 직업의식과는 다소 맥락이 다르나 거기에 대해서 서춘은 따로 평을 하지 않는다.

의 긴장을 물었던 해석적 시도들이 가지는 의미와 한계는 성찰할 필요가 있을 것이다.

기본적으로 서구를 지향하면서도 동시에 서구와 동양의 해석적 충돌을 일으키는 이러한 시도의 이면에는, 서구적 앎을 수용하는 동아시아 지식인들의 태도와 성찰이라는 공유점이 존재했고, 중국이라는 참조점도 있었다. 가령 『조선지광』에 번역을 통해 소개된 후스胡適의 글 역시 동양의 정신론을 숭배하는 경향과 서양의 유물론을 추종하는 경향을 대조하며 이해하였다.[41] 당대 운동조직 자체가 중국과 연락되었기에, 중국의 정세는 『조선지광』의 주요한 관심사 중의 하나였는데, 중국 정세에 대한 관심 주변에는 조선과 중국의 문화적 '전통'에 관심을 기울인 글들도 산견된다.[42] 정통적인 운동사의 이면에는 한문 혹은 동아시아라는 문화적 맥락에서 사회주의를 이해하고 해석하는 입장의 가능성도 미비하게나마 존재했다. 하지만 이러한 시도들이 맥락을 갖춘 어떤 입장으로서 재구성되는 지점까지 이르지는 못하였다.[43]

---

40 유진오, 「진리의 이중성」, 『조선지광』 81, 1928.11. 유진오는 경제의 영역을 분석한 마르크스의 『자본론』을 방법론으로 재구성하여, 진리개념 분석을 시도한다.

41 후스胡適, 「근대서양문명에 대한 오인의 태도」, 『조선지광』 74, 1927.12. 계량을 하지 않아 확언할 수는 없으나, 『조선지광』의 참조점은 일본보다는 중국 쪽이 보다 두드러진다. 시평을 제외하고, 기고문의 양을 분석할 때, 중국 관계 기사가 더 많은 것 같다. 서춘의 글 또한 그런 분위기와 어느 정도 유관할 수도 있다.

42 『조선지광』에서 조선 혹은 중국의 문화적 전통을 다룬 기고문은 다음과 같다. 강병도姜炳度, 「공자孔子의 락樂」, 『조선지광』 64, 1927.2; 서춘, 「맹자에 나타난 경제사상의 일단」, 『조선지광』 66, 1927.4; 수산생, 「손문과 삼민주의」, 『조선지광』 72, 1927.10; 김기진, 「문예文藝 시감時感 단편斷片 – 한글운동과 가갸날」, 『조선지광』 73, 1927.11; 김동환, 「조선민요의 특질과 기 장래」, 『조선지광』 82, 1929.1. 아울러 중국의 정세를 분석한 글은 다음과 같다. 이인걸, 「중국中國 무산계급無產階級과 그 운동運動의 특질特質」, 『조선지광』 64, 1927.2; 서춘, 「맹자에 나타난 경제사상의 일단」, 『조선지광』 66, 1927.4; 낙동강인, 「중국 내에 재在한 열강의 경제적 정치적 세력」, 『조선지광』 67, 1927.5; 후스胡適, 「근대서양문명에 대한 오인의 태도」, 『조선지광』 74, 1927.12; 담설학인, 「소동파의 사詞적일면」, 『조선지광』 79, 1927.11; 남북철南北鐵, 「중국오원제조직에 대하야」, 『조선지광』 81, 1928.11; 이여성李如星, 「수필의 상해 – 칼톤 유락장遊樂場의 일야」, 『조선지광』 82, 1929.1; 김상각, 「중국 쏘베트 대표자회의와 홍군紅軍의 활동」, 『조선지광』 92, 1930.8; 김장환, 「중국의 남북전쟁」, 『조선지광』 92, 1930.8; 한설야, 「남경 국민정부와 장장의 귀추」, 『조선지광』 100, 1932.2. 이 외에도 「시평時評」에 단편적인 소식이 다수 실린다.

43 재구성에 이르기 위해서는 이후 아시아적 생산양식 논쟁이 필요했다. 따라서 '전통'에 대한

또한 이러한 시도들은 기본적으로 지배계층과 피지배계층이라는 대립항과 사적 유물론은 전제하고 있었으나, 사회주의의 입장과 지식을 어떻게 식민지 조선에서 계몽의 기획과 연결할 것인가에 대한 답변은 아직 마련하지 못한 상태였다.

3. 맹자와 마르크스의 상호 재구성과 민중이라는 계몽 주체

1931년 염상섭의 「현대인과 문학」에 등장하는 "항산 있고야 항심 있을 것은 맹자나 마르크스나 똑같이 가르친 바이다"라는 언급은 이러한 계보 위에서 그 위치와 의미를 사릴 필요가 있다. 「현대인과 문학」은 큰 맥락에서는 전통 지식과 사회주의의 (어긋난)만남의 맥락에서 살펴볼 수 있는 글이며, 보다 작은 맥락에서는 1920년대 염상섭이 논쟁과 기고를 통해 단편적으로 표방했던 여러 갈래의 입장들이 종합되는 장이기도 하였다.

국민문학론자들과 논쟁을 거치면서 전통에 대한 이해를 심화하던 염상섭은[44] 1927년 그 중간 결산으로 '전통'을 평면적 측면과 입체적 측면, 두 가지로 나누어 이해를 시도한다. 여기서 평면적 전통은 "지방적 또는 민족적이요, 토착적, 개성적이며 보담 더 지리적 약속을 가진 본능적 순응성"을 가지며, "유심적이니만큼 '불가변성' 혹은 '난難가변성'"을 그 특징으로 한다. 그에

1920년대의 논의들은 아시아적 생산양식 논쟁을 위한 기초적인 사례확인으로 볼 수도 있다. 이미 1920년대 후반부터 백남운은 여러 매체에 자신의 입장을 기고하기 시작한다. 1930년대 논쟁에 관해서는 박형진, 「1930년대 아시아적 생산양식 논쟁과 과학적 조선학 연구」, 성균관대 석사논문, 2012 참조.

44 김윤식, 『한국근대문예비평사연구』, 일지사, 1976, 113~119면 참조.

비해 입체적 전통은 "순전히 경제적 계급적이요, 시간적 순관념적이며 보담 더 역사적 배경을 가진 인위적 변태성變態性에 의한 것"으로 "유물적이니만큼 가변성"을 그 특징으로 한다. 이를 바탕으로 염상섭은 변혁할 수 있는 입체적 전통(계급적 / 유물적 전통)의 재구성뿐 아니라, 변혁이 어려운 평면적 전통(본능적 / 유심적 전통)의 재구성도 함께 실천해야 한다고 주장하면서, "민족운동과 사회운동을 유심적 견지에 서서 모순 반발치 않는다"고 보았다.[45] 여기에 대해 홍기문은 『조선지광』 지면을 통해 경제적 생활의 원동력인 생산력에는 이미 지리적이고 인종적인 조건도 포함되어있다고 하면서, 평면적 측면과 입체적 측면을 나눈 것은 역사 진보의 필연적인 법칙과 유물론이라는 사상체계를 충분히 이해하지 못했기 때문이라고 반박한다.[46] 염상섭 또한 『조선지광』 바로 다음 호에 이에 대한 재반박을 싣는다. 답변을 하는 염상섭의 태도가 흥미로운데, 그는 자신도 반론을 예상했으나 홍기문의 반박은 예상 수준에 미달했다고 말한다. 그는 홍기문의 반박이 개념에 얽매어 있음을 지적하면서, "그와 같은 말단 우又 말단인 문자에 구니拘泥하는 동안에 더 급한 일에나 여력을 남김이 없도록 함이 옳은 일일 것"이라는 반응을 보인다. 그렇다면 염상섭이 기대했던 반응은 무엇이었을까?

> 나의 예기豫期하였다는 (…중략…) 것은 다른 것이 아니다. 즉 유심적 방면으로 관념개조를 제창하였은즉, 그 '관념개조'와 실제의 '사회개조'가 어떠한 관계로 진행하고 성취하겠느냐는 것을 생산관계, 즉 사회환경은 의식을 결정한다는 유물사관적 견지로 토구하는 것이 기其 일一일 것이요.[47]

45 염상섭, 「민족, 사회운동의 유심적 고찰-반동, 전통, 문학의 관계」(『조선일보』, 1927.1.4~1.16), 『문장 전집』 I, 528·534~535면. 평면적 전통은 "과학적 해석을 여與함으로써 정당한 관념을 가지게 하면 그 위험에서 건질 수가 있다." 『문장 전집』 I, 534면.

46 홍기문, 「염상섭군의 반동적 사상을 반박함」, 『조선지광』 64, 1927.2, 39~40면.

47 염상섭, 「나에게 대한 반박에 답함」(『조선지광』 65, 1927.3), 『문장 전집』 I, 561면.

홍기문은 유물론적으로 접근하여 생산관계의 문제가 해결되면 민족적이고 관념적인 문제 또한 동시에 해결된다고 보았으나, 염상섭은 이에 동의하지 않았다. 염상섭은 민족운동의 해결이 사회 운동 및 경제 정책에 의뢰한다고 쓰긴 했으나 그것은 입체적 전통의 변혁에 국한되는 것이었고, 그 자신 역시 평면적 전통을 어떻게 개조해야 할지는 아직 충분히 논증하지 못하였음을 인정한다. 염상섭에게도 평면적 전통의 개조는 여전한 숙제였던 것이다. 그는 사회 개조와 정신 개조의 상관관계를 탐색하며 동시에 요청하고 있었고, 아직 정신적 개조에 대해서는 충분히 답을 마련하지 못하고 있었다. 그리고 그 대답의 일절은 「현대인과 문학」에서 찾을 수 있다.

1931년에 발표된 「현대인과 문학」은 "신과 빵을 잃은 현대인"을 대상으로 하고 있다. 인간은 과학과 기계를 통해서 신을 '유폐'하는 데 성공한다. 나아가 과학을 통해 삶을 개조하려고 하였지만, 오히려 과학에 주도권을 빼앗겼고 결국 인간은 종속적인 위치에 놓였고 인간의 성격과 운명을 해결할 수도 없는 상태에 놓였다. 현대인은 신에게 돌아갈 수도 없고, 자연에 돌아갈 수도 없으며, 그렇다고 과학기술을 부인할 수도 없는 딜레마에 놓여있었다. 이때 등장한 사람들이 바로 유물론자들이다.

최후로 "빵을 주어라. 그러면 자기로서 살리라"고 하는 밥의 전취론자戰取論者에 있어서는 위선爲先 수긍하고 다소의 의문이 없을 수 있다.

유심론자인 맹자도 '무항산無恒產이면 무항심無恒心'이라고 유물적 입론을 하였던 것이다. '항산恒產'이란 '밥'을 이름인가. 이런 논법으로 하면 현대에 있어서 항심恒心의 소유자는 부르주아밖에 없다. 의식이 족하니 또 예절을 알 것이다. 항심이니 예절이니 널리 말하면 도의, 도리, 도념道念이다. (…중략…) 그러고 보면 자기를 잃었다는 것, 다시 말하면 인간성을, 인간미를 잃었다는 것, 도의・도리・도념이 퇴폐하였다는 것, 생활의 신조・신념을 잃었다는 것은 무항산의 서민, 프롤레타리아를 두고 한 말에 불과하다는 결론에 이른다. 따라서 현대의 모든 악증

惡症은 무산계급의 죄책罪責에 돌아가고 말 것이다.

(…중략…) 부르주아문화의 악증惡症은 부르주아의 것이다. 과연 부르주아는 항산이 있으니, 즉 밥이 있으니 생리적 결함으로 도벽이 있기 전에는 강도질은 아니 할 것이다. 그러나 세상에 강도가 있음을 누가 책임지는가? 맹자가 이미 왕도王道로써 설파하였으니 중언重言코자 않거니와 **현대이고 고대이고 방벽사치放辟奢侈하고 음일잔학淫逸殘虐하고 가렴주구苛斂誅求하여 '무불위기無不爲己'한 것은 귀족이었고 유항산자有恒産者이었다. (…중략…) 도리어 항심은 무항산자, 즉 밥 없는 무산자, 요샛말로 '프롤레타리아'에게 있었다.** 맹자는 무항산이되 유항심한 자는 '유사唯士'라 하였지만, 그것은 사士를 치켜세우고 민民을 너무나 얕잡아서 본 봉건적 편견이었다. (…중략…) 그리하여 도의・도념은 도리어 무항심하다는 빈천계급에서 자라나왔다. 전결자典決者는 유항산자였으나 궁행자躬行者는 무항산자였다.[48] (강조－인용자)

과거에 간행된 사상가의 박제된 텍스트로 『맹자』를 읽은 서춘과 다르게, 염상섭은 '무항산은 무항심'이라는 문구를 동시대에 대한 해석으로 승인하고 있었다. 그리고 항산 있는 자는 부르주아밖에 없는 현실을 앞에 두고, 염상섭은 부르주아들이 "방벽사치放辟奢侈하고 음일잔학淫逸殘虐하고 가렴주구苛斂誅求하여 '무불위기無不爲己'"할 따름이라고 판단하였다. 현대 부르주아 역시 고대의 귀족과 같은 행태를 보이고 있는 것이다. 나아가 그는 오직 사士라야 항심이 있다는 맹자의 말에 반대하며, 오히려 '프롤레타리아'만이 항심을 가졌다고 주장한다. 염상섭이 보기에 맹자는 "사士를 치켜세우고 민民을 너무나 얕잡아서 본 봉건적 편견"의 영향 아래 있었기에 오류를 범한 것이었다. 그는 『맹자』의 미비한 점을 비판적으로 재구성하면서, 『맹자』를 통해 마르크스를 해석하고자 한다.

48 염상섭, 「현대인과 문학(2)－「소설의 본질」의 서언으로 비문단인을 위하야 씀이다」(『동아일보』, 1931.11.8), 『문장 전집』 II, 312~314면.

염상섭이 맹자를 끌어온 이유는 다름 아니라, "빵을 주어라. 그러면 자리로서 살리라"라는 유물론자들의 천명과 맹자의 주장을 마주 세우기 위해서이다. 염상섭은 유물론자들의 주장에 대해 일단 긍정을 했으나 여전히 의문을 품고 있었다. 그 이유는 앞서 염상섭이 주장했던 것처럼, 사회개조에 동시에 관념개조가 필요하기 때문이었다. 염상섭은 "자본주의 도덕이 요구되고 수립되어가나 신생 도덕이 완전한 체계를 얻어가지고 구도덕을 극복한 후 일개의 새로운 전통이 되기에는 상당한 연령을 요하는 것이"라는 말을 덧붙인다.[49]

그는 자본주의 단계 이전(의 도덕)과 이후(의 도덕)가 가지는 단절 혹은 질적 차이를 명기하고, 나아가 '예전 것을 극복'해야 '새로운 전통'이 이념적으로 가능하다는 것을 내비친다. 그러나 세계 많은 나라 중에서도 조선처럼 봉건사상의 잔재가 심하고 사상의 근저가 격동하여 혼란에 빠진 나라도 드물었다. "자본주의 자체는 벌써 퇴잠기頹岑期에 달하였으나 소위 '신도덕'이라는 자본주의도덕은 완전한 수립을 보지 못하고 미래로 향하게 된" 상황에서 조선의 청년들은 "미래에의 약진"과 동시에 "봉건사상의 아성에 향하여" 대치해야 했다.[50] 1921년 「박래묘」의 고마가 요청했던 계몽과 비판의 기획은 1931년 무렵에도 여전히 필요한 것이었다.

"항산 있고야 항심 있을 것은 맹자나 마르크스나 똑같이 가르친 바이다"라는 언급이 나오는 것은 바로 이러한 현실에 대한 분석 다음 자리이다. 맹자와 마르크스 모두가 말한 것 같이, 항산이 있어야 항심이 있다고 하는데, 현실에서는 오히려 "유항산일수록 무항심"할 뿐이었다. 여기에 대한 대응책으로 염

---

49 염상섭, 「현대인과 문학(3)」(『동아일보』, 1931.11.10), 『문장 전집』 II, 315면.

50 '극복'이라는 표현 때문에 구사상과 신사상 사이의 관계가 갈등하는 것으로 읽히나, 그것이 배타적인 것은 아니다. 그는 다른 자리에서 프롤레타리아가 기존 계급의 문화적 가치를 '해체'할 때, 그들이 가진 것은 기존 계급의 표준에 따른 것밖에 없기에 그것을 재구성하는 작업은 불가피할 뿐 아니라, 필요하다고 하면서, "권도權度"라는 표현을 썼다. 염상섭, 「민족 · 사회 운동의 유심적 일고찰」(『조선일보』, 1927.1.4~1.15), 『문장 전집』 I, 512면.

상섭은 두 가지를 제안하는데, ① 그렇기 때문에 그는 "사상의 기초공사, 도덕의 근저가" 올바로 서는 것이 필요하다고 역설한다. "의식이 넉넉해야 예절을 안다(의식족이지예절衣食足而知禮節)"라고 하지만, 도의신념이 먼저 서야 '싸움'에서 승리할 수 있기 때문이다. ② 염상섭은 동시에 '항산' 개념을 재구성한다.

> 항산이란 이윤과 배당으로 일생을 향락에 엎지르는 불로유한계급의 생활저도로 잡지 말고, 근로와 수입(배분)이 비례하여 시간으로나 생활물자의 질량으로나 과부족이 없이 방벽사치에 흐르지 못할 정도로 정하고, 항심이란 그만한 정도에 만족하고 염불급타念不及他하는 것, 즉 욕심을 부리지 않는 것이라고 가르치면 맹자의 말에도 모순은 없어질 것이다.[51]

『맹자』에 나오는 항산은 '일정한 재산'이라는 추상적인 개념이다. 그러나 염상섭은 항산을 구체적으로 양화量化하고 거기에 '정도'를 부여하여, '과부족이 없는 상태', 그리고 '욕심이 없는 정량'으로 한정한다. 염상섭은 그렇게 해야 맹자의 말에 '모순'이 없어지는 것이라고 하면서 맹자와 식민지 조선 현실의 간극을 메우고 소통할 가능성을 타진한다. 그리고 현재의 유항산자들은 무항심하기 때문에, "이 관찰이 옳다면 지금 세상에는 항산도 없고 항심도 없다는 최후결론"을 도출한다. 그렇게 되면 "유항심이라야 유항산이라는 결론"은 하나의 이념형으로서 '미래세계', 곧 도래하지 않은 새로운 세계에서나 가능한 조건이 된다.

표면상으로는 염상섭이 맹자와 마르크스 사이를 연결한 것으로 읽힌다. 그러나 이때 염상섭은 경전의 문구를 현실에 옮겨오기만 한 것이 아니라 그 과정에서 맹자의 개념을 재구성한다. 염상섭은 맹자가 가진 '봉건관념'을 비

51 염상섭, 「현대인과 문학(4)」(『동아일보』, 1931.11.12), 『문장 전집』 II, 317~318면.

판하였고, 그것을 보완하기 위해 원 경전 구절과 달리 '항산'을 양화하여 그것에 정도를 부여한다. 아울러 '항산이 있어야 항심이 있다'를 군주의 덕목으로 제시한 동아시아의 전통적인 해석을 기각하고, 그것을 도래할 '새로운 사회'의 이념형으로 위치 짓는다. 염상섭은 ① '봉건 사회' → ② '자본주의 사회' → ③ '미래세계'로 이어지는 단계론을 준비해두었고, 각각은 ① '구도덕' → ② '신도덕 / 자본주의 도덕'(유항산이어도 무항심임) → ③ 도래하지 않은 새로운 도덕('유항심이라야 유항산')이라는 기율과 관련하고 있었다. 염상섭의 『맹자』는 사서의 한 권이라든지, 혹은 주자의 권위 있는 해석 아래의 『맹자』가 아니라, 그 자신의 필요와 논지에 따라 재구성된 것이었다.[52] 그는 『맹자』로 조선의 현실을 진단하여 '자본주의 도덕'마저 미만하고 있었고, '유항산일수록 오히려 무항심'인 상태라는 결론을 내린다.

염상섭이 『맹자』를 재구성하는 과정은 그가 마르크스와 유물론자들에 결여되어 있다고 판단한 '도덕'이라는 관점을 개입하는 과정과 동시에 이루어진다. 다음과 같이 염상섭은 자신의 사유에서 '도덕'이라는 계기에 중요한 의미를 부여하고 있었다.

> 하여간 유항산일수록 무항심인 금일의 상태로 보면 미래사회에는 유항심이라야 유항산이라는 결론에 이른다. 다시 말하면 사상의 기초공사, 도덕의 근저가 서야 밥의 전취가 달성된다는 결론이다. 또 싸움의 도의・신념이 서야 승리를 하는 것이다.[53]

---

52 중국의 경우도 참고가 된다. 천핑위안은 불가와 도가의 사상을 수용한 중국 문인들이 한결같이 서구문학예술의 '열정적인' 수용자였다는 것을 강조하면서, 그들이 선택한 불가와 도가는 "서구문화의 관조, 더 나아가 여과를 거친 불가와 도가"이라는 사실을 특기한다. 거기에는 "왜곡이 있고 오해가 있고 상상력의 발휘가 있"으며, 그것이 독자의 심리와 정신적 요구에 더 잘 부합한다고 평한다. 천핑위안, 앞의 책, 368~369면.

53 염상섭, 「현대인과 문학(4)」, 『문장 전집』 II, 317면.

그는 맹자를 유심론자로 규정하고, 맹자의 '항산'론을 매개로 맹자와 마르크스를 하나의 논의 지평에 소환하고 융합한 뒤, 유물론의 시각만으로는 해명되기 어렵다고 판단한, '유항산'인 자들의 '도덕'에 대한 보완을 요청하였다. 그리고 그것은 "사상의 기초공사, 도덕의 근저"에 기반해야 "밥의 전취가 달성된다"는 강력한 주장에 근거하고 있었다. 물론 이러한 연결과 도덕의 요청은 그가 '유물론자'가 아니라 '유심론자'라는 또 다른 오해를 부를 수밖에 없었다. 앞서 보았듯 홍기문은 염상섭이 유물론에 철저하지 못하다고 하면서 비판했으며, 『조선지광』 지면에서도 유심론에 대한 비판적인 접근이 이루어진 바 있다.[54] 그러나 마르크스가 물질적 생산양식을 강조한 것은 사실이지만, 동시에 그가 "개인들의 활동의 특정한 방식Art이며, 그들의 삶을 나타내는 특정한 방식", 곧 생활양식의 문제에도 관심을 가졌다는 점을 상기할 필요가 있다.[55] 생활양식이란 생산양식과 긴밀한 연관 아래 구성되고 작동하지만 동시에 그것으로 환원되지 않는 고유한 영역으로, 특정한 형태로 양식화되고 반복되는 사회적 실천이 개개인을 '어떠한' 주체로 만드는가의 문제와 연관된다.[56] 마르크스는 생산수단의 소유 문제로 집약되는 생산양식의 근본적 변혁 이외에도 자본주의 시기의 질서와 생활양식, 그리고 그로부터 기인한 의식과 욕망에서 벗어나는 것이 필요하다고 보았으며, 그것을 "혁명 속에서만 이루어질 수 있는 광범위한 인간 변혁"으로 이해하였다.[57] 혁명의 과정에서 그러한 변혁이 수행되지 않는다면, "낡은 사회의 모반이 모든 면에서, 즉 경제적 · 윤리적 · 정신적으로 아직 들러붙어 있는 공산주의 사회"에

54 한치진, 「유물이냐 유심이냐?」, 『조선지광』 73, 1927.11; 송재홍, 「'한치진' 씨의 반동적 '유심론'을 논설함」, 『조선지광』 74, 1927.12; 송재홍, 「유물론과 관념론에 대하야」, 『조선지광』 75, 1928.1; 엘니옷트, 「유심론에 대한 일고찰」, 『조선지광』 75~76, 1928.1~2.

55 칼 맑스 · 프리드리히 엥겔스, 최인호 역, 「독일이데올로기」, 『칼 맑스 프리드리히 엥겔스 저작선집』 1, 박종철출판사, 1991, 197면.

56 이진경, 『맑스주의와 근대성』, 문화과학사, 1997, 123~129면. 이진경은 생활양식의 문제를 두고 '주체생산양식'으로 부르기도 하였다.

57 칼 맑스 · 프리드리히 엥겔스, 앞의 글, 1991, 220면.

불과한 것이었다.[58] 염상섭이 유심론자라는 오해를 무릅쓰고서라도, '도덕'을 강조한 것 또한 기존의 봉건적이고 자본주의적인 생활양식에 의해 구성된 주체가 아닌, 또 다른 방식과 윤리를 통해 주체를 구성할 필요성에 대한 요청으로 승인할 수 있다.

그렇다면 '도덕'의 필요성을 인지한 것에 이어서 염상섭의 논지가 조선의 '서민'들의 봉건사상과 삶의 태도를 비판하는 것으로 나아가는 것은 자연스럽다.[59] 1927년에 그가 썼듯, 평면적 전통, 곧 민족적 관념과 정신은 쉽게 교정하거나 폐기할 수 있는 것이 아니었기 때문이다. 염상섭은 항산 없는 모든 자가 항심을 가지는 것은 아니었다고 하면서, 염상섭은 봉건사상에 침윤된 조선의 '서민'들이 항심을 잃고 자본주의가 노리는 허영의 과녁을 향해 달아났다고 지적한다. 그러나 그것은 조선의 '서민'들의 탓만은 아니었다. 일찍이 염상섭은 "어떠한 계급이 지식을 독점하고 교육을 전제한다는 것"은 "타계급, 타민족의 협조라든지 동화를 바라는 것이 아니라, 그보다도 먼저 자의식, 자기비판력을 빼앗거나 또는 발생할 여유를 주지 않으려는 데에 원리가 있"다고 지적한 바 있다.[60] 지배계급 / 제국은 그들이 압박하는 계급 / 민족에게 자의식을 형성하고 자기 비판력을 발생할 정도의 지식조차 허락하지 않았기 때문이다. 이것은 이미 10년 전 염상섭이 「E선생」에서 민중을 폭력적으로 배제한 학교라는 장치를 묘사했던 것과도 상통한다. 민중에게는 지시적 계

58 칼 맑스, 「고타 강령 비판 초안」, 칼 맑스 · 프리드리히 엥겔스, 이수흔 역, 『칼 맑스 프리드리히 엥겔스 저작선집』 5, 박종철출판사, 1995, 375면.

59 손정수는 이 글에 대해 '현대의 부정적인 현실에 맞서 인간과 예술을 지키는 숙연한 도덕주의자'의 모습을 읽어냈으나, 그것은 다소 일면만을 본 독법이라 할 수 있다. 손정수, 「해방 이전 염상섭 비평의 전개과정에 대한 고찰」, 문학사와비평학회, 『염상섭 문학의 재조명』, 새미, 1998, 248면.

60 염상섭, 「민족, 사회 운동의 유심적 일고찰」(『조선일보』, 1927.1.4~1.15), 『문장 전집』 Ⅰ, 526면. 그 예로는 문예부흥 이전 서구 교권주의하의 암흑시대 및 식민지에 대하여 취하는 교육의 전제주의를 들었다. 또한 그들이 하층계급에게 허락한 교화의 범위는 자기반성 및 자기비판의 여유와 기회를 물질적으로나 정신적으로나 주지 않는 정도에서 우월계급의 생활방식 혹은 사회환경에 순응하게 하는 데 있다. 같은 글, 『문장 전집』 Ⅰ, 526~527면.

몽이라는 형식 자체가 폭력이었다.

그렇다면 민중을 억압하지 않는 '민중교화'라는 역설은 가능한 것인가. 염상섭은 '문학'이 민중 스스로가 주체가 된 계몽과 교화를 담당할 수 있다고 보았다. 그것은 '문학'이 가진 두 가지 속성 때문인데 ① 문학은 '무기'가 아니라 '의술'이기 때문이다.

> 현대는 더 말할 것 없이 기계와 숫자와 이욕의 허영심으로 성립된 것이다. 이것은 자본주의의 무기이기 때문이다. 그러므로 자본주의에서 해방된다는 것은 곧 기계에서, 숫자에서, 이욕에서, 그리고 허영에서 해방시키는 것이다. 문학은 이 네 가지를 근본적으로 부인하는 것이 아니라, 어떻게 이것을 조종함으로써 인간의 자랑을 빼앗기지 않고 사는가를 가르치는 것이다.[61]

이 글에서 염상섭은 '무기'와 '의술'을 각각 기존 질서에 대한 '부인'과 '조정'으로 이해하고, 나아가 그것을 '패도覇道'와 '왕도王道'로 대비한다. 그는 "꾸짖고 가르치는 데보다도 제풀에 나아가 무심중無心中에 얻는 데에 더 힘이 있"다고 확신하였다.[62] 염상섭은 무언가를 부정하고 전취戰取하는 것과 전취한 것을 보존하고 주체화하는 것을 질적으로 다른 행위로 파악하고 있는데, 각각을 패도와 왕도에 유비한다. 여기서 왕도란 바로 '민중'이 ("무심중에")주체

---

61 염상섭, 「현대인과 문학(6)」(『동아일보』, 1931.11.15), 『문장 전집』 II, 322면.

62 염상섭, 「현대인과 문학(5)」(『동아일보』, 1931.11.13.), 『문장 전집』 II, 누락부분.
편집자 주 : 장문석 선생의 이 글을 교정하다가 『문장 전집』 II에 수록된 이 날짜의 「현대인과 문학」에 다음 한 단락이 누락되었음을 발견하였다. 독자들께 심심한 사과를 표한다. 아래 단락이 『문장 전집』 II, 320면 두 번째, 세 번째 단락 사이에 들어가야 한다.
병이 있거나 성한 사람이거나 척서滌暑하는 맛에 약수를 먹는다. 무식하거나 유식하거나 자미있고 흥興이 있고 흥이 날 제 벙벙히 있을 수 없고 답답하고 쓸쓸한 제 말벗 삼아서 시조 한 장章을 읊고 신시新詩 한 줄을 외우고 소설책을 드는 것이다. 교화는 꾸짖고 가르치는 데보다도 제풀에 나아가 무심중無心中에 얻는 데에 더 힘이 있는 것이다. 자취自就, 자발自發, 자유선택自由選擇에 맡김은 높은 고랑의 물을 트면 낮은 데로 흐름과 같다. 소설을 사서삼경 가르치듯 하여 읽는 사람은 못 보았다. 흥미가 있기 때문이다.

가 되어 스스로를 계몽하는 것을 의미한다. 온전한 계몽은 '민중' 자신이 수행해야 하는 것이었다. 염상섭이 이처럼 왕도를 강조한 이유는, 바로 유산계급이 "그 교묘한 조직으로 자기와 같이" 민중을 감염시켜 "초기 중독" 상태이기 때문이었다.[63] 그리고 이러한 중독을 중화하려면 그 해독을 민중의 "자취, 자발, 자유선택에 맡"[64]겨야 했다. 자본주의 체제는 생산양식의 측면에만 문제가 있는 것이 아니라 생활양식의 측면에서도 문제가 있기 때문에, 생활양식을 재구성하는 작업은 무척 중요하다. 하지만 그 재구성은 자본주의 체제가 자연화한 것처럼 타자에 의한 지시와 규율 및 훈육에 의한 노동을 통한 주체화의 방식으로는 불가능하며, 자유로운 개개인의 자발이라는 형식을 통해서만 작은 가능성을 가늠할 수 있는 것이었다.[65] 염상섭 또한 학교라는 장치가 민중을 억압적으로 계몽하는 것은 민중을 대상화하는 방식일 뿐이라고 이해했으며, 민중이 스스로 주체가 되어야 한다고 보았다. 그가 전제했듯 평면적 전통을 바꾸고 정신을 개조하는 이 작업은 일단 처음 어느 정도 수준에 도달하기까지는 어려운 일이지만, 일단 어느 정도 수준에 도달한다면 "높은 고랑이 물을 트면 낮은 데로 흐름과 같"[66]이 자연스레 확산을 기대할 수 있는 것이었다. 그렇기 때문에 그는 민중, 곧 '무산계급' 독자들의 '선택'과 '자발'을 강조하였다.

또 다른 속성으로 ② 문학은 바로 "무식하거나 유식하거나 자미滋味 있고 흥미 있고 흥이 날 제, 벙벙히 있을 수 없고 답답하고 쓸쓸한 제 말벗 삼아서" 접근할 수 있는 것이다.[67] 아무리 민중에게 자발적으로 문학을 통해 스스로를 교화할 것을 요청한다고 하더라도, 민중이 문학에 흥미를 느끼지 못한다면 무용할 것이다. 염상섭이 일찍이 쓰기도 했듯, "민중이 소설에서 구하고

---

63 염상섭, 「현대인과 문학(7)」(『동아일보』, 1931.11.19), 『문장 전집』 II, 324면.
64 염상섭, 「현대인과 문학(5)」, 『문장 전집』 II, 누락부분.
65 이진경, 앞의 책, 293~316면.
66 염상섭, 「현대인과 문학(5)」, 『문장 전집』 II, 누락부분.
67 위의 글.

자 하는 것은 윤리적 교화적 요소가 아니"었고, "민중이 요구하는 것"은 "자미 있는 것"이었다.[68] 그러나 문학에서 '교화'란 하나의 '성분'일 뿐 전체는 아니다. 염상섭은 약수가 약수인 것은 그 안에 '라듐'이 삼투되어 있기 때문이지만, 사람들이 여름에 약수를 마시는 것은 '라듐' 때문이 아니라 시원하기 때문임으로 예시한다.[69] 염상섭은 유식하거나 무식하거나 상관없이, 언제든지 재미로 흥으로 손쉽게 접근할 수 있는 것이 문학이라고 보았고, 흥미를 매개로 문학을 읽을 때 민중들은 자연스럽게 스스로를 교화할 수 있다고 보았다. 타자에 의해 계몽이 강요되는 '패도'가 아니라 자신이 주체가 되어 계몽을 수행하는 '왕도'를 강조하며, '무식'한 독자들이 스스로 선택할 수 있는 교화를 요청하였다. 그리고 이 과정에서 철저히 작가는 그들을 보조하는 역할 이상을 자처하지 않았다.

물론 염상섭에게 몇 가지 질문을 할 수 있을 것이다. 왜 하필 문학이며, 왜 하필 소설인가, 혹은 과연 민중들이 소설을 읽을 것인가 등의 질문이 그것이다. 민중이 스스로를 교화할 수 있는 방식으로 미술, 음악, 연극, 조각, 건축 등도 있다는 것은 염상섭도 인정하는 바였다. 그러나 "조선의 현상現狀"을 놓고 그 계몽 상태, 시운時運, 재력 등을 살필 때는 다른 형식의 계몽은 아직 더 많은 관심과 경제적인 부담을 요청되는 것이 현실이었다. 물론 "용력用力하여 장려한다면 가기可期할" 바이긴 하지만, 현실적으로는 문학이 먼저 역할을 수행하는 것은 불가피했다. 또한 염상섭이 보기에 현대란 본질적으로 민중의 시대, 곧 데모크라시의 시대였고 귀족적인 운문의 시대가 아닌 산문의 시대였다.[70] 그리고 무엇보다도 당대 민중들은 문학에 대한 강한 갈증을 느끼고 있었다.

68 염상섭, 「소설과 민중－「조선과 문예, 문예와 민중」의 속론續論」(『동아일보』, 1928.5.27~6.3), 『문장 전집』 Ⅰ, 720면.
69 염상섭, 「현대인과 문학(5)」, 『문장 전집』 Ⅱ, 320면.
70 염상섭, 「소설과 민중－「조선과 문예, 문예와 민중」의 속론續論」, 『문장 전집』 Ⅰ, 712~713면.

통속소설, 가정소설, 인정소설人情小說이라는 것은 소위 민중문예라는 의미에서 그 저급함을 간신히 변명할 수 있는 것이다. 그러나 그 내용의 가정소설로서 또는 민중독물民衆讀物로서 적부적適不適은 고사하고라도, 한문의 소양이 없이는 난해한 문체이고 보면야 민중적 보급이라는 점에서도 존재의 의의가 박약하여질 것은 물론이다. 그러나 이것을 근대의 민중이, 오히려 지금도 대다수의 민중이 유일한 호독물好讀物로 탐독한다는 사실은 그들이 얼마나 문예에 주렸던가를 우리에게 가르친다.[71]

염상섭은 『춘향전』, 『심청전』, 『운영전』, 『구운몽』, 『홍루몽』 등 고소설에 대해 "실인생實人生을 몽夢 세상, 농弄 세상으로만 보"려고 한다고 하면서 "조잡한 통속소설"이라고 부르기를 마지않는다. 게다가 그 작품들에 삽입된 한시나 한문문구 등 봉건문화의 흔적이 조선어로 충분히 번역되어 "민중에게 평이히 이해케 한 것"도 아니었다. 조잡하고 읽기에 불편한데도 지금 이처럼 민중들이 고소설을 탐독하는 것은 그들이 문예작품에 얼마나 갈급했는지를 방증하는 것이었다. 이미 민중들이 주체가 되고자 욕망하는 상황은 마련되었기에, 문학자들만 준비가 되면 되는 것이었다.[72]

염상섭은 1920년대 초반 「E선생」을 통해 보여준 것처럼 지시적이고 선언적인 계몽에 대해 거리를 두고 있었다. 그리고 1931년 「현대인과 문학」을 통해서 결국 계몽에 대한 염상섭 자신의 답변을 마련한 셈이다. 그 답변을 마련하는 과정은 『맹자』의 재구성이면서, 동시에 마르크스에 대한 재구성이었다. 환언하면 전통의 재구성은 이식의 재구성이기도 하였다. 이러한 재구성은 문체의 측면에서도 발견되는데, 1927년 「민족, 사회 운동의 유심적 일고찰」에서 염상섭은 그 자신이 유심적 입장이라고 하면서도, 실제로 전통을 분

71 염상섭, 「조선과 문예, 문예와 민중」(『동아일보』, 1928.4.10~4.17), 『문장 전집』 Ⅰ, 691~692면.
72 「현대인과 문학」에서 염상섭은 인간을 "욕심덩어리", 곧 욕망하는 주체로 보는 흥미로운 관점을 제시한다.(『문장 전집』 Ⅱ, 321면) 염상섭이 파악한 계몽과 욕망의 중층적인 관계는 그의 창작과 더불어 보다 심도 있게 논의할 필요가 있는바, 별고를 기약하고자 한다.

석하는 자리에서는, '부르주아' 및 '프롤레타리아'라는 개념의 도움을 받아 논지를 구성한다. 하지만 「현대인과 문학」에서는 이 두 단어에 의존하는 비율이 현저히 감소하며, '자본주의 도덕'이라는 용어 정도만 눈에 띄며 오히려 맹자에서 빌려온 개념 및 술어 들이 증가한다. 새로운 가치는 밖에서 가져올 수도 있는 것이지만, 다른 한편으로는 낡은 가치를 갱신함으로써 생겨나는 것이기도 하다.[73] 이 지점에서 우리는 "문화이식文化移植이 고도화高度化되면 될수록 반대反對로 문화창조文化創造가 내부內部로부터 성숙成熟한다"는 임화의 진술이 문화사적 실체를 가지는 것을 확인할 수 있다.[74]

4. '마음의 봉건'으로부터의 지난한 이행과 '미니마 모랄리아'

이보영 교수는 "염상섭이 『삼대』에서 변함없는 도의심道義心: 항심을 가진 민중의 대표자로서 김병화를 내세운 그 근저에는 반드시 학문적으로 마르크스주의를 맹자와 변별할 필요가 없는 사회주의를 옹호하는 휴머니즘이 그에게 있었"기 때문이라고 지적하였다. 동시에 염상섭 문학의 '대륙지향성'을 지적하면서, 홍경애와 김병화가 만나는 '시베리아'가 환기하는 도스토예프스키적인 분위기와 김병화가 가진 유협遊俠으로서의 면모 등을 예로 들기도 하였다.[75] 대륙적이고 동양적인 면모는 문체의 측면에서도 나타나는바, 중국

73 竹內好, 『魯迅』, 未來社, 1961, 188~189면. 다케우치 요시미는 새로운 것은 옛것과의 대결을 통해서야만 비로소 새로운 것이 될 수 있다고 하였고, 그렇지 않은 새로움, 곧 내성이 없는 새로움을 믿지 않는다고 적었다. 같은 책, 21~22면.

74 임화, 『문학의 논리』, 학예사, 1940, 482면.

75 이보영, 앞의 책, 97・252면.

고사의 인용이나 장훈이 가진 장개석蔣介石이란 별명, 그리고 작품 곳곳에서 등장하는 사자성어들을 지적해둘 수 있다.[76] 이 글은 이보영 교수의 분석을 염두에 두고, 염상섭의 문학론이 그의 소설 『삼대』와 어떠한 연관을 지니는지 살펴보려고 한다. 염상섭이 『삼대』를 1931년 1월 1일에서 9월 17일까지 연재하였고, 그 직후인 11월 7일부터 19일까지 「현대인과 문학」을 기고했던 만큼 두 글의 관련은 밀접한 것으로 판단된다.

여러 연구자가 지적했듯 『삼대』의 서사공간은 조의관-조상훈-조덕기로 이어지는 가문의 서사와 김병화, 홍경애 등 거리의 서사로 구성된다. 가문의 서사라는 점에 주목하면, 『삼대』는 산産에 관한 소설이 되며, 남성 인물들과 재산의 향방이 소설에서 부각된다. 이때 산産은 일차적으로는 재화의 분배 문제, 혹은 경제적 토대의 문제를 지시하지만 나아가 염상섭이 그것과 직간접적으로 연관되어 있다고 본 '관념'의 문제와도 연결되어 있다.

> 그이의 지키시던 모든 범절과 가규와 법도는 그 유산 목록에 함께 끼어서 자네에게 상속할 모양일세마는 자네로 생각하면 땅문서만 필요할 걸세. 그러나 그 땅문서까지가 대수롭지 않게 생각될 날이 올 것일세. 자네에게는 시대에 대한 민감과 양심이 있는 것을 내가 잘 아니까 말일세.(322)

조덕기에게 보낸 편지를 통해 김병화는 세 가지를 지적하고 있다. ① 조부는 '땅문서'뿐 아니라, '범절과 가규와 법도'를 '상속'하려 한다는 점, ② 그러

76 위의 책, 260~267면. 그는 이것을 비극성을 위해 강조한 희극적 요소로 평한다. 염상섭의 『삼대』(류보선 정리, 동아출판사, 1995)에 나타나는 고사와 사자성어의 목록은 다음과 같다. 경원이지(53), 어동육서, 조율이시(103), 인가도처유청산(185), 숙호충비(189), 촌계관청(204), 물각유주(207), 곡자아의, 신지무의(209), 만사구비에 지흠 동남풍(215), 목불식정(252), 주지육림, 경국지색(273), 유산태평(292), 벌제위명(332), 통상위체(333), 만사휴의(337), 승야월장(363), 은인자중(371), 비거서향풍(381), 유산태평(390), 맹상군(402), 변명무로(477), 유자생녀(482), 비소망어평일(518), 환귀본처(532), 이립지녀(533), 용혹무괴(534) 등. 이 글에서는 신문연재본을 저본으로 한 동아출판사 판 『삼대』를 텍스트로 이용한다. 소설 본문 인용 시 면수만 괄호 안에 표기한다.

나 조덕기는 땅문서만 필요하지, '범절'은 원치 않는다는 점, ③ 덕기의 '시대에 대한 민감과 양심'으로 인해 언젠가는 땅문서까지 대수롭지 않게 생각할 날이 올 것이라는 점 등이다. ①의 문제는 앞서 염상섭이 '전통'을 평면적 전통과 입체적 전통으로 나눈 것과 관련된다. 그는 평면적 전통에 대해 심성적인 것이고 불가변한 것처럼 보이지만, 사실은 인위적이고 이데올로기적인 개입이 전제되어 있다는 점도 아울러 지적했는데, 조덕기가 '가규'를 수용하지 않으려는 것은 그러한 이데올로기의 근거가 이미 역사적으로 의심받고 있다는 점을 환기한다.

물론 조덕기의 의심에도 불구하고 『삼대』에는 당시 조선에서 여전히 평면적인 전통을 경제적으로(입체적으로) 재생산하고자 하는 움직임이 있었다는 사실이 섬세하게 다루어져 있다. 『삼대』의 서술자는 양반계급은 관념으로 봉건을 지키고 있게 되는 한편에, "전일의 상민 — 상공계급 — 은 그 형식으로 봉건을 지키"게 된다고 지적한 것은 이에 대한 설명이다.(321)[77] 구체적으로 이러한 경제적인 재생산은 『삼대』의 초반에서, 조의관이 보여준 "돈을 주고 양반을 사"는 일련의 행동으로 나타난다.(106) 조의관이 일생의 '오입'이라 부른 세 가지는 의관이라는 택호를 산 것, 수원집을 들인 것, 대동보소를 집에 두고 족보를 간행한 것이다. 이 중 첫째와 셋째 것은 '양반'이라는 가치가 계급적(입체적)으로 구성되는 것임을 드러내고 있으며,[78] 둘째 것은 그렇게 조의관이 구성한 '전통'을 가장 원초적인 방식으로 재생산하기 위한 것이었다. 그러나 조의관의 기획은 결국 ②에서처럼 조덕기가 산産만을 받아들이고, '상제'인 조상훈은 "삿갓가마를 안 타고 프록코트에 통경을 감아 입고 고모(실크 햇)를 쓰고 상여 뒤에서" 마지못해 걸었던 그의 장례식을 계기로 실패하게 된다.(372)

77 새롭게 많은 부와 높은 지위를 얻은 조선인들이 스스로를 과시할 다른 표상을 찾지 못해 양반이라는 기표에 집착했다는 평도 있다. 천정환, 『대중지성의 시대』, 푸른역사, 2008, 237면.

78 조의관의 옆에는 "××조씨로 무후한 집의 계통을 이어서 일문 일족에 끼려 한즉 군식구가 늘면 양반의 진국이 묽어질까 보아 반대를 하"면서도, 결국 조의관의 돈을 받고 그를 족보에 올려준 "축들"이 있었다.(111)

서술자는 조부 세대 조의관의 세계관은 "영감의 봉건사상"(357)에 불과하다고 명명하고 있고, 덕기의 입을 빌려 아버지 조상훈에 대해서는 "부친은 봉건시대에서 지금 시대로 건너오는 외나무다리"로 호명한다.(45) 그리고 덕기의 지금 시대는 "열녀효부는 가문에도 없"는 시대로,(331) '범절과 가규와 법도'는 제외하고 '땅문서'만 승인하려는 이 시대에 '자본주의적 도덕'은 부족하나마 가능할 것이다. 그리고 김병화가 편지에 쓴 ③의 단계, 즉 땅문서조차 중요하지 않는 단계는, 곧 항산이 없어도 개의치 않는 시대란 '미래시대'로 아직 도래하지 않은 시대이다.

조의관이 실패하고 조상훈과 조덕기 모두 관념적인 전통에는 무관심했다는 점, 그리고 김병화가 조덕기에 대해 "시대에 대한 민감과 양심"이 있다고 한 점, 서술자 또한 조덕기의 사상이 "근자에 유물론으로 기울어"졌음을 지적하고 있었다는 점(434)을 생각해 볼 때, 그렇다면 『삼대』의 서사가 새로운 시대로의 이행은 다소 낙관하고 있는 것으로 보일 여지가 있다. 그러나 서사 전체를 통괄한다면 염상섭이 평면적인 전통을 쉽게 지양할 수 있는 것으로 묘사하지 않았다는 점을 알 수 있다. 즉 조의관의 전통 재생산 기획은 실패하지만 여전히 개개인의 관념에 남아 있는 삶의 형식들, 곧 '마음의 봉건'으로부터의 '지난한' 이행이 문제가 되기 때문이다.[79]

염상섭이 마르크스와 맹자를 상호 재구성하면서 강조했던 바는 바로 도덕의 문제였고, 그것은 『삼대』 서술자의 표현을 빌자면 유물론적인 방법이 "심령의 최후 승리를 믿는 유심적 해결"과의 긴장과 화해 속에서 추구되어야 할 과제였다.(434) 그러나 도덕의 문제는 쉽게 해결되지 않는다. 조상훈은 "이삼십 년 전 시대의 신청년이 봉건사회를 뒷발길로 차버리고 나서려고 허비적거릴 때에 누구나 그리하였던 것 같이, 그도 젊은 지사志士로 나섰"으나, 결국 "위선적 이중생활, 이중성격 속에서 헤매"게 되었다.(44~45) 그리고 조덕기

79 "마음의 봉건'으로부터의 이행'이라는 표현은 다음 글에서 빌려왔다. 천정환, 「'마음의 봉건'으로부터 이행」, 『자살론』, 문학동네, 2013.

또한 "필순에게 조그만 허영심"(183)을 품었고, 그 점에서 자신의 아버지 조상훈을 모방하고 있었다. 조덕기가 스스로에 대해 "나도 남모를 위선자"(484)라고 자탄하거나, 모친이 "너 아버지 내력"이라는 발언을 할 때 지나치게 예민하게 반응하고, "숙명의 무서운 인과"라는 말 앞에 눈물을 머금는 것은 그가 부친과 놀랍도록 닮아 있는 자신의 생활양식을 바라보았기 때문이었다. 부친처럼 되지 않고 싶어 하지 않으면서도 어느새 닮아 있는 조덕기의 모습에서 보듯 도덕과 생활양식의 변화는 쉽사리 이루어지는 것이 아니었다.

그 결과 마치 조상훈이 홍경애에게 그랬던 것을 모방하여 조덕기는 이필순을 '제2의 경애'로 만들 뻔 한다. 그런데 역사가 반복될 뻔한 위기를 저지한 것은 흥미롭게도 조덕기 자신의 의지가 아니라 김병화와 홍경애의 개입 덕분이었다.[80] 조덕희의 표현처럼 "집안 꼴이 또 이 모양"이 되는 것은 너무 쉬운 반면,(505) 도덕의 문제는 손쉬운 해결을 용인하지 않고 있었다. 사실 그것은 한 집안만의 문제도 아니었다. 가세가 기우는데도 "호화롭게 자란 버릇"을 버리지 못한 김의경의 존재가 환기하듯,(260) 관념과 생활양식의 영역에서 도덕의 문제가 해결되지 않는다면, 경제적으로 물질적 기반을 가지고 수행되는 '양반행세'는 필연적인 몰락을 반복할 따름이었다. 가문의 서사라는 입장에서 『삼대』를 읽을 때, 덕기가 빠져있는 난맥을 해소한 것이 다름 아닌 홍경애와 김병화라는 점에서, 가문의 서사는 거리의 서사와 연결되고 그것을 통해 보완된다.

『삼대』에는 염상섭이 「현대인과 문학」에서 지적한 민중의 자리, 혹은 항심을 가진 '주의자'들의 자리도 거리에 마련되어 있다. 선행 연구자들의 지적처럼 김병화는 그의 '가문'과 단절하고, 최소한의 산産을 가지고 살아가고 있었다. 김병화가 홍경애를 매개로 피혁이나 장훈 등의 '주의자'들과 연락이 닿

80 손유경, 『고통과 동정』, 역사비평사, 2009, 272~279면. 조덕기가 여러 사건을 겪지만, 그의 사상은 크게 변모하지 않은 평면적인 인물이라는 손유경의 지적은 무척 중요하다. 조덕기가 조상훈처럼 되지 않은 것은 그 자신의 결단 때문이 아니었고, 사실 그 자신이 한 것은 없었다. 다른 이들이 그것을 막았기에 조덕기는 겨우 아버지의 길을 가지 않을 수 있었다.

는 것은 『삼대』의 중요한 의미망인데,[81] 그와 병렬적으로 존재하는 또 다른 '만남'에도 주목할 필요가 있다. 김병화가 '병문屛門'의 김원삼과 만나는 장면은 적은 비중에도 불구하고 『삼대』의 또 다른 의미망을 구성할 수 있는 주요한 계기이기 때문이다. 김원삼은 조상훈을 모시는 50대 '행랑아범'이다. 김병화와 김원삼의 관계는 처음부터 그다지 유쾌한 것은 아니었으며, 오히려 '외투'를 주었다 뺏으면서 다소 '치졸'하고 "심사가 틀"린 채로, 둘 사이 관계는 껄끄럽게 시작된다. 그런데 우연히 대작을 하며 통성명을 하는 와중에 그들은 같은 '청풍 김가'임을 알게 된다.

"구차하면 글 못 읽고 글 못 읽으면 무식하지 별수 있소. 하지만 청풍 김가라는 것이 자랑이 아닌 것처럼 무식한 것도 흉이 아니오. 남의 행랑살이를 하기로 내 노력 팔아먹는 데 부끄러울 거 있고. 놀고 먹고 내가 바르지 못하면 부끄럽겠지만 ……."

병화는 평범한 말이나 힘을 주어서 가르치듯이 말하였다. 그 언성이 매우 친절한 데에 원삼이는 감동되었다느니보다는 고마웠다. (…중략…) **원삼이는 제가 판무식이 아니라는 자랑 끝에 부친 대까지도 글자나 하는 집안이라는 자랑을 하고 싶었으나 병화의 말이 다른 데로 새니까 원삼이도 얼쯤얼쯤 대꾸만 해두었다.** (…중략…) 원삼이는 그래도 자기의 근지가 그렇지 않다는 것을 이야기하고 싶어했다.

"또 청풍 김씨가 나오는구려? 이름은 부르자는 이름이지 족보 놓고 골라 내자는 이름이겠소."

하고 병화는 듣기 귀찮다는 듯이 핀잔을 주면서도 그만큼 행세하던 집 자손으로 아무리 영락하였기로 말투까지 저렇게 '아범'이 되었을까하는 생각을 하고는 혼자 우습기도 하고 그럴 것이라고 속으로 고개를 끄덕였다.(252~253, 강조－인용자)

81 이혜령, 「감옥 혹은 부재의 시간들」, 『대동문화연구』 64, 성균관대 대동문화연구원, 2008, 71~118면.

김원삼은 병화가 종씨임을 알게 되자, 비록 지금은 행랑아범에 불과하지만 예전에는 '족보 있는' 집안의 자제였음을 자랑하려고 하는데, 김병화는 아예 말을 돌려버린다. 이후에 틈을 타서 다시 김원삼이 자신의 족보를 자랑하려고 하자, 병화는 듣기 귀찮다는 티를 숨기지 않는다. 조의관이 집안의 범절과 법규와 그것의 재생산에 대해 끝없이 강조했으나 결국은 실패했던 것에 반해, 원삼은 자신의 집안에 대해 이야기할 기회마저 박탈당한 것이다. 김병화는 김원삼에게 전통을 자랑하고 현재에 지속할 기회를 주지 않았다. 환언하면 병화는 전통이 예전 모습 그대로 재연될 여지 자체를 차단한 것이다. 대신 병화는 "『통감』 셋째 권까지는 배웠"으나 20년의 행랑살이로 이제는 다 망각해버린, 그의 끊어진 '앎'에 "책이나 잡지"를 접속한다.(252) 그는 김원삼에게 "팜플렛"(256)을 가져다주고,[82] 이를 통해 그에게 새로운 앎과 삶의 형식을 소개한다.

염상섭이 현대 사회에서는 오히려 항산 없는 자가 항심을 가진다고 했듯이, 두 사람의 관계는 항산 없는 자들 사이의 약속과 그에 대한 더디지만 결국 성취되는 '이행'을 통해 구성된다. 병화는 외투를 원삼에게 돌려받고 다른 것을 주기로 했으나, 상황이 여의치 않아 약속을 지키지 못한다. 그러다가 우연찮게 다른 사람의 산產인 '피혁의 외투'가 자신에게 돌아오자 그것을 원삼에게 줌으로써 결국 약속을 지킨다. 김병화가 김원삼과 교류하는 것은 다른 이의 요청에 의한 것이 아니라, 자발적인 것이었다. 그리고 그들은 풍성한 양의 산產이 아니라 최소한의 산產을 통해, 그것도 자신이 온전히 점유한 산產이 아니라 연대하는 이들과 공유한 공공의 산產을 통해 소통한다.

김병화는 김원삼을 보면서 때로는 "해방된 흑노"를 떠올리기도 하지만,(464) 동시에 그가 식솔이 딸린 50대라는 사실을 인지하며 "당장 아쉽다고" "욕심

82 『조선지광』 62호(1926.12)에 실린 사회과학연구사社會科學硏究社(경성부 공평동 139번지)의 '팸플렛' 광고에 의하면 다음 서적들이 있다. 괄호 안은 정가. 제1집 『무산계급의 역사적 사명』(정가 10전), 제2집 『파리 콤뮨』(정가 15전), 제3집 『맑쓰 평전』(정가 15전), 제4집 『맑쓰설說과 싸원설說』(정가 30전) 등.

을 부"려 동지로 끌어들이는 무리를 범하지 않는다.(253) 다만 그를 매개로 더 많은 병문屛門의 친구를 소개받기를 원한다. 김원삼 또한 어떨 때는 추문의 형식으로 조상훈 집 상황을 일러주기도 하고, 나중에 경찰서에 잡혀가서는 어느 정도의 정보는 털어 놓지만, 그 자신이 정한 어느 기준 이상의 사항에 대해서는 "결코 입을 벌리지 않았다."(495) 중요한 것은 식민권력과 경제적 곤란 앞에서 항산이 없는 김병화와 김원삼이 철저히 무력하다는 점이다. 그러나 무력하다는 바로 그 이유 때문에 그들의 '하방연대'는 서로에게 과도한 요구나 의무를 부과하지 않고, 가능한 '한도'와 '정도' 안에서 관계를 지속할 수 있었다. 염상섭이 말한 민중의 산産의 '정도'는 병화와 원삼 사이에 오가는 산産의 양을 통해 다시 한 번 확인할 수 있다.

또한 염상섭은 『삼대』에 항산 없는 자들을 통한 소통과 연대의 작은 계기를 부감해 두기도 하였다. 병화와 장훈이 대화 안에서 "백정놈들"이라고 했다가 황급히 "형평사 사람들"로 수정하면서 "이 세상놈들 쳐놓고 어떤 놈은 인백정 아닌가?"라는 언급을 덧붙이는 것 역시 최소한의 윤리와 요구를 주고받으면서 서로의 관계를 재정립하고 소통을 기도하는 작은 시도로 볼 수 있다.[83]

지시적이거나 즉자적인 계몽을 요청하는 입장에서 김병화와 김원삼 사이의 관계를 살핀다면, 그 한계를 지적하기 쉽다. 그러나 선언적이고 지시적인 계몽은 이미 조상훈이 보여주었듯, 위선이 되어 버린 상황이었다. 혹은 식민지 조선의 역사적 상황이 그 공과를 증언하고 있었다. 그렇기 때문에 염상섭은 손쉽고 명징해 보이는 방식을 선택하지 않고, 다소 우회하는 듯 보이지만 민중이 스스로 주체가 되는 방식을 선택했다. 서술자는 신문 소설에서 얻어 본 글귀를 되새기는(466) 필순의 모습을 부각하면서, 민중이 자발적으로 선택한 교화의 가능성을 가늠한다. 또한 스스로를 주체화하는 자발적인 방식

83 당시 형평 운동은 '백정'을 '민족'이라는 대타자로 회수하거나, '백정' 스스로 '민족'의 일원이 되는 전략을 취한다. 천정환, 앞의 책, 270~271면. 그런데 병화와 장훈은 백정뿐 아니라, 모든 사람들을 '인백정'으로 명명한다. 이들은 스스로 백정이 되면서, 백정과 백정 아닌 자의 경계를 무화한다.

에서야 또 다른 가능성은 나타날 수 있었다. 그것은 그 자신이 즉자적인 계몽주의자에게 버려진 경험이 있는 홍경애가, 결국 조덕기의 '위선'을 막은 장본인이 된다는 점에서 드러난다.

예전의 삶에서 유지하는 태도(조의관, 김의경)는 승인할 수 없었고, 기존의 것에 대한 전면적인, 그래서 손쉬운 부정은 어느새 위선으로 변해버린 상황이었다(조상훈). 염상섭이 '무기'가 아니라 '의술'을 말한 것은, 전면적인 부정이 아니라 자발과 선택에 따른 조정의 가능성을 가늠하기 위해서였다. 때로는 그것이 상황에 밀려서 정지되는 것이기도 했고(조덕기), 때로는 작은 가능성을 가늠하는 것(김병화)이었다. 하지만 신문 소설에서 얻어 본 글귀를 되새기거나(이필순), 예전의 끊어진 앎을 새로운 앎과 접속하는 시도(김원삼)에 대한 흔적을 통해 염상섭은 '희망의 불꽃을 점화할' 작은 가능성을 남겨놓았다. 『삼대』에서 형상화한 항산 없는 자들이 연대하고 '항심'을 가지는 과정은 그러한 맥락 안에 놓여 있었다.

5. 잠정적 결론 및 남은 문제들

진관타오金觀濤는 서구의 정치 개념 이식을 통한 중국의 정치 관념 형성 과정을 세 단계로 설명하였다. 우선 기존 중국 관념을 이용할 수 있으면 흡수하고 없으면 배제하는 선택적 흡수의 1단계, 기존에 부재한 새로운 관념을 대량으로 도입하며, 서구의 원래 의미에 근접해 가는 2단계, 그리고 모든 외래 관념을 소화 / 종합 / 재구성하는 3단계가 그것이다.[84] 그 과정에서 루쉰은

84 진관타오金觀濤 외, 앞의 책, 45~46면.

그 자신이 새로운 시대에 대결을 했고 '쩡짜掙扎'로 자신을 씻고, 씻긴 자신을 다시 그 속에서 끌어내는 정신의 고투를 보여주었다.[85] 우리는 이 글에서 서구 지식의 수용과 계몽의 기획과 방법이라는 두 맥락을 놓고 이광수와 염상섭의 몇몇 글을 다루었으며, 그리고 사회주의와 전통 지식의 접변이라는 문제를 잠정적으로 제기하기도 하였다.

동아시아의 근대는 한시문적인 것으로부터 이탈함에 따라 혹은 그것을 부정함에 의해, 더러는 그것과의 격투를 통해 성립된 것이며 현대의 우리들도 그 연장선에 살고 있다.[86] 하지만 이 진술을 인정한다고 하더라도, 그 구체적인 양상에 대한 성찰과 평가는 아직 충분히 수행되지 않았다. 이 글은 그러한 양상의 한 갈래로서, 『맹자』와 마르크스를 한자리에 두었던 일련의 글쓰기에 대해서 살펴보았다. 아예 낯선 것을 배제하는 1단계를 지나서, 2단계에 들어선 조선의 지식인들은 끊임없이 계몽을 민중들에게 요구하고 있었다. 그리고 그 계몽이 실패할 때 이광수의 「소년의 비애」가 보여주듯, 지식인들은 좌절하고 외려 민중에게 그 책임을 전가하기도 하였다.

이때 염상섭이 선택했던 방식은 바로 서구적 지식이 놓인 맥락과 조건에 대한 성찰이었다. 「E선생」에서 그가 묘파했듯 서구적 앎은 조선의 민중을 배제하는 자리에 이식되었고, 또한 낯선 것이었다. 이에 서구적 앎을 기존의 전통 지식으로 해석하고, 그 과정에서 전통 지식이 갱신되는 '지식의 재구성'이 요청되었다. 『공제』는 초보적으로 서구적 앎을 기존 동아시아 공동문어로 설명하고자 시도했고, 『조선지광』의 서춘은 서구 지식과 전통 지식을 대조하고 초보적인 이해 단계로 나아간다. 여기까지가 2단계의 수용이라면 염상섭의 「현대인과 문학」은 3단계에 해당할 것이다. 「현대인과 문학」의 주장은 ① 현대에서는 유항산인 자가 오히려 무항심하며, 무항산인 자가 유항심

85 竹內好, 앞의 책, 15면.
86 사이토 마레시齊藤希史, 황호덕 외역, 『근대어의 탄생과 한문 — 한문맥과 근대 일본』, 현실문화, 2012, 243~244면.

하다는 것이었다. 동시에 이 글은 무항산하며 또한 앎에서 배제된 민중과 문학의 관계에 대해서도 논의하는데, ② 문학의 역할은 민중 스스로가 자발적인 주체성 형성을 보조하게 된다. 『맹자』와 마르크스에 대한 동시적인 재구성을 통해 도달한 이 결론으로 염상섭은 애초에 민중이 배제되었던 자리에 이식된 서구의 근대지식을 민중에게 되돌려 줄 수 있었고, 민중 스스로 자신을 계몽할 수 있는 주체화의 가능성도 열어두었다. 『삼대』의 서사 또한 관습적인 생활양식이 쉽게 지양되지 않는 현실을 묘사하면서, 무항산한 '민중'들이 '하방연대'를 통해 자발적으로 가능성을 구성할 계기를 탐색하고 있다.

이것이 계몽이란 무엇인가에 대한 염상섭 나름의 답변이었으며, 이러한 답변을 제출하는 과정이 작가 염상섭에게는 "전통과 쇄신의 상호작용"[87]을 통해 글쓰기 자체를 전화하고 재구성하는 과정이기도 했다. 그러나 그 과정은 염상섭 스스로 고백했듯, '급한 일'을 해소하기 위해 '말단', 즉 구체적이고 섬세한 것에 대해서는 미처 배려하지 못한 설익은 상태의 것이기도 했다. 염상섭의 이러한 시도는, 식민지 조선에 사회주의가 '이식'되는 과정이 결코 단순하지 않고 기존의 글쓰기-사상의 문맥과 여러 측면에서 충돌하면서 이루어진 것임을 보여준다. 한문 및 유교에 기반한 지식과 조선 전래의 지식, 그리고 균질적이지 않은 서구발 교양, 일본어 등이 충돌하는 장으로서 1920년대 사회주의 수용사를 재구성할 필요가 있다. 그리고 이것은 단지 조선에서의 일이 아니라, 동아시아 근대에서 산견되는 사정이었다는 점에서 지식의 네트워킹을 담당한 유학에 대한 성찰은 추후의 과제로 남는다.[88] 더욱이 사회주의가 오직 지식의 영역과 절합하는 것도 아니었다. 가령 최서해는 단편 「아내의

---

87 박성창, 『수사학』, 문학과지성사, 2000, 15면.

88 『맹자』의 용어를 통한 서구 지식 재구성은 쑨원孫文에게서도 발견되는 등(왕후이汪暉, 송인재 역, 『아시아는 세계다』, 글항아리, 2010, 63~76면) 20세기 전후 동아시아 곳곳에서 나타난 사정이었다. 왕후이는 청대 이후 '유교 사상'이 분명 주도적인 지위를 점했지만, 실제로 종교, 언어, 종족집단에 따라 단일하게 적용되지 않았으며 오히려 여러 집단을 중개하는 역할을 맡아 '트랜스시스템사회'의 네트워킹을 담당했다고 지적하기도 한다. 같은 책, 12~14면. 지식을 매개하는 '유교'의 역할에 대한 추후 연구가 필요하다.

자는 얼굴」(『조선지광』, 1926.12)에서 "×스를 읽지 않아도 ×스의 머리를 가지게 된다"라고 적었다. 이 진술은 지식의 차원이 아니라, 생활(과 그 무의식)의 차원에서도 사회주의와 접속할 여지가 있었음을 증언한다. 끼니의 문제는 조선의 민중을 사회주의로 이끌었고, 동시에 그들의 사회주의 이해가 끼니의 문제에서 더 나아가지 못하고 멈추도록 하는 이중적인 역할을 수행하였다.[89] 흔히 백남운과 김태준 등 아카데미에서 훈련받은 사회주의자들 이전에 존재했기 때문에, 과도기나 미성숙으로 이해되는 1920년대 사회주의를 둘러싼 다양한 지식들의 경합과 그 과정에서 수행되는 주체 형성의 계기들에 대한 보다 섬세한 작업이 필요하다. 우리가 이미 알고 있는 유수한 유학자들이나 보다 사회주의 이론가들의 논저를 본격적으로 탐색하지 못한 것은 이 글이 애초에 지닌 미진함일 것이다. 그러나 「현대인과 문학」에 도달한 염상섭의 글쓰기는 그러한 다양한 시도들에 대한 좀 더 본격적인 접근을 요청하고 있다.

부기 이 글은 같은 제목으로 『대동문화연구』 82집(2013.6)에 게재된 바 있다. 최초의 발표 지면에서는 한문이라는 글쓰기가 사회주의와 만나는 양상을 보다 '가시적'으로 드러내고자 20세기 초반의 문장을 인용할 때, 원문 그대로 표기하는 것을 원칙으로 하였다. 하지만 이번에 단행본으로 묶기 위해 글을 손보는 과정에서 편집을 담당하신 선생님들의 조언에 따라 인용문의 표기를 현대 한국어 표기법으로 고쳤고, 한문이나 국한문 문장은 번역을 하였다. 표기가 다른 두 편의 글을 앞에 두게 되면서 근대 한문 문장을 어떻게 다루어야하는지, 그리고 그것을 바탕으로 어떻게 소통해야하는지에 관해 많은 고민을 할 수 있었다. 초고를 읽어주신 고려대 박헌호 선생님, 수정 과정에서 조언과 배려를 허락하신 성균관대 이혜령, 손성준 선생님, 정확한 한문 및 국한문 문장 번역의 중요성을 일깨워주신 서울대 김민영 선생님께 심심한 감사의 인사를 기록해둔다.

---

89 김동식, 「1920년대 중반의 한국문학과 '끼니'의 무의식 – 김기진과 최서해, 그리고 '밥'의 유물론」, 『문학과 환경』 11-1, 문학과환경학회, 2012, 193~201면.

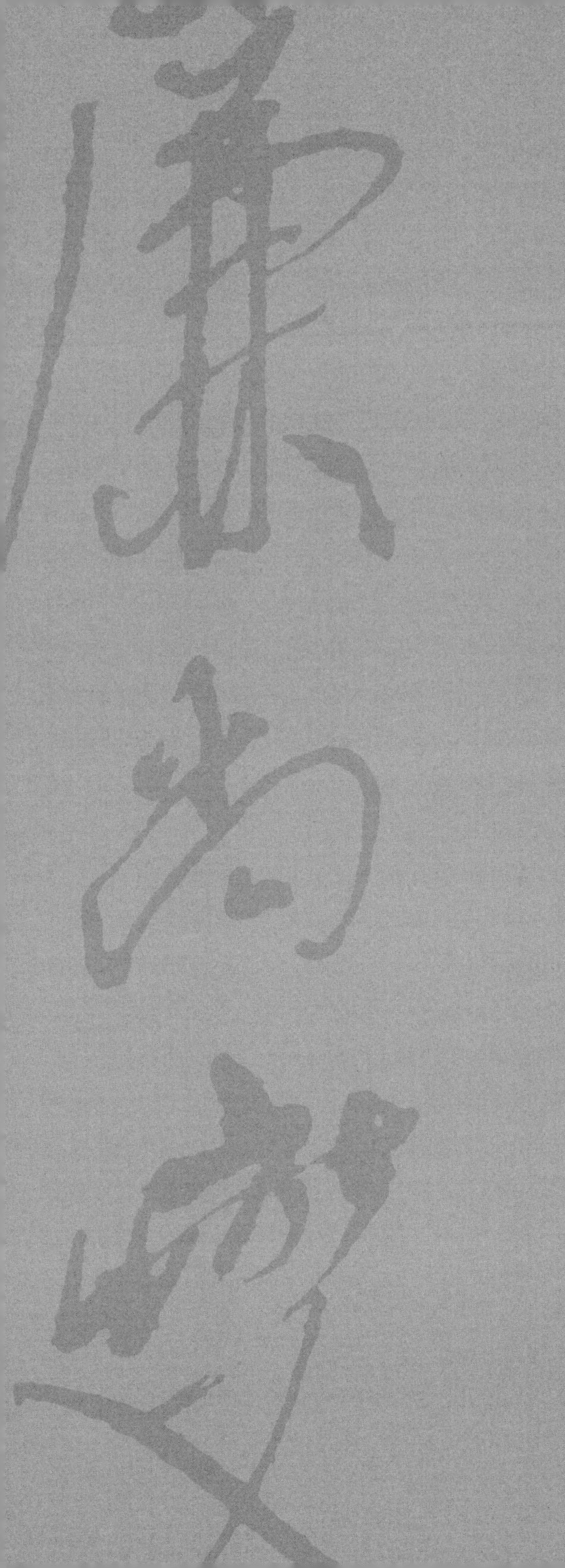

제3부

한국 최초의 정치적 암살소설

염상섭의 「추락」

이보영

1

염상섭이 1935년 3월 조선총독부 기관지인 『매일신보』의 정치부장으로 취임한 것은 그해 5월의 카프 해산 못지않게 충격적인 사건이었다. 그는 자타가 공인하는 당대의 대표적인 반체제적 작가였기 때문이다. 그의 『백구』(1932)나 『모란꽃 필 때』(1933)는 소위 중간소설로서 종전의 반체제적 저항에서 후퇴한 산물이었다. 그러나 그가 일제 어용신문의 요직을 맡으리라고 예측한 사람은 별로 없었으리라. 그런 반민족적 행위는 자기배신과 다름없었다. 그것은 그의 최고의 저항소설인 『삼대』(1931)에 대한 배신과 다름없었고, 동시에 『삼대』를 준비한 단편소설 「추락」(1930)에 대한 염치없는 배신이었다. 그의 민족적 양심은 실종되었다.

염상섭의 소설에는 세 가지 종류가 있다. 정치적 위기의식의 산물인 반체제적 소설과, 그런 위기의식과 무관한 세태소설, 그리고 비판적 사회의식을 반영시키기도 한 연애소설이다. 반체제적 소설을 쓸 때의 염상섭이 천재적 작가였다면, 비일상적인 정치문제와 전혀 무관한 세태소설을 양산한 염상섭은 평범한 작가로 하강한다. 그의 상상력은 정치소설의 경우 극단적 성격의 것이지만, 세태소설의 경우 그런 상상력은 있을 수 없다. 그의 「제야」나 「미해결」 또는 『너희들은 무엇을 얻었느냐』에서의 연애사건에 작용한 상상력이 극단적인 것은 이 경우의 연애는 세태소설에서의 결혼을 위한 수단이 아니라 당사자의 실존적 문제이기 때문이다. 「추락」에 작용한 상상력은 위기적이요 극단적인 것이다. 그 점에서도 「추락」이라는 한국 최초의 암살소설은 정치적 테러리즘 소설이기도 한 『삼대』를 준비한 작품이다.

지금껏 널리 알려지지 않은 반체제적 정치소설 「추락」은 염상섭에게 또 하나의 중요한 의미가 있었으니, 그것은 이 소설의 여주인공 운선이 '기생'에 대한 염상섭의 고정관념을 물리치는 인물이기 때문이다. 그러면 왜 그의 소설에서 '기생'이 문제가 되는가? 그 소설이 반체제적이든 아니든 간에 '기생'은 봉건 시대의 유물이어서 그 작품의 근대성과 양립할 수 없다. 이광수의 『무정』(1917)의 경우, 이 소설의 근대성과 전혀 어울리지 않는 인물이 월향(박영채)이라는 기생이었다. 동경 유학을 한 이형식이나 현재 동경유학생인 김병욱과 함께 그녀가 일본 유학을 위하여 떠나는 사건으로 이 소설은 끝나지만, 근대적 교육과 인연이 없는 그녀가 미국 유학을 가는 이형식과 함께 유학길에 오른다는 것 자체가 무리한 일이었다. 그런데 그와 같은 무리한 사건을 설정한 또 하나의 장편소설이 염상섭의 『사랑과 죄』(1927)이다. 이 소설에서도 기생 운선이 여중학교 졸업생인 세브란스병원 간호원 지순영과 함께 일본 유학을 하게 된 것은 월향의 경우와 너무나 비슷하다. 이광수는 『무정』 이후에 기생을 작품에 등장시키지 않았지만, 염상섭은 집요할 만큼 기생에 집착하여 『백구』와 『모란꽃 필 때』에도 기생을 중요한 등장인물로 삼았는데, 이는 그의 시대착오적 발상에 연유했으며, 그 결과 그 작품들의 근대적 호소력을 약화시키곤 했다.

그러나 「추락」의 '운선'은 방금 언급한 기생의 범주에 속하기는커녕 정치적 사건에 깊이 관련되고 있으며, 그녀의 그와 같은 역할은 「추락」을 반체제적 저항소설로 상승시켰다. 그러면 염상섭이 기생으로서는 예외적인 운선 같은 인물을 창출할 수 있었던 계기는 무엇일까? 그의 여러 소설에 등장하는 기생들은 운선을 제외하고 모두 서울의 기생들이다. 그러나 운선은 항구도시의 명기名妓인 점이 주목되어야 한다. '진남포'로 추정되는 'C항구'(도시)는 한말부터 일찍이 개항함으로써 운선 같은 기생도 근대사조의 영향을 재빨리 받아 국제적 감각을 키울 수 있었을 것이요, 그 결과 인습적인 기생의 생활과 사유의 영역을 탈출하기는 어렵지 않았을 것이다. 독자는 '진남포'에서 「표본실의 청개구리」에 등장하는 김창억을 연상할 것이다. 그를 3・1운동에 참여시킨 국제적 감각도 그의 출생지가 '항구'임과 무관하지 않을 것이다. 김창억과 운선을 'C항구' 출신자로 설정한 동기는 그의 반체제적 국제감각이었다.

그녀는 「추락」의 배경인 그 항구도시의 뜨내기손님을 상대로 영업을 하는 '이류 삼류의 기생들'과는 극단적일 만큼 다르다. 그녀는 비범하고 담대하며 'C도지사'가 그곳을 찾아온 '해군 중장'에게 '동양미와 모던미'를 조화롭게 갖춘 기생이라고 소개한 말이 암시한 것처럼 근대적 교양인인 것이다. 염상섭이 그의 여러 소설에 등장시킨 기생들이 한결같이 국제적 감각이나 반체제적 정치감각이 없는 것은 그들에게 근대적 교양이 없기 때문이지만, 「추락」의 운선만은 그 예외다. 이 소설의 결말에서 밝혀지듯이 그녀는 반체제적 암살자의 공범일 수도 있기 때문이다. 그 점에서 그녀는 의문의 안개에 싸인 인물이기도 하다.

2

최근에 세계적으로 암살학暗殺學이 주목되고 있는 것은 우리의 시대가 아직도 정치·경제적 제국주의가 득세하고 있는 난세이기 때문이지만, 식민지를 체험한 모든 민족은 그 난세를 이미 겪고, 그 체험이 정신적 외상으로 남은 민족이다. 일찍이 평론 「개성과 예술」(1922)에서 줄리어스 시저를 암살한 브루투스를 '거룩한 정신'의 소유자로서 찬양한 염상섭의 정치적 암살에 대한 관심은 지속적이었는데, 이는 반체제 작가인 그로서는 너무도 당연한 일이었다. 「추락」은 한국 최초의 정치적 암살소설이다. 『삼대』에서는 그 반체제적 암살계획이 사전에 발각되어 그 계획은 좌절되지만 「추락」에서는 그 암살이 성공한다. 「추락」에서의 모든 작중사건은 그 암살을 최종적 목표로 삼고 있다.

「추락」에서의 인간관계는 식민지적 세계답게 지배·피지배의 냉혹한 역학적 관계다. 따라서 사회적으로 천시賤視되는 기생 운선은 그녀가 아무리 다른 기생들과 구별되는 '명기名妓'라 할지라도 기생의 신분을 떨쳐내 버릴 수 없다. 이름이 밝혀지지 않은 '해군 중장' 환영연회가 끝나고 '가시기리'(대절) 자동차로 '항구'도시를 도청 소재지인 'C군'을 향하여 떠날 때 '해군 중장'과 '도지사'가 탄 그 자동차에 운선을 끼우지 않은 것은 그녀가 신분상으로 엄격하게 차별받아야 하기 때문이다.

일반적으로 기생은 정치와 무관하다. 염상섭의 여러 편 소설에서도 그랬다. 『너희들은 무엇을 얻었느냐』에서의 '도홍', 『사랑과 죄』에서의 '운선', 『백구』의 '춘홍', 『모란꽃 필 때』의 '춘심' 등이 그렇다. 「추락」의 운선도 '요재지'의 '해군 중장'이 '항구'를 시찰하기 위하여 오기 전까지는 그녀가 반체제적 정치단체와 관련된 지하적 인물임은 누구도 알 수 없었다. 비록 '도지사'와 '부윤府尹' 같은 고관들이 참석한 요릿집에 자주 불려가곤 했지만, 정치와 인연이 없는 것 같았던 그녀는 그 '해군 중장' 암살사건과 관련하여 처음으로 그 정체가 드러난다.

「추락」의 허두는 다음과 같다.

> 오후 한 시 — C군 행 자동차가 둘쨋 번 떠나는 시간이다. 운선이는 이 차에 C군으로 떠날 작정이었다. 차행 짐은 다 — 부치고 조그만 손가방 하나만 들고 나서면 그만이었다.

'C군'에서는 약혼자인 '청년실업가'가 그녀를 기다리고 있을 것이었다. 그러나 그 '오후 한 시' 자동차로 떠날 수 없었던 것은 '해군 중장'을 위한 연회에 '부윤'이 강제로 그녀를 불러들였기 때문이다. 그 자동차를 떠나지 못하게 만든 '해군 중장'의 막강한 권세가 추정되는 대목이다.

운선이로서도 '부윤'의 강제적 간청에 응할 수밖에 없었지만, '도지사'가 연회 때마다 불러주었고, '부윤'이 베푸는 연회여서 나가주어도 좋겠다고 돌려 생각한다. 그러나 그 '부윤'이 심부름꾼을 보내어 모셔가기 전에는 안 가겠다고 결심할 만큼 그녀는 자존심이 강하다. 그녀가 '항구' 민중의 우상偶像이 된 가장 중요한 원인도 정부 고관들에게 몸을 굽히지 않는 '뚝심'에 있다.

그 환영연회의 정치적 성격이 주목되어야 한다. 그 연회장소를 일본인 요릿집으로 정했고, 조선 기생 세 명만이 아니라 일본 기생 세 명도 끼도록 배려한 것은 일본에서 온 '해군 중장'의 비위를 맞추어야 하기 때문이다. 연회석의 다음과 같은 분위기에도 정치적 뉘앙스가 숨어 있다.

> 연회는 손님이 단출하니만큼 게다간 늦은 봄의 꽃 지우는 궂은비가 촉촉이 보슬보슬 내리느니만큼 아늑하고 따뜻한 화기가 돌아서 주객이 십이 분 유쾌한 기분에 싸였다. 에그조틱한 여정旅情과 운선이를 중심으로 한 에로틱한 정서는 넓은 방안에 면면히 흘렀다. 체면과 지위가 없었으면 언제까지 이렇게 놀아보고 싶으리만

치 누구나 유흥 기분에 끌려들어가는 그런 날씨이었고 또 좌석이 엉그러졌다.

"에 — 조선은 미인국이로군!"

처음 조선에 오는 장군은 조선 여자란 여자는 모두 운선이 같은 줄 알았던지 이런 감탄을 하였다.

'장군'의 그 '감탄'은 '에그조틱한 여정'과 운선으로 인한 '에로틱한 정서'에 연유하지만, 이는 식민지 여성을 대하는 제국주의자의 일반적 반응이다. 그들에게 식민지의 아름다운 여성은 인격적 존재이기 이전에 '에그조틱'하거나 '에로틱'한 정서의 자극제에 지나지 않기 때문이다. 그러면 왜 그 '에그조틱'의 의미가 중요할까? 발자크나 와일드 등의 소설에 나타나는 사교계에서는 참석자의 사회나 인간사에 대한 비평 또는 실존적 문제의식 등이 반영된 기지가 있는 대화가 필수적인데, 「추락」에서 그런 고급의 사교를 바랄 수는 없다. 다만 그런 대화의 가능성을 얼핏 보여준 것이 국제적 감각도 갖춘 '해군 중장'의 '에그조틱'이라는 말이다. 그러나 그 말의 정치적 함의를 놓치면 안 된다. 들라크루아의 유명한 〈알제리아의 여자들〉의 경우 모델이 된 프랑스 식민지 알제리아의 그 여자들은 '에그조틱'한 창녀 이상의 존재가 아니다. '장군'이 말한 '미인국'의 미인들도 그에게 시녀나 창녀 이상의 존재일 리가 없다. 그들은 일본 식민지의 피지배자이기 때문이다. 물론 그에게는 운선도 그와 같은 '미인국' 여자에 지나지 않는다. 따라서 '장군'이나 '도지사' 등은 그녀의 또 다른 면을 모르고 있다.

'우찌 마로라, 닛소기 곤눈다'를 또 한 번 듣고야 미는구나! 내 팔자도 어지간히 세다!

인용은 '해군 중장' 환영연회석에서 '도지사'의 서투른 조선말 흉내에 대한 운선의 반발이다. 전날 연회석에서 하곤 했던 '웃지들 마라. 내 속이 끓는다'는 그녀의 신세한탄을 '도지사'가 어설픈 한국어로 반복할 때 받는 굴욕감은 그의 한국어가 드러내는 비인간적이고 희화적인 천박성에 대한 경멸이나 증오와 결합되지만, 그와 같은 반응은 앞으로 일어날 '해군 중장' 암살사건에 그녀가 관여하지 않을 수 없도록 할 것이다.

「추락」의 세계가 극단적일 정도로 양가성의 세계인 것은 그곳의 가치관이 일상적으로 전도된 탓이다. 그 양가적 세계의 중심에 있는 인물이 운선이다. 이 소설의 배경인 '항구'도시의 표면상의 평온한 질서는 실상 무질서와 같고, 신분적 차별은 언제 무너질지 모른다. 언제, 누구에 의해서 권력형 지배자의 사회적 지위가 카니발적으로 역전될지 모르는 그 세계의 중심인물이 바로 운선이다. 그녀와의 관계에서만은 고위층의 명예도 장담할 수 없다.

양가적 역설逆說의 예로 무엇보다도 먼저 들어야 할 것은 운선에 대한 '항구' 주민의 평가다. 그 지명地名이 명시되지 않은 '항구' 도시에서 '양부모'의 돌봄을 받는 동시에 그들을 경제적으로 도와주는 외로운 운선이의 큰 인기의 근원부터가 양가적이다. 그들에게 그녀는 '명기'의 평판이 높지만, 겉으로 보이지 않는 인간성이 보다 중요한 문제다. 그녀는 결코 오만하지 않고 너그럽게 인정스럽다. 그녀는 아무리 '명기'라 해도 일본인 고관에게는 천민이지만 그곳 평민에게는 존귀한 우상과 다름없다. 그와 같은 양가성으로 인하여 아이러니컬한 사건도 발생한다. 일본인 요릿집에서의 연회가 끝나고, 연회 참석자들이 대절 자동차로 떠날 때 그 자동차 둘레로 군중이 '인산인해'로 모여든 것은 운선이를 마지막으로 송별하기 위한 것이다. 그녀를 떠나보내기 싫어서 그렇게 모여든 것이다. 그러나 '장군'은 그들이 자기를 환영하기 위하여 모인 것으로 오해했고, '도지사'는 자기에게 무슨 일을 '진정陳情'하기 위하여 모인 것이라고 해석한다. '도지사'의 그 해석을 듣자 '장군'은 불쾌했지만, '이 땅에서 ××를 만나는 봉변이 없는 것만 다행하다'고 돌려 생각하는데, 이 대목은 「추락」의 주제와 관련하여 매우 중요하다. '××'는 문맥상 '폭도暴徒'의 뜻일 것이며, 그것은 전날의 '3·1운동' 참가자를 암시한다. 그 '폭도' 속에 사이토 마코토齋藤實 조선총독 암살에 실패한 '강우규 의사'도 포함될 수 있으리라. 물론 「추락」에서의 '해군 중장'은 '해군 대장' 사이토를 연상시킨다(인도의 총독이 문관文官이었던 것과는 달리, 조선총독이 모두 무관武官이었다는 것은 영국과 일본의 식민통치의 차이점을 말해준다. 영국은 인도민족에게 어느 정도의 자치自治를 허용했지만, 일제가 강제적 동화정책을 쓴 것은 주지된 바와 같다). 염상섭은 이를 잘 알고 있었기 때문에 「추락」에 굳이 해군 중장을 등장시켰음에 틀림없다.

바꿔 말하면 그를 등장시킴으로써 '강우규 의사'의 원한을 풀어 주고 싶었을 것 같다. 물론 그 '해군 중장'도 풍자의 화살을 면할 수 없다. 그는 위에 언급한 대로 '항구'의 군중이 모여든 것은 자기를 환영하기 위한 것이라고 착각함으로써 카니발 때의 군중 같은 독자의 조롱거리가 됨 직하다. '부윤'만 '항구'도시의 시장市長이어서 운선이 그 군중의 우상임을 통찰하지만, 그가 그 사실을 '해군 중장'과 그의 상관인 '도지사'에 숨긴 것은 운선이 아무리 'C항구' 평민의 우상일지라도 조선 지배자에게는 한낱 비천한 '센징鮮人'에 지나지 않기 때문이다.

부윤이 무람없이 '센징 기생'을 도지사 행차 더구나 영광스러운 중장 각하의 행차에 함께 태워 보냈다는 것이 실례가 되어 목이 달아날까 보아 얼마쯤 애가 씌우는 것이었다.

'센징'은 일본인이 조선민족을 경멸하여 부르는 말이다. 그런 천민을 '중장 각하'와 '도지사'가 타는 자동차에 동승시키는 것은 신성 모독(실례)과 다름없다. 그로 인해 자기의 '부윤' 직함이 상실될지도 모른다. 이게 그 환영연회에의 참석을 운선에게 애걸했던 그의 걱정거리다. 따라서 「추락」에서 가장 신랄한 다음과 같은 장면은 그 뜻이 매우 깊다.

도지사의 차가 앞을 서고 뒤차가 뚝 떠나니까 으아-하고 뒤에서 함성이 일어났다. 말하자면 '운선이 만세-' 하고 부를 것이나 그들의 생각에는 '만세'라는 것이 무슨 화약고나 건드리는 듯싶어 무서워서 그와 같이 반벙어리 같은 소리로 얼버무렸드리는 것이었다.

물론 '만세'가 3·1운동 때의 '대한독립만세'의 좌절된 구호라는 민족적 집단기억 때문에 그 구호가 '화약고'로 여겨진 나머지 '으아―'라는 '반벙어리 같은 소리'로 대신했다는 것이지만, 그 '화약고'에는 이중의 뜻이 있다. '만세'라고 외치면 경찰서에 잡혀가리라는 공포와 아무리 그럴지라도 다시 한 번, 아니 그것도 '운선'이라는 이름으로 몇 번이라도 외쳐 보고 싶은 충동을 동시에 암시하기 때문이다. 이 경우의 '운선'은 그들의 심층심리의 세계에서 애통스럽게 좌절된 그 독립정신의 상징적 화신이 아닐 수 없다. '반벙어리 같은 소리'에서의 '소리'는 '말'과 다르다. 성리학이 조선왕조의 지배이데올로기였던 지난날 '소리'는 합리적·도덕적인 양반층의 '말'과 달리, 무식하고 잡스러운 상민常民이나 썼다. 판소리나 잡가나 민요의 '소리'는 사회질서를 어지럽힐 수도 있었다. 염상섭의 『사랑과 죄』 허두에서 서울 '남산'의 장맛비로 훼손된 '조선신궁朝鮮神宮' 앞길을 보수補修하는 "깨미떼" 같은 노동자가 부르는 반정부적인 민요조의 '소리'가 그 적절한 예이다. 그 "반벙어리 같은 소리"를 들은 '장군'의 반응은 다음과 같다.

앞차에 앉았는 장군은 '식민지란 좋은 데다. 도道 장관쯤 오고 가는데 상감님이나 지영 봉송하듯이 백성들이 만세를 부르는구나' 하는 혼자 생각을 하며 만족을 느꼈다.

그는 '운선이 만세'를 암시하는 그 '반벙어리 같은 소리'를 조선왕조 시대의 '상감님'을 백성이 '지영祗迎 봉송奉送할 때처럼 경건하게 환영하는 함성으로 오해하면서 흐뭇해한 것은 아이러니컬한 일이다. 그래서 "식민지란 좋은 데다"라고 감탄한 것은 더욱 아이러니컬하다. 그럼으로써 무의식적으로 자기 자신을 풍자한 때문이다. 물론 그는 '상감님'이다. 인용문을 통하여 염상섭은 식민지 천민 운선의 신분이 '장군'의 신분을 능가하도록 했다. 그 결과 '장군'은 그의 높은 사회적 지위의 카니발적 추락을 만족스러워한 셈이다.

그러나 그 군중이 지른 함성의 보다 중요한 역할은 거기에 함축된 반체제적 저항과 소망이 그 '장군'의 암살에 의해 실현된다는 점에 있다. 그것은 비유적으로 말해 '운선이 만세'의 실현이지만, 실은 비극적인 성질의 것이다. 그들의 우상이었던 운선이가 무참하게 희생되기 때문이다. 그것은 어쨌든, 염상섭은 그 장면을 통해 우리에게 '민중'을 재인식시킨다. 운선을 작별하기 위해 모인 '항구'의 평민은 어리석고 무지한 군중이 아니라, 민족적 집단기억의 소유자로서 지도자만 잘 만나면 욕망의 주체가 아니라 역사의 주체가 될 수 있는 피압박민중으로 보아야 하기 때문이다.

운선의 비극적인 자기희생과 관련하여 우리는 염상섭이 그녀를 '계집아이'라고 부르곤 한 것을 주목할 필요가 있다. 그런 호칭에도 양가적인 의미가 딸린다. 옛날부터 한 나라의 문화영웅이나 구원자를 '유아'나 '소년'으로 부르곤 했다. '예수'를 '어린 양'이라고 부르는 것은 기독교의 전통에 속한다. '항구'에서 최고의 기생으로 칭송되는 운선을 '아이'라고 부른 것은 '아이'가 순진무구하며 남녀 양성兩性 구유체이기도 한 것을 상기한다면 더욱 적절하다. "위대한 영혼은 양성 구유체다"라는 S. T. 콜리지의 말은 잘 알려져 있다. 그녀가 '기생'이라는 직업을 떨쳐내 버린 것은 말하자면, 뜻깊은 '아이'로 다시 태어나기 위해서였다.

3

민족해방을 위한 가장 바람직한 투쟁방법은 무장투쟁이다. 약소국가를 침탈한 제국주의 국가의 폭력은 그런 무장폭력에 의하여 축출되어야 한다. 그러나 그와 같은 투쟁이 불가능할 때의 차선책의 하나가 테러리즘임은 주지되어 있다. 우리의 경우도 만주에서의 무장투쟁이 1920년대까지는 가능했지만, 그 후 일제의 거듭된 소탕전으로 인하여 그런 투쟁이 거의 불가능해지자 의존하게 된 투쟁방법이 테러리즘인데, 이를 문학 쪽에서 입증한 작품이 염상섭의 「추락」과 『삼대』(『조선일보』, 1931.1.1~9.17)다. 이와 관련하여 이 두 소설이 발표된 해가 1930년과 1931년임이 주목되어야 한다. 일제의 만주 침공으로 국제적 위기가 조성된 것은 그 무렵이었다.

항일투쟁을 위한 테러리즘에 대한 염상섭의 긍정적 관심을 암시한 작품이 「검사국대합실」(1925)임을 상기할 때, 그는 진작부터 그 테러리즘을 소재로 삼은 소설을 구상했을지도 모른다. 그 단편소설에서 서울의 '검사국'에 근무처(신문사)를 대표해 출두한 주인공이 호명을 기다리는 도중에 회상한 것은 어느 날 신문사를 방문한 '안명근'이다. 그는 압록강 철교 준공식에 참석하기 위하여 열차로 평안북도 선천역驛에 온 조선총독 데라우치 마사타케寺內正毅를 암살하려고 시도했다가 체포되어 혹독한 고문을 받고 징역살이를 했다. 그와 함께 사진을 찍은 것은 그를 존경했다는 것을 암시한다. 여기서 굳이 「검사국대합실」을 언급한 것은 「추락」의 저변에 그 작품(안명근)의 그림자가 잠복해 있음이 틀림없을 것 같기 때문이다. '항구'에서 도청 소재지인 'C군'으로 가는 도중에 있는 '뱀장어 고개'에서 일어난 충격적인 자동차 충돌사건은 다름 아닌 '항구' 군중의 입소문에 의하여 전달된다. 이번에도 염상섭은 평민 군중을 이용한 것이다.

저녁밥을 막 먹으려 하고 전등불이 들어온 지 얼마 아니 되어서 큰길 거리가 불안하여지며 이 구석 저 구석에서 허둥거리며 수군수군하기 시작하였다. '자동차 두 대가 뱀장어 고개에서 오다 떨어졌다!' 하는 소문—

앗! 운선이는?

인용에서 주목되는 것은 그 끔찍한 사건을 수군거리는 사람은 조선인뿐이며, 특히 그들이 제일 먼저 궁금해 한 소식이 '운선'에 관한 소식이라는 점이다. '도지사', '장군'은 그들의 안중에 없다. 오직 운선의 생존 여부에만 관심이 쏠리고 있는 것이다. 사상자死傷者 소식은 신문의 3면 기사처럼 간단하게 객관적으로 언급된다.

빈사의 중상자 삼 명 — 도지사와 비서와 부관이다.

노중路中에서 절명한 자 이 명 — 운전수와 장군이다.

그러나 '운선'에 관해서는 그 어조가 전혀 다르다 신문기사 조調가 아니라, 그녀와 아주 가까운 군중이 흥분상태에서 하는 말투와 같다.

운선이! 운선이! 이 항구 사람들은 아무리 불러 보아야 이 두 대의 자동차에는 실리지 않았었다.

'두 대의 자동차'는 '장군'의 시체와 중상자들을 우선 '항구'로 실어오기 위하여 'C항구'에서 보낸 자동차들인데, 그들 속에 운선이가 끼여 있지 않은 것이다. 따라서 '운선이! 운선이!'는 그 사실을 알게 된 군중의 절망적인 호명이다. 위기일발로 운선이 탄 자동차에서 뛰어내린 조수의 증언에 의하면, '뱀장어 고개'에서 제일 위험한 고개 마루턱을 넘자 그 자동차가 갑자기 스피드를 내어서 조심스럽게 내려가는 앞차와 충돌하여 '그 깊은 절벽'으로 곤두박질해 버렸다는 것이다. 물론 그 충돌사고는 뒷차 운전수가 고의적으로 일으킨 것이다. 경찰서의 조사에 의하여 밝혀진 것은 운선이는 그 운전수와 깊은 관계가 있었다는 사실이요, 여러 단체의 청년이 체포된 것으로 미루어 볼 때 그 운전수도 반체제적 비밀단체의 일원으로 추정된다. 경찰 당국은 그 충돌사고의 원인을 그 운전수와 운선의 '정사情死'를 위한 수단으로 귀결시켜 보기도 한다.

「추락」의 결말은 처참하다.

> 운선이의 양부모와 C에서 달려온 남편 될 뻔하던 친구는 그날 밤으로 현장에 달려갔었으나 천야만야한 낭떠러지 속에서 더구나 밤중에 뒤섞인 살점과 뼈대를 추릴 수가 없어서 속수무책으로 날이 새이기를 기다려서 이튿날 겨우 사지와 해골을 추려가지고 C로 갔다.

운선이는 왜, 어떻게 죽었고, 그 죽음의 의미는 무엇인가? 위에서 언급한 자동차 조수의 증언을 참고한다면, 운선이 탄 자동차와 앞차와의 충돌은 그 운전수가 '장군'과 '도지사'를 암살하기 위한 모험의 결과임이 분명하다. '장군'과 그 운전수 및 운선의 시체가 발견된 곳은 절벽 아래의 길이지만, '항구'에서 보낸 사람들이 '장군'의 시체와 부상자들을 실어올 때 운선과 그 자동차 운전수의 시체가 방치된 것은 'C군' 당국자에게 민족차별은 생사生死와 관련 없이 당연지사인 때문이다. 그리고 그 민중의 집단기억에서 3 · 1운동의 연장선 위에 있는 인물이 강우규 열사라면 '해군 중장'의 죽음에는 강우규의 사이토 총독 암살의지의 실현이라는 뜻이 숨어 있어야 한다. 아마 염상섭은 제2의 강우규를 그의 소설에 등장시킬 기회를 기다려왔고, 마침내 「추락」에서의 운전수와 운선에게서 그를 재발견했을 것이 틀림없다. 또한 그들의 집단기억에서 운선의 이미지에는 임진왜란 때의 '논개'가 겹쳤을지도 모른다. '장군'과 마찬가지로 주연酒宴에서 술 취한 왜장 게다니毛谷村六助를 껴안고 진주

남강의 바위 위로 올라가 투신함으로써 그를 암살한 의기義妓 말이다.

게다가 'C군'으로 가는 고개를 '뱀장어 고개'로 부른 작자의 저의는 맹랑하다. 그 '고개'가 '뱀장어 고개'인 것은 그게 바다와 가깝기 때문일 수도 있지만, 이 경우 그 사전적 의미보다 상징적 의미가 더 중요하다. 두 손으로 잡기가 어려운 '뱀장어'처럼 꾸불꾸불하여 넘어가기가 어려운 겹겹이 의문에 싸인 그 위험한 고개는 일제 식민지 조선 원주민이 동화同化하거나 통제하기 어려운 안개에 싸인 민족임을 암시할 수 있기 때문이다.

우리는 운선이 다음으로 그 '운전수'를 그의 침묵과 더불어 주목해야 된다. 운선이 쓸모가 없어진 자동차표를 주면서 돈으로 바꿔 쓰라고 하자 묵묵히 그것을 받는 그는 모자를 푹 뒤집어쓰고 침울한 표정이다 그녀가 '손가방'을 맡겨도 역시 잠자코 받는다. '모자'로 얼굴을 가린 것은 그가 전날 경찰서에 잡혀간 적이 있는 반체제운동자여서 '장군'과 '도지사를 경호하는 경찰관들의 눈에 띄지 않기 위한 것이요, '모자'를 뒤집어쓴 것은 사회질서의 전복을 암시한다. 그의 '침울한 낯빛'과 침묵은 필사적 항쟁을 결심한 사람에게는 불가피한 것이리라. 물론 운선이 그를 단단히 믿고 있지 않다면 '손가방'을 그에게 맡길 리가 없다. 그들은 지하단체에 속해 있었고, 이런 추정이 옳다면 그녀의 진정한 결혼의 목적도 밝혀질 수 있다. 곧 기적妓籍에서 빠져 나오기 위하여 결혼도 하고 동시에 지하운동 자금도 마련한다는 일석이조의 목적이다.

염상섭은 운선을 그의 『사랑과 죄』를 비롯한 몇몇 소설의 기생과 전혀 다른 인물로서 등장시켰으니, 바로 근대적 교양인으로서의 기생이다. 「추락」 외의 염상섭 소설에 나오는 기생으로서 지하운동과 관련된 기생은 하나도 없다. 왜냐하면 근대적 교육시스템에 속하는 학교의 교육을 받을 기회가 없는 기생은 반체제 운동의 이념을 모르고, 거기에 관심도 없기 때문이다. 「추락」의 운선은 다르다. 그녀의 일본어 사용능력, 중류계급 이상의 점잖은 상인과 관청 고관들과의 교제, 특히 '도지사'도 인정한 '모던한 미美', 그리고 관청 고관들을 떳떳하게 응대한 것은 그녀가 '명기'인 동시에 근대적 교양인임을 입증한다. 그러면 운선의 죽음에 어떤 의미가 있는가? 「추락」에서 가장 중요한 이 문제는 해명하기가 쉽지 않다. 결론부터 말하면 그녀는 반체제 투쟁을 위한 비극적인 자기희생자이다. 겉으로 볼 때 '뱀장어 고개'의 자동차 충돌사건은 'C군'의 청년실업가와의 결혼을 통하여 기적妓籍을 떠남으로써 새로운 삶을 시작하려고 했던 의욕을 무참하게 좌절시켰지만, 그녀의 죽음이 그런 평범한 차원의 것이 아니라는 점이 주목되어야 한다. 그녀는 자기 개인의 평범하되 안전하고 부유한 삶 대신에 고난의 민족을 구하기 위한 반체제적 투쟁에 그 운전수의 공범으로서 협력한다는 실존적 결단을 함으로써 자기희생의 길을 갔다고 보아야 한다. 그리고 그녀는 그런 비극적 여주인공이 될 수 있는 자격을 충분히 갖추고 있었다.

> 돈푼 있는 중산계급 이상의 신상紳商들은 물론이요 각 관청의 고등관들의 정조 공산주의貞操 共産主義가 이 계집애 하나를 에워싸고 공정히 평화롭게 실현되어 나가는 것이었다. 그뿐만 아니라, 이 근읍近邑이나 도회지 쳐놓고 운선이를 모르면 화류 남자가 아니고 도지사 이하로 육해군의 위풍당당한 장성將星까지들도 자기 연회에 운선이를 뫼시지 못하면 그날은 주객이 다—홍이 깨지는 것이었다.

운선을 에워싼 '정조 공산주의'는 그녀 앞에서는 누구나 평등하며, 그녀를 중심으로 단순한 공동체가 형성된다는 뜻이다. 그녀의 '정조'는 개인적 소유물이 아니다. 그 점에서 교환가치로서의 상품, 곧 창녀의 역할도 하는 '항구'의 '이류 삼류 기생들'과 다르다. 그녀에게는 '장성'과 '고등관' 들의 마음을 후리는 매력이 있다. 'C항구'에 사교계가 있었다는 것은 그 당시로서는 이례적인 일이다. 그 사교계는 그곳의 부유한 상류층과 고급관료 들이 형성한 것이다. 일제 식민지 조선에 변변한 사교계가 거의 없고, 따라서 사교계가 그 배경이 된 조선작가의 소설이 거의 없었던 것은 대부분의 조선인의 쪼들린 생활형편으로 미루어볼 때 당연지사였다. 발자크의 『당나귀 가죽』이나 『환멸』 또는 오스카 와일드의 『도리언 그레이의 초상』에 나오는 사교계는 거의 상상할 수도 없었다. 그럼에도 불구하고 '진남포'로 추정되는 'C항구'에 꽤 고급스러운 사교계가 형성된 것은 상류층 상인商人과 관료들의 상당한 재력財力과 거기에 비례하는 교양의 수준을 입증한다.

여기서보다 중요한 것은 자기가 접촉하는 사람들을 공동체로 묶는 운선의 능력이다. 그것은 합리적이면서도 너그러운 포용력 없이는 불가능하다. 그녀가 '항구' 민중의 우상으로서 그들을 결집시킨 것도 당연하다. 따라서 그녀의 사망소식을 들은 그들이 '운선이! 운선이!'라고 절망적으로 외칠 만도 하다.

'항구' 민중의 무의식적인 집단기억을 자극한 것도 운선이었다. 「추락」을 호소력이 있는 작품으로 만든 한 요인인 그 집단기억에서 가장 중요한 것이 3·1운동과 그 원통한 실패임은 '운선이 만세'와 무의식적으로 겹친 '화약고'가 입증한다. 그 민중에게 지금도 3·1운동은 언제 또 터질지 모르는 '화약고'로서 그들의 감정 속에 잠복해왔던 것이다.

극작술劇作術의 고전인 『시학詩學』에서 아리스토텔레스는 '비극'의 관객에게 그 극이 끝남과 동시에 그들에게 '연민과 공포'의 정서를 불러일으키려면 그 주인공이 '비상한 명성과 번영을 향유하는 사람'이어야 한다고 말했지만, 운선도 '항구'에서 인기의 절정을 향유하고 있었다. 그랬던 그녀가 '뱀장어 고개'의 돌발적 사건으로 '추락'하고 만 것이다.

물론 이 소설에서 '추락'은 다의적이다. '해군 중장'과 '도지사'의 경우 그 추락은 그들이 과시한 기고만장한 위세와 명예의 '추락'이지만, 그것은 운선의 '추락'과 비교할 때 문자 그대로 비천한 추락에 지나지 않는다. '항구' 민중의 집단기억에서 그들의 죽음은 당연한 응보다. 반면 운선의 까마득한 벼랑 아래로의 추락은 상상하기도 어려울 정도의 아찔한 것이어서 그녀의 죽음을 아름다운 여자의 안타까운 죽음의 차원에서 숭고한 죽음의 차원으로 끌어올렸다. 게다가 운선의 사지死地로 달려온 그녀의 양부모와 미래의 남편이 밤을 새운 뒤에 '겨우 사지와 해골'만 추려 갔다는 이 소설의 끝은 숭고의 차원을 넘은 처참한 느낌을 준다. 그 '해골'은 모든 세속적 가치를 초월한 도덕적 순수성의 표상表象이다. 그녀의 죽음은 그들의 집단기억 속에서 거룩한 희생양으로서의 재생이 약속될 터이다.

「추락」에서의 반체제적 저항의 성城을 쌓은 것은 운선의 한恨을 암시한 '웃지 말어라 내 속이 끓는다'와 '항구' 민중의 3 · 1운동에 대한 집단기억의 위장적僞裝的 표현인 '운선이 만세!' 같은 민족언어다. 그것은 언어 공동체가 아닌 민족 공동체는 있을 수 없다는 것을 말해 주기도 하지만, 그 언어의 성은 결코 무너뜨릴 수 없다는 것을 입증한 인물이 '도지사'다. 조선어 흉내에 의하여 조선어의 품격을 우습게 손상시킨 그의 추악성은 약소국을 침탈하는 제국주의 국가의 추악성을 바로 상기시키거니와, 그와 같은 식민지 권력자에게 대항하는 민족어의 성城이 배후에 버티고 있기 때문에 「추락」은 핵심이 있는 반체제적 저항소설이 될 수 있었다. 염상섭은 장편 에세이 「지상선을 위하여」(1922)에서 다음과 같이 말한 적이 있다.

> 이민족異民族이 너의 국토를 빼앗고 너를 다스리겠다고 할 때 너는 어찌 하겠느냐? 또한 어찌 하려느냐? 천편일률로 백행百行과 만사萬事에 합合치 않는 도덕은 아직 완성한 도덕은 아니다. 도덕의 최후의 목적은 아니다. 만일에 최고 비판으로 행行하여 허위를 자초自招함이어든 우리는 이를 폐리幣履와 같이 물리치고, 자아를 확립하여 양심이 명하는 대로 갈 수밖에 없다. 여기에 비로소 진정하고 철저하게 용기 있고 자각 있는 봉공奉公의 성誠과 희생의 애愛가 있는 것이다.

인용에서의 '천편일률'은 획일적인 통치를 위한 도덕률이나 법령으로서 일제('이민족')의 식민지배를 위한 것이다. 그것은 허위의 도덕률이요 법령이다. 이를 물리치기 위해서는 '자아'를 확립하여 '양심'이 명하는 대로 행동함으로써 성실하게 '봉공'하고 민족의 사랑을 위하여 자기를 '희생'해야 한다는 것인데, 염상섭은 「추락」의 운전수와 특히 운선을 통하여 그의 '지상선'의 성취를 위한 소망을 달성하고자 했을 것 같다. 여기서 돌이켜볼 때 자동차 편으로 'C군'으로 가려고 한 계획이 '장군' 때문에 좌절된 데 대한 앙심이 '뱀장어 고개'에서의 동반자살적 테러리즘의 감행에 운선이 동의할 때 한몫을 한 것은 틀림없지만, 그녀의 인격이 돋보이게 된 것은 '장군'에 대한 앙심을 개인적 차원에서 민족적 차원의 그것으로 전진적으로 돌려 생각한 덕택이다. 그 결과 그녀의 자기희생은 내 민족을 위한 희생으로 드높여졌고, 아울러 그것은 『삼대』에서의 장훈의 민족을 위한 폭탄 테러리즘을 준비하게 되었다. 프란츠 로젠 츠바이크는 "비극적 영웅에게 전적으로 알맞은 언어는 침묵이다"라고 말했는데, 이를 장훈이 입증한다. 그는 경찰서의 혹독한 고문을 당하면서 줄곧 침묵을 지킨다. 그 침묵을 예고한 것이 그 '운전수'의 침울한 침묵이었다.

주의 깊은 독자라면 「추락」이 우의적寓意的 소설임을 알아챘을 것이다. 우의적 서사는 개인보다 민족 공동체나 신앙 공동체에서 큰 호소력을 발휘한다. 그 공동체의 집단기억도 우의적으로 작용하기 쉽다. 미덕과 악덕 같은 전통적 관념은 의인화됨으로써 그 집단구성원의 마음을 사로잡는다. 「추락」의 경우 운선은 미덕의 화신으로서 '항구' 민중에 의하여 우상화되는 반면, 희화화되곤 한 '장군'과 '도지사' 등은 악덕의 화신이다. 이 소설에서는 다른 무엇보다도 3·1운동과 관련된 민족적 기억이 의인화되어 집단적으로 호소해 온다.

「추락」은 일제 식민지배자들의 야유를 위한 염상섭의 풍자적 재능과 민족의 고난을 초극하기 일한 비극적 상상력이 결합하여 산출된 감동적인 정치소설이다.

문자의 전성시대

염상섭의 『모란꽃 필 때』에 대한 일고찰

이경훈

1. 영자와 봉자

『안의 성』(최찬식, 1914)의 박춘식은 흥미로운 인물이다. 생선 장수인 그는 가난하게 살면서도 누이 정애의 "전정에 희망이 있도록" 그녀를 "여학교에 통학을 시켜 고등과까지 졸업"시킨다. 이는 춘식이 정애를 "마포 구석에서 아무 문견 없이" 기르면 "행세하는 사람에게는 시집보낼 가망이 없"으리라고 예상했기 때문이다. 따라서 정애는 "히사시가미에 분홍 리본 꽂은 여학생"으로서 학교를 오가는 길에 "사방모자에 법法 자 표 붙인 청년 학생" 김상현과 마주치게 됨으로써 그와 결혼할 수 있었다.

그런데 또 한 가지 흥미로운 것은 춘식이 다음과 같이 말하며 정애와의 '의절'을 선언한다는 점이다.

> 나는 오늘 너를 의절하는 날이니 내 마음이 변하여 의절하는 것이 아니오, 너

를 사랑하는 마음으로 상종을 끊겠다 하는 말이니, 너는 오늘 다행히 좋은 배필을 만나 조상의 문벌을 회복하거니와 나는 아즉 천한 영업을 면치 못하여 통지게 길방 틈에 목을 넣고 생활할 터인즉, 내가 만일 너를 찾아가든지 네가 만일 나를 찾아와 볼 것 같으면 아즉 반상班常의 관습이 타파되지 못한 이 시대에 너의 시댁은 무슨 모양이며, 네 얼골은 무엇이 되고, 낸들 어찌 부끄럽지 않겠느냐?[1]

인용은 신분에서 직업으로 대치되는 사회적 구성 변화의 과도기적 양상을 보인다. 이때 '의절'은 혈연이나 가문에 우선하는 새로운 사회관계를 표현함으로써 역사적인 의미를 획득한다. 즉 "반상의 관습이 타파되지 못한 이 시대"에 순응하기 위해 시도된 '의절'은 오히려 반상의 구분이 소멸되고 있음을 웅변한다. 동일한 "조상의 문벌"에 소속되어 있던 오누이는 오빠의 "천한 영업"으로 인해 "상종"을 끊고 헤어져야 하기 때문이다.

그러나 문제는 춘식이 "행세하는 사람"과의 결혼을 위해 정애를 교육시켰으며, 정애와 상현의 결혼을 "조상의 문벌을 회복"하는 것으로만 파악했던 점에 있다. 춘식은 '의절'로써 사회관계의 변화를 매개하기는 했지만, 결국 혈육으로서의 오빠일 뿐이었다. 그는 조혼을 강요하는 부친에 대항해 누이의 교육을 주장하며, 이를 통해 가문과 혈통을 넘어 "청년적 연대"로 나아가는 사회적 "오빠의 탄생"에는 이르지 못했다. '춘식-상현-정애'는 "동지-오빠-누이"[2]가 아니었으며, 이는 또 다른 오누이인 상현과 영자가 각각 법과 범죄라는 상반된 세계에 살고 있다는 사실과 짝을 이룬다. 즉 '상현-영자-정애' 대신 '상현 / 영자-봉자'가 성립되었으며, 이는 『무정』의 형식이 고민 끝에 선형과 영채 중 한 명만 배우자로 선택할 수 있었던 것과 달리 상현이 결국 정애와 봉자를 각각 처와 첩으로 삼게 되는 일과도 무관하지 않다.[3] 춘식

---

1 최찬식, 『안의 성』, 『한국신소설전집』 4, 을유문화사, 1968, 83면.
2 이경훈, 「오빠의 탄생」, 『오빠의 탄생』, 문학과지성사, 2003, 62면.
3 이에 대해서는 이경훈, 「예배당 · 오누이 · 죄」, 『대합실의 추억』, 문학동네, 2007을 참고할 것.

과 상현 모두가 기생 계향을 '누이'로 부르는 이형식류의 '오빠'는 아니었던 것이다. 이 점이야말로 정애가 다음과 같은 오해로 인해 시집에서 쫓겨나게 된 결정적인 원인이었다.

(모) "웬 오라범이 그리 많으냐? 편지 한 놈도 네 오라범, 공원에서 이야기하던 놈도 네 오라범, 부지거처로 난봉부리는 놈도 네 오라범. 나 모르는 네 오라범이 어찌 그리 많으냐?"[4]

그런데 또 한 가지 주목할 것은 정애를 모함했을 뿐 아니라 "음란한 행실만 점점 늘어서" "하이칼라 단장만 하고 밤마다 연극장이 아니면 밀매음 뚜장이 집으로" 다니며 "부자의 자식 하나를 후려서 사기 취재"까지 하는 여성들이 봉자鳳子와 영자英子라는 일본식 이름으로 지칭된다는 점이다. 영자는 "독살이 정수리까지 치뻗쳐서" 오빠 상현에 대항하는 "염통이 비뚜로 앉은 인물"이며, 봉자는 "자기의 여자 직분은 지키지 않고" "얼굴이 반반한 소년만 보면 마음에 애모하는 사상을 두는" 인물이다. 즉 이들의 호칭은 정애의 조선 이름과 대비되면서 선악의 구도를 선명히 한다. 그 점에서 이 여성들은 옥련을 놓고 온갖 음모를 꾸미는 서숙자(이인직, 『모란봉』, 1913)의 계보를 잇는다.

하지만 당시로서는 일반적이지 않았을 이 이름들이 굳이 사용된 것은 단지 고소설적인 선악의 문제 때문만은 아니다. 예컨대 서숙자라는 인물은 『모란봉』뿐 아니라 『안의 성』에도 나오는데, "여학생이 나같이 무식한 사람의 동생 노릇을 하라면 치사하게 여길 걸"[5]이라 하는 전자의 숙자와는 달리, 후자의 숙자는 정봉자와 학교 동창생으로 "한 학교에서 공부하던 정리를 생각"해 출감한 영자와 봉자의 "의복을 일신히 새로 하여 입히고 거처 음식을 융숭하게 관대"한다. 즉 『안의 성』에서 일본 이름은 학교를 다닌 여성들에

4 최찬식, 앞의 책, 100면

5 이인직, 『모란봉』, 『한국신소설전집』 1, 을유문화사, 1968, 101면.

부여된다. "하이칼라"나 "여자 직분"이라는 말이 함축하는 것처럼, 그것은 문명개화와 더불어 집 밖으로 나가기 시작한 '신여성'에 대한 식민지 남성의 불안, 공포, 경멸 등을 표현한다. "간부姦夫를 보지 못하여 상사병이 났든지", "요사이 흔히 유행하는 매독이나 임독淋毒 같은 전염병이 있는지" 모른다고 정애를 모함한 영자야말로 오히려 외간남자를 끌어들이며 외부(세균)에 노출된 것이다.

즉 영자와 봉자는 타자(감염)의 이름이다. 그 점에서 이들은 「혈서」(이광수)의 일본 여성 노부코信子와 별로 다르지 않다. 그녀는 "나라에 몸을 바치는 중과 같은 생활"을 맹세한 "우리네의 심리"[6] 안에 포용되지 못한 채, 김군에게 결혼을 거절당하고 폐질환에 걸려 죽기 때문이다. 따라서 다음과 같이 영자가 영희로 봉자가 봉희로 개명하고 "어질고 착한" 간호부가 되는 것은 『안의 성』의 핵심적인 에피소드이자 한 가지 결론이다.

> 두 사람은 대단히 다행하게 생각하고 그 날부터 병원에 들어가 기숙까지 하며 간호부 견습을 하는데, 심기가 그같이 불량하던 사람들이 그 사이 세상이 어떠한지 대강 알고, 죄 지면 법률에 저촉抵觸되는 줄도 알았으며, 사람이란 것은 어디까지든지 천품지성天稟之性을 지키는 것이 옳은 일로 깨달아 훌륭한 어진 사람이 되어 실로 전일의 영자와 봉자가 아니오, 지금은 어질고 착한 영희, 봉희가 되어 그 주인도 대단히 신임을 하고 무슨 일이든지 서로 의논하여 어디까지 친밀하게 되었더라.[7]

6 이광수, 「혈서」, 『조선문단』, 1924.10, 18면.
7 최찬식, 앞의 책, 153면.

2. 명랑한 숙자

한편 박태원의 『여인성장』(1941~1942)은 여성의 일본 이름과 관련된 또 다른 문제를 제기한다. 일단 지적할 수 있는 것은 남성 인물들은 물론이거니와, 중요 여성 인물들 역시 모두 순영, 숙경, 명숙, 경애, 경순, 수임 등과 같은 조선 이름으로 불리는 반면, 숙자만이 일본 이름을 가지고 있다는 점이다.[8] 그리고 이와 더불어 중요한 것은 그녀가 철수의 애인임에도 불구하고 철수에게 "운명은 저로 하여금 영원히 철수 씨에게서 떠나 이제 남의 사람이 되기를 요구"한다는 "쌀쌀한 편지"를 보낸 후 한양은행 두취의 아들 상호와 결혼한다는 "슬픈 사실"이다. 이에 대해 소설가 철수는 "인생은 단순치 않은가?"라고 "속으로 중얼"거릴 뿐이지만, 철수의 여동생 명숙은 다른 사람들의 말을 빌려 다음과 같이 비판한다.

> "저어 그런 남자가 어엿하게 있으면서두 다만 숙자가 재산 한 가지에 홀려서 맘에두 없는 최상호에게루 가는 거라구 모두들 욕허든데?"
>
> "……"
>
> "그러구 그 남잘 가지구 모두 욕이야 자기가 사랑하는 여잘 남에게 뺏기구 병병히 있다니 그런 어리석을 데가 어디 있냐구……."[9]

그렇다면 오해를 무릅쓰고, 몰락한 옛 스승 강 선생의 딸 순영이 다시 기생 일을 하지 않도록 돕는 철수의 의리와 비교할 때 "재산 한 가지"를 바라고

8 숙자의 동생 이름이 '순자'인데, 순자는 신혼여행에서 돌아오는 숙자를 서술한 다음 장면에 단 한번 언급된다. "친정 쪽으로부터 사촌오빠 내외와 동생 순자가 마중을 나와 있었다." 박태원, 『여인성장』, 영창서관, 1949, 44면.

9 위의 책, 15면.

부잣집 아들과 결혼한 숙자는 『안의 성』의 영자나 봉자에 필적하는 부정적인 인물인 것처럼 보인다. 그녀의 배신은 하필 그녀의 이름이 숙자인 것과도 무관하지 않을 터이다. 즉 숙자는 "일본식으로 허리를 굽"혀 인사하는 "내량奈良 여자고등사범학교" 출신 최영자 및 그녀에 대한 이광수의 평가를 상기시킨다.

미스 최는 어떤 술 회사 하는 도 평의원의 딸이었다. 미스 최라는 여자 자신은 맑은 정신 가진 이 박사가 탐할 만한 곳은 아니었다.

"부모가 상관있소? 본인만 보면 고만이지."

하고 이 박사는 미스 최 교제에 반대하는 옛 친구에게 장담하였다. 그러나 실상은 그가 보는 것은 미스 최 본인보다는 그의 아버지의 돈이었다.[10]

그러나 철수의 표현을 빌려 말하면 이렇게 결론짓는 것은 "가장 천박한 관찰"이다. 숙자는 변심한 것이 아니라 사촌 오빠와 상호의 계략에 걸려들어 상호의 아이를 임신했으며, 그로 인해 자기의 "처녀성을 빼앗아 버린" 그와 급히 결혼할 수밖에 없었던 것이다. 숙자는 "원하지 않는 남자의 아이까지도 낳아주지 않으면 안 된다는" 것을 "여자의 가장 슬픈 운명"으로 받아들인다.

문제는 숙자가 철수뿐 아니라 남편마저 배신한 것처럼 의심받는다는 점이다. 이는 철수 소설의 애독자로서 철수를 사랑하지만 그가 올케의 옛 애인이었음을 알고 충격 받은 시누이 숙경이 숙자가 결혼 전에 임신했음을 폭로했기 때문에 일어난 일이다. 즉 숙경과 시어머니는 아이의 아버지가 철수일 수 있다고 생각한다. 하지만 이보다 더욱 문제인 것은 철수나 숙자로서는 대단히 억울할 이 일련의 일들이 상호의 의혹을 다음과 같이 풀어줌으로써 쉽사리 해결된다는 점이다.

10 이광수, 『흙』, 문학과지성사, 2005, 249면.

"네 자식이라두 베는 그런 불행이 없었다면, 숙자는 결코 너 같은 놈과 결혼을 안 했을 게다. 또 무슨 말이 듣고 싶으냐?"

(…중략…) 상호는 기쁨을 참지 못하고 중얼거렸다.

"숙자하구 철수하곤 아무 관계가 없었다! 숙자는 순결허다!"

그는 철수를 쫓아 내려가서 몇 번이고 절이라도 하고 싶게 그가 고마웠다.[11]

위와 같이 상호를 기쁘게 한 철수는 이에 멈추지 않고 숙자마저 설득하며, "부부 사이에는 정녕코 그 의무가 있는 것"이며 "행복될 길은" "힘써 최군에게 애정"을 가지는 데에 있다고 강조한다. 그리고 숙자는 숙자대로 "지난 일을 생각하고 한숨만" 쉬는 대신 상호에게 "애정을 가지려 노력하여야만 옳은 일"이라고 생각한다. 요컨대 숙자는 "남편은 애초에 자기에게 사랑을 구할 때 그 방도를 그르쳤"지만, 결혼 후에는 "열정을 가지고 아내를 사랑하려 들었"으므로 "어린 생명"을 위해서도 "남편을 사랑하려 결심"할 뿐 아니라, "옛 애인과 현재의 시누이의 행복에 대하여도 진정으로 축복"하게 되는 것이다. 이렇게 그녀는 철수가 완성한 소설 제목이기도 한 "명랑한 전망"을 마침내 획득하며, 철수는 상호 부친의 적극적인 개입과 조정에 힘입어 숙경과 결혼한다.

이러한 서사의 전개 및 갈등의 해결은, 미장원과 극장을 모르는 대신 "어머니를 도와서 꼭 가사에만 부지런하였던" 명숙이 "국책형으로 된 규수"[12]라고 불리는 일과 함께 숙자라는 호칭의 의미를 암시한다. 숙자는 위와 같이 결심하기 전부터도 까다롭기 짝이 없는 시어머니의 비위를 잘 맞추어, 숙경으로 하여금 "'아가! 아가!' 하고 툭하면 며느리만 찾으니 참말 알 수 없는 일"이라고 느끼게 만든다. 그뿐 아니라 숙경이 코티 화장품을 사용하는 데에 반해 숙자는 "국산 캅피"를 고집하면서, "주부 되는 이가 반드시 나와야만 한다"는 애국반상회의 방침에 따라 시누이가 권하는 외출을 다음과 같이 사양한다.

---

11 박태원, 앞의 책, 502면.
12 위의 책, 230면.

"언닌 그래두 모르시네. 오늘이 음악 콩쿨 안유? 부민관서……"

"참 그런가요?"

"어서 채려요, 이십 분밖에 없는데……."

"그래두 전 못 가요. 곧 상회에 나가 봐야 허니까요." (…중략…)

"그러지 마시구 작은아씨허구 두 분이 갔다 오세요. 낮에 반장이 찾아와서 오늘은 방공대防空擡 반드는데 무슨 의논두 해야겠구 그래서 꼭 좀 나오랬으니까요."[13]

위와 같이 국가의 부름에 응하는 데에 대해 시누이는커녕 시어머니조차 간섭하거나 제지할 수 없거니와, 이러한 사태는 "좋은 아버지"[14]들의 전면적인 등장과 짝을 이루고 있다. 상호의 아버지는 숙자에 대한 섣부른 판단을 꾸짖으며 철수와 숙경의 결혼을 성사시키거나 조카 윤기전의 아이를 낳은 순영의 일을 해결한다. 한편 아들을 깊이 이해하는 철수의 부친은 자신의 업을 이은 아들에게 소설을 써 책사에 진 글 빚을 갚으라고 충고해 「명랑한 전망」을 완성케 한다. 즉 소설의 여러 사건과 갈등 들을 굽어보며 이를 "늙은 사람 수단"[15]으로 해결하고 정리하는 아버지들은 청년들을 대신하거나 그들을 포용하며 문학사적으로 복권되는 듯하다.[16] 나아가 이들은 "가솔린 절약을 위하여" "자가용을 폐지"하거나 아래의 인용과 같이 온돌 폐지를 주장함으로써, "보도연맹"을 조직하거나 "애국반장 집에서 광목 표를 뽑"게 하는 국가의 계획 및 통치와 동일화된다.

"글쎄 문화주택식이랄지…… 집 됨됨이두 됨됨이려니와 집안에 방은 원 몇이

13 위의 책, 252~253면.

14 위의 책, 523면.

15 위의 책, 570면.

16 이와 관련해 김남천의 「경영」, 「맥」, 『사랑의 수족관』에 나오는 아버지들은 의미심장하다. 또한 「등불」이나 「어느 아침或る朝」의 주인공들은 더 이상 청년이 아니다. 그들은 스스로 아버지가 되어 있다.

되구간에 꼭 하나만 남겨두고는 온돌은 폐지하여 버리자는 게 내 주장인데……
경제적으로 나무 값 석탄 값 처드는 것두 가난한 살림살이에 문제려니와 제 일에
조선사람들이 느리구 게으른 것이 도무지가 온돌 까닭이거든 느의 어머닌 대 반
대시더라만 나는 하나만 남겨두군 온돌은 폐지헐 생각이다."[17]

위와 같은 부친의 의향에 대해 철수는 "하날 남겨 두실 것 무엇 있습니까?" 라고 화답하거니와, 숙자는 바로 이 대답에 해당하는 이름이다. 그녀는 하루코(박태원, 『천변풍경』), 나미코(이상, 「지주회시」), 게이코(유진오, 「나비」) 등과 같은 카페 여급이 아니다. 그녀는 "가장 비열한 수단"[18]에 의해서일지언정 일단 상호에 정복당한 이상 아내로서 최선을 다하겠다고 결심했다. 예컨대 숙자는 최신호와의 "결혼생활을 불행하다고만"[19] 여기며 "남편에 관한 이야기가 나오려면, 우선 코웃음부터 치는"[20] 『애경愛經』의 정숙과 다르다. 이와 관련해 수진은 "'최신호'와 '위험신호'를 연결시켜" "그게 가정의 위험신호"[21]라고 평가하지만, 수진의 아내 숙자 역시 예전에 "신흥예술좌"[22]의 "배우 노릇하던 여자"[23]답게(?) "남편에게 편지 한 장을 써 놓은 채 그대로 집을 뛰어나와" 준길과 "잘도 거리로 돌아다녔"[24]으며, 급기야 "카페 아께보노"[25]의 여급이 되었다.

『여인성장』의 숙자는 이러한 『애경』의 숙자를 극복한 인물이다. 그녀는 완전히 가정으로 귀환함으로써 봉자나 영자가 도외시한 "여자 직분"을 식민지인으로서 수행하는 국민(아내)의 기호가 되었다. 따라서 숙자가 숙자인 것은 정희와 정순의 "아버지가 작은 어머니한테서 난 아이"[26]의 이름이 "정자貞

17 박태원, 앞의 책, 240면.
18 위의 책, 468면.
19 박태원, 「애경 (4)」, 『문장』, 1940.4, 126면.
20 위의 글, 123면.
21 박태원, 「애경 (6)」, 『문장』, 1940.7, 170면.
22 박태원, 「애경 (1)」, 『문장』, 1940.1, 110면.
23 박태원, 「애경 (2)」, 『문장』, 1940.2, 70면.
24 박태원, 「애경 (3)」, 『문장』, 1940.3, 77면.
25 박태원, 앞의 글, 1940.4, 117면.

子"인 것과는 크게 대비된다. 숙자는 자신이 적자嫡子: 일본인와 서자庶子: 조선인의 구분을 뛰어넘는 "천황天皇의 적자赤子"임을 인정했다. 이제 "순결"한 숙자는 30년 전의 봉자나 영자처럼 숙희로 개명하지 않을 것이다. 그리고 그 점에서 『애경』의 숙자가 결국 "다시 수진과 한 집에 모되어(모이어-인용자), 살림을 시작"[27]하게 되는 것은 의미심장하다. 철수 부친이 집을 짓듯이, 이제 집장수로 변신한 수진이 신설정新設町에 지은 집에서 말이다.

3. 혼혈아 문자

염상섭의 『모란꽃 필 때』(1934)는 횡보의 다른 소설들뿐 아니라 위의 논의와도 관련지어 논의할 때 그 문학사적인 위치와 의의가 명확해질 것이다. 그것은 이 소설의 중요한 등장인물의 이름이 '문자'이기 때문이다. 그녀는 주인공 박신성에 맞서는 적대자적인 인물인데, 그 일본식 이름과 어울리게 "가을밤 달빛에 비치어보는 이슬 맞은 흰 국화송이"에 비유되면서, "늦은 봄바람에 돋아나는 모란꽃 봉오리" 같은 신성과 감각적으로도 대비된다. 물론 이는 춘원이 순영과 경주를 각각 장미꽃과 호박꽃에 빗대거나[28] "금봉이허구 영자 언니허구 비기면 그야말로 봉황이허구 닭"[29]이라고 평가하는 것처럼 어느 한쪽에 일방적인 우위를 부여하지는 않는다.

즉 이 소설은 신성과 문자를 계속 팽팽히 대립시킴으로써 서사를 구성한

26 최정희, 「적야」, 『문장』, 1940.9, 21면.
27 박태원, 「애경 (8)」, 『문장』, 1940.11, 81면.
28 이광수, 『재생』, 『이광수전집』 2, 삼중당, 1962, 156~157면.
29 이광수, 『그 여자의 일생』, 『이광수 전집』 7, 삼중당, 1962, 274면.

다. 신성은 집안 형편이 기울면서 진영식에게 파혼당한 후 고학생으로서 자기 길을 개척한다. 그리고 신성에게 편지를 보내 파혼의 한 원인을 만들었던 김진호와 약혼하게 된다. 반면에 문자는 부잣집 아들 진영식과 결혼해 음악학교에 입학하겠다며 의기양양하게 동경으로 가지만 "딴스홀 아니면 은좌통銀座通으로만 발전"[30]하다가 파경破鏡을 맞는다. 문자는 『안의 성』의 영자와 봉자의 계보에 속하는 인물이며, 『이심』(염상섭, 1928~1929)에서 다음과 같이 묘사된 춘자春子와도 친근한 여성이다.

"춘자 양!"

창호는 자기 스스로를 비웃듯이 입 밖에 내어서, 이렇게 한번 불러 보았다. 과연 자기 아내 이름에 봄 춘春 자가 들기는 들었다. 그러나 '춘자 양'이란 무에냐? 자기 아내를 모를 남자가 '양'이라고 부르는 것을 듣고 기뻐하는 것이 보통 남자의 상정일까? 골을 내는 것이 그럴 듯한 일일까? (…중략…)

"하루꼬 죠!"

이번에는 좌야가 불렀을 듯싶이 일어로 다시 불러 보고는 코웃음을 쳤다. 그러나

"하루꼬 죠!"

라고 불러 보니까 별안간 내지 옷 입은 모양이 나타난다. 하얀 바른편 덧니가 빠듯하게 삐진 것을 살짝 보이면서 생끗 웃는 입모습을 그려 보면 지금 효자동 막바지 오막살이 속에 오동 칠갑을 하고 방바닥에서 대굴대굴 구르는 자기의 아내의 얼굴로 보이나 '춘자 양'이라고 불러 보면 웬 까닭인지 화복이나 양장을 하고 좌야와 나란히 걸어 앉았는 것이 눈 앞에 알신거리는 것이었다.[31]

창호는 춘경을 춘자로 불러보며 스스로를 비웃는데, 이는 춘자가 일본인 좌야佐野나 미국인 커닝햄이 자기 아내를 부르는 호칭이자, 각각 패밀리 호텔

30 염상섭, 『모란꽃 필 때』, 『염상섭 전집』 6, 민음사, 1987, 173면.
31 염상섭, 『이심』, 『염상섭 전집』 3, 민음사, 1987, 14~15면.

지배인이고 텍사스 석유회사 경성 지점장인 그들과 대비되는 창호 자신의 경제적인 무능력을 가리키기도 하기 때문이다. 춘자는 좌야의 "월첩"이나 커닝햄이라는 "양인의 첩쟁이"에 해당하는 이름인 동시에 그 "방탕한 생활"과 함께 "여성의 사회적 활동"에 대한 식민지 남성의 거부감과 두려움을[32] 표현한다. 그리고 그 점에서 춘자의 일은 "이심二心"이라는 소설 제목과 함께 집 밖으로 나간 '신여성'에 대한 불안, 공포, 경멸을 촉발시킨 영자와 봉자의 경우를 떠오르게 한다.

또한 커닝햄과 교제하는 춘자는, 사람들에게 "××회사에 계신 하아듸 씨"를 소개하는 『모란꽃 필 때』의 문자도 연상시킨다. 아니, 문자는 서양인을 "징그럽고 무시무시한 양코백이"라고 판단하지 않으며, "손등의 노란 털만 생각하여도 송충이가 잔등이를 기어가는 것"[33]같이 느끼지도 않는다는 점에서 춘자보다 한 걸음 더 나아간다. 화자의 표현에 의하면 문자와 하아디는 "국제적 남녀"의 관계를 성취한다. 그리고 이에 대해 자기 남편과 "조선의 명기" 사이에서 태어난 길자吉子의 가정교사로 신성을 채용하면서 "조선을 잊고 에미를 잊게 지도"[34]해 달라고 부탁했던 삼포三浦 부인은 '게토毛唐'를 언급하며 다음과 같이 반응한다.

> "그런 줄은 알았지만 저 애가 그 사람과 인사를 하자 후미꼬 상이 돌려다 보던 것을 보고 나는 처음엔 누구인지 못 알아봤어 설마 그런 게도-(양코백이)하고 같이 왔을 줄야 누가 알았겠소."
>
> 하고 삼포 부인은 웃음을 지어 보이며 아주 놀랐다는 듯이 일부러 시대 뒤진 '게도오'라는 말을 쓰는 것이다.[35]

32 이경훈, 「식민지의 돈 쓰기-민족과 개인, 그리고 여성」, 『현대문학의 연구』 46, 한국문학연구학회, 2012.2, 65면.
33 염상섭, 『이심』, 181면.
34 염상섭, 『모란꽃 필 때』, 204면.
35 위의 책, 266면.

하지만 문자는 영자, 봉자, 춘자와 다르다. 문자는 영희와 봉희로 개명하지도 않으며, 남편 창호에 의해 유곽에 팔려 자살함으로써 춘경으로 복귀하지도 않는다. 그도 그럴 것이 문자는 일본인 어머니와 조선인 아버지 사이에서 태어난 혼혈아로서 애초부터 문자이기보다는 후미코였기 때문이다. 일본에서 '후미코'라고 불리기 이전부터 문자는 "집에서들도 일본말로" "후미코상"으로 불렀다. 이 사실은 문자가 테니스 시합에서 신성에게 완승하는 순간, 문자를 "승리자"로 판정하는 영식의 다음 말과 함께 독자에게 알려진다.

> "후미꼬 상은 승리자였지요? 테니스 승리자뿐만 아니라 최후의 승리자였지요! 네? 후미꼬 상!"[36]

그리고 이는 영식과 결혼해 동경에 간 문자가 "모친의 성을 따라서 가나이 후미코金井文子 상이라고도 하고 남편의 성을 따라서 하다 후미코秦文子 상이라고도" 불리는 일로 나아간다. 즉 "남편의 성을 부르지 않고 모친의 성을 부르는" 데에 따라 결국 문자는 "가나이노 옥상", 영식은 "가나이상노 단나사마"가 되며, "영식이 집이라면서 문패에는 가나이金井"[37]로 씌어 있게 된다. 이는 아버지 남상철의 성을 따르는 대신 "처음부터 시야矢野라는 어머니의 성을 따랐던"[38] 남충서(염상섭, 「남충서」, 1927)의 누이 효자나 "조선이라는 두 글자"를 "자기의 운명에 검은 그림자를 던져준 무슨 주문"처럼 꺼려하며 "조선 사람인 어머니보다는 일본 사람인 아버지를 찾아가겠다"[39]고 하는 일본 국수집의 "젊은 계집"을 상기시킨다. 이는 "사람이 민족을 떠나서 살 날이 있을까?"라고 자문하며, "고향과 혈육에 대한 애착"과 "민족에 대한 감격"이 없는 자신의 처지에 연민과 고통을 느끼는 남충서의 경우와 대비된다.

36 위의 책, 123면.
37 위의 책, 244면.
38 염상섭, 「남충서」, 『염상섭 전집』 9, 민음사, 1987, 277면.
39 염상섭, 「만세전」, 『염상섭 전집』 1, 민음사, 1987, 58면.

남충서南忠緖라는 이름은 "'미나미 다다오'라고 부르면 꼭 일본 사람 이름 같이"[40] 보이도록 지은 이름으로, 물론 이 작명에는 "조선 사람의 성명이 적어도 일본 천지 안에서는 언제든지 말썽거리가 되고 비웃음을 받는"[41] 당대의 상황도 관여한다. 예컨대 「숙박기」의 창길은 자기의 성자姓字인 "변卞"이 "상투 달린 조선 사람" 같고 "기둥에 파리가 날라 붙은 것"으며 "논두렁의 허수아비(案山子—가까시)" 같다는 조소를 받는다. 그러나 일본인의 이름을 가지고 있음에도 불구하고 남충서는 오히려 자기가 "'야노'도 아니요 남가도 아"님에 고통스러워한다. 그리고 문자의 경우와는 달리 머릿속을 맴도는 "승리자"와의 동일화 욕망을 반성하면서 다음과 같이 부끄러워한다.

> '아비의 나라는 내 나라다!'고 생각은 하면서도 아비의 나라에 대한 굳센 감격을 느끼지 못하는 자기를 불쌍히 생각지 않을 수 없었다.
>
> '아버지가 일본 사람이요 어머니가 조선 사람이었드면? — 아버지가 서양 사람이요 어머니가 일본 사람이나 조선 사람이었드면? ……' 하는 생각을 하여 본 때도 있었다. 그러나 여기에는 그는 얼굴이 발개지며 자기 속으로 대답을 아니 하려 들었다.[42]

그런데 이와 비슷한 일은 『사랑과 죄』(염상섭, 1927~1928)의 류진柳進에게도 일어난다. 류택수와 그의 일본인 첩 스즈코鈴子 사이에서 출생한 류진은 "나는 나라는 존재일 따름"이며 결국 "존재가 없는 사람"[43]이라고 토로함으로써 처남인 해춘으로부터 "허무적 경향"의 "자멸적 초연주의"를 지적받는다. 그리고 이는 그가 다음과 같이 자신의 정체성을 자조하는 것과 무관하지 않다.

> "사실 내 피가 오 분은 감투로 되고 오 분은 '게다' 짝으로 되었다는 점으로 보

40 염상섭, 「남충서」, 277면.
41 염상섭, 「숙박기」, 『염상섭 전집』 9, 민음사, 1987, 312면.
42 염상섭, 「남충서」, 286면.
43 염상섭, 『사랑과 죄』, 『염상섭 전집』 2, 민음사, 1987, 141면.

면 아닌 게 아니라 현대의 조선의 상징으로 태어났다고도 할 걸세. 우리 아버니의 설명을 들으면 류진이란 이름은 일본말로 '야나기 스스무'라고 되도록 애를 써 지었다에. 허허허 …… 이름만 보아도 현대의 조선 사람답지 않은가!" 하며 자기를 조소하듯이 또 픽 웃는다.[44]

그렇다면 문자, 효자, 일본 국수집의 "젊은 계집"과 남충서, 류진은 일본인으로 동일화되는 이슈와 관련해 성적性的으로 대립한다. 여성들이 그 교육 수준이나 사회적 계층은 물론, 부모 중 어느 쪽이 조선인인가 하는 문제와 상관없이 공히 일본인의 정체성을 가지려고 하는 반면, 남성들은 주로 조선인들과 교류하며 민족과 사상 문제로 계속 번민한다. 즉 횡보는 조선이 식민지로서 여성화된 상황에서 편집증적인 일본인으로서의 동일성 추구를 혼혈아 여성의 경향으로 한정시켜 혼혈아 남성들의 분열적인 태도와 대비시킴으로써, 혼혈아 여성은 물론 궁극적으로는 혼혈아 남성조차 여성화하는 순종 조선인 남성의 위치를 만들어낸다. 과장해서 말하면 여성은 모두 혼혈아며, 혼혈아는 모두 여성이다.

이는 남상철이나 류택수가 사회적으로 상당한 지위에 있는 데에 반해 남충서와 류진의 어머니들이 기생 출신의 첩으로서, 일본인이라는 점을 제외하면 여러 가지로 타자의 위치에 있다는 사실과도 연관된다. 즉 염상섭 소설에 묘사된 식민지의 가부장제는 여성화된 여성 일본인들을 통해 혼혈아뿐 아니라 일본인 자체를 여성화하고 배제하려 한다. 순종 일본인조차 혼혈아인 것이다. 조선인이 일본인과 관계하는 것 자체가 혼혈의 가능성을 함축하기 때문이다. 따라서 이인화가 "학비를 대어달라거나 어떻게 같이 살아보았으면 하는 의사를 은근히" 비친 일본인 여급 정자靜子에게 절교의 편지와 돈을 보내며, "아무래두 데리고 살 수는 없어!"[45]라고 한 것은 상징적이다.

44 위의 책, 267~268면.
45 염상섭, 「만세전」, 101면.

4. 모델과 스파이

이렇게 보면 문자는 영자와 봉자처럼 "하이칼라 단장"하고 "밀매음"이나 하는 정도를 넘어 그 존재 자체가 "왜마마"[46]에 감염된 인물이다. 앞서도 말했듯이, 그녀는 영희나 봉희로 개명하지 않는다. 하지만 독일어 공부를 핑계로 거리낌 없이 "털복숭이 서양사람"[47]과 교제한다는 점에서, 그녀가 개명하지 않은 것은 숙자가 개명하지 않는 것과도 전혀 다르다. "국산 캅피"를 고집하며 애국반상회에 성실히 출석하는 숙자는 순종 조선인으로서 순종 일본인(국민)이기 때문이다. 그러므로 월급을 "문자의 용돈으로 다 디밀어도 부족"한 상태를 초래해 영식을 "물질로나 정신으로나 총파산"하게 하는 문자는 『사랑과 죄』의 정마리아에 가깝다. 정마리아는 "긴부라 대신에 '혼부라'"를 하겠다고 하거나, "길거리로 다니며 머리 자랑"을 하는 "단발 사건"을 일으켜 요릿집의 "손님 기생 보이까지 벌린 입을 다물 줄"[48] 모르게 하기 때문이다. 문자와 정마리아는 다음과 같이 비판받을 "조선 청년"이다.

> 심초 씨는 젊은 조선 청년을 보면
> "당신네들은 '정말 조선'이 어떠한 것을 아시오. 지금 조선은 '트기'입넨다. 진짜 조선은 거의 다 헐려 나가고 지금 남은 것은 조선인지 일본인지 서양인지 까닭을 모를 반신불수가 되었소. 인제는 조선에 더 살 흥미조차 잃었소" 하며 무연히 탄식하는 일이 많다.[49]

---

46 염상섭, 「남충서」, 268면.
47 염상섭, 『모란꽃 필 때』, 224면.
48 염상섭, 『사랑과 죄』, 329면.
49 위의 책, 309면.

즉 문자와 정마리아는 육체적인 혼혈과는 무관히 모두 "트기"다. 그런데 이때 묘한 것은 위와 같이 조선이 "트기"임을 비판하는 『사랑과 죄』의 "심초매부深草埋夫"가 조선에 서양화를 알린 일본인이라는 사실이다. 그는 "예전 수학원修學院의 도화교사"로도 재직하며 반생을 조선에서 보냈다. "해춘이가 양화가가 된 것도 이 사람의 영향"을 받은 것이며, 현재에도 해춘은 순영의 초상화를 "심초의 주선으로 동경에 있는 심초의 친구에게 부치어서 출품"하려 한다.

따라서 심초는 『모란꽃 필 때』의 방천추수芳川秋水와 유사한 인물이다. "추수 화백"은 "조선 와서 잠깐 살기도 하였고 조선에서 총독부 전람회를 만드는 데에도 유공할 뿐 아니라 진호의 선생이요 제전帝展의 심사위원으로 작년 가을에 진호가 입선"[50] 되게 했다. 이 추수 화백은 각각 "H 부인의 초상"과 "소녀"로 명명된 문자와 신성의 초상화를 그리는데, 이와 관련해 신성은 "문자의 초상보다 잘 됩소사 하는 생각으로" 모델 일에 "괴로운 줄"을 모르며, 문자는 문자대로 "신성 양의 것의 가격을 얼마로 매든지 그보다 좀 더 매어달라"고 요청한다. 그리고 두 여성의 경쟁 및 대립에 역사적 의미를 부여하기라도 하려는 듯이 추수는 두 그림의 창작 의도를 다음과 같이 비교한다.

> 후미꼬상(문자)의 것은 모던이요 아메리카니즘에다 결혼 후의 젊은 여자의 기분을 나타내었지만 이번에는 아메리카니즘 이후 — 다시 말하면 아메리카니즘에 세련이 되고 세례를 받고 거기에 지친 이후에 오는 오리엔탈리즘(동양주의)라고도 할 만한 다음 시대의 여성이 표현될 것일세. 그것은 박상 자신의 소질이 그렇기도 하거니와 그 처녀성이 충분히 그런 의사를 표현해 줄 것일세.[51]

추수 화백이 말하는 "아메리카니즘"은 심초가 비판하는 "트기"에 해당할

50 염상섭, 『모란꽃 필 때』, 202면.
51 위의 책, 234면.

터, 이때 추수가 신성의 "처녀성"을 강조하며 "조선옷"을 입고 모델에 임하라고 주문하는 것은 위의 인용과는 좀 다른 의미에서 그야말로 "오리엔탈리즘"과 관련된다는 점에서 의미심장하다. 더욱이 그는 "다음 시대의 문화의 중심이 조선일 리는 없는데 그 점으로 생각하면 일복이 아무래도 좋지 않습니까"라고 하는 삼포 청년에게 "나더러 이상주의자라더니 자넨 제국주의자인가"[52]라고 일갈하는 것이다. 그렇다면 추수가 말하는 조선옷 입은 "다음 시대의 여성"은 신성보다는 숙자에 이르러 완성될 듯도 하다.

또 한 가지 중요한 것은, 추수가 첫 대면에 "신성이의 얼굴은 물론이요 옷 속에 싸인 몸뚱아리 풍부한 살 속에 묻힌 골격까지를 한눈에 다 보고 속으로 '쓸 만하다!' 하고 벌써 금을 쳐 놓았다"는 점, 그리고 신성을 모델로 쓰기 위해 다음과 같이 말했다는 점이다.

> "이번에는 틈 있는 대로 박상을 한번 그립시다. 지금 당장은 어렵지만 조금 쉬어가지고 개학 전에 그려봅시다. 그림이 팔리면 그것은 학비로 보조하기로 하고……."
>
> 하며 이편 승낙 여부없이 자기 혼자 결정한 듯이 수작을 하였다.
>
> "하지만 아마 김군의 승낙을 받아야 할지 모르지?"
>
> 하고 껄껄 웃는다.[53]

추수는 신성의 의사와는 상관없이 그녀의 초상화 그리기를 "혼자 결정"한다. 대신 그가 신경 쓰는 것은 김진호의 "승낙"이다. 즉 두 남성들 사이에서 신성은 자신의 뜻을 주장할 수도 없으며 스스로 그림을 그릴 수도 없는 일개 모델로 대상화된다. 신성은 영식이 문자와 자기의 "외양을 비교"했을 때부터 주로 시선의 대상으로서 문자와 경쟁해 왔다. 그리고 이 보이기 경쟁은 문자

52 위의 책, 236면.
53 위의 책, 198면.

가 "제 초상은 출품 안 하겠다"고 하거나 "소위 '자기 그림'이라는 것"이 "모델 자기의 미모나 명예 때문에 당장 팔렸다는 듯" 의기양양하다가 신성의 초상도 "매약된 것을 보고는 까닭 없이 풀이 빠지면서 샐쭉하는" 일로도 나타난다. 따라서 이러한 문자는 남편이 신성의 초상화를 구매한 일에 대해 시기심을 표현할 수밖에 없는데, 이에 대해 신성은 다음과 같이 응수한다.

> 난 되레 문자한테 부탁을 해서 아무쪼록 물르게 하고 싶은데![54]

그리고 이는 『사랑과 죄』에서 해춘이 그린 순영의 초상화와 질투에 불타는 "눈씨름"을 하는 정마리아의 일을 떠오르게 한다. 그녀는 그림의 눈을 찌르고 입술을 긁었으며 급기야 "잉크병을 들어다가 손가락을 담방 잠가 찍어서 두 눈에 힘껏 발랐"다.

하지만 여성들이 이런 식으로 대립하는 것과는 달리, 추수와 김진호는 시선의 주체로서 맞선다. 추수가 신성을 모델로 삼은 것에 대해 진호는 "자기가 한번 그리기를 평생의 소원으로 생각하던 것을 먼저 빼앗긴 것"[55]에 대해 분하게 생각한다. 추수와 진호는 신성을 시각적으로 포착, 재현하는 일을 놓고 일종의 헤게모니 싸움을 벌이고 있는 셈이다. 달리 말해 이 화가들은 시각주체라는 점에서 통일되며, 따라서 앞서 논한바 "여성은 모두 혼혈아며, 혼혈아는 모두 여성"이라는 입장에서 보았을 때 공히 "트기"를 비판, 배제하는 순종 일본인과 순종 조선인, 즉 남성 동지들이다. 실로 추수는 문자를 'K 부인'이 아닌 'H 부인'으로 호명하며 '가나이'라는 일본 여성(혼혈)의 성姓보다는 '하다'라는 조선 남성(순종)의 성性에 집착했다. 그리고 진호는 다음과 같이 '여필종부'를 언급했다.

54 위의 책, 299면.
55 위의 책, 250면.

"무어 별 말 없어 …… 한데 조선 간다데그려."

"갈 사람이나 가라죠."

하고 문자는 쏘는 소리를 한다.

"그게 무슨 말인가? 여필종부라니 그 사람 가면 가랴 할 게 아닌가."[56]

하지만 염상섭이 궁극적으로 바라는 것은 신성이 추수의 모델이 아니라 진호의 모델이 되는 일, 즉 조선 남성이 조선 여성을 그리는 일이다. 예컨대 『사랑과 죄』의 서사적 결론은 귀족 해춘과 간호부 순영의 계층을 넘어선 민족적 결합과 동반 망명이며, 이는 순영의 그림이 완성되는 것과 짝을 이룬다. 즉 이 소설은 여러 복잡한 사건의 발생과 함께 해춘이 순영의 초상화 그리기에 성공하는 과정을 서술한다. 한편 『모란꽃 필 때』는 '봄'이라 명명한 김진호의 "커다란 나체화"가 특선에 뽑히고, 이를 본 신성이 "자신이 모델이나 된 듯싶이 어쩌면 저렇게도 같을까"하고 놀라게 되면서 두 사람의 약혼이라는 마지막 에피소드로 나아간다. 순영과 해춘이 함께 봉천행 기차에 탔듯이, 신성과 진호 역시 "불란서에를 가든지 서울로 가든지" "한 차에 같이 타고 인생이란 길"[57]로 나서게 될 것이다. 신성을 직접 그리지는 못했음에도 불구하고 "머릿속에 깊이 백인 신성의 혼이 그 모델의 형상에 박혀서 화면에 나타"나게 함으로써, 진호는 마침내 신성을 차지하게 된 것이다. 그리고 그것은 이미 예정된 일이다. 따라서 추수와 진호의 그림이 주목된 이유를 다음과 같이 평가하는 것은 오히려 "조선 화가"와 "조선 미인"의 폐쇄회로적인 결합을 환기한다.

그것은 그림이 좋다는 것보다도 한편에는 조선 미인을 그렸다는 데에 더 많은 주의를 끄는 것이요 또 한편은 조선 화가로서 특선이 된 점에 가상하다는 의미로일 것이다.[58]

56 위의 책, 277면.
57 위의 책, 320면.

그러므로 이 점으로 보았을 때도 "불량외국인하고 하코네 같은 데로 돌아다니는 그런 계집"인 문자가 서양인 하아디에게 자기 그림을 사게 하는 것은 신성의 경우와 대비된다. 추수가 그린 신성의 초상은 영식을 거쳐 결국 "결혼 축하"를 위해 신성과 진호에게 전달되었으며, 진호가 그린 나체화는 일본인 삼포 청년에게 팔리지만 그 실제 모델이 신성은 아니기 때문이다. 즉 신성의 초상을 그린 것은 일본인이지만 그 구매자(소유자) 및 감상자는 조선인으로 귀착되는 것에 반해 문자의 모습은 처음부터 끝까지 외부(특히 서양인)의 시선을 끌어들이며 그에 노출, 소유되는 것이다. 그리고 이는 "상공시찰단"으로 동경에 돌아온 영식이 문자를 "본 체 만 체"하는 일로써 보복당한다.

그리고 그 점에서 문자는 정마리아를 다시금 상기시킨다. 정마리아는 "서양 부인 선교사의 수양딸로 학비를 얻어 공부한 뒤에 눈 밖에 나서 떠돌다가 경무국 사무관의 후원으로 미국"을 갔다 왔으며, 그 후에도 여전히 "파트론"인 "중산 사무관"과 친밀히 지냄으로써 류진으로부터 "스파이"[59]로 의심받기 때문이다. 이때 조선 화가와 조선 미인으로 된 폐쇄회로를 벗어나고 거기에 틈을 내는 일과 함께 중요한 것은 스파이가 그 시각적 위치 및 태도에서 모델과 철저히 대립한다는 점이다. 모델이 자기 자신을 공공연히 보인다면 스파이는 다른 사람을 은밀히 본다. 아무도 없는 해춘의 방에 들어가 그림 속 순영의 눈을 찌르거나 거기에 잉크를 바르는 정마리아의 소행은 문자와 신성을 각각 "아메리카니즘"과 "다음 시대의 여성"으로 재현하고 배치하는 남성(순종)의 시각적 주도권과 그 질서에 대한 교란과 전복을 함축한다. 이석훈의 다음 서술은 이 문제와 관련된 흥미로운 사례를 보여준다.

> 당신은 R군을 시켜서 날더러 서울 돌아가거든 '모델'이 되어 달라는 청을 하였소. 나는 그 말을 듣자, 한참동안 벙벙해 있던 것을 지금도 잊지 않소. 그것은 대

58 위의 책, 261면.
59 염상섭, 『사랑과 죄』, 184면.

체 여자가 남자 화가의 '모델'이 된다는 말은 들었거니와, 여자 화가로서 남성을 '모델'로 사용한다는 말은 금시초문이었기 때문이오. (…중략…) 내가 사내로서 여자 화가의 나체 모델이 되는 법이 어디 있느냐고 정색을 하고 반박을 하였음에도 불구하고 당신도 정색을 하고 서양서는 그런 건 보통이라고 나를 설복하기에 무한 애를 썼소.[60]

위의 인용은 여성 화가가 남성을 나체 모델로 채용한다는 점뿐 아니라, 이 일이 "서양"을 통해 정당화되고 있다는 점에서도 정마리아의 정체와 관련된다. 즉 정마리아가 자신이 포함된 "두 암가마귀" 중 한 명인 해주집을 살해한 일과는 별도로, 서양 여자처럼 스스로 보려 하는 그녀의 행위야말로 눈에 띄게 스파이 활동을 펼치지 않음으로써 더욱 치밀하게 수행된 본격적인 스파이 행위다. 따라서 그녀가 눈을 감춘 까마귀烏에 비유된 것은 흥미롭다. 이는 그녀가 자기를 숨기고자 고도의 변장술로 변장한 채 아편굴의 해주집을 찾아간 일과 짝을 이룬다.

따라서 염상섭은 아래와 같이 "순영의 뒤를 쫓는 사람을 알아다가 주마고" 했던 "마리아"(트기)를 발음상 유사한 "마라리아"(질병) 및 "여마리꾼"(스파이)과 나란히 놓는 "실없는 이야기"를 함으로써, 정마리아가 스파이라 한 류진의 말이 '정말이야'라고 암시한 듯도 하다. 여마리꾼이란 '염廉알이꾼', 즉 염탐廉探하는 자이기 때문이다.

해춘이도 마리아의 말눈치를 못 알아들을 것은 아니나 시치미를 떼었다.

"마라리아에 걸리셨다니 말씀예요!"

"누가요?" (…중략…)

"그러나 저러나 오늘은 참 정말 대감께 약속한 것을 시행하러 왔습니다. 좋은

---

60 이석훈, 「부채」, 『문장』, 1940.5, 6~7면.

소식 전해 드릴게 무슨 턱을 내시랍소?"

해춘이가 잠자코 앉았는 것을 보고 말을 돌린다.

"약속한 것이라니?"

"저번에 병원에서 여마리꾼이니 무어니 하지 않았어요?"

생각하여 보니 아닌 게 아니라 순영의 뒤를 좇는 사람을 알아다가 주마고 실없는 이야기를 한 일이 있다.[61]

5. 가나이 후미코와 가네코 후미코

한편 문자가 "가나이 후미코金井文子"로 불리고 진영식이 "가나이상노 단나사마"로 호칭되는 일은 가네코 후미코金子文子와 박열朴烈의 일을 연상시킨다. 가네코 후미코는 아나키스트 박열의 아내(감옥에서 결혼신고서 제출)이자 동지로 염상섭이 두 번째로 일본에 머무르기 시작한 1926년에 치안경찰법 위반, 폭발물단속벌칙 위반 등으로 사형 판결(3.25)을 받았다. 그리고 곧 무기징역으로 감형(4.5)되었음에도 불구하고 7월에 옥중 자살했다.[62]

이렇게 박열과 "사랑과 죄"를 공유한 가네코 후미코는 문자가 어머니 성을 사용해 가나이 후미코로 호칭되는 것과는 반대로 박열의 성을 따라 박문자朴文子라는 이름을 사용했다. 그녀는 이 "필명으로 「소위 불령선인이란」이라는 제목의 논설"[63]을 『동지』 제2호에 썼다. 또한 그녀는 "조선인삼상 박문자"[64]라

61 염상섭, 『사랑과 죄』, 124면.

62 야마다 쇼지, 정선태 역, 『가네코 후미코』, 산처럼, 2003, 471면. 가네코 후미코의 자살에 대해서는 여러 논란이 있었다. 예컨대 "특히 흑우회 동지들은 문자의 옥중 임신이 가져온 교살사건임에 틀림없다고 확신"(무정부주의운동사 편찬위원회, 『한국 아나키즘 운동사』, 형설출판사, 1989, 179면)했었다.

는 이름으로 '흑도회黑濤會' 기관지 『흑도』 등에 조선 인삼을 광고하기도 했다.

한편 박열이 관립경성고등보통학교 사범과에 입학했던 사실[65] 및 가네코 후미코가 "현에 있는 여자사범학교에 들어가 교사"[66]가 되려 했던 점은 박신성이 "'오차노미즈'의 여자 고등사범"에 들어간 일을 떠오르게 한다. 그리고 가네코 후미코가 고학을 위해 "가정부"[67]가 되었던 사실은, 신성이 "내일은 아무래도 직업소개소부터 찾아가 보고 그 길에 파출부회에도 다녀오리라"[68]고 생각했으며 결국 추수 화백의 소개로 삼포가의 가정교사가 된 일을 상기시킨다.

즉 문자와 신성은 각각 가네코 후미코의 일과 상반되거나 유사한 면을 구현한다. 한편 가네코 후미코와 박열의 중요한 수입원이 "조선인삼 판매"[69]였다는 사실은 『사랑과 죄』의 중요한 에피소드 중 하나가 해춘이 호연의 부탁을 받고 일본유학생 최진국으로부터 인삼 세 근을 100원에 산 일이라는 점과도 무관하지 않은 듯하다. 이는 『폐허』 동인이었으며, 박열 등과 함께 1921년 11월에 '흑도회'를 결성했던 황석우를 통해 염상섭이 아나키스트 그룹과 교류했었을 가능성[70]과 더불어 『사랑과 죄』의 다음 장면이 생각나게 한다.

> "나는 적토라는 사람이오" 하고 본 이름은 아니 가르쳐 준다.
>
> "김군! 이 야마노군山野君은 조선에 들어와 있는 '아나―'계無政府主義系統의 거장일세."

---

63 야마다 쇼지, 위의 책, 152면.
64 위의 책, 165면.
65 위의 책, 132면.
66 위의 책, 87면.
67 위의 책, 105면.
68 염상섭, 『모란꽃 필 때』, 183면.
69 야마다 쇼지, 앞의 책, 163면.
70 이와 관련해 한기형 교수는 「초기 염상섭의 아나키즘 수용과 탈식민적 태도」(『한민족어문학』 43, 한민족어문학회, 2003)에서, "1919년의 염상섭이 아나키즘에 기울어졌다는 것, 그러한 사상적 편력이 황석우 등 아나키스트 그룹과 관련되어 있었다는 것은 이후 염상섭의 문학적 행보를 재검토하는 데 중요한 단서"하고 평가한 바 있다.

> 적토 군은 그 일인을 다시 소개한다. 예술가 비슷한 이 사람이 무정부주의자라는 것은 누구에게나 의외이었다.
>
> "그럼 동경의 흑색동맹에 ……?" (…중략…)
>
> "하지만 코뮤–니스트(공산주의자)와 아나–키스트(무정부주의자)가 악수를 한다는 것은 좀 이상한 걸! …… 게다가 류 군으로 말하면 나 보기에는 일종의 니힐리스트(허무주의자)이고 보니 그러면 삼각동맹인가?" 하며 냉소를 한다. (…중략…)
>
> "니힐리즘 볼셰비즘 아나–키즘 …… 이 어째 한 어머니 자식이란 말이요?" 하며 웃는다.[71]

인용에서 흥미로운 것은 "예술가 비슷한" 아나키스트가 등장한다는 점, 그리고 니힐리즘, 볼셰비즘, 아나키즘에 대해 그것들이 "한 어머니의 자식"이냐는 관점에서 질문한다는 점이다. 이때 후자는 문자, 남충서, 류진 등이 모두 서자로서 자신의 이복형제들과 "한 어머니의 자식"이 아닐 뿐더러 조선인 어머니의 자식조차 아니라는 사실을 상기시킨다. 그들은 조선인 화가(남성)와 조선인 모델(여성)의 폐쇄회로가 파열되었음을 증명하는 존재들이다. 특히 문자는 "한 어머니의 자식"이 아닌 데에서 한 걸음 더 나아가 '다른 어머니'의 '딸'이고자 했다. 물론 염상섭에게 중요한 사실은 이복형제들과 마찬가지로 이들이 동일한 조선인 아버지의 자식이라는 점이다. 이에 대해서는 문자를 "H 부인"으로 부른 추수 화백 역시 동의할 것이다. 하지만 이러한 입장을 수용하는 아들들과는 달리 문자는 어머니(사실은 외할아버지)의 성을 사용하며 '모계(?)의 인간'이 되었다.

따라서 "어머니에게 버림"[72]받고 외조부 가네코 도미타로의 딸로 호적에 오른[73] 후 충청북도 청주의 이와시타 집안에 양녀로 갔던 현실의 가네코 후

71 염상섭, 『사랑과 죄』, 208~209면.
72 야마다 쇼지, 앞의 책, 40면.
73 위의 책, 41면.

미코가 굳이 일본식으로 식민지인 남편의 성을 따른 박문자로 활동했다면, 애써 일본인 모친의 성을 썼던 염상섭 소설의 문자는 "제국호텔에만" 다니는 "딴쓰하는 여자"로서 남편과 헤어질 수밖에 없었다. 그녀에게 춘경을 춘자로 만든 식민지의 "패밀리호텔" 따위는 눈에 띄지도 않았을 터이다. 그로 인해 가나이 후미코라는 이름은 일본인 남성에게조차 오히려 "아메리카니즘"의 기호로 읽혔던 것이다. 이렇게 문자는 여러 겹의 "트기"로서 겨울을 앞둔 국화꽃의 전성시대[74]를 구가했다. 모란꽃이 피는 대신 '명랑한 숙자'가 등장하기 전까지는 말이다.

74 조선작의 『영자의 전성시대』(1973)는 『모란봉』(1913)의 '숙자' 이후 60년 만에 '영자'류의 일본식 이름이 역사적으로 소멸됨을 알리고 있는 듯도 하다.

텍스트의 시차와 공간적 재맥락화

염상섭의 러시아소설 번역이 의미하는 것들

손성준

1. '작가의 번역'이라는 문제의식

1922년 7월은 염상섭에게 특별했다. 그의 초기 예술론 및 문학관을 대변하는 글 「지상선至上善을 위하여」와 「만세전」의 모태인 「묘지」 첫 회가 『신생활』 제7호에 동시에 게재되었기 때문이다. 그런데 이는 염상섭의 첫 번째 번역소설인 「사일간四日間」이 『개벽』(제25호)에 발표된 시점이기도 했다. 이상의 글들은 모두 26세의 횡보가 가졌던 문제의식 속에서 동시다발적으로 출현했다.

하지만 염상섭의 글이 아닌 「사일간」은 본질적으로 앞의 두 편과 구분된다. 「사일간」의 원저는 러시아에서 건너온 가르쉰Vsevolod Garshin, 1855~1888의 "Четыре дня"이고 그 창작년도는 1877년이다. 다시 말해 콘텐츠로서의 「사일간」 자체는 「지상선을 위하여」나 「묘지」보다 훨씬 먼저 존재했다. 염상섭의 중역重譯 저본도 이미 메이지 시기에 나온 일역본이었다. 염상섭은 1922년

7월 『개벽』에 발표하기 위하여 일본어 「사일간」을 자신의 독서이력에서 호출해냈고, 이것을 재독 / 삼독하며 번역해야 했다. 이 '다시 꺼내 읽기'와 '번역하기'라는 집적된 시간이 「묘지」나 그 어간에 발표한 작품에 직・간접적으로 연동되어 있을 가능성은 충분하다. 이 연관성은 1923년 4월 『동명』에 나온 염상섭의 두 번째 번역소설 「밀회密會」(원작 : 투르게네프Ivan Turgenev, 1818~1883의 "Свидание")와 또 그 즈음의 창작에도 적용될 것이다.

현재까지 알려진 염상섭의 번역소설 여섯 편을, 전후 시기의 창작소설까지 포함하여 발표순으로 나열하면 다음과 같다.[1]

연도	제목	매체	발표 시기
1921	표본실의 청개구리	개벽	1921.8~10(1921.5 작)
1922	암야	개벽	1922.1(1919.10.26 작)
	제야	개벽	1922.2~6
	① 사일간(가르쉰)	개벽	1922.7
	묘지 ※미완	신생활	1922.7~9
	E선생	동명	1922.9.17~12.10
1923	죽음과 그 그림자	동명	1923.1.14
	② 밀회(투르게네프)	동명	1923.4.1
	③ 디오게네스의 유혹(빌헬름 슈미트본)	개벽	1923.7
	해바라기(신혼기)	동아일보	1923.7.18~8.26

1 표로 소개한 여섯 편 외에, 작품을 부분적으로 번역하여 인용한 경우도 있었다. 「지상선을 위하여」, 『신생활』, 1922.7(〈인형의 집〉); 「별의 아픔과 기타」, 『신생활』, 1922.8(남궁벽 유고시); 「건전, 불건전」, 『동아일보』, 1929.2.11~2.12(『해뜨기 전』, 『레미제라블』); 「소설과 민중－조선과 문예, 문예와 민중의 속론」, 『동아일보』, 1928.5.27~6.3(『파멜라』, 『애사』); 「옛터의 옛사람」, 『동아일보』, 1929.7.19~7.20(브라우닝의 "Christina") 등이 그러하다. 한편 『중외일보』(1928.7.5)의 한 설문에서 염상섭은 "모 여성지에 번역・게재코자까지" 한 작품이라며 아리시다 다케오有道武郎의 『내 어린 아이들에게小きものへ』를 소개하기도 했다. 비문학류 글에서도 염상섭의 부분 번역은 확인된다. 「조선인을 상想함」, 『동아일보』, 1920.4.12~4.18(야나기 무네요시); 「조선 벗에게 정呈하는 서書」, 『동아일보』, 1920.4.19~20(야나기 무네요시); 「저수하에서」, 『폐허』, 1921.1.20(도스토예프스키); 「지상선을 위하여」, 『신생활』, 1922.7(막스 슈티르너); 「이끼의 그림자」, 『신생활』, 1922.9(남궁벽 유고 일기); 「프롤레타리아문학에 대한 P씨의 언」, 『조선문단』, 1926.5(보리스 필리냐크) 등이 있다. 이 중 야나기 무네요시의 글은 전역全譯한 것이다.

연도	제목	매체	발표 시기
1924	너희들은 무엇을 얻었느냐	동아일보	1923.8.27~1924.2.5
	잊을 수 없는 사람들 ※미완	폐허이후	1924.2
	금반지	개벽	1924.2
	만세전 ※「묘지墓地」의 재연재	시대일보	1924.4.6~6.7(1923.9 작)
	④ 남방의 처녀(원작자 미상)	단행본	1924.5.1(1923겨울 역)
	⑤ 쾌한 지도령(알렉상드르 뒤마)	시대일보	1924.9.10~1925.1.3
(…중략…)			
1954	⑥ 그리운 사랑(알퐁스 도테)	단행본	1954

* 번역은 음영 표기.

총 여섯 편의 번역 중 다섯 편이 1922~1924년 사이에 걸쳐있는 것이 이목을 끈다. 30년 이상의 시차가 있는 『그리운 사랑』을 앞서의 다섯 편과 연관 짓는 것은 어렵다. 그렇다고 1920년대 전반기의 다섯 편이 동일 범주인 것도 아니다. 번역 대상의 성격상 앞의 세 편과 뒤의 두 편은 판이하게 갈린다. 전자의 경우는 염상섭 본인이 선택한 작품이고, 후자는 의뢰를 받거나 매체의 필요상 번역한 '통속물'[2]들이다(이하 편의상 전자를 '그룹A', 후자를 '그룹B'로 칭한다). 이 전자와 후자의 차이는 당연히 번역자의 자세를 달리하게 만드는(이를테면 능동적 번역과 수동적 번역) 요인이 될 수 있다. 이 글은 염상섭의 초기 예술론 및 소설관, 그리고 창작 방법론에 보다 직접적으로 연관되어 있을 '그룹A'를 다루며, 그중에서도 「사일간」, 「밀회」에 집중하여 그 선택 경위와 의미, 나아가 염상섭 소설과의 관련 양상을 다루고자 한다.[3]

---

2 이 표현 역시 이론의 소지가 있겠으나, 적어도 염상섭은 그렇게 인식했다. 이를테면 그는 『남방의 처녀』의 「역자의 말」에서 이 작품을 번역하면서 "비롯오 통속뎍 련애중소설이나 탐뎡소셜이라고 결코 멸시할 것이 안이라고 생각하게 되엇습니다"(염상섭 역술, 「역자의 말」, 『남방의 처녀』, 평문관, 1924, 1면)라고 고백한 바 있다. 물론 이 대목에서도 나타나듯 그가 네 번째 번역 대상을 통속물로 간주했다고 해서 그것을 가볍게 여긴 것은 아니다. 추천의 수사임을 감안한다 해도, 이 번역을 계기로 염상섭의 통속물관이 일정 부분 바뀌기 시작했다는 점은 사실로 받아들일 만하다. 하지만 원저자명도 밝히지 않은 채 임한 『남방의 처녀』 번역이 가르쉰이나 투르게네프의 작품을 번역할 때만큼의 집중도를 유발시키기는 어려웠다고 생각된다.

3 '그룹A'에 속하는 세 번째 작품 〈디오게네스의 유혹〉의 경우, 희곡 번역으로서 앞 두 작품과는 양식적 궤를 달리하며 원저 또한 독일 문학이다. 이러한 이유로 이 글은 「사일간」과 「밀회」에

현재까지 '그룹A'에 대해서는 중역 저본의 확정도 이루어지지 않았다.[4] 다시 말해 번역을 연구 대상으로 할 때 긴밀히 요청되는 염상섭의 번역태도나 번역상의 특징이 전혀 구명되지 않은 것이다. 이 경우 1차적으로 저본과 역본 자체의 내적 비교가 주는 시사점을 놓치게 될 뿐 아니라, 해당 저본이 일본이라는 공간 내에서 지니고 있던 의미를 염상섭이 어떠한 맥락으로 조선에 재배치했는가를 규명할 회로가 차단될 수밖에 없다.

염상섭이 서구 및 일본 문학가들에게 받은 영향은 기왕의 연구들도 지속하여 밝혀 왔다.[5] 실증적 분석에 기초한 이러한 연구들은 염상섭이 적극적이

집중하는 것이 주효하다고 보았으며, 〈디오게네스의 유혹〉은 부분적으로만 논의에 끌어들일 것이다. 「사일간」과 「밀회」가 함께 수록된 『태서명작단편집泰西名作短篇集』(조선도서주식회사 편, 조선도서주식회사, 1924)의 존재 역시 앞의 두 편이 갖는 연속성을 간접적으로 지지해 준다.

4 '그룹B' 중 「쾌한 지도령」에 대해서는 중역 저본이 福永渙 譯編, 『三銃士』, 目黑分店刊, 1918.12.25일 것이라는 김병철의 지적이 있었고,(김병철, 『한국 근대 번역문학사 연구』, 을유문화사, 1975, 631~632면) 『남방의 처녀』에 대해서는 오혜진이 "외국 영화를 소설로 재현한 것이거나, 혹은 그런 소설 텍스트를 번역 혹은 번안한 것"(오혜진, 「"캄포차 로맨쓰"를 통해 본 제국의 욕망과 횡보의 문화적 기획」, 『근대서지』 3, 근대서지학회, 2011, 222면)이라는 의견을 개진하였다. 염상섭의 번역 활동과 소설의 상관성을 정면으로 다룬 연구로는 김경수와 송하춘의 것을 들 수 있다. 김경수는 염상섭의 문학 번역 6편을 한 데 모아 정리하고 번역의 흐름을 개괄하는 한편, 「쾌한 지도령」이 이후 『사랑과 죄』와 같은 염상섭 소설에서 나타나는 개성적 여성과 부제의 활용 등에 영향을 미쳤음을 밝혔다. 김경수, 「염상섭廉想涉 소설小說과 번역飜譯」, 『어문연구』 134, 한국어문교육연구회, 2007. 송하춘은 염상섭의 『남방의 처녀』 번역이 창작소설 『이심』(『매일신보』, 1928.10.22~1929.4.24)과 상당 부분 연동되어 있다는 것과 그 속에서 염상섭이 차별화한 지점들을 고찰했다. 송하춘, 「염상섭의 초기 창작방법론-『남방의 처녀』와 『이심』의 고찰」, 『현대문학연구』 36, 한국현대소설학회, 2007. 이상의 두 연구가 『사랑과 죄』나 『이심』에 반영된 번역의 영향을 밝힌 것은 그 자체로 날카로우나, 분석의 틀 자체는 기왕에 다양하게 진행되어 온 해외문학과 염상섭의 관계라는 구도와 크게 다르지 않다. 즉 번역 체험의 문제가 독서 체험과 같은 견지에서 분석되고 있는 것이다.

5 예컨대 오스카 와일드와 염상섭의 영향 관계는 일찍부터 지적되었고,(이보영, 「Oscar Wilde와 염상섭-비교문학적 고찰」, 『인문논총』 20, 전북대 인문학연구소, 1990) 입센의 〈인형의 집〉과 염상섭의 여성관에 대해서도 풍부한 논의가 전개된 편이며,(예로 최인숙, 「염상섭 문학에 나타난 '노라'와 그 의미」, 『한국학연구』 25, 인하대 한국학연구소, 2011) 염상섭의 『진주는 주었으나』를 셰익스피어 〈햄릿〉의 패러디로 본 연구도 있다. 김명훈, 「염상섭 초기소설의 창작기법 연구-『진주는 주엇스나』와 〈햄릿〉 비교를 중심으로」, 『한국현대문학연구』 39, 한국현대문학회, 2013. 일본문학과의 연관성은 김윤식의 『염상섭 연구』(서울대 출판부, 1987) 이래 류리수, 김윤지, 장두영 등에 의해 꾸준한 보론과 발견 들이 보고되어 왔다. 예로 장두영, 「염상섭의 「만세전萬歲前」에 나타난 '개성'과 '생활'의 의미-아리시마 다케오의 『아낌없이 사

고도 다채로운 방식으로 외래의 자극을 자신의 작품세계에 녹여내고자 했다는 사실을 역설한다. 하지만 번역에 대해서는 다른 고민도 필요하다. 번역이라는 결과물 자체가 결국 염상섭 개인의 의지이기 때문이다. 그는 자신이 읽었던 허다한 텍스트 중 '특정한 것'만을 번역하여 선보였다. 따라서 염상섭이 의도적으로 소개한 번역 텍스트, 그리고 그것과 연속적 흐름에 있는 창작소설의 관련성에 주목한다면 당시 염상섭의 문제의식 자체를 보다 입체적으로 조명할 수 있을 것이다.

2. 염상섭의 저본과 번역태도

대개의 식민지 작가들처럼, 염상섭 또한 일본어를 경유하는 중역의 방식으로 세계문학에 접속했다. 그렇다면 「사일간」과 「밀회」의 중역에서 사용한 일본어 텍스트는 무엇이었을까? 우선 염상섭의 저본을 확정하고 논의를 전개하고자 한자.

필자가 확인한바, 두 작품은 모두 일역된 러시아 번역소설집 한 권에서 비롯되었다. 바로 후타바테이 시메이二葉亭四迷가 번역한 『片戀 外六編』(春陽堂, 1916)이다. 이 번역서에 수록된 작품은 순서대로 「片戀」(투르게네프), 「ふさぎの蟲」(고리키), 「奇遇」(투르게네프), 「二狂人」(고리키), 「あひびき밀회」(투르게네프), 「四日間」(가르쉰), 「露助の妻」(시메이)의 7편으로, 마지막에 번역자 자신의 이름을 건 작품이 수록된 것이 독특하다.[6] 염상섭은 이 서적의 작품 중

랑은 빼앗는다』와의 비교를 중심으로」, 『일본학연구』 34, 단국대 일본연구소, 2011.

6 원래 춘양당春陽堂에서 발행한 이 서적의 초판은 1896년에 나왔는데, 당시의 『片戀』에는 투르게네프의 「片戀(짝사랑)」을 앞세우고 「奇遇」와 「あひびき」를 추가하여 총 세 편으로 구성된,

「四日間」을 같은 제목으로 먼저 번역한 후, 약 9개월 후 「あひびき」를 「밀회密會」로 번역했다. 시메이와 염상섭의 문장을 대조해보자.

ⓐ

二葉亭四迷 : 忘れも背に, 其時味方は森の中を走るのであつた. シユツくといふ彈丸の中落來る小枝をかなぐりぐ, 山査子の株を縫ふやうに進むのであつだが, 彈丸は段段烈しくなつで, 森の前方に何やら赤いものが隱現見える. 第一中隊のシ―ドロフといふ未だ生若い病が此方の戰線へ紛込でゐるから(如何してだらう?)と忙しい中で閃と其樣な事を疑つて見たものだ. スルト其奴が矢庭にベタリ尻餅を搗いて, 狼狽た眼を圓くせて, ウツとおれの面を看た其口から血が滴々々……

―「四日間」, 『片戀 外六編』, 416면

염상섭 : 이저버리지도 안핫다. 그때 우리편은 산림 속으로 다라나고 잇섯다. 식식하는 탄환사이로 떠러저 오는 족으만 가지들을 잡아헤치면서, 아가위나무 사이로 요리조리 뚤어 나가랴니까, 탄환은 점점 심하야지고, 森林 저편에는 무엇인지 빨간 것이 힐근힐근 보이엿다. 제1중대의 시-드로프라는 노상 졂은 병정이, 이쪽 전선에 뒤석겨 들어오기에, "왜 그리누?"하며, 忽忙한 중에도 얼핏 그런 생각을 하야보앗다. 그리려니까 별안간에 厥者가, 펄떡 엉덩방아를 찌으면서, 허둥지둥하는 눈을 뚱그러케 뜨고 물ㅅ금 내 얼굴을 보든 그 입에서는 피가 콸콸콸……

―「사일간」, 『개벽』 25, '부록' 3면

말하자면 투르게네프 선집의 형태였다. 그리고 시메이는 1908년에 또 한 권의 러시아소설 번역선집을 간행한다. 『カルコ集』(二葉亭四迷 譯, 春陽堂, 1908)이 그것으로, 『片戀 外六編』(1916) 중 투르게네프의 소설을 제외한 나머지 세 편은 여기에 처음 묶여 있었다. 즉 『片戀 外六編』은 먼저 나온 번역선집 두 권을 한 권으로 통합한 것이었다. 「露助の妻」는 『カルコ集』에 '부록附錄'으로 등장했으며 시메이가 예외적으로 원저자를 밝히지 않은 작품이었다. 시메이 자신은 이 작품에 대해 "번역도 아니고, 번안도 아니고, 그렇다고 창작도 아닌 일종의 화합물"(같은 책, 271면)이라 설명한 바 있다.

ⓑ

二葉亭四迷：何位眠つてゐたか判然しないが，兎に角久らくして眼を覺して見ると，林の中は一杯日照つてゐて，何方を向いても，嬉しさうに騒ぐ木の葉を透して蒼空が華やかに火花でも散らしたやうになつて見える，雲は狂ひ廻る風に吹拂はれて隠れて了ひ，空はからりと晴れて，空氣は爽然とした一種の涼味を含んで人の精神を爽にする，尤も雨が霽つて靜かな夜になる時分には，大概いつも此樣な前觸があるもので．そこで自分はも獲れるか獲れぬか最う一度運を試めさうと思つて，起上らうとして，只見ると，彼方に悄然と坐つてゐる者がある．

—「あひびき」，『片戀 外六編』，416면

염상섭：얼마ㅅ동안이나 잣는지 분명分明히 모르겟스나 여하간何如間 한참 잇다가 눈을 깨어보니까，수풀속에는 속속들이 해가 비추어서 어대를 向하야보아도 깃븐 듯이 버석어리는 나무ㅅ닢사이를 비추이어 푸른 한울이 화려華麗하게 불쫓을 뿌리는 듯이 보이엇다．구름은 정처定處업시 불리는 바람에 휩쓸리어서 숨어버리고 한울은 훨신 개이고 공기空氣는 시원한 일종一種의 량미涼味를 먹음어다가 사람의 정신情神을 상쾌爽快케한다．그야 비가 개이고 종용한 밤이 될 째쯤은 대개 이러한 선통先通이 잇는 것이기에，나도 잡힐지 어쩔지 또 한번 신수身數를 볼가하고 일어나랴다가 힐끈본즉 저편에 누군지 초연悄然히 안젓는 사람이 잇다．

—「밀회」，『동명』2-14，12면

저본 확정의 필요는 물론이고，문장의 비교 자체가 곧 염상섭의 번역태도를 살펴보는 작업인 만큼 긴 인용의 가치는 충분하다．여기서 제시한 비교만으로도 염상섭의 문장이 후타바테이 시메이의 텍스트를 기반으로 한다는 것은 분명해 보인다．다른 일본어 번역서들을 활용하면 보다 중층적인 검토도 가능하다．기무라 쇼고木村莊五나 진자이 기요시神西清가 번역한 「四日間」，[7] 이쿠다 조코生田長江가 번역한 「密會」의 해당 부분[8]을 시메이의 것들과 대비해 보면 내용 배치, 문장 구조, 어휘 선택, 그리고 부호 활용에 이르기까지 차이가 커, '시메이-염상섭'의 상동성과는 뚜렷한 대조를 이룬다. 이렇게 제2, 제3의 일역본에는 없는 시메이 특유의 흔적이 염상섭의 역본에 고스란히 반영된 것이야말로 염상섭이 『片戀 外六編』을 저본으로 삼았다는 결정적 근거다.

염상섭의 번역태도에서 주목하고 싶은 특징은 두 가지다. 하나는 원문을 최대한 존중하는 직역주의라는 것이다. 대부분의 경우 염상섭은 저본의 작은 표현 하나까지 허투루 흘려보내지 않았다. 그렇다고 어휘의 선택이나 문장의 배열이 기계적인 것도 아니다. 이를테면 "狼狽た眼を圓くせて"를 "허둥지둥하는 눈을 뚱그러케 뜨고"로 옮기거나, "尤も雨が霽つて靜かな夜になる時分には, 大概いつも此樣な前觸があるもので"를 "그야 비가 개이고 종용한 밤이 될 때쯤은 대개 이러한 선통先通이 잇는 것이기에"로 한 것과 같이, 염상섭은 내용 면의 훼손을 최소화하면서도 끼워 맞춰진 것이 아니라 주어

---

7 "いかに味方が, 森の中を突進したか, ヒユツくといふ彈丸が厚く繁つた篠葉を打貫く毎に, 木の葉, 小枝が吾々の上, にいかにハタめき落ち散つたか, 今も忘れぬ. 吾々が密生した刺々の籔を突進む間にも, 射擊は段段烈しくなつて, 森の端が八方から閃く火炎のチラくする耀きで活氣立つた有様を思出す. あの第一中隊の新兵のセドロフが(『彼はどうして吾々の戰線へ紛込んだのか?』といふ考が私の頭をかすめて通つた, とたん)矢庭にベタリと座つて, ウ, ツとばかり物はえ言はず, 其の口から血汐の筋をタラくと引いて, 大きな狼狽へた眼で, ヂツト私を見据えた容子を思ひ出す." ガルシン, 木村莊五 譯, 「四日間」, 『臆病者と四日間』, 曠野社, 1920, 62면.
"おれたちは森のなかを走っていた, 彈丸がシュッシュッと鳴っていた, そいつに拂われて小枝がばらばら降って來た, おれたちは山櫨子の茂みを押しわけかきわけ突き進んだ — みんな覺えている. 射擊はますます激しくなった. 森のはずれを透かしてみると, そこここに何やら赤いものがちらつきだした. シードロフという, 第一中隊のまだほんの子供の兵隊が(『なんだってきゃつこっちの戰線へ紛れ込みやがったんだ?』と, そんな考えがちらっとしたっけがね), いきなり地面へべたりと兩膝つくと, おびえあがった大きな目をして, ふり向きざま默っておれの顔を見やがった. 見るとその口から, 血がたらたらっと流れていた." ガルシン, 神西淸 譯, 「四日間」, 『あかい花一他四篇』, 岩波文庫, 1959.

8 "私はどの位ゐたか判らない. が, 眼を開いて見た時, 森の奧の奧迄日光が充ち亘り, どちらにも樂しげにざわつ木の葉を横切つて, 濃い碧空の閃きが見える. 雲は吹く風に拂はれて消え去り, 天氣は全く好い天氣になつてゐる. 空中には一種特別の乾燥した爽やかさがあり, 胸の中の擴がる樣な感じ與える. そして大抵何時でも雨上りの靜かな, 晴れやかな夕方の前觸れをするものである. 私は今一度運試しをすべく立上らうとしてゐた. その時ふと私の眼がぢつと座つてゐる人間の上に落ちた." ツルゲエネフ, 生田長江 譯, 「密會」, 『獵人日記』, 新潮社, 1918, 457면.

진 장면에 가장 자연스럽다고 여긴 조선어 표현을 사용했다.

다른 하나는 한자 어휘 사용을 최소화하고 있다는 것이다. 불과 십수 년 전 번역이 폭발적으로 일어나던 때에 대부분의 번역서가 취하던 국한문체를 상기한다면, 염상섭의 이러한 번역은 거의 혁명적인 변화에 가깝다. 이는 더 근과거인 1910년대의 번역과 비교해보아도 마찬가지다. "小枝 / 작은 가지"나 "蒼空 / 푸른 한울"처럼 한자어 자체에서 벗어나는 경우가 있는가 하면, "中隊 / 중대", "彈丸 / 탄환" 등 한자를 그대로 가져오더라도 의미가 상통하면 순국문 표기를 최대한 활용했다. 무엇보다도 이러한 번역 문체가 당시까지의 염상섭 개인의 글쓰기와도 현격하게 달랐다는 점이 중요하다. 이상의 두 가지 특징은 염상섭이 번역 과정에서 쏟았을 노력의 증좌다.

이상의 노력을 쏟게 된 실질적 계기, 즉 염상섭이 진정성을 갖고 번역에 임한 배경은 「사일간」이 실린 『개벽』 제25호의 지면, 즉 「세계걸작명편世界傑作名篇 개벽 이 주년 기념호 부록開闢二周年記念號附錄」 자체를 통해 유추할 수 있다. 염상섭의 「사일간」은 알려진 문인들이 각자의 애독 작품을 직접 번역한다는 이 기획 속에서 나왔다. 염상섭 외에도 여기에는 김억, 현철, 현진건, 방정환, 김형원, 변영로 등 총 7인이 참여하여 시, 소설, 희곡에 걸쳐 10여 편의 작품을 소개하고 있다. 다음은 기획의 취지문이다.

> 우리는 이 2주년 생일을 당하여 무엇으로써 우리를 자기 일신一身가티 사랑하여 주는 여러분에게 만분지일이라도 보답할가? 여러 방면으로 생각한 결과 기념부록으로 외국명작을 역譯하기로 작정이 되엇습니다.
>
> 우리의 문단을 돌아 볼 때에 얼마나 그 작가가 적으며 얼마나 그 내용이 빈약한지는 여러분과 한가지 이 개벽학예부開闢學藝部에서 더욱이 느낌이 만흔 것이올시다.
>
> 이러한 현상을 밀우어 보면 **우리의 지금 문단은 창작 문단 보담도 번역문단에 바랄 것이 만코 어들 것이 잇는줄 밋습니다.**

> 이러한 의미에서 이번 이 번역부록이 적지 아니한 의미잇는 일이라고 합니다. **그리고 번역의 힘드는 것이 실로 창작이상의 어려운 것인 줄 압니다.**
>
> 더욱이 지금과 가티 혼돈한 우리문단에 **AB만 알아도 번역을 한다고 하고 カナタラ만 알아도 번역을 한다고 날뛰는 이 시대에서는 금번에 이 계획이 대단한 등명대燈明臺가 될줄 압니다.**
>
> 이에 번재飜載한 글은 세계의 명편일 뿐만 아니라 우리문단의 일류를 망라하야 평생에 애독하는 명편중에 **가장 자신잇는 명역이라고 자천**自薦합니다.
>
> 다못 일류一流중에도 몃분이 원지遠地에 잇서 미참未參한 것을 유감으로 아는 바이올시다.
>
> — 지나는 말로… 학예부주임學藝部主任(이하 모든 강조는 인용자)

이 글을 쓴 『개벽』의 "학예부주임"은 현희운, 곧 현철이다.[9] 일반적으로 번역 기획을 소개하는 글은 소개될 작품들이 얼마나 의미 있는 것인지를 말한다. 그러나 현철은 세계문학의 소개보다 "번역문단"이라는 가상의 주체를 부각시키며 번역 작업의 고충을 환기한다. 아울러 작금의 저급한 번역 문화를 비판하고 이에 대비될 본 기획의 번역을 상찬하고 있다. 요컨대 현철은 '번역이라는 행위 자체와 번역 수준'의 문제에 방점을 찍었다. 이러한 배경에서 『개벽』은 "명역"이 가능한 "일류"들을 안배하여, 작품 선정은 각자에게 일임하되 번역 수준에 있어서는 "대단한 등명대燈明臺"가 될 만한 것을 요청했던 것이다.

당시 번역 문화에 대한 현철의 문제의식에는 필자진 사이에서도 공감대가 형성되어 있었을 것이다.[10] 거기에 본 기획에서 준비한 번역의 수준이 "가장

9 현철은 개벽사의 창립멤버 중 한 사람으로 1922년 7월 31일에 퇴사할 때까지 『개벽』의 학예부주임을 맡았다. 유석환, 「개벽사의 출판활동과 근대잡지」, 성균관대 석사논문, 2006, 6~7면.

10 취지문을 쓴 현철 본인 또한 이 기획에 참여한 번역자 중 한 명이었다. 현철은 아일랜드의 극작가 존 싱John Millington Synge, 1871~1909의 1904년 희곡 〈Riders to the sea〉를 번역한 〈바다로 가는 자者들〉을 발표했다.

자신 있는 명역이라고 자천自薦"한다고 공언할 정도였으니, 참여자들에게 이 작업은 자존심과도 직결된 문제라 할 수 있었다. "번역을 한다고 날뛰는" 저류들을 부끄럽게 할 만한 수준은 물론이고, 함께 번역하는 문인들 상호 간의 암묵적 경쟁도 예견되는 상황이었다.

「밀회」가 실린 지면 역시 주어진 조건은 대동소이했다. 「밀회」는 1923년 4월 1일 자 『동명』(제2권 14호)의 '문예文藝'라는 항목 아래 배치된 여러 작품 중 하나였다.[11] 이같이 집중적인 번역문학의 소개는 『동명』에서 그 전례가 없었다. 변영로, 현진건, 최남선, 양건식, 염상섭, 이유근, 이광수, 홍명희, 진학문까지 총 9명이 각 한 편씩의 작품을 담당했는데, 해당 호의 총면수인 16면(표지, 광고 제외) 중 13면을 본 기획이 채울 정도였다. 당시 『동명』의 기자였던 염상섭과 현진건을 비롯하여 변영로까지는 전년도 『개벽』 때에 연이어 이름을 올렸다. 여기에 매체의 특성상 최남선 그룹의 문인들이 가세하여 진용상의 지명도는 오히려 당시 이상이라 할 수 있었다. 여러모로 『개벽』의 기획을 참조한 듯한 본 기획 역시 부담을 가질 수밖에 없는 자리였다.

「사일간」과 「밀회」의 번역이 놓여있던 이상의 사정은 염상섭이 저본에 충실하면서도 최적의 조선어로 옮기는 것을 고심하게 했을 것이다. 이것은 결국 번역자 자신의 언어 및 문체가 확장되고 정련되는 계기로 작용했을 것이라 생각된다. 하지만 번역 체험이 미친 염상섭의 에크리튀르 변혁을 제대로 고찰하기 위해서는 별도의 지면이 필요하다. 일단 여기서는 염상섭의 번역태도와 그 배경을 확인하는 차원에서 논의를 맺고자 한다.

---

11 함께 실린 작품은 다음과 같으며, '문예文藝' 도입부의 언급에 따르면 "원고 도착한 차례로" 순서가 배정되었다. "① 正妻 / 앤톤 · 체호브 작; 卞榮魯 譯 ② 나들이 / 루슈안 · 대카부 작; 玄鎭健 譯 ③ 萬歲 / 또우데 원작; 崔南善 飜譯 ④ 懺悔 / 파아죤 작; 梁建植 譯 ⑤ 密會 / 투루게에네프 작; 廉尙涉 역 ⑥ 負債 / 몹파상 작; 李有根 譯 ⑦ 인조인 / 李光洙 譯述 ⑧ 「로칼노」거지로파 / 크라이스트 작; 洪命憙 譯 ⑨ 月夜 / 몹파상 저; 秦學文 譯."

3. 후타바테이 시메이라는 권위

중역 저본 및 번역태도를 먼저 다루었지만, 사실 다음과 같은 것들이 더 근본적인 문제일 수도 있다. 왜 하필 「사일간」, 그리고 「밀회」였을까? 곧 텍스트 선택의 의도를 묻는 것이다. 다음으로, 염상섭이 후타바테이 시메이의 번역을 선택하게 된 경위는 무엇일까? 이는 곧 시메이의 해당 텍스트가 일본에서 자리하던 원래의 문맥을 염상섭이 어떻게 파악하고 변주했는가에 대한 문제다.

가르쉰의 「사일간」과 투르게네프의 「밀회」는 모두 러시아문학이다. 김병철은 전대에 비해 폭발적으로 증가한 1920년대의 해외문학 번역 중 소설에 한한 한 영국, 미국, 프랑스, 독일 등 어느 나라보다도 러시아의 비중이 크다는 분석을 제시하며, 스스로도 이 결과에 놀랐음을 고백했다.[12] 이는 어떻게 가능했을까? 1919년의 한 글에서 염상섭은 조선인 유학생을 사갈蛇蝎시하는 일본 당국을 비판하며 "취미상으로도 러시아문학을 연구하는 것은 즉시 위험사상을 가진 것으로 보고 미행한다"[13]고 언급했다. 「만세전」에 등장하는 가방 검열과 미행 장면 등은 그 경험의 재현이라 할 수 있을 것이다. 이때 검열을 당하는 이인화의 생각 속에 흐르는 위험 요소는 사회주의・레닌・볼셰비키 등 러시아를 연상시키는 것들이다. 염상섭이 증언하듯 러시아문학은 일본 당국의 입장에서는 불온한 것들과 관련이 컸고, 이는 한국에서 사회주의가 대두하던 1920년대에 러시아문학이 각광받은 하나의 이유가 될 수 있다. 비단 사회주의라는 구심점에 수렴되지 않더라도, 당시 여러 지식인들에

12 김병철, 앞의 책, 442면.

13 廉尙涉, 「朝野の諸公に訴ふ」, 『デモクラシイ』, 1919.4. 현대어 역은 김경수, 「1차 유학 시기留學時期 염상섭廉想涉 문학文學 연구硏究」, 『어문연구』 38-2, 한국어문교육연구회, 2010, 308면에서 재인용.

게 있어서 문학이란 식민지 현실에 대한 비판의식을 표출하는 유력한 도구였다. 이때 농노제를 거부하며 구축된 19세기 러시아문학은 좋은 풋대가 될 수 있었다.

한편 1920년대 한국에 있어서 러시아소설은 그 자체로 훌륭한 예술이자 좋은 소설의 기준이기도 했다. 이런 점에서 당시의 문인들이 러시아문학을 사숙하는 것은 무척 익숙한 풍경이었을 것이다. 예컨대 염상섭도 참여한 『조선문단朝鮮文壇』의 소설 합평회에서 평자들은 종종 해외 문학을 척도로 삼는 발언을 했다. 이때 그들이 가장 빈번하게 거론하는 것은 러시아 작가들이었다.[14] 이는 러시아소설에 부여된 규범적 지위와 문인들의 축적된 관련 독서량을 동시에 입증한다. 그런데 이 현상은 일본 문단의 기류와 접맥하여 형성된 것으로 볼 수 있다. 한국 근대문학사의 초기 주역들은 대개 1910년대까지 일본 유학을 경험했다. 이들의 상당수는 일본 문인들의 작품 및 비평을 접하며 안목을 키웠음은 물론, 세계문학에 다가갈 때에도 그들이 축적해 둔 평가와 번역을 거쳐야 했다. 일본의 해외소설 번역 통계에서도 나타나는 러시아 작품의 강세가 말해주듯,[15] 일본 근대문학을 대표하는 메이지 중후기의 자연주의 작가들은 대개 러시아문학의 세례 속에서 성장했다. 그렇다면 결국 조선 문인들의 러시아문학 학습에는 일본 작가들의 기원으로 직접 육박

14 염상섭 외에도 나도향과 현진건 등에게서 이와 같은 경향이 짙게 나타난다. 예를 들어 1925년 3월의 『조선문단』 합평회에서 나도향은 현진건의 「B사감과 러브레터」를 두고 체호프의 단편소설 같다고 말했다(이때 염상섭은 고리키 작의 한 장면을 연상시킨다고 응수한다). 「조선문단 합평회－2월 창작소설 총평」, 『조선문단』, 1925.3. 또 다른 합평회에서 나도향은 주요섭의 「살인」을 도스트예프스키의 문학과 비교하며 비판하였고, 최서해의 「기아와 살육」에 대해서도 "노서아 작품을 보는 듯한 감이 있었는데"라고 전제한 후 아쉬운 점을 논했다. 「조선문단 합평회－6월 창작소설 총평」, 『조선문단』, 1925.7. 한편, 현진건은 회월의 「사냥개」가 레오니트 안드레예프의 소설에서 힌트를 얻었을 것이라 말한 적이 있고,(「조선문단 합평회－4월 창작소설 총평」, 『조선문단』, 1925.5) 최서해의 「박돌朴乭의 죽음」을 놓고는 미하일 아르치바셰프의 묘사 방식을 배운 것 같다고 하기도 했다. 「조선문단 합평회－5월 창작소설 총평」, 『조선문단』, 1925.6. 물론 이들의 비평 가운데는 모파상, 다니자키 준이치로 등 다른 작가들과의 비교도 없지 않으나, 러시아 작가에 대한 언급이 두드러지는 것은 분명하다.

15 木村毅・齊藤昌三 共編, 『西洋文學飜譯年表』, 110~120면(김병철, 앞의 책, 442면에서 재인용).

하겠다는 의도가 숨어 있는 셈이다.

중요한 것은, 러시아소설이라고 해서 다 같은 것이 아닌 데다가 특정 작품을 선별했다 하더라도 복수複數의 일역본이 존재할 경우 중역 저본을 선택하는 또 하나의 과정이 필요했다는 사실이다. 이러한 측면에서, 염상섭이 최신의 일역본이 아니라 19세기에 처음 나온 후타바테이 시메이의 번역문을 저본으로 삼았다는 것은 의미심장하다. 사실 시메이의 「四日間」의 경우, 원저를 충실히 재현한 것과는 거리가 있었다. 이는 「四日間」의 러시아어 원저에 대한 영역본英譯本과 독역본獨譯本을 모두 확인해 본 기무라 쇼고의 평가에서 단적으로 나타난다. 그는 '오역' 혹은 '개역'이라 할 대목이 상당하여 "후타바테이의 번역은 후타바테이의 「四日間」이지 가르쉰의 「四日間」이 아니"라고까지 말했다.[16] 이는 시메이가 문체나 어휘 선택 차원에서만 독특했다는 것을 넘어, 원작의 특정 대목 자체를 의도적으로 변주했다는 뜻이다. 염상섭이 그 사실을 인지했을 가능성은 낮다. 그러나 설령 염상섭이 시메이의 「四日間」 번역의 문제성을 알았다고 하더라도, 다른 저본을 선택하지는 않았을 것이다. 시메이의 문장에는 시메이의 '권위'가 있었기 때문이다.

중역된 것이었음에도 식민지의 번역 문학은 대부분 직역의 제스처gesture를 취했는데, 이는 불편한 매개자인 일본 문단의 존재를 은폐함으로써 자생해야 했던 조선 문단의 사정과 '제국-식민지'로 연계되어 있던 출판 환경의 독

16 "그러나 이번에 다시 읽으며 놀랐던 것이, 후타바테이의 번역은 후타바테이의 「四日間」이지 가르쉰의 「四日間」이 아니라는 점이다. 가르쉰이 그것을 썼던 중요한 감정을 파악하지 않은 것 같다고 할까, 어떤 부분은 백을 흑이라고 할 정도로 완전한 개작이 있다. 후타바테이의 러시아어 실력은 높이 살만한 것이고, 또한 다른 부분의 번역 양상으로 볼 때, 그것이 오역이 아니라면 고의적인 개작이거나, 혹은 어학의 견지가 아니라 원작자의 정신에 대한 이해가 부족하여 전체적 의미의 소통을 못한 관계로, 오역이나 개역이라고 볼 수밖에 없는 부분이 있다." 木村莊五, 「譯者より讀者へ」, 『臆病者と四日間』, 曠野社, 1920, 4면. 앞서 「四日間」에 대한 타인의 평가를 예로 들었지만, 후타바테이 시메이 역시 자신의 러시아소설 번역에 대해 다음의 말을 남겼다. "번역은 직역을 취지로 했지만 의역한 부분도 있다. 또한 의역한 것도 지나치게 귀먹은 느낌이 나는 부분은, 일부러 의의에서 멀리 떨어진 채 격식을 유지한 부분도 드물지만 있다." 二葉亭四迷 譯, 「凡例」, 『片戀』, 春陽堂, 1896.

특함에서 연원한다.[17] 그런데 1차 번역자의 존재를 생략하며 이루어지는 중역은 그 1차 번역의 수준을 신뢰하지 못할 경우 자신 있게 이루어질 수 없다. 따라서 거개의 경우 식민지 조선의 세계문학 번역은 가장 권위 있는 중역 저본을 선택하는 작업부터 선행되었을 것이다. 이때, 그 권위란 기본적으로 메이지 문단의 역사 속에서 형성된 것이었다. 재론하겠지만, 시메이의 러시아 소설 번역은 그 조건을 더할 나위 없이 충족시킨다.

그렇다면 왜 하필 염상섭은 공식적으로 발표하는 자신의 첫 번째 번역 작품으로 「四日間」을 선택했을까? 달리 묻자면, 왜 「あひびき」가 우선순위에서 밀렸을까? 그가 번역을 위해 시메이의 『片戀 外六編』을 펼친 후, 옆에 있는 「あひびき」를 그냥 두고 「四日間」을 먼저 선택한 것은 의외라고 밖에 볼 수 없다. 이는 단순히 가르쉰의 문명文名이 투르게네프에 미치지 못한다는 차원이 아니다.[18] 「あひびき」, 즉 투르게네프의 「Свидание」에 대한 시메이의 번역문 자체가 특별한 텍스트였기 때문이다. 「あひびき」의 출현은 일본 근대문학사를 뒤흔든 일대 사건이었고 '후타바테이 시메이라는 권위'도 바로 이 번역에 의해 형성된 바 컸다. 염상섭과 동시대를 살았던 야나기다 이즈미柳田泉는 이 번역소설에 대해 더 이상의 형용이 어려울 정도로 큰 의의를 부여한 바 있다. 일부만 살펴보자.

> 사실 메이지 번역문학의 정조正調는 이 「あひびき」라는 한 편이 공개됨에 이르러 정해졌다고 말할 수 있다. 나의 이른바 번역문학의 제3전기는, 이 「あひびき」에 의해 생겼다(즉 이후는 제4기로 들어간다). 게다가 순서는 제3이지만, 사실은

---

17 한기형, 「중역되는 사상, 직역되는 문학－『개벽』의 번역관에 나타난 식민지 검열과 이중출판시장의 간극」, 『학문장과 동아시아』, 성균관대 출판부, 2013 참조.

18 물론 이 점은 그 자체로 신중하게 고려되어야 한다. 1920년대 조선 문단에서 표면적으로 확인되는 투르게네프의 인기는 대단했다. 장편소설 번역으로는 톨스토이에 버금갔으며, 김병철의 통계에 따르면 1920년대에 소개된 40편의 러시아 시 번역 중 33편이 투르게네프의 것이었다. 김병철, 앞의 책, 443~446면. 반면 가르쉰 번역에 대해서는, 식민지 시기 전체를 따져도 염상섭의 「사일간」이 유일해 보인다.

획기적인 중대함으로는, 이것 이전의 시기건 변화건 전부 이것의 출현에 이르기 위한 준비라고 볼 정도로 놀라운 것이었다. 금일 「あひびき」가 유명한 것은, 번역문학의 정조를 정했다는 것보다도, 오히려 그 형식적 내용이 후래의 메이지 문단에 다대한 영향을 미쳤다는 점에 있다. 과연 이 점에서는 초기 『화류춘화花柳春話』 같이 얕고 넓은 영향에 비해, 심원한 것을 줄 수 있었다. 하지만 그러한 점을 차치하고 한 편의 번역문학으로서 본다 해도 형식, 내용, 동시에 청신清新함의 혁명성에 있어서, 이와 대조할 때는 충분히 본 작품 이전의 모든 시기를 통틀어 번역이전시기라고 불러도 좋을 만큼의 가치적 비중이 있는 것이다.[19]

번역된 단편소설 한 편에 이 정도의 평가를 내릴 수 있는 주된 이유는, 투르게네프의 「밀회」 자체보다 후타바테이 시메이가 「あひびき」를 통해 선보인 문체에 있었다. 인용문 이하에서 야나기다는 다시 긴 지면을 할애하여 모리타 시켄森田思軒이 정초한 주밀문周密文: 주도면밀한 번역 문체을 발전적으로 계승한 시메이의 혁신성과 그것이 가져다 준 충격을 서술한다. 모리타 시켄과 시메이의 번역문은 한문투를 벗어난 직역체라는 점에서 동궤에 있는데, 이른바 '언문일치체'라는 이름을 획득한 것은 결국 후타바테이 시메이에 이르러서였다.[20] 그 혁신성에 대한 야나기다의 주장은 다소 과할 정도로 확신에 차

19 柳田泉, 『明治初期飜譯文學の硏究』, 春秋社, 1966, 138면.

20 익히 알려져 있듯, 후타바테이 시메이는 메이지 최초의 언문일치체 소설로 회자되는 『부운浮雲』의 작가다. 이 작품은 1887년 제1편이 발표되었고, 1889년까지 총 3편이 나왔다. 언문일치체에 더 가까운 것은 제2편부터인데,(나카무라 미쓰오, 고재석·김환기 역, 『일본 메이지 문학사』, 동국대 출판부, 2001, 102면) 이를 미루어 2편의 작업과 거의 동시에 이루어진 「あひびき」 및 「めぐりあひ」의 번역 체험이 『부운』의 문체 변화와 연관되어 있을 것이라는 추측이 가능하다. 『부운』과 러시아소설의 영향 관계는 선명한 편이어서, 다야마 가타이는 『부운』의 묘사 방식이 곤차로프 소설의 모방이라는 점을 명언하기도 했다. 田山花袋, 『長篇小說の硏究』, 新詩壇社, 1925, 13면. 다른 한편으로, 고모리 요이치에 의하면 근대 일본의 언문일치란 '소리'를 옮기는 '속기'용 문체를 지식인의 언어로 번역하는 과정에서 구축된 환상이며, 후타바테이 시메이의 『부운』에 이르러 언문일치체가 성립한다는 것은 '근대 일본문학사'의 신화에 불과하다. 그는 '문학자들의 노력이 근대 일본어를 낳았다'는 통설 자체가 기획된 것이라고 주장했다. 코모리 요이치, 정선태 역, 『일본어의 근대』, 소명출판, 2003, 146~169면 참조.

있다.[21] 한 연구자는 후타바테이의 번역문에 대해, "구문학舊文學에 의한 문학・문장의 세례를 받은 메이지 20년대 일반독자"의 입장에서는 지나치게 획기적이었다는 부정적 견해도 내비친 바 있지만,[22] 이러한 시각 자체도 시메이의 문체가 전한 충격의 방증일 것이다.

마에다 아이前田愛의 평가도 야나기다 이즈미에 못지않다. 그는 「あひびき」를 '근대 독자'의 탄생으로 가는 소설사적 흐름의 정점에 위치시킨다. 시메이가 투르게네프의 시상 및 문조에 동화되고자 노력하는 과정에서 새로운 문체를 탄생시켰으며, 이는 다시 「密會」 특유의 1인칭 시점과 결합하여 '묵독하는 독자'를 위한 소설이 출현할 수 있었다는 것이다.[23] 실제 1888년 당시 『국민지우國民之友』에서 「あひびき」를 접한 독자들의 '증언'에 의하면 「あひびき」의 충격은 — 특히 문인의 길을 지망하던 이들에게 — 강하고도 지속성이 있었다. 예컨대 다음은 시마자키 도손島崎藤村의 회고다.

> 「あひびき」 및 「めぐりあひ」(해후)의 번역이 『국민지우國民之友』에 나타났을 때, 나는 바킨의 학교에 있었다. 시메이 씨라는 사람은 그 시대부터 나의 가슴에

21 예컨대 "나는 시메이의 번역문체가, 이 주밀문체와 언문일치의 정신을 결합하여 일신체를 생성했다고 단언하기를 망설이지 않는다. (…중략…) 이 주밀문체와 언문일치체를 결합시킨 점으로부터, 나는 「あひびき」가 메이지 번역문학의 획기적 전기에 해당하며, 이른바 정조正調를 정했다고 하는 것이다." 柳田泉, 위의 책, 139면. 이러한 단언적 술을 제외한다면, 야나기다의 시메이 논의는 나카무라 미쓰오의 『일본 메이지 문학사』에서도 거의 그대로 요약된다. 나카무라 미쓰오, 위의 책, 103면.

22 川戸道昭, 「初期翻譯文學における思軒と二葉亭の位置」, 『續明治翻譯文學全集 '新聞雜誌編' 5 森田思軒集 1』, 大空社, 2002(齊藤希史, 『漢文脈の近代－清末=明治の文學圈』, 名古屋大學出版會, 2005, 205면에서 재인용). 그 첫 대면의 이질감은 항상 이중적 감각으로 다가왔을 것이다. 예컨대 간바라 아리아케蒲原有明의 다음 회고를 참조. "러시아 소설가 투르게네프의 번역이란 말조차 신기하게 여기며, 무심코 읽어보니 속어를 능숙하게 사용한 언문일치체 — 그 보기 드문 문체가 귓전에서 친근하게 맴돌고 있는 듯한 느낌이 들어, 일종의 형언할 수 없는 쾌감과, 그리고 어딘가 마음 밑바닥에서부터 그것에 반발하려는 기운이 싹터왔다. 너무나도 친밀하게 이야기하는 투가 괜시리 언짢았던 것이다." 간바라 아리아케, 「『밀회密會』에 대해서」, 『후타바테이 시메이』, 마에다 아이, 유은경・이원희 역, 「음독에서 묵독으로」, 『일본 근대독자의 성립』, 이룸, 2003, 197면에서 재인용.

23 마에다 아이, 위의 책, 195~200면.

각인되어 있었다. 나뿐만이 아니었다. 나의 친구는 모두 마찬가지였다. 야나기다 쿠니오柳田國男 군이 어렸을 때 나는 군과 함께 있던 잡목림 가운데서, 해질녘을 보낸 적이 있다. '아, 가을이다'라며 그때 야나기다 군은 「あひびき」의 중의 문장을 나에게 암송하여 들려주었다. 그 문장은 나도 잘 암기했던 것이다. 구니키다 군이 그 번역을 애송했던 것은, 「무사시노」의 가운데에도 쓰여 있다.[24]

위 인용문에는 세 명의 '증인'이 등장한다. 먼저 야나기다 구니오와 시마자키 도손이 있다. 그들은 둘 다 시메이의 「あひびき」를 일정 부분 외우고 있었고, 서로 암송하여 들려주기까지 했다. 나머지 한 명의 증인은 구니키다 돗포國木田獨歩다. 인용문 말미에 언급된 「무사시노」는 구니키다 돗포가 1898년에 발표한 소설로, 이 소설에는 「あひびき」의 문장이 대량으로 인용되어 있을 뿐 아니라 원저자 투르게네프 및 번역자 후타바테이 시메이의 실명까지 등장한다.[25] 풍경 묘사에 탁월했던 투르게네프의 미문美文이 없었다면 「あひびき」도 없었겠지만, 시메이의 번역은 「あひびき」를 또 하나의 원본으로서 기억되게 했다. 시마자키 도손의 위 고백이 시메이를 애도하는 지면에 등장한다는 사실로 알 수 있듯, 시메이의 문장 자체가 그들의 정서를 지배했던 원천 중 하나였다.

아울러 이 '증인' 그룹에는 다야마 가타이田山花袋도 추가되어야 한다. 일찍부터 자신에게 미친 시메이의 영향을 인정한 바 있는 그는,[26] 자전적 저술인

24 島崎藤村 , 「二葉亭四迷氏を悼む」, 柳田泉, 앞의 책, 139~140면에서 재인용.

25 구니키다 돗포는 「무사시노」의 챕터3에서 「あひびき」의 도입부 전체를 옮겨 쓴 다음 이렇게 말한다. "이것은 투르게네프가 쓴 것을 후타바테이가 번역하여 「密會」라고 제목 붙인 단편의 모두 부분에 나온 문장으로, 내가 이러한 낙엽림의 정취를 이해하기에 이른 것은 미묘한 풍경 묘사의 힘 덕분이다." 구니키다 돗포, 김영식 역, 『무사시노 외』, 을유문화사, 2011, 44면. 가메이 히데오亀井秀雄는 상세한 분석을 통해 「무사시노」의 자연 묘사 자체가 「あひびき」를 매개로 만들어진 것이라고 주장하기도 했다. 가메이 히데오, 김춘미 역, 『메이지문학사』, 고려대 출판부, 2006, 201~209면.

26 "나는 후타바테이 씨의 이름이 있는 작품은, 무엇이라도 읽지 않은 것이 없었다." 田山花袋, 「二葉亭四迷君を思ふ」, 『文章世界』, 1909.8(小堀洋平, 「田山花袋「一兵卒」とガルシン「四日間」

『東京の三十年』에서 「あひびき」를 접한 당시를 이렇게 서술하고 있다.

> 거기에, 한층 더, 나를 놀래킨 것은, 그(『國民の友』를 뜻함—인용자) 한 두 개호 앞에 나와 있던 후타바테이 번역의 「あひびき」였다. 거친 경서經書, 한문, 국문에 길들여져 있던 나의 두뇌 및 수양은, 이 세밀하고 이상한 서술 방식으로 된 문장에 의해 적잖이 동요했다. 이것이 문장일까 라는 의혹도 가져보았다. 그러나 그러한 세밀한 서술법은 외국 문장의 특장特長이었다. 따라서 일본의 문장은 이제부터 반드시 그런 것이 되지 않으면 안 된다고 생각한 나는, 그로부터 주의하여 잡지 및 신문을 보게 되었다.[27]

여기서 다야마는 후타바테이 시메이의 「あひびき」를 접한 것이 기존의 문장관을 뒤집고 자국어 글쓰기가 나아가야 할 바를 깨닫게 된 결정적 계기였다고 말한다. 이처럼 "소수의 순수한 마음을 가진 이"에게 있어서 「あひびき」와의 대면은, "일종의 예술적 천지의 개안開眼"[28]이었을 것이다.

그런데 위 '증인'들의 인적 구성은 염상섭의 "예술적 천지의 개안"과 직결되어 있었을지 모른다. 이후 민속학자가 된 야나기다 구니오柳田國男[29]를 제외한다면, 구니키다, 시마자키, 다야마 등은 모두 일본 자연주의 작가의 거목으로 자리매김했다.[30] 비록 아리시마 다케오有島武郎와의 비교 연구와는 달리

―「死」,「戰爭」, そして「自然」をめぐる考察」,『早稻田大學大學院文學研究科紀要』第3分冊-57, 2011, 114면에서 재인용)

27 田山花袋,『東京の三十年』, 博文館, 1917, 50면. 덧붙여『東京の三十年』에는 다야마 가타이와 전술한 야나기다, 시마자키, 구니키다 등의 교유관계가 그려져 있기도 하다.

28 柳田泉, 앞의 책, 139면.

29 야나기다 구니오의 번역에서 나타는 특징을 다룬 연구로는 손성준,「영웅서사의 동아시아 수용과 중역重譯의 원본성—서구 텍스트의 한국적 재맥락화를 중심으로」, 성균관대 박사논문, 2012, 285~294면 참조.

30 야나기다 이즈미나 나카무라 미쓰오의 경우 시마자키 도손 등이 보여주는 자연주의로서의 일본적 특수성을 언급하기도 했으나,(柳田泉, 앞의 책, 141면; 나카무라 미쓰오, 앞의 책, 183~203면) 이들을 자연주의 작가로 본다는 시각 자체는 전제되어 있는 반면, 가라타니 고진은 "낭만파와 사실주의를 기능적으로 대립시키는 일은 무의미하다"고까지 말한 바 있다. 그는 이러한

많이 밝혀져 있지는 않지만, 시마자키 도손, 다야마 가타이, 구니키다 돗포와 염상섭의 연관성 역시 결코 적지 않았다.

> 남이 나를 가리켜 자연주의문학을 하였다라고 일컫고, 자기 역시 그런가 보다고 여겨오기는 하였지마는, 무어 큰 소리 치고 나설 일은 못된다. 하기는 내가 15, 6세의 구상유취로서 당시의 구학求學의 길이자 유행이기도 하였었고 자랑거리나 되는 듯하던 일본 유학을 한답시고 그 나라로 건너가던 맡에 신대륙이나 발견한 듯이 눈에 번쩍 띄우던 것이 태서문학의 세계였는데, 때마침 일본 문단에서는 자연주의 문학이 풍비하던 무렵이었다. 정작 자연주의문학의 발상지인 구주문단으로 말하면 이미 한풀 꺾인 때였지마는 일본에는 한물 닿았던 시절이라 문학에 맛을 들이기 시작하였던 내가 그 영향을 받은 것은 사실이기는 하였다. 따라서 그 후의 나의 문학적 경향이란다든지, 변변치 못한 작품들이, 동호자끼리나 평자간에 자연주의적 색채를 띄웠다 하고 나 스스로도 그런 듯 여겨왔던 터이기는 하지마는 …… [31]

위의 회고에서 염상섭은 유학 당시 일본의 자연주의 문학에서 받은 영향을 자인하고 있다. 이어지는 내용에서는 '그럼에도 내발적 요소의 작용이 더 크다'고 말하지만 인용문의 고백에서 이미 많은 것이 드러난 셈이다. 염상섭은 유학 기간에 구니키다 돗포, 시마자키 도손, 다야마 카타이 등의 작품 및 문학론을 접하는 과정에서 「あひびき」와 관련된 '간증'을 직접적으로 맞닥뜨렸을 것이다. 설령 그게 아니더라도 당시의 일본 문단 자체가 그들의 이름과 작풍이 횡행하던 공간이었던 만큼,[32] 그들에 의해 구축된 시메이의 위상을 접하는 것 자체는 쉽게 이루어졌을 것이다. 염상섭이 후타바테이 시메이

"대립 자체가 역사적"으로 구성된 것이기에 그것을 파생시킨 사태를 보는 눈을 강조한다. 가라타니 고진, 박유하 역, 『일본근대문학의 기원』, 민음사, 2007, 42~43면.

31 염상섭, 「횡보문학회상기」(『사상계』, 1962.11~12), 『염상섭 전집』 12, 민음사, 1987, 235면.

32 "자연주의는 메이지 문학의 한 귀결이자 다이쇼 시대 이후의 문학의 토대이며, 일본 근대소설사의 가장 중요한 축이라고 할 수 있다." 나카무라 미쓰오, 앞의 책, 183면.

의 텍스트를 중역하게 된 데는, 그들의 '증언'과 그들에 의해 구축된 '권위'가 가교 역할을 했다고 볼 수 있다.

염상섭은 세 번째 번역작인 〈디오게네스의 유혹〉 때에도 같은 방식의 저본 선택 경위를 밟았을 것으로 보인다. 필자는 이 번역 희곡의 저본이 모리 오가이森鷗外의 번역 희곡집 『新一幕物』에 수록된 〈ヂオゲネスの誘惑〉임을 확인했다.[33] 모리 오가이의 독일어 번역이라는 또 하나의 권위, 그리고 유명 평론가 시마무라 호게쓰島村抱月가 「舞台動作の監督と『ヂオゲネスの誘惑』」[34]이라는 글에서 다룬 연극이라는 점이 염상섭의 저본 선택에 힘을 실어준 정황이다. 염상섭의 세계문학 소개는 당연히 중역의 방식으로 이루어졌다. 나아가 상론한 대로라면, 세계문학을 선택하는 계기의 확립도 일종의 중역적 프로세스의 산물이라 할 수 있다.

하지만 그럼에도 불구하고 염상섭은 「あひびき」보다 「四日間」을 먼저 선택했다. 이는 번역의 시공간이 전이되면서 적어도 그에게 만큼은 텍스트의

---

33 문장, 구성, 부호 등의 일치성으로 충분히 저본으로서의 확증이 가능하다. 일역본과 독역본의 서지 및 작품 구성은 다음과 같다. 森林太郎 譯, 『新一幕物』, 籾山書店, 1913(人力以上 / Bjoernstjerne 作; パリアス / August Strindberg 作, 一人舞臺 / August Strindberg 作; 夜の二場 / Frida Steenhof 作; ヂオゲネスの誘惑 / Wilhelm Schmidtbonn 作; 馬盜坊 / Bernard Shaw 作); Wilhelm Schmidtbonn, *Der Spielende Eros*, E. Fleischel, 1911(Die Versuchung des Diogenes; Helena im Bade; Der junge Achilles; Pygmalion). 이 중 「ヂオゲネスの誘惑」의 원작은 "Die Versuchung des Diogenes"이다.

34 이 평론은 島村抱月, 『抱月全集』(第2卷), 天佑社, 1920에 실려 있다. 600면이 넘는 이 저작의 목차를 일별하면, 시마무라 호게쓰가 화두로 삼은 내용들이 당시 염상섭의 관심과도 상당히 중첩되어 있음을 알 수 있다. 시마무라 호게쓰와 염상섭의 영향 관계에 천착한 연구는 희소하다. 이를 부분적으로 고찰한 한 연구는 분명 많은 영향을 받았을 터임에도 염상섭이 시마무라 호게쓰나 다야마 가타이, 시마자키 도손 등 자연주의 문인들에 대해 거의 언급하지 않은 이유가 "직접적인 영향관계는 숨기려고 하는 심리의 반증"(김윤지, 「염상섭 문학의 일본 자연주의 수용 양상」, 『한일어문논집』 제13집, 한일일어일문학회, 2009, 128면)이라 하기도 했다. 그런데 필자는 활동 초기 염상섭이 '제월霽月'이라는 필명을 쓴 것이 '포월抱月'로 알려진 시마무라 호게쓰에 대한 오마주 혹은 '비틀기'였을 가능성도 상정해보고 싶다. 마찬가지로 구니키다 돗포의 '독보獨步'는 '횡보橫步'를 연상시킨다. 염상섭의 「잊을 수 없는 사람들」(1924.2)이 돗포의 단편소설 「忘れえぬ人々」(1898.4)과 제목이 일치하는 것도 같은 맥락에서 시사하는 바가 있다고 생각된다.

지위가 역전되었음을 의미한다. 세계문학을 조선의 독자에게 소개하고자 했던 1922년의 염상섭에게, 저본이 자기 공간에서 지니던 위계는 참조 사항에 불과했다. 「あひびき」의 독보적 위상은 메이지문학사를 관통해 온 증인들에 의해 구성된 맥락일 뿐이었다. 그리고 이미 논의했듯이, 「あひびき」가 일으킨 센세이션은 투르게네프의 원작 자체보다는 이전까지는 본 적 없었던 문체와 서술 방식에서 기인했다. 따라서 염상섭이 「あひびき」의 그 의미를 파악하고 있었을지라도 특별 취급할 이유가 될 수는 없었다. 오히려 그 역사성에서 비켜나 있었기에 '내용 자체'를 결정의 잣대로 삼을 수 있는 조건이 구비되었다고 볼 수 있다.

4. 텍스트의 시공간적 전이轉移와 염상섭 소설

1922년의 시점에서 염상섭은 「사일간」의 내용이 더욱 문제적이라 생각했다. 「사일간」은 러시아-투르크 전쟁에 출전한 병사 이바노프가, 전투에서 부상당해 고립된 후 자신이 죽인 적군의 시체 옆에서 홀로 죽음을 기다리는 내용이다. 1인칭 시점의 관찰과 독백, 그리고 회상으로 전개되며, 시간의 경과에 따른 심리 묘사가 실감 있게 펼쳐진다. 전쟁의 소용돌이 속에서 고독하게 죽어가는 주인공은, 자신에 의해 허무하게 죽었지만 누군가에게는 소중했을 적의 죽음을 애도하고, 애인 및 어머니와 나누던 대화를 떠올리며 그리움에 잠긴다. 원작은 작가 가르쉰의 전쟁 체험을 바탕으로 씌었으며, 이렇듯 전쟁의 비참함을 형상화 한 반전反戰 / 비전非戰의 메시지를 담고 있다. 「사일간」 외에도 가르쉰이 쓴 전쟁소설들은 모두 "'전쟁은 악'이며 '그 악이 다시 또 악을 낳는다'라는 관념을 보여준다."[35]

이 비전 소설이 후타바테이 시메이에 의해 발표된 1904년 7월은 러일전쟁 시기였다. 이는 「사일간」이 일본에서 갖는 독특한 의미일 것이다. 그 때문인지 시메이는 『新小說』지에 역재譯載할 당시 '예심冽心'이라는 필명을 썼고 이 소설을 접한 이들은 이것이 러시아소설의 번역일 것이라는 추측만 할 뿐 한동안 역자의 정체를 알 수 없었다.[36] 야마무로 신이치山室信一는 "러일전쟁의 적극적 주전론자였을 후타바테이가 왜 이 비전문학인 「사일간」을 번역한 것인지 그 의도는 추측하기 어렵"다고 하면서도, 이 작품이 다야마 가타이가 쓴 「一兵卒」(1907)의 모티브가 되기도 했으며, 1909년 루쉰魯迅에 의해 「四日」(『域外小說集』에 수록)로 번역되어 '러시아 비전문학 중 걸작'으로 소개되기도 했다는 점을 지적한다.[37] 이 작품은 전쟁을 수행하는 당국의 입장에서는 충분히 불온했기에 결국 중일전쟁기에 나온 『후타바테이 시메이 전집』(1937)에서는 검열로 삭제되고 만다.[38]

그렇다면 「사일간」에 번역 속에 내재된 염상섭의 의도는 무엇이었을까? 언뜻 보기에 1922년 당시의 조선 상황과 비전론의 맥락은 잘 어울리지 않는다. 물론 그것을 차치하더라도 「사일간」은 죽음을 통해 인생의 가치를 반추하는 작품으로서, 「표본실의 청개구리」, 「제야」 등에서 죽음을 다루어 온 염상섭과는 통하는 바가 있었다. 첨언하자면 「사일간」의 선택에는 발표 지면이 『개벽』이라는 점도 작용했을 것이다.[39] 하지만 정말 식민지 조선의 「사

35 강명수, 「가르쉰의 『붉은 꽃』과 체호프의 『6호실』에 드러난 공간과 주인공의 세계」, 『노어노문학』 12-1, 한국노어노문학회, 2000, 109면.

36 小堀洋平, 「田山花袋「一兵卒」とガルシン「四日間」－「死」, 「戰爭」, そして「自然」をめぐる考察」, 『早稻田大學大學院文學硏究科紀要 第3分冊』 57, 2011, 113~114면.

37 야마무로 신이치, 정재정 역, 『러일전쟁의 세기－연쇄시점으로 보는 일본과 세계』, 소화, 2010, 274~276면.

38 위의 책, 274면.

39 당시 염상섭에게 있어서 『개벽』이 갖는 의미는 각별했다. 염상섭은 매체의 성향에 근거하여 글을 발표한 인물이 아니었지만,(이경돈, 「횡보의 문리－염상섭과 산散혼混공共통通의 상상」, 『상허학보』 38, 상허학회, 2013 참조) 1922년 7월까지만 해도 「표본실의 청개구리」를 시작으로 「암야」와 「제야」에 이르는 그의 소설들은 모두 『개벽』에 발표되었다. 즉 자신의 작가적 명망을 쌓아가던 공간에 '평생의 애독 작품'이라 인정하는 세계문학을 소개하게 된 것이다. 이는

일간」이라고 해서 비전非戰의 문맥과는 분리되어 있었을까? 당시 조선인 대부분은 전시 상황과 다름없이 숱한 사람들이 죽어나간 본인들의 역사를 생생히 기억하고 있었다. 곧 3·1운동이다. 처음에 언급했지만, 「사일간」은 「만세전」의 모태인 「묘지」와 동시에 발표되었다. 「만세전」에 기입되어 있는 '만세 그 자체의 시간성'(만세'전前'이 아니라)에 주목한 한 연구는, 「만세전」의 '공동묘지'가 갖는 상징성을 1919년 직후 비정상적으로 급증한 시체와 연관 짓는다.[40] 식민지 조선의 '전쟁'은 내부에서 둘로 나뉘어 벌어졌고 한쪽의 일방적인 죽음으로 귀결된 사건이었다.[41] 「만세전」에서 이인화는 제복 입은 자(경찰, 헌병)에 의해 "전율과 공포를 맛보"[42]게 되는데, 이는 「사일간」의 이바노프가 직면한 죽음의 공포와 본질적으로 같은 것이다.

「만세전」은 작품의 구조부터 「사일간」과 닮아 있다. 우선 이 소설은 조선 자체를 거대한 '무덤'으로 인식한다. 소설의 전개는 '무덤' 밖에 있던 주인공 이인화가 무덤으로 들어가서 갖가지 '죽음'의 냄새를 맡고, 이후 무덤을 떠나는 순서로 이루어진다. 이는 「사일간」의 주인공 이바노프가 전장, 즉 '무덤'으로 진입하고, 죽음을 기다리는 가운데 현실에 절망하며, 마지막에 구출되는 과정과 흡사하다. 내용 중 '타인이자 희생자'의 죽음(아내 / 적군)을 애도하는 것이 중요한 요소라는 것도 공통점이다. 무엇보다도 주인공들은 공히 '이미 죽어있는 것'을 관찰한다.

> 이 무시무시한 해에 내리쬐여서 한방울 물이라도 먹지안음녀 목구녕이 타는 것을 이저 버리게 할 수단도 업고, 더군다나 죽은 사람의 냄새가 썩도록 배여서,

---

적어도 자신이 보여준 메시지와의 연속성을 고려한 대상의 선택이 필요했음을 의미한다.

40 이혜령, 「정사正史와 정사情史 사이―3·1운동, 후일담의 시작」, 『민족문학사연구』 40, 민족문학사학회, 2009, 262~272면.

41 "3·1운동, 그것은 둘로 나뉘어진 식민지 세계, 그 자체의 이원성과 폭력성을 환희와 공포, 죽음으로 경험한 계기였다." 위의 글, 271면.

42 위의 글, 271면.

이몸도 헐니기 시작할 듯 하고, 그 냄새의 주인도 아주 인젠 녹아버려서, **툭툭 떠러저오는 무수한 구덱이들은 그 근처에 우글우글 꿈을꿈을 한다. 이것에게 다 - 파먹히고, 그 주인의 전연히 뼈하고 복장만이 되면, 그 다음은 여긔 차례, 나도 역시 이 모양이 되는구나.**

—「사일간」, 『개벽』 25, 15~16면[43]

"공동묘지共同墓地다! 구덱이가 욱을욱을하는 공동묘지다!"라고 속으로 생각하엿다.

"이 방房안부터 어불업는 공동묘지다. 공동묘지에 잇스니까 공동묘지에 드러가기 실혀하는 것이다. **구덱이가 득시글득시글 하는 무덤속이다. 모두가 구덱이다. 너두 구덱이, 나도 구덱이다 …….**"

—「만세전」, 83면[44]

「만세전」의 '구더기' 묘사는 「사일간」을 번역하는 가운데 염상섭의 표현으로 안착했을 것이다. 이바노프는 곁의 시체가 심하게 썩어가는 것을 보며 자신에게도 구더기, 곧 죽음이 다가올 것을 깨닫는다. 이인화 또한 조선의 절망적인 현실을 목격한 후, 그 목격 대상을 구더기 끓는 시체의 집합으로 보았다. 인용문과 다른 부분에서 그들은 다음과 같이 절규하기도 했다. "사신死神은 어대에 잇누? 와주렴 어서 데려가거라!"(이바노프) / "에ㅅ되어저라! 움도 싹도 업서젓버려라! 망亡할 대로 망햇버려라!"(이인화) 이바노프, 그리고 이인화의 체념과 신경질적 분노는 같은 색채를 띤다.[45]

---

43 이보다 앞서 구더기 묘사가 등장하는 또 다른 대목도 참조. "머리털은 점점 빠져 떨어지고, 元바탕이 검은 皮膚빗은, 프르러진데다가 黃疸빗까지 끼우고, 부은 얼굴의 가죽은 켱기어서 귀ㅅ뒤가 터지고, 거긔에 구덱이가 움질움질하며, 다리는 水腫다리처럼 부어 올라서, 脚絆이 접힌 틈으로 흠을흠을한 살肉이, 커-다라케 삐죽히 나오고, 전신이 붓풀어 올라서, 마치 송아지 갓다." 염상섭, 「사일간」, 『개벽』 25, 12~13면.

44 염상섭, 「만세전」, 『염상섭 전집』 1, 민음사, 1987.

45 다소 작위적이지만, '이인화'와 '이바노프'의 이름에서 초성 / 중성 / 종성의 중복들은 우연이

한편, 가르쉰과 염상섭의 「사일간」은 같은 비전의 층위에 있는 동시에서로 변별되기도 한다. 염상섭의 포커스는 3·1운동의 학살을 전시상황으로 기억하게 만드는 데 있었다. 거꾸로 말하자면 3·1운동의 죽음은 본래 전시상황으로 기억될 수 없는 것이다. 국가 대 국가의 대결이 아니었기 때문이다. 그런데 오히려 그렇기에, 3·1운동과 전시상황을 한 데 엮는 상상력은 해방이 오지 않는 이상 조선이 언제나 '잠재적 전시상황'에 처해 있다는 현실을 끊임없이 상기시킨다. 결국 염상섭의 「사일간」은 「만세전」과 더불어, 식민지 자체가 죽음의 공포가 항존하는 체제임을 역설하는 맥락 속에 위치한다.

염상섭은 「죽음과 그 그림자」를 통해서도 죽음이라는 테마를 다룬 바 있다. 발표 시기(1923.1)상으로 「묘지」와 「만세전」 사이에 놓여있는 이 작품 역시 서사적 틀이 「사일간」과 유사하다. 죽음의 공포에 직면한 1인칭 화자의 심리 묘사가 작품을 끌고 간다는 점, 주변에서 일어난 타인의 죽음, 친구나 가족에 대한 회상, 결국 그 위기에서 벗어나는 점 등이 그러하다. 이렇듯 염상섭이 「사일간」과 공명할 수 있었던 것은, 바로 가르쉰이 죽음의 문제를 다루는 방식 때문이었을 것이다. 그것을 전시 상황의 집단적 죽음의 문제로 풀어낸 것이 「만세전」이라면, 「죽음과 그 그림자」는 개인의 체험[46]을 가미하여 또 달리 변주한 것이라 하겠다.

이상에서 「사일간」이 조선어 번역 속에서 어떠한 맥락으로 재배치되는지, 그리고 염상섭 소설과 어떠한 연결 고리를 갖고 있는지를 살폈다. 잊지 말아야 할 것은 「사일간」 이후 염상섭이 끝내 「あひびき」를 번역하고야 말았다는 사실이다. 여기에는 꽤 복합적인 판단이 작용했을 것으로 보인다. 내용상 가르쉰의 「사일간」과 투르게네프의 「밀회」는 편차가 크다. 표면적으로 보자면 전자는 비전의 정치적 메시지를 정면으로 다루며, 후자는 자연 풍

아닐지도 모른다.

46 염상섭은 「저수하에서」(『폐허』 2, 1921.1.20)의 후반부에 "연초煙草에 중독됨이었던지 서기暑氣로 인함이었던지" 급격히 쇠약해져 죽음을 예감했던 체험 하나를 언급하는데, 그 골조가 얼마 후에 발표되는 「죽음과 그 그림자」를 연상케 한다.

경과 엿보는 자의 심리를 섬세하게 묘사한 순문예에 가깝다. 이 구도만을 놓고 본다면, 1922년과 1923년 사이의 염상섭에게 문학의 사회성에서 예술성 강조로의 입장 조정이 나타난 셈이다. 하지만 텍스트 선택의 고민 과정을 생략한 이러한 해석은 진상과 동떨어지기 십상이고, 이들 작품의 의미는 이렇게만 해석될 성질의 것도 아니다. 그렇다면 염상섭의 「밀회」 번역에는 어떠한 의도가 깃들어 있었을까?

염상섭은 「사일간」 번역 과정에서 자신의 언어 및 작품세계가 확장되는 체험을 하게 된다. 이 번역에 대한 예기치 못한 깨달음은 그가 다음 차례에 「あひびき」를 번역하게 된 이유 중 하나가 될 수 있다. 일본의 유명 문인들 상당수가 문체론적 혁신이라 입을 모았던 그 텍스트를 호출한다면, 염상섭 자신의 글쓰기도 가일층 완성에 근접할 수 있을 것이었다. 또한 일본 문단의 오래된 서구적 원천을 번역한다는 것은 그 원천을 '독자들과 나눈다'는 의미를 획득하기도 한다. 「あひびき」의 일본적 위상이 조선으로 넘어오며 유의미해지는 것이 바로 이 지점이다. 사실 그것을 먼저 의식한 이는 김억이었다. 김억은 이미 1919년에 시메이의 「あひびき」를 「밀회」로 번역한 적이 있다.[47] 흥미로운 것은 그로부터 약 2년이 경과한 시점에 김억이 또 한 번 「밀회」를 소개했다는 것이다.[48] 이미 왕성한 번역 활동을 해 왔으며 소설보다는 시의 번역에 주력했던 김억이, 굳이 이 작품을 반복 소개한 사정은 「あひびき」가 일본에서 축적해 온 권위와 무관치 않을 것이다. 그리고 지우知友 김억의 번역에도 불구하고 염상섭이 또 한 번의 번역을 시도한 것도 결국 「あひびき」의 무게가 아니고서는 설명이 어렵다.[49]

---

47 『태서문예신보泰西文藝新報』 15~16, 1919.2.

48 『창조創造』 8, 1921.1.27.

49 김억은 『창조』에서 소개한 「밀회」에 '서序'를 붙여 "세계어역본과 영문역본과 또는 일문역본을 참조하여 중역한다"고 밝혔다. 김병철은 후타바테이 시메이의 「あひびき」와 김억의 「밀회」를 비교하며, 김억의 저본 중 일문역본이 시메이의 텍스트일 것임을 논급하였다. 김병철, 앞의 책, 390~393면. 이렇듯 김억의 경우 「あひびき」를 의식하면서도 에스페란토어나 영어를 활용했다는 점에서 염상섭과 다른데, 이것이 김억의 「밀회」와 염상섭의 「밀회」가 다르게 나타나

그러나 이것도 저간의 사정에 대한 모든 설명은 아니다. 염상섭은 「あひびき」가 일본에서 위치했던 맥락뿐만 아니라, 투르게네프의 원작이 러시아, 혹은 세계문학사 차원에서 갖는 의미도 파악하고 있었다고 보이기 때문이다. 이는 염상섭의 「밀회」 번역과 관련하여 반드시 강조해야 할 새로운 논점이다. 「밀회」 그 자체는 투르게네프 문학에서 어떠한 대표성도, 독특한 위치도 점하지 않는다. 이는 그의 연작 작품집인 『사냥꾼의 수기Записки охотника』[50]에 수록된 25편의 단편 중 하나에 불과했다. 그런데 논의의 대상을 『사냥꾼의 수기』로 돌리는 순간 「밀회」의 새로운 면모가 드러난다.

『사냥꾼의 수기』는 메이지 시기부터 『엽인일기獵人日記』[51]라는 제목의 일역본으로 거듭 역간된 바 있는데, 염상섭의 경우에도 최소한 1929년의 시점에는 『엽인일기』의 존재를 인지하고 있었다. 그는 「문학상의 집단의식과 개인의식」이라는 글에서 집단의식을 중요시 하는 프로문학 진영을 염두에 두고, 개인의 예술적 발현이 세상을 바꾸는 문학을 낳을 수 있다는 주장을 펼친다. 이때 그 근거로 『엉클 톰스 캐빈』과 함께 든 것이 『엽인일기』였다.

> 그러면서도 과거의 모든 걸작은 특별히 집단의식으로써 씌인 것은 아니었다. 『엉클 톰스 캐빈』이나 『엽인일기獵人日記』는 집단의식으로 쓰인 것도 아니요, 또

는 이유일 수 있다. 다른 변수도 최소한 두 가지가 존재한다. 하나는 염상섭은 시메이의 단행본 텍스트를 저본으로 삼은 데 반해, 김억은 시메이의 1888년의 초역初譯을 참조(김병철, 앞의 책, 391면)했다는 점이고, 다른 하나는 둘의 번역태도 혹은 번역관 자체의 차이다. 염상섭 기본적으로 직역주의에 의거했으나, 김억은 번역관을 내비치는 대부분의 글에서 "번역은 창작"이라는 입장을 표명했다. 「밀회」를 두 번째로 소개한 1921년은 김억이 한국 최초의 번역시집 『오뇌懊惱의 무도舞蹈』(광익서관, 1921.3)를 간행한 시점이기도 한데, 그의 번역관은 직역불가능한 시의 장르적 특수성과 대응하는 가운데 형성된 것이 아닐까 한다. 참고로 김억은 식민지 시기 투르게네프 산문시의 최다 번역자이기도 했다.

50 이 작품집은 1847년의 첫 번째 연작 작품 발표 이후 21편의 연작과 「두 지주」를 더하여 1852년 처음 단행본화되었고, 1874년에 재발행될 때에는 다시 3편이 추가되었다. 이항재, 『소설의 정치학－투르게네프 소설 연구』, 문원출판, 1999, 32면.

51 ツルゲネフ, 戸川秋骨・敲戸會同人 譯, 『獵人日記』, 昭文堂, 1909; ツルゲネフ, 生田長江 譯, 『獵人日記』, 新潮社, 1918.

그러한 것이 문학사文學史상에 하나만 있기에 귀한 것이요, 힘 있는 것이지만 둘만 있었어도 평범화平凡化 할 것이다.[52]

여기서 염상섭은 「밀회」가 실린 『엽인일기』를 농민이나 사회적 약자의 애환을 다룬 작품의 계보로 언급했다. 이는 1929년의 염상섭이 투르게네프의 원작 자체를 전체적으로 평가하고 있었다는 의미다. 실제 「밀회」가 실려 있던 『사냥꾼의 수기』의 단편들을 관통하는 주제, 그리고 이 작품집의 진정한 가치는 「あひびき」의 발표 당시 일본 문인들이 느꼈던 미문의 충격보다는 "다양하고 실감 있는 농민형상의 창조와 리얼리즘"[53]으로 압축되며, 때문에 『사냥꾼의 수기』는 비참한 농민의 삶, 잔인한 지주의 행태, 농노제도의 비인간성을 폭로한 예술적 성취 중 정점에 위치해 있었다.[54] 하지만 1909년 시점의 일역본 『엽인일기』 만 해도 초점은 거기에 있지 않았다. 영역본을 토대로 이를 중역한 영문학자 도가와 슈코쓰戶川秋骨는 "『엽인일기』의 공능功能을 이제 와서 말할 필요는 없겠다. 이야말로 신흥문학의 선구이며, 게다가 훌륭한 클래식이다. 그러나 이러한 것도 역시 소위 자연주의라고 총괄된 이름 안에 들어가기 때문에 특히 재미있는 것이 아닐까"라며 작품의 현재성과는 다소 동떨어진 의의를 찾는다. 당시 도가와는 마지막에 묘한 말을 남겼다. "단지 나는 러시아의 국정풍속을 모르기 때문에, 작중에 산견散見되는 그 계급제도 및 생활상태 등에 대해 흥미를 충분히 전할 수 없는 것을 유감으로

52 염상섭, 「문학상의 집단의식과 개인의식」(『문예공론』, 1929.5), 『문장 전집』 II, 75~76면.
53 이항재, 앞의 책, 41면.
54 "고골리의 『죽은 혼』이 러시아인에게 러시아적인 모습을 보여주었다면, 『사냥꾼의 수기』는 러시아 농노제의 참혹한 모습을 알려준 작품이라고 할 수 있다. 이 작품에서 처음으로 농노가 한 인간으로서 객관적으로 묘사되었다. 황제 알렉산드르 2세까지도 농노 해방을 결정할 때 이 작품에 적잖은 영향을 받았다고 했다." 최동규, 「역자해설」, 레너드 샤피로, 최동규 역, 『투르게네프—아름다운 서정을 노래한 작가』, 책세상, 2002, 576 · 584면. 노벨문학상(1932) 수상자 존 골즈워디John Galsworthy는 『사냥꾼의 수기』에 대해 "예술의 언어로 쓰인 것 중 압제의 잔혹함을 이보다 더 뒤흔드는 저항은 없다"(영문 위키피디아 "Ivan Turgenev" 항목에서 재인용. http://en.wikipedia.org/wiki/Ivan_Turgenev(최종 검색일 : 2014.4.30))라고 평하기도 했다.

여긴다."[55] 그는 번역의 기획 단계에서는 예상 못했던 『사냥꾼의 수기』의 핵심, 즉 "계급제도 및 생활상태"와 지속하여 대면하는 가운데 느꼈던 이질감을 토로한 것이다.

반면, 1918년에 『엽인일기』를 역간한 이쿠다 조코生田長江는 『사냥꾼의 수기』에 내재된 바로 그 '불온성' 자체에 주목했다.

> 『엽인일기』는 당시 행해지고 있던 농노제도에 대해 몸소 통렬하게 공격했기 때문에, 작자는 당국으로부터 위험사상가로 지목되기에 이르렀다. 그래서 결국, 이 작품이 그 제도의 철폐를 야기하는 데 큰 힘이 되었으므로, 순수예술 이외의 입장으로부터도 입을 모아 칭찬받았다. 즉시로 이 출세작은 투르게네프의 대표작으로 선전되었다.[56]

이쿠다 조코는 니체 철학 전문가, 문예평론가, 번역가, 작가로서도 왕성한 활동을 펼친 인물로, 1914년부터 오스기 사카에大杉栄 등과 교류하며 사회문제에 깊은 관심을 가졌고 1923년까지는 사회주의의 영향도 크게 받은 것으로 알려져 있다.[57] 그는 『자본론』(제1분책, 녹엽사緑葉社, 1919)을 번역하기도 했으며, 「반자본주의」(1921), 「부르주아는 행복인가」(1923)와 같은 평론도 발표했다. 『엽인일기』를 번역한 1918년의 행보상, 이쿠다가 투르게네프를 위와 같이 소개하는 것은 자연스럽다. 만약 염상섭이 『엽인일기』를 『엉클 톰스 캐빈』과 동급으로 여긴 1929년의 시각을 1923년 「밀회」의 번역 때 이미 갖추고 있었다고 가정해 보자. 이 경우 1923년의 염상섭은 메시지의 차원에서는 저본인 「あひびき」가 아닌, 「밀회」가 속해 있던 『사냥꾼의 수기』의 사회고발적 문맥을 고려했던 것으로 볼 수 있다.

55 ツルゲネフ, 「はしがき」, 앞의 책, 1909.
56 ツルゲネフ, 「譯者の序」, 앞의 책, 1918, 2면.
57 이쿠다 조코는 오스기 사카에와 루소의 『참회록懺悔録』(신조사, 1915)을 공역하기도 했다. 이하 이쿠다 조코에 대한 정보는 일본어 위키피디아(http://ja.wikipedia.org)를 참조했다.

최근의 연구들은 염상섭이 유학 시기 때부터 이미 이쿠다 조코의 문제의식을 지녔을 것이라는 가정에 힘을 실어준다.[58] 이쿠다나 오스기 자체도 염상섭과 전혀 무관한 인물은 아니었다. 염상섭은 이쿠다 조코가 한창 사회문제에 집중하던 시기에 일본에 머물며 아나키즘을 접했다. 즉 둘의 사상적 행로는 공유된 시공간 속에 있었으며, 비단 아나키즘이나 사회주의가 아니더라도 문단의 저명 인사였던 이쿠다는 어떠한 계기로든 염상섭의 기억에 남았을 것이다. 이쿠다가 번역한 서적만 보아도, 오스카 와일드의 『살로메』나 단테의 『신곡』, 톨스토이, 도스토예프스키 작품 등, 염상섭의 독서이력과 겹치는 것이 다수다.[59] 한편 아나키스트 오스기 사카에의 경우, 코스모구락부(1920년 11월 25일 설립)와 흑도회(1921년 11월 설립)를 통한 황석우와의 접점이 있었다.[60] 일본 유학 때부터 아나키즘을 공유했던 황석우와 염상섭은, 1920년 7월 25일의 『폐허』 창간, 1922년 12월 24일의 조선문인회[61] 설립 등 꾸준히 동지적 관계를 유지했다. 이에 오스기와 관련된 보다 실감 있는 증언들이 황석우를 통해 염상섭에게 제공되었을 것이다. 염상섭은 1922년 9월에 발표한 「묘지」 제3회에 오스기 사카에의 실명을 등장시키게 된다.[62]

58 한기형, 「초기 염상섭의 아나키즘 수용과 탈식민적 태도－잡지 『삼광』에 실린 염상섭 자료에 대하여」, 『한민족어문학』 43, 한민족어문학회, 2003; 이종호, 「염상섭의 자리, 프로문학 밖, 대항제국주의 안－두 개의 사회주의 혹은 '문학과 혁명'의 사선斜線」, 『상허학보』 38, 상허학회, 2013 등을 참조.

59 염상섭이 직접 이쿠다의 일역본을 봤을지는 확언할 수 없으나, 이쿠다의 이름은 염상섭에게 계속 노출되었을 것이다. 관련 번역 서지는 다음과 같다. 오스카 와일드, 『サロオメ』(文明叢書 2), 植竹書院, 1914; 톨스토이, 『アンナ・カレニナ』(西洋大著物語叢書 4), 新潮社, 1914; 톨스토이, 『我が宗教』(新潮社 トルストイ叢書 1), 新潮社, 1916; 도스토예프스키, 『罪と罰』(生田春月와 공역), 成光館出版部, 1927; 단테, 『神曲』(新潮社 世界文學全集 1), 1929 등.

60 정우택, 『황석우 연구』, 박이정, 2008, 585~594면.

61 최근 박헌호는 조선문인회가 염상섭의 "아나키즘적 문학관의 실천적 발현"(박헌호, 「염상섭과 '조선문인회'」, 『한국문학연구』 43, 동국대 한국문학연구소, 2012, 235면)이었다는 새로운 해석을 내놓았다.

62 "事實 그 속에는, 집에서 온 最近의 片紙몇張과 小說草稿와 몇가지 原稿외에는 아모 것도 업섯다. 애를 써서 記錄한 書籍이라야, 元來 나에게는, 大杉榮이라는 大자나 레－닌이라는 레자는 勿論이려니와 獨立이란 獨자도 업슬 것은, 나의 專攻하는 學科만보아도 알 것이엇다." 염상섭, 「묘지 3」, 『신생활』 9, 1922.9, 151면. 참고로 '오스기 사카에大杉榮'의 이름은 『시대일보』판 「만

결론적으로 1923년의 염상섭이 투르게네프의 「밀회」를 단지 "예술적 천지의 개안" 차원에서만 소개했을 것 같지는 않다. 게다가 그가 1923년 이전과 이후에 쓴 또 다른 글들에서 목격되는 투르게네프의 이름 역시 사회성 짙은 문맥에 출현했다는 점도 이상의 논지를 뒷받침한다.[63] 중언하자면, 염상섭은 러시아문학에 관심을 보인 이유만으로 경찰력의 주의를 끄는 현실을 이미 1919년에 공론화한 당사자였다.

이제 「밀회」의 특질로 거듭 언급한 자연 묘사나 문체의 문제에서 시선을 거둘 때가 되었다. 서사 자체로 보자면 「밀회」는 농노의 삶이 지닌 비극적 단면을 생동감 있게 부감해 낸 작품이며, 1인칭 화자가 한 남녀가 이별하는 장면을 엿보며 그들의 대화와 자신의 생각을 기록하는 방식으로 되어 있다. 엿보기의 대상인 남자 빅토르 알렉산드로비치와 여자 아크리나는 각각 다른 주인의 시종이고 농노다. 소설의 갈등은 남자의 주인이 대도시로 떠나야 하는 상황에서 남자가 여자에게 일방적으로 이별을 통보하며 발생한다. 빅토르가 떠난 후를 걱정하는 아크리나의 탄식은 액면 그대로라도 조선의 현실에 시사하는 바가 있었을 것이다.[64]

하지만 보다 주의해서 생각해 볼 것은 다음과 같은 지점이다. 끝까지 매몰차게 대하는 빅토르에게 아크리나가 마지막으로 바라는 것은 그저 따뜻한 말 한마디뿐인데, 이는 곧 남자가 떠나는 것 자체는 결코 변경될 여지가 없다

세전」까지는 노출되다가, 단행본화될 때 사라진다. 이 사실은 박현수에 의해 환기되었다. 이혜령, 앞의 글, 265면.

63 "또 투르게네프와 같이 낙담 · 비관에서 나오는 주장이 아닐진대 세계주의자 — 반드시 '불가인'이 아니라 하고자 한다." 염상섭, 「현상윤 씨에게 여與하여 「현시 조선청년과 가인불가인을 표준」을 갱론함」(『기독청년』, 1918.4.16), 『문장 전집』 Ⅰ, 33면. "사실 우리가 지금 혁명 전의 아라사 문학, 그중에서도 혁명운동에서 취재取材한 투르게네프의 작품을 볼 제 우리의 감상이 어떠한가?" 염상섭, 「민족, 사회운동의 유심적 고찰－반동, 전통, 문학의 관계」(『조선일보』, 1927.1.4~1.16), 『문장 전집』 Ⅰ, 513면.

64 "인제부터 집에 잇기가 얼마나 괴롭지 알 수 잇나? 이 모양이 어떠케 될가를 생각하면 …… 보지 안하도 함부로 시집을 보내서 苦生을 하게 할 것을 생각하면, 난 …… 설어서 ……" 투르게네프, 염상섭 역, 「밀회」, 『동명』 2-14, 1923.4.1, 14면.

는 것을 여자가 받아들이고 있다는 뜻이다. 물론 여자는 자신이 따라갈 수 없다는 것도 잘 알고 있다. 가장 소중한 것은 당연히 체념하는 것, 이것이 그들의 삶이었다. 인간에 의한 인간의 지배가 낳는 고통을 「밀회」는 묵묵히 드러내는 것이다.

「밀회」 외에도 『사냥꾼의 수기』는 '지주-농노'의 관계 속에서 발생하는 폭력성을 고발하는 단편들로 가득하다. 더구나 그것을 전달하면서 예술적 미문과 인간에 대한 깊은 성찰까지 수반한다는 점에서, 투르게네프는 식민지 조선에서 '작가의 작가'가 될 자격이 충분했다. 말하자면 투르게네프의 문학은 1920년대 조선에서 근대소설의 작법을 사숙하려는 이들과 문학을 통한 사회적 발화에 목말라 있던 이들의 필요를 동시에 충족시킬 수 있었다. 투르게네프 작품들이 식민지 시기에 경향성의 구획이 무색할 정도로 다양한 문인들에게 애독되고 번역되었으며, 1930년대에 이르러 기념과 분석의 대상이 되었던 근간은 여기에 있을 것이다.[65]

한편, 빅토르와 아크리나 모두 예속된 삶을 사는 것은 마찬가지지만, 화자와 함께 감정을 이입하게 되는 「밀회」의 특성상, 독자는 여성의 편에 서게 된다.[66] 〈인형의 집〉의 노라를 수차례나 화두로 올린 것이 대변하듯 '여성해방'은 염상섭에게 있어 주요 관심사 중 하나였다.[67] 또한 「밀회」의 요소요소는 염상섭이 이보다 1년 정도 전에 발표한 소설 「제야」(『개벽』, 1922.2~6)를 떠올리게 한다. 주인공 정인과 깊은 관계였던 E씨는 마치 빅토르가 페테르부르크로 떠났던 것처럼 독일로 유학을 떠나며 정인과의 관계를 청산하게 되고,

---

65 염상섭 외에 현재까지 드러난 것만 해도 김억, 현철, 현진건, 홍난파, 조명희, 박영희, 최승일, 조춘광, 이태준 등이 투르게네프 작품을 번역했고, 김명식, 최서해, 홍효민, 이무영, 이헌구, 함대훈, 정인섭 등 회고나 논설에서 투르게네프를 다루는 문인들도 다양했다.

66 화자의 눈에 비친 빅토르는 분명히 악역이다. 그는 시종일관 자기가 마치 자신의 주인인 양 거들먹거린다. 화려한 옷, 벨벳 모자, 쇠로 만든 시곗줄, 터키석이 들어간 금은 반지, 안경 등으로 치장한 그는 순수하고 빛나는 아름다움을 간직한 시골 처녀와 대조적이다.

67 예를 들어, 「부인의 각성이 남자보다 긴급한 소이所以」, 『여자계』 1918.3; 「머리의 개조와 생활의 개조-안방주인 마님께」, 『여자시론』, 1920.1; 「지상선을 위하여」, 『신생활』, 1922.7; 「여자 단발문제와 그에 관련하여-여자계에 여與함」, 『신생활』, 1922.8 등

이는 정인이 파국으로 치닫는 결정적 계기로 작용했다. 또 정인을 결국 용서한 남편의 존재는, 모든 것을 안 뒤 아크리나에게 도움의 손길을 건네는 「밀회」의 '나'를 닮았다. 그리고 '나'에게서 도망치는 아크리나의 마지막 모습은, 남편의 용서에도 불구하고 자살을 선택하는 정인과 다시 포개진다.[68]

인간의 해방 문제에 천착했던 것은 투르게네프와 염상섭 모두 마찬가지였다. 염상섭이 남성중심사회에서 경제적으로 속박된 여성을 형상화 한 것은 투르게네프가 그저 살아가야 했기에 제도적 폭압 속에 머물 수밖에 없었던 농노의 현실을 들추어낸 것과 연동된다. 다만 투르게네프의 의도가 농노제라는 신분 제도의 비인간성을 폭로하는 지점에 있었다면, 「제야」(1922.2~6)에 이어 「해바라기」(1923.7.18~8.26)로 이어지는 염상섭의 창끝은 주로 여성을 옭매이는 조선의 가부장적 문화와 여성에게만 가혹했던 정조 관념을 향한다. 「제야」와 「해바라기」의 작업 사이에 놓여 있는 「밀회」(1923.4.1)의 번역 시점을 감안할 때, 염상섭의 「밀회」가 위치한 좌표가 무엇이었는지, 그리고 그것이 「あひびき」와 얼마나 달랐는지는 더욱 명료해진다.

염상섭은 시메이의 텍스트를 의도적으로 선택했으나, 그 텍스트의 권위가 작동하는 문맥과는 거리를 두었다. 그는 시메이의 텍스트를 투르게네프의 불온성에 다가가는 징검다리로 삼았으며, 그 안에서 조선적 상황에 적용 가능한 가치들을 발견했다. 그것은 시메이는 물론 투르게네프의 본래 의도와도 구분되는 곳에 위치하고 있었다.

68 표면적으로 보면 일본 유학까지 경험한 신여성 정인과 농노 아크리나를 동일선상에 놓기 꺼려질 수 있다. 그러나 염상섭의 상상력은 오히려 그와 같은 간극에서 출발했다. 그는 「제야」 자체가 "평양에서 어떤 무교육無教育한 여성의 사실의 단순한 힌트로 한 것"(염상섭, 「자미없는 이야기로만」, 『별건곤』, 1929.1)이라 회고한 바 있다.

5. 창작의 발화·번역의 발화

염상섭은 메이지 일본의 문인 후타바테이 시메이를 경유하여 러시아소설에 접속했다. 시메이의 번역문은 그 문체적 혁신으로 말미암아 일본 문단에서 큰 권위를 확보하고 있었다. 염상섭의 선택에는 그 권위에 대한 고려가 반영되어 있었으며, 번역태도 역시 꼼꼼하게 저본을 옮겨내는 방식이었다. 하지만 내용적 측면에서는 전혀 다른 방점을 찍으며 번역소설 자체가 자신의 문제의식을 대변하게 했다. 염상섭에게 있어서 가르쉰의 「사일간」은 3·1 운동의 수많은 죽음과, 투르게네프의 「밀회」는 경제적·계급적으로 속박된 조선 여성의 해방 문제와 연동된 서사였다. 이러한 메시지는 염상섭의 동시기의 소설 「만세전」과 「제야」 등에도 삽입되어 나타난다.

문장 차원의 첨삭이나 번안적 개입이 없었음에도 불구하고, 시간과 공간을 고려한 번역자의 선택에 의해 역문의 존재 맥락은 바뀔 수밖에 없었다. 저본(A)과 역본(B) 관계에 있는 텍스트 비교 연구에서 쉽게 간과되는 것 중 하나가 바로 이 지점이다. 연구자들은 보통 A가 B의 차이가 거의 없는 경우 'A→B'라는 일방향적 구도로 그 영향 관계를 확정한다. 다시 말해 텍스트의 변화량과 번역자의 목적 구현을 일종의 함수 관계로 파악하는 것이다. 그러나 관건은 활자화 된 것들의 편차가 아닐지도 모른다. A의 충실한 이전은 그 자체로 B의 시간과 공간 속에서 전혀 다른 의미를 획득할 수 있기 때문이다. 그 의미는 A와 B 사이의 시공간적 전이가 파생시키는 해석의 낙차와 번역자 고유의 문제의식이 만나는 접점을 살핌으로써 드러난다. 번역자가 기대하는 텍스트의 독법은 거기에 있을 것이다. 그리고 그 독법은 해당 번역자가 작가로서 내어놓은 텍스트의 의미 또한 재조명하도록 이끌 것이다. 번역에 대한 고려 없는 창작 연구와 창작에 대한 고려 없는 번역 연구는 둘 다 하나의 그림자만으로 피사체를 정의하는 오류로부터 자유롭지 못하다.

본격적 의미에서 처음으로 세계문학과 조우하며 나온 식민지 시기의 번역은, 염상섭의 사례와 같이 저본과는 차별화 된 시공간적 조건의 차이와 번역자 개인의 문제의식이 빚어내는 각각의 맥락을 지니고 있었을 것이다. 염상섭보다 많은 분량의 번역을 남긴 현진건을 비롯하여 『개벽』이나 『동명』의 번역 기획에 참여한 문인들의 면면이 잘 대변하듯, 당대의 번역자는 상당한 비율로 작가이기도 했다. 따라서 이 글은 향후 다른 이들에게도 적용 가능한 연구 방법론의 한 사례로서 일정한 의의를 획득한다. 그들의 텍스트 선택 경위는 좀 더 이해되고 분석될 필요가 있다. 특히 대부분이 중역이라는 방식을 따랐던 이상, 일본이나 중국에서의 맥락을 문제시해야만 한국적 수용의 진상과 번역자의 다면적 문제의식을 선명하게 밝힐 수 있을 것이다.

번역 텍스트의 선택은 염상섭의 의지와 문제의식 속에서 이루어졌다. 1920년대 전반, 염상섭은 때로는 창작으로, 때로는 번역으로 발화했다. 거기에는 당연히 일관된 것이 있었다. 번역 체험이 염상섭이라는 작가를 만들었다는 식의 명제는 부분적으로만 참이다. 염상섭이라는 존재가 먼저 있었기 때문이다. 하지만 번역 체험이 본질적인 변화를 야기한 영역도 분명히 존재한다. 바로 언어의 문제다. 2절에서 거론했듯 이 문제를 제대로 고찰하기 위해서는 독립된 연구가 필요하다. 이를 차후의 과제로 남겨둔다.

식민지배와 민족국가 / 자본주의의 본원적 축적에 대하여

「만세전」 재독해

김항

1. 1945년에서 「만세전」으로

「만세전」을 논제로 삼는 마당에 다소 뜬금없을지 모르지만 '과연 1945년은 20세기 한반도의 역사를 생각할 때 '단절'이기만 한 것일까'라는 물음으로 시작해보려 한다. 그 까닭은 「만세전」을 재독해하는 일을 통해 '1945년 = 해방'이라는 역사적 단절의식으로 은폐되었던 하나의 계보를 제시해줄 수 있는 가능성을 타진하기 위해서이다. 다시 말해 분명히 한편에서 1945년이란 연도는 부정할 수 없는 역사의 단절점이지만, 다른 한편에서는 끈질긴 식민지배의 연속성을 은폐하는 역사의 가림 막으로 기능해온 것이 아닐까 하는 의구심을 검토해보기 위해서라고 할 수 있다. 그렇다면 그 은폐된 계보란 무엇일까? 그것은 식민지배를 민족 간의 지배 / 피지배로 환원해온 역사 서술의 효과였고, 이 안에서 식민지배가 인간의 난민화와 노동력화라는 '이중의 본원적 축적' 과정임은 소홀히 여겨져 왔으며, 1945년 이후에도 끈질기게 지속된 이 식민지배의 계보를 민족 서사로 환원하여 오판하게끔 한 과정에 다름 아니었다. 이 글의 목적은 이렇게 은폐된 식민지배의 계보를 「만세전」에 제시된 바 있는 '방법적 시각'을 통해 문제화하는 것이라 할 수 있다.

그렇다면 1945년 이래의 민족 중심의 역사 서사는 무엇을 은폐했는가? 그것은 제국일본의 식민지배 및 침략이 한편에서 철저한 자본주의의 본원적 축적 과정이었음과, 이와 맞물려 인간의 국민화와 난민화 사이에서 통치 공간을 마련한 '등기登記와 이동'의 본원적 축적 과정이었음을 은폐했다. 식민지배 아래에서 한반도의 인민들은 무엇보다도 먼저 자신의 노동력을 판매함으로써 삶을 영위하는 노동력으로서 '제국'에 포섭되었다. 그러나 이 과정은 오랫동안 삶을 일궈온 정주지로부터의 추방 과정과 중첩되었으며, 그 과정에서 한반도의 인민들은 법률적인 '제국 신민'으로 등기되지 못한 채 배제되어 난민화되었다. 한반도의 인민은 이 중첩된 포섭-추방의 체제를 통해 식민지배를 육체와 일상의 차원에서 경험했는데, 민족서사는 이를 민족이란 정주 집단의 수탈 / 수난사로 환원하여 이 육체와 난민의 수탈과 이산離散 경험을 전유했던 것이다.[1]

따라서 1945년을 하나의 역사적 은폐가 시작된 연도로 이해한다는 것은 '민족국가' 중심의 역사 서술을 푸코가 말하는 '치명적 유산'으로 파악하는 일을 뜻한다. 그것은 '현재를 사는 인간의 육체에 새겨진 치명적 유산dangereux héritage'으로, 이를 오판하는 일은 '정신의 불안정, 게으름, 절도 없음' 등을 모두 '비정상abnormal'이라 규정하여, '역사를 초월하는 정상normal적인 육체'를 상상하는 일로 이어진다.[2] '민족국가'가 '역사를 초월하는 정상적인 육체'로 상상되는 한,[3] 본원적 축적 과정에서 생존을 위해 땅을 쫓겨 노동력으로 판매

1 식민지배가 이중의 본원적 축적 과정임을 오키나와를 사례로 하여 분석한 사례로는, 도미야마 이치로, 손지연 외역, 『폭력의 예감』, 그린비, 2009, 특히 서장 · 1장 · 3장을 참조.

2 Michel Foucault, "Nietzsche, la généalogie, l'hisoire"(1971), *Dits et écrits 1954~1988*, Tome II, Gallimard, 1994, p.136.

되거나 뿔뿔이 흩어진 난민의 육체와 생명은 '비정상'이자 '예외'이자 '비극'으로 해석된다. '민족국가'는 한반도라는 한정된 영역 속에 정주하는 이들로 구성되어야 하기 때문이며, 이때 노동상품이 되어 난민화된 이들은 민족국가 건설의 실패로 인해 생겨난 '예외'적이고 '비정상'한 존재로 위무慰撫되거나 때론 '비난'되기도 했기 때문이다.

하지만 과연 이들은 예외적이거나 비정상적인 존재인 것일까? 반복이 되지만 식민주의를 민족 간의 침략과 수탈로 환원하여 이해하는 한에서는 그렇다. 하지만 식민지 조선이 결코 온전한 민족국가가 아니었음은 누구나 알고 있다. 제국일본의 법률적 체계에는 엄밀한 의미에서 '조선인'이라는 '국적'이 존재하지 않았고, 그런 한에서 한반도의 거주민들은 모두 '일본인'이었다. 그러나 그와 동시에 '조선인'들은 온전한 '일본국민'도 아니었는데, 그 까닭은 제국헌법이 조선에 적용되지 않았을 뿐 아니라 한반도 통치는 식민지배의 처음부터 끝까지 총독의 '법령'에 의한 '예외적 조치'로 이뤄졌기 때문이다. 더불어 법률-통치의 측면만이 아니라 사회문화적 측면에서도 '조선인'이 결코 '일본인'이 아니었음은 수많은 논의들이 집요하게 파헤친 바 있음은 말할 필요도 없을 것이다.[4]

따라서 '조선인'은 식민지배 내내 하나의 '민족'으로 상상되었지만 '국민'으로 규정되지는 못한 애매모호한 지대에 자리한 인간집단이었다. 이런 인간집단을 근대적인 민족nation 범주하에서 사념하는 것은 식민지배하의 육체와

3 이 역사 서사 안에서는 고조선부터 한국 및 북조선까지가 연속된 '하나의 역사'로 상상될 수 있다. 이것은 가히 역사의 이름을 탈취한 초역사적 신화의 서사, 즉 가장 극한의 '반-역사'라고 할 수 있다.

4 식민지배에 대한 민족 중심적 해석에 내재한 문제점과 논점에 관해서는, 김철, 『식민지를 안고서』, 역락, 2009; 황호덕, 『벌레와 제국』, 새물결, 2011 참조. 김철과 황호덕은 식민지배하 한반도 인민의 육체와 일상이 민족과 국가로 환원될 수 없는 회색지대 속에서 분열되고 분할되었음을 설득력 있게 제시한다. 특히 황호덕의 연구는 식민지배하에서 인간의 육체가 처하게 되는 분열적 양상을 생명정치bio-politique 개념을 중심으로 추적하여 민족 / 국민 / 국가와 육체 사이에서 작동하는 폭력을 예리하게 포착했다.

일상을 오판하는 일로 이어지기 십상이다. 그 안에서는 식민지배의 폭력이 직접적이고 노골적으로 가닿는 육체와 일상이 아니라, 정치적으로 사념되어 이상적ideal이고 정상적으로 형상화된 민족이 지배와 피지배를 서술하는 궁극적 주어의 위치에 자리한다. 이랬을 때 육체의 이주와 노동력화를 강제당한 이들은 예외적이고 비정상적인abnormal 존재로 위무되거나 비난받는다. 안타까운 사연으로 전해지거나, 때론 조국을 등진 도망자로 말이다. 그러나 이상적이고 정상적으로 사념된 민족이 근대적 패러다임하에서는 반드시 국민citizen이어야만 하는 한에서,[5] 식민지배하 한반도의 인민들은 결코 이상적이거나 정상적인 민족이 아니었다. 아렌트가 말했듯이 근대의 민족국가nation state가 국민nation, citizen 이외의 존재들이 살 땅을 지구상에서 말살했다면, 한반도의 인민들은 근대 민족국가라는 '정상적' 패러다임에서 제외된 '난민refugee'에 다름 아니었기 때문이다.

그런 의미에서 식민지배하 한반도의 인민들은 정주의 땅에 있음에도 국민이 아닌 '정주하는 난민'이었다고 할 수 있다. 열도와 만주로 내몰린 이들은 이 '정주하는 난민'의 극한의 형상이었고 말이다. 따라서 한반도의 식민지배는 정주하는 민족 / 국민으로는 온전히 파악될 수 없으며, 1945년의 역사적 단절 이후에도 끈질기게 지속된 식민지배를 직시하고 비판하기 위해서는 '정주하는 난민'이란 관점이 요청된다. 이런 관점 아래 이 글에서는 「만세전」을 이 '정주하는 난민'이란 식민지배하 한반도의 인민을 적출한 텍스트로 독해하고자 한다. 이때 작업가설은 「만세전」이 식민지배가 한창 뿌리내리던 시기에 민족 중심의 사고 패러다임을 상대화하고 탈구축deconstruction한 방법적 시각을 담은 텍스트라는 것이며, 이 방법적 시각은 민족국가와 자본주의의 본원적 축적이야말로 식민지배의 근원임을 적출해냈다는 것이다. 즉 「만세전」은 식민지배가 민족 사이의 지배 / 피지배 관계라기보다는, 민족국가

5 한나 아렌트, 이진우 외역, 『전체주의의 기원』, 한길사, 2006, 9장 참조.

와 자본주의가 인간의 육체 및 일상을 벗어날 길 없는 구조적 폭력하에 내던지는 체제임을 간파한 텍스트였다는 것이 이하에서의 작업가설인 셈이다.

그래서 「만세전」은 식민지배의 근원을 묻는 '초월론적 방법'을 내장한 텍스트라 할 수 있다. 라쿠-라바르트Philpipe Lacoue-Labarthe는 하이데거의 루소 독해에 내재한 '치명적 유산'을 논하는 가운데, 유럽 근대철학에서는 "어떤 존재자의 근원은 존재자의 부정" 즉 "초월론적 부정성"으로 사고되어 왔음을 지적하면서, 칸트라면 "순수한 부정적 형식"으로 불렀을 것이라 주장했다.[6] 이는 어떤 존재자든 그 근원이 '무無'라는 허무맹랑한 주장이 아니라, 어떤 존재자이든 그 존립이 가능케 된 근원Ursprung은 일종의 '방법론적 조작'(순수부정)을 통해야만 도달할 수 있다는 것을 뜻한다. 즉 국가라는 존재자의 '근원'을 민족이라는 직접적 신화소로 환원하여 자연화하는 것은 근원 물음의 수행이 아닌 것이다.

따라서 위에서 말한 노동력화나 난민화로서의 식민지배의 근원을 개개인의 '육체나 생명'이라는 식으로 직접 상정하는 것은 마찬가지로 근원 물음이 아니다. 이 육체나 생명을 식민지배의 근원, 즉 식민지배가 그로부터 가능해지는 초월론적 근거로 상정할 수 있기 위해서는 하나의 '방법'이 필요하다. 그 근원 물음의 대상이 되는 존재자(여기서는 식민지배)에 부착된 자연화된 무매개적 신화소들을 제거하는 절차가 필요한 것이다. 이미 말했듯이 아래에서는 「만세전」을 이 방법론이 제시된 최초의 텍스트 중 하나로 재독해하고자 한다. 「만세전」에서 등장하는 다양한 '장소'와 그곳에 대한 '관찰'은 식민지배의 중첩된 본원적 축적을 문제화하는 방법적 시각을 담아내고 있다는 것이 아래에서의 주된 논제이며, 이렇게 추출된 「만세전」의 방법은 민족국가와 자본주의의 본원적 축적이 식민지배의 요체임을 논증하고자 한다.

---

6 Philpipe Lacoue-Labarthe, *Poetik der Geschichte*, Diaphanes Verlag, 2004, pp.31~33 참조.

2. 식민지배의 중첩된 본원적 축적 – 노동력화와 난민화

마르크스는 아담 스미스의 "선행적 축적previous accumulation"이 자본주의적 생산관계의 기원을 다음과 같이 설명했다고 비판한다. "아주 옛날에 한쪽에 근면하고 똑똑하고 검소한 훌륭한 사람이 살았고, 다른 쪽에 게으르고 모든 소유물뿐 아니라 그 이상을 다 써버린 형편없는 자들이 있었다"고 말이다.[7] 이런 "유치한 속임수"에 대해 마르크스는 자본의 본원적 축적의 비밀이 "노동자를 자신의 노동조건의 소유로부터 분리하는 과정"[8]이라고 설명한다. 따라서 자본주의적 생산관계의 근원적인 조건은 생산수단 및 생산물의 유통 / 소비와 노동생산자가 "자연적인 유대"을 상실하는 일, 즉 스스로의 욕구나 필요에 따라 생산물을 만들고 팔고 사는 것이 아니라, 생산물의 용도나 양이 생산자가 도저히 알 수 없는 체계로 종속되는 일에 다름 아니다. 이 과정을 마르크스는 자본의 본원적 축적ursprugliche Akkumulation이라 명명했던 것이다.

여기서 중요한 것은 이런 자연적 유대와의 단절이 '실제로' 얼마나 지배적이냐의 문제가 아니다. 오히려 중요한 것은 이렇게 자본의 축적을 '사유해야만' 자본주의의 메커니즘이 설명될 수 있다는 점이다. 그런 의미에서 한반도에서의 자본주의적 생산관계는 실제로 자본주의 생산관계가 자리하는 시점으로 출발을 상정할 수도 있겠지만, 이미 15세기 유럽에서 전 지구를 자본주의적 생산관계하에서 '사유하고 지배하려 했던' 시점으로부터 출발한다고 간주할 수 있다. 뒤집어서 말하자면 원거리 무역을 통해 차액을 남기는 전 지구적 무역이 탄생하면서 재화 고유의 사용가치가 아니라 지역 및 시간 차이로 가늠되는 교환가치가 생산–유통–소비를 지배하게 됐을 때, 이미 전 세계의

7 Karl Marx, *Das Kapital*(大內兵衛監 譯,『資本論』第1巻・第2分冊, 大月書店, 1969, 932면에서 재인용. 번역은 필자)
8 위의 책, 934면.

땅과 바다는 자본주의의 본원적 축적에 포섭된 것으로 '사유해야' 한다는 것이다.

이렇게 봤을 때 자본주의적 생산관계를 아담 스미스처럼 개개인의 능력 차이로 돌리는 '자연주의'는 '비판'되어야 한다. 즉 방법을 통해 하나의 신화소로 일소되어야 하는 것이다. 이것이 바로 마르크스가 『자본』의 방법적 원칙으로 삼은 '추상에서 구체로'가 의미하는 바이다. 즉 자본주의란 어디까지나 추상적인 사고를 통해 자연주의를 비판함으로써 구체화되는 경제적 체계인 것이다. 이때 개인의 육체는 전자본주의적 생산관계가 가정하고 있던 자연적 속박으로부터 자유로운 하나의 노동력으로 사념된다. 도시의 노동시장에 등장하는(한다고 사념되는) 노동자의 육체에는 그 어떤 자연적이고 관습적이고 전통적인 표지sign도 각인되어 있지 않다. 그는 그저 상품화되어 교환가치를 실현함으로써 생명을 유지하는 균질적이고 추상적인 육체로 간주될 뿐인 것이다.

이를 한반도에 대한 제국일본의 식민지배에 대입하면 어떨까? 아마도 아담 스미스의 '선행적 축적'에 해당하는 것이 일본의 '조선학'에서 설파한 '게으르고 당파 싸움에만 골몰했던 조선민족'이라는 학설일 것이다. 조선민족의 그런 '열등한' 속성이 '우등한' 일본민족에게 지배당한 것은 당연하고도 자연스러운 일이라는 주장임을 알 수 있다. 그러나 그런 식의 자연주의(이것 또한 유사과학적 인종주의나 실증적 역사학에 바탕을 둔 조작적 담론이다)는 궁극에서는 검증 불가능한 언설이다(마치 누가 게으르고 부지런한지를 검증할 수 없는 것처럼). 이런 식민지배의 선행적 축적의 속임수를 비판하기 위해서 '추상에서 구체로'라는 방법이 필요한 까닭이다.

그렇다면 식민지배의 본원적 축적에 해당하는 것은 무엇일까? 그것은 민족국가의 본원적 축적 과정을 추출하는 '방법'을 경유함으로써 밝혀낼 수 있다. 민족국가의 본원적 축적을 밝히기 위해서는 국가 형성 과정에서의 자연적 신화소를 털어내야만 한다. 그것은 궁극적으로는 '주권'의 형성 과정에 대한 초월론적 물음의 수행을 의미한다. 홉스는 이 주권 형성의 본원적 축적을 이론화한 최초의 인물 중 하나인데, 그는 주권이란 신이나 자연에 정당성 근거를 두지 않고 '개개인의 생명'에 근거를 둔다고 설파했다. 저 유명한 만인에 대한 만인의 투쟁 과정에서 개개인은 살해의 위협을 느낀다. 이 살해의 위협을 벗어나기 위해 개개인은 무소불위의 주권자에게 자신의 자연권, 즉 생명방어권을 양도한다. 이를 통해 주권은 관할 영역 내의 모든 '내전'을 종식시키고 개개인의 생명과 안전을 지킨다. 이것이 홉스가 말한 주권의 본원적 축적 과정이다.[9]

여기서 중요한 것은 '실제로' 자연상태(만인에 대한 만인의 투쟁)가 있었느냐 여부가 아니다. 중요한 것은 그렇게 '사유'해야만 주권의 근거 물음을 할 수 있다는 점이고, 그랬을 때 주권의 해체까지를 사고의 사정거리 안에 둘 수 있다는 점이다. 주권의 한계란 그런 의미에서 개개인의 생명과 안전이 지켜지지 못하는 상황이다. 주권의 한계영역이 예외상태(전쟁상태)[10]라는 칼 슈미트의 말은 이런 맥락에서 이해되어야 한다. 따라서 근대의 '주권국가 = 국민국가'의 초월론적 근거는 위와 같은 방법을 통해 '사유'해야만 도출될 수 있다. 그 사유 안에서 개개인의 육체와 생명은 분할되는 것으로 상정된다. 개개인이 주권의 신민(국민)이 되기 위해서는 우선 스스로의 육체와 생명을 벌거벗은 것으로(자연상태에 내던져진 것으로) 상상함과 동시에, 그 상태를 극복한 국민이 되는 것으로 사념imagine해야 하기 때문이다. 이때 개개인은 배제됨과 동시에 포함되는 위상학적 상황에 놓이게 된다. 스스로를 벌거벗은 육체와 생명으로 상상하여 배제함으로써, 자연상태를 극복한 국가 안에 삶을 부여 받은 국민citizen으로 포함될 수 있기에 그렇다. 이것이 주권-민족국가의 본원적 축적인 셈이다.

---

9 이에 관해서는 김항, 「정치 없는 국가, 국가 없는 역사」, 『말하는 입과 먹는 입』, 새물결, 2009 참조.

10 칼 슈미트, 김항 역, 『정치신학』, 그린비, 2010, 제1장 참조.

그렇다면 식민지배의 본원적 축적은 어떤가? 한반도에서의 식민지배 과정에서 주민들이 온전한 '국민'으로 국가의 법률체계에 등기되는 일은 없었다. 식민지배 후반기, 징병제를 통한 국민 되기의 처절한 길이 마련되었지만 그것이 온전한 국민으로 등기됨을 뜻하지는 않았다. 그러나 식민지배의 대상이 된 인민들은 제국일본의 주권적 지배와 신민적 복종이라는 체계 안으로 포섭되었다. 이는 결국 벌거벗은 생명과 육체로 스스로를 사념함과 동시에, 국민으로서 국가의 체계 안으로 등기되지 못하는 위상학적 구조 속에 한반도의 주민들이 내던져졌음을 의미한다. 따라서 식민지배의 본원적 축적이란 벌거벗은 생명과 육체를 배제하지만(제국은 한반도의 주민도 보호한다), 국민으로서 국가에 포섭하지는 않는 '예외적 지대'로 인민들을 추방하는 일에 다름 아니었다. 이것이야말로 한반도에서의 식민지배를 지탱한 근원인 '정주하는 난민화'라고 할 수 있다.

아감벤은 '국민' 아니라 이 '난민'이야말로 근대 정치의 패러다임이 되어야 한다고 주장한다. 즉 프랑스혁명 이래 근대의 정치 패러다임은 인간을 모두 국민화하는 것이었는데, 이 과정이란 보편적 인권의 확립과정이 아니라 벌거벗은 생명으로서의 인간, 즉 아무런 법률적 정체성도 가지지 못한 인간이 '국가화'된 지구상의 모든 '영토territory = 육지terra'에서 추방되는 과정이었다는 것이다. 프랑스 인권 선언이 이미 명시한 바 있고, 모든 국가의 헌법에 기입되어 있듯이, 모든 인간은 '태어나면서 국민nation = native = citizen'인 것이 근대 정치의 전제인데, 이는 주권-민족국가의 본원적 축적을 밝히기 위해 떨쳐내야 할 신화소에 지나지 않는다. 왜냐하면 태어나면서 국민인 것은 자연적인 일이라기보다는 '국가 안에서 태어나야 한다'는 인위적 전제 위에서 가능한 사태이기 때문이다. 이랬을 때 저 벌거벗은 육체와 생명이 배제된 흔적은 깡그리 말소되고 만다. 즉 태어나면서부터 국민native-nation-citizen이라는 이 자연화는 주권-민족국가의 본원적 축적을 은폐하는 신화에 지나지 않는 것이다. 그래서 국민의 존립기반이란 저 배제된 벌거벗은 육체와 생명을 땅으로부터 추방하는 난민화였으며, 주권의 성립과정에서 배제와 포섭 사이에 놓인 '난민 = 예외적 형상'이야말로 주권을 존립게 하는 궁극의 초월론적 근거라고 아감벤은 주장하는 셈이다.[11]

그래서 한반도 식민지배의 본원적 축적은 결국 주권 = 국민국가의 본원적 축적의 비밀을 고스란히 드러내준다. 그러나 식민지배를 그렇게 근대 정치의 패러다임이 극명하게 드러나는 특권적 사례로 소환하는 것으로는 충분하지 않다. 식민지배의 중첩된 본원적 축적을 추적하기 위해서는 저 난민들이 국가 아닌 다른 체계 위에 등기되는 과정에 주목해야 한다. 한반도의 난민들은 정주의 땅을 벌거벗은 채로 쫓겨났지만, 생존을 위해서는 그런 자연적 유대가 아니라 또 다른 관계의 망 속에 스스로의 육체를 기입해야 한다. 자본주의라는 관계의 망으로 말이다. 그것은 대부분이 농민이었던 한반도의 주민들로부터 생산-소비의 자연적 유대를 박탈하는 것과 궤를 같이 한다. 즉 한반도의 주민들은 땅으로부터 분리되어 하나의 균질적 노동력으로 사념되어야 하는 것이다. 제국일본 최초의 식민지 홋카이도를 배경으로 한 『게 가공선』은 이런 본원적 축적 과정을 다음과 같이 묘사한 바 있다.

> 내지에서는 노동자가 '시건방져서' 억지가 통하지 않게 되고 시장도 거의 다 개척되어서 막막해지자 자본가들은 '홋까이도오, 사할린으로!' 하며 갈퀴손을 뻗쳤다. 거기서 그들은 조선이나 타이완 같은 식민지에서와 똑같이 그야말로 지독하게 '혹사'할 수 있었다. 하지만 그 누구도 뭐라고 말하지 못한다는 사실을, 자본가들은 너무나 잘 알고 있었다. '국토개척' '철도 부설' 등의 토목 노동자 숙소에서는 이 잡는 것보다 더 간단히 인부들이 맞아 죽었다. (…중략…)
>
> 광산에서도 마찬가지였다. (…중략…) 어떤 일이 벌어지든, 그를 대신할 노동자를 언제든지, 얼마든지 충당할 수 있는 자본가에게 그런 일은 아무래도 좋았다.

11 조르조 아감벤, 양창렬 · 김상운 역, 『목적없는 수단』, 난장, 2009, 30~31면.

겨울이 오면 '역시' 노동자들은 그 광산으로 흘러들어왔다. (…중략…)

그리고 '이주 농민' — 홋까이도오에는 '이주 농민'이 있다. '홋까이도오 개척' '인구・식량 문제 해결, 이주 장려', 일본 소년들에게 어울릴 '이주 벼락부자' 등 듣기 좋은 소리만 늘어놓은 활동사진을 이용하여 논밭을 다 빼기게 생긴 내지의 빈농들을 선동해 이주를 장려하지만, 이주해온 자들은 이내 한뼘만 파내려가면 찰흙 밖에 안나오는 땅에 내평개쳐진다. 비옥한 땅엔 이미 팻말이 서 있다. 감자마저 눈 속에 파묻혀 있어, 일가족이 이듬해 봄에 굶어죽는 일이 있었다. (…중략…)

드문 일이기는 하지만 용케 굶어 죽지 않고 살아남았다 하더라도, 그 황무지를 십년 넘게 경작해서 겨우 이제 보통 밭이 되었다고 생각할 무렵이면, 실로 빈틈없이 그것은 '외지인' 것이 되도록 되어 있었다. (…중략…) 농민들은 이쪽에서도 저쪽에서도 자기것을 물어뜯겼다. 그리고 결국에는, 그들이 내지에서 그리 당했던 것처럼 '소작인'으로 전락하고 말았다. 그때야 비로소 농민들은 깨달았다. —'망했다!'[12]

다소 긴 인용을 한 까닭은 제국일본의 식민지배가 '국토개척'이나 '철도 부설'이나 '인구・식량 문제 해결' 등 '국가의 사업'으로 이주를 장려했음을, 또한 이렇게 이주하여 노동자나 농민이 된 이들이 자신들의 몫이나 땅을 할당받는 일이 없었음을 새삼 확인하기 위해서이다. 제국일본이라는 민족국가와 글로벌한 자본주의 체제는 이렇듯 홋카이도, 조선, 타이완이란 '피식민지' 인민의 추방과 이주와 착취를 토대로 본원적 축적을 이뤄냈다. 고바야시 다키지가 『게 가공선』의 마지막에 "이 작품은 '식민지에서의 자본주의 침략사'의 한 페이지"[13]라고 자기 규정한 까닭이 여기에 있는데, 일본공산당 주도의 혁명 운동이 '식민지'라는 매개를 통해 자본주의를 비판을 했음에 주목해야 한다. 고바야시의 눈은 홋카이도라는 식민지에서의 가혹한 노동조건을 고발하

12 코바야시 타끼지小林多喜二, 서은혜 역, 『게 가공선』, 창비, 2012, 62~66면.
13 위의 책, 131면.

기 위해 반짝이기도 했지만, 제국일본이 민족국가와 자본주의 체제의 긴밀한 결합 속에서 존립하고 있음과 동시에, 그 존립의 기반을, 즉 근원을 식민지배하의 '이주 = 난민화'와 '노동력화'에 두고 있음을 직시하는 방법적 시각을 담아내고 있기 때문이다.

그런 의미에서 한반도의 인민들을 난민과 노동자로 사념한다는 것은 민족국가라는 통치권력과 자본주의라는 추상적 체계에 인민들이 포섭되는 식민지배의 본원적 축적이 문제화하는 일이라 할 수 있다. 한반도의 주민들은 주권-민족국가를 난민으로 경험함과 동시에, 자신의 육체가 물리적 이동을 통해 자본주의적 생산관계로 접속되는 경험을 겪어야만 했던 것이다. 그런 의미에서 벌거벗은 채로 국민으로 등기되는 일 없이 자본주의적 생산관계로 내몰리는 일이야말로 식민지배의 중첩된 본원적 축적이었던 것이다. 이 본원적 축적에 대한 시선 없이 1945년의 단절에도 아랑곳 않고 지속되는 식민지배를 벗어날 길은 열리지 않는다. 이제 이 길로 이르는 '방법'을 제시한 최초의 텍스트 중 하나로 「만세전」을 독해해보기로 한다.

3. 이인화의 시선—선산이냐 공동묘지냐를 넘어서

주지하다시피 「만세전」은 이동의 서사다. 이인화는 도쿄에서 경성으로 이동하는 가운데 열도와 반도의 인간군상과 사회상을 묘사한다. 물론 묘사의 주된 대상은 반도이다. 그리고 소설 초반부에 등장하는 도쿄와 고베 묘사는 중후반 이후의 조선 묘사와 비교했을 때 매우 '사소설'적이다. 즉 개인의 내면으로 외부를 환원하여 감상을 고백하는 형식인 것이다. 이에 반해 조선의 인간군상과 사회상에 대한 묘사는 매우 냉소적인 시선을 유지하면서 관찰적 묘사에 치중한다. 이런 묘사상의 온도차[14]는 이 소설이 제국과 식민지의 차이를 내면화하고 있으며, 심지어는 위계화하고 있다는 평가를 내리게 했다. 그것은 이인화로 대변되는 피식민자의 타자 경험 / 의식이나,[15] 염상섭의 식민지 인식에 내재한 내면화된 식민주의와 계급적 한계 등을 지적하는 것으로 귀결된다.[16]

내지와 조선으로의 이동에서 읽어낼 수 있는 '이인화 = 염상섭'의 경험 / 인식틀에 주목한 일련의 기존 연구 경향을 거칠게 요약해보면, 「만세전」은 3·1운동 전야 조선의 사회상황을 근대성 및 식민화와 연관하여 핍진하게 묘사한 수작이지만, 식민지 조선을 바라보는 관점에는 식민자의 시선과 계급적 한계가 내재되어 있다는 것으로 정리될 수 있다. 이런 기존 연구의 성과를 일일이 가늠하고 평가하는 일은 이 글이 감당할 수 없는 과제이며 주된 관심 대상도 아니다. 다만 아래에서의 논점을 명확히 하기 위해 최근 발표된 한 연구성과에 주목해보기로 한다. 이 연구가 최근 수년간 염상섭의 시선에 내재되어 있는 '식민자의 입장'을 문제화함으로써 염상섭 문학에 대한 기존 평가의 재검토를 촉구하는 흐름을 대표하는 성과로 자리매김될 수 있기 때문인데, 그런 한에서 이 연구를 검토하는 것은 염상섭연구의 기존 성과들의 한계를 포착할 수 있게 해주며, 최근 연구의 쟁점 속에서 이 글의 주된 논제인 식민지배의 중첩된 본원적 축적이 염상섭연구에서 어떤 위상을 차지하는지를 가늠하게끔 해줄 수 있다.

최근의 한 논의는 「만세전」에 나타난 공동묘지에 대한 인식을 바탕으로

14 이를 「묘지」에서 「만세전」으로의 개작과 연관시켜 텍스트 이본 사이에서 드러나는 검열의 시선을 포착한 연구로는, 박현수, 「「묘지」에서 「만세전」으로의 개작과 그 의미」, 『상허학보』, 19, 2007 참조.

15 나병철, 『근대서사와 탈식민주의』, 문예출판사, 2001; 박정애, 「근대적 주체의 시선에 포착된 타자들 — 염상섭 「만세전」의 경우」, 『여성문학연구』 제6권, 2001; 홍순애, 「근대소설에 나타난 타자성 경험의 이중적 양상 — 염상섭 「만세전」을 중심으로」, 『정신문화연구』 30-1, 2007.

16 서재길, 「「만세전」의 탈식민주의적 읽기를 위한 시론」, 『한국 근대문학과 일본』, 소명출판, 2003; 한만수, 「「만세전과 공동묘지령, 선산과 북망산 — 염상섭의 「만세전」에 대한 신역사주의적 해석」, 『한국문학연구』 제39집, 2010.

염상섭의 시선에 내재한 계급적 한계를 설득력 있게 추출해냈다.[17] 이 연구에서는 「만세전」이 "1918년의 조선사회를 읽는 하나의 독법을 제공"할 뿐만 아니라 "다른 많은 독법들을 거의 배제할 정도로 압도적 지위를 차지하고 있다"(102)고 「만세전」을 평가한다. 그렇기에 「만세전」에서 드러난 염상섭의 계급적 한계는 고스란히 1918년의 조선사회 독법의 한계를 지시하는 것이기도 하다. 그 한계란 바로 "이인화라는, 염상섭의 분신 같은, 유산층 지식인 인물"(112)의 한계이다.

이 글에서는 그 논거로 총독부 주도의 공동묘지화를 바라보는 염상섭의 관점을 비판적으로 분석한다. 당대의 사회상에 비춰봤을 때 총독부 주도의 공동묘지령이란 유산계급보다는 무산계급에게 타격이 큰 것이었는데, 무산계급에게 공동묘지화란 조선 유산계급 중심의 전통적 매장문화의 상실이라기보다는 "죽어도 묻힐 곳이 없을까봐"(108)였다. 그럼에도 염상섭은 이인화와 갓장수 사이의 대화에서 드러나듯 이런 계급적 구별 짓기와 그에 따른 공동묘지에 대한 체감온도의 차이를 지각하지 못하고, 묘지에 관한 논란을 매개로 하여 "문명과 야만"(114)을 공동묘지와 조선 전례의 매장풍습에 각각 중첩시켜 위계화하는 식민자적 시선을 은연중에 드러냈으며, 그 결과 "조선적인 것은 그저 타매의 대상"으로 인식하여 "조선의 모든 것을 근대미달로 보아 척결의 대상으로 삼았던 오리엔탈리즘을 총독부와 공유하는 셈"(125)이라고 날카롭게 비판한다. 그렇기에 "「만세전」을 민족적 저항이나 리얼리즘의 성취라는 측면에서만 해석하기는 어렵게"(124)되며, "식민지적 자본주의화 속에서 가장 큰 고통을 받아야 했던 무산층을 문학적으로 다시 한 번 소외시킨 셈이라는 비판에서 자유롭지 못하다"(132)고 결론 내린다.

이러한 논의는 「만세전」을 구성하는 작가의 시점에 '식민지적 자본주의화'에 따른 폭력과 고통이 주제화되지 못했음을 비판하는 매우 중요한 논점

---

17 한만수, 위의 글. 이 절에서 이 글로부터의 인용은 괄호 안에 면수만을 본문 안에 명기한다.

을 제시하고 있다. 이 비판을 통해 「만세전」의 한계는 내지와 조선 사이를 위계화된 문명관으로 바라보는 식민지배의 세계관이며, 이와 연관하에서 식민지적 자본주의화를 문제화하지 못한 유산계급의 시선으로 정식화된다. 그러나 이 비판과 다른 독해를 가능케 하는 지점이 「만세전」에는 존재한다. 그것은 다음과 같은 이인화와 그의 형 사이의 대화에서 드러난다.

> "나두 며칠 있다가 형편되는대로 곧 올라가겠지만, 아버님게 산소사건은 아직도 4, 5일이 있어야 낙착이 날듯하다고 여쭈어라. 역시 공동묘지의 규정대로 하는 수밖에 없을 모양이야."
>
> 나의 귀에는 좀 이상하게 들렸다. 내 처가 죽을 것은 기정의 사실이라 치더라도 죽기도 전에 들어갈 구멍부터 염려들을 하고 앉았는 것은 아들을 낳지 못해서 성화가 난 것보다도 구석 없는 짓이요 일없는 사람의 헷 공사라고 생각 안을 수 없다.
>
> "죽으면 묻을 데가 없을까 보아서 그러세요. 공동묘지는 고사하고 화장을 하건 수장을 하건 상관없는 일이 아닌가요. 아버님께서는 공연히 그런 걱정을 하시지만, 이 바쁜 세상에 그런 걱정까지 하는 것은 생각해 볼 일이지요."[18]

위에서 일별한 연구에서는 이 대화에서 마지막 이인화의 발언 전반부를 인용하면서 "화장 이후 유골을 공동묘지에 매장하는 일본식 장례법이야말로 가장 바람직하다는 주장"(106)이라고 해석한다. 물론 그렇게 읽힐 수 있는 소지는 충분하다. 하지만 이 대화가 그런 독해만을 허용하는 것은 아니다. 물론 염상섭이 일본식의 공동묘지가 더 바람직하다고 생각했을 수는 있다. 「만세전」의 이인화도 조선 전례의 매장문화(유산계급의)를 부정적인 시선으로 바라보고 있음은 명백한 사실이다. 그러나 그가 "구석 없는 짓"이자 "헷 공사"라고

18 염상섭, 「만세전」, 『염상섭 전집』 1, 민음사, 1987, 69면. 이하에서 이 책으로부터는 한글표기를 모두 현대식으로 바꾸어 인용하기로 한다.

생각한 것은 전통적인 매장문화만이 아니라 "죽기도 전에 들어갈 구멍부터 염려들을 하고 앉았는 것"이다. 그래서 그는 "공동묘지는 고사하고 화장을 하건 수장을 하건"이라고 말한다. 즉 죽기도 전에 어디에 어떻게 묻을까를 고민하는 '매장문화' 일반에 대한 회의가 여기에는 깃들여져 있는 것이다.

어떤 이에게 빨간색 옷과 파란색 옷을 고르라고 제시했을 때, 그 사람이 빨간색 옷을 고른다고 빨간색이 '가장 바람직하다고 주장'하는 것은 아니다. 특히 빨간색 옷이든 파란색 옷이든 옷에 색깔이 왜 중요하냐고 회의하는 사람에게는 말이다. 이인화의 경우가 그렇다. 그에게는 선산이든 공동묘지든 '매장문화' 자체가 "구석 없고" "헷 공사"였기 때문이다. 위의 연구에서 염상섭이 일본식 공동묘지를 가장 바람직한 것으로 생각하면서 조선의 실상을 파악하지 못했다는 논거로 삼는 아내 매장 장면에 대한 분석도 그런 의미에서 재고를 요한다. 이 연구에서는 매장 장면에 대한 묘사가 묘지 제도를 둘러싼 긴 논쟁의 결과가 집약되는 부분임에도 두 문장으로만 설명되고 있음을 비판하면서 "근대주의자 염상섭의 세계관이 작품의 내재적 논리를 압도했기 때문"이라고 결론 내린다. 그러나 그 짧은 두 문장, 즉 "시체를 청주로 끌고 내려간다는 데는 절대로 반대를 하였다. 5일장이니 어쩌니 하는 것을 삼 일 만에 공동묘지에 파묻게 하였다"는 거꾸로 염상섭이 시체를 어떻게 묻든 별로 관심이 없음을 반증하는 사례일 따름이다. 다시 말하지만 염상섭은 어느 묘지가 더 바람직하다는 것이 아니라, '매장문화' 자체에 회의를 던지고 있는 것이다.

그래서 염상섭은 묘지를 "삶과 죽음이 공존하는 공간"이라거나 인간의 "세계관과 가치관의 단적인 표현을 발견"(129)할 수 있는 장소로 생각하지 않았다. 염상섭에게 묘지는 당대 조선의 사회상을 드러내주는 특권적 장소이기는 했지만, 그것은 그가 식민자의 시선으로 조선의 "세계관과 가치관"을 드러내는 묘지를 전근대적인 것으로 힐난함으로써 조선의 근대화를 추동하기 위한 장소로 삼았음을 의미하지 않는다. 또한 염상섭이 당대 무산계급이 공동묘지령을 어떻게 받아들였는지에 무지했다 하더라도, 공동묘지를 무턱대고 "가장 바람직한" 것으로 생각하지는 않았다. 그렇기에 「만세전」에서의 염상섭의 식민지적 자본주의화에 대한 사유는 유산계급의 한계와 더불어 또 다른 함의를 갖는다. 왜냐하면 거듭 강조하지만 그는 '매장문화' 자체를 의미 없는 것으로 회의하는 시선을 던지기 때문이다. 그것은 매장문화에 덧붙여진 자연화된 의미를 거부하는 일이었다. 즉 선산과 공동묘지의 대립에서 어느 한쪽을 선택하는 것이 아니라 보다 상위의 범주를 회의하는 방법적 시각을 작동시키는 일이었던 것이다. 이 회의의 시선이야말로 「만세전」에 기입된 염상섭의 방법적 시각이라 할 수 있다. 그리고 이 시선은 식민지배의 중첩된 본원적 축적을 가시화해준다. 이제 「만세전」 독해로 옮겨가보자.

4. 방법으로서의 장소－중첩된 본원적 축적의 가시화

「만세전」에서 아버지를 비롯한 김의관이나 큰형님이나 이병화는 모두 이인화에게는 조소와 냉소의 대상이다. 아버지와 김의관은 총독부에 연줄을 대어 조선의 전통질서에서나 의미 있을 법한 '감투'에 혈안이 돼 있는 자이고, 큰형님이나 이병화는 자본주의와 근대국가 질서 하에서 성공을 거뒀지만 떳떳하지 못한 여성관계를 전통 시대의 법도나 의식에 기대어 정당화하는 자들이었기 때문이다. 즉 이들의 '존재'와 '의식' 사이에는 커다란 괴리가 있었던 것이다. 총독부라는 근대국가의 감투를 전통사회의 맥락 속에서 도착적으로 의미화하거나, 자본과 국가의 메커니즘을 누구보다도 잘 체화한 이들이 여성관계에서는 전통적 관습에 기대는 일은 이인화가 보기에 매우 우스운 일이었던 셈이다.

하지만 이인화가 이들에게 조소와 냉소의 시선을 보내는 것은 '존재'와 '의식'이 괴리된 그들의 자가당착적 삶의 모습 때문이 아니다. 조소와 냉소로 보이는 이 시선은 일관된 삶의 모습을 바람직한 것으로 생각하는 가치판단에 기인한 것이 아닌 것이다. 오히려 이 시선은 일종의 부정적 장소에 도달하려는 염상섭의 방법적 의식에 기인한 것이라 할 수 있다. 적지 않은 선행연구가 염상섭의 소설을 '자연주의'로 규정한 까닭이 여기에 있다. 당대 조선을 바라보는 그의 시선이 매우 가치 규범을 전제하지 않고 매우 '사실적이고 자연적'으로 비춰졌기 때문이다. 그러나 그의 시선은 단순한 자연주의나 사실주의에 그치는 것이 아니다. 중요한 점은 그런 시선이 자리하는 장소를 염상섭이 확보하고 있다는 사실이다. 즉 자연적이거나 사실적인 묘사를 화자의 시점으로부터의 원근법적 조망으로 이루는 것이 아니라, 그 묘사를 가능케 해주는 구체적인 장소가 이 소설에는 등장한다.

이는 염상섭이 외부세계를 '묘사 주체 = 작가'로 환원하는 '사소설' 형식보다는, 주인공이 외부세계에 대한 조소나 냉소를 위해 구체적인 장소를 필요로 한다는 '방법의 개입'을 선택했음을 말해준다. 즉 「만세전」은 작가와 외부세계의 무매개적 만남이 아니라, 구체적 장소라는 방법의 개입을 통해 외부세계를 전유한 작품인 것이다. 그렇다면 어떤 장소에서 외부세계는 어떻게 묘사되는가? 바로 '경계의 장소'에서 식민지배의 본원적 축적으로 「만세전」의 외부세계는 묘사된다.

「만세전」에 등장하는 장소들은 모두 경계의 장소이다. 우선 시모노세키에서 부산으로 가는 '연락선'이 있다. 다음으로 '부산'이 등장한다. 다음으로 '기차'이다. 또 '묘지'가 있다. 이 모든 장소들은 염상섭이 조선의 상황을 조소하고 냉소하기 위해(동시에 분노하고 위무하기 위해) 마련한 장소이지만, 이 장소는 내지와 조선 사이의 위계적 질서와 그에 따른 조선인의 처지를 극명화하는 장치에 그치는 것이 아니다. 이 장소는 조선과 내지의 구분과 위계화를 전제하여, 그 상황을 구체적인 장면으로 묘사하는 것이 아니라, 이 장소를 통해 비로소 조선과 내지가 구분되고, 그 구분이 함의하는 바가 드러나기 때문이다. 아래에서는 '연락선'과 '부산'에 국한하여 논의를 전개코자 하는데, 우선 '연락선'에서의 장면을 보자.

> 나는 실없이 화가 나서 선원을 붙들어 가지고 겨우 한구석에 끼었으나 어쩐지 좌우에 늘어 앉아 있는 일본 사람이 경멸하는 눈으로 괴이쩍게 바라보는 것 같았다. (…중략…) 도쿄서 시모노세키까지 올 동안은 일부러 일본 사람 행세를 하라는 것은 아니라도 또 애를 써서 조선 사람 행세를 할 필요도 없는 고로, 그럭저럭 마음을 놓고 지낼 수가 있지만, 연락선에 들어오기만 하면 웬 셈인지 공기가 험악해지는 것 같고 어떤 기분이 덜미를 집는 것 같은 것이 보통이다.[19]

내지에서 이인화는 분명히 조선인이다. 그러나 내지에서 이인화는 특별한 계기가 없는 이상 일상에서 조선인으로 식별되지 않는다. 그 특별한 계기는 경찰을 위시한 국가권력이 개입하여 식별을 강제했을 때뿐인데, 연락선에서 이인화는 그 특별한 계기와 마주치게 된다. 배에 올라타고 목욕을 마친 뒤에 형사에게 심문을 당한 것인데, 이 때문에 이름을 불려 선실을 나가게 됐을 때 자기가 조선인임이 사람들에게 알려진 것이다.

여기서 연락선이란 중요한 방법적 장소이다. 이는 일본인과 조선인의 구분이 결코 자연적인 것이 아니라 인위적 식별의 산물임을 보여주기 때문이다. 기존의 많은 연구들이 식민지와 내지의 구분을 전제하고 염상섭 = 이인화의 내면과 시선을 가늠해왔는데, 「만세전」에서는 식민지와 내지의 구분이란 결코 미리 전제되지 않는다. 이인화는 조선인이지만, 조선인으로 식별되는 한에서 조선인이기 때문이다. 보다 정확하게 말하자면 이인화가 조선인이라는 사실이 소설에서 중요한 의미를 부여받는 것은 연락선에 와서의 식

19 염상섭, 앞의 책, 47면. 이하 이 절에서 이 책을 인용할 때는 본문 안에 면수만을 표기하기로 한다.

별 계기를 거치면서인 것이다. 이는 소설 초반부 하숙집 여급이나 시즈코와의 대화에서도 알 수 있는 사실이다. 이인화는 도쿄에서 자신이 조선인이라는 사실을 별로 의식하지 않고 지낸다. 그러던 것이 연락선에 도착하여 스스로가 조선인임을, 그 사실이 내포하는 의미를 자각한다. 이는 조선인과 내지인을 가르는 경계가 자연적인 것이라기보다는 인위적 작업(심문)을 거쳐야 가능함을 의미한다.

그런 맥락에서 연락선의 목욕탕 장면은 의미화된다. 이 장면에서 한 내지인은 조선인을 속여서 끌어 모아 제국 내의 노동시장으로 팔아넘기는 것이 큰 이문을 남긴다며 떠벌린다. 이인화는 이 대화를 엿들으며 "가련한 조선 노동자들이 속아서 일본 각지의 공장으로 몸이 팔리어 가는 것"의 실상을 알게 되는데, "설마 그렇게까지 소작인의 생활이 참혹하리라고는 꿈에도 들어본 일이 없었다."(38) 이인화는 "조상의 덕택"으로 "실인생 실사회의 이면의 이면 진상의 진상과는 아무 관계도 연락도 없"(38)이 살았기 때문이다. 그리고 이 조선인 하층계급의 처지는 내지인과 조선인이 뒤섞여 있는 삼등실에서 일반화되면서 식민지적 인종구분을 자본화의 산물로 이해하게끔 한다.

> 이 삼등실에 모인 인종들은 어데서 잡아온 것들인지 내 남직할 것 없이 매사에 경쟁이다. (…중략…) 하여간 차림차림으로 보든지 하는 짓으로 보든지 말씨로 보든지 하층사회의 아귀당들이 채를 잡았고 간혹 하급 관리 부스러기가 끼어 있을 따름이다. (…중략…) 나는 그들을 볼제 누구에든지 극단으로 경원주의를 표하고 근접을 아니 하려고 하지만, 그것은 나 자신보다는 몇층 우월하다는 일본사람이라는 의식으로만이 아니다. 단순한 노동자라거나 무산자라고만 생각할 때에도 이틀 사흘 어울리기가 싫다.(48)

여기서 이인화의 민족의식과 계급의식의 한계를 읽어내기는 쉽다. 하지만 중요한 것은 조선인 / 내지인 및 유산계급 / 무산계급의 구분이 연락선의

"삼등실"에서 이인화의 의식에 중첩되면서 떠올랐다는 점이다. 즉 민족과 계급의 구분선은 이 경계의 장소인 연락선의 혼종성 속에서 드러난다. 그것은 조선인과 내지인의 구분이 "하층사회의 아귀당" 속에서 첨예하게 의식화됨을 의미하며, 조선과 내지를 '연락'하는 장소야말로 이 구분을 통해 외부세계를 사념하는 '방법적 장소'임을 나타내준다. 이 "하층사회의 아귀당"이야말로 식민지배의 속살을 보여주는, 즉 그 본원적 축적을 추적할 수 있게 해주는 범례였던 것이다. 그 본원적 축적이란 조선인 / 내지인이란 인위적 식별에 의해서만 인식될 수 있는 식민지배의 구분은, 아무것도 가지지 못한 벌거벗은 노동력, 즉 "하층계급의 아귀당"으로의 전락을 전제로 함을 뜻한다. 연락선은 식민지배와 자본화가 중첩되어 인간을 분할하고 위계화하는 식민지배의 의미를 파악할 수 있게 해주는 장소였던 것이다.

이 맥락에서 '부산'은 또 하나의 방법적 장소로 등장한다. 부산 거리를 거니는 이인화는 거리를 지배한 일본식 가옥을 보며 "조선의 팔자"를 생각한다. 여기서 그 팔자란 무엇인가? 그것은 "구차한 놈의 팔자"로 "양복쟁이가 문전 야료를 하고, 요리장사가 고소를 한다고 위협을 하고, 전등 값에 몰리고 신문 대금이 두 달 석 달 밀리고, 담배가 있어야 친구 방문을 하지 전차 삯이 있어야 출입을 하지 하며 눈살을 찌푸리는 동안에 집문서는 식산은행의 금고로 돌아 들어가서 새 임자를" 만나 오랫동안 정주했던 이들이 "또 백 가구 줄어들고 또 이백 가구"(54~55) 줄어드는 팔자이다. 이로 인해 조선인들은 정주의 땅을 쫓겨나 "저딴 세간 나부랭이를 꾸려가지고 북으로 북으로 기어나가는 (…중략…) 쓸쓸한 찬바람"이 도는 것이 바로 부산 땅이었던 것이다.

이 부산 땅에서 이인화는 '일본식 우동집'에 들러 술과 음식을 먹는다. 여기서 그는 내지인을 아버지로, 조선인을 어머니로 둔 여급을 만나는데 그녀는 내지인 아버지를 찾아 나서겠다고 말한다. 이 말을 들은 이인화가 그녀의 아버지가 별로 반가워하지 않을 것이라며 데려가겠다는 조선 사람을 따라가라고 만류하는데 그녀는 다음과 같이 대답한다. "글쎄요 하지만 조선 사람은 난 싫어요. 돈 아니라 금을 주어도 싫어요."(59) 결국 부산에서 조선인은 정주의 땅에서 쫓겨남과 동시에, 핏줄로부터도 버림받는 존재로 묘사된다. 이인화는 부산이라는 장소에서 땅과 피를 일실한 조선인들을 통해 "조선인의 팔자"를 파악한 것이다.

그런데 부산의 이러한 상황은 조선의 상황을 극단화하는 것이 아니다. 부산은 "조선의 항구로는 제일류"이고, "조선을 젊어진" 도시이며, "조선의 유일한 대표"이기 때문이며, "조선을 축사한 것, 조선을 상징한 것은 과연 부산"이므로, "조선의 팔자가 곧 부산의 팔자"이기 때문이다. 즉 부산은 조선의 범례인 것이다. 즉 정주의 땅에서 벗어나 온갖 자연적 유대를 파괴당한 부산의 처지를 범례로 삼아야 조선의 처지가 처한 근본적 상황을 인식할 수 있다는 것이 염상섭의 시선이었던 셈이다. 외부와 만나는 첫 관문이자 경계의 도시인 부산에서 조선인의 '난민화'는 극명하게 의식에 떠오른다. 정주의 땅에서 추방당함과 동시에 "압록강을 건너가 앉아서 먼 길의 노독을 백알 한 잔에 풀고"(55) 사는 국경 너머의 난민이야말로 식민지배가 조선인에게 강요한 존재양식에 다름 아니었던 셈이다.

이렇듯 「만세전」은 식민지배의 본원적 축적을 드러내기 위한 방법적 장소로 이뤄진 텍스트이다. 연락선에서 조선인 / 내지인의 식민주의적 위계는 하층계급의 처지와 연동되어 나타난다. 연락선은 한편에서 조선인 / 내지인의 구분이 '심문'이라는 인위적 식별을 통해 가능해짐을 나타냄으로써 자연화된 민족 구분을 상대화했고, 다른 한편에서 이렇게 이 식민지배의 식별이 "하층계급의 아귀당"이라 표현된, 인간의 벌거벗은 노동력화에서 실천됨을 보여주는 장소였다. 그런 의미에서 염상섭은 연락선을 통해 민족의 위계화가 노동력화 속에서 이뤄진다는 중첩된 본원적 축적을 보여주었던 것이다. 또한 이런 식민지배의 본원적 축적은 부산에서 '난민화'의 형상으로 나타난다. 조선의 대표인 부산은 조선인들이 어떻게 정주의 땅에서 추방당하고 핏줄로부터도 절연되는지를 드러내주는 장소였다. 중요한 것은 염상섭이 부산을 '조선의 대표'라 하면서 부산의 조선인들의 처지를 '조선의 팔자'로 파악했다는 점이다. 즉 난민화야말로 한반도에서의 식민지배의 근원임을 「만세전」은 부산이라는 장소를 통해 제시했던 것이다.

그렇다면 이런 식민지배의 중첩된 본원적 축적에 대한 의식은 어떤 함의를 갖는 것일까? 그것은 식민지배를 종식시키는 것은 민족국가의 성립 따위가 아니라 '인민주권'과 '파르티잔'이라는 두 개의 상호 작용하는 운동의 계보라는 사실이다. 이를 논하면서 마무리하도록 한다.

5. 인민주권과 파르티잔 공공성

아감벤이 난민이야말로 근대 정치의 근원적 형상이라 주장했음은 이미 언급했다. 이 맥락에서 아감벤은 '인민people'의 두 가지 구분되지만 상호 연관되는 사용법의 함의를 탐구한다. 우선 인민은 서양어에서 언제나 "배제된 계급"을 지칭하는 용어로 사용되어 왔다. 그러나 인민은 루소의 일반의지를 근거지우는 "총체적이자 일체화된 정치체"를 지칭하는 용어로도 사용되어 왔다.[20] 그렇다면 근대 정치 최대의 발명품인 '인민주권people's sovereignty'은 인민이란 용어가 내포하는 이 균열을 은폐하는 효과를 갖는 것으로 이해될 수 있다. 근대국가의 주권이 헐벗고 못사는 계급으로서의 인민이 아니라 단일체로서의 인민을 담지자로 삼았음은 명백한 사실이기 때문이다. 즉 주권을 담지한 인민이란 그 내부에서 균열된 채로 남겨진 '배제된 인민'을 말소함으로써 성립하는 '인간 집합'인 것이다.

20 조르조 아감벤, 앞의 책, 39~40면.

이 인민을 '민족'으로 치환하는 것은 한반도에서의 식민지배를 서사화해 온 패러다임에 매우 시사적이다. 서두에서 언급했듯이 한반도에서의 식민지배는 주로 '민족'으로 시작하여 '민족'으로 끝나는 서사 안에서 비판되고 연구되어 왔다. 그러나 이 민족이 주권을 담지하는 집합체로서 사념되는 한, 그것은 근대정치의 패러다임에서 등장하는 '인민'과 동일한 위상학적 구조를 갖는다. 즉 식민지배의 폭력으로 인해 직접적으로 육체와 생명을 유린 당한 '민족'은 주권을 담지하는 민족과 내적 균열의 관계에 있는 것이다(이하에서는 '민족'을 억압받고 배제당한 존재의 표기로, 민족을 일반의지와 주권을 담지한 총체적인 인간집단의 표기로 구분하여 사용한다). 식민지배의 폭력은 조선 '민족'을 배제하고 억압해왔는데, 그 식민지배의 폭력 기구를 잔존시켜 성립한 주권을 담지한다는 민족이 배제된 '민족'과 동일할 리가 없기 때문이다. 그런 의미에서 1945년도 이후의 한반도에서의 '주권 = 민족'은 배제되고 억압된 '민족'을 의식의 저편으로 말소하고 은폐하려는 정치의 근원을 형성해온 셈이다.

식민지배의 본원적 축적을 난민화인 까닭이 여기에 있다. 난민이란 저 배제되고 억압된 '민족'의 형상에 다름 아닌데, 식민지배가 근대정치의 주권 패러다임을 기초로 삼는 한에서, 한반도의 '주권 = 민족'이란 난민을 통해 근원적 물음에 붙여져야 할 대상이다. 그런 의미에서 이 난민의 계보는 저 '민족 = 인민주권'을 '인민~~주권~~'화하는 부단한 탈구축deconstruction의 운동을 추동케 한다. 민족이 주권과 결합하여 배제되고 억압된 '민족'과의 균열적 관계를 말소하고 은폐하는 일을 멈추게 하는 것, 그것이 바로 '인민~~주권~~'의 계보가 내포하는 의미이다.

「만세전」이 제시한 식민지배의 근원은 이 계보가 모습을 드러낸 최초의 장면이다. 「만세전」에서 염상섭은 '묘지'를 둘러싼 조선의 논쟁상황에 가치판단을 내리기보다는, 매장문화 자체를 회의함으로써 죽은 자와 산 자의 경계를 문제화한다. 이때 "조선을 무덤"이라 말한 염상섭의 함의가 드러난다. 염상섭에게는 선산이든 공동묘지이든, 무덤이란 죽은 자를 가문이나 국가에 등기하는 장치에 지나지 않는다. 조선이란 죽은 자가 등기되어 비로소 인간적 의미를 획득하는 사회인 것이다. 이것이야말로 식민지배의 궁극의 모습이다. 식민지배하 한반도에서 살아 움직이는 생명은 벌거벗은 상태에서 어디에도 등기되지 못하는 자들로 사념되어야만 했다. 그들은 팔려야만 산술적으로 의미화되는 노동력이거나, 국민으로 등기되지 못하는 단순한 육체와 생명들이었다. 이런 그들이 죽음으로써만 인간으로서 의미화될 수 있었던 셈이다. 그래서 도쿄로 돌아가는 이인화의 마지막 대사는 의미심장하다. "겨우 무덤 속에서 빠져나가는데요?" 「만세전」은 죽은 자의 등기를 거부하면서 삶의 새로운 가능성을 탐구하는 출발점을 제시하고 있는 것이다.

그렇다면 그 가능성이란 무엇인가? '인민주권'화의 부단한 실천을 추동하는 것은 무엇인가? 그것은 '원래 자신의 것이 아닌 자신들이 사는 땅'을 지키는 '파르티잔'이라 명명할 수 있다. 칼 슈미트는 파르티잔을 비정규 전투원이자 땅을 방어하는 이들로 정의했다. 이것은 근대 정치의 또 다른 패러다임인 '인민 = 정규군'이란 규정에 대한 강력한 도전을 의미한다. 이들은 민족이 거주하고 소유하는 땅이 아니라, 자신들이 살고 있지만 결코 자신들의 것이 아닌 땅을 지키려 한다. 그들은 땅을 자본주의적 소유관계로 등기하고 제도화하는 민족의 주권적 지배에 맞서, 자신의 것이 아닌 자신들이 사는 땅, 즉 누구의 것도 아니면서 '우리 모두의 것'인 땅을 지키려는 '민족'의 자기 보호를 전개한다. 그런 한에서 파르티잔들은 '내전과 식민전쟁'을 수행한다. '인민 = 정규군'이 민족으로 등기된 이들로 구성된 주권 국가 간의 '고전적 전쟁'을 수행한다면, 이들을 대상으로 '비정규' 전투원으로서 수행하는 전투는 '내전'(내란)이거나 '식민전쟁'(난민의 전쟁)일 수밖에 없기 때문이다.[21]

그리고 이들의 전투는 언제나 '공공성'을 추구한다. '공공성Öffentlichkeit'이 열려 있음을 뜻한다고 할 때, 칸트로부터 아렌트를 거쳐 하버마스에 이르기

21 칼 슈미트, 김효전 역, 『파르티잔』, 문학과지성사, 1998, 25~27면.

까지 이 이념은 누군가의 소유물로 환원될 수 없는 '모두의 것'이 무엇이며 어디까지 그 범위를 확장할 수 있는지를 가늠하는 철학적 문제영역을 구성하는 것이었다. 따라서 공공성의 정치적 함의를 한계 짓는 것은 '누군가의 것'을 '누구의 것도 아닌 것'으로 탈환하는 일이라 할 수 있다. 파르티잔이 자기가 거주하는 땅을 지키고자 하는 것은 이 맥락에서 이해되어야 한다. 파르티잔의 전투는 어떤 땅을 점령하거나 획득하기 위한 것이 아니다. 그것은 공동의 소유, 즉 '누구의 것도 아닌 것'을 '주권 = 민족'의 소유로 만드는 근대정치의 지배 과정에 대한 투쟁이기 때문이다. 그런 의미에서 이 파르티잔 공공성은 '인민주권'의 계보가 모습을 드러내는 이념이자 실천의 장이기도 하다.

「만세전」에서 무덤으로서의 조선에서 벗어나는 이인화는 식민지배로 인해 배제되고 억압된 인민들이 주권의 담지자가 되는 것이 진정한 해방이라 생각했을까? 거기까지는 추측하기 곤란하다. 다만 「만세전」은 식민지배의 중첩된 본원적 축적, 즉 노동력화와 난민화를 제시함으로써, 이 배제되고 억압된 '민족'이 등기되어 인간으로서의 의미를 획득하는 것은 '무덤'뿐이라고 보았다. 그렇다면 '주권'의 담지자인 민족은 이 무덤을 벗어날 수 있는 것일까? 그렇지 않을 것이다. 민족의 국민화란 난민화를 전제로 이뤄지는 또 다른 '무덤'이기 때문이다. 그렇기에 앞으로의 과제는 「만세전」이 들여다본 이 틈새의 인식을 한반도의 여러 사건과 텍스트 안에서 수집해서 계보화하는 일이다. 「만세전」을 다시 읽는 일의 의의는 '주권 = 민족'으로 은폐되고 말소되고 배제되고 억압된 '민족'의 목소리를 파르티잔 공공성의 계보로 엮어 '인민주권'의 운동을 미래의 지평으로 제시하는 데에 있다.

둘째 아들의 서사와 동아시아의 근대성

염상섭, 소세키, 루쉰

서영채

1. 외심으로서의 근대문학

동아시아의 근대와 문학이 교차하는 지점에서는 무슨 일이 벌어졌을까. 근대로의 전환기 동아시아라는 공간을 그려보자. 한중일 3국을 세 꼭짓점으로 하는 삼각형이 그려질 수 있겠다(한국의 자리에는 타이완이 올 수도 있다). 이 그림 속에서 근대는 삼각형의 외부에 존재한다. 실제로 그러한지가 아니라 삼각형 내부의 사람들이 그렇게 느꼈다는 점이 중요하다. 그러니까 삼각형 내부의 사람들에게 근대는, 외부적인 힘으로서 동아시아를 향해 밀려왔던 삼각형의 외부자이지만 또한 동시에 이 세 꼭짓점의 중심점으로 존재했던 셈인데, 세 개의 꼭짓점에 속해 있는 누구나 그 추상적인 지점을 바라보지 않을 수 없었다는 점에서 그러하다.

그런 점에서 근대는 동아시아라는 공간의 외심circumcenter이라 할 수 있겠다. 밖에서부터 출발한 것이지만(혹은 밖에서부터 돌입해온 것이기에) 근대가 행사했던 영향력의 막강함은 이미 이 공간의 지난 시대의 역사가 보여주고 있는 바와 같다. 근대화의 행정에 먼저 진입한 일본은 강한 인력으로 한국과 중국을 끌어당겼고, 그 힘에 휩쓸려간 한국과 저항하는 중국이라는 구도는 기묘한 둔각삼각형을 만들어냈다. 둔각삼각형의 외심은 삼각형의 외부에 위치하게 된다. 외심이 삼각형의 안으로 들어와 내심과 근접하게 되는 것은 세 꼭짓점 사이의 균형이 회복되고 난 다음의 일이다. 그러니까 둔각삼각형으로서 동아시아라는 공간에서 외심으로서의 근대는 관념적으로만이 아니라 실제로도 외부에 존재하는 것이었던 셈이다.

문학이라는 개념 역시 이런 점에서는 근대와 동일한 의미를 지닌다. 이제와 또다시 분명해지는 것은 근대가 그러했듯이 문학 역시 수입품이었다는 사실이다. 여기에서 주의해야 할 것은, 수입된 것은 문학이 아니라 문학의 개념이라는 사실이다. 이 사실을 잘 들여다보지 않으면, 이른바 '이식문학론'과 그것에 맞서는 '자생적 근대론'의 대립구도라는 매우 익숙한 함정에 빠지게 된다. 근대성과 함께 문학의 개념이 수입되기 이전에도 문학은 당연히 존재하고 있었다. 그러니까 수입된 것은 문학이 아니라 그것의 새로운 개념인 것이다. 새로운 개념이 도입됨으로써 시작되는 것은 개념들의 상호 작용이고, 그 결과로 실체와 개념 사이의 새로운 관계가 생겨난다. 개념이 지니고 있는 자기 전개의 탄성이 현실화되기 시작하는 것이다. 새로운 개념은 현재와 미래의 생산자일 뿐 아니라 과거의 발견자이기도 하다. 새로 도입된 개념이 발견해낸 과거는 창조된(혹은 날조된) 전통처럼 현재와 미래에 개입한다. 그 과정에서 발견되고 혹은 생산된 새로운 현실들은 다시 개념의 자기 재생산에 개입하여 개념 자체를 변형시키고 그럼으로써 외래적인 것은 토착화되게 된다. 외부적인 것으로서의 유적generic 보편성이 내부적인 것으로서의 종적specific 특수성으로 정착하게 되는 것이다. 이 과정에서 현재의 현실이 지니게 되는 자명성의 마술, 지금 여기 있는 것이 언제나 이미 있었던 것처럼 느껴지게 하는 착시 효과가 생겨난다. 그 속에서는 외부적인 것으로서의 개념과 내재적인 것으로서의 질료의 상호작용이 만들어내는 최소한 두 번의 비틀림이 존재하고 있다. 그 지점을 제대로 포착하지 않는다면 우리는 그저 내부와 외부의 대립구도라는 함정 속에서 편안할 것이다.

새로운 개념은 그 개념의 담지자를 계몽주의자로 만든다. 한중일 3국에서 문학은 모두, 정도의 차이는 있을지언정 바로 이 같은 계몽(개혁 혹은 혁명)의 과정을 거쳤다. 문제는 그다음이다. 근대성의 한 부분으로 도입된 문학은 개념이면서 동시에 실체이기도 했다. 그 실체를 문학이라고 한다면 개념은 '문학적인 것'이라고 해야 할 것이다. 문학적 계몽의 시기, 그러니까 문학이 계몽의 수단이 되거나 혹은 재래의 문학 그 자체가 계몽의 대상이 되는 시기(이것은 시간적이면서 또한 단계적인 것이다)가 지나고 나면, 문학은 그 자신을 향해 묻게 된다. 나는 왜 문학이고, 어떻게 문학인가. 이것은 문학이라는 개념의 자기반성이 시작되는 시기에 제기되는 질문이거니와, 바로 그 순간 문학과 문학적인 것은 분열되기 시작한다. 계몽의 시기가 저물어 가면 문학은 비로소 자기가 아니라 자기의 개념, 곧 문학이 아니라 문학적인 것이 중요했음을 알게 된다.

동아시아라는 공간 위에서 근대와 문학을 교차시키면서 염상섭, 소세키, 루쉰의 이름을 호출한 것은 이 때문이다. 이들은 각국에서 문학이 아니라 문학적인 것을 묻기 시작했을 때 등장했던 사람들이다. 뒤집어 말하면 이들이 등장함으로써 문학과 맞서는 문학적인 것이 좀 더 분명해지기 시작했다고 해도 좋을 것이다. 이들은 모두 각국의 문학사에서, 정도의 차이는 있을지언정 거인과도 같은 위상을 지니고 있다. 하지만 이들을 함께 소환한 것은 이들이 지니고 있는 위상 때문만은 아니다. 위상 자체만으로 보자면 한국에서는 염상섭보다는 이광수가 더 적당한 인물일 것이다. 그 자리에 염상섭이 호출된 것은 이 셋이 공유하고 있는 기질 때문이다. 여기에서 기질이란 물론 성격의 유형 같은 것만을 뜻하는 것은 아니다. 그것은 근대가 요구하는 문학성 자체와 연관되어 있다.

염상섭, 소세키, 루쉰이 공유하고 있는 냉소적 기질은 그들의 삶과 무엇보다도 글쓰기 자체가 보여주고 있는 것이다. 하지만 동일한 것은 기질일 뿐 그 기질의 구체적인 전개과정은 다를 수밖에 없다. 소세키는 직업적인 소설가였고 루쉰은 계몽가이자 전투적인 문인이었다. 그리고 염상섭은 소설가이면서 또한 저널리스트였다. 이러한 차이는 기본적으로 각각의 냉소적 기질이 속해 있던 네이션의 위상에 상응하는 것으로서, 그들 각각은 내부와 외부 어디에서 보는지에 따라 다른 평가가 나올 수도 있다. 이를테면 근대성 자체에 비판적이고 냉소적 시선을 지니고 있었던 소세키이지만, 식민지와 여성이라는 시선에서 보자면 제국주의적 속성을 드러내주기도 한다.[1] 하지만 여기에서 주목하고자 하는 것은 이 셋 각각이 내부에서 만들어낸 근대와 문학 사이의 변증법이고 그들이 병치됨으로써 만들어지는 동아시아라는 공간적 상상력이다.

당연한 말이겠지만 동아시아라는 것은 하나의 가상공간일 뿐이다. 그러나 그것이 실질적인 맥락을 생산한다면 그것은 이미 단순한 가상공간일 수 없게 된다. 이 글은 그런 시도를 위한 하나의 스케치이며, 이를 위해 소세키의 한 소설을 베이스로 하여 '둘째 아들의 서사'라는 개념을 안출했다. 거기에서 근대성의 서사가 시작된다. 먼저, 염상섭과 이광수의 차이에 대해 말하는 것으로 출발점을 삼아보자.

---

1 이를테면 소세키는 서구를 따라가는 자기 나라에 대해 냉소적인 시선을 지니고 있었으면서도 러일전쟁 이후의 일본의 위상에 대해서는 자긍심을 감추지 않았고, 또한 그런 시선으로 동아시아를 바라보았을 때는 그 시선 자체의 제국주의적 속성에 대한 자각을 표현하지 않았다. 이에 대해서는 다음을 참조할 것. 박유하, 김석희 역, 『내셔널아이덴티티와 젠더』, 문학동네, 2011; 윤상인 『문학과 근대와 일본』 문학과지성사, 2009.

2. 열정과 냉소, 이광수와 염상섭

염상섭은 한국 근대문학 형성기의 작가 중 이광수와 더불어 최대의 작가라 할 만한 인물이다. 두 사람은 모두 중, 장편만으로 20여 편의 작품을 썼고, 각자의 대표작이라 할 이광수의 『무정』과 『유정』, 염상섭의 『삼대』와 「만세전」 등은 한국 근대소설의 역사에서 거듭 언급되는 정전의 목록에 올라 있다. 작품의 양과 질에서 이런 정도의 무게감을 지닌 작가는 이광수와 염상섭 짝이 유일하다고 해야 하겠다. 이들이 보여준 생산력에 대해서는 물론 다양한 방식으로 설명할 수 있을 것이나, 그 한편에는 이들이 종사했던 매체의 힘이 있다는 것, 일간신문 기자로서의 삶과 신문연재소설이라는 제도의 힘이 존재하고 있는 것도 분명한 사실이다. 같은 제도 속에 있던 모든 사람들이 그럴 수 있었던 것은 아니기에 그것이 전부라 할 수는 없겠지만, 이광수와 염상섭은 모두 일간신문이라는 매체와 밀접하게 연관된 삶을 살았고, 전작으로 발표된 이광수의 『사랑』 같은 예외가 없지 않으나 연재소설이라는 형식을 통해 꾸준히 장편소설을 써서 누구나 주목할 만한 성과를 이루어낸 작가들이다. 그런 점에서 이 두 대형작가는 일치한다.

이광수와 염상섭의 차이에 대해 말하는 것도 그리 어렵지는 않은 일이다. 다섯 살 차이 나는 나이나 태생, 각각이 겪어온 삶의 이력에서부터 작품의 경향까지 매우 다양한 요소들이 나열될 수 있겠지만, 무엇보다도 그들의 작품 세계 속에 구현되고 있는 성격의 현격한 차이를 들어야 하겠다.

이광수의 서사 세계 속에서 주어의 자리는 언제나 민족이었다. 그가 흥사단의 국내 책임자로서 감옥에 갇혔을 때는 물론이고, 1940년대 초반 매우 헌신적인 대일협력자였을 때도 마찬가지였다. 또한 이광수의 서사 세계 속의 인물들은 순수하고 열정적이어서 그들에게는 백치와 성자의 모습이 함께 있다. 그것은 이광수만이 아니라 이상주의 자체의 속성이기도 하거니와, 민족이라는 화두의 중요성과 이상주의라는 사유의 형식에 관한 한, 이광수의 세계는 수미일관한 모습을 지니고 있다. 반면 염상섭의 세계는 이와 정반대되는 성격을 지니고 있다. 그 세계에서 중요한 것은 민족이나 어떤 집단이 아니라 한 개인의 내적 진정성의 차원이다. 또한 그의 세계의 주조는 많은 사람들의 심정을 뜨겁게 만드는 이상주의적 열정이 아니라, 세계의 이면을 통찰하는 차갑고 냉정한 현실주의적 정신이다. 염상섭의 인물들은 쉽게 흥분하지 않는다. 그들은 관찰하고 주시한다. 냉정하고 이지적이며, 또한 타산적이고 합리적이다. 염상섭 세계의 악당은, 이광수의 경우가 난폭하고 순진한 깡패 스타일인 것과는 달리 교활한 음모꾼의 모습을 하고 있다.[2] 그러니까 이 세계의 인물들은 기본적으로 속물과 현자의 속성을 공유하고 있다. 악당의 배역에서는 겉 다르고 속 다른 속물이 튀어나오고, 긍정적 배역 속에서는 지혜롭게 사태를 수습하는 현자의 모습이 구현된다.

이광수와 염상섭의 이런 차이는 요컨대 열정적 이상주의와 냉정한 현실주의로 대별될 수 있다. 그런데 이 둘의 대조에서 흥미롭게 다가오는 것은, 이런 차이 자체가 아니라 대조적인 각각의 성격이 구체적 시간 속에서 겪어온 운명이다. 20세기 전반의 한국이라는 식민의 역사 속에서 이들이 겪어내야 했던 현실이 있고, 그로 인해 그들의 텍스트 속에 아로새겨진 굴절의 문양들이 있다. 두 개의 서로 다른 기질은 역사적 현실과 만남으로써 독특한 방식으로 휘어지고 증폭되고 일그러졌다. 한쪽에서는 문학이 다른 한쪽에서는 현실이 말을 했다.

이광수는 새로운 문학의 선구자였고 또한 동시에 민족운동의 젊은 기수이기도 했었다. 그가 대일협력을 하면서 사람들에게 주었던 당혹감은 그에 대한 기대와 애정의 강도에 상응한다. 이광수는 문학적 선구자의 지위와 대중적 사랑을 함께 누린 매우 예외적인 경우였다. 그에 관한 것이면 비판도 애정

2 좀 더 자세한 것은 서영채, 『사랑의 문법－이광수, 염상섭, 이상』, 민음사, 2004, 3-1장.

만큼이나 뜨거운 것일 수밖에 없다. 비판이든 옹호든 간에 이광수는 예각적인 관심의 한가운데 있었던 인물이며, 어린 나이에 고아가 된 후로 모더니티를 향해 그가 거쳐온 정신적 유리걸식의 이력은 그 자체로, 일제 강점기를 겪어내며 근대성을 향해 나아간 한국인 일반의 정신을 투영해내고 있다. 이에 비해, 염상섭의 문학과 삶은 그런 이상주의의 뜨거움으로부터 한 발짝 물러서 있다. 그도 이광수나 최남선처럼 독립선언서를 썼으나, 이들과는 달리 거의 단독거사라 할 만한 것이었다.[3] 시기에 있어서도 최초의 열정이 정점을 지난 이후의 일이기도 했다. 이런 점은 물론 이광수나 최남선 등과 염상섭이 지니고 있는 세대적 간극 때문인 것처럼 보이기도 한다. 비록 이들의 나이가 다섯 살에서 일곱 살 차이에 불과하지만 이는 어느 정도는 사실이기도 하다. 그들은 모두 근대로의 전환이라는 격렬한 변화의 시기를 살았기에 작은 나이 차이가 한 세대의 격차로까지 드러날 수도 있었기 때문이다. 하지만 이와는 다른, 문학과 삶을 대하는 태도나 기질의 차이에 대해서 주목해보는 것은 어떨까. 그들이 선택한 것이 아니라 그들을 선택한 몸의 차이, 기질이나 성향의 차이 같은 것을 따져보자는 것이다.

이광수가 열정가의 성향을 보여준다면, 염상섭은 전형적인 냉소가의 기질을 지니고 있다. 무엇보다 그의 글 자체가 이런 기질로 가득 차 있다. 그의 인물들이 그러하고 또한 염상섭 자신도 마찬가지이다. 분수 모르고 주제 없이 나대는 꼴을 못 참아 하고, 속물들의 허위의식이나 이중행동이 지니고 있는 허실을 짚어내고 적발하는 데 탁월한 능력을 발휘하는 것이 염상섭의 인물

3 1919년 3월 19일, 염상섭은 3·1운동에 자극을 받아 스스로 독립선언서를 써서 오사카에서 만세 운동을 결행하려다 체포되었다. 그는 도쿄의 유학생 조직과 별도로 움직였고, 스스로 회고하고 있듯이 "단독으로 거사"하는 일에 가까웠다. 두 명의 오사카 유학생이 선언서를 베끼는 일에 그를 도왔고, 재판에서는 염상섭만 1심에서 금고 10개월을 받았고, 2심에서는 무죄 방면되었다. 골필과 먹지를 사용한 복사는 등사와는 달리 출판법 위반이 아니라는 판결이었다고 그는 회상했다. 김윤식은 염상섭의 회고와 『한국독립운동사』를 대조하여 사실을 확인 보충해 놓았다. 염상섭, 「횡보문단회상기」, 『염상섭 전집』 12, 민음사, 1987, 226~227면; 김윤식, 『염상섭 연구』, 서울대 출판부, 1999, 55면.

들이다. 그들은 먼저 움직이기보다는 다른 사람들의 움직임에 의해 촉발되거나 상황에 따른 반응으로 스스로를 표현하는 쪽에 가깝다. 염상섭 자신의 표현을 빌리자면 "반동 기분"[4]이 행위의 가장 큰 동인으로 작동하는 유형이다. 그러므로 이들에게서 어떤 열정적 행동이 생겨난다 하더라도, 그것은 스스로 동력을 만들어 움직이는 이광수의 능동적인 인물들과는 달리 수동적인 감정이자 차가운 열정에 가깝다.

이 두 개의 힘을 맞세워보자. 어떤 새로운 세상을 만든다고 했을 때 어떤 쪽이 우선적일지는 자명할 것이다. 열정가들은 뼈대를 세우는 사람들이고 냉소가들은 속을 채우는 사람들이다. 자주독립과 근대화를 향한 일제 강점기의 열망이 먼저 누구의 손을 잡을지도 명확한 것이 아닌가. 가야 할 길이 명확하고 다만 방법만이 문제라면, 좀 더 요긴한 것은 그 길을 가게 할 동력으로서의 열정일 것이다. 하지만 세우고자 하는 것이 다른 것이 아니라 문학이라면 어떨까. 그것은 또 다른 이야기가 되는 것이 아닐까. 문학적 근대성이란 미적 근대성의 한 부분으로서 사회적 근대성의 반면에 해당하는 것, 그러니까 사회적 근대성의 근간을 이루고 있는 시장의 원리에 맞섬으로써 자기의 영역을 확보하는, 비지니스 맨의 능동성에 비하면 소극적이고 부정적일 수밖에 없는, 장인의 고집 같은 어떤 것이기 때문이다. 따라서 한국의 근대문학사에서 좀 더 문제적인 것이 이광수였다는 사실은, 거꾸로 문학성이 아니라 근대성이 더 문제가 되었던 시대적 상황의 반영이라 해야 할 것이다. 문학성의 문제는 생존 자체가 아니라 생존의 이유에 관한 문제이다. 그것은 생존 자체의 문제가 지니고 있는 급박함에 비하면 이차적인 것일 수밖에 없다. 하지만 문학사에서조차 이광수적인 것이 염상섭적인 것보다 앞설 수밖에 없었음은 한국적 상황의 특이성을 돌아보게 한다. 뒤에 기술할 것이지만, '둘째 아들의 영역'에서조차 둘째가 아닌 첫째가 앞장을 서고 있는 형국이었기 때문이다.

---

4 염상섭, 「저수하에서」(『폐허』, 1921.1), 『문장 전집』 Ⅰ, 142면.

염상섭을 화두로 하여 문학적 근대성에 대해 살펴볼 때, 나쓰메 소세키 및 루쉰의 이름이 병치될 수 있는 것은 이 때문이다. 나쓰메 소세키는 염상섭보다 서른 살이 많고, 루쉰은 염상섭과 소세키의 중간쯤에 있다.[5] 이들은 모두 냉소가의 기질을 공유하고 있다. 소세키는 늦은 나이에 소설을 쓰기 시작했지만 39살 이후 11년간 집중적으로 써서 13편의 장편을 발표했고, 루쉰 역시 소세키와 비슷하게 38살에 소설을 발표하기 시작했다. 그는 이중의 전쟁 상태 속으로 빨려 들어가며 매우 뜨거운 글쓰기를 해야 했기에 스스로 '잡문' 혹은 '잡감'이라 부른 예각적인 산문들이 장편소설이 있어야 할 자리를 차지하고 있다. 염상섭은 이들보다 조금 더 일찍부터 쓰기 시작했고 조금 더 오래 살아서 20여 편의 장편을 남겼다. 이들은 각각이 이룬 문학적 성취와 무관하게 자국에서 차지하는 위상은 조금씩 다르다. 소세키가 일본에서 사랑받는 '국민작가'라면(현재 그는 1,000엔 권 화폐의 모델이다),[6] 중국에서 루쉰은 그보다 한 단계 위로서 공식적으로 추앙받는 '절대작가'쯤으로 표현될 수 있겠다.[7]

하지만 염상섭의 위상은 두 사람과는 조금 다르다. 이것은 물론 염상섭의 작가로서의 문학적 성취와는 무관하다. 그 성취가 어떤 자리에 놓여 있는지의 문제라 하는 것이 좀 더 정확할 것이다. 작품의 서사적 밀도나 작가로서의 역량으로 보자면 염상섭의 오른쪽에 나설 작가는 많지 않다. 그러나 '국민작가'는 그것만으로 만들어지는 것이 아니다. 20세기 전반의 한국은 포로수용

---

5 각각의 생몰연대는 염상섭(1897~1963), 루쉰(1881~1936), 나쓰메 소세키(1867~1916) 등이다.

6 예를 들어, 소세키는 2000년 6월 29일 『아사히신문』의 설문조사에서, 지난 1,000년 동안에 일본에서 배출된 가장 위대한 작가로 선정되었다고 한다. 박유하, 「'메이지정신'과 일본 근대의 '주체' 만들기」, 『문학동네』, 2003 가을, 471면.

7 1960년생으로 문화혁명을 겪어온 중국 작가 위화는 루쉰에 대한 복합감정과 존경심을 술회하는 가운데, 중국 문학에서 루쉰이 차지하고 있는 절대적 위치에 대해 증언하고 있다. 문혁 시기의 초중고 교과서에는 단 두 사람의 작품만이 실려 있었는데, 운문은 마오쩌둥의 것, 소설 및 산문은 루쉰의 것이었다. 또 문혁 시기에 타도 대상이었던 '선생'이라는 '자산계급의 어휘'가 통용되었던 유일한 인물이 루쉰이기도 했다. 문혁 이후에도 정치적인 것에서 상업적인 것으로 양상은 바뀌었지만, 루쉰은 여전히 중국문학의 상징적 지위를 차지하고 있다. 위화余華, 김태성 역, 『사람의 목소리는 빛보다 멀리 간다』, 문학동네, 2012, 5장.

소였다. 그런 환경 속에서 국민시인은 있을 수 있어도 국민작가의 자리는 그 자체가 있기 힘들었다 해야 할 것이다. 그 자리는 한 사람에게 지사(혹은 대중적 영향력을 갖춘 지식인)로서의 역할과 장인(혹은 대중적 영향력을 지닌 작가)으로서 책무를 동시에 요구하는 것이기 때문이다. 소설가로서 둘 모두를 수행하는 것은 쉽지 않은 일이다. 이광수도 염상섭도 하나의 몫을 감당하는 데 성공했다고 할 수는 있어도, 둘 모두에 성공함으로써 그 자리를 채웠다고 하기는 어렵다. 루쉰이 절대작가의 위상을 획득한 것도 소설가가 아니라 비판적 '잡문가' 혹은 혁명적인 글쟁이로서 그러했었다. 포로수용소에서 소설의 장인의 길을 간 염상섭이 소세키나 루쉰과 구분된다면 아마도 이런 점에서일 것이다.

하지만 이 모든 차이에도 불구하고, 염상섭과 루쉰, 소세키가 공유하고 있는 것이 있다. 냉소가 기질과 투덜이 성향이라는 점에서 그들은 난형난제의 모습을 보여준다.[8] 그래서 그들의 문학적 지향성은 전형적인 둘째 아들의 서사 형식 속에서 구현되고 있다. 이들이 함께 호명되어야 하는 것은 이 때문인데, 그러나 이들의 동일한 기질이 보여준 문학적 운명의 서로 다른 행로는 현격하다. 한 사람은 소설의 장인으로서 '국민작가'가 되었고, 다른 한 사람은 혁명 문학을 향해 갔다. 그리고 또 한 사람은 소설의 장인일 수는 있었으되 '국민작가'일 수는 없었다. 이들의 서로 다른 행로는, 제국주의 시대의 말미에 근대화에 성공하여 제국의 위용을 자랑하던 일본과, 제국주의 침략 전쟁의 한복판에 놓여 있던 중국, 그리고 이미 제국의 식민지로 전락하여 포로수용소의 삶을 영위해야 했던 한국의 차이라고도 할 수 있을 것이다. 그러므로 이들의 행로를 함께 살펴보는 것은, 근대로의 이행기 동아시아에서 서로 다른 방식으로 전개될 수밖에 없었던 문학적 근대성의 행로를 견주어보는 일에 해당할 것이다.

---

8 염상섭의 냉소주의에 대해서는 서영채, 앞의 책, 3-2장.

3. 문학적 근대성과 둘째 아들의 서사–원형으로서의 소세키

이 글에서 나는 염상섭, 소세키, 루쉰을 가리켜 둘째 아들의 서사라는 말을 쓰고 있다. 물론 이들은 어느 한 사람도 자기 집안의 둘째 아들은 아니다.[9] 그런데도 이들의 작품을 놓고 둘째 아들의 서사라 하는 것은 무엇 때문인가. 그것은 근대 세계에서 문학이 지니고 있는 위상 자체와 연관되어 있다. 좀 더 정확하게 말하자면, 근대로 접어들면서 문학이 겪어야 했던 사회적 위상 변화의 결과로 인한 것이다.

근대성의 첫 번째 원리가 주체의 자기 보존이라면, 문학적 근대성은 그 원리의 외부에서 시작된다.[10] 진정성의 추구이건 자기목적화된 예술 형식이건 간에, 현실적 유용성의 외부에서 출현하는 것이 문학적 근대성이다. 물론 근대문학의 현실적 삶 자체는 근대성 일반이 요구하는 상품 형식을 벗어날 수는 없다. 그것은 모든 근대적인 것들의 존재 조건이기 때문이다(상품 형식에 대한 부정은 얼마든지 있을 수 있다. 하지만 여기에서도 상품 형식은 부정의 형태로, '우리는 이것을 돈을 받지 않고 드립니다'의 형태로 내재해 있다). 하지만 그런 현실을 받아들임과 동시에 그 존재조건에 대한 부정의 형식으로 스스로를 정립시키지 않으면 존립할 수 없는 것이 근대 세계에서의 문학과 예술이다. 근대문학은 이러한 역설적 지위를 수용함으로써만 존립할 수 있거니와, 그것은 '실정화된 부정성' 혹은 '내부화된 외부성'이라 표현될 수 있겠다.

문학이 문자의 세계를 다루고 다스리고 보존하는 특별한 일이기를 그쳤을 때, 고작해야 사람들의 마음을 표현하고 소통케 하는 음성 언어의 보조자가 되었을 때, 더욱이 시장에서 교환되는 특수한 문자 행위로 스스로를 규정했을 때

9 소세키는 8남매의 막내로 태어나 남의 집에 양자로 갔다 돌아왔고, 루쉰은 맏아들, 염상섭은 셋째 아들이다.

10 서영채, 앞의 책, 362~363면.

문학적 근대성은 시작된다. 근대성의 제일원리의 시선으로 보자면 문학이란 매우 이상한 물건이 아닐 수 없다. 그것은 근대성의 내부와 외부의 경계에 놓여 있는 어떤 것이기 때문이다. 그것은 근대성의 소산이면서도 효용을 거부한다는 점에서, 상품 형식을 취하고 있으면서도 상품 형식의 거부를 정신의 기축으로 삼고 있다는 점에서 그러하다. 그것은 말하자면 '내부화된 외부자'인 셈이다. 또한 그 '내부화된 외부자'는 매우 독특한 자리, 근대적 주체가 안고 가야 할 존재론적 불안의 자리를 차지하고 있다. 자기 보존의 원리가 결코 해결할 수 없는 것이 존재의 이유에 대한 질문이다. 자기 보존의 원리 속에서는, 유지해야 할 대상으로서의 자기다움(삶 혹은 존재)이 자명한 것으로 전제되어 있기 때문이다. 그러므로 존재론적 불안은 바로 그곳에서, 자기 존재의 자명성에 대한 의심으로서 시작된다. 해방된 노예들의 공간으로 근대 세계는 해방의 대가로 자기 존재의 불확실성, '절대 자유의 공포'를 스스로 떠안아야 했다. 구세계의 절대성은 파괴되었지만 그 대단한 것이 그냥 사라질 수는 없다. 파괴된 절대성은 다만 외관의 문제일 뿐, 여전히 그 자리를 떠나지 않은 채 블랙홀 같은 강한 인력으로 존재하고 있는 것이 절대성의 공백이다. 존재론적 불안은 바로 그 블랙홀이 된 절대성, 절대성의 텅 빈 자리가 지니고 있는 위력의 표현이다.

근대문학은 한편으로는 상품의 형식을 취하고 있지만, 또한 동시에 주술적 힘의 후예라는 점에서 바로 그 불안의 자리를 점유할 자격을 갖추고 있다. 그곳으로부터 문학을 치워버리는 것은 근대 세계의 합리성에게 혹은 시장의 신에게 어려운 일이 아닐 수도 있겠으나, 정작 문제는 그 무엇을 치울 수 있느냐 아니냐가 아니라 치워버리고 난 후의 일이다. 그 밑에 가려져 있는 어떤 것이 날것 그대로 드러날 가능성이 문제인 것이다. 블랙홀이 아무런 버퍼 없이 드러나는 일은 근대성의 제일원리에게 치명적이다. 세계의 무한성(시작과 끝을 알 수 없는 세계)과 유한한 주체의 영속성(불멸성 대 허무주의)의 문제를, 해결하기 어려운 이율배반으로 가지고 있는 한, 근대의 합리성에게 죽음 충동과 정면으로 맞서는 것은 무모한 일이기 때문이다.

이런 정황이 가족 서사의 형태로 표현될 때 둘째 아들의 서사가 문제가 된다. 근대로의 이행에 성공하여 부르주아가 된 아버지가 있다면, 근대성의 제일원리를 직접 구현하고 승계하는 것은 그의 계승자로서의 맏자식이다. 맏자식이란 정신의 계승자를 뜻하는 것이므로 물리적인 맏자식인지 아닌지는 중요하지 않다. 헤겔식으로 표현하자면, 근대정신을 표상하는 것은 가족도 국가도 아니고 그 중간에 놓여 있는 정신적 동물왕국으로서의 시민사회civil society, 곧 시장이다. 그 정신을 승계하고 있는 존재라면 물리적으로는 막내라 하더라도 그가 맏자식이다. 그리고 그 나머지, 장자승계 친자관계의 외부로 밀려난(혹은 스스로 외부자를 자처한) 정신들이 있다. 그들은 모두 둘째 아들(서자)들이다. 문학적 근대성이 어디에 속해 있는지도 자명하다. 몸은 가족의 내부에 있을지라도 스스로의 정체를 부정하며 외부를 향한 강한 동력을 지니고 있는 존재, 스스로를 외부자로 느끼면서 자신의 외부성을 신기한 눈으로 바라보고 있는 존재, 혹은 자기는 내부자라 주장하지만 모든 사람들에게 에일리언 취급을 받는 존재 들이 문학적 근대성의 주체들이다. 이들은 모두 친자관계의 정신적 적통으로부터 벗어나 있다는 점에서 둘째 아들이며, 이들의 세계에서 찾아지는 이야기 거리가 곧 근대의 서사시로서의 소설이 된다.

둘째 아들의 이야기의 한 원형을 보여주는 소설을 예시해보자. 소세키의 일곱 번째 장편 『그후』(1909)는, 아버지와 형의 뜻에 동조할 수 없는 둘째 아들이 자기의 영역을 찾아 집을 떠나는 이야기이다. 소설의 주인공 다이스케代助는 20대 후반의 이른바 '고등 유민'이다. 대학을 졸업하고도 일자리를 찾지 않은 채, 아버지와 형에게 정기적으로 생활비를 받아가며, 서생과 가정부를 둔 집에서 독신 생활을 한다. 그래서 '고등유민'이다. 그는 왜 일을 하지 않는가. 이유는 간단할 것이다. 생계를 위한 일을 안 해도 될 처지인 데다 하고 싶어 하지 않기 때문일 것이다. 표면적으로 다이스케는 두 가지 주장을 했다. 첫째, 생계를 위한 일은 진정한 일이 아니기 때문에 하지 않겠다는 것이었다. 이런 주장은 귀족의 것으로서, 자본주의 시대에는 시대착오적인 것일 수밖에 없다. 생활비를 벌 필요가 없는 사람들은 소세키의 소설에 자주 등장한다. 자산가들이나 소규모의 유산 생활자들이다. 금융자본가로 재산을 증식해가는 자본가 스타일(『문』의 집주인 사에키가 대표적이다)이 있는가 하면, 폐쇄적이고 무기력하게 반사회적 삶을 사는 좀비 스타일(『마음』의 '선생님'이 대표적이다)이 있다. 다이스케는 후자에 속하는 인물이다. 말하자면 그는 청년 좀비인 셈인데, 그의 좀비스러움은 일하지 않겠노라는 둘째 이유에서 좀 더 분명히 드러난다. 다이스케의 말에 따르면, 일본은 선진국을 자처하면서 선진국을 따라 잡느라 신경쇠약에 걸린 나라이다. 도덕적으로 타락하여 세상이 온통 암흑천지이다. 그는 그런 세상에 끼어들고 싶지 않으며 그래서 자기 자신만을 위해 살게 되었다는 것이다. 이런 다이스케가 내세우는 으뜸가는 도덕률은 남을 속이지 않는다는 것이다. 물론 이 두 번째 주장도 우스꽝스러운 것으로서, 책임 전가의 전형적인 모습이다. 이 주장이 진지한 것이 되기 위해서는 먼저, 그가 아버지와 형으로부터 오는 생활비를 거절해야 한다.

다이스케가 일하지 않는 진짜 이유는 따로 있다. 이것은 다이스케의 이야기가 만들어내는 드라마의 흐름 속에서 이해되어야 한다. 현실적인 견지에서 보자면, 다이스케의 좀비 생활은 단지 임시적인 것이었다고 해야 할 것이다. 서른이 넘고 결혼을 한다면, 아버지의 세계에 합류하건 독립하건 간에 그의 삶은 달라질 수밖에 없다. 그것은 그의 아버지와 형에게도, 그리고 그 자신에게도 마찬가지였을 것이다. 소설의 마지막은, 다이스케가 집안의 사업상 필요한 '정략결혼'을 거절하고 아버지와 형으로부터 절연당한 채 마침내 일자리를 찾으러 나가는 장면으로 끝난다. 아버지가 반대하는 여자와의 새로운 삶을 위해서였다. 그러니까 플롯의 차원에서 보자면 다이스케가 나이 서른이 될 때까지 '고등유민'으로 빈둥거렸던 것은 이 마지막 장면을 위해서였다고 해야 할 것이다. 그러니까 이런 이야기라면 뒤늦게 철난 둘째 아들의 성장 서사라 할 수 있다.

다이스케의 환멸과 성장의 서사를 상징하고 있는 것은 그의 이른바 '금과 도금과 놋쇠론'이다. 아버지가 상징하는 정력적인 기업가의 세계가 어린 다이스케에게는 금처럼 보였다. 그런데 어느 순간 그것은 금이 아니라 도금한 놋쇠임을 알게 되었다. 그리고 그 자신도 그 도금한 세계의 일부였다. 그가 한때 금이라 생각했고 그 자신도 그 세계의 일원이 되고자 했던, 고등 교육을 받은 사람들의 세계가 도금임을 깨닫게 되자, 그는 자기 자신의 놋쇠 본성을 도포하고 있는 도금을 벗겨내고 스스로 놋쇠 되기를 실천했다. 도금의 속물성으로부터 벗어나 당당한 놋쇠의 삶을 살겠다는 것이다. 그것이 '고등유민'의 삶이었다. 일하지 않고 무기력하게, 아무런 목적 없음을 목적으로 하는 삶이 그것이었다. 하지만 그것은 말로만 근사할 뿐 아버지의 재산에 기생하는 삶이 아닌가. 아버지에게 생활비를 받아쓰면서도 그런 삶을 주장한다는 것은 자가당착이 아닌가. 진짜 놋쇠가 되고자 한다면 뭔가 격렬한 일을 벌여야 하는 것이 아닌가. 이런 자연스러운 반문에 대해 다이스케가 제시하는 답변은, 결혼 문제로 아버지의 세계에 반역을 도모하는 것이다. 그것은 못다 이룬 사랑을 이루려는 것이고, 친구에게 빼앗긴 여자를 되찾는 것이고, '불륜'을 감행하는 것이고, 그리고 최종심급에서는 정략결혼의 정당성을 주장하는 아버지의 세계에 맞서는 것이다. 그리고 그 목표를 위해 그는 직업 전선으로 뛰어든다. 말하자면 다이스케에게 생계를 위해 직업 전선에 뛰어드는 것은 환멸의 실천이면서 동시에 속물적인 세계에 대한 저항인 셈이다.

젊은 좀비 다이스케는 둘째 아들이다. 둘째 아들이라는 사실이 강조되어야 한다. 아버지를 거부하는 둘째 아들의 서사는 문학적 근대성의 기축을 이룬다는 점에서 그러하다. 그것은 아버지가 표상하는 자기 보존의 원리에 정면으로 맞서는 것이면서 또한 동시에 보족적이다. 그것은 근대성의 제일원리가 지니고 있는 몰윤리성을 정화하는 역할을 한다는 점에서 그러하다. 자기 보존의 원리가 곧바로 근대 서사의 도덕률이 되는 것은 어려운 일이다. 그 자체로 몰윤리적 속성을 지닌 것이기 때문이다. 자기 보존의 서사는 성공과 출세와 만족을 향한 다양한 욕망들의 싸움터의 형태로 객관화되는 것이 일반적이다. 자기 보존이란 기본적으로 내부와 외부의 분리, 주체와 타자의 대립 등을 전제로 하는 대결적 상호작용의 원리이다. 그러므로 그것은 근대적 현실에 관한 진단일 수는 있지만 실천적인 규범이기는 어렵다. 그것이 실천윤리일 수 있는 유일한 경우는 이광수의 소설에서처럼 집단 주체의 모럴의 형태로, 그것도 약자나 패자의 견지에서 제기될 때뿐이다.

다이스케의 아버지 도쿠得는 메이지유신을 위한 무진 전쟁에 참여했던 무사 계급 출신이다. 그는 자신의 참전 경험을 자랑스러워하고, 또 그 이전에 무사의 윤리를 목숨으로 실천하려 했던 경험을 입버릇처럼 사람들에게 말하곤 했다. 도쿠는 열일곱 때 자기 형과 함께, 다른 사무라이 한 사람을 참살하고 할복을 준비했던 경험(사무라이를 죽이면 그 대가는 할복뿐이었다)이 있었다. 막부 시대가 끝나가는 때였기에 사무라이의 규율이 약해져 있었고 또 지인의 기지가 있어 그들은 목숨을 구할 수 있었다. 메이지유신 후 도쿠는 관직에 나갔다가 곧바로 실업계로 전환하여 유능한 기업가가 되었다. 겉으로는 기업가이지만 속으로는 관료이고 더 깊이는 무사인 것이다. 그런 아버지가 다이스케에게는 위압적인 인물로 다가온다. 그 자신이 생활비를 기대고 있는 존재이므로 그럴 수밖에 없겠다. 그의 형 세이고誠吾는 그런 아버지의 충실한 후계자이고, 또 기업가로서의 유능한 파트너이기도 하다. 이들 유능한 기업가들의 세계의 이면에는 불법과 탈법, 불공정 등이 은폐되어 있고, 다이스케도 그런 사실을 모를 수 없다. 그가 그런 세계를 이물스럽게 생각하여 그 세계의 일부가 되고 싶어 하지 않는 것은 소설의 논리로 보자면 당연한 일이다. 게다가 그는, 아버지가 술회하는 무사도의 세계에 대해서도 대단하다는 생각을 해본 적이 없고 다만 잔인하고 무섭게 느낄 뿐이다.

『그후』의 서사가 지니고 있는 인물들의 이와 같은 구도는 근대적인 둘째 아들 서사의 한 전형을 보여준다. 무사-기업가의 표상인 아버지와 후계자인 맏아들이 한편에 있고 그리고 반대편에는 좀비-반항아인 둘째 아들이 놓여 있는 구도이다. 이런 구도 속에는 신화적 원형성(가계의 적통으로부터 벗어나는 서자의 서사)과 근대성이 결합되어 있다. 아버지와 자식 간에 문제가 되는 것은 결국 돈이지만, 그것은 결혼의 문제가 그렇듯 하나의 상징에 지나지 않는다. 다이스케에게 가족구속적 결혼('정략결혼')과 자유연애결혼 사이의 선택은, 생활비를 아버지에게 받을 것인지 스스로 벌 것인지의 선택에 다름 아니고, 돈을 받느냐 안 받느냐의 문제는 아버지의 왕국 안에 있을 것인지 자기결정의 새로운 나라를 만들 것인지의 문제에 다름 아니다. 따지고 보면 사랑도 돈도 부차적이고, 문제의 핵심은 주체의 자유에 있는 것이다.

이런 점에서 볼 때, 아버지의 집을 나가는 둘째 아들의 서사란 결국, 중세의 속박으로부터 풀려나오며 근대가 수행했던 과업을 둘째 아들이 주인공으로 나서 다시 한 번 재현하는 것에 다름 아니다. 그러니까 그것은 근대적 주체가 탄생하는 신화를 사후적으로 확인하는 절차이기도 하다. 근대적 주체이고자 하는 순간, 그가 얻고자 하는 자유는 이미 그 자신이 지니고 있었음을 확인하게 된다. 둘째 아들의 서사에 의해 구현되는 이러한 반복은, 한 개인이 죄를 지음으로써, 유적 본성으로 미리 주어진 원죄의 자리를 사후적으로 채워내는 것과도 같은 신화적 몸짓이다.[11] 반복은 언제나 기묘한 울림을 준다. 그것은 그 자체로 충동의 차원을 암시하며, 또한 유리창을 향해 달려든 파리의 몸짓처럼, 행위가 돌파할 수 없는 한계의 존재를 암시하고 있다. 둘째 아들의 서사란 곧 자유를 갈망하는 근대적 주체의 서사인 셈인데, 그렇다면 이 반복적 행위 이면에, 둘째 아들이 재현하는 자유의 서사 이면에 존재하고 있는 것은 무엇인가. 자유로운 주체가 직면하게 되는 최후의 적대자로서 존재론적 불안을 들어야 할 것이다. 이 난적 앞에서 주체성의 자유는 책임의 형태로 변신함으로써 스스로의 존재 근거를 확보하게 된다. 바로 이 지점에서 소세키와 염상섭은 분리된다. 그것은 제국과 식민지의 격차라고 해도 좋을 것이다. 이 점은 절을 바꾸어 살펴보자.

---

11 원죄를 받아들임으로써 주체화를 시도하는 논리에 대해서는, 서영채, 「최인훈 소설의 세대론적 특성과 소설사적 위상—죄의식과 주체화」, 『한국현대문학연구』 37, 한국현대문학회, 2012, 6장.

4. 불안에서 책임으로 나아가는 두 개의 길
—소세키와 염상섭

염상섭의 소설은 둘째 아들 서사의 한국적 판본의 한 전형을 보여준다. 그의 대표작 「만세전」(1924)과 『삼대』(1931)를 잇는 선이 그 중심에 있다. 『삼대』 너머에는 『무화과』(1932)와 『불연속선』(1936)이 있고, 「만세전」 이전에는 단편 「표본실의 청개구리」(1921)가 있다.

『삼대』의 밑그림은, 근대로의 이행기에 부를 축적하는 데 성공한 자산가 집안의 이야기이다. 소설에서 그 자산가는 아버지가 아니라 할아버지의 자리에 위치해 있다. 그러니까 이 이야기는 아들이 아니라 손자의 시선으로 포착된다는 것이다. 자산가에게 문제는 가업을 이어받는 데 실패한 아들의 존재이다. 그 아들은 나라를 빼앗길 때 책임 있는 현장에 있었던 세대의 일원이다. 그런 좌절감과 그로 인한 자포자기의 심정으로 인해 아들은 식민지 상태 속에서 당당한 주체일 수 없고, 또한 소세키의 둘째 아들처럼 아버지의 세계를 거부한 것도 아니기에 새로운 귀족 정신의 주체일 수도 없다. 『삼대』의 서사는 실패한 아들의 아들, 즉 손자의 시선에 의해 전개된다. 그에게는 두 개의 과제가 주어져 있다. 가난한 왕국이나마 이어받아 지켜야 하는 맏자식으로서의 일, 그와 동시에, 진정성의 새로운 왕국을 찾아가야 하는 반항아 둘째 아들의 일. 그는 이 두 개의 역설적인 임무를 동시에 수행해야 한다. 부르즈와의 상속자이면서 동시에 사회 운동가(곧 민족해방주의자)의 친구라는 주인공 조덕기의 위상이 이를 보여주지만, 그가 감당해야 하는 역설적 지위로 인해 그가 행동할 수 있는 여지는 많지 않다. 게다가 그는 일제의 폭정과 감시 아래 놓여 있다. 그래서 그의 행동은 더욱더 제약되어 있다. 움직이기 어려운 이런 인물들을 대신하여 소설 속에서 적극적 역할을 하는 인물들은 현명하고 씩씩한 여성 주인공들이다. 『삼대』의 경우도 그렇지만, 이런 점을 매우 선명하게 보여주고 있는 것은 『삼대』의 속편 격인 『무화과』이다. 현명하고 현실에 밝은 여성 채련이 자기 남자와 집안을 건사하는 모습이 그러하다.

염상섭의 소설 속에서 둘째 아들의 서사가 좀 더 선명하게 등장하는 것은 이보다 7년 전에 나온 「만세전」에서이다. 이 소설은 일본에 유학 중인 청년 이인화가 집으로 돌아가 아내의 임종과 장례를 치르는 과정의 이야기이다. 그가 둘째 아들이다. 일본에 유학 중에 대학생의 눈에 비치는 서울의 풍경은, 그의 표현을 빌리자면 공동묘지와도 같다. 한말의 지체 있던 집안의 가장인 부친은 하급 벼슬자리나 노리는 사람들에게 둘러싸여 그들의 장단에 놀아난다. 이인화의 형은 칼을 차고 교단에 오르는 소학교의 교원으로, 아들을 얻겠다는 명분을 내세워 둘째 부인을 집안에 들어앉혔다. 게다가 시모노세키에서 부산을 거쳐 서울에 오면서 그가 마주쳐야 하는 식민지의 구질구질한 현실들, 일본 사람들에게 아부하고 그들의 눈치를 보며 살아야 하는 멀쩡한 조선 사람들의 모습이 그 앞에 펼쳐져 있다. 이런 모습들이 그에게는 무덤의 풍경으로 다가온다. 자, 그렇다면 이제 둘째 아들은 어떻게 할 것인가. 『그 후』의 다이스케는 자기가 책임질 수 있는 영역을 찾아, 허위와 구속으로 가득 찬 아버지의 집을 뛰쳐나갔다. 결혼 상대를 제 뜻대로 선택하는 것이 그에게는 세계를 바꾸는 일에 해당한다. 일단 그것만으로도 그에게는 새로운 세계가 만들어진다. 이인화의 경우는 어떨까.

서사의 구도 자체로 보자면 「만세전」과 『그후』는 정확하게 일치하고 있다. 아버지의 집을 벗어나고자 하는 둘째 아들의 이야기라는 점에서 그러하다. 이인화는 유학생에다 문과대학 재학생이다. 그에게 아버지의 집으로부터 벗어나는 일은 매우 쉽지만, 그런 손쉬움은 오히려 분리 자체의 어려움을 가리키는 말에 다름 아니다. 아버지의 집을 벗어나기 위해 그가 할 수 있는 것은 새로운 결혼 가능성을 부정하는 것, 아내의 죽음과 함께, 다른 두 명의 여자도 깨끗하게 정리하는 정도이다. 다이스케에게는 자기가 책임져야 하고, 또 책임질 수 있는 매우 제한된 영역이 있었지만 이인화의 경우는 어떨까. 그가 다른 여자들을 거부한 채 학교로 돌아가는 것은 자신의 좀비 상태를 연기하는 일에 불과하다. 그는 조만간, 다이스케가 그랬듯이 자기 책임의 영역, 스스로가 자유로운 주체임을 확인할 수 있는 영역을 찾아야 할 것이다. 게다가 그는 식민지의 지식청년이다. 그 앞에는, 그 자신이 카메라의 눈이 되어 포착해낸 식민지의 비루한 현실이 펼쳐져 있다. 다이스케에게 주어진 임무가 강력한 아버지와의 싸움이었다면, 이인화에게 주어진 과제는 허울뿐인 아버지의 빈자리를 어떻게 메우느냐 하는 것이다. 아버지의 자리를 채워놓아야 비로소 아버지와의 대결이, 즉 자신의 독립과 자율성의 쟁취가 가능해지기 때문이다. 그 빈자리를 채우는 일의 어려움은 『사랑과 죄』(1927)나 『삼대』 같은 소설에서, 그리고 매우 특이하게는 『불연속선』(1936) 같은 장편 속에서 환상적으로 구현된다.

그런데 왜 둘째 아들은 기를 쓰고 아버지의 세계로부터 벗어나려 하는가. 물론 답은 간단하다. 둘째 아들은 자신의 좀비 상태를 견딜 수 없기 때문이다. 「만세전」의 맏아들처럼 젊은 둘째 부인을 들인 식민지의 하급 관료로서, 아버지와 같은 허랑한 유령의 삶을 살아갈 수 없다는 것이 문제이다. 둘째 아들은 문학적 근대성의 체현자로서 존재론적 불안을 누구보다 예민하게 감지하는 존재이다. 염상섭의 경우 이런 불안은 그의 등단작 「표본실의 청개구리」에서 선명하게 드러나 있었다. 대동강 변의 기인이나 남포의 광인을 바라보는 주인공 젊은이의 표정이 곧 그것이었다. 그의 친구들에게 남포의 광인은 우스꽝스러운 과대망상증자에 불과했다. 하지만 이 소설의 주인공에게는 그가 예사롭지 않게 다가온다. 이유라면 다른 것이 있기 어렵다. 그는 지금 자기의 삶의 진정성에 대해 회의하고 있는 것이다. 일상의 외부자들이 매우 구체적인 모습으로 드러나는 순간 고스란히 노출되는 자기 삶의 허위성을, 그는 지금 자기 눈앞에서 목격하고 있는 것이다. 이런 형태의 불안이 지속되는 것은 매우 위험한 일이다. 어떤 방식으로건 삶 속으로 용해되지 않는다면 그 불안은 한 개체의 삶을 통째로 집어삼킬 수도 있기 때문이다. 이 점은 『그

후』의 다이스케에게도 마찬가지였다.

다이스케가 집안과의 연을 끊으면서까지 포기할 수 없었던 여성은 이미 친구의 아내가 된 사람이었다. 그 여자 미치요와 친구 히라오카를 중매했던 사람이 바로 다이스케 자신이기도 했었다. 그런데 왜 다이스케는 새삼 미치요를 향해 달려드는가. 물론 이유는 없지 않다. 친구의 요청으로 중매를 섰던 3년 전에 이미 미치요에게 마음을 가지고 있었고, 게다가 현재 미치요의 결혼 생활이 행복하지 못한 것을 확인하자 마음이 흔들렸다는 것이다. 하지만 고등유민을 자처하며 세상사에 초탈한 다이스케가 이런 감정 문제로 흔들린다는 것은 조금 이상하지 않은가. 그런 것이 진짜 이유가 될 수는 없어 보인다. 오히려 아버지와 형이 추진해온 이른바 '정략결혼'을 받아들이지 않기 위함이라 하는 쪽이 좀 더 설득력이 있다. 물론 아버지가 주선한 혼처도 재정이 든든한 지주 집안의 딸답게 참하고 조신한 스타일이므로 굳이 마다할 이유는 없다. 그런데도 다이스케는 굳이 친구의 아내와 결혼해야겠다고 나섰다. 그것도 이상하지 않은가. 고등유민을 자처하며 좀비 생활을 하던 다이스케에게 더 이상 견디기 힘든 불안의 순간이 찾아왔다고 하는 것이 더 적절하지 않을까. 소세키는 이렇게 썼다.

> 게다가 그는 현대 일본 사회의 특징이라 할 수 있는 왠지 모를 불안에 사로잡히기 시작했다. 그 불안은 사람들 사이에 서로 믿음이 없기 때문에 일어나는 야만에 가까운 현상이었다. 그는 그런 심정 현상 때문에 심한 동요를 느꼈다. 그는 신을 숭상하는 것을 좋아하지 않았다. 또한 매우 이성적이어서 신앙을 가질 수 없었다. 서로에 대해 신뢰를 가지고 있는 사람은 신에게 의지할 필요가 없다고 믿고 있었다. 서로가 의심할 때의 괴로움에서 벗어나기 위해서, 신은 비로소 존재의 권리를 갖는다고 해석하고 있었다. 따라서 신이 존재하는 나라에서는 사람들이 거짓말을 일삼을 것이라고 단정했다. 하지만 지금의 일본은 신에 대한 신앙도, 인간에 대한 믿음도 없는 나라라는 사실을 깨달았다. 그리고 그는 그 가장 직접적인 원인이 경제 사정에 있다고 결론지었다.[12]

여기에서 신앙도 신뢰도 없다고 말하는 일본의 현재 상태란 사실은 다이스케(혹은 소세키) 자신의 마음의 상태를 지칭하는 것이라 해야 마땅하다. 어떤 초월적 절대성에 대한 신앙도 또 동료들에 대한 신뢰도 없는 상태, 그것은 자폐적인 젊은 좀비의 상태에 다름 아니기 때문이다. 그러므로 미치요에 대한 사랑 운운하는 다이스케의 말은 사실은 자신의 상태를 견딜 수 없어 하는 좀비의 비명이라 해야 할 것이다. 요컨대 미치요에 대한 사랑이라는 말은 자기에게 박두해 있는 불안과 죽음충동을 도회하기 위한 방편이라는 것이다.

중요한 것은 다이스케가 미치요와 결합하겠다는 결정을 통해 일종의 책임감을 느꼈다는 점이다. 그것은 아버지와 형에 대한 가족으로서의 책임감이나 친구에 대한 의리, 사회적 시선의 중압감을 넘어서는 어떤 것이다. 한 개인으로서는 목숨 건 것이라 해도 좋을 것이다. 그가 결심을 하고 난 다음에 느끼는 책임감은 무겁게 다가왔지만, 자진해서 맡은 책임이므로 그 무거움은 괴로움이 아니었다. 오히려 그것은, "그 무게에 짓눌려서 오히려 저절로 발이 앞으로 나가는 듯한 느낌이 들었다"[13]와 같이 표현되는 흥가분함에 가깝다. 몸과 마음이 흩어져버릴 듯한 불안을 묶어주었기 때문일 것이다. 다이스케는 비로소 살아야 할 이유를 찾은 것이고 자기 책임의 구체적인 영역을 찾은 것이다.

염상섭은 15세에 일본 유학을 갔다. 그 자신의 술회에 따르면, "춘향전을 문학적으로 음미하기 전에 도쿠토미 로카德富蘆花의 『불여귀』를 읽었고, 이인직의 『치악산』은 어머님이 읽으실 때 옆에서 몰래 눈물을 감추며 들었을 뿐인데 오자키 고요尾崎紅葉의 『금색야차』를 하숙의 모녀에게 들려주었다"[14]라고 할 정도로 일본문학의 짙은 영향 아래 있었다. 그리고 같은 글에서, 그가 좋아했다고 한 두 명의 일본 문인이 나쓰메 소세키와 다카야마 조규였다. 그

12 나쓰메 소세키, 윤상인 역, 『그후』, 민음사, 2003, 158~159면.
13 위의 책, 292면.
14 염상섭, 앞의 책, 215면.

가 스물다섯의 나이로 「표본실의 청개구리」를 발표했을 때 그 소설을 쓴 진짜 힘은 염상섭에게 온축되어 있던 일본 근대문학의 저력이라 해야 할 것이다. 그가 「표본실의 청개구리」에서 묘사하고 있는 존재론적 불안은 근대성을 보편적 조건으로 받아들일 수 있는 사람의 것이다. 그러므로 그것은 식민지의 청년 지식인에게 어울리는 것은 아니다. 「만세전」에서는 그 불안이 아버지의 집에 대한 분노와 식민지 현실에 대한 모멸감 속으로 스며들거니와, 그것은 이런 점을 고려하면 당연한 것이겠다. 염상섭이 마련한 둘째 아들의 서사는 바로 그 지점에 놓여 있다.

소세키의 둘째 아들 서사가 아버지의 집에 대한 환멸감으로 인해 작동하는 것이라면, 염상섭의 경우는 거기에 식민지 현실이라는 또 하나의 요소가 중첩된다. 개탄스러운 아버지의 집이 식민지 조선이라는 제 나라 땅 전체로 확장되었다 함이 더 적절할 수도 있다. 그리고 그 현실 속으로 더 깊숙이 들어가게 되면, 염상섭에게 둘째 아들의 서사는 종결될 수밖에 없다. 식민지의 현실 속에는 저항해야 할 강력한 아버지가 존재하지 않기 때문이다. 『삼대』의 경우가 대표적이다. 실질적으로는 둘째 아들이면서도 반항아 둘째의 역할을 할 수 없는 상태를 전형적으로 보여주는 것이 『삼대』의 조덕기이다. 그는 가업 승계에 실패한 아버지의 아들이지만, 할아버지의 재산을 두고, 사악하게 변한 그 아버지를 제어하면서 또한 그 아버지의 자리를 대신해야 한다는 점에서, 실질적으로는 아버지의 아들이 아니라 아버지의 경쟁자인 형제에 해당한다. 말하자면 조덕기는 할아버지에게 손자가 아니라 둘째 아들이며, 실심해버린 맏아들로 인해 또한 맏아들 노릇까지도 해야 하는 처지이다. 자기 혼자의 진정성만을 향해 나아가기에는 그가 감당해야 하는 책임이 몫이 너무 크다.

이처럼 둘째 아들의 이야기가 식민지 현실의 서사에 자기 동력을 양도해 나가는 양상이, 「표본실의 청개구리」에서 「만세전」을 거쳐 『삼대』로 나아가면서 염상섭에게서 나타나는 변화의 핵심일 것이다. 그것은 염상섭이 일본

문학의 압도적인 영향력으로부터 벗어나 자기 고유의 서사를 마련하는 일이기도 했다. 그러니까 식민지 상태라는 현실적 압력으로부터 조금만 자유로워져도 그의 서사의 골격은 저 둘째 아들의 형태로 돌아갈 준비가 되어 있는 셈이다. 이 점은 특히 『불연속선』(1936) 같은 '순수한 연애소설'(이 말은 식민지라는 현실을 환기시키는 요소가 매우 적다는 것을 뜻한다. 카페 여주인과 택시 운전수의 사랑을 다룬 이 소설에서 그런 요소는 여주인공이 한때 '마르크스 걸'이었다는 정도로 매우 약하게 드러나고 있다)의 경우에서 분명하게 드러나고 있다. 제대로 된 삶을 원하는 남녀 주인공은 서로에 대한 책임의 몫을 완수함으로써 자신의 주체됨을 증명한다. 연애하는 사람들 사이에 있을 수 있는 난관과 곤경을 헤쳐 나가게 하는 것은 서로에 대한 신뢰이고, 그것은 고독하게 책임지는 칸트적 의지 속에서가 아니라 상대를 통해 서로의 주체됨을 구현함으로써 결사를 가능케 하는 헤겔적 행위 속에서 구현된다. 『삼대』나 『무화과』처럼 상대적으로 당대의 정치적 현실에 가까이 갔던 소설들이 만들어내지 못했던 수준을, 『불연속선』 같은 순수한 연애소설이 획득해내고 있다는 것은 역설적이다.

물론 이것은 염상섭이 제국의 감시 아래 있던 포로수용소의 작가였다는 점, 그 현실이 소설가로서의 그의 손끝을 제약하고 있었다는 점을 고려한다면 어렵지 않게 이해할 수 있는 것이기도 하다. 해방 후의 그의 걸작들, 『효풍』(1948)과 특히 『취우』(1952)가 보여주고 있듯이 역사적 현실과 혼융되어 있을 때 연애도 빛을 발한다. 염상섭의 소설은, 연애를 통해 삶 속에 스며있는 정치와 윤리를 말하는 것이 소설의 본령임을 상기시켜주는 좋은 예이다. 하지만 일제 치하에서는 그럴 수가 없었다. 식민지의 현실로부터 상대적으로 멀어질 때, 책임을 통해 자신의 자유를 증명하는 주체의 등장이 가능케 된다는, 조금은 역설적인 사실을 염상섭의 소설들이 보여준다. 그리고 루쉰의 매우 뜨거운 글들은 이와 유사한 역설적 운명을 지니고 있다는 점에서 염상섭의 글과 궤를 같이 한다. 물론 이것은 소세키가 보편성의 표상으로서 그 반대편에 놓여 있다는 전제하에서 가능한 말이다.

5. 루쉰의 역설, 횡참橫站과 횡보橫步

루쉰의 문학을 하나의 전체로 보면 가장 현저하게 드러나는 것은 글쓰기의 전투성이다. 소설집은 세 권이지만 잡문집은 그 다섯 배에 달한다. 그리고 잡문의 절반 이상이 논쟁적인 글이고, 더러는 이전투구 같은 성격의 글까지 있다. 중국의 근대문학의 출발점에서 문학혁명을 이끈 주역 중 하나였던 그의 문학은 1930년에 결성된 좌익작가연맹으로, 혁명문학으로 이어진다. 그는 38살이던 1918년에 소설을 발표한 이후 16년 동안을 글 쓰는 사람으로 살았다. 1927년 상하이에 정착하면서부터 그의 글은 더욱 전투적이 되었고, 좌익작가연맹 설립 이후로는 목숨을 위협받는 처지가 되었다. 이런 격렬한 상황 속에서 쓴 글이 그의 잡문들이다. 그가 평생 사용한 필명이 140여 개이고, 특히 1932년부터 그가 세상을 떠난 1936년까지 4년간 사용한 필명이 80여 개라는 사실[15]은 그의 글쓰기가 얼마나 뜨거운 것이었는지를 상징적으로 보여 준다.

그런데 이런 사실을 염두에 두면 자연스럽게 제기되는 질문이 있다. 둘째 아들의 서사란 냉정함과 수동성의 산물인데 어떻게 이런 뜨거운 글쓰기를 둘째 아들의 서사라고 할 수 있는가. 만약 루쉰의 글쓰기가 둘째 아들의 것이 맞다면, 그의 불안은 어떻게 처리되었는가.

루쉰이 문학을 선택하게 된 계기는 이미 전설적인 것이 되어 있다. 그 자신이 첫 소설집의 서문에 썼던, 이른바 '환등 사건'이라 지칭되는 사건이 그것이다. 거기에는 강렬한 발심과 회심의 순간이 담겨 있다. 그 개요를 보면 이렇다. 집안의 장손이었던 어린 루쉰은 아버지가 병들어 세상을 떠나는 과정을 함께 했다. 전당포와 약방을 오가며 아버지의 병수발을 들어야 했었다.

---

15 유세종, 「『꽃테문학』에 대하여」, 루쉰, 유시종 외역, 『루쉰 전집』 7, 그린비, 2010, 803면.

아버지가 세상을 떠나고 난 후로 서양 학문을 익히면서 루쉰은 전통의술의 처방이라는 것이 얼마나 어이없는 속임수였는지를 알게 되었다. 그 분노가 그에게 발심의 순간을 만들어주었다. 그는 중국에 새로운 의술을 도입하겠다는 생각으로 일본 유학을 떠나 의학전문학교에 들어가게 되었다. 그리고 의학전문학교에서 공부하던 때 회심의 순간이 찾아온다. 미생물 수업 시간에 환등기를 이용하여 사진을 보게 되었다. 러일전쟁이 벌어지던 때였으므로 중간에 일본군이 전승하는 사진들이 등장하곤 했다. 그런데 그 사진 중 하나가 중국인이 일본군에게 참형당하는 장면을 찍은 것이었다. 동족이라는 사람들이 그것을 구경하겠다고 참수당하는 사람을 에워싸고 있는 사진이었다. 그 일이 있은 후로 루쉰은 의학을 포기했다고 했다. 그는 첫 소설집의 서문에서 다음과 같이 썼다.

> 우매한 국민은 아무리 몸이 성하고 튼튼해도 아무런 의미도 없는 구경거리가 되거나 구경꾼밖에는 될 수 없으니, 병에 걸리거나 죽거나 하는 사람이 비록 많다 해도 그것을 불행이라고 생각할 필요는 없다고 느꼈던 것이다. 그래서 그때 나는 가장 먼저 해야 할 일은 그들의 의식을 개조하는 것이며, 의식을 개조하는 가장 좋은 수단은 문예라고 생각하고 문예운동을 해나가리라 다짐했다.[16]

루쉰이 의학공부를 그만 두고 센다이에서 동경으로 돌아간 것은 1906년, 그가 26세 때의 일이었다.[17] 그리고 그가 첫 소설을 발표한 것은 그로부터 12년 후의 일이다. 이것은 좀 이상하지 않은가. 대단한 결심으로 시작한 의학공부를 그만둘 정도로 더욱더 강한 회심의 순간이 있었는데, 문학으로 민

---

16 루쉰, 노신문학회 편역, 『노신 선집』 1, 여강출판사, 2003, 21면.

17 루쉰이 일본 유학을 간 것은 1902년 22세 때이고, 센다이 의학 전문학교 입학한 것은 1904년, 그리고 의학 공부를 그만두고 동경으로 돌아간 것은 1906년의 일이다. 루쉰에 관한 전기적 사실은 왕스징의 『루쉰전』과 다케우치 요시미의 『루쉰』, 그리고 『루쉰 전집』과 『노신 선집』 등의 연보에 의거한다.

족을 개조하겠다던 이 청년 계몽주의자는 그 긴 시간 동안 왜 문예운동을 하지 않았던 것일까. 1909년 귀국한 그는 고향 샤오싱으로 돌아가 교원으로 일했고 또 1911년 신해혁명 이후로는 교육부 관료가 되어 베이징으로 이주했었다. 그리고 공무원 노릇을 하는 틈틈이 비석의 탁본을 뜨고 고적과 골동품을 다루는 재야학자와 같은 일을 수행하고 있었다. 첫 소설 「광인일기」를 발표한 것도 자발적이었다기보다는 친구의 권유에 의한 것이었다고 책의 서문에서 그 자신이 밝히고 있기도 하다. 대체 무엇이, 문학으로 나라를 구하겠다던 26세의 야심만만한 계몽주의자를 의기소침하게 만들었던 것인가.

이 서문은 또 하나의 전환의 순간을 적어두고 있다. 그는 동경에서 의기투합한 사람들과 함께 『신생』이라는 잡지를 내고자 했으나 실패로 돌아갔다. 그런 실패란 일을 하다 보면 있을 수도 있는 것이지만, 문제는 그로 인해 루쉰이 실심을 해버렸다는 것이었다. 그는 자신의 그때 심정을 이렇게 회고했다.

> 그 후부터 나는 처음으로 덧없음을 느끼게 되었다. 처음에는 그 까닭을 몰랐지만 후에야 알게 되었다. 사람이란 자기의 주장이 찬동을 받으면 전진하게 되며, 반대를 받으면 분발하게 되는 것이다. 그렇지만 낯선 사람들 속에서 자기 혼자 아무리 외친다 해도 그들이 찬성도 반대도 아닌 아무런 반응도 보여주지 않는다면 거친 허허벌판에 홀로 서 있을 때처럼 난처해질 것이다. 그것이 얼마나 슬픈 일이겠는가! 그래서 나는 그때 느낀 바를 적막이라고 불렀다. 이러한 적막감은 날이 갈수록 커져서 마침내는 큰 독사처럼 내 영혼을 칭칭 휘감아버렸다.[18]

이런 절망의 순간이라면 어떨까. 계몽의 불가능성에 대한 인식이 생겨난 순간이라 할 수 있지 않을까. 물론 루쉰은 뒤이어서, 이런 좌절감을 자기 자신에 대한 반성으로, 자기 분수에 대한 인식으로 받아들였다고 썼다. 자기는

18 노신문학회 편역, 앞의 책, 22면.

팔을 휘두르거나 소리를 질러 사람들을 불러 모을 수 있는 영웅이 아니라는 식이다. 하지만 그것이 전부일 수는 없을 것이다. 문학의 개혁을 통해 국민의 마음을 바꾸자는 식의 계몽주의라면, 량치차오가 주창했던 소설 혁명론이나 시 혁명론의 수준 이상일 수는 없는 것으로서, 그 자체로 자명한 한계를 지니고 있다. 문학을 혁명한다면 일부 소설이나 시가 바뀔 수는 있을 것이다. 하지만 그것이 의식 개혁을 통해 현실을 바꾸겠다는 것이라면, 아무리 구체적이고 정치한 방법론을 제시한다 해도 그것은 루쉰의 아Q가 말하는 '정신 승리법'과 크게 다르지 않을 것이기 때문이다.

첫 소설을 발표한 이후로 루쉰이 글을 써온 방식, 특히 그가 가르쳤던 학생들이 학살당했던 1926년 3·18 사건 이후 그가 글쟁이로서 살아간 방식은, 계몽을 포기한 사람이 어떻게 계몽적 지식인이 되어갈 수 있는지, 혹은 혁명을 포기한 문학이 어떻게 혁명적이 될 수 있는지를 보여준다.

루쉰이 펼쳐온 글쓰기의 전쟁은 크게 두 방향성을 지니고 있었다. 무죄한 젊은 사람들이 죽어가는데도 권력자들의 편을 들면서 문학의 품격을 주장했던 세련된 사람들(루쉰은 이들을 풍자적인 의미에서 '정인군자正人君子'라고 불렀다)이 한편에 있다(『현대평론』과 『신월』을 만들고 활동한 사람들로 영국 유학을 한 비평가 천시잉陳西瀅과 미국 유학을 한 후스胡適 등이다). 또 한편에는 문학을 혁명의 도구로 써야 한다고 주장하는 젊은 좌파들이 있었다(『창조』의 비평가 청팡우成仿吾와 『태양월간』의 성원들).[19] 1932년의 루쉰의 표현에 의하면, "나는 상해에 와서 문호들의 붓끝에 포위 토벌을 당했다. 창조사, 태양사, '정인군자'의 신월사에 들어 있는 사람들은 다 나를 나쁘다고 했으며, 문인들의 파벌에는 휩쓸리지 않는다고 자처했고, 지금은 대부분 작가나 교수로 승급한 선생들까지도 자신들의 고상함을 보여주기 위해 글 중에서 나를 암암리에 몇 마디씩 야유하곤 했다"[20]라고 표현된다. 그러니까 그는, 한편으로는 현실과 야합하면서

19 당시의 상황에 대해서는, 홍석표, 『중국현대문학사』, 이화여대 출판부, 2009, 8장.
20 루쉰, 노신문학회 편역, 「『삼한집』 서문」, 『노신 선집』 2, 여강출판사, 2004, 597면.

문학을 하겠다는 사람들과 싸우면서 또 한편으로는 문학을 혁명의 도구로 만들어야 한다는 사람들과도 논전을 벌여야 했었다.[21]

루쉰은 1930년 좌익작가연맹이 만들어진 이후에도 여전히 두 방향의 싸움을 해야 했다. 그것을 그는 1934년의 한 편지에서 '가로서기橫站'라고 표현했다.[22] 적이 참호 저 너머에만 있는 것이 아니라 아군의 진영이라 생각했던 후방에서도 암전이 날아오기 때문에 부득이 게걸음을 하는 자세로 '가로서기'를 할 수밖에 없다는 것이다. 이것은 당시 중국이 지니고 있었던 이중의 전선, 밖으로는 일본제국의 침략을 받고 있으면서 내부에는 국민당과 공산당이 맞서 있던 현실적 정황을 배경으로 지니고 있으나, 그 자체만으로도 문학과 글쓰기를 대하는 루쉰의 태도를 보여주기에 족하다. 루쉰이 맞서 싸웠던 두 가지 주장은 모두 문학을 대단한 것이라고 생각하는 사람들의 것이었다. 비록 방향은 달라서, 한쪽은 문학을 순수하게 보존해야 한다고 생각했고 다른 한쪽은 문학을 혁명의 도구로 사용해야 한다고 생각했지만, 둘 모두 문학이 그런 가치가 있다거나 그런 몫을 할 수 있다는 생각을 전제하고 있다. 루쉰은 이에 대해 문학은 대단한 것이 아니라고 말함으로써 대응한다. 그가 1927년 황푸 군관학교에서 행한 강연「혁명 시대의 문학」에서 강조한 것은, 혁명은 문학이 아니라 총과 칼로 한다는 것이었다.

여러분은 실제로 전쟁을 하는 사람들이며 혁명하는 전사들이므로 내 생각 같

21 「문예와 혁명」(1928) 같은 글이 이런 사정을 상징적으로 보여준다.

22 첸리춘钱理群은 비판적 지식인으로서의 루쉰의 독립적 성격을 말하기 위해 이 단어를 썼다. 그는 '횡전横战'이라고 표기했으나, 두 단어는 'hengzhan'이라는 같은 음가를 가지고 있어 그런 듯싶다. 이 단어가 나오는 루쉰의 원문을 인용해 두자. "발바리 같은 부류들은 두려워할 게 못되지요. 가장 두려워할 것은 확실히, 말은 똑바로 하면서도 생각은 삐뚤어진 소위 "전우"라는 자들이에요. 막을 방법이 없기 때문이에요. 예를 들면 샤오바이紹伯 같은 부류들은 아직껏 어떤 생각을 가지고 있는지 모르겠어요. 후방을 막기 위해 나는 이제 가로서기横站를 해야 해요. 적을 정면으로 바라볼 수가 없어요. 앞을 보고 뒤를 돌아보느라 가외로 힘을 써야 해요." 魯迅, 『魯迅全集』 13, 北京 : 人民文學出版社, 2005, 301면; 錢理群, 『追尋生存之根 : 我的退思彔』, 广西師范大學出版社, 2005, 41면.

아서는 역시 문학을 부러워하지 않는 것이 좋을 것 같습니다. 문학 공부를 해서는 전쟁에 이로운 점이 없습니다. 기껏해야 군가나 한 수 쓸 수 있을 뿐이며, 혹시 좋은 군가를 쓴다면 전투가 끝나고 휴식할 때 좌흥을 돋울 수는 있을 것입니다. (…중략…) 물론 문학이 혁명에 대해 위대한 힘을 가진다고 생각하는 사람도 있지만 나는 어쩐지 거기에 의심이 갑니다. 문학은 어쨌든 일종의 여유의 산물로서 한 민족의 문화를 보여줄 수 있습니다. 이것은 확실한 것입니다.

사람이란 대체로 자기가 현재 하고 있는 일에 만족을 느끼지 못하는 법인가 봅니다. 나는 글을 몇 편 짓는 재주밖에 없고, 그것도 스스로 혐오감을 느끼는 판인데 총을 든 여러분들은 도리어 문학 강연을 듣고 싶어하는 것입니다. 나는 오히려 대포 소리가 더 듣고 싶습니다. 대포 소리가 문학 이야기보다 훨씬 더 듣기 좋을 것같이 생각됩니다.[23]

루쉰이 문학에 대해 이렇게 말할 수 있는 것은, 그것이 그에게는 사실이되 자기에게 속한 사실이기 때문이다. 군관학교의 병사들 앞에서는 그 자신이 문학인 것이다. 자기가 문학이면서 자기를 높이는 것은, 최소한 둘째 아들에게는 어울리는 일이 아니다. 이상주의자들이라면 자기를 도달해야 할 곳으로부터 쏟아져나오는 강렬한 빛 때문에 그 자신을 돌아볼 겨를이 없다. 그들은 이상의 거룩함과 자기 자신을 분리하기 어려운 사람들이어서, 이상과 함께 덩달아 자기를 높일 수는 있어도 반대로 자기를 낮출 여지는 많지 않다. 그와 같은 자기 높임이 첫째아들의 서사라면, 둘째 아들의 서사는 그 이상주의가 만들어내는 그림자 뒤에서 자기 자신을 바라보는 사람의 것이다. 잡지 발간에 실패한 20대 후반의 루쉰이 동경에서 맛보았던 적막감은 그가 비로소 문학의 영역에 들어섰음을 알려주는, 그와 동시에 그가 둘째 아들의 서사 세계 속으로 진입하였음을 알려주는 표지이다. 다케우치 요시미는 문학으로

---

23 루쉰, 앞의 책, 2004, 469~470면

의 루쉰의 회심이 전설이 되어서는 안 된다는 주장을 했었다. 루쉰이 의학전문을 그만 두고 문학을 하겠다고 한 것도 루쉰 스스로가 밝힌 문면을 넘어서는 무엇이 있다고 주장했다. 요시미가 루쉰을 통해 발견하고자 한 것은, 문학을 무용성의 차원으로 끌고 내려감으로써 문학인이 되고, 그럼으로써 비로소 계몽가가 되는 루쉰의 모습이었다. 다음과 같은 견해는 경청할 만하다.

> 루쉰은 성실한 생활자이며 열렬한 민족주의자이고 또한 애국자이다. 그러나 그는 그것으로 그의 문학을 지탱하고 있는 것은 아니다. 오히려 그것을 고려하지 않는 것에서 그의 문학이 성립하고 있는 것이다. 루쉰 문학의 근원은 무無라고 불릴 만한 어떤 무엇이다. 그 근원적인 자각을 획득했던 것이 그를 문학가이게 만들었고, 그것 없이는 민족주의자 루쉰, 애국자 루쉰도 결국 말에 불과할 뿐이다.[24]

그러니까 요시미에 따르면, 루쉰이 계몽가일 수 있는 것은 그가 밑바닥까지 내려간 문학자였기 때문이라는 것이다.

그렇다면 루쉰은 둘째 아들의 서사가 감당해야 하는 존재론적 불안을 어떻게 해결하는가. 두 번째 소설집에 실린 단편 「축원례」에 등장하는 인상적인 장면이 있다. 하녀로 일하는 마흔 된 여자 샹린 댁이 글을 아는 남자에게 물었다. 사람이 죽은 후에 영혼이 있느냐 없느냐, 당신은 글을 아니 말해줄 수 있지 않으냐 하고. 이에 대한 글 아는 사람의 반응은 다음과 같이 표현되고 있다.

> 나는 몸이 오싹해졌다. 그 여자가 나를 뚫어져라 쳐다보자 등줄기에 가시라도 박힌 듯한 느낌이었다. 마치 학교에서 선생님이 예고도 없이 갑자기 시험을 치면서 옆에 와서 딱 붙어선 때보다도 더 당황했다. 나는 영혼이 있느냐 없느냐에 대

24 다케우치 요시미, 서광덕 역, 『루쉰』, 문학과지성사, 2003, 74면.

해서는 전혀 생각해본 일이 없었다. 그런데 지금 이 여자에게 어떻게 대답해야 좋단 말인가? 나는 한순간 머뭇거리면서 생각해보았다. 이 고장 사람들은 예나 지금이나 귀신이 있다는 것을 믿고 있는데 저 여자만은 지금 의혹을 품고 있지 않은가, 아니 의혹을 품고 있다기보다는 영혼이 있기를 바라든가 없기를 바라는 게 아닐까 …… 인생의 마지막 길에서 허덕이는 사람에게 괴로움을 더해줄 필요는 없으리라. 저 여자를 위해서는 차라리 있다고 하는 편이 좋을 것이다.[25]

샹린 댁으로부터 두 개의 질문이 더 이어진다. 지옥이 있는가. 죽은 가족들을 다시 만날 수 있는가. 처음에는 영혼이 있다고 대답했던 글 아는 청년은 자기도 모르겠다며 황황히 그 자리를 떠나버렸다. 더 이상의 질문이 이어질까 두려웠던 탓이라고 했다. 샹린 댁이 이런 질문을 한 이유는 매우 간단한 것이었다. 샹린 댁은 자기 의사와는 달리 두 남자와 결혼했고 그들 모두와 사별했다. 아들도 하나 있었지만 그 역시 먼저 세상을 떴다. 혹시라도 죽어서 다시 그들을 만나게 된다면 두 남편 사이에서 곤란한 지경에 빠질 수도 있다고 생각했던 때문이었다. 배운 게 없는 샹린 댁으로서는 걱정할 만한 일이다. 그런데 글을 배운 청년이 왜 이런 정도의 질문에 당황함이 저와 같은가. 대답할 수 없는 질문이라 생각한다면 태연해야 할 것이다. 그는 자기가 이 질문에 대답할 수 있거나 혹은 대답해야 한다고 생각하는 것인가.

아마도 이런 대목이 루쉰에게서 매우 희미하게 모습을 보이고 있는 불안의 처리 방식일 듯싶다. 샹린 댁이 던진 질문은 근대 세계가 어떤 방식으로건 스스로가 감당해야 할 질문이다. 그런데 그 질문을 순박한 민초에게 떠넘기고, 그런 질문의 주체가 불안한 듯이 도망치는 청년의 모습은, 진정으로 두려워해야 할 것, 곧 그 질문과 정면으로 맞서는 것에 대한 두려움을 도회하는 것이라 해야 하지 않을까. 이것은 루쉰이 아직 전쟁터에 있기 전의 일이기도 했다.

25 노신문학회 편역, 앞의 책, 184면.

1930년대에 접어들면서 루쉰은 진짜 전쟁터에 서게 되었다. 1931년, 루쉰과 함께 좌익작가연맹에 소속되어 있던 청년 작가 다섯 명이 국민당 정부에 의해 체포되어 재판 없이 처형당했다.[26] 테러의 위험 때문에 루쉰은 숨어 살며 글을 쓰던 상하이 일본 조계에서도 다수의 은신처를 옮겨 다녀야 했다. 이처럼 진짜 전쟁터의 현실적 불안이 압도적인 곳이었으므로 존재론적 불안은 머리를 내밀기 어렵다. 그것은 흡사 청년 염상섭에게 솟아나왔던 불안이 식민지의 현실 속으로 용해된 것과 마찬가지 양상이겠다.

이런 점에서 보자면 루쉰이 논쟁적이고 전투적인 글쓰기 속에서 수행해야 했던 '가로서기'(횡참)는, 염상섭이 장편소설을 통해 수행했던 '갈지 자 걸음 걷기'(횡보)에 상응한다고 해도 좋을 것이다. 소세키라면 횡참이건 횡보건, '횡'해야 할 이유가 없다. 그는 자신의 불안의 핵심을 향해 정면으로 박두해가면 되는 일이다. 집을 나간 다이스케의 이야기에 상응하는 『문』이나 늙은 좀비를 다루고 있는 『마음』 같은 소설이 그런 예일 것이다. 그 불안에 맞서기 위해 국가주의나 혹은 다른 어떤 도구를 가지고 왔는지는 또 다른 차원의 이야기가 될 것이지만, 어쨌거나 그 불안을 회피하거나 외면할 이유는 없다. 하지만 포로수용소의 둘째 아들 염상섭은 그럴 수 없다. 『삼대』는 물론이고 『무화과』도 식민지의 정치 현실이 나오면 발걸음이 비틀거릴 수밖에 없다. 그가 똑바로 걸을 수 있는 것은 『불연속선』과 같이 순수한 연애소설에서뿐이다. 전쟁터에 있었던 둘째 아들, 둘째 아들의 몸을 지니고 있으면서도 첫째 아들의 자리로 갈 수밖에 없었던 루쉰은 더 말할 나위가 없겠다. 그는 문학을 버림으로써 문학적이 되는 마술을 보여주었다. 글쓰기의 전쟁터에서 그는 문학을 버리고 비판적 글쓰기로서의 '잡문'을 택했다. 전쟁터에서 문학은 쓸모가 없으므로 당연한 일이었다. 하지만 그가 냉소적으로 명명한 이른바 '짜원雜文'은 어떤 문학보다 더 문학적이 되었고, 문학으로서 스스로를 낮추는 일

26 살해당한 청년 작가들에 대한 루쉰의 애도는 그로부터 2년 후에 발표된 「망각을 위한 기념」(산문집 『남강북조집南腔北調集』 소재)에 곡진하게 표현된다.

이 어떤 높임보다 자기를 더 높일 수 있음을, 의도가 아닌 결과로서 보여주었다. 그것이 전쟁터에 있던 둘째 아들 루쉰이 보여준 역설의 모습이겠다.

6. 둘째 아들의 서사와 동아시아의 근대성

지금까지, 둘째 아들의 서사라는 말을 화두로 하여 염상섭, 소세키, 루쉰 세 작가의 성격에 대해 살펴보았다. 논의를 요약하는 것으로 마무리하자. 이들 세 작가는 각각 한중일 3국에서 근대문학을 열어간 존재들이다. 이들은 기본적으로 냉소가라는 점에서 동일한 기질을 지니고 있다. 그럼에도 그들이 만들어간 문학의 행로는 매우 달랐다. 소세키와 염상섭은 소설의 장인의 길을 갔고, 루쉰은 전투적인 문사의 길을 갔다. 장인의 길을 간 소세키와 염상섭이라 하더라도 자국의 문학사에서 차지하고 있는 위상은 차이가 난다. 두 사람 모두 장편소설들로 일가를 이루었지만, 소세키가 근대 일본을 대표하는 작가임에 비해 염상섭은 그렇지 못하다. 한국문학에서 염상섭은 이광수의 다음 자리에 놓이는 것이 보통이다. 물론 이것은 소세키나 염상섭, 이광수 등의 작품의 질의 문제가 아니다. 그것은 역사적 정황의 문제라 해야 옳을 것이다. 여기에서 우선적인 것은, 동아시아 근대성의 선편을 쥔 존재인 일본과 희생자의 자리에 놓여 있던 한국의 차이다. 한국문학사에서 축적되어온 염상섭에 관한 평가는, 식민지 상태였던 한국에서 무엇이 중요했는지를 보여주는 척도이다. 일본이라는 보편자와 전쟁 중이었던 중국은 대안적 보편자의 자리를 차지할 수 있었거니와, 루쉰이 매우 다른 방식의 글쓰기로 보여주었던 것이 바로 그것이다.

둘째 아들의 서사라는 화두는 일차적으로 세 명의 작가를 함께 묶기 위해 안출된 개념이지만, 그것은 또한 근대적 서사 일반의 속성을 지칭하는 것이기도 하다. 근대가 열어젖힌 것은 전통사회로부터의 질곡만이 아니다. 근대는 전근대적 속박으로부터 자유를 선물했지만 동시에 무한히 열린 공간이라는 절대 자유의 공포를 동반했다. 여기에서 공포는 불안이나 공허로 표현될 수도 있거니와, 그것은 근대적 주체가 홀로 되었을 때 궁극적으로 대면해야 하는 것이기도 하다. 그러니까 근대가 담장을 무너뜨려 새로운 무한성의 지평을 보여주었다면, 새로운 세계의 주체는 어떤 방식으로건 그 무한성의 부름에, 자기 안에서 솟아나는 불안에 대해 응답해야 한다. 둘째 아들의 서사란 자기 불안을 책임지고자 집을 나가는 사람들의 이야기이며, 그런 점에서 근대 서사의 한 원형에 해당한다. 소세키의 『그후』의 경우는 그런 서사의 표준에 해당한다. 하지만 둘째 아들의 몸을 지니고 있으면서도 첫째 노릇을 할 수밖에 없었던 것이 염상섭과 루쉰의 경우였다. 루쉰은 전쟁터 속으로 들어가, 둘째 아들 노릇을 포기함으로써 오히려 진짜 둘째 아들이 어떤 존재인지를 보여주었고, 염상섭은 서로 대극적인 인력을 지닌 문학과 현실을 하나로 움켜쥘 수밖에 없는 상황 속에서, 그 둘의 강한 반발력으로 인해 비틀거리는 발걸음을 보여주었다. 이것은 물론 일제 치하에서 발표된 그의 소설을 두고 하는 말이다.

근대로의 전환기에 동아시아 각국에서 펼쳐진, 문학이라는 사유의 서로 다른 실천 방식에 대한 접근은 문학 연구를 위한 매우 풍부한 서사의 저장고이다. 이들을 교직함으로써 생산할 수 있는 다채로운 사유의 무늬는 다른 연구를 기약해야 하겠다. 여기에서는 일단, 서로 다른 방식으로 '횡'해야 했던 두 사람과, '횡'할 필요 없이 불안의 핵심을 향해 다가갈 수 있었던 한 사람이 만들어낸 동아시아 근대문학의 풍경 하나를 스케치해보는 정도에서 멈추어 두자.

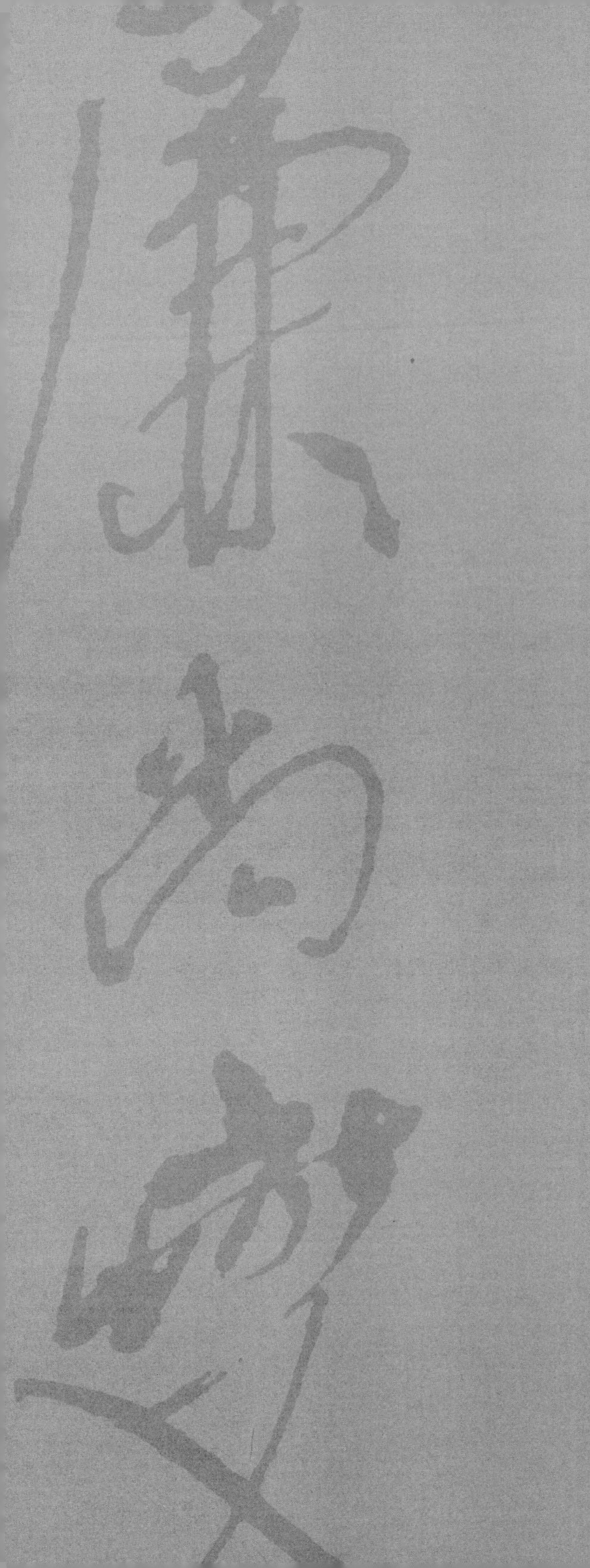

제4부

염상섭의 장편소설과 식민지 모던 걸의 서사학

『사랑과 죄』의 '모던 걸' 재현 문제를 중심으로

이용희

1. 염상섭 소설의 '못된' 여성들

염상섭은 2차 도일渡日 직전에 발표한 장편소설 『진주는 주었으나』(『동아일보』, 1925.10.17~1926.1.7)를 통해 "의협심이 머리에 가득한" 경성제대 학생 김효범과 "불온사상을 가진" 신문기자 신영복을 내세워 "한국 시대에는 ××사건에 매국검사라고 패차고 나섰던 놈이요 합병 후에는 고리대금업 변호사"로 유명한 진형석과 인천의 "미두대왕" 이근영 간의 "인육장사"로부터 조인숙이라는 여성을 구하려다 실패하는 이야기[1]를 그려냈다. 표면적인 실패의 이유는 김효범 일파가 진형석과 이근영의 권력・재력과 더불어 식민지

1 돈과 경찰과 매체가 공모한 '여성 인신매매' 사건을 접한 지식인과 신문기자가 합심하여 위기에 처한 여성을 구출하는 이야기는 이미 『무정』의 '청량리 사건' 같은 데서도 그 기미를 확인할 수 있는 것처럼 대중적인 서사적 코드였다. 김경수는 이러한 '스캔들'의 소설화가 신문 사회란의 스캔들 기사의 차용과 관련이 있다고 주장했다. 김경수, 「현대소설의 형성과 스캔들—횡보의 『진주는 주었으나』를 중심으로」, 『국어국문학』 143, 국어국문학회, 2006 참조.

공권력과 타락한 신문매체가 공조한 조직적인 음모에 대항할 수단과 세력을 갖추지 못했기 때문이었다. 이 소설에서 주목되는 것은 진형석의 '전처의 시조카 딸'이자 피아니스트인 조인숙의 형상과 그녀에 대한 김효범의 생각이다. 그녀는 양부養父에 가까운 진형석에게 성적으로 유린당하는 대가로 학비를 원조 받고 이근영에게는 결혼을 해주는 대가로 독일 유학을 제안하는 '요부 타입'으로 그려지는데, 이러한 여성을 구원하고자 한 김효범은 혼란과 애증을 느끼며 이렇게 스스로 되묻는다. "자기의 힘으로는 좀처럼 엿볼 수 없는 세계에서 호흡하는 계집 (…중략…) 이 계집이 호흡하는 세계를 나는 얼마나 아는가?"[2]

염상섭이 일본에서 조선으로 귀국할 즈음부터 발표하기 시작한 일련의 장편소설들[3]은 바로 이 질문에 바쳐졌다고 해도 과언이 아닐 정도로 윤리적으로 타락하거나 타락한 것으로 오인되는 모던한 여성들과 그들이 호흡하는 음험陰險하고 음분淫奔한 세계에 대한 형상화로 가득 차 있다. 『사랑과 죄』의 정마리아, 『이심』의 춘경, 『광분』의 경옥, 『삼대』의 홍경애 등은 소설 속에서 직접적으로 '모던 걸'로 호명되기도 하거니와 그들의 생활방식과 내면, 그리고 그들이 맺는 인간관계의 (사상과 풍속 양면에서의)범죄적 양상에 대해 염상섭은 남다른 관심을 보였다.

오랫동안 염상섭 장편소설의 모던 걸 형상은 특유의 이중 서사적dual narratives 구도[4] 속에서 흥미 위주의 통속적인 서사(탐정소설적 측면)를 담당하는 존

2 염상섭, 「진주는 주었으나 75」, 『동아일보』, 1926.1.6(전체 연재 : 1925.10.17~1926.1.17).

3 염상섭은 1926년 1월 19일경에 일본으로 건너가 1928년 2월경에 조선으로 돌아온다. 귀국을 전후로 모던 걸이 등장하는 『사랑과 죄』(『동아일보』, 1927.8.15~1928.5.4)를 발표하고 이어서 『이심』(『매일신보』, 1928.10.22~1929.4.24), 『광분』(『조선일보』, 1929.10.3~1930.8.2), 『삼대』(『조선일보』, 1931.1.1~9.17) 등을 발표한다. 당시 일본문단의 통속소설은 "'신여성'에서 '모던 걸'이라는 여성상의 변모"의 경향을 띠고 있었다. 마에다 아이, 유은경 · 이원희 역, 『일본 근대 독자의 성립』, 이룸, 2003, 249면 참조.

4 한기형은 최근 염상섭 장편소설의 통속성으로부터 반통속의 함의를 읽어낸 논문에서 염상섭 서사의 특질을 "통속과 비극, 희극과 간계, 전통서사와 서구양식, 형이상의 사유와 관습적인 하층어, 리얼리티와 과장, 희곡적 특질과 소설적 묘사, 서로 다른 서사들의 착종과 복합, 주도

재로서 '신여성'의 퇴폐적인 측면을 부각시키는 것으로 인식되었다. 그러므로 그들의 타락상이 식민지 부르주아사회와 문화의 타락상을 상징하는 것으로 이해[5]되는 것을 피할 수는 없었다. 또한 염상섭은 모던 걸에 비판적인 입장을 취했고 그의 장편소설에 모던 걸을 등장시킨 것은 그러한 입장을 공론화하기 위한 방편으로 규정되기 십상이었다. 이러한 판단이 가능했던 이유는 아마도 기존의 연구사가 모던 걸에 대한 당대의 부정적인 담론과 표상[6]을 그대로 추인追認하면서 염상섭 소설이 그리고 있는 모던 걸의 명백한 타락상을 염상섭의 '작의作意'로 규정했기 때문일 것이다. 하지만 염상섭이 그렸던 모던 걸은 당대의 통념적인 모던 걸 표상과는 교묘하게 달랐고 그의 장편소설이 모던 걸을 비판하기 위해 쓰인 것만은 아니라는 점이 이 글의 기본적인 문제의식이다.

주지하듯 염상섭 장편소설의 중요한 모티프 가운데 하나였던 소위 '돈과 성욕'의 문제가 부상할 때면 소설 속에서 음모를 획책하는 협잡꾼들의 연합 속에 끼어 있던 모던 걸은 어김없이 비판적 관심의 대상으로 떠오르곤 했다. 그 논의의 양상이 단순하지만은 않은데, 『이심』에 대한 논평의 경우를 예로 들자면 소설 속에서 음모의 희생양으로서 자살로 생을 마감하는 춘경의 비극은 결국 그녀의 '창녀적 기질' 때문이라는 극단적인 해석이 개진된 한편으로 그녀가 '주의자의 아내'였기 때문이라는 일견 상반된 견해[7]가 제출된 바

서사와 주변서사의 불확정과 의미론적 역전, 에피소드와 중심플롯의 모호한 관계 등이 외견상 무질서하게 동거하는 형태로 편성된다"라고 규정했다. 즉 염상섭 장편소설의 서사구조를 '통속서사와 정통문학의 교직'이라고 본 것이다. 한기형, 「노블과 식민지－염상섭 소설의 통속과 반통속」, 『대동문화연구』 82, 성균관대 대동문화연구원, 2013, 183~184면 참조.

5 이는 『광분』에 대한 김경수의 평에서나 『사랑과 죄』에 대한 염무웅의 평에서 공히 나타나는 특징이다. 정호웅, 「식민지 현실의 소설화와 역사의식」, 『염상섭 전집』 2, 민음사, 1987; 김경수, 「염상섭 소설의 전개 과정과 『광분』」, 『광분』, 프레스21, 1996 참조.

6 1920~1930년대 모던 걸의 부정적 표상에 대해서는 김수진, 「5장 : 모던 걸, 모방의 병리적 주체」, 『신여성, 근대의 과잉』, 소명출판, 2009 참조.

7 '창녀적 기질'은 김윤식(『염상섭 연구』, 서울대 출판부, 1987)의 의견이고 '주의자의 아내'에 주목한 것은 이보영(『난세의 문학－염상섭론』, 예림기획, 2001)의 관점이다.

있다. 바로 이 '창녀'와 '주의자의 동반자'는 염상섭의 장편소설에서 모던 걸과 관계를 맺는 인물들이 호기심과 의혹의 눈초리로 그녀들을 바라볼 때 떠올리는 대표적 표상들이다. 여기서 흥미로운 것은 사회주의자와의 관련성을 염두에 두었을 때만 모던 걸은 간신히 비판과 힐난의 초점에서 어느 정도 빗겨갈 수 있었다는 점이다. 『삼대』의 모던 걸 홍경애의 사례가 잘 보여주는 것처럼 실제로 염상섭의 소설에 등장하는 모던 걸들은 직·간접적으로 사회주의자와 연결되어 있고 그 연결됨의 거리와 밀도에 따라 재현의 양상과 차원이 달라진다. 그런 의미에서 '사회주의자와 모던 걸의 관련성'은 염상섭 장편소설의 모던 걸 형상을 이해하는 데 중요한 지표 중 하나라고 할 수 있다.

이러한 맥락에서 최근에 발표된 이혜령의 『광분』 관련 논의[8]는 염상섭의 식민지서사의 재현체제의 한계와 가능성을 모색하는 가운데 모던 걸의 재현방식에 대한 새로운 해석 방법을 제안했다는 점에서 주목을 요한다. 이 논의를 통해 그는 식민지서사에서 "모던 걸과 사회주의자는 짝패이거나 중첩된 것으로 그려질 때" 반-사회주의 담론으로 기능할 가능성을 내장한 채 서사화될 수 있었다고 주장했다. 이는 1930년대 소설에서 모던 걸의 짝패로서 등장한 퇴폐적이고 성애화된 사회주의자의 형상이 당시 사회주의 운동이 처한 궤멸의 위기상황을 반영하는 사례라는 점을 통해 증명된다. 염상섭의 장편소설에서 확인할 수 있듯이 당대의 대중서사물은 "사회주의자와 모던 걸을 중첩"시킴으로써 사회주의가 대중서사에 안착할 수 있는 조건을 마련했고 결국 모던 걸 담론과 밀착되어 있는 향락적인 '에로·그로' 문화는 "식민지의 이원적인 정치적 문화적 구조와 생활의 식민화를 서사화"할 수 있는 기반을 마련했다는 것이다. 고로 사회주의자와 모던 걸의 중첩된 형상이 반-사회주의적 함의를 띠게 되더라도 식민체제에 균열을 가하는 문화 정치적 침범의 가능성과 한계를 동시적으로 내장하고 있는 사례로 읽힐 수도 있다는 점이 구명究明되었다.

8 이혜령, 「검열의 미메시스-염상섭의 『광분』을 통해서 본 식민지 예술장의 초超규칙과 섹슈얼리티」, 『민족문학사연구』 51, 민족문학사연구소, 2013, 69~74면 인용 및 참조.

염상섭의 장편소설에서 사회주의자의 형상이 중요하게 부각되는 것과 동시적으로 모던 걸의 형상이 풍부하고 다채로워진다는 점은 여러모로 주목을 요하는 문제다. 또한 그에 비례해서 염상섭 서사의 또 하나의 중심축을 형성하고 있던 '색정광'과 '협잡꾼'과 '뚜쟁이' 들의 형상이 중요한 서사적 역할을 부여 받고 있다는 점도 눈여겨보아야 할 필요가 있다. 모던 걸은 사회주의자와의 관계 맺기를 통해 식민지의 문화・정치적 경계를 위반하는 발칙한 존재이기도 했지만, 당대의 비판적인 모던 걸 담론을 수렴한 형상으로 등장하여 식민지의 협잡꾼들과의 긴밀한 유대를 맺고 성적 스캔들과 사기・재산편취 사건의 음모에 가담하거나 연루됨으로써 식민지 공권력의 조사대상으로 전락하는 음험한 존재이기도 했으니까 말이다. 그리고 바로 이 협의俠義[9]의 세계와 협잡挾雜의 '마굴'을 넘나드는 모던 걸의 독특한 표상 때문에 염상섭의 모던 걸은 특유의 비밀스러운 매력을 띠며 풍부한 서사성을 가질 수 있었다. 그렇다면 염상섭의 소위 '일본에서 배운 기교'는 다름 아닌 모던 걸의 활용 방식에 대한 고민과 관련이 있었을지도 모른다는 것이 이 글이 세운 가설이다.

염상섭의 장편소설에서 상당한 분량과 비중을 차지하는 통속적 사건들 속에서 모던 걸들이 담당하는 역할과 기능에 대한 문제는 염상섭의 장편소설 이해를 위해 해명되어야 할 과제다. 이는 모던 걸의 재현방식에 대해 묻는 것이자 염상섭이 '장편소설' 창작을 위해 구비했던 서사적 조건과 장치에 대한 질문이기도 하다.

김윤식은 『사랑과 죄』에 대해 "지나치게 엽기적이고, 어수선하며, 줄거리

9 염상섭 장편소설의 '의협성義俠性'에 대해서는 『진주는 주었으나』를 "타락한 식민지사회의 인간들에 대한 도덕적 고발의 요소가 짙은 일종의 의협소설"로 규정한 이보영이 최초로 언급했다. 이보영의 지적대로 이 소설에는 '의협심', '의협적 본능', '의검義劍' 같은 수사가 등장한다. 이보영, 앞의 책, 209~220면 참조. 최근 한기형의 논의에서는 이 '협'의 가치를 염상섭 '통속'의 중요한 특질로 지적하며 '사회주의'와 '협'의 중첩을 심도 있게 다룬 바 있다. 한기형, 앞의 글, 195~202면 참조.

가 복잡하다"[10]라는 평가를 내리며 이것이 돈과 성욕이라는 자연주의 문학의 문제 설정을 세련되게 그리지 못한 탓이라고 단정 지었다. 하지만 염상섭의 장편이 바로 이러한 사건의 엽기성과 서사의 복잡성을 감당하는 모던 걸의 서사를 기축으로 삼았다는 점은 다시 한 번 강조될 필요가 있다. 1920년대 후반에서 1930년대 초반에 걸쳐 활발하게 미디어 지면을 '상상적으로' 활보했던 모던 걸을 장편소설이 수용하는 지점을 살펴보는 것은 염상섭 장편소설의 모던 걸 재현방식과 서사성을 재고하는 데 필수적으로 경유해야 하는 작업일 것이다. 식민지 조선에 모던 걸의 실체적 등장을 가능케 하는 사회문화적 조건은 구비되지 않았을지 모르지만, 그것의 담론적 수용과 서사적 전유는 가능했다는 점을 염상섭의 장편소설이 증명하고 있기 때문이다.

2. 1920년대 모던 걸 담론과 재현의 난맥
—염상섭의 모던 걸 인식

1920년대 후반에 모던 걸이 장편서사에 기입될 수 있었던 조건은 당연하게도 신문・잡지 등의 대중매체에 기록된 모던 걸 표상이 주요한 서사적 동력으로 활용될 수 있을 만큼 대중화되는 문화적 맥락을 기반으로 하고 있다. 모던 걸에 대한 인식이 실감의 수준에 근사하지 않더라도 "문화적 식민화 과정"[11]에 놓여 있던 조선의 미디어는 식민본국이 발신하는 미디어의 언설을

10 김윤식, 앞의 책, 371면.

11 채석진, 「제국의 감각—'에로 그로 넌센스'」, 『페미니즘 연구』 5, 한국여성연구소, 2005, 69~71면 참조. 채석진은 문화적 식민화의 사례 중 하나로 일본의 사회주의적 '경향' 영화였던 〈무엇이 그녀를 그렇게 시켰나?〉(1930)의 문화적 맥락이 『별건곤』에 수용되는 과정에서 등장한 동명 타이틀의 실화 기사들을 들고 있다. 자본주의 비판의 메시지를 담은 제국의 영화가 식민지

받아 쓰거나 전유하는 방식으로 모던 걸을 상상할 수 있었다. 그리고 그러한 미디어의 상상력이 소설의 상상력으로 전환되는 과정에서 양자 간의 역동적 상관관계를 통한 모던 걸 표상의 재전유가 발생한다. 바로 이 전유의 메커니즘을 주목할 필요가 있는데, 이를 통해서만이 '경박한 모방'에 이르지 않고 식민지 조선의 현실에 걸맞은 모던 걸의 형상이 그려질 수 있기 때문이다. 염상섭이 이 부분을 예민하게 감지하고 실천했다는 점은 그의 장편소설들이 증명하는 바다. 그러므로 모던 걸 담론의 전유를 통한 염상섭의 서사전략을 파악하기 위해서는 우선 미디어의 모던 걸 표상과 장편소설의 모던 걸 재현 방식 간의 공유와 차이의 지점을 살펴보고 염상섭의 모던 걸 인식이 그의 '재현된 모던 걸'과 어떤 상관관계를 갖고 있었는지의 문제가 해명될 필요가 있다. 신문・잡지에서 그릴 수 있는 모던 걸과 장편소설에서 재현될 수 있는 모던 걸은 다를 수밖에 없기 때문이다.

주지하는 바와 같이 '모던 걸'이란 용어가 조선의 근대 미디어장에서 활발하게 언급되었던 시기는 1920년대 후반에서 1930년대 초반 사이였다. 특히 1927년경에 '모던 걸 특집기사'들이 대대적으로 미디어 지면에 등장했다는 사실은 이미 본격적인 논의[12]가 이루어진 바 있지만 다시금 주목할 필요가 있다. 이때가 염상섭이 『사랑과 죄』를 통해 정마리아라는 모던 걸을 그리고 있던 시기와 맞물리기도 하거니와 이 시기에 집중적으로 쏟아진 모던 걸 관련 기사들은 향후 조선 모던 걸 담론의 논조와 입장이 확립되는 데 결정적 기여를 했던 것으로 보이기 때문이다.

모던 걸이 구습으로부터의 해방을 상징하는 근대적 감각과 의식의 소유자인 한편으로 근대사회의 퇴폐를 표상하기도 했던 모순적인 존재로 규정하면

매체에서 자극적인 내용의 신여성들의 수난사로 변환되며 상업적으로 전유되고 있다는 것이다. 이는 일본의 사회주의적 맥락에 있던 질문('**무엇이** 그녀를 그렇게 **시켰나**')이 사회주의가 탈각된 에로・그로・넌센스적이고 통속 서사적 질문('무엇이 **그녀를 그렇게** 시켰나')으로 변환되어 들어온 사례라고 할 만하다.

12 김수진, 앞의 책, 283~289면 참조.

서도 "갑작스러운 수입품"이라서 "무어라고 정의를 내려 일정한 범위 안에 집어넣을 수 없"기 때문에 '불량소녀', '여학생', '여권운동사상가', '여배우나 음악가', '유녀遊女' 등으로 의견이 분분해 갈피를 잡을 수 없다는 것[13]이 당대의 모던 걸 논의의 주요 골자였다. 이러한 논의의 바탕에는 조선의 모던 걸은 모던 걸에 근사하려고 애쓰고 있을 뿐 진정한 모던 걸이 아니라는 심리가 내재되어 있었음은 물론이다. 그리고 이 모든 규정은 모방과 상상과 오해의 산물이라는 점은 이미 일부 해명된 바 있다. 담론화 과정 속에서 상상된 모던 걸의 개념을 마치 실체가 있는 것처럼 혹은 특정 집단을 겨냥하여 비판하는 아이러니가 모던 걸 담론을 둘러싸고 발생하고 있었던 것이다.

모던 걸은 언제나 확실히 정의되기보다는 오히려 규정과 포획의 그물망을 빠져나가는 잔여를 남김으로써 끊임없이 '모던 걸이란 무엇인가'라는 질문을 반복·재생산하게 만드는 가상적 존재 / 현상이었다. 규정하면 할수록 모호해질 수밖에 없음에도 불구하고 모던 걸을 기록하는 것 자체가 유행이 되어버린 이 사태를 『사랑과 죄』를 집필하는 와중에 일본과 조선에서 또렷이 목도했을 염상섭은 몇 편의 평문을 통해 이에 대한 의견을 개진했다.

염상섭이 도일기를 전후로 모던 걸에 대한 관심을 표명했다는 점은 일본 체류 당시에 발표한 글에서 확인할 수 있는 바다. 그는 1927년에 『사랑과 죄』의 연재를 앞두고 있는 상황에서 일본의 현대문명과 문학의 한계를 거론하면서 이렇게 언급했다. "일본의 소위 '모던 걸'이라는 단발 양장녀가 검극劍劇 영화의 스크린 앞에서 손뼉을 치고 가부키歌舞技 무대 앞에서 얼이 빠진다는 사실은 족히 일본인의 내면생활을 심볼symbol함이 아닐까? 두발과 의상은 런던倫敦이요, 파리巴里요, 뉴욕紐育이로되 두뇌와 심경은 헤이안쿄平安京요, 가마쿠라鎌倉요, 에도江戶다. 봉건과 현대를 배접한 것이 그들의 금일의 생활이

13 「근래에 차차 생기는 '모던 걸'이란?」, 『조선일보』, 1927.3.30~31; 「가명평론－조선의 '모단껄'」, 『조선일보』, 1927.6.26; 「모던썰이란 어쩌한 녀자인가?」, 『중외일보』, 1927.7.25; 김안서, 「毛斷껼과 남성해방연맹」, 『동아일보』, 1927.8.20~25; 「모-던껄·모-던뽀-이 大論評」, 『별건곤』 10, 1927.12 등 참조.

아닌가?"[14] 이는 비록 일본의 모던 걸에 대한 짤막한 감상평이기는 하지만, 염상섭은 모던 걸의 외양에서 그들의 '내면'과 '금일의 생활'을 읽어내고 근대와 전근대가 착종된 모던 걸의 양가적인 특성을 통찰하고 있다. 모던 걸이 호흡하는 세계와 그녀의 내면생활, 이것이 바로 일본에서 돌아온 염상섭이 장편소설을 통해 그려보고자 했던 조선인의 '생활기록' 중 하나였을지도 모른다. 무엇보다도 모던 걸이 원래부터 일본산産[15]이었다는 것을 감안한다면 소설을 통해 모던 걸을 다룬다는 것, 다시 말해서 식민본국으로부터 이식된 문화현상으로서의 식민지의 모던 걸을 재현한다는 것은 근대화와 식민화 양면에서의 부정적 효과를 암시하는 것[16]으로 이해될 공산이 컸다는 점도 서사전략으로서 모던 걸 재현을 재현하는 계기로 작용했을 것이다.

염상섭이 "모던 걸이라는 현대적 여성의 생활에 많은 흥미"[17]를 느끼고 그들의 생활과 이데올로기와 운명을 그려보겠다는 의도로 『광분』을 창작하려던 시기에 즈음하여 '진실한 의미의 모던 걸이 되자'는 구호와 함께 '조선에 모던 걸이 있느냐'[18]라는 반문이 동시적으로 등장한다는 점은 주목해볼 필요가 있는 대목이다. 이러한 논의들은 아직 조선에 '진정한 의미의 모던 걸'은 아직 등장하지 않았지만 외형에만 관심을 쏟을 것이 아니라 '현대적 생활감정'과 '모던적 지식'을 갖춘다면 가능할 것이라는 주장을 내세우며 앞으로 도래할

14 염상섭, 「배울 것은 기교-일본문단 잡관 (3)」(『동아일보』, 1927.6.10), 『문장 전집』 Ⅰ, 626~627면.

15 일본의 모던 걸에 대한 염상섭의 관심은 그의 독서이력에서도 드러난다. 책을 추천해달라는 『중외일보』의 요구에 그는 아마도 『사랑과 죄』의 집필기간 동안 읽었던 것으로 보이는 다니자키 준이치로의 『치인의 사랑痴人の愛』을 추천서로 거론하면서 그 이유를 "진재震災 이후의 일본인(특히 소위 모던 보이와 모던 걸)의 실상의 생활경향"을 알기 위해서 읽었다고 밝힌 바 있다. 염상섭, 「답안」(『중외일보』, 1928.7.6), 『문장 전집』 Ⅰ, 734면. 한편 『치인의 사랑』은 1920년대 후반 서구적인 것과 동양적인 것이 착종된 모던 걸의 문화적 정체성과 내셔널리티가 구성되는 데 중요한 역할을 끼친 텍스트였다.

16 이에 대한 논의로는 김병구, 「『이심』론」, 『시학과언어학』 24, 시학과언어학회, 2013 참조.

17 염상섭, 「작자의 말-『광분狂奔』 염상섭廉尙燮 씨 작, 안석영 씨 화畵 차호次號 연재소설」(『조선일보』, 1929.9.17), 『문장 전집』 Ⅱ, 152면.

18 여수생麗水生, 「진실한 의미의 '모던'이 되자」, 『조선일보』, 1929.4.10; 성동생城東生, 「조선에 모던썰이 잇느냐」, 『동아일보』, 1929.5.25.

모던 걸의 이상태를 제시했다. 조선의 사정에 맞는 근대적 지식과 교양과 감정의 구비가 중요하다는 반성적 태도가 계몽적 언설의 방식으로 나타나고 있었던 것이다. 이러한 분위기에 조응이라도 하듯 염상섭은 모던 걸과 문학의 관계에 대한 직접적인 언설을 소설론[19]의 형식으로 발표했다. 당시는 그가 모던 걸의 파국적 인생행로를 다룬 『이심』을 연재하는 와중이었다.

> 같은 모던 보이나 모던 걸이라도 동경東京의 긴자 거리銀座通을 산보하는 그들과 뉴욕의 그것과 본정통本町通의 그것이 다를 것이다. 그들 3자의 명쾌한 심리기분과 경묘輕妙한 담소談笑 동작의 전형적 공통점이 없지 않다 하여도 각각 로컬 컬러local color가 있고, 농담農談의 차가 있고, 명암의 도度가 다르고, 상념想念의 수이殊異가 있고, 빈부의 현격懸隔이 있고, 기분의 부침이 같지 않고, 심지어 보조步調의 미微에 이르기까지 다를 것이다. 그러나 우리 문단의 근자의 작품을 보면 시세에 추종하고 무사려無思慮한 통속독자에게 영합키를 너무나 주안主眼으로 하는 결과로 조선의 사정 및 조선인의 생활, 심리의 암흑이나 우울이라는 본질적 요소는 무시하고, 다만 명쾌하고 경묘한 일점一點만 고조하여 도리어 경조부박輕佻浮薄에 흐르는 경향이 없지 않으니, 이러한 것은 충실한 문예품의 가치가 있는 것이라고 할 수 없는 것이다. (…중략…) 우리의 작품이 어둡고 잘못하면 천박하여지는 것은 작중의 여성이 소위 '여학생'에 국한하는 경우가 많기 때문이다. 만일 구식 신소설체로 며느리 들볶는 것이나, 시앗싸움 같은 구舊 전형에 만족한다면 구여성도 히로인이 되겠지만 현대를 묘사하면 신풍조를 따르려 하고, 또한 여성을 구 가정 내에서 활약케 하는 수밖에 없는 구 가정소설에서 갱진일보하여 사교적 여성, 즉 남자와의 교섭이 있는 여성을 그리려면 자연히 신여성이나 기생밖에 끄집어내는 수밖에 없게 된다.[20]

---

19 염상섭, 「작품의 명암」, 『동아일보』, 1929.2.20~2.22.
20 염상섭, 「작품의 명암 2」(『동아일보』, 1929.2.19), 『문장 전집』 II, 48면.

모던 걸에 관한 담론적 이행의 과정 속에서 흥미롭게도 염상섭은 모던 걸의 문제를 문학에서의 재현의 문제로 전환시켜 논의했다. 동경과 뉴욕과 조선의 모던 걸 간의 차이를 강조하면서 "조선의 사정 및 조선인의 생활, 심리의 암흑이나 우울이라는 본질적 요소"를 모던 걸 재현의 핵심 항목으로 거론했던 것에서 볼 수 있듯 모던 걸의 재현에 있어서 그가 가장 중요하게 생각했던 척도는 모던 걸을 둘러싼 문화적 맥락과 서사적 조건 그리고 "생활과 심리와 기분과 언행"의 '국적'이었다.

당연하게도 염상섭은 그 자신의 문학수업의 무대였던 일본문학의 여성상의 변화를 민감하게 포착했다. 같은 평문에서 그는 일본문학의 여성상이 '심순애에서 노라를 거쳐 나오미까지 진출'했다고 주장하면서 나오미 시대의 일본문학이 "현대적 향락, 도회적 색채, 관능적 쾌미"를 표면에 배치하고 있지만 감정의 해방과 정서생활의 자유를 확보할 수 있는 수준에까지 올랐다고 평가했다. 그에 반하여 조선의 문학은 그렇지 못하다는 것이 염상섭의 분명한 판단이었다. 그리고 이러한 모던 걸을 통해 얻을 수 있는 명쾌하고 화려한 정조는 "캐피털리즘의 고민", 즉 "시대라는 전파를 전하여가는 고민"과 "자본주의 문명의 최하층을 저류하는 우울"을 담아내는 한에서 가치가 있다는 주장을 덧붙였다.

당시 염상섭은 조선문학의 우울과 무기력을 조선적 맥락과 사정을 손상시키지 않으면서 활기 넘치는 방식으로 재현할 수 있는 가능성을 타진하고 있었던 것 같다. 위의 평문이 "나의 소설은 쓰苦고, 복개고, 무겁고, 답답하고, 텁텁하다고 한다"[21]는 항간의 평가를 의식하면서 쓰였음을 감안할 때, 염상섭 장편에 불쑥 끼어든, 탐정활극에 육박하는 범죄서사의 '기교'는 독자들의 불평에 대한 서사적 응답의 일환으로 마련된 것으로 보인다. 그리고 이러한 문제 설정이 모던 걸에 대한 통찰로부터 얻어진 결과였다는 점은 염상섭 장

21 염상섭, 「작품의 명암 1」(『동아일보』, 1929.2.17), 『문장 전집』 II, 45면.

편소설의 서사학을 이해하는 데 염두에 두어야 할 대목이다.

여기서 보다 주목되는 부분은 염상섭이 현하 조선의 문학 특유의 극심한 '불활발'과 과도한 '경조부박'이라는 모순적 문제를 '현대의 조선문예'가 안고 있는 핵심적인 문제로 부각시키면서 소설에 재현되는 여성의 정체성 문제를 거론했다는 점이다. 현대의 신풍조를 담아내기 위해서는 "사교적 여성, 즉 남자와의 교섭이 있는 여성을 그리려면 자연히 신여성이나 기생밖에 끄집어 내는 수밖에 없게 된다"는 점이 강조되었다. 고로 조선의 소설은 "노는계집이 아니면 현대적 신여성이 히로인이 되는" 수밖에 없다는 것이다. 하지만 그 신여성은 "구식부인에 가까운 주부 타입"이거나 "모던 타입이요, 또 창부적 기분이 농후"한 존재뿐이라서 천열하고 경박한 수준에 그친다고 염상섭은 판단하고 있었다.[22]

한편 『광분』을 연재하던 시기에 쓰인 다른 평문[23]에서는 현하의 조선에서는 사회사정과 구습의 영향으로 제대로 된 '모던 걸'을 형상화하기 어렵다고 주장하면서 조선의 모던 걸은 진정한 모던 걸이 되기에는 교양과 상식이 부족해 형상화해봤자 "색주가보담 조금 나은 인물"이 되는 경우가 많다고 모던 걸 재현의 난맥상을 지적했다. 이 글은 결론적으로 진정한 모던 걸이 되기 위해서는 "현대인다운 심성과 기분과 정조"를 함양해야 한다는 일반론으로 귀결되고 말았지만, 이것이 실체적인 모던 걸을 가리키는 것이 아니라 "소설에 그리는 미인"에 대한 논의였다는 점을 간과해서는 안 될 것이다. 염상섭은 늘 '모던 걸' 일반이 아니라 문학에 '재현된 / 재현될' 모던 걸에 대해 숙고하고 있었다.

그렇다면 염상섭이 스스로 타매하기를 주저치 않았던 "야비하고 부허한 사이비 연애의 창기적 심리와 행위"와 경박하고 천열한 모던 걸의 형상을 장편소설 속에 전면적으로 배치해 놓은 이유는 무엇이었을까.[24] 장편소설을

22 염상섭, 「작품의 명암 4」(『동아일보』, 1929.2.22), 『문장 전집』 II, 51~52면.
23 염상섭, 「문학과 미인」(『삼천리』 5, 1930.4.1), 『문장 전집』 II, 211~212면.

통해 그가 모던 걸을 줄기차게 그렸던 사정을 감안한다면, 모던 걸을 영성 모독자[25]라고 비난한 것은 다소 이해가 되지 않는 측면이 있다. 이것을 단지 김윤식의 경우처럼 염상섭이 가진 '여성혐오증'[26]의 발로라고 매도하거나 '식민지 자본주의 비판' 혹은 '반-사회주의를 위한 도구'[27]의 함의로 해석해버리기에는 염상섭 장편소설에 등장하는 모던 걸의 형상이 그리 단순치 않았음을 기억할 필요가 있다. 『광분』의 「작자에 말」[28]에서 보듯 모던 걸을 통해 조선인의 생활을 그리겠다는 의도의 진의를 파악하기 힘들다는 것이다.

염상섭이 추구했던 '모던 걸의 서사학'을 그의 소설론과 겹쳐 읽었을 때 그 진의가 보다 분명하게 드러날 수 있을 것 같다. 앞서 언급했듯 염상섭의 모던 걸 관련 '소설론'은 조선의 문학이 식민지사회 현실을 묘파함에 있어서 천열과 경박을 극복하면서도 암흑과 우울을 그릴 수 있는 방법론에 대한 고민에서 나왔다. 1928년에 발표한 소설론에서 『홍길동전』과 『심청전』을 "데모크라시 정신의 발로"[29]라며 상찬하던 염상섭은 1929년에 와서는 이 작품들이

---

24 이보영은 모던 걸에 대한 염상섭의 「추야단상」(『동아일보』, 1927.9.5~9.9)에 나타난 간략한 입장과 소설에 나타난 모던 걸의 형상의 괴리와 모순에 대해 이렇게 서술했다. "염상섭은 자기모순이 심한 작가였다. 한 예로서 '모던 걸'을 '영성 모독자'여서 '박멸'해야 한다고 열을 올린 그가 『삼대』에 등장시킨 홍경애와 「제야」의 최정인은 '모던 걸'에 대한 그의 편견을 무색하게 만드는, 그가 창조한 가장 감동적인 '모던 걸'들이다." 이보영, 「염상섭 평전—생애와 문제 (12)」, 『문예연구』 72, 문예연구사, 2012, 220면. 하지만 이것은 '자기모순'이라기보다는 집필 시점의 문제와 '모던 걸의 재현성'과 관련된 오해가 아닐까 생각된다. 즉 이보영이 거론한 염상섭의 모던 걸 비판은 염상섭의 재도일기(1926.1.19~1928.2)에 쓰인 것으로 여기서 말하는 모던 걸은 '일본의 모던 걸'일 가능성이 높다. 다시 말해서 식민지인으로서 내지의 모던 걸에 대한 피상적인 관찰의 결과일 수 있다는 말이다. 염상섭이 문화현상으로서 문명론의 입장에서 비판하는 모던 걸과 소설 재현을 위한 상상적 모던 걸의 형상은 구분해서 보아야 할 필요가 있다.

25 "매춘부는 식食을 위한 생명 모독자다. 모던 걸은 색色을 위한 영성靈性 모독자다. 일ㅡ은 국민 육체 건강을 위하여 박멸할 것이요, 일ㅡ은 국민정신보건상 박멸책을 입안하여야 할 것." 염상섭, 「추야단상 4」(『동아일보』, 19287.9.8), 『문장 전집』 Ⅰ, 661면.

26 김윤식, 앞의 책, 276~278면.

27 김병구, 「『광분』론」, 『반교어문연구』 30, 반교어문학회, 2011 참조.

28 염상섭, 「작자의 말—『광분』」(『조선일보』, 1929.9.17), 『문장 전집』 Ⅱ, 152~152면.

29 염상섭, 「소설과 민중—「조선과 문예, 문예와 민중」의 속론續論」(『동아일보』, 1928.5. 27~6.3), 『문장 전집』 Ⅰ, 715면.

필연적으로 내장할 수밖에 없는 "가정비극이 아니면 반상적서班常嫡庶의 사회적 가정적 제도와 인습의 병폐를 반영한 것이니만치 그 표현미의 여하는 막론하고 제재와 전체의 기분 경향이 침통, 우울한 암영暗影을 면치 못하는 것들"[30]이라며 비판의 대상으로 거론했다.

이러한 입장 전환의 속내를 파악하기가 쉽지 않다. 하지만 1928년의 소설론이 『사랑과 죄』의 연재를 막 마친 후에 제출되었다는 점을 감안한다면, 그리고 1929년의 소설론에서 조선의 작품이 어둡고 천박해지는 이유가 작중의 여성이 '여학생'이나 '기생' 일변도이기 때문이라고 말했던 것을 고려한다면, 염상섭은 이 시기에 발표한 『사랑과 죄』, 『이심』 등을 통해 소설 정조의 '천박과 암영' 사이의 격차를 조율할 수 있는 새로운 서사적 대안을 마련했다는 데 대한 자신감으로 충만해 있었을지도 모른다. 그 돌파구란 바로 모던 걸의 형상이었다. 모던 걸은 염상섭 소설 특유의 '음울한 활기'를 조형해내는 역할을 담당했다.

3. 염상섭 장편소설과 모던 걸의 서사성
-『사랑과 죄』를 중심으로

염상섭은 당대의 모던 걸 담론에서 논의되던 특징을 반영하면서도 그것을 전유하는 방식으로 조선의 모던 걸 재현의 모델을 창출했다. 다시 말해서 염상섭은 모던 걸에 관한 당대의 서사적·담론적 관습을 일부 수용하면서도 식민지 사정에 적합한 모던 걸의 형상을 창출할 수 있는 방법을 모색했고, 이

30 염상섭, 「작품의 명암」(『동아일보』, 1929.2.20), 『문장 전집』 II, 49~50면.

를 통해 장편소설의 서사적 전략과 가능성을 꾀했던 것으로 보인다. 염상섭이 가공한 식민지적 모던 걸은 이동과 정탐, 변신과 공상을 주된 정체성으로 삼고 있는 존재로 그려졌다. 모던 걸은 활력 넘치는 이동성과 관능성으로 무장하여 계급과 신분의 경계를 넘나들었다. 그녀는 남성들의 욕망을 이끌어내는 특별한 능력을 가진 '가상의' 존재였고 팔색조처럼 변신하며 남성들의 에로스적 욕구를 환기 · 지연 · 충족시켰다. 이는 19세기 유럽소설에서 매춘부가 차지하고 있던 서사적 위상에 비견할 만하다.

피터 브룩스는 19세기 서구의 대중 연재소설의 특성 중 하나를 "에로스적 몸의 흥망성쇠와 운명에 대한 폭넓은 성찰"[31]이라고 지적하면서 당시의 상업화된 내러티브에서 매춘부가 차지하는 특권적인 위치를 조명한 바 있다. 그가 주장한 '매춘부의 서사학'은 모던 걸의 서사학을 논의하는 데 유용한 참조점을 제공하는 것으로 보이는데, 그 핵심은 '서사학적 데모크라시'라고 불러도 좋을 만큼 파격적이다.

> 매춘부에게는 특유의 특별한 삶의 모습이 있다. 매춘부의 플롯은 정의상 일탈이며, 문학적 측면에서는 스스로 근원적 궤도를 정의하며 세상을 통과하는 존재로 자주 나타난다. 이 플롯을 통해 매춘부의 삶은 새로우면서도 실증적인 양식과 의미를 성취한다. 매춘부는 그 사회적 역할과 기능에 한계가 있음에도 가면에 의미를 부여하는, 본질적으로 연극적인 존재로 파악된다. (…중략…) 사회적 장벽을 가로지르는 특별한 능력이 있어서 모든 환경에서 존재하며, 이를 통해 최고의 위치에 이르는데 이로써 최고가 바닥과 본질적으로 아무 차이도 없다는 일종의 증명을 해 보인다. (…중략…) 변신하는 역할과 변신을 부르는 능력에 있어 매춘부는 그 자신이 내러티브 거리가 될 뿐 아니라 다른 이들에게서 이야기 소재를 끌어낸다.[32]

31 피터 브룩스, 박혜란 역, 『플롯 찾아 읽기』, 강, 2011, 223면.
32 위의 책, 239~241면.

피터 브룩스에 따르면, 매춘부는 범죄서사와 같은 일탈의 내러티브에 최적화된 존재이며 그녀의 삶의 방식과 행로는 하나의 특징적인 양식style이 됨으로써 연극화되는 경향이 있다는 것이다. 또한 무엇보다도 매춘부에 대해 강조되는 부분은 경계 침범과 월경越境을 통해 사회의 전통적 위계와 체제의 요철凹凸을 평탄화시키는 강한 편재성遍在性을 띠는 존재라는 점이다. 여기에는 서사 속에서 매춘부의 강력한 무기로 논의되고 있는 '변신'의 능력[33]이 관여하고 있다는 점은 명백하다. 한국의 근대문학에서 이러한 월경과 변신과 연극의 정체성을 강하게 띠고 있는 서사적 형상으로 『사랑과 죄』의 정마리아를 떠올리는 것은 자연스럽다.

『사랑과 죄』[34]의 정마리아가 식민지 장편소설에 본격적으로 등장한 최초의 모던 걸이라는 점은 선행연구[35]를 통해 이미 강조된 바 있지만 정작 모던 걸로서 그녀가 갖고 있는 정체성과 그 서사적 함의에 대해 본격적인 질문이 던져진 적은 없는 것 같다.[36] 탐욕과 성욕으로 가득 차 있고 끊임없이 '변신'

33 이혜령은 『광분』의 모던 걸 경옥이 소설 속에서 '여배우'로서 연기하는 '카르멘'과 공유하는 동질성에 주목하여 모던 걸의 정체성 중 하나를 '유랑과 변신'이라고 규정했다. 그는 "1920년대 서구문학의 번안과 번역극 상연은 여배우와 매춘부의 이미지를 오버랩시키는 데 기여"했고, 여기에 『춘향전』과 같은 고전서사를 기반으로 하는 전통적인 해석의 준거가 가세하여 당대의 "사랑과 섹슈얼리티의 서사적 자원"이 마련되었다고 보았다. 매춘부, 팜 파탈, 여배우의 이미지를 내장하고 있는 모던 걸의 표상이 소설서사의 차원으로 진입할 때 관계하는 문화적 맥락에 대한 중요한 해석이라 생각된다. 이혜령, 앞의 글, 53~56면 참조.

34 염상섭, 『사랑과 죄』, 『염상섭 전집』 2, 민음사, 1987. 이하 작품 인용 시 괄호 안에 면수만 표기한다.

35 김경수, 「염상섭 소설과 번역」, 『어문연구』 134, 어문연구학회, 2007, 235~237면. 여기서 김경수는 염상섭의 번역활동과 소설 창작과의 관련성을 논의하는 가운데 근대적 악녀femme fatal로서의 모던 걸을 근대소설사에서 최초로 그린 작품을 『사랑과 죄』라고 언급했다. 그에 따르면 정마리아는 근대 이전 소설의 '악독한 계모'와는 구분되는 새로운 형태의 악녀이며, 이는 염상섭이 뒤마의 『삼총사』를 번역한 「쾌한 지도령」(『매일신보』, 1924.8.12~1925.1.3)에 나오는 악녀의 형상에 직접적인 영향을 받았다는 것이다.

36 최근 황종연은 염상섭의 자연주의의 특성을 규명하는 논문에서 정마리아의 존재에 주목한 바 있다. 그에 따르면 정마리아는 '자연과학'과 '진화론'과 '실증주의'가 결합한 염상섭의 자연주의를 집약시켜 놓은, 불확실한 정체성을 가진 "인간 짐승의 전형"이라는 것이다. 실제로 당대의 모던 걸은 "수적獸的 생활을 즐기는 상식 없고 경박한 여성"(『중외일보』, 1927.7.25)이므로 교양교육을 통한 계몽의 대상으로 규정되기도 했다. 또한 그녀가 '공상'에 의해 조종되는 존재

을 시도하는 정마리아의 형상을 식민지 자본주의의 타락과 주체 분열의 사례로 해석하는 것이 그녀를 이해하는 주요한 방법 중 하나인 것만은 분명하지만, 그렇다고 새로운 독해의 가능성이 없는 것은 아니다. 염상섭이 당대의 모던 걸 담론을 흡수하여 식민지적 모던 걸의 형상을 창출하기 위해 노력했다는 점은 감안했을 때, 모던 걸의 표면에서 깊이 잠복해 있는 이면을 읽어내는 염상섭의 독법을 따라 독해할 필요가 있다. 또한 염상섭이 창조한 모던 걸들의 상호 관련성에 대한 고려도 필요하다.

염상섭 장편소설에 등장하는 모던 걸들은 당대 미디어의 모던 걸에 대한 상상력을 수집하여 새롭게 조합해낸 결과물이었다. 미디어의 모던 걸 담론이 식민지 모던 걸의 정체성을 주로 허영, 사치, 향락 등의 경제적 과잉의 수사와 유혹, 문란, 퇴폐, 색정 등의 성적인 과잉의 수사로 포착되어 여성의 타락한 정신과 육체라는 자극적이고 부정적인 이미지와 결합시켜 매춘부적 존재로 형상화했던 것에 비한다면, 염상섭의 모던 걸 형상은 차별화된 전략으로 그려졌다. 항상 하나의 현상에서 그 이면을 둘러싼 우여곡절과 잠재해 있는 맥락을 통찰하여 점증적으로 그것의 베일을 벗겨내는 방식으로 전개해나가는 염상섭 특유의 서사전략은 모던 걸에 부여된 유녀와 매춘부의 이미지를 잠정적으로 보류해 놓은 상태에서 일단은 거기에 세련된 예술가나 직업부인 등의 형상을 부여한 다음에 점차 그 타락과 몰락의 내막을 파헤쳐가는 방식을 선택했다. 이러한 변모의 서사란 기녀에서 열녀로의 표상 변화를 야기한 『춘향전』류의 민중적 서사의 역상逆像이라고 할 만하다.

예컨대 서사 진행과정에서 가난한 집안 태생의 음악가에서 악랄한 계모형 독부로 변하는 정마리아, 양반 가문의 출신으로 직업부인의 형상에서 유곽에 팔려가는 매춘부의 형상으로 변모하는 『이심』의 춘경, 부르주아 집안의

임을 밝힌 대목이라든지 그녀의 서사가 '독부毒婦 이야기'에 근사하다는 등 황종연의 통찰은 참조할 필요가 있는 중요한 대목이다. 황종연, 「과학과 반항－염상섭의 『사랑과 죄』 다시 읽기」, 『사이』 15, 국제한국문학문화학회, 2013, 102~104면 참조.

화려한 음악가에서 밀실 살인사건의 주검이 되어 생을 마감하는 『광분』의 경옥, 카페 여급에서 사회주의자 진영의 '여왕'으로 '발전적인' 변신을 감행하는 『삼대』의 홍경애 등 염상섭의 모던 걸들은 염상섭이 강조해 마지 않았던 '문학적 데모크라시'가 "인간의 가치에 대한 사회적 인식의 변화와 그 변화의 과정에 개입하는 인간들의 실천"에 주목하는 "식민지 노블의 척도"[37]였음을 역설적으로 증명하는 사례들로 보인다. 그리고 염상섭은 이들 모두를 종국에 식민지 경찰의 정탐과 수사 대상으로 전락하게 만듦으로써 '식민지의 통속소설'이란 "경찰 만능의 조선"(296)에서 '식민지의 탐정소설'을 쓰는 일에 다름 아니라는 점을 보여주었다. 주지하다시피 모던 걸의 전락과 죽음은 식민지 탐정소설의 유력한 서사적 장치였다.

『사랑과 죄』의 정마리아는 이 소설 이후의 염상섭 장편소설에 등장하는 모던 걸들의 특징을 맹아적으로 담고 있다는 점에서 염상섭의 모던 걸 재현 문제를 다룰 경우 특별히 탐구해볼 만한 존재다. 단순하게 비교해보자면, 그녀는 성性을 매개로 하는 '패트론'을 거느리고 있다는 점에서 『이심』의 춘경과 유사한 경제적 구속상황에 처해 있고, 음악가라는 점에서 『광분』의 경옥의 선배 격이라 할 만하며, 살인사건에 연루된다는 점에서는 『광분』의 계모 숙정과 독부의 이미지를 공유하고 있다.[38] 그리고 이러한 모던 걸들은 하나같이 모두 사회주의자 그룹과 협잡꾼 집단의 근경에 위치하며 애정과 증오의 관계를 형성하고 있다. 그런 의미에서 이보영은 홍경애가 지순영의 "발전적인 후신"[39]이라고 평가했지만 오히려 홍경애의 전신이라는 이름에 값하는 존재는 정마리아라고 생각된다. 정마리아야말로 염상섭 장편소설에서 축적

37 한기형, 앞의 글, 192면.

38 정마리아에게 음악가와 첩, 계모형 독부와 스파이의 이미지가 부여되었다면 춘경에게는 사회주의자의 아내, 직업부인, 매춘부, 사기꾼 등의 이미지가 덧씌워져 있다. 『광분』은 모던 걸의 두 얼굴을 보여주는 사례라 할 수 있다. 예술가 겸 사회주의자의 연인(경옥)과 성애화된 계모형 독부(숙정)를 분리해서 그리고 있는 것이다.

39 이보영, 앞의 책, 320면.

된 모던 걸의 정체성이 발전적인 방식으로 홍경애에게 전수된, 염상섭이 창조한 모던 걸의 원형原型적 존재로 보인다는 것이다.

한편 예술가, 직업부인, 카페 여급이라는 상징이 중요한 이유는 이러한 설정 덕분에 정마리아는 해춘 같은 귀족과도 유대를 맺을 수 있었고 춘경은 좌야와 관계를 맺을 수 있었으며 홍경애는 사회주의자와 안면을 틀 수 있었다는 점에 있다. 그들 간의 연애 혹은 치정은 이러한 모던 걸의 서사적 조건에 대한 섬세한 설정 덕분에 가능했다. 가령 『사랑과 죄』에서 정마리아가 해춘과 성관계를 갖게 되는 것이 음악회 직후였다거나 『삼대』에서 사회주의자와 카페 여급의 사랑의 계기로 작용한 병화와 홍경애의 키스사건이 카페를 배경으로 한다는 것 등은 이러한 설정의 결과라고 할 수 있다.

모던 걸의 문제와 관련하여 『사랑과 죄』에서 눈여겨볼 대목은 '음악회' 이후 정마리아가 해춘과 성관계를 맺고 나서 '단발미인'으로 변신한 후에야 "모던-걸"로 호칭되는 장면이다. 이는 식민지 소설에 당당하게 입성한 모던 걸이 거의 최초로 공식적인 명명법을 부여 받는 장면이라고 해도 과언이 아니다. 류택수가 기도한 순영과의 "신랑 신부 회견례"(170)가 불발로 끝나고 일단락된 후에 정마리아의 음악회를 계기로 술자리가 벌어진 이틀간에 벌어진 일이었다.

'단발미인'으로 변신한 정마리아에게 이해춘이 모던 걸이라는 칭호를 처음으로 선사하면서 "조선서는 마리아 씨가 제일인자의 명예를 차지"(225)했다는 선언은 과장이 아니었다. 주지하다시피 1920년대 중후반에 조선의 모던 걸은 실체보다도 먼저 미디어 담론의 형태로 이식되었기 때문이다. 해춘, 순영, 정마리아의 대화 속에서 "긴부라"와 "혼부라", "단발의 대유행", "생활혁명"과 "생활개조"가 거론되며 "대관절 조선 사람도 단조한 평면적 생활을 깨트리고 입체적立體的으로 좀 더 자극 있고 활기 있는 생활을 왜 못 하는지?"(226) 같은 마리아의 개탄이 튀어나오는 일련의 장면은 당대의 모던 걸 담론을 그대로 받아쓰고 있는 대목이라 할 수 있다.

한편 이러한 이야기가 나오기까지 그 발단에는 '음악회'라는 사건이 있었다는 점을 간과해서는 안 되겠다. 특이하게도 이 소설에는 음악회의 공연 장면은 등장하지 않는다. 『광분』에서 민경옥의 독창회와 『카르멘』 공연 장면이 상세하게 묘사되고 그에 대한 관중의 반응까지 그려지고 있었던 것에 비한다면 이상할 정도로 생략되어 있다. 그 공백과 생략을 채우고 있는 것은 정마리아의 '패트론patron'에 관한 이야기다.

모던 걸 정마리아는 패트론을 두고 있다. 그녀의 삶은 '후원'으로 점철되어 있다. 음악으로 밥벌이를 한다는 진술이 있기는 하지만, 음악회 한 차례를 제외하면 그녀의 노동은 그려지지 않는다. 이해춘이 "그 생활비는 대관절 어데서 나오는 것이냐?"라고 비판하고 있는 것처럼 그녀는 경제적으로 종속된 생활을 하고 있다. 그러므로 그녀는 왕성한 이동성과 활동성을 보여주며 인맥을 만드는 일에 혈안이 되어 있다. 다양한 인물들과의 교제는 그의 예술(음악)만큼이나 혹은 그보다 더 중요한 생계기반이었던 것이다.

> 일본으로 상해로 미국으로 굴러다니던 마리아는 피아노니 소프라노(높은 소리)니 하며 닥치는 대로 음악이랍시고 하지만 그것도 역시 그에게는 밥 먹는 밑천이었다. 따라서 그는 어느 때든지 애국자愛國者 비슷하고 예술가 비슷한 어름에서 누구에게든지 교제를 하는 것이 유리한 것을 아는 사람이었다.(35)

그녀는 소설 속에서 가장 많은 사람을 만나러 다니는 인물이다. 그녀의 인맥은 계급과 성별과 이념과 인종을 초월한다. 그녀는 근대 초기에 기독교 선교 사업이 활발하게 이루어졌던 평안도 선천宣川의 어느 한미한 가정에서 태어나 "서양 부인 선교사의 수양딸로 학비를 얻어 공부한 뒤 눈 밖에 나서 떠돌아다니다가 경무국 사무관의 후원으로"(236) 미국을 다녀온 전력이 있다. 미국행 전의 유랑의 기간 동안에는 일본과 상하이에 머물렀다. 상하이 시절에 그녀는 사회주의자 한희와 알게 되어 '한희 형님'이라고 부를 정도로 친분이 있으며 김호연과도 안면을 텄다. 조선에 와서는 류택수와 경무국 사무관과 모종의 패트론 관계를 맺고 이해춘과의 정사情事로 잠깐이나마 연인 관계 비슷한 것을 형성하기도 했다. 류택수의 첩이었던 덕분에 그의 아들 류진과는 '서모庶母'라는 비난 섞인 농담을 받았어야 할 정도로 기이한 관계를 맺고 있다.

다양한 인간관계를 넘나드는 그녀의 비밀스러운 행보는 언제나 의심의 눈초리에 노출될 수밖에 없었다. 언제 어디서나 불쑥 나타나서 이쪽 저쪽의 정보를 수집하고 누설하면서 "삼지사방으로 돌아다니며 활동"(315)하는 통에 그녀는 늘 스파이, 정탐, 여마리꾼, 끄나풀 등으로 지칭되며 의심을 받았던 것이다. 그리고 그 의심은 스캔들 사건뿐만 아니라 사상사건에도 적용될 수 있는 것이었다. 여기저기 들쑤시고 다니는 모던 걸의 이동성은 서사적 활력을 유발하는 데에도 기여하지만 서사 진행 과정에서 사회주의자 그룹과 협잡꾼 일당 사이의 정보를 매개하고 연락하는 기능도 담당한다. 이는 양자에 모두 어울리는 모던 걸의 정체성, 즉 그녀가 식민지의 '여마리꾼'[40]이기 때문에 가능했다. 그녀에게 자신을 제외한 모든 남성들이 맺는 다른 여성과의 관계는 의심과 질시의 대상이다.

그녀가 수집하고 누설하는 정보와 정탐활동은 항상 그녀의 '육체의 비밀'보다 강력한 반작용을 일으킬 수밖에 없다. 왜냐하면 그녀의 육체가 남성의 섹슈얼리티적 욕망을 자극하는 데 그친다면 그녀의 정탐은 식민지의 인간관계 자체를 단절시킬 수도 있는 치명적 가능성을 내장하고 있기 때문이다. 또한 그녀의 정탐활동은 그 자신의 생계 문제와 직접적으로 결부되어 있는 것이기도 했다. 소위 '평양 사건'이 일어난 후에 평양에서 고향 선천을 경유하

40 이경훈은 정마리아의 핵심적 특질을 정신적인 "트기", 즉 정신적인 층위의 혼혈성이라고 규정하며 이것이 조선인 남성 지식인 혹은 예술가와 조선 미인으로 구성된 서사적 "폐쇄회로"에서 이탈하여 남성의 "시각적 주도권과 그 질서에 대한 교란과 전복을 함축"하는 것으로 이해했다. 이경훈, 「문자의 전성시대－염상섭의 『모란꽃 필 때』에 대한 일 고찰」, 『사이』 14, 국제한국문학문화학회, 2013, 472면 참조.

여 경성으로 돌아온 마리아는 이해춘의 행방이 묘연해지자 그를 찾아나서는 과정에서 패트론인 중산 사무관에게 문의를 했다가 짜증 섞인 핀잔을 듣게 된다. "마리아와 직접 관계가 깊은 해춘이가 관련된 이번 사건에 대하여 마리아가 등하불명이었던 것을 중산 사무관은 불만히 생각하였던 것이요, 마리아 자신도 그 점에 대하여서는 복복 사죄한 것이었다"(387)는 대목을 보더라도 이해춘과의 관계는 중산에게 "복복僕僕" 사죄해야 할 정도로 마리아에게 단순한 치정관계를 넘어서는 중요한 문제였다. 패트론에게 물질적으로 긴박되어 있는 마리아에게 정보를 확보하지 못한다는 것은 생계를 위협하는 문제였기 때문이다.[41]

이러한 곤경에 처해 있었던 정마리아가 극심한 '공상'에 빠져 있었다는 점은 일견 당연해 보인다. 해춘은 정마리아를 "희곡적 공상이 심한 여자"(235)라고 했다. 정마리아는 자신이 처한 곤경에서 탈출하기 위해 "로맨틱한 공상"(186)에 기반한 '연애'를 기획[42]했으나 그것에 실패하면서 독부의 나락으로 빠지게 되었기 때문이다. 생의 반전을 꾀했던 연애에 실패한 그녀가 빠져 들어간 공상은 '살인과 죽음'의 공상이었다.

> 마리아는 연전에 동경진재 때에 죽은 어떤 유명한 일본 사상가를 그 애인이 칼로 찍은 사진을 머리에 그려 보았다. 그것도 남자가 새로운 애인과 한 여관에서 자는 것을 습격해서 칼로 찌르고 그 길로 자수를 한 것이었다. 그러나 그것도 호연이가 옆에 있으니 될 노릇 같지 않았다.(420)

---

41 심퍼사이저 세력이 심미적 자원을 통한 감정의 공동체를 형성해나갔다면, 협잡꾼 일당은 사기와 유언비어와 획책에 유용한 정보의 공동체를 실현하는 데 골몰했다고 할 수 있다. 심파사이저 표상의 해석에 대한 논의로는 오혜진, 「'심퍼사이저sympathizer'라는 필터—저항의 자원과 그 양식들」, 『상허학보』 38, 상허학회, 2013 참조.

42 "류택수와의 관계까지 마즈막으로 끈코 난 오늘날에는 몸이 갓든도 하야젓거니와 인제는 정말 해춘이에게 매달려서 과거의 구정물에서 발을 건저내라는 것이다. 물질뎍으로 생활보장이라는 것보다도 정신뎍으로 신 긔축을 세워서 새 생활에 오늘부터 들어간다고까지 단단히 마음을 먹엇든 것이다. 그러나 남자의 마음이 점점 더 돌아서는 눈치를 보고는 또다시 속이 뒤집히는 것 가트엇다."(326)

이 영화의 결말은 물론 두 남녀가 불행에 빠지는 것이었으나 마리아는 그다음은 보지도 않았고 생각하기도 싫어하였다. 그리고 그중에도 주인공인 어미가 검사정에서 교묘한 표정으로 저저이 설명을 하여 검사를 웃기고 감복시키던 것이라든지 배우와 희희낙락할 때에는 숫처녀와 같고 악한과 만나서는 여왕의 태도요, 남편에게는 어미가 자식 사랑하듯이 우롱하던 그 능란한 솜씨는 부럽기도 하거니와 인상이 깊이 박혀서 지금도 자기가 검사 앞에 나가면 어떠어떠하게 하리라는 것은 머리로 그려 보았다.(442)

결말부에서 그녀의 공상은 '어떤 유명한 일본 사상가'의 치정 사건과 활동사진을 매개로 이루어진다. 그 사상가가 다름 아닌 아나키즘이라는 염상섭의 사상적 지향과 긴밀하게 연관되어 있는 오스기 사카에라는 점도 흥미롭거니와 특히 정마리아가 해주집에게 살인 충동을 느끼며 "활동사진과 자기의 공상을 일치시켜서"(443) 떠올리는 활동사진의 내용은 특히 주목할 필요가 있다. 정마리아가 살인 충동을 느끼는 가운데 등장하는 (아마도 가상의)영화 〈사바세계의 사형수〉의 줄거리는 두 페이지에 걸쳐 장황하게 소개되는데, 그 내용이 『광분』의 줄거리와 '거의' 유사하다는 점이다.[43] 부유한 집안 태생의 음악가 경옥의 이미지는 마치 정처 없는 처지에 놓인 마리아의 판타지로 읽히기도 한다. 하지만 이 대목에서 정작 마리아가 상상적 동일시를 하는 대상은 경옥의 계모 숙정이었다. 영화를 통해 살인의 충동을 받게 된다는 설정은 당대의 범죄 기사나 탐정소설에서 즐겨 사용한 서사화 기제이기도 한데, 보다 중요한 점은 정마리아와 숙정이 '모던 걸'의 상상적 내면을 공유하고 있는 것으로 설정됨으로써 '계모형 독부'의 이미지[44]가 모던 걸 정마리

43 기본 줄거리는 유사하지만, 경옥의 이복동생(정옥)이 계모인 숙정과 살인을 공모했다는 경찰의 판단이나 경옥이 자동차 운전수와 치정관계가 있었다는 설정, 이진태를 짝사랑하는 을순이 살인범으로 몰린 이진태를 구하기 위해 스스로 누명을 쓰고 자살했다는 대목 등은 『광분』에는 나오지 않는 부분이다. 또한 『사랑과 죄』의 발표 시기(1927~1928)를 고려할 때, 『광분』에 나오는 '광주학생운동' 관련 장면은 당연히 빠져 있다는 점이 특색이다.

아에게 부여되고 있다는 점이다. 말하자면 염상섭은 1929년작 『광분』을 정마리아의 공상에서 비롯된 이야기[45]로 설정했을지도 모른다.

한편 모던 걸은 심퍼사이저와 사회주의자의 연대와 소위 협잡꾼들의 연합 사이에 끼인 존재이자 양자를 매개하는 역할을 담당한다. 염상섭은 오로지 음모와 계교만으로 움직이는 인물들을 등장시켜 행동을 묘사하고 그 행동의 밑바탕이 된 계략과 속내를 묘사함으로써 소설을 장편화시킬 수 있었다.

염상섭 소설에서 서사의 중심에 배치되지는 않지만 중요한 사건 주변을 기웃거리며 주어진 역할을 담당하거나 혹은 주요 배경이 되는 공간에 기식하는 인물들이 등장한다. 그들은 『사랑과 죄』의 노태로와 지덕진, 『이심』의 강찬규, 『광분』의 변원량 같은 인물들처럼 비열한 협잡꾼과 거간꾼 들[46]이었다. 그들은 항상 은밀하게 움직이며 모던 걸의 패트론, 즉 돈과 권세가 있는 식민지의 악당들의 수하로 범죄를 도모하는 데 있어서 중개자의 역할을 도맡는다. 염상섭이 그려내는 악당은 분주하게 움직인다. 이러한 인물들의 두드러진 활동성은 잠행・암약하거나 병중・옥중에 있는 사회주의자들의 상태와 대비되면서 염상섭 특유의 '어두운 활기'를 직조해낸다.[47] 즉 그들은

---

44 정마리아는 류택수의 첩이 됨으로써 류진의 서모를 참칭한다든가 이해춘의 사랑을 얻으려는 행위가 과거 이해춘 부친의 첩이었던 해주집이 퍼뜨린 거짓말, 즉 이해춘과 순영이 이복남매일지도 모른다는 구도 속에서 순영과 계모 관계를 형성할 수 있다는 가능성 같은 것이 소설 속에 잠재해 있기 때문이다.

45 『광분』에 주요사건으로 기록된 광주학생운동의 재현은 식민지 모던 걸의 환상이 전혀 예상치 못했던 돌발적인 사건이었고 이는 바로 식민지적 조건을 환기시키는 사건이다. 이 글의 논지와 직접 관련은 없으나 『광분』의 광주학생운동 장면에 대한 유력한 논의는 이혜령, 「식민지 군중과 개인－염상섭의 『광분』을 통해서 본 시론」, 『대동문화연구』 69, 성균관대 대동문화연구원, 2010 참조.

46 협잡꾼들의 세계는 『진주는 주었으나』에서 출발하여 염상섭 장편소설의 한 축을 이루고 있다. 서사학적인 측면에서 탐정소설이나 범죄서사의 문법을 전유하여 활용하고 있다. 이 협잡꾼들의 의미를 두고 이혜령은 "염상섭 소설의 추악한 인간형은 식민자의 대리 표상"이라고 지칭했다. 이혜령, 「식민자는 말해질 수 있는가－염상섭 소설 속 식민자의 환유들」, 『대동문화연구』 78, 성균관대 대동문화연구원, 2012, 340~341면.

47 염상섭 장편서사의 후경에 자주 배치되곤 하는 소위 '사랑방의 식객들'의 존재도 중요하게 다루어져야 할 필요가 있다. 그들은 소설 속에서 해춘과 류진의 이른바 '식색주의食色主義' 논쟁을 야기시킨 계기로 등장하는데, 해춘과 류진의 입을 통해 "저 따위 동물들", "생명의 낭비"(135)

모던 걸과 더불어 염상섭의 소설의 경성이 '마굴'이 되는 데 결정적인 역할을 하는 인물들이다. 이들은 항상 '돈'과 '계략'에 따라 움직인다는 점에서 정마리아와 별반 다르지 않다.

염상섭 소설의 돈은 주로 식민지 부르주아의 '재산'에서 불거져 나오는 것으로 주로 어떤 음모의 대가로 혹은 어떤 대의를 위해서 차용되거나 증여된다. 그 돈이란 "흐지부지 써버리고", "까불리고", "녹여버리고" 하는 식으로 헛되이 사용되기 일쑤라서 항상 잘 관리하고 지켜나가야 하는 것이지만 실상 쉬운 일이 아니다. 그 돈의 허술한 관리의 틈새를 노리는 자들이 횡행하기 때문이다. 그들은 색마, 거간꾼, 협잡꾼, 뚜쟁이의 형상으로 등장하는 인물들로 식민지 부르주아의 집 주변을 어슬렁거리며 집안의 연대에서 가장 약한 고리를 귀신 같이 찾아내어 그 사이를 비집고 들어가서 음모를 꾸민다. 염상섭은 이러한 악당들의 출현을 식민지서사에서의 부정적 인물들이 연합하여 사기를 도모하는 방식으로 그렸다. 이처럼 식민지 자본주의에 기생하는 협잡꾼들의 존재가 중요한 이유는 그들의 범죄적 행태 덕분에 사회주의자는 염상섭 서사 속에서 특별히 그들의 사상 활동이 구체적으로 서술되지 않았음에도 불구하고 '의협'의 가치를 추구하는 긍정적인 형상으로 그려질 수 있었기 때문이다.

염상섭 소설 속에서 사회주의자의 정체는 서사의 후반부로 갈수록 뚜렷해진다는 점은 주지의 사실이다. 그것이 협잡꾼들의 연합과 그들과 결탁하는 모던 걸의 범죄적 활동의 명료화를 통한 상대적인 효과라는 점을 지적하지 않을 수 없다. 식민지의 사상범죄가 조선인의 실제 사상적 경향의 여부와 상관없이 식민지 사법 권력에 의해 자의적으로 들씌워질 수 있는 것이라는 점을 감안할 때, 식민지인은 사상적 투신과 전향적 변신 간의 급작스러운 전환

등으로 표현되며 식색주의의 화신들로 그려지고 있다. 염상섭 소설에서 모던 걸이나 협잡꾼들이 활력적인 동물로 그려지고 있다면 그에 반해 식객들은 조선인의 무기력한 동물적 삶의 전형으로 묘사된다. 그들이 기거하는 사랑방은 모던 걸이 드나드는 아편굴과 유곽과 호텔/여관 등의 마굴적 공간과 더불어 식색주의가 횡행하는 거점이다.

과 착종의 혐의로부터 자유로울 수 없었다. 그런 의미에서 『사랑과 죄』나 『삼대』 같은 작품에 자주 언급되는 소위 '지사志士'들의 타락과 변신이 모던 걸과의 관계나 모던 보이의 이미지를 매개로 그려지면서 치의致疑와 비판 대상이 된다는 점은 염상섭 장편의 서사적 특질 가운데 하나라고 할 수 있다.[48] 이러한 설정을 통해 염상섭은 모던 보이나 협잡꾼의 형상과 뒤섞여 있는 사회주의자들의 정체성을 분리해내어 사회주의자에게 부여되어 있던 부랑과 불량이라는 부정적 이미지를 탈각시킴과 동시에 전대前代의 지사와 구분되는 사회주의자의 세대론적 정체성을 부각시킬 수 있었다.

염상섭 장편에 등장하는 협잡꾼의 연합에는 항상 모던 걸이 포함되어 있었다. 이들은 표면적으로 식민지의 타락상을 상징하면서 모던 걸의 형상을 부정적으로 규정해버리는 효과를 발휘한다. 이것이 염상섭의 서사 진행상의 결과이기는 하지만 단순히 모던 걸의 타락과 체포와 죽음으로 소설이 끝이 났다고 해서 그것을 염상섭의 작의(모던 걸의 범죄에 대한 단죄)로 소구하는 것은 염상섭 소설의 모던 걸 재현 양상을 단순하게 이해하는 것에 불과하다. 염상섭의 소설들에 등장하는 모던 걸 형상은 『사랑과 죄』에서 『삼대』에 이르

48 『사랑과 죄』에서 "년전에 호연이 고향사람으로 유명하다는 지사志士가 3·1운동으로 삼사 년 동안 감옥생활을 하고 나오더니 별안간 인제부터는 긔차는 이등차, 의복은 양복으로 작명하얏다 하고 업는 돈에 이등을 타고 고향에 돌아가는 것을 호연이가 전송하고 와서 대분개를 하든 일을 지금 해춘이는 무심쿠 머리에 그려 보면서"(292) 같은 대목이 대표적이다. 또한 "회색 양복 저고리에 흰 세루바지를 입고 실오락이 가튼 금시계줄을 저고리깃의 구멍으로 꿰여서 웃주머니 속에 찌러트린 것이라든지 좌우 살쩍을 밧작 치처서 면도질을 한 것이라든지가 무척 모양을 내이랴고 제딴은 애를 쓴 골"(14~15)을 하는 것으로 묘사된 지덕진은 해춘의 상상 속에서 "머리 길으고 개화장 집흔 양복쟁이며 금시계쭐 느리고 대모테 안경 쓴 부랑자며 사구라 몽둥이 쓸고 꿰어진 구두신은 지사志士라는 청년들의 모양이 그의 머리ㅅ속에서 욱을욱을 하얏다"(77)라고 그려진다. 양복장이, 부랑자, 지사 등의 기표는 당대의 양복과 금시계로 대표되는 모던 보이와 '사구라 몽둥이'로 지시되는 사회주의자의 표상을 뒤섞어 놓은 사례라고 할 수 있다. 사구라 몽둥이와 사회주의자의 대중적 이미지에 대해서는 다음의 언급을 참조. "사구라 몽둥이는 사회주의 관계의 젊은 분들이 많이 짚는 것은 누구나 잘 아는 유행이다." 이서구, 「스틱」, 『별건곤』 14, 1928.7. "사회주의자社會主義者가 속출하여 머리를 길게 기르고 '사구라'(벚꽃나무) 몽둥이를 든 청년들이 거리에 나타나게 되었다." 김을한, 「40년간 세상 변천사」, 『동아일보』, 1960.4.1.

기까지 분명히 '발전'하고 있다. 그들의 발전 과정은 이상적인 모던 걸의 창출과 관련이 있다. 염상섭은 분명 장편소설 창작을 통해 '진정한 모던 걸'의 모델을 그려보고 싶었을 것이다. 그녀의 이름은 모두가 잘 알고 있듯 '홍경애'였다.

4. 결론을 대신하여

유독 염상섭은 모던 걸에 관심이 많았다. 물론 당대의 모든 남성작가들이 모던 걸에 관심을 표명했겠으나 염상섭만큼 모던 걸을 자주, 잘, 깊이 그렸던 작가는 없었던 것 같다. 염상섭의 모던 걸 재현은 모던 걸의 외형과 욕망을 남성의 시각으로 해석하여 왜곡하거나 과장하는 관습적 방식과는 달랐다. 그는 모던 걸의 심리뿐만 아니라 그녀의 삶을 간파하고 있었고 더 나아가 당대의 통념적인 모던 걸 재현방식이 보여준 맹점을 통찰하고 있었다. 염상섭은 모던 걸의 인생행로를 꿰뚫어보는 것에 탁월한 재주가 있었다.

모던 걸을 잘 그렸다는 것은 모던 걸의 핵심적 특징이라 할 수 있는 신체적・계급적・감정적 이동성 혹은 활동성을 능숙하게 묘파했음을 의미하며 그러한 이동이 끝내 넘어서지 못했던 한계와 장벽을 확실히 이해했음을 의미한다. 염상섭에게 모던 걸은 언제나 변형・변화・변경(에 끝내는 실패)하는 존재였다. 이는 염상섭이 모던 걸의 형상을 식민지의 법과 제도, 문화적 관습과 이념의 체제를 통해 구성되는 복잡한 인간관계망 속에서 연루시키는 방식으로 묘사했기 때문에 가능했다. 이러한 모던 걸의 서사적 확장성은 염상섭 장편소설의 중요한 자양분이 되었다. 염상섭은 모던 걸을 일종의 '장편의 양식' 중 하나로 이해했다는 것이 이 글의 핵심적 주장이었다.

『삼대』의 홍경애는 당대의 모던 걸 담론과 소설 창작 방법을 전유・동원하여 염상섭이 창조한 가장 이상적인 모던 걸의 형상을 띠고 있다. 즉 홍경애는 염상섭이 『사랑과 죄』에서부터 시작된 모던 걸 재현의 상상력을 끝까지 밀고 나가서 마침내 완성한 '100퍼센트 모던 걸'이라고 부를 만하다. 그녀는 '경찰, 감옥, 거리'의 감각[49]으로 살아가는 카페 여급이자 운동가였으며 '지사志士'의 딸이었다. 여학생, 교사, 첩, 카페 여급의 경로를 걸어온 그녀의 베일에 싸인 정체성을 두고 『삼대』의 남성들은 당혹감에 휩싸인 채 매음녀를 뜻하는 "밀가루"나 "은근짜", "작부", "하등 카페의 여급"에서부터 식민지 반체제 운동의 핵심 멤버를 가리키는 "주의자들의 여왕"이나 그 반대세력인 "스파이"에 이르기까지 다양한 모습으로 의심하고 호명했다. 심지어 그녀는 덕기에게 한때는 "서모"이기도 했고, "가정적 여성"으로 비춰지기도 했다. 그녀는 "다각형으로 자유자재하게 변화하는 성격을 가진 여자"[50] 였다. 그녀가 가진 모던 걸의 정체성은 정마리아로부터 시작하여 염상섭이 만들어낸 모던 걸 표상의 완성형처럼 보인다.

염상섭은 모던 걸에 관한 당대의 서사적・담론적 관습을 전유함으로써 식민지적 모던 걸의 형상을 창출할 방법을 모색했고, 이를 통해 식민지의 암

---

49 "「백 퍼센트 모가」라는 글에서 오야 소이치는 모던 걸의 세 가지 버전을 제안했다. 첫째로 모던 걸은 술책에 뛰어나고 조작에 능숙하고 합리성을 추구한다. 그녀는 자유롭게 외출하고 심지어는 외박도 자유롭게 하며 친구와 연인 간의 경계를 두지 않는다. 그녀는 소비자이지 생산자는 아니다. 그녀는 마네킹과 같다. 두 번째 유형은 집단 지향적이고 생산적이며 의식적인 존재이다. 하지만 세 번째 유형의 여성만은 '백 퍼센트 모가'이다. 그녀는 셀 수 없이 많이 투옥된 적이 있는 영웅적인 좌파 운동가의 딸로 특징지을 수 있다. 그러므로 그녀에게는 가족의식이 없고 경찰, 감옥, 거리에 대한 감각뿐이었다. 소위 여성의 도덕성이라는 전통에서 해방되어 그녀는 새로운 시대의 진정한 언어, 제스처, 이데올로기를 표명했다." 이 부분은 오야 소이치 大宅壯一의 글을 실버버그가 요약한 것이다. 大宅壯一, 「百パーセント モガ」, 『中央公論』, 1929.8(Miriam Silverberg, *Erotic Grotesque Nonsense : The Mass Culture Of Japanese Modern Times*, Berkely and Los Angeles : University of California Press, 2006, p.59에서 재인용). 정노풍의 「일본평단의 경향 (2)」, 『동아일보』, 1930.4.15에 따르면, "지금은 오야 소이치의 전성시대"일 정도로 그의 글이 당대 지식인들에게 많이 읽히고 있는 것으로 소개하고 있다.

50 염상섭, 『삼대』(『조선일보』, 1931.1.1~9.17), 『삼대 외外』, 동아출판사, 1995, 219면.

흑면을 부각시킴으로써 장편소설의 서사적 전략과 가능성을 타진했던 것으로 보인다. 다시 말해서 염상섭이 장편소설을 쓸 수 있었던 것은 모던 걸이라는 존재에 부여된 풍부한 서사성 덕분에 가능했다.

세태로서의 여성

염상섭의 신여성 모델소설을 중심으로

심진경

1. '모델'소설과 모델'소설'

1930년 5월『삼천리』6호에는 '내 소설과 모델'이라는 큰 타이틀 아래 이광수, 염상섭, 현진건, 이익상, 최서해, 이렇게 다섯 작가의 글이 실려 있는데, 이들은 자기 소설에서 모델이란 무엇이며 모델소설에 대해서는 어떻게 생각하는지를 자신의 창작방법론과 관련지어 서술하고 있다. 여기에서 실제 사건이나 인물을 대상으로 한 모델소설은 염상섭을 비롯한 그 당시 많은 작가들에게 소설답지 못한 소설이자 손쉽게 쓴 소설로 이해되었으며 그 때문에 부정적인 것으로 받아들여졌다. 그래서 최서해는 "대체로 나는 소설을 쓰는 데 있어서 어떤 사실이 있는 것을 붙잡아가지고 추리고 붙이고고 하기보다는 차라리 아무 근거도 없이 그냥 자유로 상상의 날개를 날려가면서 쓰는 것이 훨씬 편하"다고 이야기하고, 이광수는 "대체 나는 소설을 쓸 때에 이 세상에서 이미 일어난 사실을 취급하기를 애쓰지 않는다"고 주장한다. 현진건과 이익상 또한 마찬가지다. 그들은 한결같이 조그만 사실이나 인물에게서 '힌트'나 '암시'를 얻어서 쓰더라도 창작과정에서 실제 사실의 태반은 사라져 완전히 다른 것이 된다고 주장한다.

이석훈은 1940년 5월 『인문평론』에 실린 「모델소설고」에서, 모델소설에 대한 그 같은 작가들의 전반적인 부정적 견해를 다시 한 번 반복한다. 이석훈은 모델소설이란 "쉽게 말하면 실재하는 인물 내지 사건을 테마로 한 소설"이라고 할 수 있지만, 실제로 모델소설 여부는 "실재하는 인물 내지 사건의 '모델라이즈'의 정도, 그 농도로써 상정할 수 있는 것"으로 판단할 수 있다고 본다. 다시 말해서 모델소설이란 "기지既知의 사실을 테마로 한 소설, 또는 기지의 사실이 아니더라도 '모델라이즈'의 수법이 순수의 지경에까지 이르지 못한 것 등"이다. 이 말이 의미하는 것은 두 가지다. 하나는 특정 인물이나 사건을 떠올리게 하는 모델소설은 좋은 소설이 못 된다는 것, 다른 하나는 실제 사건이나 인물에게서 암시를 얻었다고 하더라도 "존재의 위치 내지 표현문제"가 뛰어나다면 모델소설이라고 하기 어렵다는 것이다. 결국 작가들에게 모델소설이란 소설의 예술적 차원에 이르지 못한 저급한 형태의 소설로 받아들여지고 있었던 셈이다.

그런 가운데서도 1930년 5월 『삼천리』에 실린 「「만세전」과 그 여성－내 소설과 모델」이라는 글에 나타나는 염상섭의 견해는 주목할 만하다. 염상섭은 이 글에서 모델소설의 두 가지 층위에 대해 설명한다. 그것은 바로 협의의 모델소설과 광의의 모델소설이다. 협의의 모델소설이란 실제 사건이나 인물을 그대로 소설 속으로 끌어들인 것을 말하는데, 그에 따르면 이때 "어떠한 실재인물의 실제생활을 헤치고 들어가서 어떠한 부분 혹은 그 전체의 활사실을 소설화할 때의 그 실재인물의 성격이나 생활을 가로채서 모델이라고 부르는 것"[1]이다. 염상섭은 그런 의미에서의 '협의의 모델소설'에 대한 부정적인 견해를 여타 작가들과 공유한다. 그럼에도 불구하고 그는 모델소설에 대한 입장

1 염상섭, 「「만세전」과 그 여성－내 소설과 모델」(『삼천리』 6, 1930.5, 65면), 『문장 전집』 II, 213~214면.

에서 다른 작가들과 미묘하게 갈라서는데, 그것은 바로 이 지점이다.

> 가령 작자가 스토리를 전연히 공상으로 꾸며냈다 하더라도 스토리 자체부터가 실인생의 가유성可有性을 가진 것, 부언復言하면 작가 자신의 문견聞見하고 또 희망하는 바에서 나온 것이므로 거기에 나오는 인물도 그 시대, 그 사회의 가유성을 가진 인물의 전형을 떠나서 묘사될 수 없을 것이다. 그러므로 모든 소설은 광의廣義로 보아서 '모델'을 가졌다고 할 것이다.[2]

즉 소설이란 작가의 경험에 기초를 둔 것이기 때문에 결국 모든 소설은 부분적으로나마 모델소설적인 면모를 가질 수밖에 없다는 것이다. 염상섭에게 소설이란 작가 자신의 체험이나 경험을 벗어나서 성립되기가 어렵다. 그래서 그는 자기 주변의, 혹은 신문지상에서 다뤄지는 사건이나 인물에 대한 경험이 부지불식간에 소설적 현실을 이루는 중요한 재료가 된다고 본다. 결국 염상섭에게 모든 소설은 넓은 의미에서 모델소설이다. 물론 이때 중요한 것은 '모델' 그 자체라기보다는 '소설'일 것이다. 그것은 다시 말해서 모델로 대변되는 실제 사건이나 현실에서 출발하지만 그에 머물지 않고 더 나아가 시대적 전형을 획득하는 데 도달한 소설을 의미한다.

염상섭 초기 소설 중에는 실제 인물과 사건을 모델로 한 소설은 물론, 특정 인물을 연상케 하는 소설, 신문에 보도된 사건을 모티프로 한 소설, 혹은 누군가에게서 들은 얘기에서 암시를 얻어 지은 소설 등등, 소위 모델소설(좁은 의미에서건, 넓은 의미에서건)이라고 부를 법한 소설들을 많이 발견할 수 있다. 그중에서 특히 실제 인물을 연상케 하는 신여성을 주인공으로 한 소설들이 주목할 만한데, 「제야」(1922)와 「해바라기」(1923), 그리고 『너희들은 무엇을 얻었느냐』(1924)가 그것이다. 그런데 이 중에서 염상섭 자신이 모델소설

2 위의 글, 같은 곳.

로 인정한 것은 「해바라기」 한 편뿐으로, 이 소설은 잘 알려져 있다시피 나혜석과 김우영의 결혼식과 신혼여행을 모델로 한 것이다. 반면 그는 김일엽과 최승구, 김명순 간의 삼각관계를 부분적으로 다뤘다고 알려진 『너희들은 무엇을 얻었느냐』는 모델소설의 범주에 넣기를 꺼린다. 여성작가 김명순을 연상케 하는 「제야」 또한 세간에는 모델을 썼다고 이야기되었지만 실제로는 "'힌트'가 아니면 사상에서 나"온 것일 뿐, 엄밀한 의미에서(좁은 의미에서) 모델소설은 아니라고 그는 주장한다.

그러나 세간에서 염상섭의 이 말은 있는 그대로 받아들여지지 않았다. 특정인물을 연상케 하는 일련의 소설들은 작가의 의도와는 무관하게 암묵적으로 모델소설로 명명되었다. 어떤 점에서 이들 소설은 모두 실제 인물이나 사건을 다루었거나 실존인물을 연상케 한다는 점에서 좁은 의미의 모델소설이라고도 할 수 있기 때문이다. 특히 세간에 화제가 되었던 실제 여성인물들의 결혼과 연애 등을 연상시킨다는 점에서 여성모델소설이라고 부를 수도 있을 것이다. 염상섭의 소설에 대한 그런 저간의 통념은 이후의 연구에서도 반복되는데, 김윤식의 견해[3]가 대표적이다.

그런데 다시 한 번 생각해보자. 염상섭이 스스로 저 소설들이 모델소설이 아니라고 주장했던 것은 단지 그 당시 모델소설이라는 타이틀이 소설 평가에 있어서 부정적인 영향과 모델 당사자와의 갈등의 가능성을 고려한 변명에 불과한 것일까? 그래서 단순한 '암시'나 '힌트'의 수준을 넘어 실제로 특정 모델을 대상으로 했음에도 불구하고 작가 자신이 이러한 사실을 공공연하게 밝히기 꺼려했던 사정이 반영된 것일까? 그렇지 않다는 것이 이 글의 문제의식의 출발점이다. 즉 이 글의 문제의식은 저 소설들이 모델소설이 아니라는 염상섭의 주장을 액면 그대로 받아들여야 한다는 것이다. 좀 더 구체적으로 말하면, 저 소설들은 모델소설이면서 동시에 모델소설이 아니다. 그리고 사

3 김윤식, 『염상섭 연구』, 서울대 출판부, 1987, 제1부 참고. 이 책에서 김윤식은 염상섭의 「제야」와 「해바라기」 모두 나혜석을 간접적이건 직접적이건 간에 모델로 한 소설임을 밝히고 있다.

실 염상섭 소설의 의미는 이 형용모순 속에 있다.

염상섭의 세 편의 '모델소설'은 그의 표현에 따르면 "모델을 쓰려고는 하였으나 모델과는 전연히 다른 데로 미끄러지고"[4]만 소설이다. 이는 달리 말하면 그 소설들이 '모델'에 대한 관심과 호기심을 불러일으키는 데서 그치는 협의의 '모델'소설이 아니라, 비록 모델로부터 출발하였으나 결국 복잡다단한 세태의 단면을 파노라마적 구성방식을 통해 들여다봄으로써 시대의 한 전형을 획득하게 되는 광의의 모델'소설'로의 변화를 보여주고 있음을 의미한다. 그리고 우리의 관점에서 그것은 염상섭 소설의 방법적 진화과정을 밝혀주는 스터디케이스이기도 하다. 하나씩 살펴보자.

2. 독백극의 프레임과 희생제의

염상섭의 초기 3부작 중 마지막 작품인 「제야」(『개벽』, 1922.1)는 최정인이라는 신여성이 '제야除夜'에 자살을 결심한 뒤 그러한 결심에 이르기까지의 과정을 고백하는 일인칭 고백체 소설이다. 「제야」는 지금까지 내면 고백의 주

4 염상섭의 모델소설에 대한 연구로는 장두영의 「염상섭의 모델소설 창작 방법 연구—『너희들은 무엇을 어덧느냐』를 중심으로」, 『한국현대문학연구』 34, 2011이 주목할 만하다. 이 논문은 『너희들은 무엇을 얻었느냐』에 공통적으로 지적되어 온 소설 구성의 산만성, 스토리라인의 부재 등의 원인을 바로 염상섭이 지적한 이 문제에서 찾고 있다. 다시 말하면 소설 초반 중요한 소설적 구심점 역할을 하던 김일엽, 임장화, 김명순을 모델로 한 '덕순-한규-경애'의 삼각관계가 모델 당사자들의 요청으로 소설 중반 이후 실종되면서 소설 전체를 관통하는 일관된 스토리라인이 사라지게 되었다는 것이다. 그러나 장두영의 이러한 지적은 그 자신이 본문에서 지적한 대로 "당대의 인간군상과 시대적 분위기를 형상화하려는 작가의 모델소설 창작 방법의 목표"를 확인하는 방식이자, 당대 청춘남녀들의 "복잡하고 산만한 구성"의 연애관계를 통해 복잡하고 산만한 세태의 한 면을 보여주고자 하는 작가의 의도라고 해석할 수도 있다. 따라서 이 글에서는 "모델소설을 쓰려고 하다가 모델소설이 아닌 것이 되었다"는 작가 염상섭의 말을 좁은 의미의 모델소설에서 넓은 의미의 모델소설로 변화되었다는 의미로 해석하고자 한다.

체였던 남성이 아니라 신여성을 새로운 고백의 주체로 내세워 여성 스스로 자신의 내면을 고백하도록 했다는 점에서 초기 3부작 중에서 매우 특출난 비중을 갖는다고 평가받는다.[5] 그러나 문제는 그 목소리의 성격이다. 소설 초반 서술자 '나'는 자신의 부도덕함과 위선, 타락, 뻔뻔함 등을 비판하면서도 그러한 비판과 경멸이 자기에게만 그치지 않음을, 오히려 이 세상의 타락과 위선에 더 큰 문제가 있음을 신랄하게 지적한다. 나아가 그런 맥락에서 지금까지와는 다른 낯선 정조론, 소위 "탕녀의 도덕"[6]을 제안하기에 이른다. 그것은 예컨대 "정조를 유동 자본으로 삼아 쾌락을 무역하겠다"[7]는 자본주의적 교환가치에 근거한 정조론이거나 "A와의 정교가 계속될 때에는, A에게 대하여 정조 있는 정부가 될 것이요, B와 부부관계가 지속할 동안은, 또한 B에게 대하여 정숙한 처만 되면 고만"(114)이라는 자기편의적 정조론으로 나타난다.

소설 전반부에서 그러한 '나'의 주장은 이지적이고 분석적인 태도에 의해 뒷받침되고 있다. 그러나 이후 탕녀가 될 수밖에 없었던 자기 죄의 기원과 실상을 낱낱이 고백하면서부터 '나'의 서술은 냉철한 자기비판을 넘어 돌연 자기비하로 급전한다. '나'는 스스로를 "육의 반석 위에 선 부친과, 파륜적 더구나 성적 밀행에 대하여 괴이한 홍미와 습성을 가진 모친 사이에서 빚어 만든, 불의의 상징"(103)인 '사생아'로 규정한다. 그러고 나서 본격적인 죄의 고백은 지나치게 자유분방한 연애관, 충동적 성욕의 화신, 자기 추행을 은폐하기 위해 지속해 온 신앙생활, 추행을 변명할 방패로서의 '비지 같은 지식' 등등으로 이어지는데, 여기서 더 나아가 '나'는 스스로를 육욕보다 더한 수욕獸慾에 사로잡힌 창기, 악마, 잠충蠶蟲으로 비하하기에 이른다. 흥미로운 것은 이러

5 김윤식은 바로 그 때문에 「제야」는 고백의 형식 창조라는 서술적인 측면의 새로움, 여인의 심리 탐구라는 객관적・근대적 측면의 새로움, 소설이란 무엇인가에 관한 예술적 측면의 새로움, 이렇게 세 가지 차원의 새로움을 이루었다고 평가한다. 김윤식, 앞의 책, 187면 참고.

6 김우창, 「리얼리즘에의 길-염상섭 초기 단편」, 염상섭, 『염상섭 전집』 9, 민음사, 1987, 440면.

7 염상섭, 「제야」, 『염상섭 단편선』, 문학과지성사, 2006, 114면. 이하 작품 인용 시 괄호 안에 면수만 표기한다.

한 자기비하의 내용이 다소 과장되고 극적이긴 하지만 그 당시 새로운 모럴을 제안했던 신여성에 대한 비판담론을 연상케 한다는 점이다. 즉 그것은 신여성 스스로 내뱉는 신여성 비판담론의 '막장' 판본이다. 이는 그보다 앞서 '나'가 제안한 새로운 '탕녀'의 정조론이 그 당시 신여성들이 주장했던 연애와 결혼에 대한 전위적 발언들의 변주에 불과하다는 사실과도 연관된다. 그렇게 본다면 「제야」는 비록 여성 화자를 고백의 주체로 내세우고 있지만 실은 그 시대 신여성의, 신여성에 관한 자유연애 담론을 잘 알고 있으면서 그에 대해 긍정도, 부정도 아닌 복합적인 태도를 가진, 그러나 결국에는 보수적인 신여성 담론으로 회귀하고야 마는 전지적인 작가 서술자의 목소리가 시종일관 지배적인 소설로 보아야 한다.[8]

이렇듯 「제야」는 겉보기에는 보수적인 정조관념과 전위적인 정조관념이 충돌하면서 '나'의 목소리가 분열하는 것처럼 보이지만, 실제로는 '나' 속에 '윤리의식'이라는 새로운 심급으로 자리 잡은 작가 서술자가 서사의 심층에 일관되게 존재함을 알 수 있다. 게다가 이 초자아적 작가서술자는 신여성 자신의 목소리로 내면적이고 심층적인 차원에서 자신의 죄를 낱낱이 고백하고 단죄하는 자발적 희생제의를 저 스스로 상연하도록 연출하고 있는데, 소설 속에서 이러한 초자아적 작가서술자는 '나'의 남편과 관중의 형상으로 재현되고 있다. 우선 '나'의 남편은 혼전임신 상태에서 그와 결혼한 '나'에게 "정인 씨를 용서할 권리를 허락"(169)해달라는, "천녀가 전하는 최후의 심판의 판결문"인 동시에 "복음"(94)인 편지를 보냄으로써 '나'로 하여금 스스로의 죄를 고백하고 처벌하게 하는 결정적 계기를 마련한다. 그런데 왜 남편의 편지는

8 그러나 김윤식과 강헌국은 「제야」의 주인공 최정인이 작중화자이자 지각의 초점자로 기능한다는 입장이다. 김윤식, 앞의 책, 176~188면; 강헌국, 「개념의 서서화-염상섭의 초기소설」, 『국어국문학』 143, 2006 참조. 반면에 최혜실은 「제야」에 두 개의 목소리가 있다고 보는데, "하나는 최정인 자신의 목소리인 회개하기 전의 그녀이고, 또 하나는 작가의 목소리인 회개한 후의 그녀의 목소리이다." 이 글에서는 서사 표층에서 보이는 이러한 작중화자 '나'보다는 그러한 작중화자에게 말하도록 심층에서 작동하는 작가의 목소리를 좀 더 지배적인 것으로 보았다. 최혜실, 『신여성은 무엇을 꿈꾸었는가』, 생각의나무, 2000, 241면 참조.

'판결문'이자 '복음'인가? 왜냐하면 '나'의 남편은 심판자이자 구원자이기 때문이다. 즉 '나' 자신의 죄를 먼저 알아야만 '나'의 속죄가 이루어질 수 있다고 본다면, 남편의 비현실적으로 관대한 용서의 편지야말로 '나'가 자발적으로 자신의 죄를 고백하도록 만드는 좋은 명분이 되기 때문이다. "당신에게만은 하나도 빼지 않고 아뢸 의무가 있"(103)다는 '나'의 자발적 고백충동은 그렇게 분출된다. 그리고 그런 충동에서 촉발된 죄의 고백과 그에 대한 심판이 이루어진 다음에야 비로소 '나'는 속죄의식을 통해 구원받을 수 있게 되는 것이다. 이 모든 죄의 고백과 속죄의식의 주체가 결코 '나'가 될 수 없는 것은 바로 이 때문이다. 소설 속에서 '나'가 고백의 주체가 아닌, 스스로를 세상이라는 무대 위에서 사람들에게 보이는 대상으로 의식하는 다음 대목은, 그런 점에서 의미심장하다.

> 그 다음에는 자기의 일이 아니라, 마치 극장에 앉았는 것 같은 생각이 또 머리에 불쑥 솟아나서, 꿈속같이 극장의 광경을 그려보며, 정신없이 걸어갔습니다. …… 뼹뼹 돌던 무대가 딱 그치자, 관객은 제가끔 떠들며 북적거리고 쏟아져나가는 모양이 눈앞에 현연히 보입니다. "흥! 돈이 아깝지!" 하며, 눈을 흘리고 뛰어 달아나가는 사람도 있고, 또 어떤 사람은 "통쾌하다, 참 재미있었다!"고 부르짖으며 깔깔 웃는 사람도 있습니다……. 어느덧 막은, 스르륵 닫혔습니다. 그제야 비로소 정신을 차리고 사방을 돌려다보니까, 나는 텅빈 관객석을 등지고, 발끝까지 내린 유장에 코를 박고 눈을 감은 채, 아무도 없는 속에 혼자 걷는 것을 깨닫고, 유장을 들추려니까, 전등불이 확 꺼져버리고 천근같이 무거워 들리지 않는 장막 속에서는 멀리 들리는 웃음소리가, 졸음이 푹푹 오는 내 귀밑에서 소곤거리는 것 같았습니다.(143)

위의 예문에서 발견할 수 있는 것은 바로 연극적 프레임이다. 즉 「제야」의 '나'는 아무도 없는 방에서 유서 형식의 편지를 쓰고 있지만, 실제로는 스스로를 무대 위에 올려 지난 시절 자신의 타락과 죄과를 낱낱이 고백하는 상황을 연출하고 있는 것이다. 그렇게 '나'는 자발적으로 자신을 심판하는 세상 사람들의 시선을 통해 자기 죄의 실상을 적나라하게 폭로하고, 나아가 신여성의 성적 타락을 비난하는 대중의 시선을 내면화함으로써 자신의 비참한 최후를 상상할 때조차 극장의 스크린이나 신문의 사회면 기사를 통과하지 않으면 안 되게 된다.[9] 이렇듯 「제야」는 신여성을 고백의 주체로 내세워 나쁜 피를 타고난 자신의 출생의 비밀과 성적 문란, 이해타산적 내면 등을 일인극 형식으로 상연함으로써 그 당시 신여성을 둘러싼 소문과 담론을 누구나 다 아는 공공연한 비밀로 만들어 은밀하게 엿보게 한다. 그 결과 「제야」는 신여성 스스로 자신에 대해 말하게 하려는 애초의 의도와는 달리, 그 당시 대중담론 속에서 스테레오타입화된 신여성의 이미지를 반복적으로 재생산한 뒤 그러한 신여성을 희생자 메커니즘 속으로 밀어 넣어 자발적으로 서사 바깥으로 사라지게 한다. 이때 곧 태어날 '나'의 아이도 예외 없이 제거되어야 하는 것은 당연하다. 왜냐하면 아직 태어나지 않은 아이야말로 가장 추악하고 더러운 '나'의 죄를 씻어줄 가장 순수한 희생양이기 때문이다. 결국 「제야」에서 추구된 고백의 형식은, 소설 속 신여성을 희생제의적인 독백극의 형식 속에 가두어 정형화된 신여성 '모델'을 만들고야 만다.

9 대중매체의 시선을 통해 자기의 최후를 상상하는 소설 속 예는 다음과 같다. "근자에 와서는 캄캄한 방 속에 혼자 드러누웠으면, 책보에 통통히 뭉친 보따리를, 옆구리에 끼고 눈발이 풀풀 날리는 밤중에, 썩은 다리(영추문 위) 밑으로 기어들어가는 자기의 그림자가 환연히 눈앞에 떠오르기도 하고, 여학생의 기아棄兒라는 커다란 활자로 박은 신문지 장이, 공중에서 휘날리는 것 같아서 혼자 깜짝 놀라며 고민할 때가 많아졌습니다."(167~168)

3. 내면적 독백에서 갈등의 드라마로

앞 절에서 살펴본 것처럼, 「제야」의 독백극적 틀과 희생제의적 결말은 소설의 기본틀 역할을 함으로써 주인공 '나'의 내면과 서사의 내용을 제한된 범주(당대의 신여성 담론) 안에 가두는 역할을 한다. 이때 그 형식적 틀 자체가 여성인물의 속죄의식과 그에 대한 징벌을 선험적으로 결정하는 구조적 형식으로 기능하는 셈이다. 그러한 구조적 형식의 기능은 「해바라기」(『동아일보』, 1923.7.18~1923.8.26)에서도 그대로 반복되어 나타나는데, 결혼식과 추도식에서 바로 그렇다. 나혜석과 김우영의 결혼을 모델로 한 「해바라기」는, 예술가인 신여성 영희가 만선건물주식회사 전속기사이자 총독부 토목과 촉탁인 순택과 결혼식을 치른 후 신혼여행 겸해서 3년 전에 죽은 영희의 약혼자 수삼의 묘를 찾아가 비석을 세워주고 추도식을 올려주는 것을 중심 내용으로 한다. 이렇듯 「해바라기」는 결혼식으로 시작해서 일종의 장례식(추도식)으로 끝나는데, 이 두 예식에서 도출된 「해바라기」의 서사적 틀은 그 자체로 소설 내의 다양한 에피소드를 만들어낼 뿐만 아니라 인물 내적 갈등은 물론 인물들 간의 갈등을 빚어내는 결정적 계기로 작용한다. 모든 갈등은 일단 결혼식에서부터 시작된다.

> 소위 결혼식이라는 것을 당초부터 무시하든 영희로서는, 사회와 싸우면서라도 구습과 제도에 반항하야 어듸까지 자긔의 주장을 세울만한 용긔가 업서서 그리하얏든지, 여러사람의 눈에 떼이는 번화한례식을 거행하야보랴는 일종의 허영심을 이기지 못하여 그리하였든지, 어떻든 신식으로 례식은 하얏다 하드라도, 또다시 구식으로 폐백을 드리느니 다례를 지내느니하는 것은, 의식을 허례라고 배척하야오니만치, 자긔의 생각과 행동을 스스로 삷히고 비평하는 눈이 밝고 날카럽을스록 영희에게 고통이 아니될수업섯다. 그러나 이러한 영희의 생각은 이 방에안젓는 아모도 알아줄 사람이 업섯다.[10]

이 결혼식이 빚어내는 가장 큰 갈등은 바로 영희의 내면에서 일어난다. 왜냐하면 이 결혼식이야말로 자각한 신여성으로서 영희가 주장해온 신념(진정한 행복은 돈이 아닌 예술에 있으며 이를 위해 구습과 제도에 반항해야 한다)을 배반하는 것이기 때문이다. 두 가지 면에서 그러한데, 우선 영희가 예술도 모르는 이혼남 순택을 결혼상대자로 꼽은 가장 큰 이유가 돈 때문이라는 것, 다른 하나는 결혼식을 함으로써 그토록 거부했던 사회적 관습에 굴복하게 되었다는 것이다. 그러나 더 큰 갈등은 그다음에 발생한다. 왜냐하면 영희 스스로가 그런 결정을 하게 된 자신의 이해타산적인 면과 속물적인 면을 인정하면서도 이를 자기의 일면으로 받아들이지 못하기 때문이다. 영희는 "리지덕 자긔비판력과 명민한 자긔반성력을 가진"(115) 신여성이기에 자기가 왜 이 결혼을 하는지를 그 누구보다도 분명하게 자각한다. 그러나 바로 그 때문에 영희는 자기의 신념대로 용감하게 행동하지 못하는 자기 자신을 그 누구보다도 부끄러워하고 괴로워한다. 소설에서 영희가 괴로움과 수치심에서 벗어나기 위해 만들어내는 자기기만의 논리는 바로 "변명"이다.

> 이것이 이녀자에게 대하야는 무엇보다도 괴로운 일이지만, 이 괴롬에서 버서나랴면 하는 수업시 다른 리치를 끄러대어서 **변명**이라도 하는 수밧게 업다. 자긔를 **변명**하는 그것도 역시 그리 마음에 편한 일은 아니지만, 그러케라도 아니하면 안심을 할 수가 업다는 것이 이 여자의 병이다. (…중략…) 그러나 이때것 내가 주장하야온 것은 진리가 아인 것은 아니다. 다만 세상과 싸워나갈 용긔가 업서서 실행할 수가 업슬뿐이다. 더구나 순택군의 의견을 존중하는 것은 순택군을 사랑하기 때문이니까, 이 경우에 자긔의 주장을 희생하고 저편의 소원대로 신식례식을 하얏을 뿐이다. 이것까지를 허영심이 식히는 일이라고 하는 것은 넘어 심한 말이다……. 영희는 속으로 이러한 **변명**을 자긔에게 하얏다.(116, 강조는 인용자)

10 염상섭, 「해바라기」, 『염상섭 전집』 1, 민음사, 1987, 114면. 이 절에서 이 책을 인용할 때는 인용문 뒤에 인용면수만 밝히도록 하겠다.

작가서술자에게 이러한 자기합리화는 "참으로 군색한 변명"(117)에 불과한 것으로 폄하된다. 그러나 소설에서 이 변명은 단순히 영희의 내적 갈등을 불러일으키는 데서 멈추지 않고 서사를 작동시키는 중요한 동력이자 메커니즘이 된다. 그것은 우선 신여성 영희에게는 어떤 일(신혼여행을 대신해서 죽은 애인의 묘에 찾아가 비석을 세우고 추도식을 올려주는 일)을 남편 몰래 꾸미도록 추동하는 힘이 되며, 그럼으로써 나아가 영희가 주변인물들(특히 남편인 순택)과 갈등을 일으키는 계기가 된다. 그리고 그렇게 사회와의 갈등, 시댁과의 갈등, 사랑과 예술, 돈 중에서 무엇을 우선순위에 놓을 것인가에 대한 갈등, 그리고 부부갈등 등과 같은 다양한 갈등이 촉발되는 과정에서, 신여성 영희의 소설 내 위상이 자연스럽게 결정된다. 그것은 바로 불안정성 혹은 유동성으로 요약된다.

「해바라기」에서 영희는 겉보기에 시종일관 서사의 주도권을 잡고 있는 인물처럼 보인다. "녀왕앒헤 국궁하고 섯는 궁내대신"(121)과도 같은 남편 순택에게 영희는 말 그대로 여왕의 권위를 휘두르며 자기 뜻을 마음껏 펼친다. 결혼식 피로연장에서 결혼식 자체를 부정하는 내용("자각있는 사람은 모든 의식이나 관습에서 벗어나야 한다")의 연설을 한다든가, 결혼식 폐백을 거부한다든가, 심지어 남편과는 한마디 상의도 없이 신혼여행지를 죽은 옛 애인의 고향으로 정한다든가 하는 등의 영희의 행동은 언뜻 자기 주관과 신념이 뚜렷한 신여성의 전형적인 이미지를 반복하는 듯하다. 그러나 앞서 지적한 것처럼 영희의 단호한(듯 보이는) 이러한 행동은 실은 기만적인 자기변명과 합리화에 의해서만 겨우 유지되는 신여성의 불안정한 내면에서 비롯된 것이다. 그리고 그것은 겉보기에 안정적이고 윤택한 그녀의 삶이 순택의 재력과 높은 사회적 지위에 의해서만 유지되는 허약한 것에 불과하다는 사실과 상관적이다. 그 때문에 영희는 "순택이하고 만난 뒤로 이날이때까지 순택이를 시험하면서도 그의 비위를 거슬려본 적은 없었다."(127) 소설에서 일본 청도파와 그 당시 모성 담론에 관한 영희와 순택의 토론이 논쟁적으로 나아가지 못하고 쉽게 봉합되는 것은 한편으로는 영희의 사상의 한계 때문이지만 다른 한편으로는 순택의 뜻을 끝까지 거스르지 못하는 영희의 불안정한 포지션 때문이기도 하다.

그러나 아이러니하게도 이러한 신여성의 불안정한 심리와 유동적인 지위야말로 「해바라기」의 서사를 추동시키는 중요한 동력이 된다. 특히 결혼식에 대한 사후적 변명의 형식으로 마련된 추도식은 그 자체로 신여성 영희의 불안정한 내면과 모순된 심리를 반영하는 것이자, 동시에 새로운 갈등을 야기하는 결정적 계기가 된다. 이는 「제야」의 정인이 자살을 통해 모든 문제를 해결함으로써 서사를 종결짓는 방식과는 다르다. 표면적으로는 「해바라기」의 서사 앞뒤에 각각 배치된 결혼식과 추도식은 갈등의 발생과 해결이라는 서사적 흐름과 대응되면서 소설의 안정적 구조를 보장해주는 장치처럼 보인다. 즉 그 장치는 결혼식에서 비롯된 영희의 갈등이 추도식을 통해 해결되는 양상을 구조적으로 뒷받침한다. 그러나 소설의 처음과 끝에 배치된 이 두 개의 예식은 심층적 차원에서 갈등의 해결과 관련된 형식적 틀로 기능하는 대신, 서로 갈등하고 긴장하고 저항하다가 급기야 영희의 불안정한 포지션과 관련된 현실적 맥락과 충돌한다. 불안정하고 유동적인 신여성 영희의 포지션은 결국 안정된 서사적 틀과 봉합된 갈등을 심층에서 뒤흔들면서 서사를 새로운 국면으로 반전시킨다. 「해바라기」의 결말이 일종의 열린 결말로 여겨지는 것은 그 때문이다.

순택이는 영희의 거동을 일일이 바라보며 겨테다가 영희의 억개가 떨니는 것을 보고, 외면을 하얏다……한숨이 저절로 휘-하며 나왓다. 그러나 한번 껄껄 웃고 십흔 생각이 낫다. —순간에 별안간 자긔 부친이 폐백도 안이 드리고, 다례도 지내랴 하지 안엇다고, 화를 내이고 떠다든 혼인날 밤의 광경이 눈에 떠올낫다……순택이는 다시 껄껄껄 우서보고 십헛스나 쨍쨍한 볏헤 비치어서 아즈렁이 가치 날아오르는 향로에 연긔를 바라보며 잠잣고 섯다.(177)

사실 추도식은 결혼식을 통해 드러난 신여성 영희의 내적 갈등과 모순("사상과 실행 사이에 틈이 벌어진다는 것")을 봉합하고 새로운 욕망(부유한 남자와의 결혼을 통해 물질적 안정을 얻고자 하는 것)에 자기 나름의 정당성을 부여하기 위해 마련된 변명의 형식이다. 그러나 영희에 대한 사랑으로 "영희의 가는 발자국대로 따라밟으면서 질질 끌려"(167)가던 순택은 소설의 결말에 이르러서야 비로소 영희에 대한 새로운 판단의 국면을 맞이하게 된다. 즉 영희에게는 자신의 내적 번민과 고통을 해결하기 위한 자구책으로서의 추도식이 순택에게는 "영희의 이중성 내지는 자가당착적인 행동과 의식의 문제성을 확연하게 깨"[11]닫는 결정적 계기가 됨으로써 영희와의 본격적인 갈등이 시작되었음을 암시한다. 흥미로운 것은 영희와 전 애인과의 이별여행이 되어버린 신혼여행에 대해서 쓰다 달다 아무런 내색도 하지 않던 순택이 소설의 결말에 이르러서야 비로소 자신의 속내를 드러내게 되었다는 사실이다. 이는 영희의 혼란스러운 내면을 드러내는 단일한 목소리로 시작되었던 「해바라기」가 결국에는 순택의 목소리를 개입시킴으로써 새로운 신여성 드라마의 가능성을 열어보였음을 의미한다.[12] 이는 곧 신여성을 모델로 삼으면서 신여성에 대한 고정관념의 반복과 재생산에 기여했던 문자 그대로의 '모델소설' 자체가, 신여성의 변덕스러운 에너지와 긴장, 욕망으로 인해 변화하고 나아가는 유동적인 충동의 드라마가 되었음을 의미한다. 사실상 「제야」의 최정인이 작가 염상섭이 읽고 듣고 상상했던 모든 신여성의 합성물로서 저 스스로가 하나의 고정된 텍스트에 불과했다면, 이제 「해바라기」에 이르러 신여성은 자기

---

11 김경수, 「현대소설의 형성과 여성-악한의 탄생 : 염상섭의 「해바라기」론」, 『우리말글』 39, 우리말글학회, 2007, 230면.

12 「해바라기」의 초점화자는 영희이기 때문에 사실상 소설에서 순택의 속내가 직접 드러나지는 않고 비유적 표현이나 행동 등을 통해 간접적으로 표현되는 경우가 많다. 예컨대 신혼여행지가 홍수삼이 묻힌 그의 고향이라는 사실을 안 뒤의 그의 심정은 "김이 빠진 맥주를 마신 사람처럼 쓴지 단지 아무 느낌 아무 생각도 없이 멀거니 섯다가"(167)로 비유적으로 표현되거나, 자신의 복잡한 심정을 "잠을 이루지 못하고 업치락뒤치락하는 모양"(163)이라는 행동을 통해 간접적으로 표현되기도 한다.

도 모르는 힘에 이끌려 자신에게 주어진 단일하고 고정된 형식을 모순적이고 혼란스러운 방식으로 해체함으로써 새로운 갈등과 서사를 생산하는 동기가 되는 것이다.

4. 스캔들로서의 신여성

「해바라기」는 그처럼 저도 모르는 신여성의 욕망과 충동이 만들어내는 서사의 가능성을 드러내자마자 종결된다. 그 서사의 가능성이 지식인 커뮤니티의 세태만상과 만나면서 더욱 본격화되는 것은 『너희들은 무엇을 얻었느냐』(『동아일보』, 1923.8.27~1924.2.5)[13]이다. 『너희들은 무엇을 얻었느냐』는 염상섭의 많은 장편소설이 그렇듯이 상당히 복잡하고 산만한 구조를 보여주는 소설이다. 이러한 소설 구조에 대해 몇몇 연구자들은 명확한 중심사건 없이 병렬적으로 연애관계를 나열했다거나,[14] 비록 당대를 살아갔던 젊은 지식인들의 애정윤리의 문제를 다뤘으나 일종의 기획된 프로그램처럼 추진되면서 관념성이 노출되고 그로 인해 부작용이 커질 수밖에 없었다[15]고 지적하기도 한다. 그런 점에서 이 소설은 어느 면 실패한 소설이라고 할 수도 있을 것이다. 그러나 그 실패는 의미 있는 실패다. 그 점과 관련하여, 이 소설에 대한 직접적 언급은 아니지만 그런 산만한 구조화 방식이 "횡보 당대나 지금이나 여전히 지리멸렬한 한 전형을 과시하는 우리 사회상만큼이나 산만"한

13 이 글에서는 『염상섭 전집』 1(민음사, 1987)에 수록된 것을 독본으로 삼는다. 이 절에서 이 책을 인용할 때는 인용문 뒤에 인용면수만 밝히도록 하겠다.

14 김경수, 「염상섭 장편소설의 시학」, 문학사와 비평연구회, 『염상섭 문학의 재조명』, 새미, 1998, 58면.

15 이현식, 「식민지적 근대성과 민족문학－일제하 장편소설」, 위의 책, 104면.

것이자 작가 특유의 "의도적 중층화의 전략"에 빚지는 것이라는 김원우의 지적에 주목할 필요가 있다.[16] 게다가 『너희들은 무엇을 얻었느냐』는 단편소설과 중편소설을 거쳐 처음으로 완결된 장편소설이라는 점에서, 염상섭 문학 경력 전반에 걸쳐 각별한 관심을 요한다.[17] 그것은 이 소설이 그 자체로 '모델'소설에서 모델'소설'로의 극적인 진화를 보여주는 소설이라는 점과 관련된다.

『너희들은 무엇을 얻었느냐』는 앞의 두 소설과는 달리 특정한 형식적 틀이나 극적 장치가 전면에 부각되거나 인물의 내면과 행동을 지배하는 데 영향력을 미치지는 않는다. 그 대신에 소설 속 여성인물들, 특히 신여성인 덕순, 경애, 마리아, 희숙이, 그리고 기생 도홍이가 어떤 남성을 성적 파트너로 선택할 것인가를 확인해나가는 과정을 주요사건으로 만듦으로써, 사건의 헤게모니를 쥐고 있는 신여성을 전경화한다. 즉 형식적 틀이 먼저 주어지고 그 안에서 인물의 심리적・현실적 동선이 결정되는 앞의 소설들의 방식과는 달리, 이 소설에서는 인물들의 예측 불가능한 욕망의 움직임과 그로 인한 인물들 간의 갈등이 전경화된다. 소설에서 발생하는 사건의 추동력 또한 외부세계에서 오기보다(혹은 세계와의 갈등에서 발생하는 것이라기보다는) 저 자신도 알지 못(한다고 착각)하는 신여성의 불규칙한 욕망의 움직임과 경로에서 비롯된다. 이는 앞서 살펴본 「제야」와 「해바라기」에서 신여성이 다뤄지는 방식과 비교해보면 더욱 분명해진다. 「제야」에서 신여성 정인은 실재하는 인물이라기보다는 신여성을 둘러싼 다양한 담론과 추문을 체현하고 당대의 성 이

16 김원우, 「횡보의 눈과 길」, 위의 책, 143면 참고. 이 글은 비록 염상섭에 관한 전문가적 견해를 밝힌 연구 논문은 아니지만, 염상섭 소설 전반에 대한 폭넓은 독서와 동종업계 종사자로서의 작가 김원우의 날카로운 시각이 더해져 염상섭 소설에 대한 날카롭고 번뜩이는 단상들로 가득 차 있어 주목할 만하다.

17 김경수, 『염상섭 장편소설 연구』, 일조각, 1999, 25면 참조. 김경수에 따르면, 그 전에 「만세전」의 모태가 된 작품인 「묘지」가 연재되었으나 연재 도중 3회분이 삭제되어 미완으로 끝났다가 이후 1924년 4월부터 『시대일보』에 발표되어 완결된 작품이라는 점에서, 『너희들은 무엇을 얻었느냐』가 염상섭 첫 장편소설이라고 해도 큰 무리는 없다고 본다.

데올로기에 따라 스스로를 징벌하는 가상적 모델에 가까운 존재이다. 그에 반해 「해바라기」의 영희는 현실과 예술 혹은 돈과 사랑이라는 양립 불가능한 가치들 사이에서 발생하는 내적 갈등을 결혼식과 추도식이라는 두 가지 상반된 형식 간의 길항관계를 매개로 일시적으로나마 타협함으로써 비로소 내면을 갖춘 신여성으로 거듭나는 존재다. 『너희들은 무엇을 얻었느냐』는 여기서 더 나아간다. 이 소설은 「해바라기」의 영희로부터 비롯된 양식화된 신여성 이미지, 즉 암묵적으로 현실과 타협하면서도 자신의 내밀한 욕망을 완전히 억압하지도 못한 "가련하고 천박한 현실주의자"(217)[18]인 신여성의 '비밀'은 무엇이며, 그 '비밀'을 덮고 있는 베일은 무엇인지를 세태적으로 추적하는 데 초점을 맞춘다. 그리하여 이제 신여성은 풀어야 할 수수께끼, 혹은 해결해야 할 사건이 된 것이다. 이 소설에서 신여성이 등장인물로만 한정되지 않고 어느 순간 말 그 대로 '사건' 그 자체로 받아들여지는 것은 이 때문이다.

이렇듯 『너희들은 무엇을 얻었느냐』에서 이러한 신여성의 비밀과 이를 둘러싼 다양한 이야기들, 즉 스캔들의 생산과 유통은 서사의 주된 동력으로 작동한다.[19] 그것은 곧 그 당시 유명인사였던 신여성의 사생활에 대한 일반 대중의 호기심을 대변하는 것이기도 하다. 흥미로운 것은 「해바라기」에서도 이러한 신여성의 사생활에 대한 관심이 부분적으로 나타난다는 점이다. 「해바라기」에서는 홍수삼이 죽기 두어 달 전에 영희가 그의 고향을 찾아가던 중에 여관에서 만난 남자 의사와의 에피소드가 꽤 비중 있게 다뤄지고 있다. 문제는 순택이의 태도다. 순택은 영희와 약혼자였던 홍수삼과의 관계보

---

18 『너희들은 무엇을 얻었느냐』에서 김중환은 현대 종교가 개조되기 위해서는 일대 혁명이 일어나야 함을 역설하면서 겉보기에는 탈속적인 것처럼 보이는 종교인들이 사실은 "가련하고 천박한 현실주의자"에 불과하며, 그들의 유일한 무기는 바로 "모든 죄악 위에 크게 덮인 찬란한 수의"에 불과한 비밀이라고 역설한다. 이는 그대로 이 소설에서 전개되는 일련의 연애사건과 그로 인해 드러나는 개개인의 내밀한 성적 욕망과 현실적 계산을 암시한다.

19 스캔들로서의 신여성에 대해서는 심진경, 「문학 속의 소문난 여자들」, 『여성, 문학을 가로지르다』, 문학과지성사, 2005 참조.

다 짧게 스치고 지나간 그 남자 의사와의 관계를 더 의심스러워하고 불쾌해한다. 그러면서도 영희의 이야기에 대해 "점점 자미가 있는듯이 캐어묻"(158)거나 "더욱더욱 호기심을 가지고 대답을 재촉"(160)하는 등, 그는 마치 신여성의 사생활을 들여다보고 싶어 하는 대중적 관심과 호기심을 대변하는 듯한 태도를 취한다. 「해바라기」에서 이 에피소드는 스토리에 불필요한 것처럼 보이는 보충적 사건에 불과하지만, 『너희들은 무엇을 얻었느냐』에서 이러한 보충적 사건, 즉 신여성의 사생활에 대한 관심과 호기심, 그리고 비밀의 탐구는 그 자체로 중요한 서사의 전략이자 중심사건이 되고 있다.

『너희들은 무엇을 얻었느냐』에서 스캔들 스토리의 핵심인물은 바로 신여성인 덕순, 마리아, 그리고 기생인 도홍이다. 이들은 모두 스캔들적인 인물이다. 이 중에서도 덕순이와 마리아는 사실 "유명하다고는 못할지라도 세상에서 누구니 누구니 하는 사람들"(187)로 적어도 지식인 그룹 안에서는 공공연하게 이름이 오르내리는 인물들이다. 그중에서 사생활의 노출 정도와 스캔들의 스케일, 사회적 영향력 정도를 따진다면 가장 스캔들적인 인물은 단연 덕순이다. 돈 많은 '미국 출신'의 '뚝발이 영감' 응화와 결혼하고 그 후 남편의 경제적 후원으로 만든 잡지 『탈각』 등으로 이미 문화계의 유명인사가 된 덕순은, 남편과의 이혼과 후배 경애의 약혼자인 한규와의 결합으로 다시 한 번 세간의 입에 오르내린다. 소설에서 이러한 덕순의 스캔들은 "신문기자와 연애관계가 생기어서 아이까지 들게 된 뒤에 남편의 집을 뛰쳐나온", 세간의 인구에 회자되던 '일본 B 여사 스캔들'을 그 자신이 시간순서를 바꾸어서 모방 반복하는 것이다. 덕순의 스캔들이 '일본 B 여사 스캔들'과 서사적 상동성을 보이는 것은 한편으로는 신여성다움을 모방하고자 하는 덕순이의 욕망[20]에서 비롯된 것이지만, 다른 한편으로는 새로운 정조론과 연애론에

20 덕순은 집을 뛰쳐나온 뒤 후배의 애인과 연애관계를 맺는다. 김경수는 이러한 덕순의 스캔들을 "연애에 대한 감각 및 사고모형으로서의 서구의 문학작품에 대한 모방욕망"에서 비롯된 것으로 분석한다. 이에 대해서는 김경수, 앞의 책, 23~42면 참고.

경도되었던 신여성과 관련된 세태를 서사적으로 조직할 때 스캔들이 개입되고 활용되는 방식의 일단을 보여주는 것이기도 하다. 사실 스캔들은 이미 결정된 인물과 잘 짜인 구조를 지닌 사회적 현상이다. 달리 말하면, 집 나간 노라, 새로운 정조론, 기존 제도에 대한 저항 등으로 요약되는 신여성 관련 스캔들 스토리는 이미 정형화된 형식으로 유통되던 형식이다. 즉 그 당시 유명세를 떨치던 신여성은 이미 비교적 고정된 구성요소를 갖춘 스캔들이라는 서사적 형식에 실려 인구에 회자되었기 때문에, '덕순이 스캔들'이 일본 사상계에서 화제가 되었던 '일본 B 여사 스캔들'과 유사한 것은 어쩌면 너무 당연한 일일는지도 모른다.

덕순이가 비교적 공식적이고 공개적인 스캔들 스토리의 주인공이라면, 마리아는 대단히 사적이고 은밀한 스캔들, 그래서 더 많은 관심과 호기심을 불러일으키는 이야기의 주인공이다. 스캔들은 보통 비밀로 유지되는 정보, 특히 성에 관한 정보를 공공연하게 퍼뜨리면서 은밀하게 생산되고 유통되는데, 마리아의 스캔들이야말로 신여성의 은밀한 성생활에 대한 비밀과 그 비밀의 탐구라는 스캔들의 공식에 들어맞는 사례라고 할 수 있다. 소설 초반에 기독교 계통 여학교의 기숙사 사감이라는 지위에서 연상되는 얌전하고 정숙한 이미지의 소유자였던 마리아는 점차 소설이 진행될수록 의외로 복잡한 면모를 드러낸다. 기차간에서 만난 애인과 편지를 주고받는 상태에서 기혼자인 안석태와 육체적 관계를 맺고, 그런 와중에 라명수에게 열렬한 애정공세를 퍼붓는 등, 그녀는 뜻밖에 문란한 사생활의 주인공이라는 사실이 밝혀지는 것이다. 게다가 그녀는 소설에서 가장 충동적이고 일관성이 부족한 인물이기도 하고, 그래서 가장 의혹을 불러일으키는 인물이기도 하다. 문제는 그녀 자신도 자기가 왜 그러는지 알지 못한다는 점이다.

> 그의 머리에는 청혼을 퇴한 첫째 남자와 석태의 얼굴이 떠올라왔다. 그리고 그는 그 남자에게서 석태에게로 마음이 옮은 동기를 생각하여 보려 하였다. 그러나

이렇다고 집어낼 만한 까닭을 모르겠다. 모른다는 것보다는 자기의 심중을 환한 등불 앞에 내어놓기가 두려웠다. 그러면 명수에게는 마음이 어찌하여 쏠리는가를 생각하여 보려 하였다. 그러나 그것도 막연하다.(343)

자신의 변심의 원인을 모를 정도로 자각 능력이 부족한 것인지, 아니면 과도한 욕망이 빚어낸 의도적인 기억상실증인지는 정확하지 않지만, 어찌됐건 저 자신도 정확히 알지 못하는 마리아의 갈팡질팡한 욕망의 경로는 매우 은밀하면서도 비밀스럽게 주변인물들을 뒤흔들고 그러한 심리적 소요騷擾를 통해 서사를 앞으로 나아가게 한다. 마리아는 안석태와 라명수, 그리고 미국행 사이에서 갈등하다가 결국 안석태와 결혼한다. 그러나 소설에서는 그녀가 미두로 재산을 탕진해서 '황금의 후광'조차 상실한, 서자 출신의 기혼자인 안석태를 선택한 이유를 분명하게 설명해주지 않는다. 다만 마리아가 라명수에게 보낸 마지막 편지의 한 구절, 즉 "모든 것이 운명입니다. 죽지 못해 사는 세상이라더니 참 정말이외다. (…중략…) 저의 집 문전에서 어린아이의 우는 소리가 나거든 에미의 죄를 대속하야 달라는 기도소리로 드러주십시오"(387)를 통해 안석태의 아이를 임신해서 그와의 결혼을 결정한 것으로 추측할 따름이다. 갈 지 자로 뻗어 가던 마리아의 예측 불가능한 욕망의 행로는 그렇게 일단락되고 그로써 서사 또한 종결된다.

이렇듯 『너희들은 무엇을 얻었느냐』는 신여성의 스캔들을 플롯팅의 동력으로 삼아 전개된다. 다시 말해서 신여성이라는 스캔들을 통해 사건이 발생하고 그로써 서사가 진행되는 것이다. 따라서 이 소설에서는 신여성 자체가 스캔들이며, 스캔들 자체가 소설의 형식인 셈이다. 그런데 왜 신여성이어야만 하는가?

사실 『너희들은 무엇을 얻었느냐』에서 기생 도홍은 성적 추문이라는 스캔들의 본래 의미를 가장 노골적이면서도 직설적으로 체현하는 육체적 존재이다. 즉 도홍은 기생이기 때문에 '연애란 자본주의적 교환관계에 불과하다'

는 '성적 자본주의'의 테마를 현실적인 차원에서 적나라하게 보여주는 존재가 될 수 있는 것이다. 그럼에도 불구하고 지식인 남성들에게 기생이란 여러 가지 이유로(특히 돈의 결핍) 신여성과의 '신성한 연애'가 불가능할 때 육체적, 심리적으로 위안을 얻는 존재에 불과하다. 못생기고 뚱뚱한 데다가 독설만 퍼붓는 바람에 여성들에게 비호감인 김중환이나 여성에게 호감을 주는 외모의 소유자이면서도 돈이 없어서 매번 여자들에게 차이는 라명수, 혹은 연애에 대한 공상에 사로잡혀 실연을 연기하는 무능력한 문수 등과 같이, 신여성에게 선택받지 못하는 처지의 지식인 남성들에게 기생 도홍은 현실에서는 기대하기 어려운 공상 속 연애를 허구적으로나마 실현시켜주는 인물인 것이다. 그래서 분명 도홍의 스캔들은 소설 속 다른 신여성의 스캔들보다 성적으로 훨씬 더 자극적이고 노골적이다. 도홍은 명수와의 육체적 결합의 현장을 김중환에게 들키면서 자신의 성생활을 외설적으로 드러내는가 하면, 실제적으로건 상상 속에서건 간에 중환과 명수, 문수 등의 지식인 남성들에게 육체적 쾌락을 제공해주는 유일한 존재이기도 하다. 심지어 그녀는 "요릿집 뽀이 같은 놈하구도 이러니저러니 하는 소문"이 있는, 적어도 성과 육체에 관한 한 비밀이 없는 존재이다. 이는 신여성의 육체가 소설 속에서 재현되는 방식과는 사뭇 다르다. 예컨대 이런 식이다. "희고 검은 두 그림자가 서로 얼크러젓다가 반간통이나 떠러진 뒤에"(234)라거나, 혹은 "달빛에 어른거리는 짧은 두 그림자는 한테 어우러젓다가 또다시 움직이기 시작하였다"(266)와 같은 것이다. 경애와 한규, 그리고 마리아와 안석태의 키스신으로 짐작되는 위의 장면은 마치 들켜서는 안 되는 비밀인 양, 대상을 확인하기 어려운 그림자에 빗대어 그려지고 있다.

그러나 도홍의 스캔들은 사실 스캔들의 외양을 갖추고는 있지만 엄밀히 말하면 스캔들은 아니다. 왜냐하면 그것은 남성 지식인사회에 어떠한 저항감도, 호기심도 불러일으키지 않기 때문이다. 따라서 소설 속에서 꽤 비중 있게 다뤄지는 명수와 도홍이의 합방 스캔들은 신여성에게 차인 무능한 지식인 남성을 위로하기 위해 꾸민 일종의 자작극으로, 그것은 "깊은 인간미를 가진 것이 아니요 허영에 떼인 연극적 유희에 지나지 않"(313)는 것이다. 소설에서 도홍보다는 덕순이나 마리아의 사생활 폭로과정이 더 흥미로운 이유는 도홍의 스캔들이 단지 일회적 사건에 머무는 데 반해 덕순과 마리아의 스캔들은 공적 영역, 특히 식민지 조선의 지식인 커뮤니티에 일정하게 공적인 영향력을 미치는 일종의 서사적 담론의 형태로 작동하기 때문이다. 오히려 도홍을 중심에 놓고 세 남성이 벌이는 서사적 게임 자체는, "연극 일판을 한번 꾸미잔 말이야"(319)라는 김중환의 말에서 드러나는 것처럼 소설 속에서 여성인물을 스캔들의 중심에 배치하면서 서사를 조직하는 염상섭의 소설쓰기 방식에 대한 유희적 알레고리로 읽을 수 있을 것이다. 사실 염상섭의 초기소설에서 스캔들은 단지 하나의 사건에 머무는 것이 아니라 소설을 지탱해주는 서사적 동력이며 그 자체 서사를 조직하는 원리다. 그런 의미에서 스캔들로서의 신여성 또한 일종의 '인간 동력기'[21]라고 할 수 있을 것이다. 이때 스캔들로서의 신여성이란 식민지 조선의 지식인 커뮤니티의 세태를 가장 자극적으로 보여주는 일종의 증상이다. 염상섭의 초기소설에서 그 스캔들로서의 신여성은 바로 '모델'소설에서 모델'소설'로, 즉 세태소설로 나아가는 과정을 매개한다. 그런 과정을 거치면서 신여성은 단순히 스캔들의 주인공에만 그치는 것이 아니라 "그 사회의 가유성可有性을 가진 인물의 전형"으로 진화하는 것이다.

---

21 피터 브룩스에 따르면, 인간 동력기는 인간 기계에 대비되는 비유적 개념으로 기계가 외부의 힘에 의해 작동되는 고정된 서사장치에 불과하다면, 동력기는 내부에 운동자원을 갖추고 연소장치를 통해 작동하는 자족적이고 유동적인 서사적 욕망 그 자체다. 피터 브룩스, 박혜란 역, 『플롯 찾아 읽기』, 강, 2011, 78~79면 참조.

5. 스캔들에서 세태로

시간적 관념으로 봤을 때 스캔들은 서로 별개의 두 가지 계기로 구성된다. 공동체의 도덕적 기준을 위반하는 사건을 일으키고 사라지는 것이 그 하나라면, 앞선 사건을 공공연하게 반복하면서 스캔들에 서사적 형식을 덧붙이는 방식으로 새롭게 재구성되는 것이 다른 하나다. 『너희들은 무엇을 얻었느냐』에서는 이러한 스캔들의 두 가지 구성적 계기를 짐작할 수 있는 대목이 두 군데 나오는데, 하나가 앞장에서 살펴본 덕순이의 '일본 B 여사 스캔들' 모방사건이라면 다른 하나는 마리아가 소설 속 인물을 모방함으로써 펼쳐지는 연애사건이다. 다음 구절을 살펴보자.

> 자진하여서 그 소설의 인물들을 모방하고 그 소설을 희곡화하여 우리의 실제 생활로써 아주 연극을 실연하자고 하시는 말이라고 해석할 지경이면 그것은 자기라는 것을 장난감으로 알고 인생이란 것을 유희로 아는 어릿광대의 심심풀이겠지요. 그러한 일은 처음으로 문학에나 소설에 취미를 붙인 사람에게 흔히 보는 현상이지만 그에서 더한 자기 모욕이 없겠지요.(351)

이 대목은 마리아가 명수의 문병을 와서 함께 읽고 얘기를 나눴던 소설의 한 대목을 마리아가 자기 상황에 빗대어 인용한 부분에 대해 명수가 편지를 통해 비판적으로 대응하는 장면이다. 명수는 소설 속 인물들을 모방하고 소설을 실제 삶 속에서 실연하고자 하는 마리아의 태도를 '어릿광대의 심심풀이'에 빗대면서 강하게 비난하고 있다. 그러나 마리아에 대한 명수의 비판적 태도는 그리 오래가지 못한다. 결국 그는 마리아의 충동과 변덕에 휩쓸리다가 급기야는 병에 걸린 채 실연당한다. 두 번의 서사적 계기를 통해 재현된 마리아의 스캔들은 단순한 이야깃거리에만 그치지 않고 주변인물들에게 일정항 영향력을 끼치게 된 것이다. 이를 스캔들과는 구별되는 '스캔들화 작용' 이라고 불러도 좋을 것이다.

분명 덕순이와 마리아는 스캔들의 대상이 된 인물들이다. 그럴 때 스캔들은 그녀들의 사적인 영역을 들추어내는 역할, 즉 사적인 효과만을 발휘하는 것처럼 보인다. 그러나 소설 속에서 그들의 스캔들은 단순히 그녀 자신들의 은밀한 사생활이 폭로됨으로써 세간의 이야깃거리가 되는 수준에만 머물지 않는다. 오히려 그녀들의 비밀스러운 욕망은 스캔들화의 과정을 거침으로써 여러 사건들을 야기하고, 아울러 그에 관한 세인의 관심을 표면으로 끌어올림으로써 그러한 스캔들을 가능케 한 사회적 상황을 매개해준다. 덕순이와 마리아의 이야기가 단순한 스캔들 스토리라고 하기 어려운 이유는 그 때문이다. 그리하여 이제 그녀들의 폭로된 사생활은 공적으로 회자되고 공적인 영향력을 발휘함으로써 그 자체로 대중이 즐길 수 있는 드라마로서 하나의 서사적 형태가 된다. 이후 전개되는 염상섭의 소설에서 그것이 구체화되는 형식이 바로 세태소설이다.

소모로서의 식민지, (불임不姙)자본의 운명

염상섭의 『무화과』를 중심으로

박헌호

1. 문제의 소재

염상섭 문학의 주요한 화두 중 하나가 '돈'이라는 사실은 잘 알려져 있다. 김윤식은 염상섭이 '가문의 사상', 곧 보수적 가족주의를 중시하는 한편 그럼에도 "핏줄에 대한 '돈'의 우월성"을 승인함으로써 근대적 합리주의에 입각한 작품을 선보일 수 있었다고 평가했다.[1] 주로 그의 대표작 『삼대』를 중심에 두고 이루어졌던 이러한 평가는 학계의 광범위한 동의를 얻었으며, 이는 '중산층 보수주의' 또는 '보수적 현실주의'와 같은 이념형으로 제시되기도 하였다.[2] 요컨대 "돈이 최고의 가치로 군림하는 자본주의 사회의 핵심 본질을 꿰

1 김윤식, 『염상섭 연구』, 서울대 출판부, 1987, 제8장 참조.

2 염상섭에 대한 연구는 그의 문학사적 위치를 반영하듯, 양과 질에서 상당한 수준을 자랑하고 있다. 이 글이 주로 참조한 문헌을 제시한다.
김종균, 『염상섭 연구』, 고려대 출판부, 1974; 윤병로 편, 『염상섭연구』, 새문사, 1982; 김윤식, 『염상섭 연구』, 서울대 출판부, 1987; 권영민 편, 『염상섭 문학 연구』, 민음사, 1987; 이보영, 『한

뚫어보고 이를 진지하게 다루었다는 점에서 염상섭 문학은 근대적"이지만 "그러나 염상섭 문학 속의 돈이 자본주의적 화폐 개념에까지 이르른 것은 아니다. 자본주의적 경제 질서와는 무관한 세계, 곧 가정 내 차원에 국한되어 있"다는 점에 한계가 있으며 이는 "염상섭 문학의 리얼리즘적 성취 정도와 관련된 것"[3]이라며 유보적 평가를 내렸다.

'화폐'나 '자본주의적 경제 질서'와 같은 묵직한 개념을 사용하고 있지만 이러한 논의가 의미하는 바를 알아차리는 것은 그다지 어렵지 않다. 그것은 마치 프롤레타리아문학이 자연발생적 단계를 넘어서면서 '공장과 노동자'의 삶이 작품 안에 들어와야 한다는 요구가 거셌던 것과 유비된다. 그것이 프롤레타리아문학인 한, 작품은 프롤레타리아 자신 곧 노동자 농민의 공간으로 침투해야 하며 그 안에서 전망을 찾아내야 한다는 주장. 하여 우리는 1930년대에 이기영의 『고향』과 한설야의 『황혼』과 같은 농촌, 공장을 무대로 하는 프롤레타리아문학을 가지게 되었다. 그러므로 '가정 내적 차원을 넘어서는

국소설의 가능성』, 청예원, 1998; 이보영, 『난세의 문학―염상섭론』, 예림기획, 2001; 이보영, 『염상섭 문학론』, 금문서적, 2003; 이보영, 「염상섭 문학과 정치의 문제」, 『현대문학이론연구』 9집, 현대문학이론학회, 1998; 김윤식·정호웅, 『한국소설사』, 예하, 1993; 박종성, 「강점기 조선정치의 문학적 이해」, 『한국정치연구』 7, 서울대 한국정치연구소, 1987; 김종균, 「염상섭 장편소설 『무화과』 연구」, 『민족문화연구』 29, 고려대 민족문화연구원, 1996; 김정진, 「염상섭 장편 『무화과』 연구」, 『한국문예비평연구』 1, 한국현대문예비평학회, 1997; 문학과사상연구회, 『염상섭 문학의 재인식』, 깊은샘, 1998; 문학사와비평연구회, 『염상섭 문학의 재조명』, 새미, 1998; 이경훈, 「염상섭 문학에 나타난 법의 문제」, 『한국문예비평연구』 2, 한국현대문예비평학회, 1998; 김종균 편, 『염상섭 소설 연구』, 국학자료원, 1999; 김경수, 『염상섭 장편소설연구』, 일조각, 1999; 김경수, 『염상섭과 현대소설의 형성』, 일조각, 2008; 박상준, 『1920년대 문학과 염상섭』, 역락, 2000; 최재경, 「염상섭의 『무화과』 연구」, 경희대 석사논문, 2002; 안유진, 「염상섭 소설에 나타난 여성 인물 연구」, 서강대 석사논문, 2003; 김성연, 「염상섭의 『무화과』 연구」, 『한민족문화연구』 16, 한민족문화학회, 2005; 김성연, 「가족개념의 해체와 재형성」, 『인문과학』 44, 성균관대 인문과학연구소, 2009; 김학균, 「『삼대』 연작에 나타난 욕망의 모방적 성격연구」, 『한국현대문학연구』 22, 한국현대문학회, 2007; 이혜령, 「식민지 군중과 개인―염상섭의 『광분』을 통해서 본 시론」, 『대동문화연구』 69, 성균관대 대동문화연구원, 2010; 이혜령, 「식민자는 말해질 수 있는가―염상섭 소설 속 식민자의 환유들」, 『대동문화연구』 78, 성균관대 대동문화연구원, 2012.

3 김윤식·정호웅, 『한국소설사』, 예하, 1993, 177면.

자본주의적 경제 질서'란 아마도 산업생산현장, 자본의 역동성이 발휘되는 공간, 권력과 자본의 상생관계에 대한 생생한 사실들이 충분히 예시되는 관계의 재현을 요구하는 언사이겠다. 그러지 못하는 한, 아무리 염상섭이 식민지 작가 중에서 거의 독보적으로 '돈'의 문제를 전면적으로 문제 삼고, 이후 이른바 통속소설이라 폄하되는 작품들에서조차 이 문제를 집요하게 물고 늘어졌다는 '사실'이 있다 하더라도, '한계'의 꼬리표를 떼기 어렵다는 뜻일 터이다.

이러한 평가는 당위의 차원에서 옳다. 염상섭의 한계를 섣불리 옹호해서는 안 된다. 자본주의적 경제 질서의 스펙트럼을 작품의 지평 안으로 끌고 오지 못하고서야 어찌 '리얼리즘적 성취'가 높다 하겠는가! 그럼에도 이러한 평가방식은 '식민지였음'을 어떻게 바라보고 평가할 것인가에 대한 해묵은, 그러나 매우 중요한 질문을 바탕에 깔고 있다. 식민지였으니까 형편없는 작품도 좀 봐주자는 터무니없는 옹호론을 늘어놓자는 것이 아니다. 그것은 학문의 자멸일 뿐. 그럼에도 두 가지 '사실'을 되짚어볼 필요가 있다.

하나는 '노예의 언어'로 표상될 수밖에 없었던 식민지 검열체제의 문제다.[4] 일상적으로 이루어졌던 삭제와 차압도 문제였거니와, 점차 치밀해졌던 '검열표준'을[5] 고려할 때 식민지 작가가 그려낼 수 있는 세계상은 제한적이었다. 예컨대 '사회주의자'나 '일본인'(식민자)은 자신의 모습 그대로 재현되기 어려웠다.[6] 이들이(사회주의자, 일본인) 작품 속에 전면적으로 드러나는 시기가 사회주의자들의 전향 이후, '내선일체'가 본격화되던 시기였다는 역설이 재현의 어려움을 웅변으로 말해준다. 이혜령이 적절히 지적했듯이, 사회주

4 검열에 대한 논의는 검열연구회 편, 『식민지 검열, 제도・텍스트・실천』, 소명출판, 2011을 참조할 것. 특히 박헌호, 한기형, 정근식의 글에서 도움을 얻을 수 있다.

5 식민지 검열의 검열표준에 대해서는 정근식, 「식민지검열과 '검열표준'」, 『대동문화연구』 79, 성균관대 대동문화연구원, 2012 참조

6 이에 대해서는 이혜령, 「감옥 혹은 부재의 시간들—식민지 조선에서 사회주의자를 재현한다는 것, 그 가능성의 조건」, 『대동문화연구』 64, 성균관대 대동문화연구원, 2008; 이혜령, 앞의 글, 2012 참조.

의자는 전향을 통해 '더 이상 사회주의자가 아님'이 증명되었을 때에야 비로소 소설 속에서 자리를 얻었고, 일본인은 내선일체의 지향점 혹은 대상으로 부각되었을 때에야 비로소 소설 속에 스며들었다. 당시 저항운동의 선봉이었던 사회주의자와 식민지 지배자인 일본인들을 있는 그대로 그릴 수 없는 현실에서, '총체적 재현'이란 것이 가당키나 한 것일까? "식민지 작가에게 총체적인 합리성, 총체적 상상력은 금기사항인 것이다. 일제하의 소설에, 직접적으로든 간접적으로든, 현실의 조건을 결정하는 근본적 권력의 문제를 다루는 작품이 없는 것은 바로 이러한 상황을 가장 손쉽게 보여준다."[7] 식민지의 운명을 결정하는 주체인 일본 제국주의와 조선총독부를 다룰 수 없는 현실에서의 '총체성'이란 무엇인가? 검열의 영향은 특정한 문구의 표현가능성에만 있는 것이 아니다. 그것은 주제와 구조, 작가의 상상력 자체에 작용하는 매트릭스였다.

두 번째는 식민지 조선의 자본주의적 경제 질서를 문학의 차원에서는 어떠한 맥락에서 설정하고 파악할 것인가 하는 문제이다. '가정 내적 차원'을 자본주의적 경제 질서와 무관한 것으로 이해하는 사유도 문제려니와, 식민지 조선의 현실에서 자본주의적 경제 질서를 매우 제한적인 영역으로 설정하는 관점도 문제다. 이러한 관점은 '가정-사회'를 이분법적으로 분리하면서 산업생산의 측면을 특권화하여, 그것의 형상화를 요구하는 것으로 곡해될 가능성이 있다. 이는 당대 작가들의 삶의 형태와 이념지향 혹은 검열체제의 조건에 비추어 볼 때 일반적으로 요청될 수 있는 문제가 아니었다.

산업의 발전도 매우 더딘 상태였다. 1918년에서 1935년까지 광공업에 종사하는 호수는 전체의 2.0~2.6% 사이에 머물렀다.[8] 만주사변 이후 조선의 공업화 정책이 활성화되지만 '일본 대자본'과 '선내鮮內 일본인 자본'의 증가폭이 조선의 그것을 압도했다.

7 김우창, 「감각 · 이성 · 정신」, 이문열 외편, 『한국문학이란 무엇인가』, 민음사, 1995, 36면.
8 호리 가즈오, 주익종 역, 『한국 근대의 공업화』, 전통과현대, 2003, 106면.

각종 거시적 통계에서 나타나는 일제시대 조선 광공업의 발달은 무엇인가? 지금까지의 분석결과에 의하면 그것은 바로 소수의 일본인 거대 자본 계통의 성장사와 다름이 없는 것이었다. 물론 이 과정에서 조선에서 성장한 일본인 자본이나 조선인 자본도 절대적으로는 성장했지만, 성장의 내용은 근대적 공업의 발달이라기보다는 자급적 및 부업적 가내공업과 재래적 기술을 기반으로 하는 영세 중소공업, 그리고 정미업이나 정어리 기름제조업과 같은 1차산품의 단순가공에 그치는 그런 것들이 대부분이었으며, 그 비중도 후기로 갈수록 저하되는 것이었기 때문에 결코 발전이라고 하기 어렵다.[9]

역사학계의 뜨거운 논쟁지대인 '식민지근대화론'에 문외한인 주제에 끼어들자는 것이 아니다. 말하려는 것은 '문학'과 '작가'의 차원에서, 근대 자본주의의 첨단인 산업자본이나 금융자본의 실제상을 작품의 근경으로 취급하는 일이 주머니칼을 꺼내듯 쉬운 일은 아니었다는 것이다. 프롤레타리아문학 진영에서조차, 일본의 대자본인 '일본질소비료'가 흥남에 세운 '흥남질소비료'의 노동자 출신인 이북명이 그 공장을 무대로 한 작품 「질소비료공장」을 발표하며 화려하게 등단한 것이 1932년이었음을 기억하자. 그리고 그 이외에는 없다는 사실도.

근본적인 문제는 식민지 시대에 창작, 발표됐던 소설들을 분석하는 우리의 관점과 방법에 있다. 우리는 여전히 서구 열강이 세계를 제패하고 제국주의로 나아가던 18세기 말~20세기 초의 현실과 작품을 기반으로 입론되었던 '소설론'에 붙들려 있으며, 그들의 평가기준에 종속돼 있다. 검열의 한계는 전제되지만 작품분석 속으로 녹아들지 못한다.[10] 제국의 현실과 식민지의

9 허수열, 『개발 없는 개발』, 은행나무, 2005, 178면.

10 작가들이 검열을 우회하기 위해 구사한 다양한 방법들은 작품 분석에서 활용되지 못하며, 여전히 '표현된 것들의 의미', '자기-지시적 언어'들을 대상으로 동어반복적인 분석을 행하는 사례가 적지 않다. 작가들의 검열 대응 방법에 대해서는 한만수, 「식민시대 문학의 검열 대응방식에 대하여」, 『현대문학이론연구』 15, 현대문학이론학회, 2001; 한만수, 「1930년대 문인들의 검열

현실이 다르다는 인식도, 선언될지언정 충분히 이론화되지 못했다. 하여 '식민지적 성격'이란 말은 정치・경제・사회 영역을 분석할 때는 작동하나 '서사분석이론'으로서는 늘 궁색하거나 수상쩍었다. '식민지적 특수성'의 그늘 아래 자신의 허물을 감추기에 급급했거나, 거꾸로 작은 성취에 감동하며 자찬의 술잔 속을 유영했다. 작가들이 '노예의 언어'로 쓴 것을, 학자들도 '노예의 언어'로 읽었다. 서구소설의 웅혼한 스케일과 분방한 필체 앞에 설 때 식민지 소설의 초라함과 한계를 감출 길이란 없다.[11] 우리의 소설들은 지금도 과도한 애정과 억압된 열등감 사이에서 떨고 있다.

우리는 '식민지였음'을 '식민지였음'으로 읽어내는 방법을 찾아야 한다. '식민지적 특수성'에 안존하지 않으면서도, 서구적 현실과의 차이를 위계로서가 아닌, 자체의 논리로 읽어내는 훈련이 필요하다. '노예의 언어'에서 노예성을 걷어내는 일, 말해진 것과 말할 수 없는 것들 사이의 팽팽한 긴장감을 감득하는 일, 작품이 구조와 결여로서 말하는 것을 읽어내는 일, 텍스트 뒤편에 도사린 은폐된 욕망과 의식하지 못한 욕망을 복원하는 일, 하여 마침내는 우리의 '식민지였음'이 수많은 식민지 경유 국가들의 경험을 일반화할 수 있는 '또 다른 보편'으로 정립되는 일을 목표로 하여야 한다.[12]

우회 유형」, 『한국문화』 39, 서울대 규장각한국학연구원, 2005.6; 한만수, 「강경애 「소금」의 복자 복원과 검열우회로서의 '나눠쓰기'」, 『한국문학연구』 31, 동국대 한국문학연구소, 2006.12 등을 참조할 수 있다.

11 이 말이 '민족주의적 애정'으로 오해되지는 않으리라. 현존하는 '국민-국가'의 3분의 2 이상이 '식민지'를 경유하여 근대에 이르렀다. 저마다 역사적 경험은 상이할 터이나, 이를 아우르는 '식민지학'의 수립은 요원하다. 서구의 헤게모니 아래 '제국주의론'은 학문이 된 지 이미 오래이나, 식민지는 여전히 '특수한 경험' 혹은 '왜곡된 근대화 경로'에 머물러 있다. 식민지는 여전히, 소설의 차원에서도 자신의 이론을 갖고 있지 못하다.
문제의식의 지평과 각도는 다소 다르지만 이혜령은 「'트랜스'식민지－제국과 식민지서사」(『한일 문학・문화의 '트랜스내셔널과 그 전망』(발표문집), 성균관대 동아시아학술원 학술회의, 2010.8.20)라는 논문에서 '식민지서사'라는 개념을 활용하여 이 문제에 대한 의견을 제시한 바 있다.

12 에드워드 사이드의 '오리엔탈리즘'과 푸코의 지식 계보학적 연구들을 거쳐 탈식민주의나 유럽중심주의에 대한 비판적 논의 등을 통해 우리의 인식은 '민족'으로부터 벗어나고 '서구'로부터도 많이 벗어난 것처럼 보인다. 근대에 들어와 자명한 것으로 군림했던 많은 사유들이 사실은 '만들어진 것'이라는 점을 이해하게 됐으나 이를 기반으로 식민지 소설의 분석틀을 재정립

이 글이 이러한 문제의식을 해결할 수는 없을 터, '식민지서사 분석이론'의 구상은 보다 장기적인 노력과 다양한 시행착오를 통해 이론에의 길을 개척할 수 있을 것이다. 그 서투른 첫 작업으로서 염상섭의 『무화과』를 분석하고자 한다. 염상섭 문학에서 상찬의 대상이자 한계의 상징인 '돈'을 중심에 두고 그것의 식민지적 성격을 구명하려고 했다. 작품에 근거하되, 작품이 긴장과 결여로써 말하고자 했던 바에 귀 기울이려고, 노력했다. 『삼대』와의 연속성을 고려할 것이나, 『무화과』의 성격을 중심에 두었다. 이를 통해 식민지 자본의 '특정한 성격'이[13] 드러나기를 기대한다.

2. 『무화과』의 자본적 성격

『무화과』는 『삼대』의 자매편이다.

> 『삼대』는 오늘로 끝을 맺었으나 아직도 덕기대, 즉 덕기와 병화들이 사는 시대에 대하여 필자는 많은 흥미를 가지고 있기 때문에 기회 있으면 다른 형식으로 제2대의 말로와 제3대의 핵심을 건드리는 점을 더 써보고 싶은 복안을 가지고 있다. 그러나 이 소설이 결코 완결되지 않는 미성품은 아니다. 따라서 후일 다시 쓸 것은 이 소설의 속편처럼 보아주어도 좋고, 두 개를 따로따로 독립한 작품으로 읽어도 될 것이다.[14]

하는데 성공했는지는 자신 없다. 우리의 사유는 여전히 추상적 보편의 저 아득한 하늘 언저리를 활보하건만, 막상 텍스트로 들어갈 때 우리가 챙기는 연장들은 여전히 낡고 녹슨 것들이 아닌지 질문해볼 일이다. 우리는 지금, 텍스트 분석의 지평에서, 얼마만큼 새로워져 있는가?

13 이 글의 분석내용이 식민지 자본 '일반'의 성격으로 환치되는 것은, 아직 조심스럽다. 보다 다양한 각도에서의 탐구가 요망된다. '특정한 성격'이라 한정한 까닭이다.

염상섭은 『삼대』를 끝내며 '속편'을 예고했다. 그러면서 『삼대』가 '결코 완결되지 않은 미성품은 아니'라는 점도 강조했다. 이어질 작품을 "독립한 작품"으로 보아도 좋단다. 그리고 두 달이 못 돼 『무화과』가 연재된다.

> 우리 부모만 하여도 비틀어졌으나 꽃 속에서 나고 꽃 속에서 길리었다. 그러나 우리는 꽃 없이 났다. 無花果다. 우리 자식도 꽃 없이 났다. 그러나 자식의 일생도 우리의 생애같이 보내게 하고 싶지는 않다. 꽃 속에서 기르고 싶다. 그 책임은 물론 우리에게 있는 것이다. 나는 이러한 축원하는 마음으로 이 소설을 쓰는 것이다. 읽는 분도 작자와 똑같은 축원을 가지고 읽으시리라.
>
> 이 소설은 전자에 『조선일보』에 쓴 『삼대』의 자매편이 될 것이다. 『삼대』를 읽은 분은 이 『무화과』도 읽을 의무가 있는 것은 아니나 될 수 있으면 읽어 주기를 바란다.[15]

'속편' 혹은 '자매편'이란 언급은 이들 작품이 염상섭의 연속적 구상 속에서 이루어진 일임을 시사한다. 실제로 『삼대』의 인물들은 이름을 달리한 채 『무화과』에 그대로 등장하며 『삼대』에서와 같은 성격과 배경을 공유한다. 그럼에도 각 작품의 완결성을 강조했던 것은 '지속 속에서의 차이'를 드러내려는 의도였다고 판단된다.

널리 알려진 것처럼, 『삼대』는 '조–부–손'으로 이어지는 수직적 가족관계를 축으로 하여, 할아버지의 재산이 아버지를 건너 뛰어 손자인 '덕기'에게 상속되는 과정을 중심으로 전개된다. 조의관의 죽음과 상속의 합법적 수행으로 『삼대』의 세계는 나름의 완결성을 확보했다. '상속'을 작품의 중심적인 사건의 하나로 볼 경우, 『삼대』는 총독부의 법체계 내에서 조덕기의 상속권

14 염상섭, 「작자부기」, 『조선일보』, 1931.9.17.

15 염상섭, 「작가의 말」, 『매일신보』, 1931.11.11. 『무화과』는 『매일신보』에 1931년 11월 13일부터 1932년 11월 12일까지 연재된 염상섭의 최장 장편이다.

이 합법성을 인준 받는 것으로 종지부를 찍는다.[16] 그것은 조의관의 독살범으로 수원집이 잡혀가고刑事, 아버지 조상훈의 재산가로채기를 막아내는民事 주체가 일본 경찰이었다는 내용을 통해서도 드러난다. 적어도 상속(사유재산제도)에 관한 한 식민권력이 덕기의 옹호자였다는 사실은 기억해둘 필요가 있다. 대비되는 것이 '장훈'의 죽음으로 상징되는 사회주의 운동의 운명이다. 식민권력은 사유재산제도는 합법의 틀 안에서 보호하나 저항운동에 대해서는 불법을 선언하는 자라는 사실이 이로써 확연하다.

『무화과』는 『삼대』가 끝난 곳이 출발점이다(작품 속에서는 약 3년 후로 설정돼 있다). 무엇이 끝났고 무엇이 시작된 것일까? 『무화과』의 출발점을 알기 위해 『삼대』의 끝자락을 살펴야 한다.

> 덕기는 다시 인심이 되면서 그 발기를 자세자세 들여다보고 앉았다. (…중략…)
>
> **필자는 여기에 조씨 집 재산이 어떻게 분배되었는가를 잠깐 공개할 필요가 있다.**
>
> 귀순이(수원집 소생)－오십 석
>
> 수원집－이백 석
>
> 덕희(덕기 누이)－오십 석
>
> 덕희 모(며느리)－백 석
>
> 덕기 처－오십 석
>
> 상훈－이백 석
>
> 덕기－천오백 석
>
> 창훈－현금 오백 원
>
> 지주사－현금 이백 원
>
> 이것은 물론 대략 쳐서 그렇다는 것이니, 그 중에 수원집의 이백 석 같은 것은

16 염상섭 문학 전반, 특히 『삼대』에 나타난 '법'의 문제는 이경훈, 「염상섭 문학에 나타난 법의 문제」, 『한국문예비평연구』 2, 한국현대문예비평학회, 1998에서 다루어졌다. '법'에 관한 시각은 그의 논문에서 시사받은 바 크다.

상훈이의 이백 석의 거의 갑절이나 될 것이요, 또 덕기의 천오백 석이라는 것도 나머지를 다 쓸어맡긴 것이니 실상은 **이천 석까지는 못 가도 천칠팔백 석**은 될 것이다.[17](강조－인용자)

덕기의 상속 내용이다. 이 외에도 '남문 밖 정미소와 집 네 채, 예금 1만 칠팔천 원'이 따로 주어졌고, 여자들에게 상속된 것도 감독과 보관을 덕기에게 일임했다. 분재기의 내용을 합산하면, 조의관은 2,150~2,450석 내외의 토지와 집 네 채, 예금 2만여 원, 남문 밖 정미소를 소유했었다.

여기서 염상섭이 '작가'의 자리를 버리고 느닷없이 '필자는'을 운운하며 '기록자'로서 자신의 모습을 노출한 것은 의미심장하다. 김윤식의 지적처럼, "그것은 『삼대』 속에서 바로 이 대목만이 소설보다 중요하다는 뜻으로 풀이될 수 있다. 소설이 진실을 드러내는 것이라면 현실적 삶에서는 사실자체를 드러내야 한다. 『삼대』가 소설임엔 틀림없지만 위의 대목만은 소설의 울타리를 벗어나 현실적 세계로 옮겨가 버린 것이다."[18] 서사문법의 관행을 파괴하면서까지 자신을 드러냈던 염상섭의 의도와 위의 숫자들이 전해주는 사실은 우리에게 많은 것들을 깨우쳐준다. 가령 그 '현실적 세계'라는 것은,

천석꾼이란 소작료 수입이 나락으로 1천 석쯤 되는 사람, 그러니까 반타작을 했다 가정하면 대략 100정보(30만평) 내외의 농지를 소유한 거부들이었다. 그러나 이들의 숫자는 생각처럼 많지는 않았다. 조선 역사상 지주제가 가장 발달했다는 1930년에도 천석꾼은 757명(일본인 236명), 만석꾼(500정보 이상자)은 43명(일본인 65명)에 불과하였다.[19]

---

17 염상섭, 『삼대』, 실천문학사, 2000, 320~321면.
18 김윤식, 앞의 책, 536면.
19 지수걸, 「만석꾼의 형성과 몰락」, 『우리는 지난 100년 동안 어떻게 살았을까』 2, 역사비평사, 2002, 85면.

조금 뒤시기를 대상으로 한 조사도 있다. 1938년 경기도농회가 작성한 경기도 지주 명부에 의하면 1937년 현재 30정보 이상의 경지를 소유한 '서울 거주 대지주'는 총 306명이었고 그중 400정보 이상을 소유한 대지주는 전체의 3.6%인 10명에 지나지 않았다고 한다.[20] 조의관은 서울에 거주하는 대지주 중에서도 상위에 해당하는 토지 소유자인 셈인데, 산출량을 근거로 보면 그는 최소 250~최대 350여 정보의 땅을 소유한 것으로 보인다.[21]

이들 연구를 신뢰한다면, '조덕기'(이원영)를 '중산층'이라 부르는 일은 이제 그만두어야 한다. 그들의 몰락을 '중산층의 몰락'이라거나, 이 작품의 이념형을 '중산층 보수주의'라고 부르는 일도 이제는 그만두자.[22] 이렇게 지칭하는 근거가 『삼대』나 『무화과』에서 주인공이 스스로를 "프티 부르"(827)라고 부르는데 있다고는 하나, 이를 받아들여야 할 이유가 우리에게는 없다. 작품의 시기와 비슷한 1930년의 기록이 이러할진대, 최소 2,150석 정도를 수확하던, 하여 덕기에게만 1,700~1,800석의 토지를 상속했던 이 집안을 '중산층'이라고 부를 수는 없지 않은가? 식민지 조선이 그렇게 부유하지는 않았을 것이다.[23]

---

20 공제욱·최종대·오유석, 『1950년대 서울의 자본가』, 서울학연구소, 1988, 28~30면(김성연, 「염상섭 『무화과』 연구-새 시대의 징후와 대안인물의 등장」, 『한민족문화연구』 16, 한민족문화학회, 2005, 182면에서 재인용).

21 『무화과』를 '자본'과 연관시켜 논의한 것으로는, 내가 읽은 범위 안에서는, 김성연, 「염상섭 『무화과』 연구-새 시대의 징후와 대안인물의 등장」이 유일하다. 이 글의 초고가 완성된 상태에서 김성연 선생과 연락이 되었다. 그는 과거 논문의 오류를 지적해주며, '조선총독부 통계연보'에 의거, 1928년~1930년대 초반의 농지당 수확량의 통계를 제시해주었다. 그가 정리한 통계에 의하면 앞서 인용한 지수걸의 수확량은 1930년대 중반 이후의 경우에 해당하며, 이 시기에는 단보(10단보=1정보) 당 평균 0.7석의 수확량에 머물렀다고 한다. 이를 토대로 할 경우, 조의관의 토지는 최대 2,450석의 수확량을 기준으로 할 경우 최대 350정보에 해당한다. 하여 여기서는 최소 250정보(지수걸의 산출법)~최대 350정보로 제시한다. 자세한 사항은 김성연 선생이 추후 논문에서 밝힌다 하므로, 여기서는 그가 가르쳐준 기본적인 정보를 제시하는 것으로 그친다. 귀한 가르침을 주신 김성연 선생께 깊은 감사의 말씀을 전한다.

22 많은 연구들이 김윤식의 '중산층' 논리를 계승하고 있다. 일일이 거론하지 않는다.

23 1919년 무렵, 조선의 농촌 인구의 80%가 소작농이거나 자소작농이었는데, 조선인 토지 소유자들도 대다수 1단보(=300평)에서 2.5정보(1정보=3,000평) 사이의 토지를 갖고 있었다 한다. 카터 에커트, 주익종 역, 『제국의 후예-고창 김씨가와 한국 자본주의의 식민지 기원 1876~1945』,

조의관의 재산규모, 나아가 조덕기(이원영)에게 상속된 재산규모를 아는 일은 『삼대』와 『무화과』의 작품성격을 이해하는 데 핵심열쇠다. 소위 '돈의 사상' 혹은 '중산층 보수주의'로 불리는 염상섭 문학의 이념적 좌표를 되짚어 보는 데에도 이 문제가 관건이 될 수밖에 없기 때문이다. 아울러 『무화과』에 드러나는 자본의 쓰임새와 흐름, 사회적 관계를 이해하는데 초석이 되어, 이 작품을 식민지 자본의 운명과 결부시켜 이해할 수 있는 계기를 만들어 줄 수도 있다.

조의관은 『삼대』에서 대략 60대 후반으로 설정돼 있다. "을사조약 한창 통에 그때 돈 이만 양, 지금 돈으로 사백 원을 내놓고 사십여 세에 옥관자를 붙"[24]였다니 1860년대 초중반 태생이라 짐작된다. 그의 치부과정을 이해하기 위해, 당시 땅을 통해 부자가 돼가던 지주들의 축재과정을 살펴보는 것도 도움이 될 수 있겠다.

『동아일보』의 사주요, '경성방직주식회사'의 설립자이기도 했던 인촌 김성수의 집안도 원래는 가난한 선비집안이었다. 김성수의 할아버지가 되는 '요협'은 3남으로 그나마 상속의 가능성이 거의 없었는데, 양반가문을 유지한 덕에 고창의 부유한 집에 장가를 갔고, 딸의 생계를 우려한 장인이 땅을 나눠주어 최초의 근거를 마련했다(1876년). 이를 기반으로 부인 정씨의 근검절약은 물론 "거의 전적으로 소작농을 압박하여 소작료를 극대화하는 관리정책을 추구"[25]하며 성장하여 말년에는 천석꾼이 될 수 있었다. 그가 사망하던 1909년 두 아들, 기중(장남－성수의 양부養父), 경중(성수의 친부親父)은 각기 1,000석과 200석의 땅을 상속받았다.[26] 이후 이들의 토지는 급속도로 늘어나 1920년대 중반에 이르면 만석꾼의 경지에 오르는 데 그것은 '소작료를 극

푸른역사, 2008, 59면.

24 염상섭, 앞의 책, 2000, 94면.

25 카터 에커트, 앞의 책, 53면.

26 김용섭, 「한말 · 일제하의 지주제－사례 4 : 고창 김씨가의 지주경영과 자본전환」, 『한국사연구』 19, 한국사연구회, 1978, 68면.

대화하는 관리정책'도 한몫했으나 일본으로의 쌀 수출 무역이 가져다 준 이익이 결정적이었다.[27]

일부 지주들에 의해 구한말부터 비롯된 대토지합병이 일제강점을 거쳐 1930년의 시점에 절정을 이루는 것은, 일본의 급격한 공업화와 1차 세계대전에서의 승리, 이에 따른 쌀 가격의 안정화 정책, 이를 가능케 한 조선이라는 쌀 수출국의 존재와 같은 시대상황이 반영된 것이다. 김성수 가문의 사례는 토지를 통해 원시적 축적을 이룬 뒤, 이를 산업자본(경성방직)으로 전환시키는 한편 문화자본 즉 사회와 교육의 영역(『동아일보』, 중앙고, 고려대)으로 확장한 경우로 볼 수 있다.

다른 경로도 확인된다. 나주 이씨가의 이계선은 양반의 신분이지만 적빈한 집에서 태어나 스스로 장사에 뜻을 두어 집을 일으켰다. 그는 면포와 쌀 무역을 통해 밑천을 확보하고 이를 땅에 재투자하는 방식으로 대지주가 되었다. 1915년의 시점에 25정보의 땅을 지녔고 점차 확대하여 1930년대 말기에 가면 약 120정보, 임야까지 합치면 약 145정보의 땅을 소유한 거부가 되었다.[28] 이계선은 집 근처의 접근성이 좋은 땅을 집중적으로 매입하여 이를 '농장'으로 만들었고, 여기서 산출된 쌀을 농장 내 정미소에서 도정하여 자신의 상사商社를 통해 무역하는 시스템으로 부를 축적했다.

위의 사례를 염두에 두면, 조의관 역시 구한말과 일제 초기의 시대상황 속에서 자수성가하여 토지를 통해 원시적 축적을 이룬 대지주로 보아야 한다. 대략 2,400~2,500석 규모의 토지는 김성수 가문의 아버지 세대가 상속한 것의 두 배가 넘으며, 나주 최대의 지주 '이계선'의 소유지보다 훨씬 많은 면적이다. 『무화과』와 연관시켜 볼 때, 그 지역적 기반은 '충주'지방이었던 것으로 보이며, 물려받은 정미소와 함께 "남대문안 삼익사三益社라는 자기의 무역

27 카터 에커트, 앞의 책, 1부 참조.
28 김용섭, 「한말 · 일제하의 지주제－사례 3 : 나주 이씨가의 지주로의 성장과 그 농장경영」, 『진단학보』 42, 진단학회, 1976, 46면 참조.

상회"(54)[29]를 소유한 것으로 보아 '이계선'의 사례와 많이 닮았다. 이원영이 신문사에 1만 5,000원을 추가 투자하는 문제로 고민하면서 "요새 곡가시세로는 곪을 각오나 하면 몰라도 도저히 할 수 없고"(16)라고 말하는 것을 보면 '삼익사'가 쌀을 수출하는 무역회사라고 추정할 만하다. 이 글이 '이원영'을 토지자본과 상업자본의 결합체로 이해하는 근거이다.

사정이 이러하다면, 조덕기(이원영)의 성격을 '돈'이라는, 다중적 의미로 휘감겨 있는 애매한 범칭으로 부를 필요가 있는가? 한국어에서의 '돈'이란 다양한 의미를 지닌 단어인바, '화폐이자 재산이며 금액이고 비용'[30]이기도 하다. '돈'개념의 다중성은 그것이 상황에 따라 변화하는 실제 사회적 관계 속에서의 의미맥락을 적절하게 표현해준다는 장점이 있는 반면에, 그 장점 그대로, 의미를 맥락 속에 퍼트려놓아 불분명한 채로 방치하는 오류를 낳을 수도 있다. '자본가'도 '돈'을 쓴다. 생활에서의 지출행위는 '돈'을 쓰는 것이지 '자본'을 쓰는 것이 아니다. 다만 '자본'은 화폐에 기반하는 것이지만 화폐 그 자체에 머물지 않는다. 마르크스의 고전적인 설명을 빌려보자.

> 화폐 소유자는 이 운동의 의식적인 담지자로서 자본가가 된다. 그의 한 몸 또는 그의 주머니가 화폐의 출발점이자 귀착점이다. 그 유통의 객관적 내용 — 가치의 증식 — 이 그의 주관적인 목적이며, 그저 추상적인 부를 점점 많이 벌어들이는 것이 그의 조작의 유일한 동인인 경우에만 그는 자본가로서의 기능을 하거나 또는 인격화되어 의지와 의식을 부여받은 자본으로서의 기능을 하는 것이다. (…중략…) 이 절대적인 치부의 충동이나 열정적인 교환가치의 추구는 자본가에게나 화폐 축장자에게나 공통된 것이지만, 화폐 축장자가 광적인 자본가에 지나

29 여기서는 류보선이 정리한 『무화과』(한국소설문학대계 6, 동아출판사, 1995)를 저본으로 삼으며, 이 책에서 인용할 경우 괄호 안에 면수만을 표기했다.

30 '돈'의 사전적 의미는 『고려대 한국어대사전』(고려대 민족문화연구원, 2009, 1649면)을 참조했다.

지 않는 데 반해 자본가는 합리적인 화폐 축장자이다. 화폐 축장자는 화폐를 유통으로부터 빼냄으로써 가치의 쉴 새 없는 증식을 추구하지만 좀 더 영리한 자본가는 끊임없이 반복하여 화폐를 유통에 투입함으로써 가치의 끊임없는 증식을 달성한다.[31]

인용문에 의지하면, 조의관은 '화폐 축장자貨幣 蓄藏者'에 가까운 자본가지만 『무화과』에서의 이원영은 화폐를 유통시키며 투자하는 자본가의 형상으로 등장한다. "상품유통은 자본의 출발점이다."[32] 여기에 『삼대』에 없던 '삼익사'(무역상회)의 존재가 중요한 까닭이 있다.

'삼익사'는 이 작품의 기본 갈등 — 이원영이 신문사에 투자했다 몰락하는 — 의 도화선이다. "조부는 유산 처분을 명의까지 환서해서 두었으나, 이 삼익사만은 운명할 때까지 그리 속히 죽으리라고는 믿지 않았던지, 명의도 그대로 두었거니와 유언 한마디도 아니 하였던 것이다."(58)

> 어쨌든 유산을 아들에게 빼앗긴 정모가 가만히 있을 수 없고, 정모를 에워싸고 충동이는 축들이 겉몸이 달아서 날뛰노라니, 세상을 쫘자그르하게 만들던 삼익사 사건이라는 것이 생겼던 것이다.
>
> 삼익사 사건이라는 것은 그와 동시에 일어났던 제×차 공산당 사건보다 더 복잡하고 더 흥미가 있었던 것이다. 각 신문은 공산당 사건을 자유로 쓰지 못하는 대신에 이 사건에 전력을 들여서 써댔었다.(58)

삼익사 사건이 발생한 것은 조부가 상속 문제를 흐릿하게 처리한 까닭이다. 그러나 그것이 사회적 문제로 확장된 것은 '제×차 공산당 사건'을 마음대로 보도할 수 없었던 식민지 상황과 연결됐기 때문이다. 인용문은 언론이

31 칼 마르크스, 김영민 역, 『자본』 1-1, 이론과실천, 1987, 182~183면.
32 위의 책, 175면.

'제X차 공산당 사건'을 마음대로 보도할 수 있었다면 소위 '삼익사 사건'이 그렇게 심하게 사회적 문제가 되지는 않았을 것이라고 넌지시 암시한다. 식민권력에 의해 차단된 표현소재와 욕구 들이, 가정 내부의 문제를 '사회적 스캔들'로 전환시킨 것이다. 검열로 현시되는 식민권력의 지배정책이 자본가 가문의 재산다툼에 엉뚱한 방식으로 작용했다는 뜻인데, 식민지 자본이 식민권력과 관계 맺는 방식이 직접적인 접촉면만이 아니라는 사실을 예시하는 셈이다.

이원영은 신문사에 3만 원을 투자하고 이사가 됨으로써 이 문제를 해결 짓고 재산을 지킨다. 자본이 문화 권력을 후원함으로써 자신의 이익을 보장받은 것이다. 과연 "한 신문사의 이사가 되니까, 다른 신문사도 동업자의 체면으로 붓대를 감추었다. 오히려 부자끼리 재판질한다는 후레자식 소리가 쏙 들어가고 그 재산이 아비에게로 갔으면 계집값, 술값, 아편값으로 녹아 버릴 것을 아들이 지녔기에 유리한 사회사업에 쓴다고 칭송이 자자하여 갔다."(59) 『무화과』가 출발하는 지점이 이곳이다. 『삼대』의 조덕기는 '사당과 금고의 열쇠지기'로 남은 평생을 살아야 할 자신의 운명을 한탄했으나, 이원영은 무역상회인 '삼익사'를 수중에 넣기 위해 문화 권력과 연합하여 재산을 지키는 적극적 자본가로 등장한다.

이상의 분석에 따라, 나는 '이원영'이 토지자본을 기반으로 상업자본으로까지 확장한 당시 자본가의 한 사례이며, 조부처럼 단지 '화폐 축장자'의 모습에 그치는 것이 아니라 상속받은 재산을 '유통', '투자'하는 적극적인 자본가였다고 규정한다. 따라서 『무화과』는 이원영이라는, 대지주 출신의 식민지 자본가에 의해 돈이 '투자'되고 '소모'[33] 되는 과정을 그려낸 파노라마로 읽

33 이 글에서의 '소모'란 생산에 투여되어 이윤을 창출하거나 가치를 증식시키는 데 기여하지 못하는 돈(자본)의 쓰임새와 그러한 불모적 상황 자체를 설명하기 위한 개념이다. 자본의 이윤 창출의 맥락에서의 소모는 불임성과 연결되며, 사회적 상황으로서의 소모는 불모성과 결합한다. 이 글과 맥락은 전혀 다르지만, '소모' 개념의 인류사적 의미에 대해서는 조르주 바타이유, 조한경 역, 『저주의 몫』, 문학동네, 2000을 참조할 수 있다.

을 수 있겠다. 이제 작품속의 돈을 따라가 보자.

3. 식민지 자본의 불임성

『무화과』는 식민권력에 의해 합법성을 인정받은 상속자 이원영이 신문사에 투자하고 친구와 가족들을 위해 돈을 쓰다 몰락해가는 과정을 그린 소설이다. 그곳에는 가정 내적 차원을 넘어서 사회로 퍼져가는 '돈'의 흐름이 중심에 선다. '조-부-손' 세대의 갈등이 중심에 도사렸던 『삼대』와 달리, 젊은 '가장'이 시배하는 가정에는 가족 구성원 내부의 갈등이 —아주 없지는 않으나 주요한 문제로 등장하지 않는다. 이원영의 '가장'으로서의 권위 이면에 '가부장'의식이 부재하는 것은 아니나, 젊은 그에게는 '연장자'로서의 권위보다는 '돈'의 집행자로서의 권위가 보다 우세하기에, 봉건의 그늘이 가정을 지배하지는 않는다. 주요 등장인물들도 대부분 이원영의 세대다. 염상섭이 『삼대』를 마치며, 기회가 온다면 다음 작품에서 '덕기 대代의 핵심'을 다루어 보고 싶다고 한 말을 실현한 것이다.

『무화과』에서의 돈은 축적이나 상속의 대상이 아니라 '투자'와 '소모'의 수단으로 등장한다. '돈을 쓴다'는 것은 투자이자 소비이며 자기의지를 화폐를 통해 표현 / 구현하는 행위이다. 이 작품에서 '돈'은 '자본'의 성격과 더불어 '화폐'로서의 성격, 그러니까 "절대적인 수단이요 무수한 목적계열의 통일점"[34]으로 현상한다. 자본으로서 투자되는 한편, 욕망의 충족수단으로서 열망되는가 하면, 친구와 가족들을 위해 소비된다. 그런 점에서 『무화과』는 현

34 게오르그 짐멜, 안준섭 외역, 『돈의 철학』, 한길사, 1983, 303면.

실물정을 잘 모르는 젊은 자본가의 투자 실패기失敗記이자, 식민지 군상들의 욕망과 의지의 구현수단으로 소모되는 화폐 지출기支出記이기도 하다.

작품에서 돈은 크게 보아 세 가지 흐름새를 보여준다. 우선 신문사 투자로, 가장 많은 돈이 투자되고 결국 이원영에게 몰락을 초래한다. 다음으로 '동정자'(심퍼사이저)로서 사회주의자나 '운동'에 관련해 쓰는 돈이다. 김동국이나 원태섭, 조정애에게 주는 돈, 그리고 조일사진관을 인수하기 위해 사용되는 돈들이 그것이다. 마지막으로 욕망과 관련하여 쓰이는 돈들이다. 이문경이 김봉익을 위해 쓰는 돈처럼 인간적 동정과 우애에 기반한 돈이 있는가 하면, 한인호나 김홍근처럼 욕정의 만족을 위해 탐닉되는 돈도 있다.

앞서 말했듯, 원영이 신문사에 투자하게 되는 계기는 '삼익사 사건'이었다. 3만 원을 투자하여 '이사' 자리를 얻고 삼익사를 지켰다. 하여 '신문'의 위력을 체감했는데, 신문사에서 '영업국장' 자리를 제의하며 1만 5,000원을 추가 투자해줄 것을 요청한다. "오늘 이사회는 영업국장 사표수리와 신영업국장 개선과 오만 원 신자금 분담에 대한 토의로 모인 것이었다. 신영업국장에는 이원영이 피선되었다. (…중략…) 영업국장 자리를 일만 오천 원에 파는 것이었다. 원영이는 그것이 싫었다. 돈도 인제는 힘에 부쳐서 더 낼 수 없거니와 돈 주고 영업국장 자리를 사기는 창피하였다."(15) 일본유학생 출신이며 상식적이고 온후한 성격의 이원영이 돈 주고 자리를 사는 것을 창피해 하는 것은 당연하다. 그의 꿈은 '가치'와 관련된 것들인데, "일만 오천 원이 있으면 만주에서 몰려나오는 이재동포를 위하여 큰 농장을 하나 경영한다든지 국유림 불하운동 같은 것을 해서 개간사업을 한다든지 무어나 희생적으로 구제사업을 하는 편이 돈 쓰는 보람이 있겠다고 생각하는 것이었다."(18)

그러나 1만 5,000원을 안 내놓으면 이사 자리마저 위태롭고, "언제까지 집속에 들어 앉았는 것보다 한번 나서서 활동도 해보고 그야말로 확청도 해보고 싶은"(25) 욕망, 그리고 김홍근의 중간 농락에 발끈한 나머지 수락하고 만다. 물론 신문사라는 "공공한 기관 하나를 튼튼히 세워 논 공로"가 생길 것이며 "지금 조선 형편으로는 남아 일대의 사업으로는 크다고는 못 하겠으나 작다고도 못 할"(247)일을 한다는 공적 명분이 없는 것도 아니었다. 이런 이상적 이유로 투자하는 것의 어리석음, 세상 물정 모르는 젊은이의 치기, 온실 속에서 자란 부르주아 도련님의 허영 등에 대해서는 기존 연구가 충분히 비판했다. 작품에서도 작가나 이원영의 입으로 반복적으로 시인됐다. 하지만 이 투자가 마냥 황당한 것은 아니었다.

> 그러나 삼익사 전무나 지배인은, 이번에 직접 출마하는 것을 찬성할 수는 없었다. 어린애에게 딱성냥갑 맡기는 것보다도, 더 마음이 안 놓이기도 하거니와(…중략…) 어젯밤으로 형세가 더 유리하여져서 신문사의 윤전기 기타 집물을 원영이의 명의로 하여 준다는 말에 삼익사 주무자들은, 그러면 …… 하고 선뜻 돈을 내놓은 것이다.(59)

자본의 논리에 밝아 투자의 조건을 따질 줄 아는 '삼익사 주무자'들도 이원영을 '어린애'로 취급하지만, 신문사가 윤전기를 비롯한 집물을 담보로 내어준다는 말에 투자에 동의한다. '윤전기'라니, 원금회수가 충분히 가능할 물건들이 아니겠는가! '전무나 지배인'의 마음속 주판에 어떤 계산이 튕겨졌는지, 신문사에서 발을 빼면서 저당 잡은 윤전기들을 어떻게 처분하여 원금을 얼마나 회수했는지 여부는 작품에 나와 있지 않으니 확정할 수 없으나, 원영의 투자가 철없는 젊은이의 객기만이 아니라 '주무자'에 의해 손익가능성에 대한 냉정한 계산을 거친 판단이었다는 사실 정도는 확인할 수 있겠다. 투자의 철없음보다 의미심장한 것은, 투자되는 자본에 대한 눈길들이다.

> 하여간에 시급한 일만 오천 원 수형에 이서만 시키면 그만이다. 오만 원이란 액수도 혼자만 내놓게 할 수 없으니까 늘잡아 가지고 '분담'이란 명토를 박은 것이다. 그리고 일만 오천 원을 쓸 동안만 한 달이고 두 달이고 영업국장 자리에 앉혀

두면 나중 일이야 또 어떻게 되든지 되는 것이다.(16)

"그런데 일만 오천 원은 오늘 거덜이 벌써 났을 것이요, 한 열흘 있으면 삼만 원이 들어온다니까, 어떻게 되나? 하루에 일천 오백 원씩인가? 허허허 …… 그놈의 교의가 우리 모가지보다 비싸담!"

분개하던 친구의 너털대는 목소리다. 원영이는 목은 움츠러지면서 귀와 눈이 금시로 늘어나는 것 같다.

"그게 무슨 소리예요?" 하고 여자도 따라 웃는다.

"열흘만 지나면 삼만 원 꿰찬 놈에게 자리를 내줄 테니, 일만 오천 원을 열흘로 나눠 보시구려 ……."(63)

앞 인용문은 원영에게 돈을 우려내려는 사장의 내면이요, 뒤의 것은 신문사가 원영의 취임을 빌미로 해고시킨 기자들이, 원영을 열흘짜리 영업국장이라며 조소하는 대목이다. 열흘 뒤에 '3만 원'짜리가 오면 원영도 용도 폐기될 터인데, 그러면 '하루에 1,500원짜리 국장' 자리가 아니겠냐며 고소해한다. 김홍근이 이원영의 돈을 우려내는 한편, 뒤편으로 '이탁'이라는 다른 부자에게 '3만 원' 투자를 종용하며 이원영의 자리를 주마고 획책하고 있었는데, 이원영만 모르고 있었던 것이다.

원영의 자본이 '쓰여 없어질 운명으로서의 돈'이란 사실을 이보다 극명하게 보여주는 장면도 드물다. 사장에게는 당장에 급한 돈, 1만 5,000원이 문제일 뿐 '나중 일이야 또 어떻게 되든지 되는 것'이며, 기자들은 속사정도 모르고 영업국장 자리를 수락한 그의 어리석음을 비웃는다. 자본은 투자되나 그 투자를 간절히 기다리던 사람들에게서조차, 쓰여 없어질 운명으로서, 한시적 소모품으로 인지된다. 자본에 대한 이처럼 수상쩍은 대우는, 투자를 통한 이윤의 창출이란 것이 애당초 불가능한 영역으로서, 식민지 조선의 신문사가 혹은 식민지 조선이 존재했음을 드러낸다. 경멸 속에 소모되어질 자본이란, 그런 자본을 경멸하면서도 그 앞에서 비굴한 낯빛을 띨 수밖에 없는 존재들의 비참함을 더 극명하게 드러내는 역설로 현시한다.

> 백 원 한 장이 책상에 떨어지니까, 뛰던 생선에 소금 뿌린 것처럼 방 안 사람의 고개가 수그러지고 어깨들이 축 처진 것 같이 괴괴하여진다. 그렇게 보아서 그런가 하며, 원영이는 돈의 귀여운 맛을 처음으로 안듯이 버티고 앉았자니, 돈 바꾸러 가는 젊은애도 몹시 공손해진 것 같다. 그러나 백 원짜리를 모시듯이 추켜들고 나가는 양이 그 공손은 돈에 공손한 것이요, 원영이에게 경의를 표하는 것 같지도 않아 보인다.(92)

원영은 나이는 고사하고 직위(이사이자 영업국장)나, 자본가로서도 존경받을 수 없다. 왜냐하면 이곳에는 '투자 → 생산 → 이윤창출 → 자본증가'라는 자본주의 경제학의 기본법칙이 말끔하게 비워져 있기 때문이다. 아무도 그런 법칙의 현실화를 기대하지 않으며 그런 기대를 지닌 원영이 비웃음의 대상일 뿐이다. 생산(이윤 혹은 기대가치의 창출)을 전제하지 않은 자본은 '그저 많은 돈'일 뿐이다. 재생산을 통해 이윤을 지속적으로 창출할 가능성이 봉쇄된 자본에게 소모는 필연적 귀결이다. 사장(을 포함한 신문사 간부들)과 기자들에게 그것은 자신의 의지내용을 관철할 수단 이외에 다른 것이 아니다. 사장에게는 신문사의 자금난을 미봉하고 자신의 자리를 보존하기 위한, 기자들에게는 밀린 월급을 받기 위한 수단으로 쓰일 뿐이다. 노동자에게 자본가에 대한 최소한의 존경은 그가 자신의 생계를 지속적으로 책임질 수 있다는 전제가 있을 때나 가능하다. 원영에 대한 노동자들의 조소는 재생산의 가능성이 원천적으로 차단된, 하여 노동자의 생계를 지속적으로 책임질 가능성이 봉쇄된 불임자본에 대한 비아냥이다.

그래서 사장이나 기자들 모두 원영을 '1만 5,000원'이라는 금액으로 호명한다. 덕분에 어이없는 방식으로나마 원영의 자본이 인격화되는데, 그것은 긍정적 가치로서의 인격이란 말이 아니라, 인간처럼 — 반갑다가 밉다가 쓰이고는 버림받는 의인적 존재로서 성격화되었다는 뜻이다. 의인화된 자본은 부르주아 도련님으로서의 이원영의 인격과 결부되어 작품을 떠돈다. 젊은 나이에 금고지기로만 사는 게 답답해 사회적인 활동을 해보고 싶다는 이원영의 욕망을 탓하는 것은 작품의 핵심과 아무런 관련이 없다. 삼익사의 전무나 지배인이 나름의 안전장치를 챙기고 (자본)투자를 허락했다는 것은 투자 자체가 애당초 경제적 가망성이 아예 없는 투기행위는 아니었다는 뜻이다. 하여 투자한 것인데, 이원영의 투자에는 사회적 존재로서의 자본의 성격이 희박하다. 자본의 사회적 성격이 드러나지 않고 자본의 소유자 곧 자본가의 인격성만이 도드라지는 것이다. 그러하니 '투자 → 상품(신문사 운영권) → 자본증가(이윤 혹은 경영권의 획득과 같은 미래적 가치)'와 같은, 자본의 운동성이 작품의 중심에 서지 못한다. 사회적 성격이 탈각되고 자본가의 인격성에 종속된 자본, 그것은 자본이 자신의 일반적인 운동 원리를 찾아가는 것조차 어려웠던 식민지의 현실을 암시한다.

> 신문사 일만 해도 차차 바로잡혀 가는 듯하더니, 그 멍텅구리 같은 사장영감이 김홍근이 일파 — 일파라느니보다도 전 영업국장 노루선생 일파에게 다시 휘둘려 가는 모양이다. 그러고 보니 원영이는 돈만 쓰고 흠부터 셀 모양이니, 신문사 일도 딱하거니와 원영이 일도 호소무처가 될 것이다.(539)

신문사 일의 실패를 딱히 원영의 무능 탓으로만 볼 일이 아닌 것이, '차차 바로잡혀 가는 듯'하던 일도 원영의 부재를 틈타 뒤집어지곤 했다. 원영이 경찰에 잡혀 갈 때마다 신문사 내부의 권력관계가 요동쳤다. 원영은 지하운동과의 연관 때문에 잡혀가는데 그 때마다 신문사 경영의 문제는 작품 속에서 원경遠境으로 점점 더 멀어져 갔다. "땅두더지 모양으로 해만 떨어지면 요릿집 기생집으로 앙금앙금 기어들고, 그렇지 않으면 돈 있고 권세 있다는 사람

앞에 가서는 살살대"(538)는 인간들로 둘러싸인 현실에서, 원영이 검속으로 오랫동안 자리를 비워두는 상황이 지속될 때 그 싸움의 승패는 명약관화하다. 식민권력이 자본가의 신원身元을 묻는 근본적 주체였으니, 사유재산제도의 수호자로서의 식민권력이 이원영의 상속을 합법화해준 실체인 것처럼, 그에게 '어느 편에 설 것인가'를 끊임없이 묻는 존재이기도 했던 것이다. 질문(검속)의 반복은 자본의 현실장악력을 실제적으로 무력화시켰다.

우여곡절 끝에 원영이 추가로 만원을 더 투자하지만 사태를 돌이키지 못한다. '이탁'이 승리자가 되어 3만 원을 투자하고 '부사장'의 자리에 오르지만, 그리고 그가 원영만큼의 도덕성이나 경영능력조차도 가지지 못한 것으로 그려지지만, 그러기에 더더욱 '이탁' 또한 소모되어질 운명이리라는 예상은 작품의 구조가 예시하는 바다. 신문사는 간부진의 작태와 경영상의 한계도 문제지만, 작품 속에는 명화하게 묘사되지 않은 어떤 무한의 블랙홀로 휩쓸려가는 존재이기 때문이다.

신문사뿐이 아니다. 원영이 잡혀간 사이를 이용해 딸 문경의 돈을 가로챈 이정모도 경찰서에 불려갔는데, 그의 입을 통해 '삼익사'의 운명이 새어나온다.

> "왜요?"
>
> "회사가 문을 닫게 되나 보더라."
>
> "네?" 문경이는 가슴이 덜컥 하는 듯싶었다.
>
> "그놈들 돈을 범포를 내서 독직사건이 일어났나 보더라. 물론 원영이도 걸리겠지 (…중략…) 큰일 여부가 있니. 신문사에는 한 푼 생산 안 되는데 오륙 만 원씩 일이 개월 동안에 쓰고 회사는 저 모양이고 하니 잘못하면 거리에 나앉는다. 세상물정도 모르는 놈이, 올려 앉히는 바람에 일을 그 따위로 해놓고 …… 저 고생을 해두 싸지!"(497~498)

정모는 아들이 세상이 치워주니까 허영에 들떠 놀다 이 지경이 됐다고 말한다. 그러나 우리까지 그렇게 볼 필요는 없다. 경찰이 치밀하게 파고 들어간 수사가 신문사를 넘어 원영의 돈줄인 '삼익사'에까지 미쳤다는 것인데, '독직사건'이란 돈을 주고 영업국장 자리를 얻은 것을 지칭하는 것이니, 이것은 '(자본)투자'와 관련된 자본주의 운용원리의 출발점조차 깡그리 무시되는 처사이다. 원영의 행위는 자본의 '투자'인가? '독직瀆職'인가? 합법성을 판단하는 주체는 늘 식민권력뿐이다.

이 모든 일에 심퍼사이저로서의 그의 운명, 곧 그가 '주의자'들의 돈줄이었다는 사실이 오롯이 도사리고 있으니, 식민권력이 자본의 신원을 물었다는 말의 의미가 여기에 있다. 아울러 당시 식민지인들에게 '신문정부'라는 별칭을 들을 만큼 막강한 영향력을 행사하던 조선어 민간지에 대한 식민권력의 감시와 통제정책도 고려해야 한다.[35] 조선어 민간지의 강력한 영향력은 식민권력의 강력한 감시 및 회유를 동반하는 것이었다. 상황이 여기에 이르면 원영이 자신의 무능과 허영으로 몰락을 자초했다는 기존해석의 전제는 의심받아 마땅하다.

곱게 자라 세상 물정 모르는 부르주아 도련님으로 살았던 이원영의 한계를 지적하는 것은 옳다. 사회적 허영심과 무능이 자신을 망쳤다는 사실은 본인도 아는 바다. 그는 자신의 몰락이 "인텔리의 비애요" "생활의 능력과 자신이 없는 남자"(827)의 소치이며 "돈푼 있는 집 자식들의 교육이 원래 그랬"기 때문이라는 사실을 잘 안다. 하지만 "우리네의 몰락해가는 대세요, 조선의 시운"(828)도 부정할 수 없는 원인이라고 생각한다. 이때 '몰락의 대세'이자 '조선의 시운'이란, 자본이 생산의 동력으로서 작용하기 어려운 현실, 자본가의 인격성에 전적으로 붙들려 있는 현실, 식민권력이 끊임없이 '너는 누구 편이냐?'를 묻는 현실을 지칭하는 것이기도 하다. 그는 나섰어야만 했다. 자본

35 일제하 조선어 민간지의 영향력과 이에 대한 식민권력의 통제방침에 대해서는 박헌호, 「'문화정치'기 신문의 위상과 반검열의 내적 논리」, 검열연구회 편, 『식민지 검열, 제도 · 텍스트 · 실천』, 소명출판, 2011, 2장 참조.

가의 인격성에 붙들린 자본에 생산의 동력을 부여하려면, 인격을 바꾸어야 했다. 그의 신원身元 너머에 존재하는 자본의 운동 같은 것은 따로 없는 것이니, 가령 이렇게 했어야 했다.

『동아일보』나 '경성방직'처럼, 재생산에 성공한, 투자의 결실을 맺어나간 자본이 있다. 전제돼야 할 것은, 투자의 규모가 이원영이나 이탁과는 차원이 달라야 하며, 총독을 비롯하여 조선총독부의 고위관료들과 정기적으로 회동하여 어려움을 호소하고 해결을 도모할 연줄이 있어야 하고,[36] 총독부의 직접적인 보조금 지급이나 '조선식산은행'을 통한 장기저리 융자를 손쉽게 받을 수 있는 지원이 있어야 한다.[37] 식민권력과의 명시적, 묵시적인 소통과 연대의 통로들이 존재한다면 식민지 조선의 자본이 생산의 동력으로 작동하는 것이 그렇게 불가능한 일만은 아니었다.[38]

이 말은 결코 이원영에 대한 옹호가 아니며 식민권력과 결탁하지 못한 식민지 자본 전체에 대한 면죄부도 아니다. 문제는 이원영의 한계와 함께, 자본가의 인격성에 종속된 식민지 자본의 운명을 읽어내는 일이며 그것의 사회적, 역사적 지평을 밝혀내는 일에 있다. 이원영의 한계는 식민지 자본의 무능과 허영으로서 충분히 의미화돼야 한다. 그러나 그의 실패로 드러난 자본의 식민지적 활동방식 내지는 활동영역과 사회적 위상에 대한 의미도 함께 논구돼야 한다. 이원영도 자기비판한 개인적 문제를 반복하기보다는, '이

36 김성수는 '사이토' 총독과 정기적으로 만나 면담을 할 수 있는 몇 안 되는 언론인이었다. 이에 대해서는 위의 글, 210~213면 참조.

37 '경성방직'은 본격적으로 이윤이 창출되는 1930년대 중반까지 총독부로부터 보조금을 받았으며, 또한 공장증설 등을 위해 자주 조선식산은행의 장기저리 융자 혜택을 받았다. 보조금을 예로 들면, 경방은 총독부로부터 1924년부터 1935년까지 받았는데(1932~1933년 제외), 총지급액은 1935년 당시 납입 자본의 4분의 1에 해당했다. 이것이 없었으면 경방이 초기에 파산했을 것이라는 분석은 결코 과장이 아니다. 물론 보조금보다 더 중요한 것이 조선식산은행으로부터의 특혜 대출이었다는 사실도 염두에 두어야 한다. 이에 대해서는 카터 에커트, 앞의 책, 2부 3장의 '보조금' 항목과 '대출' 항목을 참조할 것.

38 오늘날 두산그룹의 원조가 되는 박승직의 경우에도 '공익사'를 설립하면서 '한성상업회의소'의 상담역이었던 일본인 거물 니시하라를 앞에 내세웠으며, 이후에도 이들의 도움으로 총독부와 꾸준히 관계를 맺어왔다. 조기준, 『한국기업가사』, 박영사, 1983, 8장 5절 참조.

원영'으로 현현된 식민지 자본의 성격을 포착하는 것이 더 생산적인 질문이라는 뜻이다. 그것은 소모로서의 자본 곧 불임자본으로서의 성격이며, 끊임없이 자본에게 신원身元을 묻고 그의 인격성에 따라 운명이 좌우되는 식민지 자본의 '안정 불가능성安定 不可能性'을 인지하는 일이 될 것이다. 그곳에 때로는 그림자로 때로는 '검속'으로 합법과 불법의 경계를 판정하는 식민권력의 영향력이 핵심이었다는 사실 역시 간과되어서는 안 된다. 그것이 이원영 몰락의 근본원인이라고, 염상섭은 은밀히 그러나 눈 밝게 새겨놓았다.

4. 돈의 향방—욕망과 미래 사이에서

『무화과』에 등장하는 많은 돈의 출처가 '이원영'이다. 달리 말하면 『무화과』의 인물들은 대부분 이원영의 '돈'에 직간접적으로 연결돼 있으며, 적대적이든 우호적이든 경제적 의존관계로 이원영과 연동돼 있다. 김홍근이 자행하는 많은 음모와 이간질이 원영의 돈을 울궈내자는 수작이지만, 긍정적 인물군들도 이러저러한 방식으로 원영의 돈에 결부돼 있다.

오직 '채련'만이 원영에게 받지 않고 주는 존재로 그려졌다. 여기서 그녀가 식민지 이전, 이원영이 식민지의 자본가로 정립되기 이전에 그와 원초적 관계를 형성한 존재라는 사실을 기억해야 한다.

> 울고 샐 밤은 마침내 돌아왔다.
>
> "육군참장 김우진의 셋째딸 보희를 아시나요?"
>
> 채련이 입에서 이 한마디가 떨어질 때, 원영이는 얼굴빛이 백지 같이 되었다.
>
> "선생님은 충주 이의관 영감의 손주님이시지요?"

이 둘째 마디와 함께 채련이의 무릎 위에는 눈물이 똑똑, 똑똑 …… 아끼고 아끼며 떨어졌다.(138)

김우진과 이의관은 동향(충주)의 죽마고우로 보희와 원영을 결혼시키기로 약속했었다. 나라가 망할 제 운명이 바뀌니, 김우진은 "다른 큰일"(144)을 좇아 만주로 가고 시세를 파악한 이의관은 어느새 그를 멀리했다. '채련'은 독립운동가나 지사의 딸 / 손녀 들이 기생으로 전락하는, 유구한 서사의 한복판에 서 있는 인물이다. '보희'가 '영숙'(노서아 댄서)이 되고 마침내 '채련'이 되는 그런 서사. 그녀는 무엇으로 모았는지 "문전만 보아도 사오백 석 이상은 하는 사람의 집"(100)에 살아 금전적으로 원영에게 신세질 이유가 없는 것으로 그려진다. 말미에는 원영의 가족들을 자신이 책임질 수 있다며, "왜 그렇게 생각이 속으로 오그라져만 들어가"(825)냐며 낙담한 원영을 격려하는 존재로 부각된다.

그러나 정혼 약속이란 합방 이전의 일이요, 할아버지들이 한 일이요, 원영과 보희 모두 대여섯 살적의 일이라, 그때까지 원영을 가슴에 품고 살았다는 채련의 마음도 감당키 어렵거니와, 원영이 죄의식과 책임감을 느끼며 그녀를 첩으로 맞아들여야 할 개연성은 더더욱 분명치 않다. 『무정』(1917)의 형식조차 '영채'를 버렸거늘, 하물며 1931년임에랴!

둘의 사랑에 속됨을 걷어내려는 작가의 바람이리라. 돈에 들린 사회, 돈의 운용을 그리는데 이 작품이 바쳐져 있다 해도 돈의 마수가 침범하지 않는 최소한의 공간이 원영에게도, 작가에게도 필요했었나 보다. 뭇 군상들이 돈과 욕망과 권력을 좇아 떠도는 식민지 현실에서, 그럼에도 '약속'이나 '의무감'이라는 말에 대해 여전히 무거움을 지키려는 존재들에 대한 경의! 그러기에 비현실적이며, 비현실적인 만큼 속악한 현실에 대한 염상섭의 강한 혐오가 배어나는 장치다. 뒤집어 말하면 신뢰나 의리와 같은 인간적 가치의 젖줄은 합방 이전의 사회 / 가치관에서나 찾아볼 수밖에 없다는 냉소의 표현인 셈이다.

채련과의 관계가 '무無'로서의 중심이라면, 『무화과』의 돈은 그 중심점으로부터 다양한 방향으로 흘러넘친다. 가장 홍건하게 범람하는 것이 욕망이다. 김홍근과 한인호 등으로 표상되는 인물군은 '돈'에 들린 자들이라기보다는 '욕망'에 들린 자들이다. 그들이 돈에 탐닉하는 것은 그것이 욕망을 충족시킬 수 있는 "절대적 목적에까지 상승한 절대적인 수단"[39]이기 때문이다. 이를테면 돈이란 '순수한 추상의 차원에서 존재하는 사물의 가치'인데 이는 그 돈으로 살 수 있는 재화와 욕망의 크기라는 맥락에서 '구매력'[40]으로 현실화된다. 돈이 많다는 것은 구매력이 커진다는 것이고, 만족할 것으로 기대되는 재화와 욕망의 크기가 커진다는 뜻이다.

> "아랑곳이 아니라 그렇게 왁자해지면 재미없을 것이란 말씀예요. 아주 남이 되려면 모르지만, 말썽이 되어 내려온 이 판에, 거절은 못하실 것이지요? 거절하면 한군 성미에 단통 김봉익이 말부터 꺼낼 것이외다."
>
> "김봉익이 말이라니요?"
>
> "한군은 나보다도 더 잘 알고 있어요. 김봉익이를 C병원에 누가 입원을 시키고 입원료는 누가 주었는지를 …….."(494)

김봉익에 대한 이문경의 인간적인 배려와 도움이 김홍근에게는 '소문'을 낸다는 협박으로 돈을 뜯어낼 수 있는 소재밖에 안 된다. 거짓말과 협박, 이간질은 욕망을 충족하기 위한 수단으로 거리낌 없이 구사된다. 이들이 추구하는 '돈'은 화폐의 두 측면 중 하나인 '충족욕구'를 대변한다.[41] 이들이 탐닉하는 욕망도, 먹고 마시고 섹스하는 — 행위를 하는 순간 '만족'을 얻는 '충족

39 게오르그 짐멜, 앞의 책, 305면.

40 제프리 잉햄, 홍기빈 역, 『돈의 본성』, 삼천리, 2011, 154면.

41 '충족 욕구'와 '목적 욕구'라는 개념은 앞에서 언급한 게오르그 짐멜, 앞의 책, 261~265면에서 시사받은 것이다. 다만 내가 사용하는 이 개념의 의미와 내포가 짐멜이 구사한 것과 차이가 있음을 밝혀둔다.

욕구'다. 이 욕구는 몸속으로부터 길어올려진다. 행위 자체가 만족이므로 원인은 늘 과정을 생략하고 결과에 몰두한다. 만족은 '구매력'이 있어야 가능하니, 이들의 활동은 돈의 쟁취로 현현된다. 충족은 행위 속에서 완성 / 소멸하므로 당연히 개인의 내면에 한정된다. 소비되는 순간 만족을 얻는 까닭에 그러한 욕망의 시간구조에는 미래가 존재하지 않는다. 충족욕구의 시제는 언제나 현재형이며, 그렇기 때문에 그들은 그러한 방식으로, 과거와 미래를 그리고 돈을 소모한다.

> 지금의 인호는 이혼을 꺼리는 것이 아니니다. 그러나 아직까지는 미루어두고 좀 성가시게 하면서 빚도 갚게 하고 당장 급한 돈도 울궈내 보려는 생각이기 때문에, 우선 동경을 간다는 말에도 반색을 하였던 것이다.(632)

김홍근이 벌거벗은 악인데 반하여 한인호는 속물형 악이다. 그는 자신의 불륜은 은폐하고 오히려 아내를 겁박하여 위자료를 챙기는 족속이다. 그 위자료로 '김영자'라는 속물 신여성과 러브여행을 떠나는 뻔뻔함까지 골고루 구비했다. "동경고등사범에서 어학에는 천재"라는 칭호를 듣던 인텔리로서, "동경에서도 일류로 가는 A중학교 영어선생"(20)으로서, 게다가 가부장으로서의 체면까지 유지하려고 하기에 그는 더욱 비겁하다.

> "해산하고 온다더니 아이는 어떡하고 왔소? 잘 자라우?"
> 하고 생글생글 웃는 것을 보고는 부끄럽다기보다도, 그 놀리는 말씨가 심사를 뒤집어 놓았다.
> "아이? 녹아 나왔다우. 이런 세상에서는 살기 싫다고 …….."(602)

이런 협박과 야비함 속에서 문경이 유산流産을 하고 만다. 그녀는 "기쿠사카菊坂여자미술학교"(20) 학생이요, 대지주이자 자본가인 원영의 유일한 동생이자, 자유연애로 동경고등사범 출신의 남편을 선택했던 신여성이다. 생명은, 봉건을 담지한 식민지의 자궁에서 잉태되나 태어나지는 못한다. 자유연애와 근대예술로 포장된 문명의 자궁은 그만큼 허약했다. 자유연애와 근대예술만으로는 건강한 자궁을 가질 수 없다는 것, 그러한 자궁은 생명을 잉태할 수는 있으나 생명'으로' 탄생시키지는 못한다는 것이 그녀의 유산이 들려주는 음침한 진실이다. 때문에 "이런 세상에서는 살기 싫"어 "녹아流"서 '나온産' 생명은, 식민지란 소모되는 생生이며 불모의 명命이라는 사실을 압축적으로 드러내는 메타포이다.

문경이 유산하는 직접적인 계기가 '화장터'를 목격하고 시체를 태우는 가마를 구경한 충격 때문이었는데, 이는 '화장터 = 죽음 = 유산流産'이라는 등식으로 연결되면서 식민지의 불모성을 현시한다. 원영의 자본이 이윤을 창출하지 못하는, 사회사업으로서의 의의나 가치마저도 실현하지 못하는 불임자본인 것처럼, 문경의 자궁도 식민지의 불모성을 유산의 직접성으로 보여주고 만다. 이 대목의 소제목이 '무화과'라는 사실은, 작품 전체의 의미와 관련하여 침중한 반향을 던져준다.

작품의 분량으로는 충족욕구에 걸신들린 자들의 이간질과 간계가 범람하나 이는 돈의 한쪽 측면만을 드러낸 것, 『무화과』에는 또 다른 돈이 있다. 이른바 '주의자'들에게 흘러들어가는 돈, 곧 이원영을 '심퍼사이저'로, 작품 안에서 그를 위험에 빠트리는 원인으로 작용하는 그 '돈'이다. 이원영은 공산당사건으로 옥고를 치룬 친구 김동국의 후원자이고, 그 동생 김동욱의 연인인 조정애의 학비를 대주고 있으며, 원태섭에게 특파원의 자격과 여비를 주어 국외로 보내 김동국의 일을 돕게 한 사람이다.

> 홍군이 조일사진관을 사들이는 모양인데 어디로 보든지 자네가 가만 있을 처지는 못 될 모양이니, 천 원 하나만 보태 주도록 하게. 만일 자네가 모른 척한다면 그런 인사가 없을 것이요, 또 그때는 나부터 절교일세.(547)

정애를 통해 전달된 편지에서 동국이 원영에게 '지시'한 말이다. 원영의 도움으로 조일사진관은 '주의자'의 아지트가 되며, 작품 말미에 모종의 폭파사건이 터져, 원영이 다시 잡혀가는 빌미가 된다. 때문에 작품의 끝자락이 암울한 것은 사실이지만, 돈의 쓰임새와 욕망에 대한 기능이라는 측면에서 살펴본다면 심퍼사이저로서의 돈은 다른 맥락이 존재한다.

'운동'에 대한 지원으로 쓰이는 돈은 '충족욕구'에 대비되는 '목적욕구'를 표상한다. 그것은 행위 자체로 만족하는 것이 아니라 행위가 야기할 결과에 대한 기대감 속에서 만족을 느끼는 욕망이다. 이 욕망은 몸속으로부터 길어 올려진다기보다는, 앞에 있는 무언가가 자신을 이끌어간다는 느낌으로 출현한다. 그것이 사상일 수도, 가치일 수도, 인간일 수도, 희망일 수도 있다. 목적이란 말이 의미하는바, 이 욕망의 시간구조는 미래형이며 과거와의 대비 속에서 현재를 성찰하게 자극한다. 목적이라는 과녁 덕분에 현재의 탄착점들이 재조준되는 것이다. 이때의 돈은 목적과의 연관 속에서 평가되기에 그 자체로는 절대화되지 않는다는 성격도 지닌다. 근본적인 차원에서는 이 역시 개인의 내면에 머무르지만, 행위의 결과가 객관적으로 드러나지 않아도 심리적으로는 의미 있는 만족감을 유지할 수 있기에, 원인과 결과의 엄밀한 연동성은 부차적인 것이 될 수 있다. '운동'이란 미래에의 가치이나 현재에는 소모일 수도 있는 것이다.

'심퍼사이저'는 염상섭 문학의 빛나는 설정이다. 이원영(자본가 / 재산가)을 심퍼사이저로 설정하고 그 주변에 그의 도움을 받는 '주의자'들을 배치함으로써 『무화과』는 육체의 욕망과 미래의 가치를 자기 안에 포괄하게 되었다. 그것은 충족욕구와 목적욕구의 계열로 분화 가능한 '돈'의 이중적 측면을 적확하게 구현한다. 이로 말미암아 염상섭은 통속성의 외피 속에서 조선의 '현재'를 담아내는 그릇을 얻었다. 치정과 욕망의 표면 뒤에, 암약하는 주의자의 활동상을 군데군데 배치하는 방법이 염상섭 특유의 창작방법론이라는 사실은 여러 차례 지적됐다.[42] '심퍼사이저'는 주의자가 아니기에, 주의자를 재현하는 어려움을 피하면서도 그들의 내면을 전달하는 통로로 활용될 수 있었다. 주의자의 사회적 발언권이 간접적이나마 획득되는 것이다.

그럼에도 이는 '운동'이, 식민지 독립과 사회주의 혁명을 위한 운동이, 식민지 자본에 기대어 있다는 사실을 표현한다. 거꾸로 말하면 식민지 불임자본이 사회주의 운동을 먹여 살리고 있다는 역설 — 자본에 의지하여 운동하다! 식민지를 이해한다는 것은 무엇보다 이 역설을 이해하는 일이다. 논리의 영역에서는 역설이겠으나 현실에서는 흔한 일이었다는 사실이 이 역설의 힘을 표현한다. 윤치호 일기를 보면, 그는 며칠에 한 번씩은 '기부금'이나 '자금'을 요구하는 인물의 방문을 받는다.[43] 앞서 소개한 나주의 대지주 이계선도 "비밀리에 군자금을 지원하다 일본 헌병대에 끌려가 심문을 받"[44]았다. 지역 부호의 운동자금 지원은 독립운동사의 페이지마다 어렵지 않게 발견할 수 있는 내용이다.[45] 물론 민족주의 계열의 독립운동과 사회주의 계열의 해방운동에 대한 지원으로 구분하자면 좀 더 세분화되겠지만, 부르주아라고 해서 사회주의 운동에 대해 마냥 적대감만 있었던 것은 아니었다.

요컨대 지금까지 살펴본 식민지 자본의 허약함을 고려한다면 운동 역시 그러한 허약함에 깃들어 있는 방식으로 자신의 허약함을 노정하고 있다고 봐야 한다. 이를테면 세계는 서로 연결된 것인데, 식민지 자본의 허약함은 그 안에 '욕망'과 '심퍼사이저'와 '주의자'의 허약함을 내포하고 있는 것으로서의 허약함으로 외화됨으로써 식민지 조선의 상호 연결성을 역설의 방식으로 구현하고 있는 것이다.

---

42 통속성의 외피 속에 심퍼사이저를 통한 이념의 삽입이란 형태가 염상섭의 주요한 창작방법론이었다는 사실은 많은 연구들이 지적한 바다. 김윤식, 앞의 책, 566면; 이보영, 앞의 책, 2001, 8·9장; 이혜령, 앞의 글, 2010 참조.

43 김상태 편역, 『윤치호 일기』, 역사비평사, 2001 참조.

44 김용섭, 앞의 글, 1976, 39면.

45 함경도 지역의 극장자본의 문제를 다룬 이승희의 「공공미디어로서의 극장과 조선민간자본의 문화정치」(『대동문화연구』 69, 성균관대 대동문화연구원, 2010)는 청진 갑부 김기덕의 사례를 포함하여 함경도에서의 비슷한 사례들을 다양하게 보고하고 있다.

여기서 심퍼사이저의 이념적 성격은 다루어봄직한 사안이기는 하나, 사태의 핵심은 아니다. 두 가지 차원에서 그렇다. 하나는 식민지의 '식민지-임'에 대한 단선적 이해를 초래할 위험이 상존한다. 해방을 꿈꾸는 식민지인들에게 이념은 방법으로서의 의미가 보다 심중했다. 민족주의자나 사회주의자 공히 이민족 지배로부터의 해방과 국가 회복이라는 과제를 제출하는 한, 방법으로서의 차이는 '대중'이 품어야 할 과제가 아니었다. 지역 부호들이 운동자금을 건네는 것은 주의자들의 강압과 협박에 의한 것을 제외하고 말한다 해도, 자신의 허영 때문이거나 지역민들에게 자신의 도덕적 정당성을 드높이려는[46] 의도도 작용했을 수 있다. 혹은 해방된 국가에서라면 자신이 보다 높은 위치를 차지할 수 있으리라는 계산이 작용했을 수도 있다. 그럼에도 — 개인적 편차를 떠나 — 식민지 조선에 만연된 당위로서의 해방에 대한 욕구를 폄하할 필요는 없다. 이때 '당위로서의 해방에 대한 욕구'란 엄청난 이론으로 무장된 상태를 요구하지 않는다. 그것은 앞서 제시한 이해관계에서만이 아니라, 삶의 일상감각 속에서 혹은 인간으로서의 도덕의식과 최소한의 윤리, '사람으로서 어찌!'의 차원에서도 문득 다가오는 것일 수 있다.

> 남은 이십 전후의 시집갈 새아씨가 죽을 둥 살 둥하며 크나큰 무서운 일을 하고 다니는데 이 사람들은 어떻게 된 사람이 그 궁박한 사람의 뒤를 위협하고 다니는구? 하고 채련이는 혼자 속으로 감개무량했다.(657)

비밀지령을 받고 서울에 잠입한 정애를 채련이 숨겨주는 계기는, 냄새를 맡으러 다니는 홍근의 작태를 보며 들었던 이런 생각과 연관이 깊다. 엄청난 결과를 야기할지도 모르는데, 그런 행동의 계기가 — 알고 보면 이처럼 소박

46 나주 지주 이계선의 경우, 독립운동 자금을 댄 일로 헌병대에 불려가 고초를 겪은 일이, 두고두고 그의 도덕적 권위를 유지하는데 주요한 사례로 제시되었다고 한다. 김용섭, 앞의 글, 1976 참조.

한, 소박하기에 인간의 밑바닥에 도사린 '도리'에 대한 감각이다. 채련의 청을 받은 조카 완식도 '그런 여자라면'하고 받아들인다.

그것은 한편으로 죽은 부모를 '만나며' 영혼의 '대화'를 나누는 계기가 되기도 한다.

> "그런 무서운 일을 어떻게 맥모르고 한단 말씀요. 싫다고 해버리지."
>
> "그럴 사정두 못되니까 하는 수 없지 않아요. 의리에 끌려서 거절할 수도 없고, 후환이 무서워서도 그렇고, 또 돌아가신 우리 아버지 생각을 해서도 ……"
>
> "돌아가신 아버지?"
>
> 채련이는 눈이 번쩍한다. 자기가 부친 생각을 하고는 무슨 일을 마음대로 못하는 것과 같은 처지인 듯싶어 동정이 더 가는 것이다.(652~653)

채련은 물론 정애도 사회의식이 깊은 여자가 아니다. 그러나 두 여자 모두 독립운동에 매진했던 '아버지'를 떠올리며 '그런 아버지의 딸로서 이만한 것도 안 할 수 없다'는 각오를 다진다. 부모와 애인, 자신을 도와준 사람에 대한 의리 등등이 범벅이 돼 그들은 '동조자' 혹은 '하수인'의 자리에 들어선다. 예상되는 무시무시한 결과를 두려워하면서도.

그러므로 '식민지-임'의 차원에서 심퍼사이저의 사상적 지평의 문제는 이념적 선명성 여하가 아니라 해당 식민지의 역사적 전통과 문화적 풍습, 그리고 인간관계 맺음의 형식들이 작용하는 '역사·문화적 복합작용태'라는 맥락에서 들여다봐야 한다. 사실 '인간적 도리'란 말은 역사적이며 지역적이고 개인적인 것이어서 객관화되기 어려운 개념이다. 아버지가 꿈에서 호출하거나(역사), 가까운 이들이 바라보는 평가의 눈(공동체) 때문에, 혹은 인간관계에 대한 윤리적 감각(문화 / 습속) 속에서 버무려져 나오는 삶(인간)에 대한 판단으로 드러나지 않는가? 이를 이념의 문제로만 환원할 경우 식민지 현실은 단순하되 몽롱한 자태로 모습을 감추고 말 것이다. 심퍼사이저란 이념에 대한 친밀도와 관련 있지만, 그로부터 직접적으로 추출되지는 않는 '식민지-임'의 또 다른 대응양상이다.

물론 탄압이 강화될수록 부르주아들의 탈락률이 높아진다. 계급이란 그런 것이다. 그러나 이원영의 몰락이 끊임없이 그의 '신원身元'을 묻는 식민권력의 개입과 밀접한 관련이 있다는 분석을 기억하자. 식민지 말기에 횡행한 부르주아들의 민족 배신을 소급하여, 해방에 대한 민족적 열망 전체를 폄하할 필요는 없다. 다만 그것이 앞서 예시한 것처럼, '개인적 윤리의식'(도리)과 '특정인과의 관계망' 속에서만 작동한다는 사실도 잊지 말아야 한다. 달리 말해 그것은 식민지 자본의 국지적 자폐성과 인격성에의 함몰을 드러내는 한편, 공동체와 인간관계의 특수성 속에 결박되어 있는 개인적 / 돌출적 사건으로 현상하기 쉽다는 말이다. 심퍼사이저는 그 불안정한 속성 때문에 지속의 가능성이 희박하지만, 그런 만큼 식민지인의 삶의 저층에 잠복해 있으며 언제라도 튀어나올 가능성으로 웅크린 해방에의 용수철이었다.

다른 하나는, 염상섭의 서사전략 자체를 균형감을 가지고 봐야 한다는 것이다. 염상섭 소설의 심퍼사이저는 주의자의 친구로서, 당대적 현실에서 정당하다고 평가되는 사상의 소유자에게 심정적으로 동조하는 것이며, '그 길에서라도' 해방이 찾아온다면 좋겠다고 기대하는 자일 뿐이다. 그들은 당연히 주의자도 아니며 실천가도 아니다. 염상섭 소설에 등장하는 심퍼사이저의 사상적 수준을 검증하려고 하면 할수록, 우리 손에 남는 것은 그 뜨뜻미지근함과 사상적 회색성과 실천하지 못하는 머뭇거림들뿐이지 않은가? 염상섭의 빛나는 지점은 그가 심퍼사이저를 설정함으로써 식민지 조선의 세계상을 확장시켰고, 억압받았던 주의자의 목소리를 간접적이나마 사회화시켰으며, '이념과 인간의 관계'에 대한 보다 깊은 성찰을 보여주었다는 데에서 찾아져야 한다. 그의 문학의 리얼리즘적 성취는 이 점에서 찾아야 하는 것이지 이념 그 자체로부터 연역되는 것이 아니다.

그의 서술전략이 가치중립적이라는 사실은 반복적으로 강조된 연구결과이다. 이와 관련하여 염상섭이 '카프문학'의 최고의 반대자였으며, 가장 격렬하게 논쟁을 벌였던 논자였다는 사실은 거듭 강조될 필요가 있다.[47] 문학으로서의 사회주의에는 반대했으나, 심퍼사이저를 통해 사회주의자들을 긍정적으로 묘사했다는 사실을 모순으로 받아들일 필요는 없다. 그것은 마치 '상고주의자' 이태준이 해방 이후 북한체제를 선택한 것과 유비된다.[48] 작가의 개성을 말살하는 사회주의 문학에 대해서는 반대했으나, 해방운동의 방법으로서의 사회주의에 대해서는 — 해방운동 자체가 궤멸돼가던 그 시점에서는 더더욱 — 최소한의 동조로서 존재의 흔적을 돋을새김 해주는 그의 태도야말로 염상섭의 위대함이며 동시에 '식민지-임'의 증거이기도 하다.

'돈'의 관점에서 심퍼사이저를 봤을 때, 우리는 국경을 넘나드는 돈의 이동성과 돈을 따라 흘러가는 '미래에의 가능성'들을 만나볼 수 있다. 이원영의 돈은 '상해'의 김동국을 살리고, 정애를 통해 '동경'의 김동욱과 연결되며, 원태섭을 따라 '만주'로 월경하고, 조일사진관으로 '경성'에 잠입한다. 자본은 유통을 통해 가치의 증식을 도모하는 것인데, 식민지 자본의 불임성은 원영의 자본을 신문사에서 소모되게 만들었지만, 그의 돈은 '심퍼사이저'로서의 역할을 띠고 동아시아를 월경하며 식민지 조선의 지평을 확장했다.

조선의 미래가 그곳으로부터 비롯될 것이라 믿었던 것일까? 이동하는 돈의 속성처럼, 작품의 인물들도 어디론가 떠난다. 김봉익과 박종엽, 이문경은 동경유학길에 오르며, 완식은 '새로운 길'을 모색하며 정애와 함께 산속으로 스며든다. '원영'의 '뒤에 오는 사람'으로 설정된 이들이 떠남으로써, 작품은 미래에의 희망을 간신히 붙잡고 있다. 그의 돈이 목적욕구를 구현했는지는 우리의 역사책을 뒤져보기로 하자. 물론 염상섭답게 현실이 녹녹치 않다는 사실도 잊지 않는다. 모두들 떠나고 원영도 채련과 함께 여행을 떠나려는데 경성역에서 체포되고 만다. 또 폭파사건에도 불구하고 김홍근은 살아난다.

---

47 염상섭과 카프진영의 논쟁과정과 논점에 대해서는 김경수, 앞의 책, 2008, 제5장 참조.
48 이에 대해서는 박헌호, 『이태준과 한국 근대소설의 성격』, 소명출판, 1999 참조.

악은 소멸하지 않는 것이다. 그리함으로써 소모로서의 식민지와 불임자본의 운명이 확연해졌다.

그렇다면 이 작품은 '전망' 혹은 '탐색'의 가능성을 봉인한 채 끝난 것일까? 염상섭이 이 작품을 통해 말하고자 했던 것이 '이동 / 탈출'과 '체포'로 종식되는 암울함 자체였던가? 나는 이러한 평가들은, 작품의 말미를 작품의 '결론'이라고 판단하는 관행에 입각한 관성적 해석이라고 판단한다. 작품이 구조와 결여로서 말하는 바는 조금 다른 듯하다. 무엇보다 악의 대명사인 김홍근을 피해자인 김봉익이 설명하는 대목을 보자. 김홍근은 작품 속에서 두 차례나 뭇사람들에게 치도곤을 당할 정도로 온갖 악행과 간계를 부려왔던 인물이다. 그런 김홍근을 김봉익은 '미친놈'이기는 하지만 '요새 사람'이라고 설명한다. 그가 말하는 '요새 사람'이란,

> "세태가 이러니까 그렇지 않고는 제아무리 똑똑해도 살 도리가 없는 것을 어쩌나요. 사상가인 체, 도덕가인 체, 자사인 체, 혁명가인 체 …… 또 혹시는 조방구니도 되고, 기생 외투도 들어다 주고, 부자 밑도 씻어 주고 …… 그저 돈푼 걸릴 듯한 일이면 닥치는 대로 만물상을 벌이거든요."(…중략…)
>
> "지금 사람값 찾는 세상인가요. 통틀어 말하면 있는 놈과 없는 놈의 싸움인데, 싸우는 수단이 여러 가지거든요. 미인은 얼굴로 싸우고, 김홍근이는 입심으로 싸우고, 노름꾼은 마작으로 싸우고 …… 하하하" (…중략…)
>
> "하지만 나는 그 사람들을 미워하거나 놀리거나 흉보지는 않아요. 요새 청년 — 소위인텔리 분자로서 할 일이 있어야지요. 먹을 도리가 있어야지요. 그 사람들만 나무라겠습니까. 공창公娼을 허락한 이 사회에서 사창私娼을 묵허하듯이, 그런 좀팽이도 사회적으로 묵인해두는 수밖에 없지 않습니까."(350~351)

요컨대 '조선'이 문제라는 말이다. 먹을 게 없어 체면이고 양심이고 다 팽개치고 부자 밑이라도 씻어줘야 하는 (식민지)조선이, 원영이 같은 자본가조

차 불임자본으로 전락하게 만드는 (식민지)조선이, '운동'도 그런 그에게 기대야만 가능한 (식민지)조선이, 그러면서도 돈을 지원하지 않으면 절교하겠다는 협박을 첨부해야 하는 수준의 운동일 수밖에 없는 (식민지)조선이 문제라는 말이다. 이것은 물론 식민지로부터의 해방이, 개인이 인간의 존엄을 지키는 출발점이 되리라는 선언이다. 그러나 이것이 '해방'에 국한된 것이 아닌 것은, 먹을거리 곧 '생산'의 문제가 나란히 얼굴을 내밀고 있기 때문이다. '공창公娼을 허락한 사회, 곧 국가망실의 식민지 국가에서 '사창私娼' 즉 사사로운 사기꾼의 존재를 어떻게 묵허하지 않을 수 있겠냐는 냉소를 통해 — '생산과 함께 하는 해방', '해방과 함께 하는 생산'이라는 과제를 동시에 제출한 것이다. 해방은 그 자체로 필수조건이지만, '자본에 생산성을 부여하라!'는 정언명제와 연계될 때에야 충분조건까지 갖출 수 있다는 뜻일 터이다.

이런 관점에서 보자면 앞서 논의한 '심퍼사이저'의 문제도 보다 분명하게 재구성될 수 있다. 그것은 자본가가 '주의자'에게 동조 / 동정했던 측면만이 있었던 것이 아니라, 주의자를 도와주는 자본가를 설정함으로써 '자본가' 자체가 동정 / 동조의 대상으로 전위되는 인식상의 전환을 암암리에 도모한다. 자본가는 심퍼사이저가 됨으로써 민족적 / 사회적 헤게모니의 응집점으로 변모할 수 있는 것이다. 원영이 보여주듯, 자본가는 결코 완미한 선善으로 그려지지 않는다. 그의 허영과 무능과 부잣집 도련님적 행태는 씁쓸한 미소를 짓게 만든다. 그러나 그런 그가 또한 사회(신문사)를 건강한 작동원리가 지배하는 곳으로 만들고자 노력하는 인물이며, 해방의 전위들을 먹여 살리고 교육시키고 숨겨주는 자궁이기도 하다. 이만하면 자본가를 달리 봐야 할 이유로 손색이 없지 않은가?

핏발선 눈동자에 덥수룩한 머리와 남루한 차림새, 부르주아를 조롱하고 사회를 냉소하면서도 그들의 돈에 기대어 줄담배를 피우고 술타령을 일삼으며 끝없이 추상적인 언어들을 쏟아내는 난무亂舞 — 이들이 염상섭 소설에서 그려지는 주의자의 일반적인 모습이다. 일본 경찰의 입장에서 그들은 자신이 '주의자'임을 천명하고 다니는 것이나 마찬가지이기에 주의의 대상이 아닐 수 있다. '돈'으로 그들을 해외로 내보내고 폭탄 만들 자금을 대는 원영이 더 위험하지. 존재로서의 주의자는 탄환일 뿐이나, 원영의 돈은 그들을 격발시키는 방아쇠가 아니었던가? '운동과 자본의 뒤엉킴'이라는 새로운 프리즘으로 식민지 조선을 관찰하는 것이 필요한 까닭이다.

작품에서 원영이 '개인'으로서의 주의자들을 대할 때 드러내는 짜증들은 심퍼사이저로서의 원영과 부르주아로서의 원영이 어떠한 지점에서 만나는지를 정확하게 보여주는 대목이다. 그는 당위로서 요구되는 해방에 대한 동조와 그러한 대의를 위해 자신을 희생하는 혁명가들에 대한 동정은 있으나, 개인으로서의 주의자들과는 마음의 곁을 주며 함께 하고픈 의향이 없는 사람이다. 그는 대지주 출신 부르주아다. 그러므로 심퍼사이저의 설정은 염상섭이 '해방과 생산의 동시적 비전과 갈망을 드러내는 장치'였다고 이해하는 것이, 작품의 구조와 진행의 결들을 제대로 읽는 방식이 될 것이다. 그 관계의 얽힘에 대해 염상섭 자신이 진정 낙관적이었던 것은 아닌 듯하나, 그것을 자본과의 연동 속에서 그리고 식민지의 사회적 맥락과 인간관계 속에서 형상화해낸 탁월함은 상찬하지 않을 수 없다.

염상섭은 『무화과』를 통해 식민권력에 의해 불임자본으로 전락해가는 식민지 자본과 그러한 '자본에 의지하여 운동'하는 해방운동의 일 면모를 드러내는 한편, 그들을 심퍼사이저를 매개로 연결시킴으로써 '자본에 생산성을 부여하는 해방', '해방을 통한 자본의 생산성 실현'이란 두 가지 비전을 동시적으로 드러냈다. 『무화과』를 식민지 자본의 성격과 관련하여 읽어야 할 이유는 이 점에서도 분명하다.

5. 나가며

『무화과』는 자본 속에 운동이 깃들어 있다는 인식을 보여줌과 동시에 그러한 운동에 기대지 않으면 자본 역시 불임자본으로 고사枯死할 것이란 비전을 보여준 작품이다. 자본만이 아니라 식민지 자체가 소모로서 현상한다는 것이 이 작품이 그려낸 식민지 조선의 자화상이다. 이 작품은 자본을 소모로서, 그러니까 혁명과 사회와 식솔들의 '유모乳母'로 만듦으로써 자신의 불온함을 극대화시켰는데, 치정과 욕망과 돈의 아귀다툼으로 그것을 은폐함으로써 검열체제로부터 살아남을 수 있었다. '심퍼사이저'를 통한 '해방과 생산의 동시적 전망'은 염상섭 문학의 득의의 지점이다.

다양한 맥락에서 『무화과』는 조선의 '식민지-임'을 적절하게 보여준 작품이다. '식민지-임'이란 소모를 향해 질주하는 폭주기관차인바, 식민지 조선은 근대성을 소모하고, 자본을 소모하며, 인간관계를 불모화하고, 이의 귀결로 인간과 세계의 부정적 상호 연관성을 증폭하는 불임의 공간이었던 것이다. 자본의 측면만이 아니라 인간관계와 언어의 맥락에서도 그러하다는 것이 『무화과』에서 빛나는 부분인데 여기서는 다루지 못했다. 추후의 연구를 통해 보완하겠다.

염상섭 연구에 권위가 높은 한 연구자는 "염상섭이 일본 근대소설의 완성자인 나쓰메 소세키夏目漱石와 중국 근대문학의 개척자인 루쉰魯迅과 비견될 수 있는 우리 근대소설의 한 완성자"[49]라고 고평했다. 동의한다. 동아시아문학사에서 염상섭이 받을 수 있는 적절한 상찬임을 인정한다. 그리고 '세계 식민지문학사'에서도 염상섭의 위치가 결코 낮지 않으리라 예상한다. 그러기에 우리가 아직 나쓰메 소세키나 루쉰을 보는 것만큼 염상섭을 깊이 보지 않

49 김경수, 앞의 책, 2008, 7면.

았으며, 그들과 동급에 놓을 만한 염상섭의 특질이 무엇인가를 논의하는 데 무척 게을렀다는 반성이 여전히 남아 있다. 제국의 총아였던 '나쓰메', 그리고 반식민지였다고는 하나 글쓰기의 자유에서는 식민지 조선과 비교도 되지 않았던 '루쉰'의 처지와 달리, 염상섭이 걸어야 했던 식민지적 고투의 흔적들은 아직도 그의 텍스트 속에서 우리의 꼼꼼함과 눈 밝음과 거시적인 안목을 동시에 요구하며 쓸쓸히 묻혀 있다. 지금이야말로 염상섭의 유령들과 대면해야 할 때가 아닌가? 이 글과 앞으로의 작업들이 그의 유령들을 불러내는 초혼가가 될 수 있기를 겸허히 바라고 있다.

반복과 예외, 혹은 불가능한 공동체

『취우』(1953)를 중심으로

이철호

1. 『취우』의 예외성

『취우』(1953)는 한국전쟁에 대한 문학적 증언들 가운데 수작으로 평가되어 왔다. 이 장편소설은 전쟁 중인 1952년 7월부터 1953년 2월까지 『조선일보』에 연재되었고, 이듬해 1954년에는 서울시 문화상을 수상하기도 했다. 『취우』는 1950년 6월 28일부터 12월 13일까지 인공치하의 서울을 배경으로 삼은 만큼 한국전쟁을 재현한 소설들 가운데에서도 단연 예외적인 성과라 할 만하다. 식민지 초기부터 당대에 이르기까지 역사적 격변 속에서 정력적인 작품 활동을 해온 염상섭이 『취우』를 통해 보여준 한국사회의 모순과 참상은 여러 면에서 문제적이다. 그럼에도 김윤식이 『취우』에 재현된 한국사회의 단면을 염상섭 특유의 "가치중립성의 세계"[1]로 지적한 이래 이 관점은

1 김윤식, 『염상섭 연구』, 서울대 출판부, 1987, 842면. 언어 자체가 이데올로기적으로 매개되기 마련이라는 이유를 들어 '가치중립성'이라는 표현을 문제 삼은 신영덕도 『취우』에서 "일상적

표준적인 해석의 권위를 누려왔다. 『취우』의 서사적 구성을 가리켜 "일상의 논리가 전쟁의 충격을 압도"[2] 했다거나 "전쟁상황과는 뚜렷하게 구분되는 일상인들의 일상적 세계"[3]를 그렸다는 평가는 기존의 해석적 관행을 뒷받침해 준다. 이 같은 관점은 서울 중산층의 일상성에 기반을 둔 염상섭 문학의 고유한 특질이 한국전쟁을 다룬 소설에서도 여전하거나 또는 더욱 범람하는 형태로 재현되기에 이르렀다는 평가와 무관하지 않을 것이다.

그런데 연작[4] 중 어디에서도 주도적인 역할을 하지 못하는 강순제라는 지극히 세속적인 여성이 『취우』에서는 전혀 다른 인물로 변신한다. 그럼에도 '일상성'을 강조하는 연구 관행에서는 강순제의 변모가 관대하게 다루어지지 않는다. 김윤식은 그녀의 변화를 바람직한 의미에서의 인간적 성숙이라기보다 폐쇄된 공간의 산물에 불과하다고 논평했으며, 후속작 『지평선』(1955)에서 결국 술집 마담으로 전락하는 강순제의 후일담은 그러한 해석에 부응하는 것으로 보인다. 잘 알다시피, 『취우』 이전에 발표된 「두 파산」(1949)이나

인간들의 삶"이 더욱 전경화되었다는 데에는 이의를 제기하지 않는다. 신영덕, 「한국전쟁기 염상섭의 전쟁 체험과 소설적 형상화 방식 연구」, 『염상섭 문학의 재조명』, 문학사와비평연구회, 새미, 1998, 222면. 기존 연구의 선례를 따라 '일상성'을 염상섭 문학에 고유한 이른바 중산층의 감각과 생리로 이해한다면 그러한 특질이 『취우』와 무관하다고 단정할 수는 없을 것이다. 그런데 '일상성'이란 곧 자본주의적 일상성을 의미하므로, 여러 문제적 인물들이 보여주는 교섭과 갈등이 당대 자본주의 체제와 어떤 서사적 관계를 맺고 있는지는 다시 따져볼 일이다. 3절에서 재론하겠지만, 인공치하의 서울을 배경으로 삼은 『취우』의 경우에는 남한 자본주의 체제의 붕괴 이후라는 서사적 배경이 무엇보다 중요하게 다루어져야 한다. 물론 이 소설에도 염상섭 소설이 대개 그렇듯이 자본주의적 욕망에 휘둘리는 인간 군상에 대한 적나라한 묘사가 없지 않지만, 그렇다고 해서 『취우』의 배경 자체가 지닌 사회 역사적 특이성에 소홀해서는 곤란하다. 따라서 이 글은 염상섭 문학에 특유한 '일상성'이 『취우』에 여전하거나 또는 더욱 범람하는 형태로 재현된다는 기존의 견해에 수긍하기보다는 인공치하의 서울이라는 예외상태와 그로 인해 가능해진 서사적 균열이나 잉여에 더욱 주목하고자 한다.

2 진정석, 「염상섭 문학에 나타난 서사적 정체성 연구」, 서울대 박사논문, 2006, 107면.

3 김종욱, 「염상섭의 『취우』에 나타난 일상성에 관한 연구」, 『관악어문연구』 17, 서울대 국어국문학과, 1992, 143면.

4 『취우』와 연작 관계에 있는 소설은 다음과 같다. 『난류』(『조선일보』, 1950.2.10~6.28), 『새울림』(『국제신보』, 1953.12.15~1954.2.25), 『지평선』(『현대문학』, 1955.1~6, 총 5회 연재분). 『난류』는 전쟁 이전의 서울을, 『새울림』, 『지평선』은 임시수도 부산을 각각 배경으로 한다. 이 글에서는 연작 중 『취우』와 『지평선』만을 분석 대상으로 삼았다.

「거품」(1951)만 하더라도 염상섭이 묘사하는 한국사회의 부조리한 현실이란 대개 그처럼 퇴락한 신여성을 통해 부각되는 방식으로 풍자되어 왔다. 이를테면 "예전에 셰익스피어의 원서를 끼구 다니고, 〈인형의 집〉에 신이 나구, 엘렌 케이의 숭배자"였다가 해방 후 고리대금업자로 전락한 신여성 옥임의 말년은 그대로 조선 신여성의 어두운 자화상이다. 한국 근대소설사에서 그녀들의 기대와 욕망은 제대로 실현된 전례가 없었으나 『취우』는 그 단 한 번의 예외작이다. 따라서 이 글은 염상섭의 문학에서도 더 넓게는 한국 근대소설사의 맥락에서도 희소한 신여성 재현의 선례를 재론함으로써 『취우』가 지닌 소설사적 위상과 문제성을 가늠해보고자 한다.

2. '신여성'이라는 문법[5]

염상섭만큼 신여성의 문제를 집요하게 다룬 작가도 흔치 않다. 그의 첫 장편소설인 『너희들은 무엇을 얻었느냐』(1924)도 자유연애의 문제를 정면에서 다루고 있다. 여기에 묘사된 한국판 자유연애의 속악한 세태와 관련하여 특히 중환이 "연애란 미두나 다를 게 없습니다"[6]라고 말하는 장면은 의미심장하다. 그러고 보면, 이 소설의 등장인물들은 '사랑'(연애)에 빠지자마자 '돈'(미두)의 위력에 속절없이 휘둘리는 인간들이고, 이들의 사회적 활동 또한 왜곡된 사랑을 정당화하는 수단에 불과하다. 극중 초반 긍정적인 인물이었던 명수만

5 이 절에서는 식민지 시기 염상섭 소설에 나타난 '신여성' 재현의 특징을 개괄하기 위해 이철호, 「염상섭 장편소설의 동정자 형상과 다이쇼 생명주의」, 『비교문학』 53, 한국비교문학회, 2011의 내용 중 일부를 불가피하게 수정 또는 재구성하여 서술했음을 일러둔다.

6 염상섭, 『너희들은 무엇을 얻었느냐』, 『염상섭 전집』 1, 민음사, 1987, 320면. 이하 본문에서 염상섭, 『염상섭 전집』 1~12, 민음사, 1987을 인용할 때는 전집 권수와 인용 면수만을 표기한다.

하더라도 기생 도홍과 동침한 뒤에는 일본 유학을 포기한 채 원치도 않았던 취직을 하게 됨으로써, 결국 덕순과 재혼하는 대가로 잡지 발간비를 대주는 응화나 미두에서 한몫 잡아 마리아의 환심을 사려는 석태 같은 남성은 물론이고 심지어 불륜을 합리화하기 위해 진보적인 사회평론을 발표하는 덕순이나 미국인 교장과 기독교에 의탁해 근대적 특권을 누리려는 마리아 등 신여성의 동류로 전락해버린 감이 없지 않다.[7] 이들의 사회적 실천이 거의 예외 없이 왜곡된 자유연애와 연루되어 있다는 점에서, '연애'와 '미두'를 동일시하는 중환의 대사는 텍스트 전체를 관통하는 핵심적인 경구로 여겨진다. 그런데 이 불문율은 『너희들은 무엇을 얻었느냐』만이 아니라 식민지 시기 염상섭 장편소설을 통어하는 근본 원리이기도 하다. 그가 재현하는 조선 신여성들의 자유연애는 성적 욕망과 물질적 욕망의 극명한 분열 속에서 그 추악한 이면을 드러낸다. 돈에 이끌려 배우자를 선택하지만, 그럼에도 여전히 '자유연애'의 미련을 버리지 못함으로써 직면하게 되는 상황이 지닌 불가피한 모순은 적어도 그녀들의 자의식에서 문제시되지 않는 듯하다.[8] 선진적인 개성론과

7 현실적인 한계에 봉착하기는 명수와 더불어 중환의 경우에도 예외일 수 없다. 이 소설에 재현된 모든 연극적 상황 가운데 중환이 기획하고 실행한 연극은 흥미롭다. 그는 명수와 기생 도홍을 맺어주기 위해 한바탕 연극을 기획하고 실제로 연출해내지만 그럼에도 전혀 의도하지 못한 결과에 직면하게 된다. 명수와 도홍이 첫날밤을 치른 다음날 아침 중환은 자신이 명수를 뒤좇아 그만 도홍의 집 문간에서 잠들었다는 사실에 스스로도 의아해 한다. "그런데 내가 웨 ㅅ조차갓서? 중환이는 역시 후회하는 듯이 이러케 무릿다. 어쩐지 자긔 자신에게 대하야 불쾌한 생각도 니러낫다."(1 : 329) 이런 중환에 대해 죽마고우인 명수는 "그러나 아까 추어추어하면서 재리ㅅ속으로 부덩부덩 기여들 때는 참 정말 천진한 어린아이 가타얏서! 김군의 성격에는 그런 아름다운 데가 잇든가 하구 정말 반가웟서!"(1 : 329)라고 논평하는데, 이러한 판단은 그보다 앞서 덕순을 조롱하는 가운데 "그 사람에게는 어린애와 가튼 감정이 업스니까 정말 련애는 어렵겟지"(1 : 302)라고 한 명수 자신의 말과 흥미롭게 조응한다. 다시 말해, 명수와 도홍을 혼인시켜 주려는 중환의 연극은 결국 그 자신의 진실과 예상치 못한 방식으로 대면하게 해준 셈이다. 요컨대, 이 소설에서 가장 진실한 사랑에 빠진 사람은 자신일지도 모르는, 그럼에도 결코 도홍을 선택할 수는 없는 중환의 곤경이야말로 실은 이 소설에서 모든 연극적 상황이 자아내는 아이러니의 절정에 해당한다.

8 그런 측면에서 보면, 초기 단편 「제야」의 신여성 정인은 가부장제와 자본주의에 예속된 조선 여성의 해방을 강론하고서도 정작 자신은 그에 대항하지 못해 불행을 자초하게 된 모순에 대해 자살을 결행할 만큼 강렬한 자의식을 보여준다는 점에서 이례적인 경우가 된다. 「제야」에

현실묘사의 탁월한 성과에도 불구하고 신여성 재현과 표상의 스테레오타입 — 생계를 위해 자유연애의 이상을 포기하지만 결혼 이후 애욕(또는 사랑)의 대상을 발견하게 되고, 이른바 자유연애의 재탈환을 위해 오히려 속물적인 자본주의 세태에 투항하고 마는 신여성은 단편 「제야」로부터 시작해 첫 장편 『너희들은 무엇을 얻었느냐』를 거쳐 『이심』(1928)이나 『광분』(1929) 등에 편만해 있다.

그 계보에서 『광분』은 가장 극단적으로 신여성을 재현한 경우이다. 가족의 생계를 위해 중년의 남자와 혼인한 후 뒤늦게 자신의 사랑을 발견한다는 점에서 『너희들은 무엇을 얻었느냐』의 덕순을 떠올리게 하고 자신의 영화榮華를 위해서라면 살인마저 불사한다는 점에서는 『사랑과 죄』(1927)의 마리아를 연상케 하는 숙정은 염상섭 장편소설에 재현된 신여성의 계보 중 최악의 경우라 할 만하다. 그럼에도 숙정과 원량에 비해 과연 경옥과 정방의 관계가 긍정적이라 단정하기는 곤란하다. 이를테면, 중촌中村의 유혹에도 불구하고 정방을 택하는 경옥의 사랑이 순정이라면 정방을 향한 숙정의 연정 역시 순정이다. 다른 한편 남성인물들의 경우에도, "사랑과 돈 사이에서 갈등하면서 양자를 다 얻기 위해 숙정과 경옥의 욕망을 적절히 이용하고 통제"하려는 정방과 "숙정의 욕망을 적절히 조절하고 통제하면서 자신의 궁극적 목적을 달성하려"는 원량은 크게 다르지 않다.[9] 그것이 사랑이나 예술이든 아니면 돈이든 간에 『광분』은 자신의 욕망을 치밀하게 추구해 나가는 근대적 인간들의 여러 유형을 진열하는 가운데 조선사회 전체가 실은 철저하게 위선적인 사회라는 것을 보여준다. 원량의 표현을 빌리자면 "비밀과 의문"이 유일한

대한 비교적 최근의 논의로는 김경수, 「초기 소설과 개성론, 연애론—「암야」와 「제야」」, 『염상섭과 현대소설의 형성』, 일조각, 2008, 47면 참조.

9 김양선, 「염상섭의 『광분』 자세히 읽기」, 『1930년대 소설과 근대성의 지형학』, 소명출판, 2002, 321면. "돈과 성욕을 추구하는 숙정, 자유연애와 음악을 통한 자아실현을 추구하는 경옥, 둘 다 근대적 욕망을 추구하지만 그 욕망은 좌절"되는 신여성이라는 점에서 유사하다. 같은 글, 317면.

무기가 되는 사회이다.[10] 누구 못지않게 인간관계의 형성과 유지에 능숙했던 정방이 중반 이후 서사적 주도권 다툼에서 밀려나 무기력한 모습을 보이게 되는 것은 그 때문이다. "숙정이를 덧들여놓았다가는 아무것도 아니 될 것이다. 경옥이와의 비밀은 절대로 숨겨야 (…중략…) 경옥이와의 사랑을 완성시킬까, 그러자면 극운동은 좌절되고 말 것이다. 말하자면 사랑을 버리겠느냐, 일을 버리겠느냐?"[11] 즉 "두 가지를 다 온전히 얻"기 위해 '주정수'라는 가공의 인물을 만들어내면서까지 경옥과 숙정 사이에서 실리를 취하려 했으나 그 비밀의 전모가 드러나면서 정방 자신은 물론 경옥마저 위태로워지는 상황에 내몰린다. 정방이 더 이상 타인의 내면을 꿰뚫어 볼 수 없는 데 비한다면 원량의 모략과 처세는 한층 우월한 데가 있을 만큼 자본주의의 생리生理에 철저하다. 그런 의미에서, 원량과 숙정의 음모가 실질적으로 이루어지고 실행되는 '양관洋館'이 주목된다. '양관'은 가부장제의 시선에서 벗어난 공간이자 바로 그 덕분에 숙정이나 원량의 경우처럼 개인의 내밀한 욕망이 표현 가능해지는 공간이다. 그곳은 다종다양한 "자물쇠"와 "열쇠" 들의 공간이며 이를테면 "열쇠구멍"은 그러한 욕망의 메타포이다. 다시 말해, 경옥의 방은 기본적으로 '밀실'의 구조이지만 동시에 '열쇠구멍'을 통해 들여다보거나 얼마든지 침입 가능하다는 점에서 은밀한 욕망의 분출 자체가 누구에게나 노출될 수 있는 이중적인 장소이기도 하다. 비밀과 공개, 밀실과 광장의 양가적 이미지가 구현된 장소로서의 '양관'이란 곧 근대사회에 대한 상징으로 독해할 개연성이 농후하며, 따라서 '박람회'야말로 '양관'의 확장판이라 할 만하다.[12] 바로 여기에서 개인의 욕망은 다양하게 현시(전시)되면서 동시에

10 염상섭, 『광분』, 프레스21, 1996, 300~301면. 그렇게 보면, 이들의 인간관계는 전적으로 '의혹'과 '비밀'에 의해 유지된다 해도 무방하다. 예컨대, 귀국 직후 정방이 응규와 경옥의 관계를 의심하는 도입부(14면)로부터 시작해 정방과 숙정(90면), 숙정과 원량(123면), 원량과 경옥(220면), 숙정과 병천(237~240면) 등이 그 예이다.

11 위의 책, 34~35면.

12 『광분』에 묘사된 '박람회'의 의미를 다층적으로 논구한 이혜령, 「식민지 군중과 개인－염상섭의 『광분』을 통해서 본 시론」, 『대동문화연구』 69, 성균관대 대동문화연구원, 2010 참조.

감시되지 않을 수 없다. 결국 개인들 간의 다양한 '비밀'과 '의심'을 일거에 해소하는 역할은 경찰의 몫이 되고 소설 후반부 탐정소설의 구성은 불가피해진다. 이러한 감시체제의 구현은 경찰서가 다만 풍문의 장소에 불과했던 『이심』보다 좀 더 진전된 형태이며, 꽉 짜인 탐정소설의 구도를 차용한 『광분』에는 개인, 특히 신여성의 자아실현의 가능성이 근본적으로 봉쇄되어 있다. 그러한 개인 욕망의 파괴성을 예감하고 양관의 폐쇄를 요구한 경옥이 바로 그곳에서 변사체로 발견될 뿐만 아니라 그 가해자가 또 다른 신여성이라는 설정은 아이러니하지 않을 수 없다.[13]

『광분』이나 『이심』을 통해 예시된 부정적인 신여성상, 즉 근대성(자유연애)의 실현을 부단히 교란하고 그것을 통제 불가능한 것으로 만듦으로써 식민 규율권력에 개인의 자유를 양도하는 결과를 자초한 신여성을 그 재현상의 딜레마로부터 구원하기 위한 염상섭식 처방은 무엇이었을까. 『사랑과 죄』나 『삼대』(1930)에 등장하는 신여성들은 무엇보다 특정한 이념적 지향을 드러낸다는 점에서 차별화된다. 우선 『사랑과 죄』의 순영은, 엄밀한 의미에서 신여성이라 부르기에는 부족한 데가 있지만, 그녀 자신과 그녀의 로맨스가 식민지 조선에서 바람직한 방향으로 성취되기 위해서는 무엇을 필요로 하는지를 잘 보여준다. 이 소설은 해춘을 중심으로 중층적인 삼각관계의 플롯을 구비하고 있는데, 그는 마리아의 농염한 육체에 깊이 매료되었음에도 결국 순영을 선택하게 된다. 만일 해춘이 마리아를 선택할 경우 류택수로 대

13 『광분』에서 극단적인 결말이 예시하듯이 조선 신여성에 대해 염상섭은 기대보다 불신의 정도가 한층 더 깊은 듯하다. 심지어 여류음악가 경옥은 정방에 의해 을순보다 못한 존재로 격하되고 있다. "어쨌든 그만치 고맙게 굴어주는 을순이가 정다이 생각되었다. 그만치나 얌전하고 상냥하고도 영리한 여성은 지금 세상에 드물다! (…중략…) 그렇게 생각하면 경옥이보다도 인격이 한층위라고도 생각하였다. 경옥이는 다만 사랑할 계집애요, 존경할 여성은 못 된다고 생각하였다." 염상섭, 앞의 책, 1996, 361면. 극중 초반 그녀의 진취적인 성격과 일본 유학의 활력에도 불구하고 자신의 방 안에서 무참히 살해당하는 것으로 귀결된다. 밀실에 방치된 시신과 그녀를 바라보는 여러 겹의 시선들 중 하나는 상기한 정방의 논평적인 시선과 서로 공모하고 있다. 다시 상론하겠지만, 공간적인 표상을 중심으로 자유연애의 세태와 그 가능성을 재현하는 것은 『취우』에도 이어진다.

변되는 식민지 중산층의 타락한 일상에 연루될 위험성이 다분하므로 그보다는 순영과의 로맨스가 가져다주는 예술적, 정치적 갱생이 우선시되는 것이다. 그런데 해춘이 터득한 근대적 삶의 가능성이 순영의 '초상화'라는 다분히 이상화된 예술미로 구현된다는 사실은 문제적이다. 해춘이 마리아의 애욕에 빠져드는 순간부터 미완성인 채로 방치되었다가 평양행 이후 순영과 맺어지게 되면서 극적으로 완성된 그 "그림 전폐에 무슨 영원한 생명의 맑은 샘이 슴이어 나"(2 : 75)오고 모델인 순영 자체가 "영원한 생명을 가진 예술미"(2 : 359)를 지닌 존재로 격상된다. 이 과정에서 그녀의 육체는 마리아의 퇴폐적인 관능미보다 미적으로 우월하고 도덕적으로 고상할 뿐만 아니라 더 중요하게는 호연이나 환희가 대표하는 독립운동 세력에 힘을 실어준다. 바로 그 초상화를 훼손하려고 마리아가 살인까지 저지르는 데 반해 해춘을 비롯한 다른 인물들은 이를 저지하고자 결속하게 되는 것은 그러한 이유에서이다. 심초매부의 화실과 호연의 병실을 거리낌 없이 넘나드는 해춘의 동정자적 정치 감각 이면에 양가적인 여성관, 즉 순영의 사랑에 감격하면서도 마리아를 가리켜 "사실 못된 계집은 아니"(2 : 216)라고 평하는 심리가 여전히 존재하더라도, 소설 말미에서 그 경계선이 비교적 명료하게 구획될 수 있는 것은 순영이라는 여성만이 친일 귀족인 해춘으로 하여금 독립운동 세력과의 연대를 가능케 해주기 때문이다. 『삼대』에 오면 홍경애란 인물은 염상섭이 전작들에서 보여준 신여성과 더욱 달라진다. 신여성 출신의 홍경애는 조상훈의 유혹에도 아랑곳없이 자유분방한 사회주의자 김병화에게 이끌리면서 '산해진'의 일원으로 진가를 발휘하는 대신에 비판의 대상은 거의 전적으로 수원집, 매당, 김의경 같은 구여성들에게 집중되기에 이른다. 비록 김병화만큼 사회주의 이념을 신뢰하고 있지는 않다 해도 그 이념적 후광 속에서 홍경애는 '신여성'이라는 정체성의 위험요소들을 얼마간 해독解毒해내고 있다.

3. 인공치하의 서울, 자본주의 체제의 외부

『취우』의 여주인공 강순제는 이전의 염상섭 소설을 고려하면 그리 낯선 존재가 아니다. 그녀는 현재 한미무역 사장 김학수의 비서이자 애첩이지만, 그러한 선택은 가족의 생계를 부양하기 위해 부득이한 것이었고 한때는 사회주의자와 연애결혼을 한 전력도 지녔다는 점에서 염상섭 소설에 반복된 이른바 신여성 재현의 문법에 부합한다. 김학수는 "군정 시대부터 한미무역이란 간판으로 한몫 단단히 본"(7 : 50) 모리배 출신이고, 순제는 그런 김학수를 "생활의 방편으로 — 물질적으로나 생리적으로나 필요에 응해서"(7 : 36) 적절히 이용해 왔기에 첩이라는 오명마저도 개의치 않는 현실적인 인물이다. "몸 팔아 집 장만했다구 웃지는 마세요"(7 : 46)라는 말은 그녀가 남편의 월북 이후 지난 3년간 살아오면서 겪었을 곤경을 짐작하게 하는 동시에 순제라는 신여성이 단순히 세파에 시달리기만 했던 것도 아님을 일러준다. 탁월한 영어 실력을 바탕으로 한미무역이라는 굴지의 기업과 그 소유주를 좌지우지할 줄 아는 순제는 그만큼이나 처세와 이해타산에 능한, 그야말로 자본주의 체제에 적합한 인간형이다. 서술자의 논평대로, "영어를 하는 덕에 서양 사람 상회를 뚫고 돌아다니며 회사 일을 돕거나, 가다가다 영감이 오면 저녁이나 함께 먹고 노는 정도이지 세상에 남의 첩처럼 옆에 붙어 있어 잔시중을 들거나 할 순제는 아니었다."(7 : 36)

그런데 사주社主의 애첩일망정 『사랑과 죄』의 정마리아처럼 퇴폐적인 삶에 매몰되지 않은 대신에 "밤이면 여남은이 모여서 몰래 노서아어 공부를 한다고 남편을 따라다니던 시절"(7 : 89)이 있었다고 해도, 순제가 신여성의 다른 계보에 속하는 『삼대』의 홍경애나 『무화과』의 최원애의 선례를 따라 사회주의 이념에 동조하고 있는 것은 아니다. 오히려 지금의 그녀는 남편 장진을 가리켜 "공산주의의 책 한 권도" 제대로 읽지 않은 "얼치기"(7 : 82)이고 "주의를 위해서는 부모도 형제도 계집도 버리는 냉혈동물"(7 : 114)이라고 폄하한다. 장진으로 대표되는 특정 이념과의 거리두기는 물론 『효풍』(1948)과 달리 이 시기 염상섭이 거부할 수 없었던 반공주의의 영향 때문이겠지만, 서사적 층위에서 보자면 장진에게 어떠한 재결합의 여지도 두지 않으려는 순제의 노력일 뿐이다. 그녀는 장진만이 아니라 김학수와도 단호하게 결별한 상태에서 영식과의 새로운 삶을 기대하고 있다. 전쟁 이전의 삶과 단절하려는 순제의 결연한 의지는 예컨대 "인젠 나두 내 생활을 해야 하겠단 생각이 간절해요. 이때까지 누구를 위해서 살아온 것은 아니지만 헛 산 것 같애요 (…중략…) 여자루서 정말 살아보구 싶어요"(7 : 46)라는 말에 명시되어 있으며 서술자도 그러한 고백에 담긴 진정성을 외면하지 않는다. "영감과의 짧은 교제나 동거 생활에서야, 그것은 감정으로나 혹은 생리적으로도 자기를 우그려 넣은 산인형이거나 기계적이었을 것은 번연한 일이다. 어떠한 반동으로 마음과 감정이 네 활개를 치며 전신의 세포가 숨을 가쁘게 벌렁벌렁 쉬는 것인지도 모르겠다."(7 : 62) 순제는 장진이나 김학수와의 관계를 청산함으로써 마침내 이데올로기나 자본주의의 억압체계로부터 극적으로 분리된 상태에서 자신의 신생을 도모하게 된다. 특히 『난류』(1950)에서 양가의 정략결혼을 중재하는 역할을 떠맡아 택진(영식)과 덕희(명신)를 "회사의 합병에 따른 경제적 교환의 현실 속에 편입"[14] 시키기에 분주했던 순제는 『취우』에 와서는 자본주의에 길들어진 감정과 욕망을 비워버린다. 이를테면, 소설의 도입부에서는 총상을 입은 창길에게 병원비를 주는 것도 아깝게 여겼던 순제는 종반부에 이르면 그 자신도 놀랄 만큼 이타적인 성품으로 변해 있다. "필운동 집도 모른 척하는 수 없고 날은 추워가는데 이대로 지내다가는 이 겨울을 어찌 날지 애가 씌우기도 하였다. '천연동 집도 당장 어려울걸 ……' 이런 생각을 하다가 팔찌를 팔았을 때, 임일석이에게, 저도 쓰고 창길이에게 갖다 주라고

14 김경수, 「혼란된 해방 정국과 정치의식의 소설화」, 『염상섭 장편소설 연구』, 일조각, 1999, 227면.

이만 원 템이 내어준 생각이 나서 그것이 불과 한 달 전 일이지마는 어림없는 짓도 했다고 겁을 벌벌 내던 그때의 자기를 몇십 년 전 일처럼 혼자 코웃음을 쳤다."(7 : 244) 지난 한 달이 마치 수십 년 전처럼 느껴지는 것이 이상하지 않을 정도로 순제가 그간 보여준 행동은 이를테면 『난류』에서의 모습에 비해 몰라보게 달라진 것이 사실이다. 그녀는 김학수의 끈질긴 유혹에도 불구하고 "결코 이 영감의 첩은 아니라고"(7 : 84) 결심하면서 10만 원이라는 거금을 과감히 거절할 뿐만 아니라 생면부지의 누군가를 위해 선행(7 : 188)을 마다하지 않고 심지어 재동, 천연동, 필운동 세 집의 살림을 힘겹게 건사하면서 생사가 묘연한 영식을 하염없이 기다릴 줄 아는 여인으로 변모한다. 그처럼 인간적인 변화는 평소 순제를 달갑지 않게 여기던 이복동생 순영의 눈물을 자아내고(7 : 189), 영식 모친도 마음을 달리해 "이 색시가 정말 며느리었더면 좋았을 걸"(7 : 194)이라고 말하게 되며, 순제 자신도 "그저 영식이에게 정신이 팔리고 목숨 하나만 건지면 그만이라는 생각에"(7 : 220) 세간을 잃고 재물이 바닥나도 아랑곳하지 않게 되었다.

어떤 면에서 『취우』는 단지 인공치하의 서울을 재현하고 있기 때문이 아니라 온갖 풍문과 스캔들에 시달리던 한 신여성이 그 내면의 자아를 구김 없이 표현할 줄 알게 되면서 겪는 삶의 변화들을 다루고 있기에 예외적인 작품인지도 모른다.[15] 그러므로 『난류』의 여주인공 덕희(명신)가 자신의 불운을 조선 여성 전체의 문제로 이해하면서 기대했던 "진정한 신여성의 길"이란 그 후속작인 『취우』에서 전혀 의외의 인물을 통해 실현된 셈이다. 영식과 재회하는 순간 순제가 보여주는 표정과 행동은 그녀가 예전의 자기 자신으로 되돌아갈 수 없을 만큼 이미 멀리 와 버렸음을 짐작케 해준다.

15 소문이라는 장치에 의해 신여성의 비극적 삶이 과장되고 왜곡된 한국소설사의 관행에 대한 문제제기로는 심진경, 「문학 속의 소문난 여자들」, 『여성, 문학을 가로지르다』, 문학과지성사, 2005.

눈물이 핑핑 앞을 가리어서 축대도 못 올라서고, 그대로 옆에 섰는 영희의 어깨를 짚고 엉엉 소리를 쥐어짜듯이 울었다. '어?' 하고 눈이 커대지다가 그만 얼굴이 뒤틀리며 가슴이 옥죄이는 듯 우는 그 표정과 울음소리에 영식이도 코끝이 알싸하여지며 멀거니 마주 보고만 섰다. 그러나 이 여자의 마음을 새삼스레 인제야 안 듯싶은 만족과 감격을 느꼈다 (…중략…) 순제의 가슴속은 확 풀리며 목 밑까지 치밀던 설움이 쑥 내려앉는 것 같았다. 눈물이 걷힌 눈에는 힘찬 광채가 떠올랐다.(7 : 230~232)

강순제의 변모가 바람직한 의미에서의 '성숙'일 수 있는지에 관해 이견이 있다 해도,[16] 인공치하의 석 달 동안 그녀가 중요한 삶의 궤적을 보여준 것만은 분명하다. 그녀는 동시대 소설들과 달리 모성이라는 국민국가 이데올로기에 종속되어 있지도 않고,[17] 그렇다고 해서 한 남성을 향한 순애보가 자신의 내밀한 욕망을 온전히 실현시켜 주리라고 소박하게 믿지도 않는다. 순제는 끊임없이 명신의 존재를 의식하고(7 : 43 · 55 · 104 · 154 · 157) 때로는 그

16 김윤식에 따르면, 순제의 '사랑'이든 '성숙'이든 결국 "3개월이라는 갇힌 공간 속의 부산물"이며 내면적인 각성이 결여된 "기계적인 것"에 불과하다. 김윤식, 앞의 책, 842면. 그에 비해 순제의 성숙을 옹호한 입장으로는 김경수, 앞의 글, 1999, 237~239면 참조.

17 『취우』와 같은 해에 발표된 『녹색의 문』(1953)에서 최정희는 「맥」 연작 이후 일관된 서사적 화두, 즉 '사생아' 문제를 중심으로 식민지 인텔리 여성의 반공주의 판본을 재조립하고 있었다. '사생아'로 규정될 수밖에 없는 자신의 아이에 대해 그 여성이 어떤 입장과 태도를 취하느냐에 따라 여성들의 서사적 위상이 판이하게 달라질 수 있음을 『녹색의 문』은 극명하게 보여준다. 즉, 유보화와 도영혜는 '양육'이라는 현안을 감당하는지 그렇지 않는지에 따라 서로 다른 삶과 의미를 획득하게 된다. 여기에는 물론 애욕과 모성, 팜 파탈과 현모양처, 혁명과 가부장제라는 이분법이 전제되어 있다. 모성을 신성화하는 방식은 식민지 시기부터 4 · 19까지 근현대사를 총괄적으로 다룬 『인간사』에서 더욱 심화된다. 『인간사』(1964)에서 수난의 중심에 '여성' 아닌 '남성'이 있는 것은 무엇 때문일까. 그것은 '모성'을 보편화하려는 서사적 의도와 긴밀하게 맞물려 있다. 심지어 남성도 수행 가능한 '모성'이라는 역할모델은 여성 젠더에 국한된 것이 아니라, 제목이 상기시켜 주듯이, 그 자체로 인간 보편의 미덕으로 고양된다. 따라서 여성성의 문제를 '모성', 즉 (사생아로 전락할지도 모를) '아이'를 기꺼이 떠맡아 양육하는 차원으로 국한시켜버리고 만 것은 최정희 소설의 오점이다. 최정희 소설은 다음을 독본으로 참조. 최정희, 『녹색의 문』, 『한국문학전집』 10, 삼성당, 1991; 최정희, 『인간사人間事』, 『한국문학전집』 24, 어문각, 1982.

때문에 더욱 대담한 언행을 보여주기도 하지만, 그렇다고 애욕이나 애증에 휘말려들지 않을 뿐만 아니라 소설의 말미에서는 명신이 등장하자 영식이 마음을 정리하고 자신을 다시 찾을 때까지 기다리는 법도 안다. 순제가 이처럼 "평생에 처음으로 순결하여지고 (…중략…) 이해타산을 잊어버리"(7 : 175)게 된 것은 무엇 때문일까. 앞서 언급한 대로, 그녀 자신이 이데올로기(장진)나 자본주의(김학수)의 메커니즘으로부터 분리되었기에 사실상 가능해진 변화이다. 그런 의미에서, 전쟁이란 곧 "신여성의 삶을 왜곡할 최대의 조건으로 간주된 경제적인 논리"[18]가 배제된 상황이라 할 수 있다. 다시 말해, 자본주의 체제가 그 작동을 멈추는 순간부터 또는 순제의 육체가 자본주의 현실이 은유적으로 재현되는 공간이기를 거부하는 일이 가능해지는 순간부터 비로소 그녀는 자신의 자아에 충실할 수 있게 된다. 식민지 시기 작품들의 상당수가 예증하듯이,[19] 여성인물이 근대 소설에 중요하게 등장한 이래 좀처럼 사회적 주체로서 성장해나가지 못한 것은 자본주의의 메커니즘이 그녀들의 욕망과 신체에 기입되는 까닭이다. 그런데 흥미롭게도 순제가 자신의 갱생을 도모하는 사이에 남성인물들은 자본주의를 제유提喩하고 있는 "보스톤 빽"에 대해 욕망의 끈을 놓지 않는다. 김학수가 "보스톤 빽"을 목숨보다 중히 여기는 것은 물론 납득하기 어렵지 않으나 어떤 면에서 보면 영식도 그것을 지키기 위해 누구보다 애쓴다. 숨겨놓은 돈 가방의 정체가 탄로 날까 두려운 나머지 차라리 "제풀에 기어나"(7 : 207)와 납북된 부친 김학수의 생사가 결국 불투명해지자 종식은 "그 문제의 보스톤 빽"을 다름 아닌 영식에게 위탁하며 부산으로 가져와줄 것을 당부한다. 이를 두고 영식은 "김씨 집 재산을 날라다 준다구 우릴 먹여 살릴까마는 하옇든 가면 어떻거든 살 길이 나서겠지"(7 : 259)라고 자조하지만, 사실 그는 애초부터 "뒷길을 바라던 마음"(7 : 128)으

18 김경수, 앞의 글, 1999, 239면.

19 심진경, 「1930년대 성 담론과 여성 섹슈얼리티」, 『한국문학과 섹슈얼리티』, 소명출판, 2006, 65면. 특히 염상섭과 관련해서는 이혜령, 「하층민의 일탈적 섹슈얼리티와 성 정치의 서사구조화」, 『한국 근대소설과 섹슈얼리티의 서사학』, 소명출판, 2007, 86~99 · 117~125면 참조.

로 김학수와 그의 돈 가방을 임일석 일당으로부터 비호해 주었다. 게다가 그는 『난류』에서 자신과 교제하는 명신(덕희)이 기업 간 합병에 따른 정략결혼의 희생양이 되는 상황에서조차 사랑보다 회사의 실리를 우선시했던 전력을 지닌 인물이기도 하다. 요컨대, 모리배 출신의 김학수가 해방기에 부정 축재를 해 모은 거대자본은 전쟁의 와중에 자칫 소실될 위험에 처했으나 서울이 수복되자마자 종식이나 영식 같은 남성들에 의해 무사히 부산으로 옮겨지게 되는 셈이다.

4. 불가능한 공동체

갑자기 달라진 순제를 향해 김학수가 조롱하듯이 내뱉은 말 — "총소리에 놀라더니 머리가 돌았단 말인가?"(7 : 83) — 이 무색하지 않게 순제는 피난을 단념하고 돌아오는 도중 어디선가 날아온 총탄에 즉사할 뻔한 위기를 넘긴 뒤로 급격히 달라졌다. 만일 애초의 계획대로 김학수를 따라 순조롭게 수원까지 내려갔더라면 아마도 순제는 자신이 무엇을 진정으로 바라고 욕망하는지를 끝내 깨닫지 못한 채 살아갔을지도 모른다. "이 세상에서 자기는 혈혈단신이라고 생각하였다 (…중략…) 그러나 지금은 커단 의지가 생기고, 커다란 희망과 목표를 붙잡고, 커다란 살림이 벌어져 나간다고 생각하는 것이었다. 그것은 순제에 있어서 공상이 아니라 발밑에 닥쳐온 실제의 문제였다. 아들딸을 낳고, 며느리와 사위를 보고, 손주새끼가 늘어가고 (…중략…) 하는 상상의 나래를 펴지 않고라도 다만 영식이 하나만 바라보아도 화려하고 다채롭게 인생의 대향연이 눈앞에 대향연이 떡 벌어졌다는 실감을 느끼는 것이었다."(7 : 154) 순제라는 신여성의 이채로운 변모는 무엇보다 『취우』가

전시체제하의 서울을 배경으로 삼았기에 가능했다. "하룻밤 사이에 국가의 보호에서 완전히 떨어져서 외따른 섬에 갇힌 것 같은 서울"(7 : 38), 즉 "진공眞空의 서울"(7 : 26)이란 거듭 말하지만 자본주의 체제가 그 작동을 멈추고 정지한 상황 — 한미무역의 전 재산이 김학수 사장의 "보스톤 빽"(7 : 25)에 고스란히 담겨 구들장 밑에 보존된 상태를 상징한다. 그것은 '사랑'과 관련해서도 유의미한 상징성을 지닌다. 그녀는 영식과의 사랑을 스스로 납득하기 위해 수차례 전쟁의 메타포를 사용한 바 있다. 자신의 열정을 못 본 체하는 영식을 원망하며 "농담으로 웃어넘기는 것보다는 차라리 (장진처럼—인용자)총부리를 대구 덤비는 게 얼마나 나을지!"(7 : 139)라고 말하는 대목, 연서 산소행에서 처음 동침한 직후에 "언젠가 내 포로라지 않던감! (…중략…) 하지만 실상은 내가 포로지 당신은 무전 승리를 한, 무조건 항복, 무혈 항복을 받은 용장"(7 : 154~155)이라고 농담조로 말하는 대목, 명신의 존재를 의식하지 않을 수 없을 때마다 "처녀가 아니라는 것이 무엇보다도 약점이요, 결정적 치명상"(7 : 157)이라 자조하는 대목 등은 그 예이다. 그중에서도 특히 순제가 영식에게 "사랑은 독재예요. 민주주의가 아냐. 의론이나 합의가 아니라 명령야, 군령야!"(7 : 105)라고 말하는 대목은 여러모로 주의할 만하다. 우선 이 대화에서 순제는 사랑이란 쟁취하는 것임을 새삼 강조하며 "결국 피차에 감정이나 기분이나 맞으니까 대등한 인격으로 자기 책임을 자기가 지구 융합한 것이지, 정조를 일방적으로 제공했다거나 유린을 당하거나 희생은 된 건 아니니까"라고 말하기도 하는데, 듣기에 따라서는 일방적인 남침으로 간주되는 한국전쟁의 실상에 관한 작가의 우회적인 논평이라는 인상이 없지 않다.[20] 그러므로 명신이 서울에 부재하는 상태에서 설령 자신과 영식이 맺어진다 해도 그것은 일방적이고 불공평한 처사, 즉 윤리적으로 부당한 일은 아

20 「이합」(1948.1) 같은 단편에서 부부의 애정갈등을 빗대어 "미국의 방임주의가 특권적 정치세력"을 만들고 "이북의 경제 해방이 무산 독재세력"(10 : 130)을 낳았다는 비판적 논평에 뒤이어 "대파탄"(10 : 131)을 우려하는 대목은 그 연장선상에서 『취우』를 이와 같이 재해석할 가능성을 제공해준다.

니라는 것이 순제의 논리다. "예를 들면 강순제 대신 영식의 단병접전에 있어, 유탄이 수원까지 날아가서 강명신이가 쓰러지기루 아무두 책임질 사람은 없지 않아요."(7 : 108) 등장인물들로 하여금 전쟁과 사랑을 유비적 관계에 놓고 말하도록 함으로써 염상섭은 사랑을 통해 전쟁을, 전쟁을 통해 사랑을 이야기하고 있다. 그 화법은 멀게는 염상섭이 근대 초기에 매료되었던 아리시마 다케오有島武郎의 격언 —『아낌없이 사랑은 빼앗는다惜ないく愛は奪ふ』에서 그가 가장 이상적인 삶의 형태로 예찬했던 '본능적 생활' 즉 어떤 외재적인 요건에 의해 간섭받지 않을 뿐만 아니라 심지어는 '도덕'에 내재된 선악 관념으로부터도 자유로운 삶 — 을 떠올리게 하면서, 동시에 그 같은 '자유연애'의 이념이 수용된 지 무려 반세기가 경과했음에도 신여성의 주체적인 삶의 조건이 '인공치하'라는 비정상적인 전시체제, 즉 예외상태로밖에 표현될 수 없다는 역설을 새삼 환기시켜준다.

이렇듯 예외적인 상황에서야 신여성의 긍정적인 형상화가 가능하다는 것은 한국 근대소설사에서 『취우』가 보여준 진귀한 장면 중 하나이다. 순제는 전시체제하의 서울에서 비로소 본연의 자아를 자유롭게 표현할 수 있게 되지만, 또 그로 인해 어느 때보다 숨 막히는 억압을 감수해야 한다. 그녀를 바라보는 주변의 시선은 근본적으로 적대적이다. 김학수나 임일석은 차치하더라도, "명신이를 위해서도 위험이 많은 형 같은 사람은 이북으로 귀양을 보내는 편이 도리어 좋지 않으냐"(7 : 110)는 이복동생 순영을 비롯해 "전에는 빨갱이 물이 들었다 해서요, 근자에는 사돈 영감의 이호라는 눈치로 해서"(10 : 121) 멸시하는 사촌오빠, 순제와 함께 온 영식을 두고 "둘째 사위를 삼았더면 알맞을 것을, 시집을 갔던 큰딸에게는 과하고 아깝다"(7 : 171)면서 탐탁지 않게 여기는 계모, 그리고 명신이 나타나자 곧바로 변심하는 영식 모친까지 그녀를 둘러싼 이들 모두 지난 3개월간 순제가 보여준 남다른 헌신과 인간적인 유대를 배반한다. 그녀 덕분에 살아남았을 공동체로부터 다시 버림받고 배제되는 순제는 서울이 해방되는 순간 오히려 삶과 죽음, 인간과 비인간의 문턱으로 내몰리게 된다. 말하자면 그녀는 순정과 애욕, 환대와 적대, 집 있음과 집 없음의 경계에 걸쳐 있는 존재다. 순제가 형성하는 사회적 관계들은 하필 국가적 붕괴 상태에서 구현되고 있으며, 따라서 모처럼 보여준 결단과 의지는 애초부터 시한부적인 한계를 갖는다. 그런 의미에서 서울 수복 후 그녀가 사랑하는 사람들로부터 돌연히 잊히고 마는 것은 필연적인 귀결일 수밖에 없다. 더욱이 그녀가 인공치하의 서울이라는 예외상태 속에서 사회적 생존과 결속을 위해 고려하고 결행한 모든 일들은 아이러니하게도 서울 수복 이후 그녀의 삶을 더욱 회복 불가능한 상태로 몰아넣는다. 『난류』에서는 그나마 자본주의 체제의 중심에 있었던 순제는 『취우』를 거쳐 『지평선』에 이르면 그 밑바닥으로 전락하고 만다. 그녀의 모든 노력은 말뜻 그대로 무의미한 것이 되고 말았다. 그녀가 숱하게 오가고 때로는 가슴 졸이며 멈춰 서기도 했던 공간들은 사라졌고, 지워졌다. 그것은 전시를 빌미로 새로운 삶을 향해 도약하려 했던 신여성의 섣부른 욕망이 가져온 불행이라고 치부하기에는 충분치 않다. 모든 것이 제자리로 돌아왔을 때, 그러니까 "포성"과 "정찰기"가 사라진 후 종식과 달영이 미군장교들과 더불어 수복된 서울에 나타나고 명신이 버젓이 그들 앞에 모습을 드러냈을 때 영식도 순제도 그 동안 자신들에게 일어난 일들을 제대로 설명해내지 못한다. 오히려 순제의 사랑을 처음부터 불쾌하게 여겼던 은애만이 "결국 남 못할 노릇만 하구 말았지 뭐냐? 나이나, 처지나 누가 듣기루 그럴 듯해야 말이지!"(7 : 246)라는 말 한마디로 저간의 사정을 일축해버린다.[21] 순제가 영식과 해후한 장면에서 벅찬 감격

21 따라서 다음과 같이 논평하는 것은 작중 은애의 발언을 부연하는 수준에 머물 우려가 있다. "기존 질서의 파괴였다. 여비서 강순제가 자신과의 관계를 이탈하여 신영식과의 관계로 돌입하는 것이 그 예다. 이 점은 결국 강순제-신영식의 감정의 유희로만 발전하여 이 소설의 또 하나의 통속적 구조로 이끄는 약점이 되고 말았지만, 어쨌든 '특수한 상황' 속에서만 가능한 비극적 양상이었다. 이것은 또한 신영식의 입장에서 볼 때도 큰 손실이었다. 명신이와의 아름다운 관계가 전쟁으로 인하여 단절되고, 엉뚱한 강순제와의 음성적 행위로 이어질 수밖에 없었던 점은 비극이 아닐 수 없었던 것이다." 송하춘, 「염상섭의 장편소설 구조」, 권영민 편, 『염상섭 문학 연구』, 『염상섭 전집』 별권, 민음사, 1987, 225면.

을 느낀 나머지 그것의 표현 불가능성을 절감하게 되는 순간에 했던 말은 이제 음미해볼 만하다. "입을 벌리기가 싫었다. 말을 꺼내면, 손에 받은 꽃다발을 흐트러 놓은 듯이, 이 기쁨이 무너질 것 같아서 고비에 가득찬 화려한 기분을 고이고이 앙구어 지니며 걷는 것이었다."(7 : 232) 그럼에도 순제가 자신의 정열과 사랑을 표현할 사회적 언어를 소유하기까지 『취우』의 서사는 그녀를 기다려주지 않는다. 염상섭 소설의 문법에서는 그녀 같은 신여성의 주체적 삶이 여전히 번역 불가능한 어떤 것이기 때문이다.[22]

전시체제하의 서울은 자본주의의 작동 자체가 정지했을 뿐만 아니라 그에 못지않게 가부장제의 권능이 제대로 힘을 발휘하지 못하는 상태, 곧 남성이 부재하는 사회라 해도 무방하다. 영식, 순제 그리고 김학수의 집 모두 형식적이든 실질적이든 가부장의 권능이 극도로 위축되어 있거나 애초부터 부재하는 것으로 형상화되어 있다. 예를 들어, 김학수 같은 가부장적 인물이 "반양제洋制의 으리으리한 저택"(7 : 34) 대신 영식이네 쪽방에 은거하다 못해 내외가 동숙하면서 궁색하게 되는 것은 전쟁 이전에는 상상하기 힘든 일이었고, 영식의 경우에도 생활력 강하고 열정적인 순제에 이래저래 끌려다니기 일쑤다. 어쩌면 『취우』의 서울은 휴전 이후 전쟁미망인 또는 편모들이 꾸려나갈 남한사회와 그 가족제도의 예표豫表일지도 모른다. 전쟁으로 인해 여성들이 사회적 생존과 삶의 터전 중심으로 돌출하는 새로운 세계. 『취우』 후반부에서 순제의 암시적인 정체성 중 하나는 다름 아닌 전쟁미망인이다.[23] 실

---

22 그것은 비단 한국전쟁기만이 아니라 현재에도 여전히 유효한 한국문학의 과제이다. "이제 '페미니즘'이라는 이름이 허공에서 공전한다는 것은, 여성들이 자신의 삶을 해명할 정치적인 언어를 상실하고 있다는 것을 의미하는 것이다." 권명아, 「불 / 가능한 싱글라이프—연민과 정치적 주체성」, 『무한히 정치적인 외로움』, 갈무리, 2012, 50면.

23 전쟁미망인에는 남편이 군인이나 경찰관, 청년단체원, 군속 등으로 참전하여 전사하거나 행방불명된 군경미망인을 비롯해 민간인으로 전투행위와 무관하게 사망한 이들의 부인인 일반미망인, 좌익활동과 관련되어 사망하거나 행방불명된 사람들의 부인, 미군이나 군인, 경찰에 의해 학살당한 사람들의 부인은 물론 피납치인의 부인들까지도 포함된다. 이임하, 「'전쟁미망인'의 전쟁 경험과 생계 활동」, 권보드래 외편, 『아프레걸, 사상계를 읽다』, 동국대 출판부, 2009, 223~224면. 김윤식은 『취우』의 결말이, 예컨대 영식이 행방불명이 되자 "어머니를 모시

제로 염상섭은 1954년부터 1957년까지 『미망인』, 『화관』 연작을 발표하기도 했는데,[24] 공교롭게도 『미망인』의 여주인공 이름은 명신이다. 『취우』의 결말에서 명신은 영식에게 보낸 편지를 통해 그 누구의 간섭도 받지 않고 자율적인 의지와 감정으로 결혼 문제를 해결해 나가리라 결심하지만, 정작 『지평선』에서 그녀의 결혼은 부친 정필호와 신영식 간의 대화에서 결정될 사안인 것처럼 처리되고 있을 뿐이다. 다시 말해, 여성의 자율적인 삶은 순제에서 명신으로 옮겨지면서 실현 가능성이 더욱 희박해지는 것이다. 더 문제적인 것은 영식이 생환함으로써 순제라는 여성을 정점으로 한 어떤 공동체가 보존되는 것이 아니라 결정적으로 붕괴되었다는 사실에 있다. 흥미롭게도 영식이 부산 피난을 결정하면서 순제와의 관계를 청산하게 되는 것은 명신의 편지를 받은 직후의 일이며, 그러고 보면 영식이 의용군에 끌려가게 된 순간에 그가 보여준 석연치 않은 행동의 이면에도 바로 명신의 존재가 있었다.

"좀더 심각하다니?"

"명신이와의 정면충돌이 일어나구, 우리는 우리대루 어디루가서든지 숨어 버렸겠지만 그래두 마음놓구 잘 지냈을 거지, 아무러면 이렇게 쩔쩔거리구 다닐까"

영식이는 가만히 순제의 얼굴을 바라보았다. 우연한 기회가 자기네 둘을 이렇게 끌어넣은 줄만 알았는데 순제의 말을 들으면 전부터 기회를 노리고 있었던 것이라는 말눈치에 새삼스레 놀라는 것이었다.

고 며느리 노릇을 하는 강순제를 그리거나 그 그리움을 가슴깊이 새기며 피난길에 오르는 강순제의 결의에 찬 모습으로 『취우』의 결말을 삼았거나, 혹은 신영식 역시 의용군에서 탈출하는 동시에 강순제에 대한 그리움이 포함되어 목숨 건 행위가 이루어"지는 방향으로 다시 씌어야 한다고 했다. 김윤식, 앞의 책, 642면. 그러나 그러한 플롯이야말로 전형적인 국민국가의 서사이다.

24 김종욱은 이 연작을 통해 염상섭이 순수와 타락, 보호와 유혹, 가정과 사회라는 대립적인 구도 속에서 전통적인 가족관계를 재구성해냈다고 평가한 바 있다. 그에 따르면, 명신이라는 미망인과 명문대 대학생 간의 재혼이 성사된 결정적인 요인은 그녀가 지닌 "전통적인 현모양처의 이미지"이다. 김종욱, 「한국전쟁과 여성의 존재 양상–염상섭의 『미망인』과 『화관』 연작」, 『한국근대문학연구』 9, 한국근대문학회, 2004, 244~246면.

성을 넘어 큰길로 빠져나오도록 거리는 쓸쓸하고 아무것도 변한 것은 없었다.

집에를 들어가니 대문이 열려 있는 것은 좀 의외였으나, 늦은 아침 햇발을 마당에 쨍쨍히 받은 조용한 집안이 여기도 다른 것이 없었다. 그러나 어머니가 안방에서 뛰어나오며, 눈이 커대서,

"얘, 너 왜 오니? 어서 가거라. 가"

하고, 허겁지겁 소리를 죽여 나가라고 손짓을 해보인다.

마주 들어오던 사람도 당황하였으나, 영식이는 이대로 나가는 것이 좋을까? 집안에 숨어 버리는 것이 안전할까? 정세를 판단하기에 멍하니 마당 한가운데 섰었다. 아무리 집안식구에게라도 서두는 꼴을 보이기가 창피한 생각도 들고 기껏 잘 숨어 있다가 하필 이런 때 와서 허둥대는 것이 어설픈 것 같아서 되도록은 침착히 굴어야 하겠다는 생각이었다.

(…중략…)

젊은 사람의 목소리가 마당에서 난다. 영식이는 그 소리에 차마 다락으로 숨지를 못하고 아랫목에 가만히 앉아버렸다. 모든 것을 운명에 쓸어맡기고, 될 대로 되라는 듯이.(7 : 177~178)

영식의 모습에는 강제로 징집되는 이의 당혹스러움이 없다. 김학수가 순전히 돈 가방 때문에 은신처에서 "제풀에 기어나"와 결국 피랍되었다면, 영식은 무엇을 위해 징집을 감수하는 것일까. 이 장면은 귀환 직후 영식이 순제와 명신을 동시에 대면한 자리에서 그대로 재연된다. 즉, 자신의 입장이 매우 난처해진 상황에서 영식은 엉뚱하게도 종식을 따라 자기도 종군하겠다고 말해버린다. "하지만 이 꼴루서야 당장 무슨 할 일이 있는 것두 아니요, 머릿살 아픈 꼴 보기두 싫구, 훨훨 나서 보구 싶어!"(7 : 242) 영식이 재차 모면하려고 애쓰는 것은 물론 삼각관계의 불편한 진실에 있을 테지만, 염상섭이 끝내 회피하려는 것은 과연 무엇이었을까. 전쟁고아가 된 어느 소년의 이야기를 다룬 「소년수병」(1952)도 그렇고 「거품」(1951)처럼 전쟁으로 집과 가족을 잃

고 떠도는 중년의 남녀를 소재로 한 단편들에서 작가의 궁극적인 관심사는 여성의 수난과 착취의 실상을 재현하는 범위를 넘어 가부장제적 질서를 복원해내는 데 있는 것으로 판단된다. 자본주의의 경제구조와 봉건적인 유습의 이중 모순으로 신음하는 여성들의 삶을 조명한 단편들이 적지 않지만,[25] 그 중심에는 이질적인 가치와 삶의 형태를 끊임없이 조정하고 중재하려는 염상섭 특유의 집착이 있다.[26] 모처럼 시도된 신여성의 새로운 삶의 가능성이 결국 좌초되기에 이른 것은 그 때문이다. 『취우』의 강순제는 염상섭 소설의 오랜 문법을 준수하면서 다시 그것을 위반하는 역설적인 존재로서 유의미한 자아실현의 가능성을 보여주지만 결국 남성 중심적인 위계질서 바깥으로 배제되고 만다. 요컨대, 신여성에 대한 인간적인 시선 뒤에는 근본적으로 남근적인 위기의식이 잠복해 있다. 전쟁의 공포는 『취우』에서 일상성의 위력에 압도되는 것이 아니라 실은 그 반대이다. 인공치하의 서울에서 자본주의적 일상성, 가부장제적 일상성은 전쟁으로 인해 근본에서부터 와해되기 시작한다. 『취우』에 재현된 한국전쟁은 가족관계의 재구성, 이를테면 여성 중심으로 재편될지도 모를 새로운 세계의 갑작스러운 도래에 대한 은유적 재현이다.

---

25 이에 대해서는 한수영, 「소설과 일상성 ― 염상섭의 후기 단편소설의 성격에 관하여」, 『소설과 일상성』, 소명출판, 2000 참조.

26 지젝은 〈타인의 삶〉이라는 영화를 분석하면서, 타락한 문화부 장관이 빼앗으려는 여자의 남편인 동독 최고의 극작가 게오르그 드라이만이 지나치게 이상화되어 있다고 지적했다. 그에 따르면 엄혹한 공산주의 체제하에서는 개인적인 정직함, 충실한 체제 옹호, 지성적인 삶이라는 세 가지 양식 중 모두를 갖출 수는 없으며 오직 둘씩 결합하는 것만 가능하다. 따라서 드라이만의 문제는 그 세 가지를 모두 결합하려는 데 있으며, 게다가 이 영화는 겉보기와 달리 여성 장애물의 관습적인 제거를 통해 남성들의 유대(동성애적 우정)를 강화하는 방식으로 종결된다. 슬라보예 지젝, 박정수 역, 「이데올로기의 가족 신화」, 『잃어버린 대의를 옹호하며』, 그린비, 2009, 98~101면. 이를 『취우』의 문맥으로 빌려와 말하자면, 영식은 자본주의 체제(또는 가부장제)를 옹호하면서도 여전히 타자(여성)에 대해 정직하고 양심적인 인물로 남으려 한다. 그것은 윤리, 욕망, 이념의 경계에서 어느 한편도 소홀히 하지 않는 방식으로 조부의 상속에 값하는 선택과 조정을 보여준 『삼대』의 덕기, 즉 동정자 혹은 중도주의자의 풍모와 맞닿아 있다.

5. 숨겨놓은 여성들 – 결론을 대신하여

1977년에 발표된 「남성적 사회의 여성」이라는 글에서 김우창은 한 단편 소설을 분석하는 가운데 여성의 주체적인 삶을 제약하는 한국사회의 근본적인 모순에 관해 상론한 바 있다. 단편 「붉은머리오목눈이」는 도시빈민층에 속하는 어떤 여성이 조산早産 때문에 친정으로 쫓겨났다가 남편의 맏형인 시아주버니의 선의와 인정에 의해 다시 가족 구성원으로 받아들여지는 극적인 과정을 다루고 있다. 그녀가 어느 순간 가족이라는 울타리 바깥으로 내던져지게 된 이유는 막대한 금액의 치료비에 있었다. 임신 7개월 만에 갑자기 시작된 하혈과 그로 인한 과중한 지출을 두고 "동생이 고생고생 쌓아 놓은, 아니, 우리 가족 전체가 허덕허덕 쌓아 놓은 조그만 재산은 피가 되어 조금씩 조금씩 계수의 혈관으로 흘러들어 가고 다시 그 피는 계수의 질을 통해 암담한 우리들의 생활 속으로 흘러나오는 것"[27]으로 느끼는 맏형의 심사는 지극히 현실적이면서 또한 폭력적이다. 김우창에 의하면, 이러한 남성주의는 이미 해체된 전통적 대가족제도의 유산이라기보다 산업사회의 냉혹한 생존 논리가 낳은 심리적 파탄에 가깝다. 여성문제가 자유연애와 더불어 중요한 시대적 과제였으나 오히려 신문학 초기에 비해 쇠퇴해 버렸다는 김우창의 진단은 오늘날에도 여전히 경청할 만하지만, 염상섭의 『취우』와 관련해서도 유의미한 통찰을 제공해준다. 영식이 순제에 대한 자신의 선택을 철회하는 순간은 종식이나 달영 같은 이들이 무사히 상경함으로써 복원된 자본주의 체제 — 극단적인 남성주의로 재무장再武裝한 생존경쟁 체제의 확산과 무관

27 김우창, 「남성적 사회의 여성－이정환李貞桓의 한 단편을 중심으로」, 『김우창 전집』 2, 민음사, 1981, 323면. 그에 따르면, 소설의 결말을 이끈 남성의 "선의善意와 인정人情"이야말로 여성이 사회적으로 수동적이고 무력한 존재임을 극명하게 보여준다. "여성운동의 궁극적인 목적은 인정人情도 자비慈悲도 아니고 정의正義이며 주체적인 자유이다. 그리고 그것들을 보장해 줄 수 있는 제도적 개혁이다." 같은 책, 329면.

하지 않다. 따라서 순제를 선택할 경우 영식은 불가피하게 그들 남성사회로부터 도태될 수밖에 없는 운명에 처하게 된다. 이를테면 종식을 따라 종군하겠다는 영식의 발언 이면에는 바로 그 같은 위기의식이 잠재해 있는 셈이다. 그것은 「붉은머리오목눈이」의 남편이 아내를 인간적인 차원에서 사랑하는 것이 분명함에도 결국 별거를 선택하고 심지어 다른 여자와의 재혼을 바라는 이유와 상통한다.

앞서 언급한 대로, 한국전쟁 이후 가족제도의 급속한 해체에 대해 염상섭이 보여준 작가의식은 가부장제의 옹호와 크게 다르지 않아 보인다.[28] 그는 『취우』 이후 발표된 「후덧침」(1956)에서 어느 여학생이 "땐스 홀"에서 만난 남자와의 첩살이 끝에 비극적인 최후를 맞이하는 장면을 담담하게 묘사했고, 「남자란 것 여자란 것」(1957)에서는 자식 교육을 뒤로 하고 "청년 유탕아"들과 어울려 "땐스"를 일삼던 어느 부인의 방종을 냉담한 시선으로 지켜봤다. 두 단편은 도덕적 타락이 불러올 어떤 결손과 참상으로부터 가족을 보호할 존재는 결국 남성임을 잊지 않는다. 전자에서 처제의 불행을 바라보는 화자의 태도는 연민보다는 이를테면 "나는 딴서나 너의 같은 놈의 첩으로 다니는 계집의 형부는 아니다!"[29]라는 도덕적 우월감에 우선해 있으며, 후자의 경우 어느 순간 아내는 "남편의 위엄, 어제까지 그리 느껴보지 못하던 남편의 위엄"[30]으로 인해 질겁하기도 한다. 가장 흥미로운 단편은 1958년에 발표된 「순정純情의 저변底邊」이다. 이 소설은 부산 피난 시절 우연히 만난 두 남녀

28 가령 재취한 남편의 방탕 때문에 결국 불가에 귀의한 옛 친구의 분풀이를 대신할 속셈으로 퇴락한 문중을 찾아갔다가 정임의 아들을 만나기는커녕 "따는 그 아이의 마음의 평화란다든지 어떠면 장래의 행복을 위하여서라도, 지금 이 마님의 말처럼, 난 어머니의 존재를 끝끝내 숨겨버리고 마는" 편이 낫겠다고 여주인공이 마음을 돌리는 「자취」(1956)의 경우가 대표적이다. 「자취」, 『현대문학』, 1956.6, 28면. 여성의 수난을 "여성 전체를 얼싸 안은 신세타령"(「자취」, 30면) 정도로 이해하거나 여성의 순정과 애욕을 가리켜 "여성 전체가 가진 약점이요 본능의 소치所致"(「아내의 정애情愛」, 『자유문학』, 1957. 10, 120면)로 논평하는 방식으로 결말을 맺는 단편들은 가부장제적 권위를 재인준한다는 비판으로부터 자유롭기 힘들다.

29 염상섭, 「후덧침」, 『문학예술』, 1956. 8, 31면.

30 염상섭, 「남자란 것 여자란 것」, 『사상계』, 1957.11, 359면.

가 전쟁이 끝난 뒤에도 모호한 관계를 유지하게 되면서 겪는 심경의 변화를 다루고 있다. 영규가 상경해야 겨우 대면하는 사이에 불과하지만, 봉희는 그의 아들을 낳아 기르고 있을 뿐만 아니라 비록 요릿집을 차렸을망정 지아비에 대한 순정만큼은 결코 저버리지 않은 여자다. 그러한 봉희를 두고 소설의 결말부에 이르러 영규가 하는 말은 의미심장하다. "순정의 파편破片이라도 손에 쥐고 있으면, 인생의 마지막 보루堡壘로서, 그래도 의지가 되고 조금은 마음에 든든하거던 …….”[31] 실은 자신의 우유부단한 성격 때문에 봉희가 사생아를 낳아 힘겹게 건사해 가는 상황이지만, 영규는 그녀가 타락하지 않고 그나마 여기까지 온 것은 바로 자신을 향한 순정 덕분이라는 투로 말한다. 그것이 바로 영규 스스로 "무어 꼭 헤어져야만 되겠다고 서둘러 본 일도 없거니와, 헤어지기 싫다고 발버둥질을"[32] 하지도 않고 지내온 결정적인 이유이다. 사랑하는 것도 그렇다고 사랑하지 않는 것도 아닌, 봉희에 대한 영규의 이 어정쩡한 태도야말로 『취우』의 영식과 흡사한 데가 있다.

「순정의 저변」의 영규나 『취우』의 영식과 성격이 유사한 남성은 염상섭의 마지막 장편소설에도 어김없이 등장한다. 『대代를 물려서』(1959)에서 청춘남녀의 연애와 혼사는 당사자들 간의 문제라기보다 기성세대의 애정 갈등에 의해 좌우되다시피 한다. 익수를 자신의 딸 신성과 어떻게든 혼인시키려는 옥주의 소망이 익수 아버지 안도에 대한 남모를 연심에서 비롯되었듯이, 숙경이 아들 익수의 혼처로 누구보다 삼열을 염두에 두는 까닭도 실은 그와 다르지 않다. 본래 숙경의 남편 안도는 해방기에 야당 국회의원으로 활동했지만 전쟁 중에 납북되고 말았고, 미망인으로 고된 삶을 살아가는 그녀에게 삼열의 부친 한동국은 젊은 시절 그 자신이 몰래 연모하던 이다. 그녀는 남편의 선거를 몰래 후원한 옥주를 두고 익수에게 "그이가 너 아버지한테 깨끗이 극진"(8 : 281)했다고 일러주면서도 의혹의 눈길은 결코 거두지 않는다. 소설

31 염상섭, 「순정純情의 저변底邊」, 『자유문학』, 1958.3, 24면.
32 위의 글, 14면.

의 중반 이후 호텔 경영주인 옥주의 사무실 내부구조를 통해 그녀의 부도덕한 삶이 폭로되면서 물론 그러한 의혹은 공연한 것이 아니었음이 드러난다. "호화로운 침실"(8 : 301)을 숨겨놓은 호텔 사무실의 바로 그 은밀한 구조는, 한동국 같은 이에게는 "비밀한 선경"(8 : 303)으로 보일지 몰라도, 그의 처나 숙경에게는 "더러운 침대"(8 : 436)가 아닐 수 없다. "그 잠간 눈에 띄우던 침실과 침대가 머리에 떠올라서 눈이 찌푸려지고 메스껍기도 하였다."(8 : 316) 그런데 문제는 익수 역시 그로부터 자유롭지 못하다는 데 있다.

> "이눔두 그 침대에 딩굴다가 들어왔겠지!"
> 하는 생각에 구역질이 날 것 같고 마주 보기도 싫었다. 그 침대! 자기 영감이 나가자는 날이면 신세를 졌을 침대다! 생각만 해도 더럽고 불쾌하다.
>
> "자기가 그 어른에게 못 푼 한을 딸의 대代에 물려서 기어코 이 아이를 사위 삼겠다는 건 또 몰라두 그 더러운 침대부터 대를 물리려는 것은 아닌지?"
>
> 옥인동 마님이 이런 지저분한 잡념에 팔려 있으려니까, 옥주 여사는 어서 빠져나가려는 익수를 붙들어 앉히고
>
> (…중략…)
>
> 숙경 여사는 이럴 수도 없고 저럴 수도 없을 아들의 심경이 처지가 딱해 보였다. 무슨 죄나 진 듯이 이런 데 끌려 나와서, 하기 어렵고 싫은 말을 하라고 시달리는 것을 열젓게 헤 ― 웃고 말이 막히는 모양이니, 사정이 그럴 수밖에 없기는 하지마는 변변치 못해 보여서 싫었다. 계집애들이 따르니까 저는 칫수가 나가는 듯싶어 좋은지도 모르겠지마는 에미 마음은 그렇지 않다는 분한 생각이 앞선다. 이런 때도 역시 남편 생각이 간절하다.
>
> (저의 아버지만 계셨으면 버젓이 집안에 들어앉아서 점잖게 체모두 차리겠고, 이따위 지저분한 호텔로 쭐레거리고 다니게 되진 않았겠지!)
> 하는 생각이 훌쩍 든다.(8 : 436~437)

익수를 사위로 삼으려는 옥주의 내심은 깨끗한 연정과 더러운 애욕 사이에서 다소 모호한 감이 없지 않았으나, 사무실의 은밀한 구조가 드러나면서 그 의미는 비교적 명료해진 셈이다. 다시 말해, 서로 배우자 아닌 누군가에게 연모하는 마음을 갖고 있다 해도 그리고 똑같은 미망인의 처지라 해도 숙경과 옥주는 그 도덕적 경계에서 확연한 차이를 보여준다. 그것은 젊은 세대에게도 마찬가지이다. 이를테면 한동국에게도 숙경과 옥주가 선명한 대조를 이루는 것처럼, 익수의 눈에도 삼열과 신성은 전혀 다른 기질의 소유자로 비쳐진다. "삼열이의 대립적이요 내성적인 성격이나 모든 태도에 비하여, 신성이의 적극적이요 너름새 있는 활달한 기질이 좋기도 하였다. 그러나 뒤를 이어 어느 편이 정말 자기의 일생을 행복하게 하여 줄구?"(8 : 439) 그러면서 익수는 마침내 삼열이의 "얌전한 가정적인 성격"(8 : 441)에 이끌리게 된다. 하지만 그 전까지만 해도 익수가 옥주 모녀의 노골적인 유혹과 농간을 뻔히 알면서도 굳이 거절하지 않았다는 점에서 '더러운 침대' 운운하는 삼열 모친(옥인동 마님)의 폭언은 터무니없는 것이 아니었다.

옥주는 비난받아 마땅한 여자임에 틀림없지만 그녀의 부도덕한 열정은 남성들의 공모가 없었다면 불가능했으리라는 것이 더 진실에 가깝다. 한동국은 자신의 딸과 약혼했음에도 신성과 애정 행각을 일삼는 익수를 못마땅하게 여기는데, 바로 그 자신이 옥주와 불륜 관계를 맺고 있다는 점에서 딸의 불행 그 자체의 원인을 제공한 장본인 중 하나다. 다른 한편 "그 아버지를 죽을 때까지 못 잊겠다고 남의 집 기둥인 맏아들을 빼어다가 데릴사위를 삼아서 노래老來를 의지하겠다구?"(8 : 374~375)라며 분개하는 숙경이 잊지 말아야 할 것은, 그것이 애초에 가능했던 이유가 바로 익수 자신의 욕망, 즉 "신성이를 데리고, 미국으로 가서, 신성이는 음악 공부를 하고 자기는 원자과학原子科學, '로케트' 제작, …… 우주정복宇宙征服에 실질적 계획이 무엇인지라도 들여다보고 왔으면 하는 꿈"(8 : 277)에 있었다는 사실이다. 익수가 "멸시요 참을 수 없는 모욕"(8 : 398)이라 여기면서도 한동국과 자신이 비슷한 처지임을 부인하지 못하는 것은 그 때문이다. 숙경은 아들의 난처한 처지를 측은하게 여기고 무엇보다 남편의 부재를 안타까워하나, 안도 역시 그의 아들과 별반 다르지 않았을 공산이 크다. '대를 물려서' 이어지는 것은 옥주 같은 여성의 불온한 애욕만이 아니다. 신여성의 욕망을 통해서야 비로소 표출되는 남성들의 부도덕한 야심도 대물림되기는 마찬가지다. 「순정의 저변」이나 『취우』의 경우처럼 설령 애욕 아닌 순정이었다 하더라도 그녀들의 상황은 달라지지 않는다.

하지만 1950년대 후반의 소설 몇 편이 가부장제를 옹호하고 있다 해도, 그러한 비판을 식민지 시기 염상섭 문학에까지 소급해 적용하는 것은 온당치 않을 것이다. 상황은 좀 더 복잡하다. 이 글의 서두에서 염상섭 장편소설에 나타난 신여성 재현의 문법이 지닌 한계를 지적한 바 있지만, 『취우』는 다시 그 같은 독법을 거슬러 읽기를 권장하기 때문이다. 앞서 언급한 대로, 강순제라는 신여성의 주체적인 삶의 가능성이 유례없이 부각되었다는 점에서 『취우』는 예외적인 텍스트이고, 특히 자본주의 체제가 작동을 멈춘 인공치하의 비상사태 속에서 비로소 구체화되는 신여성의 자아실현은 그러한 독법의 중요한 근거가 된다. 사회 안정과 질서 회복은 그녀 자신의 행복과 일치하지 않는다. 순제가 인간적인 자유와 행복을 손에 쥐게 되는 때는 전쟁의 참화로 기존 질서가 갑자기 붕괴된 순간이고, 그와 반대로 서울 수복 직후 그녀가 모든 인간관계로부터 배제되는 것은 불가피한 일이 된다. 그녀가 보여준 헌신적인 노력에 대해 공동체 전체가 환대 아닌 적대로 응답하는 『취우』의 결말은 의미심장한 데가 있다. "예외상태는 벌거벗은 생명을 법적, 정치적 질서로부터 배제하는 동시에 포섭하면서 바로 그것이 분리되어 있는 상태 속에서 정치 체제 전체가 의존하고 있는 숨겨진 토대를 실제적으로 수립했다. 예외상태의 경계들이 흐려지기 시작하면서 그러한 경계 안에 머물러 있던 벌거벗은 생명은 도시(국가)에서 해방되어 정치 질서를 둘러싼 갈등들의 주체이자 대상, 즉 국가 권력이 조직되는 동시에 그것으로부터의 해방이 이루어지는 유일한 장소가 된다."[33] 인공치하의 서울에서 분명하게 드러난 그녀의 사회적 위상을 한마디로 압축해 표현하는 말로 "포함된 배제"보다 더 적확한 것은 없으며, "예외상태란 질서 이전의 혼돈이 아니라 단지 질서의 정지에서 비롯된 상황"이라는 아감벤G. Agamben의 논평도 『취우』를 이해하는 데 유효하다.[34] 이 소설에 재현된 인공치하의 서울이란 거듭 말하지만 자본주의 체제의 '정지상태'를 의미하면서 텍스트 내적으로는 염상섭 소설의 문법이 일종의 공백이나 잉여를 드러낸 상황 — 인물들의 선택과 행동을 조율하는 소설 문법 또는 부르주아 남성 서사의 권능이 정지한 일종의 '예외상태'와 다를 바 없다. 그곳은 한편으로 신여성이 주체적인 삶을 실현하는 해방의 장소일지 모르나, 『취우』의 예정된 결말이 보여주는 대로 결국 추방의 장소가 된다. 요컨대 『취우』에서 순제는 '벌거벗은 생명' 그 자체를 열연한다.

하지만 달리 생각해 보면, 염상섭 장편소설에 재현된 신여성의 계보 중에는 자본주의 체제 또는 가부장제에 압도된 채 타락한 인물들만 등장하는 것은 아니었다. 흥미롭게도 염상섭은 소설 도입부마다 서사적 의제를 기입해 두었는데, 이를테면 『너희들은 무엇을 얻었느냐』의 핵심 주제가 '자유연애'이고 『광분』의 경우에는 연극 공연을 포함한 '박람회' 그 자체라는 사실은 발단부에 이미 명료하게 부각되어 있는 셈이다. 다소 거칠게 도식화하자면, 『삼대』의 경우에는 그 첫 장인 「두 친구」에 김병화라는 사회주의자를 등장시켜 '이념'을 쟁점화하고 있고, 『무화과』는 사회주의 단체에 유입되고 남은 부르주아 '자본'을 어떻게 유의미하게 사용할 것인가에 집중되어 있으며, 해방기 대표작 『효풍』은 시작부터 혜란과 베커의 만남을 인상적으로 묘사함으로써 그의 눈에 비친 조선 곧 냉전체제기 '민족' 현안을 초점화해 놓았다. 그

33 조르조 아감벤, 박진우 역, 『호모 사케르—주권 권력과 벌거벗은 생명』, 새물결, 2008, 46~47면.
34 위의 책, 60·76면. 아감벤은 팔레스타인을 구체적으로 염두에 두고 '난민'과 '수용소'를 호모 사케르의 전형으로 부각시켰지만, 박진우의 지적처럼 "벌거벗은 생명은 근대 국가 및 정치 체제 속의 모든 시민에게 잠재적으로 내재된 '삶의 형태'이자 정치의 세속적 토대"이다. 박진우, 「조르조 아감벤—남긴 것들, 그리고 남길 것들」, 『문학과 사회』 99, 문학과지성사, 2012 가을, 242면.

런데 외견상 그 서사적 의제를 해소하는 주동적 인물들은 예컨대 중환(『너희들은 무엇을 얻었느냐』), 정방(『광분』), 덕기(『삼대』), 원영(『무화과』), 병직(『효풍』) 같은 남성임에 틀림없어 보이지만, 소설의 결말에 이르러 돌이켜 보면 그 같은 공동체의 과제를 최종적으로 부여받거나 적어도 그러한 문제들에 내포된 엄숙주의적인 한계로부터 비교적 자유로운 존재는 대개 여성들이다. 자유연애를 비롯한 서구 문화에 가장 이질감을 느꼈을 기생 도홍이나 일본 유학은 꿈도 꾸지 못할 처지의 을순, 그리고 병직의 실종을 전후로 하여 베커에게 "조선돈이 미국돈과 일 대 일一對一로 교환될 때가 오면 그때 가죠"[35]라고 자신의 입장을 전하는 혜란은 어떤 면에서는 부재하는 남성의 잔여에 불과할지도 모르지만 다른 한편 염상섭이 텍스트의 이면에 숨겨놓은 비판적 주체의 형상이기도 하다. 그러므로 『취우』는 염상섭 장편소설을 거슬러 또는 한국사회 전체에서 (신)여성의 실존적인 의미를 되묻게 하는 문제작이라 할 만하다. 염상섭 장편소설이 지닌 문학적 저력의 일부는 이렇듯 (신)여성 재현의 문법을 충실히 고수하면서도 동시에 그것을 스스로 내파하는 데에서 비롯한다. 『취우』는 (신)여성의 재현의 예외적인 텍스트이자 실은 그 예외성이 이전의 소설들에서 거의 일관되게 적용된 하나의 상례임을 보여주는 역설적인 텍스트이다.

35 염상섭, 『효풍』, 실천문학사, 1998, 282면.

1950년대 염상섭 소설에 나타난 정치와 윤리

『젊은 세대』, 『대를 물려서』를 중심으로

정종현

1. '민주국가 건설과 (국토)통일'에 봉사하는 문학

이 글은 『젊은 세대』, 『대를 물려서』[1] 연작을 검토하여 연애의 서사를 통해 드러난 1950년대 염상섭 문학의 정치성과 윤리의 문제를 고찰하는 것을 목적으로 한다. 한국의 주류문학사가 그려온 1950년대 전후문학의 역사상은 '불안'과 '부조리'를 핵심어로 하는 병적 현실과 과잉된 자의식이 넘쳐나는 실존주의 문학으로 요약할 수 있다. 염상섭은 「문학도 함께 늙는가?」에서 이러한 실존주의의 유행에 대한 비판적인 시각을 드러낸 바 있다. "실존주의가 들어오고, 불안이니 부조리니 하는 유행어가 범람하게 된 뒤로는 리얼리즘이라는 것에 곰팡이 슨 것처럼 일부에서는 생각하는 모양인데, 그렇다면 리얼리즘으로 일관한 나 같은 사람의 문학은 그야말로 늙었다고 할지도 모르

1 염상섭, 『젊은 세대』, 『서울신문』, 1955.7.1~11.21; 염상섭, 『대를 물려서』, 『자유공론』, 1958.12~1959.12.

겠다"라고 전제하고 "불안과 부조리 속에서 살아오기로 말하면야 어제 오늘 일도 아니겠으니, 차라리 불안과 부조리에 휘둘리기 전에, 표현형식 표현방법으로만도 우선은 리얼리즘에서부터 출발하여 이것을 졸업하고 나서, 갱진일보更進一步하는 새 길을 모색하는 것이 옳지 않을가 생각"한다고 주장한다.[2] 염상섭은 이어서 "불란서佛蘭西의 국민성이나 실정은 잘 모르되, 표면상으로만 보아도 혹독한 서리를 두 번이나 맞고 난 그네와 건국초建國初에 앉은 우리와는 보는 바와 생각하는 바가 저절로 현수懸殊할 것이요, 또 달라야 할 것"이라며 결론적으로 "우리는 일체의 부정적 사념思念이나 태도를 물리치고 건실하고 건설적인 인생관과 문학 이념을 세워가면서, 민주국가의 완성과 국토통일에 매진하여야 할 것이요, 여기에 문필 봉사를 하는 한편, 민족 문화와 국민문학의 터를 굳게 또 훤히 닦아 놓는 데에 전력을 기울여야 할 것"[3]이라고 적고 있다. 1950년대의 염상섭은 '민주국가의 완성과 국토통일에 매진'하는 데 봉사하는 문학, '민족 문화와 국민문학의 터를 닦는' 문학이라는 정치성 강한 문학론을 주창하며 그 방법론으로서 리얼리즘을 제안한다.

기간의 염상섭의 1950년대 작품에 대한 평가에서는 이러한 그의 비평론에 대한 고려는 전연 부재했다고 해도 지나치지 않다. 비평론의 고려는 고사하고 1950년대 염상섭 소설에 대한 논의 자체가 아주 영성한 편이다. 해방기 한국사회의 현실을 다룬 『효풍』이 발굴 소개된 이후[4] 그와 관련된 논의가 활발하게 이루어지고 있지만, 해방 이후 염상섭 소설에 대한 논의는 대부분 『취우』(1952)에 집중되어 있는 형편이다. 『취우』 이후의 전후 한국사회를 다

2 한수영은 염상섭 문학이 1950년대 실존주의 문학과 다른 지점에 위치하고 있었다는 사실을 지적한 바 있다. 그는 1950년대의 많은 작가들이 한국전쟁을 비일상적 체험으로 보고, 이 일상성의 파괴를 실존주의에 의해 논리적으로 보완하려고 한 데 대해, 염상섭은 일상성에 대한 역사의 폭력적 개입에 대해서도 일상의 질서로 압도해 버린다는 방식으로 표현하려 했다고 보았다. 한수영, 「소설과 일상성－후기단편소설들」, 『염상섭 문학의 재인식』, 깊은샘, 1998.

3 염상섭, 「문학도 함께 늙는가? (하)」, 『동아일보』, 1958.6.12.

4 『효풍』은 김재용에 의해 발굴 소개된 이후 해방기 염상섭 문학의 핵심을 보여주는 작품으로 많은 연구자의 관심을 받아오고 있다. 염상섭, 『효풍』(염상섭 선집 2), 실천문학사, 1998과 선집에 수록된 김재용, 「8·15 이후 염상섭의 활동과 『효풍』의 문학사적 의미」를 참조할 것.

룬 장편들인 『미망인』(1954), 『화관』(1956~1957), 『젊은 세대』(1955), 『대를 물려서』(1958~1959)의 작품군들은 1950년대 문학 연구에서뿐만 아니라 염상섭 연구사에서조차 홀대받아 온 경향이 있다. 물론 선행연구들이 전연 없는 것은 아니다. 우선 1950년대의 염상섭 소설에 대한 관심은 김종균의 연구에서부터 확인된다.[5] 김종균은 염상섭 문학 전체상을 제시하는 중에 1945년 이후의 염상섭 작품을 3기로 구분한다. 그는 1955년 이후의 작품을 제3기로 구분하며 56편의 작품일람표 및 작품별 개요와 논평을 수행하고 있다. 제3기 중에서도 집필량이 가장 많은 1958년 작품에 주목하면서 그 특징을 중년남녀의 애욕에 얽힌 이야기로 총평했다. 그는 애욕에 얽힌 서사와 혈연 간의 다툼이 등장하는 서사가 문제라는 태도를 취하는데 오히려 이러한 작품에 대한 '도덕적' 판단이야말로 문제라고 지적하지 않을 수 없다.

김경수의 논의는 1950년대 염상섭 소설 연구사에서 중요하게 언급해야 할 연구이다.[6] 김경수는 전후 염상섭 장편소설의 세계를 개관하면서 염상섭의 작품 중 그런대로 완결된 형태를 갖춘 작품군으로 『난류』(1950), 『취우』, 『미망인』, 『화관』 그리고 『젊은 세대』, 『대를 물려서』를 거론하며 한국전쟁기 및 전후 염상섭의 장편소설들의 계보가 복잡하기 때문에 서로 이어져 있는 일련의 작품들을 함께 고찰해야 한다고 제안한다. 이어서 1950년대 염상섭 장편소설들의 세계를 주제론적으로 『난류』와 『취우』 연작, 『미망인』과 『화관』 연작, 그리고 『젊은 세대』와 『대를 물려서』 연작에 이르는 세 계열로 구분하여 검토했다.[7] 김경수는 두 작품에 나타난 재혼 및 구세대의 연애담과

5 김종균, 『염상섭 연구』, 고려대 출판부, 1974.

6 김경수, 『염상섭 장편소설 연구』, 일조각, 1999.

7 김경수가 제시하는 『젊은 세대』와 『대를 물려서』의 연속성은 일차적으로는 인물설정과 이야기를 이끌어가는 단초상황에서 확인된다. 두 작품이 지닌 연속성을 잠시 확인해 두자. 『젊은 세대』에 등장하는 중년의 여주인공 화순은 남편 친구 택규와 부친대부터 세교가 있어서 어려서부터 어울려 자란 사이로, 택규가 일찍 장가를 가지 않았더라면 자신이 당연히 그와 결혼하게 되었을 것이라고 생각할 정도로 택규에게 남다른 정을 가지고 있다. 그리고 그런 까닭에 택규의 아들 정진이 정작 자신의 큰딸을 좋아함에도 불구하고 자신이 동재와 결혼하여 낳은 둘째 딸을 그와 맺어 줄 욕심을 지닌 인물로 그려진다. 이 구도는 『대를 물려서』에서도 유사하게

정략적인 결혼에의 개입을 읽어내면서, 이들 소설이 구세대의 이해타산적인 결혼관이 여전히 현실적인 구속력을 갖는 상황 속에서 젊은 세대들이 새로운 가치관을 실천하고자 하는 점진적인 과정을 보여준다는 점을 지적하고 있다. 이러한 적확한 분석에도 불구하고 김경수의 논의에서는 청년들의 연애 서사와 인식을 통해 염상섭이 제시하고자 한 소설의 정치적, 시대적 의미가 무엇이었는가에 대한 진전된 논의로 나아가는 대신 그것이 풍속으로의 후퇴였다는 기성의 판단에 머무르고 만 아쉬움이 남는다.

여기서 염상섭 소설이 지닌 정치성의 문제에 착목하고 있는 연구로 최애순의 작업을 특기해야만 할 것이다.[8] 최애순의 연구는 이 글의 문제의식을 선취하고 있다. 그녀는 이 두 소설이 '트리비얼리즘'에 빠져 있다거나, 작가 세계가 퇴보했다는 기존 연구에 반론을 제기하며 이들 소설이 1950년대 서울 중산층의 '중도파 보수'의 세계를 그리고 있으며 그 중산층들이 불과 2년 뒤 혁명의 주체가 되는 아이러니를 보여주고 있다고 주장한다. 두 소설의 분석을 통해서 도시 중산층의 주거공간, 문화와 여가, 교육열 등의 풍속의 재구성과 함께 중산층의 욕망, 신구세대 가치관의 충돌 등을 언급하는 점 등은 고평할 만한 지점이라고 판단된다. 그 기본적인 문제의식에는 동의하지만, 최애순의 논의에서도 염상섭이 연애의 서사를 정치적 의식과 모럴의 문제와 어떻게 연결시켜왔는가에 대한 분석이 빠져 있다. 김윤식의 '중산층의 보수주의'론을 원용하여 '중도파의 보수주의'로 염상섭의 정치의식을 암시하는 대목도 비판의 여지가 있다. 이 시기의 염상섭의 작품에서는 가부장적인 남성이 중심적인 인물로 등장한다기보다는 여성들이나 새로운 세대들의 연애

반복된다. 이 작품에서 신성의 모친 옥주는 한때 자신이 좋아했으며 일본 유학 시절에 같이 살게 될 뻔 했던 안도에 대한 향의로 안도의 아들인 익수가 역시 부친의 친구인 한동국의 딸 삼열과 혼담이 있는데도 불구하고 자기 딸을 그와 결합시키고자 애쓴다. 두 편의 소설에서 해당 인물들이 딸과의 교제를 부추기기 위해 정진과 익수에게 자신의 딸의 외국어 과외를 부탁하는 것도 동일하다. 위의 책, 250면을 참조.

8 최애순, 「1950년대 서울 종로 중산층 풍경 속 염상섭의 위치—『젊은 세대』와 『대를 물려서』를 중심으로」, 『현대소설연구』 52, 한국현대소설학회, 2013.

의 서사가 등장한다는 점에서 염상섭 소설의 정치의식을 중산층 남성의 보수주의로 곧바로 치환하는 것에는 문제가 있다고 말할 수 있을 것이다. 또한 삼열이 등 청년세대의 분석에 대해서도 동의하기 어려운 지점과 전혀 다른 해석이 가능하다는 점을 지적하고 싶다.

나는 여기서 김경수가 주제론적으로 범주화하여 연속성을 부여하고 최애순이 중산층의 풍속으로 재구성한 『젊은 세대』와 『대를 물려서』를 연애와 결혼의 서사를 통해 정치적인 의식을 피력한 작품으로 해석하고자 한다. 특히 이들 서사가 해방기 『효풍』의 정치적 비전과의 유비관계 속에서 해명되어야 한다는 사실을 강조하고자 한다. 이 말은 염상섭이 해방 직후 지니고 있던 정치와 윤리, 사상과 세계관을 『효풍』에서 연애와 혼사의 서사구조를 통해서 제시했던 것처럼 1950년대에도 자신의 정치적 윤리와 사상을 동일한 방식으로 지속하고 있다는 뜻이다. 앞서 살펴본 비평론에서 염상섭이 제기한 '민주국가의 건설'과 '(국토)통일'에 봉사하는 문학이란 해방기 이래 좌우합작을 통한 신생 민주국가의 건설을 염원했던 중도파적 이념을 견지했던 염상섭의 신념이 1950년대적 상황 속에서 변형된 형태로 피력된 것이라 할 것이다. 『젊은 세대』와 『대를 물려서』의 연애의 서사를 통해서, 『효풍』과의 유비관계를 형성시키면서 염상섭은 미국문화의 헤게모니와 그에 대응한 한국사회의 가치관의 문제, 청년세대의 세계인식과 모럴을 제시하며 냉전체제하 남한의 중산층 지식인의 중도적이고 민주적인 정치의식을 나름의 방식으로 문제화하고 있다. 요컨대 그는 '민주국가 건설과 통일'과 관련된 자신의 비평론을 이들 작품을 통해서 구체화하고 있다. 그렇다면 우선, 해방기와 1950년대 한국사회의 변동상을 염상섭 소설의 문화지리를 통해서 비교해보도록 하자.

2. 혼종적 공간에서 균질공간으로의 축소와 정주자의 문화지리

여기서는 우선 『효풍』이 재현하는 소설의 심상지리와의 차이를 통해서, 남한이라는 공간으로 축소된 염상섭의 1950년대 소설의 문화지리를 검토해 보기로 한다. 『효풍』이 다루는 세계는 대한민국 건국 직전의 한국사회로 식민지의 기억과 미국 헤게모니하의 새로운 가치들이 혼재되어 있는 상황이다. 염상섭의 『효풍』에 등장하는 인물들은 일국적 / 일민족적 제한성 속에 갇혀 있지 않다. 그들은 구제국에서의 이동과 기억, 미군정 진주 이후의 새로운 세계의 변화상과 연동되어 있다. 한마디로 이 소설이 재현해내는 서울 혹은 대한민국 건국 직전의 문화지리는 이동하는 자들의 크레올(잡종)의 문화이다. 식민지 시기 하와이에 거주했던 재미조선인 이진석, 조선을 고향으로 태어난 재조일본인에서 남편을 좇아 조선인으로 변신한 취송정의 마담 가네코, 구한말 운산광산을 경영했던 브라운 1세와 그의 아들로 조선에서 자라 군정청 관계자로 돌아온 브라운 2세, 총영사인 부친을 따라 일본에 3년, 상하이에 이태나 가있었던 미군정 무역사무관료 베커, 여기에 미국 유학을 한 김관식 등 다양한 국적과 종족의 이동하는 인간들이 등장한다.[9] 이념적으로도 우익청년단으로부터 좌익청년단체, 지하공산당원 이동민과 그에 동조하는 최화순, 중도파적 이념을 지닌 박병직 등 다양한 스펙트럼의 인간과 집단들이 등장한다. 무엇보다도 삼팔선 너머의 북한도 비가시적인 형태로 서사의 구조 내부에서 작동하고 있다. 『효풍』의 세계는 박병직에 의해 제시되었던 '분단극복을 위한 조선학'의 비전에서 알 수 있듯이, 남북한을 아우르는

9 그들 사이의 의사소통도 구제국의 일본어, 새로운 제국의 영어, 그리고 조선어 등 각자가 구사할 수 있는 이중언어의 체계 속에서 이루어지고 있다. 일례로 혜란과 일본인인 가네코, 베커의 대화는 '해방 이후 아무데서도 들어보지 못하던' 일본말로 이루어지는 '희한하게' 여겨지는 소통이다.

심상지리를 배경으로 한다.[10] 이후 한국사회의 정세 변화에 따라 염상섭 문학은 '분단극복을 위한 조선학'으로부터 '부르주아 독재의 혼탁상을 그려내기 위한 남한학'으로 축소되는 과정을 밟게 된다.[11]

『젊은 세대』와 『대를 물려서』는 자유당 독재의 혼탁상을 그려내는 '남한학'의 세계를 다루는 텍스트들이라고 할 수 있다. 이들 작품이 구성하는 소설의 문화지리에서 우선 인상적인 것은 한국전쟁이라는 미증유의 전란을 통해 민족 전체가 뒤섞이는 이동을 경험한 직후를 다루고 있는 소설임에도 불구하고 그러한 이동과 유동성의 흔적이 삭제된 채 '일상'의 안정감 위에 구축되어 있다는 점이다. 『젊은 세대』의 경우에는 도시 은행원인 두 가정을 중심으로 서사가 진행되며 전쟁의 흔적은 전쟁 중에 처자를 잃어버린 강필원의 이력 정도에서 스쳐 지나갈 뿐이다. 그 가족의 이산도 "처남 형제가 빨갱인 줄은 넌짓넌짓이 눈치 채 왔던 것이지마는"[12]이라며 아내가 처가를 좇아간 것으로 간단히 처리되고 지나간다. 『대를 물려서』에서는 『젊은 세대』보다는 전쟁과 분단의 현실이 서사의 직접적인 중요한 축으로 작동한다. 주인공 익수의 부친인 안도가 납북된 것으로 설정되고 서사의 전개 중에 빈번하게 환기됨으로써 한국전쟁이 서사에 개입된다. 그렇지만 전체적으로 식민지와 북한이라는 타자의 기억과 이동의 맥락은 『효풍』의 세계와 비교해 보면 봉인

10 염상섭의 『효풍』이 대한민국의 심상지리에 대응하는 양상으로 축소 변형되어 가는 과정을 보여주고 있음을 분석한 연구로는 정종현, 『제국의 기억과 전유』, 어문학사, 2012, 119~142면을 참조할 것.

11 안서현은 「'효풍曉風'이 불지 않는 곳 ―염상섭의 『무풍대無風帶』 연구」(『한국현대문학연구』 39, 한국현대문학회, 2013)에서 『효풍』과 『난류』 사이에 위치하는 미완의 장편연재소설 『무풍대』를 소개 분석하며 '조선학'에서 '남한학'으로의 변화를 포착한 바 있다. 이 텍스트를 통해서 염상섭의 단정 수립 이후 현실인식 변화 및 창작을 통한 현실대응의 양상을 파악할 수 있는데, 『효풍』 이후 염상섭 소설이 쇄말적인 일상과 세태의 묘사로 떨어지고 말았다는 기존의 평가가 수정될 필요가 제기된다. 이 소설은 한반도 전체 문제에 대한 관심이 남한으로 축소되며 냉전적 사상지리로 귀속되어 가는 어떤 사태를 보여준다. 이 글이 관심을 지니고 있는 1950년대 소설은 이러한 '『효풍』→『무풍대』'의 계보를 거쳐 축소된 남한의 1950년대의 사회상에 대한 염상섭의 정치적 의식을 드러내 주는 작품이라고도 말할 수 있을 것이다.

12 염상섭, 『젊은 세대』, 『염상섭 전집』 8, 민음사, 1987, 80면. 이하 『젊은 세대』로 약식 인용함.

되고 괄호 쳐져 있다. 이를 통해 이데올로기적으로 단일한 세계가 구성되고 있다.

과거의 혼종과 이동, 이념의 기억을 대체하는 것은 정주자 도시민의 일상이며 여가이다. 『젊은 세대』에서는 도시 중류층 가정의 삶의 양태들이 잘 묘사되어 있다. 은행 인사부장 동재의 집은 전화가 가설되어 있어서 "화순은 심심할 때마다 생각나는 대로 여기저기 전화를 거는 것"[13]이 일상의 중요한 부분을 차지한다. 당대 서울시 가구의 전화가설은 채 1만 호가 되지 않았다.[14] 그렇지만 그 1만 호와 그와 유사한 수준의 경제적 기반을 갖춘 도시생활자들은 여론주도층을 형성하고 있었으며, 그들의 생활세계의 재현은 4·19 직전의 서울시민의 삶의 한 양태를 대변한다고 말할 수 있을 것이다. 염상섭이 그리는 그들 가정의 양태는 대등한 부부 관계의 형성, 자녀들에 대한 과도한 교육열 등이 세밀하게 묘사되어 있다.[15] 흥미로운 것은 이들의 여가와 문화생활이다. 『젊은 세대』의 인물들은 주중의 저녁과 주말에 다양한 소비와 여가 문화를 누린다. 도시의 봉급생활자거나 대학생인 이들은 주중의 저녁, 주말의 여가에 만나서 데이트를 하고 음악회, 가요, 영화 등의 대중문화를 즐긴다. 젊은 연애의 당사자인 정진이와 영애는 '명동의 시공관'에서 약속을 정해서 만나고, 등장인물들은 다방에서 한담하며 주말이나 여가에는 시공관의 음악회나 '대춘향전' 등을 관람하기도 한다. 그 / 그녀 들은 서로 방문할 때 백화점의 양과자와 과일바구니를 들고 다니는 소비생활을 한다. 또한 이들은 봄에는 창경원에서 모임을 갖고, 여름에는 정릉 안 북한산 밑 물터에서 피서와 천렵을 즐긴다. 이러한 도시민의 일상에 틈입한 유락의 여가생활은 『대를 물려서』에서도 동일하게 확인할 수 있다.[16] 익수와 신성이도 시

13 『젊은 세대』, 97면.

14 통계에 따르면, 소설 연재 당시인 1955년의 전화가입률은 7,313가구이며 연재가 끝난 직후인 1956년에는 9,962가구였다. 『한국통계연감』, 통계청 국가통계포털 참조.

15 『젊은 세대』, 48면. 중학입시의 치열함은 당대적 풍속이고 사실일 터이다. 동재의 아들과 택규의 아들이 합격한 중학은 아마도 경기중학일 터이며, 그를 위해 무수한 과외를 하고 있다.

공관의 음악회를 듣는가 하면, 『젊은 세대』에서 등장했던 북한산 물터 놀이는 물론이거니와 창경원에서의 놀이, 대천과 부산 송정리의 해수욕이 도시민의 봄과 여름의 일상으로 묘사된다.[17] 염상섭의 장편에 등장하는 1950년대의 도시민의 생활은 실존주의 소설이 흔히 형상화하는 전후의 현실처럼 빈곤과 기아 및 생존으로 구성된 동물적 세계가 아니라 전쟁의 상흔이 지워지고 일상의 감각을 회복하고 있다.

여기서 주목해야 하는 것은 이러한 여가 및 젊은 세대의 의식의 중요한 부분이 미국문화와 관련을 맺고 있다는 점이다. 『대를 물려서』에서 익수를 자신의 딸과 결연시키려는 옥주는 딸 신성의 생일날 익수를 초대하여 반도호텔에서 저녁을 대접한다. "차차 미국인들이 꼬여들어 붐벼"가는 반도호텔 식당에서 이들은 얼마 전 다녀간 마리아 앤더슨의 이야기[18]와 미국 악단의 최근 소식을 담소하다가 서로 "무슨 유행이나 허영으루가 아니라, 우선 미국에라두 갔다 와야 얘기가 되지 않겠어요"라고 질문하고 "그러믄요 졸업하면 아무래두 미국쯤은 한 번 갔다 와야지"[19]라고 답한다. 그것이 긍정적이든 부정적이든 미국(문화)은 한국사회의 현실에 깊숙이 틈입해 있다. 대학을 졸업한 은행원으로 여가에 '영문잡지'를 읽는 지식인이기도 한 동재는 큰딸 영애가 친구의 자식인 정진을 만나는 것을 탄하는 아내 화순의 트집에 대해 "자유주의 사상에서 그러는 것인지 난 에미를 모르고 자라난 딸자식이 계모에게 트집이나 잡히는 듯싶어서 그런지 동재는 그리 놀라는 기색은 없었다"[20]고 서

16 염상섭, 『대를 물려서』, 『염상섭 전집』 8, 민음사, 1987, 356면. 이하 『대를 물려서』로 약식 인용함.

17 『대를 물려서』, 411면.

18 미국의 흑인 성악가인 마리아 앤더슨은 한국전쟁 휴전 직전인 1953년 5월에 방한했다. 「흑인가수 '앤다-슨' 양孃 착부着釜 '너무나 기쁘다'고 환영歡迎에 사의謝意」(『동아일보』, 1953.5.29)에서는 마리아 앤더슨이 일본 NHK 초청으로 일본 공연차 내일來日했다가 미국 대사관의 요청으로 육군병원 등의 전선의 미군들을 위문차 내한한 사정을 적고 있다. 1950년대 말의 서사시간에 '얼마 전' 다녀간 마리아 앤더슨을 말하고 있거니와 한국전쟁기 이후에 마리아 앤더슨이 내한했는가는 더 확인이 필요해 보인다.

19 『대를 물려서』, 259면.

술자는 적고 있거니와 도시 중산층의 합리성은 암암리에 영어의 교양과 연결되어 있는 것으로 암시된다. 그들이 정릉 물놀이에서 마시는 것은 미국 맥주이며, 과학기술을 상징하는 미국의 위상은 소설의 문면마다 작동하고 있다. 이를테면 시대는 "제트기 시대, 나이론 시대"[21]로 요약되며, 송숙희의 병든 부친의 죽어야지 타령에 작중인물들은 "미국 신약이 얼마든지 들어왔겠다"[22]라며 장수를 축원한다. 이런 맥락에서 미국은 문명과 희망의 기호이다.

한편으로 미국식 사고방식은 한국사회의 세대갈등의 원인이기도 하다. 영애의 연애를 공박하는 자신의 모친에 대해서 "왜 이렇게 어머니는 괜한 일에 화를 내시고 강제적이세요?"[23]라며 맞서는 순애에게 모친인 화순은 "무슨 말대답야! 강제라구? 흥! 아니꼽게 자유주의, 민주주의가 아니라구?"라며 갈등한다. 염상섭이 새로운 젊은 세대의 사고방식과 자율적인 연애와 윤리를 옹호하고 구세대의 정략적인 혼사개입을 비판적으로 응시하는 것은 분명해 보이지만, 그렇다고 해서 미국적인 가치와 사고방식을 무조건적으로 옹호하는 것만은 아니다. 가령 『젊은 세대』의 인숙을 통해서 "해방 뒤 버릇이 나빠져서 그런 게죠. 민주주의를 반추反芻하여야 할 텐데, 그 반추작용을 하게 되기까지만두 꽤 시일이 걸릴 걸요!"[24]라며 자기화된 민주와 자유의 의미를 강조하는 대목을 통해서 이러한 양상을 확인할 수 있다. 그는 1950년대 전통적인 가치와 관습 등이 미국식 문화와의 접촉을 통해 변화하는 과정을 응시하고 있으며, 그 변화를 전적으로 긍정하거나 부정하지 않고 그 충돌과 변화의 양상을 '사실적'으로 묘사하는 데 주력하고 있는 것으로 보인다.[25]

20 『젊은 세대』, 120면.
21 『젊은 세대』, 104면.
22 『젊은 세대』, 106면.
23 『젊은 세대』, 121면.
24 『젊은 세대』, 248면.
25 이 소설에는 1950년대의 상황에서 변화하고 있는 전통적인 관습과 모럴, 관계 등에 대한 묘사가 도처에 놓여 있다. 그 중요한 한 원인으로 미국식 문화가 있다는 점이 전제되어 있는 셈이다. 염상섭이 그러한 변화를 전적으로 받아들이거나 혹은 전적으로 부정했다는 증거는 없다. 염상섭은 오히려 그러한 시속의 변화를 관찰하고 경우에 따라서는 현재의 풍속으로 추인하고

여기서 염상섭 소설이 묘사하는 중류층의 여가문화와 소비가 곧바로 그들의 시대에 대한 비판의식의 부재를 의미하지는 않는다는 사실을 인식하는 것은 중요하다. 오히려 그러한 일상의 영위를 가능하게 하는 일정한 정도의 소득과 그에 비례한 교육과 교양은 당대 권력과 사회에 대한 비판적 인식을 형성하는 기반이다. 우선 이 소설들에도 전후 한국사회의 문제가 각인되어 있다는 점을 눈여겨볼 필요가 있다. 동재와 이혼한 선도가 운영하는 바느질방은 전쟁미망인들의 신난한 노동의 삶으로 채워져 있고,[26] '미국행'과 '가호적'을 통한 병역의 회피가 비판적으로 제시되어 있다. 무엇보다도 그들 중류층의 일상은 "지금 세상에, 훔치지 않구 처자식 길르는 재주는 누가 가졌기에!"[27]라는 말로 요약될 정도의 부패와 혼돈 위에 기초해 있다. 1950년대 중류층의 일상을 가능하게 하는 경제적 기초는 달리 말하자면 그 특정 계층의 정치적 의식을 구성하는 기반이기도 했다. 이러한 도시 일상을 누리는 도시민들의 더 나은 생활에 대한 경제적 욕구와 더 많은 자유 및 민주에 대한 갈증을 채워주지 못하는 정치의 후진성에 대한 반감이 이 연작들이 쓰인 지 불과 몇 달 뒤의 4·19로 이어졌다고도 말할 수 있을 것이다. 그렇다면, 보다 구체적인 염상섭 소설의 정치의식과 윤리의 문제에 대한 분석을 진행해보자.

있다고도 보인다. 이를테면 『젊은 세대』에서 택규의 죽은 부인의 대상을 치르면서, 대상의 소복을 현장에 들고 와서 입는 것을 보고 미래에는 절이나 식장에서 빌려주는 문화가 생길지도 모른다고 읊조리는 대목은 시사적이다. 그것은 변화하는 풍속을 추인하는 시선을 전제하고 있다. 『젊은 세대』, 116면.

26 한국전쟁 미망인에 대한 무대책을 언급하는 선도의 다음 비판을 보라. "국회는 무얼 하구, 정부는 무얼하는 거애요? 젊은 것들이 어린 것을 끼구 헤매는 걸 보면 참 딱해요." 『젊은 세대』, 146면. 『미망인』과 『화관』을 통해서 확인할 수 있듯이, 전쟁미망인, 양공주 등 전후 한국사회와 젠더적 문제에 대한 관심은 염상섭의 지속적인 테마 중 하나였다.

27 『젊은 세대』, 90면.

3. 분단 현실의 인식과 미완의 서사의 관계

『젊은 세대』는 미완의 장편소설이다. 소설의 도입부와 중반부의 대부분은 그 부모세대를 중심으로, 홀아비인 택규의 혼인을 둘러싼 주변의 주선과 연애사들에 대한 이야기로 채워져 있다. 서울의 중류 이상 혹은 부르주아 가정을 중심에 두고 당대의 풍속과 윤리, 사랑의 이야기를 다루는 것은 염상섭의 득의의 분야이다. 특히 이 소설들에 나타난 기성세대의 목소리와 윤리감각은 염상섭의 연치와 결부되어 그의 흔적이 엿보이는 듯하다.

하지만 실제로 염상섭이 옹호하고자 했던 것은 이들 구세대의 가치라기보다는 젊은 세대의 면모 쪽에 있었다. 작품의 후반부에 들어서 홍선도의 '탈세 주점'에 모인 젊은이들의 파티로부터 시작되는 이 젊은 세대의 이야기는 미완으로 그친다. 미완임에도 이 소설이 그리려한 청년들의 고뇌의 일단은 충분히 미루어 짐작할 수 있다. 청년들의 이야기는 염상섭의 시대에 대한 비판적 의식이 여전히 어떤 형태로든 지속되고 있음을 보여준다. 청년들은 무엇엔가 짓눌려 있다. 청년들의 모임에서 빈한한 대학생 수득이는 〈방랑시인 김삿갓〉의 노래를 부른다. 부르주아의 자제 상근은 노래를 들으며 "김형! 언제 들으나 마음의 고향을 찾아가듯이 듣기 좋아! 아마 지금 우리는 그런 '니힐'한 감정이나 무언지 모르게 '자유'를 모색하는 데서 공통하는 데가 있는가봐!"라고 비평하거니와 역시 부르주아의 영양인 인숙은 이 노래 속에서 "현실도피적이요 어딘지 퇴패적 기분"을 느끼게 되어 싫다고 비판한다. 이어서 인숙은 "압박과 설움에서 해방된 민족 / 싸우고 싸워서 세운 이 나라 / 공산오랑캐의 침략을 받아 ……"를 씩씩하게 부르거니와 이어지는 학생들의 품평은 당대 사회의 공기를 암시한다는 점에서 시사적이다.

"허지만 저 아즈먼넨 우리 기분을 아직 모르시는 거야."

정진이가 한마디 하였다. 일부러 수득이처럼 인숙이를 '아즈먼네'라고 실없이 불렀다.

"알면 뭘해요. 모르는 게 좋지! 하지만 졸업기를 앞에 두구 준순방황하는 그 태도는 난 보기 안타까워요. 싫어요."

열심히 먹어가며, 열렬한 기분을 죽여가며 주고받는 수작들이었다.

"비겁해 뵈겠죠?"

정진이가 조심조심 탄했다.

"그러믄요! 왜 좀 씩씩하게 뻣뻣하게 못 나가는지? 지금 남학생들을 보면 답답해요."

인숙이는 사정없이 깎아내리는 소리를 하였다.

"누가 그렇게 만들어 놨기에? 모르는 소리말어"

하고 이때껏 젓가락질만 하고 있던 원룡이가, 핀잔 주듯이 얼굴을 돌린다. 반감을 품은 기색이다.

"공산오랑캐가 그렇게 만든 것이지!"

상근이가 휘갑을 치려는 듯이 불쑥 한마디 하는 바람에 모두들 웃고 말았다.[28]

당대 남자 대학생들이 소극적이고 비겁해 보이며 방황하는 모습이 마음에 들지 않는다는 인숙의 말에 그녀의 사촌 원룡은 남학생들을 누가 그렇게 만들어 놨는지 모르는 소리라고 비난한다. 여기서 등장하는 '공산오랑캐가 그렇게 만든 것'이라는 대답은 인숙이가 부른 '공산오랑캐의 침략을 받아'의 가사와 인식을 재치있게 조롱하는 것이기도 하면서, 모든 문제를 '공산오랑캐'로 돌리는 권력의 담론을 희화하는 것이기도 하다. 자리한 모든 이들은 상근이의 재치에 웃는 것이지만 그 웃음은 씁쓸하다. 그렇다면 누가 대학생들을 그렇게 만들어 놓았을까. 소설에서는 병역기피가 만연해 있으며, 청년들은

28 『젊은 세대』, 227면.

'이중호적'이나 미국행을 통해서 병역을 기피하는 문제를 공공연하게 농담할 뿐만 아니라, 실제로 그것이 실행될 것이 암시되기도 한다. 인숙이를 통해서 그러한 남성들의 면모가 비판적으로 언급되지만, 그 인숙의 말조차 무언가 어리고 귀여운 물정 모르는 아이의 세계인식으로 배치된다. 젊은이들을 짓누르는 암울한 기운의 배경에는 비민주적인 권력과 분단과 전쟁이 젊은이에게 부하한 무게와 그것을 '이중호적'이라는 불법과 '미국행'이라는 금력을 통해 해결하는 부조리 등이 개재되어 있다. 그렇다면 이 문제의 원인과 해결은 어떻게 가능한 것인가?

> "우리두 삼팔선이나 터져야, 공부도 제대로 하구 연애두 연애답게 하게 되려는지?" 정진이가 멍하니 무슨 생각에 팔렸다가 이런 탄식을 한다. 상근이는 그 말이 얼띠고 어리석기도 하다는 생각이 들었으나, 또 한편으로는 다시 말할 것 있느냐는 듯이 "아무렴! 우리 세대가 걸머진 짐인데 아무리 바당겨 보았자, 불행의 연장 아닌가요! 다음 세대나 기죽을 펴고 큰소리 치며 살게 해 주어야지"하고 심각한 표정으로 말을 받는다.
>
> "옳은 말씀애요. 우리 여자들두 가만 있진 않습니다. 한몫 거들죠" 하고 인숙이가 열렬한 애국심을 어떻게 표현할지 몰라서 하는 듯이 흥분하여졌다.
>
> "한몫 거든다는 게 겨우 입대하면 위문이나 다니겠다는 거야? 하하하."[29]

인용의 부분을 통해서 작가가 당대의 문제의 핵심을 분단에 두고 있다는 점을 확인할 수 있다. 서두의 비평론에서 확인했듯이, 염상섭은 민주국가의 건설과 '국토 통일'의 완성에 봉사하는 문학론을 피력하고 있거니와 여기서는 '삼팔선이 터져야'만 공부나 연애를 제대로 할 수 있는 정상적인 생활이 가능하다고 피력하고 있다. 염상섭의 '국토 통일'이라는 것이 당대 정권의 북

29 『젊은 세대』, 237면.

진통일론을 말함인지, 아니면 평화통일론인지는 가늠하기 어렵다. 그렇지만 '삼팔선이 터진다'는 구절에 주목해보자면 우리는 몇 해 전 **'대포소리 없이'** '삼팔선이 터지는' 공부를 통해 주체적인 민주국가 건설의 일원으로 참여하고자 했던 병직이의 면모를 떠올릴 수 있다. 정진의 입을 통해 제기되는 '삼팔선이 터지는' 문제는 협상파였던 염상섭의 언설을 상기시킨다. 이것은 북진통일이 국시로 등장하고, 대한민국의 국가성을 부정하는 것은 비국민으로 배제되었던 전쟁의 경험과 결부되어 결코 전면화되기 어려운 언설이기도 하다. 이 소설이 연재된 지 불과 몇 해 뒤 조봉암과 진보당은 평화통일론을 내세우다가 간첩 혐의로 사형을 당하고 정당이 해산당했다는 사실을 상기할 필요가 있다. 그런 점에서 부르주아의 자제 상근과 밝은 애국소녀 인숙이의 입을 통해서 분단 해결의 문제를 제기한 후 원룡을 통해서 비꼬는 배치는 염상섭의 어떤 고충을 암시한다고도 말할 수 있을 것이다.

특히 근엄하게 '다음 세대나 기죽을 펴고 살게 해'주자고 주장하는 상근이가 이미 미국행을 준비하고 있다는 사실은 사태를 중층적으로 보여준다.[30] 이러한 상근을 통해서 분단의 해결과 통일을 이야기함으로써 작가는 실질적으로는 그것의 허위성을 드러낸다고도 볼 수 있다. 이러한 사실은 이 소설의 젊은 세대의 연애의 서사가 전후 한국사회의 계급적인 분열의 양상을 포함하며 전개될 여지가 크다는 점을 보여준다. 여기서 주목해야 하는 인물이 수득이다. 인숙을 사이에 두고 상근과 삼각관계를 형성하고 있는 중인 수득은 당장 생계를 걱정하며 아르바이트를 구해야 하는 빈한한 대학생이다. 그의 연적으로 등장하는 상근이가 모임에서 보여준 비판적 언사의 이면에서 미국행을 결정했다는 사실은 흥미롭다. 이중호적이라는 가호적을 만들 수도, 미국행도 할 수 없는 가난한 청년인 수득이의 암울과 상근이가 언급하는 '니힐'은 시대에 대한 청년들의 유사한 감정처럼 보이지만, 계급적으로는 다를 수

30 상근이는 하지만 이미 미국행을 준비하고 있다. "미국 안 가세요? 지금 거기서 누이동생한테 들으니까, 그이는 벌써 수속 다 됐다는데! 남들은 다 꿍꿍이 속이 있거든요." 『젊은 세대』, 241면.

밖에 없는 빛깔의 감정이다. 우리는 이와 유사한 서사의 원형을 식민지 시기의 저 유명한 염상섭의 『삼대』를 통해서 보아온 터이다. 그렇지만 사회주의자 병화와 그에 심정적으로 동조하는 부르주아의 자제 덕기의 세계와 서사는 1950년대 남한사회에서는 불가능한 것이다. 어쩌면 이 소설의 미완은 펼쳐지지 않은 서사의 불가능성 및 위험성과도 관계가 있을 듯하다. 염상섭은 이렇게 회고한다.

> 『서울신문』에서 『젊은 세대』가 중단되었던 것은, 그 부서의 일선책임자가 고의, 혹은, 자의自意로 천행擅行하였던 것인지? 소위 어용지御用紙의 성격을 남용한다기보다도 그 나래 밑에 숨어서 한 일이었던듯이도 볼 수 있었다. 또 혹은 십상팔구十常八九, 작품이 꼴같지 않아서 그러하였던지? 여하간 꼴사납게 되었었다. 나중에 알고 보니 전에도 몇 작가에게 그러한 창피를 주었다는데 그것도 나중에 무슨 '토리크'였던지 객기인지 상습화하였던 모양이었다. 여하간 난생 처음으로 큰 봉변을 당하였었다.[31]

염상섭에 따르면 이 소설의 미완의 이유는 1차적으로는 '편집자의 횡포'에 있었다. 즉 서울신문사 측에서 임의로 연재를 중단한 것이다. 염상섭은 그 중단을 굉장한 수모로 기억하고 있거니와 그 중단의 이유는 석연치 않다. 작품의 평가와 관련한 것인지, 아니면 그 서사가 가지고 있는 정치성의 문제인지는 현재로서는 확인하기 어렵다. 다만 전후 한국사회의 풍경에 대한 진단과 비전에 염상섭이 해방기에 지니고 있었던 협상파적 입장이 은밀히 드러나고 있다는 점에서는 정치적으로 이해할 여지도 있다고 보인다.

31 염상섭, 「횡보문단회상기 1」, 『사상계』, 1962.11, 209면.

4. 미국 헤게모니하 주체의 구성과 민주주의의 윤리화

『대를 물려서』는 『젊은 세대』의 속편이자 완결편에 해당한다고 할 수 있다.[32] 앞서 살펴보았듯이, 『젊은 세대』는 부모세대의 재혼과 연애담으로 대부분을 채우고 정작 '젊은 세대'의 연애 이야기의 시작 단계에서 연재가 중단되었다. 『대를 물려서』는 『젊은 세대』와 유사한 설정을 하고 본격적으로 젊은이의 연애와 혼사를 중심갈등으로 하여 전개된다.

주인공인 안익수는 납북된 협상파 제헌의회 의원인 안도의 아들이다. 그는 대학에서 수학 전공을 한 수재로 대학원을 졸업했으며, 고등학교의 독일어 시간도 맡아 출강하고 있다. 동경 유학 출신으로 태동호텔 여사장인 옥주는 유학 시절 결혼할 뻔한 안도의 아들인 익수를 자신의 딸인 신성과 결혼시키고 싶어 한다. 옥주의 눈에 안익수는 "과학 만능 시대가 또 한 번 되돌아와서 원자시대요, 우주시대요 하며 세계의 과학자가 머리를 싸매고 야단인 것을 보면, 익수를 풋내기 수학선생이라고 얕잡아만 볼 수 없을 것 같고, 예술입네 음악입네하고 서둘러대는 신성이에게는 어느 의미로 중화제, 진정제로 익수 같은 똑똑한 수재면서도 실제적인 인물이 알맞을지 모른다는 생각도 드는 것"[33]이다. 그렇지만 익수에게는 이미 정혼한 것과 다름없는 연인이 있다. 안도의 정치적인 동지인 국회의원 한동국의 딸 삼열이가 그 대상이다.

---

32 『대를 물려서』의 연재를 끝마치며 염상섭은 이 작품이 언제든지 다시 쓰이거나 이어질 수 있음을 암시하고 있다는 점에서 이 작품을 완결된 서사로 보기는 어려운 측면이 있다. 그렇지만, 한편으로 이 소설의 결말은 익수가 신정에의 매혹에서 벗어나 삼열과의 결연으로 이어질 것을 암시하며 『효풍』의 병직과 혜란의 결연과 유사한 패턴의 결말구조를 구성한다는 점에서 일종의 완결로 보아도 무방할 것이다.

33 『대를 물려서』, 258면. 염상섭에게 원자와 우주비행 등으로 표상되는 과학은 큰 충격이었던 듯하다. 스투푸니크호 등의 발사가 성공했던 시기와 소설의 연재가 겹쳐져 있는 것을 알 수 있다. "유도탄 이야기인지, 우주비행 이야기인지. 시대는 이런 시대"(『대를 물려서』, 267면)라고 적고 있다.

소설 속에서 안도는 안익수를 통해서 "아버지가 계셔서 정치적 생명이 계속 됐더라두 만년야당으로 계셨을"거라고 말해지는 인물로 "협상파니 뭐니해서 껄려가신 거"[34]라는 데에서 알 수 있듯이, 좌우합작과 남북협상을 지지했던 해방기의 특정한 정치적 신념을 대표하는 인물이다. 소설 속 여주인공 격인 삼열의 부친인 한동국은 안도의 친구이자 독립운동 경력이 있는 정치인이다. 무소속 후보로 국회의원에 당선되었으며, 태동호텔 여사장 옥주로부터 100만 환의 정치자금을 제공받고 내연관계에 있다. 한동국과 옥주의 관계는 염상섭 소설에서 즐겨 사용하는 애정이나 윤리의식이 거세된 훼손된 삶의 형식을 잘 보여준다. 한동국을 대하는 옥주의 심정에는 "돈 백만 환을 들였으니까 그 값을 빼야겠다는 이해타산"이 존재한다. 또한 한동국은 태동호텔의 외딸인 신성이를 자신의 둘째 며느리로 삼았으면 좋겠다는 마음을 지니고 있는데 그것은 "당자의 위인이 탐낼 만도 하려니와, 겉으로 보기에는 아무것도 아닌 듯싶지마는, 이 태동호텔의, 건물은 그만두고라도 명동거리의 지대地垈만 해도 지금 시세로 얼마나 되겠기에! 그것이 도틀어 나중에 뉘 것이 되겠느냐는 것을 생각할 제, 당대의 주인인 박옥주 여사의 눈이야 아직 싯퍼러치마는, 누구나 욕심이 아니 날 리 없으니 한동국 영감을 나무래기만 할 수도 없다"고 설명된다.

이처럼 더 이상 도덕적이지 않은 옥주와 한동국의 면모를 그리면서도, 작가는 한동국에게 최소한의 정치적인 모럴의 형상을 부여하고 있다는 점에 주목할 필요가 있다. 한동국은 "예전에는 지사연했는지는 몰라도, 독립운동도 했고, 해물지심害物之心도 없는 사람이라, 두루춘풍으로 지내니, 뉘게나 실인심한 일이 없"[35]는 인물로 제시되며, 선거에서도 무소속으로 입후보하여 당선된다. 친구인 안도의 형상이 겹쳐지며 한동국은 소설 속에서 해방기 협상파의 이력과 '야성'의 정치가로 묘사된다. 이러한 한동국의 국회의원 당선

34 『대를 물려서』, 260면.
35 『대를 물려서』, 266면.

을 도움으로써 어떤 이익을 도모하려는 사업가적 수완을 지닌 여성이 옥주인 셈이다. 그녀는 '여성동지회'를 만들어 한동국을 여당에 입당시키려 하고, 그 자신이 이 조직을 이용하여 추후에 정계에 입후보하려는 야망을 지니고 있다. 그렇지만, 한동국은 뜻대로 움직이지 않고 오히려 '무소속이 채를 잡고 경영한다'고 호텔이 잘 운영되지 않는다. 한동국이 여당이 된다는 것은 일종의 훼절이자 전향으로 암시된다. 옥주 여사의 여당 입당 권유에 "가만 있소. 세상은 언제까지나 **당 천하란 법은 없으니까, 나두 반도호텔 **호실을 차지하구 들어앉을 날두 있을 께니, 이렇게 축객을랑 마소"[36]라며 무소속으로서 자신의 정치적인 윤리를 고수한다. 서사의 결말에서 "어디 여당으루 전향을 하자니 저편이 달가워하여야 말이지, 핫하하 …… . 그것두 늙은 총각이 장가가기가 어렵고, 젊은 과부가 개가改嫁하기가 어려운 거나 마찬가진가 봅니다"[37]라며 씁쓸한 너스레를 통해서 옥주에게 자신이 여당에 입당하지 못하는 사정을 토로하는 장면에서 그 정치적 윤리성이 지극히 수동적이라는 사실을 암시하고는 있지만, 여전히 그는 무소속 국회의원으로 시종한다.

옥주 여사와의 내연관계에도 불구하고 한동국이 보여주는 정치적인 윤리 감각은 서술자를 통해서 긍정되거니와 그것은 친우 안도와 연관된 해방기 협상파의 정치적 입장의 고수로 암시된다. 특히 이러한 정치적인 입장은 안도-익수라는 혈연을 통해서 익수의 갈등과 선택을 거치며 그 모럴의식이 더욱 강화된다. 익수는 삼열과 신성의 사이에서 갈등한다. 익수와 삼열의 약혼식은 두 번씩이나 유예되며 그러한 유예의 저간에는 익수와 신성과의 관계에 대한 오해가 개입되어 있다. 신성은 어떤 세속적인 가치를 표상한다. 옥주는 익수에게 미국(혹은 독일) 유학의 경비 지원을 반복적으로 암시하거니와 이러한 암묵적인 제안에 익수는 무의식적으로 동요한다.

---

36 『대를 물려서』, 385면.
37 『대를 물려서』, 444면.

> 신성이를 데리고, 미국으로 가서, 신성이는 음악공부를 하고 자기는 원자과학, 로케트 제작 ……, 우주정복에 실질적 계획이 무엇인지라도 들여다보고 왔으면 하는 꿈이 성취되는 것이요, 구라파로 건너가서 독일, 오스트리아를 휘돌아오면 얼마나 좋겠는가![38]

위의 인용은 삼열과의 약혼이 유예되면서 익수의 내면에 떠오르는 독백의 장면이다. 1950년대 미국 헤게모니하의 남한에 위치해 있는 익수는 서구의 과학 문명에 지속적으로 매혹되고 그것을 실현할 수 있는 물질적 매개인 태동호텔의 무남독녀 신성에게 흔들린다. 소설을 보면서 독자들은 흉중의 진정성과 속물적 세속성 사이의 경계의 지점에서 유영하고 있는 익수의 면모를 확인하며 그가 그렇게 순정한 도덕성의 소유자만은 아니라는 사실을 알게 된다. 그렇지만 신성이라는 서구 지향의 출구가 주는 매혹 속에서 익수는 끝내 익사하지 않으며 독자는 소설의 결미에서 익수가 삼열이를 선택하는 도덕적 귀결을 암시받게 된다. 태동호텔의 사무실 겸 침실에서 마주친 익수와 한동국 영감은 같은 차를 타고 우중의 서울을 가로질러 집으로 돌아가게 된다. 익수는 '마음을 저려하며' 내일 찾아뵐 것을 약속하면서 마음속으로 "신성이와 얼싸안고 싶던 충동을 참아 낸 것이 얼마나 다행하였는가 싶은 생각"[39]을 하며 소설의 서사가 끝맺음된다. "훼손된 가치를 아랫세대에 강요하려는"[40] 옥주 등의 구세대의 욕망은 익수와 삼열의 결연의 암시를 통해서 좌절되는 반면, 안도 등의 협상파의 정치적 신념은 익수의 회심을 통해서 "대를 물려서" 이어진다.

염상섭은 『젊은 세대』에서부터 출세의 코스로 인식되어 유행처럼 번지는 부박한 미국행에 대해서 비판적인 입장을 취했다. 염상섭 소설에서 미국이

---

38 『대를 물려서』, 277면.
39 『대를 물려서』, 455면.
40 류보선, 「해설 : 역사감각의 상실과 풍속으로의 함몰」, 『염상섭 전집』 8, 민음사, 1987, 459면.

라는 표상이 늘 문명과 찬탄의 대상으로 일관되었다고는 말하기 어렵다. 아니 오히려 미국은 주체 구성의 타자로서 기능하는 측면을 가지고 있다. 가령 『젊은 세대』에서 미국행은 신구세대를 막론하고 중요한 화두로 등장한다. 이후 결혼하여 가정을 이룰 은행원 강필원과 영어교사 송숙희가 북한산 물놀이에서 만나 나누는 다음의 대화는 염상섭의 미국에 대한 정치적 감각의 한 편을 엿보게 한다.

> "한데 선생님, 영어를 그렇게 잘하시면서 미국바람이라두 쐬구 오세야 하지 않겠습니까"
>
> 강필원이는 인사 끝에 한마디 생색을 내는 것이었다.
>
> "바람이나 쏘이려 간대서야, 그야말로 바람이나 나서 오게!"
>
> 동재가 말을 받았다.
>
> "참말 그런가 봐요. 주마간산으루 구경만 하구 오면 눈만 높아졌지 별 수 있에요……."
>
> 아직도 덜 깨인 이 반半노인들의 귀에는, 희숙이가 주마간산이란 문자를 쓰는 데에 좀 놀랐다. 그러나 중학교 선생님의 관록을 여기에서 보았다.
>
> "사실이 그렇지. 지금 저 사람들의 원조로 데려간대야, 견학이나 단기유학 정도이지, 기본적 연구를 시키는 게 급한 게 아니라구 생각할 거니까…… 그러니 뭐, 미국가서 고생해 가며 간판만 얻어 와서 뭘하나! 어서 시집갈 사람은 시집가구 장가갈 사람은 장가가서 일찌감치 안온한 생활의 터대나 잡지!"[41]

미국 바람이나 쐬고 와야 한다는 말에 '바람이나 나서 온'다는 중년 지식인들의 말장난은 그대로 염상섭 세대가 지닌 당대 미국화와 미국행에 대한 비판적 인식을 보여준다. 이 대화는 미국이 적극적으로 수행한 원조와 견학의

41 『젊은 세대』, 79면.

정책에 따른 미국행의 붐과 미국 간판의 습득이 출세의 코스로 여겨지던 당대의 사회상을 비판하고 있는 대목으로 읽을 수 있다.[42] 송숙희와 강필원의 결혼식장의 풍경도 인상적이다. 서술자는 이들의 결혼식장인 "안방 문안에 조그만 태극기를 사다가 붙이는 것도 잊지 않았다"[43]고 쓰고 있다. 생활의 미국화와 미국행의 유행 속에서 그것을 비판하는 송숙희 강필원 부부의 새로운 삶의 출발의 장소를 '태극기'로 장식하는 것은 섬세하게 읽어야 할 장면이다. 여기서 해방의 첫 감격을 담고 있는 「해방의 아들」에서 조준식으로 귀환하는 마쓰다에게 서술자인 '나'가 선물하는 태극기의 장면을 연상할 수 있을 것이다. 물론 해방된 탈식민지 국가에서 도래할 신생국가를 상징하는 태극기와 한국전쟁을 통해서 단독정권의 핵심적인 표상으로 자리 잡은 태극기 사이에는 거리가 있는 것이다. 실제로 협상파적 입장을 견지한 염상섭은 단독정부 수립과 한국전쟁을 거치며 대한민국의 내부로 자신의 사상지리를 축소 재조정한다. 이 사상지리는 크게 보자면 냉전의 사상지리의 경계와 겹쳐진다.[44] 그렇지만, 태극기에 대한 강조와 반공이 곧바로 당대 정권에 대한 지지를 뜻하는 것은 아니다. 태극기는 단독정권 수립파 및 자유당 정권의 기호만이 아니라, '대한민국'의 수립 혹은 추인에 관여했던 중도파와 협상파 등

42 한국사회의 미국화 및 무분별한 미국행에 대해서 염상섭이 비판적인 시선을 드러내는 것은 틀림없지만, 그것이 남한이 위치한 진영 안에 제한되어 있는 것이라는 점을 인식할 필요가 있다. 강인철은 친미주의를 매개로 한 '반공주의-자유민주주의-근대화'라는 시민종교 신념체계를 1950년대의 인식론적 구조로 분석하거니와 염상섭이 그리고 있는 세계상 역시 이러한 기본구조가 헤게모니화한 생활세계의 면모이다. 1950년대 국민 형성 및 통합의 기초에 대한 논의로는 강인철, 「한국전쟁과 사회의식 및 문화의 변화」, 윤해동 외편, 『근대를 다시 읽는다』 1, 역사비평사, 2006을 참조. 염상섭의 미국에 대한 인식과 표상이 돈이 있다면 구입 가능한 상품으로서의 유학 등으로 물상화할 수밖에 없었던 것은 미국에 의한 지배의 문제를 직접적으로 언급하지 못하고 경제적이고 문화적인 것으로, 또 세대적인 것으로 전환시켜 표현할 수밖에 없었던 사정과 관련된다. 염상섭은 삼팔선이 미소냉전의 구축에 의해 촉발된 것임을 알고 있었으나 그것은 1950년대적인 상황에서는 끝내 언설화될 수 없었다.

43 『젊은 세대』, 129면.

44 염상섭은 해군 정훈장교로 한국전쟁에 참전하거니와, 전후의 비평에서 반공에 대한 견해를 피력하고 있다.

여러 정치세력들이 만들고자 했던 국가의 기호이기도 하다. 이런 점에서 『젊은 세대』의 태극기의 장면과 익수가 삼열이를 선택하며 암묵적으로 미국행을 포기하는 서사는 염상섭이 생각하는 대한민국이라는 주체성의 형성에 대해 시사하는 바가 있다. 우리는 이러한 주체성의 기호로서의 태극기와 익수의 면모에서 『효풍』의 세계인식과 혜란의 모습을 떠올릴 수도 있다. 100만 원짜리 지참금을 지닌 신부로 만들어준다든가, 혹은 미국 유학을 주선하며 혜란의 주위에 친우이자 식민자의 모습으로 어른거렸던 베커와 미국의 매혹은 신성을 매개로 해서 익수라는 남성 인물에게 반복된다. 『대를 물려서』의 익수, 삼열, 신성의 관계는 『효풍』의 병직, 혜란, 화순 혹은 혜란, 병직, 베커의 삼각관계를 종합적으로 재현한다. '조선도 원자의 나라'가 된다면 미국행을 하겠다는 혜란의 베커에 대한 답변, 그리고 삼팔선이 터지는 공부나 하겠다는 병직의 정치적 태도는 익수의 선택과 '삼팔선이 터져야' 그 우울이 사라지리라는 『젊은 세대』의 인식을 통해 여전히 1950년대적 사회적 현실에서도 유효하게 지속되고 있음을 확인할 수 있다.

특히 삼열이가 가지고 있는 성과 결혼에 대한 가치관은 눈여겨볼 대목이다. 삼열은 "외국 유학을 가겠다든지 출세를 해보겠다는 생각보다는, 어서 시집이나 가서 안온히 가정을 지키고 들어앉았고 싶어 하는"[45] 가치관을 지닌 인물로 설정된다. 그렇다고 해서 그녀가 전통의 틀에 얽매어 있다고 말하는 것은 사태의 일면만을 보는 것이다. 그녀는 혼전에 익수에게 몸을 허락하고 약혼식이 지연됨에도 불구하고 익수에게 매달리지 않고 온전한 애정의 회복을 약혼과 결혼의 전제로 당당히 제시한다. "몸을 바쳤느니, 몸을 버렸느니 하는 그런 생각은 조금도 없다. 그야 피할 수 있으면 피했어야 좋았고 또 그래야 옳은 일이지마는, 결코 큰 실수를 했다거나 무슨 꼬임에 빠졌다거나 하는 그런 후회는 조금치도 없다. 자기도 남자와 대등한 입장에서 애욕이나 생리적 충동에 끌려서

45 『대를 물려서』, 269면.

자기의 책임 아래에 한 노릇이니, 지금 와서 누구를 나무랠 일도 아니요 원망할 일은 못된다고 아무 굽절 것 없이 태연히 생각"[46]한다. 1955년 6월의 이른바 '박인수 여대생 간음사건'에서 법은 보호할 가치가 있는 정조만을 보호한다는 판사의 후일담이나 처녀성을 함부로 취급하는 부녀에 대한 저널리즘의 도덕주의적이면서도 선정적인 질책 등의 사회적 반응을 상기해 보면, 삼열이의 발언과 그에 대한 서술자의 우호적인 시선은 진취적이기까지 하다. 말 그대로 그녀는 성적 자기결정권을 가지고 연애와 결혼을 수행하는 근대적 주체이다. 그녀는 신성에게 흔들리는 익수에게 두 달 동안의 근신과 테스트를 제안하고 약혼을 미룬다. 그녀는 '어른들끼리의 언약'과 '두 집의 체면'을 생각하는 아버지의 결혼관에 대해서 "저의는 일생의 문제인데, 한때 체면이나 일가나 친지간에 창피스럽다는 생각으로 함부루 할 수야 없"[47]다는 결혼관을 피력한다. 염상섭이 기대한 새로운 시대의 모럴과 인간형이 무엇이었는가를 확정하기는 어렵지만 이러한 삼열에 대한 호의적인 시선과 더불어 익수가 회심하고 그녀에게 돌아가는 서사의 결말을 통해서 우리는 그 윤곽이나마 가늠할 수 있다. 여기서 신성에게 책임질 일을 하지 않았다는 익수의 도덕적 안도감이 한동국 영감 앞에서 이루어지는 결말의 대목을 주의 깊게 볼 필요가 있다. 『효풍』의 김관식 노인 앞에 마주 앉은 병직이 모스크바도 워싱턴도 아닌 '조선에 살자는 주의'를 피력하고 '삼팔선이 어떻게 하면 소리 없이 터질까'하는 공부를 다짐하는 장면은 혜란과 최화순 사이의 애정의 혼선을 정리하고 혜란에게 돌아오는 서사와 결부되어 있다. 김관식 노인과의 유비관계에 있는 한동국 앞에서 신성이라는 미국과 출세의 매혹을 견디고 자신의 도덕적 위치를 재확인하는 익수는 삼팔선이 터질 공부와 '조선학'이라는 주체 구성의 학문을 다짐하는 병직의 다른 모습이라고 해도 무방할 터이다. 요컨대, 이 소설은 남한이라는 심상지리에서 다시 쓰인 『효풍』의 1950년대 버전이라고도 말할 수 있을 것이다.

46 『대를 물려서』, 385면.
47 『대를 물려서』, 389면.

5. 결론을 대신하여 – 염상섭 소설의 일상성과 역사성

염상섭의 1950년대 소설에 대한 당대 및 이후 연구자들의 비판의 핵심은 그의 작품에서 역사성과 시대의식이 사라지고, 풍속이 전면화한 통속소설로 퇴화했다는 비난을 공유하고 있는 것처럼 보인다.[48] 이 글에서는 이러한 저간의 평가에 대해 반론하며 그가 여전히 해방기의 정치적 비전과 윤리를 연애의 서사를 통해서 관철시키고 있으며, 그러한 문학이 '민주주의 건설과 통일'을 지향하는 일종의 '민족문학'이자 '국민문학'의 비평론과 관련되어 있음을 살펴보았다. 달리 말하면, 염상섭 소설의 정치의식이 문학사적으로 연속성을 지니고 당대 정치지형이나 역사적 맥락에서 진보적인 측면을 지니고 있었다는 점을 논증하고자 했다.

기존 평가들이 언급하는 역사가 영향을 끼치지 못하는 '일상성'이라는 비평은 염상섭 소설이 국가의 통치성과 규율권력에 의해 완전히 장악되지 않는 민간사회의 생활세계를 드러내는 데 남다른 특장을 지니고 있다는 점을 환기시킨다. 염상섭은 역사가 전면적으로 장악하거나 영향을 끼치지 못하는 가치 지속적인 시공간에 주목할 줄 아는 작가였다. 이 말은 동시에 그 생활세계의 일상의 부조를 통해 그 안에 흔적을 남긴 시대성과 역사성을 드러내는 리얼리즘의 작가였다는 말도 된다. 일상성과 역사성은 양립 불가능한 개념은 아니라고 할 수 있다. 1950년대 서울의 중류층의 생활세계는 한국전쟁과 미국화, 자유당의 독재에 영향받는 역사적 시공간이면서 동시에 민족 특유의 가치와 생활습관이 교차되어 있는 지속의 공간이기도 하다. 앞서 살펴본 두 소설의 세계는 이러한 일상성의 생활세계의 묘사이면서 동시에 강한 정

48 가령, 『대를 물려서』에 대한 빼어난 해설인 류보선의 평가도 결론적으로는 염상섭이 보여준 "새로운 세대의 삶에 대한 긍정 역시 풍속적인 차원 이상의 것이 되지는 못한다"(류보선, 앞의 글, 460면)는 것이다.

치적 역사성을 배경에 두고 있다고 말할 수 있다. 염상섭이 소설을 연재할 당시 사회에 대해 지니고 있었을 정치적 윤리감각은 『경향신문』 폐간에 대한 조용하지만 노기 서린 칼럼을 통해서도 확인할 수 있다.

> 그러면 하물며 국권國權을 찾고 허울로만이라도 민주주의를 걸고나가는 오늘에 신문정책新聞政策이 얼마나 졸렬하였기에 사실여하는 차치하고 유력지有力紙거나 무력지無力紙거나 폐간을 역이易易히 단행하는 데까지 이른 것은 상식으로는 판단 할 수 없는 일이다. (…중략…) 하여간 우리가 지금 민주주의의 몇 학년생이나 되었는지는 선진국이 평가해주어야 할 노릇이지마는 두말할 것도 없이 우리 국민이 원하고 또 정상적 민주정치의 제일보第一步가 양편소사兩便訴事를 듣자는 것이지 외짝 송사訟事만 듣자는 것이 아닌 바에야 한쪽 입을 틀어막는다는 것은 강압적 함구령으로밖에 보지지 않는다. 벌罰할 것은 얼마든지 벌하고 제약할 것은 제약하더라도 말문門만은 터놓아야 민주국가의 형면形面만이라도 설 것이 아닌가 한다. 또 만일 이것이 전례前例가 되어서 언제나 여야與野가 자리를 바꾸는 때면 보복적으로 언론기관의 존폐가 엎치락뒤치락하게 되는 날이면 언론의 자유란 공염불이나마 멀미가 나게 될 것이요 민주주의의 장미薔薇가 쓰레기통에서커녕 시비施肥가 과過하고 손독毒이 들어서 움도 못 틀 것이다.[49]

1959년 4월 30일 정부는 『경향신문』을 폐간 조치했다. 『경향신문』은 자유당 정권의 정적인 민주당의 장면張勉을 지지하는 당파성을 띠고 있는 야당지로, 발행부수 20만의 제2위 신문이었다. 정권은 『경향신문』 칼럼란인 '여적'에 실린 주요한의 부정선거 및 시국비판이 직접적인 계기가 되어 '미군정 법령 88호'를 적용하여 폐간하는 무리를 감행하였다.[50] 염상섭은 인용문의

49 염상섭, 「논단 : 여론의 단일화냐」, 『동아일보』, 1959.5.9.
50 『경향신문』 폐간에 대해서는 최서영, 『한국의 저널리즘－120년의 역사와 사상』, 커뮤니케이션북스, 2002, 390~392면 참조.

앞부분에서 『경향신문』 폐간사태를 식민지 시기의 전 기간 중 가장 극악했던 말기의 조선·동아 폐간에 비유하며, 자유당 정권의 언론탄압을 일본 식민지 통치의 말기적 형태 이상의 폭압으로 비판하고 있다. 이러한 비판에는 『경향신문』이 염상섭 자신이 몸담았던 언론사라는 점도 작용했겠지만, 무엇보다도 염상섭이 내걸었던 문학의 사명인 민주국가 건설이라는 시대적 소명에 비추인 발언이라고 해도 무방할 것이다. 앞서 검토했던 염상섭의 소설 속 인물들이 사는 일상성의 세계는 이러한 역사성, 시대성을 함축하고 있는 생활세계였다. 그 세계에서 새롭게 대두하는 젊은 세대에 대한 모럴의 탐색과 기대는 타락한 정치현실과 가치체계에 대한 비판을 전제한 것이다. 염상섭은 소설을 통해서 비록 타락한 가치에 훼손된 측면이 있지만 여전히 긍정적인 모럴을 유지하고 있던 중류층의 시민들과 젊은 학생들에게 민주국가 건설의 주체로서의 가능성을 엿보고 있었다고 말할 수 있다. 잘 알다시피 그러한 기대는 1년여 뒤에 정치적 혁명을 통해서 가시화되었다.

참고문헌

단행본

강인숙, 『자연주의문학론 2—염상섭과 자연주의』, 고려원, 1991.
검열연구회 편, 『식민지 검열, 제도・텍스트・실천』, 소명출판, 2011.
구장률, 『근대 초기 잡지와 분과학문의 형성』, 케포이북스, 2012.
국사편찬위원회, 『한국독립운동사』 3, 국사편찬위원회, 1967.
권명아, 『무한히 정치적인 외로움』, 갈무리, 2012.
권보드래, 『한국 근대소설의 기원』, 소명출판, 2000.
권영민 편, 『염상섭문학연구』, 민음사, 1987.
김경수, 『염상섭 장편소설연구』, 일조각, 1999.
______, 『염상섭과 현대소설의 형성』, 일조각, 2008.
김병철, 『한국 근대 번역문학사 연구』, 을유문화사, 1975.
김상태 편역, 『윤치호 일기』, 역사비평사, 2001.
김수진, 『신여성, 근대의 과잉』, 소명출판, 2009.
김영민, 『한국 근대 문학비평사 연구』, 세계, 1989.
______, 『문학제도 및 민족어의 형성과 한국 근대문학, 1890~1945』, 소명출판, 2012.
김윤식, 『염상섭 연구』, 서울대 출판부, 1999.
김윤식・정호웅, 『한국소설사』, 예하, 1993.
김재용・이상경 외, 『한국근대민족문학사』, 한길사, 1993.
김종균, 『염상섭 연구』, 고려대 출판부, 1974.
김종균 편, 『염상섭소설연구』, 국학자료원, 1999.
김준엽・김창순, 『한국공산주의운동사』 2, 청계연구소, 1986.
김철, 『식민지를 안고서』, 역락, 2009.
김현・김윤식, 『한국문학사』, 민음사, 1973.
나경석, 『공민문집公民文集』, 정우사, 1980.
나병철, 『근대서사와 탈식민주의』, 문예출판사, 2001.
나영균, 『일제시대, 우리 가족은』, 황소자리, 2004.
무정부주의운동사 편찬위원회, 『한국 아나키즘 운동사』, 형설출판사, 1989.
문학과사상연구회, 『염상섭문학의 재인식』, 깊은샘, 1998.

문학사와비평연구회, 『염상섭문학의 재조명』, 새미, 1998.
박상준, 『1920년대 문학과 염상섭』, 역락, 2000.
박성창, 『수사학』, 문학과지성사, 2000.
박유하, 『내셔널아이덴티티와 젠더－나쓰메 소세키로 읽는 근대』, 문학동네, 2011.
박윤덕, 『시민혁명』, 책세상, 2010.
박찬승, 『한국 근대 정치사상사 연구』, 역사비평사, 1992.
박헌호, 『식민지 근대성과 소설의 양식』, 소명출판, 2004.
백철, 『신문학사조사(1947~1948)』, 신구문화사, 1980(수정증보판).
서영채, 『사랑의 문법』, 민음사, 2004.
손유경, 『고통과 동정』, 역사비평사, 2008.
신동욱・금열규 편, 『염상섭 연구』, 새문사, 1982.
신동원, 『한국근대보건의료사』, 한울아카데미, 1997.
신두원 책임편집, 『임화문학예술전집 3－문학의 논리』, 소명출판, 2008.
역사비평편집위원회 편, 『논쟁으로 읽는 한국사』 2, 역사비평사, 2009.
염상섭문학제운영위원회, 『염상섭, 경성을 횡보하다』, 경향신문사, 2012.
오장환, 『한국 아나키즘운동사 연구』, 국학자료원, 1998.
유세종, 『루쉰식 혁명과 근대중국』, 한신대 출판부, 2008.
윤대석, 『식민지 문학을 읽다』, 소명출판, 2012.
윤상인, 『문학과 근대와 일본』, 문학과지성사, 2009.
이경훈, 『대합실의 추억』, 문학동네, 2007.
______, 『오빠의 탄생』, 문학과지성사, 2003.
이균영, 『신간회 연구』, 역사비평사, 1993.
이보영, 『난세의 문학－염상섭론』, 예지각, 1991(예림기획, 2001).
______, 『한국소설의 가능성』, 청예원, 1998.
______, 『염상섭 문학론－문제점을 중심으로』, 금문서적, 2003.
이상경, 『한국 근대여성문학사론』, 소명출판, 2002.
이진경, 『맑스주의와 근대성』, 문화과학사, 1997.
이철호, 『영혼의 계보－20세기 한국문학사와 생명담론』, 창비, 2013.
이항재, 『소설의 정치학－투르게네프 소설 연구』, 문원출판, 1999.
이호룡, 『한국의 아나키즘－사상편』, 지식산업사, 2001.
일파변희용선생유고간행위원회 편, 『일파 변희용 선생 유고』, 성균관대 출판부, 1977.

임규찬 편, 『일본프로문학과 한국문학』, 연구사, 1987.
임규찬 책임편집, 『임화문학예술전집 2－문학사』, 소명출판, 2009.
정명환, 『졸라와 자연주의』, 민음사, 1982.
정우택, 『황석우 연구』, 박이정, 2008.
정종현, 『제국의 기억과 전유』, 어문학사, 2012.
조기준, 『한국기업가사』, 박영사, 1983.
조영복, 『1920년대 초기시의 이념과 미학』, 소명출판, 2004.
조일제, 『한국신소설전집 9－장한몽』, 을유문화사, 1968.
채운, 『재현이란 무엇인가』, 그린비, 2009.
천정환, 『근대의 책읽기』, 푸른역사, 2003.
_____, 『대중지성의 시대』, 푸른역사, 2008.
최서영, 『한국의 저널리즘－120년의 역사와 사상』, 커뮤니케이션북스, 2002.
최혜실, 『신여성은 무엇을 꿈꾸었는가』, 생각의나무, 2000.
허수열, 『개발 없는 개발』, 은행나무, 2005.
홍석표, 『중국 현대문학사』, 이화여대 출판부, 2009.
황종연, 『탕아를 위한 비평』, 문학동네, 2012.
황호덕, 『벌레와 제국』, 새물결, 2011.

가라타니 고진, 박유하 역, 『일본 근대문학의 기원』, 민음사, 2007.
가메이 히데오, 김춘미 역, 『메이지문학사』, 고려대 출판부, 2006.
고모리 요이치, 정선태 역, 『일본어의 근대』, 소명출판, 2003.
___________, 한일문학연구회 역, 『나는 소세키로소이다』, 이매진, 2006.
고바야시 다키지, 서은혜 역, 『게 가공선』, 창비, 2012.
김산・웨일즈, 님, 조우화 역, 『아리랑』, 동녘, 1995(개정2판).
나카무라 미쓰오, 고재석・김환기 역, 『일본 메이지 문학사』, 동국대 출판부, 2001.
다케우치 요시미, 서광덕 역, 『루쉰』, 문학과지성사, 2003.
도미야마 이치로, 손지연 외역, 『폭력의 예감』, 그린비, 2009.
도이처, 아이작, 한지영 역, 『비무장의 예언자 트로츠키 1921~1929』, 필맥, 2007.
들뢰즈, 질・가타리, 펠릭스, 김재인 역, 『천 개의 고원』, 새물결, 2001.
량셔우쭝, 김영수 역, 『강호를 건너 무협의 숲을 거닐다』, 김영사, 2004.
레닌, 블라디미르, 이길주 역, 『레닌의 문학예술론』, 논장, 1988.

__________, 함성편집부 편역, 『레닌의 청년 · 여성론』, 함성, 1989.
리우, 리디아, 민정기 역, 『언어횡단적 실천』, 소명출판, 2004.
마쓰오 다카요시, 오석철 역, 『다이쇼 데모크라시』, 소명출판, 2011.
마에다 아이, 유은경 · 이원희 역, 『일본 근대 독자의 성립』, 이룸, 2003.
마오쩌둥, 김승일 역, 『모택동 선집』 3, 범우사, 2007.
마틴, 월리스, 김문현 역, 『소설이론의 역사』, 현대소설사, 1991.
맑스, 칼 · 엥겔스, 프리드리히, 최인호 외역, 『칼 맑스 프리드리히 엥겔스 저작선집』 1~5, 박종철출판사, 1991~1995.
바바렛, 잭, 박형신 역, 『감정과 사회학』, 이학사, 2009.
브룩스, 피터, 박혜란 역, 『플롯 찾아 읽기』, 강, 2011.
사이드, 에드워드, 장호연 역, 『말년의 양식에 관하여』, 마티, 2012.
사이토 마레시, 황호덕 외역, 『근대어의 탄생과 한문－한문맥과 근대 일본』, 현실문화, 2012.
샤피로, 레너드, 최동규 역, 『투르게네프－아름다운 서정을 노래한 작가』, 책세상, 2002.
슈미트, 칼, 김효전 역, 『파르티잔』, 문학과지성사, 1998.
__________, 김항 역, 『정치신학』, 그린비, 2010.
스피박, 가야트리, 태혜숙 · 박미선 역, 『포스트 식민이성 비판』, 갈무리, 2005.
쑨거, 윤여일 역, 『다케우치 요시미라는 물음』, 그린비, 2007.
아감벤, 조르조, 양창렬 · 김상운 역, 『목적 없는 수단』, 난장, 2009.
아렌트, 한나, 이진우 외역, 『전체주의의 기원』, 한길사, 2006.
야마다 쇼지, 정선태 역, 『가네코 후미코』, 산처럼, 2003.
야마무로 신이치, 정재정 역, 『러일전쟁의 세기－연쇄시점으로 보는 일본과 세계』, 소화, 2010.
에커트, 카터, 주익종 역, 『제국의 후예－고창 김씨가와 한국 자본주의의 식민지 기원 1876~1945』, 푸른역사, 2008.
와트, 이언, 강유나 · 고경하 역, 『소설의 발생』, 강, 2009.
왕스징, 신영복 · 유세종 역, 『루쉰전』, 다섯수레, 2007.
왕후이, 송인재 역, 『아시아는 세계다』, 글항아리, 2010.
위화, 김태성 역, 『사람의 목소리는 빛보다 멀리 간다』, 문학동네, 2012.
이글턴, 테리 · 제임슨, 프레드릭 · 사이드, 에드워드 W., 김준환 역, 『민족주의, 식민주의, 문학』, 인간사랑, 2011.

이글턴, 테리, 방대원 역, 『미학사상』, 한신문화사, 1995.
__________, 이현석 역, 『우리시대의 비극론』, 경상대 출판부, 2006.
잉햄, 제프리, 홍기빈 역, 『돈의 본성』, 삼천리, 2011.
장징, 임수빈 역, 『근대 중국과 연애의 발견』, 소나무, 2007.
진관타오 외, 양일모 외역, 『관념사란 무엇인가』 1, 푸른역사, 2010.
짐멜, 게오르그, 안준섭 외역, 『돈의 철학』, 한길사, 1983.
천핑위안, 이보경 외역, 『중국소설사』, 이룸, 2004.
첸리쥔, 김영문 역, 『내 정신의 자서전』, 글항아리, 2012.
카이저, 볼프강, 이지혜 역, 『그로테스크』, 아모르문디, 2011.
칸트, 임마누엘, 이한구 편역, 『칸트의 역사철학』, 서광사, 2009.
칼버트, 피터, 김동택 역, 『혁명』, 이후, 2002.
트로츠키, 레온, 김정겸 역, 『문학과 혁명』, 과학과사상, 1990.
파농, 프란츠, 남경태 역, 『대지의 저주받은 사람들』, 그린비, 2010.
푸코, 미셸, 이정우 역, 『담론의 질서』, 서강대 출판부, 1998.
하타노 세츠코, 최주한 역, 『일본 유학생 작가 연구』, 소명출판, 2011.
히야마 히사오, 정선태 역, 『동양적 근대의 창출』, 소명출판, 2000.

吉野作造, 『吉野作造選集』 14(日記二 : 大正4~14), 岩波書店, 1996.
吉田精一, 『自然主義の研究』 上, 東京堂出版, 1955.
鈴木貞美, 『「生命」で讀む日本近代－大正生命主義の誕生と展開』, NHKブックス, 1996.
柳田泉, 『明治初期飜譯文學の研究』, 春秋社, 1966.
梅森直之 編, 『ベネディクト・アンダーソン グローバリゼーションを語る』, 光文社新書, 2007.
梶田昭, 『醫學の歴史』, 講談社學術文庫, 2009.
石塚正英・柴田隆行 監修, 『哲學・思想翻譯語事典』, 論創社, 2003.
小松隆二, 『日本アナキズム運動史』, 青木新書, 1972.
松尾尊兊, 『大正デモクラシー』, 岩波現代文庫, 2001.
昇曙夢 編, 『新ロシヤ・パンプレット－第7編 無産階級文學の理論と實相』, 新潮社, 1926.
岩淵宏子, 北田幸惠 編, 『はじめて學ぶ日本女性文學史(近現代編)』, ミヌルヴァ書房, 2005.
玉川信明, 『評伝辻潤』, 三一書房, 1971.
長堀祐造, 『魯迅とトロツキー』, 平凡社, 2011.

錢理群, 『追尋生存之根 : 我的退思录』, 广西師范大學出版社, 2005.
齊藤稀史, 『漢文脈の近代－清末=明治の文學圈』, 名古屋大學出版會, 2005.
________, 『漢文脈と近代日本』, 日本放送出版協會, 2007.
竹內好, 『魯迅』, 未來社, 1961.
中村光夫, 『近代の文學と文學者』, 朝日新聞社, 1978.
中村勝範 編, 『帝大新人會硏究』, 慶應義塾大學法學硏究會, 1997.
村上信彦, 『日本の 婦人問題』(岩波新書 62), 岩波書店, 1978.
村上陽一郎, 『日本人と近代科學』, 新曜社, 1980.
波田野節子, 『李光洙・『無情』の硏究－韓國啓蒙文學の光と影』, 白帝社, 2008.
板倉聖宣, 『增補 日本理科敎育史』, 仮說社, 2009.
レオ・ボリス・ピリニャーク, 井田孝平・小島修一 譯, 『日本人象記－日本の太陽の根帶』, 原始社, 1927.
レオ・トロツキー, 西村二郎 譯, 『ロシヤ革命家の生活論』, 事業之日本出版部, 1925.
レオ・トロツキイ, 茂森唯土 譯, 『文學と革命』, 改造社, 1925.
カール・マルクス, 大內兵衛監 譯, 『資本論Das Kapital』, 第1巻・第2分冊, 大月書店, 1969.
Anderson, Benedict, *Under Three Flags : Anarchism and the Anti-colonial Imagination*, London : Verso, 2005.
Brooks, Peter, *Reading for the Plot : Design and Intention in Narrative*, New Yok : Knopf, 1984.
Crosby, Donald A., *The Specter of the Absurd : Sources and Criticisms of Modern Nihilism*, Albany : State University of New York Press, 1988.
Gillespie, Michael Allen, *Nihilism Before Nietzsche*, Chicago : The University of Chicago Press, 1995.
Hardt, Michael・Negri, Antonio, *Commonwealth*, Cambridge・MA : Belknap Press of Harvard University Press, 2009.
Hemmings, F. W. J.(ed.), *The Age of Realism*, Harmondsworth : Penguin, 1974.
Jameson, Fredric, *The Political Unconscious : Narrative as a Socially Symbolic Act*, Ithaca : Cornell University Press, 1981.
Lacoue-Labarthe, Philpipe, *Poetik der Geschichte*, Diaphanes Verlag, 2004.
Lenin, Vladimir Ilyich, *Lenin's Collected Works* Volume 33(2nd English Edition), Moscow : Progress Publishers, 1965.

__________, *Lenin's Collected Works* Volume 29(4th English Edition), Moscow : Progress Publishers, 1972.
Marran, Christine L., *Poison Woman : Figuring Female Transgression in Modern Japanese Culture*, Minneapolis : University of Minnesota Press, 2007.
Said, Edward W., *The World, the Text, and the Critic*, Cambridge, Mass. : Harvard University Press, 1983.
Silverberg, Miriam, *Erotic Grotesque Nonsense : The Mass Culture Of Japanese Modern Times*, Berkely and Los Angeles : University of California Press, 2006.
Thomas, Paul, *Karl Marx and the Anarchists*, London : Routledge and Kegan Paul, 1980.
Trotsky, Leon, *Literature and revolution*, The University of Michigan Press, 1960.
Watt, Ian, *Conrad in the Nineteenth Century*, Berkeley : University of California Press, 1979.
Woodcock, George, *Anarchism : A History of Libertarian Ideas and Movements*, Harmondsworth : Penguin, 1975.

글

강인철, 「한국전쟁과 사회의식 및 문화의 변화」, 윤해동 외편, 『근대를 다시 읽는다』 1, 역사비평사, 2006.
권영민, 「염상섭의 민족문학론과 그 성격」, 『염상섭문학연구』, 민음사, 1987.
김경수, 「염상섭 소설의 전개 과정과 『광분』」, 염상섭, 『광분』, 프레스21, 1996.
______, 「염상섭 장편소설의 시학」, 문학사와비평연구회, 『염상섭 문학의 재조명』, 새미, 1998.
______, 「초기 소설과 개성론, 연애론－「암야」와 「제야」」, 『염상섭과 현대소설의 형성』, 일조각, 2008.
김동리 · 백낙청 · 백철 · 전광용 · 선우휘, 「근대소설 · 전통 · 참여문학」(『신동아』, 1968.7), 유종호 · 염무웅 편, 『한국문학, 무엇이 문제인가』, 전예원, 1977.
김병익, 「갈등의 사회학－염상섭론」, 김현 · 김치수 · 김주연 · 김병익 ,『현대한국문학의 이론』, 민음사, 1972.
김양선, 「염상섭의 『광분』 자세히 읽기」, 『1930년대 소설과 근대성의 지형학』, 소명출판, 2002.
김영민, 「역사 · 사회 그리고 문학에 대한 공정한 관심」, 『염상섭 문학의 재인식』, 깊은샘, 1998.

김우창, 「개인과 사회－일제하의 작가의 상황」(『문학과지성』 25, 1976), 『궁핍한 시대의 시인』, 민음사, 1977.
_____, 「한국 현대소설의 형성」, 『궁핍한 시대의 시인』, 민음사, 1977.
_____, 「남성적 사회의 여성－이정환의 한 단편을 중심으로」, 『김우창 전집 2－지상의 척도』, 민음사, 1981.
_____, 「리얼리즘에의 길－염상섭 초기 단편」, 『염상섭 전집』 9, 민음사, 1987.
김원우, 「횡보의 눈과 길」, 문학사와비평연구회, 『염상섭 문학의 재조명』, 새미, 1998.
김재용, 「8·15 이후 염상섭의 활동과 『효풍』의 문학사적 의미」, 염상섭, 『효풍』, 실천문학사, 1998.
_____, 「염상섭과 민족의식－『삼대』와 『효풍』」, 문학과사상연구회, 『염상섭 문학의 재인식』, 깊은샘, 1998.
김종욱, 「한국전쟁과 여성의 존재 양상－염상섭의 『미망인』과 『화관』 연작」, 『한국근대문학연구』 9, 한국근대문학회, 2004.
김치수, 「식민지 시대의 문학 2」, 『현대한국문학의 이론』, 민음사, 1972.
_____, 「자연주의 재고」, 『현대한국문학의 이론』, 민음사, 1972.
김항, 「정치 없는 국가, 국가 없는 역사」, 『말하는 입과 먹는 입』, 새물결, 2009.
김현, 「식민지시대의 문학－염상섭과 채만식」(1971), 『김현문학전집』 2, 문학과지성사, 1989.
___, 「염상섭과 발자크－리얼리즘론 별견」(1970), 『김현문학전집』 2, 문학과지성사, 1989.
___, 「한국소설의 가능성－리얼리즘론 별견」(1971), 『김현문학전집』 2, 문학과지성사, 1989.
문옥표, 「조선과 일본의 신여성」, 문옥표 외, 『신여성』, 청년사, 2003.
박지영, 「번역된 냉전, 그리고 혁명」, 사상계연구팀, 『냉전과 혁명의 시대 그리고 『사상계』』, 소명출판, 2012.
박희병, 「조선 후기 민간의 유협숭상과 유협전의 성립」, 『한국고전인물전연구』, 한길사, 1992.
백철, 「염상섭의 문학적 위치－「표본실의 청개구리」를 중심으로」, 『현대문학』, 1963.5.
서영채, 「염상섭의 초기 문학의 성격에 대한 한 고찰」, 문학사와비평연구회, 『염상섭 문학의 재조명』, 새미, 1998.
서재길, 「「만세전」의 탈식민주의적 읽기를 위한 시론」, 『한국 근대문학과 일본』, 소명출판, 2003.
손정수, 「해방 이전 염상섭 비평의 전개과정에 대한 고찰」, 문학사와비평연구회, 『염상섭 문학의 재조명』, 새미, 1998.
심진경, 「문학 속의 소문난 여자들」, 『여성, 문학을 가로지르다』, 문학과지성사, 2005.
______, 「1930년대 성 담론과 여성 섹슈얼리티」, 『한국문학과 섹슈얼리티』, 소명출판, 2006.
양문규, 「근대성 · 리얼리즘 · 민족문학적 연구로의 도정—염상섭 문학 연구사」, 문학과사상연구회, 『염상섭 문학의 재인식』, 깊은샘, 1998.
유문선, 「3 · 1운동 전후의 현실과 문학적 대응」, 『새 민족문학사 강좌』 2, 창비, 2009.
유세종, 「『꽃테문학』에 대하여」, 루쉰, 유세종 외역, 『루쉰전집』 7, 그린비, 2010.
윤해동, 「'말'의 어려움—근대국가와 '협력'」, 『근대역사학의 황혼』, 인간사랑, 2010.
______, 「친일·협력자 조사의 윤리학」, 『근대역사학의 황혼』, 인간사랑, 2010.
이보영, 「투르게네프와 한국문학」, 『동양과 서양』, 신아출판사, 1998.
______, 「역사적 위기와 비평적 대응 (1)—염상섭의 문학평론」, 『염상섭 문학론』, 금문서적, 2003.
이임하, 「'전쟁미망인'의 전쟁 경험과 생계 활동」, 권보드래 외편, 『아프레걸, 사상계를 읽다』, 동국대 출판부, 2009.
이현식, 「식민지적 근대성과 민족문학—일제하 장편소설」, 문학사와비평연구회, 『염상섭 문학의 재조명』, 새미, 1998.
이혜령, 「하층민의 일탈적 섹슈얼리티와 성 정치의 서사구조화」, 『한국 근대소설과 섹슈얼리티의 서사학』, 소명출판, 2007.
정명환, 「이효석 또는 위장된 순응주의」(『창작과비평』, 1968.9), 『한국작가와 지성』, 문학과지성사, 1978.
정호웅, 「식민지현실의 소설화와 역사의식」, 『염상섭 전집』 2, 민음사, 1987.
조남현, 「한국 현대문학의 아나키즘 체험」, 『한국 현대문학사상 연구』, 서울대 출판부, 1994.
지수걸, 「만석꾼의 형성과 몰락」, 『우리는 지난 100년 동안 어떻게 살았을까』 2, 역사비평사, 2002.
하정일, 「보편주의의 극복과 '복수의 근대'」, 문학과사상연구회, 『염상섭문학의 재인식』, 깊은샘, 1998.
한기형, 「신소설작가의 현실인식과 그 의미」, 『한국 근대소설사의 시각』, 소명출판, 1999.

＿＿＿, 「중역되는 사상, 직역되는 문학－『개벽』의 번역관에 나타난 식민지 검열과 이중 출판시장의 간극」, 진재교 편, 『학문장과 동아시아』, 성균관대 출판부, 2013.
한수영, 「소설과 일상성－후기 단편소설」, 『염상섭 문학의 재인식』, 깊은샘, 1998.
＿＿＿, 「소설과 일상성－염상섭의 후기 단편소설의 성격에 관하여」, 『소설과 일상성』, 소명출판, 2000.
홍이섭, 「한국정신사서설(1906~1945)－구조・방법・인식에의 절차」(『연세논총』 7, 연세대 대학원, 1970), 『한국정신사서설』, 연세대 출판부, 1975.

니시카와 나가오, 윤대석 역, 「한자 문화권에서의 문화 연구」, 『국민이라는 괴물』, 소명출판, 2002.
루카치, 게오르그, 김혜원 역, 「소설의 이론」, 『루카치문학이론』, 세계, 1990.
벤야민, 발터, 김영옥・황현산 역, 「보들레르의 작품에 나타난 제2제정기의 파리」, 『발터 벤야민 선집』 4, 길, 2010.
윤건차, 하종문・이애숙 역, 「민족 환상의 차질」, 『일본 그 국가・민족・국민』, 일월총서, 1997.
지젝, 슬라보예, 박정수 역, 「이데올로기의 가족 신화」, 『잃어버린 대의를 옹호하며』, 그린비, 2009.

關礼子, 「墮胎論争と發禁－雜誌『青鞜』を中心として」, 『發禁近代文學誌』, 學燈社, 2002.
白川豊, 「一九二〇年代廉想渉小說と日本－再來日前後の四篇を中心に」, 『朝鮮近代の知日派作家, 苦闘の軌跡』, 勉誠出版, 2008.
星野太, 「崇高なる共同体－大杉榮の'生の哲學'とフランス生命主義」, 『表象文化論研究』 6, 2008.
孫知延, 「民族と女性, ゆらぐ'新しい女'」, 飯田祐子 編, 『『青鞜』という場－文學・ジェンダー・新しい女』, 森話社, 2002.
川戸道昭, 「初期翻譯文學における思軒と二葉亭の位置」, 『續明治翻譯文學全集－'新聞雜誌編' 5 : 森田思軒集 1』, 大空社, 2002.
Berlin, Isaiah, "Fathers and Sons", *Russian Thinkers*(second edition), London : Penguin, 1994.
Foucault, Michel, "Nietzsche, la généalogie, l'hisoire"(1971), *Dits et écrits 1954~1988*, Tome II, Gallimard, 1994.
Kelly, Dorothy, "Experimenting on Women : Zola's Theory and Practice of the Experimental

Novel", Margaret Cohen · Christopher Prendergast(eds.), *Spectacles of Realism : Gender, Body, Genre,* Minneapolis : University of Minnesota Press, 1995.

논문

강명수, 「가르쉰의 『붉은 꽃』과 체호프의 『6호실』에 드러난 공간과 주인공의 세계」, 『노어노문학』 12-1, 한국노어노문학회, 2000.

강헌국, 「개념의 서사화-염상섭의 초기소설」, 『국어국문학』 143, 국어국문학회, 2006.

곽근, 「일제강점기 장편 연작소설 『황원행』 연구」, 『국제어문』 29, 국제어문학회, 2003.

구중서, 「한국 리얼리즘 문학의 형성」, 『창작과비평』 17, 창작과비평사, 1970.

구중서 · 김윤식 · 김현 · 임중빈, 「좌담 : 4 · 19 혁명과 한국문학」(『사상계』, 1970.4), 유종호 · 염무웅 편, 『한국문학, 무엇이 문제인가』, 전예원, 1977.

김경수, 「횡보의 재도일기 작품」, 『한국문학이론과 비평』 10, 한국문학이론과 비평학회, 2001.

_____, 「염상섭과 프로문학」, 『문학사와 비평』 9, 문학사와 비평학회, 2002.

_____, 「염상섭의 초기 소설과 개성론과 연애론-「암야」와 「제야」를 중심으로」, 『어문학』 77, 한국어문학회, 2002.

_____, 「현대소설의 형성과 스캔들-횡보의 『진주는 주었으나』를 중심으로」, 『국어국문학』 143, 국어국문학회, 2006.

_____, 「염상섭 소설과 번역」, 『어문연구』 35-2, 한국어문교육연구회, 2007.

_____, 「현대소설의 형성과 여성 : 악한의 탄생-염상섭의 「해바라기」론」, 『우리말글』 39, 우리말글학회, 2007.

★ _____, 「1차 유학 시기 염상섭 문학 연구」, 『어문연구』 38-2, 한국어문교육연구회, 2010.

김나현, 「1970년대 『창작과비평』의 한용운론에 담긴 비평전략」, 『대동문화연구』 79, 성균관대 대동문화연구원, 2012.

김동식, 「한국의 근대적 문학 개념 형성과정 연구」, 서울대 박사논문, 1999.

_____, 「1920년대 중반의 한국문학과 '끼니'의 무의식-김기진과 최서해, 그리고 '밥'의 유물론」, 『문학과 환경』 11-1, 문학과환경학회, 2012.

김명훈, 「염상섭 초기소설의 창작기법 연구-『진주는 주엇스나』와 〈햄릿〉 비교를 중심으로」, 『한국현대문학연구』 39, 한국현대문학회, 2013.

김미란, 「'시민-소시민 논쟁'의 정치학-주체 정립 방식을 중심으로 본 시민, 소시민의 함의」, 『현대문학의 연구』 29, 한국문학연구학회, 2006.
김병구, 「『광분』 론」, 『반교어문연구』 30, 반교어문학회, 2011.
______, 「『이심』론」, 『시학과언어학』 24, 시학과언어학회, 2013.
김성연, 「염상섭 『무화과』 연구－새 시대의 징후와 대안 인물의 등장」, 『한민족문화연구』 16, 한민족문화학회, 2005.
______, 「가족 개념의 해체와 재형성」, 『인문과학』 44, 성균관대 인문과학연구소, 2009.
김수림, 「4・19혁명의 유산과 궁핍한 시대의 리얼리즘」, 『상허학보』 30, 상허학회, 2012.
김영민, 「근대 유학생 잡지의 문체와 한글체 소설의 정착 과정－『여자계』를 중심으로」, 『현대문학의 연구』 41, 한국문학연구학회, 2010.
★ ______, 「염상섭 초기 산문 연구」, 『대동문화연구』 85, 성균관대 대동문화연구원, 2014.
김용규, 「구원의 정치학과 미적 가치－테리 이글턴의 정치비평」, 『비평과 이론』 3, 한국비평이론학회, 1998.
김용섭, 「한말・일제하 지주제－사례 3」, 『진단학보』 42, 진단학회, 1976.
______, 「한말・일제하의 지주제－사례 4 : 고창 김씨가의 지주경영과 자본전환」, 『한국사연구』 19, 한국사연구회, 1978.
김우창, 「비범한 삶과 나날의 삶－삼일운동과 근대문학」, 『뿌리 깊은 나무』 창간호, 뿌리깊은나무, 1976.
김윤지, 「염상섭문학의 일본 자연주의 수용 양상」, 『한일어문논집』 13, 한일일어일문학회, 2009.
김정진, 「염상섭 장편 『무화과』 연구」, 『한국문예비평연구』 1, 한국현대문예비평학회, 1997.
김종구, 「염상섭 『삼대』의 다성성 연구」, 『한국언어문학』 59, 한국언어문학회, 2006.
김종균, 「염상섭 장편소설 『무화과』 연구」, 『민족문화연구』 29, 고려대 민족문화연구원, 1996.
김종욱, 「염상섭의 『취우』에 나타난 일상성에 관한 연구」, 『관악어문연구』 17, 서울대 국어국문학과, 1992.
김종철, 「역사관과 상상력－염상섭의 『삼대』론」, 『신동아』, 동아일보사, 1972.4.
김준현, 「전후 문학장의 형성과 문예지」, 고려대 박사논문, 2009.
김학균, 「『삼대』 연작에 나타난 욕망의 모방적 성격연구」, 『한국현대문학연구』 22, 한국현대문학회, 2007.
★ 김항, 「식민지배와 민족국가 / 자본주의의 본원적 축적에 대하여－「만세전」 재독해」,

『대동문화연구』 82, 성균관대 대동문화연구원, 2013.
미즈노 나오키, 이영록 역, 「조선에 있어서 치안유지법 체제의 식민지적 성격」, 『법사학연구』 26, 한국법사학회, 2002.
박유하, 「'메이지정신'과 일본 근대의 '주체' 만들기」, 『문학동네』 36, 문학동네, 2003 가을.
박정애, 「근대적 주체의 시선에 포착된 타자들—염상섭 「만세전」의 경우」, 『여성문학연구』 6, 한국여성문학학회, 2001.
박종린, 「1920년대 전반 사회주의사상의 수용과 맑스주의 원전 번역」, 『한국 근현대사 연구』 51, 한국근현대사학회, 2009.
박종성, 「강점기 조선정치의 문학적 이해」, 『한국정치연구』 7, 서울대 한국정치연구소, 1987.
박헌호, 「'계급' 개념의 근대 지식적 역학」, 『상허학보』 22, 상허학회, 2008.
★ ______, 「소모로서의 식민지 (불임)자본의 운명—염상섭의 『무화과』를 중심으로」, 『외국문학연구』 48, 한국외국어대 외국문학연구소, 2012.
______, 「염상섭과 '조선문인회'」, 『한국문학연구』 43, 동국대 한국문학연구소, 2012.
박현수, 「「묘지」에서 「만세전」으로의 개작과 그 의미」, 『상허학보』 19, 상허학회, 2007.
★ ______, 「염상섭의 소설론에 대한 고찰」, 『한국근대문학연구』 28, 한국근대문학회, 2013.
______, 「현진건 소설에서 체험의 문제」, 『대동문화연구』 73, 성균관대 대동문화연구원, 2011.
박형진, 「1930년대 아시아적 생산양식 논쟁과 과학적 조선학 연구」, 성균관대 석사논문, 2012.
배개화, 「1930년대 말 치안유지법을 통해 본 조선문학—조선문예부흥사 사건과 조선문학자들」, 『한국현대문학연구』 28, 한국현대문학회, 2009.
백낙청, 「한국소설과 리얼리즘 전망」, 『동아일보』, 1967.8.12.
______, 「시민문학론」,『창작과비평』, 창작과비평, 1969 여름.
★ 서영채, 「둘째 아들의 서사—염상섭, 소세키, 루쉰」, 『민족문학사연구』 51, 민족문학사학회, 2013.
손성준, 「영웅서사의 동아시아 수용과 중역의 원본성—서구 텍스트의 한국적 재맥락화를 중심으로」, 성균관대 박사논문, 2012.
★ ______, 「텍스트의 시차와 공간적 재맥락화—염상섭의 러시아소설 번역이 의미하는 것들」, 『한국어문학연구』 62, 한국어문학연구학회, 2014.
송민호, 「1920년대 맑스주의 문예학에서 '과학적 태도' 형성의 배경」, 『한국현대문학연구』 29, 한국현대문학회, 2009.
송하춘, 「염상섭의 초기 창작방법론—『남방의 처녀』와 『이심』의 고찰」, 『현대문학연구』 36, 한국현대소설학회, 2007.
심재선, 「『삼대』의 개작 양상—신문연재본과 단행본의 비교를 중심으로」, 한신대 석사논문, 2002.
★ 심진경, 「세태로서의 여성—염상섭의 신여성 모델소설을 중심으로」, 『대동문화연구』 82, 성균관대 대동문화연구원, 2013.
안서현, 「'효풍'이 불지 않는 곳—염상섭의 『무풍대』 연구」, 『한국현대문학연구』 39, 한국현대문학회, 2013.
안유진, 「염상섭 소설에 나타난 여성인물 연구」, 서강대 석사논문, 2003.
염무웅, 「식민지적 변모와 그 한계—『삼대』의 경우」, 『한국문학』 3, 한국문학사, 1966.
_____, 「리얼리즘의 역사성과 현실성」, 『문학사상』, 문학사상사, 1973.10.
오혜진, 「1920~1930년대 자기계발의 문화정치학과 스노비즘적 글쓰기」, 성균관대 석사논문, 2009.
_____, 「"캄포차 로맨쓰"를 통해 본 제국의 욕망과 횡보의 문화적 기획」, 『근대서지』 3, 근대서지학회, 2011.
★ _____, 「'심퍼사이저sympathizer'라는 필터 : 저항의 자원과 그 양식들—1920~1930년대 염상섭의 소설과 평문을 중심으로」, 『상허학보』 38, 상허학회, 2013.
유문선, 「식민지 조선사회 욕망과 이념의 한 자리—염상섭의 『사랑과 죄』」, 『민족문학사연구』 13-1, 민족문학사학회, 1998.
유석환, 「개벽사의 출판활동과 근대잡지」, 성균관대 석사논문, 2006.
_____, 「1930년대 잡지시장의 변동과 잡지 『비판』의 대응—경쟁하는 잡지들, 확산되는 문학」, 『사이』 6, 국제한국문학문화학회, 2009.
유시현, 「나경석의 '생산증식'론과 물산장려운동」, 『역사문제 연구』 2, 역사문제연구소, 1997.
이경돈, 「근대문학의 이념과 문학의 관습—「문학이란 하오」와 『조선의 문학』을 중심으로」, 『민족문학사연구』 26, 민족문학사학회, 2004.
★ _____, 「횡보의 문리—염상섭과 산혼공통의 상상」, 『상허학보』 38, 상허학회, 2013.
이경룡, 「1920년대 초반 노동운동의 분화과정」, 『중앙사론』 8, 중앙대 중앙사학연구소, 1995.
이경훈, 「염상섭 문학에 나타난 법의 문제」, 『한국문예비평연구』 2, 한국현대문예비평학회, 1998.
_____, 「식민지의 돈 쓰기」, 『현대문학의 연구』 46, 한국문학연구학회, 2012.
★ _____, 「문자의 전성시대－염상섭의 『모란꽃 필 때』에 대한 일 고찰」, 『사이』 14, 국제한국문학문화학회, 2013.
이득재, 「소련의 프롤레트쿨트와 문화운동」, 『문화과학』, 문화과학사, 2008 봄.
이보영, 「Oscar Wilde와 염상섭－비교문학적 고찰」, 『인문논총』 20, 전북대 인문학연구소, 1990.
_____, 「염상섭 문학과 정치의 문제」, 『현대문학이론연구』 9, 현대문학이론학회, 1998.
_____, 「염상섭 평전－생애와 문제」(총16회), 『문예연구』 61~76, 문예연구사, 2009~2013.
★ _____, 「한국 최초의 정치적 암살소설－염상섭의 「추락」, 『월간문학』 529, 월간문학사, 2012.
이봉범, 「해방10년, 보수주의문학의 역사와 논리」, 『한국근대문학연구』 22, 한국근대문학회, 2010.
이승희, 「공공미디어로서의 극장과 조선민간자본의 문화정치」, 『대동문화연구』 69, 성균관대 대동문화연구원, 2010.
이어령, 「우상의 파괴」, 『한국일보』, 한국일보사, 1956.5.6.
_____, 「1957년의 작가들」, 『사상계』 54, 사상계사, 1958.1.
_____, 「문학과 젊음－「문학도 함께 늙는가」를 읽고」, 『경향신문』, 1958.6.21~22.
이용은, 「포스트 드라마와 새로운 서사」, 『인문언어』 12-2, 국제언어인문학회, 2010.
★ 이용희, 「염상섭의 장편소설과 식민지 모던 걸의 서사학－『사랑과 죄』의 '모던 걸' 재현 문제를 중심으로」, 『한국어문학연구』 62, 한국어문학연구학회, 2014.
이재선, 「일제의 검열과 「만세전」의 개작」, 『문학사상』, 문학사상사, 1979.11
이종호, 「일제시대 아나키즘 문학 형성 연구－『근대사조』 『삼광』 『폐허』를 중심으로」, 성균관대 석사논문, 2006.
★ _____, 「염상섭의 자리, 프로문학 밖, 대항제국주의 안－두 개의 사회주의 혹은 '문학과 혁명'의 사선」, 『상허학보』 38, 상허학회, 2013.
이준식, 「민족해방운동의 유산과 민주화운동」, 『역사와 현실』 77, 한국역사연구회, 2010.
이철호, 「1910년대 후반 도쿄 유학생의 문화 인식과 실천」, 『한국문학연구』 35, 동국대 한국문학연구소, 2008.
★ _____, 「반복과 예외, 혹은 불가능한 공동체－『취우』(1953)를 중심으로」, 『대동문화연구』 82, 성균관대 대동문화연구원, 2013.

이한결, 「『학지광』 연구」, 연세대 석사논문, 2013.
이혜령, 「감옥 혹은 부재의 시간들—식민지 조선에서 사회주의자를 재현한다는 것, 그 가능성의 조건」, 『대동문화연구』 64, 성균관대 대동문화연구원, 2008.
______, 「정사와 정사 사이—3·1운동, 후일담의 시작」, 『민족문학사연구』 40, 민족문학사학회, 2009.
______, 「식민지 군중과 개인—염상섭의 『광분』을 통해서 본 시론」, 『대동문화연구』 69, 성균관대 대동문화연구원, 2010.
______, 「사상지리의 형성으로서의 냉전과 검열—해방기 염상섭의 이동과 문학을 중심으로」, 『상허학보』 34, 상허학회, 2012.
______, 「식민자는 말해질 수 있는가—염상섭 소설 속 식민자의 환유들」, 『대동문화연구』 78, 성균관대 대동문화연구원, 2012.
______, 「인격과 스캔들—임종국의 역사서술과 민족주의」, 『민족문화연구』 56, 고려대 민족문화연구원, 2012.
______, 「검열의 미메시스 —염상섭의 『광분』을 통해서 본 식민지 예술장의 초규칙과 섹슈얼리티」, 『민족문학사연구』 51, 민족문학사학회, 2013.
★ ______, 「소시민, 레드콤플렉스의 양각—1960~70년대 염상섭론과 한국 리얼리즘론의 사정」, 『대동문화연구』 82, 성균관대 대동문화연구원, 2013.
이혜진, 「『여자계』 연구—여성 필자의 근대적 글쓰기를 중심으로」, 연세대 석사논문, 2008.
이효인, 「연작소설 『황원행』의 집필배경과 서사 특징 연구」, 『한민족문화연구』 38, 한민족문화학회, 2011.
임영천, 「염상섭 소설의 다성성 연구」, 『한민족문화연구』 6, 한민족문화학회, 2000.
장두영, 「염상섭의 「조야의 제공에게 호소함」이 지닌 자료적 의미」, 『문학사상』, 문학사상사, 2010.8.
______, 「염상섭의 모델소설 창작 방법 연구—『너희들은 무엇을 어덧느냐』를 중심으로」, 『한국현대문학연구』 34, 한국현대문학회, 2011.
______, 「염상섭의 「만세전」에 나타난 '개성'과 '생활'의 의미—아리시마 다케오의 『아낌없이 사랑은 빼앗는다』와의 비교를 중심으로」, 『일본학연구』 34, 단국대 일본연구소, 2011.
★ 장문석, 「전통 지식과 사회주의의 접변—염상섭의 「현대인과 문학」에 관한 몇 개의 주석」, 『대동문화연구』 82, 성균관대 대동문화연구원, 2013.

장신, 「1920년대 민족해방운동과 치안유지법」, 『학림』 19, 연세대 사학연구회, 1998.
장영은, 「아지트 키퍼와 하우스 키퍼」, 『대동문화연구』 64, 성균관대 대동문화연구원, 2008.
전명혁, 「1960년대 '동백림사건'과 정치 · 사회적 담론의 변화」, 『역사연구』 22, 역사학연구소, 2012.
전상기, 「1960 · 70년대 한국문학비평 연구－『문학과 지성』 · 『창작과비평』의 분화를 중심으로」, 성균관대 박사논문, 2002.
______, 「문화적 주체의 구성과 소시민 의식－소시민 논쟁의 비평사적 의미」, 『상허학보』 13, 상허학회, 2003.
전우용, 「일제하 민족자본가의 존재양태와 민족주의」, 『역사비평』 18, 역사비평사, 1992.
정근식, 「식민지검열과 '검열표준'」, 『대동문화연구』 79, 성균관대 대동문화연구원, 2012.
정우택, 「황석우의 매체 발간과 사상적 특징」, 『민족문학사연구』 32, 민족문학사학회, 2006.
★ 정종현, 「1950년대 염상섭 소설에 나타난 정치와 윤리－『젊은 세대』, 『대를 물려서』를 중심으로」, 『한국어문학연구』 62, 한국어문학연구학회, 2014.
정종현 · 미즈노 나오키, 「일본 제국대학의 조선유학생 연구 (1)」, 『대동문화연구』 80, 성균관대 대동문화연구원, 2012.
정혜경, 「대판 한인단체의 성격(1914~1922)」, 『한일관계사 연구』 4, 한일관계사학회, 1995.
정호웅, 「염상섭 전기문학론」, 『한국문화』 6, 서울대 한국문화연구소, 1985.
조두섭, 「1920년대 한국 상징주의시의 아나키즘과 연속성 연구」, 『우리말글』 26, 우리말글학회, 2003.
조미숙, 「1920년대 중반 염상섭 작품에 나타난 프로의식의 성격」, 『한국문예비평연구』 37, 한국현대문예비평학회, 2012.
조연현, 「염상섭론」, 『신태양』, 1955.4.
______, 「염상섭론」, 『새벽』, 1957.6.
조형열, 「서춘, 일제와 운명을 같이한 경제평론가」, 『내일을 여는 역사』 34, 서해문집, 2008.
진정석, 「염상섭 문학에 나타난 서사적 정체성 연구」, 서울대 박사논문, 2006.
채석진, 「제국의 감각－'에로 그로 넌센스'」, 『페미니즘 연구』 5, 한국여성연구소, 2005.

천정환, 「소문 · 방문 · 신문 · 격문 — 3 · 1운동 시기의 미디어와 주체성」, 『한국문학연구』 36, 동국대 한국문학연구소, 2009.
_____, 「'마음의 봉건'으로부터 이행 — 근대 초기의 자살 (1)」, 『내일을 여는 역사』 39, 서해문집, 2010.
천핑위안, 「'아속'을 초월하여 — 김용의 성공과 무협소설의 나갈 길」, 『민족문학사연구』 16, 민족문학사학회, 2000.
최병구, 「초기 프로문학에 나타난 '감성'과 '제도'의 문제」, 『현대문학의 연구』 47, 한국문학연구학회, 2012.
최애순, 「1950년대 서울 종로 중산층 풍경 속 염상섭의 위치 — 『젊은 세대』와 『대를 물려서』를 중심으로」, 『현대소설연구』 52, 한국현대소설학회, 2013.
최인숙, 「염상섭 문학에 나타난 '노라'와 그 의미」, 『한국학연구』 25, 인하대 한국학연구소, 2011.
_____, 「염상섭 문학의 개인주의」, 인하대 박사논문, 2013.
최재경, 「염상섭의 『무화과』 연구」, 경희대 석사논문, 2002.
최태원, 「「묘지」와 「만세전」의 거리 — '묘지'와 '신석현 사건'을 중심으로」, 『한국학보』 103, 일지사, 2001.
최혜실, 「염상섭 장편소설에 나타난 통속성 연구」, 『국어국문학』 108, 국어국문학회, 1992.
한기형, 「초기 염상섭의 아나키즘 수용과 탈식민적 태도 — 잡지 『삼광』에 실린 염상섭 자료에 대하여」, 『한민족어문학』 43, 한민족어문학회, 2003.
_____, 「법역과 문역 — 제국내부의 표현력 차이와 출판시장」, 『민족문학사연구』 44, 민족문학사학회, 2010.
_____, 「선전과 시장 — '문예대중화론'과 식민지 검열의 교착」, 『대동문화연구』 79, 성균관대 대동문화연구원, 2012.
★ _____, 「노블과 식민지 — 염상섭소설의 통속과 반통속」, 『대동문화연구』 82, 성균관대 대동문화연구원, 2013.
한만수, 「식민시대 문학의 검열 대응방식에 대하여」, 『현대문학이론연구』 15, 현대문학이론학회, 2001.
_____, 「1930년대 문인들의 검열우회 유형」, 『한국문화』 39, 서울대 규장각한국학연구원, 2005.
_____, 「강경애 「소금」의 복자 복원과 검열우회로서의 '나눠쓰기'」, 『한국문학연구』

31, 동국대 한국문학연구소, 2006.

_____, 「만세전과 공동묘지령, 선산과 북망산—염상섭의 「만세전」에 대한 신역사주의적 해석」, 『한국문학연구』 39, 동국대 한국문학연구소, 2010.

허민, 「탈-중심적 문학사의 주체화와 그 가능성의 조건들」, 『상허학보』 34, 상허학회, 2012.

홍순애, 「근대소설에 나타난 타자성 경험의 이중적 양상—염상섭 「만세전」을 중심으로」, 『정신문화연구』 30-1, 한국학중앙연구원, 2007.

★ 황종연, 「과학과 반항—염상섭의 『사랑과 죄』 다시 읽기」, 『사이』 15, 국제한국문학문화학회, 2013.

황호덕, 「한문맥의 근대와 순수언어의 꿈—한국 근대 개념어 연구의 과제」, 『한국근대문학연구』 16, 한국근대문학회, 2007.

溝渕園子, 「鏡のなかの日本とロシア—宮本百合子「モスクワ印象記」とピリニャーク『日本人象記』の比較を中心に」, 『日本研究教育年報』 14, 東京外國語大學日本課程, 2010.

白川豊, 「廉想涉の1950年前後の長篇小說について—『曉風』, 『暖流』, 『驟雨』を中心に」, 『朝鮮學報』 217, 朝鮮學會, 2010.

小堀洋平, 「田山花袋「一兵卒」とガルシン「四日間」—「死」, 「戰爭」, そして「自然」をめぐる考察」, 『早稲田大學大學院文學研究科紀要』 第3分冊 57, 早稲田大學大學院文學研究科, 2011.

小野容照, 「在日朝鮮人留學生卞熙瑢の軌跡—在日朝鮮人社會主義運動史研究のための一視座」, 『二十世紀研究』 10, 二十世紀研究編集委員會, 2009.

浦川登久惠, 「モデル小說・廉想涉『해바라기』の分析」, 『朝鮮學報』 207, 朝鮮學會, 2008.

Lee Hye Ryoung, "Time of Capital, Time of a Nation : Changes in Korean Intellectual Media in 1960s~1970s", *Korea Journal* 51-3, UNESCO, 2011.

찾아보기

ㄱ

ㄴ

ㅅ

ㅈ

ㅎ

필자소개

이혜령 성균관대학교 동아시아학술원 교수. 저서로 『한국 근대소설과 섹슈얼리티의 서사학』, 『흔들리는 언어들』(공저) 등이 있고, 논문으로는 「해방(기)-총 든 청년의 나날들」, 「친일파인 자의 이름-탈식민화와 고유명의 정치」 등이 있다.

이종호 성균관대학교 국어국문학과 박사과정 수료. 저서로 『전쟁하는 신민, 식민지의 국민문화-식민지 말 조선의 담론과 표상』(공저), 『자본의 코뮤니즘, 우리의 코뮤니즘-공통적인 것의 구성을 위한 에세이』(공저)가 있고, 번역서로 『좌담회로 읽는 『국민문학』』(공역), 『총력전하의 앎과 제도』(공역)가 있다.

황종연 동국대학교 국어국문학과 교수. 저서로 『탕아를 위한 비평』 등이 있다.

오혜진 성균관대학교 국어국문학과 박사과정 수료. 논문으로 「육성의 환상과 퍼스낼리티의 문화정치학」, 「카뮈, 마르크스, 이어령-1960년대 에세이즘을 통해 본 교양의 문화정치」, 「'장편의 시대'와 '이야기꾼'의 우울」 등이 있다.

한기형 성균관대학교 동아시아학술원 교수. 저서로 『염상섭 문장전집』(공편), 『근대어・근대매체・근대문학』(공저), 『흔들리는 언어들』(공저), 『식민지 검열-제도・텍스트・실천』(공저) 등이 있다.

김영민 연세대학교 국어국문학과 교수. 주요 저서로 『한국문학비평논쟁사』, 『한국 근대소설사』, 『한국 현대문학비평사』, 『한국 근대소설의 형성 과정』, 『문학제도 및 민족어의 형성과 한국근대문학(1890~1945)』 등이 있다.

김경수 서강대학교 국어국문학과 교수. 저서로 『염상섭 장편소설 연구』, 『염상섭과 현대소설의 형성』 등이 있고, 번역서로 『소설구성의 시학』, 『소설의 기교』 등이 있다

박현수 성균관대학교 학부대학 겸임교수. 논문으로 「완성과 파멸의 이율배반, 동인미」, 「현진건 소설에서 체험의 문제」, 「식민지 조선에서 결핵의 표상」 등이 있다.

이경돈 한국방송통신대학교 연구교수, 성균관대학교 겸임교수. 성균관대학교 박사. 저서로 『문학이후』, 『식민지근대의 뜨거운 만화경』(공저) 등이 있다.

장문석 서울대학교 통일평화연구원 HK연구원. 논문으로 「댄디와 양반」, 「『한국근대문예비평사 연구』의 학술사적 의의를 묻다」가 있다.

이보영 문학평론가, 전북대학교 명예교수. 저서로 『난세의 문학 — 염상섭론』, 『이상(李霜)의 세계』, 『역사적 위기와 문학』 등이 있다.

이경훈 연세대학교 교수. 저서로는 『이상, 철천의 수사학』, 『오빠의 탄생』, 『대합실의 추억』이 있다.

손성준 성균관대학교 동아시아술원 BK21플러스 박사후연구원. 성균관대학교 동아시아학과 박사. 논문으로 「번역과 전기의 '종횡(縱橫)' — 1900년대 소설 인식의 한국적 특수성」, 「투르게네프의 식민지적 변용 — 『사냥꾼의 수기』와 현진건 후기 단편소설을 중심으로」가 있고, 번역서로 『국부(國父) 만들기 — 중국의 워싱턴 수용과 변용』(공역) 등이 있다.

김항 연세대학교 국학연구원 HK교수. 표상문화론 전공. 저서로 『말하는 입과 먹는 입』이 있고, 번역서로 조르조 아감벤의 『예외상태』, 칼 슈미트의 『정치신학』이 있다. 논문으로는 『전쟁의 정치, 비판의 공공성 — 슈미트와 하버마스』, 『종말론 사무소의 일상업무 — 조르조 아감벤의 정치적 메시아니즘』, 『개인, 국민, 난민 사이의 '민족' — 이광수 『민족개조론』 다시 읽기』 등이 있다.

서영채 서울대학교 비교문학협동과정, 아시아언어문명학부 교수. 저서로 『소설의 운명』, 『문학의 윤리』, 『사랑의 문법 — 이광수 염상섭 이상』, 『아첨의 영웅주의 — 최남선과 이광수』, 『미메시스의 힘』, 『인문학 개념정원』 등이 있다.

이용희 성균관대학교 국어국문학과 박사과정 수료. 논문으로 「1920~30년대 단편 탐정소설과 탐보적 주체 형성과정 연구」, 「근대 탐정소설의 우여곡절과 미스터리 — 1920~30년대의 탐정소설과 '탐정취미'의 문화사」 등이 있다.

심진경 서강대학교 강사. 저서로 『한국문학과 섹슈얼리티』, 『여성, 문학을 가로지르다』 등이 있다.

박헌호 고려대학교 민족문화연구원 HK교수. 성균관대학교 국어국문학과 박사. 저서로 『이태준과 한국 근대소설의 성격』, 『한국인의 애독작품 — 향토적 서정소설의 미학』, 『식민지 근대성과 소설의 양식』 등이 있고, 『작가의 탄생과 근대문학의 재생산 제도』, 『1919년 3월 1일에 묻다』 등의 책을 함께 짓고 엮어냈다.

이철호 동국대학교 다르마칼리지 초빙교수. 동국대학교 국어국문학과 박사. 저서로 『영혼의 계보－20세기 한국문학사와 생명담론』, 『문학과 과학』 1・2(공저), 『센티멘탈 이광수』(공저) 등이 있다.

정종현 성균관대학교 동아시아학술원 HK연구교수. 동국대학교 국어국문학과 박사. 교토대학교 인문과학연구소 포스트닥터. 저서로 『동양론과 식민지 조선문학』, 『제국의 기억과 전유』, 『신남철 문장선집』 1・2(엮음) 등이 있다.